Das Buch
Mit visionärer Kraft und profunder Kenntnis der Seele hat Leslie Marmon Silko ein indianisches Epos geschrieben, das die Konsequenzen der weißen Kultur aufzeigt, und den indianischen Weg zur Errettung der Natur und des Menschen weist.

Die Kernfigur des Geschehens ist die drogenabhängige Seese, deren kleiner Sohn Monte vom eifersüchtigen Liebhaber ihres Freundes David entführt wird.

Auf der Suche nach dem Baby kommt die nichtsahnende Seese mit einem Kilo Kokain im Gepäck nach Tucson.

Die unglückliche Mutter setzt alle Hoffnungen in die mexikanische Indianerin Lecha. Nur der greisen Wahrsagerin traut Seese zu, ihren Jungen zu finden. Sie läßt sich von Lecha, die mit ihrer Zwillingsschwester Zeta auf einer Ranch bei Tucson lebt, als Krankenschwester und Sekretärin anstellen, und kommt auf diese Weise in Kontakt mit dem »Almanach der Toten«, einer Sammlung Pergamente, welche indianische Geschichte und Weisheit vereinen.

Für die Ureinwohner war das Leben eine endlose Wanderung der Tage – in der Hoffnung, daß die glücklichere Zeit kurz bevorsteht, bereiten sie sich auf den letzten großen Kampf vor ...

Die Autorin
Leslie Marmon Silko, geboren 1949, wuchs in einem kleinen Pueblo in der Nähe von Albuquerque, New Mexico, auf.

Ihr erstes Buch *Ceremony* erschien 1981 unter dem deutschen Titel *Gestohlenes Land wird ihre Herzen fressen*.

Sie lebt heute in Tucson, Arizona.

LESLIE MARMON SILKO

Almanach der Toten

Roman

Deutsch von
BETTINA MÜNCH

WILHELM HEYNE VERLAG
MÜNCHEN

HEYNE ALLGEMEINE REIHE
Nr. 01/10359

Titel der Originalausgabe
ALMANAC OF THE DEAD
Erstmals erschienen bei Simon & Schuster,
New York 1991

Umwelthinweis:
Das Buch wurde auf
chlor- und säurefreiem Papier gedruckt.

Copyright © 1991 by Leslie Marmon Silko
Copyright © 1994 der deutschen Ausgabe
by Rogner & Bernhard GmbH & Co. Verlags KG, Hamburg
Wilhelm Heyne Verlag GmbH & Co. KG, München
Printed in Germany 1997
Umschlagillustration: Wendell Minor
Umschlaggestaltung: Atelier Ingrid Schütz, München
Druck und Bindung: Elsnerdruck, Berlin

ISBN 3-453-12530-4

*Für Larry
und alle seine Liebe*

*Dank an
Robert und Caz, für die Liebe, Geduld und das Verständnis
während der letzten zehn Jahre.
Danke, Gus, dafür, daß Du da warst.
Besonderen Dank an J. Roderick MacArthur (1917–1984)
und die John D. und Catherine T. MacArthur Foundation
für das Forschungsstipendium von 1981–1986,
das den Beginn dieses Romans ermöglichte.*

INHALT

ERSTER TEIL
DIE VEREINIGTEN STAATEN VON AMERIKA

ERSTES BUCH
TUCSON
Seite 19

Offene Fragen * Exil * Die steinernen Götterbilder * Die Ranch

ZWEITES BUCH
SAN DIEGO
Seite 50

Die Talkshow-Wahrsagerin * Erinnerungen und Träume
Flüge * Stürme * Die Alibifrau
Texas * Miracle Mile * Die Stage Coach Bar

DRITTES BUCH
DER SÜDWESTEN
Seite 92

Berühmte Verbrecher * Geschäfte mit Calabazas
Auf dem Rücksitz eines Chryslers * Sterlings Zimmer
Das Filmteam aus Hollywood * Das Wasserbett
Tante Marie * Verbannt * In Lechas Diensten

VIERTES BUCH
DER SÜDEN
Seite 130

Abtreibung * Selbstmord * Kunst * Entführt

FÜNFTES BUCH
DIE GRENZE
Seite 147

Kindheit in Mexiko * Baumwollpappeln
Der gescheiterte Geologe * Das Internat * Der vertrocknete
Leichnam * Kojotenjahre * Im Krieg mit der US-Regierung
Indianerart * Yoemes alte Notizbücher

SECHSTES BUCH
DER NORDEN
Seite 178

Die Suche nach den Toten * Rache aus Leidenschaft
Frühstücksfernsehen * Der Hundeschlittenführer
Tundrageister * Eskimofernsehen * Brennende Kinder
Flugzeugabstürze * Abgeschlagene Köpfe
Ein plötzlicher Abgang

SIEBTES BUCH
WEST TUCSON
Seite 218

Roots Urgroßvater Gorgon * Roots Unfall * Flache Gräber
Waffenhändler * Wollust * Erinnerungen * Abwurfstellen
Mutter * Gespenster sind schwer * Freier Fall
Pferderennen * Roots Familie * Die Glücklichen
Die Hexen von Tucson * Obdachlos
Gedachte Linien

ACHTES BUCH
INDIANERLAND
Seite 287

Widerstand * Die Verwechslung * Old Pancakes
Die letzten Freien * Die Schwestern
Spielschulden * Die Heirat * Der Monsignore
Die Reise des alten Almanachs

ZWEITER TEIL
MEXIKO

ERSTES BUCH
DIE HERRSCHAFT VON DEATH-EYE DOG
Seite 333

Der Mestize * Die Universal-Versicherung * Die Flutwelle
Waffen und Munition * Alegría * Iliana * Videoüberwachung
Ehebruch * Die Marmortreppe * Das Rendezvous
Risiko * Entdeckt * Das Oberkommando der Volksarmee
Die private Luftwaffe * Schimpf und Schande
Der Sturz

ZWEITES BUCH
DIE HERRSCHAFT VON FIRE-EYE MACAW
Seite 393

Bombenterror * Kommunisten
Genossin La Escapía und der Kubaner
Kapitalistische Blutsauger * Verbrechen wider die Geschichte
Die kugelsichere Weste * Traumdeuter * General J.
Der El-Grupo-Schießklub * Streiks, Unruhen und Aufstände
Blutrausch * Geistervögel * Die Vernehmungsbeamten

DRITTER TEIL
AFRIKA

ERSTES BUCH
NEW JERSEY
Seite 453

Der Hinterhalt ∗ Rollis ∗ Blauer Himmel ∗ Golf
Leah Blue ∗ Wüstengrundstücke ∗ Das Familienunternehmen
Marilyn ∗ Sinnesänderung
Venice, Arizona ∗ Die Frikadelle ∗ Tagebücher

ZWEITES BUCH
ARIZONA
Seite 505

Bio-Materials, Inc. ∗ Das grüne Barett ∗ Plasmaspender
Armee der Obdachlosen ∗ Leerstehende Häuser
Der erste schwarze Indianer ∗ Die Macht der Geister
Ogoun, das Messer ∗ Kreolische Wildwestindianer
Armee der Gerechtigkeit ∗ Sendungen von Radio Freiheit

DRITTES BUCH
EL PASO
Seite 565

Sonnys heimliches Nebengeschäft ∗ Bruders Hüter
Organspender ∗ Tötet die Reichen
44er Magnum bekommt Junge ∗ Verliebte Männer
Geliebter Jamey ∗ »Cop Cakes« oder nackte Polizisten-Pinups
Der Owls Club

VIERTER TEIL
NORD- UND SÜDAMERIKA

ERSTES BUCH
BERGE
Seite 609

Angelita alias »La Escapía«, der Fleischerhaken
Zwillingsknaben * Noch mehr Freunde der Indianer
Wacah der Geistermacaw deutet Träume
Squatter * Das Dorf der Hexer und Kannibalen * Der Opal
Weltweite Aufstände * Sonny Blue und Alegría
Kaiser Maximilian und Charlotte * Unbehagen und Mißtrauen
Illegale Flüchtlinge * Der Test * Geisterwerk
Ein scharfer Wind * Wunderwerk der Technik
So sterben Kapitalisten
Dieser Kubaner sollte nach Kuba zurückkehren
Angelita La Escapía erläutert Marx und Engels
Sexuelle Rivalen
Angeklagt der Verbrechen wider die tribale Geschichte

ZWEITES BUCH
FLÜSSE
Seite 695

Mr. Fish, der Kannibale * Sangre Pura
Alternative Erdstationen * Davids kleiner Sohn
Die geheime Agenda * Biologische Kriegführung * Babybilder
Gerichtliche Auseinandersetzungen * Spiele
Schlechte Neuigkeiten * Steppenrausch

FÜNFTER TEIL
DIE FÜNFTE WELT

ERSTES BUCH
DIE FEINDE
Seite 743

Aus dem alten Almanach * Die große Grippe-Epidemie von 1918
Der Rat der alten Yoeme * Der Familienfriedhof
Adiós, weißer Mann! * Der große Gott Iguana
Kokainschwemme * Kommunistische Priester und Nonnen
Die Seelen der Toten * Eine, die aus Körperfetten »liest«
Tucson, Stadt der Diebe * Das Kilo Kokain
Der Barfüßige Hopi * Knappe Entscheidung
Eine Reihe von Päpsten waren Teufel
Der Hopi hat auf alles eine Antwort

ZWEITES BUCH
DIE KRIEGER
Seite 820

Calabazas wird alt * Ein toter englischer Dichter
beim Ostertanz der Yaqui * Polizeigewalt in Tucson
Ehrgeizige Pläne * Koffer für Mr. B. * Der Donnerstagsklub
Der junge Polizeichef * Das Golfspiel * Geliebte Bassets
Tucsons Sex-Einkaufszentrum

DRITTES BUCH
DER KAMPF
Seite 872

Die Luxusreise * Ein kurzer Fußweg * Feindliche Blitze
Die solare Kriegsmaschine * Licht aus!
Ferro ist verliebt * Verdeckter Sonderauftrag
Schießerei in der Stage Coach Bar
Zerstreut in alle Winde

SECHSTER TEIL
EINE WELT, VIELE STÄMME

PROPHEZEIUNG
Seite 929

Der internationale Kongreß der holistischen Heiler
Wilson Weasel Tail, der dichtende Jurist
Arzneikundige – Heilmittel aller Art ∗ Die Rückkehr der Büffel
Grüne Rache – Die Ökokrieger ∗ Der schicksalhafte Weg
Treffen auf Zimmer 1212 ∗ Erhebt Euch!
Freie Bahn ∗ Adiós, Tucson!
Daheim

Glossar
Seite 1001

Verzeichnis
der wichtigsten Personen

Seite 1007

▲
NORDEN
NACH ALASKA Rose und die brennenden Kinder
Der Hundeschlittenführer

Die wilden Büffelherden kehren zurück.

ALMANACH DER TOTEN
500-JAHRES-KARTE

Durch die Entschlüsselung uralter Stammestexte aus Amerika prophezeit der Almanach der Toten die Zukunft ganz Amerikas. Sie ist verborgen in geheimnisvollen Symbolen und alten Erzählungen.

Wilson Weasel Tail
Der Barfüßige Hopi
● Winslow

U

	Trigg			
	Leah Blue			
	Max Blue			
	Sonny Blue	Marilyn		
	Bingo	John Dillinger		
	Angelo	Geronimo	Zeta	
Der Senator	Rambo	Clinton	Lecha	
Der Richter	Clinton	Mosca	Ferro	
Der Polizeichef	Peaches	Calabazas	Jamey	
Mr. »B«	Die Armee	Liria	Paulie	Phoeni●
Greenlee	der Obdachlosen	Sarita	Awa Gee	
● San Diego				

Seese
David
Monte
Eric

Beaufrey
Serlo
Mr. J.s Galerie

Seese sucht Hilfe

● Yuma

MEX

PAZIFISCHER OZEAN

● Potam

Marios Luxusbusreisen
● Cuílican

Yoeme
Zeta   Tante Cucha
Lecha   Tante Popa
Guzman
Amalia
Onkel Federico
Onkel Ringo

Kokain zur Finanzierung von Waffen

Waffen und Flugzeuge für Privat...

PROPHEZEIUNG

Als die Europäer Amerika erreichten, hatten die Kulturen der Maya, Azteken und der Inka bereits großartige Städte und ein ausgedehntes Straßennetz geschaffen. Uralte Prophezeiungen kündigten die Ankunft der Europäer an. Die alten Prophezeiungen berichten jedoch auch vom Verschwinden alles Europäischen.

Menardo   Tacho-Wacal
Iliana   Angelita
Alegría   El Feo
Bartolomeo La Escapía

● Tuxtla Gutiérrez

uralter Geisterbote

Die Große Steinerne Schlange

OSTKÜSTE ▶

• **Cherry Hill, New Jersey**
Max Blue
Leah Blue
Angelo
Sonny Blue
Bingo

• Albuquerque

Laguna Pueblo Reservation
. Sterling
Tante Marie

S   A

Sterling gerät versehentlich nach Tucson

Eine Familie des organisierten Verbrechens zieht in den Westen

TUCSON, ARIZONA

Seit den achtziger Jahren des letzten Jahrhunderts und den Apachenkriegen Heimat einer Ansammlung von Spekulanten, Hochstaplern, Betrügern, Anwälten, Richtern, Polizisten und anderen Gaunern sowie Süchtigen und Fixern.

◉
TUCSON

• El Paso
• Marilyn
Angelo

I K O

ATLANTISCHER OZEAN

Die Ersten Schwarzen Indianer

Bartolomeo
KUBA   **HAITI**

Die Zwillingsbrüder marschieren mit Hunderttausenden nach Norden.

Der Polizeichef
General J.
Vico

**Bartolomeos
»Schule der Freiheit«**
● Mexico City
David
Serlo
Beaufrey

Foterwideos

**SÜDEN
NACH CARTAGENA
UND
BUENOS AIRES**
▼

DER INDIANISCHE KONTEXT

Zwischen 1500 und 1600 starben sechzig Millionen amerikanische Ureinwohner. Der Widerstand gegen alles Europäische wird ungebrochen fortgesetzt. Die Indianerkriege sind in Amerika nie zu Ende gegangen. Die amerikanischen Ureinwohner erkennen keine Grenzen an; sie erstreben nichts Geringeres als die Rückgabe allen indianischen Landes.

ERSTER TEIL

DIE VEREINIGTEN STAATEN VON AMERIKA

Erstes Buch
TUCSON

OFFENE FRAGEN

Die alte Frau steht am Herd und rührt aufmerksam in der kochenden, braunen Flüssigkeit. Von Zeit zu Zeit lächelt Zeta, während sie in den großen blauen Emailtopf starrt. Durch den aufsteigenden Dampf blickt sie hinüber zu der jungen blonden Frau, die Tabletten aus braunen Plastikröhrchen schüttet.

Eine andere alte Frau in einem Rollstuhl starrt auf die Tabletten, die Seese abzählt. Als Seese die Spritze aufzieht, beugt sich Lecha im Rollstuhl vor. Lecha nennt Seese ihre »Krankenschwester«, wenn Ärzte oder Polizei zu den Injektionen oder Medikamenten Fragen stellen. Zeta hebt den Zipfel eines Ärmels hoch, um die Intensität der Färbung zu prüfen. »Die Farbe von getrocknetem Blut, altem Blut«, sagt Lecha; doch Zeta hat sich noch nie darum gekümmert, was Lecha oder sonst jemand dachte. Und Lecha tut dies ebensowenig.

Lecha hatte Ferro, ihren Sohn, im Alter von einer Woche in Zetas Küche zurückgelassen. »Das alte Blut, altes, vertrocknetes Blut«, sagt Ferro und blickt Lecha an, »das alte und das neue Blut.«

Ferro und Paulie reinigen am anderen Ende des langen Tisches Pistolen und Karabiner. Ferro haßt Lecha mehr als alle anderen. »Vertrocknet«, sagt er, aber Lecha ist damit beschäftigt, eine gute Vene zu finden, in die Seese die Spätnachmittags-Dosis Dolantin spritzen kann.

Zeta rührt weiter und nickt: »Das Alter.« Das war der Tag, an dem eine Frau schwarze Kleider anzog, um niemals wieder bunte Farben zu tragen. Früher waren die Menschen nicht mit dem Lauf der Jahreszeiten alt geworden, sondern plötzlich: Mit fünfundachtzig Jahren erwischte sie im Winter eine Grippe, und im Frühjahr waren ihre Haare fast weiß.

Die Alten glaubten nicht daran, daß einen die vergehenden Jahre alt werden ließen. Sie hatten überhaupt nicht an das Vergehen der Zeit geglaubt. Nicht die Jahre ließen einen Menschen altern, sondern die Meilen und Meilen, die er durch die Welt gewandert war.

Lecha ist ärgerlich darüber, daß Zeta ihren sechzigsten Geburtstag so dramatisiert. Lecha benutzt die schwarze Farbe, um ihre Haare zu färben, nicht ihre Nachthemden. »Wer hat irgendwas über alt werden gesagt?« antwortet Zeta, ohne sich auch nur vom Herd abzuwenden. »Vielleicht will ich nachts einfach nicht gesehen werden.«

»Wie eine Hexe!« sagt Lecha zu Seese. Alle lachen, sogar Zeta. Ferro lacht, beobachtet Lecha jedoch genau, während er mit einem weichen Tuch über den Lauf der 9-mm-Pistole reibt. Paulie sagt manchmal monatelang nicht mehr als ja oder nein. Doch plötzlich belebt sich sein blasses Nagetiergesicht. »Im Knast sind dunkle Farben nicht erlaubt. Keine dunkelblauen Taschentücher, keine Socken. Nichts Schwarzes. Kein Dunkelbraun.« Paulie zögert. »Wegen der nächtlichen Ausbrüche.«

»Wenn du den Mund hältst, Paulie, merkt keiner, daß du da bist«, sagt Ferro und schiebt einen leeren Gewehrkasten in seine Richtung. Aber Paulies Gesichtsausdruck hat sich dem Einflußbereich menschlicher Stimmen schon wieder entzogen.

Paulie war vor Jahren eines Nachts mit Ferro nach Hause gekommen und nie mehr gegangen. Alles, was er will, ist, für Ferro zu arbeiten. Was immer Ferro ihm sagt oder antut, spielt keine Rolle. Es ist Zeta, nicht Ferro, die Paulie dabehält. Er ist absolut zuverlässig, denn sie sind die einzigen Menschen, die er kennt. Und dies der einzige Ort, an den sich Paulie erinnern kann – mit Ausnahme des Gefängnisses.

Seese sammelt die schmutzige Watte und das gebrauchte Spritzenbesteck zusammen. Die Apotheke hatte eine Kiste mit kleinen, durchsichtigen Bechern geschickt. Sie erinnern Seese an die Schnapsgläser in der Bar. Aber für Lecha spielt Whiskey keine Rolle, nicht, solange sie Dolantin oder Kodein bekommen kann. Der Küchentisch ist übersät mit den Verpackungen von sterilen Fläschchen, Desinfektionsmitteln und Einwegspritzen. Im Butterfach des Kühlschranks stehen kleine Fläschchen mit Dolantin. Kurz bevor die Tranquilizer sie schläfrig machen, wird Lecha gesprächig. Sie lacht und deutet auf die anderen, die alle zusammen in einem Raum sitzen. Nirgendwo sieht man Lebensmittel. Pistolen, Schrotflinten und Patronen sind auf den Arbeitsflächen verteilt, Spritzen und Tabletten auf dem ganzen Küchentisch. Selbst in der Küche des Teufels kann es nicht besser aussehen.

Sterling, den sie gerade angeheuert haben, steht neben der Spülmaschine und studiert die Gebrauchsanweisung. Sterling wird auf eine besondere Aufgabe vorbereitet. Sie alle sind aufgrund der jüngsten Ereignisse in der Küche versammelt. Sterling weiß nur sehr wenig; und Ferro ist gespannt wie eine Sprungfeder. Wo immer er hinschaut, Sterling sieht überall Gewehre.

Ferro meint, die Nadel dringe ein wie der Schwanz eines Liebhabers und schieße das weiße Dope heiß in ihre Adern. Und deshalb wolle Lecha auch, daß ihr alle dabei zusehen, wie sie abhebt. Aber er würde keine Junkie-Orgasmen mit ansehen, nicht einmal für seine eigene Mutter. Zeta schüttelt den Kopf, die Lippen vor Ekel zusammengepreßt. Ferro lacht, springt mit der 9-mm-Pistole im Halfter vom Tisch auf und stürzt durch die Tür zur Garage. Paulies Gesichtsausdruck bleibt ruhig. Er ist wachsam, für den Fall, daß Ferro ihn rufen sollte. Doch die Kontrollampen der fernbedienten Garagentore und Sicherheitsgatter leuchten auf dem Bord an der Küchenwand auf. Paulie schaltet den Videomonitor an: Ferro jagt mit dem großen schwarzen Allradwagen die Auffahrt hinunter.

Seese blickt zu Sterling, der mit den Schultern zuckt, während er ein Geschirrtuch aufhängt. Lecha ist in seligen Träumen im Rollstuhl zurückgesunken. Zeta läßt kaltes Wasser in das Waschbecken laufen, um die gefärbten Kleider auszuspülen. Sie hat alles, was sie trägt, dunkelbraun gefärbt. Ohne Grund, wie sie behauptet, einfach nur so. Aber Lecha hatte Seese davor gewarnt, auf sie hereinzufallen. Hier geschieht nichts aus Zufall. Die dunkelbraune Farbe verfärbt die weißen Fugen zwischen den mexikanischen Kacheln, auf denen blaue Vögel mit ihren Papageienschnäbeln Zöpfe aus gelben Blumen nachzeichnen. In Lechas mysteriösen Notizbüchern gibt es Zeichnungen von Schlangen mit Papageienschnäbeln und Menschen mit Jaguarköpfen. Es war typisch für Zeta, daß sie – zwei Wochen bevor Lecha zurückkehrte, um die Notizbücher zu übertragen – die Küche mit diesen mexikanischen Kacheln ausgestattet hatte.

Als Zeta Seese zum erstenmal begegnet war, hatte sie Lecha erklärt, das weiße Mädchen müsse gehen. Keine Fremden auf der Ranch. Zeta sprach noch immer von der »Ranch«, obwohl die Stadt Monat für Monat näher kroch. Aber Lecha hatte Zeta belogen und behauptet, Seese wisse sowieso schon alles.

Zeta hatte Seese lange angestarrt und dann gelacht. Seese ahnte, daß die alte Frau wußte, wann ihre Zwillingsschwester sie belog. Zu diesem Zeitpunkt hatte Seese nur sehr wenig gewußt, außer daß Lecha ein bekanntes Medium war und nach vielen Jahren nach Tucson zurückkehrte, weil sie an Krebs litt. Lecha war zurückgekehrt, um einiges zu regeln, bevor sie starb.

An der Art, wie Zeta während der ersten Woche ihre Augen beobachtete, hatte Seese gemerkt, daß sie sie für Lechas Geliebte hielt. Doch das war nicht wahr. Lecha hatte Seese als Sekretärin eingestellt. Sie will die alten Notizbücher übertragen und benötigt Seese dafür, sie in den Computer zu tippen. Zwei Bedingungen sind an diesen Job geknüpft: Zwei Themen dürfen nicht erwähnt werden, obwohl ein Job nicht gerade das war, was Seese gesucht hatte, als sie nach Tucson kam. Das Ziel von Seeses Suche ist eines der verbotenen Themen. Das zweite ist Lechas Privatleben, wozu auch das von Ferro, ihrem Sohn, gehört. Was Seeses vermißtes Kind betrifft, so hatte Lecha ihr gesagt, daß sie warten müsse. Sie dürfe Lecha niemals direkt bitten, ihren kleinen Sohn zu finden.

Lecha kann nicht vorhersagen, wie lange das Warten dauern wird. Na gut, denkt sich Seese, dieser Job ist jedenfalls besser als das, was ich in San Diego gemacht habe. Die Arbeit für Lecha hat sie vom Kokain weggebracht; obwohl sie sich nur deshalb sicher fühlt, weil sie weiß, daß sie noch immer das restliche Kilo hat, das Beaufrey ihr als »Abschiedsgeschenk« gegeben hatte. Eine Selbstmordausrüstung von Davids schwulem Liebhaber.

Solange Seese die großen, in Zeitungspapier eingeschlagenen Gefriertüten sicher im Wandschrank ihres Zimmers weiß, verspürt sie kein Verlangen nach der Droge. In der Nacht, in der sie auf der Suche nach Lecha weinend gegen die Seitenwand von Roots altem Wohnwagen gehämmert hatte, war sie süchtig gewesen. Aber für eine alte Frau Krankenschwester zu spielen, die Percodan schluckte und sich den lieben langen Tag lang Dolantin spritzte, hatte ihr den Appetit auf Kokain gründlich verdorben. Sie hatte sich auf Burgunder und dicke Marihuana-Zigaretten heruntergeschraubt. Seese stellt sich gern vor, daß das Kokain zu einem anderen Leben gehört, einem Leben, das mit ihrem jetzigen nichts mehr zu tun hat und an das sie sich kaum noch erinnern kann. Lechas Hilfe war ihr wichtiger gewesen als alles andere, wichtiger als die Drogen. Lecha war ihre letzte Chance oder vielleicht die einzige, die sie jemals gehabt hatte. Damit hatte es angefangen, mit Seeses verzweifeltem Bemühen um Lechas Hilfe und ihrer Angst, irgend etwas zu tun, das Lecha davon abhalten könnte, ihr Baby zu suchen. Das Kokain in den Tiefen ihres Wandschranks war die Absicherung für schlechte Zeiten, es war so gut wie Bargeld und in Tucson ein offizielles Zahlungsmittel.

Lecha hatte Seeses alte Verbindung zu Tiny und der Stage Coach Bar angesprochen, weil Root, Lechas Motorradfreund, Seese als eine von Tinys Nackttänzerinnen wiedererkannt hatte, die dort vor vier oder fünf Jahren aufgetreten war. Lecha sagte dazu lediglich, es wäre ihr lieber, wenn Seese sich von Tiny und der Stage Coach fernhielte. Zeta würde es nicht gefallen. Andere Gründe nannte sie nicht.

»Ja, hier gibt es eine Menge offener Fragen«, hatte Seese an seinem ersten Tag zu Sterling gesagt. Sie hatte ihn bemerkt, wie er mit einem Rechen ums Haus gegangen war, obwohl dort draußen nichts wuchs außer der Wüste selbst. Das alte Ranchhaus ist ein flaches, langgestrecktes Gebäude inmitten buschig wachsender Paloverdes, riesiger Saguaro-Kakteen und einem Dickicht aus Greasewood. Seese schätzt, daß auch dieser Ort und das Haus kein Zufall sind, sondern Teil des Geheimnisses, mit dem die alte Zeta sich und alles, was sie, Ferro und Paulie tun, umgibt.

Sterling sieht eigentlich zu harmlos aus, um hier zu arbeiten.

Rundlich und braun mit grau werdenden Haaren. Seine Augen blicken ein wenig verloren und traurig. Er recht durch die Kieselsteine, und Seese sieht ihm an, daß er weiß, wie man sich beschäftigt gibt, obwohl nichts zu tun ist. Als er merkt, daß sie ihn ansieht, wird er verlegen und starrt auf die Steine hinunter. »Hallo.« Sterling blickt zu Seese auf und lächelt. Er erklärt, daß er als Gärtner eingestellt worden sei, und deutet mit dem Kinn auf die Paloverdebäume, Jojobasträucher und die großen Säulenkakteen um sie herum. Er sei ein bißchen verwirrt über diese »Gärten im Tucson-Stil«, sagt er. Für ihn sehe das alles aus wie Stöcke und Steine. Sie lachen beide.

Seese hatte Sterling eigentlich erzählen wollen, wie ähnlich sie sich waren. Daß sie selbst angestellt worden sei, um eine alte Frau zu betreuen, die weniger krebskrank als medikamentenabhängig war. Aber schließlich hatte Seese doch nichts gesagt, denn Sterling war neu; und den Mund zu halten, war Teil ihres Jobs. Sterling hatte darauf gebrannt, zu reden, an diesem ersten Tag. Die Ranch war ein einsamer Ort. Man wurde nur angestellt, wenn man bereit war, mitunter wochenlang nicht nach Tucson zu fahren. Sterling meint, er kenne sowieso niemanden in der Stadt. »Genau wie ich«, antwortet Seese und schwindelt ein bißchen, weil sie nicht über Tiny und die Stage Coach Bar oder Cherie sprechen möchte. Seese und Sterling mögen sich auf Anhieb.

Seese folgt Sterling, während er die kleinen orangen Steinchen um den Swimmingpool glättet. Sterling überprüft die Wasseroberfläche. Zwei kleine Eidechsen treiben mit dem Bauch nach oben im Wasser. »Es ist vor allem dieser Pool, der mir Arbeit macht«, sagt Sterling, während er mit einer langen Stange und einem Netz die Kadaver aus dem Wasser fischt. Seeses Blick folgt den beiden Eidechsen, die über den Rand des Beckens in die Hecke fliegen. Sterling glaubt, sie würden von anderen Tieren aufgefressen werden. »Dann war ihr Leben wenigstens nicht umsonst«, sagt er hoffnungsvoll. Seese würde ihm gerne sagen, daß ihrer Meinung nach alles Leben umsonst war, aber sie will den alten Indianer nicht zu sehr erschrecken. Außerdem würde eine solche Bemerkung wieder dieses Würgen in ihrem Hals hervorrufen. Sterling merkt, daß etwas nicht stimmt. Er erzählt Seese, wie schön es für ihn sei, bei der Arbeit Gesellschaft zu haben, weil er sich in all den Jahren, in denen er bei einem Bautrupp der Eisenbahn beschäftigt gewesen war, daran gewöhnt habe, in Gesellschaft anderer Menschen zu arbeiten. »Dann, als ich mich zur Ruhe gesetzt habe ...« Er bricht ab.

»Sich zur Ruhe zu setzen, ist wirklich eine große Veränderung!« sagt Seese, die Mitleid für den alten Mann empfindet. »Und Veränderungen sind sehr schwer.« Seese schließt die Augen und schüttelt den Kopf. Genau in diesem Augenblick hat Sterling beschlossen, es wäre ihm egal, wenn sie ihn dafür feuerten, daß er sich mit der jungen blonden Frau unterhielt. Er hatte so lange niemanden mehr zum Reden gehabt.

»Na ja, das hier ist hauptsächlich leichte Arbeit«, sagt er, »diese ertrunkenen Eidechsen wiegen nicht besonders viel.« Seese lacht und merkt erstaunt, daß sie sich kaum noch erinnern kann, wann ihr Lachen das letzte Mal so tief aus ihrem Innern gekommen ist. »Und schließlich träumt jeder davon, sich in Südarizona zur Ruhe zu setzen«, fährt er fort. Seese lacht wieder, und Sterling kann es sich nicht verkneifen, einen Blick auf ihre Brüste zu werfen, während sie lacht. Lange Zeit hat er nicht einmal dazu den Mut gehabt. Seine *Reader's Digest*-Hefte fallen ihm ein – »Lachen ist die beste Medizin.« Mit einer hübschen jungen Krankenschwester zum Scherzen würde dieser Job vielleicht gar nicht so schlecht werden.

Dann stellt Seese ihm Fragen. Ob er ein Indianer aus Arizona ist? Warum er nach Tucson gekommen ist? Wie hat er es fertiggebracht, von Ferro eingestellt zu werden? Sterling hat sich in letzter Zeit sorgsam an die Ratschläge gehalten, die kürzlich in einigen Zeitschriften abgedruckt worden waren. Sie befaßten sich mit Depressionen und wie man damit fertig wurde. Er hatte – soweit ihm dies möglich war – ganz bewußt nur in der Gegenwart gelebt. In einem Artikel wurde betont, daß, was immer einem auch zugestoßen war, passiert war und nicht mehr geändert werden konnte. Das Kind war im Brunnen. Aber Sterling weiß auch, daß er einer dieser altmodischen Menschen ist, denen es schwerfällt, die Vergangenheit zu vergessen, egal wie förderlich diese Erinnerungen für chronische Depressionen sein mögen. Genau in diesem Moment ruft Lecha, die Zwillingsschwester der Chefin, durch die Terrassentür nach Seese. Sterling hatte Lecha im Rollstuhl sitzen sehen, und doch war die Kraft ihrer Stimme bemerkenswert an diesem Tag. Später hatte er gelernt, daß Lecha den Rollstuhl nur gelegentlich benutzte. Von diesem Zeitpunkt an hatte Sterling gewußt, daß er sich vor den Frauen in acht nehmen mußte. Denn Sterling hatte Frauen jeden Alters in Aktion erlebt, und diese Lektionen waren nicht spurlos an ihm vorübergegangen.

Es war ihm ganz recht, daß Seese weggerufen worden war, weil er sich nicht sicher war, wo er mit seiner Geschichte hätte anfangen sollen oder ob er die Ratschläge der Zeitschriften überhaupt ignorieren durfte. Was Sterling zugestoßen war, gehörte zu der Sorte von Ereignissen, die die Zeitschriften unter »unabänderlich« und »schnellstens vergessen« einordneten. Es gehörte der Vergangenheit an.

Bald darauf kam Seese zurück. Während Sterling die Chlortabletten in die Filteranlage des Pools füllte, hatte sie einen schmiedeeisernen Liegestuhl an den Beckenrand gezogen. Als Seese ins Wasser starrte, wurde Sterling plötzlich klar, daß sie die Ereignisse um das Pueblo, die Dorfbeamten und den Stammesrat vermutlich gar nicht verstehen würde. »Ich würde Ihnen gern davon erzählen«, sagte er mit so leiser Stimme, daß sie »Was?« fragen mußte. Sterling wiederholte den Satz und fügte hinzu: »Aber es ist ziemlich kompliziert, wissen Sie.«

Ihre blauen Augen wanderten von ihm zurück zur Wasseroberfläche, die von den Filterdüsen bewegt wurde. »Sie müssen mir ja nicht alles erzählen. Vielleicht verstehe ich mehr, als Sie glauben.«

»Dann werde ich Ihnen ein andermal davon erzählen, wie ich gezwungen wurde zu gehen.« Seese nickt. Das versteht sie sofort. »Ich habe nur mitgenommen, was ich tragen konnte. Jetzt erzähle ich Ihnen aber erstmal, wie ich hier bei diesem Job gelandet bin.« Sie lachen beide zusammen. »Das ist vielleicht 'ne Geschichte – für beide von uns, glaube ich!« fügt Sterling hinzu.

EXIL

Sterling hatte nicht beabsichtigt, nach Tucson zu kommen. Die Busfahrkarte, die er gekauft hatte, reichte nur bis Phoenix, obwohl er auch dort keine Menschenseele kannte. Irgendwie hatte er geschlafen, als der Bus in Phoenix anhielt, und der Fahrer hatte sich nicht die Mühe gemacht, die aussteigenden Fahrgäste zu zählen. Zu Hause, in seinem eigenen Bett, hatte sich Sterling stundenlang schlaflos herumgewälzt. Aber hier hatte er es fertiggebracht, trotz röhrender Motorengeräusche, Dieselabgase und der Lautsprecherdurchsagen über Ankünfte und Abfahrten durchzuschlafen. Irgendwo in der Vergangenheit hatte sein Leben eine falsche Wendung genommen, und Sterling war in einer Umgebung aus kleinen, felsigen Hügeln aufgewacht, die, wie es ihm zunächst schien, von Strommasten übersät waren. Als er seine Brille aufgesetzt hatte, erkannte er, daß es sich um riesige Kakteen handelte, wie man sie immer in den Cartoons sah, in denen Mexikaner mit großen Hüten darunter lagen und schliefen.

In den alten Cowboyfilmen hatten Lash La Rue und Tom Mix zwischen den riesigen Saguaro-Kakteen Jagd auf Banditen gemacht. In der Nähe von Tucson war Tom Mix ums Leben gekommen, als sein Kabriolett eine Kurve verpaßte. Sterling hatte einige Zeitschriften abonniert, die ihm, wie er glaubte, ein bescheidenes Maß an Bildung verschafft hatten. Das Fernsehen hatte ihn nie interessiert, außer um sich die alten Filme anzusehen. Obwohl es sehr traurig war, hätte es ihn dennoch gereizt, den historischen Todesort von Tom Mix zu besuchen. Es wäre schön, sich einmal einen riesigen Kaktus aus der Nähe zu betrachten. Sterling hatte versucht, die positiven Seiten des Lebens zu sehen und nicht länger über die schrecklichen Dinge nachzudenken, die sich zu Hause zwischen ihm und dem Stammesrat abgespielt hatten.

Seit der schrecklichen Geschichte ließ ihn der bloße Gedanke an irgendwelche Dinge, die schiefgelaufen waren oder schiefgehen könnten, schwach und kraftlos werden. Es gab nichts mehr, was er jetzt noch tun konnte. Der Bus näherte sich Tucson. Er konnte genausogut versuchen zu schlafen, solange ihm dies gelang.

In seinen Träumen ist Sterling ständig hinter ihnen her – manchmal auf einem Fahrrad oder einem Pferd, aber meistens zu Fuß. Die Leute aus Hollywood – der Produzent, der Regisseur und der Kameramann – fahren immer in einem großen, allradgetriebenen Chevy Blazer. Das Verdeck des Blazers ist abgenommen, so daß sie Sterlings Schreie hören müßten. Aber dies ist ein Alptraum, und der Regisseur hat sich in seinem Sitz umgedreht, um sich mit dem Kameramann und dem Produzenten auf dem Rücksitz zu beraten. Sie schenken Sterling, der hinter ihnen herrennt und aus Leibeskräften schreit, nicht die geringste Beachtung.

Der Chevy Blazer rast auf das Sperrgebiet zu, in dem sich die große über Tage liegende Uranmine des Stammes befindet. Die Wachposten am Mineneingang sind mit 38er Polizeirevolvern bewaffnet, weil der Stammesrat die Journalisten gründlich satt hat, die Horrorstorys über die Uranmine verbreiten. Der Befehl der Wachposten lautet »Erst schießen – dann fragen.« Was den Stammesrat angeht, so sind Journalisten nicht besser als ausländische Terroristen. Sterling schreit: »Halt, halt!«, als der alte schwarze Mann auf dem Sitz neben ihm ihn behutsam am Arm berührt. »Mister, Mister, sind Sie okay?« Trotz der Klimaanlage im Bus und der getönten Scheiben ist Sterling völlig verschwitzt. Der Mann wendet sich wieder seiner Zeitung zu. Es ist ein Blatt aus Phoenix mit Schlagzeilen über die Lage im Mittleren Osten. Überall Mord und Totschlag. Juden und Araber. Sterling versteht dieses internationale Morden nicht. Sein Hobby ist es, sich mit den Geschichten der Banditen und berühmten Kriminellen zu befassen. Sterling wird den Mann bitten, ihn den Leitartikel lesen zu lassen, aber im Augenblick quält ihn die Übelkeit, die der Traum hinterlassen hat. Er öffnet eine weitere Rolle Tums-Magentabletten. Der große Reisebus ist der schnellste Bus auf dem Highway. Vielleicht ist es auch das Schaukeln des Fahrzeugs beim Überholen, das diese Übelkeit verursacht. Er öffnet und schließt die Augen. Vor ihnen in der Ferne steht ein Wagen der Arizona Highway Patrol neben einem dürren, kahlen Baum, dessen Äste mit einer grünen Haut überzogen sind. Sterling wartet darauf, das jähe Bremsen des Busfahrers zu spüren, mit dem das Tempo des Busses auf die zulässige Höchstgeschwindigkeit reduziert wird, aber der Fahrer nimmt keinerlei Notiz von den Polizisten, und der große Reisebus braust weiter nach Tucson. Seit jenen Ereignissen war es Sterling zum Bedürfnis geworden, über das Gesetz und seine Bedeutung nachzudenken. Darüber, daß es Menschen gab, die sogar mit Mord davonkamen, nur weil sie einen Namen und gute Verbindungen hatten, und andere, die wie er, Sterling, für Dinge bestraft wurden, an denen sie gar keinen Anteil hatten.

Sterling hatte sich schon als Kind im Internat für das Gesetz interessiert. Denn alles, was die weißen Lehrer den Indianerkindern gesagt oder zugefügt hatten, hatte lediglich »den gesetzlichen Vorschriften entsprochen«. Durch die Lektüre seiner Zeitschriften hatte Sterling ganz ohne Hilfe die Gesetze gründlich studiert, so wie es auch Abraham Lincoln getan hatte. Die ausführlichsten Kommentare erschienen in der *Police Gazette* und *True Detective*. Sterling hatte beide abonniert, damit ihm nicht eine einzige gesetzliche Neuerung entging.

Soweit Sterling es beurteilen konnte, existierte das Unrecht schon seit sehr langer Zeit. Pretty Boy Floyd hatte sich an den Bankiers gerächt, die in den schlimmsten Tagen der Weltwirtschaftskrise kleine Farmen beschlagnahmt und Floyds Leute mittellos zurückgelassen hatten. Wenn Pretty Boy Floyd durch die kleinen Städte in Oklahoma gekommen war, hatten sogar die Sheriffs gewartet, bis er sich wieder außer Reichweite befand, bevor sie die Behörden über sein Auftauchen informierten. Sterling hatte sich die Fotografien von Floyd genau angesehen und sofort erkannt, daß Pretty Boy Floyd zum Teil Oklahoma-Indianer gewesen war. Sein Versteck hatte im Gestrüpp der Eichenhügel auf Indianergebiet gelegen. Ma Barker war eine halbe Creek-Indianerin, und John Dillingers Freundin, Billy Frechette, war kanadische Indianerin gewesen. Natürlich war Sterling nicht einverstanden mit dem, was Ma Barker und ihre Söhne getan hatten. Schließlich wußten alle Angehörigen der südwestlichen Stämme, wie grausam Oklahoma-Indianer sein konnten. Das *Bureau of Indian Affairs*, kurz BIA genannt, hatte Oklahoma-Indianer in den Internaten der südwestlichen Reservationen eingestellt, um die Pueblo und Navajo im Zaum zu halten.

Sterling erwachte, als der Bus vor der Endstation in Tucson

stand. Alle anderen Passagiere waren bereits ausgestiegen. Während er seine Einkaufstüten und Bündel zusammensuchte, blickte Sterling durch die getönten Scheiben nach draußen, um abzuschätzen, wie heiß es in Tucson sein mochte. Es war der letzte Tag im Juli.

Die Klimaanlage im Bus machte es Sterling schwer, die Außentemperatur einzuschätzen. Er glaubte nicht, daß es sehr schlimm sein würde, doch als er die Stufen des Busses in die blendende Helle des Sonnenlichts hinunterkletterte, traf ihn die Wüstenhitze mit voller Wucht. Wenige Sekunden später war er – wie eine gekühlte Bierflasche an einem heißen Tag – mit kaltem Schweiß bedeckt. Die Feuchtigkeit hielt sich nur sekundenlang, bevor die Hitze sie verdunsten ließ und Sterling den Atem nahm. Was er jetzt brauchte, war ein kühler Ort, an dem er sitzen und nachdenken konnte. Er ordnete den Inhalt der beiden Einkaufstüten, um alles, was sich vielleicht während der Busfahrt verschoben hatte, an seinen Platz zu rücken. Dann nahm er die beiden Tüten, richtete seine Schultern auf und betrat das Bahnhofsgebäude.

Sterling hielt Ausschau nach dem alten Schwarzen, der während der Fahrt neben ihm gesessen hatte, aber der alte Mann war verschwunden. Nun, zumindest war die Halle klimatisiert. Es war zwei Uhr nachmittags, und auf den Sitzbänken drängten sich zahllose Menschen, die nicht wie Reisende aussahen, sondern eher wie Flüchtlinge vor der Hitze. Hinter den Fahrkartenschaltern waren keine Verkäufer zu sehen. Alle schienen zu dösen oder regungslos vor sich hinzustarren. Die Auswirkungen der Hitze. Er sah zwei Indianer, ausgerechnet diese beiden hatten sich auf den Bänken ausgestreckt.

Sterling schob seinen Koffer mit dem Fuß ins Schließfach, quetschte die Einkaufstüten hinterher und schlug die Tür zu. Für ihn würde es keine Siesta geben; er würde sich nicht benehmen wie alle anderen, sondern hellwach bleiben, herumlaufen und sich die Innenstadt ansehen. Dort mußte es Hotels geben und Orte, an denen man einen kalten Drink bekommen konnte.

Als er die Straße überquerte, spürte Sterling, wie der Asphalt unter den Sohlen seiner Tennisschuhe ein wenig nachgab. Alle Oberflächen – Beton und Glas – strahlten Hitze aus. Selbst als er den ersten Häuserblock bereits hinter sich hatte, fühlte Sterling noch keinen Schweiß. Die Hitze war so trocken, daß sich gar keine Feuchtigkeit auf der Haut bilden konnte. Das Thermometer am Bankgebäude zeigte 39 Grad Celsius. Sterling fand, daß er sich in Anbetracht dessen noch recht gut fühlte.

Die Innenstadt von Tucson hatte große Ähnlichkeit mit der Innenstadt von Albuquerque, bevor man dort saniert hatte – was im wesentlichen bedeutete, daß die ältesten Gebäude mit den Geschäften, in denen sich die Indianer und die spanischsprechende Bevölkerung versorgt hatten, abgerissen wurden. Sterling wanderte die Straßen auf und ab. Das grellrosa Gerichtsgebäude von Tucson gefiel ihm. Er hielt die Finger in den Springbrunnen; das Wasser war kühler als er erwartet hatte. Er kam am Santa Rita Hotel vorbei und entschied, daß es zu teuer aussah. Auf einer schattigen Bank im Park gegenüber der Stadtbibliothek ruhte er sich eine Weile aus. Es gab eine Menge Fliegen dort, Sterling vertrieb sie mit seinem Hut. Einige der Hippies, die im Gras vor sich hin dösten, öffneten die Augen, als er herankam. Dann legten sie sich zum Schutz vor den Fliegen Zeitungen aufs Gesicht und schliefen weiter. Die Hippies in Albuquerque oder Barstow plagten Indianer ständig mit Fragen über die indianische Lebensweise. In Tucson benahmen sie sich mehr wie normale Weiße. Sie ignorierten die Indianer. Ein städtischer Polizeiwagen fuhr die Straße am Park entlang. Der Cop sah schläfrig aus, doch Sterling achtete darauf, ihm nicht in die Augen zu sehen. Obwohl er mit seinen schwarzweiß karierten Hosen und dem kurzärmeligen Hemd durchaus gut gekleidet war, wußte Sterling, daß manche Bullen keinen Grund brauchten, um Jagd auf Indianer zu machen.

Das einzige weitere Anzeichen von Leben in der Innenstadt bemerkte Sterling vor dem Blutspendezentrum. Zwei weiße Männer luden wärmeisolierte Container in einen Luftfracht-Laster. Die Container sahen aus wie Kühlboxen für Bier, obwohl Sterling natürlich wußte, daß sie Blut enthielten. Dies war etwas, was er noch nie getan hatte und wovon er hoffte, es nie tun zu müssen: sein eigenes Blut zu verkaufen. Das Spendezentrum war vermutlich der Grund, warum der kleine Park voller Hippies und heruntergekommener weißer Männer war.

Was er brauchte, war ein kaltes Bier. Er ging wieder in Richtung Norden, vorbei am Musikgeschäft und dem Perückenladen. Und dann sah er es: das Congress Hotel. Plötzlich erinnerte er sich. Das war der Ort, an dem John Dillingers Gang ihren schlimmsten Fehler gemacht hatte.

Sterling begann sich besser zu fühlen. Es würde interessant werden in Tucson, die Stadt hatte eine Geschichte. Wo sonst konnte er an eben dem Ort ein kaltes Bier trinken, an dem Dillinger und seine Gang im Jahre 1934 Bier getrunken hatten? Als er die Tür zur Bar öffnete, schlug ihm ein Schwall klimatisierter Luft ins Gesicht. Er brauchte einen Augenblick, um sich vom hellen Sonnenlicht auf die matte Barbeleuchtung umzustellen. Selbst wenn Indianer in dieser Bar unerwünscht sein sollten, wollte Sterling hier einen Drink nehmen – auf John Dillinger. Als seine Augen sich an das Dämmerlicht gewöhnt hatten, erkannte er, daß die Bar fast leer war, bis auf eine alte Frau auf einem Barhocker, die sich mit dem Barkeeper unterhielt, und zwei alte weiße Männer, die sich über ein Videospiel stritten. Sterling beobachtete das Gesicht des Barkeepers, um festzustellen, ob Indianer willkommen waren. Was er sah, war ein Ausdruck von Erleichterung. Vielleicht hatte der Barkeeper auf eine Gelegenheit gewartet, um von der alten Frau wegzukommen. Außerdem war Sterling gut gekleidet. Sogar in dieser Hitze trug er seinen Bolotie mit dem großen, eingebundenen Stück aus bestem Türkis. Der Barkeeper war überraschend freundlich. Er stellte das Bierglas vor Sterling und begann zu reden. »Sie versucht, mich auf ihr Zimmer zu locken«, sagte er. Er war ein kleiner, weißer Kerl mit einem leichten Ansatz zur Glatze und mit Tätowierungen, die seine beiden Arme von oben bis unten bedeckten. Die alte weiße Frau trug ein dunkelviolettes Kleid, das mit kleinen weißen Punkten übersät war. Ihre Füße steckten in weißen, hochhackigen Sandalen, die sie wie eine Professionelle um den Barhocker geschlungen hatte. Ihr weißes Haar lag in sorgfältig arrangierten kleinen Löckchen um ihr Gesicht. Sie hatte dezent Rouge aufgetragen und genau die richtige Menge Lippenstift. Vor vierzig Jahren war sie vermutlich eine Schönheit gewesen. »Laß dir von dem Barkeeper bloß nichts erzählen!« sagte sie zu Sterling. »Ich hatte ihn schon hundertmal auf meinem Zimmer.«

Dann wandte sie sich wieder ihrem Drink zu – irgend etwas Pinkfarbenes in einem hohen Glas. Auch der Barkeeper wandte sich von Sterling ab, wischte die Theke und spülte Gläser aus. Die beiden alten Männer saßen nicht mehr am Spielautomaten, sondern gossen aus einem Krug Bier nach und stritten über Flipperautomaten und Videospiele. Wie konnte man sich nur mit Videospielen abgeben? Alles war elektronisch, wie ein Computer darauf programmiert, einen zu schlagen. Man hatte gar keine Chance! Beim Flipperautomaten konnte man zumindest die Einwirkung der Schwerkraft beobachten – das Vorschnellen des Flippers mit exakt dem richtigen Druck, um die stählerne Kugel die Rampe hochzuschießen und sämtliche Glocken und Summer ertönen zu lassen.

Allmählich konnte sich Sterling vorstellen, wie die Bar zu Dillingers Zeiten ausgesehen haben mochte. Die Sitzbänke in den Nischen und die Barhocker waren jetzt mit rotem Plastik bezogen, aber man konnte erkennen, daß sie früher einmal mit richtigem Leder ausgestattet waren. Lediglich die Theke bestand noch immer aus dunklem Mahagoni. Sämtliche Tische hatten inzwischen rote Resopalplatten, und der Raum war mit einem roten, strapazierfähigen Teppich ausgelegt worden, den zahllose Brandlöcher wie Pockennarben bedeckten. Doch am Türrahmen war noch immer ein Rand von schwarzen Marmorkacheln zu sehen. In seinen Glanzzeiten mußte es ein nobler Ort gewesen sein. Sterling bestellte noch ein Bier und fragte den Barkeeper, ob es immer so ruhig zugehe. »Oh, das ist ziemlich normal für einen Dienstag«, antwortete er. »Zur Happy-Hour kommen sie dann rein.« Er nickte in die Richtung der beiden alten Männer und der alten Frau. Es waren Rentner, die in den billigen Zimmern in der Innenstadt lebten. Die alte Frau hing mit ihren Stökkelschuhen am Barhocker und lehnte sich zu den beiden Alten hinüber, die noch immer über Flipperautomaten und Videospiele stritten. Von Zeit zu Zeit warf sie dem Barkeeper oder Sterling einen schrägen Blick zu. »Du bist kein Arizona-Indianer«, sagte der Barkeeper. Sterling schüttelte den Kopf.

Genau in diesem Augenblick kamen die beiden Männer in die Bar. Beide trugen dunkle Sonnenbrillen, und ihre Augen wanderten unruhig und suchend durch den Raum. Die Männer trugen die gleichen weißen Jeans, blaßgelben Polohemden und dicken, goldenen Armbanduhren. Der Mexikaner mit dem brutalen Gesicht starrte Sterling an. Der junge Weiße, der ihn begleitete, starrte Sterling ebenfalls an. Sterling grinste unbehaglich zum Barkeeper hinüber. Die beiden waren auf der Suche nach dem alten Fernando, der, wenn er sich nicht gerade betrank, als Gärtner arbeitete. Aber der alte Mann war seit Wochen nicht gesehen worden. Der Mexikaner mit dem brutalen Gesicht kam auf Sterling zu. »Sie«, sagte er, »was ist mit Ihnen? Können Sie arbeiten?«

»Gartenarbeit?« Sterling fühlte sich plötzlich wie benommen vom Bier und von der Hitze. »Äh, ja!« antwortete er. »Ja!« Er versuchte, so rasch wie möglich zu sagen, was die beiden Männer mit den dunklen Sonnenbrillen hören wollten.

»O ja!« hörte Sterling sich sagen. »Große Rasenflächen! Alle Sorten Flieder – lila, lavendelfarben, rosa, weiß, blau!« Bevor Sterling sich über den riesigen Goldfischteich auslassen konnte – natürlich war alles frei erfunden –, hatte Ferro sich umgedreht und zur Tür gedeutet. »Sie sind eingestellt. Gehen wir.«

Der Mexikaner ließ den jungen Weißen den Truck steuern. Während der Fahrt sprach niemand ein Wort. Von der Innenstadt aus fuhren sie in nördliche und dann in westliche Richtung. Die trockene Hitze hatte die Blätter der Wüstenbäume blaßgelb gedörrt. Sogar die Kakteen waren zusammengeschrumpft.

Sterling hatte noch niemals solche Hunde gesehen – knurrende, bellende Wachhunde, die wütend an dem Maschendrahtzaun hochsprangen. Einige waren schwarz, andere rötlich, mit kurzem Fell und brauner oder schwarzer Zeichnung im Gesicht, die wie eine Maske wirkte. Sterling bemerkte, daß alle Hunde schwere Lederhalsbänder trugen, in die winzige, schwarze Metallzylinder eingearbeitet waren.

DIE STEINERNEN GÖTTERBILDER

»Na ja«, sagt Sterling und schiebt den Besen zurück zum flachen Ende des Beckens. Er hält inne und blickt zu den Catalina Mountains im Osten. »Ich hoffe, daß ich eine Weile hierbleiben werde, weil ich keinen anderen Platz habe und nicht weiß, wo ich hingehen soll.« Sterling muß sich räuspern, um die Tränen zurückzuhalten. Seese wischt sich mit dem Handrücken über das Gesicht, löst ihren Blick jedoch nicht vom Wasser. Ihre Trauer erschreckt ihn. Sterling wird von Erinnerungen übermannt; seine Beherrschung löst sich auf in Reue und tiefstes Bedauern.

Die steinernen Götterbilder waren es gewesen, die zu Sterlings Verbannung geführt hatten. Wie oft war der Diebstahl der Steinfiguren während der Anhörungen und der Verhandlungen des Stammesrates erwähnt worden? So oft, daß sein Kopf davon ganz benommen wurde und er den Anschluß verloren hatte. Die Steinfiguren waren vor achtzig Jahren gestohlen worden. Und trotzdem erinnerte man sich in Laguna an dieses Verbrechen, als sei es gerade erst passiert. Aber der Vorfall mit dem Filmteam aus Hollywood und dem Schrein der Großen Steinernen Schlange war kein Verbrechen gewesen; er war das Resultat eines einfachen Fehlers. Ein kleines Versehen, ein Unfall.

Der Diebstahl der Steinfiguren vor vielen Jahren hatte großes Leid verursacht. Die Figuren aus dunkelgrauem Basalt von der Größe und Form einer Kornähre waren den Menschen von den Kachinageistern zu Beginn der Fünften Welt, der Jetzt-Zeit, übergeben worden. Die »Kleine Großmutter« und der »Kleine Großvater« lebten in Lederbeuteln, die vom Alter grau und brüchig geworden waren. Obwohl sie keine Gesichter und Gliedmaßen besaßen, hatte jeder der »Kleinen Großeltern« eine Kette aus winzigen weißen Muscheln und Türkisen getragen. So alt wie die Erde selbst, hatten die kleinen Steinfiguren die Menschen auf ihrer langen Reise aus dem Norden begleitet.

Von Generation zu Generation war die Verantwortung für den Schutz und die Pflege der Steinfiguren an eine ältere Clansfrau und einen ihrer männlichen Verwandten weitergegeben worden. Sie bereitete das Maismehl und die mit Regenwasser besprenkelten Pollen, um die Geister der Steinfiguren zu füttern, die sie, wenn sie nicht in der Kiva waren, in ihrem Haus aufbewahrte. Sie hob sie ebenso zärtlich hoch, wie sie einst ihre eigenen Babys hochgehoben hatte, sprach sie jedoch mit »meine verehrten und geliebten Vorfahren« an.

Die Steinfiguren waren, laut offiziellem Polizeibericht, von »einer oder mehreren unbekannten Personen« von einem Kivaaltar gestohlen worden. Ein Heer von Anthropologen war den ganzen Winter hindurch um die Pueblos gestrichen, um antike Gegenstände und Figuren einzutauschen oder sie ohne Umschweife zu kaufen. Die Ernten der vorangegangenen beiden Jahre waren nur mager ausgefallen, und die Anthropologen hatten Kornmehl zum Tausch angeboten. Zudem hatten sie herausbekommen, daß sie mit den christlichen Konvertiten und dem örtlichen Saufbold zusammenarbeiten konnten.

Die Erinnerung an die kleinen Lederbeutel war schmerzvoll für die Menschen, denn die »Kleinen Großeltern« hatten sie für immer verlassen. Sie hatten die Medizinleute aller Pueblos und auch die Navajo und Apachen verständigt. Alle, die die Gabe besaßen, in stillem Wasser oder in Flammen nach vermißten Gegenständen oder Personen zu suchen, alle, die in trüben Opalen Hexereien verbreitende Feinde erkennen konnten, begaben sich auf die Suche. Und alle Sehenden hatten übereinstimmend festgestellt, daß die Steinfiguren zu weit weg waren, um noch klar gesehen zu werden. Weit, weit weg im Osten.

Die Jahre vergingen. Der Erste Weltkrieg brach aus. Die ältesten Priester waren alle gestorben, ohne ihre »Kleinen Großeltern« noch einmal gesehen zu haben. Immer weniger waren übrig von denen, die die »Kleinen Großeltern« noch ausgewickelt auf dem Kivaaltar hatten liegen sehen: glatte Steine mit den rundlichen Formen von Mann und Frau.

Dann kam eine Nachricht aus den Pueblos im Norden. Sie sollten sich nach Santa Fé begeben und dort ein Museum aufsuchen. Ein kleines Museum außerhalb der Stadt. Die Kälte und Feuchtigkeit des Frühjahrs hatten die durch die mageren Ernten verursachte Not noch verstärkt. Die zuständigen Behörden hatten nicht genügend Kornvorräte, die sie verteilen konnten, und aus dem Navajogebiet kamen Nachrichten, daß die Menschen an

Hunger und Kälte starben. Die Regierung in Santa Fé war bereits zwei Jahre im Amt und kümmerte sich nicht um Indianer. Schließlich hatten Indianer kein Stimmrecht bei den Wahlen in Einzelstaaten. Die Indianer waren Washingtons Problem. Eine Wagenladung dreckiger Indianer kümmerte wirklich niemanden. Die Delegierten aus Laguna waren schon wiederholt nach Santa Fe gereist, um in Grenzstreitigkeiten gegen den Staat auszusagen, der den Laguna-Indianern widerrechtlich Land entzogen hatte. Der Dolmetscher der Delegation kannte sich aus, und ein Verwaltungsbeamter hatte ihnen gesagt, wie sie zum Museum kamen.

Mit Ausnahme der Nordseite war die rote Erde der piñonbewachsenen Hügel frei von Schnee. Es war früher Nachmittag, aber die Sonne war schon ziemlich schwach, als sie am wolkenverhangenen südwestlichen Horizont verschwand. Von den hochgelegenen Schneefeldern in den Bergen über Santa Fe wehte eine eisige Brise herunter. Beim Museum ließ der Dolmetscher die anderen draußen im Lieferwagen zurück. Der alte Kazike zitterte vor Kälte. Sie entzündeten ein kleines Feuer aus Piñonkiefer und setzten eine Kanne Kaffee auf. Die Museumsangestellten beäugten sie mißtrauisch durch die Fenster.

»Ja, es gibt zwei Steinfiguren, auf die diese Beschreibung paßt«, erzählte der Assistent des Kurators dem Dolmetscher. »Die jüngste Neuerwerbung von einem Privatsammler in Washington, D.C.« Der Dolmetscher entschuldigte sich und ging hinaus, um die anderen hereinzuwinken, die beim Lieferwagen zurückgeblieben waren.

Die Glasvitrine, in der die Steinfiguren aufbewahrt wurden, stand in der Mitte der großen Eingangshalle des Museums. Weitere Vitrinen entlang der Wände enthielten Tongefäße und Körbe, die so alt waren, daß sie nur aus den Gräbern früher Vorfahren stammen konnten. Die Delegation aus Laguna berichtete später, daß sie auch heilige Kachinamasken der Hopi und Zuni gesehen hatten, Gebetshölzer und heilige Beutel, die armen, zusammengeschrumpften Überreste einer Vorfahrin, die man aus ihrem Grab geholt hatte, und einen kompletten holzbemalten Kivaschrein, den das Cochiti Pueblo vor Jahren als gestohlen gemeldet hatte.

Die Delegation ging langsam und schweigend an den Schaukästen vorbei. Als sie jedoch zur Vitrine in der Mitte der großen Halle kamen, begann der alte Kazike zu weinen, sein ganzer Körper bebte vor Altersschwäche und Kälte. Er schien die gläserne Trennscheibe völlig zu vergessen und versuchte, nach den kleinen Steinfiguren zu greifen, die so schrecklich entblößt vor ihm lagen. Der alte Mann klopfte mit den Fingern unentwegt gegen die Glasvitrine, bis der Assistent schließlich nervös wurde. Später berichteten die Delegierten, wie der weiße Mann sich plötzlich zu ihnen umgedreht und sie angeschaut hatte, als befürchtete er, sie seien gekommen, um alles zurückzuholen, was ihnen gestohlen worden war. Diesen einen Moment lang hatten beide, Weiße und Indianer, eine Ahnung davon verspürt, was noch alles geschehen würde.

Es gab eine Diskussion zwischen dem Assistenten und dem Dolmetscher, der ausrichtete, was die Delegation zu sagen gekommen war: Diese kostbaren, heiligen Figuren waren gestohlen worden. Das Museum für anthropologische Forschung hatte gestohlenes Eigentum erhalten und angenommen. So besagten es die eigenen Gesetze der Weißen. Nicht einmal ein unwissender Käufer hatte einen Besitzanspruch auf gestohlenes Gut. Die Lagunas verfügten in ihren Reihen über Zeitzeugen, welche die »Kleinen Großeltern«, wie die Leute sie lieber nannten, ausführlich beschreiben konnten. Denn dies waren nicht einfach nur behauene Steine, dies waren *Wesen*, geformt von den Kachinageistern mit ihren eigenen Händen. Der Assistent des Kurators beharrte auf seinem Standpunkt. Die »lithischen« Stücke seien der Forschungsstätte von einem namhaften Gönner gestiftet worden, dessen Ruf über jeden Zweifel erhaben sei. Da der Kurator sich selbst nicht im Hause befinde, müsse die Delegation in der nächsten Woche wiederkommen. Als einige der Delegationsmitglieder laut wurden und der Dolmetscher erklärte, daß sie bereits jetzt aus großer Entfernung angereist waren, wurde der Assistent deutlich. Er sei heute sehr beschäftigt. Die Indianer sollten sich an das BIA wenden oder einen Anwalt hinzuziehen.

Die Delegation führte den alten Kaziken zur Tür hinaus, doch der Kriegshäuptling blieb zurück. Nicht um den Steinfiguren zuzuflüstern, wie leid es ihm tat – so, wie es die anderen

Delegationsmitglieder getan hatten –, sondern um sich all die übrigen gestohlenen Gegenstände einzuprägen, die im Raum zu sehen waren.

Draußen schien es, als sei der alte Kazike in Trance gefallen. Während sich der Kriegshäuptling, der Stammesgouverneur und der Dolmetscher darüber stritten, ob man einen weiteren Prozeß anstreben solle, hockte der alte Kazike in eine Decke gehüllt neben der Asche des Lagerfeuers und wiegte sich hin und her. Der Gouverneur hatte recht. Natürlich konnten sie sich keinen weiteren Prozeß leisten.

All das war vor siebzig Jahren passiert, doch Sterling wußte, daß siebzig Jahre gar nichts waren – für Laguna nicht mehr als ein Herzschlag. Und in dem Moment, als die Katastrophe mit den Filmleuten aus Hollywood passierte, war es, als seien die Steinfiguren erst gestern gestohlen worden. Es war anzunehmen, daß jeder von denen, die die Geschichte siebzig Jahre später erzählten, noch bitterlicher geweint hatte als der alte Kazike selbst, und dabei hatte der alte Mann die Rückkehr der Delegation aus Santa Fe nicht einmal um einen Monat überlebt.

Da war die Schuld vieler hundert Jahre, die auf irgend jemanden abgeladen werden mußte, Schuld an anderen, ähnlichen Verlusten. Und dann gab es die Schuld an den jüngsten Vorfällen. Sterling war bereits nach Barstow gezogen, um für die Eisenbahn zu arbeiten, als man in der Nähe des Dorfes Paguate Uran entdeckte. Er hatte sich an den langen Diskussionen und Streitereien über den Abbau nicht beteiligt. Zum Schluß war dem Laguna Pueblo sowieso keine Wahl geblieben. Man schrieb 1949, und die Vereinigten Staaten benötigten das Uran für die neuen Waffen, besonders im Hinblick auf den Kalten Krieg. Das war die Begründung der Bundesregierung, mit der diese die Bedenken und Einwände der Bewohner des Laguna Pueblos zurückgewiesen hatte. Und natürlich hatte es zu dieser Zeit eine ganze Generation von Veteranen des Zweiten Weltkriegs gegeben, die nach Hause gekommen waren, um nach Jobs zu suchen, nach einer Möglichkeit, sich einige der Annehmlichkeiten zu erhalten, die sie in den Jahren außerhalb der Reservation genossen hatten. Die traditionsbewußten Alten hatten sich mit Händen und Füßen dagegen gewehrt, Mutter Erde so nah am heiligen

Ort der Erscheinung aufzureißen. Aber diese Alten waren einer nach dem anderen gestorben und bereits in der Minderheit. Und so hatte sich der Stammesrat mit der Mine einverstanden erklärt, weil die Regierung ihnen ohnehin keine Wahl ließ und die Mine Arbeitsplätze verhieß. Sie waren die ersten Pueblo-Indianer, die davon profitierten, daß man der Erde schreckliche Schaden zufügte.

Sterling hatte seinen Job nicht aufgegeben wie viele andere Lagunas, um in die Reservation zurückzukehren und in der Mine zu arbeiten. Er hatte dort außer Tante Marie keine nahen Angehörigen, und nachdem er sich an seinen Eisenbahnjob und das Leben in Barstow gewöhnt hatte, verspürte er kein Verlangen danach, sich erneut mit einem Umzug zu belasten oder in einer Uranmine zu arbeiten. Deshalb hatte er es vermieden, sich in die heftigen Diskussionen der Alten hineinziehen zu lassen, die davor warnten, daß sie dafür alle würden büßen müssen, für diese Entweihung, dieses Verbrechen an allen lebenden Wesen. Die wenigen Male, die Sterling zur Zeit der Laguna Fiesta nach Hause gekommen war, war er sehr erleichtert gewesen, daß sein Eisenbahnjob ihn davor bewahrte, in die Auseinandersetzung hineingezogen zu werden. Tante Marie und die alten Clansmütter, die sich in ihrer Küche versammelt hatten, wurden nicht müde, Unheil zu prophezeien. Sterling hatte still zugehört, während sie redeten und redeten. Die Alten hatten starrköpfig an ihren Prophezeiungen festgehalten. Was immer auch geschehen würde, es mußte nicht unbedingt gleich passieren; nicht einmal in den nächsten zwanzig oder sogar hundert Jahren. Denn der Zeitbegriff der Weißen interessierte die Alten nicht. Doch Sterling hätte nicht im Traum daran gedacht, daß sein eigenes Leben eines Tages durch diese Mine für immer verändert werden würde. Die alten Leutchen hatten von Anfang an recht gehabt. Die Mine hatte Sterlings Leben ruiniert, ohne daß er jemals einen Fuß in die Nähe der zerstörten Erde bei der offenen Grube gesetzt hatte. Wäre die Mine nicht gewesen, wäre die große Steinschlange niemals aufgetaucht, und das Filmteam aus Hollywood hätte sie niemals gesehen oder gefilmt.

Das Filmteam hatte gar nicht verstanden, was sie da am Fuß der Berge aus gräulichen Abraumhalden sahen und filmten. Nach

Sterlings Auffassung bedeutete dies, daß das Geheimnis der steinernen Schlange intakt war. Aber nach Auffassung der Kaziken und der Kriegshäuptlinge bedeutete dieses Sakrileg die Wiederholung der Geschichte der Steinfiguren.

Sterling hatte versucht, vernünftig mit den Mitgliedern des Stammesrates zu reden. Nichts war im eigentlichen Sinne gestohlen oder weggenommen worden. Sterling hatte eine Menge Argumente vorgebracht. Aber es war nicht zu ändern gewesen. Der Stammesrat hatte Sterling dazu ausersehen, die Leute aus Hollywood unter Kontrolle zu halten. Man hatte sich auf ihn verlassen. Man hatte sich auf seine jahrelange Erfahrung im Zusammenleben mit Weißen in Kalifornien verlassen, und er hatte sie betrogen.

Seese sieht verwundert aus und schüttelt den Kopf. Sie haben ihn wegen dieses einen Vorfalls für immer verbannt? Sterling steht bei der Filteranlage des Pools und rollt den Gartenschlauch auf. Er gibt einen Seufzer von sich, den Seese auf der anderen Seite des Beckens deutlich hören kann. »Es war der Tropfen, der das Faß zum Überlaufen brachte«, sagt Sterling und schaut traurig ins Wasser. »Aber die anderen Sachen waren wirklich nicht besonders schlimm ...«

DIE RANCH

Sterling versprach, Seese den Rest der Geschichte ein andermal zu erzählen. Im Moment war es einfach zuviel, und Sterling hatte wieder und wieder darüber nachgedacht. Die Zeitschriftenartikel schienen sich alle einig zu sein: Um Depressionen zu überwinden, mußte man die Vergangenheit ruhen lassen. Sterling holte den Ausschnitt über Psychohygiene aus seiner Brieftasche. Seese schaute ihn an, schien aber nicht zuzuhören. Sie konzentrierte sich auf die untere linke Ecke des Blattes, in der gar nichts über Depressionen stand. Plötzlich füllten sich ihre Augen mit dicken Tränen. Sie warf Sterling einen hoffnungslosen Blick zu, schüttelte den Kopf und drückte ihm den Zeitungsausschnitt wieder in die Hand. Dann rannte sie zum Haus. Sterling fühlte, wie seine ganze Kraft ihn durch die Füße verließ. Die Beine wurden ihm schwer. Vielleicht würde er wirklich nicht hierbleiben können. An manchen Tagen hatte er das Gefühl, als sei die Stimmung im Haus vor Spannung elektrisiert. Die jahrelange Arbeit beim Bautrupp der Eisenbahn hatte ihn gelehrt, besser keine dummen Fragen über die Bosse zu stellen. Er kämpfte gegen eine Welle der Hoffnungslosigkeit an. Noch immer war er neu hier. Sogar die Erde selbst war ihm fremd. Er konnte sehen, wie sich die Wüstenlandschaft hob und senkte, eine jadegrüne See, die sich gegen den Horizont abhob, und gezackte blaue Bergspitzen, die wie Inseln über dem Tal aufragten. Wenn er mit seinem Rechen im Garten arbeitete, staunte er immer wieder über die Flechten und Moose, die die Nordhänge nach jedem kleinsten Regenschauer überzogen. Die wenigen Male, die Sterling sich vom Pfad zu den Korrals oder dem Wasservorratsbehälter entfernt hatte, hatten ihm das Gefühl gegeben, einen Dschungel aus Dornen und Stacheln zu betreten. Merkwürdige und gefährliche Pflanzen gediehen auf diesen steinigen Hügeln.

Einen Moment lang verharrte die Weite der Wüste und des Himmels bewegungslos. Kein Habicht kreiste in der Luft. Die Kojoten schwiegen. Auch von den Wachhunden, die tagsüber den Arroyo und die Gebirgsausläufer patrouillierten, und von den Hunden der Nachtwache im Zwinger war kein Laut zu hören. Sterling verspürte große Lust, sich auf dem Liegestuhl am Pool auszustrecken.

Es wäre allerdings nicht gerade vorteilhaft für den neuen indianischen Gärtner, während der Arbeitszeit beim Nickerchen erwischt zu werden, auch wenn die alte Chefin und ihr merkwürdiger fetter Neffe sich um wichtigere Dinge zu kümmern hatten. In seinem Zimmer im hinteren Teil des Geräteschuppens fühlte sich Sterling sicher. Das kleine Nebengebäude in der Nähe der Korrals war unscheinbar. Aber er hatte dort Platz für sein Bett, und außerdem gab es eine Toilette mit einem winzigen Kühlschrank und einem kleinen Kocher. Die Dusche befand sich in der Ecke des Raums, in der Nähe der Werkzeuge und der Lagerregale. Die Rohrzangen und Schraubenzieher hatte schon lange niemand mehr angefaßt, und große Farbtöpfe mit vertrockneter Farbe standen auf staubigen Regalbrettern, die eine ganze Wand bedeckten. Sterling wartete darauf, daß er genug Mut fand, Ferro oder die alte Chefin zu fragen, ob sie damit einverstanden wären, wenn er den ganzen unbrauchbaren Plunder aus dem Schuppen räumte.

Sein Bett war bequem, obwohl Sterling annahm, daß es wahrscheinlich weicher war, als es die Experten und Ärzte in ihren Artikeln empfahlen. Aber jedesmal, wenn Sterling sich in diese Weichheit fallen ließ, schlief er ohne aufzuwachen bis zum nächsten Morgen durch. Doch an diesem Nachmittag war die Schläfrigkeit, die er am Pool verspürt hatte, verschwunden, als er endlich in seinem Zimmer ankam. Er konnte nicht aufhören, an die arme blonde Frau zu denken, die plötzlich so traurig geworden war und noch einsamer zu sein schien als er selbst. Sie hatte zu weinen begonnen, als sie den Artikel gesehen hatte, der unter dem Bericht über Depressionen stand. Der Artikel handelte von einer Frau, die drei ihrer Kinder ermordet hatte. Dem Police Detective, der den Fall schließlich gelöst hatte, war ein samtiger, weißer Stoffhund auf einem Regal im Kinderzimmer aufgefallen. Samtige, weiße Fasern hatte man auch in den Nasen und Mündern der toten Kleinkinder gefunden und unter ihren winzigen Fingernägeln. Die Frau hatte alle – Ehemann und Verwandte, Ärzte und Polizei – davon überzeugt, daß ihre Kinder am plötzlichen Kindstod gestorben waren. Sterling konnte verstehen, daß ein solcher Artikel eine junge Frau wie Seese mitnahm. Er selbst hatte den Bericht nicht lesen können, ohne sich vorzustellen, wie ein armes, hilfloses Baby verzweifelt nach Atem rang, während seine eigene Mutter ihm einen Stoffhund aufs Gesicht preßte. Sterling hatte Hunde noch nie leiden können – weder ausgestopft noch lebendig. Es lief ihm jedesmal kalt den Rücken herunter, wenn er an diese armen Babys dachte und an die häßlichen Glasaugen des Stoffhundes.

Paulie hatte die Verantwortung für die Hunde auf der Ranch. Sterling hatte von ihm nur einmal Instruktionen erhalten, doch angesichts dieser Kampfhunde gelobt, sie niemals zu vergessen. Niemand außer Paulie durfte die Hunde füttern. Sterling hatte zu warten, bis Paulie ihm nacheinander die Zwinger öffnete, damit er sie fegen und ausspritzen konnte. Sollte Sterling jemals, aus welchem Grund auch immer, in eine der äußeren Umzäunungen geraten, in denen die Hunde patrouillierten, hatte er völlig regungslos stehenzubleiben, sobald sie ihn erblickten. Sollte ihn ein Hund angreifen, hatte sich Sterling bäuchlings auf den Boden zu legen, bewegungslos und mit angezogenen Knien, und mit Händen und Armen seinen Nacken und Kopf zu schützen. Paulie hatte diese Anweisungen mit leiser, mechanischer Stimme heruntergebetet, als wäre es ihm völlig egal, ob die Hunde ihn in Stücke rissen oder nicht. Später hatte Sterling Seese gefragt, was sie von Paulie hielt. Sterling selbst war überzeugt, daß Paulie es gerne sehen würde, wenn die Hunde einmal jemanden erwischten. Seese antwortete ihm nicht, aber Sterling erkannte an ihrem Gesichtsausdruck, daß ihr Paulies Verachtung für sie und Sterling nicht entgangen war. »Tja, die Hunde. Denken Sie nur mal an ihre Namen«, war alles, was Seese gesagt hatte. Die einzigen Namen der Kampfhunde, die das Grundstück bewachten, an die Sterling sich erinnern konnte, waren Cy, Nitro, Mag und Stray; dabei gab es noch acht weitere Hunde, deren Namen zu kompliziert waren, um sie sich zu merken. Cyanide, Nitroglycerine, Magnum und Stray Bullet waren die Hunde der Tageswache.

Sterling hatte Seese gefragt, ob sie Angst habe, aber sie hatte nur mit den Schultern gezuckt. »Diese Halsbänder sind elektronisch«, erklärte sie. »Sie haben eingebaute Funksender. Lecha sagt, einer von ihnen trägt ein größeres und schwereres Halsband. Das sei ein Halsband mit Kamera.« Seese lachte. »Sie hat erzählt, daß sie die Hunde per Fernbedienung stoppen können. Die Halsbänder geben kleine Stromstöße ab und Signale und Befehle.«

Später hatte Sterling Paulie dabei beobachtet, wie er an den Hundehalsbändern herumgedrückt und -gebastelt hatte. Der einzige Moment, in dem er beobachten konnte, wie sich Paulies Gesichtsausdruck entspannte und weich wurde, war, wenn Paulie sich mit den Hunden beschäftigte. In einer Art Babysprache hatte er leise mit ihnen geflüstert und sie gestreichelt, bevor er ihnen befahl, den Zwinger zu verlassen oder zu betreten. Er streichelte sie auch, während er den Hunden für die Nachtwache die Halsbänder der Tageswachhunde umband.

Die Hunde waren Dobermänner, deren Ohren so kurz geschnitten waren, daß ihre Köpfe mehr Ähnlichkeit mit Schlangen aufweisen als mit Hunden. Trotzdem kamen die Hunde mit Kaktusstacheln in den Ohren und zwischen den Zehen von der Wache zurück. Paulie, dem sonst nichts schnell genug gehen konnte, bemühte sich mit unermüdlicher Geduld darum, die Stacheln zu entfernen und die Wunden zu verbinden. Paulie hatte Sterling dabei erwischt, wie er ihn beobachtete, und ihm einen so mörderischen Blick zugeworfen, daß Sterling im Zwinger, den er eigentlich hätte reinigen sollen, rückwärts in einen Hundehaufen getreten war. Paulie wollte nicht, daß jemand sah, wie sorgfältig er jeden Hund untersuchte. Im Laufe der Zeit begann Sterling sich zu fragen, ob Paulie nicht vielleicht der Merkwürdigste von allen war, sogar noch merkwürdiger als die beiden alten Frauen oder der Mann, Ferro.

Am seltsamsten war ihm Paulie in Ferros Nähe erschienen. Paulies blaßblaue Augen, die ein Gesicht sonst niemals direkt ansahen, hingen wie gebannt an Ferros Gesicht. Und Ferro hatte die Angewohnheit, sich diesem Blick durch abruptes Umdrehen zu entziehen. Sterling fiel jedesmal ein Stein vom Herzen, wenn die beiden davonfuhren. Die Tageswachhunde bellten und heulten hinter dem Pickup-Wagen her, während er die verschiedenen elektrisch gesteuerten Tore passierte. Nicht einmal in Gegenwart der alten Chefin oder ihrer Schwester fühlte sich Sterling so unbehaglich wie bei diesen beiden Männern. Die alte Chefin hatte sich für gar nichts interessiert, außer dafür, daß er kein Arizona-Indianer war. Sie wollte einfach niemanden einstellen, der Hunderte von Verwandten in der Nähe hatte und Dutzende von Angeheirateten, die die Ranch zu ihrem zweiten Zuhause machen würden.

Zeta hatte zufrieden ausgesehen, als Sterling erzählte, daß er seit dem Tod seiner Tante Marie allein auf der Welt war. Ferro hatte sich sogar danach erkundigt, welche Art von Post er erwartete. Er verzog keine Miene, als Sterling von dem Scheck mit seiner Eisenbahnpension anfing. Briefe erwarte er keine. Dann zählte Sterling seine Zeitschriftenabonnements auf, und Ferro drehte sich abrupt um, noch bevor Sterling geendet hatte. Freie Tage oder Ausflüge nach Tucson wurden nicht erwähnt. Wenn Sterling sich erst einmal eingelebt hatte, würde er vielleicht Lust haben, ab und zu in die Stadt zu fahren. Er wollte sich einen

Ausweis für die Leihbibliothek besorgen. Außerdem war er neugierig auf die Stadt selbst, denn Tucson hatte eine berühmt-berüchtigte Vergangenheit. Schließlich war Tucson die Endstation für Tom Mix und andere berühmte Leute gewesen – Geronimo und John Dillinger zum Beispiel. Alte Mafiabosse und ihre Getreuen zogen sich nach Tucson zurück, um hier in Ruhe darauf zu warten, daß sie im Schlaf von einem Schlaganfall dahingerafft wurden. Sterling hatte große Lust, einfach einmal an den Schauplätzen dieser historischen Ereignisse zu stehen.

Gelegentlich erschienen Sonderausgaben der *Police Gazette* mit den berühmtesten Verbrechen der Vergangenheit. Das war seine Spezialität. Am besten hatte ihm die Sonderausgabe über Geronimo gefallen. Neben Geronimo wurde in diesem Heft auch über John Dillinger, Pretty Boy Floyd und Billy the Kid berichtet. Sterling hatte Tante Marie und ihre Schwestern oft von den alten Zeiten reden hören, von Geronimos letzten Überfällen, als sogar ein ganzer Zug Freiwilliger aus Laguna dabei geholfen hatte, Gebiete in New Mexico nach rebellischen Apachen abzusuchen. Irgendwie hatte Sterling sich nie vorstellen können, daß der alte Geronimo vom gleichen Kaliber gewesen sein sollte wie Bonnie Parker und Clyde Barrow. Für Geronimo war das Verbrechen der letzte Ausweg gewesen, nachdem die Truppen der mexikanischen Armee seine Frau und drei Kinder auf US-amerikanischem Gebiet im Süden Arizonas ermordet hatten. Trotz der Grenzverletzungen durch die mexikanische Armee und der Ermordung von Apachenfrauen und -kindern, die der Gerichtsbarkeit des US-Kriegsministeriums unterstanden hatten, war von dieser Seite aus niemals gegen die mexikanische Armee vorgegangen worden. Geronimo war gezwungen gewesen, sich selbst Gerechtigkeit zu verschaffen.

Es hatte nur wenige Jahre gedauert, bis auch Geronimos zweite Frau und ein weiteres Kind ermordet worden waren. Sie hatten zu einer kleinen Gruppe von Frauen, Kindern und Alten gehört, die freiwillig aus den Bergen gekommen waren, um in der versprochenen Sicherheit und dem Frieden von Ft. Grand zu leben. Aufmerksam gemacht auf das Herannahen einer Horde verrückter Weißer, die mit Einspännern und Planwagen aus Tucson heranrückten, hatte der befehlshabende

Offizier verzweifelte Hilferufe an patrouillierende Kavallerieeinheiten ausgesandt. Aber jede Hilfe war zu spät gekommen, um die Ermordung der wehrlosen Apachen zu verhindern.

Dank seiner Zeitschriften wußte Sterling, daß viele berüchtigte Kriminelle ähnlichen Groll gegen Regierungen oder Behörden empfunden hatten, weil diese es versäumt hatten, ihnen Schutz oder Gerechtigkeit zuteil werden zu lassen.

Natürlich war Sterling klar, daß es für Verbrechen keine Entschuldigungen gab. Aber Geronimo hatte diesen Krieg geführt, um seine Heimat zu verteidigen. Sterling gefiel die verständnisvolle Art der Berichterstattung über das Leben der Gesetzlosen in den Sonderausgaben der *Police Gazette*. Trotzdem war klar, daß das Gesetz keine Entschuldigungen akzeptierte. Sie waren alle gewaltsam ums Leben gekommen: durch die Gaskammer oder den elektrischen Stuhl, oder sie wurden niedergeschossen – mit Ausnahme Geronimos. Die Sonderausgaben zeigten jedesmal eine ganze Seite mit schwarzen, verschwommenen Fotos der erschossenen Kriminellen; Pfützen aus schwarzem Blut umgaben ihre Köpfe, und später lagen sie aufgebahrt auf schneeweißen Leichenhaustischen.

Es war klar, daß Verbrechen sich nicht auszahlte. Geronimo war einer der wenigen berühmten amerikanischen Staatsfeinde, die nicht durch ein Attentat oder mit einer Schlinge um den Hals gestorben waren. Aber Geronimo war dazu verurteilt worden, sein Leben als Gefangener in Ft. Sill, Oklahoma, zu beschließen – eine Strafe, die schlimmer war als der Tod. Als sie noch Vandalen und Mörder gewesen waren, hatte man Geronimo und den großen Krieger Red Cloud zum Tod durch Erhängen verurteilt. Doch beide waren Meister des Guerillakrieges; der eine hatte die US-Kavallerie auf den Upper Great Plains bekämpft, der andere war fünftausend US-Kavalleristen im unzugänglichen Wüstengebirge im Norden Sonoras davongerannt. Einige Jahre später hatte Präsident Teddy Roosevelt nach seiner zweiten Wiederwahl seine politischen Gegner damit schockiert, daß er Geronimo, Red Cloud und Quanah Parker einlud, in seiner Eröffnungsparade mitzureiten. Seinen Kritikern erzählte Teddy Roosevelt, alles, was ein neuer Präsident seinen Wählern schulde, sei eine gute Show – und genau die hatte er ihnen geboten!

Sterling war sich ziemlich sicher, daß, den alten Fotos nach zu urteilen, auch Cole Younger und einige aus Jesse James' Gang Indianerblut in sich gehabt hatten. Die Starrs, das wußte er, waren Halbblute aus Oklahoma gewesen. Sterling vermutete, daß er selbst wahrscheinlich einer der wenigen Indianer war, die sich für berühmte indianische Gangster interessierten, denn viele Stammesführer und sogenannte Indianer-Experten zogen es vor, die Indianer auch von diesem Teil der amerikanischen Geschichte auszuschließen, weil sich ihre einzig nennenswerten Taten damit auf die sogenannten Massaker an weißen Siedlern beschränkten.

Was Sterling über die Weltwirtschaftskrise von 1929 wußte, hatte er aus seinen Detektiv- und Kriminalheften. Die Lehrer an den staatlichen Indianerinternaten waren mit ihrem Unterrichtsstoff selten über den amerikanischen Bürgerkrieg hinausgegangen. Sterling war noch ein Junge gewesen während der Weltwirtschaftskrise, und bei den Leuten in Laguna hatte sie wenig oder überhaupt keinen Eindruck hinterlassen. Die meisten, besonders die Alten, hatten erzählt, sie hätten damals gar nicht gewußt, daß eine Weltwirtschaftskrise im Gange war, weil die Leute zu dieser Zeit sowieso kein Geld auf der Bank hatten, das sie hätten verlieren können. Den Indianern waren in den Reservationen nie irgendwelche offiziellen Grundbesitzrechte zugestanden worden, also hatte es für sie auch keinen Besitz gegeben, den sie mit Hypotheken hätten belasten können. Dafür hatte der Südwesten in diesen Jahren milde und feuchte Winter erlebt. Die Ernten waren reichlich ausgefallen, und das Wild hatte sich für den Winter fettfressen können. Irgend etwas von einem »Crash« hatten die Leute in Laguna wohl gehört. Aber in ihrer Erinnerung war der »Crash« gleichbedeutend mit einem Jahr der Fülle, einer Zeit des Überflusses.

Seese erhob sich aus ihrem Liegestuhl am Pool und half Sterling, die bunten Steine von der Schubkarre zu laden. Sie hatte keine Ahnung von Gärten und schon gar nicht von Steingärten, was immer das sein sollte.

»Wo sind Sie aufgewachsen?« Sterling bewegte sich auf Händen und Knien und plazierte die kleinen orangen Steine um den Jojobastrauch. Er schaute nicht auf, aus Angst, Seese könnte sich über seine Frage ärgern. Dann hörte er das kleine, schnelle Lachen, das sie von sich gab, wenn sie nervös war, und sie sagte: »Ach, ich bin an vielen Orten aufgewachsen. Soldatenfamilie, wissen Sie.«

»Also keine Gärten.« Sterling rupfte etwas Unkraut aus, das seit dem letzten Regen abgestorben war. »Keine Gärten und nicht viel, an das es sich zu erinnern lohnt.« Seese rauchte eine Zigarette und starrte in die Ferne, in Richtung Stadt. Sterling konnte erkennen, daß es etwas gab, was sie niemals vergaß und woran sie ständig dachte. »Ich habe Ihnen doch von meinen Zeitschriftenartikeln erzählt«, sagte er. »Wir könnten uns den Ort ansehen, an dem Dillingers Gang gefaßt wurde.«

Seese wandte sich zu ihm um und sah ihm ins Gesicht. »Hier?«

Sterling spürte, daß er grinsen mußte. Er nickte.

Seese lachte. »Okay. Wir fahren morgen, wenn die anderen alle weg sind.«

Zweites Buch
SAN DIEGO

DIE TALKSHOW-WAHRSAGERIN

Ihre Träume sind konfus und voller Erinnerungen an das Kind. Da ist zunächst dieser merkwürdige Traum mit den Schnappschüssen vom einem zwölf- oder dreizehnjährigen Jungen. An den Bemerkungen, die die anderen in ihrem Traum beim Betrachten der Fotos machen, erkennt sie, daß er tot ist. Der Verlust macht sie tief betroffen, und sie wacht weinend auf. Sie ist verblüfft, weil Monte in diesem Traum viel älter gewesen ist; so wie er vielleicht in einigen Jahren aussehen würde. Monte war jetzt fast zwei Jahre alt, wo immer er auch sein mochte. David hatte ihn im Alter von sechs Monaten gekidnappt. Seese weigert sich zu glauben, daß er tot ist. Die Träume sind ihr Kontakt zu ihm. Wenn sie aufwacht, hat sie das Gefühl, wirklich mit ihm zusammengewesen zu sein. Sie weint beim Aufwachen, denn der Geruch der Babylotion und seiner Haut ist so unmittelbar, und sie fühlt, daß sie ihn gerade erst in sein Bettchen gelegt hat. Wegen dieser Träume ist sie sich sicher, daß er nicht tot ist. An anderen Tagen macht sie sich klar, daß das Baby vermutlich nicht mehr am Leben ist, sonst hätte David nicht ein Vermögen dafür ausgegeben, Detektive anzuheuern und Informanten zu bezahlen. Sie hat von den Qualen gelesen, die Menschen empfinden, wenn die Erinnerungen an die geliebte Person langsam schwächer werden. Sie weiß, daß es so kommen wird. Trotzdem mischt sie die Babyfotos wie einen Stapel Karten und versucht mit wütender Verzweiflung, gerade das Foto nach oben zu holen, das ihr einen Moment mit ihm zurückbringt. Sie ist fest entschlossen, die erste zu sein, die nicht vergessen wird; eine der wenigen, für die die Erinnerungen niemals blasser werden.

Solange sie noch drei- oder viermal im Jahr von ihm träumen kann und weinend aufwacht mit dem Gefühl, wirklich bei ihm gewesen zu sein und ihn an sich gedrückt zu haben, glaubt sie, daß auch ihre Erinnerungen frisch bleiben werden. Sie hatte sich davor gefürchtet, irgendwann mit den Träumen zufrieden zu sein. Sie hatte ihn sich als Neugeborenen wieder in ihre Arme geträumt. Der Schmerz des Verlustes, der sie aufgeweckt hatte, war im Laufe des Tages nicht abgeklungen, sondern hatte sich mit jeder Prise Koks verschlimmert, mit jedem Zug an einem Joint, bis sie schließlich alle Schränke aufgerissen hatte auf der Suche nach irgendeiner Art von Alkohol oder Tabletten. Sie war im Penthouse geblieben, weil ihr der Anwalt dazu geraten hatte. Der Anwalt wollte sie. Seine Frau habe sich bei einem Segelunfall ein Rückenleiden zugezogen, hatte er ihr erzählt. Aber Seese hatte ihm nie vertraut. Beaufrey hatte einmal gesagt, die besten Anwälte seien auch die besten Gauner. Dem Anwalt gefiel die Vorstellung von einer jungen Geliebten in einem eleganten Penthouse mit Blick auf einen Privatstrand außerhalb von La Jolla. Natürlich konnte er von der Frühstücksanrichte aus auf das Hochhaus deuten, in dem seine Seniorpartner Berufungsanträge und juristische Abhandlungen vorbereiteten. Sie hatte es schon vor Monaten aufgegeben, seine Rechnungen zu öffnen. Beaufrey hatte ihr David genommen und das Apartment und genug Geld und Drogen zurückgelassen, um sich damit umzubringen. Dann hatte er schnellstens mit David das Land verlassen, bevor der es sich anders überlegen konnte. Sie weiß, daß sie mit dem Anwalt geschlafen hat, kann sich aber an nichts erinnern, nicht an ein einziges Mal.

Sterling erzählt sie, daß sie keine besondere Vergangenheit habe oder irgendwas, an das es sich zu erinnern lohne, aber sie wissen beide, daß sie etwas für sich behält. Sterling ist nicht so, wie sie sich einen Indianer vorgestellt hat. Man stellt sich keine Pueblo-Indianer vor, die die *Police Gazette* lesen und alles über John Dillinger wissen. Als Seese das zu Sterling sagte, verzog sich sein breites Gesicht zu einem einzigen großen Lächeln, und sie fügte hinzu: »Und das meine ich auch« und deutete auf sein

Gesicht und sein Lächeln. »Oh«, sagte er, »Sie dachten wohl, Indianer würden niemals grinsen oder lachen«, und sie lachten beide. Plötzlich brach Seese ab und grübelte darüber nach, wie lange es her war, seit sie zum letztenmal gelacht hatte, ohne zu spüren, daß ein tonnenschweres Gewicht auf ihr lastete. Sie hatte mit dem Anwalt gelacht, aber immer gewußt, daß dieses Gefühl nicht echt war. Er liebte sie nicht. Die Sache würde nicht gutgehen.

Seese fragt sich, wie weit diese Träume in ihre Vergangenheit zurückreichen. Sie hat Alpträume, in denen sie zu tief in einen Swimmingpool eintaucht. Bevor sie es schafft, an die Oberfläche zu kommen, geht ihr die Luft aus. Während sie ertrinkt, kann sie über sich den Himmel und runde, flauschige Wölkchen sehen. Sie erinnert sich, den Traum nur zweimal gehabt zu haben, bevor das Baby da war. Beide Male war es auf dem College, in der Nacht vor einem Mathematiktest, gewesen. Sie verlor sich in den Linien und Gleichungen. Für sie konnten alle Zeichen und Symbole eine x-beliebige Anzahl von Möglichkeiten bedeuten. Sie deutet viel in sie hinein, viel mehr als die Mathematiker vorgesehen hatten. Aber jetzt weiß sie, daß alles ohnehin nur ein Code ist. Blauer Himmel und flauschige Wolken, gesehen durch das tödliche, jadegrüne Wasser des Alptraum-Pools, waren ein Hinweis auf die gesamte Schöpfung. Der Verlust des Kindes war ein weiterer, endgültiger Hinweis, zumindest konnte man es so interpretieren – sie war gerade erst dabei, herauszufinden, daß dies eine Interpretation war: Dieser letzte Morgen, an dem sie den kleinen Monte mit grenzenloser Liebe in ihrem Arm gehalten hatte, war auch etwas Endgültiges gewesen. Wenn die Drogen sie auf bestimmte Weise beeinflußten, war sie in der Lage, es so ruhig zu betrachten wie Kieselsteine auf dem Grund eines Flusses. Die Temperatur des Wassers fühlte sie dabei nicht. Nach diesem letzten Morgen konnte sie gar nichts mehr fühlen. Dunkelgrünes Wasser hatte sich über ihrem Kopf geschlossen.

Beaufrey und David hatten Monte geholt oder jemanden angeheuert, der ihn geholt hatte, aber dann war irgend etwas schrecklich schiefgegangen. Das war die Version, an die sie jetzt glaubte. Denn David hatte sie beschatten lassen, ihr Telefon abgehört und sie sogar selbst angerufen und gebeten, seinen Sohn weinen hören zu dürfen. Der Anwalt hatte den Anruf entgegengenommen, weil sie wußte, daß sie zusammenbrechen würde. Aber David hatte das mißverstanden, und als nächstes war der Killer aufgetaucht. War Seese erst einmal tot, so hatte der Anwalt ihr später den Plan erklärt, würde das Gericht die Sorgerechte dem Vater des Kindes übertragen. Aber Monte war nicht bei Seese.

In La Jolla hatte sie die Angewohnheit gehabt, stundenlang vor der Fensterfront aus Glas zu stehen, die dem Ozean zugewandt war. Es hätte ebensogut eine weiße Wand sein können. Sie starrte hinaus, ohne etwas zu sehen – weder das Auf und Ab der Wellen am Strand noch die Wolkenbänke am südwestlichen Horizont. Der Wind hatte die Wellen gekräuselt, so daß sie glitzerten wie Tausende kleiner Spiegel – blendende Lichtreflexe, die vor ihren Augen weiße Nachspiegelungen hinterließen. Die Nachspiegelungen hatten die Form von Zähnen – Schneidezähnen und Eckzähnen.

Nachdem Monte entführt worden war, konnte Seese den Anblick von Schatten oder Wolkengebilden, von Mustern, die das Wasser auf dem Sand hinterließ, nicht mehr ertragen, denn ihr Gehirn ordnete ihnen augenblicklich konkrete Formen zu. In den Umrissen einer Wolke erkannte sie die Spielzeuggiraffe, und in den Spuren einer Welle sah sie den Abdruck einer kleinen Hand.

Nachdem der Killer durch das Schlafzimmerfenster geschossen hatte, war sie zum Telefon gegangen und hatte den Anwalt angerufen. Es überraschte sie nicht, daß er ihr riet, wegzugehen und ein neues Leben anzufangen. Er fürchtete sich davor, was mit ihm und seiner Ehe passieren würde, wenn sie weiter allein in dem gläsernen Penthouse über dem Meer wohnte. Er hatte natürlich recht, und ihr Arzt hatte dasselbe geraten. Sie hatte ihn wegen ihrer Augen aufgesucht, wegen der hellen Lichtreflexe, die sie fast blind machten. Es liege hauptsächlich am Kokain, hatte er ihr gesagt, und als Psychiater empfehle er ihr eine Veränderung. Sie müsse diese vertraute Umgebung verlassen, die einmal Teil ihres Lebens mit dem Kind gewesen war. Doch sie schien nicht in der Lage wegzugehen, obwohl ihre Vernunft ihr sagte, daß sie gehen mußte. Sie hatte das Gefühl, ein Tier in sich zu haben, das in ihrem Magen und ihrer Brust auf und ab lief. Ein wildes Tier, das nicht aufhörte zu warten oder nach dem Ort zu suchen, an dem sie ihr Kind zum letztenmal gesehen hatte.

Sie hatte den Schuß nicht gehört. Der Schütze mochte gut vierhundert Meter entfernt gewesen sein. Wie Wasser hatte sich das zerbrochene Glas über ihr Bett ergossen. Einen Moment lang hatte sie es für die blendenden Lichtreflexe vor ihren Augen gehalten. Sie war zu high und zu betrunken gewesen, um sich zu fürchten. Der Anwalt kam und durchsuchte das Zimmer, konnte jedoch keine Kugel entdecken. Einen Augenblick lang schien es, als wolle er sie beschuldigen, das Fenster selbst zerbrochen zu haben, bis sie ihn darauf aufmerksam machte, daß sich das Glas ins Zimmer hinein ergossen hatte. In diesem Moment übermannte sie ein bis dahin nie gekannter Zorn, und sie drehte sich zu ihm um. »Auch wenn ich besoffen bin, bin ich noch lange nicht blöd!« fauchte sie ihn an. Der Anwalt hatte ihr eine solche Wut nicht zugetraut. Er steckte den Schlag weg wie ein Boxer, der gelernt hat, sich automatisch weiter zu bewegen, egal wie hart er getroffen war. Später vermutete Seese, daß er zu einem letzten Fick vorbeigekommen war, als kleine Beruhigungsgeste für eine hysterische Frau.

»Vielleicht stecken nicht Beaufrey und David dahinter«, warnte er sie, noch immer damit beschäftigt, sein inneres Gleichgewicht wiederzuerlangen. Wenn es ihm gelungen wäre, sie einzuschüchtern, hätte er vielleicht die Oberhand gewinnen können. »Es könnten auch die anderen sein«, fuhr er fort.

»Wir sind quitt«, sagte Seese. Ihr Stimme war laut. Sie wollte, daß *sie* sie hörten, damit – wenn *sie* es waren, die Baby Monte gekidnappt und auf sie geschossen hatten – *sie* aufhören würden.

Der Anwalt begann zu erzählen, er habe aus sicherer Quelle erfahren, daß X, Y und Z für Beaufreys letzte große Lieferung aus Mexiko noch immer keine Bezahlung erhalten hatten. Seese starrte ihn an, während er seine Neuigkeiten von sich gab. Er arbeitete für alle großen Gangster. Sie hatte den Wunsch, ihre 38er Automatik in seinen Mund zu schieben und den Abzug so lange zu betätigen, bis das Magazin leer war.

»Du weißt es doch ganz genau!« hatte sie ihn angeschrien. »Ich bin nicht mehr dabei. Ich bin ausgestiegen, bevor mein Baby kam!«

Der Anwalt sammelte die Glassplitter von den hellen, lavendelfarbenen Laken. »Ich werde heute nacht bei dir bleiben.« Er saß auf der Bettkante und sammelte noch immer Glassplitter auf.
»Nein.«
»Komm schon, Seese, du bist nicht fair zu mir. Ich liebe dich, und ich möchte dir helfen.«

Seese weiß, was das kubanische Hausmädchen denkt. Das Mädchen hatte jahrelang für den Vater des Anwalts gearbeitet. Der alte Richter unterhält Beziehungen zu mächtigen Leuten. Das Mädchen ärgert sich darüber, hier zu sein. Sie weiß, daß Angestellte umgebracht werden, wenn *sie* kommen, um sich die großen Fische zu holen. Das Mädchen hält nicht viel von dieser dünnen, blonden Frau. Sie ist nur ein kleiner Fisch. Sie glaubt nicht, daß außer Seese jemand umkommen wird. Aber das Mädchen haßt es, ihre abendlichen Fernsehshows zu verpassen.
»Was ist das?«
»Eine dieser Shows – in der sie Leute – Leute dazu bringen, Sachen zu tun – wissen Sie – Pennies verschlucken und Spinnen in die Hand nehmen.« Das Hausmädchen spricht akzentfrei Englisch. Elena weiß, wenn sie blond und dünn wäre, würde sie hier leben. Deshalb gilt ihr Haß auch nicht mir selbst, überlegt sich Seese. Elena haßt alle dünnen, blonden Frauen. Seese rollt einen neuen Joint und gießt sich mehr Whiskey ein. »Was macht sie da?«
»Oh, das ist irgendeine alte mexikanische Indianerin, behaupten sie – *sie* behauptet, daß sie in die Vergangenheit sehen und die Zukunft voraussagen kann.« Elena kommt aus Kuba, wo es keine Indianer gibt. Jeder kann sehen, daß alle ihre Vorfahren Weiße waren.

Seese ist betrunken. Sie sieht Frauen, die sich anstellen, um in ein Mikrofon zu sprechen, das Publikum des Fernsehstudios. »Was, was?« Seese ist zu high und zu betrunken, um zu hören, was die Frau aus dem Publikum ins Mikrofon gesprochen hat. Das Gesicht des Talkshow-Moderators erscheint groß auf dem Bildschirm.
Elenas Stimme klingt ungeduldig. »Sie hat sie was gefragt!«

»Was gefragt?«

Elena hat keine Angst, diesem Miststück die Wahrheit zu sagen. Nur aus Gefälligkeit für den Boss verbringt sie die Nacht mit diesem weißen Stück Dreck. Der Boss hat schon eine Neue. Diese hier ist weg vom Fenster. Elena ist müde. Sie hat nichts übrig für dieses alberne, blonde Miststück, das so dumm war, ihr eigenes Baby zu verlieren, und nun herumschreit, wenn sie besoffen ist.

»Sehn Sie doch hin!« Das Hausmädchen genießt es, sie anzufahren. Sie genießt es, sie zu kommandieren: »Sehn Sie hin! Dann werden Sie's sehen. Leute, die was verloren haben – der Mann da hatte einen Lottoschein mit Gewinnzahlen, dann hat er ihn verloren.«

»Wie denn?«

Das Mädchen knirscht mit den Zähnen. Sie haßt Leute, die reden wollen, während der Fernseher läuft. Sie schreit jetzt fast. »Ich weiß es nicht! Er ist aus dem Fenster von seinem Auto geflogen! Sehn sie hin! Sehn Sie einfach hin!«

Das Marihuana und der Whiskey fühlen sich an wie leichte Aufwinde mit warmer Meeresluft, auf denen die Möwen segeln. Seese läßt sich davontragen, weit weg von der wütenden kubanischen Frau und den verstreuten Glassplittern. Sie beginnt, das Geschehen auf dem Bildschirm genau zu beobachten. Die mexikanische Indianerin scheint nur zu ihr zu sprechen. Das Haar der Frau ist rabenschwarz, aber ihre Gesichtshaut ist braun und von feinen Fältchen durchzogen. Seese kichert. Die mexikanische Indianerin färbt ihr Haar.

Nach Aussage des Moderators kann die Frau vermißte Personen finden. Die Kamera zeigt die Nahaufnahme eines Zeitungsausschnittes: *Tatort eines Massenmordes entdeckt.* Das Gesicht der alten Frau erscheint groß auf dem Bildschirm. Sie lächelt, aber ihre Augen blicken nicht freundlich. Ihre Augen wissen von vielen Dingen, die niemals gesehen werden sollten: die Inhalte flacher Gräber, dem Stoß eines Messers. Dingen, die nicht gehört werden sollten: das gurgelnde Husten des Opfers, das an seinem eigenen Blut erstickt, während eine ruhige Stimme auf einem Tonband genauestens schildert, wie die Exekution vorgenommen werden muß. Ihre Augen sagen, viele Frauen haben Babys und kleine Kinder verloren. Sie sterben jeden Tag an Ruhr und Infektionen. Sie verhungern, werden erschossen, von Bomben zerfetzt und vergast.

Seese konnte fühlen, wie sich ein Gewicht schwer auf ihre Brust legte, aber die Augen der alten Frau fuhren fort: In Dörfern in Mexiko und Guatemala werden jeden Tag kleine Kinder und Babys aufgebahrt. Ihre kleinen, weißen Kleidchen und Anzüge sind mit blauen Seidenbändern besetzt. Seese weinte, aber wie der Fernseher schien auch sie keinen Laut von sich zu geben. Das Hausmädchen ignorierte sie, konzentrierte sich auf die Fernsehshow.

Jetzt waren die Augen der alten Frau geschlossen und ihr Kopf zurückgefallen, als döse sie, aber Seese sah, daß ihre Lippen sich bewegten. Sie konnte es nicht ertragen. Sie griff nach dem Lautstärkeregler. Als Elena zu protestieren begann, deutete Seese zur Tür. »Raus! Ich bleibe lieber allein!«

Seese schaute nicht einmal hin, als Elena aus dem Zimmer stürmte. Sie beobachtete die alte Mexikanerin. Die Frau war eine Art Hellseherin. Sie zählte auf, was sie sah: Mülltonnen vollgestopft mit Neugeborenen. Müllmänner in Mexico City finden jeden Tag vierhundert Föten und tote Neugeborene, diejenigen, die mit dem Gesicht nach unten zwischen Seerosen treibend in den Springbrunnen vor dem Präsidentenpalast gefunden werden, nicht mitgerechnet.

An diesem Punkt verliert Seese den Überblick über das, was auf dem Bildschirm geschieht. Der Talkshow-Moderator versucht eine Frau zu beruhigen, die am Studiomikrofon steht. Die Wahrsagerin hat die Augen wieder geöffnet und wischt sich mit einem großen, weißen Taschentuch über die Augenbrauen. Eine Frauenstimme im Fernseher sagt: »Die Toten ruhen in Frieden – es ist nur unser eigener Geist, der sie nicht zur Ruhe kommen läßt und verloren glaubt«, aber Seese kann nicht erkennen, wer spricht; es sei denn, der Moderator hat plötzlich eine weibliche Stimme. Seese steht hastig auf und stellt den Fernseher ab. Der Gedanke an eingebildete Stimmen, die über Tote reden, ist ihr unangenehm. Sie hat zuviel getrunken und muß ins Bett. Sie wird diese alte mexikanische Indianerin aufstöbern und sie um Hilfe bitten.

In dieser Nacht träumt Seese davon, Montes Körper im Springbrunnen eines Einkaufszentrums zu finden. Er ist winzig und auf die Größe eines Fötus zurückgeschrumpft. Aber seine Züge sind die des sechs Monate alten Kindes, das er war, als er verschwand. Seese kann ihn nicht erreichen und watet durch das Becken. Horden von Kauflustigen versammeln sich, um sie anzustarren. Ihre Gesichter sind ausdruckslos, obwohl sie wütende Männerstimmen hört, die ihr befehlen, herauszukommen. Sie schreit zurück, daß sie ihr Baby holen müsse. Ihre eigene Stimme weckt sie auf, als der Himmel im Osten gerade heller zu werden beginnt. Die Luft, die durch das zerbrochene Glas hereinweht, ist kalt und naß und riecht nach Seetang. Sie zieht Laken und Decken enger an sich. Der Psychiater ist der Meinung, daß sie die Hoffnung aufgeben muß, ihn lebend zu finden. Alles, was sie brauche, sei das Wissen um das, was geschehen ist. Aber seit sie am vergangenen Abend die Talkshow-Wahrsagerin gesehen hat, weiß sie, daß der Arzt im Irrtum ist. Sie weigert sich aufzugeben. Sie muß verschwinden – bevor noch mehr Kugeln geflogen kommen.

Die örtliche Fernsehanstalt konnte ihr nur die Telefonnummer des Kabelsenders in Atlanta geben. Seese fühlte, wie ihre Kräfte sie verließen und das Gefühl der Entschlossenheit dem Verlangen nach einem Drink und einer Prise Kokain Platz machte. Aber als sie die Nummer in Atlanta anrief, wußte die Frau mit dem sanft-schleppenden Südstaatenakzent alles über die hellsehende Mexikanerin. »Weil sie mir bei einem Problem geholfen hat«, war alles, was die Frau von der Kabelfernsehstation ihr dazu sagen wollte. Sie nannte Seese den Namen der Frau: Lecha Cazador. Die Frau in Atlanta war sich nicht sicher, aber sie glaubte, daß die alte Frau von Atlanta nach Tucson weiterfliegen wollte. »Das ist schon über eine Woche her, wissen Sie. Wir machen alle unsere Programmaufnahmen mindestens sieben Tage vor der Ausstrahlung. Das Telefon klingelt ununterbrochen wegen dieser Frau.« Die Frau in Atlanta gehört selbst in eine Talkshow, dachte Seese die ganze Zeit. Und das bei einem Ferngespräch zum Tagestarif. Seese versuchte mehrmals, sie zu unterbrechen und ihr für die Auskunft zu danken. Schließlich legte sie auf. Sie wollte nichts mehr hören über die eingegangenen Ferngespräche mit Anfragen zu vermißten Personen.

Seese war sich sicher, daß die Fernsehwahrsagerin ihr würde helfen können. Es war die größte Hoffnung, die sie jemals verspürt hatte. Sie wußte nicht, ob es von der Hitze der Sonne kam, die auf die Glasscheiben knallte, oder den vier dicken Linien Kokain, die sie gerade geschnupft hatte, aber der Schweiß lief ihr an den Schläfen herunter. Nach all den Monaten war sie endlich bereit zu handeln, bereit, etwas zu unternehmen. Sie durchsuchte alle Schubladen nach Geburtsurkunden, Pässen und Schließfachschlüsseln. Sie packte auch die zusätzliche Packung Patronenhülsen für ihren Revolver ein. Schweißtropfen perlten über ihren Nasenrücken. Sie fühlte sich gut – sie hatte ein Ziel. Das spürte sie. Dieses Gefühl hatte sie lange nicht gehabt. Das Telefon begann zu läuten, aber sie würde es nicht anrühren. Diesmal würde nichts und niemand sie aufhalten.

ERINNERUNGEN UND TRÄUME

Erst viel später hatte Seese erkannt, daß sie, was Sex mit Beaufrey betraf, nicht nur von David angelogen worden war, sondern daß auch Eric nicht die Wahrheit gesagt hatte. Das hatte sie allerdings erst herausgefunden, nachdem sie durch den Verlust Montes zusammengebrochen war und grammweise Kokain konsumiert hatte, dann literweise Wodka und Kapseln mit Doxepin, bis sie schließlich nichts mehr sehen konnte und ihre Augen sich anfühlten, als säßen sie in den ausgetrockneten Augenhöhlen einer Mumie. Eines Nachmittags erwachte Seese in der leeren, ausgelaufenen Badewanne. Sie hatte zitternd vor Kälte in der Wanne gelegen und geträumt, sie sei mit ihrem Vater in Skiurlaub gefahren. In diesem Traum hatte er seine Galauniform getragen, aber Seese hatte ihn im Gedränge am Sessellift aus den Augen verloren. Sie suchte ihn, weil er ihren Anorak und ihre Handschuhe bei sich hatte. Im Traum drängte sie sich an den Skifahrern vorbei, die nicht zu bemerken schienen, daß sie nackt war.

Sie stieg aus der Wanne und setzte sich auf die Toilette, um zu pinkeln. Durch die getönte Glasscheibe konnte sie die Glut der Sonne auf dem Sand erkennen. Sie kontrollierte den

Thermostat und stellte fest, daß sie – oder irgend jemand – die Einstellung des Thermostats für alle Räume verändert hatte: Er stand auf »Kühlen 15 °C«. Seese fand einen halben Joint im Aschenbecher beim Waschbecken. Sie nahm sich ein Glas Orangensaft mit hinaus auf den Dachgarten. Im Liegestuhl umhüllte sie die warme Meeresluft. Sie schloß die Augen, aber sie war nicht müde. Sie dachte darüber nach, daß es einen Menschen umbringen konnte, bei nur 15 Grad Raumtemperatur nackt auf kaltem Porzellan zu liegen. Sie und Cherie hatten ein Mädchen aus Phoenix gekannt, das so gestorben war. Sie war nicht an einer Überdosis zugrundegegangen, sondern hatte einfach so lange in der Kälte geschlafen, daß ihr Körper nicht mehr warm genug geworden war, nicht einmal im Krankenhaus. Manchmal machte Kokain Seese fiebrig. Sie war allein gewesen im Apartment, also konnte nur sie den Thermostat heruntergedreht haben. Vielleicht hatte sich ihr Unterbewußtsein an das Mädchen aus Phoenix erinnert, das tot in der kalten Badewanne gelegen hatte, denn irgend etwas in Seeses Inneren wollte nicht mehr weiterleben.

Beaufrey hatte manchmal tage- oder wochenlang nicht mit Seese gesprochen oder ihre Existenz in irgendeiner Form wahrgenommen. Eric hatte ein Gespür dafür, wann sie zusammenzubrechen drohte, und sie hatten in Beaufreys Gegenwart ein Spiel daraus gemacht. Seese pflegte mit einem Teelöffel in die silberne Zuckerdose einzutauchen und vor Beaufreys Nase sein eigenes Kokain zu schniefen. Das Lachen hoben sie sich für später auf. Und dennoch hatte Beaufrey niemals hingeschaut oder Seese angesehen. Er hatte sich lediglich an Eric gewandt und ihn eine Kokshure genannt. Kokain interessierte Beaufrey nicht. Er hatte es, weil die jungen Kerle verrückt danach waren.

Die Organisation, mit der Beaufrey zusammenarbeitete, besaß Lagerhäuser mit Kokainvorräten. Dort waren die Regale vom Boden bis zur Decke mit versiegelten Tonnen vollgepackt. Eric hatte erzählt, daß Beaufrey niemanden daran hindern würde, sich am Kokain aus der silbernen Zuckerdose zu »überfressen«, weil es ihn sexuell errege, wenn jemand an einer Überdosis Stoff einginge. »Beaufrey täte nichts lieber, als dir und mir dabei zuzusehen, wie wir an einer Überdosis krepieren. Er kriegt das Zeug

umsonst. Eine Überdosis ist wesentlich billiger als eine Kugel.«
In diesem Punkt hatte Eric recht gehabt. Als Beaufrey Seese loswerden wollte, hatte er sie mit einem Kilo Kokain ausbezahlt, in der Annahme, sie werde sich unweigerlich selbst aus dem Weg räumen. Und Seese hätte es vermutlich auch getan, wenn sie sich nicht immer wieder daran erinnert hätte, wie erbarmungslos er über Selbstmord geredet hatte. Die meisten Arschlöcher dieser Welt brächten sich freundlicherweise selbst um. Es sei gar nicht nötig, Killer anzuheuern. Man müsse eine Frau nur ein bißchen ausstatten, mit Drogen, einem schnellen Auto und einem Revolver. Beaufrey hatte Erics Augen beobachtet, während er dies sagte. Eric hatte gelächelt: »O ja, die Kraft der Suggestion. Laßt uns alle ein Glas vergifteter Limonade trinken. Drücke mal bitte jemand auf den Auslöser der Superbombe.«

Eric hatte Seese zur Arztpraxis gefahren, war jedoch im Wagen geblieben, wo er Dope rauchen und laute Musik hören konnte. Er hatte es sofort gewußt, als er ihr Gesicht sah. »Test positiv, und du willst es behalten.« Seese fühlte, wie ihr Herz sank, weil Eric »es« gesagt hatte. Ihre Kehle wurde eng, aber sie versuchte munter zu klingen. »Er oder sie – es ist ein er oder eine sie, kein *es*.«

Eric warf den Rückwärtsgang ein und hinterließ beim Verlassen des Parkplatzes eine gehörige Portion Gummi auf dem Asphalt. Seese hatte nicht damit gerechnet, daß Eric so negativ oder heftig reagieren würde. Sie hatten oft über Babys und Kinder gesprochen. Sie und Eric hatten sogar beraten, wie sie es anstellen konnten, zwei Kinder zu bekommen – eines für ihn und eines für sie. Das war ihr Plan gewesen, mit dem sie die ganzen Treuhandgelder der Familie anzapfen wollten, die Eric in dem Moment zur Verfügung stehen würden, in dem er heiratete und Kinder bekam.

Eric ließ sich Zeit auf dem Rückweg, langsam und konzentriert fuhr er die kurvige Küstenstraße hinunter. Als sie sich dem Apartmenthaus näherten, faßte er zu ihr hinüber und nahm ihre Hand in seine. Der Verkehr war nicht sehr stark, dennoch löste er den Blick nicht von der Straße. Starr nach vorne blickend sagte er: »Ich kann nicht glauben, daß ich mich so benehme – schwul, feige, verdreht, ich hätte nie im Traum daran gedacht.«

Eric hatte losgelacht, aber Seese konnte Tränen sehen. Er bog nicht in die Garageneinfahrt ein, sondern fuhr zum Strand. Sie saßen im Wagen und sahen zu, wie die Flut hereinkam. Eric hatte noch immer das Lenkrad umfaßt und starrte geradeaus in die glühenden Strahlen der untergehenden Sonne.

Der vom Ozean kommende Wind ließ Seese tiefer in ihren Sitz rutschen und sich zusammenkauern. Eric saß wie erstarrt am Lenkrad. Der Wind glättete das dünne, feine Haar um seinen Kopf, und für einen Moment konnte Seese sich vorstellen, wie Eric als alter Mann aussehen würde.

Sie sprachen kein Wort, bis sie in der Tiefgarage geparkt hatten. »Ich weiß nicht einmal, wo ich anfangen soll«, sagte Eric und zog Seese zu sich herüber, um sie zu umarmen. Als seine Lippen ihre Wange berührten, konnte Seese seinen Herzschlag vernehmen. Seine Händen fühlten sich kalt und feucht an auf ihrer Haut. »Wir haben immer miteinander reden können, du und ich, und jetzt, wo es so viel zu sagen gäbe, kann ich gar nichts sagen. Es gibt so viele Dinge, und alles ist durcheinander.« Eric tastete unter dem Vordersitz nach seinem Flachmann mit Brandy. »Ich möchte, daß es mein Baby ist und nicht seins.« Er reichte Seese den Flachmann hinüber und stöberte in seiner Tasche nach der Phiole mit Kokain. Seese nahm einen großen Schluck Brandy, schüttelte aber beim Kokain den Kopf. »Und schon haben wir die erste Veränderung«, sagte Eric mit einem strahlenden Lächeln. »Ich habe meine Koks-Kameradin verloren.« Der Brandy brannte beim Hinunterschlucken. Seese griff nach dem Flachmann und leerte ihn. Das Brennen und der Husten trieben ihr die Tränen in die Augen.

»So, jetzt wissen wir endlich, daß auch schwule Männer nur Männer sind«, sagte Eric. »Irrational und fies wie alle anderen. Ich dachte, ich hätte zumindest *diesen* Dämon zurück in die Unterwelt getrieben.« Eric hielt inne und schaute sich in der Tiefgarage nach Sicherheitspersonal um, dann zog er noch eine Prise Koks in die Nase. »Was ich dir jetzt sagen muß, ist sogar noch häßlicher.« Sein Gesichtsausdruck verriet Seese, daß er Beaufrey meinte. »Er wird verrückt, wenn er herausfindet, daß du wieder schwanger bist.«

Seese sah Eric an und schüttelte langsam den Kopf. »Woher

willst du das wissen? Dieses hier werde ich behalten«, sagte sie sanft. »David ...« Aber Eric unterbrach sie. Er war plötzlich wütend. »David? David? Verdammt noch mal, Seese! Verstehst du denn nicht, was mit David los ist?«

Wieder und wieder hatte Seese über diesen Abend in der Tiefgarage nachgedacht. Sie und Eric hatten sich immer gegenseitig necken können, wenn einer von ihnen oder beide ihre Höhenflüge gehabt hatten. Aber in dieser Nacht war keiner von ihnen in der Lage gewesen, den anderen soweit herunterzuholen, daß sie hätten reden können. Eric war daraufhin sechs Wochen lang trübsinnig und deprimiert gewesen. Er hatte Seese sogar beruhigen müssen, seine düsteren Stimmungen nicht zu ernst zu nehmen. Er war Davids Liebhaber gewesen. David hatte sich ein Kind gewünscht, einen Sohn. Eric beobachtete ihre Augen und Lippen und wußte, daß Seese ihm nicht glauben würde. Plötzlich fühlte er sich erschöpft und fast zu schwach, um die große Tür des Cadillacs aufzustoßen. Er war sich über nichts mehr sicher. Vielleicht hatte er alles falsch verstanden, so wie fast alles in seinem Leben falsch war. Er war das fünfte Rad am Wagen. Wie konnte er sich da auf seine Gefühle oder sein Urteil verlassen?

»Ich muß kotzen«, hatte sie ihm mitgeteilt. »Morgendliche Übelkeit«, sagte Beaufrey, um sie gegen eine Schwangerschaft einzunehmen. »Nein, das ist es nicht«, protestierte sie. »Es kommt vom Morphium.« Seese war fest geblieben. Dieses Mal würde es keine Abtreibung geben. Die Schwangerschaft veränderte ihre Position Beaufrey gegenüber. Die Schwangerschaft war ihr Vorteil, und Beaufrey fühlte sich unbehaglich. Er blickte ständig zu David hinüber und versuchte herauszufinden, wie sehr David das Kind wirklich wollte. Aber David war damit beschäftigt, Serlo zu fotografieren, der mißmutig neben einem großen Topf mit Orchideen posierte, deren lange, mit gelben Blüten besetzte Stengel wie Pfauenschwänze aus dem Topf herausrankten. David wollte das durch die Glasfront sichtbare Blau von Himmel und Meer einfangen. Serlo legte sich einige der langen, gelben Blumenstengel wie einen Umhang um die Schultern. Zu Hause lief Serlo nur mit nacktem Oberkörper oder aufgeknöpften Hemden herum.

Seese hat noch andere Träume, die sie verfolgen. Träume, in

denen sie wieder im Krankenhaus liegt und nur Beaufrey mit einer weißen Porzellanschüssel in der Hand an ihrem Bett steht. Sie ist operiert worden. Zwischen ihren Beinen liegt eine Binde. Eine Krankenschwester hilft ihr dabei, weitere Schmerztabletten einzunehmen. Während sie willenlos dahintreibt, ist sie unterhalb des Nackens völlig gefühllos. Beaufrey hatte die Ärzte dafür bezahlt, daß sie, während Seese bewußtlos war, in ihren Bauch eindrangen und dort den kleinen Lebensfaden zerschnitten. In ihrem Alptraum hat jemand Dutzende von Rosenknospen über ein Krankenhausbett mit weißen Laken verstreut. Die Rosenknospen sind verwelkt und die Blütenränder vertrocknet. Sie träumt, daß sie wach ist, aber unterhalb der Taille nichts mehr spürt. »Wie immer«, glaubt sie einen der Ärzte sagen zu hören, aber dann begreift sie, daß es die Auswirkungen der Spritze sind, die ihr die Schwester verabreicht hat.

Die chromgelbe Färbung des Lichts war alles, was Seese von der ersten Abtreibung im Gedächtnis geblieben war, die sie hatte vornehmen lassen, bevor sie mit Monte schwanger wurde. Das Licht an diesem Nachmittag war cremiggelb gewesen, hatte sie an die Farbe und die Weichheit von Rosen erinnert. Sie war Beaufrey noch nie begegnet, doch er war es, der sämtliche Vorkehrungen traf. Seese war damals so high und in David verliebt gewesen, so glücklich mit ihrem Freund Eric, daß sie das alles nicht für eine Schwangerschaft hatte aufs Spiel setzen wollen. Trotzdem hatte sie die Eile beunruhigt, mit der Beaufrey ihres und Davids Embryo losgeworden war.

FLÜGE

In der Flughafenbar von San Diego bestellte Seese einen doppelten Rum. Sie hatte noch zwei Stunden Zeit, bis das Flugzeug nach Tucson ging. »Irgendeinen haitianischen«, sagte sie dem Barkeeper. »Vergessen Sie nicht, daß das hier eine Flughafenbar ist«, war alles, was der Barkeeper ihr antwortete. Einmal hatten sie sich zusammen betrunken – sie, David und Beaufrey –, mit achtzigprozentigem haitianischen Rum, weil

Beaufrey in Haiti auf Geschäftsreise gewesen war. Sie sprachen in ihrer Gegenwart nie über Geschäfte. Mit haitianischem Rum bekam Seese »Erscheinungen«. »Du meinst *Halluzinationen*«, hatte David gesagt. Aber *Erscheinungen* war das Wort, das die Nonnen benutzten. Erscheinungen waren etwas Schönes, Wunderbares und Heiliges.

Auf dem Flug nach Tucson saß ein Mann im Flugzeug, der Eric so ähnlich sah, daß Seeses Herzschlag in ihren Ohren dröhnte. Sobald das Flugzeug in der Luft war, unternahm sie einen weiteren Gang zur Toilette, um ihn sich nochmals genau anzusehen, ganz sicher zu sein. Während sie auf dem kalten Rand des Waschbeckens saß, hatten ihre Hände so stark gezittert, daß sie den kleinen Löffel nicht zur Nase führen konnte. Sie hatte sich dazu zwingen müssen, tief durchzuatmen und sich zu entspannen. Das Kokain half. Als sie den Gang hinunter an dem Mann vorbeiging, sah sie, daß sein Gesicht nicht annähernd so schön oder freundlich war, wie Erics Gesicht gewesen war. Sie bestellte zwei Gläser mit Cola-Rum, obwohl die Stewardessen sie warnten, daß es nur ein kurzer Flug sei.

Seese konnte sich nicht daran erinnern, nach Erics Selbstmord irgendwelche Hügel, Bäume oder den Ozean gesehen zu haben. Sie waren viel gereist, nachdem es geschehen war, aber sie konnte sich nicht mehr daran erinnern. Sie hatte versucht, sich durch Reisen und unbekannte Landschaften abzulenken, aber von der Zeit nach Erics Tod waren ihr nur unzusammenhängende Starts und Landungen auf internationalen Flughäfen im Gedächtnis geblieben.

Erics Körper hatte sie gar nicht gesehen. Nur die Fotografien. Davids Fotografien. Und das war irgendwie noch schlimmer gewesen. Sie wußte nur, daß etwas mit ihren Augen passiert war, irgend etwas hatte ihr Gesichtsfeld eingeschränkt.

Turbulenzen ließen das Flugzeug abwechselnd bocken und erzittern. Seese dachte an Kinderbücher, in denen Sturmwolken als große Pferde dargestellt wurden – mit rollenden Augen und Schwänzen, die in Regen und Nebel übergingen. Von den blauen und schwarzen Sturmpferden war es nur ein kurzer Gedankenschritt zu Monte. Der Arzt hatte gesagt, es sei besser, nicht über ihn zu grübeln – und vor allem sollte sie sich ihn nicht in

Situationen vorstellen, die nie passiert waren. Natürlich sei es okay, sich an Monte so zu erinnern, wie er gewesen war. Seese schüttelte den Gedanken an die Kinderbücher ab. Sie glaubte nicht, jemals ein Buch gesehen zu haben, in dem sich Sturmwolken in galoppierende Pferde verwandelten. Sie sah sich die anderen Passagiere an und betrachtete den Hinterkopf von Erics Doppelgänger. Es gab nur wenige Dinge, auf die sie stolz war, aber eines davon war die Tatsache, daß sie sich genausowenig vor dem Fliegen fürchtete wie ihr Vater. Er hatte Marinejets geflogen und war manchmal monatelang mit Flugzeugträgern auf See gewesen. Wenn er auf Besuch zu Hause war, hatte er einmotorige Flugzeuge gemietet und Seese mitfliegen lassen. Am deutlichsten erinnerte sich Seese an das Nachhausekommen. Ihr Vater hatte vor der Mutter angegeben: »Seese ist eine geborene Fliegerin, genau wie ihr Vater.« Ihre Mutter hatte nur den Kopf geschüttelt, sie war nie gern geflogen.

Die Gewitterwolken in der Nähe von Tucson hatten Turbulenzen verursacht. Die anderen Passagiere waren unruhig; einige wurden luftkrank. Schließlich gelang es den Stewardessen, durch die Gänge zu gehen, um die Spucktüten einzusammeln und in die Waschräume zu bringen. Der Kapitän meldete sich über das Mikrofon und beruhigte die Passagiere. Sie hätten den Sturm schon hinter sich gelassen. Er benutzte den gleichen langsamen, unbesorgten Tonfall, mit dem ihr Vater ihr mitgeteilt hatte, daß er auf den größten und neuesten Flugzeugträger der Pazifikflotte versetzt worden sei. Das war die gute Neuigkeit gewesen. Die schlechte betraf die Scheidung. Jeder auf ihrer High School, nun, fast jeder, hatte einen Scheidungsfall in der Familie. Die Schulpsychologin meinte, das liege an dem hohen Anteil von Kindern aus Soldatenfamilien an ihrer Schule.

Durch das Fenster sah Seese die langen Reihen der blauen Markierungsleuchten entlang der Landebahnen. In dem verschwommenen Licht konnte sie das von den starken Winden umgewehte Gras und Unkraut zwischen den Landebahnen erkennen. Ach, Tucson. Was für eine schöne Begrüßung, dachte sie, als sie den letzten Schluck Rum hinunterstürzte. Die einzigen Orte, an denen es noch schlimmere Staubstürme gab als in Tucson, waren Albuquerque und El Paso. Ihr Vater pflegte sie früher damit zu necken, daß er hochfliegen würde, um nie mehr herunterzukommen, er würde einfach für immer und ewig weiterfliegen, so daß kein noch so schlechtes Wetter dort unten, weder Staubstürme noch Erdbeben, ihn erreichen konnten.

Er hatte schon einige Bombereinsätze über dem südchinesischen Meer geflogen, als sie ihn über den Krieg befragte. Er erzählte, daß es eigentlich gar kein richtiger Krieg sei, und sie fragte ihn, wie es denn sei. Sie hatten in einem Hummerrestaurant in Orange County gesessen. Er besuchte sie immer, wenn er »mal wieder in den Staaten war«, wie er es nannte. Er beschrieb ihr, wie es sich anfühlte, sehr hoch und sehr schnell zu fliegen. Keine Erdbeben oder Staubstürme konnten ihn erreichen. An dieser Stelle hatte ihr Vater gelacht, stolz, sich an einen ihrer kleinen gemeinsamen Scherze erinnert zu haben. Seese hatte ihm diese Fragen gestellt, um Anworten zu bekommen, die sie beruhigten. Jede abendliche Nachrichtensendung brachte Filmberichte über amerikanische Flugzeuge und Piloten, die über feindlichem Gebiet abgeschossen worden waren. Auch nachdem es geschehen war, stellte Seese sich weiter vor, daß er nur auf einem langen Einsatz sei. Sie träumte davon, daß er für immer und immer weiterflog: Die Vorstellung des Fliegers vom Paradies.

In der Gepäckabholung machte Seese einen Moment lang Halt vor den automatischen Glasschiebetüren. Auf den Reisen mit David, Beaufrey und Serlo hatte sie gelernt, niemals den Eindruck zu erwecken, als wolle man schnell mit dem Gepäck davon. Auch hastig zur Toilette zu eilen, war ein Fehler. Was sie diesmal an Kokain bei sich hatte, war mehr, als sie jemals allein transportiert hatte. Es war das Kilo Koks, das Beaufrey ihr als »Abrechnung« überlassen hatte. Seese wußte, daß Beaufrey lieber mit einer Kugel aus einer 44er Magnum abgerechnet hätte, aber er hatte auf David Rücksicht nehmen müssen.

Tucson war nur eines der zahlreichen Provinznester im Südwesten, die von den Beamten des Rauschgiftdezernats hartnäckig beobachtet wurden. Hinter Gucklöchern in den Toilettenwänden von Tucsons internationalem Flughafen zu sitzen, war eine der Lieblingsbeschäftigungen der Flughafenpolizei. Seese und Cherie pflegten mit den Fingern nach den unsichtbaren Toilettenspionen zu schnipsen. Allerdings nur, wenn sie aus Lust und Laune geflogen waren – sie und Cherie –, wenn sie nichts bei sich hatten. Heute nacht wollte Seese nur ins Hotel und schlafen. Die automatischen Glasschiebetüren öffneten sich, und sie ließ sich vom Gewicht der beiden Koffer und der schweren Schultertasche in die Nacht hinausziehen, wo ein kalter, staubiger Wind in dunklen Böen herumwirbelte.

»Miracle Mile«, sagte sie dem Taxifahrer. Sie würde sich erst für ein Hotel entscheiden, wenn sie dorthin kamen. Der kalte Wind hatte ihr den Rum aus dem Kopf geweht. In den vier Jahren mit Cherie hatte sie einiges über billige Hotels gelernt. Das Taxi fuhr bis zum Ende der Miracle Mile, aber sie konnte sich noch immer nicht für ein Hotel entscheiden. Sie wollte sicher sein, nicht in einem Hotel zu übernachten, in dem sie und Cherie schon einmal gewesen waren, auch wenn dies schon Jahre her war. Es sind die Verhaltensmuster, denen sie nachgehen, wenn sie Jagd auf einen machen: die persönlichen Angewohnheiten und Bräuche.

Seese ging keine unnötigen Risiken ein. Sie bat um ein ruhiges Zimmer, was soviel bedeutete wie weitab von der Miracle Mile, hinter den anderen Wohnblöcken. Der Nachtportier las ein Buch über die Grundlagen der Chemie. Wichtige Passagen markierte er mit einem gelben Leuchtstift. Seese haßte Menschen, die in Büchern herumstrichen. Aber er hatte ihr den Schlüssel ohne Schwierigkeiten oder Fragen ausgehändigt, was für Nachtportiers auf der Miracle Mile nicht selbstverständlich war, wenn eine Frau ohne Begleitung einchecken wollte. Deshalb verkniff sich Seese ihre Spötteleien über Studenten, die Bücher mit gelben Leuchtstiften verunstalten. Rum und Kokain lösten ihr immer die Zunge, doch jetzt würde sie eine Zeitlang vorsichtig sein müssen. Sie mußte sich ruhig verhalten.

STÜRME

Im Zimmer roch es schwach nach altem Zigarettenqualm, das war alles. Seese war froh, daß es nicht nach Urin oder Damenbinden stank, die zu lange im Mülleimer gelegen hatten. Sie rollte sich einen Joint und machte es sich auf dem Bett bequem. Der Wind heulte um das Gesims der mit Gipsmörtel verputzten Billigbungalows. Die Windböen schleuderten Sand gegen die Glasschiebetüren. Als kleines Mädchen hatte sie sich in Nächten wie dieser die Decke bis zum Kinn hochgezogen und war sofort eingeschlafen. Das Heulen des Windes hatte ihr das Gefühl von Behaglichkeit und Sicherheit gegeben. Anderen Leuten ging es so mit Regen. Eric war der einzige gewesen, der wie sie das Geräusch von Wind und Sand mochte. Denn er war in Lubbock aufgewachsen, wo, wie er sagte, die westtexanischen Sandstürme das Chrom von den Stoßstangen der Neuwagen abschmirgelten und die Windschutzscheiben so verkratzten, daß sie aussahen, als wäre es neblig.

Eric hatte ihr von den Hagelstürmen draußen in den Prärien von Westtexas erzählt. Das war ihre Beschäftigung gewesen, wenn David mit Beaufrey unterwegs war: Sie hatten geredet. Denn sie waren beide in David verliebt, und sie mochten sich zu sehr, um deshalb verletzt zu sein. Eric hatte großes Talent zum Geschichtenerzählen. Er behauptete, es komme daher, daß er mit Cowboys aufgewachsen sei, aber es stellte sich heraus, daß sein Vater Autohändler gewesen war. Die Cowboys, denen Eric zugehört hatte, waren Ex-Cowboys, die als Autoverkäufer eingestellt worden waren, als die Rancher bankrott gingen.

Der Hagel, erzählte Eric, sei zum erstenmal von den Spaniern unter Coronado schriftlich erwähnt worden. Hagelkörner, so groß wie Puteneier, hatten die spanischen Helme und Schilde eingebeult. Die spanischen Pferde hatten vor ihnen gescheut und waren durchgegangen; manche von ihnen wurden niemals wiedergefunden. Und natürlich hatten die Prärie-Indianer hier ihre ersten Pferde gefunden. Seese liebte es, Eric stundenlang erzählen zu hören. Er wußte viele wundervolle Dinge, er war so schön und begabt. Seese war es immer schwergefallen, sich Eric mit Beaufrey zusammen vorzustellen. Einige Monate bevor es passierte, hatte Seese Eric gefragt, ob es ihn nicht aufheitern würde, auf einen Besuch nach Hause zu fahren. Eric hatte ein Lachen zustande gebracht und dann den Kopf geschüttelt. West-Texas war die eigentliche Ursache seiner Niedergeschlagenheit.

Seeses Mutter hatte sich bereits vor Jahren arrangiert. Sie hatte schon immer verstanden, das Gehalt eines Korvettenkapitäns im Kriegseinsatz auszugeben. Auch dazu hatte Seese Fragen gestellt, aber ihr Vater hatte nur gelacht. Was immer er gerne tun wollte, die Navy bezahlte es ihm. Er ermahnte Seese, ihre Mutter nicht zu kritisieren. »Sie kann haben, was sie will. Weil sie mich geheiratet und dann doch keine Ehe bekommen hat. Das ist Scheidungsgrund genug, nehme ich an. Ich bin kein Mann zum Heiraten.« Also hatten ihre Eltern untereinander einen Kompromiß gefunden, nur Seese hatte nicht das Gefühl, daß zwischen ihr und ihren Eltern alle Rechnungen beglichen worden waren. Ihre Mutter hatte sofort nach der Scheidung erneut geheiratet – einen anderen Offizier, diesmal von der Luftwaffe. Er war genausooft weg, wie ihr Vater es gewesen war. Er sah sogar aus wie ihr Vater. Während ihres letzten Jahres zu Hause, das Jahr in dem sie sechzehn geworden war und sie sich nur noch gestritten hatten, hatte Seese ihre Mutter angeschrien: »Wozu bist du überhaupt mit ihm verheiratet? Er ist ja noch nicht einmal so gut wie Daddy!« Später hatte Seese gedacht, daß die zweite Ehe ihrer Mutter sie wohl nicht so sehr verletzt hätte, wenn ihr Vater am Leben geblieben wäre.

In ihrer Trauer war Seese todunglücklich darüber, daß Al am Leben war und ihr Vater nicht. Sie stellte sich Al in dem abgeschossenen Kampfflugzeug vor, wenn sie an den letzten Flug ihres Vaters dachte. Eines Abends waren sie und ihre Mutter über die Wahl des Essens für das Thanksgiving-Fest in einen schrecklichen Streit geraten. Sie hatten keine nahen Verwandten. Die Gäste würden sich aus Paaren vom Stützpunkt und Als Freunden zusammensetzen. Seeses Mutter hatte eine Bemerkung darüber gemacht, wie sehr Seeses »verstorbener Vater« Truthahn verabscheut hatte. Jetzt, da sie mit einem Mann verheiratet war, der gerne Truthahn aß, würde sie diesen auch auf den Tisch bringen.

In dieser Nacht hatte Seese mit einem Koffer Kleider und achtzig Dollar das Haus verlassen. Per Anhalter war sie noch in der ersten Nacht bis nach Santa Barbara gefahren. Dann, so hatte sie Eric später erzählt, hatte sie Glück gehabt und war Cherie und einigen anderen Mädchen über den Weg gelaufen. Von dort war es nur noch ein Katzensprung zu Tiny und allem übrigen gewesen. Es stimmte nicht, daß sie ihre Mutter niemals wiedergesehen hatte. Nach Als Versetzung hatte sie einmal in San Antonio vorbeigeschaut.

Sie hätte nie gedacht, daß sie eines Tages versuchen würde, eine Wahrsagerin aufzuspüren. Wenn Eric jetzt am Leben gewesen wäre, hätte er sie ausgelacht. Er war der Meinung, Wahrsager seien nur etwas für Ignoranten oder Abergläubische. Damals hatte Seese gelacht, weil das auch ihre Meinung war. Aber das Leid hatte ihre Einstellung verändert. Seese knipste die Nachttischlampe aus, aber sie konnte nicht einschlafen. Sobald sie die Augen schloß, liefen Bilder aus der Vergangenheit wie ein Hochgeschwindigkeitsfilm durch ihren Kopf. Sie versuchte, sich nur auf die Szenen oder Bilder zu konzentrieren, die ihr ein glückliches und gutes Gefühl gaben, denn sie hatte in der Vergangenheit bereits einige Zusammenbrüche erlitten. Zwei dieser Zusammenbrüche hatten sich ereignet, bevor sie jemals Kokain probiert hatte. Trotzdem war Koks wahrscheinlich die schlimmste Droge, die man nehmen konnte, wenn man ein schwaches Nervenkostüm besaß; es sei denn, man legte es wirklich darauf an, seinen Verstand mit LSD aufs Spiel zu setzen.

Seese versuchte sich Monte vorzustellen, wie er mit anderen Kindern in einem Park oder auf einem Spielplatz lachte und spielte. Sie war überzeugt, daß ein so schönes und intelligentes Kind wie Monte von Menschen großgezogen wurde, die ihn so sehr liebten, wie sie ein Kind nur lieben konnten. Ihren Psychiater hatte sie gefragt, ob dies nicht die logische Betrachtungsweise sei: Ihr Kind war entführt worden, weil es kostbar und schön war. Und deshalb war es auch unwahrscheinlich, daß ihm etwas zugestoßen sein sollte.

DIE ALIBIFRAU

Manchmal schrie Seeses innere Stimme Eric an: »Warum hast du dich umgebracht? Tut man das den Menschen an, die einen lieben?« Aber sie wußte genau, warum man manchmal die Menschen verletzen mußte, die man liebte. Und so hatte sich Seeses Gefühl von Trauer und Wut langsam zu der Einsicht gewandelt, daß sie kein bißchen lebendiger war als Eric, daß sie und Eric – wie Bruder und Schwester – im Tod immer miteinander verbunden sein würden. Es schien kein Wort für das zu geben, was sie füreinander empfunden hatten. Wenn es ein solches Wort gegeben hatte, dann hatte sie es jedenfalls nicht verstanden.

Eric hatte die Angewohnheit, einfach loszuerzählen und dabei haufenweise Buchtitel zu erwähnen. Zuerst hatte Seese dabei eine Art Panik verspürt – den plötzlichen Wunsch nach einem Glas Bier. Später hatte Eric ihr erzählt, daß er Menschen bewundere – besonders Frauen –, die gerade erst die High School beendet hatten und völlig auf sich gestellt loszogen. So etwas hatte er nicht fertiggebracht. Immerhin hatte er, als er vierzehn geworden war, den Baptistenpfarrer gebeten, seinen Namen aus dem Kirchenregister der getauften Baptisten zu streichen, und das in einem kleinen Nest wie Lubbock. Seese war ein wenig überrascht gewesen. Sie hatte nie einer Kirche angehört, weil ihre Mutter sich nicht die Mühe gemacht hatte, sie taufen zu lassen.

Eric hatte Seese nie die ganze Geschichte über die Jahre mit Beaufrey erzählt. Er hatte es damit erklärt, daß er so blutjung gewesen sei damals und vollgepumpt mit Drogen obendrein. »Das waren die Jahre vor meinem *Coming out*«, hatte Eric mit einem leichten Lächeln gesagt, »bevor ich mit der Wahrheit herausgerückt bin und ihnen erzählt habe, daß ich mich für Kerle interessiere und nicht für Frauen. Aber es war alles sehr undramatisch. Mein Vater hatte mich schon vor Jahren durchschaut. Ich hatte diesen großen Streit mit ihnen, weil ich Kunstgeschichte als Hauptfach wählte. Er nannte mich tuntig, warm und schwul. ›Schwuchtel‹. Niemals nur ›Schwuler‹.«

David schämte sich zu sehr, um es andere wissen zu lassen. Natürlich hatte er sich schon seit einigen Monaten heimlich mit Seese getroffen. Aber er hatte ebenfalls angefangen, ganze Nachmittage beim Nacktschwimmen mit Beaufrey zuzubringen.

Beaufrey ergötzte sich jedesmal an den Streitereien. Er hielt immer Ausschau nach neuen Gespielen. Eric gestand Seese, daß er sich in der Nacht, in der Beaufrey und David allein im Porsche die Küstenstraße entlanggefahren waren, in den Schlaf geweint hatte. Später erklärte er, er habe erkannt, wie provinziell und schrecklich engstirnig er noch immer sei, obwohl er schon jahrelang aus Lubbock weg war. David ganz für sich allein haben zu wollen, sei nur eine dumme Variante der konservativ-religiösen Denkweise der *Bible-Belt*-Bourgeoisie des amerikanischen Südens, die er so verachtete. Seese könne sich darauf verlassen, daß Eric ihr Freund und Verbündeter war. Schließlich liebten sie David alle beide, nicht wahr?

Seese war die Alibifrau, denn Beaufrey legte auf die Pflege seines männlichen Images ebenso großen Wert wie David. Eric hatte gelacht, als er und Seese sich in G.s Galerie zum erstenmal getroffen hatten. »Oh«, hatte er gesagt, »ich hatte schon gefürchtet, ich könnte Sie nicht ausstehen!« Seese war zu high gewesen, um mehr zu sagen als: »Ja, ich auch.« Und schließlich waren sie beide allein an der Bowleschüssel gelandet. David drehte mit Beaufrey am linken und Serlo am rechten Arm seine Runden.

Seese konnte es in Beaufreys Augen sehen, diesen großen Hunger, die Gier, David ganz allein zu besitzen. Beaufrey hatte Seese und Eric nur geduldet, um David bei Laune zu halten, aber er hatte zielstrebig darauf hingearbeitet, ihnen David zu entziehen.

Bevor Beaufrey David bei sich aufgenommen hatte und die Galerie sich seiner annahm, hatte David für eine exklusive Malibu-Begleitagentur gearbeitet – als »gemieteter Deckhengst« für maximal drei bis sechs Monate, gegen Bezahlung im Voraus, Arzt-, Zahnarzt- und sonstige Kosten extra und bar auf die Hand. Reiche, alte Homos in Bel Air mit ihren vertrockneten »Weinstöckchen«, auf Rosinengröße zusammengeschrumpelten »Trauben« und endlosen Lagen aus grauen, krepppartig herunterhängenden Hautfalten und flachen, haarigen Hinterteilen. David kam nie mehr über den Würgreiz hinweg, der ihn beim Anblick der Wammen von Truthähnen und Eidechsen überfiel. Er hatte in diesen Jahren zu viele lose Hautfalten gesehen. Es gab eine lange Liste von Dingen, deren Anblick David vermied. Die dicken, gelblich gefärbten Zehennägel alter Männer gehörten auch dazu. Eines Nachts war er in Erics Bett schreiend aufgewacht, schweißgebadet, weil er geträumt hatte, er liege unter Hügeln aus Zehennägeln alter Männer halb begraben.

David hatte damit geprahlt, daß es die alten Männer gewesen seien, die ihm »seine Kunst« erst beigebracht hätten, indem sie ihn baten, mit ihnen vor ihren Videokameras, den schicken Fotoapparaten und Scheinwerfern zu posieren. Er, David, habe den Spieß umgedreht und sei vom Kunstobjekt zum Künstler geworden. Er selbst zog die Formulierung vor, er habe als ständiger Begleiter gearbeitet. Es war ihm wichtig, klarzustellen, daß er ein »Begleiter« gewesen war und nicht der Krankenpfleger, der Chauffeur oder der Butler.

TEXAS

Eric hatte Seese angerufen. Seine Stimme klang erstickt und zögerlich, als befürchtete er, jeden Moment loszuheulen. David habe ihm den Laufpaß gegeben, erzählte er. »Ohne Umschweife. Schluß – aus – Ende.« – »Eric«, hatte Seese gesagt. »Du brauchst jetzt nichts zu sagen. Ich komme gleich rüber.«

Eric hatte immer gesagt, daß nur die Vibrationen und Bewegungen eines Autos um ihn herum das Tosen und Wogen in seinen Adern beruhigen könnten. Er brauchte den Anblick der südkalifornischen Küste bei Sonnenuntergang, mit Liebenden in jeder Parkbucht der Aussichtspunkte. Am Strand hatte ein alter Mann seine arthritisgeplagte Dänische Dogge spazierengeführt und interessiert zugesehen, wie der Hund einen Hundehaufen in der Größe einer Hochzeitstorte geschissen hatte. »Hochzeitstorte?« hatte Seese gesagt und angefangen zu lachen. »Yeah, eine Hochzeitstorte«, hatte Eric geantwortet, und dann hatte sie beide gelacht und gelacht, und Seese war froh, daß Eric sie angerufen hatte.

Sie hatten nicht über David oder die Schwangerschaft gesprochen, sondern über Erics Überlegungen, wegzuziehen. Seit zwölf Jahren lebte er nun an der Westküste – erst in San Francisco, dann in San Diego. Nun hatte er wieder über Texas nachzudenken begonnen. Seese wußte nicht, was sie sagen sollte. Selbst während sie lachten und alberten, hatte Eric ruhelos und distanziert gewirkt. Seese hatte vorgeschlagen, am Wasser entlangzuwandern und dem Sonnenuntergang zuzusehen. Während die Sonne am Horizont durch die farbigen Wolkenbänke im Meer versank, blickte Seese zu Eric, aber er hatte nur auf seine nackten Füße gestarrt und den feinen Glanz des Meerwassers beobachtet, das zwischen seinen Zehen versickerte.

Das Marihuana, das sie im Auto geraucht hatten, begann seine Wirkung zu entfalten. Seese hatte gelacht und war den Wellen entgegengelaufen. »Wir sind hergekommen, um das Meer und den Sonnenuntergang zu sehen, und bei Gott, das werden wir!« Dann waren sie um die Wette gerannt und den ganzen Weg zurück zum Wagen gelaufen. Eric hatte eine Hand auf ihren Schenkel gelegt und so getan, als würde er vor Erregung die Augen verdrehen. »Heirate mich. Wir werden eine Menge Spaß haben!« Seese lachte. Sie streckte den Kopf aus dem Fenster, um die dumpfe, feuchte Meeresluft einzuatmen, bevor die Hitze der Schnellstraße und die Abgase sie überlagerten. Als sie ihren Kopf dem Fahrtwind zugedreht hatte, sagte Eric: »Das ist kein Spaß. Ich meine es ernst.«

Seese drehte sich abrupt zu ihm um, um festzustellen, ob dies ein weiterer Scherz sein sollte. Sie strich sich die Haarsträhnen aus dem Gesicht, die ihr in die Augen geweht waren, um ihn genau anzusehen. Es war sein Ernst. Wellen der Angst, kalte, nackte Furcht stiegen ihr vom Magen in die Brust bis in die Kehle. Seese tastete im Dunkeln herum und versuchte, sich den Joint anzuzünden. Eric kannte die beiden, Beaufrey und David, viel länger als sie. Eric glaubte, daß David auch mit ihr fertig war.

Seese nickte, während sie einen langen Zug an der Marihuana-Zigarette nahm und Eric ansah. Er beobachtete sie. »Ich wünschte, du würdest mitkommen. Wir haben doch schon darüber geredet.« Erics Stimme klang sanft, als er hinzufügte: »David gehört jetzt zu Beaufrey.«

Das Licht der Parkplatzbeleuchtung gab ihrer Haut einen bläulich-silbernen Glanz. Wortlos reichten sie sich den Joint. Seese hatte gesehen, wie David zu strahlen begann, wenn sie allein waren und er über das Baby sprach. Davon hatte Eric keine Ahnung. Er sah nur, was ein Mann sehen konnte. Die dunkle Welle der Angst in ihrer Kehle ebbte ein bißchen ab, wie die zurückgehende Flut. Sie fühlte wieder sicheren Boden unter den Füßen. Abergläubisch klopfte Seese auf das Armaturenbrett des Wagens.

Eric beobachtete sie. Seese wünschte, er würde sie ablenken, würde anfangen, seine West-Texas-Sandsturmgeschichten zu erzählen, seine West-Texas-Großmuttergeschichten, seine 67er-Cadillac-Fleetwood-Geschichten. Aber als Eric fortfuhr, ihr in die Augen zu sehen, fühlte Seese, wie sie zu strampeln und schließlich zu sinken begann. Eric würde sie nicht das Thema wechseln lassen.

»David hat dich nie geliebt. Er hat Beaufrey eifersüchtig gemacht mit dir. Das war alles.«

Nach diesem Ausbruch schien Eric zu schrumpfen und in den abblätternden blauen Ledersitz des Cadillacs zu versinken. Im trüben Licht hatte er auf einmal viel älter ausgesehen, fast so alt wie Beaufrey. In ihrem Innern hatte Seese plötzlich das Gefühl, zu fallen. Sie tastete in ihrer Handtasche nach dem Röhrchen mit Kokain. Während Eric in den Rückspiegel blickte, um sich die gehäuften Löffel zur Nase zu führen, schaute sich Seese instinktiv um, um sich zu vergewissern, daß keine Cops in der Nähe waren. Mit geschlossenen Augen ließ Eric den Kopf zurückfallen. Er nickte und lächelte sie an. Während sie sich vorbeugte, um den kleinen Löffel an die Nasenlöcher zu halten, begann Eric zu reden. »Als ich noch auf die High School ging, habe ich mir immer irgendwas vorgestellt und so getan, als sei es Wirklichkeit. Ich hab gerne so getan, als sei ich ein Waisenkind ohne irgendwelche Verwandten auf dieser Welt.« Eric machte eine Pause und setzte sich aufrecht hin, er spannte die Schultern an und griff nach dem Zündschlüssel. Die Straßenlampen leuchteten seit fünfzehn oder zwanzig Minuten.

Den Rest der Nacht hatten sie nebeneinander auf Liegestühlen am Swimmingpool des Penthouses über der Mission Bay und den Lichtern der Stadt gelegen. Sie hatten einen Liter Tequila getrunken, während sie davon sprachen, als Mann und Frau nach Lubbock zurückzugehen und bei Erics Großmutter sein Erbe abzuholen, das dort schon seit vier Jahren Zinsen anhäufte, solange, bis Eric »wieder zu sich kam«.

In einer Version, die sie in dieser Nacht ausgebrütet hatten, waren sie gerade lange genug in Lubbock geblieben, um zu heiraten, den Barscheck abzuholen und die Stadt noch vor Sonnenuntergang wieder zu verlassen. Sie und Eric kamen darin überein, daß diese Variante für alle Beteiligten – vom Baptistenpfarrer bis zu Beaufrey – die glücklichste Lösung wäre. Eric hätte sein Geld, und sie könnten weitermachen wie bisher, nur daß sie eben Geld hätten. Und mit Geld hätten sie vielleicht auch bessere Chancen bei David.

Als Seese jedoch eine Woche später den Trip nach Lubbock erwähnte, hatte Eric den Kopf geschüttelt und gelächelt. »Oh, ich hab dir noch nicht alles erzählt, Darling«, hatte er gesagt und ihr scherzhaft mit schlaffem Handgelenk zugewinkt, bevor er den Mixer für ihre gefrorenen Daiquiris einschaltete. Eric hatte fröhlich gewirkt und voller Witze gesteckt in der letzten Woche. Seese hatte angenommen, daß er über den Schmerz hinweg war. Fast jeden Tag hatten sie am Pool des Penthouses verbracht und sich darüber amüsiert, einen Swimmingpool zu haben, der fünfzehn Stockwerke über dem Pazifischen Ozean lag. Eric hatte angemerkt, daß ein Pool doch etwas weniger Bewegungsfreiheit biete, aber immerhin könnten ihn keine Haie erwischen. »Ach ja?« sagte Seese und tauchte nach seinen Beinen. Dann waren David und Beaufrey zurückgekehrt. David war herausgekommen und hatte sich auf einem Liegestuhl ausgestreckt. Seese konnte nicht erkennen, ob seine Augen hinter der dunklen Sonnenbrille geschlossen waren. Beaufrey hatte nur einen Moment lang in der Tür gestanden und sich dann umgedreht. Serlo schloß hinter ihm die Schiebetür.

MIRACLE MILE

Seese lauschte auf das Rauschen der Toilette in der Dunkelheit. Das Motel war ruhiger als alle anderen billigen Schuppen, in denen sie und Cherie jemals abgestiegen waren. Allmählich wuchs ihre Ungeduld, Cherie zu finden. Soviel sie wußte, war sie noch in Tucson. Cherie hatte die Angewohnheit, Weihnachtskarten zu verschicken, egal wie blank sie war. Seese hatte einmal versucht, sie damit aufzuziehen, aber Cherie, die normalerweise sehr umgänglich war, konnte an Weihnachtskarten nichts Witziges finden. Trotzdem fand Seese es mehr als komisch, daß Cherie, die mit zahlenden Kunden und gelegentlich auch deren Ehefrauen schon die bizarrsten Sexakte durchgeführt hatte, daß die gleiche Cherie es niemals versäumte, Weihnachtskarten zu verschicken. Und sie verschickte nicht einfach nur Grußkarten, sie schrieb auch auf jede einzelne ein, wie sie es nannte, »persönliches Wort«. Jetzt würde Seese die Weihnachtskarten bei Cherie einlösen. Und selbst wenn sie nicht mehr in Tucson war, würde sie zu Leuten aus Tucson »Kontakt halten«. Seese würde sie finden und dann eine alte Gefälligkeit einfordern, die sie Cherie einmal erwiesen hatte.

Es war erst zehn Minuten vor Mitternacht. Seese zog sich Jeans und ein graues Sweatshirt an und wühlte in ihren Koffern nach einer Nylonwindjacke. Der Inhalt ihrer Koffer bestand zum größten Teil aus ihrer »Abfindung« – Bargeld und Kokain. Es spielte keine Rolle. Sie mußte nur von der Tür bis zum Taxi. Noch hatte sie genug Zeit, um Cherie in der Stage Coach Bar zu finden, falls sie dort noch tanzte. Der Gedanke daran, daß Cherie vielleicht aufgehört und die Stadt verlassen hatte, ließ das hohle, dunkle Gefühl in Seese aufsteigen, das sie lange Zeit der nachlassenden Wirkung von Kokain zugeschrieben hatte. Aber es war Stunden her, seit sie das letzte Kokain geschnupft hatte, und auch die Wirkung des Marihuanas, das sie im Bett geraucht hatte, war verflogen. Was sie jetzt fühlte, war nichts anderes als die guten alten Entzugserscheinungen – sämtliche Nerven und Eingeweide redeten ihr die schlimmsten Dinge ein. Ein bißchen Kokain würde die Welt schon wieder zurechtrücken. Sie verstreute einen winzigen Löffel voll auf dem abblätternden Nachttisch neben dem Bett. Das Zusammensein mit Beaufrey hatte ihr eine Menge schlechter Angewohnheiten eingebracht; Kokain zu verschwenden, war nur eine davon. Sie und Eric hatten sich immer über die mexikanischen Dienstmädchen lustig gemacht, die das Penthouse reinigten. Sie hatten sich vorgestellt, wie die Mädchen jedesmal neue Staubsaugerbeutel einsetzten, bevor sie das Penthouse säuberten, und sich später im Erdgeschoß mit den aufgesaugten Überresten bekifften.

Seese nannte dem Taxifahrer den Namen der Bar. Er starrte sie im Rückspiegel an, und sie wußte, was er dachte: »Billige Huren, Rocker und kleine Drogendealer.« Der Wind hatte sich gelegt, aber die Luft war staubig. Ein doppelter Brandy würde ihr jetzt gut tun. Die Erwartung, Cherie wiederzufinden, ließ ihren Puls schneller schlagen. Das Kokain machte ihre Zunge taub, ließ sie die Zähne zusammenbeißen und sich wünschen, vorwärtszukommen, sich zu bewegen, etwas zu tun. Sie holte tief Luft und lehnte sich zurück, um die Stadt zu betrachten, in der sich ihr Schicksal ein für allemal entscheiden würde. Die Miracle Mile hatte einmal eine Blütezeit erlebt. Die Bungalows der Motels, blaue, nierenförmige Swimmingpools, hohe Palmen und rosafarbene Oleanderhecken waren förmlich aus dem Boden geschossen. Über viele Meilen hatten sich die Winterstellplätze für Wohnwagen erstreckt. Aber schon Jahre bevor Seese oder Cherie Tucson zum erstenmal gesehen hatten, hatte sich irgend etwas verändert. Die Trockenheit hatte nichts Grünes zurückgelassen. Im staubigen Dunst war das bißchen Gras, das vielleicht noch überlebt hatte, vom Zement der zerfallenden Bürgersteige nicht zu unterscheiden.

Sogar die sogenannten »Wüstengärten« wirkten öde und kahl; Feigen- und Chollakakteen waren zu lederartigen, grünen Zungen zusammengeschrumpft, und die Gerippe der riesigen Saguaros waren in sich zusammengefallen. Dattelpalmen und die kleinen mexikanischen Palmen bestanden nur noch aus absterbenden, schuppig-grauen Zweigen, von denen viele vom starken Wind abgerissen und auf die Straße geweht worden waren. Ein Palmenzweig stieß hart gegen den Boden des Taxis, das einen Haufen Müll aufwirbelte. Steppenhexen, Styroporbecher und Toilettenpapier wirbelten hinter dem Taxi durch die Luft. Das

Überfahren der Palmenzweige, auch wenn sie grau und abgestorben waren, hatte Seese an die Katholische Kirche und den Palmsonntag erinnert. Sie lachte laut auf, und der Taxifahrer schaute sie im Rückspiegel scharf an. »Ich habe nur an etwas gedacht«, sagte sie, ohne ihn anzusehen.

Sie konnte es nicht länger ertragen. Sie mußte wissen, wo Monte war – was mit ihrem Baby geschehen war. Die alte Wahrsagerin war irgendwo in Tucson. Seese mußte bald Hilfe finden. In der Wüste konnte das Leben über Nacht schwinden. Die Toten lösten sich nicht auf, sie verrotteten nicht; sie schrumpften zusammen, wurden zu steifem, undurchlässigem Leder, das ihre Knochen umgab. Die Menschen in den rissigen Mörtelbungalows und den rostenden Wohnwagen verarmten immer mehr, je älter sie wurden. Was früher einmal als Winterzuflucht gedient hatte, wurde irgendwann zur ständigen Bleibe. Eines Tages, wenn die Hitze Ende März ihren Einzug hielt, kehrten sie nicht wie in jedem Jahr nach Ohio oder Iowa zurück, sondern setzten sich hier zur Ruhe. Bewegungslos saßen sie bis zum November hinter Vorhängen und Jalousien vor ihren billigen Klimaanlagen oder Ventilatoren. Sie verbrachten ihre Zeit mit Warten.

Eric hätte Tucson gemocht. Wie schade, daß sie es niemals bis hierher geschafft hatten. Der Nordwesten der Stadt hätte ihm am besten gefallen, denn Verfall und Tod hatten ihn immer fasziniert. Ganz besonders hätte ihm die Vorstellung von den Alten gefallen, die sich »zur Ruhe setzten«, um am Rande der Wüste auf ihr Ende zu warten. Eric hatte sich einmal besonders für eine bestimmte Wüste irgendwo in Peru interessiert. Das war, bevor ihm klar wurde, daß Beaufrey gar nicht daran dachte, zuzulassen, daß er sie nach Kolumbien begleitete. Eric hatte alles über die spanischen Eroberer gelesen, weil es, wie er sagte, gut war, die Geschichte eines Ortes zu verstehen. Seese konnte sich nur noch an den Ort in der peruanischen Wüste erinnern, an den die Indianer ihre Toten brachten. Die Mumien wurden an einer besonders trockenen Stelle aufbewahrt, so daß die Verwandten und Lieben zurückkehren konnten, um sich mit den Verstorbenen zu unterhalten. Seese wünschte, sie könnte sich heute nacht mit Eric unterhalten. Nun verstand sie, was an Feuerbestattungen falsch war, auch wenn sie vorher nie begriffen hatte, was die katholische

Kirche gegen Einäscherungen hatte. Doch jetzt war Eric über die Prärien von Westtexas verstreut und von den gleichen Winden verweht, die durch Tucson wehten.

Die Taxifahrt schien endlos zu sein. Versuchte der Fahrer, sie hereinzulegen, sie zum Narren zu halten? Sie beugte sich vor, um festzustellen, wo sie waren. Die Eisenbahnschienen. Sie war fast am Ziel, aber sie spürte, daß etwas dabei war, sie zu überholen... Sie mußte wissen, wo Monte war und was mit ihm geschehen war. Die alte Wahrsagerin lebte irgendwo in Tucson. Seese mußte sie finden, sonst würde sie werden wie all die anderen hier, die in einem einzigen, endlosen Intervall zwischen Windstößen und Hitzewellen bewegungslos verharrten.

DIE STAGE COACH BAR

Die Stage Coach Bar lag an einer Parallelstraße zur Schnellstraße. Die Trucker hatten ihre großen Sattelschlepper nördlich des Truckstops abgestellt, wo sie sich duschten und etwas aßen, bevor sie zur Striptease-Show in die Bar einfielen. Tiny duldete es nicht, daß sie mit ihren Trucks den Parkplatz vor der Bar verstopften. Für seinen Geschmack tranken Trucker nicht genug, und Tiny war vor allen Dingen daran interessiert, Alkohol zu verkaufen. Auch Tabletten hatte er ihnen verkauft. Wenn man sie nicht loswerden konnte, mußte man aus der Not eben eine Tugend machen, pflegte er zu sagen. Aber der Verkauf von ein paar Pillen bedeutete noch lange nicht, daß Tiny seinen Parkplatz von Lastern zuparken ließ, die so lang waren wie ein ganzer Straßenzug.

Große chromblitzende, spezialgefertigte Harley-Davidsons standen Reihe an Reihe nebeneinander auf dem Parkplatz. Seese lachte. Hinter der Manie der Biker, ihre Maschinen in schnurgeraden, perfekt angeordneten Reihen aufzustellen, steckte nichts anderes als Kokain. Ihr Sinn für Perfektion reichte allerdings nur bis zu ihren Motorrädern. Die Biker selbst neigten zu Bierbäuchen, schmutzigen T-Shirts und weit unterhalb der Taille sitzenden Jeans, die den Blick auf die behaarten Hinterbacken freigaben.

Seese konnte Cherie nirgends sehen, befahl sich aber, ruhig zu bleiben und tief durchzuatmen. Selbst wenn sie nicht mehr hier tanzen sollte, standen die Chancen nicht schlecht, daß sie noch immer in der Stadt war. Cheries älteste Tochter war jetzt acht oder neun. Mit einem schulpflichtigen Kind würde sie nicht so oft umziehen. Eine große Rothaarige hüpfte und wand sich in einem winzigen, fransenbesetzten Cowgirlröckchen. Ihre Brüste drückten die weiße Cowgirlweste auseinander. Sie hielt zwei Spielzeugpistolen in Hüfthöhe auf die Männer gerichtet, die sich über den Rand der schmalen Bühne lehnten. *Mamas Don't Let Your Babies Grow Up To Be Cowboys*, spielte die Jukebox. Die Biker an den Billardtischen ignorierten die Tänzerin. Sie hatte den Rock zur Seite gefegt und ging nun mit weitgespreizten Beinen tief in die Knie. Die Männer am Bühnenrand waren von ihren Stühlen aufgesprungen, sie pfiffen und johlten. Der Lärm ließ einen der Biker einen schnellen Blick auf die drei oder vier Männer werfen, die die Arme ausgestreckt hatten, um der Rothaarigen einige Dollarscheine in den Tanga zu stecken. Die anderen Biker hatten nur kurz die Köpfe gewendet. Seese konnte ihre Verachtung für die übrigen Männer spüren.

Als er die Rufe und Pfiffe hörte, kam Tiny aus seinem Büro gewatschelt. Er hatte stark zugenommen, seit Seese ihn das letztemal gesehen hatte. Er mußte die Mädchen unentwegt im Auge behalten, denn für große Trinkgelder waren sie bereit, alles zu zeigen. Auch wenn sich die Bar außerhalb der Stadtgrenzen befand, war es noch lange nicht erlaubt, die Beine so weit zu spreizen. Seese lachte. Tiny hatte auch sie regelmäßig angeschnauzt, wenn sie getanzt hatte, und ihr vorgeworfen, sie würde ihm noch die Jungs von der Alkoholaufsicht auf den Hals hetzen. Aber das war damals gewesen, als Tiny scharf auf sie und die Schelte seine Art war, ihr zu sagen, wie sexy er sie fand. Mit seiner fetten Hand machte Tiny quer über seine Kehle eine heftige Schneidebewegung und fluchte zur Rothaarigen hinüber. Als sie die Beine schloß, sah Seese in den Tiefen ihres Fleisches eine Ziermünze aufblitzen. Die Männer am Bühnenrand quittierten Tinys Intervention mit Buhrufen und Pfiffen. Letztendlich wollten aber auch sie nicht, daß die Aufsichtsbehörden der Bar die Lizenz entzogen und sie geschlossen wurde.

Tiny hatte sich umgedreht, um in sein Büro zurückzugehen, als er Seese bemerkte. Sie nahm ihren doppelten Whiskey vom Tresen und ging zu ihm hinüber. »Seese«, sagte er, als sähe er einen Geist.

»Hi, Tiny.«

»Ich habe gehört, du wärst weg«, sagte er noch immer überrascht. Tiny meinte das Gerücht, daß Seese ein für allemal erledigt sei. »Wohl Schnee von gestern, diese Gerüchte.« Er schien sich rasch von seinem Schock zu erholen und trat näher an sie heran.

Seese nahm einen großen Schluck Whiskey. »Ja, alles nur Gerüchte.« Ihre Augen suchten den Barraum nach Cherie ab. Tänzerinnen mit Strumpfhaltern und ohne BHs, in Garderöckchen oder Bikinis schlängelten sich zwischen den Tischen durch und ließen den Hut für Trinkgelder herumgehen, bevor sie zu tanzen begannen.

Tiny war einmal in sie verliebt gewesen, doch dann war David gekommen. Seese leerte ihren Whiskey, und Tiny nickte dem Barkeeper zu, ihr noch einen zu bringen. Schweiß bildete sich in den Hautfalten am Übergang von seinem Kinn zum Hals. Tiny war der lebende Beweis dafür, daß der Konsum von Kokain nicht immer zu Gewichtsverlust führen mußte. »Ich habe von deinem Baby gehört. Das tut mir wirklich leid.« Es klang aufrichtig. Er trocknete seinen Nacken mit einem Taschentuch ab und machte eine Kopfbewegung in die Richtung seines Büros, aber Seese schüttelte den Kopf. »Ich hätte da eine Kleinigkeit für dich«, sagte Tiny. Offenbar meinte er Drogen.

»Nein. Ich suche Cherie.«

Tiny schien etwas kurzatmig, sein Atem ging keuchend. Auch wenn sie David nicht kennengelernt hätte, wäre sie nie mit ihm ins Bett gegangen. Tiny gab zu schnell auf. Trotz allem, was zwischen ihm und Beaufrey vorgefallen war, wußte Seese, daß er ihr aus Angst vor Beaufrey nicht helfen würde. Cherie jedoch schuldete ihr einen Gefallen.

Mit dem Kopf deutete Tiny zu einem Tisch am anderen Ende des Raumes. Cherie hatte sich über den Tisch gebeugt und saß dicht neben einem Mann in einem ausgewaschenen blauen Cowboyhemd und abgenutzten Cowboystiefeln. Sie versuchte, ihn von etwas zu überzeugen. Verblüffung spiegelte sich in ihrem Gesicht, als sie Seese erkannte. Der Cowboy war mißtrauisch und musterte Seese eindringlich. Sie versuchte zu lächeln, aber er wußte bereits, woran er war. »Seese!« Cherie stieß ihren Stuhl zurück und umarmte Seese. Sie war schon für ihren Auftritt gekleidet: in Babyblau, mit durchsichtigem Oberteil, kurzen Pyjamashorts und blauen Satinstöckelschuhen. »Das ist mein Mann Teddy. Teddy, das ist Seese. Erinnerst du dich, ich habe dir davon erzählt, wie sie mir damals geholfen hat.« Seese konnte sehen, daß Teddy sich an nichts gern erinnerte, was mit Cheries Vergangenheit zu tun hatte.

Seese wußte nicht, wie sie beginnen sollte. Cherie war nervös. Wahrscheinlich war ihr Mann eifersüchtig, wenn sie tanzte. »Ich denke, du hast davon gehört, was passiert ist – mit Monte, meine ich.« Seese war überrascht, wie leise ihre Stimme klang, fast wie ein Flüstern. Sie fühlte gar nichts, als sie das Wort »Monte« aussprach.

»Hat David ...?« Cherie starrte in den Aschenbecher hinunter, in dem gerade der Filter ihrer Zigarette anbrannte. Teddy langte über den Tisch und zerdrückte den Stummel. Seine Kinnladen waren fest zusammengepreßt. Cherie versuchte, nicht zu weinen, aber Seese sah die großen Tränen in ihren Augen. Seese weinte nur noch selten, außer wenn sie aus ihren Träumen erwachte, in denen sie Monte in den Armen gehalten hatte. »Seese – es ist so schrecklich – nicht zu wissen ...«

Seese nickte Cherie zu. Der Mann hatte sich entspannt. Er lehnte sich in seinem Stuhl zurück und sah einer flachbrüstigen Blondine zu, die sich mit den Hüften aus einem Bauchtanzröckchen herauswand. Frauentränen oder traurige Gespräche schienen ihn nicht zu interessieren.

»Bist du schon lange wieder in der Stadt?«

Seese schüttelte den Kopf und leerte ihren Whiskey. Cherie gab der Bardame das Zeichen für eine weitere Runde. Tiny ließ die Tänzerinnen trinken, was sie wollten. Das hielt sie locker und geschmeidig. »Nein. Ich habe lange gewartet. Ich dachte, David hätte Monte geholt.«

Cherie wurde stutzig. »Du meinst, es war gar nicht David?«

Seese konnte nicht den Kopf schütteln oder antworten, ohne

daß in ihrem Innern etwas weit aufreißen würde. Sie holte tief Luft und nippte am Whiskey. »Es gibt da eine Frau, die mir helfen kann. Ich muß sie finden.«

Cherie warf einen kurzen Blick auf ihren Mann, der das Geschehen auf der Bühne beobachtete. Sie rollte den Saum ihres Pyjamaoberteils zwischen den Fingern hin und her. Seese konnte sehen, daß sie nervös war, daß sie Angst hatte, es könnte etwas über die alten Zeiten ans Tageslicht kommen.

»Hör zu. Ich habe diese Frau im Fernsehen gesehen. Sie kann vermißte Personen finden.«

Cherie machte ein verwirrtes Gesicht. »Ich kenne niemanden, der das kann.«

»Paß auf«, Seese hob ihre Stimme, »alles was ich an Informationen habe, ist irgendwas mit einem verkrüppelten Motorradfahrer – der Typ arbeitet –«

Bei der Erwähnung eines Mannes setzte Teddy sich senkrecht auf, stellte beide Ellenbogen auf den Tisch und bildete eine Barriere zwischen den beiden Frauen. Cherie schüttelte den Kopf.

»Die alte Frau ist mit dem Biker zusammen ...« begann Seese, aber Cherie schob ihren Stuhl zurück.

»Ich bin jetzt dran!« Cherie sah ihren Mann an und warf Seese dann einen hastigen Blick zu. »Frag Tiny!«

Seese nickte langsam und lehnte sich im Stuhl zurück. Cheries Mann richtete sich in seinem Stuhl auf und sammelte sich wie ein Rodeoreiter. Jetzt war er an der Reihe. Acht Minuten lang mußte er auf seinem Stuhl bleiben, während die Männer am Rand der kleinen Bühne sich hinauflehnten, um ihre Augen in seine Frau zu bohren. Cherie wählt ihre Musik auf der Jukebox: Roy Orbison und Chubby Checker. Sie tanzt mit starr nach vorn gerichtetem Blick, die Augen meilenweit entfernt. Keines der Mädchen ist eine richtige Tänzerin. Aber das ist den Männern egal, solange sie etwas zum Anstarren haben. Cheries Mann schaut auf seine Hände hinunter. Er ist ein blonder Cowboy mit einem hübschen Gesicht und grünen Augen, die Hände und Fingernägel sind fleckig von Motorenöl. Cheries Geld hat niemals ganz gereicht, um mit dem Tanzen aufzuhören. Das war auch der Grund dafür, warum ihre Ehemänner und Freunde immer wieder wechselten.

Cherie faßt den durchsichtigen blauen Nylonstoff mit beiden Händen und zieht ihn sich über das Gesicht, um ihre Brüste zu entblößen. Mangos – goldgelbes Fleisch, geschält serviert – Beaufreys Frühstück in Puerto Vallarta. An ihren Brustwarzen glänzen metallicblaue Zierringe. Ihr Mann leert sein Bierglas und bestellt das nächste. Er nimmt Seese gar nicht wahr. Er nimmt nichts wahr, außer den Männern, die beide Hände zur Bühne hochstrecken, um ihr zwischen die Beine oder an die Brüste zu grapschen. Ein alter Mann in einem weißen Maleroverall grinst so breit, daß ihm das Gebiß herausrutscht. Er steckt Cherie Fünf-Dollar-Scheine in ihre Pyjamashorts. Neben ihm kauern zwei Männer in khakifarbenen Arbeitsanzügen mit eingesticktem Firmenzeichen und ihren Vornamen auf den Brusttaschen. Das Schwarzlicht an der Decke läßt die Narbe und die Schwangerschaftsstreifen auf Cheries Bauch uranblau aufleuchten. Cherie hat noch nie ein Kind verloren, und sie wird ständig wieder schwanger. Trotzdem sind ihre Schwangerschaftsstreifen nur unter dem Schwarzlicht zu erkennen. Es ist einfach nicht fair. Cherie hat vier Kinder und kann noch fünf bekommen, während Seese nur dieses eine haben konnte.

»*Mama's got a squeeze box – Oh, my love, darling. I've hungered for your touch a long, lonely time – Daddy never sleeps at night*« –, und schon ist das Pyjamaoberteil an der Reihe. Cherie läßt es mit einer lässigen Geste fallen, sie nimmt das Klatschen und die Pfiffe gar nicht wahr. Sie reckt die Arme nach oben und kann die lilafarbenen Lichtröhren fast berühren. Ihre Brüste springen vor. Sie dreht sich um und schüttelt die Pobacken, dann wirbelt sie erneut herum. Jetzt wollen sie das Unterteil herunter haben und den Tanga. Der alte Mann springt auf. Er hat einen Zwanzig-Dollar-Schein in der Hand. Sie lächelt und wirft ihm das Pyjamahöschen zu. Er steckt den Zwanziger in den blauen Satintanga. Einen Moment lang gilt die Aufmerksamkeit ihm, nicht ihr. Der alte Mann hält das kurze Pyjamaunterteil hoch über seinen Kopf und läßt die Hand dann zu seinem Bierglas herabsinken. Er spannt den Steg des Höschens über das Glas und leert es in einem Zug. Die anderen applaudieren und lachen. Der Cowboy schwitzt, Seese riecht es – die Schwerarbeit, den Schweiß und die große Anstrengung. Seine Hände ballen sich zu Fäusten. Seese fragt sich, wie Cherie es fertigbringt, immer wieder Männer zu finden, die sie irgendwann am liebsten umbringen würden, als ihr die Kugel einfällt, die durch das Penthousefenster geflogen ist, und sie über sich selbst lachen muß. Cheries Cowboy wirft ihr einen tödlichen Blick zu. Sie beginnt zu erklären, daß sie nicht über das lacht, was hier passiert, sondern über sich selbst, aber der Cowboy hat sich bereits abgewendet. Man mußte zu einer bestimmten Sorte von Männern gehören, um seiner Frau oder Freundin beim Striptease vor einer Horde betrunkener, grapschender Männer zusehen zu können, ohne dabei die Nerven zu verlieren und sie alle umzubringen. Dieser hübsche kleine Cowboy gehörte zu der falschen Sorte. Einer von der richtigen Sorte wäre stolz darauf. Er hätte nur Verachtung für die anderen Kerle übrig, die keine schöne Frau besaßen – der richtige Typ Mann genoß es, diesen ausgehungerten und zu kurz gekommenen Typen die eigene, unerhört sinnliche Frau vorzuführen. Seese hatte Männer gesehen, die sich daran weideten, wie die lüsterne, grölende Menge das begehrte, was ihnen gehörte; wie sie anstarrte, was sie nicht anfassen durfte. Aber Cheries Cowboy schien sich nicht sicher zu sein, daß die anderen immer nur zuschauen würden.

Seese war so betrunken, daß sie sich keine Sorgen mehr darüber machte, ob Tiny wirklich die Informationen hatte, die sie brauchte. Wenn es sein mußte, konnte sie Cherie vor ihrem Cowboy unter Druck setzen, dann würde sie es rauskriegen. Sie wußte, Cherie würde um jeden Preis vermeiden wollen, daß ihr Mann mehr über ihre Vergangenheit erfuhr, als er bereits erraten oder vermutet hatte. Der Gefallen, den Cherie Seese schuldete, war eigentlich nicht sehr bedeutend. Etwas, das sich schon vor vielen Jahren abgespielt hatte, als sie viel jünger gewesen waren und noch unter Tinys Fuchtel gestanden hatten. Cherie war an ein paar Undercover-Agenten geraten. Seese hatte bemerkt, daß diese »Collegejungs« immer Geld für ein paar Gramm Koks hatten, und jedesmal hatten sie Cherie gedrängt, ihnen mehr zu verkaufen. Seese hatte Cherie immer wieder ermahnt, sich vor Leuten in acht zu nehmen, die niemals darum baten, daß man ihnen ein paar Gramm vorschoß. Narcs, die Spitzel von der Drogenfandung, hatten immer Geld. Aber Cherie war unbesorgt gewesen, schließlich hatten die Jungs jedesmal gleich in ihrer Küche geschnupft oder gespritzt, direkt vor ihren Augen. Danach wollte der Große, der Profibasketballer gewesen war, immer mit ihr ins Bett, und jedesmal hatte er fünfzig oder sechzig Dollar dagelassen. Cherie war sicher, daß Undercover-Cops so etwas nicht taten, nicht einmal wenn sie verdeckt arbeiteten. Sie waren damals reine Kinder gewesen, und Cherie hatte Tiny nichts davon erzählt. Solange das Geld reinkam und die Mädchen selber nicht zuviel schnupften, stellte Tiny keine Fragen. Und so hatte Cherie den Verkauf einer halben Unze arrangiert.

Die Vereinbarung war, daß Cherie, sobald sie das Geld hatte, die Typen auffordern würde, zu dem kleinen Weg hinter den Apartments zu kommen, um die Ware von Seese, die im Auto warten würde, entgegenzunehmen. Cherie hatte gewollt, daß Seese die halbe Unze bei sich im Auto behielt, doch Seese war mißtrauisch geblieben. Sie hatte die Plastiktüte mit Kokain in eine leere Milchtüte gesteckt und neben einem Abfalleimer am Weg liegengelassen.

Als Cheries Ex-Profibasketballer und seine Jungs ihre Pistolen und Dienstmarken gezogen und Cherie aus dem Haus durch Unkraut und alte Hundescheiße in den Hinterhof gestoßen hatten, war Seese ruhig geblieben. Ihr kam der Gedanke, daß es ein Raubüberfall sein könnte und sie beide vielleicht in Lebensgefahr waren. Aber sie wußte, daß die Typen, wenn sie eine Schießerei geplant hätten, Cherie nicht aus dem Haus ins helle Tageslicht gebracht hätten. Es war zwar nur ein kleiner Pfad, aber sämtliche Wege in dieser Nachbarschaft waren voller Studenten. Echte Räuber hätten Cherie im Haus erschossen und wären dann nach draußen gekommen, um sich Seese im Auto zu schnappen. Deshalb blieb sie bewegungslos sitzen, obwohl Cherie ihr mit den Augen signalisierte, wegzurennen. Ein Cop hatte ihr eine 44er und eine Dienstmarke vor die Nase gehalten, während der andere auf der Beifahrerseite in den Wagen gestiegen war. Seese hatte getan, als sehe sie den Cop an, der die Beifahrertür öffnete, in Wirklichkeit aber hatte sie zu der alten Milchtüte hinübergesehen, die zwischen Unkraut und Müll neben dem Abfalleimer lag.

»Was ist denn hier los?« hatte Seese Cherie in dem Moment gefragt, als der Ex-Basketballprofi die Tür geöffnet und sie aus dem Auto gezogen hatte. »Können diese Kerle keinen Witz verstehen? Hey, es war doch nur ein kleiner *Witz*, sonst nichts.« Den Cops gefiel das Wort Witz nicht besonders. Der Ex-Profi quetschte die Handschellen so fest um ihre Handgelenke, daß ihr die Tränen in die Augen schossen.

Tiny hatte sie beide noch vor der Abendvorstellung der Stage Coach Bar wieder aus dem Gefängnis geholt. Das Wageninnere und der Kofferraum des Autos waren von dem Ex-Basketballprofi und seinen Jungs völlig auseinandergenommen worden, und Seese hatte sich nie die Mühe gemacht, die Türverkleidungen und Fußmatten zu ersetzen. Solange sie den Wagen besaß, wollte sie an den Nachmittag im April erinnert werden, an dem sie die Narcs aufs Kreuz gelegt hatte. Die Cops hatten alles abgesucht, aber die auf der Erde liegende alte Milchtüte hatten sie nicht bemerkt. Ohne gefundene Ware hatte man Seese nur wegen versuchtem Vertrieb und Verkauf von Drogen belangt. Cherie hängten sie Prostitution und die kleinen Kokaindealereien vorher an. Aber keiner der Belastungspunkte war gravierend genug, um den Staatsanwalt zu interessieren. »Verdammt noch mal«, sagte Cherie, »ich wünschte, sie hätten uns vor Gericht gebracht. Ich hätte ihnen gern erzählt, wieviel diese dreckigen Nigger gedrückt und geschnupft haben. Mit dem Geld von Steuerzahlern Koks für Niggerbullen zu bezahlen!«

Tiny war außer sich gewesen. Er hatte Cherie auf dem Parkplatz vor dem städtischen Gefängnis so hart geschlagen, daß sie auf die Knie gefallen war. Seese hatte versucht, ihn davon abzuhalten, und gerufen, er solle sich keine Gedanken machen, die halbe Unze sei in Sicherheit. Aber Tiny war herumgewirbelt, ungeheuer schnell für einen fetten Menschen, und der Haß in seinen Augen hatte Seese klargemacht, daß es ihm nicht um die halbe Unze ging, sondern um den Sex mit den schwarzen Narcs. Bis jetzt hatte Tiny nicht einmal an die halbe Unze gedacht. Cherie allerdings schon. Noch während sie am Boden saß, begann sie zu weinen und zu versprechen, sie werde alles wieder gutmachen. Sie schwor, sich Geld zu leihen und alles sofort zurückzuzahlen. Tiny hatte Cherie in die Rippen getreten, und nur Seeses Warnung vor einem Streifenwagen, der sich auf der Stone Avenue näherte, hatte Tiny davon abgehalten, Cherie ernsthaft wehzutun.

Cherie hatte sich auf dem Rücksitz von Tinys Buick zusammengerollt und über gebrochene Rippen geklagt und gejammert. Tiny hatte pausenlos wiederholt: »Du Hure. Du dummes, schlampiges Hurenstück«, und ihr gedroht, sie dafür umzubringen. Jeder andere in seiner Lage hätte es getan. Sie solle Seese danken, nicht ihm. Sie schulde Seese etwas, weil nur ihretwegen die halbe Unze in Sicherheit war. Wenn der Stoff verlorengegangen wäre, beteuerte Tiny, hätte er sie umgebracht.

Cherie kommt schwer atmend von der Bühne herunter und hüllt sich fest in einen rotgeblümten Baumwollkimono. Am Tisch angekommen, nimmt sie die Hände ihres Mannes in ihre und drückt sie fest, während sie ihn so küßt, daß es die anderen sehen können. Das letzte Mädchen wählt Pink Floyd auf der Jukebox, und sie sehen ihr dabei zu, wie sie den Schritt ihres Trikots beim Betreten der Bühne zurechtrückt. Teddy entspannt sich und schiebt sein Bierglas über den Tisch zu Cherie. Sie atmet noch immer schwer, und das Haar um ihr Gesicht ist dunkel von Schweiß. »Ziemlich gut für eine alte Dame«, sagt Cherie zu Seese, und beide lachen. Tiny hätte sie vermutlich schrecklich zusammengeschlagen – aber nicht umgebracht. Nicht damals. Sie waren alle so viel jünger gewesen. Eigentlich schuldete Cherie Seese nur etwas dafür, daß sie das Kokain in die Milchtüte gestopft hatte. Seese hatte gerade zu erklären begonnen, daß sie nicht gerne um einen Gefallen bitte, als Cherie das Bier ihres Mannes austrank und sagte: »Paß auf. Ich glaube, du kannst sie auf der South Side finden – South Park Avenue, fast beim Flughafen. Sieh dich nach einem uralten Wohnwagen um mit einem schrottreifen Motorrad davor.«

Seese trank den Whiskey aus. Sie umarmte Cherie und lächelte ihren Mann an, der sich grob abwandte. Der Barkeeper nahm bereits die letzten Bestellungen entgegen. Seese bat Cherie, auf sich aufzupassen. Sie werde sich melden, und sie müßten sich bald einmal auf ein Bier zusammensetzen. Aber Cherie hatte nervös zu ihrem blonden Cowboy geblickt und dann wieder zu Seese. Sie wußten beide, daß sie sich wahrscheinlich lange Zeit nicht wiedersehen würden.

Tiny hatte Seese vom Türrahmen seines Büros aus beobachtet, doch sie täuschte vor, sie sei zu betrunken, um ihn zu bemerken. Auf der ganzen Taxifahrt zurück zum Motel war sie froh darüber, daß sie Tiny nicht um Hilfe hatte bitten müssen. Für ihn war der Verlust ihres Babys der Preis, den sie dafür gezahlt hatte, daß sie sich mit David und Beaufrey eingelassen hatte. Natürlich hatte Tiny recht. Aber Seese wollte ihm nicht noch mehr Genugtuung verschaffen, als er bereits erhalten hatte.

Drittes Buch
DER SÜDWESTEN

BERÜHMTE VERBRECHER

Mit mürrischem Gesicht reichte Ferro Seese die Schlüssel des Pickups. Er hatte sie bereits darüber aufgeklärt, daß sie Lechas Erledigungen auszuführen und dann sofort zurückzukommen hatten. Immer wieder fragte er Seese, warum Sterling unbedingt mitkommen müsse, und jedesmal gab Seese ihm zur Antwort, daß sie Hilfe beim Tragen brauche.

»Lügen, Lügen, Lügen«, sagte Seese und lachte, während sie die Auffahrt hinunterfegten, vorbei am Geräteschuppen, den Korrals und den Hundezwingern, in denen die Hunde der Nachtwache im Schatten des großen Paloverdebaumes schliefen. Sterling machte sich Sorgen, daß er mit Ferro, Paulie oder der alten Chefin Ärger bekommen könnte. Aber Seese schüttelte den Kopf. Schließlich wollte Lecha dieses ganze merkwürdige Zeug – einen Ohrensessel mit Pfauenmotiven für den Garten, einen Schreibmaschinentisch und sogar eine Schreibmaschine!

Sterling nickte. Er beschloß, Seese die Sache zu überlassen. »Entspannen Sie sich«, sagte sie. »Wir sind in wichtigen Geschäften unterwegs. Niemand wird uns Ärger machen.«

Sterling fand, daß sie die Piste ziemlich schnell entlangfuhr, denn die Hinterräder rutschten in den Kurven ein wenig weg. Einem Roadrunner blieb nur die Flucht in die Luft, um nicht überfahren zu werden. Deshalb machte Sterling einen Witz, in der Hoffnung, sie würde das Tempo verlangsamen. Sie würde eine gute Fahrerin für einen Fluchtwagen abgeben, sagte er zu ihr. Aber statt zu lachen, nickte Seese ernst mit dem Kopf und erwiderte, daß sie so etwas tatsächlich schon einmal gemacht habe.

»In meinem anderen Leben«, sagte sie, was Sterling sehr beruhigte. »Zumindest war es kein Überfall auf eine Bank oder einen 7-Eleven-Laden. Wir haben jemanden beschissen. Ein Drogen-Deal, verstehen Sie.«

Sterling nickte, obwohl er gar nichts verstand. In seinen Magazinen hatte er eine Menge über die Drogenbosse und die riesigen Drogengeschäfte über mehrere Millionen Dollar gelesen. »Das würde mich zu nervös machen«, sagte er, während der Wagen auf die geteerte Straße glitt und er auf die Staubwolke zurückschaute, die hinter ihnen aufwirbelte; eine Wolke von der Größe eines Tornados. Sterling dachte daran, daß Ferro sie vermutlich durch das Teleskop beobachtete, das er vorn in der Auffahrt installiert hatte.

»Ich war zu jung und zu high, um Angst zu haben«, sagte Seese. Sie fuhr jetzt langsamer und hielt im Rückspiegel Ausschau nach Polizisten. Sie fühlte sich glücklich und zuversichtlich bei dem Gedanken, von Sterling bei den Besorgungen begleitet zu werden. Als sie und Cherie noch für Tiny gearbeitet hatten, hatte sie immer Witze darüber gerissen, daß sie verloren wäre, wenn sie sich einmal bei Tageslicht in Tucson bewegen müßte, denn gewöhnlich schliefen sie den größten Teil des Tages und waren nur nachts unterwegs. Dann war sie nach nur sechs Monaten mit David weggegangen. Trotzdem war sie sich sicher, daß sie die Stadt gut genug kannte, um zu einem Einkaufszentrum zu finden.

Ihr Plan war, die Besorgungen zu erledigen, zu essen und dann herumzufahren. Sterling freute sich über die Gelegenheit, ein paar interessante Plätze in Tucson zu besichtigen. Natürlich waren es nur Plätze, die in den »Damals war's«-Artikeln der *Police Gazette* erwähnt worden waren – das Congress Hotel in der Innenstadt, wo die Dillinger-Gang abgestiegen war, der Bungalow unweit der University Street, wo sie Dillinger und seine Freundin gefaßt hatten. Für alle Fälle hatte Sterling ein paar Zeitschriften mit zwei seiner liebsten »Damals war's«-Artikel mitgebracht: den Kurzbiographien von John Dillinger und Geronimo. Wenn er es recht überlegte, hatte er natürlich noch andere Favoriten, aber dies waren die beiden Artikel, in denen Tucson eine wichtige Rolle spielte.

In den Kaufhäusern lief Sterling hinter Seese her. Sie hatten bereits die Schreibmaschine und den Schreibmaschinentisch gekauft und suchten nun nach dem Ohrensessel mit Pfauenmotiven. Sterling hatte zwar gewußt, daß man in diesen Läden viele Möbel finden konnte, aber erst als sie begannen, nach diesem einen bestimmten Stuhl zu suchen, wurde ihm klar, wie viele Sofas, Beistelltische und Lehnstühle es wirklich gab. Seese griff tief in die große Tasche, die an ihrer Schulter hing, und bezahlte alles in bar. Es hatte Sterling einige Schwierigkeiten bereitet, sich an die vielen Hundertdollarscheine zu gewöhnen. Aber nachdem sie einige Stunden in Fahrstühlen auf- und abgefahren, durch Labyrinthe aus Sofas und Betten gewandert waren und immer noch keinen Lunch zu sich genommen hatten, gewöhnte Sterling sich an das Bündel Hunderter. Sterling beschloß, daß dies nicht annähernd mit dem Schock zu vergleichen war, den Geronimo erlitten haben mußte, als sie ihn und den Rest der gefangenen Apachen auf einen Zug geladen hatten, um sie in ein Gefangenenlager in Florida zu transportieren. Sterling hatte zumindest einige Zeit in Barstow, Kalifornien, verbracht und einige Wochen in der Nähe von Bakersfield, wo sie Schienen repariert hatten, die bei der Entgleisung eines Autogüterzuges zerstört worden waren. Außerdem hatte er Urlaube in Long Beach verbracht und war die große Achterbahn gefahren, die bis über den Ozean hinausschoß und hinabstürzte.

Was mußte es für ein Schock gewesen sein! Geronimo war gewohnt an die Ritte mit seinen Kriegern, bei denen er auf dem Boden geschlafen und sich von Dörrfleisch und geröstetem Mais ernährt hatte. Dann waren plötzlich alle Apachen, auch die Frauen und Kinder, in einen Zug verfrachtet worden. Die meisten von ihnen waren vermutlich noch nie im Inneren eines Zuges gewesen, hatten nie zuvor so etwas wie Sitzbänke und Eisenbahntoiletten gesehen. Sterling hatte sich gerade gefragt, wie die Soldaten, die die Apachen bewachten, ihnen wohl beigebracht hatten, die Eisenbahntoiletten zu benutzen, als er den Sessel sah, nach dem sie suchten. Seese hatte ihn irgendwie übersehen, weil sie gerade einige Sofakissen drückte und aufschüttelte. Es war ein

Ohrensessel mit hoher Rückenlehne, und er war sogar blau. »Blau ist ihre Lieblingsfarbe«, erklärte Seese, während sie Tacos aßen. Die Ladefläche des Pickups war zu voll, um den Wagen unbeaufsichtigt stehen zu lassen. Sterling bevorzugte insgeheim Drive-in-Restaurants, weil er in bezug auf die richtige Kleidung für Restaurants sehr unsicher war, seit man ihn vor vielen Jahren in Long Beach an einem Lokal mit dem Namen Surf Cafe abgewiesen hatte. Er hatte seine schwarz-weiß karierte Sportjacke und neue Tennisschuhe getragen. Es mochte ein Fall von Rassendiskriminierung gewesen sein, aber Sterling war sich nicht sicher. Ein mürrischer Mann mit einem Stapel Speisekarten hatte ihm erklärt, er müsse eine Krawatte tragen. Sterling war so entsetzt darüber, abgewiesen zu werden, daß Minuten vergingen, bevor ihm auffiel, daß der mürrische Mann selbst keine Krawatte trug, sondern lediglich eine Sportjacke und Freizeithosen.

Seese hatte sich lange nicht so glücklich und gesprächig gefühlt. Es war dieser komische alte Kerl Sterling, der sie in gute Laune versetzte. Er hielt ständig Ausschau nach lustigen Dingen und versuchte, ihr Witze zu erzählen. Und er hatte den Pfauensessel gefunden, den sie vielleicht völlig übersehen hätte. Seese wollte jeden Punkt auf Lechas Liste erledigen, um zu beweisen, daß sie diszipliniert und zuverlässig war. Sie wußte allerdings, daß es der letzte Punkt war, auf den Lecha den größten Wert legte. Lecha hätte jede Menge Leute einstellen können, die in der Lage waren, ihr die Dinge zu besorgen, die sich in den Tüten und Kartons auf der Ladefläche des Wagens befanden. Andererseits jedoch wußten nur wenige, wie die Transaktion zu bewerkstelligen war, die sie nach dem Mittagessen geplant hatte.

Seese erklärte, sie hätten nun eine Stunde Zeit, und Sterling meinte, das sei ausreichend, weil alle Punkte auf ihrer Tour im Bereich der Innenstadt lagen. Er fragte Seese erneut, ob sie wirklich diese ganzen Orte mit ihm besichtigen wolle. »Sie sind vielleicht gar nicht da, oder vielleicht sind sie auch langweilig«, sagte er zögernd, »wie das Congress Hotel.«

»Ich habe es Ihnen doch gesagt – ich möchte es wirklich. Sie müssen mir alles erzählen, was sich an diesen Orten abgespielt hat – die ganze Geschichte und so.«

»Ich denke, wir könnten mit dem Congress Hotel anfangen.«

Seese lenkte den schwerbeladenen Pickup durch die City. Die außerhalb gelegenen Einkaufszentren hatten Tucsons Innenstadt den Rang abgelaufen, so daß sie wie ausgestorben wirkte. Seese konnte einfach auf der gegenüberliegenden Straßenseite parken, hinübersehen und sich auf das alte Gebäude konzentrieren, während Sterling erzählte.

»Man kann nicht einmal sehen, daß es gebrannt hat«, bemerkte Sterling. »Es war nämlich das Feuer, wissen Sie. Es war ein Zufall, daß sie Dillinger überhaupt fingen, weil er viel schlauer war als sie. Aber die Schwachstelle war der Rest der Gang. Sehen Sie, Dillinger schickte die anderen nach Tucson voraus. Er hatte diese Freundin, die Halbindianerin, kanadische Indianerin, war. Sie war sehr hübsch, und sie waren zu Besuch bei seinen Verwandten in Florida. Clark und Makely hatten also diese Frau namens Opal Long bei sich. Vielleicht sind auch noch zwei andere Typen dabeigewesen, aber die waren einfach mit Makely und Clark losgezogen, was keine sehr gute Idee war und mit dazu führte, daß sie gefaßt wurden.«

Sterling freute sich, daß Seese lächelte und ihm aufmerksam zuhörte. Es war einfach, sich vorzustellen, wie alles passiert war, wenn man direkt am Ort des Geschehens stand.

Einen Moment lang überlegte er, ob er nicht einfach ein oder zwei Passagen aus seiner Zeitschrift vorlesen sollte. Aber Sterling hatte sich die Szenen seit damals, als er den Artikel zum erstenmal gelesen hatte, so oft vorgestellt, daß er beschloß, Seese einfach zu erzählen, wie er sich das Ende der Dillinger Gang vorstellte:

Clark war ein großer, hagerer Mann gewesen mit dunklem, enganliegendem Haar. Seine Augen schienen nicht recht dazu zu passen. Makely war klein mit sandbraunem Haar. Er trug manchmal einen Schnurrbart, um seinen Boss, John Dillinger, nachzuahmen. Sterling stellte sich vor, daß Opal Long ein bißchen wie Greta Garbo ausgesehen hatte. Es war Januar, als sie nach Tucson kamen und sich im Congress Hotel einmieteten. Und dann spielten Glück und Unglück sozusagen gleichzeitig in die Geschichte hinein. Eines Nachts, nicht lange nachdem Makely, Clark und Long eingezogen waren, brach im Congress Hotel ein Feuer aus.

Sterling machte eine Pause, um seiner Geschichte mehr Spannung zu verleihen, nochmals zu den drei Fensterreihen hochzusehen und sich die Ankunft der Tucsoner Feuerwehr vorzustellen. »Ein Feuer«, sagte Seese. »Glück und Unglück. Ja.« Ihre Miene verdüsterte sich. »Damit kenne ich mich aus.« Seese hatte versucht, ihre letzten Worte wie einen Scherz klingen zu lassen, aber Sterling konnte deutlich erkennen, daß Glück und Unglück mit Seese nicht besser umgesprungen waren als mit ihm selbst oder – was das betraf – mit John Dillinger. Sie bemerkte, daß Sterling seine Geschichte wegen ihrer plötzlichen Traurigkeit abgebrochen hatte und streckte die Hand aus, um ihn am Arm zu berühren, damit er fortfuhr.

Die Feuerwehrmänner hatten sämtliche Koffer und Sachen der Bande gerettet. Und sie hatten eine stattliche Anzahl von Truhen und Koffern bei sich gehabt. Natürlich waren sie vollgepackt mit dem Geld aus den letzten Überfällen. Außerdem hatten sie zwei Maschinengewehre dabei. Nachdem die Feuerwehrleute also ihre Sachen nach unten gebracht hatten – und das war eine ganze Menge gewesen –, zog Makely sein dickes Bündel mit Dollarscheinen hervor und gab den Feuerwehrmännern fünfzig Dollar für ihren Einsatz. Die Dillinger Gang verschloß das Gepäck in ihrem Wagen und ging über die Straße – genau hierher, in die Manhattan Bar –, um Drinks für die anderen Gäste zu bestellen, die das Feuer aus dem Congress Hotel vertrieben hatte. Makely war mit allen Wassern gewaschen, ein geborener Angeber. Clark dagegen kannte nur einen Weg, um die Aufmerksamkeit der Menschen auf sich zu lenken; und deshalb hatte er im Alter von sechzehn Jahren damit begonnen, bewaffnete Raubüberfälle zu begehen. Während der Abend also fortschritt und Makely mit seinem Bündel Dollarscheine alle Aufmerksamkeit auf sich zog, machte sich Clark an einen Touristen heran. Alle waren betrunken. Er überredete den Touristen, mit ihm nach draußen zu kommen, wo er den Kofferraum des 33er Packard öffnete und einen großen Koffer hervorzog. Clark mußte dem Touristen unbedingt eines ihrer Maschinengewehre zeigen.

»Lassen Sie mich raten«, sagte Seese lächelnd, »ich glaube, ich kann mir denken, was passiert ist: Die Feuerwehrmänner konnten das Gesicht des Fremden nicht vergessen, der ihnen ein so großes Trinkgeld gegeben hatte.«

»Richtig!« antwortete Sterling. Auf der Feuerwache haben sie die *Police Gazette* gelesen. Im hinteren Teil waren die Bilder der meistgesuchten Verbrecher abgebildet, und einer der Feuerwehrmänner glaubte, eines der Gesichter wiederzuerkennen. »Ziemlich blöd, einem Fremden sein Maschinengewehr zu zeigen«, sagte Seese, während sie den Wagen von der Stone Avenue in die Second Street lenkte. Sterling hatte die genaue Adresse, aber sie mußten dennoch ganz langsam fahren, um die Hausnummer zu erkennen.

»Ooooh!« sagte Sterling und verglich das unscharfe Foto aus der Zeitschrift mit dem Haus, vor dem sie gerade stehengeblieben waren. Seese hatte ebenfalls für einen Moment auf das Foto geblickt und mußte dann so sehr lachen, daß sie sich gegen das Lenkrad lehnte und die Hupe losging. Der Bungalow an der Second Street war mit dem Foto fast völlig identisch, von der abblätternden weißen Farbe bis hin zu der verbeulten Mülltonne auf der Veranda vor der Eingangstür. Sogar die Position der Mülltonne und die langgezogene Delle im Blech stimmten. »Das kann nicht sein! Nein!« lachte Seese. In diesem Moment hatte Sterling auf der anderen Straßenseite einen Mann bemerkt, der sie in ihrem mit Tüten und Kartons und einem blauen Ohrensessel vollgeladenen Pickup mißtrauisch beäugte. Er und die blonde Frau benahmen sich ziemlich auffällig, genau wie die Dillinger Gang es getan hatte – und was dabei herausgekommen war, wußte man ja. Sterling räusperte sich. »Vielleicht sollten wir weiterfahren und versuchen, Geronimos Haus zu finden.« Sterling wußte, wenn die Polizei sie verhören würde, wären sie kurz darauf beide arbeitslos.

»Es tut mir leid.« Seese wischte sich mit dem Ärmel ihrer weißen Bluse über die Augen. »Ich mußte einfach lachen! Die Mülltonne ist schuld daran.«

»Na, ich bin selber ganz verblüfft«, sagte Sterling und faltete die *Police Gazette* sorgfältig, bevor er das andere Heft mit dem Geronimo-Artikel hervorholte.

»Wir können noch nicht fahren. Sie haben mir nicht erzählt, was hier passiert ist.«

Sterling schaute nervös zur anderen Straßenseite hinüber, doch der Mann war inzwischen verschwunden.

»Was ist los?«

»Oh, ich habe einen Mann gesehen, der zu uns herübersah.« Seese platzte erneut los.

»Sie haben recht«, sagte Sterling. »Ich werde wohl langsam nervös, weil wir als nächstes zu Geronimos Haus fahren!«

Es sollte nur ein Witz sein, dennoch beeilte er sich mit der Dillinger-Story. Im späten Januar hatte die große, rote Bougainvillea auf der ganzen vorderen Veranda und um das Haus herum in üppiger Blüte gestanden. Für die Polizei von Tucson war es einfach gewesen, sich im Garten zu verstecken. »Was für ekelhafte Überraschungen man doch in den Zweigen seiner Bougainvillea finden kann!« Seese hatte sich seit langem nicht so sorglos und unbeschwert gefühlt. Sie begann Lechas Worten ein wenig mehr Glauben zu schenken: daß sich vieles bald aufklären würde.

»Als Geronimo hier war, sah alles ganz anders aus«, bemerkte Sterling, während er die entsprechende Seite der *Police Gazette* ansah.

»Das können Sie laut sagen«, meinte Seese, während sie den palmengesäumten University Boulevard hinunterfuhren. »Und vielleicht war Geronimo sogar der Glücklichere im Vergleich zu uns.« Sie deutete mit einer Kopfbewegung auf die gelbbraunen Zweige der Palmen, die von den Bäumen herunterbrachen. Die dürren Haufen erinnerten sie an tote Wanderheuschrecken, obwohl sie sich nicht entsinnen konnte, wo sie diese Insekten schon einmal gesehen haben könnte.

»Nun, jedenfalls war es das letztemal, daß Dillinger und seine Gang dies hier sahen. Dillinger und Billy Frechette, seine Freundin, wurden ebenfalls im Haus erwischt. Mit gefesselten Händen und Füßen saßen sie im Fond des Polizeiwagens, und die Polizisten ließen sie nur widerwillig die Fenster herunterkurbeln. Dillinger machte sogar Witze darüber – Ende Januar, und er sitze hier und schwitze! Das sei nun wirklich das Schlimmste an der Geschichte. Dabei seien sämtliche Staaten des Mittelwestens hinter ihm her, und dort lägen die Temperaturen weit unter Null. Dillinger heuerte also diese Anwältin an, und gerade als sie dabei waren, zu beantragen, daß auf seine Auslieferung an Indiana oder einen dieser Staaten verzichtet würde, flog dieser Heißsporn von Staatsanwalt ein, der unbedingt seine Karriere vorantreiben wollte. Die Polizei von Tucson erlaubte dem Staatsanwalt, Dillinger mitten in der Nacht abzutransportieren. Sie fuhren nach Douglas, Arizona, an die Staatsgrenze. Dort gab es einen Behelfsflugplatz, und von dort flog der Staatsanwalt mit Dillinger zurück nach Indiana. Das Thermometer zeigte fünfzehn Grad minus an dem Tag, an dem sie Dillinger in Terre Haute vor Gericht stellten. Der Rest ist ja bekannt.«

»Hm?«

»Na, Sie wissen doch. Dillinger flieht aus dem Gefängnis von Terre Haute, aber da war diese Frau in Rot und das Kino in Chicago. Das FBI erschoß ihn vor dem Eingang. Die Verlegung von Arizona war illegal.«

»Na, war doch das kleinere Übel«, sagte Seese, aber sie konnte sehen, daß ihre letzte Bemerkung Sterling bekümmerte. Was immer ihn nach Tucson gebracht hatte, hing wahrscheinlich damit zusammen, vermutete sie.

»Wissen Sie«, begann Sterling vorsichtig, während er in Seeses Gesicht nach einer Reaktion suchte, »was mir Sorgen macht, ist, daß Richter und Gerichte manchmal ihre eigenen Gesetze brechen oder völlig falsche Entscheidungen treffen.« Sterling mußte wieder an den Richter des Stammesgerichts und den Stammesrat denken; daran, daß es Situationen gibt, in denen das Gesetz nichts mit Fairneß und Gerechtigkeit zu tun hatte.

»Es tut mir leid. Ich glaube, ich habe zu viele Jahre in der Gesellschaft von Abschaum verbracht – Leuten, die, wenn sie gefaßt werden, alles verdienen, was der Richter ihnen aufbrummen kann und mehr.«

Sterling nickte, aber er sah jetzt zu dem großen, alten Haus an der Main Street hinüber. Es schien verlassen zu sein. Das Schild einer Maklerfirma stand davor.

»Geronimos Haus steht zum Verkauf«, sagte Seese lächelnd.

»Eigentlich ist es nur der Ort, wo man ihn hingebracht hat, um die Papiere zu unterschreiben, in denen er erklärt, daß er und seine Krieger aufgeben.« Sterling folgte Seese die Treppen hinauf auf die lange, für diese Gegend typische Veranda. Sie preßten ihre Gesichter an die Scheiben. Der große Raum stand voller

Glasschaukästen aus Eichenholz. Welche Antiquitäten man auch immer hier ausgestellt hatte, sie waren bis auf die Überreste einer Schädelsammlung verschwunden. Seese erkannte Hunde- und Wolfsschädel, Sterling sah den Schädel einer Gabelantilope und den eines Pferdes. Abgesehen davon waren der große Raum und die von ihm abgehenden Zimmer leer.

»Ich frage mich, was Geronimo gedacht hat«, sagte Seese, die auf der Vordertreppe saß und auf den Pickup starrte, der mit ihren Einkäufen beladen war.

»Er dachte, man würde ihm und seinen Männern erlauben, in die White Mountains zurückzukehren und dort in Frieden zu leben.«

»Sie meinen, er hatte nur ihr Wort auf das, was er unterschrieb?«

»Nun, sehen Sie, in den achtziger und neunziger Jahren des letzten Jahrhunderts hatte die US-Armee fünftausend Soldaten im Süden von Arizona und New Mexico darauf angesetzt, ihn zu fangen. Sie schafften es nicht. Also war die einzige Möglichkeit, doch noch zum Ziel zu kommen, ihn hereinzulegen. Sie sandten die Nachricht aus, daß General Miles einfach mit ihm sprechen wolle. Und General Crook hatte versprochen, Geronimo und die Apachen könnten nach Hause zurückkehren, um in Frieden zu leben. Aber die örtlichen Politiker und die Indian Agents mochten General Crook nicht. Er war bereits auf dem absteigenden Ast, als er sich mit Geronimo traf. Keines der Versprechen wurde jemals gehalten.«

Seese stand plötzlich auf. »Ich möchte hier nicht länger bleiben.« Sie stiegen wieder ins Auto und fuhren langsam an den Villen des »Historischen Viertels« vorbei.

»Sie haben aus den Indianerkriegen Kapital geschlagen, wußten Sie das?«

Seese spürte, wie das Hochgefühl in ihr abzuflauen begann. Sie schüttelte den Kopf. »Ich bin sogar eine Zeitlang aufs College gegangen, und trotzdem habe ich keine Ahnung von den Dingen, die Sie wissen.«

Sterling lächelte bescheiden. »Ich habe es auch nur aus diesem Artikel erfahren. Wenn man an die Lieferverträge mit der Regierung über die Verpflegung der ganzen Soldaten herankam, konnte man eine Menge Geld machen. Jemand mußte ihnen ja Pferde zum Reiten verkaufen.«

»Oh«, sagte Seese, »jetzt verstehe ich.«

»Ich weiß nicht, ob es jemals bewiesen wurde, aber es gab hier etwas, das man den Tucson-Ring nannte«, fuhr Sterling fort. »Es waren Händler aus Tucson, die nicht wollten, daß die Apachenkriege endeten. Deshalb bezahlten sie einen Whiskeyhändler und schickten ihn zu Geronimo und seinen Männern, um sie betrunken zu machen. Der Händler zeigte Geronimo Zeitungsschlagzeilen aus Washington D.C. und warnte ihn, wenn er oder seine Männer in die Reservation zurückkehrten, würde man sie alle hängen. Die Zeitungsschlagzeilen waren Zitate von Kongreßabgeordneten, die Geronimo gern tot gesehen hätten. Auf diese Weise sorgte der Tucson-Ring dafür, daß die Apachenkriege noch jahrelang andauerten.«

»Das gefällt mir!« sagte Seese wütend. »Das gefällt mir gut! Diese ganzen hübschen Häuser, die ganzen Tucsoner Familienvermögen an Kriegen verdient – genau wie überall!« Ihr plötzlicher Stimmungswechsel beunruhigte Sterling. Bevor er ihr versichern konnte, daß die Dinge für Geronimo und seine Leute nicht ganz so schlecht ausgegangen waren, wie es den Anschein hatte, sagte Seese: »Jetzt verstehe ich, was Sie vorhin gemeint haben mit Richtern und Gerichten.« Manchmal ängstigte sie ihre eigene Wut; es war eine Art Restwut, die an die Oberfläche geschwemmt worden war, als Sterling ihr von den Apachen erzählt hatte. Sie mußte dieses Gefühl loswerden, Monte aus eigenem Verschulden verloren zu haben. Die alten Herrenhäuser an Tucsons Main Street waren der beste Beweis dafür, daß es die Mörder von unschuldigen Apachenfrauen und -kindern zu etwas gebracht hatten. In nur einer Generation waren aus Regierungsbetrügern, Alkoholschmugglern und Zuhältern »Tucsons angesehenste Familien« geworden.

Sie parkten in einer Gasse in der Nähe von Geronimos Haus und Dillingers Bungalow. Lecha hatte alles arrangiert. Seese brauchte lediglich die Instruktionen zum verabredeten Zeitpunkt und am verabredeten Ort auszuführen. Um Punkt drei Uhr schwang das hohe Tor aus Redwood zur Gasse hin auf. Seese stieg aus dem Wagen und hielt ihre Tasche fest an sich gepreßt.

Nachdem sie hineingegangen war, schloß sich das Tor wieder, ohne daß Sterling jemanden gesehen hatte. Irgendwie hatte ihn ihre Reaktion auf die Herrenhäuser und die reichen Leute von Tucson verunsichert. Er hatte Tucson falsch eingeschätzt. Über Barstow hatte er nie viel erfahren, aber soweit er wußte, gab es dort weder alte noch neue Herrenhäuser. Und in Winslow gab es mit Sicherheit überhaupt keine Herrenhäuser. Daher war es wahrscheinlich das erste Mal, daß Sterling in der Nähe eines Ortes lebte, der hauptsächlich von Kriminellen gegründet worden war.

Obwohl es sehr heiß war, drehte Sterling das Fenster ein wenig hoch. Er war froh, sich in den vergangenen Jahren mit der *Police Gazette* und dem *True Detective* auf dem laufenden gehalten zu haben. Er meinte, sich zu erinnern, daß in einer der neueren Ausgaben etwas über die Mafia gestanden hatte, etwas über die Mafia im Südwesten. Sterling schämte sich ein bißchen, diesen Artikel überblättert zu haben. Aber er hatte sich für Mafiageschichten nie so sehr interessiert wie für Berichte über die Chicagoer Frauenmorde in den zwanziger Jahren oder den Handel mit weißen Sklaven, der in den Boomtowns von Wyoming betrieben wurde. Sterling begann sich langsam mit der Tatsache anzufreunden, daß das Ranchhaus so weit oben in den Ausläufern der Berge lag. Er dachte bei sich, daß die Zäune und Gatter und sogar die Wachhunde in der Nachbarschaft von Menschen, die sich an den Leiden von Geronimo und seinem Volk bereichert hatten, vielleicht doch vernünftige Vorsichtsmaßnahmen waren.

GESCHÄFTE MIT CALABAZAS

Lecha nannte ihn liebevoll den »alten Mann«; und wenn sie am Telefon mit ihm sprach, gab sie ihrer Stimme einen süßen Klang. Seese stellte fest, daß er gar nicht so alt war. Er mochte sogar jünger als Lecha sein. Lecha hatte sich alle Mühe gegeben, klarzumachen, daß sie und »der *viejo*« sich nie »sehr nahegestanden« hatten. Die ganzen korrekten Ausdrücke für

Sex hatte sie sich in der Talkshow-Runde des Regionalfernsehens angeeignet.

Seese hatte gelächelt und Lecha höflich daran erinnert, daß sie sich über solche Dinge nun wirklich keine Gedanken zu machen brauchte. Statt zurückzulächeln, hatte Lecha plötzlich eine flammende Rede über die Pflichten einer todkranken Frau losgelassen. »Eine todkranke Frau«, belehrte sie, »muß vor allen Dingen ihren guten Ruf wiederherstellen. Vor allen anderen geschäftlichen Angelegenheiten steht der Ruf einer Frau an erster Stelle!« Lecha sah, daß Seese sich fürchtete. Sie hatte es nicht so gemeint, deshalb senkte sie ihre Stimme. »Armes Ding! Sie müssen sich das alles von mir anhören. Aber wenn Sie wüßten, was für Lügen man über mich erzählt hat!« Lecha senkte ihre Stimme noch weiter. »Sogar in meiner eigenen Familie«, flüsterte sie. Dann lenkte sie das Thema abrupt auf ihre »Medizin«. Als letzten Hinweis hatte sie angemerkt, daß der »alte Mann« Calabazas gerne Komplimente über seine Kakteen und seine Burros hörte.

Calabazas war nicht größer als Seese. Sie fand, er sehe aus wie Geronimo, obwohl sie wußte, daß Calabazas ein mexikanischer Indianer war und kein Apache. Sie hatte das Gefühl, sie werden von seinen Augen aufgespießt. Da sie diesen Blick nicht erwidern konnte, sah sie sich im Garten um.

Der Kakteengarten war äußerst sorgfältig angelegt. Glatte, helle, orangefarbene Steine umrandeten eine große Ansammlung kleiner, niedriger Kakteen, die mit violettrosa Blüten bedeckt waren. Andere Kakteen wurden von kleinen weißen Steinen umrahmt. Die größten und eindrucksvollsten Kakteenarten waren neben den Hausmauern angepflanzt worden. Schlangenartige, nachtblühende Arten wanden sich um sämtliche Fenster, und es schien Seese, als bildeten Calabazas Kakteen zugleich einen kunstvollen Schutzwall um das Haus. Er erschreckte sie, als er sagte: »Ja, Sie würden es schwer zugänglich finden.« Seese wollte leugnen, daß er ihre Gedanken gelesen hatte, und erzählte ihm statt dessen, wie wunderschön der Garten sei. Er schien sie nicht zu hören und verschwand durch eine Tür in einer Adobewand. Dort ließ er sie lange Zeit stehen. Seese konnte die Korrals erkennen und die Burros, denen große Baumwollpappeln Schatten spendeten. John Dillinger wäre es vielleicht besser ergangen, wenn er dieses Haus gemietet hätte. Es war schade, daß Sterling es nicht sehen konnte. Er hätte sich Anregungen für die Gartengestaltung rund um das Ranchhaus holen können. Der alte Mann kehrte mit einer kleinen braunen Papiertüte zurück, deren oberes Ende eher zugedreht als gefaltet war. Er gab ihr die Tüte und öffnete das Tor, ohne ein Wort zu sprechen. In diesem Moment hielt ein Auslieferungswagen des United Parcel-Service hinter dem Pickup an. Calabazas Gesichtsausdruck blieb unverändert, aber Seese spürte seine Unruhe. Sie wußte, daß Calabazas nicht wollte, daß sie oder Sterling sahen, was der UPS-Wagen abholen sollte. Seese beeilte sich, den Motor des Pickups anzulassen, und gab dann vor, Schwierigkeiten beim Einlegen des Ganges zu haben. Während sie den Parkweg hinunterfuhren, blickte Seese in den Seitenspiegel. Der Auslieferungsfahrer lud Kisten ein. Calabazas Lieferungen. Im Rückspiegel des Wagens sah Seese Calabazas scharfe Augen auf sich gerichtet. Sie nahm an, daß sie etwas von Lecha zu hören bekommen würde, sobald sie nach Hause kamen.

»Was das wohl war, frage ich mich«, rätselte Sterling, als sie auf den Schnellstraßenzubringer fuhren. Er hatte die Papiertüte auf seinem Schoß und hielt sie vorsichtig fest, damit die zugedrehte Öffnung nicht aufgehen und sie dem Verdacht der Schnüffelei aussetzen konnte. Sterling hatte schnell begriffen, daß Ferro und Paulie und die alte Chefin sehr genau auf Anzeichen von Schnüffelei achteten. Er vermutete, daß die alte Zwillingsschwester es genauso halten würde.

AUF DEM RÜCKSITZ
EINES CHRYSLERS

»Ihr habt Calabazas alle beide nicht gefallen«, begrüßte Lecha sie lachend. »Er hat gleich angerufen, um sich bei mir zu beschweren!« Seese und Sterling hatten gerade den blauen Pfauensessel in ihr Schlafzimmer getragen. Lecha saß mit der Papiertüte auf dem Schoß aufrecht im Bett. Sterling verließ hastig den Raum. Schlafzimmer von Frauen, die nicht mit ihm verwandt waren, hatten ihn schon immer in Panik versetzt. Er hatte stets fremde Motelzimmer oder die Rücksitze großer Wagen bevorzugt. Als er in Winslow im Lager des Eisenbahnbautrupps gelebt hatte, war etwas ganz Erstaunliches passiert. Eine weiße Frau, die auf der Route 66 durch Winslow gekommen war, hatte eine Autopanne gehabt. Der einzige Mechaniker in Winslow erzählte der Frau, die Reparatur würde einige hundert Dollar kosten, weil der Wagen einer dieser riesigen 59er Chrysler Imperials war. Später hatte der Mechaniker berichtet, wie er ihr geraten habe, den Wagen zum Schrottpreis zu verkaufen und den Greyhoundbus nach Kalifornien zu nehmen, denn dorthin hatte sie fahren wollen. Aber die Frau wollte nichts davon hören. Der Mechaniker war nervös. Er wollte eine Vorauszahlung auf die vielen Ersatzteile, die er in Phoenix oder Los Angeles würde bestellen müssen. Deshalb hatte sie den großen Kofferraum des schwarzen Imperial geöffnet und begonnen, ihre Koffer auszuladen. Der Mechaniker erzählte später, daß er sie für ein bißchen verrückt oder so was gehalten habe. Sie alle kannten den Mechaniker, denn der Hebekran, den sie zum Verlegen der neuen Schienen benutzten, funktionierte nicht richtig, und einer von ihnen, meist Sterling oder einer der Mexikaner, mußten dem Mechaniker regelmäßig vom Vorarbeiter bestellen, daß er kommen und die Maschine reparieren sollte. Deshalb kannten sie ihn und wußten, daß er nicht übertrieb oder log, als er ihnen später erzählte, was in den Koffern gewesen war: Nerzmäntel, Fuchspelz-Stolen und Lederjacken. Und Schuhe – in allen Farben und ziemlich hochhackige Dinger – sogar welche mit Plateausohlen, mit Absätzen aus durchsichtigem Plastik, in denen man die Plastikgoldfische herumschwimmen sehen konnte. Als sie begann, den fünften oder sechsten Koffer zu öffnen, erzählte ihnen der Mechaniker, habe er mit der Hand auf die Berge aus Pelzen und Schuhen gedeutet und ihr gesagt, das sei genug Vorauszahlung.

Sterling war nicht zu ihr gegangen, während sie in dem Zimmer im Painted Desert Motel gewohnt hatte. Aber von den Mexikanern, die dortgewesen waren, hatte er Geschichten gehört. Sie sei sehr teuer, erzählten sie, aber sie kenne Sachen, die sie noch nie vorher gehört und schon gar nicht ausprobiert hatten.

Dann, kurz bevor Sterling genug Mut gesammelt hatte, um zu dem Zimmer 23 im Painted Desert Motel zu spazieren, war etwas sehr Merkwürdiges und Aufregendes passiert. Genau zur Feierabendzeit und noch dazu am Zahltag war der große schwarze Imperial am Tor des großen Bauhofs der Santa Fe Railroad vorgefahren. Sterling war ein bißchen schockiert darüber gewesen, wie viele der verheirateten Männer, die mit ihren Familien in Winslow lebten, Janey ebenfalls zu kennen schienen. Sie strahlte und lachte mehr für sich selbst als für die Männer, während sie den Wagen vorführte. »Das ist mein Baby«, sagte sie immer wieder. »Jetzt muß ich meine wundervollen Kleider wieder auslösen.« Sie öffnete die Wagentür, und Sterling dachte, daß er noch nie einen so großen Rücksitz gesehen hatte. Später wurde ihm klar, daß der Wagen ein Sondermodell gewesen war. Noch nicht gerade eine Limousine, aber »so groß wie'n Schlafzimmer«, hatte jemand gescherzt. Natürlich hatten alle angefangen, Witze zu reißen, während sie lachten und sich gegenseitig in die Richtung der luxuriösen schwarzen Ledersitze stießen. Dann hatten sie sich Sterling gegriffen. Alle von ihnen – Mexikaner und Indianer und sogar der weiße Vorarbeiter – fanden, daß Sterling zuviel Zeit mit Lesen verbrachte. Er hatte ihnen erklärt, daß er einen schwachen Magen habe und ihm schlecht werde, sobald er mehr als drei Biere trank. Aber sie hatten ihm nie ganz vergeben, daß er nicht trotzdem mit ihnen loszog und zechte. Als Abrechnung für die vielen Abende, an denen er allein in der Cafeteria des Bautrupps gegessen hatte und dann auf sein Zimmer gegangen war, um Magazine zu lesen, schoben sie Sterling nun auf den Rücksitz. »Mach die De-Luxe-Nummer mit ihm!« schrien sie Janey zu, als sie davonfuhr.

Sterling konnte den Schmutz auf seinen Händen fühlen. Der Geruch von Motorenöl auf seinem Overall wetteiferte mit dem wundervollen Duft von Janeys Parfüm. Dies war so ziemlich das Schlimmste, was Sterling jemals passiert war. Janey war auf die Route 66 gefahren, und sie surrten in Richtung Holbrook, bis Janey schließlich in einen Feldweg einbog. Der Weg schlängelte sich durch gelben, hervortretenden Sandstein und weiter nach oben ins Wacholderdickicht. Als sie anhielt und den Motor abstellte, meinte Sterling, noch nie in seinem Leben eine solche

Stille gehört zu haben. Er mußte verängstigt ausgesehen haben, denn Janey begann zu lachen, als sie die hintere Wagentür öffnete.

Der Rücksitz des schwarzen Chrysler war so groß, daß sie die gesamte »De-Luxe-Nummer« mit geschlossenen Türen durchführen konnten. Allerdings hatte Janey alle elektrischen Fenster heruntergelassen, wegen der wunderbar sauberen Luft, wie sie sagte; und Sterling fand, daß Wacholder und Salbei in der frischen Brise wirklich gut rochen. Außerdem verhinderten die geöffneten Fenster, daß der Geruch von Motorenöl und dem Schweiß eines harten Arbeitstages das Erlebnis störten.

Janey hielt sich noch zwei weitere Wochen in Winslow auf, um die »De-Luxe-Nummer« auf dem Rücksitz des Imperial durchzuführen. Der Mechaniker erzählte später, daß sie die Rechnung der Reparatur am gleichen Tag bezahlen konnte, an dem er mit dem Wagen fertig geworden war; so daß die beiden Extrawochen in Winslow vermutlich ein guter Ersatz für eine Vollkaskoversicherung gewesen waren. Alle waren ein bißchen verblüfft darüber, daß sie in fünf Tagen genug verdient hatte, um acht Chrysler-Ventile und eine Nockenwelle zu bezahlen.

Nach diesem Erlebnis hatte Sterling den Männern vom Bautrupp, wenn sie wieder auf Zechtour gehen wollten, erklärt, er gäbe sich mit nichts anderem als der »De-Luxe-Nummer« zufrieden. Und so hatte Sterling viele Nächte lang wachgelegen und sich daran erinnert, wie Janey ihn ausgezogen und ihm befohlen hatte, die Augen zu schließen und alles ihr zu überlassen. Für Sterling würde dies immer »De-Luxe« bedeuten: nackt auf weichen Plüschkissen zu liegen, die Augen geschlossen, so daß er einfach ihre Hände und ihren Mund über seine Haut wandern fühlte. Er war schon vor Jahren zu dem Schluß gekommen, daß die Mühe, die es kostete, sich auf Sex vorzubereiten, das eigentliche Erlebnis schließlich kaputt machte, wenn es endlich soweit war. Bei der De-Luxe-Nummer war alles wie im Traum geschehen – zu spüren, wie sich die Erregung von seinen Eiern und seinem Schwanz weiter ausbreitete, und dann dieses letzte, plötzliche Pressen, das alle Erregung wieder in die Spitze seines Schwanzes zurückeilen ließ, um seine Finger und Zehen taub zurückzulassen.

Nach dem ersten Versuch hatte Sterling die »De-Luxe-

Nummer« noch dreimal probiert. Seine Kollegen drängten ihn, davon zu erzählen, aber er behauptete, daß er die Augen dabei geschlossen hatte. Das entsetzte die Mexikaner und die Hopi. Sie konnten es nicht fassen. Was für sie De-Luxe bedeutet hatte, waren Janeys himmelblaue Augen, ihr weißblondes Haar und die Art und Weise, in der ihre Brüste fast nach oben zeigten – einige von ihnen schworen, daß sich ihre Nippel nach oben bogen. Und das Rosa – dieses leuchtende Rosa. Nichts davon konnte man bei den Huren aus Winslow bekommen, nicht einmal bei den Teenagern. Nun ja, wie sollte einem eine Navajo oder Mexikanerin oder Negerin, selbst wenn sie Teenager waren, jemals dieses leuchtende Rosa bieten können? Schließlich hatten sie allesamt von vornherein dunkle Haut.

»Oh«, hatte Sterling gesagt. Er hatte Sex noch nie im Zusammenhang mit Farben gesehen. Aber das konnte auch daran liegen, daß er die High School eines Indianerinternats besucht hatte, wo jede Art von sexueller Betätigung in der Dunkelheit des Kellers oder einem brauchbaren Besenschrank hatte stattfinden müssen. Sie hatten soviel über den Teil von Janey geredet, der so rosa war, und wie sehr sie es genossen hatten, ihn ganz auseinanderzuziehen und hineinzusehen, daß der Vorarbeiter schließlich sehr wütend wurde. Den ganzen Vormittag über hatten sie nur zwei Schienenteile entfernt und neu verlegt. Nachdem der Vorarbeiter sie wieder allein gelassen hatte und sie sich gegenseitig zuriefen, ihren Arsch zu bewegen, sagte ein großer Hopi von der Third Mesa bitter: »Dieser *Bahana* hat gut Maulaufreißen. Schließlich hat er sein ganzes Leben lang an kleinen rosa Titten gelutscht.«

Sterling versuchte ein paarmal, in Barstow eine »De-Luxe-Nummer« zu bekommen, aber die Frauen, die dort arbeiteten, unterschieden sich kaum von den Huren in Winslow, die nicht nur zuerst Geld sehen wollten, sondern auch verlangten, daß man das Motelzimmer besorgte, und was am schlimmsten war, sie erwarteten, daß man ihnen sagte, was sie tun sollten. Man mußte ihnen alles sagen: Zieh die Schuhe aus, leg dich aufs Bett, faß das hier an – nein, nicht so –, es brachte soviel Ärger mit sich, daß Sterling schließlich beschloß, es sei die Mühe nicht wert.

Der Umstand, daß er in den Jahren, in denen die anderen

Männer seines Alters geheiratet hatten, nicht in Laguna gewesen war, hatte ihn vor seinen alten Tanten gerettet, die ihn jedesmal ausfragten, wenn er zur Fiestazeit oder an Weihnachten nach Hause kam. Er hatte nichts gegen die Ehe oder gegen Frauen. Er hing an seinen alten Tanten, die ständig für ihn kochten und nähten und ihm Geburtstagskarten schickten. Er besorgte ihnen Freifahrscheine für die Eisenbahn, mit denen sie fahren konnten, wohin sie wollten. Sein Hauptproblem in bezug auf die Ehe bestand darin, daß er es nicht gewohnt war, einer anderen Person sagen zu müssen, was sie zu tun hatte. Er nahm an, daß dies an der Art lag, mit der Tante Marie ihn erzogen hatte, nachdem seine Eltern gestorben waren. Aber Sterling hatte gar nicht das Gefühl, daß er es auf irgendwas zurückführen mußte. Er war glücklich damit, allein zu leben. Er genoß das einfache Leben mit seinen Zeitschriften, den Besuchen zu Hause bei seinen alten Tanten und den gelegentlichen Ferien in Long Beach, wo er mit der großen Achterbahn fahren konnte.

So waren die Jahre vergangen, und es hatte sogar einige junge Witwen gegeben, die seine guten alten Tanten auf ihn angesetzt hatten, weil sie sich darüber Gedanken machten, wer für Sterling sorgen sollte, wenn sie nicht mehr waren. Aber man mußte kein Genie sein, um sich denken zu können, was diese jungen Witwen und ihre Kinder von Sterling erwarten würden: daß er ihnen sagte, was sie als nächstes tun sollten. Schließlich hatte Sterling, als sich alle seine alten Tanten zu einem traditionellen Wildessen an einem Tisch zusammengefunden hatten, jeder von ihnen einen leuchtend bunten und mit langen Fransen besetzten Seidenschal geschenkt und ihnen mitgeteilt, sie sollten sich keine weitere Mühe mehr machen, solange sie nicht eine Frau für ihn fanden, die genauso tüchtig, weise und stark war wie sie selbst. Jede der alten Schwestern sprach der Reihe nach, und als Tante Nora das feierliche Verspeisen der Rehaugen vollzogen hatte und Tante Marie und Tante Nita mit dem Gehirn fertig waren, stellte Sterling erleichtert und glücklich fest, daß sie ganz seiner Meinung waren.

Seit dieser Zeit verwöhnten sie ihn nur noch mehr, und Sterling konnte in Ruhe und Frieden seinen Träumen von der »De-Luxe-Nummer« nachhängen.

STERLINGS ZIMMER

Das Motorengeräusch von Ferros Allradwagen weckte Sterling manchmal mitten in der Nacht. Sie kamen und gingen zu allen Tages- und Nachtzeiten. Zum Glück hielten sich Ferro und Paulie nur selten lange im Haus auf. Die alte Chefin war in dieser Beziehung schwieriger einzuschätzen, denn sie begleitete Paulie und Ferro nur gelegentlich. Dennoch war sie mitunter tagelang außer Haus. Sterling wußte nie mit Sicherheit, ob sie da war oder nicht. Wenn er jedoch den Gang hinunter an ihrem Büro oder an ihrem Schlafzimmer mit den heruntergelassenen Rollos vorbeiging, konnte er spüren, daß die Räume leer waren.

Sterling aß ein zweites Käsesandwich und nahm sich noch einige Kartoffelchips. Er hatte die Erledigungen und die Fahrt mit Seese sehr genossen. Wenn alles so weiterging, dachte er, dann wäre er zufrieden damit, recht lange hierzubleiben. Er nahm sich eine weitere Dose 7-Up und ging den Hügel hinab zu seinem Zimmer. Die Sonne war fast untergegangen, die Vögel in der Wüste waren munter und zwitscherten wie jeden Abend, bevor es dunkel wurde. Der Wind, der von den Bergspitzen herunterwehte, roch frisch, fast so, als könnte es Regen geben. Der Himmel im Westen war klar, doch Wolken konnte man riechen, lange bevor man sie sah. Sterling erinnerte sich daran, wie Tante Marie ihm dies beigebracht hatte. Manchmal spürte er, wie sich bei Sonnenuntergang seine Stimmung veränderte und er über sein Leben nachzudenken begann. Er dachte an alle seine lieben alten Großtanten, die nun zum Klippenhaus gegangen waren, wo sie sich für die Ewigkeit viele ihrer Lieblingsbeschäftigungen vorgenommen hatten. Er vermißte sie, wie sie um einen großen Tisch herumsaßen, sich gegenseitig aufzogen und Witze machten über alte Liebhaber und erotische Abenteuer. Die jüngeren Frauengenerationen waren den Frauen vom Schlag einer Tante Marie und einer Tante Nora nicht wirklich ebenbürtig. Aber Sterling war sicher, daß auch er ihnen nicht ebenbürtig war, obwohl sie ihn so geliebt und verwöhnt hatten, daß ihre eigenen Kinder, seine Cousins, schrecklich eifersüchtig auf ihn geworden waren. Und am Ende war es diese Eifersucht gewesen, die bei der Abstimmung des Stammesrates über das Urteil des Stammesrichters gegen ihn zu Buche geschlagen hatte. Sterling wußte, daß die Unterbringung der Kinder in Internaten das Hauptproblem war. Er und die anderen Kinder hatten in den – viel zu kurzen – Sommerferien soviel wie möglich über die Kachinas und die Gebetsarten oder die Begrüßung des Wildes und anderer Tiere und Pflanzen lernen müssen. Vielleicht hätte man Sterling nicht so früh weggeschickt, wenn seine Eltern nicht gestorben wären. Doch dies war die übliche Verfahrensweise der Regierung mit Indianern, und Tante Marie hatte immer gesagt, es habe keinen Zweck, sich über Dinge aufzuregen, die vor fünfzig Jahren passiert waren. Bildung sei nun mal die Welle der Zukunft.

Nun, die Welle der Zukunft hatte ihn genau hierher geschwemmt, in die Wüste von Sonora. Sterling versuchte sich einzureden, daß es schließlich nicht das Ende der Welt sei, nicht, wenn man sich Geronimo ansah, den es geradewegs nach Oklahoma gespült hatte.

Das Zwielicht war von einem leuchtenden Perlgrau. Sterling setzte sich an der Ecke des Geräteschuppens auf den Fünf-Gallonen-Benzinkanister. Irgend etwas an der Tatsache, hier unten gelandet zu sein, stimmte ihn nachdenklich. Etwas war mit der Welt passiert. Es war nicht nur eine Erfindung seiner wunderlichen und wunderbaren alten Tanten. Es war nicht einfach nur der Mangel an geeigneten Bräuten oder zuverlässigen Frauen. Die Menschen heutzutage waren nicht mehr dieselben. Was war aus dieser Welt geworden, die jedesmal, wenn eine seiner lieben kleinen Tantchen dahingegangen war, ein bißchen blasser geworden war? Sterling wischte sich mit einem Zipfel seines Hemdes die Tränen ab. Sie liefen ihm an der Nasenspitze herab und juckten.

In der kurzen Zeit, die er jetzt in Tucson war, hatte Sterling zu verstehen begonnen, daß die Menschen, die er bisher »Mexikaner« genannt hatte, in Wirklichkeit Abkömmlinge verschiedener Indianerstämme waren. Nur einige Äußerlichkeiten waren von ihrer indianischen Abstammung noch erkennbar: die Haut, das Haar und die Augen; die Wangenknochen und die Nasen von Adlern und Habichten. Sie hatten die Verbindung zu ihren Stämmen und der Welt ihrer Vorfahren verloren.

Im Haus stapelte Sterling Kissen übereinander und zog seine Leselampe näher an das Bett heran. Er mußte diese Gedanken aus seinem Kopf verscheuchen – Indianer über die ganze Erde verstreut, getrennt von ihren Stämmen und dem Land ihrer Vorfahren – dieses Schicksal war Menschen seit Urzeiten immer wieder widerfahren. Afrikanische Stämme waren auf der ganzen Welt in die Sklaverei verkauft worden.

Er mußte seine Gedanken von diesem Thema ablenken. Alle Artikel, die er jemals zum Thema Depressionen gelesen hatte, hatten dies ausdrücklich betont. Deshalb stöberte er unter dem Bett nach einigen Zeitschriften, die er beim Einzug gefunden hatte. Das Gute an ihnen war, daß sie voller Fotos waren. Weniger gut schien ihm, daß der gesamte Text auf spanisch geschrieben war. Aber er brauchte nur etwas, das er sich ansehen konnte, bis er einschlief. Die Fotos waren körnige und unscharfe Schwarzweißaufnahmen, und auf einigen Seiten verlieh ihnen die verschmierte Druckerfarbe das Aussehen von Zeichnungen oder Karikaturen. Er konnte das Datum und den Ort entziffern; 1957, Culiacán, Sinaloa. Sterling konnte nicht erkennen, wer wer war oder worum es ging, aber ein grauer 49er Plymouth schlitterte auf zwei Rädern um eine Kurve und verfolgte ein schwarzes 51er Ford-Coupé, das die in einer engen Straße geparkten Wagen der Reihe nach streifte. Auf den folgenden Seiten sah man Opfer in ihrem Blut liegen, wobei das Blut allerdings eher aussah wie Motorenöl oder Teer. Sterling schlief über der Frage ein, ob Mexiko wohl jemals solche herausragenden Kriminellen wie John Dillinger oder Pretty Boy Floyd hervorgebracht hatte. Sein Wissen über mexikanische Geschichte war nicht sehr umfangreich, aber er glaubte nicht, daß es dort nach Montezuma jemanden wie Geronimo gegeben hatte. Und danach wurde sowieso alles sehr verwirrend, denn es schien, als durchlebten die Mexikaner ständig irgendwelche Revolutionen; und Sterling wußte, daß – obwohl die Gewinner die Verlierer normalerweise als »Kriminelle« hinrichten oder inhaftieren ließen – weder die *Police Gazette* noch der *True Detective* in Kriegen und Revolutionen begangene Verbrechen mitrechneten.

DAS FILMTEAM AUS HOLLYWOOD

In seinem Traum rannte Sterling dem großen weißen Chevy Blazer hinterher und brüllte, er solle anhalten. In diesem Moment fielen die mexikanischen Gangsterzeitschriften auf den Boden, und Sterling wachte auf, um festzustellen, daß sich vom Licht angezogene Insekten auf seinem ganzen Kopfkissen verteilt hatten. Er schüttelte die Ansammlung von Motten, fliegenden Ameisen und winzigen, hartgepanzerten Insekten auf den Boden und schaltete die Leselampe aus. Sein Herz klopfte noch immer heftig. Er tastete über den Boden neben dem Bett und fand die 7-Up-Dose. Es kümmerte ihn nicht, daß sie lauwarm war, er setzte sich auf und trank die 7-Up im Dunkeln. Er wünschte, die Torwachen bei der Mine hätten den Hollywoodproduzenten und seinen großkotzigen Cinematographen umgeblasen. Sterlings Laken waren schweißnaß. Der Alptraum hatte zumindest etwas Wahres: An der ganzen Sache waren diese Scheißkerle aus Hollywood schuld. Blöde Arschlöcher! Er hatte eine Reihe neuer Flüche gelernt in den Wochen, in denen er in ihrer Nähe gewesen war. Was für schreckliche weiße Menschen! Sie gehörten zu den schlimmsten Weißen dieser Welt, hatte er damals entschieden.

Es war von Anfang an eine abgekartete Sache gewesen. Selbst wenn er es fertig gebracht hätte, Tante Marie zu bewegen, daß sie davon erzählte, wie es beim letztenmal zugegangen war, als der Stamm einer Filmgesellschaft aus Hollywood erlaubt hatte, auf dem Stammesgebiet zu filmen, hätte es ihn vermutlich nicht gerettet. Denn die Dorfbeamten aller Dörfer hatten sich mit den Mitgliedern des Stammesrates beraten und beschlossen, daß Sterling diese Aufgabe übernehmen mußte. Der gesamte Stammesrat hatte dafür gestimmt, ihn zum Laguna Pueblo-Filmbeauftragten zu ernennen, ohne daß er sich dagegen hätte wehren können. Sterling hatte versucht, diese Ehre so höflich wie möglich abzulehnen, aber niemand im Stammesrat schien die Position eines Stammesfilmbeauftragten zu wollen. Das hätte ihm eine Warnung sein müssen, ein Wink, daß sie ihm eine Falle gestellt hatten.

Vierhundert Dollar im Monat. Heute schien dieser Betrag kaum noch der Mühe wert zu sein, denn in Tucson verdiente er in nur einer Woche fast genausoviel. Und alles, was er zu tun hatte, war, tote Eidechsen aus dem Swimmingpool zu fischen und Hundescheiße aus dem Auslauf der Hundezwinger zu spritzen. Für vierhundert Dollar im Monat hatte Sterlings Job als Filmbeauftragter darin bestanden, das Filmteam aus Hollywood von heiligen Orten fernzuhalten und sie daran zu hindern, geheiligtes Land zu betreten. Das war in der ersten Woche nicht schwierig gewesen, denn die gesamten Filmaufnahmen wurden auf Sets gedreht, die man unten am Fluß errichtet hatte. Aber Sterling war allein gegen ein vielköpfiges Filmteam aus Hollywood angetreten. In der zweiten Woche war er nicht mehr in der Lage gewesen, irgend etwas unter Kontrolle zu halten. Obwohl er wieder und wieder erklärt hatte, warum bestimmte Gebiete *off-limits* waren, schienen die Mitglieder des Filmteams nur Härte und rohe Gewalt zu verstehen. Berichte trafen ein, daß Gebetshölzer, die an heiligen Schreinen für die Geister aufgestellt worden waren, verschwunden seien. In der dritten Woche versuchte ein Regieassistent im Innern der Kiva zu fotografieren, drei Schauspielerinnen nahmen ein Sonnenbad am heiligen Wasserloch, und der Skriptverantwortliche quetschte ein Volkswagen-Coupé durch den nordwestlichen Eingang auf den großen Dorfplatz – alles am gleichen Nachmittag.

Eines Morgens, als das gesamte Team sich verspätete, hatte Sterling beobachtet, wie der Produktionsleiter den Laufburschen auf den Vordersitz des großen Winnebago schleuderte. Sein Kopf hatte auf der Windschutzscheibe einen Ring aus zersplitterten Glassternen hinterlassen. Es war alles gemietet, deshalb störte das keinen. Was die Filmleute betraf, so war die gesamte Reservation gemietet. Nachdem die Gebetshölzer wiedergefunden, die nackten Sonnenanbeterinnen vom Wasserloch vertrieben und das Volkswagen-Coupé von der Plaza entfernt worden waren, teilte Sterling dem Produzenten Snell mit, er werde zum Stammeshauptquartier gehen, um zurückzutreten. Snell führte gerade ein Ferngespräch, in dem er seine Producer beschwor und beschimpfte. Als Sterling ihm die Mitteilung machte, legte er mit einer dramatischen Geste den Hörer auf und sagte: »Sterling! Das können Sie mir nicht antun!«

»Ich muß hier weiterleben, wenn Sie wieder weg sind«, war

alles, was Sterling geantwortet hatte. Aber später, als er daran zurückdachte, schüttelte er verbittert den Kopf. Denn schon bei seinem Rücktritt, bei seinem Versuch, dem Stammesgouverneur klarzumachen, daß es unmöglich war, ein Filmteam aus Hollywood unter Kontrolle halten zu wollen, war es bereits zu spät gewesen. Von den Fenstern im Büro des Gouverneurs konnten sie die Ausfahrt des Highways sehen und die Piste, die zum Fluß hinunterführte, wo die Filmgesellschaft ihre Zelte aufgeschlagen hatte. Ein ständiger Strom von Polizeiwagen der New Mexico State Police, offizielle Regierungsfahrzeuge, rollte holpernd und mit heulenden Sirenen und eingeschaltetem Blaulicht auf das Lager des Filmteams zu.

Aber schlimmer als die Razzia der Drogenfahndung und der Vorfall, der schließlich Sterlings Schicksal besiegelte, war der Versuch des Kameramanns gewesen, die Große Steinerne Schlange zu filmen. Der Gouverneur, die Stammesbeamten und der Stammesrichter hatten ihn alle kritisiert, obwohl er für einige von ihnen ein Ältester war. »Wenn man so lange in Kalifornien gelebt hat wie du«, fragte einer der jüngeren Männer, »wie kommt es dann, daß du nichts von den Drogen gemerkt hast, die diese Filmleute dabei hatten?« Das war der Moment, in dem Sterling fast in Tränen ausgebrochen wäre. Er stand vor dem Stammesgouverneur, dem Rat und dem Stammesrichter. »Ich weiß wirklich nicht, warum ihr mir die Schuld gebt«, begann Sterling. »Ihr tut so, als müßte ich alles wissen, nur weil ich außerhalb der Reservation gelebt habe. Aber ich habe nur für die Eisenbahn gearbeitet und in Städten wie Winslow and Barstow gelebt, nicht in Hollywood. Woher hätte ich wissen sollen, warum sie alle triefende Nasen hatten?«

Die älteren Männer im Stammesrat ermahnten den jungen Gouverneur und seine Mitstreiter, bedächtig vorzugehen. Einige von ihnen hatten selbst bei der Eisenbahn gearbeitet und Sterling gekannt. Die Älteren fanden, daß niemand, auch nicht Sterling, hätte wissen können, daß Konspiratoren in Hollywood in den Sendungen mit dem »täglichen Bedarf« an Filmmaterial auch Kokain mitgeschickt hatten.

Sterling wußte, daß die Anwort, die er dem Stammesrat gegeben hatte, nicht sehr überzeugend gewesen war, aber zu diesem

Zeitpunkt war es bereits halb sieben Uhr abends, und Tante Marie war vermutlich besorgt und wütend, weil das Abendessen verkochte. Sterling fühlte sich schwach und geschlagen. »Ich habe mit solchen Dingen keinerlei Erfahrung«, sagte er. Ich dachte, sie seien einfach nur freundlich zueinander.« An dieser Stelle hatte einer der älteren Stammesratsangehörigen eingeworfen, daß ihm besser jemand erklären sollte, warum man Sterling überhaupt zum Filmbeauftragten gemacht hatte. Eine schreckliche Stille legte sich über die Ratsversammlung. Dann rettete sie ein anderer alter Ratsangehöriger vor dieser Frage, indem er das verhängnisvolle Thema der Großen Steinernen Schlange ansprach.

DAS WASSERBETT

Nach der Entdeckung der Großen Steinernen Schlange waren die Medizinleute vieler Stämme zum Fundort geeilt. Es hatte eine Menge Meinungsverschiedenheiten darüber gegeben, wie man die Steinerne Schlange interpretieren sollte. Das Hauptanliegen des Stammesrates und der gewählten Stammesvertreter war der Diebstahl der steinernen Götterbilder vor achtzig Jahren gewesen. Wie sollte man den Diebstahl der Großen Steinernen Schlange überhaupt verhindern können, jetzt wo die Hollywoodleute wußten, wo sie zu finden war – und die Weißen sie fotografiert hatten?

Sterling blickte auf seine Füße hinab, die, wie er wußte, zu ihm gehörten, sich jedoch im Augenblick gar nicht wie ein Teil von ihm anfühlten. Er wußte keine Antwort auf die Frage, und einer nach dem anderen begannen die Alten, die Geschichte vom Verlust der steinernen Götterbilder zu erzählen. Obwohl es Abendessenszeit war, wurde das Ratsgebäude immer voller statt leerer. Die alten Frauen trafen nach und nach ein, und eine von ihnen erzählte die Geschichte von den eifersüchtigen Nachbarn, die in einer Nacht vor vielen Jahren den wunderschönen See, von dem Laguna seinen Namen hatte, aufgerissen hatten. Die große Wasserschlange, die seit Urzeiten in dem See gewohnt und die Bewohner von Laguna wie ihre Kinder geliebt und beschützt hatte, wurde nie mehr gesehen, nachdem die Eifersüchtigen den See trockengelegt hatten. Die Erwähnung des Sees, der steinernen Götterbilder oder des Gemäldes vom Heiligen Joseph löste jedesmal großen Zorn aus, und Sterling hätte ihnen gerne gesagt, daß sie ihm nicht Dinge anlasten oder vorwerfen sollten, die andere verschuldet hatten. Aber genau in diesem Moment hatte jemand begonnen, von der widerrechtlichen Beschlagnahmung des Ölgemäldes vom Heiligen Joseph zu sprechen, und die aufgewühlten Emotionen schwirrten wie Wespen um Sterlings Kopf.

Sogar dann, das war Sterling langsam klar geworden, wäre er noch mit einigen scharfen Verweisen, ein paar Jahren Gemeindedienst und einer saftigen Geldstrafe davongekommen, wäre da nicht Edith Kaye gewesen. Sie erhob sich von den eineinhalb Stühlen, die sie im Besucherbereich des Ratssaales belegt hatte. Edith Kaye war eine dreifache Witwe, und in dem Witz, der in allen Dörfern die Runde machte, hieß es, Edith Kaye habe diese drei Ehemänner beim Versuch, ihren sexuellen Appetit zu stillen, völlig überfordert und sie so unter die Erde gebracht. Edith Kaye hatte ein Auge auf Sterling geworfen, seit dieser nach Laguna zurückgekehrt war, um dort seinen Ruhestand zu genießen. Und sie hatte ihre eigenen Vorstellungen davon, wie er seinen Ruhestand zu genießen hatte. Sterling hatte bei Edith Kaye einen gravierenden Fehler begangen, und – so hatte ihn Tante Marie wieder einmal viel zu spät gewarnt; viel zu spät jedenfalls, um noch irgendetwas zu retten – Edith Kaye war eine der Frauen, deren Absichten man besser nicht durchkreuzte.

Sterling wurde noch immer vom Grauen geschüttelt, wenn er daran dachte, wie knapp er Edith Kayes King-size-Wasserbett entgangen war. Sie war äußerst unangenehm geworden, als er versucht hatte, ihr zu erklären, daß er nicht allzuviel von Wasserbetten verstand. Genauer gesagt, war es darum gegangen, daß er ihr erlaubte, ihn zu besteigen. Und Edith war fuchsteufelswild geworden, als er zögerte, sie auf ihm reiten zu lassen.

»Ein *Wasserbett*«, hatte Edith Kaye ihn angeschrien, »ein *Wasserbett*, du Idiot! Dieses Wasserbett gibt doch nach! Es ist nicht wie bei einer harten Matratze! Es gibt nach! Es wird dir nicht weh tun!« Aber ihr Geschrei und der Haß in ihrem Gesicht hatten Sterling schreckliche Angst eingejagt. Als er versuchte, von ihr wegzukriechen und über die andere Seite des Bettes zu entkommen, fiel ihm der Bericht einiger Frontsoldaten ein, in dem beschrieben wurde, wie unendlich lang zehn oder zwölf Fuß sein konnten. Er strampelte und versank wie ein Pferd im Treibsand. Das Wasserbett gab wirklich nach, und Sterling schaffte es nie ganz, den Boden zu erreichen und eine Hand oder ein Bein aufzustützen, um herauszukommen. Am Ende retteten ihn lediglich Edith Kayes Wildheit und ihre heftigen Versuche, an ihn heranzukommen. Große Wellen warfen Sterling herum, bis er sich plötzlich völlig frei auf dem Fußboden wiederfand. Seit dieser Nacht hatte er jede Begegnung mit Edith Kaye sorgsam vermieden. Genaugenommen hatte er den Posten als Filmbeauftragter unter anderem angenommen, um eine Ausrede zu haben, wenn sie darauf bestand, daß er wieder einmal zum Abendessen zu ihr kommen sollte.

Und so hatte Edith Kaye gegeifert und getobt, mit beiden Händen herumgefuchtelt und behauptet, es sei ein Sakrileg, Fremden zu erlauben, daß sie ein Abbild der Schlange auf Film bannten. Ja, dieses Sakrileg sei vielleicht noch schlimmer als der Diebstahl der steinernen Götterbilder vor achtzig Jahren. Denn wenn die Fremden die Große Steinerne Schlange erst einmal gesehen hätten, dann würden sie auch diese stehlen oder zerstören wollen. Sterling fühlte sich ein bißchen getröstet, angesichts des offensichtlichen Unbehagens der anderen Anwesenden im Ratssaal, während Edith Kaye weiterwütete. Er war nicht der einzige, der sich davor fürchtete, ihr gegenüber nein zu sagen. Endlich, nachdem sie zum viertenmal die Überzeugung geäußert hatte, Sterling habe ein Komplott geschmiedet, um die Große Steinerne Schlange zu stehlen, setzte sich Edith Kaye schwer atmend nieder.

TANTE MARIE

Sterling war im Dunkeln nach Hause gehinkt. Er hatte schon immer ein mysteriöses Hinken entwickelt, wenn er müde wurde. Tante Marie war bereits zu Bett gegangen und hatte die Nachttischlampe ausgeschaltet, um ihm ihr Mißfallen zu demonstrieren. Aber der Ofen des alten hölzernen Kochherdes stand voller Platten mit warmem Essen, um das saubere Baumwolltücher geschlagen waren. Er wühlte in der Schublade nach Löffel und Gabel. Tante Marie hatte ihm vom Bett aus zugerufen: »Bist du das?«, und er hatte ein kläglliches »Ja, Tantchen« zustande gebracht. Ganz bewußt hatte er traurig und schwach klingen wollen, obwohl ihm klar war, daß sie in ihrem hohen Alter nicht mehr lange leben würde. Als sie langsam in die Küche kam, die Brille in der einen Hand und mit der anderen die blinzelnden Augen reibend, fühlte er sich froh und erleichtert. Sie trug ein Flanellnachthemd, und ihr langes weißes Haar hatte sie auf dem Rücken zu einem lockeren Zopf zusammengebunden. So lange er lebte, würde er nie vergessen, wie sehr er sie in diesem Moment geliebt hatte und wie sehr er sie vermissen würde, wenn sie nicht mehr da war. Er wollte seine Arme um sie legen und sich fest an ihren Körper pressen lassen, so wie sie es in seiner Kindheit getan hatte, während sie immer wieder sanft »Ahh moot« flüsterte. Aber er war neunundfünfzig Jahre alt, und er konnte sehen, daß sie über irgend etwas verärgert war.

»Sterling!« begann Tante Marie. »Alle erzählen, daß du mit den Hollywoodleuten zusammen Drogen genommen hast!« Sterling, der sich gerade ein Butterbrot geschmiert hatte, stöhnte auf. Er hatte noch gar nicht daran gedacht, daß das Schlimmste über ihn nicht im Versammlungssaal des Stammesrates gesagt werden würde. Die härtesten Vorwürfe fegten wie ein Steppenbrand von Dorf zu Dorf und wurden von Phantasien angefacht, die so lebhaft und ungebremst waren, daß sie jedes noch so harmlose Tun in hinterhältige Intrigen verwandelten. Sterling hatte sich nie viel aus Fernsehen gemacht, denn seine Unterhaltung war der Dorfklatsch gewesen. Er hatte im Fernsehen noch nichts gesehen, was dem Klatsch in Laguna an Skandalwert und Detailgenauigkeit gleichgekommen wäre. Und was die Geschwindigkeit betraf, so hatte er nie verstanden, wofür man in Laguna ein Telefon benötigte, wenn man nicht gerade Ferngespräche führen wollte.

»Tantchen, ich habe noch nie Drogen genommen. Ich habe solche Drogen noch nicht einmal gesehen. Alles, was ich getan habe, war, in der Gegend herumzufahren und ihnen zu erzählen, wo sie ihre Filmaufnahmen machen und wo sie sie nicht machen dürfen.«

Tante Marie war nicht zu bremsen. Sie erzählte, es gehe das Gerücht, Sterling sei in dieses Dreiecksverhältnis verwickelt, in dem auch der junge Mann eine Rolle spiele, der von sich behauptete, ein Indianer zu sein. Angeblich habe Sterling den jungen Mann schon in Kalifornien gekannt. »Kalifornien! Kalifornien! Warum hat eigentlich jeder in dieser Reservation etwas gegen Kalifornien?«

Hätte Sterling nur Snell gegenüber die Große Steinerne Schlange nicht erwähnt. Er ließ den Kopf sinken. Tante Marie goß zwei Tassen Tee ein und stellte eine vor ihn auf den Tisch. Sie rührte Zucker in ihre Tasse und sagte: »Sie erzählen, daß du den Filmleuten helfen wolltest, die Steinerne Schlange zu stehlen, damit ihr von dem Geld mehr Drogen kaufen könnt.« Sterling antwortete nicht. Er saß einfach da, schüttelte den Kopf und zeichnete mit den Fingern kleine Muster auf die abwaschbare Tischdecke. Sterling hatte die Steinerne Schlange nur erwähnt, weil sie auch für ihn relativ neu war; sie war erst wenige Monate, bevor Sterling sich zur Ruhe gesetzt und nach Hause gekommen war, entdeckt worden. Andererseits, so hatte Sterling vorhin vor dem Gouverneur und dem Stammesrat zu argumentieren versucht, hatten eine ganze Reihe junger Leute aus Laguna für die Filmgesellschaft gearbeitet. Einer von ihnen konnte dem Kameramann sogar von der Steinernen Schlange und ihrem Erscheinungsort erzählt haben. Die Antwort hatte natürlich gelautet, daß, gleichgültig wie sie von dem heiligen Schrein der Schlange erfahren hatten, Sterling genau deshalb zum Stammesfilmbeauftragten ernannt worden war, damit er solche Vorkommnisse verhinderte.

»Nun mach dir nicht zu viele Gedanken darüber, mein Herz«, hatte Tante Marie gesagt, während sie einen Stapel Zuckerkekse neben seine Teetasse stellte. Es waren seine Lieblingskekse, das wußte sie, und all die Jahre, die er in der Fremde lebte, hatte sie ihm jeden Monat eine Kaffeedose voller zimtbestreuter Kekse geschickt. Sterling brachte es nicht über sich, ihr von Edith Kayes Attacke zu erzählen, weil Tante Marie ihn davor gewarnt hatte, irgendwelche Einladungen zum Mittag- oder Abendessen von Edith anzunehmen. Außerdem wußte Sterling, daß Tante Marie am folgenden Tag ohnehin alle Details erfahren würde. Noch während er an seinem vierten Keks knabberte, fühlte er sich plötzlich schrecklich schwach und müde.

Im Bett fand er keinen Schlaf. Er fühlte, wie er zitterte. Tante Marie schnarchte im Nebenraum. Obwohl er sich einzureden versuchte, er müsse sich keine Gedanken machen, sagte ihm eine innere Stimme, daß ihm Schlimmes bevorstand. Die Stimme raunte ihm zu, daß seine lange Abwesenheit vom Dorf die Ursache aller Probleme war. Zuerst war er aufs Internat gegangen, als er noch sehr jung gewesen war, und dann hatte er gleich nach der High School begonnen, bei der Eisenbahn zu arbeiten. Überdies, fuhr die Stimme fort, waren, abgesehen von Tante Marie, alle seine engen Verwandten und Clansleute inzwischen verstorben. Wer würde sich für ihn einsetzen? Es galt als schäbig, aufzustehen und sich selbst zu verteidigen. Das war gleichbedeutend mit Aufschneiderei. Viel besser war es, Freunde und Verwandte zu haben, die sich für deine Wohltaten und Ehrlichkeit verbürgten. Er lag in der Dunkelheit und bereute, in den sechs Monaten seit seiner Rückkehr nicht öfter unter Menschen gegangen zu sein. Er hatte die Dinge in der ersten Zeit nach seiner Pensionierung ein wenig schleifen lassen, weil er sich gesagt hatte, er werde noch genug Zeit haben, herumzugehen und alte Freundschaften aufzufrischen. Zwei Monate hatte er damit verbracht, das Dach von Tante Maries altem Häuschen zu reparieren, durch das es immer stärker hereinregnete, besonders in der Ecke, in der sein Bett stand. Er hatte sorgsam darauf geachtet, jedesmal mit dem Hämmern aufzuhören, wenn jemand vorbeiging und ihn grüßte. Tatsächlich war dies sogar der eigentliche Grund dafür, daß er zwei Monate gebraucht hatte, um fertig zu werden. Als Sterling schließlich einschlief, begann der Himmel sich bereits hellgrau zu färben.

VERBANNT

Der Beschluß des Stammesrates war hinter geschlossenen Türen gefaßt worden, während Sterling mit Tante Marie in der Klinik war. Der Arzt hatte sie eingehend untersucht und verkündet, sie habe das Herz einer Vierzigjährigen. Aber Tante Maries Entscheidung war schon gefällt. Sie deutete auf ihre Augen und sagte: »Was nützt mir das Herz einer Vierzigjährigen, wenn der Rest doch neunzig Jahre alt ist. Ich habe zuviel gesehen in der letzten Zeit. Und ich verabscheue immer mehr, was ich sehen und hören muß.« Der Arzt hatte ihre Anspielung auf die Verhandlung des Stammesrates gegen Sterling nicht verstanden.

Gegen vier Uhr nachmittags wurde die Entscheidung des Rates bekannt, und der Gouverneur schickte nach Sterling. Der Bote war ein alter Mann, der im Ratsgebäude Hausmeisterdienste verrichtete. Er verkündete ihnen, die Entscheidung sei nicht gut ausgefallen. Der Rat habe beschlossen, berichtete er, daß es »Konspiratoren« nicht erlaubt werden könne, in der Reservation zu leben. Denn ihrer Meinung nach sei das ganze derzeitige Unglück, das die Menschen von Laguna ertragen müßten, die Schuld von Konspiratoren; Legionen von Konspiratoren, die durch das Laguna Pueblo gezogen waren, seit Coronado und seine Männer vor fünfhundert Jahren als erste durch den Ort gekommen waren. Sterling schüttelte den Kopf. Es war einfach schrecklich. Wahrscheinlich hatten sie »Konspiratoren« mit »Konquistadoren« verwechselt.

Tante Marie fragte aus ihrem Zimmer, wer da sei. Sterling brachte den Boten an ihr Bett. »Tja, liebe Tante, es tut mir wirklich leid, daß ich derjenige bin, der dir davon erzählen muß. Aber der Rat hat beschlossen, daß sie seit eh und je viel zu nachsichtig mit Konspiratoren umgegangen sind. Sie wollten wirklich nicht, daß es Sterling trifft, aber sie meinten, sie müßten irgendwo den Anfang machen.« Tante Marie wälzte sich auf ihrem Kissen hin und her und stöhnte. Der Bote sah Sterling hoffnungsvoll an. »Sie meinten, du hättest ja deine Eisenbahnerpension und würdest dich auskennen mit dem Leben draußen.« Tante Marie drehte ihr Gesicht zur Wand und teilte ihnen mit, daß sie beschlossen habe, nun ebensogut sterben zu können. Sterling bat sie, nicht solche Dinge zu sagen, aber sie hatte ihm den Rücken zugewandt. Er versuchte, sie davon zu überzeugen, daß er sie jetzt mehr denn je brauchte. »Ja«, antwortete sie mit schwacher Stimme, »ich weiß, mein Liebling. Aber ich bin einfach zu böse auf alle, um länger hierzubleiben. Ich bin bereit, zum Klippenhaus zu gehen, wo meine Schwestern sind. Sie warten dort alle auf mich, weißt du. Oh, wir werden wieder alles mögliche zusammen machen – als erstes werden wir Tamales zubereiten, denn dafür braucht man viele Hände.« Ihre Stimme hatte so glücklich und gestärkt geklungen, daß Sterling ganz beruhigt gewesen war. Er hatte ihre Schulter getätschelt, bevor er sich zum Ratsgebäude aufgemacht hatte, und sie hatte sich umgedreht und seine Finger geküßt, wie damals, als er noch ein Kind war. »Ach, Sterling«, sagte sie. »Es ist alles so verkehrt. Du bist immer der beste von ihnen gewesen. Egal was passiert, vergiß nicht, daß ich dich immer lieben werde.«

Sterling konnte noch immer nicht fassen, wie schnell die Dinge über ihn hereingebrochen waren. Noch vor einem Monat war er Stammesfilmbeauftragter gewesen, verantwortlich für die zulässigen Drehorte der Filmleute. Und jetzt hatte der Rat entschieden, ihn für immer aus der Reservation zu verbannen. Einige wenige waren nach der Verhandlung zu ihm gekommen, um sich zu erkundigen, wie es seiner lieben Tante ging, und um ihm zuzuflüstern, daß »für immer« vielleicht nicht »für ewig« bedeuten mußte – in fünf oder zehn Jahren konnte er möglicherweise den Rat anrufen, um den Fall neu zu prüfen. Aber Sterling fühlte, wie sein Herz von einem Schmerz durchbohrt wurde, der geradewegs aus seiner Kehle kam. Er hatte davon geträumt, die kommenden Jahre mit seiner kleinen, schwächer werdenden Tante zu verbringen und ihr so lange Gesellschaft zu leisten, bis sie zu ihren geliebten Schwestern und ihren eigenen lieben Tanten ins Klippenhaus zurückkehrte. Er beschloß, seinen Abschied so lange wie möglich hinauszuzögern, nur um noch ein wenig bei Tante Marie bleiben zu können. Sterling machte sich keine Illusionen darüber, daß er in fünf oder zehn Jahren eine Chance zur Rückkehr haben könnte. Die Jahre, die er außerhalb der Reservation gelebt hatte, hatten sich schon jetzt als entscheidender Nachteil für ihn erwiesen.

Für den Rest seines Lebens würde Sterling daran glauben, daß Tante Marie es für ihn getan hatte und nicht aus Eigennutz. Er war davon überzeugt, daß sie ihren Tod so geplant hatte, um den Stammesrat zu einer Revision seiner Entscheidung zu bewegen. Aber der Schock, eine alte Frau in den Tod getrieben zu haben, war so überwältigend, daß der Stammesrat sich genötigt sah, die Schuld einem anderen zuzuweisen, oder, wie es ein Ratsangehöriger formuliert hatte: »Es ist jetzt mehr denn je geboten, einen solchen Mann loszuwerden. Er hat hier keinerlei Bindung oder Verantwortung mehr, und sein Verhalten hat unsere liebe Schwester so mitgenommen, daß sie nun nicht länger unter uns ist.«

IN LECHAS DIENSTEN

Das Autofahren hatte Seese erschöpft. Aber es hatte Spaß gemacht, herumzufahren und den alten Sterling von Geronimo und Dillinger erzählen zu hören. Sie hatte nicht viel darüber nachgedacht, aber seit sie Lecha gefunden hatte und »in ihren Diensten« stand, hatte Seese sich das Kokain abgewöhnt. Sie hatte nicht einmal versucht, langsam zu reduzieren, weil sie nie hatte wissen wollen, wie stark sie wirklich abhängig war. Beaufrey hatte immer gewollt, daß sie Heroin probierte. Sie wußte nicht, was sie getan hätte, wenn David oder Eric es ihr angeboten hätten. Aber bei Beaufrey war ihre Antwort immer nein gewesen. Obwohl sie nie darüber nachdachte, hatte sich der Anblick von Lecha und ihren Pillen und Spritzen auf ihren eigenen Drogenkonsum mäßigend ausgewirkt. Sie hielt es für eine instinktive Reaktion, so wie Pferde vor einem Kadaver scheuten, der auf ihrem Weg lag. Es war kein bewußter oder vernunftgesteuerter Vorgang. Natürlich hatte sie jetzt einen Job, und sie wollte Lecha keinen Anlaß bieten, sie wegzuschicken, zumindest nicht, bevor sie ihr nicht geholfen hatte, Monte zu finden. Seese mußte einen klaren Kopf bewahren, damit Lecha sich keine Überdosis spritzte.

Das Haus, in das Lecha sie gebracht hatte, war nicht gerade ein Hort der Gastlichkeit. Der Nachmittag, an dem Lecha und Seese mit dem Taxi ankamen, war aus mehreren Gründen denkwürdig gewesen. Ferro hatte Lecha nicht geglaubt, als sie ihm sagte, wer sie war. Der Taxifahrer hatte sich bereits in einem Zustand heller Panik befunden, weil ihn zwei verrückte Frauen immer weiter von der asphaltierten Straße weg und hinauf in die steinigen und unzugänglichen Ausläufer der Berge von Tucson gelockt hatten, aus denen, soweit er das beurteilen konnte, nur allradgetriebene Fahrzeuge wieder mit intakten Ölwannen herauskamen. Ferro hatte sich geweigert, das Haupttor zu öffnen und die Wachhunde aus der inneren Umzäunung gelassen, die sich sofort gegen den Maschendraht unter dem Sprechknopf warfen und so laut knurrten und bellten, daß niemand ein Wort von dem verstand, was gesprochen wurde. Dann waren die sechs Dobermänner plötzlich vom Zaun zurückgewichen und verstummt. In diesem Moment hatte Seese bemerkt, daß die Hunde dicke Halsbänder trugen, die begannen, krachende statische Geräusche von sich zu geben. Paulies Stimme ertönte aus der Sprechanlage und bat Lecha, aus dem Taxi zu steigen und sich vor die Hunde zu stellen. Lecha hatte dem Taxifahrer zugebrüllt, zu verlangen, man solle ihre Schwester Zeta rufen, aber Ferro unterbrach sie und teilte ihr mit, er könne sie gut hören. »Es ist nicht nötig zu schreien«, hatte er kühl hinzugefügt. Lecha weigerte sich, daß Taxi zu verlassen. Sie sei eine todkranke Frau. Schließlich erklang Zetas Stimme aus der Sprechanlage. Bei ihrem Klang hatten sich Seeses Nackenhaare gesträubt: Ihre Stimmen waren absolut identisch. Allerdings wirkte Zeta so ruhig, wie Seese Lecha noch nie gesehen hatte, nicht einmal unter Einfluß ihrer Injektionen. Sie hätten vorher anrufen sollen, meinte sie nur. Sie bat den Taxifahrer und »das Mädchen«, auszusteigen und sich kurz vor die Hunde zu stellen. Der Taxifahrer war inzwischen völlig entnervt. Mit dem Fünfzig-Dollar-Schein, den Lecha ihr gerade gereicht hatte, wedelte Seese vor den Hunden herum, die zwar die Nackenhaare sträubten, aber lautlos und unbeweglich verharrten. Seese hörte ein leises Klick-klick von einem der Halsbänder und sah in einer durchsichtigen Plastikkugel eine weitere Kugel, die ihren Bewegungen wie ein Auge folgte. Dann befahl ihnen Zetas Stimme, durch die Tore zu fahren.

In der Auffahrt gaben sie dem Taxifahrer einen weiteren

Fünfziger. Paulie wartete, bis das Taxi das erste innere Tor passiert hatte, bevor er durch die Maschendrahttür des Vorgartens trat. Lässig hielt er eine zwölfkalibrige Schrotflinte in der Hand, und in seinen Augen spiegelte sich nichts von der Wildheit, die vorher in seiner Stimme gelegen hatte. Eine merkwürdige, fast militärische Steifheit lag in seinem Gang. Paulie trug das Gepäck hinein, während sie und Lecha mit Zeta und Ferro im Vorgarten standen. Lecha hatte nicht erwähnt, daß sie und ihre Schwester eineiige Zwillinge waren. Die Ähnlichkeit war verblüffend. Sie mußten das gleiche Gewicht haben, die Falten um ihre Augen waren identisch, und beide hatten große, weiße Zähne, die etwas zu eng standen, so daß die unteren Schneidezähne vorragten. Der einzige Unterschied zwischen ihnen hatte darin bestanden, daß Lecha ihre Haare schwarz färbte, während Zetas unbehandeltes Haar breite Silbersträhnen aufwies.

Zeta wirkte entspannt und ungezwungen. Sie hatte Seese ein- oder zweimal angesehen, schien aber nicht sonderlich beunruhigt oder interessiert zu sein. Es war Ferro, der herbeigestürzt war und wissen wollte, wer Seese war. Lecha hatte ihre Arme wie zu einer Umarmung auf seine Schultern gelegt, doch Ferro war zurückgewichen. »Oh, so willst du dich also benehmen?« sagte sie sanft. Seese bemerkte das leichte Wiegen in seinem Gang sofort, das ihm zusammen mit seinen üppigen Lippen und Hüften eine ausgesprochen weibliche Attraktivität verlieh. Sein Mund war jedoch fest zusammengepreßt, und er zischte die Worte nur so heraus: »Ich bin ein erwachsener Mann und dreißig Jahre alt.«

»Ach, Ferro, dies sollte eigentlich eine Familienzusammenführung werden«, sagte Lecha. Aber Ferro hatte sich abrupt umgedreht und war weggegangen, um Paulie zu helfen, der den letzten großen Schrankkoffer ins Haus trug.

»Danke, Darling«, sagte Lecha, als sie mit dem großen Koffer an ihr vorbeikamen. »Seid vorsichtig damit – darin sind einige meiner liebsten Sachen!«

Ferro schien zu Eis zu erstarren; mit haßverzerrtem Gesicht blickte er sie über die Schulter an. Was Seese jedoch noch bemerkenswerter fand, war der Blick, mit dem Paulie in diesem Moment Ferro angesehen hatte. Den gleichen Ausdruck hatte sie bei Beaufrey gesehen, wenn er David ansah.

Lecha hatte darauf bestanden, sofort zu Bett zu gehen. Während Seese die Koffer auspackte, lag sie jedoch mit halbgeschlossenen Augen in den Kissen und erzählte von ihrer Schwester und Ferro. Da sie im Halbschlaf vor sich hin murmelte, war der Sinn ihrer Worte nur schwer verständlich. Sie sprach von ihrer Karriere. Seese hatte zuerst angenommen, daß sie damit die Hellseherei meinte, aber dann hatte Lecha von ihrer Karriere als Pilotin gesprochen. »Oh, ich war dabei, einen eigenen Flugservice zwischen all den kleinen Siedlungen und Dörfern aufzubauen, um bei den Kranken und Verletzten zu helfen. Ich hatte vor, Ferro dabei mitzunehmen. Bei den Starts und Landungen hätte er auf seinem indianischen Tragebrett schlafen können. Und natürlich wäre ich eine der besten gewesen – ich hätte die Flugzeuge wie ein Engel gelandet! Aber das waren alles nur Tagträume«, erzählte Lecha. »Ich hatte ständig diese tollen Ideen, bin aber nie dazu gekommen, auch nur eine von ihnen zu verwirklichen. Jedesmal hat gleich darauf irgend jemand genau das in die Tat umgesetzt, was ich vorher allen erzählt hatte. Zeta hatte recht. Das war alles, was ich konnte – reden, leeres Geschwätz. Zeta hat es ›einen Haufen Scheiße‹ genannt, und das war der Punkt, an dem ich beschloß, wegzugehen, den Südwesten zu verlassen und Neuland zu entdecken.« Lechas Stimme verlor sich, und sie begann zu schnarchen. Aus welchen Gründen auch immer hatte Ferro nicht viel Zeit bei seiner Mutter verbracht, während er heranwuchs. Es tat Seese leid um Lecha und um ihren Sohn. Sie ging in das Zimmer, das nun ihr gehören sollte, und überließ sich dem Marihuana und dem Vergessen.

Nachdem Seese einige Zeit auf der Ranch verbracht hatte, verspürte sie vor Ferro und Paulie weniger Angst. Die beiden benahmen sich, als wäre sie unsichtbar, und sie war ein bißchen erschrocken, als ihr klar wurde, daß diese Unsichtbarkeit fast identisch war mit dem Zustand der Nichtanwesenheit, den Beaufrey und Serlo ihr zugewiesen hatten, während sie mit David zusammen gewesen war.

Seese versuchte, die Dinge so zu sehen, wie sie waren, oder vielmehr so, wie Lecha sie darstellte: Die Schmerzen ihrer Krebserkrankung machten diese Injektionen notwendig. Seese wußte zuviel vom Leben auf der Straße, um sich von den Percodanfläschchen mit dem Namen eines zugelassenen Arztes täuschen zu lassen. Sie stellte keine Fragen zu dieser Krebserkrankung, weil sie glaubte, daß Lecha früher oder später betroffene Organe oder zurückliegende Operationen erwähnen würde. Alles, was sie im Augenblick beschäftigte, war die Arbeit, die vor ihnen lag, und die Erwartung, eine Antwort auf ihre Frage zu bekommen, wenn diese Arbeit erst ordentlich abgeschlossen war.

Seese schloß die Tür zu ihrem Zimmer und zu dem Badezimmer, das sie mit Lecha teilte. Es war lange her, seit sie das letztemal normale alltägliche Routinearbeiten erledigt hatte.

Viertes Buch
DER SÜDEN

ABTREIBUNG

Mit lauter Stimme sprach Beaufrey von dem besten Arzt, den er kenne. Es sei eine glatte, schnelle Sache und völlig schmerzlos, denn wenn man ihn darum bat, konnte der Arzt es immer so drehen, wie er wollte – mit dem besten Schmerzmittel der Welt – Morphium. »Es würde dir runtergehen wie Öl! Es würde dir bestimmt gefallen!« sagte Beaufrey plötzlich, sein heißer Atem wehte ihr ins Gesicht. Seine Worte und der Gestank seines Atems waren ihr wie Faustschläge in den Magen gefahren, und Seese spürte, daß sie kotzen mußte. Sie fühlte, wie sich kalter Schweiß auf ihrem Nasenrücken und unter den Achseln zu bilden begann.

Beaufrey wollte, daß Seese wieder abtreiben ließ. »Das Morphium wird dir sooooo guuuuut tun!«

»Ich muß kotzen«, sagte sie. »Morgendliche Übelkeit«, erwiderte Beaufrey, um sie gegen eine Schwangerschaft einzunehmen.

»Nein, ich meine, Morphium bringt mich zum Kotzen.« Seese war standhaft geblieben. Schon bevor ihr Bauch angeschwollen war, hatte sie Beaufrey gegenüber auf einer anderen Stufe gestanden. David wollte ein Kind. Seese sah, wie Beaufreys blaßblaue Augen sich vor Haß verdunkelten. Beaufrey wandte sich von ihr ab und schüttelte das Eis in seinem Scotch. »Das ganze Dope und der Alkohol werden es sowieso umbringen.« Beaufrey sagte niemals »Baby« oder »Kind«. Er fühlte sich unbehaglich und blickte immer wieder zu David, als wollte er abschätzen, wie wichtig ihm ein Kind war.

Nachdem Seese sich jede Diskussion über eine Abtreibung verboten hatte, wurde Beaufrey besessen von dem Gedanken an das Kind, denn natürlich war es Davids Kind. Nachdem sie beim Arzt gewesen war, hatte Beaufrey plötzlich beschlossen, ihre Existenz anzuerkennen. Er begann ihr Fragen über die Schwangerschaft zu stellen und sprach über Embryos und embryonale Entwicklung. Wissenschaftler hätten eine große Anzahl Experimente an lebenden Föten im Mutterleib vorgenommen und diese Experimente gefilmt. Beaufrey war der Geschäftspartner eines Raritätenbuchhändlers in Buenos Aires, der ein komplettes Programm mit Filmen und Videobändern über Dissektionen anbot.

Beaufrey erzählte ihr, daß dort, wo man Abtreibung legalisiert hatte, die fötalen Zerschneidungen und Versuche an Embryos ihre besondere Faszination auf »Sammler« zu verlieren schienen. Die beste Kundschaft für Filme über Embryos war die Lobby der Abtreibungsgegner, die für die Filmmeter mit gequälten kleinen Babys Höchstpreise zahlte. Beaufrey sah zu, wie die hilflosen Kreaturen das Gesicht verzogen und versuchten, den langen Nadelspitzen und scharfen Ausschabungsinstrumenten zu entkommen. Filmmaterial, das Millionen wert war. Er liebte es, diese Szenen wieder und wieder anzusehen, nur um dabei die Gesichter der Assistentinnen der Lobbyisten zu beobachten. Üppige, rehäugige Dinger, deren feuchten rosa Spalten und geschwollenen lila Kelchen noch keine Spreizzange aus rostfreiem Edelstahl und kein warziger Schwanz Gewalt angetan hatten. Beaufrey lachte nur deshalb, weil er sich in seiner Phantasie sich selbst als Fötus vorstellen konnte und wußte, was sie besser mit ihm hätten machen sollen, als er noch hilflos in der Stille des tiefen, warmen Ozeans herumtrieb. Seine Mutter hatte ihm erzählt, daß sie einen Abtreibungsversuch unternommen hatte. Nachdem er geboren war, hatte sie niemanden mehr an sich herangelassen.

Beaufreys Leben hatte damit begonnen, daß er seine Mutter haßte; auch noch alle übrigen Frauen zu hassen, fiel ihm nicht schwer. Obwohl er Frauen für gewöhnlich ignorierte, genoß er Unterhaltungen, die sie verletzten oder entwürdigten. Er stellte sich gerne den Fötus vor, erzählte er, der in hilfloser Langsamkeit um sein Leben kämpft, während der rosafarbene Horizont, der ihn umgab, sich plötzlich um ihn zusammenfaltete. Filme über

Abtreibungen bei fortgeschrittenen Schwangerschaften waren viel beliebter als solche in frühen Stadien. Die Zange sah aus wie ein riesiges Drachenmaul, das auf der Suche nach einem Leckerbissen auf- und zuklappt. Im winzigen Lichtstrahl der Mikrokamera glich der Uterus einem großen Ballsaal, den man rundum mit leuchtend roter Seide und lila- und burgunderfarbenem Samt ausgekleidet hatte. Die geschickten Operateure holten alles in einem Stück heraus, indem sie den Schädel faßten und eindrückten. Beaufrey hatte Hunderte von Filmstunden damit verbracht, atypische und pathologische Abtreibungen herauszusuchen, denn die Sammler, die Filme über Abtreibungen und Operationen kauften, bevorzugten blutige Schweinereien. Es gab eine anhaltende, lukrative Nachfrage nach Filmen über Geschlechtsumwandlungs-Operationen, wobei sich das Hauptinteresse auf die Umwandlungen von Männern in Frauen konzentrierte. Für Videoaufnahmen von Strangulierungen und analen Vergewaltigungen hatten jugendliche »Schauspieler« eines ortsansässigen Begleiterservices die Rolle der Opfer gespielt.

Beaufrey fragte sich, ob den »Kennern« und »Sammlern« wohl jemals auffiel, daß, während sie sich einen abwichsten, den Aufnahmen etwas fehlte, etwas Animalisch-Echtes. Ahnten sie, daß alles nur vorgetäuscht war – vom unechten Blut bis zu den Fleisch- und Hautfetzen aus Plastik? Die ersten Male mochten sie eine Schmälerung ihres Vergnügens noch dem eigenen Streß oder den Auswirkungen einer Erkältung zuschreiben. Aber würden sie nicht irgendwann wieder das Gefühl haben, daß irgend etwas umgangen worden war? Beaufrey stellte sich das gern vor. Er malte sich aus, wie der »Sammler« anfing, sich über seinen schlaffen Schwanz zu ärgern, ohne zu ahnen, daß die Filmszenen nur gestellt waren. Beaufrey verbrachte Stunden damit, von der Tortur zu träumen, die einen Mann oder eine Frau soweit aufgeilte, daß sie zwar immer noch den Trieb und das Verlangen spürten, aber so hingehalten wurden, daß sie nie abspritzen konnten, egal wie sie es anstellten. Beaufrey hatte ein paar Arschlöcher gekannt, die ihre Eier verloren hatten. Die Ärzte verpaßten ihnen Implantate, die männliche Hormone freisetzten – mehr Testosteron als irgendeiner von ihnen brauchte – oder ihre eigenen mickrigen Hoden je produziert hatten.

Filme über weibliche Geschlechtsumwandlungen konnte Beaufrey nicht ausstehen; es machte keinen Spaß, zu sehen, wie schnell die Ärzte einer Frau Schwanz und Eier verpaßten. Frauen brauchten Gehirntransplantationen, bevor sie jemals zu »Männern« werden konnten, aber die dumme Öffentlichkeit sah sich so einen Film an und glaubte tatsächlich, daß die Frau plötzlich zum Mann wurde.

Beaufrey selbst verlegte sich lieber auf die chirurgischen Phantasiefilme, aber die Kunden hatten in der Regel andere Ticks, und schließlich war Beaufrey dazu da, »sie zufriedenzustellen«, wie er immer mit einem Lächeln zu sagen pflegte.

Die ganz schrägen Vögel waren sogar noch versessener auf die »echten Dinger« und behaupteten, Fälschungen sofort erkennen zu können – eine faustdicke Lüge, denn den ersten echten »Snuff-Movie« hatte Beaufrey noch zu verkaufen. Er hatte schon viel Spaß gehabt mit den Echtheits-Freaks, die ihm Hunderte, ja sogar Tausende von Dollars gezahlt hatten. Diese Typen konnten gar nicht genug bekommen von den flinken Bewegungen des stählernen Skalpells, das die Spitze des Penis hinunterglitt, während sich hinter ihm eine purpurrote Spur auftat. Asiatische Gesichter unter weißen Operationsmasken und -hauben glänzten vor Schweiß, während der Penis wie eine Banane geschält und wie ein Handschuh von innen nach außen gestülpt wurde, so daß aus der Penishaut die Auskleidung der künstlichen Vagina entstand. Das Gegenstück dieser Sequenz, in dem einer Frau Eier und ein Dildo implantiert wurden, die man in speziell präparierte Hautfalten einnähte, hatte sich als totaler Flop entpuppt, was Beaufrey bestätigte, daß er wesentlich mehr von diesem Markt verstand als seine argentinischen Geschäftspartner. Die Nachfrage nach Filmen über rituelle Beschneidungen von sechsjährigen Jungfrauen hatte sich mit jedem Jahr verdoppelt. Es existierten Wartelisten mit Typen, die bei der bloßen Erwähnung von unbehaarten Mösen und engen, kleinen Ärschen schwach wurden. Durch Reibung und Massage zu ihrer ersten und gleichzeitig letzten Erektion gebracht, wirkte die Klitoris des kleinen Mädchens in der Großaufnahme wie ein Miniaturpenis. Es war eine große Erleichterung, zu sehen, wie die dicken, dunklen Finger des Operateurs das feuchte, zitternde Organ für die

Rasierklinge in die Länge zogen. Der anstößige Körperteil wurde entfernt, die Wunde gewaschen und anschließend in Gaze und Binden gepackt, die wiederholt gewechselt wurden, sobald sie sich mit Blut vollgesogen hatten.

SELBSTMORD

Beaufrey hatte sie geweckt. Seese hatte die ganze Nacht draußen auf einem Liegestuhl geschlafen. Wind war aufgekommen, und Sturmwolken bedeckten den Himmel. Sie hatte eine Gänsehaut auf den Oberschenkeln. Ohne Beaufrey anzusehen, richtete sie sich auf ihrer Liege am Pool auf und rieb sich Arme und Beine. Als Seese nach den anderen fragte, hatte Beaufrey mit einem merkwürdigen, kleinen Lachen geantwortet. Die Haare auf ihrem Körper begannen zu prickeln; sie fühlte, wie ihr kalter Schweiß den Rücken hinunterlief. Beaufrey hatte sich nicht die Mühe gemacht, ihr zu sagen, daß Hilfssheriffs und ein Untersuchungsbeamter des Erkennungsdienstes drinnen ihre Berichte fertigstellten. Seese begann sich nach einem anderen Handtuch oder einem Bademantel umzusehen, mit dem sie ihren Bikini bedecken konnte, aber Beaufrey hatte sie bereits durch die gläserne Schiebetür ins Wohnzimmer gestoßen. Die Hilfssheriffs starrten sie an, und für einen Moment glaubte Seese, dies müsse einer jener Träume sein, in denen alle anderen Kleider trugen und nur man selbst nackt war. Allerdings war sie in ihren Träumen die einzige gewesen, die ihre Nacktheit bemerkt hatte. Das hier war verrückt: Sie trug einen Bikini am Swimmingpool, und trotzdem wurde sie von allen angestarrt. In den Gesichtern der Hilfssheriffs konnte sie lesen, daß man ihr die Schuld zuschrieb. Sie versuchte, sich an alle ihre Unternehmungen vom vergangenen Tag zu erinnern. An die Orte, die sie und Eric mit dem »großen blauen Schlafzimmerwagen« angesteuert hatten. Seese versuchte sich zu erinnern, ob es irgendwelche Unfälle gegeben hatte. »Was?« Sie wiederholte das Wort, sah von Gesicht zu Gesicht, bis ihr Blick schließlich bei David Halt machte, der sich weigerte sie anzusehen oder ihr zu antworten. Er gab vor, das

Protokoll zu lesen, das ihn die Hilfssheriffs zu unterzeichnen gebeten hatten.

Sie fühlte sich weder betrunken noch high, trotzdem zitterte und schwitzte sie. Sie schob Beaufrey zur Seite und ging in das Badezimmer in der Diele, wo sie sich in einen Frotteebademantel hüllte, den sie aus der Schmutzwäsche zog. Der Mantel roch säuerlich. Seese saß auf dem Rand der großen, in den Boden eingelassenen Badewanne und starrte durch das Fenster auf den Pool. Niemand hielt sie zurück, als sie wieder nach draußen ging und in das Becken eintauchte.

Sie fühlte gar nichts. Sie fühlte nicht, daß Eric tot war. Sie hatte vielmehr das Gefühl, daß er nach Lubbock zurückgegangen war, um seine Mutter zu besuchen. Sie fühlte, daß es so sein mußte. So – oder überhaupt nicht, obwohl ihr ein anderer Teil ihres Bewußtseins sagte, daß sie die Türglocke und dann Stimmen gehört hatte. Eric war tot. Das war eine Tatsache. Aber was war schon eine Tatsache? Eric war weg, aber hieß das, er war tot? Als seine Großmutter starb, war Eric für zwei Wochen nach Texas gefahren. Die andere Stimme war beharrlich. »Tot« bedeutete, daß er nicht nach zwei Wochen zurückkehren würde. Seese lag auf dem Rücken und ließ sich mit geschlossenen Augen treiben, bis die Polizisten und die anderen gegangen waren. Sie fühlte noch immer nichts. Das Kokain hatte ihren Mund ausgetrocknet. Ihre Zunge schien dick genug zu sein, um sie zu ersticken. Sie versuchte, ihre Oberlippe zwischen die Zähne zu ziehen, aber Zähne und Lippen schienen meilenweit von ihrem Hals entfernt zu sein. Der erste Ort, an den David sie mitgenommen hatte, war die Galerie gewesen, die gerade begonnen hatte, seine Bilder auszustellen. Dort hatte sie Eric kennengelernt. Er wußte alles und sie überhaupt nichts. Aber Eric hatte sie gemocht, und als sie in den darauffolgenden Wochen nach und nach herausfand, daß Eric und David ein Verhältnis gehabt hatten, war in ihr alles ruhig geblieben, weil auch sie ihn sehr gern hatte. Weder ihr noch Eric gegenüber zeigte David jemals eine besondere Zuneigung. Er behandelte sie beide gleich. Mit Seese war er immer sehr sorglos und distanziert umgegangen, nun sah sie, daß er mit Eric das gleiche tat.

Dann hatte Eric sich in den Kopf geschossen. Einfach so.

Aber auch das hätte sie vielleicht ertragen können, wenn David nicht gewesen wäre. Er hatte ihnen viel angetan, ihnen allen. Seese wurde klar, daß sie und Eric das gewesen waren, was David Beaufrey »angetan hatte«. Aha! Natürlich!

Am nächsten Tag verspürte Seese noch immer ein Dröhnen im Kopf von dem Champagner, den sie getrunken hatte. David war nicht im Apartment. Seese ging los, um ihn in der Dunkelkammer zu suchen. Sie hatte angeklopft, aber die einzigen vernehmbaren Geräusche waren klappernde Leitungen in der Wand – Leitungswasser, das in das Waschbecken der Dunkelkammer lief, wo die Abzüge gewässert wurden. David war nicht da, aber er konnte auch nicht weit weggegangen sein, denn die Tür war unverschlossen. Sie wanderte durch das Gewirr aus Verlängerungsschnüren, Scheinwerfern, Leinwänden und Rollen mit Hintergrundfarben und fühlte sich wie eine Comicfigur mit einem menschlichen Körper, aber einer Kamera an der Stelle, an der ihr Kopf sitzen sollte. Statt eines Gesichts hatte sie ein großes, gläsernes Objektiv, das alles, was sie sah, so kalt und klar in ihr Blickfeld rückte, daß sie nicht aufhören konnte, zu zittern. Nichts von all dem konnte wahr sein. Es mußte ein Drogenrausch oder ein langer Traum sein. Alle Wände waren mit einem matten Pechschwarz bestrichen, was ihnen das merkwürdige Aussehen von wogendem Samt mit mitternachtsblauen oder schwarzen Schattierungen verlieh. So mußte sich Eric beim Abdrücken gefühlt haben: Seese zögerte, dann tauchte sie ein in die Dunkelheit, vorbei an dem langen, schwarzen Vorhang voller schwerer Gerüche nach Säure und Chemikalien. Die Dunkelkammer war warm und das Licht der trüben, orangeroten Lampen beruhigend. Seese fühlte sich in diesem Raum sicher und gut verborgen. Eric hatte David immer damit geneckt, daß die Dunkelkammer ganz eindeutig eine Gebärmutter sei und die besten Fotografen nie über die frühesten Stadien der Persönlichkeitsentwicklung hinauskämen.

Seese war so high, daß ihr Kopf wie eine Unterwasserpflanze hin und her schaukelte. Sie betrachtete das einlaufende Wasser und folgte mit ihren Augen den farbigen Spiralen der Abzüge, die unter dem Wasserstrahl im Edelstahlbecken herumwirbelten. Die Farbabzüge bewegten sich wie Tiefseefische; ihre Farben leuchteten phosphoreszierend im roten Dunkelkammerlicht. Seese hielt sich am Rand des Wasserbeckens fest und beugte den Kopf zurück. Dann ließ sie ihn mit geschlossenen Augen von einer Seite auf die andere fallen. Wo war David? Eric war tot, aber David hatte die ganze Nacht Filme und Farbaufnahmen entwickelt. Wahrscheinlich war er weggegangen, um sich Kaffee zu holen. Wenn er zu aufgewühlt war, um zu schlafen, arbeitete David in der Dunkelkammer.

Seese hielt die gewölbte Hand unter den Kaltwasserhahn neben dem Edelstahlbecken. Sie trank das Wasser und fühlte, wie das Drehen und Schwanken nachließ. Dann starrte sie hinunter auf die Farbvergrößerungen im Wasserbad, und langsam gewann sie zwischen den Spritzern aus Hellrot und kräftigeren Purpurtönen, Rotbraun und Schwarz über reinem Weiß, einen flüchtigen Eindruck vom ganzen Motiv. David hatte wieder einmal mit Doppelbelichtungen experimentiert: In der Mitte des Feldes aus Pfingstrosen und Mohn – kirsch- und rubinrot, purpurn und schwarz – war eine menschliche Gestalt. Seese konnte Füße und Beine ausmachen. Sie hielt es für eine großartige Idee – diese unter leuchtend roten und violetten Blüten fast verborgene Nacktheit. Der nackte menschliche Körper, so unschuldig und schön wie ein Blumenfeld. Seese faßte hinein und ergriff die Ecke eines Abzugs, so wie David es ihr gezeigt hatte.

Sie wußte nicht, ob es der Schock war oder ob die Wirkung des Champagners und der Drogen tatsächlich so lange angehalten hatte, doch sie hatte es fertiggebracht, sich die Farbfotos von Erics Selbstmord anzusehen, ohne mit der Wimper zu zucken. Sie konnte erkennen, wie sein Körper auf das Doppelbett niedergestürzt war und seine Beine sich auf den Kissen angewinkelt hatten. Der Tod war für Eric genauso wenig friedlich gewesen wie sein Leben. Erics extrem angewinkelte Gliedmaßen skizzierten die Geometrie seiner Verzweiflung. Die angespannten Muskeln hatten tiefverborgene Bereiche und Geheimnisse so lange geschützt, bis das Lügennetz eines Tages leuchtend und naßrot explodiert war. Erst vor wenigen Wochen hatte Eric David dabei geholfen, die Rollen mit weißem, glänzenden Hintergrundpapier ins Studio zu tragen. David hatte diesen Hintergrund für eine »rein weiße« Schlafzimmerserie gewollt. »Aber Weiß zeigt doch *alles*, Liebster«, hatte Eric ihn geneckt, und David hatte ihn schweigend angestarrt. »Es zeigt jeden Dreck und jeden Schmutz!« Eric hatte gelacht, bis ihm Tränen in den Augen standen. David hatte nicht zurückgelächelt. Später war Seese klargeworden, daß die Warnung damals deutlich genug gewesen war, um sie zu verstehen, nur daß sie Erics Verzweiflung einfach nicht erkannt hatte.

David hatte vermutlich drei oder vier Stunden damit gewartet, bis er die Behörden informierte, um sicher zu gehen, daß beide, der Farb- und der Schwarzweißfilm, gelungen waren. Er hatte Erics Körper ganz im Stil der *Police Gazette* fotografiert. Die Schwarzweißabzüge, die er gemacht hatte, waren extrem kontrastreich: Blut, das wie dicker, schwarzer Teer über eine leuchtend weiße Chenillebettdecke verspritzt war. War das der Grund, warum sie nichts mehr empfand? Nicht, nachdem ihr klargeworden war, daß David Erics Körper fotografiert hatte? David hatte sich mit nüchtern-distanzierter Objektivität auf die Szene konzentriert: Nahaufnahme des am Fußende des Bettes fallengelassenen 44er Revolvers und der Hand des Opfers auf der Waffe. Oder fühlte sie kein Entsetzen in sich aufsteigen, weil sie bereits voller Entsetzen war und Gehirnmasse, Knochen oder Blut niemals Eric für sie ausmachen konnten? Der Körper auf den Fotos war nicht der Eric, der sie geliebt hatte, und den sie liebte. Eric wäre der erste gewesen, der sie beide, sie und David, darauf aufmerksam gemacht hätte. Wie viele Male würde er ihnen das noch sagen müssen? Die Fotografie war nur eine Fotografie, sie war nur sie selbst. Keine Fotografie konnte jemals er, Eric, sein. Solche Vorträge hatte er ihr und David gehalten, wenn er betrunken war. David war ein oder zwei Jahre älter als Eric, aber er hatte es nie verwunden, daß Eric einen Hochschulabschluß von der Columbia-Universität hatte. Die schlimmsten Kämpfe zwischen den beiden, die Seese miterlebt hatte, hatten damit begonnen, daß David glaubte, Eric sähe auf ihn herab. David hatte an einem Gemeindecollege in Indiana Kunst und Fotografie studiert, aber Eric hatte einen *Master of Fine Arts* in Kunstgeschichte von der Columbia-Universität. Eric hatte immer behauptet, daß man Kunstgeschichte nur dann studiere, wenn man nicht gut genug war, um zu malen.

David hatte immer bestritten, einen letzten Notruf von Eric

erhalten zu haben. Doch wie ließ sich dann seine Ankunft in Erics Apartment so kurz nach dem Selbstmord erklären?

Weiß auf weiß: Der reinweiße Hintergrund des Glanzpapiers; weiße Katze im Schneesturm, schwuler, weißer texanischer Jüngling auf weißem Chenille. »Fiebernd vor Liebe und Verlangen« lautete ein Teil von Erics Brief, den Seese nie vergessen würde. Die Cops und der Untersuchungsbeamte hatten sogar Witze über die Länge von Erics Brief gemacht. Beaufrey hatte wochenlang über das »dreiseitige Abschiedsbriefchen« gelacht.

Beaufrey war betrunken, schnupfte haufenweise Kokain und streifte herum; er war amüsant und reich, aber – durch allzuviel Scotch, Kokain und die jungen Burschen in Rio de Janeiro – deutlich älter als auf seinen Glamourfotos. Beaufrey protestierte, als Serlo gedankenlos harte, weiße Glühbirnen kaufte, statt der rosigen Weichtöner. Wenige Tage bevor die Ausstellung eröffnet werden sollte, trug David noch immer die Abzüge von Erics Selbstmord mit sich herum. Er konnte es kaum ertragen, sich die Andrucke für seine Ausstellung anzusehen, deshalb arbeiteten G. und seine Galerieassistenten eng mit den Technikern des Fotolabors zusammen, das alle Aufnahmen von David entwickelte. Beaufrey war seit Erics Selbstmord ununterbrochen betrunken. Er war besessen von Erics heimlichem Leben mit David und Seese. Beaufrey warf David vor, dabeigewesen zu sein, Eric dabei zugesehen zu haben.

David hatte nach Beaufreys Vorwurf den Raum verlassen. Seese folgte ihm nach draußen an den Pool. Ein heißer, feuchter Wind wehte aus der Bucht herüber, und die Lichter der Stadt leuchteten milchig im Dunst. David preßte die Faust auf seine Brust. Er hatte Seese über Eric zunächst belogen und ihr gesagt, sie seien seit ihrer Grundschulzeit befreundet. Das war eine Lüge. Eric hatte Seese später erzählt, wann und wie sie Freunde geworden waren. Nach Erics Tod hatte Seese herausgefunden, daß auch er sie belogen hatte. Das Verhältnis zwischen ihm und David war nach Seeses Einzug nicht zu Ende gewesen.

Eric hatte gelogen. Unter dem mit Blutflecken bedeckten Körper hatte der Assistent des Untersuchungsbeamten den Umschlag gefunden. »All diese Nachmittage, an denen Du nicht angerufen hast, habe ich geweint«, begann der Brief an David.

KUNST

David hatte nicht nur ein paar Schnappschüsse gemacht, nachdem er Eric gefunden hatte. Er hatte Scheinwerfer umhergerückt und das Licht so ausgerichtet, daß Erics Blut wie Emaille leuchtete und glänzte.

Später verfaßten die Kritiker lange Exkurse über die Intensität und Sattheit der Farben. Ein Kritiker schrieb von der »malerischen Ironie eines Feldes aus roten Formen, die Pfingstrosen darstellen mochten – kirsch- und rubinrot, purpur und schwarz – und der nackten menschlichen Gestalt, fast vergraben unter diesen ›Blüten‹ aus leuchtendem Rot«.

Das Herzstück der Ausstellung war eine Nahaufnahme des Gesichts oder dessen, was davon übriggeblieben war. Im großen und ganzen reagierten Kritiker und Öffentlichkeit mit einem Aufschrei der Entrüstung. »Fotografien, die in das Büro des Untersuchungsrichters und in die Polizeiakten gehören«. »Skrupelloser Taugenichts entdeckt die Fotografie«.

Eine Woche vor der Eröffnung hatte ein ständiger Strom von Käufern die Galerie gefüllt. Jeder wollte die Bilder sehen. Private Sammler äußerten sich besorgt über den Gerichtsprozeß, aber G. war schonungslos. Sollten die Negative später der Familie zuerkannt oder zerstört werden, so würde der Wert der Fotos noch steigen. Davids Erfolg war garantiert. Einflußreiche internationale Kritiker waren sich darüber einig, daß David endlich »ein Thema gefunden hatte, das seinem Stil der nüchtern-distanzierten Objektivität und der schonungslosen Offenlegung dessen, was das Fleisch verbarg, entsprach«.

Ein bei der Eröffnung anwesender Kritiker bemerkte, daß die Menge sich in auffälliger Distanz zu den Fotografien hielt, »als seien sie nur wenige Minuten nach dem Selbstmord eingetroffen«. G. wußte, wie er die Sache zu vermarkten hatte. Als Erics Familie eine einstweilige Verfügung erwirken wollte und das Gericht anrief, hatte er eine Pressemitteilung veröffentlicht. Der Prozeß hatte die letzten Zweifel daran beseitigt, daß nicht doch mit Bühnentricks wie Fettfarben und Ochsenblut gearbeitet worden war. Eric war drei Jahre lang Davids Modell gewesen. Es habe zwar keine schriftliche Abmachung darüber gegeben, hatte der Anwalt der Galerie taktvoll erklärt; aber dessenungeachtet seien die Konditionen der Abmachung den Freunden und engsten Vertrauten Erics wohlbekannt gewesen. Natürlich sei jede Art von Abmachung oder Vertrag mit Erics Tod erloschen, aber dennoch könne man erwarten, daß die Familie den Vertrag respektiere.

Die Sensationsblätter an der Ostküste hatten von der Sache Wind bekommen und sie den »Letzten Fototermin« und »Modelljob aus dem Grab« getauft.

Als das Bezirksgericht eine Verschiebung der Ausstellungseröffnung ablehnte, hatte Erics Familie die Klage zurückgezogen. Beaufrey rechnete es sich als seinen Verdienst an, diese Provinztexaner mit seiner Pressearbeit weichgekocht zu haben.

Von den Wochen vor oder nach Davids Ausstellung war Seese nicht viel in Erinnerung geblieben. Die Schwangerschaft interessierte sie nicht mehr, sie wollte einfach sterben. Sie nahm jeden Tag Kokain und trank Champagner, um über den Räumen aus Chrom und Glas zu schweben, in denen die Unterhaltungen zwar mit ausgesuchter Höflichkeit geführt wurden, Beaufrey und Serlo jedoch durch sie hindurchsahen, als habe sie niemals existiert.

Beaufrey gab Seese die Schuld an Erics Tod. Ihre Schwangerschaft sei dafür verantwortlich. Alles wäre gut gegangen, wenn sie nicht gekommen wäre. Männer konnten mit Absprachen und Vereinbarungen umgehen. Beaufreys Anschuldigungen hatten Seese nicht überrascht.

Sie hätte damals schon wissen müssen, daß Beaufrey es auf sie und das Baby abgesehen hatte. Aber er hatte nach besonderen Regeln spielen müssen. David ließ ihm keine andere Wahl. Seese hatte von Anfang an verstanden, daß David und Beaufrey andere Menschen – wie sie und Eric – benutzten, um einander zu verunsichern und zu quälen. David hatte Eric das Herz brechen wollen. Aber sie wußte auch, daß David sich schließlich doch in sie verliebt hatte.

Seese hatte immer wieder darüber nachgedacht; sie hatte nochmals über jede Stunde, jede Minute vor Montes Verschwinden nachgedacht. Warum war sie in diesem Apartment geblieben, nachdem David ausgezogen war? Beaufrey hatte keine ehemaligen Angestellten. Entweder du warst drinnen, oder du warst draußen. Entweder warst du tot oder du warst lebendig. Aber Seese war in dem Penthouse geblieben. Sie hatte sich nicht einmal die Mühe gemacht, die Schlösser auswechseln zu lassen.

ENTFÜHRT

Seese würde nie den Augenblick vergessen, in dem sie das leere Laufställchen bemerkt hatte. Ihre Verwirrung war so groß gewesen, daß sie stolperte und hinfiel. Stumpfsinnig war sie auf allen Vieren von Zimmer zu Zimmer gekrochen, hatte ihn überall gesucht und laut seinen Namen gerufen. Er war weg. Monte war weg. Ihr Herz hatte wild geklopft, und auf ihrem ganzen Körper fühlte sie eisigen Schweiß. Sie hatte mit sich selbst gerungen: David würde sicher kein Baby entführen, das noch in den Windeln steckte, ein Kind, das Beaufrey nicht ausstehen konnte.

In den ersten Stunden nach dem Verschwinden ihres Babys war Seese high gewesen, außerdem befürchtete sie, die Polizisten könnten das Kilo Kokain finden. Also hatte sie ihnen nicht von allen in Frage kommenden Motiven erzählt. Beaufrey hatte sowohl mit Argentiniern als auch mit Kolumbianern ein doppeltes Spiel getrieben, und es war denkbar, daß die Argentinier das Kind aus Rache entführt hatten.

Nachdem die Polizei sich darauf festgelegt hatte, daß es sich bei dem Vorfall lediglich um eine familiäre Angelegenheit handelte, verlor sie jedes Interesse an dem Fall. Kindesraub durch einen verbitterten Vater – das erlebten sie jeden Tag.

Seese konnte den Ermittlungsbeamten nicht sagen, wo David war. Er hatte Fototermine, aber der einzige, an den sie sich erinnern konnte, war die Rumwerbung, für die er nach Puerto Rico geflogen war. Beaufrey und Serlo hatten vereinbart, ihn später in Cartagena zu treffen, doch das war schon vor Wochen gewesen.

Solange Seese in dem Apartment blieb, schaute Beaufreys Anwalt jede Woche einmal »vorbei«. Beaufreys Anwalt besorgte ihr auch einen Arzt, der nichts dagegen hatte, ihr gegen ihren Zustand starke Schlaf- und Beruhigungsmittel zu verschreiben. Der Anwalt hatte Haschisch und zwei Gummis dabei, damit er sich bei ihr nichts holen konnte. Er war sehr bemüht, sie zu beruhigen und versprach, sie würde bald von David hören. Dem Kind gehe es gut. Seese wurde lauter, bis die trockenen Membranen in ihrer Kehle sie zu ersticken drohten. Sie fühlte, daß ihrem Kind etwas Schreckliches zugestoßen war, daß es nicht einfach nur von David gestohlen worden war, sondern in furchtbarer Gefahr schwebte. Dem Anwalt sprudelten die Wörter nur so aus dem Mund. Er versicherte ihr, alle Mütter verschwundener Kinder hätten die gleichen Gefühle.

Der Anwalt pinkelte in die Toilettenschüssel und fragte sie beiläufig, ob sie den Cops etwas von dem »Im- und Exportgeschäft« erzählt habe. Er bekam keine Antwort. Seese lag mitten auf dem leuchtend weißen Laken des King-size-Bettes. Alle Gefühle hatten ihre Haut und die oberen Schichten ihres Körpers verlassen, ihre Augenlider waren starr geöffnet. Sie schwebte schwerelos im Raum. Das Kind war verschwunden, als wäre es niemals geboren worden. Und wenn man sich einfach die tägliche Umgebung ansah – die Palmen, die den Strand der Mission Bay umringten –, dann hatte sich nichts verändert.

Seit Montes Verschwinden war Seese wie betäubt. Als der Anwalt zehn Nächte später seinen Schwanz in sie hineinstößt, ist sie noch immer wie betäubt. Sie hätte sich in der ersten Nacht umgebracht, aber sie will nicht sterben, bevor sie nicht mit Sicherheit weiß, daß Monte tot ist. Der Anwalt über ihr müht sich ab, als absolviere er Liegestütze: Eine flüchtige Abwärtsbewegung, ein Stoß, bevor er sich wieder nach oben schiebt; und Seese kann an nichts anderes denken, als daß sie von einer merkwürdigen Maschine gefickt wird. Alles war wie in einem Film abgelaufen, erinnerte sie sich später: Davids Anruf, noch bevor der Anwalt wieder von ihr heruntergerollt war. Sein Gebrüll, daß er das Kind zu sehen verlange. Seese hatte zurückgebrüllt und war in Tränen ausgebrochen. Wenn David Monte nicht hat, dann ist er verloren. Dann ist ihr Baby verloren.

Der Anwalt war schon wieder dabei, seinen Schlips zu ordnen. Er konnte sich erstaunlich schnell in einen dreiteiligen

Anzug werfen. Ihm dämmerte, daß mit dem Kind irgend etwas nicht in Ordnung war, denn Seese schrie immer wieder in den Hörer: »Wo ist er dann? Wer hat ihn?« Seese warf David vor, zu lügen, aber Davids Stimme war merkwürdig still und ein bißchen verhalten. Er flüsterte fast: »Ich schwöre, daß ich ihn nicht habe. Himmel, Seese! Das kannst du doch nicht machen!« Seese schrie zurück: »Du hast ihn genommen! Ich weiß, daß du es warst, David! Du hast ihn genommen! Wo ist er? Wo ist mein Baby?«

Der Anwalt saß auf der Bettkante, sorgsam darauf bedacht, sich nicht die Hose oder das Hemd zu zerknittern, als Seese die Hand nach ihm ausstreckte. Während Seese weinte, zündete er eine Zigarette nach der anderen an. Schließlich schrie sie ihn an: »Was geht hier vor, verdammt noch mal? Auf welcher Seite stehst du eigentlich? Es ist deine Aufgabe, mir zu helfen!«

Später erzählte Seese der Polizei, daß David angerufen und nach Monte gefragt hatte.

Sie konnte die Verachtung der Polizisten spüren; sie hatte bekommen, was sie verdiente. Sie waren nicht interessiert. Die Akte über Monte wurde an die Vermißtenstelle weitergeleitet. Und Seese wußte, wenn eine Akte erst einmal dorthin geschickt wurde, war alle Hoffnung vergebens.

Danach war Seese dahingetrieben wie ein Strang meergrünen Seetangs, der sich in der Strömung verfangen hatte, und eine Stimme klagte sie immer und immer wieder an. Eine weniger deutliche Stimme sagte ihr, sie habe alles getan, was in ihrer Macht stand. Ihr Baby war nicht in seinem Badewasser ertrunken, und es war nicht süchtig zur Welt gekommen. Dennoch konnte sie für ihren Verlust keinen Trost finden.

Wenn sie zu weinen versuchte, fühlte sie keine Erleichterung, der Schmerz wurde nur noch größer. Unaufhörlich malte sie sich alle Möglichkeiten aus, mit denen sie Monte leicht hätte beschützen können, wie sie ihn hätte retten können, *wenn* sie nicht high gewesen wäre an diesem Tag; *wenn* sie sich nicht mit Kriminellen wie Beaufrey eingelassen hätte. Ihre Brüste waren heiß und geschwollen, die leiseste Berührung des seidenen Kimonos verursachte Stiche in ihren Brustwarzen. Ihre Milch begann die rosafarbene Seide in großen Kreisen zu durchtränken. Aber sie war von Hasch und Koks viel zu high, um feststellen zu können, ob die Feuchtigkeit von den Tränen herrührte, die ihr über das Kinn tropften, oder vom Milchfluß ihrer Brüste.

Langsam wurde Seese klar, daß sie sich lange Zeit selbst etwas vorgemacht hatte. David hatte das Baby nicht mehr lieben können, als er sie geliebt hatte. Es war Beaufrey, nicht David, der von dem Kind besessen war. Beaufrey hatte gefürchtet, daß David dieses Kind lieben würde, daß es irgendwie zwischen sie treten könnte. Woche um Woche wartete Seese auf einen Anruf oder einen Brief.

Nachdem die Kugel das Schlafzimmerfenster durchschlagen hatte, verstand Seese, daß David niemals wegen Monte anrufen würde. Er würde sie das Kind nicht wiedersehen lassen. In diesem Moment war sie von dem Verlangen gepackt worden, aufzuspringen, sich aus dem Fenster zu werfen und dreißig Stockwerke tief in den Pazifik zu stürzen. Zitternd und schwitzend ließ Seese ein Bad in die eingelassene Marmorbadewanne des großen Badezimmers einlaufen. Sie rollte dicke Marihuana-Zigaretten, legte sie auf den Rand der Wanne, glitt in das heiße Wasser und stellte sich vor, wie glitzernd blaues Salzwasser ihre Lungen füllte und ihr den Atem nahm. Aber eine Stimme in ihrem Kopf machte ihr klar, daß sie jetzt noch nicht sterben würde. Ihr Baby lebte vielleicht noch. Ihr Baby brauchte sie vielleicht.

Seese erwachte im kalten Wasser. Draußen hing ein gelbliches Stück Mond tief über dem Horizont des Ozeans. Sie wanderte tropfnaß von Zimmer zu Zimmer und hinterließ feuchte Fußabdrücke auf dem blaßgrauen Teppich. Die Tür zum Kinderzimmer hielt sie geschlossen. Die Kidnapper hatten das weiße Lederalbum mit Montes Babybildern gestohlen. Auch eine gerahmte Fotografie von ihm hatten sie von der Wand genommen. Alles, was Seese blieb, waren ein paar Schnappschüsse, die sie zufällig in ihrer Handtasche gehabt hatte. David hatte alle Negative mitgenommen. Die Polizisten schienen erst einmal Beweise dafür sehen zu wollen, daß Seese überhaupt ein Kind gehabt hatte. Die Nachbarn erinnerten sich weder an sie noch an Monte im Kinderwagen.

Seese hatte plötzlich bemerkt, wie dürftig ihre Worte klangen; die Einzelheiten ihrer Geschichte hörten sich nicht einmal mehr für sie überzeugend an. Sie konnte sich vorstellen, wie sie auf die Detectives wirken mußte. Sie warf sich über das flache Seitengitter der Kinderwiege und vergrub ihr Gesicht in Montes Decke, um den süßen Geruch ihres Babys einzuatmen.

Am Tag als David ausgezogen war, hatte er sie zu überzeugen versucht, daß Monte es bei ihm besser haben würde. Seese vergaß nie, wie Beaufrey im Hintergrund gestanden hatte, wo nur sie sein Grinsen hatte sehen können. »Grinsender Schwanzlutscher!« hatte sie Beaufrey angeschrien. Danach war David nie mehr allein erschienen, um Monte zu sehen. Normalerweise begleitete ihn Beaufrey, aber gelegentlich brachte David auch Serlo mit. »Hast du Angst?« spottete Seese. Beaufrey hatte für David geantwortet. Ihre Anwälte hätten empfohlen, jederzeit einen Zeugen dabeizuhaben. Seese empfand Beaufreys Gegenwart viel stärker als Davids. »Deine schwulen Anwälte?« hatte sie losgelacht und sie mit einem Mundvoll Wodka bespuckt. Beaufrey war mit solcher Heftigkeit zusammengefahren, daß Seese glaubte, er würde ihr ins Gesicht schlagen, David dagegen hatte sich nur zur Tür gewandt. Er hatte nicht einmal gefragt, ob er Monte sehen könne. In diesem Moment hatte Seese, trotz Wodka und Kokain erkannt, daß es Beaufrey war, der sich für ihr Baby interessierte. »Alles andere kannst du dir kaufen, nicht wahr? Nur Babys nicht. Das kannst du nicht, stimmt's?«

Beaufrey war in der Tür stehengeblieben und starrte sie an, als wollte er sie auffordern weiterzureden. Nach Montes Geburt war Beaufrey in Panik geraten. Seese erinnerte sich später an seine geballten Fäuste und die starr geöffneten Augen, die sie und das Kind aufzuspießen schienen. Beaufrey hatte Davids Interesse für das Kind falsch gedeutet. David interessierte sich nur so lange für das Kind, wie er in ihm eine Reflektion seiner selbst sah. Seese war von Wodka und Kokain zu benommen gewesen, um genauer über Beaufrey nachzudenken. Sie hatte angenommen, Beaufrey würde David ans andere Ende der Welt bringen, um ihn von Monte fernzuhalten, aber sie hatte sich getäuscht.

Fünftes Buch

DIE GRENZE

KINDHEIT IN MEXIKO

Yoeme war ganz plötzlich aufgetaucht. Lecha und Zeta hatten mit den anderen Kindern auf der langen Holzveranda gespielt. Schon von weitem hatten die Zwillinge die schnell voranschreitende Gestalt ausgemacht, die nicht größer war als sie selbst und einen schwarzen Schal um das Gesicht gebunden hatte, so daß nur die funkelnden dunklen Augen sichtbar waren. Sie alle fühlten, wie diese Augen sich prüfend auf sie richteten.

Instinktiv kauerten sich die Kinder um die Sonnenblumen, die sie gepflückt hatten und in alten Blechdosen arrangierten. Sie warteten darauf, daß die Gestalt an ihnen vorüberging. Aus den Augenwinkeln hatte Zeta gesehen, daß es eine sehr alte Frau war, die ein langes, schwarzes Kleid und einen schwarzen Schal trug. »Die alte Frau ist eine Indianerin«, hatte sie Lecha zugewispert. In diesem Moment war die winzige Gestalt in ihren Torweg eingebogen und stehengeblieben. Mit einer klaren Stimme, die so kräftig war wie die von Tante Popa, hatte die alte Frau gesagt: »*Ihr* seid Indianer!« Zeta hatte den Schauer, der ihr über den Rücken gelaufen war, nie vergessen. Lecha hatte sich dicht an sie gekauert. Ihre Vettern waren schreiend aufgesprungen und ins Haus geflüchtet.

Aber die beiden Mädchen rannten nicht davon, denn die alte Frau lachte, und sie war nicht sehr kräftig, im Gegensatz zu den Zwillingen. »Schlagt mich nicht!« Sie lachte weiter. »Ihr dummen Mädchen! Ich bin eure Großmutter!« Zeta und ihre Schwester hatten noch nie jemanden gehört, der so sprach wie Yoeme.

Aber sie hatten gehört, wie ihre Onkel und Tanten über eine gewisse Person geredet hatten. Zeta hatte aufgeschnappt, wie sie sich wünschten, die alte Frau wäre tot. Die Unterhaltung hatte sich um die Frage gedreht, vor wie vielen Jahre die alte Kojotin weggelaufen war und die beiden Kleinsten, Ringo und Federico, die ihr heulend und schluchzend auf der Straße hinterhergelaufen waren, zurückgelassen hatte.

Yoemes Name fiel oft im Zusammenhang mit Baumwollpappeln. Aus irgendeinem Grund war an dem Morgen, an dem sie ihre Kinder verlassen hatte, die lange Auffahrt vom großen Wohnhaus zu den Minenschächten von den riesigen Baumwollpappeln versperrt worden, die quer über die Straße gefällt worden waren.

Tante Popa hatte den anderen befohlen, trotz der Sommerhitze alle Türen und Fenster zu versperren. Yoeme saß in der Hollywoodschaukel auf der Veranda und unterhielt sich mit Zeta und Lecha. Was sie nicht verstehen könne, erklärte sie, sei, wie sich ihre eigenen Kinder, die sie unter Schmerzen empfangen und geboren hatte, ihrer leiblichen Mutter gegenüber nur so schamlos verhalten konnten. Yoeme hatte die Worte »leibliche Mutter« so laut gesprochen, daß jeder im Haus es hören mußte. Popa brüllte los, doch ihr Geschrei wurde durch das Fensterglas gedämpft: »Lauft! Lauft um euer Leben!« Die Mädchen und die alte Frau lachten gemeinsam. Sie würden sie nicht mehr loswerden, darüber brauchten sich die Mädchen keine Gedanken zu machen. Yoeme konnte man nicht aufhalten. Klar? Schon hatte sie zwei von ihnen auf ihrer Seite. Wenn sie Wasser wollte, brauchte sie nur die Hand auszustrecken. Sie griff nach einer Dose mit Sonnenblumen und trank das Wasser. Die beiden Mädchen quietschten, und die Fenster des Hauses wurden belagert von mißtrauischen, schwitzenden Gesichtern. Yoeme war zurückgekommen, und es gab nichts, was irgend jemand von ihnen hätte tun können, um sie wieder loszuwerden. Yoeme hatte auf der Verandaschaukel geschlafen, bis der Winterregen einsetzte, dann war sie in den alten Hühnerstall hinter dem großen Haus gezogen.

Tief in der Nacht war Zeta von lauten Stimmen aus den Räumen unter ihnen erwacht. Popa und Cucha wollten die drekkige alte Indianerin aus dem Haus haben. Yoeme liebte es, sie alle anzulügen, sie tat es die ganze Zeit, aber die Zwillinge hatten sehr schnell erkannt, daß sie in den wichtigen Dingen immer recht behielt. Die Schwachköpfe würden es nicht fertigbringen, sie vom großen Haus fernzuhalten, erzählte Yoeme den Mädchen, keine Sorge.

Yoeme neckte die Mädchen und erzählte ihnen, sie habe ihrer Mutter gleich geraten, eine von ihnen loszuwerden. Manche Leute glaubten, daß Zwillinge Unglück brächten. Wenn sie damals in der Nähe gewesen wäre, meinte Yoeme, hätte sie sich schon darum gekümmert. Dabei hatte sie in den Gesichtern der beiden nach Reaktionen geforscht. Zeta hatte gefragt: »Ich oder sie?« Und Lecha hatte gesagt: »Wenn du mich als Baby umgebracht hättest, hätten sie dich aufgehängt!« Worauf Yoeme vor Vergnügen die Hände zusammenschlug, bis ihre Mutter herauskam, um zu sehen, was dort vor sich ging. Amalia war bereits einige Zeit kränklich gewesen, als Yoeme wieder aufgetaucht war. Genau wie die anderen schien auch Amalia gegen sie machtlos zu sein. »Ich habe ihnen gerade erzählt, wie ich dir geraten habe, eine der beiden loszuwerden.« Ihre Mutter schaute schnell zur Seite. »Du machst ihnen Angst mit deinen Reden«, sagte sie, aber Yoeme hatte sie nicht beachtet. Sie hatte den Mädchen sogar eingetrichtert, Amalia zu fragen, wer sie denn auf die Welt gebracht hatte. Und ihre Mutter hatte einen ihrer tiefen, verzweifelten Seufzer von sich gegeben und geantwortet: »Ja, sie ist meine Mutter, obwohl ich mich nicht gut an sie erinnern kann.« Dann hatte sie beide Hände gegen ihren Bauch gepreßt, weil die Schmerzen sie wieder überkamen. Voller Furcht vor den Schmerzen wichen die Zwillinge zurück. Yoeme hatte ihnen erzählt, daß die Schmerzen in Wirklichkeit ein Jaguar waren, der einen Menschen bei lebendigem Leibe von innen nach außen auffraß. Schmerzen ließen nur Haut, Knochen und Haare zurück.

Amalia hatte sich in dem Korbschaukelstuhl auf der großen Veranda zurückgelehnt und sich überwunden, den Mädchen mehr zu erzählen. Einen furchtbaren Streit habe es gegeben. Einen Streit, bei dem es um Baumwollpappeln gegangen war. »Sie hat dich und alle ihre anderen Kinder und ihren Mann wegen ein paar Bäumen verlassen?« Zeta hatte sich gefragt, ob die Schmerzen ihrer Mutter nun auch die Tatsachen durcheinanderwirbelten.

Amalia hatte nichts anderes tun können, als vor ihren Zwillingstöchtern den Kopf zu schütteln. Dann hatte Lecha gesagt: »Nein, weil sie eine Indianerin ist. Großvater Guzmans Familie konnte Indianer nicht leiden.«

»Wer hat dir das gesagt?« hatte ihre Mutter gefragt. »Yoeme vermutlich.«

»Nein«, hatte Lecha geantwortet. »Das weiß ich einfach. Niemand mag Indianer.«

Später, als die Zwillinge ihre Furcht vor der alten Frau ein wenig verloren hatten, hatte Zeta sie gefragt: »Warum hast du deine Kinder verlassen?«, und Yoeme hatte in die Hände geklatscht und die Frage so lautstark begrüßt, daß sogar Lecha rot geworden war. Sie wußten, daß ihre Mutter recht hatte, wenn sie behauptete, Yoeme habe einen schlechten Einfluß auf sie. »Unsere Mutter hat uns erzählt, daß du es wegen ein paar Bäumen getan hast, wegen Baumwollpappeln«, sagte Lecha. Sie hatten im Garten neben dem Haus auf dem Boden gehockt und Unkraut gezupft. Yoeme hörte auf zu jäten, warf ihren Kopf zurück und kniff die Augen zusammen. »Ja«, sagte sie, »Bäume. Dieser Scheißkerl Guzman, euer Großvater, liebte Bäume über alles. Es waren Baumwollpappeln, die sie als Schößlinge vom Ufer des Rio Yaqui geholt hatten. Sklaven haben sie über Hunderte von Meilen durch die entsetzliche Hitze hierhergeschleppt. Und Wasser gab es bloß für die Maultiere und die Schößlinge. Den Sklaven hat man nur erlaubt, ihre Lippen an die feuchten Lumpen zu pressen, die um die Baumwurzeln gewickelt waren. Nachdem sie sie bei den Minen und sogar hier bei diesem Haus eingepflanzt hatten, gab es Sklaven, die nichts anderes taten, als Wasser zu diesen Bäumen zu schleppen. ›Welche Schönheiten!‹ hat Guzman immer gesagt. Aber da hatten sie schon keine Sklaven mehr, sondern einfach Indianer, die wie Sklaven arbeiteten, aber noch weniger verdienten als die Sklaven vor ihnen. Die Bäume waren schon groß zu der Zeit, als eure Mutter geboren wurde.«

»Aber warum hast du dich wegen der Bäume gestritten?«

»Immer langsam mit den jungen Pferden«, hatte Yoeme zu ihnen gesagt. »Es war Krieg! Überall haben sie Indianer umgebracht. Es waren die weißen Männer, die kamen, um noch mehr Silber zu suchen und noch mehr Indianerland zu stehlen.

Es waren die weißen Männer, die mit ihren Papierfetzen hierherkamen, um ihre großen Farmen zu bauen. Guzman und meine Leute hatten einen Vertrag geschlossen. Warum, glaubt ihr wohl, habe ich euren Großvater geheiratet? Aus Vergnügen? Aus Liebe? Ha! Um ihn im Auge zu behalten, um aufzupassen, daß er den Vertrag einhielt.«

Aber Guzman war nur ein elender Feigling und kein richtiger Mann. Er hatte es nicht fertiggebracht, sich gegen die anderen weißen Männer zu behaupten, die ins Land strömten. »Ständig erzählte er, daß er einfach nur ›zurechtkommen‹ wolle.« Yoeme begann ihr langes, gackerndes Lachen. »Sie haben meine Leute, meine Verwandten umgebracht, die hierhergekommen waren, um mich zu besuchen! Es war Zeit, daß ich ging. Früher oder später wären diese langen Mistkerle mit ihren Gewehren hier aufgetaucht, und Guzman hätte mit seinem Schwänzchen gespielt, während sie mich davonschleppten.«

»Aber deine Kinder«, sagte Zeta.

»Oh, ich konnte es doch schon sehen. Schaut euch nur eure Mutter an, das schwache Ding. Wir waren kein gutes Paar – Guzman und ich. Ihr wißt doch wie es bei Pferden und Hunden ist – manchmal geraten Kinder nach ihrem Vater. Das konnte ich sehen.« Und so, erzählte Yoeme den Zwillingen, war es eine einfache Wahl für sie gewesen. Sie konnte nicht bleiben und sich um die Kinder eines solchen Mannes kümmern. Außerdem hatten Guzmans Leute sie immer gehaßt, weil sie eine Indianerin war. »Das wissen wir«, sagte Lecha. »Das wissen wir schon, aber was war mit den Bäumen?«

»O ja, die Bäume! Es war furchtbar, was sie mit den Bäumen gemacht haben. Baumwollpappeln nuckeln wie Babys, sie nuckeln an Mutter Wasser, die unter der Erde fließt. Baumwollpappeln reden mit Mutter Wasser und berichten ihr, was die Menschen tun. Aber dann kamen diese weißen Männer und begannen, die Baumwollpappeln auszugraben und für einen furchtbaren Zweck wegzuschleppen.«

BAUMWOLLPAPPELN

»Ich sehe es immer noch vor mir«, sagte Yoeme. »Ganz deutlich, denn ich war damals in eurem Alter. Es war weit weg in der Ferne, als wir uns dem Fluß näherten. Die Baumwollpappeln waren wunderschön, im leichten Wind glitzerten ihre Blätter wie Silber. Aber dann kamen wir näher heran, und irgend jemand rief etwas und deutete nach vorn. Ich schaute und schaute. Schließlich sah ich etwas – dunkle Dinger, lang und schmal, die von den niedrigen, schweren Ästen herabhingen. Und wißt ihr, was das war – diese Dinger, die zwischen den wunderschönen grünen Blättern und Ästen am Fluß hingen?«

Die beiden kleinen Mädchen hatten gleichzeitig die Köpfe geschüttelt, und als sie sich ansahen, erkannten sie, daß sie beide wußten, was Yoeme ihnen gleich erzählen würde.

»Kugeln«, erklärte sie, »sind zu teuer. Ich habe gehört, wie einige Leute sagten, es seien unsere Clansleute. Aber ich konnte keine Gesichter mehr erkennen, sie waren alle zu Leder vertrocknet.« Lecha hatte die Augen fest zusammengekniffen und den Kopf geschüttelt. Zeta dagegen nickte mit ernstem Gesicht.

»Und deshalb, versteht ihr, gab es noch eine Sache, die ich zu erledigen hatte, als ich beschloß, diesen Scheißkerl Guzman und seine schwächlichen Kinder – eure Mutter war das schwächlichste von allen – zu verlassen.« An dieser Stelle klatschte Yoeme in die Hände und stieß einen kleinen Schrei aus. »Es war das Beste, was ich je getan habe! Früher oder später wären diese langen Mistkerle mit ihren Gewehren aufgetaucht, um mich an der großen Pappel aufzuhängen.«

Lecha und Zeta blickten in die Richtung, in die die alte Frau deutete: auf den Garten neben dem Haus, in dem nur ein riesiger, weißer Stumpf zurückgeblieben war. »Was ist mit dem großen Baum passiert?« wollte Zeta wissen.

»Na, ihr glaubt doch nicht, daß ich den Baum für den Rest meines Lebens neben diesem Haus stehengelassen hätte?«

Yoeme hatte gewartet, bis Guzman sich nach Morelos aufgemacht hatte, wo er Maultiere kaufen wollte, bevor sie den Gärtnern befahl, die Äxte zu schwingen. Bei der Mine hatten sie erst sechs der großen Bäume gefällt, als der Vorarbeiter eingeschritten war.

Während er zum Herrenhaus eilte, um Anweisungen einzuholen, waren die Gärtner schlau genug gewesen, auch die restlichen Bäume auszureißen. Yoeme hatte sie dafür bezahlt, mit ihr zusammen zu flüchten, da ihre Dörfer in den Bergen dicht beieinander lagen. Sie hatte Guzmans gutgefüllten Safe im Fußboden unter dem Bett geleert, in dem sie sieben enttäuschende Kinder empfangen und geboren hatte. Es war ein fairer Tausch, erklärte sie den Mädchen augenzwinkernd, die sich keine Vorstellung davon machen konnten, wieviel Silber das wohl gewesen sein mochte. Genug Silber, um die drei Gärtner auszubezahlen.

Guzman hatte später erklärt, der Verlust des Silbers sei ihm weniger wichtig, er konnte durch die Einnahmen einer einzigen Woche ersetzt werden. Aber er hatte Amalia und ihren Geschwistern klargemacht, daß ihre Mutter für sie so gut wie tot und in diesem Haus für alle Zeiten unwillkommen sei, weil sie sämtliche großen Baumwollpappeln zersägt hatte. Das konnte er ihr niemals vergeben.

Die Zwillinge hörten mit ernster Miene zu. »Ich habe mich nicht entmutigen lassen. All diese Jahre habe ich gewartet, um zu sehen, ob nicht vielleicht eines von euch Enkelkindern ein anständiges menschliches Wesen werden würde. Wie oft bin ich vorbeigekommen, um euch anzusehen.« Sie saßen jetzt auf der Veranda und Dennis, ihr Schwachkopf von einem Vetter, der Sohn von Onkel Ringo, saß auf der Treppe und aß seinen eigenen Rotz. Yoeme deutete auf Dennis. »Sie waren alle ziemlich genau wie dieser da«, sagte sie, »und ich war kurz davor, die Hoffnung aufzugeben. Aber dann seid ihr beide gekommen.«

»Aber du wolltest doch eine von uns beiden loswerden.« Lecha hatte Yoemes Hand losgelassen, um das zu sagen.

Die alte Frau war still geworden und sah die beiden an. »Ich wollte eine von euch für mich haben«, sagte sie.

»Aber du hast keine von uns gekriegt.«

»Nein.« Yoeme seufzte tief. »Nicht einmal eine von euch habe ich bekommen. Eure arme Mutter war zu dumm dafür. Aber jetzt, könnt ihr sehen, was ich jetzt habe?«

Die Zwillinge sahen sich an, um dem stechenden Blick der alten Frau auszuweichen.

Yoeme lachte laut auf. »Jetzt habe ich euch alle beide!« sagte sie triumphierend, und aus dem Schlafzimmer im Haus war zu hören, wie ihre Mutter nach der Emailschüssel tastete, um Blut zu spucken.

DER GESCHEITERTE GEOLOGE

Wenn Zeta nach ihrer Kindheit oder ihrer Familie gefragt wurde, antwortete sie einfach, sie habe nur vage Erinnerungen daran und interessiere sich auch nicht dafür. Das war die Wahrheit. Trotzdem war sie sich bewußt, daß sie nur deshalb dorthinkommen konnte, wo sie jetzt war, weil sie jene lange und merkwürdige Kette von Ereignissen durchlebt hatte, aus der sich ihre Kindheit und Jugend zusammenfügte.

Im Frühsommer ihres vierzehnten Lebensjahres waren sie nach Tucson gekommen. Vom Zug in Nogales hatten sie ein Taxi zum Busbahnhof genommen, wo ihr Vater auf sie gewartet hatte. Mit leisen Stimmen hatten sie den ganzen Weg von Hermosillo über Onkel Federicos »großen Finger« gesprochen und jede Diskussion darüber vermieden, was als nächstes geschehen sollte. Ihr Vater war nicht zur Beerdigung ihrer Mutter gekommen, aber schließlich lebten sie zu diesem Zeitpunkt schon seit mehr als zehn Jahren getrennt. Von der Mine in Canenea hatte er sofort ein Telegramm geschickt, in dem er erklärte, daß die Mädchen seine leiblichen Töchter seien und er seinen rechtmäßigen Anspruch auf sie erhebe.

Lecha hatte ihren Vater im Wartesaal des Busbahnhofs ohne Schwierigkeiten erkannt. Er stand isoliert von den übrigen Wartenden, trug gestärkte Khakihosen, polierte, halbhohe Schaftstiefel und las die Fernost-Ausgabe des *Wall Street Journal*. Lecha hatte gelacht. Es war weniger, daß er die armen Indianer im Busbahnhof verachtete, als vielmehr, daß sie für ihn einfach nicht existierten. Er hatte Amalia nie mit Indianern assoziiert; für ihn war sie eine Weiße gewesen. Lecha hatte immer gespottet, wären sie und ihre Mutter eisenhaltige Feldspatstücke gewesen, hätte ihr Vater sich mit wesentlich mehr Begeisterung, mit wesentlich mehr Aufmerksamkeit um sie gekümmert. Zeta bezweifelte das. Ihr Vater war fast sechzig gewesen, als sie geboren wurden. Wenn er nach Potam kam, um die Erzformationen und die neuen Schächte zu untersuchen, durften ihn die Mädchen begleiten. Das war ihr Besuch, ihre gemeinsame Zeit mit ihm gewesen. Lecha war diejenige, die mit dem Stück Feldspat in der Hand zu ihm gerannt war. Zeta hatte aus der Entfernung zugesehen.

Er hatte den dunklen, schweren Stein genommen und scheinbar oder vielleicht auch tatsächlich untersucht, ohne irgendein erkennbares Interesse zu zeigen. Lecha hatte sich ihre Begeisterung über den glänzenden und glitzernden Stein durch sein Desinteresse nicht nehmen lassen, aber Zeta war damals klargeworden, daß es dort nichts gab, was ihm wirklich wichtig war – weder die Schächte oder die vom Minenvorarbeiter mit roten Schildern versehenen Erzstücke noch Lechas Begeisterung; obwohl Zeta ihm zugestand, daß es ihm zumindest wichtig war, seine Pflichten zu erfüllen. Nach der Trennung hatte ihr Großvater Guzman behauptet, der Bergbauingenieur habe ihre Mutter nur geheiratet, weil er fürchtete, daß die Partner mit ihm unzufrieden waren und vorhatten, einen neuen Geologen einzustellen.

Es waren Gerüchte nach Canenea gelangt, die besagten, daß der Bergbauingenieur zwar noch immer die Formationen und erzhaltigen Gesteine benennen und alle in diesem Gebiet bekannten chemischen Verbindungen zitieren konnte, seine Kartenberechnungen über bekannte Erzvorkommen und Erzadern jedoch fehlerhaft gewesen waren und er die Minenarbeiter zu falschen Stellen geführt hatte. Als andere Geologen herbeigerufen wurden, um seine Kartenprojektionen und Gesteinsproben auszuwerten und die Ergebnisse zu überprüfen, hatten sie an seiner Arbeit nichts auszusetzen gefunden. Sie konnten sich die fehlenden Erzvorkommen in den von ihm errechneten Tiefen und Gebieten nicht erklären. Natürlich hatten sie gezögert, ein Urteil über einen »Kollegen« zu fällen; aber die »wissenschaftliche Anomalie« des Falles wurde von ihnen lang und breit diskutiert.

Yoeme behauptete, die Silberadern seien ausgetrocknet, weil ihr Vater, der Bergbauingenieur, selbst ausgetrocknet war. Die vielen Jahre im trockenen Wind und die Auswirkungen der Sonnenstrahlen auf seiner schneeweißen Haut hatten ihn zerstört. Plötzlich war er innerlich vertrocknet; obwohl er noch immer wie ein Mensch gehen, reden und denken konnte, bestand sein Inneres nur noch aus einem zerrissenen, ausgedörrten Insektenkokon. So war ihr stiller Vater zugrunde gegangen, und jedermann hatte Yoeme dafür verantwortlich gemacht. Nur Lecha und Zeta hatten die Wahrheit schon vor Jahren erahnt. Sie hatten es beide gefühlt, wenn sie ihn begleiteten und er sie in seine Arme genommen hatte: Irgendwo in seinem Inneren befand sich, ausgetrocknet und zusammengeschrumpft, das unvollkommene Vakuum, aus dem er bestand.

Yoeme hatte auf die versteckten Anspielungen über Hexerei nur verächtlich mit den Achseln gezuckt. Was wußten diese dummen Mestizen schon – halb hirnlose Weiße, halb schlimmste Sorte von Indianern –, diese letzten Überbleibsel ausgerotteter Stämme, die die Erde noch verschandelten; was konnten sie schon wissen?

Auf Amalias Ex-Ehemann hatte Yoeme nicht die geringste Anstrengung verwandt. Der Geologe war sehr gut in der Lage gewesen, sich selbst zu zerstören. Sein Leiden war unter Menschen, die in die tiefen Höhlenspalten von Lavaformationen eingedrungen waren, weit verbreitet. Den gleichen Zustand hatte man auch an Personen beobachtet, die aus Seen oder Brunnen mit einem Zugang zu den vier Welten unterhalb dieser Welt gerettet worden waren. Die Opfer konnten sich niemals ganz erholen und zeigten Symptome, die mit denen des deutschen Bergbauingenieurs identisch waren. Deshalb, argumentierte Yoeme, könne man Hexerei nicht dafür verantwortlich machen. Der weiße Mann hatte Mutter Erde verletzt und war mit dem Gefühl einer klaffenden Leere zwischen seiner Kehle und seinem Herzen gezeichnet worden.

Zeta konnte in ihrem Brustkorb ein Gefühl der Leere spüren, eine Unausgefülltheit, die schon vor dem Tod ihrer Mutter gewachsen war. Sie empfand eine merkwürdige Trauer bei dem Gedanken an ihren Vater, diesen verschlossenen weißen Mann, der lächelte und redete und doch bereits ein toter Mann war.

DAS INTERNAT

Zeta hatte gehofft, sie könne lange genug bei ihrem Vater bleiben, um mehr über die Leere in sich zu erfahren. Aber an dem Tag, an dem sie und Lecha in Tucson aus dem Bus gestiegen waren, hatte sie erkannt, daß es zu spät war. Ihr Vater hatte bereits die Zugfahrkarten nach El Paso gekauft. Er hatte sie förmlich begrüßt, mit steifen Bewegungen ungeschickt an seine Brust gedrückt und sich gefreut, daß sie so gut aussahen. Ratlos, wie er ihnen sein Beileid zum Verlust ihrer Mutter ausdrücken sollte, versicherte er, sie bräuchten sich keine Sorgen zu machen. Nachdem dieses Thema erledigt war, hatte er den Gepäckträger mit den Koffern und Schachteln zu einem Taxi dirigiert. Während sie zum Hotel fuhren, erzählte er ihnen, wie leid es ihm tue, daß das Internat in El Paso von katholischen Nonnen geführt werde, aber es habe keine andere Möglichkeit gegeben, außer sie in eine Schule im Osten zu schicken. Er selbst halte Gott für nutzlos, erklärte er. Im Santa Rita Hotel seien Zimmer für sie reserviert, falls sie die Schulferien nicht bei ihm auf der westlich von Tucson gelegenen Ranch verbringen wollten. Er selbst zog das Santa Rita vor. Er hatte auf einer Bank in El Paso Geld für sie hinterlegt, und die Mutter Oberin würde dafür sorgen, daß sie ihre Schuluniformen bekamen und was immer sie sonst noch benötigten.

Drei Tage lang hatten sie auf den nächsten Zug nach El Paso gewartet. Ihr Vater hatte sein Zimmer erst am späten Nachmittag verlassen, um sich mit ihnen in der Lobby des Hotels zu treffen. Obwohl er ihnen nichts verboten hatte, scheuten sich die Mädchen davor, allein in der Innenstadt von Tucson herumzulaufen, die so viel größer war als Potam. Er lächelte oder sprach nie, sondern nickte lediglich in die Richtung des Hotelrestaurants. Seine Stirn lag ständig in Falten, und seine blaßgrauen Augen blickten so angestrengt, als arbeite er ununterbrochen an der Lösung einer mathematischen Formel, selbst wenn er mit ihnen zusammensaß und das Brot in seinen Kaffee tunkte.

Zeta hatte herauszufinden versucht, was ihren Vater so beschäftigte. Immer häufiger wachte sie noch vor dem Morgengrauen auf und lauschte auf kleine, unterdrückte Geräusche – auf das Knarren eines Stuhls, das Öffnen einer Schublade – Geräusche eines Mannes, der nicht mehr schlief. Er hatte sie nicht auf sein Zimmer eingeladen. Lecha wollte dort nachsehen, weil sie glaubte, vielleicht die entscheidenden Hinweise finden zu können. Frauen und Liebesgeschichten hatte sie sofort ausgeschlossen, vermutete aber, daß absonderliche Philosophien oder Religionen der Grund sein könnten. Zeta spürte angesichts von Lechas Dummheit heftigen Zorn in sich aufsteigen. »Es ist überhaupt nichts. Gar nichts. Du wirst überhaupt nichts finden«, fauchte sie, als Lecha Anstalten machte, auf sein Zimmer zu gehen. Als er die Tür öffnete, sah Zeta, daß er sie nicht sofort erkannte. Lecha spähte an ihm vorbei ins Zimmer, ohne es zu bemerken. Zeta spürte, wie ihr das Herz sank. Das Bett war unberührt, die Kissen und Laken hatte seit dem letzten Besuch des Zimmermädchens niemand mehr angefaßt. Die schwarzen Kleiderbügel in der Ecke des Wandschranks waren leer. Er hatte an einem kleinen Tisch gesessen, dessen Oberfläche ebenfalls leer war, obwohl Zeta die Zigarettenbrandlöcher an seiner Kante einen Moment lang für Dekorationen gehalten hatte. »Wo sind deine ganzen Sachen?« fragte Lecha, die ungeduldig im Zimmer hin- und herlief. Ihr Vater hatte sich umgedreht, als seien sein Hals und seine Schultern steif geworden. Er ging gebeugt unter langem, ungekämmtem weißen Haar. Weil er es niemals fertiggebracht hatte, Spanisch zu lernen, hatten sie sich immer auf Englisch mit ihm unterhalten. Dennoch mußte Lecha die Frage zweimal wiederholen, bevor er antwortete. »Meine ganzen Sachen?« sagte er mit ruhiger Stimme, »ich versuche, darüber nachzudenken.« Der Abschied am Bahnhof war kurz ausgefallen. Während er an ihnen vorbei in die Ferne starrte, hatte ihr Vater verkündet: »Ihr werdet mich nie wiedersehen. Ich werde sterben. Mein Leben hat mich nie sehr interessiert. Ich denke über mich und dieses Zimmer nach, und je mehr ich nachdenke, desto weniger verstehe ich.«

Zeta hatte das Zimmer nie vergessen. Jahre später war sie zurückgekehrt und hatte den Empfangschef des Santa Rita Hotels gebeten, sich ein bestimmtes Zimmer im dritten Stock ansehen zu dürfen. Sie trug ein Businesskostüm, Nylonstrümpfe, Pumps und hatte eine Aktentasche bei sich. Sie erinnerte sich nicht an die Nummer des Zimmers und stieg in den Fahrstuhl, um sich auf die Suche zu machen. Der Empfangschef hatte ihr schließlich mitgeteilt, das Zimmer sei bereits belegt.

Aber sie war zurückgekommen, und von Zeit zu Zeit mietete sie Zimmer 312. Es interessierte sie nicht, was der Empfangschef oder der Hotelpage dachten. Sie verbrachte ganze Nachmittage damit, am Tisch zu sitzen. Die Wand hinter dem Tisch war viele Male verputzt und gestrichen worden. Sie saß da, starrte sie an und fühlte sich von der Leere getröstet.

DER VERTROCKNETE LEICHNAM

Die Nachricht, die er hinterließ, lautete schlicht: »Das hätte ich schon vor Jahren tun sollen.« Er hatte »es« in diesem Zimmer getan. Die Mutter Oberin weigerte sich, ihnen weitere Details mitzuteilen. Die Verwandten im großen Haus in Potam hatten von seinem Tod überhaupt nicht erfahren, bis Lecha ihnen Monate später davon erzählte. Zeta mußte über dieses geheimnisvolle Ende lächeln. Ihr Vater hatte weder Krawatte noch Gürtel benutzt – sie hatte alte Polizeiakten studiert, um dies herauszufinden. Der Bericht besagte, er habe lediglich auf seinem Stuhl gesessen, ohne zu essen und zu trinken. Es schien, als habe er sich selbst aufgebraucht. Als ihn das Zimmermädchen entdeckte, sah sie weder einen aufgedunsenen Leichnam, noch gab es einen schrecklichen Geruch. Er war so trocken und zusammengeschrumpft wie ein in der Trockenzeit umgefallener Kaktus. Zeta hatte gelacht: »Das hört sich an wie bei einem dieser Heiligen, die nicht verwesen!« Im Bericht war vermerkt, daß der Zustand der Leiche etwas ungewöhnlich gewesen sei. Der Leichenbeschauer vermutete, sie habe vermutlich aufgrund der trockenen Sommerhitze und der Todesumstände begonnen zu mumifizieren. Der Bericht enthielt auch die Ergebnisse der Autopsie. Zeta konnte mit den technischen Angaben nicht viel anfangen, aber der Assistent des Leichenbeschauers hatte das Gewicht des Toten aufgeführt. »Alles, was von ihm übriggeblieben ist, waren fünfzig Pfund«, erzählte Zeta später ihrer Schwester.

Ihr Vater hatte ihnen eine Ranch in den Bergen von Tucson

hinterlassen. Das Land war so gut wie wertlos, denn selbst in den besten Jahren waren Hunderte von Morgen Land notwendig, um eine paar Schafe vor dem Verhungern zu bewahren. Die Berge waren alles, was von einem gigantischen Vulkan übriggeblieben war, bei dessen Explosion Teile in östliche Richtung bis nach New Mexico und in nördliche Richtung bis nach Phoenix geschleudert worden waren. Jeder Quadratmeter der verbliebenen Ausläufer war mit Steinen bedeckt – Vulkangestein, Asche und Verbindungen aus vulkanischem Material und geschmolzenem Kalk- und Sandstein, die mit dem Fels in die Luft gesprengt worden waren. Früher einmal, hatte ihr Vater den Mädchen erzählt, habe ihn die Gegend ungeheuer interessiert, weil die Explosion von einer recht seltenen Art gewesen sei – eher alkalisch als sauer. An dem Tag, an dem er ein Taxi gemietet und mit ihnen hingefahren war, hatte er das Aussehen eines erschöpften Mannes gehabt, der eine Pflicht erfüllte. Er hatte den steinigen Boden gar nicht beachtet, obwohl er ihnen die komplizierte Zusammensetzung des Trümmergesteins erklärte, das durch die enorme Hitze der Explosion entstanden war. Als er nach Norden und Süden deutete, wo alte Claims die Erzvorkommen markierten, hatte er nicht auf die blaugrauen Erzadern des Gesteins geschaut, sondern zum Himmel gesehen. Daraus hatten die Mädchen geschlossen, daß er einmal vorgehabt haben mußte, eine Studie über diese Gegend und die Beziehung zwischen einer bestimmten Art vulkanischer Explosionen und dem Vorkommen von Silber, Kupfer und Galenit anzufertigen. Allerdings war es ebenso offensichtlich, daß er jedes Interesse, das er einmal an der Geologie dieser Berge gehabt haben mochte, verloren hatte. Jetzt zog er sein Zimmer im Santa Rita Hotel vor.

»Dies hier wird einmal euch gehören«, hatte ihr Vater gesagt, während sie zum Taxi zurückgekehrt waren. Der Fahrer hatte unter dem Wagen gelegen und prüfend gegen das Auspuffrohr geklopft, während er etwas über unwegsames Gelände vor sich hin murmelte. »Ich habe es nicht zum Bewirtschaften gekauft«, erklärte ihr Vater. »Achtzig Morgen sind nicht genug, um irgend etwas aufzuziehen. Aber ich denke, es ist immerhin etwas. Vielleicht auch nicht.«

KOJOTENJAHRE

»Die dazwischenliegenden Jahre« war eine Redewendung, die Zeta gerne benutzte, weil sie fast ihr gesamtes Leben beschrieb. Sie und ihre Zwillingsschwester waren im März sechzig Jahre alt geworden. »Der Monat, in dem die wilden Blumen blühen«, hatte ihre Mutter einmal in Yoemes Gegenwart bemerkt. Yoeme hatte gemeint: »Ja, der gleiche Monat, in dem die Kojoten werfen«, und war in Lachen ausgebrochen, gespannt darauf, wie die Zwillinge reagieren würden. Lecha hatte augenblicklich erwidert: »Nun, Großmutter, das bedeutet, daß du ein Kojote bist, genau wie wir!« Yoeme hatte vor Freude in die Hände geklatscht, aber ihre Mutter hatte bedrückt ausgesehen, weil es inzwischen offensichtlich war, daß ihre beiden Töchter viel zu sehr auf die wilde alte Yaqui-Frau hörten.

»Kojotenjahre« war die beste Beschreibung für die dazwischenliegenden Jahre – Lechas ständiges Herumziehen von Liebhaber zu Liebhaber und von Stadt zu Stadt. Ihr größtes Glanzstück war Ferros Geburt an einem Freitag morgen gewesen. Am darauffolgenden Sonntagmittag hatte sie bereits wieder in einem Flugzeug nach Los Angeles gesessen und ihr Neugeborenes bei Zeta zurückgelassen.

Lecha hatte ihr geschworen, daß der Trip ungeheuer wichtig sei, und versprochen, bis spätestens »Dienstag« zurück zu sein. Allerdings hatte sie Zeta niemals gesagt, *welcher* Dienstag das sein würde, und so war Zeta bis zum darauffolgenden Jahr ohne irgendeine Nachricht von Lecha geblieben.

Als Zeta sie später fragte, warum sie nicht wenigstens ein R-Gespräch geführt oder eine Postkarte geschickt habe, hatte Lecha geantwortet, es tue ihr leid und sie wisse, sie hätte sich melden müssen. Aber sie habe es einfach nicht getan. »Ich dachte nur, daß du vielleicht an das Baby denkst«, war Zeta fortgefahren, neugierig auf die Ausrede der Schwester. »Oh, das Baby!« hatte Lecha ausgerufen, als hätte sie es völlig vergessen. »Wo ist er? Und wie hast du ihn genannt?« Zu diesem Zeitpunkt hatte Zeta der Stadt den Rücken gekehrt und war auf die alte Ranch gezogen, um die abgeschiedene Lage für ihre Arbeit mit Calabazas und den anderen zu nutzen. Calabazas hatte in seiner

Nachbarschaft eine alte Witwe aufgetrieben, die nichts lieber tat, als den ganzen Tag mit einem Baby auf dem Schoß in einem Schaukelstuhl zu sitzen, solange man ihr genügend Essen und saubere Windeln bereitstellte. Später, als Ferro von den anderen Kindern als Dickerchen verspottet wurde, hatte Lecha der alten Witwe vorgeworfen, sie habe ihn ständig vollgestopft.

Zeta hatte Lecha auf der Stelle erklärt, sie solle, wenn sie nicht vorhabe dazubleiben oder das Baby mit sich zu nehmen, besser ihren Mund halten. »Du mußt doch nicht gleich so wütend werden!« hatte Lecha geantwortet, und von diesem Moment an waren die Diskussionen über Ferro beendet.

»Kojotenjahre« war auf jeden Fall eine passende Bezeichnung für Zetas Zeit bei Mexico Tours und Mr. Coco. Wenn Teilnehmer der Gruppenreisen sie fragten, warum sie keine Touren weiter nach Süden oder in andere mexikanische Staaten anboten, pflegte sie ihnen in die Augen zu sehen und sanft zu antworten, sie habe keine Ahnung. Sie hatte es sich angewöhnt, keine Fragen mehr zu beantworten, die nicht wirklich wichtig waren. Was spielte es schon für eine Rolle, warum Mexico Tours und Mr. Coco keine Fahrten anboten, die weiter nach Süden führten als Guaymas oder Chihuahua City? Lecha hätte auf diese Frage zehn verschiedene Antworten geben können: Daß Mr. Coco noch andere Geschäfte abwickelte als einfache Busreisen, oder daß er weiter im Süden Verbrechen begangen hatte und seine Kunden nicht ohne Gefahr dorthin schicken konnte, oder daß die alten Greyhoundbusse, die er kaufte und papageiengelb anstrich, ohne ernsthafte Pannen keine längeren Strecken bewältigen konnten.

Ohne seine Kleidung war Mr. Coco von hellgrauer Farbe. Er hatte in seinem Büro im Lehnstuhl gesessen und ihr beim Auskleiden zugesehen. Zeta hatte an nichts anderes denken können, als an die Heftklammern, den groben Sand und anderen Unrat auf dem Teppich neben dem Schreibtisch. Seit ihrer Beförderung zur Reiseleiterin hatte sie gewußt, daß dieser Moment kommen würde. Mr. Coco besaß nur zwei Anzüge: einen Winteranzug aus schwarzem Flanell und einen blauen Nadelstreifenanzug aus Leinen für den Sommer. Er trug sie jeweils, bis das Wetter umschlug, und zu diesem Zeitpunkt waren die Aufschläge an seinen Ärmeln steif vor fettigem Schmutz. Dort, wo sich Mr. Coco in zwanghafter Gewohnheit die Hände an den Schenkeln abwischte, waren die Hosen dreckverschmiert. An einem sonnigen Morgen im März, zu Beginn des heißen Tucsoner Frühlings, sah Zeta, daß Mr. Coco den Anzug gewechselt hatte. Er hatte sie gerade befördert, weg von den Dieselabgasen, den schwatzenden Touristen und den betrunkenen Busfahrern, die ihr auf die Brüste starrten. Aber nachdem sie sich ausgezogen hatte, verharrte Mr. Coco in seinem Lehnstuhl und starrte lediglich auf ihre Brüste. Wie eine blasse Made lag sein Penis in einem Nest aus weißen Schamhaaren zwischen seinen Beinen. Er bewegte sich nicht. Obwohl dies nach Onkel Federico und seinen dicken Schmutzfingern ihre erste Begegnung mit einem anderen Mann sein würde, empfand Zeta nichts, weder Angst noch Scham oder Abscheu darüber, an einem Freitagnachmittag um halb sechs Uhr nackt im schäbigen Verkaufsbüro von Mexico Tours zu stehen. Die Klimaanlage dröhnte im Fensterrahmen hinter ihr und entließ gelegentlich einige Tropfen in eine flache Pfanne auf dem Boden.

Das Geräusch des Wassers, das aus der Klimaanlage tropfte, schien ihn zu erregen. Sie hatten beide schon den ganzen Tag über gewußt, daß es dazu kommen würde. Er öffnete die Arme mit einer Bewegung, die Zeta als Einladung auffaßte, sich auf seinen Schoß zu setzen. Der Lehnstuhl war zerrissen und schmutzig, aber er hatte weiche Kissen. Zeta war keine kleine Frau, und als sie sich rittlings auf seinen Schoß setzte, sank er so tief in den Stuhl, daß seine Lippen nur mit Mühe an ihre Brustwarzen heranreichten. Es kam ihr sehr anstrengend vor, auf seinem Schoß herumzuhüpfen und sich gleichzeitig mit beiden Knien und Ellenbogen auf den Armlehnen abzustützen. Mr. Coco ächzte und stöhnte und nuckelte an ihren Brüsten. Zeta kam der Gedanke, daß sie eigentlich Abscheu empfinden müßte, aber das tat sie nicht. Sie fühlte sich verschwitzt, und ihre Beine waren verkrampft, aber nichts an der ganzen Szene war bemerkenswert. Das hatte sie auch nicht anders erwartet.

Lecha behauptete, Sex verleihe einem einen anderen Geruch. Nun, er hatte ihr jedenfalls die Busfahrer vom Hals geschafft. Sie wußten, daß nur Mexico Tours sie weiterbeschäftigen würde, und nahmen an, daß Zeta nun dem Chef gehörte. Mr. Coco selbst war gebändigt, obwohl Zeta vorgab, es nicht zu bemerken. Er hatte eine Frau. Zeta erkannte, daß sie aus dieser Freitagnachmittags-Fickerei mit einem beachtlichen Maß an neuer Macht hervorgegangen war. Diese Macht hatte auf Calabazas attraktiv gewirkt, das hatte er ihr selbst erzählt. Er habe gespannt darauf gewartet, zu sehen, wie sich die schönen Zwillinge aus Potam in der großen Stadt Tucson behaupten würden, erklärte er. Er selbst hatte Sonora schon vor Jahren verlassen. »Weil du eben viel älter bist als wir«, hatte Lecha ihn geneckt. Er war ein Clansbruder, der sich bei ihnen zum Essen eingeladen hatte, und hinter ihnen beiden her. Sie sahen ihn an, als hätte er den Verstand verloren. Lecha erklärte, sie habe noch eine Verabredung, und ging. Calabazas hatte im Laufe der Jahre eine Menge gelernt, allerdings nichts über Frauen.

Nun waren Calabazas und Zeta allein. »Es ist langsam an der Zeit, daß dir dein Job etwas einbringt«, sagte er, zündete sich eine Lucky Strike an und blies Rauchringe in die Luft, während er sprach. »Ich kenne ein paar gute Leute, die gern einige Vereinbarungen treffen möchten.«

»Vereinbarungen?« Zeta blickte ihn prüfend an.

Damals war Calabazas schön und wild gewesen. Er hatte mit ihren Clansleuten und Verwandten in Sonora zusammengearbeitet, und seine Hosentaschen waren prall gefüllt mit Geld. Als Lecha auf die Ausbuchtung deutete, hatte Calabazas gelacht und so getan, als sei es sein Schwanz. »Das hier steht jederzeit zu eurer Verfügung«, hatte er gescherzt und damit sowohl das Geld als auch den Sex gemeint.

Sobald Zeta die Leute, mit denen Calabazas in Mexiko zusammenarbeitete, besser kannte, hatte sie eigenes Geld angespart, um ein paar Transaktionen auf eigene Faust durchzuführen. Calabazas hätte damit rechnen müssen, daß Zeta eine solche Nummer abziehen würde, erklärte Lecha ihm später. Ihrer Schwester sei nicht zu trauen. Zeta hatte Mexico Tours und Calabazas gleichzeitig verlassen. Sie hatte zwei der Busfahrer mitgenommen und Mr. Coco in seinem stinkenden schwarzen Anzug fassungslos zurückgelassen, indem sie ihm erklärte, sie sei es leid, lebende grüne Papageien und Rolex-Imitate in Reisebussen über die Grenze zu schmuggeln.

IM KRIEG MIT DER US-REGIERUNG

Yoeme hatte sofort erraten, was wirklich hinter Zetas Reisebusgeschäften und der Zusammenarbeit mit Calabazas steckte. Auf ihren Ausruf: »Du wirst eine reiche Frau werden!« hatte Zeta mit den Schultern gezuckt. Ihr war klar, daß die Alte ihr nur etwas vormachte und eine Standpauke folgen würde. Mit großem Nachdruck hatte die alte Frau alle verdammt, die bereit waren, die wenigen verbliebenen Andenken an die von den Europäern ausgerotteten Menschen und zerstörten Welten zu verkaufen. Yoeme hatte Zeta tief in die Augen geblickt, als sie dies sagte. Die Arbeit, die Lecha vor sich habe, erklärte Yoeme, werde dadurch erschwert, daß willensschwache Hüter des alten Almanachs von Zeit zu Zeit leichtfertig Seiten daraus verkauft hatten.

»Denke immer daran, wenn Lecha darum ringt, den alten Notizbüchern einen Sinn zu entnehmen«, sagte sie und fuhr dann, an Lecha gewandt, fort: »Frag nur Zeta, wie viele der vermißten Seiten an ihre Touristen aus den Vereinigten Staaten verkauft worden sind.« Natürlich hatte Zeta die in Hieroglyphen verfaßte Handschrift überhaupt noch nie gesehen. Alles, was jemals durch Mrs. Mares Hände ging, waren Töpferwaren und Figurinen aus gemeißeltem Stein, Jadeäxte und Messer. Als Zeta Yoeme mitteilte, daß sie aus dem Antiquitätengeschäft ausgestiegen waren und »auf anderen Gebieten« arbeiteten, hatte die alte Yoeme gekräht: »Alles verkauft haben sie! Es ist alles weg, und jetzt sucht ihr euch etwas Neues!« Zeta nickte. Sie sah keinen Sinn darin, zu streiten, weder mit ihrer Großmutter noch mit ihrer Schwester.

An diesem Tag war die alte Yoeme überaus gesprächig gewesen: »Ich habe die Notizbücher und das alte Buch gehütet, seit sie mir vor vielen Jahren anvertraut wurden. Kurz bevor ich sie erhielt, war aus einem der Notizbücher versehentlich ein Abschnitt verlorengegangen. Die Frau, die die Bücher vor mir aufbewahrte, erklärte mir, was in dem verlorengegangenen Teil stand, obwohl es natürlich alles in verschlüsselter Form niedergeschrieben war, damit die wahre Bedeutung nicht sofort erkannt werden konnte. Sie trug mir auf, die fehlenden Teile irgendwann einmal neu zu schreiben.

Ich habe mein ganzes Leben lang darüber nachgedacht. Das Problem war die Bedeutung des verlorengegangenen Abschnittes und wie ich ihn ersetzen sollte. Man selbst denkt automatisch über die eigenen, im Leben gemachten Erfahrungen und Gefühle nach. Und die Frau hatte mich gewarnt, daß es nicht einfach irgendwelche Worte sein durften.

Ich erzähle euch das, damit ihr versteht, wie sorgfältig die alte Handschrift und die Notizbücher gehütet werden müssen. Es darf nichts hinzugefügt werden, was nicht schon vorher darin stand. Nur Ausbesserungen sind erlaubt, und man kann so alt werden wie ich, ohne den passenden Schlüssel zu finden.

Meine Gedanken kehren immer wieder zu dem zurück, was die weißen Männer im ganzen Land an den schönen Baumwollpappeln entlang der Flüsse und Ströme aufhängten. Die Leichen schaukelten im leichten Wind, und die flatternden Lumpen ließen die zusammengeschrumpften Körper hin- und herschwingen. Sie versuchten zu gehen und zu sprechen, die Füße tasteten nach Halt, noch lange nachdem das Genick gebrochen und die Kehle zugeschnürt war. Die mexikanischen Soldaten waren in diesen Tagen nicht wählerisch bei der Auswahl derer, die sie umbrachten, solange es nur Indianer waren, die man in der Nähe der Berge gefunden hatte. Vor Anbruch der Dämmerung feuerten die Soldaten auf ein Camp, das sie für ein Indianerlager hielten, und brachten einen jungen amerikanischen Leutnant und einen Kavalleriekundschafter um. Sie alle machten Jagd auf die Apachen, die mit dem Mann, den man Geronimo nannte, auf der Flucht waren. Doch das war gar nicht sein Name. Kein Wunder, daß es unter den Weißen und ihren Geschichtsforschern soviel Durcheinander gegeben hat. Der Mann hat das Durcheinander sogar noch verstärkt. Sie haben ihn einen Medizinmann genannt, aber dieser Titel ist irreführend. Er war ein Mann, der bestimmte Dinge vollbringen konnte.

Ich habe die Fotografien gesehen, die mit ›Geronimo‹ untertitelt waren. Ich habe die Aufnahme von der sogenannten Kapitulation am Skeleton Canyon gesehen, auf der General Miles, flankiert von seinen Captains, im Schatten eines Mesquitebaumes sitzt und falsche Versprechungen und Lügen von sich gibt. Aber der Apache, den man auf den Fotos erkannt haben will, ist natürlich nicht der Mann, auf den die US-Armee Jagd gemacht hat. Er ist jemand, der denjenigen, der bestimmte Dinge vollbrachte, begleitet hat. Er ist der Mann, der sich bereit erklärte, diese Rolle zu spielen, um den anderen zu schützen. Dem Mann auf den Fotografien war von dem, den er beschützte, freies Geleit zugesagt worden. Der Mann auf den Fotografien war ein brillanter und begabter Mann. Er hat vermutlich nicht gewußt, daß er zwar in lebenslanger Gefangenschaft reich und berühmt werden, die Berge jedoch niemals wiedersehen würde. Der Mann, der geflohen war, hatte noch andere Aufgaben zu erfüllen, Aufgaben, die in Gefangenschaft nicht erledigt werden konnten.

Wenn die Menschen aus den Bergen herunterkamen, um Salz und andere notwendige Güter zu holen, brachten sie mir Neuigkeiten und manchmal eine Delikatesse aus Kräutern. Dieser Mann begleitete sie. Er blieb nicht bei den anderen, die sich auf der Veranda unterhielten oder im Haus Hammelbraten aßen. Er ging hinunter, genau an den Ort, an dem wir jetzt stehen.

Ich war mit einem der Babys auf die Veranda im zweiten Stock hinausgegangen – es war Amalia, eure Mutter. Sie weinte ständig und spuckte Milch. Ich konnte den Mann genau sehen. Die anderen hatten mir erzählt, er habe bestimmte Aufgaben zu erfüllen, deshalb hätten sie ihn mitgebracht. Niemand dürfe erfahren, wer er war. Es war ein sehr gefährliche Zeit damals, überall töteten die Soldaten Indianer. Ich beobachtete den Mann sehr lange, Amalia schlief in meinen Armen ein. Er betrachtete die Möwen, die auf den ein- und auslaufenden Wellen ritten, und ich erinnerte mich, wie sehr ich über die wogenden Wellen gestaunt hatte, als ich zum erstenmal das Meer sah. Die Sonne tauchte ins Meer ein, und das Wasser zog sich zurück. Weiter und weiter wurden die Möwen in das leuchtend goldene Licht der letzten Sonnenstrahlen auf dem Wasser hinausgetragen. Ich habe den Mann am Rand des Wassers nicht einen Moment aus den Augen gelassen. Und doch war er im Handumdrehen verschwunden. Alles, was ich sehen konnte, war eine Möwe, die auf einer Welle trieb und in der trägen Art der Möwen ihre Flügel ausbreitete.

Das ist alles. Bringt mich zurück. Ich bin müde.«

Sie stritten sich darüber, was leichter war. Lecha wollte zum Haus zurückgehen, um das Auto zu holen, aber Yoeme weigerte sich, darin gefahren zu werden. Zeta hielt es für unmöglich, den alten Rollstuhl durch den tiefen Sand bergauf zu schieben und meinte, es wäre einfacher, Yoeme zu tragen. Aber die alte Frau erwiderte, daß ihr bei solch einer Dummheit die Knochen durch die Haut stechen könnten. Und so schoben sie den Rollstuhl abwechselnd und kämpften sich den sandigen Weg vom Strand hinauf, während die alte Yoeme trotz Rutschen und Stoßen einschlief. Sie waren zu angespannt, um zu reden, und sprachen nie wieder über die Geschichte, die Yoeme ihnen am Strand erzählt hatte. Doch Lecha hatte nicht vergessen, sie in das Notizbuch mit den leeren Seiten einzutragen. Nachdem sie die Geschichte niedergeschrieben hatte, verlangte Yoeme das Buch zu sehen. In diesem Moment wurde ihnen bewußt, daß es die erste auf Englisch geschriebene Eintragung war. Zeta wartete darauf, daß Yoeme in Zorn ausbrechen würde. Aber sie schaukelte von einer Seite zur anderen und ächzte vor Vergnügen. Dies sei das Zeichen, für das die Hüter der Bücher immer gebetet hatten, erklärte sie.

Ursprünglich war es Yoeme gewesen, die mit Schlangen gesprochen hatte. Sie behauptete, sich mit der großen Wühlnatter draußen hinter dem aus Adobeziegeln errichteten Holzschuppen zu beraten. Zeta hatte es von ihr gelernt. Was ihr die Schlangen erzählten, hatten die beiden Mädchen wissen wollen. Nichts, was für ihre Ohren bestimmt war. Die alte Yoeme hatte sich noch nie mit Kirchgängern verstanden. Sie hatte ihre eigene Vorstellung von den Dingen. Schlangen krochen unter der Erde entlang. Sie hörten die Stimmen der Toten: richtige Unterhaltungen und einsame Stimmen, die nach ihren noch lebenden Liebsten riefen. Schlangen hörten die Geständnisse von Mördern und Brandstiftern, nachdem man unschuldige Menschen angeklagt hatte. Warum töteten katholische Priester Schlangen? Die Zwillinge nickten ernst. Schlangen krochen durch das hohe Gras, schlüpften unter Steine und wanden sich durch die Äste der Bäume. Auf diese Weise hörten und sahen sie viel: Ehemänner, die sich davonschlichen; Ehefrauen, die Liebhaber umarmten. Schlangen sahen, was heimliche Pärchen im Dunkeln in Truthahnställen trieben und im Arroyo neben Abfallhaufen. All die sexuellen Exzesse, die sich die beiden Mädchen zwar vorstellen konnten, über die sie jedoch nichts hören durften. Die beiden bettelten nach mehr.

Lecha brachte es nicht fertig, die große Wühlnatter anzusehen. Sie schloß die Augen und versuchte es, aber sie konnte es nicht ertragen, sie dick und zusammengerollt auf dem schattigen Platz neben dem Loch in der Wand liegen zu sehen, wo sie schlief. Lecha ertrug den Anblick der glatten, schwarzen, gespaltenen Zunge nicht, die rein und raus züngelte, rein und raus. »Dann geh zurück auf die Veranda«, hatte Yoeme ihr gesagt. »Das ist nicht jedermanns Sache. Deine Schwester wird dir erzählen, was sie gesagt hat.«

Zeta hatte gewartet, bis Yoeme ihr zurief, näherzukommen. »Die Schlange ist nicht so dumm, daß sie nicht weiß, wenn ein Fremder in die Nähe kommt. Obwohl sie euch beide kennt, weil ihr manchmal hier draußen spielt. Aber man kann nicht einfach auf sie losgehen. Das sind schlechte Manieren. Du kannst dich nicht gleich mit ihnen unterhalten. Es ist genau wie bei den Menschen. Laß sie deinen Herzschlag hören. Laß sie deinen Atem hören.«

Dies war etwas, das Zeta mit ihrer Großmutter allein unternahm. Im Herbst, wenn die Tage kühler wurden, konnten sie die große Wühlnatter auf der Südseite des Holzschuppens finden, wo sie in der Sonne lag. Yoeme hob sie vorsichtig hoch und stützte mit einer Hand ihren langen Körper, während sie das Tier sanft an ihre Brust bettete. »Sie mag die Wärme, weißt du«, und in diesem Moment hatte Zeta verstanden, daß die große Schlange Yoeme wiedererkannte, denn sie lag still, und nur ihre Zunge bewegte sich direkt vor ihrem Gesicht langsam vor und zurück.

Zeta hatte Lecha nie etwas davon erzählt, weil sie sich selbst nicht genau erklären konnte, wie es funktionierte. Sicherlich redete die Schlange nicht. Aber während sie zusah, wie sie sich in Yoemes Armen ringelte, und darüber nachdachte, wie wunderschön die hellbraunen Flecken und das darunterliegende blasse Gelb aussahen, hatte Zeta ohne Grund an Grandpa Guzman denken müssen, und zwar nicht an ihn als ihren Großvater, sondern als den »alten weißen Mann«, wie er von anderen Menschen außerhalb ihrer Familie genannt wurde. Sie hatte sich vorgestellt, wie er geschlagen wurde und um Hilfe wimmerte.

Und ihre Tante Popa hatte ihn ignoriert, weil sie sich ausrechnete, daß sie hinterher die Drecksarbeit würde machen dürfen. Alles, was Zeta sich je dabei gedacht hatte, war, daß sie wußte, wie es funktionierte, wie man zu Schlangen sprach. Aber es hatte sie nicht beeindruckt.

Und so war Zeta Jahre später, als Yoeme Lecha die alten Notizbücher zum Entschlüsseln übergeben hatte, sehr erstaunt, die alte Frau sagen zu hören: »Deine Talente liegen auf einem anderen Gebiet, nicht wahr?« Lecha hatte Zeta angesehen, um herauszufinden, was Yoeme damit gemeint hatte. Aber Zeta hatte keine Miene verzogen, und ihre Großmutter driftete in eines ihrer langen Nickerchen – ein langes Nickerchen, das an einem warmen Nachmittag vier Tage später noch immer nicht beendet war.

INDIANERART

Zeta hatte Calabazas nicht mehr gebraucht, nachdem sie ihm den ersten Kredit zurückgezahlt hatte, aber sie war neugierig darauf, was er als nächstes tun würde, und hatte aus diesem Grund noch eine Weile mitgespielt. Sie beide könnten die ganze Stadt in die Tasche stecken, wenn es darum ging, »Handelswaren« über die Grenze zu bringen, hatte er ihr erklärt. Diesen Vorschlag machte er, kurz nachdem er die alte Ranch in den Bergen besucht und ihre Möglichkeiten erkannt hatte. Darüber hinaus, erinnerte sich Zeta, war es ungefähr der Zeitpunkt gewesen, an dem Calabazas erkannt hatte, daß sie nicht wie die meisten anderen Frauen automatisch in seinem Bett landen würde.

Bei Sonnenuntergang hatte Calabazas einen Annäherungsversuch unternommen, während Zeta ihm schilderte, was sie von ihrem Vater über den großen Vulkan wußte, der einmal hier gewesen war, und von der riesigen Explosion, die ihn zerstört hatte. Zeta hatte ihm verschiedene Steine gezeigt, die Spuren geschmolzener Vulkanasche enthielten, und ihm erklärt, daß ihr Vater seinen Ruhestand mit der Untersuchung dieser Gesteine und der Erzvorkommen der Berge hatte verbringen wollen, als Calabazas versuchte, sie zu einem Kuß in die Arme zu schließen.

Aber Zeta hatte die Aktion kommen sehen und sich ihm geschickt entzogen, indem sie den Stein, den sie ihm gerade gezeigt hatte, auf seinen Fuß fallen ließ. »Du bist nicht wie deine Zwillingsschwester«, hatte Calabazas kopfschüttelnd gesagt. »Nein«, hatte Zeta geantwortet, »das bin ich nicht.« Und eine Woche später hatte sie den größten bisherigen Goldmünzenschmuggel organisiert, ohne daß Calabazas und seine Leute eine Ahnung davon gehabt hatten. Bei einem Deal dieser Größenordnung hatte sie niemand anderem vertrauen wollen. Sie hatte Ferros Windeltasche, Reisebett und Spielsachen auf den Rücksitz eines großen Hudson Hornet gepackt, die alte Witwe und Ferro saßen neben ihr auf dem Beifahrersitz. Zeta hatte ganz bewußt eine weite Bluse über ihren schlichten, dunklen Rock gezogen, um eine mögliche Schwangerschaft anzudeuten. Am Grenzübergang in El Paso hatten die amerikanischen Grenzbeamten den Wagen nur flüchtig untersucht. Die mächtige Karosserie und die Stoßdämpfer des Hudson Hornet hatten das Gewicht ihrer Ladung zwar nicht verbergen können, doch die Beamten schienen nichts zu bemerken. Vielleicht schrieben sie die Tieflage auch den beiden kräftigen Indianerfrauen, dem großen Baby und der Menge des Babygepäcks zu.

Die alte Witwe hatte keine Fragen gestellt, aber von Zeit zu Zeit hatte sie leise vor sich hingemurmelt, zu leise, um verstanden zu werden, obwohl Zeta sie ein- oder zweimal brummen hörte, dies sei »keine Indianerart«. Zeta und Lecha hatten sich das Gerede über »Indianerart« jahrelang angehört. Ihre Tanten und die grapschenden Onkel hatten alle, die sie »Indianer« nannten, verachtet, solange es ihnen paßte; doch in dem Moment, wo sie Vorteile aus der »Indianerart« ziehen konnten, wurde sie plötzlich ungeheuer wichtig. Zeta wollte sich nichts mehr über »Indianerart« anhören müssen, schon gar nicht von einer ihrer Angestellten. Sie hatte die alte Frau lange angestarrt. *Was* sollte denn keine »Indianerart« sein?

Tausend Jahre lang hatten sich die Menschen frei von Norden nach Süden bewegen können, hatten reisen können, wie es ihnen beliebte, und dann hatten die weißen Priester das Schmuggeln plötzlich zur Todsünde erklärt, weil es bedeutete, daß man die Regierung bestahl.

Zeta fragte sich, ob die Priester, die den Menschen erzählt hatten, daß Schmuggeln Diebstahl sei, ihnen auch erzählt hatten, wie sie sich ernähren sollten, nachdem die Weißen ihnen alles fruchtbare Land entlang der Flüsse gestohlen hatten. Wo waren die Priester und die katholische Kirche, als die Regierungssoldaten Yaqui-Babys als Zielscheiben für ihre Schießübungen benutzten? Die Regierung bestehlen? Welche »Regierung« sollte das sein? Mexico City? Zeta lachte laut auf. Washington D.C.? Wie konnte jemand die Regierung bestehlen, wenn die Regierung selbst der größte Dieb war?

Nirgendwo auf dem amerikanischen Kontinent hatte es je eine rechtmäßige Regierung von Europäern gegeben. Nach keiner Auslegung, nicht einmal nach den eigenen Auslegungen und Gesetzen der Europäer. Denn auf gestohlenem Land konnte keine rechtmäßige Regierung gegründet werden, auf gestohlenes Land konnte man keinen klaren Rechtsanspruch haben. Je mehr Zeit verging, desto besser konnte Zeta Yoemes verrückte Rechtstheorien und Argumente zitieren. Alle Gesetze der unrechtmäßigen Regierungen mußten hinweggefegt werden. Jede wache Stunde dachte Zeta darüber nach, wie sie so viele ihrer Gesetze brechen konnte wie nur möglich.

An dem Tag, an dem die Spanier zum erstenmal einen Fuß auf das Land der amerikanischen Ureinwohner gesetzt hatten, war ein Krieg erklärt worden, ein Krieg, der noch immer andauerte: Dieser Krieg wurde um den Doppelkontinent geführt, den man Amerika nannte.

Calabazas erklärte, die Witwe halte es nicht für Indianerart, eine alte Frau und ein kleines Kind als »Deckung« für ihre Grenzgeschäfte zu benutzen. Er hatte mit einem Zahnstocher im Mundwinkel gegen seinen Pickup gelehnt dagestanden und in die Ferne gestarrt, zur höchsten Spitze der Bergkette über Tucson.

Zeta hatte laut gelacht – etwas daß sie nur tat, wenn sie wütend oder überrascht war. »Wer hat etwas über ›Indianerart‹ gesagt?« verlangte sie zu wissen.

Calabazas drehte sich um, schaute sie an und schüttelte den Kopf. »He, auf mich brauchst du nicht wütend zu werden, ich hab's nicht gesagt, *sie* war's.«

»Dann sag ihr, daß sie gefeuert ist«, antwortete Zeta.

YOEMES ALTE NOTIZBÜCHER

Nach Mr. Coco hatte Zeta die Männer aufgegeben. Er war zwar nicht der erste gewesen, aber sie hatte beschlossen, daß er der letzte sein würde. Sie hatte keine Angst davor, der Wahrheit ins Auge zu sehen. Sie konnte fühlen, was sie wußte. Sie war anders als andere Frauen, genau wie sie und Lecha immer anders gewesen waren als all die anderen. Zeta hatte begonnen, ihre Liebesaffären als langweilige Wiederholungen zu empfinden. Mühsame, unbeholfene Bewegungen, stinkender Atem und das Ticken einer Uhr im Raum. Sie wußte, die Liebe würde versikkern, noch bevor der Schweiß auf den Bettlaken getrocknet war.

Etwa zur gleichen Zeit, als Zeta die Männer aufgab, war sie auf das alte Notizbuch gestoßen, das Yoeme ihr hinterlassen hatte. Sie hatte damit begonnen, die Papierbündel und Fetzen mit lateinischen und spanischen Aufzeichnungen zu sichten. Lecha besaß alle Notizbücher außer diesem einen. Yoeme hatte erklärt, sie wolle verhindern, daß Lecha alle Notizbücher an sich riß. Es war ihre Art gewesen, Lecha zu ärgern, aber auch eine Mahnung, daß die alte Frau von den Schwestern erwartete, sich ihr ganzes Leben lang umeinander zu kümmern.

Yoeme hatte Zeta das kleinste Bündel aus losen Blättern und Papierfetzen mit Schlangenzeichnungen gegeben. Sie hatte Zeta davor gewarnt, Lecha gegenüber damit zu prahlen, aber das Buch über die Schlangen sei der Schlüssel zum Verständnis des gesamten alten Almanachs. Die Schlangenzeichnungen waren mit wunderschöner, verschiedenfarbiger Tusche gefertigt, doch Zeta war enttäuscht, nachdem sie damit begonnen hatte, Yoemes Gekritzel in fehlerhaftem Spanisch zu entziffern. Dies hier sah nicht aus wie der Schlüssel zu irgend etwas, außer vielleicht der Verrücktheit einer alten Frau.

Seiten aus dem Buch der Schlangen

Maah' shra-True'-Ee ist die große Schlange,
 der heilige Botengeist
 aus der Vierten Welt unter uns.
Er kam, um in dem Schönen See, Ka-waik, zu leben,

den es einst in der Nähe des Dorfes Laguna gegeben hat.
Aber die Nachbarn wurden neidisch.
Sie kamen in der Nacht und rissen den See auf,
so daß alles Wasser verloren war. Danach ging die
große Schlange fort. Sie wurde seither nie wieder
   gesehen.
Das war ein großes Unglück für uns, die Ka-waik'meh,
im Alten Laguna.

Die Botschaft der Geisterschlange

Ich habe von Anfang an zu Euch Menschen gesprochen.
Ich habe Euch von den Namen und den Eigenarten der
   Tage und Jahre erzählt.
Ich habe Euch die Geschichten jedes Tages und jedes
   Jahres erzählt,
damit ihr gewappnet sein
und Euch schützen konntet.
Was ich Euch erzählte, war immer die Wahrheit.
Was ich Euch jetzt erzählen muß, ist,
daß diese Welt zu Ende geht.

Dies waren die letzten Worte der Großen Schlange. Was kommen
würde, war vorausgesagt worden. Die Menschen zerstreuten sich.
Mörder kamen aus allen Himmelsrichtungen. Und ihnen folgten
weitere Mörder, um zu töten.

Eines Tages wird eine Geschichte deine Stadt erreichen. Von
weit her wird sie kommen, aus dem Südwesten oder Südosten – darüber werden sich die Leute nicht einig sein. Die
Geschichte wird vielleicht mit einem Fremden eintreffen
oder dem Papageienhändler. Aber wenn du diese Geschichte
hörst, wirst du wissen, daß es für dich und die anderen das
Zeichen ist, euch bereitzumachen.

5. Buch: Die Grenze / Yoemes alte Notizbücher

Quetzalcoatl sammelte die Knochen der Toten und besprengte sie mit seinem eigenen Blut, und die Menschheit wurde wiedergeboren.

Die Heilige Zeit ist immer das Heute.

1. almanakh: Arabisch.
2. Almanac: A.D. 1267, Englisch, aus dem Arabischen.
3. Almanaque: A.D. 1505, Spanisch, aus dem Arabischen.
4. Kalender, Jahrbuch, enthält Tafeln mit astronomischen Daten und Berechnungen.
5. Bestimmt Glückstage, kirchliche und andere Feiertage.
6. Kurze hieroglyphische Passagen prophezeien das Glück des Tages.
7. Madrid
   Paris   Kodizes
   Dresden

Es war typisch für Lecha, einfach mit den restlichen Notizbüchern und der Vorstellung aufzutauchen, daß ihre Transkription einmalig wäre und noch von niemandem vor ihr bedacht. Zeta hatte die Übertragung der Seiten ihres von Yoeme erhaltenen Notizbuches bereits abgeschlossen. Sie hielt es nicht für einen Zufall, daß Lecha gerade in dem Moment zurückkehrte, in dem sie mit der Eingabe der transkribierten Seiten in den Computer fertiggeworden war.

Beim Klang ihrer Stimmen spürt Zeta eine plötzliche Traurigkeit in sich. Sie weiß nicht genau warum. Vielleicht liegt es daran, daß Lecha und die blonde Frau so freundlich miteinander umgehen und sie sich so allein fühlt. Doch sie wendet sich nicht ab von der nur leicht angelehnten Schlafzimmertür. Zeta klopft, und die blonde Frau zuckt zusammen und entfernt sich von ihr, geht quer durch den Raum zu einem geöffneten Fenster. »Ich habe schon lange niemanden mehr umgebracht und aufgefressen«, sagt Zeta zu Seese, die errötet und zu ihrem Stuhl am Bett zurückkehrt. »Es liegt an der Farbe deiner Kleider«, sagt Lecha mit ruhigem Ernst. »Die Farben fangen mit der Zeit an, uns allen etwas zuzuschreien.«

»Aberglaube«, ist alles, was Zeta dazu zu sagen hat. Sie beendet das Thema, damit sie die Manöver einleiten kann, mit denen sie den Inhalt von Yoemes alten Notizbüchern in ihren Computer zu bekommen hofft.

»Ich habe über die alten Notizbücher nachgedacht«, beginnt Zeta. Aber Lecha hat Oberwasser an diesem Nachmittag, und sie grinst Seese an, während sie sagt: »Ich wette, daß du das getan hast! Ich weiß genau, was du vorhast.« Jetzt ist es Lecha, die Zetas Gesicht beobachtet; Zeta hat nie genau gewußt – und Lecha würde es ihr auch nie verraten –, inwieweit sie ihren Job als Medium wirklich beherrscht, beziehungsweise von ihm beherrscht wird. Zeta glaubt, daß Lecha die meisten ihrer Visionen oder »Szenen« aufgezwungen werden und sie nicht kontrollieren kann, was sie sieht. Wie sonst läßt sich die Bemerkung erklären, daß sie die Fernseh-Talkrunde verlassen *mußte*? Zeta vermutet, es hängt mit etwas zusammen, das Lecha gesagt oder beschrieben hat. Was immer es gewesen sein mag, die Produzenten der Regional- und Kabel-Talkshows hatten das Risiko dessen, was Lecha »sehen« oder sagen könnte, nicht mehr tragen wollen. Erfreut stellt Zeta fest, daß die blonde Frau lernt, sie beide allein zu lassen. In Seeses Abwesenheit kann sie den Arbeitsplatz in Augenschein nehmen, den sie in der Ecke von Lechas Zimmer eingerichtet haben. Lechas Koffer und Reisetruhen sind vor dem Wandschrank aufgestapelt, der bis zum Bersten vollgestopft ist mit den Kleidern für ihre Showauftritte, vor allem lange und tiefausgeschnittene schwarze Seidenkleider und blaue, seitlich geschlitzte Satinkimonos. In der Nähe des Bettes steht ein großer blauer Sessel mit Pfauenmuster, der völlig mit Pillendosen überhäuft ist. Doch mitten auf dem hellen Eichentisch thront eine nagelneue elektrische Schreibmaschine. Der blaßblaue Teppich ist, wie es scheint, mit Notizen und alten Briefen bedeckt.

»Was wirst du tun, wenn sie abgeschrieben sind?« fragt Zeta. Lecha nimmt zwei dicke weiße Tabletten vom Nachttisch und schluckt sie mit etwas Weißwein hinunter. Es ist schwirig, einzuschätzen, wie krank sie wirklich ist. Unauffällig betrachtet Zeta ihre Hautfarbe, ihr Haar und dann ihre Augen. Lecha ist in die Kissen zurückgesunken, die Tabletten beginnen jetzt zu wirken. »Diese alten Almanache verraten nicht nur, wann man säen und ernten muß, sie berichten auch von den Zeiten, die noch vor uns liegen – von Dürren, Überschwemmungen, Seuchen, Bürgerkriegen oder Invasionen.« Lecha scheint langsam einzuschlafen. »Wenn die Notizbücher erst einmal übertragen sind, werde ich herausfinden, wie der alte Almanach genutzt werden kann. Dann werden wir die kommenden Monate und Jahre – alles werden wir voraussehen können.« Lechas Augen sind nun geschlossen, doch als Zeta sich zum Gehen wendet, ruft sie ihr hinterher: »Ich hätte damit schon vor Jahren anfangen sollen – dann wüßten wir jetzt, was auf uns zukommt. Aber ich habe mich zu sehr anderweitig amüsiert, es blieb keine Zeit für alte Notizbücher und Papierfetzen.«

Sechstes Buch

DER NORDEN

DIE SUCHE NACH DEN TOTEN

Es war Lecha allmählich klargeworden – so wie sich die Dunkelheit langsam auflöst und das Licht an Kraft gewinnt oder wie das Wasser, das an tieferliegenden Stellen im Garten versickert. Die Erkenntnis pulsierte Tag und Nacht durch sie hindurch. Als sie zum erstenmal durchgebrochen war, hatte Lecha kleine Tricks, kleine Ablenkungsmanöver angewendet, um diesen Kanal wieder zu schließen. Sie hatte dagesessen und lange Zahlenkolonnen addiert, und obwohl sie es fertigbrachte, sich gut auf die Zahlen zu konzentrieren und sie besser zusammenzurechnen als je zuvor, wirbelte nach wie vor eine Stimme durch einen Teil ihres Gehirns, die sie verspottete: Sie sind alle tot. Die einzigen, die du finden kannst, sind die Toten. Mordopfer und Selbstmörder. Die Lebenden kannst du nicht finden, denn wenn du sie findest, sind sie tot. Die, die ihre Lieben verloren haben, kommen nur zu dir, um sich ihr Leid bestätigen zu lassen.

Die alte Yoeme hätte sie ausgelacht. Sie hätte gelacht, als Lecha begann, über die letzten zwanzig Jahre nachzudenken und die Beweise zusammenzutragen. Die verrückte alte Frau hätte sich über sie lustig gemacht: Lecha sei so eine Art Sondermedium für die ruhelosen Seelen, die nicht zur Ruhe kamen, weil ihre Überreste verloren waren. Irgendwo lagen ihre zu Asche verbrannten Knochenreste oder lange Haarsträhnen, die im Meereswind flatterten, wenn er den Sand über die Dünen trieb. Lecha konnte Yoemes Stimme fast hören. Sie hörte das verrückte Lachen und dann: »Wo hast du bloß diese Begabung her?« Aber Yoeme mußte die ganze Zeit über gewußt haben, daß es Lecha sein würde; vielleicht hatte sie es schon geahnt, als sie noch klein gewesen waren.

Die Kraft, die Lecha besaß, bestand darin, eine Mittlerin zu sein, so wie die Schlangen Boten der Geisterwesen aus den anderen Welten unter dieser Welt waren. Sie war gerade dabei, sich an diese Tatsache und an ihre Verbindung zu den Toten zu gewöhnen, als sie nach San Diego gerufen wurde.

Bei diesem Fall wußte die Polizei, daß sie die vermißten Jungen nicht lebend wiederfinden würden, weil sie den Killer bereits festgenommen hatten. Er hatte es in der Nacht seiner Festnahme geschafft, sich mit der gleichen Gerissenheit, die er bei seinen Opfern angewandt hatte, selbst zu töten. In einer Sicherheitszelle, nur mit einem der leichten papiernen Operationskittel bekleidet, die so konzipiert waren, daß sie zerrissen, wenn ein Zelleninsasse versuchen sollte, sie als Garotte zu benutzen, hatte sich der Serienkiller mit einem Schinken-Käse-Sandwich selbst erstickt. Er hatte absichtlich eine große Portion Käse und Schinken verschluckt, die sich genau auf seine Luftröhre legte. »Nein, dieser Perverse wird uns nicht mehr sagen können, was er mit ihnen gemacht hat. Er hat den Mund zu voll genommen«, sagte ein junger Detective laut, als Lecha hereingeführt wurde. »Dieser Perverse wird auch niemandem mehr einen blasen. Glauben Sie, daß er geblasen hat? Ich hätte angenommen –« Der ältere Detective sah Lecha an und brach mitten im Satz ab.

Als die Verbindung zu den Toten in ihren Gedanken langsam Gestalt annahm, hatte Lecha sich zunehmend nervös gefühlt; ihre Nerven waren angespannt, und ihr ging angesichts grinsender, schulterklopfender Polizisten in Polyesteruniformen allmählich die Geduld aus. Sie war reif für einen langen Urlaub, vielleicht sogar für eine längere berufliche Pause, damit sie über sich und die Arbeit mit dieser Macht, die sie besaß, nachdenken konnte. Es konnte gefährlich sein, mit der Macht zu arbeiten. Es konnte die Art von Macht sein, die man besser in sich vergrub und ignorierte, ganz egal welchen Reichtum oder Ruhm sie einem einbringen mochte.

Die Ermittlungsbeamten hatten gerade die finanziellen Mittel dafür erhalten, eine Sondereinheit zusammenzustellen.

Sie hatten Lecha das Doppelte ihres normalen Honorars bieten können. Ihr Problem war identisch mit dem, das sie vor ein paar Jahren in Atlanta gehabt hatten, nur daß die vermißten Jungen in diesem Fall weiß und in einer wohlhabenden Gegend in La Jolla verschwunden waren. Das Department bekam Druck von allen Seiten. Der Computer und die Psychologen hatten den Killer ermittelt, aber der Fall konnte nicht abgeschlossen werden, bevor man nicht alle seine Opfer gefunden hatte. Die Eltern und die Familien verlangten Gewißheit.

Lecha nickt. Genau das ist ihr Spezialgebiet. Die Detectives sind begierig darauf, über ihre Arbeit in Houston zu reden und den Fall in Süd-Dakota. Aber Lecha weicht ihnen aus. Fliegen und Reisen ermüden sie, sie will nur in ihr Hotel. Auf dem Weg vom Flughafen hatte sie von diesen beiden Arschlöchern im Wagen alles gehört, was sie hören wollte. Nur ein paar Hinweise, hatte der jüngere Detective gesagt. Dieser Irre habe wirklich ein paar perverse Vorlieben gehabt. Er hatte diese Wohnung über einer Garage gemietet, die hinter einem Haus im Oak-Hill-Bezirk stand. Vermutlich irgendwo in der bewaldeten Gegend weiter unten, im staatlichen Fischerei- und Jagdgebiet. Aber das ist ein viel zu großes Areal. Alles, was über eine gewisse Entfernung hinausgeht, ist zwecklos mit Hunden, wenn Sie verstehen, was ich meine. Der ältere Detective sitzt am Steuer und glaubt, seine Beobachtungen ebenfalls beisteuern zu müssen. Sie haben das Gebiet mit Suchtrupps durchkämmt, aber es ist zu groß. Sie könnten überall vergraben sein, unter all diesen Blättern. Der Spinner lief immer im Wald herum, ganz tief im Dickicht.

Als Lecha endlich vor ihrem Hotel abgesetzt wurde, hatte sie schreckliche Kopfschmerzen. Sie ging geradewegs ins Badezimmer und bereitete die Spritze vor. Die Kopfschmerzen waren schlimmer geworden in letzter Zeit, und Kodeintabletten oder Dolantin konnten gegen den Schmerz nichts mehr ausrichten. Dies würde ein harter Job werden. Die beiden Cops waren fast so verrückt wie der Killer, vielleicht waren sie sogar noch schlimmer. Der Killer mußte seine Identität fast auf die gleiche Weise entdeckt haben, wie sie gerade ihre als Medium entdeckt hatte. Er konnte am Anfang nicht geahnt haben, wohin seine Träume und Phantasien führen würden. Vielleicht hatte er nicht einmal etwas geahnt, bis es schließlich zum erstenmal passiert war. Lecha lag auf dem Bett und blickte auf die gläsernen Schiebetüren, die zum Balkon hinausführten. Unter dem Balkon lag der Jachthafen, dahinter die flache, blaue Bucht, und von dort bis zum Horizont erstreckte sich der Pazifik, der sich im Rhythmus ihrer eigenen Brust hob und senkte.

Das Dolantin löste die feurigen Knoten in ihren Schläfen. Ihre Knochen begannen sich leicht anzufühlen; sie schwebten und dann hatten sie sich aufgelöst. Ihr Körper hatte gehofft, schlafen zu können, war jedoch an den Zwischenzustand gewöhnt, den das Dolantin ihm verschaffte. Es war ein Zustand, in dem das Denken eine eher fließende Qualität annahm, aber, im Gegensatz zu den echten Träumen, weit mehr der bewußten Steuerung unterlag. Immer wieder hörte sie die Stimme des jüngeren Detective. Er erinnerte sie an einen dieser kleinen, kläffenden, chinesischen Hunde mit Glotzaugen. »Bäume! Bäume!« Er war überzeugt davon, daß die Leichen irgendwo in einer waldigen Gegend vergraben waren. Sie konnte nicht an Bäume denken. Das Wort hatte keine Bedeutung für sie. Sie konnte das Rollen der Wellen hören, obwohl sie wußte, daß das Hotelzimmer viel zu weit vom Meer entfernt lag. Der Ozean folgte dem Verlauf des Mondes. Das Auf und Ab am Himmel – das Heben und Senken am Horizont, der dünne, weiße Rand eines Wüstendorns schwoll in aufeinanderfolgenden Nächten zu einer fetten, weißen Blüte an. Verschwinden und Wiederkehr in nicht enden wollenden Wiederholungen. Wellen waschen über den Sand und fließen zurück.

Die Dünen breiten sich in alle Richtungen aus. Der weiße Sand versinkt unter seinen Stiefeln wie Wasser. Die Geräusche sind hinter ihm. Der Ozean hat die Farbe des Himmels. Die Augen sind verschwunden, Sand füllt die Höhlen. Jetzt hat der Junge Augen von der Farbe des Sandes. Nur das Haar ist heller – die Farbe des Sandes in einem Wind, der den Ozean verdunkelt, der alles verdunkelt.

Er glaubt, daß die Jungen Bäume sind, um die er sich von Zeit zu Zeit kümmern muß. Er deckt sie vorsichtig auf, um zu sehen, wie sie sich entwickeln. Am Fuß der großen Dünen gedeihen sie am besten. Draußen im Flachland können sie keine Wurzeln schlagen. Der Regen wäscht sie aus und legt sie frei, so daß sie gefunden werden könnten.

Zuerst ist da immer ein Geruch, aber das ist ein Zeichen dafür, daß sie wachsen. Er erinnert sich an einen kleinen Bruder vor langer Zeit und an die schmutzigen Windeln. Aber Babys sterben. Ein andermal erinnert ihn der Geruch an Dünger, den »die Bäume« natürlich für sich selbst produzieren.

Wenn er sie berührt, erkennt er, daß es Bäume sind. Er betastet die Jungen zwischen den Beinen, und ein Zweig sprießt und stößt hervor. Die Spitzen sind weiche Blütenknospen, feucht von Saft. Es ist nie seine Absicht, sie zu fest zu drücken oder zu zerquetschen, aber sie sind zart und zerbrechlich. Er pflanzt sehr vorsichtig und betet für hohe Bäume. Er träumt von hochaufragenden Eichen und Fichten, die sich wiegen und neigen und doch in den Sommerstürmen nicht zerbrechen. Er erkennt, daß seine Träume von den Bergen handeln, nicht vom Meer.

Lecha erzählt nie, wie sie es anstellt, woher sie es weiß. Das Mißtrauen gegen ihre Gabe ist bereits da. Sie bringen es fertig, sie in der einen Woche zu engagieren und in der nächsten wegen Betrugs zu verhaften. Sie möchten gerne glauben, daß sie es mit Kristallkugeln macht oder was sie sonst aus Filmen und dem Fernsehen kennen. An dramatische Verkündigungen auf Pressekonferenzen ist Lecha bereits gewöhnt. Die hohen indianischen Wangenknochen und die hellbraune Haut verleihen ihr eine exotische Aura, auf die das Fernsehen ganz verrückt ist. Aber ihre Verachtung für die Nachrichtenmedien ist zu groß, als daß sie es sich weiterhin gestatten könnte, an der Seite von Ermittlungsbeamten oder trauernden Hinterbliebenen zu erscheinen.

Am Anfang war es anders gewesen, und Lecha hatte die Dramatik genossen. Die Fernseh-Talkshows sicherten ihr noch immer den Lebensunterhalt. Als die Detectives jedoch den Polizeichef mit ihr verbanden, hatte sie höflich abgelehnt. Man hatte den Strand in alle Richtungen über Meilen abgesperrt. Berittene Polizei patrouillierte, um die Neugierigen und die Grabräuber von den in den Dünen grabenden Suchmannschaften fernzuhalten. Sie teilte ihnen mit, sie habe anderweitig dringende Geschäfte zu erledigen, und man solle ihr einen Boten mit dem Scheck schicken. Aber es war der junge Detective von der Spezialeinheit, der ihr den Scheck brachte. Sie sei dabei zu packen, um noch einen Nachmittagsflug zu erreichen, erklärte sie, mußte jedoch einsehen, daß er nicht gehen würde, bevor er nicht mit ihr geredet hatte.

Sie wollten immer herausbekommen, woher sie es wußte. »Wie sind sie auf den Strand gekommen? Sein Apartment war meilenweit vom Strand entfernt«, fragte er. Sie hielt den Türgriff in der Hand. Er war nicht über die Schwelle getreten, weil sie sich nicht vom Fleck bewegt hatte. »Meinen Glückwunsch, Detective Pearson, und bitte grüßen Sie auch Detective Conners von mir. Ich bin froh, daß ich Ihnen helfen konnte. Aber jetzt muß ich wirklich mein Flugzeug erreichen.« Sein Angebot, sie zum Flughafen zu fahren, lehnte sie ab. Er hätte ihr doch nur beschrieben, wie sie die Überreste der Opfer gefunden hatten. Der Jet flog nach dem Start einen Kreis über dem Ozean. Als er in Schräglage ging, sah Lecha nach unten. Die Wellen glitzerten und blinkten wie Teile eines zerbrochenen Spiegels. Aus der Luft wirkte der Sandstrand wie ein schmaler, weißer Streifen auf dem Rücken eines riesigen Tieres, und die Wellen glitzerten und blinkten – Augen aus Spiegeln, während sich die Sonne zum Maul des Tieres herabsenkt, das sie verschlucken wird.

Jetzt hatte sie die vollständige Antwort. Sie hatte bereits vermutet, daß die Vorstellung von ihrer Rolle als Mittlerin und Botin zu einfach war. Lecha wußte genau, wie ernst ihre Situation war. Nachdem sie der Polizei die Anweisungen gegeben hatte, hatte sie wieder Dolantin nehmen müssen, nicht wegen irgendwelcher Schmerzen im Kopf, sondern gegen das Pochen ihres Herzens und diese schreiende Stimme in ihrem Inneren. Sie bestellte sich einen Scotch mit Milch, um die Tabletten zu schlucken. Gelegentlich griffen Tabletten ihren Magen an, bevor sie zu wirken begannen. Während sie vor sich hin dämmerte, dachte sie an die alte Yoeme und was sie dazu sagen würde. Aber Yoeme hatte den Mund jetzt voller Sand. Lecha erinnerte sich an die zerfledderten Bündel aus billigem Papier und alten Notizbüchern. »Münder« und »Zungen« hatte die alte Yoeme sie scherzhaft genannt. Jetzt, wo sie wußte, wie die Macht funktionierte, war sich Lecha nicht mehr sicher, ob man sie eine Gabe nennen konnte. Es war höchste Zeit, nach Hause zu fahren. Sie hatte Yoeme etwas versprochen. Sie mußte sich um die alten Notizbücher kümmern.

RACHE AUS LEIDENSCHAFT

Lecha ist stolz darauf, zu wissen, wann sie ihre Karten wieder einpacken muß. Sie ist keine Spielernatur, sie geht immer auf Nummer sicher. Die Talkshow im Fernsehen war eine solche sichere Angelegenheit. Aber nichts währt ewig, sagt sie sich lachend. Die Faszination der Vereinigten Staaten für die »Anderen« – die Asiaten, die Mexikaner und die Indianer – entwickelte sich zyklisch. Lecha hatte begonnen, nachdem sich ihre Erfolge bei ehemaligen Liebhabern in Denver herumgesprochen hatten. Es war ganz einfach gewesen. Andere Frauen waren zu ihr gekommen, um sich, mit Lechas Hilfe, an ihren Geliebten zu rächen, die sie betrogen hatten oder sie nicht mehr so leidenschaftlich liebten wie früher. Lecha hatte ein Apartment drüben in der Larimer Street gehabt, mitten in der Innenstadt. Sie hatte sich in Denver niedergelassen, nachdem es ihr in Tucson »zu eng« geworden war. Die Wahrheit sah natürlich anders aus, aber Lecha hatte noch nie das Gefühl gehabt, irgend jemandem die Wahrheit zu schulden, es sei denn, es handelte sich um die Wahrheit über das Leben anderer, und die mußten sie bezahlen, damit sie ihnen davon erzählte. Die Sache sprach sich herum, und am nächsten Tag standen die Leute vor Lechas Tür.

Den Beginn ihrer Arbeit führt Lecha auf das zurück, was sie für die Freundin des Kabelfernsehproduzenten getan hat. Die Freundin des Produzenten war zu ihr gekommen, um Rache zu fordern. Ihr Ex-Freund war Kameramann beim großen CBS Kabelkanal in Denver gewesen. Er war, nachdem die Frau ihn gebeten hatte, aus ihrem Apartment auszuziehen, zurückgekommen, hatte die Wohnung mit Benzin übergossen und in Brand gesteckt. Lecha hatte herauszufinden versucht, was die Frau alles im Feuer verloren hatte, aber sie war nicht in der Lage gewesen, über die Beschreibung der Katze und der beiden

Hunde hinauszukommen, die das Feuer eingeschlossen hatte. Der Ex-Freund hatte außerdem anonyme Anrufe getätigt und sowohl bei den Finanzbehörden als auch bei ihrem Chef angerufen, einem konservativen Geschäftsmann, der für Drogenkonsum und außerehelichen Geschlechtsverkehr kein Verständnis hatte. Lecha hatte Schwierigkeiten damit gehabt, herauszufinden, welche Maßnahmen die Frau von ihr erwartete. Zuerst hatte sie ihr Schweigen und Zögern für Weichherzigkeit gehalten, die sie oft bei Leuten beobachtete, die zu ihr kamen, um Rache zu suchen, um dann festzustellen, daß sie den Missetäter eigentlich immer noch viel zu sehr liebten. Dann war Lecha klargeworden, daß der Haß dieser Frau so stark war, daß sie ihn nicht in Worte fassen konnte. Obwohl die Frau zu diesem Zeitpunkt weder einen Job noch irgendwelche eigenen Ersparnisse hatte, wußte Lecha, daß sie bei ihr die brutalste und nachhaltigste Rache kaufen wollte, die es gab, egal zu welchem Preis.

In der folgenden Zeit hatte Lechas weiterer Umgang mit dieser Frau starke Ähnlichkeit mit der Arbeit eines Psychoanalytikers. Während ein Kassettenrekorder auf dem Bett ihre Unterhaltung diskret aufzeichnete, bat sie die Frau, ihr alles über den Kameramann zu erzählen, was sie wußte. Es ging ihr dabei nicht um die gescheiterte Beziehung selbst. Ihrer Meinung nach schafften es die Menschen nicht einmal nach fünfzig Jahren, in logischen Zusammenhängen von ihren Ex-Geliebten zu sprechen. Lecha wollte Informationen über die engsten Familienangehörigen und Verwandten des Mannes. Wo lebten sie, wo arbeiteten sie? Alles in allem brauchten sie für diese Fragen fast zwanzig Stunden. Lecha hatte von der Frau nur verlangt, die Abonnements der Tageszeitungen zu bezahlen, die sie aus den Heimatstädten der nächsten Verwandten des Kameramanns bezogen. Im übrigen waren sie übereingekommen, daß die Höhe des Honorars von den erzielten Resultaten und der Art der Bezahlung abhängen sollte, die Lecha als die geeignetste auswählen würde.

Dies war Lechas erster großer Fall gewesen, und Nacht für Nacht hatte sie sich Joints in der Größe von Tamales gerollt, aufrecht im Bett gesessen und die aufgezeichneten Interviews abgehört. Wie sie später lachend erklärte, hatte sie an diesem ersten

Fall hauptsächlich »im Dunkeln« gearbeitet. Während sie den Interviews zuhörte, hatte sie langsam angefangen, im Leben des Kameramanns und seiner Familie Muster zu erkennen. In Lechas Augen war das Leben dieser Leute eine jeweils gerade stattfindende Geschichte, und oft fielen ihr mitten in der Nacht, wenn die Betrunkenen gegen Mülltonnen schlugen oder Alarmanlagen auslösten, die sie aufweckten, Möglichkeiten ein, wie das Leben des Kameramanns und das seiner Verwandten auf natürliche Art enden könnte.

Lecha hatte einfach begonnen, die Lebensgeschichten zu Ende zu erzählen, und die Freundin des Produzenten war sehr erfreut, bereits nach zwei Wochen erste Resultate zu sehen. Die Mutter des Kameramanns hatte sich wegen eines Darmverschlusses einer Notoperation unterziehen müssen und dabei erfahren, daß verknotete Fäden aus Krebsgeschwüren ihre Leber und ihre Bauchspeicheldrüse wie ein Netz aus Tumoren umsponnen hatten. Lecha war ein bißchen überrascht gewesen, mit welcher Geschwindigkeit sich der Krebs entwickelt hatte, schließlich hatte sie das Ende der Geschichte der Mutter gerade erst erdacht. Anfängerglück, hatte sie später zugegeben, aber die Krankheit der Mutter hatte eine Kettenreaktion ausgelöst. Die ältere Schwester des Kameramanns akzeptierte den Heiratsantrag eines Mannes, der allabendlicher Gast in ihrem Haus war, allerdings nicht ihretwegen, sondern wegen ihrer dreizehn und fünfzehn Jahre alten Töchter, die es beide darauf angelegt hatten, den zukünftigen Stiefvater noch vor der Hochzeit der Mutter ins Bett zu bekommen, um zu beweisen, wie dämlich sie war. Nach der Hochzeit zog der neue Stiefvater mit ihnen und ihrer Mutter nach Miami Beach.

Lecha hatte ihren letzten gemeinsamen Sommer sorgfältig entworfen. Alles hing davon ab, ob die Fünfzehnjährige auf die Aufmerksamkeit eifersüchtig werden würde, die der jüngeren Schwester gewidmet wurde. Der Thermostat des Whirlpools in ihrem gemieteten Strandbungalow sei zu hoch eingestellt gewesen, stand in den Zeitungsberichten. Wie Lecha es sich vorgestellt hatte, war die Fünfzehnjährige eines Abends schmollend davongegangen, als der Stiefvater und die Dreizehnjährige Pläne für ein Dinner zu zweit, »ein Gespräch unter vier Augen«

schmiedeten. Die kleine Schwester und der Stiefvater aus dem Haus und die Mutter betrunken – es war kein Problem für sie gewesen, sich der Flasche Wodka anzunehmen, die ihr Vater im Eisfach des Kühlschranks aufbewahrte. Der Untersuchungsbeamte erkannte auf Tod durch Ertrinken und meinte, das Mädchen sei durch die kombinierte Wirkung des heißen Wassers und des Wodkas, der ihren Alkoholspiegel auf 2,0 Promille angehoben hatte, ohnmächtig geworden. Der Stiefvater und die Schwester waren von ihrem Essen zurückgekehrt und hatten sie auf der Terrasse mit dem Gesicht nach unten im Whirlpool gefunden.

Innerhalb weniger Wochen wurde Lecha klar, daß die jüngere Tochter vom Stiefvater schwanger werden würde. Zwar würde sie nicht sterben, doch die Komplikationen der Abtreibung würden sie ins Krankenhaus bringen. Die Mutter, nun getrennt von ihrem neuen Ehemann und verzweifelt über den Verlust der Tochter, begann sich vor den abendlichen Fahrten zum Krankenhaus und den Besuchen bei der verbliebenen Tochter dreifache Gin-Tonics zu mixen. Ihr Unfall verlief ähnlich wie zahllose andere Autobahnunfälle. Der Triple-Gin hatte ihr Reaktionsvermögen vermindert.

FRÜHSTÜCKSFERNSEHEN

Lecha saß auf dem Boden und hatte die Zeitungen um sich herum ausgebreitet. Langsam begann sie, das Apartment zu hassen. Sie beobachtete das Gesicht der Frau und warf einen flüchtigen Blick in das ihres Produzentenfreundes. Die Miene der Frau war unbewegt, nur ihre Augen wanderten über die Zeilen auf der Zeitungsseite. Aber das Gesicht des Produzenten hatte sich belebt. Er nickte grinsend. »Wunderbar!« begann er. »Das liest sich wie eine Seifenoper! Wie machen Sie das?« Lecha schüttelte den Kopf und schwieg. Der Produzent plapperte weiter. »Das ist wirklich ein Ding – wissen Sie, wie im Film – wie in ›Das Omen‹ oder so!« Die Frau hatte ihrem Freund einen stechenden Blick zugeworfen. »Sidney«, sagte sie, »würde es dir etwas ausmachen, unten im Wagen zu warten?«

Sidney war ohne ein weiteres Wort gegangen, aber später allein zurückgekommen, um über Lechas Auftritt im Frühstücksfernsehen zu sprechen. Der Produzent hatte versucht, den Rachefeldzug seiner Freundin anzusprechen, aber Lecha hatte sich gesträubt, das Vertrauensverhältnis zwischen ihr und ihrer Klientin zu mißbrauchen. Er wollte wissen, warum sie – bei all diesen Todesfällen – nicht auch den Kameramann selbst erledigt hatten? Solche Besucher konnte Lecha nicht leiden; sie hatten viele Fragen, aber kein Geld für ihre kostbare Zeit. »Zuerst das Geschäft«, hatte sie gesagt. »Ich will wissen, wieviel mir diese Fernsehshow einbringt.«

»Nun, das hängt von verschiedenen Faktoren ab«, erklärte der Produzent. »Ich habe mit meinem Boss darüber geredet, und wir denken daran, einen Beamten von der Vermißtenstelle in die Show zu nehmen und dann jemanden, der wirklich einen ihm nahestehenden Menschen sucht. Das Optimale wäre ein verlorenes Kind, wir haben zu fünfundachtzig Prozent weibliche Zuschauer.« Lecha zuckte mit den Achseln. Sie machte ihm klar, daß sie nicht wußte, ob sie in einem Fernsehstudio sitzen und auf Befehl eine vermißte Person wiederfinden konnte. Dies entsprach nicht ihrer Vorgehensweise. Aber der Produzent behielt sein dummes Grinsen bei und betonte, das sei kein Problem, kein Problem. Was seiner Meinung nach ganz groß rauskommen würde, waren die Geschichten von den Leuten, die zu Lecha kamen, um sich an ihren ehemaligen Geliebten, Ehegatten, Familienangehörigen oder Geschäftskollegen zu rächen.

»Ich will raus aus diesem Loch hier, und ich möchte etwas Geld für das heutige Gespräch und für einige Vorbereitungen. Für die Show, Sie wissen schon.« Lecha wußte, daß er wieder auf die Frage nach dem Kameramann zurückkommen würde. Aber sie erzählte es ihm erst, als er ihr einen Scheck über zweitausend Dollar Vorschuß gegeben und ihr geholfen hatte, mit ihrem gesamten Gepäck ins Hilton Hotel umzuziehen. »Es ist ganz einfach«, begann sie. »Ich wollte den Ex-Freund nicht zu schnell loswerden. Ich wollte, daß er dabei zusieht, wie die Menschen, die er liebt, vor ihm sterben. Der ehemalige Liebhaber ihrer Freundin ist gezwungen, mitanzusehen, wie Tumore seiner Mutter die Gedärme zerreißen. Da hilft kein Morphium mehr.

Jetzt darf er sich langsam mit den Sonderangeboten und Mengenrabatten der Beerdigungsinstitute vertraut machen.« Lecha beobachtete den Gesichtsausdruck des Produzenten und kam zu dem Schluß, daß er zu blöd war, um sie zu verstehen. »Verstehen Sie das?« beendete sie ihre Erklärung. »Dieses Schwein umzubringen, wäre zu gnädig gewesen. So ist es viel besser. Soll er sie doch alle beerdigen.«

Lecha hatte mehrere Vormittage gebraucht, um sich etwas Passendes zum Anziehen zu besorgen. Sie hatte das Hilton Hotel gewählt, weil es durch eine gläserne Röhre mit den schicken Kaufhäusern verbunden war und sie nicht in die winterliche Kälte Denvers hinaus mußte. Vor dem ersten Aufnahmetermin hatte sie keine Angst, obwohl der Produzent sie darauf hingewiesen hatte, daß während der Show Fragen aus dem Studiopublikum entgegengenommen würden. Lechas Gedanken hatten sich ganz auf den Schnee, das Eis und die Winterstürme konzentriert, an die sie nicht gewöhnt war. Sie war sich der schmutzigen Wälle aus Eis und Schnee, die an den Straßen und Bürgersteigen der Innenstadt aufgetürmt waren, merkwürdig bewußt gewesen. Stundenlang hatte sie dagesessen, Joints geraucht und aus dem Hotelfenster auf die hohen Berge im Westen gestarrt, die im braunen Smog von Denver nur schwach zu sehen waren. Später dachte sie daran, daß die Berggipfel sie an die schneebedeckten Erdhügel von frischen Gräbern erinnert hatten.

Am Tag, als die Show vor einem Studiopublikum aufgezeichnet wurde und der Police Lieutenant die Einzelheiten des Vermißtenfalles bekanntgab, wurde Lecha plötzlich klar, warum sie den aufgetürmten Schneewällen so große Beachtung geschenkt hatte. Sie blickte geradewegs in das große Objektiv der Fernsehkamera und sagte: »Der Mann ist tot. Er ist unter einem Schneewall begraben. Vorbeifahrende Autos bespritzen den Schnee mit schmutzigem Wasser.« Das Publikum im Studio hatte hörbar den Atem angehalten, denn Lecha schien völlig zu vergessen, daß die Frau, die neben dem Lieutenant auf der goldfarbenen Samtcouch saß, die Ehefrau des Verschwundenen war. Diese Episode hatte Lecha gelehrt, daß die Zuschauer und die Produzenten zwar einen Familienangehörigen der verschwundenen Person dabeihaben wollten, aber gleichzeitig von Lecha erwarteten, die schlechte Nachricht so sanft wie möglich zu verkünden. Von da an war alles nur noch Show gewesen – die Art, wie Lecha ihre Stimme senkte und sagte, wie leid ihr das tue, was sie nun zu sagen habe, und dann den Fundort des Opfers bekanntgab. Es hatte Lecha nie leid getan, nicht einen einzigen Moment. Sie wußte, daß ihre Fähigkeiten ein Geschenk der alten Yoeme waren.

Lecha war wie geschaffen für Fernseh-Talkshows. Es gelang ihr sofort, die Reaktionen der Talkshow-Moderatoren und des Publikums einzuschätzen. Schon an diesem ersten Morgen war sie, während die frischgebackene Witwe auf dem Rand der goldfarbenen Couch neben dem verwirrten Lieutenant vor sich hin schluchzte, still in Tränen ausgebrochen. Schon damals hatten die Fernsehkameras Lechas hohe Wangenknochen zu würdigen gewußt, und der Schauder ihrer gräßlichen Enthüllung verflog rasch.

Der Talkshow-Moderator war aus seinem Sessel aufgesprungen, um die Witwe auf der goldfarbenen Couch zu trösten. Er erinnerte sie und das Publikum daran, daß Lecha nichts anderes als eine »Vision« gehabt habe. Niemand war gefunden worden, und sie dürften keine voreiligen Schlüsse ziehen. Die Show war der Traum eines jedes Produzenten – eine dramatische Enthüllung, eine trauernde Witwe und ein Moderator, der sich ohne Teleprompter und einstudierte Gesten, die ihn bei der Stange hielten, auf dünnes Eis wagen mußte.

Lecha hatte ihren Talkshow-Auftritt sorgfältig durchdacht. Das feindselige Mißtrauen der breiten Öffentlichkeit gegenüber Menschen mit Fähigkeiten zu »sehen« oder zu »prophezeien« schlummerte immer dicht unter der Oberfläche, das war ihr klar. Sie nahm ein weißes Leinentaschentuch aus ihrer roten Lederhandtasche, die zu den roten Stöckelschuhen ihrer Fernsehgarderobe paßte. Man mußte kein Hellseher sein, um zu erkennen, daß sie in der Talkshow des Frühstücksfernsehens eine große Zukunft vor sich hatte. Sie tupfte sich die Tränen aus den Augenwinkeln und strich sich mit einer gezierten Geste den Rock ihres einfachen weißen Leinenkleides glatt. Zu Beginn der Show hatte sie die Frage nach ihrem Alter mit einer glatten Lüge beantwortet. Sie hatte behauptet, es gebe in dem kleinen Küstendorf in Sonora, wo sie geboren worden war, kein Geburts- oder Sterberegister. »Ich glaube, ich muß so ungefähr fünfundvierzig sein«, hatte sie der Frau am Studiomikrofon geantwortet. Lecha und ihre Zwillingsschwester würden am ersten März ihren nächsten Geburtstag feiern. Soweit sie sich erinnern konnte, handelte es sich dabei um Geburtstag Nummer fünfunddreißig.

DER HUNDESCHLITTENFÜHRER

Der Lieutenant hatte Lecha gedrängt, weitere Informationen preiszugeben – die Polizei wollte die genaue Ortsbeschreibung des Schneewalls, unter dem der Leichnam lag. Lecha versuchte, sich auf die Vorstellung vom Schneewall zu konzentrieren, aber es hatte um sie herum zu viele Ablenkungen gegeben. So sehr sie es auch versuchte, alles, was sie sich hatte vergegenwärtigen können, waren Schneewälle in den Weiten Alaskas, Erinnerungen an das Jahr, das sie dort verlebt hatte. Was sie anging, hatte nur der Anbruch des Frühjahrs eine Abwechslung geboten, wenn die großen Flüsse, der Yukon und der Kuskokwim, aufzutauen begannen, und das Erdreich entlang der Flußufer die ganze Nacht über vom Donner der aufbrechenden Eismassen erschüttert wurde. Wenn die Eisschmelze einsetzte, begannen die Zeitungen von Anchorage und Fairbanks die scheußlichen Entdeckungen aufzulisten, die unter den zusammenschmelzenden Schneewällen gemacht wurden. Mit Ausnahme des 1200-Meilen-Hundeschlittenrennens von Anchorage nach Nome hatte die Zählung der vom Winter geforderten Menschenleben die einzige interessante Neuigkeit in Alaska dargestellt. Das 1200-Meilen-Hundeschlittenrennen war ohnehin der einzige Grund, warum sie überhaupt in Alaska gelandet war.

Lecha meinte, dies müsse die Strafe der Tundrageister dafür sein, daß sie sich mit dem Mann einer anderen Frau eingelassen hatte. Da saß sie nun unter den heißen Scheinwerfern des Fernsehstudios, mit einer schluchzenden Witwe und einem aufgepeitschten Publikum samt Moderator, und alles, was ihr einfiel, war ein Indianer vom Yukon River und sein Gespann. Sie hatte den gutaussehenden Gespannführer dabei beobachtet, wie er sich über den gelbbraunen Leithund beugte und mit zärtlicher Stimme auf ihn einsprach; und in diesem Moment hatte sich Lecha in ihn verliebt. Sie hatte gefolgert, daß man von einem Mann, der zu seinen Schlittenhunden zärtlich und liebevoll war, auch annehmen konnte, daß er Frauen anständig behandelte. Wie sie herausfand, lautete die Antwort ja und nein, denn der Gespannführer hatte eine Frau und vier Kinder, die weiter flußaufwärts lebten. Er hatte seine Hunde für das große Rennen trainiert, und die Entfernung vom Dorf, in dem Lecha wohnte, zu dem Dorf, in dem seine Frau und Kinder lebten, entsprach genau dem Trainingspensum, das seine Hunde benötigten – achtzig Meilen hin und zurück.

Als Lecha es endlich geschafft hatte, den Gespannführer aus ihren Gedanken zu verbannen, hatte der Talkshow-Moderator die Witwe beruhigt und es sich wieder in seinem zur Couch passenden goldfarbenen Samtsessel bequem gemacht. Mit theatralischer Betonung fragte er Lecha nochmals, ob sie nicht eine genauere Beschreibung des Schneewalls geben könne. Lecha schloß die Augen. »Schneewall.« Alles, woran sie denken konnte, war die Eisschmelze in Anchorage, bei der unter einem Schneehaufen vor dem Eingang der Notaufnahme des Krankenhauses der Körper eines Eskimos zum Vorschein gekommen war. Eskimos und Indianer hatten Witze darüber gerissen, daß der Mann vermutlich gestorben war, während er darauf wartete, endlich von den Ärzten des US-Indian Health Service untersucht zu werden.

Publikum und Moderator saßen still und erwartungsvoll auf den Kanten ihrer Sitze, um Näheres über den Aufenthaltsort des Leichnams zu erfahren. Ohne zu zögern riet Lecha ihnen, die Schneewälle in der Nähe der örtlichen Krankenhäuser abzusuchen. Der Moderator der Show hatte dem Lieutenant und dann dem Regieassistenten zugenickt, der ihm soeben das Dreißig-Sekunden-Signal gegeben hatte.

In der Damentoilette neben dem Fernsehstudio betrachtete Lecha die großen halbmondförmigen Schweißränder auf dem neuen weißen Leinenkleid. Die Anspannung hatte sie erschöpft. Kein Wunder, daß die alte Yoeme so verbittert reagiert hatte, wenn ihr vorgeworfen wurde, eine Schwindlerin zu sein. Sie hatte immer behauptet, nicht viele Menschen würden den Mut aufbringen, ihre eigene Tätigkeit gegen die einzutauschen, die sie ausübte.

Zurück im Hotel hatte sich Lecha gerade bei einem heißen Bad entspannt, als eine Nachrichtenmeldung im Radio bekanntgab, der Leichnam sei vor einem Krankenhaus in Boulder, Colorado, gefunden worden. Der erste Telefonanruf kam vom Fernsehproduzenten, der ihr mitteilte, daß man sie gerne ein zweitesmal auftreten lassen würde. Der zweite Anruf kam vom Lieutenant, der sich bei ihr bedankte und fragte, ob man sie auf die Liste der »Wahrsager« setzen dürfe, die das Denver Department von Zeit zu Zeit konsultierte. Lecha teilte dem Produzenten mit, sie müsse darüber nachdenken, und dem Cop sagte sie, sie werde nur noch ein oder zwei Tage in Denver bleiben.

Lecha döste im heißen, mit Badesalzen versehenen Wasser vor sich hin und dachte an den gutaussehenden Hundeschlittenführer. Sein bestes Ergebnis, das er in dem großen Rennen jemals erzielt hatte, war der fünfte Platz gewesen. Ihr Rennfahrer hatte einen seiner Hunde auf dem Arm gehalten, während die anderen Hunde den Schlitten über die Ziellinie zogen. Ein Weißer, der nach dem schönen Gespannführer die Ziellinie überquert hatte, hielt ebenfalls einen Hund auf dem Arm und hatte einen toten Hund an seinen Schlitten gebunden. Lecha war an diesem Nachmittag in Nome klargeworden, daß Hundeschlittenführer auf einer anspruchslosen Stufe menschlichen Daseins lebten. Auf der Rennstrecke nähten sie nachts neue Hundeschuhe und weinten um ihre Hunde. Daran hatte Lecha kein Interesse. Zwei Tage nach dem Ende des großen Hundeschlittenrennens war sie weg. Lecha machte es sich zur Regel, Orte und Menschen zu verlassen, *bevor* sie irgend etwas zu bedauern hatte. Der Gespannführer war leidenschaftlich und sanft gewesen, aber nicht so wichtig wie die beiden Eskimo-Frauen, denen Lecha dort begegnet war.

TUNDRAGEISTER

Der Gespannführer hatte es eilig gehabt, mit seiner Hundemeute und dem Schlitten flußaufwärts zu seiner Frau zu kommen. Lachend hatte er sich beschwert, daß Lecha seinen Penis wundgerieben habe. Er kannte Rose, weil sie »dort unten«, in den Staaten, zur Schule gegangen war. Es war offensichtlich für Lecha, daß er auf seinem Weg flußabwärts mit ihr geschlafen hatte. Rose hatte Lechas zwei Koffer getragen und ohne Unterlaß geredet. Das erste, was sie verstehen müsse, wenn sie als Gast in ihrem Haus leben wollte, sei folgendes: Vor neun Jahren habe sich etwas Schreckliches ereignet, und nichts werde jemals wieder gut werden. Sie warnte Lecha, daß sie im Haus vielleicht Dinge feststellen würde, die nicht so waren, wie sie sein sollten. Aber das sei wegen des schrecklichen Vorfalls unvermeidlich.

An diesem Punkt ihrer Geschichte waren sie bei Roses altem Blockhaus angelangt. Es hatte ein grasbedecktes Dach und stand auf einem Hügel über dem Fluß. Lecha fühlte oder sah nichts Ungewöhnliches, als sie das Haus betrat und ihr Gepäck auf das Bett legte, das Roses Bett gegenüberstand. Was sie sehr wohl bemerkte, waren die Uhren – altmodische Modelle, wie sie die alten Leute in Sonora schätzten –, große Uhren, die mit einem Schlüssel aufgezogen werden mußten. Die Uhren erfüllten Roses kleines Haus mit ihrem Ticken.

»Sie sind auf verschiedene Zeiten eingestellt«, erklärte Rose, »damit ich sehen kann, wieviel Zeit sie gehabt hätten, wenn sie am Leben geblieben wären.«

»Wer?« Lecha bemerkte keine Schnappschüsse oder Schulabschlußfotos.

»Meine kleinen Geschwister. Es waren sechs, drei Mädchen und drei Jungen.«

Die kleinen Kinder waren schon oft allein gelassen worden. Die Eltern waren beim Schnapshändler auf der anderen Seite des Flusses. Sie blieben manchmal mehrere Tage dort, ihr ganzes Geld ging an den Schwarzhändler. Den Kindern wurde kalt, denn das Haus bestand nur aus Sperrholz und Teerpappe und einer Lage Wellblech. Einen Ofen gab es nicht, lediglich ein halbes stählernes Ölfaß, in dem Kerosin verbrannt wurde. Das älteste Kind war ein neunjähriges Mädchen. Es ging in die Dunkelheit hinaus, um die rote Heizölkanne neben dem Schneemobil des Vaters zu holen. Aber die Kanne, nach der es gegriffen hatte, enthielt Benzin und kein Heizöl. Die Explosion hatte die Hütte aus Sperrholz und Blech in die Luft gejagt. Die Leute aus dem Dorf sahen die Kinder davonrennen. In einer Reihe liefen sie hintereinander durch die Dunkelheit am Ufer entlang, umgeben von einem Glorienschein aus gelben Flammen, der mit jedem neuen Körperteil oder Kleidungsstück, das Feuer fing, höher aufloderte. »Dies sind Deine Engel aus Feuer, Christus der Weißen!« hatte Rose ausgerufen. Aber die Kinder erreichten den Fluß nicht ganz. Sie fielen in den Schnee und ertranken in der Flüssigkeit ihrer verbrannten Lungen.

Im Mädchenschlafsaal der Eskimo- und Indianer-Schule hatte Rose fünf Nächte hintereinander von dem Feuer geträumt, erzählte sie Lecha an ihrem ersten gemeinsamen Nachmittag. Sie hatte nichts tun können. Nicht einmal die Yupik-Aufseherinnen hatten für sie ein Funkgespräch mit dem Mann vom Handelsposten führen wollen. Rose war ihren sechs Geschwistern seit ihrem elften Lebensjahr Mutterersatz gewesen, trotzdem gestatteten sie ihr nicht, nach Hause zu fahren. Sie erinnerte sich an nichts von dem, was nach dem Eintreffen der Nachricht vom Feuer passiert war. Die Schulbehörden hatten Rose in den Süden, in die psychiatrische Klinik nach Seattle geschickt.

»Ich habe die Schule dort unten beendet. Ich war eine Tagesschülerin. Nachts schlief ich im Krankenhaus. Ich habe lange versucht, mit den Kindern zu reden. Der Doktor fragte mich ständig, was ich ihnen denn sagen wollte. Dabei wollte ich ihnen nur sagen, daß es mir leid tut. Daß ich mich um sie gekümmert hätte, wenn ich zu Hause gewesen wäre. Ich wollte nicht weggehen, ich wollte sie nie allein lassen. Nachts im Schlafsaal habe ich immer geweint. Es dauerte furchtbar lange. Aber nachdem der Doktor endlich aufgehört hatte, nach ihnen zu fragen, und mich statt dessen über meine Eltern ausfragte, habe ich dann von ihnen geträumt. Ich sprach zu ihnen. Sie standen nebeneinander und lächelten mich an. Sie schienen glücklich und zufrieden zu sein, nur daß sie brannten. Sie standen in Flammen, ohne zu verbrennen. Die alte Frau hat mir später erzählt, daß auch sie die Kinder gesehen hat – in jener Nacht, und später dann, kurz vor der Dämmerung, haben sie zusammen am Fluß gespielt. Jedesmal haben sie lichterloh gebrannt.«

An den Abenden, die der Gespannführer flußaufwärts bei seiner Frau verbrachte, war Lecha mit den anderen in das Versammlungshaus des Dorfes gegangen, wo die als Satellitenversuche der Regierung ausgestrahlten alten Spielfilme und Fernsehübertragungen der Universität von Alaska empfangen wurden. Lecha hatte neben ihrer Freundin Rose gesessen, und alle drängten sich dicht um den Fernsehbildschirm. Rose hatte ihr alles übersetzt, sämtliche Scherze und Anspielungen, die in der Yupik-Eskimosprache gemacht wurden. Einige Teenager, die im Internat gewesen waren, standen im hinteren Teil der Halle und lachten und flüsterten auf Englisch und Yupik. Lecha erkannte, daß Rose sich mit ihr angefreundet hatte, weil sie von den anderen im Dorf als Sonderling betrachtet wurde. Ohne sie hätte sich Lecha vielleicht recht einsam gefühlt, in dem Dorf unten am Fluß, in dem ihr die älteren Bewohner den Spitznamen »Rennfahrer-Sportgerät« gegeben hatten, während die Dorfteenager, die sich mit amerikanischen Fernsehserien auskannten, ihr Verhältnis »Liebe auf athapaskisch« nannten. Dennoch hatten sich die Leute Lecha gegenüber höflich benommen, besonders wenn man bedachte, welche Rivalitäten einst zwischen den Angehörigen des Gespannführers und den Yupikleuten flußabwärts bestanden hatten.

Die Fernsehübertragung bestand aus einer Hauswirtschaftssendung der Universität von Alaska. Sogar die Männer hatten interessiert zugeschaut. Allen machte es Spaß, Kommentare und Witze über die Yupikfrau abzugeben, die man in einem rivalisierenden Dorf angeworben hatte, um »Fernsehstar« zu werden.

»Wenn sie in unserem Dorf aufgewachsen wäre, hätte sie ein besseres Rezept für eingelegte Biberschwänze«, bemerkte eine Frau. Alle, auch die alten, schläfrig aussehenden Frauen hatten vor Lachen in die Hände geklatscht, so daß die metallenen Klappstühle unter ihrem Gelächter vibrierten. Lecha hatte Rose angesehen und geseufzt, denn es fiel ihr schwer, einzusehen, was an eingelegten Biberschwänzen lustig sein sollte. »Oh«, sagte

Rose, »ich hatte ganz vergessen, daß du nicht hier warst, als das passiert ist.« Rose hatte gelächelt und Lechas Arm getätschelt. »Es kommt mir vor, als hättest du schon immer hier gelebt.« Lecha nickte, obwohl sie gar nicht vorgehabt hatte, den Winter in einem Eskimodorf, achtzig Meilen von der Beringstraße entfernt, zu verbringen. Aber sie war dem gutaussehenden Hundeschlittenführer in der Flughafenbar von Seattle begegnet, und er hatte ihr genau den Ortswechsel angeboten, den sie brauchte.

»Das Biberschwanz-Rezept ist so eine Art makabrer Witz«, erklärte Rose lächelnd. »Sie hat das Biberschwanz-Rezept irgendwann einmal vorgestellt, und drei alte Frauen aus einem Dorf flußabwärts haben es ausprobiert. Aber statt es so zu machen wie früher, als die Biberschwänze noch in Robbenblasen oder Wachspapier eingepackt wurden, haben die drei alten Frauen Plastikfolie benutzt. Dann haben sie die Schwänze, wie es sich gehört, in eine warme Ecke hinter den Ofen gelegt und drei oder vier Tage lang gären lassen, so wie es das Rezept verlangte. Als sie die Biberschwänze dann aufaßen, haben sie sich damit vergiftet, weil Plastik häufig zu Lebensmittelvergiftungen führt.«

Die Fernsehhausfrau demonstrierte nun eine Technik zur Herstellung von Pastetenteig, doch niemand sah mehr hin. Stattdessen unterhielten sich die Leute. Sogar die Teenager im hinteren Teil des Gemeindehauses hockten zusammen, rauchten Zigaretten, kicherten und redeten, während sie darauf warteten, daß die Serie »Liebe auf amerikanisch« begann.

Eine alte Frau hatte mit lauter Stimme zu reden begonnen, und die anderen Frauen wandten sich um. Rose übersetzte für Lecha. Die alte Frau erzählte, das Fernsehen beeindrucke sie nicht besonders, mit Ausnahme der Filme, die Männer auf Pferden zeigten. Noch einmal wiederholte die alte Frau, daß sie sich für Pferde interessiere; aber abgesehen davon beeindrucke sie das Fernsehen nicht. Sie habe schon viel eindrucksvollere Szenen gesehen, die genau in diesem Raum stattgefunden hatten. Lecha schien es, als schaue die alte Frau sie geradewegs an, deshalb lehnte sie sich dichter zu Rose hinüber, um ihre Übersetzung zu hören. Lecha achtete sorgsam darauf, ihre Augen nicht von der alten Frau zu wenden, die sie an Yoeme erinnerte; nicht aufgrund äußerer Ähnlichkeiten, sondern durch die uneingeschränkte Aufmerksamkeit, die sie auf sich zog. Sogar die Männer, die über Jagdpläne und Reparaturen an Schneemobilen diskutiert hatten, verstummten und begannen ihr zuzuhören.

»Wenn wir fremden Besuch haben, frage ich mich jedesmal, ob sie wissen, warum wir hier leben«, sagte die alte Frau und faßte in eine schmutzige Tasche aus Segeltuch, die zu ihren Füßen lag. Heraus zog sie einen schweren Elfenbeinstoßzahn. Die alte Frau hielt den Stoßzahn hoch, damit ihn jeder sehen konnte. Die Stimmen und Gesichter auf dem Fernsehbildschirm hatten jede Anziehungskraft verloren. Zwei Universitätsprofessoren diskutierten über die amerikanische Außenpolitik in Südostasien. Die alte Frau schwang den großen Walroßzahn wie ein Lasso über ihrem Kopf. Lecha schielte zum Bildschirm und stellte sich vor, wie der Stoßzahn mit den weißen Gesichtern zusammenprallte. Die alte Frau war stärker als sie aussah. Dann ließ sie lachend den Arm sinken.

»Ich weiß, was Cowboys tun, wenn sie auf Pferden reiten«, sagte sie, diesmal Lecha direkt zugewandt. Lecha nickte, sie war sich nicht sicher, worauf dies alles hinauslaufen würde. Plötzlich wandte die alte Frau ihre Aufmerksamkeit von Lecha und den anderen Menschen im Gemeindesaal ab. Mit aller Kraft begann sie, den Stoßzahn beidhändig herumzuwirbeln. Nicht einen Augenblick ließ sie ihn aus den Augen, und Lecha erkannte, daß auch sonst niemand im Raum die Augen abwenden konnte. Lecha versuchte es nicht einmal, denn die alte Frau beobachtete sie.

Das herumschwingende Elfenbein schien leichter und leichter zu werden, bis die alte Frau es schließlich mühelos mit einer Hand herumwirbelte. Dann hatte die Oberfläche des Zahns zu glänzen und zu schwitzen begonnen; auf den Händen der alten Frau und im Schoß ihres Kleides sammelten sich glänzende Tropfen. Die Schwingungen des Zahns begannen einen Klang anzunehmen. Zunächst war es nur ein schwacher Ton, und Lecha konnte das Dröhnen der Stimmen im Fernseher immer noch hören. Dann aber wurde der surrende Ton lauter, und gleichzeitig begann der elfenbeinerne Stoßzahn seine Form zu verändern. Er wand sich in Spiralen wie eine riesige Meeresmuschel, wurde flach wie eine Scheibe und verzog sich dann zu einem kerbenüberzogenen Keilstück in der Form eines Rotorblattes oder eines Vogelflügels. Dann ging der Stoßzahn in Flammen auf. In diesem Moment wurde der surrende Ton sehr laut, und Lecha verspürte den Drang, die Hände auf die Ohren zu pressen, aber wieder spürte sie, daß sie nicht in der Lage sein würde, die Arme zu heben. Genau in diesem Augenblick begann der Ton schwächer zu werden, die wirbelnden Bewegungen der alten Frau wurden langsamer, und der Stoßzahn aus Elfenbein landete wieder in ihrem Schoß. Lecha blickte auf und stellte erstaunt fest, daß die alte Frau mit zur Seite gesunkenem Kopf eingeschlafen war. Rose erhob sich abrupt. Im Fernseher setzte die Titelmelodie von »Liebe auf amerikanisch« mit der gleichen Lautstärke ein wie zuvor der surrende Ton. Auch Lecha erhob sich. Ihre Beine zitterten, und sie war erschöpft. Im Zwielicht der Wintersonne gingen sie zurück zu Roses Haus. Die Vorstellung der alten Frau hatte Rose verstört, sie konnte von nichts anderem sprechen als von Feuer. »Die alte Frau«, sagte sie, »hätte das mit dem Feuer nicht tun sollen.«

Rose hörte die Stimmen ihrer kleinen Geschwister.

»Rose«, schrien sie, »komm zurück nach Hause und kümmere dich um uns.« Lecha sah, wie Tränen über ihre Wangen liefen.

ESKIMOFERNSEHEN

Am nächsten Tag konnte Lecha Rose nicht finden, und als sie in das Gemeindehaus zurückging, um sich die internationalen Nachrichten anzusehen, fand sie auch dort nur eine Handvoll Leute vor dem Fernsehgerät. Lecha mußte über sich selbst lachen, darüber, daß sie sich überhaupt die Mühe machte, sich die internationalen Nachrichten anzusehen. Aber das Fernsehen lenkte sie von der Anspannung ab, die sie jedesmal beschlich, wenn sie im Begriff stand, zu verreisen oder weiterzuziehen. Das Kurzwellenradio im Haus des Priesters empfing die täglichen Nachrichten über das Iditarod-Rennen. Ihr Gespannführer war Tagesfünfter geworden, lag jedoch nur vier Stunden hinter dem alten Yupik-Indianer, der das Rennen anführte. Lecha hatte versprochen, den Rennfahrer in Nome abzuholen.

Die alte Yupikfrau betrat das Gemeindehaus. Sie war allein. Die Segeltuchtasche mit dem Elfenbeinzahn vom Tag zuvor hatte sie nicht bei sich. Die alte Frau schien Lecha nicht zu bemerken. Sie drängte sich so nahe wie möglich an das Fernsehgerät heran, indem sie einen metallenen Klappstuhl über den Boden schleifte und das schreckliche Geräusch, das sie dabei verursachte, gar nicht zu bemerken schien. Im Hintergrund des Saals lachte jemand über die alte Frau. Lecha und die Alte drehten sich um. Es war Rose. »Du solltest nicht mit dem Feuer spielen«, sagte Rose, und Lecha war sich nicht sicher, ob sie zu ihr oder der alten Frau gesprochen hatte. Die alte Frau sprach kein Englisch, und dennoch schien Rose mit dem Finger auf sie zu deuten. Die wenigen anderen Menschen im Saal verhielten sich still. Auf dem Fernsehbildschirm erschien eine Satelliten-Wetterkarte nach der anderen. Rose kam langsam nach vorn, sie starrte auf das Fernsehgerät. »Das hier haben sie mir alles in der Schule beigebracht.«

Rose unterhielt sich auf Yupik mit der alten Frau, dann setzte sie sich neben Lecha und seufzte tief auf. »Die alte Frau möchte wissen, ob du noch mehr sehen willst, bevor du wieder gehst.« Lecha nickte. Sie hatte das Gefühl, von einer ebensolchen Kraft beherrscht zu werden, wie Yoeme sie besessen hatte.

Lecha hatte zugesehen, wie die alte Yupikfrau es machte. Sie stand direkt vor dem Fernsehgerät und glitt mit ihrem Zeigefinger über das Glas, während sie mit klarer, lauter Stimme sprach. Ihre Augen waren halb geschlossen, wie an dem Nachmittag, an dem sie den Elfenbeinstoßzahn vorgeführt hatte. Rose flüsterte Lecha zu: »Sieh hin. Es wird wieder ein Flugzeug abstürzen.« Lecha glaubte, Rose wolle sie auf den Arm nehmen, weil sie bei diesen Worten gelacht hatte. Aber Roses Lachen war in letzter Zeit immer schwerer zu deuten gewesen. Sie wollte nicht, daß Lecha ging.

Die alte Frau hatte weitergemacht, während Lecha und Rose sich unterhielten, aber das wilde Lachen ließ sie die Augen öffnen. Sie sah gequält und besorgt aus. »O nein, es geht mir gut!« sagte Rose. »Es ist wegen der Kleinen, nicht meinetwegen!« Rose hatte Englisch gesprochen, aber die alte Yupikfrau schien sie zu verstehen. Sie schloß die Augen wieder und konzentrierte sich auf die Satellitenkarte auf dem Bildschirm unter ihrem Finger. Was die alte Frau fertiggebracht hatte, war eigentlich recht einfach. Nach Roses Worten hatte sie in der Technik der Weißen gewisse Möglichkeiten entdeckt. Rose war unerbittlich. »Du glaubst, daß ich mir das alles ausdenke. Aber sieh nur hin. Sieh nur, wohin sie jetzt auf der Karte deutet.«

BRENNENDE KINDER

Rose hatte es ihr erklärt und dabei versucht, die treffendsten englischen Worte für das zu finden, was die alte Frau in Yupik erzählte. Sie waren auf dem Rückweg vom Gemeindehaus. Die alte Frau hatte sich zum Haus einer ihrer Enkelinnen aufgemacht, weil ihr Gerüchte über frisches Seehundöl zu Ohren gekommen waren, das es dort geben sollte. Bevor sie ging, hatte sie darauf bestanden, Lecha die Hand zu schütteln. Lecha griff in die Taschen ihres schweren Mantels und holte ein Paar mit Fuchspelz gefütterte Lederhandschuhe hervor. Sie hatte in Seattle zweihundert Dollar dafür bezahlt. Als Lecha ihr die Handschuhe anbot, griff die alte Frau gierig danach. Beim Anprobieren lächelte sie und sprach leise mit sich selbst.

Rose lachte ihr wildes Lachen und schüttelte den Kopf. »›Pelz‹ und ›Haare‹. Genau das hat sie gesagt.« Die kalte, klare Luft schien Rose zu beruhigen. »Natürliche Elektrizität. Kraftfelder.« Rose hatte Lecha prüfend angesehen, als wollte sie herausfinden, wieviel Lecha wirklich über die Anwendung von Naturkräften wußte.

»Sie reiben an bestimmten Tierfellen, Präriefuchs oder Wiesel«, erklärte sie. Die weißen Menschen konnten zwar Dinge am Himmel kreisen lassen, die Nachrichten und Bilder von Alpträumen und Visionen aussandten, aber die alte Frau wußte, wie man die zerstörerische Kraft umkehrte und gegen ihren Ursprung richtete.

Die alte Frau hatte Monate gebraucht, um ihr System zu perfektionieren. Als die Übertragungen des Nachrichtensatelliten zum erstenmal zusammengebrochen waren, hatten die Wissenschaftler den Leuten erklärt, die Batterien seien defekt. Rose wußte es zwar besser, aber sie hielt den Mund. Die alte Frau hatte große Mengen an elektrischer Energie aus der Atmosphäre zusammengezogen, indem sie Geisterwesen herbeirief. Sie erzählte den Geistern Geschichten, die als Anklage gegen die habgierigen Zerstörer des Landes verstanden werden mußten. Mit Hilfe dieser Geschichten konnte die alte Frau die mächtigen Kräfte versammeln, die von den Geistern der Vorfahren ausgingen.

Es war nicht leicht für sie gewesen, Gelegenheiten zu finden, bei denen sie ins Gemeindehaus gelangen und das Fernsehgerät für sich allein haben konnte. Fast immer hatte bereits irgend jemand vor dem Gerät gesessen, und sei es nur, um die Testbilder anzustarren. Manchmal hatte Rose ihr geholfen, indem sie zuerst ins Gemeindehaus gegangen war und dort vorgetäuscht hatte, Stimmen zu hören. Meist hatte Rose es vermocht, die zwei oder drei alten Männer zu verscheuchen, die vor dem Fernsehgerät vor sich hin dösten und kein Bedürfnis verspürten, sich mit ärgerlichen Geistern anzulegen. Die alte Frau mußte schnell arbeiten, solange sie das Gerät und die Fernbedienung der Parabolantenne für sich allein hatte.

Viele Dorfbewohner mißtrauten der Frau. Der katholische Dorfpriester hatte ganze Arbeit dabei geleistet, den alten Glauben an Tier-, Pflanzen- und Steingeister – oder was immer er sonst noch als Teufelswerk bezeichnete – zu verleumden. Als Kind hatte sie einmal eine Medizinfrau dabei beobachtet, wie sie einen kleinen Quarzkristall aufhob, den sie am Ufer des Flusses gefunden hatte, und ihn dazu benutzte, sich anzusehen, was die Leute, die hundert Meilen flußaufwärts lebten, alles taten. Medizinleute besaßen Quarzkristalle, die wie winzig kleine Fernseher funktionierten. Die unbedeutenderen unter ihnen konnten die Vorgänge mitunter zwar genau sehen, aber nicht hören, was gesagt wurde. Obwohl die alte Frau versucht hatte, ihre nachmitternächtlichen Streifzüge durch das Dorf einzustellen, um weitere Vorwürfe der Hexerei zu vermeiden, konnte sie nicht widerstehen. Sie hatte Rose um Hilfe gebeten in der Nacht, in der sie den Fluch des Flugzeugabsturzes vollendete.

Im Inneren des Gemeindehauses erhellte nur das bläuliche Licht des leuchtenden Fernsehbildschirms den Saal. Doch die alte Frau konnte das Schnarchen eines alten Mannes hören, der auf einem der Metallklappstühle direkt vor dem Fernsehgerät zusammengesunken war. Um so besser. Niemand würde glauben, daß sie die Unverfrorenheit besaß, ihre Untaten auszuführen, während der alte Pike dabeisaß und schlief. Auf dem Bildschirm flimmerte das Testbild, doch sie hatte schon beim letzten Mal das Testbild benutzt. Es war gut, einmal etwas anderes auszuprobieren. Vorsichtig stellte sie das Gerät leiser und schaltete um auf den Kanal mit den Satellitenkarten und den darunterstehenden Wetterinformationen. Sie griff in ihre schmutzige Segeltuchtasche und zog ein Wieselfell heraus. Der alte Pike schnarchte munter weiter. Vor dreißig Jahren war sie mit ihm den Fluß hinaufgezogen, um Nerze und Biber zu fangen. Schon damals war er nur aufgewacht, wenn man seine Eier mit Schnee einrieb.

Sie bewegte das Wieselfell mit hastigen Bewegungen über den Fernsehbildschirm und wurde dabei immer schneller und schneller. Das Krachen wurde lauter und die sprühenden Funken heller, bis die Wetterkarte auf dem Bildschirm schließlich mit Massen von Sturmwolken herumzuwirbeln begann und mit jeder Reibung des Fells rascher kreiste. Dann schloß die alte Frau die Augen und sammelte alle Energie in sich, die gesamte Kraft der zornigen und rachsüchtigen Geisterwesen. Die alte Frau beschwor die Macht der Geschichte herauf, von der Rose Lecha am Tag ihrer ersten Begegnung erzählt hatte:

»Meine liebe kleine Rose, du darfst sie nicht so häufig sehen. Dieses Feuer! Es spendet keine Wärme. Was das Feuer berührt, wird zerbrechlich wie Eis. Berühre die verbrannte Hand, und sie zerfällt zu Asche. Berühre die Gesichter, und sie lösen sich in deinen Händen auf. Du willst dich doch wärmen. Dir ist kalt. Wo sind sie, die Kleinen? Du hast oft davon geträumt, und du wußtest es. Aber du kannst nicht rechtzeitig zu ihnen gelangen. Wissen sie, was geschieht, oder fühlt es sich schön an für sie – einfach warm und ohne Schrecken? Sie schmelzen. Was du findest, treibt in der Asche.«

Lecha hatte nie vergessen, was in diesem Moment auf dem Fernsehbildschirm erschienen war: die Mündung des großen

Flusses ins Meer. Weißer Dampf steigt aus dem Fluß auf, doch grauer Ozeannebel legt sich darüber und bedeckt den Fluß schnell von einem Ufer zum anderen. In der Ferne ist ein Brummen zu hören, das mit dem Wind herüberweht und vom Rauschen der gegen die großen Felsen schlagenden Wellen verschluckt wird. Windstöße lassen das Brummen des Flugzeugmotors stärker und dann wieder schwächer werden. Der Motor läuft auf voller Kraft, Steigflug. Der Fluß drängt höher und höher gegen seine Ufer. Der Pilot läßt die Maschine sinken, dann steigen und wieder sinken, er sucht nach einem Loch, einer Öffnung im Nebel, in den er erst vor einer Minute hineingeflogen ist. Die Kompaßnadel zittert und dreht sich in Magnetfeldern aus echten und falschen Himmelsrichtungen. Der Höhenmesser steht wie festgefroren auf 2000, und nichts kann ihn mehr bewegen. Der Copilot arbeitet fieberhaft. Sie drehen an den Knöpfen und versuchen verzweifelt, die Entfernung zum Boden zu errechnen.

Dann wird der Bildschirm weiß. Die alte Frau sitzt zusammengekrümmt auf einem Stuhl. Die Arme um den Körper geschlagen wiegt sie sich langsam vor und zurück und singt mit leiser Stimme vor sich hin. Als Jahre später ein unglückseliges koreanisches Verkehrsflugzeug vom Kurs abkam und über dem Ozean abgeschossen wurde, hatte es Lecha nicht überrascht, zu erfahren, daß der Kompaß des Autopiloten zwölf Meilen nördlich von Bethel in Alaska ausgefallen war.

FLUGZEUGABSTÜRZE

Lecha und der Hundeschlittenführer verließen Nome mit dem gleichen Flug. Der Rennfahrer war zu verzweifelt gewesen, um neben ihr zu sitzen. Lecha hatte das schwache Bellen seiner Schlittenhunde im Gepäckraum des Flugzeugs hören können. Der Gespannführer glaubte, daß sie ihn wegen des verlorenen Rennens verließ. Vor wenigen Stunden hatte er ihr angeboten, seine Frau und seine Kinder zu verlassen, aber sie hatte abgelehnt. Es fiel ihr schwer, ihre Beweggründe zu erklären.

»Ich habe etwas gelernt in diesem Winter hier oben«, sagte

Lecha. »Vielleicht hätte ich es nie herausgefunden, wenn ich nicht hierhergekommen wäre.« Die Verzweiflung des Gespannführers verwandelte sich in Wut. Lecha hatte darüber nachgedacht, ihn mit einem Zugeständnis zu beruhigen. Sie wollte ihn nicht traurig stimmen, aber es gab keine Möglichkeit, seinen Kummer zu vermeiden, und so setzte sie sich neben einen gutgekleideten Weißen mit einem Aktenkoffer. Er war Versicherungsgutachter, feierte die Rückkehr zu seiner Heimatdienststelle in Seattle und spendierte ihr während des ganzen Fluges nach Fairbanks Drinks. Nachdem sie in Anchorage aus dem Flugzeug gestiegen war, bemerkte sie, daß ihr athapaskischer Rennfahrer bereits losgegangen war, um aufzupassen, daß das Gepäckpersonal mit seinen Hunden und seinem Schlitten vorsichtig umging. In Anchorage würde er das Postflugzeug zu den Dörfern nehmen, und Lecha würde mit einem Anschlußflug nach Seattle weiterfliegen. Der Versicherungsgutachter war ebenfalls auf den Flug nach Seattle gebucht. Er besorgte ihnen gemeinsame Plätze. Lecha hörte die Schlittenhunde bellen und jaulen, aber sie betrat das Flughafengebäude, ohne sich noch einmal umzusehen.

In der Flughafenbar wählte der Versicherungsgutachter seine Lieblingshits auf der Jukebox. »Spanish Eyes« sei für sie, sagte er. Er hatte sich mit *Black Russian* betrunken, und Lecha fragte sich, ob sie ihn bis nach Seattle ertragen würde. Damals hatte es sie noch traurig gestimmt, wenn sie einen Liebhaber verließ. Der Gespannführer war nichts Besonderes gewesen. Lecha wußte nicht, warum es sie traurig machte, ihn zu verlassen. Die alte Yoeme hätte gesagt, einen langweiligen Liebhaber zu verlassen, sei ein Grund zum Feiern. Wie fröhlich Rose und die alte Yupikfrau gewesen waren, als Lecha ins Flugzeug kletterte. Die alte Frau hatte etwas geschrien, und Rose hatte es übersetzt: »Sie sagt, *dieses* Flugzeug würde sie nicht abstürzen lassen! Mach dir also keine Gedanken!« Lecha hatte genickt und zurückgewinkt. Ja. Sie hatte gesehen, was die alte Yupikfrau mit einem Stück Wieselfell, einer Satelliten-Wetterkarte auf dem Fernsehbildschirm und der Geisteskraft einer Geschichte zustande brachte.

Nach dem Start begann der Versicherungsmensch, ihr von dem wilden und aufregenden Leben zu erzählen, das er bei seiner

Firma führe. Sie seien der größte Einzelversicherer von Ölbohrfirmen in Alaska. Jetzt, wo der große Run eingesetzt habe, hätten die Ölbohrfirmen Hunderte von Angestellten und hochentwickeltes elektronisches Gerät im Wert von vielen Millionen Dollar, das kreuz und quer über das zugefrorene Ödland geflogen wurde. »Zugefrorenes Ödland« – der Versicherungsmensch glaubte tatsächlich, daß es in der Tundra kein Leben gab, nichts Wertvolles außer dem, was vielleicht unter der Schnee- und Erdkruste verborgen lag. »Öl, Gas, Uran und Gold«, zählte Lecha auf und nickte. Langsam begann sie zu glauben, daß sie vielleicht doch nicht so schlau war, wie sie immer von sich angenommen hatte, weil sie diesem Holzkopf gestattet hatte, sich neben sie zu setzen. Aber gerade als sie sich einen neuen Sitzplatz suchen wollte, begann der letzte *Black Russian* Wirkung zu zeigen. Jetzt kommt die Geschichte von der Ehefrau, dachte Lecha. Aber statt dessen zog der Versicherungsgutachter seinen Aktenkoffer unter dem Sitz hervor und öffnete ihn. Er enthielt eine Menge Formulare und ein Bündel glänzender Fotoaufnahmen. Bevor Lecha die schwarzweißen Umrisse erkennen konnte, warf er ihr einen Abzug in den Schoß. Im ersten Moment wirkte das Foto leer, doch dann erkannte sie die schneebedeckte Tundra, die sich gegen den wolkenverhangenen Himmel abzeichnete. Weiß auf weiß. Der einzige Gegenstand in diesem weißen Feld war ein teilweise im Schnee vergrabenes ›V‹. Lecha schüttelte den Kopf. Sie konnte nicht erkennen, um was es sich handelte.

»Das ist das Heck«, sagte er. »Der Rumpf ist völlig vergraben.«

»Oh.«

»Ein Flugzeug. Oder das, was von einer Beachcraft Bonanza übriggeblieben ist. Wir haben den Piloten, einen Geologen und eine Sensorausrüstung im Wert von einer Viertelmillion Dollar verloren.« Der Versicherungsgutachter breitete die anderen Fotos auf den ausklappbaren Tischchen vor ihren Sitzen aus. Die Körper hatte man mit Decken verhüllt. Im Mittelpunkt der Aufnahmen schien die verstreut umherliegende, zerfetzte elektronische Ausrüstung zu stehen. Die aus zerbrochenen schwarzen Metallkisten herausgerissenen Kabelstränge zeichneten sich scharf gegen den Schnee ab und erinnerten Lecha an

Innereien. Maschinenöl sammelte sich in schwarzen Pfützen, die auch aus Blut hätten sein können. »Haben Sie eine Vorstellung von der Höhe der Forderungen an unser Unternehmen?« Lecha schüttelte den Kopf. Ungeschickt ordnete er einige weitere Fotografien, und diesmal konnte sie den zerbrochenen Propeller und die Nase eines Flugzeugs erkennen, das durch starke Gewalteinwirkung in zwei Teile zerbrochen war. Auf den Nahaufnahmen sah man einen Arm aus dem vorderen Wrackteil baumeln. Lecha täuschte einen kleinen Entsetzensschrei vor, und der Mann sammelte die Fotos hastig zusammen, breitete jedoch sogleich eine topographische Karte von Nordwestalaska und der Behringstraße aus. Zwischen den Flüssen Yukon und Kuskokwim waren zahlreiche rote Kreuze eingezeichnet. Rote Kreuze häuften sich auch rings um die Städte Bethel und Nome. Bevor er den Mund öffnete, wußte Lecha bereits, was er ihr sagen würde. Dort hatte es Dutzende von ungeklärten Flugzeugabstürzen gegeben.

Der Versicherungsmann schüttelte den Kopf, und Lecha roch seinen alkoholgetränkten Atem. »Whiteout«, sagte er. »Blauer Himmel und Sonnenschein in über dreitausend Meter Höhe und nichts als ein paar dünne Wolken oder Nebelschwaden. Dann plötzlich eine Wolkenbank oder Nebel. Eine kleine Sturmfront – nicht viel mehr als eine Bö. Aber sie finden nicht mehr heraus. Der Pilot fliegt nach oben, der Nebel wird dichter. Der Pilot fliegt nach unten, der Nebel wird dichter. Er fliegt eine scharfe Kurve, um zu der Öffnung zurückzukehren, durch die er hineingeflogen ist, und sie ist verschwunden.«

Lecha hatte einen großen Teil ihres Lebens damit verbracht, Leuten zuzuhören, obwohl sie die Geschichte, die sie ihr erzählten, bereits kannte – und mehr, viel mehr als sie selbst jemals enthüllen würde. Um die Eintönigkeit ein wenig zu mildern, erkundigte sie sich nach Radar, Höhenmessern und anderen hochentwickelten Instrumenten. Er war inzwischen beim letzten *Black Russian* angekommen, den ihm der Steward zugestanden hatte. Er blinzelte einfältig auf die Karte mit den roten Kreuzen und versuchte dann langsam, sie zusammenzufalten. Schließlich fiel ihm Lechas Frage nach Radar und elektronischen Instrumenten ein. Er richtete sich so gerade wie möglich auf und winkte mit dem Zeigefinger ab. »Elektromagnetische Felder! Sie stellen alles auf den Kopf – den Kompaß und die gesamte Steuerungsanlage! Die Instrumente und Radios setzen aus. Das ist genau wie in dem Film, dem Film, äh –« Lecha mußte ihm helfen, sich in seinem Sitz zurückzulehnen. »Verschollen im Bermuda Dreieck«, sagte sie. »Genau den meine ich«, murmelte er. Lecha glaubte, er sei bereits eingeschlafen, als er nochmals die Augen öffnete und sagte: »Nichts davon ist wahr. Es gibt für alles eine Erklärung.« Und damit sank er endgültig in seinen Sitz zurück.

ABGESCHLAGENE KÖPFE

Lecha hatte in fremden Städten Ärzte belogen und ihnen erzählt, ihre Schmerzen würden durch Krebs verursacht, damit sie ihr Percodan verschrieben. Während sie mit dem Taxi vom Flughafen zu den Aufnahmestudios in Downtown Miami fuhr, wurde ihr klar, daß die wahre Ursache für ihre Schmerzen die »Gabe« war, ihre Kraft, Tote aufspüren zu können. Während des Fluges hatte sie einen Traum gehabt, eine Art verschlüsselte Geschichte. Sie hatte geträumt, irgendwo festgebunden zu sein und keine Möglichkeiten zur Flucht zu haben. Sie wußte, daß es kein Entkommen gab, und obwohl sie denjenigen, der sie gefangen hielt, nicht sehen konnte, wußte sie, daß er sehr bald beginnen würde, sie langsam zu töten. Er würde ihr zuerst einige Körperteile abschneiden, die Geschlechtsorgane, und dabei sehr langsam vorgehen, damit sie erst starb, wenn er fast fertig war mit ihr. Aber gerade in dem Moment, als sie von lähmender Todesangst überkommen wurde, war eine so plötzliche und furchtbare Erkenntnis in ihr aufgestiegen, daß sie mit einem Schlag wach wurde: Sie selbst war der Peiniger. Sie selbst war der Killer.

Plötzlich begann im klaren, rosigen Licht einer gerade aufgegangenen Sonne eine Stimme in ihrem Inneren zu sprechen. Sie war sich nicht sicher, wieviel Zeit ihr blieb. Sie wußte nur, daß sie dieses Geschäft mit der Fernseh-»Wahrsagerei« und den Sonderaufträgen der Polizei nicht sehr viel länger fortsetzen durfte. Sie ahnte die Veränderung, als würde die Macht in ihr

Gesicht und Augen abwenden, um die Welt zu schauen, die im Entstehen begriffen war.

Die Produktions-Assistenten rannten mit Skriptseiten für den Teleprompter hin und her. Die Fernsehkameras schwenkten über den nackten Betonfußboden, und ein Dutzend Kamera-Assistenten schleppten Kabel hinterher, damit sie nicht durcheinandergerieten. Lecha mußte an die Schleppen von Brautkleidern denken, lange Schleppen aus Spitze und Satin, bei denen ein ganzes Gefolge darauf achtete, daß sie sich nicht in Türrahmen und an Gegenständen verfingen. Lecha verschränkte die Füße unter ihrem Sessel in der Talkrunden-Kulisse. Sie waren kalt. Lecha hatte zwar gelernt, sich für das Fernsehen richtig zu kleiden – kurze Ärmel und kühlende Stoffe gegen die Hitze des Scheinwerferlichtes, aber ihre Füße waren immer kalt. Fernsehstudios waren überall gleich – ein unterirdischer Bau, kalter Betonfußboden und ein Gewirr aus schwarzen Kabeln, die dicker waren als ihre Arme. Auch das Fernsehprogramm war überall, wo sie aufgetreten war, dasselbe. Kein Wunder, daß sich die Zuschauer, die tagsüber fernsahen, für all die bizarren und ausgefallenen Möglichkeiten interessierten, wie Menschen verletzt werden oder zu Schaden kommen konnten, mit welchen abscheulichen Torturen Psychopathen ihre Opfer quälten und töteten, und für die vielen scheinbar harmlosen Vorfälle, die zum Verschwinden kleiner Kinder führen konnten. Die in den Fernsehstudios verwendeten Scheinwerfer mußten irgend etwas mit Napalm zu tun haben: Ihr Licht verbrannte sogar die Luft, es verbrannte alles, worauf es fiel.

Die vielen Wochen, in denen Lecha in den morgendlichen Talkshows des Regionalfernsehens aufgetreten war, hatten sie an die kalten Füße und das verschwitzte Gesicht gewöhnt. Woran sie sich jedoch nicht gewöhnen konnte, waren die Talkshow-Moderatoren, die nicht ein Wort zu sagen wußten, ohne es vom Teleprompter abzulesen. Lecha hatte viel dazugelernt, seit sie das erste Mal in einer Fernseh-Talkshow aufgetreten war – zum Beispiel immer eine Stunde vor der Sendung aufzutauchen, um sicherzustellen, daß die Produzenten ihren Scheck dabeihatten, und notfalls damit drohen zu können, daß sie nicht auftrat. Davon abgesehen, war es eine einfache Arbeit. Die Moderatoren stellten ihr immer die gleichen Fragen. Ob sie eine Indianerin sei und von welchem Stamm? Wie hatte sie festgestellt, daß sie übersinnliche Kräfte besaß? Und natürlich, welches waren die wichtigsten Fälle, an denen sie mitgearbeitet hatte? Lecha hatte drei Fälle, von denen sie berichtete, obwohl sie nicht glaubte, daß sich »Wichtigkeit« beurteilen ließ. Für die Angehörigen war der Verlust eines geliebten Menschen immer unermeßlich. Lecha pflegte nur von den Fällen zu erzählen, die keinen tödlichen Ausgang genommen hatten, obwohl dies selten der Fall gewesen und mit der Zeit sogar immer seltener geworden war. Von diesen Fällen wollten die Fernsehzuschauer jedoch gar nichts hören; sie interessierten sich vor allem für die Todesfälle. Was immer gerade in den Nachrichten gelaufen war, wollten sie nun von Lecha hören. Heute würden sie alles über die Leichen der vierzehn Jungen wissen wollen, die Lecha in den Dünen am Strand eines State Parks in San Diego aufgespürt hatte.

Die Studiozuschauer strömten die Gänge hinunter. Lecha schloß die Augen, um sie nicht sehen zu müssen, und versuchte, sich vor dem Beginn der Show zu entspannen. Sie spürte noch immer die schwachen Auswirkungen der Kopfschmerzen, die die beiden Detectives aus San Diego am Vortag ausgelöst hatten. Es widerstrebte ihr, über San Diego zu sprechen. Irgend etwas in ihr sträubte sich dagegen, und sie mußte an die Ziegen aus ihrer Kindheit in Potam denken, die ihre gespreizten Hufe fest in die Erde gestemmt und sich störrisch geweigert hatten, gegen ihren Willen fortgeführt zu werden.

Der Talkshow-Moderator ist ein alternder Weißer mit jeder Menge Make-up im Gesicht. Wieder möchte Lecha die Augen schließen. Am liebsten wäre es ihr, wenn sie die ganze Show hindurch mit geschlossenen Augen dasitzen und den Zuschauern erzählen könnte, dies sei für die volle Entfaltung ihrer psychischen Kräfte notwendig. Talkshow-Moderatoren verkörpern die Vorstellung der Fernsehanstalten von dem, was Frauen im Fernsehen zu sehen wünschen, heißt es. Fragt sich nur, bei welcher Beschäftigung sie sie zu sehen wünschen, denkt Lecha, die ein Talent dafür hat, sich Männer im Bett vorzustellen. Sie hat sich mit ihren seherischen Fähigkeiten genauestens befaßt und festgestellt, daß – obwohl sie darüber niemals spricht – ihre »Kräfte«

bis ins Bett reichen. Aufmerksam beobachtet sie den Moderator; wie er sich bewegt, stehenbleibt, sich mit einem der Produzenten unterhält und schließlich hinter einer Wand aus langen Vorhängen verschwindet. Der Schlüssel zu diesem Mann sind seine perfekt in Form gezupften Augenbrauen. Lecha vermag es nicht, den Gedanken an seine Augenbrauen auszuschalten, um sich vorzustellen, wie sie selbst mit ihm im Bett liegt. Während der Moderator mit den perfekten Augenbrauen und der Rest des Teams über Schlangennester aus Kabelleitungen stolpern, denkt sie daher über elektrische Spannung nach, die Gehirntumore verursachen kann. Sie denkt an tropische Länder, an gigantische Dämme im Dschungel und an Wasserkraftwerke. Guerillakämpfer bewegen sich leise und geschmeidig wie Schlangen. Man mußte nur die Dämme zerstören, und die Elektromotoren der Maschinen, der Maschinen der Herren, würden mit einem Stottern zum Stillstand kommen. Lecha hat genaue Vorstellungen von diesen Orten, denn sie liest jeden Tag die Zeitung. Seit sie in diesem Bereich zu arbeiten begann, hat sie die Zeitungslektüre nicht ein einziges Mal versäumt. Tropische Länder, alte Touristenfilme über Mexico City, die schwimmenden Gärten von Xochimilco. Hatte der Priester in Potam nicht immer wieder von den Höhepunkten der spanischen Kultur gesprochen? Und hatte nicht die alte Yoeme immer wieder gesagt, daß der Priester voller *caca* sei, mit seinen lüsternen Geschichten über Männer in Teufelsgestalt, die kleine Schulmädchen verfolgten, wenn sie auch nur einen Hauch von Rouge trugen?

Der lächelnde Moderator nimmt neben Lecha seinen Platz in der Talkshow-Runde ein, und die Zuschauer im Studio werden von den Teleprompter und den schwitzenden Produktions-Assistenten um Ruhe gebeten. Die Show verläuft planmäßig, bis der Moderator beginnt, ihr Fragen über San Diego und die Leichenfunde zu stellen, die noch immer im ganzen Land die Schlagzeilen der Nachrichten beherrschen. Lecha lächelt. Sie trägt ein konservativ geschnittenes schwarzes Kleid und eine elegante schwarze Handtasche, die zu ihren Stöckelschuhen paßt. Ihre Haare sind schulterlang geschnitten und weisen keinerlei Grau auf. Lecha lächelt und bereitet sich darauf vor, die Show durcheinanderzubringen. Ihr konservatives Äußeres verstärkt bei

Zuschauern und Moderator die schockierende Wirkung ihrer Weigerung, den San-Diego-Fall zu diskutieren.

»Aber der Killer ist doch tot. Der Fall wird abgeschlossen, sobald alle Leichen geborgen sind«, wirft der Moderator lächelnd ein, denn er hat noch immer nicht verstanden, was nun passieren wird. Durch diese plötzliche Wende wird sein Teleprompter nutzlos. Er zögert einen Moment, wirft dann erneut einen hilfesuchenden Blick auf den Teleprompter, um zu sehen, ob die Produzenten ihm aus der Patsche helfen können. Dann fragt er Lecha, warum sie nicht über den Fall reden will, und sie antwortet, ihr sei nicht danach, Erklärungen abzugeben. Obwohl sie dies mit ruhiger und gleichmäßiger Stimme sagt, löst ihre Weigerung unter den Zuschauern im Studio vereinzeltes Gelächter und Gekicher aus. Zur Erleichterung aller ist die erste Hälfte der Show fast zu Ende, und jemand kritzelt schließlich ein paar hastige Zeilen auf den Teleprompter. Der Moderator ist verärgert, weil Lecha sich seinen Fragen verweigert und das Publikum über ihn gelacht hat. »Nun denn«, sagt er mit öliger Stimme, die nur schwer den sarkastischen Unterton verbergen kann, »Sie können uns nicht einfach unverrichteter Dinge verlassen. Wir hatten uns gefreut auf –« Er bricht ab, ohne den Satz zu beenden. Lecha nickt und lächelt. Sie kennt diese makabre Art der Enttäuschung. Mindestens einen Schock mußte man ihnen bieten, ihnen zumindest einmal die Haare zu Berge stehen lassen und kalte Schauer den Rücken hinunterjagen.

»Nun, dann beehren Sie uns vielleicht mit einer kleinen Darbietung. Wie wär's mit den Schlagzeilen der kommenden Woche? Vielleicht schauen Sie einmal in ihre Kristallkugel –« Mit einer ordinären Geste hebt der Moderator Lechas Handtasche hoch, als wollte er feststellen, ob sie eine Kristallkugel enthielt. Lecha hat die Gesichter und Reaktionen der Studiozuschauer beobachtet; sie sucht auch die Schweißtropfen, die das Make-up des Moderators aufzulösen beginnen. Aber während sie all dies beobachtet, ist sie sich gleichzeitig der Stimme bewußt, die sich vor kurzem in ihrem Innern erhoben hat, diese Stimme hat ebenfalls Augen. Und während ihre eigenen Augen die Zuschauer und den Moderator beobachten, sucht dieses andere Augenpaar das sumpfige Wasser in den Kanälen der schwimmenden Gärten ab. Lecha beschreibt die Gärten von Xochimilco, die Seerosen mit den gelben und rosafarbenen Blüten, das Schilf und die Rohrkolben, die vor dem Bug des kleinen, flachen Bootes sanft auseinandergleiten. Dann sieht sie weiter vorn im dunkelgrünen Wasser ein leuchtend rotgelbes Plastikeinkaufsnetz. Zwei große Gegenstände schimmern durch das Netz. Aber hier unterbricht sie der Moderator, der befürchtet, daß die Indianerin nur Zeit schinden will, indem sie ihn mit einer lächerlichen Geschichte von schwimmenden Gärten und treibendem Unrat hinhält. »Bis jetzt kann ich mir noch nicht vorstellen, wie diese Story in die Schlagzeilen der nächsten Wochen kommen soll«, sagt er und ist zufrieden, als die Studiozuschauer über seine Gewitztheit lachen. Doch Lecha läßt sich nicht aus der Ruhe bringen. Ohne zu zögern, wiederholt sie den Satz, den er unterbrochen hat, und sofort kehrt Stille ein. Die Zuschauer folgen Lecha auf den Kanal, während das kleine Boot an das bunte Plastiknetz herangleitet. In dem Netz befinden sich zwei menschliche Köpfe, ihre blauen Augen sind weit geöffnet und starren zum Himmel.

Das Studiopublikum schnappt nach Luft und beginnt zu applaudieren. Es ist klar, daß die Indianerin die Leute wieder auf ihrer Seite hat. Der Moderator ist gezwungen, einen letzten verzweifelten Versuch zu wagen. Unter Aufbietung seines spöttischsten Tonfalls wendet er sich an Lecha: »Und wem gehören diese Köpfe?« fragt er und lächelt zufrieden über seine geschickte Fragestellung. »Es handelt sich um den Botschafter der Vereinigten Staaten in Mexiko und seinen engsten Berater«, sagt sie, und diesmal bleibt es lange still, bevor sich der Moderator oder jemand aus dem Publikum zu rühren wagt.

EIN PLÖTZLICHER ABGANG

Am folgenden Morgen ist Lecha im Hotel gerade dabei, die Koffer zu packen, als eine Nachrichtenmeldung die Wiederholungssendung von »Hoppla, Lucy« unterbricht. Der Botschafter der Vereinigten Staaten in Mexiko und sein engster Berater waren in der Nähe von Mexico City in einen Hinterhalt indianischer Guerillakämpfer geraten. Der Botschafter und sein Berater wurden vermißt.

Ein kalter Schauer überlief sie. Das FBI und die CIA würden Agenten hinter ihr herschicken, um sich Informationen zu holen. Die Haut auf ihrem Kopf und im Nacken begann zu kribbeln. Lecha faßte in die Tasche eines ihrer langen Kimonos und zog ein kleines Ledermäppchen aus der versteckten Innentasche. Ihre alte Notausrüstung: Geburtsurkunde, Sozialversicherungsausweis und ihr Führerschein aus Arizona. Ohne die Flugreservierung nach New York zu stornieren, bucht sie unter anderem Namen einen weiteren Flug nach Tucson. Dies war nicht das erste Mal, daß so etwas passierte, und sie hatte schon Tage damit zugebracht, die dummen Fragen von Agenten zu beantworten, die versucht hatten, sie mit dem Verbrechen in Verbindung zu bringen, bei dessen Auflösung sie ihnen gerade behilflich gewesen war. Aber diesmal würde alles viel schlimmer sein, besonders wenn sie herausfanden, daß sie eine in Mexiko geborene Indianerin war.

Sie war viel schneller aus dem Geschäft, als sie gedacht hatte. Sie würde nach Tucson fliegen und Root aufsuchen. Er wußte dem Gesetz gut aus dem Weg zu gehen, und schließlich gab es dort noch Zeta und Ferro, die beide besessen waren von Sicherheitsvorkehrungen, Wachhunden und Laseralarmanlagen. Die Dinge entwickelten sich rascher, als sie erwartet hatte. Das, was man aus dem grünen Wasser der schwimmenden Gärten gezogen hatte, war der Beweis dafür.

Lecha hinterließ in drei oder vier der Motorradbars, die er gerne besuchte, Nachrichten für Root. Er fuhr wegen seiner Behinderung zwar nur noch mit dem Taxi, aber die Gesellschaft von Bikern würde er immer allem anderen vorziehen.

Lecha hat fast vergessen, wie kalt der Regen hier sein kann. Tucson ist in ihrer Vorstellung immer die Stadt der trockenen Junihitze. Vierzig Grad im Schatten, sechs Prozent Luftfeuchtigkeit und Zikaden, die ihre Lieder über das gute Wetter zirpen. Der Wind bläst den Regen gegen die Blechverkleidung von Roots gemietetem Wohnwagen. Die »grüne Bestie« wird von den Windstößen geschüttelt. Lecha hatte nur einen Blick auf das alte Gerät geworfen und ihm diesen Spitznamen gegeben. Root ist unbehaglich zumute. Lecha fragt sich, ob er fürchtet, der Name könnte bedeuten, daß sie für lange Zeit dort einziehen will. Sie lacht ihn aus. Er blickt sie mit seinen blauen Augen an, die so selten blinzeln, und erklärt ihr, daß er es nicht leiden kann, wenn man sich über Bestien, Monster oder alles, was groß und häßlich ist, lustig macht. Sie wissen beide, was er damit meint. Lecha hatte gehofft, Root würde mit zunehmendem Alter mehr Sinn für Humor entwickeln. Wind und Regen trommeln gegen den Wohnwagen. Lecha denkt an die Stürme im Mittleren Westen, die sich besonders gern an Wohnwagen austoben, und fragt sich, ob irgend jemand in Tucson schon einmal daran gedacht hat, einen Wohnwagen gegen Sturmwinde zu verankern, wie es an vielen anderen Orten üblich ist. Vermutlich nicht. Das Leben in Tucson ist schon immer unkompliziert gewesen.

Das Klopfen kann nicht vom Wind kommen. Als Lecha die schmale Tür des Wohnwagens einen Spaltbreit öffnet, schlägt ihr eine Ladung Regen ins Gesicht. Dann sieht sie am Fuß der kleinen Metalltreppe, die zum Wohnwagen hinaufführt, eine Gestalt stehen. Die Frau trägt einen leichten, durchsichtigen Plastikregenmantel, und darunter kann Lecha ein T-Shirt und Jeans erkennen. Die Frau hat an die Seitenwand des Wohnwagens geklopft, statt die Stufen zur Tür hinaufzusteigen. Das ist ebenfalls typisch für Tucson, denkt Lecha. Die Leute hier können sich einfach nicht normal benehmen. Die blonde Frau ist dünn und vermutlich jung, viel mehr kann Lecha in der Dunkelheit und dem Sturm nicht erkennen. Allerdings ist der Ausdruck auf dem Gesicht so verzweifelt, daß man sie für eine alte Frau halten könnte. Lecha vermutet, daß es sich um eine von Roots Kundinnen handelt, eine der jungen Frauen, die Sex für Drogen anbieten.

Als die blonde Frau jedoch Lechas Gesicht sieht, verwandelt sich ihr verzweifelter Blick von Ungläubigkeit in helle Freude. »Oh, Jesus!« sagt sie und versucht sich mit der Hand den Regen und ein paar nasse Haarsträhnen aus dem Gesicht zu wischen, während sie auf die Treppenstufen zustolpert. »Ich hätte nie gedacht, daß ich Sie finde! Ich brauche Ihre Hilfe!« Lecha ist noch keine achtundvierzig Stunden in Tucson. Nur Root hat von ihrer Ankunft gewußt. Lecha läßt ihre Augen nicht von den rotgeschwollenen Augen der *gringa*; es kommt ihr vor, als wäre die Blondine irgendein neugeborenes Wesen, das sich noch nicht an das Tageslicht gewöhnt hat. Lecha ist noch nie von einer Kundin regelrecht aufgestöbert worden. Sie war immer stolz darauf, ihr Privatleben gut unter Kontrolle zu haben. Eines der größten Berufsrisiken von Wahrsagern und Handlesern war die ständige Belagerung durch Verzweifelte, Einsame oder Menschen, die so verrückt waren, daß man nicht einmal herausfinden konnte, was sie überhaupt verloren hatten.

Es gefällt Lecha überhaupt nicht, daß plötzlich jemand auftaucht, der auf der Suche nach ihr ist. Schließlich könnte es auch jemand von der Polizei sein. Vielleicht hatte sie Miami nicht schnell genug verlassen. »Wenn Sie es geschafft haben, mich zu finden, dann brauchen Sie auch meine Hilfe nicht. Gehen Sie und finden Sie es allein!« ruft sie, während sie Seese die Wohnwagentür vor der Nase zuschlägt. Root kommt aus dem Schlafzimmer und reibt sich die Augen. »Wer war das?« Lecha zuckt die Achseln: »Ich habe sie noch nie gesehen.« Root klopft auf die Vordertasche seiner ausgebeulten Jeans, in der eine handliche 38er Automatik steckt. Langsam und nur einen kleinen Spaltbreit öffnet er die Tür des Wohnwagens, während er sein Gesicht vom peitschenden Regen abwendet. Dann tritt er barfuß hinaus und schließt die Tür hinter sich. Eine Minute später kommt er wieder herein und schüttelt die regennassen Haare; das weiße T-Shirt ist durchnäßt und klebt an seinem Bierbauch, der über dem Bund seiner tropfnassen Jeans hängt. »Ich denke, sie ist in Ordnung«, sagt Root, »eine von deinen Kundinnen, die nach ihrem Kind sucht. Ich habe ihr gesagt, sie soll später wiederkommen, du wärst beschäftigt.« Root hinkt zur Küchenzeile und öffnet den Kühlschrank, um sich ein Bier herauszuholen. Wenn er müde ist, hinkt er mit dem rechten Fuß stärker als sonst. Die Stahlplatte in seinem Kopf hatte bei den Sicherheitskontrollen auf dem Flughafen Alarm ausgelöst, als er Lecha mit einem Dutzend roter Rosen abholen wollte. Die Stewardeß, die ihren Rollstuhl schob, hatte ihn für Lechas Sohn gehalten. Lecha ist stolz auf diesen Altersunterschied. Der Rollstuhl ist nur eine Tarnung. Sie wollte nicht dabei erwischt werden, wie sie mit Koffern voller Dolantin und Percodan durch die Gegend lief.

Root beobachtet sie. »Ich dachte, du wärst todkrank.« Lecha macht sich nur noch selten die Mühe, in den Spiegel zu schauen. Manchmal sieht sie sich für einen kurzen Augenblick in den Spiegelglasfenstern oder den Chromteilen eines Autos, und was die Fernsehauftritte betrifft, so überläßt sie es den Maskenbildnern, sich mit ihrem Gesicht herumzuplagen. Die Frau, die sie im Spiegel sieht, ist ihr fast unbekannt, obwohl sie weiß, daß »sie selbst« es ist, was immer das bedeuten mag. Sie hatte schon vor Jahren erkannt, daß es nichts gab, was sich wirklich glich, weder Menschen noch Tiere, Orte oder Dinge. An manchen Tagen war sie aufgewacht, um im Spiegel einem verhärmten, faltigen Gesicht mit koreanischen Augen zu begegnen. An anderen Tagen verlieh ihr die Tatsache, beim Aufwachen einen Mann neben sich im Bett zu haben, im Spiegel das Gesicht einer Neunzehnjährigen.

»Es ist Krebs«, lügt sie, »aber ich werde es noch eine Weile aushalten.«

Siebtes Buch
WEST-TUCSON

ROOTS URGROSSVATER GORGON

Root trinkt sein Bier aus und öffnet die nächste Flasche. Er bietet auch Lecha eine an, aber sie behauptet, kaltes Bier sei schlecht bei diesem Wetter. »Welches Wetter denn?« fragt Root sofort zurück, und Lecha muß über seine Unschuldsmiene lächeln. Sie legt den Arm um seine Schulter und küßt ihn auf den Nacken. Nebeneinander setzen sie sich auf die Couch und lauschen dem Wind, der den Regen gegen den Wohnwagen peitscht. Root ist schon immer ein launenhafter Mensch gewesen, auch vor dem Unfall. Sie war vierzig und er neunzig, als sie ihn zum erstenmal zusammen mit einigen von Calabazas' jüngeren Vettern gesehen hatte. Lecha hatte seit jeher eine Schwäche für kleine, stämmige Männer mit kräftigen Brustkörben.

Sie waren erst wenige Monate zusammen, als Root mit seinem Motorrad verunglückte. Lecha hatte es kommen sehen. Man mußte keine Hellseherin sein, um zu wissen, daß es mit Root und der hohen Lenkstange an seinem niedrigen Harley-Chopper kein gutes Ende nehmen würde. Vor dem Unfall hatte Calabazas Root nicht viel Beachtung geschenkt. Ein unwilliges Brummen war alles, was er von sich gegeben hatte, sobald Lecha das Thema auf ihn brachte. Calabazas hatte vor Jahren einen kleinen Zusammenstoß mit Roots Urgroßvater, dem alten Mexikaner Gorgon, gehabt. Der alte Gorgon hatte die Bordelle und Spielhöllen von Tucson betrieben. Um 1880 habe Tucson sowieso aus nichts anderem bestanden, pflegte Calabazas gern zu sagen. Als Root geboren wurde, hatte die Familie den Besitz bereits mit großem

Geschick vergrößert. Roots Großmutter besaß noch immer sämtliche billigen Wohnungen südlich der Innenstadt. »Du weißt, daß sie sich an den Indianerkriegen eine goldene Nase verdient haben«, sagte Calabazas. »Damals ist auch der Ire ins Spiel gekommen. Der Alte hatte ihn dazu angeheuert, mit einem Wagen und ein paar Maultieren loszuziehen und Schwarzhandel mit Whiskey zu betreiben, der sowohl für die Apachen als auch für die kämpfenden US-Truppen verboten war.« Die Nachfrage nach Gorgons Whiskey überstieg stets das Angebot. Mais, Hafer oder Roggen waren zu teuer, um als Braumaische verwendet zu werden, also experimentierte Gorgon mit anderen Rezepten. Sein Whiskey wurde aus einer gegorenen Maische aus Jojoba und Mesquitebohnen gebrannt, in die man gerade eine Schaufel voll geplatzter Maiskörner gab, um den Bourbongeschmack vorzutäuschen, den die US-Truppen, die hauptsächlich aus klapperdürren Südstaatlern bestanden, gewöhnt waren. Nach dem Destillieren wurde dem Schnaps noch eine letzte Kleinigkeit zugesetzt: zwei Teile Santa-Cruz-Wasser und ein Teil Formaldehyd – um zu verhindern, daß das Zeug in den Holzfässern auf Kirkpatricks Wagen schlecht wurde. Nur ein Ire oder ein Saufbold hätte diesen Job angenommen, Kirkpatrick war beides. Seine Aufgabe war es, draußen auf den Wüstenpfaden zu bleiben, so dicht wie möglich an beiden Parteien: den US-Truppen, die die Apachen jagten, und den Apachen, die die US-Truppen jagten. Am besten wäre es, hatte der alte Mann dem Iren geraten, wenn er sich mit seinem Wagen und dem mit Flußwasser und Formaldehyd verschnittenen Whiskey genau in der Mitte hielt. Die Geschichten über den alten Gorgon verrieten viel über Root. Gorgons Tochter hatte Kirkpatrick geheiratet. Damit war sie zweifellos eine unstandesgemäße Ehe eingegangen, aber sie hatte insgeheim die Hoffnung gehegt, daß ihre Kinder dem Familiennamen zu einem höheren Ansehen verhelfen würden. Roots Mutter war eine Tucsoner Debütantin gewesen. Sie hatte ihm und seinen Geschwistern verboten, mit den Kindern der Soldatenfamilien zu spielen, die während des Krieges nach Tucson verlegt worden waren. Auch mexikanische Spielgefährten hatte sie nicht geduldet; Großvater Gorgon, so hatte Roots Mutter erklärt, war »spanischer und nicht mexikanischer Abstammung«.

ROOTS UNFALL

Roots Mutter hatte ihre ganze Kraft aufgewendet, um ihren einfachen Ehemann dazu zu bringen, dem Namen der Familie, in die er eingeheiratet hatte, gerecht zu werden. Root erzählte gerne, sein Vater habe gerade lange genug gelebt, um acht Kinder zu zeugen, und sei dann tot umgefallen. Zu Tode gehetzt – so wie man dem alten Gorgon nachsagte, er habe ein Mauleselgespann zu Tode gehetzt und später erklärt, die Tiere seien alt und verbraucht gewesen, und er habe die Chance gehabt, in Nogales ein großes Geschäft abzuschließen, wenn er das Gespann nur etwas härter antrieb. Roots Stimme klang bitter, wenn er von seinen Eltern sprach. Er zog es vor, zu erklären, seine gesamte Familie sei bei seinem Unfall ums Leben gekommen, seine Mutter, Großmutter, Schwestern und Brüder seien in dem Moment gestorben, als sein Schädel an der Stoßstange des Autos abgeprallt war. Als er Monate später erwachte, hatte man ihm jedes einzelne Familienmitglied vorstellen müssen. In der Nacht nach dem Besuch seiner Mutter und der restlichen Familie hatte Root sich in seinem Zimmer im Krankenhaus in den Schlaf geweint. »Das war deshalb«, erzählte er Lecha, »weil ich wußte, daß sie eigentlich gar nicht wirklich meine Familie waren. Was sie interessierte, war lediglich, welche Kosten ich verursachte und ob ich für irgend jemanden eine zusätzliche Belastung darstellen würde.«

Lecha hatte Root sofort bemerkt, weil er sie beim Anlassen seines Motorrads mit einem trotzig-herausfordernden Blick angesehen und dann unter lautem Röhren in Calabazas' großem Garten so lange seine verrückten Kreise gedreht hatte, bis die Burros und Maultiere im Korral durchzugehen drohten. Dann hatte er gewartet, bis Calabazas kurz davor war, brüllend aus dem Haus zu stürmen, bevor er den Motor abstellte und die Maschine zurück an ihren Platz unter der großen Baumwollpappel rollen ließ.

Lecha war die ersten Male mit Root ins Bett gegangen, weil er jung und wild und in sie verknallt war. Er habe noch eine Menge zu lernen, sagte sie ihm, womit sie auf die Tatsache anspielte, daß er nicht einmal in sie eindringen konnte, ohne sich über alle Laken zu ergießen. Als er jedoch sechs Monate nach seinem Unfall mit Sprachstörungen und einem steifen Bein das Krankenhaus verließ, hatte er einen Ständer, der hart blieb, egal wie lange Lecha mit ihm vögelte. In diesen Tagen hatte Lecha nicht lange darüber nachgedacht, mit wem sie ins Bett ging. Es gab zu viele, über die sie hätte nachdenken müssen. Aber die wenigen Male, bei denen ihr der Sinn danach gestanden hatte, hatte sie sich bei Calabazas Roots Telefonnummer besorgt, weil er zu diesem Zeitpunkt bereits ganz für ihn arbeitete. Wie sich herausstellte, hatte Calabazas ihn aus verschiedenen Gründen eingestellt, unter anderem, weil der alte Gorgon Calabazas selbst vor vielen Jahren eingestellt hatte. Der Hauptgrund aber war, daß Roots Hirnverletzung eine perfekte Tarnung darstellte. Root besuchte die Tages- und Abendkurse am Community College. In einem Plastikfedermäppchen, das er in seinem Schreibblock aufbewahrte, hatte er kleine Grammpakete mit Kokain. Er wußte, wie er aus seiner stockenden und verzerrten Sprechweise Vorteile ziehen konnte, sowohl beim Herumalbern mit seinen Kommilitonen nach dem Unterricht in der Snackbar des Colleges als auch gegenüber den Drogenbeamten, die versuchten, ihm ein Bein zu stellen. Root konnte die Pointe eines Witzes oder auch eine Beleidigung so gekonnt unschuldig hervorbringen, daß selbst Fremde es einsehen mußten: Er war mit seinem nur teilweise funktionierenden Gehirn immer noch schneller und schlauer als sie. Er gehe zur Schule, um wieder Lesen und Schreiben zu lernen, erzählte er den Undercover-Agenten, um sie abzuschütteln. In jedem Semester belegte er einen Sprachtherapiekurs, den er nie besuchte. »Ich wollte«, sagte er, indem er jedes Wort sorgsam aussprach, »ich wollte eine so gute Sache nicht durch Sprachtherapie kaputtmachen.« Dann lachte er, und Lecha erkannte, was er damit ausdrücken wollte: Er hatte mit der Welt, in der solche Dinge eine Rolle spielten, abgeschlossen.

Lecha ließ den blauen Seidenkimono ein wenig offenstehen, um zu sehen, was er tun würde. Aber Root hatte vor, die Wahrheit über ihre Krankheit zu erfahren. Sie hatte ihn aus einer Telefonzelle am Flughafen von Miami mit einem R-Gespräch angerufen. Es war nicht ihre Absicht gewesen, die Krankheit zu erwähnen, aber Root hatte so kurz angebunden geklungen und sich vermutlich über das R-Gespräch geärgert. Deshalb hatte sie gesagt: »Ich habe Krebs und werde sterben.« Root hatte nur gegrunzt, sie aber dann vom Flughafen abgeholt, mit einem Strauß Rosen. Bis zu jenem Tag hatte Root ihr noch nie etwas anderes als Taxifahrten bezahlt. Als Lecha Tucson verließ, hatte sie nicht daran gedacht, ihn wiederzusehen. Sie hatte überhaupt nicht mehr an Root gedacht, außer wenn ihr Krüppel oder Menschen mit Lähmungen begegnet waren, und selbst dann hatte sie sich lediglich gefragt, was er wohl gerade tat, und ihn dann schnell wieder vergessen. Als sie jedoch begann, Kurzaufenthalte in Tucson einzulegen, hatte sie festgestellt, daß sie sich auf Root verlassen konnte. Er besaß ein Kundenkonto beim *Yellow Cab*-Taxiunternehmen, und obwohl er nur in gemieteten Wohnwagen lebte, waren diese immer sauber und boten Lecha jederzeit einen Ort zum Schlafen und mehr, wenn sie wollte. Das zertrümmerte Motorrad nahm Root bei jedem Umzug mit und parkte es vor dem Wohnwagen. Er behalte es, damit es ihn daran erinnerte, wo er gewesen und von wo er zurückgekommen war, erklärte er. Die Stoßstange eines Plymouth habe sich fünf Zentimeter tief in seinen Schädel eingegraben und ihn dennoch nicht aufhalten können, hieß es, also sollten die Punks lieber zweimal darüber nachdenken, bevor sie sich mit ihm anlegten.

»Du kannst nicht hierbleiben«, sagt Root langsam und kratzt mit seinem Finger am Etikett der Bierflasche.

»Wegen dieser Frau?«

Root schüttelt den Kopf. »Geschäfte«, sagt er und langt hinüber, um ihren nackten Schenkel zu streicheln.

Das ist ihr recht, denn früher oder später muß Lecha Zeta und Ferro aufsuchen. Also kann es genausogut früher geschehen. Auf der Ranch würden sie jedenfalls nicht von hysterischen Blondinen verfolgt werden, die sie im Frühstücksfernsehen gesehen hatten. »Ich frage mich, was sie wollte.«

»Wer?«

»Diese Frau.«

»Sie kennt Cherie.«

»Cherie?«

»Cherie ist okay«, antwortet Root. »Sie ist Tänzerin in der Stage Coach Bar.«

Lecha blickt auf ihre Brust hinab, die aus dem blauen Kimono heraushängt. Sie nimmt sie in die Hand, wie sie es bei Stripperinnen gesehen hat, die sich zur Schau stellen. »Wie eine alte Kartoffel«, sagt Lecha. »Eher wie eine alte Kantalupe«, sagt Root, während er ihre Brust in beide Hände nimmt und vorgibt, eine Mahlzeit daraus bereiten zu wollen. Sie läßt sich auf die Couch hinuntergleiten, und der Kimono rutscht an ihr herunter; sogar die langen, weiten Ärmel gleiten herab. Als Mittzwanziger und sogar noch mit Anfang dreißig war Root Lechas Sklave gewesen. Er hätte alles getan, worum sie ihn bat. Aber jetzt hatte Root »Geschäfte« gesagt und es auch so gemeint. Lecha hatte es sich zur Regel gemacht, Kalender und Uhren weitgehend zu vermeiden, außer wenn die Geschäfte es unbedingt verlangten. Denn sie waren nicht ehrlich. Ehrlich waren Momente wie dieser: Warmer Schweiß, der so sanft über ihre Leiber rann, daß trotz allem, trotz Roots großem Bierbauch und ihrem alten Vollmondhintern, die Verbindung zwischen ihnen so heiß war wie immer und die Erregung wie ein Blitz durch sie hindurchschoß. Sollten die Jahre die Kartoffeln und Kantalupen ruhig austrocknen, solange es noch knisterte.

FLACHE GRÄBER

Seese brennt darauf, mit ihrer Arbeit für Lecha sofort zu beginnen und die alten Notizbücher und Unterlagen zu übertragen und abzutippen. Die zerfetzten und verschmutzten Seiten enthalten bestimmte Antworten, Antworten auf Probleme und Fragen, die Lecha benötigt, bevor sie mit der Suche nach Monte beginnen können. Als Lecha sich jedoch endlich in ihrem großen Bett niedergelassen hat, verkündet sie, daß die Beschäftigung mit den alten Notizbüchern und Unterlagen nicht die Arbeit beeinträchtigen darf, die »den Schornstein zum Rauchen bringt«.

Seese lernt, die Post in zwei Kategorien zu unterteilen: in neue und alte Geschäfte. Alte Geschäfte bestanden aus den Schreiben glücklicher Klienten, die Lecha noch immer Zahlungsanweisungen, Bankschecks und Briefe schickten, in denen sie sich wieder und wieder bei ihr bedankten. Die neuen Geschäfte waren nicht so einfach. Beim Durchlesen dieser Briefe hatte die alte Traurigkeit Seese erneut überkommen, und sie war schockiert, wie leicht es ihr gefallen war, wieder zu Wodka und Kokain in ihrem Schlafzimmer zurückzukehren.

Nichts hat Seese auf die Telefonanrufe vorbereitet, die sie mitschreiben muß. Per Ferngespräch meldet sich eine Frau aus Florida. Ihre Stimme klingt zunächst klar und kontrolliert, doch ihre Verzweiflung tritt immer deutlicher zutage. Als sie schließlich bei der Farbe des T-Shirts anlangt, ringt sie nach Atem, als bekäme sie keine Luft mehr: »Ich weiß, daß ich mich daran erinnern müßte, welches T-Shirt es war, aber er hat sich den ganzen Tag umgezogen, wissen Sie. Das Snoopy-T-Shirt hat er gerne angezogen, aber dann, nach der Sesamstraße, wollte er das mit der kleinen Grovi-Puppe darauf.« Die Frau zermartert sich das Gehirn wegen der Farbe eines T-Shirts, an das sie sich nicht mehr erinnern kann, getragen von einem Kind, das sie niemals wiedersehen wird. Immer aufs neue beschreibt die Frau die Turnschuhe – blaue Keds –, sie wiederholt Details, als wolle sie sich selbst beweisen, daß sie eine gute Mutter war, obwohl ihr Kind verschwunden ist. Sie rufen an, schicken Geld, ein Kleidungsstück der vermißten Person oder ein Stofftier.

Obwohl sie wieder Kokain nimmt, ist Seese das Mitschreiben der Telefonanrufe unerträglich. Lecha behauptet, sie genieße es, am Telefon zu reden. Seese beißt die Zähne zusammen und schlitzt mit Lechas mexikanischem Dolch Briefumschläge auf.

Seese hatte nur etwa ein Dutzend Bittbriefe gelesen, als sie zu dem Brief kam, der sie innehalten ließ. Der große Umschlag aus dickem Papier war als eingeschriebener Brief ohne Anschreiben, Datum oder Absender verschickt worden. »Hier merkt man gleich, daß mehr dahintersteckt«, bemerkte Lecha. »Dahinterstecken« bedeutete in diesem Fall, daß aus dem dicken Bündel maschinenbeschriebener Seiten auch ein Bankscheck herausgefallen war. Alles, was innerhalb der Kategorie »neue Geschäfte« auf über fünfhundert US-Dollar hinauslief, mußte sorgfältig erwogen werden. Jedes Fragment eines Hinweises, jeder Fetzen Papier oder die schwächste Erinnerung, die ein Klient haben mochte, mußten peinlich genau weitergegeben werden. Sie müßten damit aufhören, Anrufe entgegenzunehmen, meinte Lecha, schließlich fielen Schecks oder Zahlungsanweisungen nicht aus dem Telefonhörer.

Die Briefe und Nachrichten, die Lecha bekam, waren das genaue Gegenteil von Alpträumen oder Visionen. Die Briefe waren ausnahmslos Listen mit Fakten: Beschreibungen der genauen Orte mit Angaben über Monat und Tag, Stunden und Minuten, Größe, Gewicht, Augen- und Haarfarbe, Beschreibung besonderer Merkmale, Schmuck und Kleidung. Lechas Aufgabe war, anhand dieser Fakten die entsprechenden beziehungsweise passenden Hinweise oder Träume zu finden. Lecha meinte, es gebe sowieso mehr als genug Zahlen und Fakten auf dieser Welt, aber sie gab zu, daß es schwierig war, sie zu verstehen. Eine Frage des Glaubens, des Wissens oder vielleicht der Gabe. So etwas Ähnliches jedenfalls. Lecha mußte nur einen Umschlag aufreißen oder die Aufzeichnung eines Ferngespräches abhören, und plötzlich sah man sie nach der blechernen, mit zerknitterten Papieren und Aufzeichnungen vollgestopften Munitionsdose greifen und sie sorgfältig durchsehen, bis ein einzelnes Wort oder ein kurzer Satz ihr den entscheidenden »Hinweis« enthüllte. Seese dürfe nicht vergessen, daß es sich nur um einen »Hinweis« handele. Niemand außer dem Klienten würde jemals die volle Bedeutung dieses Hinweises verstehen. Gelegentlich hatte sich Lecha widerstrebend bereit erklärt, einem Klienten gegen zusätzliche Bezahlung die Botschaft oder den Hinweis zu entschlüsseln. Die Deutung eines Hinweises bedeutete ein höheres Risiko. Dafür gab es verschiedene Gründe. Seese nickte. Es war ihr gleichgültig, ob Lecha ihren Klienten merkwürdige oder unverständliche Nachrichten schickte, solange alle etwas damit anfangen konnten.

Jede Wahrsagerin, die ihr Geld wert war, wußte schon vor dem Öffnen eines Umschlages, welche Art von Nachricht er enthielt. Die Aufzeichnungen gequälter und zu Tode erschrockener Menschen, die sie in alptraumhaften Stunden nach Mitternacht niedergeschrieben hatten, waren nutzlos und oft irreführend. Es spielte keine Rolle, was in den Briefen und Nachrichten stand. Jede Geschichte gab es in mehreren Versionen. Hatte Seese schon einmal etwas von der Theorie Freuds gehört? Seese nickte. Lecha kam langsam in Fahrt. Freud hatte Bruchstücke – Bilder aus Halluzinationen, Fantasien und Träumen so interpretiert, daß seine Patienten und Patientinnen sie verstehen konnten. Diese Bilder waren Botschaften der Patienten und Patientinnen an sich selbst.

Lecha fuhr mit ihren verrückten Theorien fort: Freud hatte das Herannahen des jüdischen Holocaust aus den Träumen und Witzen seiner Patienten und Patientinnen erahnt. Er war einer der ersten gewesen, der sich der westeuropäischen Lust am sadistischen Erotizismus und Masochismus moderner Kriegsführung richtig bewußt geworden war. Was glaubte Seese eigentlich, was Jesus Christus symbolisiere?

Nichts hat Seese auf die Arbeit an Lechas Notizbuch vorbereitet. Lecha besteht darauf, daß sie jeden Brief, jedes Wortfragment abtippt, egal wie unleserlich oder verschmutzt es auch sein mag. Lecha möchte, daß ihr persönliches Notizbuch abgeschrieben und getippt wird, weil es für das Verständnis der alten, von Yoeme hinterlassenen Notizbücher notwendig ist. Sie müsse nicht enttäuscht sein, sagt sie zu Seese. Sämtliche alten Notizbücher sind in gebrochenem Spanisch oder falschem Latein abgefaßt und ohne monatelanges Studium alter Grammatiken unverständlich. Einige Übersetzungen hat Lecha bereits vorgenommen und die Erzählungen auf Englisch in ihr Notizbuch übertragen.

Lechas Notizbuch

Nach tagelanger sengender Hitze kühlt die Erde des Nachts nicht mehr ab. Der Wind trägt die Hitze für wenige Stunden davon, bei Anbruch der Morgendämmerung steht die Luft still, und die leuchtend hellen Bergkämme aus Kalkstein und Tuffa strahlen eine schwache Wärme ab. Die unteren Blattreihen der Jojobasträucher und der hitzesprödenden Büsche sind staubig weiß und durch die Trockenheit zusammengeschrumpft.

Was kannst du an der Farbe ihrer Augen erkennen?

In Zeiten großen Hungers wurden tote Kinder von den Überlebenden gegessen.

Der Wind eines späten Augustnachmittages weht blaue Regenwolken über den Saum des südwestlichen Horizonts. Die Luftfeuchtigkeit nimmt zu. Die dünne, grüne Rinde der Paloverdebäume glänzt feucht vom Meereswind, der aus Sonora herüberweht.

Es liegt eine Bedeutung in den Figuren und Farben der Tätowierungen des Mörders. Es liegt eine Bedeutung in der besonderen Anordnung der Unterwäsche des Opfers.

Die blauen Augen des Mörders weiten sich vor Haß und lassen das Opfer nur die schwarze Leere seines eigenen Grabes erblicken. Der Mörder behält die Opfer lange genug bei sich, um ihnen die Haare zu waschen und einzulegen, ihre Fuß- und Fingernägel zu säubern und mit einem pinkfarbenen Nagellack zu lackieren, wie er in Tausenden von Drogerien erhältlich ist.

Der Computer entwirft Streckenkarten mit möglichen Fluchtrouten, die der Entführer und sein Opfer genommen haben könnten.

Der Entführer fährt mit seinem Opfer erst in westliche und dann in nördliche Richtung in die Gebirgsausläufer der Wüste.

Laut Computerauswertung handelt der Kindermörder innerhalb der ersten fünfzehn Minuten nach der Entführung.

Der Entführer kann nicht länger warten. In seiner Aufregung fügt er sich versehentlich selbst eine lange, oberflächliche Schnittwunde am Oberschenkel zu. Er hat es schon immer genossen, den Schaft seines Schwanzes beim Masturbieren mit kaltem Stahl zu berühren.

Eine schwarze Limousine neueren Modells parkt an der Mündung eines ausgetrockneten Arroyos neben einer unbefestigten Straße.

Das flache Grab hat einen doppelten Zweck: die schändlichen und belastenden Beweise zu verbergen und den Verlust des geliebten Körpers zu verhindern.

Die Fotografie scheint ein gewöhnliches Grab zu zeigen, das in das Geröll der Sonora-Wüste gegraben wurde: Kleiderfetzen, die die Sonne fast durchsichtig gebleicht hat, flattern über Resten von Haaren und Knochen im Wind.

Der Santa Cruz River hatte seit Wochen einen sommerlich-niedrigen Wasserstand. Die Mutter schickt das kleine Mädchen auf einen kurzen Weg, nicht mehr als zwei Häuserblocks, um einen Brief einzuwerfen.

Das kleine Mädchen fährt mit seinem Fahrrad los – und kommt nie zurück. Später erzählen Kinder aus der Nachbarschaft, wie ein schwarzes Auto das Mädchen vom Fahrrad gestoßen und ein Mann das Kind in das schwarze Auto gehoben hat. Das kleine pinkfarbene Fahrrad wird in der Root Lane im Unkraut gefunden, ganz in der Nähe vom Elternhaus des Mädchens.

Computer entwerfen Streckenkarten mit möglichen Fluchtrouten, die der Entführer genommen haben könnte. Blaue Buntstiftstriche auf der Karte bilden ein Gitternetz aus Gebieten, die westlich und nördlich vom Elternhaus des kleinen Mädchens liegen. Die Blöcke innerhalb dieses Gitternetzes werden Suchtrupps zugeordnet. Allradfahrzeuge und berittene Polizisten durchkämmen die gestrüppreiche Uferböschung auf den grauen angeschwemmten Wällen entlang dem Santa Cruz River.

Jedesmal, wenn eines der zwanzig Morgen großen Suchgebiete durchkämmt wurde, werden weiße oder hellgelbe

Plastikbänder an den Ästen der Mesquite- oder Jojobasträucher befestigt. Wenn alle Gebiete innerhalb des blauen Gitternetzes durchsucht worden sind, markiert ein Freiwilliger sie im Büro des Sheriffs mit einem roten X.

Am Morgen des dritten Tages nach Beginn der Suchaktion bringen einige Familienangehörige für die vom Staatsgefängnis angeforderten Bluthunde das Lieblingsstofftier des kleinen Mädchens, einen mit braunen Baumwollsocken ausgestopften Affen mit langem Schwanz, und ein paar rosafarbene Tennisschuhe.

Bluthunde sind auf Wüstengelände nicht besonders effektiv. Auf Pfaden in Feuchtwäldern oder in üppigem Blattwerk können sich Duftspuren stunden-, manchmal auch tagelang halten. Auf diesem Gelände, schätzt der Hundeführer, müssen die Hunde innerhalb der ersten drei Stunden auf die Fährte angesetzt werden, weil sie sonst von der trockenen, heißen Wüstenluft ausgelöscht wird. Alles reine Wissenschaft, erklärt der Mann mit den Hunden. Die Hitze dehnt die Geruchsmoleküle aus und treibt sie auseinander – verteilt sie. Eine Stunde im Geröll und Sand der Wüste, und Hitze und Wind lassen die Moleküle im Staub verdunsten.

Man kann sich kaum vorstellen, daß sie einem das alles in einem oder zwei Briefen schicken können – Dutzende von Zeitungsausschnitten und Fotografien –, und doch tun sie es Woche für Woche. Man kennt sie nicht, weiß nicht, wer sie sind, und trotzdem bilden sie sich ein, daß man vielleicht über irgendwelche Kräfte verfügt, um ihnen ihr kleines Mädchen zurückzugeben.

Der Vater des Kindes beteiligt sich an der Suche, während der Stiefvater bei der Mutter bleibt. Sie gehen nicht zum provisorisch errichteten Hauptquartier der Suchaktion in der Nähe der Brücke über den Santa Cruz River. Die Mutter des Kindes wartet mit dem Pfarrer der *Church of Christ, Scientist*, neben dem Telefon. Der Anruf, auf den sie wartet, muß aus Kalifornien oder New Mexico kommen. Sie hat schon davon gelesen. Es sind Kidnapper, die den Kindern nichts Böses tun wollen. Sie haben vielleicht selbst ein Kind verloren.

Seese beobachtete sie zusammen, die beiden alten Frauen. Sie waren eineiige Zwillinge, die sich nicht mehr ähnelten, außer wenn sie sprachen. Zeta hatte nur einen Moment gezögert, bevor ihr breites, dunkles Gesicht sich zu einem flüchtigen Lächeln entspannte. »Oh...«, hatte sie gesagt. »Du willst also ihr Buch abschreiben...« – »Nun«, hatte Lecha mit verträumtem, abwesendem Blick geantwortet, »du magst es ›ihr Buch‹ nennen, aber es wird natürlich mein Buch sein.«

WAFFENHÄNDLER

Wenn Zeta an ihren Vater dachte, wanderte sie gern den Hügel hinter dem Ranchhaus hinab, den er zusammen mit ihr und Lecha an jenem Tag vor vielen Jahren hinuntergegangen war. Als die Zäune und Sicherheitseinrichtungen angeschafft wurden, war sie in diesem Punkt unerbittlich geblieben. Auf den Wegen, auf denen sie spazierenging, wollte sie nicht von ihnen gestört werden. Denn die Wege waren viel älter als die Ranch oder die Mine, die in diesen Bergen betrieben worden war. Diese Wege führten aus einer anderen Zeit bis hierher, und Zeta hatte herausgefunden, daß ein Spaziergang auf ihnen ihr Erkenntnisse und Einfälle verschaffte, die sie anderswo niemals gewonnen hätte.

Auf ihren Wanderungen trug sie immer die 9-mm-Pistole in der tiefen Tasche, die von ihrem weiten, dunkelbraunen Rock verborgen wurde. Sie hatte eines Tages überrascht festgestellt, daß ihre langen, weiten Röcke, die dunklen Blusen und die weiten Jacken fast wie ein klösterliches Habit wirkten. Sie war in der Lage, das Aussehen einer alten Frau vorzutäuschen, konnte sich aber auch kleiden wie Lecha und so das Aussehen einer Frau von Mitte vierzig annehmen. Lecha tat dies, um den Männern zu gefallen. Zeta dagegen tat es, um andere loszuwerden. Wenn sie Hosen trug, waren es englische Damenreithosen, in die die Schneiderin auf ihre Bitte hin eine Tasche für die 9-mm-Pistole eingenäht hatte. Ferro hatte ihr in diesem Jahr eine zweischüssige 38er Derringer und ein Stiefelhalfter zu Weihnachten geschenkt, aber sie zog es vor, während der heißen Jahreszeit keine Stiefel zu tragen.

Sie mußte nicht weit gehen, um der Gegenwart des Hauses, der Wachhunde und der anderen Menschen zu entfliehen. Sie fragte sich, ob ihr Vater die Distanz gespürt hatte, die man gewann, wenn man hierherkam. Wüstensträucher, Kakteen, Mesquite und Paloverde gediehen in üppiger Pracht an den Steilhängen der Hügel und Bergkämme, die nichts anderes waren als Überreste oder Ruinen des großen Vulkans, der sich einst über diesem ganzen Tal erhoben hatte.

Wenn sie zu dem großen, flachen Stein kam, der die Größe eines Ambosses hatte, aber viermal schwerer sein mußte, wünschte sich Zeta jedesmal, sie hätte von ihrem Vater etwas über Meteoriten gelernt. Wenn sie und Ferro spät nachts auf dem Bergkamm gewartet hatten oder mit den Pferden in die tiefen Canyons geritten waren, um dort auf einen Abwurf zu warten, hatten sie die Meteoritenschauer beobachtet. Sie begannen kurz nach Mitternacht und dauerten bis zwei Uhr morgens. In solchen Nächten hatte sie das Gefühl, als habe der Himmel die Erde überholt und hülle sie nun völlig ein, so daß das vulkanische Gestein und die Vulkanerde das Licht wie die Oberfläche des Mondes reflektierten. In diesen Momenten konnte sie sich keinen anderen Platz auf der Erde vorstellen, an dem sie lieber gewesen wäre. Sie dachte an die alten Leute und an Yoeme, die unentwegt den nächtlichen Himmel beobachtet und die plötzlichen Lichteinfälle und Lichtstrahlen als deutliche Botschaften über die Zukunft oder die Vergangenheit gedeutet hatten. Yoeme behauptete, daß dies alles – natürlich in einer anderen Form – in den Notizbüchern niedergeschrieben worden sei, die sie ihnen seit einer Ewigkeit unter die Nase gerieben hatte.

Und nun war Lecha mit diesen Notizbüchern zurückgekehrt und verkündete, sie sei jetzt bereit, mit der Arbeit zu beginnen, die Yoeme ihr vor Jahren anvertraut hatte.

»Wir müssen wohl alt werden, wenn Lecha zurückkommt und sich über eine solche Kleinigkeit wie Krebs beschwert«, hatte Calabazas vor einigen Wochen gesagt. Er selbst hatte davon gesprochen, sich zur Ruhe zu setzen, doch Zeta kannte ihn zu gut, um ihm dies zu glauben. Calabazas würde das, was er den »unvollendeten Krieg« nannte, den Krieg um das Land, niemals aufgeben. Er deutete jede geglückte Lieferung und jede erfolgreiche Fahrt als einen Sieg in diesem »Krieg«; und Zeta hatte darüber nicht mit ihm streiten wollen. Aber sie hatte ihre eigenen Vorstellungen von »diesem Krieg«.

Wie hieß es doch – »In der Liebe und im Krieg ist alles erlaubt«? Und »die Not bringt einen zu seltsamen Schlafgesellen«? Je älter Zeta wurde, desto schlechter konnte sie sich an die englischen Sprichworte erinnern. Während des Zweiten Weltkriegs hatten sie und Calabazas LKW-Reifen geschmuggelt. Sie hatten Anfragen nach Munition und allen Arten von Waffen erhalten, und es gab einen ständig steigenden Bedarf an Sprengstoff – Dyalite mit Sprengkapseln. In südlicher Richtung waren Waffen schon immer über die Grenze gewandert, es sei denn, es handelte sich um illegale Waffen wie chinesische Automatikgewehre oder abgesägte Schrotflinten. Schließlich hatten sich Zeta und Calabazas getrennt. Calabazas hatte ganz im Drogengeschäft bleiben wollen, denn Waffengeschäfte bedeuteten von Anfang an Politik. Darüber hatte sich Zeta seit Jahren mit ihm gestritten. Sie hatten sich schon immer im Krieg gegen die Invasoren befunden. Der Widerstand dauerte seit fünfhundert Jahren an. Calabazas mochte sich dieser Einsicht vielleicht noch weitere fünf Jahre entziehen, zehn Jahre im äußersten Fall. Aber früher oder später würde ihm die Politik auf den Pelz rücken; schließlich waren Drogen so gut wie Gold, und wo es Gold gab, war auch Politik.

Von den Mexikanern oder Indianern war Zeta die einzige, die sich auf Geschäfte mit Greenlee einließ. Sie hatte Greenlee nie gern ins Gesicht geschaut, es war kinnlos und von einer käsigen Blässe. In seinen blaßblauen Augen schimmerte der Glanz des wahren Glaubens an die weiße Rasse. Arizona war überschwemmt von verarmten Weißen seines Schlages. Um den Anblick seines Gesichts zu vermeiden, hatte Zeta den Rest von ihm stets gründlich in Augenschein genommen, und natürlich war das erste, was sie entdeckt hatte, die 45er Automatik.

Das Halfter, das er im Laden trug, bestand aus steifem Leder und hatte einen dicken Schnappverschluß, wie er bei der Polizei üblich war. Es gebe nichts, was er mit seiner 45er Automatik nicht aufhalten könne, selbst einen Lastwagen, brüstete sich Greenlee gern, wenn er neuen Leuten vorgestellt wurde, ganz besonders Frauen. Aber Zeta hatte immer gewußt, daß Greenlee, solange sein Halfter geschlossen blieb, nichts war als ein Aufschneider. Sie wußte auch, daß er Frauen wenig oder gar keine Beachtung schenkte, es sei denn, er fickte sie oder hoffte, sie zu ficken. Zeta hatte ihre 44er Magnum in der Handtasche, sie fürchtete sich nicht vor Greenlee. Das Gefährlichste an ihm waren seine Witze, denn sie hatten Zeta schon einige Male fast soweit gebracht, die Beherrschung zu verlieren.

Zeta versuchte, die Unterhaltung auf Waffen zu konzentrieren, und redete über ihre 44er Magnum. Greenlee erzählte ihr, daß er sich schon nach einer solchen Waffe umgesehen habe; wenn sie sich also jemals entscheiden sollte, sie zu verkaufen ... Dann hatte er mit der Hand abgewinkt und gelächelt, als erinnere er sich gerade an einen Witz.

»Was haben Sie, wenn Sie zwölf Anwälte bis zum Hals im Dreck vergraben? Nicht genug Dreck.« Greenlee war dabei, seinen Umzug in einen großen Lagerhallenkomplex vorzubereiten, den er gerade in der Innenstadt erworben hatte. Er sei durch geheime Geschäfte unermeßlich reich geworden, deutete er an. Frauen gegenüber konnte er einfach nicht widerstehen, mit seinem Geld anzugeben. Was immer er an Gehirn besaß, hing zwischen seinen Beinen.

Greenlee deutete an, daß man der Erteilung seiner Ausfuhrgenehmigungen und der behördlichen Sicherheitsbescheinigungen Priorität eingeräumt habe, weil einige seiner Freunde nun in »hohen Ämtern« der US-Regierung säßen.

Zeta hätte ihm das hohe Amt an Ort und Stelle buchstabieren können: CIA.

Nachdenken war nicht gerade Greenlees Stärke. Wenn Zeta ihm erzählte, daß sie Karabiner und Pistolen brauchte, um sie an reiche Rancher in Sonora weiterzuverkaufen, dann ging das in

Ordnung. Sie hatte immer bar bezahlt und nie Schwierigkeiten gemacht. Greenlee nahm Zeta nicht ernst. Schließlich war sie eine Frau und noch dazu eine mexikanische Indianerin.

WOLLUST

Ferro läßt sich in das schwimmende Kissen zurücksinken, die Fingerspitzen nur leicht auf den Rand aus Redwood gestützt. Jamey möchte »tauchen«. Jamey findet es schön, wenn »er« wie eine Seegurke im Wasser treibt, sagt er. Als er ihn zu fassen bekommt, krallt Ferro sich an seinen Schultern fest. Jamey nuckelt wie ein Fisch. Ferro greift nach der kleinen Glasphiole und öffnet den Verschluß. Er klopft eine Prise in die gläserne Einbuchtung und hält sich ein Nasenloch zu, während er inhaliert. Der Sturm, der durch seinen Kopf und dann durch alle Adern jagt, explodiert in Wellen, die ihm wie blaßrosa Farbschattierungen erscheinen – die Farbe von bolivianischem Flockenkokain, die Farbe von Jameys engem, kleinen Loch; eine Rose, eine zarte, kleine Rose. Jamey ist wieder aufgetaucht und trocknet sich Gesicht und Haare ab. Er grinst – sein perfektes Reiche-Jungen-Gesicht lädt förmlich dazu ein, hineinzuschlagen. Er legt das Handtuch auf die Ablage und sucht nach der Glasphiole. Ferro schließt die Faust um das Gefäß. Es dauert eine ganze Minute, bevor Jamey kapiert, daß Ferro ihn amüsiert beobachtet.

»Oh! *Du* hast sie! Mann! Ich dachte schon, sie wäre ins Wasser gefallen!« Jamey greift nach der Faust. Ferro zieht die Hand zurück und starrt Jamey noch immer intensiv an. »He! Komm schon, Ferro!« Jamey verfällt immer mehr in seinen Bitte-bitte-Tonfall. Ferro streckt den Arm in die Höhe und über den Rand des Whirlpools hinweg. »Hände weg!« sagt er und muß daran denken, wie sehr er die Jungen gehaßt hat, die ihm früher sein Pausenbrot abgenommen und es sich dann im Kreis zugeworfen hatten, während er brüllend von einem zum anderen gelaufen war. »Pansóna! Pansóna!« hatten sie geschrien. »Miss Dickbauch! Miss Dickbauch!« Die Nonne, die auf dem Spielplatz Aufsicht führte, hatte ihnen das Pausenbrot schließlich abgenommen und sie ins Büro der Mutter Oberin geschickt. Sobald sie jedoch wußten, daß die alte Nonne sich wieder den anderen Kindern auf dem Spielplatz zugewandt hatte, waren sie mit affektierten kleinen Schrittchen herumgelaufen, hatten mit den Hüften gewackelt oder ihre flachen Bäuche herausgedrückt, um Ferro nachzuahmen.

Jamey hat einen makellosen Körper. Aber Ferro hatte sich nicht einfach damit zufriedengegeben, Maß zu nehmen, sondern den teuren Bildband über klassische Skulpturen gekauft. Jamey ist gebaut wie der Diskuswerfer, sein Bauch ist leicht vorgewölbt, und seine Hinterbacken gleichen denen von BB. In Tucson bleibt Jamey das ganze Jahr über braungebrannt, und die daunigen, blonden Härchen auf Schenkeln und Bauch schimmern platinweiß. Jameys Augen sind tiefblau, nicht blaß und wäßrig wie Paulies Augen.

Anfangs hatte Ferro zwischen den beiden Vergleiche gezogen, denn er konnte einfach nicht verstehen, wie er sich je mit Paulie hatte zufriedengeben können, wo er etwas so viel Besseres haben konnte. Aber nun hat er fast vergessen, daß Paulie einmal sein Liebhaber gewesen ist.

Ferro nimmt eine weitere Prise und tut so, als wolle er Jamey die Phiole zuwerfen. Doch sein Wurf gerät mit Absicht zu weit, und das kleine Glasgefäß versinkt im Wasser. »Ferro!« Jamey kann fast wie ein Mädchen klingen. Ferro hat ihm nie verraten, woher das Kokain stammt. Die Glasphiole gehört Jamey, der behauptet, das Geld von seiner Familie zu erhalten – für seine Ausgaben auf dem College, obwohl er dort niemals Kurse belegt. Ferro verkauft ihm seinen besten Stoff, weil er weiß, daß er selbst daran Anteil haben wird. Gelegentlich bringt er Jamey für eine Nacht Sex ein oder zwei Gramm mit, aber im allgemeinen ist es ihm lieber, wenn Jamey den Stoff bei ihm kauft. Jamey zittert vor Wut, sein hübsches Gesicht ist rot angelaufen, und Ferro sieht Tränen in seinen Augen glitzern. »Sie war fast voll! Das ist ein ganzes Gramm. Warum hast du das getan?« Ferro steht auf, und der Wasserspiegel des Whirlpools senkt sich so weit, daß er fast Jameys hübschen kleinen Nabel sehen kann. Jamey trottet ihm hinterher und fragt: »Warum?« Ferro blickt auf seine Armbanduhr auf der Marmorablage über dem Waschbecken und geht unter die Dusche. Er hat noch zwei Stunden Zeit, um in die Berge zu fahren und den Abwurf zu erwarten. Bevor er Jameys Apartment verläßt, faßt er in seine Manteltasche und wirft eine volle Phiole mit rosa Flocken auf den blaßblauen Teppich. Jamey blickt auf die Phiole und dann zu Ferro. Noch bevor er etwas sagen kann, ist Ferro durch die Tür verschwunden.

ERINNERUNGEN

Paulie steht mit dem Jeep neben der Ausfahrt und hat die Motorhaube geöffnet. Ferro steigt aus dem Lincoln und gibt vor, ein paar Starthilfekabel zu entwirren. Paulie öffnet kurz die Motorhaube des Lincoln und schlägt sie wieder zu. Ferro läßt die Motorhaube des Jeeps herunterfallen und steigt ein. Paulie sitzt am Steuer. Zetas Devise lautet: keine Radios oder sonstigen elektronischen Verbindungen. Hinten im Jeep liegen eine Kameraausrüstung und ein Teleskop, und darunter, im Teleskopkasten, ein 223er Gewehr mit einem Infrarotfernrohr. Im Handschuhfach befinden sich zwei 357er Magnums. Paulie fährt eine Zeitlang in den weitläufigen Siedlungen des Vorgebirges umher. Sobald sie die Lichter einer Kreuzung passieren, versucht Ferro sich sein Gesicht genau anzusehen. Seit Jamey sein Liebhaber geworden ist, kann er eine Veränderung an Paulie spüren. Paulie bemerkt seinen prüfenden Blick und wendet den Kopf, um Ferro in die Augen zu sehen.

»Ich habe mir gerade vorgestellt, wie du in dreißig Jahren aussehen wirst. Wie dein Gesicht dann wohl aussieht mit diesem Zinken, dieser Hakennase.« Paulie gibt Gas und biegt in die Straße ein, die an der Pipeline entlangführt. Ferro fährt fort, sein Profil zu betrachten.

Das Fleisch fällt zusammen und die Knochen treten hervor. Das war Ferros Erfahrung gewesen, damals, in dem alten, zweistöckigen Haus in Sonora mit dem weißgetünchten Lehmputz, der langsam von den Ziegelsteinen abbröckelte. Alles dort ist weißgetüncht – und bedeckt die hölzernen Planken und Stützpfeiler der langen Veranda. Ferro erinnert sich daran, mit weißen

Lehmbrocken gespielt zu haben, die er sich über Arme und Beine rieb, um heller zu werden. Drinnen im Haus geht der seit Tagen andauernde Streit unter den Frauen weiter. Er vermutet, daß in dem an die Küche angrenzenden Zimmer ein Baby liegt. Weinen dringt durch die niedrige Holztür, und die Frauen, die sich am Küchentisch streiten, springen gleichzeitig auf und stürzen ins Nebenzimmer. Ferro weiß, daß seine schwachsinnigen Vettern damals ebenfalls dort gewesen sein müssen, aber er kann sich nicht daran erinnern, einen von ihnen gesehen zu haben. Er hat seit vielen Jahren nicht mehr an diese Fahrt nach Mexiko gedacht und weiß sowieso nur noch wenig davon. Außer daß Zeta ihm erlaubt hatte, in dem schmutzigen Highway-Café ein Thunfischsandwich zu bestellen. Die Eingangstür des Cafés hatte sich in einem riesigen Longhornstierschädel befunden, der gut sechs Meter weit über das Dach des kleinen Betongebäudes hinausragte. Als Ferro den riesigen Stierschädel sah, hatte er losgeschrien, daß er Hunger habe und auf die Toilette müsse. Zeta war schon wütend gewesen, bevor sie losgefahren waren, und Ferro hatte sich in die äußerste Ecke des Rücksitzes gedrückt. Alles was ihm von dem großen Stierschädel in Erinnerung blieb, war die Enttäuschung, die er beim Hineingehen verspürt hatte. Die Tür war eine schmutzigweiße Gittertür gewesen, und den großen Stierschädel hatte er beim Hineingehen gar nicht sehen können. Der Thunfisch war verdorben, und auf der ganzen Fahrt von Tubac zur Grenze war ihm übel gewesen. Vielleicht war es auch einfach die Hitze, denn Zeta hatte von Klimaanlagen nichts wissen wollen.

Zeta hatte ihn nur selten auf ihre Geschäftsreisen mitgenommen. Kinder hatten auf Geschäftsreisen nichts zu suchen, hatte sie ihm klargemacht. Die Nonnen an seiner Schule schienen nicht verstehen zu können, warum eine Frau überhaupt auf Geschäftsreisen gehen mußte, und Ferro hatte ihr lange Zeit mißtraut. Er war zu dem Schluß gekommen, daß sie ihn einfach nicht dabeihaben wollte. Als Zeta ihn später in die Arbeit miteinzubeziehen begann und ihm klar wurde, um welche Art von Arbeit es sich handelte, hatte er wegen seines Mißtrauens ein schlechtes Gewissen gehabt. Es war ein gefährliches Geschäft und wirklich kein Tummelplatz für ein kleines Kind. Wenn sie auf Geschäftsreise gegangen war, hatten ihn die Nonnen bei den anderen im Internat behalten. Obwohl er einer der jüngsten war, hatten sie ihm ein winziges Einzelzimmer gegeben und keinen Platz im Schlafsaal bei den anderen. Das winzige Zimmerchen befand sich zwischen den Zimmern des Direktors und der alten Nonne, die die Küche führte. Obwohl Zeta ihn selten länger als eine Woche bei den Nonnen gelassen hatte, war es jedesmal eine Tortur für ihn gewesen. Die anderen haßten ihn nur noch mehr, wenn er in dem kleinen Zimmer schlief. Es hatte einer alten Schwester gehört, die gestorben war, bevor Ferro an die Schule kam. Die anderen erzählten ihm, die übrigen Nonnen fürchteten sich davor, in dieses Zimmer zu ziehen, weil der Geist der alten Schwester Maria Jose nicht in den Himmel aufgefahren sei, sondern weiterhin in dem Zimmer hause, während sie ihre Zeit im Fegefeuer ableistete. Diese Geschichten hatten ihn, gelähmt vor Angst, nächtelang wachgehalten. Er hatte dagelegen und über seine richtige Mutter nachgedacht, dagelegen und sie aus tiefstem Herzen gehaßt. Sein Haß auf sie war größer gewesen als die Furcht davor, mit einer Todsünde auf dem Gewissen zu sterben. Zeta hatte ihm erzählt, daß sie nicht wußte, wo ihre Schwester war. Sie fand keine Entschuldigungen und versuchte nicht, ihm einzureden, daß seine Mutter ihn eigentlich doch liebhabe, sich aber nicht um ihn kümmern könne. Dennoch hatte Ferro niemals erfahren, warum Lecha ihn verlassen hatte. Er wußte lediglich, daß seine Tante ihn nicht aus mütterlichen Gefühlen heraus aufgezogen hatte, sondern aus Pflichtgefühl. Ferro hatte gesehen, wie Zeta »Geschäftspartner« nach nur einem Fehler ausrangiert hatte. Deshalb wußte er, daß seine Mutter etwas ganz Besonderes sein mußte, was auch ihn zu etwas Besonderem machte. Dies hatte ihn allerdings nie daran gehindert, sie mit aller Kraft zu hassen.

Zwei Dinge in dem alten Haus in Sonora hatten es Ferro besonders angetan: die alte Treppe, die zum ersten Stock hinaufführte, und die ebenfalls im ersten Stock gelegene Veranda, von der aus er seine Zinnsoldaten und -pferde herunterfallen lassen konnte. Er liebte die Treppe und die Höhe, weil keines der Häuser, in denen er zuvor gewesen war, ein zweites Stockwerk besessen hatte.

Tucson bestand fast nur aus Flachbauten. Ferro hatte so viele Tanten, daß er sie nicht auseinanderhalten konnte. Für ihn sahen sie alle gleich aus. Sie stritten sich um das große Haus und darüber, wer was bekommen sollte.

Zeta hatte ihm befohlen, daheimzubleiben. Und die Tanten hatten sich allesamt in den großen, grünen Hudson gezwängt. Sobald Ferro sah, wie der Wagen hinter dem sandigen Hügel verschwand, schlich er sich ins Haus. Auf Zehenspitzen näherte er sich der kleinen, hölzernen Tür zum Raum neben der Küche. Er horchte lange. Er verstand zwar nicht viel von Babys, aber er wußte, daß die Mütter seiner Schulfreunde ihre Babys niemals allein ließen, ohne jemanden zu bitten, auf sie aufzupassen. Schließlich hatte er langsam und vorsichtig den gläsernen Türknauf umgedreht. Mit angehaltenem Atem öffnete er die Tür einen winzigen Spaltbreit. Was er sah, waren zwei funkelnde schwarze Augen, die ihn von einer Kinderwiege aus beobachteten. Gerade als er versuchte, darüber nachzudenken, warum diese Augen so anders aussahen als die Babyaugen, die er bisher gesehen hatte, richtete sich das merkwürdige Baby auf und brachte die Wiege dabei so sehr ins Schaukeln, daß sie gegen die Wand schlug. In diesem Moment wurden Ferros Arme und Beine von der gleichen Lähmung befallen, die ihn auch im Schlafzimmer der Geisternonne gequält hatte. Mit Grausen beobachtete er, wie zwei langfingrige, knochige Hände den Rand der Wiege packten und der große Kopf mit den funkelnden schwarzen Augen sich über den Rand hinausschob. Im Mund saßen vier große gelbe Zähne. Der große, knochige Kopf sprach zunächst auf Spanisch, und stieß schließlich, als Ferro sich nicht rührte, ein paar englische Worte hervor – Ferro rührte sich noch immer nicht. Das weiße Haar war kurzgeschnitten und stand wie Unkraut um das skelettartige Gesicht. Dann hörte Ferro, wie es seinen Namen rief; sanft zunächst, dann langsam lauter werdend, bis es seinen Namen in einen Schrei verwandelte. Da hatte er die Tür zugezogen und war zum Strand gerannt, obwohl Zeta ihm verboten hatte, allein ans Meer zu gehen. Er lief und lief, gejagt von der Vorstellung, der Skelettmann würde sich über den Rand der Wiege ziehen und dann über den Steinfußboden auf die Veranda hinaus.

Als Zeta ihn schließlich abholte, war es später Nachmittag.

Sie fuhr mit dem Wagen nur bis zur ersten Sanddüne und betätigte dann die Hupe. Ferro hatte mit dem Rücken zum Meer dagesessen und gewartet, daß der Skelettmann auf der Kuppe der Düne erschien. Die Flut begann zu steigen, und als er sich weiter in die Dünen zurückziehen mußte, um nicht naß zu werden, hatte ihn langsam Panik ergriffen. Nicht mehr lange, und das Meer würde ihn an den Fuß der hohen Düne zurücktreiben, von der jeden Moment der Skelettmann herunterrollen konnte, um ihn zu fangen.

Ferro stand vor dem Auto und starrte Zeta an. Er versuchte herauszufinden, ob sie ihn mit der Haarbürste in ihrer Handtasche schlagen würde. Aber sie war in Eile und bedeutete ihm nur, sich zu beeilen und einzusteigen. Als er auf den Rücksitz kletterte, legte Zeta den Rückwärtsgang ein, hielt wieder an und befahl ihm, auszusteigen und den Sand aus seinen Hosenaufschlägen und Schuhen zu schütteln. Während er seine Schuhe aufband, überkam ihn der Wunsch, zu weinen. Aber er biß die Zähne zusammen und tat, was sie ihm befohlen hatte. Zeta drängte zur Eile, die Schuhe konnte er sich auch während der Fahrt zubinden.

Zeta war noch nie sehr gesprächig gewesen. Es war ihr lieber, wenn man sie mit ihren Plänen und Gedanken in Ruhe ließ, hatte Ferro später gelernt. Als Kind hatte er einfach festgestellt, daß er und Zeta, anders als seine Schulkameraden und ihre Mütter, nicht viel miteinander redeten. Sie unterhielten sich nur, wenn es unbedingt notwendig war, und Ferro hatte sich genau wie Zeta daran gewöhnt, lieber zu schweigen. Er war zu der Ansicht gekommen, daß Reden ordinär und gewöhnlich sei. Und genau das war das Gute an Paulie: Bei ihm brauchte man den Mund nicht aufzumachen.

ABWURFSTELLEN

Der Schlüssel zu dieser Abwurfstelle ist der Kleinflughafen von Marana, der jenseits der Pipeline auf der anderen Bergseite liegt. Die Vororte erstrecken sich vom Santa Cruz River entlang der Ina Road, doch die Leute in dieser Gegend sind so an den Verkehr der Kleinflugzeuge gewöhnt, die hier mit ihren Landeanflügen beginnen, daß ihnen der Lärm der startenden und über den Gebirgsausläufern aufsteigenden Flugzeuge gar nicht mehr auffällt. Das hatte Ferro von Zeta gelernt, und obwohl sie es ihm nicht verraten wollte, glaubte er, daß Zeta es ihrerseits von Calabazas und den anderen alten Hasen gelernt hatte.

Bei Sonnenuntergang sahen sie eine kleine weiße Cessna, die langsam an Höhe zu gewinnen schien. Der Stahlkanister war am Rand der Pipelinestrecke gelandet, ungefähr vierhundert Meter entfernt. Die dunkelgraue Farbe des Metalls war in der Dämmerung fast nicht zu sehen. Ferro fuhr fort, das Stativ aufzubauen, und Paulie brachte das Teleskop heran. Obwohl es den Anschein hatte, als konzentrierten sie sich ganz auf das Teleskop, lauschten sie angestrengt auf Geräusche, die die Anwesenheit von Menschen in der Nähe verraten würden – Reiter, Wanderer oder Kinder auf Geländerädern. Niemals benutzten sie einen Abwurfplan zweimal, auch wenn es so wesentlich mehr Vorbereitung erforderte. Es war einfach, den Radarschirmen entlang der Grenze zu entgehen, wenn man das Flugzeug nur dreißig Meter über dem Mesquitegehölz hielt. Ferro hatte es sich jedoch zur Aufgabe gemacht, ständig neue Möglichkeiten und Wege zu finden, um die Waren über die Grenze zu transportieren. Die Preise waren stark gefallen in letzter Zeit, und Zeta hatte davon gesprochen, von Kokain auf Waffen und Munition umzusteigen.

Als die Dämmerung zunahm und die Venus im Objektiv des Teleskops heller leuchtete, befahl Ferro Paulie loszugehen. Ferro plazierte das 223er mit dem Infrarotfernrohr auf der Motorhaube des Jeeps und verfolgte Paulies Weg durch das Fernrohr. Gelegentlich glitt sein Blick über das Gelände vor oder hinter ihm und hinüber zu dem Paloverdebaum, bei dem der Kanister aufgeschlagen und weitergerollt war.

Die einfachsten Abwürfe waren immer die gefährlichsten. Doch in letzter Zeit war eine neue Art von Gefahr aufgetaucht. Nicht durch die Drogenfahnder, sondern durch den Neuen in der Stadt, wie Ferro ihn gerne nannte. Sonny Blue war zwar kein Neuer im eigentlichen Sinne, aber das, was er versuchte, war neu. Nachdem er sich jahrelang damit zufriedengegeben hatte, den Drogenhandel mit Mexiko den alteingesessenen Familien wie der von Ferro oder Calabazas zu überlassen, hatten Max Blue und seine Leute plötzlich begonnen, sich einzumischen.

Der Kanister lag auf dem Rücksitz des Jeeps. Paulie hatte ihn bereits mit Motoröl beschmiert. Er hätte jederzeit als Fünf-Gallonen-Benzinkanister durchgehen können oder als wasserdichter Behälter für Teleskopobjektive. Paulie setzte Ferro bei seinem Wagen ab. Als Ferro auf die Interstate 10 fuhr, hatte er seine geschlossene Windjacke über den dicken Bauch und die Hüften gezogen. Wie eine Schlange nach einer fetten Mahlzeit hatte er den schwarzen Gummigürtel aus dem Kanister geholt. Für Ferro gab es nichts Schöneres als die Momente, in denen er, unter seiner Kleidung verborgen, den schwarzen Geldgürtel trug.

Als Ferro das Apartment betrat, vergewisserte er sich, daß Jamey nicht zu Hause war. Lange stand er vor dem Badezimmerspiegel im oberen Stock und besah sich den mit einem Reißverschluß verschlossenen schwarzen Gürtel voller bolivianischem Kokain. Sein überhängender Bauch verbarg seinen Schwanz, der infolge der durch die offene Balkontür hereinwehenden Brise zusammengeschrumpft war. Der schwarze Ledergürtel lag wie Pancho Villas Bandolieren über Kreuz auf seiner Brust. Er hatte sich immer gewünscht, dichtes schwarzes Brusthaar zu haben. Das Fett ließ seine Brüste wie Frauenbrüste herabhängen, und mit Haaren auf der Brust würde das Fett weniger abstoßend wirken. Jamey behauptete, er liebe ihn mehr als irgend jemanden zuvor. Ich liebe dich so wie du bist, hatte er zu Ferro gesagt und sich dann über das Bett geworfen, um es ihm zu besorgen. Ferros gewaltiger Bauch störte bei den üblichen Positionen, die Jamey probierte; aber in dieser Hinsicht war er schon immer sehr erfindungsreich gewesen. Es waren andere Dinge, die ihm Probleme bereiteten.

Ferro legte den Geldgürtel zusammengerollt unter das Gästebett und ging unter die Dusche. Er war dabei, sich die Haare zu trocknen, als er Jameys Corvette auf den Parkplatz unter der Balkontür einbiegen hörte. Noch bevor Jamey die Eingangstür aufgeschlossen und das Schlafzimmer betreten hatte, lag Ferro nackt auf dem Bett, und sein erigierter Penis stand in einem großen Bogen vom Körper ab. Jamey nannte es gern seine Spezialbehandlung, obwohl sie beide wußten, daß auf die Eichel geriebenes Kokain die Ejakulation verzögerte und Ferro so länger durchhalten konnte. Zeta hatte ihm einmal vorgeworfen, daß er nur noch mit Schwanz und Eiern denke. Er wußte, daß dies nicht stimmte, aber er wußte auch, daß ihm, bevor er Jamey getroffen hatte, Fehler unterlaufen waren, die seitdem nicht wieder vorgekommen waren. Er stellte sich vor, wie es sich in ihm aufstaute – die Sekrete und Säfte sich in seinem Unterleib sammelten und schließlich in seinem Schwanz. Die Wirkung dieses Gefühls hatte sich seit seiner Grundschulzeit nicht verändert, damals, als man ihn allein in die Schulkapelle geschickt hatte, vermutlich um zu beten, daß er lernte, seine Zunge im Zaum zu halten. Er erinnerte sich nicht mehr an den Grund, nur an die vielen Reihen aus kleinen Weihkerzen in roten Gläsern. Wenn er sich beim Hinknien nach vorne beugte, hatte er die Kirchenbank vor sich berührt. Er hatte auf die nackten Beine des am Kreuz hängenden Jesus geblickt. Der Genuß, den ihm das Vorbeugen und Reiben an der Kirchenbank bereitete, ließ ihn die Augen schließen. Was er dann sah, war der Speer, den der Soldat Jesus in die Rippen stieß und der Schwall von Blut, der sich ergossen hatte. Ferro stellte sich den Soldaten immer als großen und stattlichen Mann vor, dem es widerstrebte, Jesus wehzutun, der jedoch von einer höheren Gewalt dazu gezwungen wurde. Die älteren Jungen behaupteten, erhängte Männer stürben mit erigiertem Penis oder hätten eine Ejakulation. Ferro verstand, daß der Lendenschurz Jesus nur aus Gründen des guten Geschmacks bedeckte. Wenn er die Augen schloß, stellte er sich vor, wie Jesus nackt hingerichtet wurde. Das letzte Anzeichen von Leben hatte seinen Leib mit den gleichen spasmischen Zuckungen verlassen, die Ferro bei seinem eigenen Penis beobachten konnte, wenn er ihn im warmen Badewasser rieb.

Ferro ließ Jamey mit dem Gesicht nach unten und alle viere

von sich gestreckt auf dem Bett zurück. Der Orgasmus war eine solche Erleichterung für ihn, daß er keine Reue mehr empfand, wie als Kind, wenn er anschließend niederknien und eine Todsünde beichten mußte. Alles, was er bereute, war die Tatsache, daß er nicht von Jamey lassen konnte und er begonnen hatte, ihn, statt zweimal wöchentlich, nun allabendlich und manchmal auch am Nachmittag aufzusuchen. Zeta beklagte sich bereits, daß seine Arbeit darunter leide. Daß Sonny Blue und seine Leute in der Stadt bereits in die Geschäfte eingriffen. Sie verkauften mehr Stoff, und sie verkauften ihn billiger. »Meiner ist besser«, hatte Ferro düster erwidert. Zeta lachte. »Ich spreche nicht von Sex«, sagte sie. »Ich spreche von Drogen. Auf der Straße wissen sie nicht, was gut ist. Sie wissen nur, was billig ist. Sonst nichts.«

MUTTER

Eine Stunde nachdem Lecha in Begleitung des dünnen, blonden Mädchens zurückgekehrt war, hatte Ferro Zeta in ihrem Büro zur Rede gestellt. Er verlangte zu wissen, warum Zeta ihm nichts gesagt habe. Welchen verdammten Grund hatte diese – diese – *Kreatur* nach so vielen Jahren zurückzukehren? Er brüllte, aber Zeta blieb ruhig. Auf dem Schreibtisch vor ihr lagen ein Bleistift und ein Stapel unbeschriebenes, gelbes Papier. Sie kritzelte ein Muster aus ineinander verschachtelten Vierecken, das Ferro an seinen Bildband über griechische Statuen erinnerte.

Ferro hatte schon als kleines Kind gelernt, Zeta niemals tief in seine Augen sehen zu lassen. Denn es waren ihre Augen, die ihren Worten, was immer sie auch gesagt haben mochte, die eigentliche Bedeutung verliehen. Als Zeta Ferro erzählt hatte, daß seine Mutter ihn in Tucson zurückließ, weil sie sich nicht mit einem kleinen Baby herumplagen wollte, hatten ihm Zetas Augen gesagt, sie wolle nicht, daß er sich selbst bemitleidete. Sie glaubte nicht an die Behauptungen irgendwelcher Pädagogen oder Psychologen über die negativen Auswirkungen von Zurückweisungen auf Kinder. Ihre Augen sagten ihm, daß das, was für die Weißen gut oder notwendig sein mochte, für sie etwas ganz anderes war.

Als Ferro erwachsen wurde, hatte es viele lautstarke Streitereien zwischen ihnen gegeben. Dennoch hatte er früh verstanden, daß, ungeachtet seiner eigenen Gefühle und Gedanken, Zeta sehr viel mehr wußte als er. Diese Erkenntnis war nur langsam in ihm gewachsen, und bevor es soweit war, hatte er geforscht, seine Bücher gewälzt und auf den Tag gewartet, an dem es zu dem Streit kommen würde, in dem er und nicht Zeta über die entscheidenden Fakten verfügen würde. Der Tag, an dem Ferro ihr mitteilen würde, daß er X, Y oder Z versucht hatte und selber wisse, was das Beste war. Nachdem er das College mit einem Abschluß in Wirtschaftswissenschaften beendet und begonnen hatte, für Zeta zu arbeiten, war ihm jedoch allmählich klar geworden, daß er ihrem Wissensstand und den Quellen ihres Wissens keineswegs näherkam.

»Wie viele Male hat deine Mutter denn schon angekündigt, daß sie zurückkommen wird, und dann haben wir drei Jahre lang nichts mehr von ihr gehört?« Obwohl Ferro einen doppelten Whiskey und zwei Linien Koks zu sich genommen hatte, pochte sein Herz so heftig, daß er es bis in den Magen spüren konnte und ihm der Atem wegblieb. »Deine Mutter«, als wäre Lecha *seine* Schuld oder seine Erfindung. »Sie ist *deine* Schwester!« hatte er zurückbrüllen wollen, aber er wußte, ohne es auszusprechen, daß Zeta ihn damit geschlagen hatte. Alles, was sie gesagt hatte, war die Wahrheit. Sie log oder übertrieb nur selten, während Lecha viele Male angekündigt hatte, sie würde zurückkommen oder sich wirklich ändern, um dann doch nicht aufzutauchen oder sich jahrelang nicht mehr zu melden. Ferro war zornig auf etwas in sich selbst, das insgeheim auf Lechas Rückkehr gewartet hatte.

In diesem Moment schaute Ferro Zeta an und stellte verblüfft fest, wie ähnlich sie Lecha sah, obwohl ihm aus weiter Ferne etwas, das sich noch hinter seiner inneren Stimme zu befinden schien, zuflüsterte, das liege lediglich am Whiskey und am Kokain. Er konnte nur Lecha, seine Mutter, sehen – die Frau, die er so viele Jahre lang so leidenschaftlich gehaßt hatte. Der Mund, die Zähne und die Augen – Ferro fühlte, wie ihm Schweißtropfen in die Spalte zwischen den Gesäßbacken liefen –, aber gerade, als er glaubte, das Zittern in seiner Brust nicht länger zurückhalten zu können, entdeckte er die breiten weißen Strähnen in Zetas Haar. Er konnte ihre Hände mit den großen Knöcheln erkennen, die von der Arbeit mit staubigen »Antiquitäten« dunkelbraun gefärbt waren. Keine langen, roten Fingernägel, keine billigen, nachgemachten Smaragde, wie Lecha sie trug. Ferro holte tief Luft. »Du hast es für sie getan. Für dich hast du es getan! Nicht für mich!« Schweiß rann ihm die Stirn herab und in die Augen. Es brannte und Tränen liefen über seine Wangen. Zeta hatte ihren Blick noch immer nicht von ihm abgewandt. Sie widersprach ihm nicht. Sie hatte es für sich selbst getan; trotz ihrer Schwester war Ferro großgezogen worden, und das war alles, was zählte. Ferro wirbelte blindlings zur Tür herum. »Leck mich am Arsch!« brüllte er und schlug die schmiedeeiserne Tür so fest hinter sich zu, daß die Fensterscheiben vibrierten.

GESPENSTER SIND SCHWER

Calabazas steht zwischen seinem kleinen Maultier und den Eseln im Korral und spricht in einem leichten Singsang mit den Tieren. Er hat einen Korb mit überreifem Brokkoli bei sich, den er am Hinterausgang der Markthalle am Ende der Straße geholt hat. In seinen Taschen hat er grüne Holzäpfel aus dem Garten. Mit zurückgelegten Ohren versuchen die kleinen Esel, sich gegenseitig abzudrängen und in Calabazas' Nähe zu kommen. Das gefleckte Maultier hat den Kopf an seine linke Schulter gelehnt. Sobald die Esel versuchen, das Maultier zu beißen, klatscht Calabazas in die Hände und lacht.

Root muß lächeln, als er ihn im Korral bei seinen Tieren stehen sieht. Calabazas mag die alte Art, die alten Tricks am liebsten. Allerdings fände er es gar nicht gut, wenn Root ihm die Sache mit den Salvadorianern verschweigen würde. Root weiß nicht genau, wie er das Thema anschneiden soll, doch Calabazas ist in Plauderstimmung.

»Meine Lieblingsgeschichte«, sagt er, als hätten Root und er sich den ganzen Morgen über Geschichten unterhalten, »ist die von dem alten Mann, der mit seinem Maultier am Fluß entlangreitet.« Calabazas deutet zum Santa Cruz River, doch Root muß beim Blick in diese Richtung eher an »Abwasseraufbereitung« denken als an »Fluß«. Beides trifft zu. Im Nordwesten der Stadt hatte man neben dem Fluß Tucsons größte Kläranlage gebaut.

Weiter südlich, in der Nähe der mexikanischen Grenze, fließt der Santa Cruz so klar wie ein Gebirgsstrom. Die Yaqui-Indianer wissen, daß der Standort der Kläranlage kein Zufall ist. Denn sowohl Calabazas' Ziegen und kleine Esel als auch das Vieh des Yaquiviertels weiden auf dem städtischen Land rings um die Kläranlage. Das Vieh der Yaqui frißt sich fett am hohen Flußgras und den Weiden, wie seit jeher, schon seit der Zeit, als es noch keine Stadt Tucson gab, die den Yaqui das Land wegnehmen konnte.

Root stülpt einen Blecheimer um und macht es sich darauf bequem. Calabazas hat eine von seinen Anwandlungen. »In diesen Tagen gab es Hexen den ganzen Santa Cruz rauf und runter«, beginnt er. Root wünscht sich, genauso schnell reden wie denken zu können, dann würde er einen schlauen Spruch darüber machen, daß es auch heute noch mehr als genug Hexen gibt – um Calabazas zu ärgern, dem von Zeit zu Zeit vorgeworfen wird, selbst ein Hexer zu sein.

»Der Himmel über den Ufern wurde von den brennenden Kochtöpfen der Hexen ganze Nächte hindurch stahlblau erleuchtet. Wir Kinder hielten uns in diesen Nächten immer dicht beim Haus auf. Neben den Hexen mußten wir uns nämlich auch noch vor den Yaquigeistern in acht nehmen. Die Geister ziehen auf der Suche nach ihren Lieben ständig den Fluß hinauf und hinunter. Denn sie sind alle von mexikanischen Soldaten umgebracht worden: Babys, kleine Kinder und alte Frauen. Die Yaqui, die sich weigerten, die mexikanische Regierung anzuerkennen oder Steuern auf ihr Land zu bezahlen, wurden zusammengetrieben und erschossen. Die Soldaten haben die Arroyos mit ihren Leichen gefüllt, und die Familien konnten nie herausfinden, wer ermordet worden und wer entkommen war. Und diese Geister können nicht zur Ruhe kommen. Nicht einmal jetzt.«

Root hebt die Augenbrauen, und seine auf Calabazas gerichteten Augen weiten sich. Er hat sich angewöhnen müssen, sich mimisch auszudrücken, weil er sich so weder verhaspelt noch herumstottert. »Jawohl«, fährt Calabazas fort, »und genau das hat dieser alte Mann, der auf seinem Maultier den Fluß entlangritt, zu spüren bekommen.« Calabazas hält inne, um sich eine Zigarette anzuzünden. Er hält auch Root wie jedesmal die Packung hin, der jedesmal wieder den Kopf schüttelt. »Was glaubst du wohl, was diese Geister wollen? Sie sind noch immer auf der Flucht und glauben, dem Morden zu entkommen. Sie ziehen immer weiter, nur sind sie jetzt viel langsamer als zu der Zeit, als sie noch am Leben waren. Erst jetzt, wo das Wasser und das Land verschwinden, erreichen sie Tucson. Ihre Verwandten, die sich schon früher hier niedergelassen hatten, flehten sie immer an, rechtzeitig aus Sonora zu fliehen. Und jetzt sind die Geister angekommen und wollen wissen, wo der See ist, von dem sie so viel gehört haben. Der See, mit dem sich ihre Brüdern und Vettern immer gebrüstet haben. Reichlich frisches Wasser in Tucson. Das ist es, was das Wort *tucson* auf Papago bedeutet.« Root nickt, und Calabazas nimmt zwei Züge an seiner Zigarette.

»Der Mann hatte ein kleines Maultier gekauft. So eines wie meins. Alle hatten versucht, ihm einzureden, daß er eigentlich gar kein kleines Maultier wolle. Vor allem seine Verwandten. Verwandte erzählen einem immer, was *sie* wollen.« Während er dies sagt, blickt Calabazas auf das Haus, das der Familie seiner Frau gehört. »Alle versuchten, ihm das kleine Maultier auszureden. Sie wollten, daß er etwas Größeres kauft. Vielleicht sogar ein Pferd. Schließlich war es sein Geld, das er ausgeben würde, nicht ihres. Aber etwas an dem kleinen Maultier gefiel dem Mann. Er kaufte es von jemandem dort oben im Dorf von Marana. Sie luden ihn ein, über Nacht zu bleiben, aber er lebte allein und hatten einen Garten, um den er sich kümmern mußte. Seine Verwandten wollte er nicht darum bitten, denn die Melonen wurden reif, und wer von ihnen würde schon der Versuchung widerstehen, ein paar davon mitzunehmen? Deshalb stieg der Mann am frühen Nachmittag auf das Maultier, das er gekauft hatte. Das Tier hatte eine Farbe wie roter Staub, und es hatte das Zeichen des Kreuzes auf dem Rücken, was ebenfalls Glück bedeutete. Sie zogen los, und das kleine rote Maultier machte sich gut. Der alte Mann war sehr zufrieden, denn nun würde er das Tier all seinen Verwandten zeigen, die etwas gegen kleine Maultiere hatten. Aber gerade als die Sonne unterzugehen begann, wurde das kleine Maultier langsamer. Sie waren in der Nähe des Seven Mile Crossing am Flußufer, dem Übergang, der seinen Namen bekommen hat, weil er damals genau sieben Meilen von der Stadt entfernt lag. Nicht mehr und nicht weniger. Die Interstate führt daran vorbei, und dort ist auch diese Stripteasebar.«

Root nickt. Manchmal wundert er sich über Calabazas und seine Stimmungsschwankungen. Heute will er von den alten Zeiten reden, und morgen sagt er vielleicht keinen einzigen Ton. Manchmal wechselt er tagelang mit niemandem ein Wort – deutet oder gestikuliert nur. Mitunter wurde eine Abmachung getroffen und ein Abwurf vereinbart, und dann geschah gar nichts. Aber die Kunden gewöhnten sich an diese Unberechenbarkeiten im Umgang mit Calabazas. Root und Mosca blieb nichts anders übrig, als weiterzumachen, bis sich seine Laune wieder besserte. Solange die Vorräte reichten, bearbeitete Root einfach die Umgebung der Universität und des Pima Colleges, wo vor allem College-Kids Stoff kauften.

»Nun ja, der Mann begann darüber nachzudenken, daß das, was die Leute über kleine Maultiere gesagt hatten, vielleicht doch richtig war. Vielleicht hatte man ihn hereingelegt. Er brauchte die ganze Nacht, nur um sieben Meilen vorwärts zu kommen. Das rote Maultier wurde immer langsamer. Es begann zu schwitzen. Dreimal legte sich das Tier in den Sand. Der Mann war so weit, daß er am nächsten Morgen auf der Stelle umkehren, das Maultier zurückbringen und sein Geld zurückverlangen wollte. Natürlich erzählte er am nächsten Tag allen von seiner Geschichte. Aber die Alten lachten ihn nur aus. ›Gib nur nicht dem Maultier die Schuld. Was glaubst du eigentlich, warum sie dich eingeladen haben, in Marana zu übernachten?‹ Die Alten hatten wirklich einen Heidenspaß an der ganzen Sache, denn dieser Mann hatte nicht an Geister, Gespenster oder so etwas geglaubt. Deshalb sagten sie zu ihm: ›Was glaubst du denn, warum sie dich gebeten haben, bei ihnen zu übernachten? Weil die Geister einen Wagen so schwer machen können, daß die Pferde ihre liebe Mühe haben, ihn zu ziehen. Sie springen auf den Wagen, und dabei wiegen sie zwei- oder dreimal mehr als in ihrem früheren Leben. Das ganze Leben lang trägt der Körper das Gewicht der Seele; wenn der Körper aber verschwunden ist, ist nichts mehr da, um dieses Gewicht zu tragen.‹«

FREIER FALL

Root weiß, wie schwer der Körper ist – auch ohne Geister und Gespenster. Er weiß, wie schwer der Körper ist, wenn er fällt – so langsam fällt, daß er seine Masse und sein Gewicht im Zeitlupentempo mit hinunterzieht. Er träumt von dieser Schwere, davon, immer weiter und weiter zu fallen. Seine Arme schlagen auf die Matratze, und er wacht schweißgebadet auf. Er weiß, was sie ihm erzählt haben. Wieviel von seinem Gehirn bei der Schädelquetschung verlorengegangen ist und daß die Ärzte beim Einsetzen der Stahlplatte gepfuscht haben. Seine Chancen stünden »eins zu zehn«, hatten sie seiner Mutter erzählt, als er im Fieber lag.

Die Welt hatte sich zurückgezogen und ihn in weißen, flauschigen Wolken liegen lassen. Er konnte durch die Wolken nach unten sehen. Wenn diese Stille nicht gewesen wäre, hätte er sich in einem Düsenjet wähnen können. Er konnte durch Wolkenschichten nach unten blicken und sich selbst, an irgendwelche Maschinen angeschlossen, in einem Krankenhausbett liegen sehen. Er liegt im Bett und hat die Augen geschlossen. Die Besucher, die zu ihm kommen und am Fußende seines Bettes stehen, sind schwer zu erkennen, weil er ihre Köpfe nur von oben sieht. Seine Mutter erkennt er allerdings immer, bloß kann er sich nicht erinnern, ihren Kopf mehr als ein paarmal gesehen zu haben. Der Therapeut fragt, ob die Wolken Kumuluswolken seien. Root verabscheut die Laute, die aus seinem Mund kommen. Er hört die korrekte Aussprache der Wörter in seinem Kopf, aber sein Mund kann die Laute nicht mehr klar formulieren. Die Worte klingen wie Ächzen und Stöhnen. Bewegt sich seine Zunge überhaupt, oder ist es genau wie mit seinen Füßen und Zehen, bei denen er zwar das Gefühl hat, als bewegten sie sich; wenn er sie jedoch im Spiegel über seinem Bett betrachtet, sind sie reglos und weiß wie Kerzenwachs. Schon vor seinem Unfall hatte Root sich nie auf Deckenspiegel verlassen. Das erstemal hatte er sie gesehen, als er mit Lecha in der Luxussuite des Marilyn Motels gewesen war. Als er Lechas Rücken sah und die gespreizten Backen ihres breiten, braunen Hinterns über seinen dünnen, weißen Beinen, hatte Root erkannt, daß Spiegel nicht das zeigten, was wirklich war. Deshalb hatte er die enthusiastische, junge, blonde Krankengymnastin angebrüllt, als sie ihm sagte, er könne selbst im Spiegel sehen, daß seine Zehen sich nicht bewegten. Er konnte ihr nicht verständlich machen, daß Deckenspiegel nicht die Wahrheit zeigten, weil er nicht einmal »ja« oder »nein« sagen konnte. Im Deckenspiegel des Marilyn Motels hatte Lecha ausgesehen, als säße sie auf jemandem, den er nicht kannte, einem Teenager, der viel hellhäutiger und kleiner war als er selbst, der seine Füße im Rhythmus zu Lechas langsamen und geschmeidigen Bewegungen über sich anspannte. Das Gesicht, das Root gesehen hatte, als er über Lechas linke Schulter blickte, hätte sein eigenes sein müssen, war es aber nicht. Genauso wie das Bellen und Stöhnen jetzt eigentlich Worte sein sollten und es nicht waren.

Er war nach fünf Monaten aufgewacht, ohne die geringste Erinnerung an das, was geschehen war. Er meinte, sich schwach an ein zurückliegendes Familienleben erinnern zu können, war sich aber nicht sicher. Die Krankenschwester, die ins Zimmer kam, sagte ihm, sie habe gerade erst auf diese Station gewechselt, werde aber dafür sorgen, daß jemand kam, der ihm berichten konnte, was passiert war. Ein entgegenkommendes Auto war direkt vor seinem Motorrad abgebogen. Seine Mutter hatte ihm später mehr erzählt. Sie habe noch alles genau im Kopf, sagte sie, weil sie gerade mit dem Anwalt gesprochen habe. Die Versicherung des Unfallgegners hatte ein großzügiges Angebot gemacht. Der Wagen war auf der Kreuzung von Miracle Mile und der Ft. Lowell Road genau vor ihm abgebogen. Root fand es komisch, daß alles direkt neben dem Friedhof passiert war. Als Kinder hatten sie sich gegen Ende November, wenn es fast dunkel war, nach dem Basketballtraining immer gegenseitig angestachelt, mit den Rädern am Friedhof vorbeizufahren. Sie hatten Witze darüber gerissen, was wohl passieren würde, wenn man nach Anbruch der Dunkelheit an einem Friedhof vorbeifuhr oder sogar im hellen Tageslicht – um halb vier Uhr nachmittags –, die Uhrzeit, zu der sich sein Unfall ereignet hatte. Geister konnten sowohl auf einen Wagen aufspringen als auch auf ein Motorrad.

Root erhebt sich. Calabazas hat dem Burro Disteln aus dem Kötenhaar gezogen. Er weiß, daß Root ihm etwas zu sagen hat, aber Zeit braucht, um es herauszubringen. Root starrt auf die Stockrosen, die dicht neben der durchhängenden Wäscheleine blühen. Er sucht sich einen Punkt, auf den er seinen Blick richten kann, während er spricht, damit er seinen Zuhörern nicht ins Gesicht schauen und mit ansehen muß, welche Mühe sie haben, ihn zu verstehen. Root konzentriert sich auf die leuchtenden Farben der Blüten – die Rottöne, die so dunkel sind wie Wein, Granatsteine oder auch Blut. Er fühlt, daß er zwischen den Schulterblättern zu schwitzen beginnt und der Schweiß sein T-Shirt durchtränkt. Wie eine Reihe Ameisen läuft er aus den Achselhöhlen über die Rippen. Er erzählt Calabazas von den Männern, die aufgetaucht sind. Keine Mexikaner, sondern Fremde, die sehr klein und sehr dunkel aussehen und ein merkwürdiges Spanisch sprechen. Sie kommen aus El Salvador, sagen sie.

Calabazas starrt auf die kleinen Esel, die sich in der schattigen Ecke des Korrals zusammendrängen. Er ist noch immer damit beschäftigt, das Gewicht eines Geistes auszurechnen. Irgendwo um die fünfhundert Pfund. »Wie haben sie dich gefunden?«

Root schüttelt den Kopf. »Sie sagen, sie hätten Anweisung gehabt, mich zu finden, um mit dir Kontakt aufzunehmen.« Gegen Drogenfahnder und andere Typen mußten sorgfältig geplante Vorkehrungen getroffen werden. Calabazas nimmt einen letzten tiefen Zug an seiner Zigarette und schleudert die Kippe hart zu Boden. Es behagt ihm nicht, daß Fremde nach ihm Ausschau halten. »Erzähl mir mehr.« Root zuckt mit den Schultern. »Brandneue Freizeitanzüge – ziemlich braungebrannt. Sie sehen alle gleich aus. Alles identisch – weiße Plastikgürtel, weiße Slipper, blaue Hemden, schlechte Frisuren.« Calabazas kaut an seinem Daumennagel und schweigt. Root beschließt, daß er nun soweit ist, den wichtigsten Teil zu hören: »Sie sind in einem alten

Volkswagen mit einem Kennzeichen aus Sonora zu mir gekommen. Jeder von ihnen trug einen blauen Koffer, einen brandneuen, taubenblauen Samsonite-Koffer.« Calabazas richtet sich auf und sieht Root in die Augen. »Was?« – »Samsonite.« Normalerweise versteht Calabazas seine Aussprache besser als alle anderen, mit Ausnahme von Lecha vielleicht. Root seufzt und versucht, das Wort langsam zu wiederholen, wobei er sich anstrengt, jede Silbe genau auszusprechen. »Samsonite – das Markengepäck.« Manchmal versteht Calabazas kein Englisch. Es lag nicht nur an Roots undeutlicher Aussprache. Es schien Tage zu geben, an denen Calabazas einfach überhaupt kein Englisch verstand. Dafür gab es keine Erklärung.

Root merkt, daß Calabazas ihn noch immer nicht versteht. Im Krankenhaus hatte er oft geweint aus lauter Frustration über all das, was er gerne sagen wollte, aber nicht aussprechen konnte. Die hellblauen Samsonite-Koffer, die diese Männer bei sich hatten, sind wichtig. Sie haben etwas zu bedeuten, obwohl Root nicht genau weiß, was. Er weiß, daß Calabazas, wenn er erst einmal versteht, was er ihm sagen will, die Bedeutung der identischen blauen Koffer erklären kann. »Was wollen sie?« – »Mit dir reden.« Calabazas erinnert sich daran, was Samsonite bedeutet. »Was haben sie in diesen Koffern?« Root zuckt mit den Achseln und Calabazas grunzt. Die Männer wollen nur ihm zeigen, was sie haben. »Wie viele waren es?« Calabazas tut, als könne er sich nicht mehr daran erinnern, ob Root ihm dies bereits erzählt hat oder nicht. Root hebt vier Finger in die Höhe. Die Sonne steht nun so hoch, daß es heiß wird im Korral. Root fühlt, wie ihm das schweißgetränkte T-Shirt an Bauch und Rücken festklebt. Das Gerede über Geister, die auf Wagen springen, und Männer mit blauen Koffern, die nach Calabazas suchen, hat ihn hungrig und müde gemacht. Er folgt Calabazas aus dem Korral. Wortlos entfernt sich Calabazas, überquert den leeren, mit Ziegelsteinen gepflasterten Hof und geht zur Hintertür des alten Hauses. Er ist völlig in Gedanken versunken und versucht, sämtliche Möglichkeiten oder Blickwinkel, wie er es vielleicht selber nennen würde, auszuleuchten, um diese Salvadorianer mit dem neuen Samsonite-Gepäck richtig einzuschätzen.

Root steht der Sinn nach einem kalten Bier. Vielleicht hat

Carlos Lust, mit ihm zur Stage Coach Bar hinauszufahren. Calabazas nennt Carlos »Mosca.« Carlos behauptet, keine Ahnung zu haben, warum er das tut. Root nennt ihn Fly, und Carlos meint, das störe ihn nicht, weil *fly* im Englischen außer »Fliege« auch »Reißverschluß«, »offener Hosenstall« oder »Sack« bedeuten kann, und das passe gut zu ihm, wie er gern behauptet. Carlos ist mit Calabazas Frau verwandt. Mosca und Root haben mehr oder weniger die gleiche Arbeit, nur daß Moscas Kunden an der South Side leben. Sie reden nicht viel miteinander, und Root ist nicht sehr neugierig auf das Leben der Fliege. Er vermutet, daß Moscas Leben seinem eigenen recht ähnlich ist. Manchmal redet Mosca wie ein Wasserfall, je nachdem welche Droge er gerade genommen hat. Ein anderes Mal sagt er kein Wort. Manchmal wundert sich Root darüber, warum er und Fliege sich verstehen, doch das ist sinnlos. Root weiß, daß Fliege diese Frage noch nie durch den Sinn gegangen ist. Wenn sie zusammen ausgehen, dann meist an Orte, an denen man weniger reden als zuhören und -schauen muß. In die Stage Coach Bar gehen sie gern, weil dort immer eine Stripperin auftritt und sie den Bikern beim Billard zuschauen können.

Mosca tritt aus der Hintertür des alten Hauses und blinzelt heftig, bis er endlich seine dunkle Sonnenbrille aufgesetzt hat. Das tiefe Dunkelblau der Gläser ist eines seiner Markenzeichen. Vielleicht hat Calabazas seinen Spitznamen daher. Mosca ist ein kleiner, drahtiger Typ. Sein Kopf mit den blauen Gläsern der Sonnenbrille wirkt ein wenig zu groß für seinen Körper. Root kann das Kokain aus drei Metern Entfernung wittern. Kokain funktioniert wie ein Treibstoff für ein System aus elektrischen Turbinen, die tief im menschlichen Körper sitzen. Aus chemischen Reaktionen entstandene Energie knistert und zischt durch die Blutbahnen. Root kann Mosca über den Kopf sehen. »Pferderennen«, verkündet Mosca und klopft auf seine Hosentaschen, um klarzumachen, daß er einige Lieferungen zu tätigen hatte. Root nickt und merkt, daß er dabei grinst. Mosca ist so verdammt glücklich, und selbst das Sirren des Kokains in seinem Körper scheint merkwürdig in Einklang zu stehen mit dem Singen der Zikaden in den mächtigen Tamarisken in Calabazas Garten. Unterwegs würden sie sich noch zwei Sechserpacks Bier besorgen.

Mosca überschlägt die Entfernung von dort, wo sie stehen, bis zu dem großen, allradgetriebenen Geländewagen, auf den er so stolz ist. »Komm, wir laufen um die Wette«, sagt er. Er ist der einzige Mensch, der Roots Behinderung offen zur Kenntnis nimmt. Mosca findet Roots Hirnverletzung faszinierend.

Er fordert Root zu sportlichen Wettkämpfen heraus, bei denen er sicher sein kann, daß Root sie nicht gewinnen wird. »Weil ich gerne gewinne. Ich gewinne nun mal gern gegen dich. Das Gefühl ist genauso gut, wie gegen andere zu gewinnen, frag mich nicht warum.« Mosca redet gern davon, daß er dagegen ist, Krüppeln besondere Vergünstigungen einzuräumen. Seinen großen schwarzen Allrad-Chevy parkt er auf Behindertenparkplätzen. Mosca lacht. »Wenn es dir leicht fällt, zurechtzukommen, dann bist du auch nicht behindert. Behindertenparkplätze machen es zu leicht«, sagt er.

Mosca kennt sich mit Pferden aus. Das, was er auf dem Sattelplatz zu sehen bekommt, dort wo die Pferde von ihren Trainern auf das nächste Rennen vorbereitet werden, läßt ihn verächtlich schnauben. Hier wettest du doch nur darauf, ob der Trainer das Pferd so mit Dope vollgeschossen hat, daß es auf der Gegengeraden tot umfällt. Oder darauf, welches Zwergkarnickel von einem Jockey den Deal versaut und seinen Klepper genau auf die Nummer auflaufen läßt, auf die alle gesetzt haben. »Mosca«. »Die Fliege«. Auf der Rennbahn fällt Root eine weitere Möglichkeit ein, die seinen Spitznamen erklären könnte. Mosca besorgt die Wettnummern. Er macht sich nie die Mühe, sich zuerst die Pferde anzusehen. Er flitzt durch die Menge. Root wartet und lehnt sich gegen den Zaun beim Zieleinlauf. Die Pferde scheinen zu schweben, wenn sie rennen. Ihre Hufe berühren nur knapp die Oberfläche der Bahn, ihre Augen glühen, sie sind leichter als ihre Körper. Nach dem Unfall hat Root aufgehört zu wachsen. Der Teil des Gehirns, der die dazu notwendigen chemischen Botschaften ausschickt, war verlorengegangen. Es war auch besser so; weniger Masse, die er herumzuschleppen hatte. Nach drei Monaten hatte Root wieder Laufen gelernt. Er hätte den Unfall auch für die Größe seines Schwanzes verantwortlich machen können, wenn er nicht den seines Vater und den seines Bruders gesehen hätte. Keiner von ihnen hätte damit irgendeinen Preis gewonnen.

PFERDERENNEN

Startnummern und Wettquoten leuchten auf der Anzeigetafel in der Mitte der Rennbahn auf. Root ist fasziniert vom Schaum zwischen den Hinterbeinen der Pferde, dem schaumigen Schweiß auf ihren Hälsen. Mosca steht neben ihm und beobachtet die Anzeigetafel. »Du mußt nach denen suchen, die zuviel schwitzen ... Nein, nein, das da schwitzt überhaupt nicht. Das hat 'ne Überdosis gekriegt ... Nein, Mann, das hier sind Pferde, kapiert?« Er zeigt Root eine Nummer und hält sie so, daß niemand von den Umstehenden sie sehen kann. »Das ist sie. Soll ich fünfzig Dollar für dich setzen?« Bevor Root ihm antworten kann, ist Mosca verschwunden und auf dem Weg zum Wettschalter. Ein Mann im weißen Leinenanzug reiht sich hinter Mosca in die Schlange ein. Seiner Erscheinung fehlt nur noch der Panamahut. Root bemerkt, daß er etwas in der linken Hand hält, das in einer Ausgabe der *Racing Form* verborgen ist. Als er sich vom Schalter mit den gelben Tickets abwendet, sagt er etwas zu Mosca. Sein Gesicht kommt Root bekannt vor. Ein Italiener vielleicht oder ein Jude. Root erkundigt sich bei Mosca, aber der hält seine Augen auf die Pferde gerichtet, die am anderen Ende der Rennbahn in die Startboxen geführt werden. »Er hält sich zu seinem Privatvergnügen zwei Pferde, das ist alles. Ein reiner Amateur«, antwortet Mosca. Root möchte dieses Gesicht noch einmal sehen, das Gesicht eines Mannes, der nichts anderes zu tun hat, als seinen Pferden beim Rennen zuzusehen und das Zeug zu schniefen, das er von Mosca kauft. Doch der Mann im weißen Leinenanzug ist verschwunden. Root versucht sich vorzustellen, welches Auto er fährt und welche Frauen er bumst. Sein ganzes Leben ist in weißes Leinen gehüllt, schätzt er und wendet sich gerade rechtzeitig um, um eine Ladung Dreck abzubekommen, den die Hufe ihres als Sieger einlaufenden Pferdes aufwirbeln.

Mosca kommt für zwei Sekunden zurück, um das Geld zu zählen. Die Wetten standen nur fünf zu eins, aber zweihundert Dollar fürs Herumstehen, Bier trinken und Leute beobachten sind okay. Root verläßt seinen Platz am Zaun. Es gefällt ihm, den Trainern und Jockeys beim Satteln der großen Pferde zuzusehen. Ein paar der Besitzer sind ebenfalls dort. Root grübelt gern darüber nach, warum sie Rennpferde besitzen. Er kann verstehen, warum Menschen Geld für Sex, Autos und Kleidung ausgeben und natürlich für Drogen. Aber was es mit Pferden auf sich hat, ist ihm ein Rätsel. Die Besitzer reiten sie nicht, die meisten von ihnen sehen ihnen nicht einmal bei den Rennen zu, mit Ausnahme der wichtigen Veranstaltungen auf den großen Rennplätzen. Aber was hatten diese Pferde, was hatte diese Rennbahn in Tucson verloren? Und dann war da dieser Mann im weißen Leinenanzug mit den beiden wunderbaren Stutfohlen, zwei Klassepferden. Sie waren hier nur auf der Durchreise, um sich für bessere Rennplätze zu qualifizieren. Die Fohlen wurden vom Sattelplatz geführt, um zusammen mit den anderen gemeldeten Pferden vor der Haupttribüne präsentiert zu werden. Root suchte im Rennprogramm nach dem Namen des Besitzers der beiden Fohlen, stellte aber fest, daß sie als Besitz einer privaten Investmentgruppe genannt waren. Die Hälfte aller Pferde im Programm waren so aufgeführt. Abschreibungsobjekte: reihenweise Klepper, die auf zweitrangigen Rennbahnen starteten. Je mehr Pferde sich verletzten oder einfach umfielen und starben, desto mehr Geld machten die Leute.

Im Wagen zog Mosca eine Halbliterflasche mit Whiskey unter dem Sitz hervor. Er reichte Root die Flasche und begann, fein säuberlich Kokainhäufchen auf dem Armaturenbrett zu verteilen. Root nahm zwei große Schlucke und reichte die Flasche an Mosca zurück, der nur den Kopf schüttelte und ihm bedeutete, die Flasche auszutrinken. Root trank aus und erhielt, als er die Augen wieder geöffnet und sich den Schweiß von der Stirn gewischt hatte, von Mosca ein Stück von einem rotweißgestreiften Plastikhalm. »Von McDonald's«, sagte Mosca und entblößte mit einem Grinsen seine großen weißen Zähne. »Mann, du überraschst mich! Ich hab die ganzen Geschichten gehört, die man über dich erzählt. Du weißt schon was für Sachen, aber –« Das Kokain begann bereits seine Gehirnzellen zu blockieren. Root dachte an ein Federkissen, das zu einer weichen, runden Kugel aus Ruhe und Wohlbehagen geformt und glattgestrichen wurde. Moscas Gerede interessierte ihn nicht.

Mosca schniefte seine beiden Häufchen und deutete mit dem

Halm auf die beiden übriggebliebenen, während er sich mit der anderen Hand die Nasenlöcher zuhielt. Root sah sich auf dem Parkplatz um und beugte sich dann zu den Häufchen hinunter. Als er den Kopf wieder hob, sah er aus den langen Boxenreihen einen weißen Mercedes herausfahren. Obwohl er den Fahrer nur flüchtig zu sehen bekam, wußte er, daß es sich um den Mann im weißen Leinenanzug handeln mußte. Root warf einen Blick auf Mosca, um zu sehen, ob er auf den weißen Wagen reagierte, aber Mosca hantierte in seinem Schoß mit einer Plastiktüte voller Marihuana und Zigarettenpapierchen herum.

»Du solltest solche Sachen nicht so ernst nehmen«, sagte Mosca, während er mit sechzig Meilen die First Avenue hinunterdonnerte. Root störte die Geschwindigkeit wenig, aber er dachte an die Cops in Tucson, die Geschwindigkeitsüberschreitungen sofort zum Anlaß für illegale Durchsuchungen nahmen. Allerdings war Root sauber. Nur Mosca hatte »Transaktionen« vorgenommen. Das Geräusch und die Vibrationen des Motors, die quietschenden Reifen und die Wirkung des Kokains ließen Root entspannt in den Sitz zurücksinken, während die Welt hinter ihnen zurückblieb.

»Leck mich am Arsch«, sagt Mosca da, und der große Chevy schießt plötzlich auf den Parkplatz eines Supermarktes. Er springt aus dem hohen Führerhaus, erledigt zwei Telefongespräche an einer öffentlichen Telefonzelle, stürmt in den Supermarkt, um zwei Sechserpacks Bier zu holen, und schaltet den aufheulenden Wagen wieder in den Rückwärtsgang. Von seinem Platz aus kann Root nun überdeutlich erkennen, wie Calabazas auf den Namen Mosca kommt; er ist schnell, emsig und überall zur gleichen Zeit. Die Fliege. Mosca drückt Root ein kaltes Bier in die Hand und zündet sich dann selbst einen neuen Joint an. Die schmuddeligen Polstermöbelgeschäfte, die Autofriedhöfe und kleinen Reparaturwerkstätten entlang der First Avenue bleiben immer schneller hinter ihnen zurück. Während der große Allradwagen weiterbraust, verspürt Root ein Gefühl des Wohlbehagens, wie er es seit Jahren nicht mehr empfunden hat.

Als Root sich das letztemal so wohlfühlte, war er noch ein Junge, achtzehn oder neunzehn. Es war kurz nachdem er Lecha kennengelernt hatte. Damals nahmen alle Acid und fuhren

Motorrad. Er hatte sich gerade eine ramponierte alte Harley gekauft und geglaubt, alles zu haben, was er brauchte – den Chopper und eine Frau, eine richtige Frau. Und das Acid gab ihm erst das wahre Gefühl dafür, wie gut das alles war. Später hatte Root seinen Gefühlen von damals mißtraut, weil er high gewesen war. Aber das Acid hatte nicht gelogen, nicht damals. Nach seinem Unfall, als alles vorbei war und Root zum erstenmal wieder Dope rauchte, war ihm die Erinnerung an diesen Nachmittag, an dem er mit seinen Freunden Motorrad gefahren war, deutlich vor Augen getreten. Der frische Geruch von Wüste, Kreosot, Salbei und Sand. Die Lufttemperatur und die seines eigenen Körpers stimmten so perfekt überein, daß Root sich nicht mehr sicher gewesen war, wo sein Körper aufhörte und der Rest der Welt begann. Sie waren die Silverbell Road hinuntergefahren, um dem Stadtverkehr zu entkommen, und Root erinnerte sich an den Moment, in dem er die Bäume auf beiden Seiten der Straße gesehen hatte. Massen von leuchtend gelben Blüten schienen wie Kaskaden von den Paloverdebäumen herunterzustürzen, um sich unter ihnen in tiefen, gelben Teichen zu sammeln. Nur wenige Stunden zuvor war er bei Lecha gewesen, für einen kurzen Moment hatte er das Gefühl gehabt, sich selbst in etwas Größeres zu ergießen, und nun trug ihn das Motorrad noch tiefer hinein. Endlose Wolken aus gelben Blumen wogten rings um ihn herum, bis er nicht mehr wußte, wie er das Motorrad im Gleichgewicht hielt, aber er tat es und glaubte daran, daß er es immer tun und für alle Zeiten in einer so endlos scheinenden Welt wie dieser bleiben könnte. Die Schönheit und das Glück dieses Nachmittags waren eine Vorwarnung gewesen, glaubte Root später. Ein letztes Geschenk, denn nach dem Unfall war die Welt nie wieder die gleiche gewesen. Die Vertikale war zur Horizontalen geworden.

Mosca und die ganzen Vettern sahen den Unfall mit anderen Augen als die Weißen. Calabazas und Mosca fanden nichts Merkwürdiges daran, daß Root die zerstörte und verbogene Harley behielt. Roots Mutter dagegen hatte sogar den Psychiater gerufen, als Root sich weigerte, das Wrack auf den Schrottplatz zu bringen. Die Indianer und Mexikaner verstanden ihn, zumindest verstanden ihn diejenigen, an denen Root etwas lag. Danach war er von zu Hause ausgezogen. Er gehörte nicht mehr dorthin; seine Mutter und seine Brüder waren Fremde für ihn.

Root blickt zu Mosca hinüber, der sich von den Gesetzen der Schwerkraft befreit hat. Mit Bierschaum in den Mundwinkeln und weißgepuderten Härchen in der Nase schwebt er über den Wolken und hält gerade einen der berühmten Kokainmonologe der Fliege. Es ist, als hätten sie beide am gleichen Puzzle gearbeitet: dem von Roots Unfall. Root weiß, daß sie beide seinem Unfall eine tiefere Bedeutung beimessen, daß es eine Reise an die Grenzen des Totenreiches gewesen ist.

ROOTS FAMILIE

Mosca versuchte immer wieder, Root dazu zu bringen, daß er sich an den Unfall erinnerte. Wenn Mosca ihm Fragen stellte, wurde Root nicht so wütend wie bei den anderen. Die Therapeutin dagegen hatte ihn mit ihrem ständigen Gebettel auf die Palme gebracht: »Oh, kommen Sie! Versuchen Sie es! Versuchen Sie, sich zu erinnern!« Sie tat alles, damit er sich sein Leben vor dem Unfall ins Gedächtnis rief. »Erinnern Sie sich! Erinnern Sie sich an ihre Geschwister?« Als er tatsächlich anfing, sich an sie zu erinnern, hatte Root die Therapeutin angeschrien, er wolle es wieder vergessen. Die Mitglieder seiner Familie waren Fremde für ihn; sie ekelten sich vor seinem Zustand, vor dem geschorenen Kopf und den Narben auf seinem Schädel. Große Reißverschlüsse, Frankenstein-Reißverschlüsse. »Siehst du, ich kann ihn aufmachen«, hatte Root zu seiner jüngsten Schwester gesagt. Er hatte sie damit necken und wie früher mit ihr spielen wollen. Doch sie war zurückgeschreckt und hätte ihre Mutter fast in den Ständer mit der Infusionsflasche gestoßen.

Mosca wollte zwar, daß Root sich erinnerte, aber seine Vergangenheit oder die Erinnerungen an die Zeit vor dem Unfall interessierten ihn nicht. Als Root Mosca damit aufzog, daß er sich wie ein Seelenklempner benehme und ihn immerzu dränge, sich an »Weihnachten mit der Familie« zu erinnern, war Mosca plötzlich ernst geworden. »Mann, nimm's nicht persönlich. Ich hab sonst niemanden zum Reden. Aber Mann, *deine Familie*! Wenn ich du wäre – yeah! Ich würd sie alle vergessen, Mann.« Mosca mußte es wissen, denn er hatte Root an den Feiertagen einige Male nach Hause gefahren. Mosca behauptete, es gebe nichts Schlimmeres als Halb- oder Viertelmexikaner, die so berauscht davon waren, eine helle Haut zu haben, daß sie nicht einmal mehr den Geruch ihrer eigenen Scheiße wahrnahmen. Root stimmte Mosca zu. Wie er die Sache sah, hatten seine Mutter und seine Großmutter die meiste Zeit damit zugebracht, dafür zu beten, daß er im Koma starb.

Seit Jahren, solange er denken konnte, hatte Mosca von ihm gewollt, daß er sich daran erinnerte, wie der Unfall gewesen war. »Was meinst du damit, wie der Unfall gewesen ist?« fragte Root jedesmal zurück.

»Na ja, weißt du, der alte Calabazas hat erzählt, daß Leute, die einmal richtig wegtreten – du weißt schon, die fast ums Leben kommen – na, daß sie Visionen haben oder auf eine lange Reise gehen.« An dieser Stelle machte Mosca jedesmal eine Pause und wartete darauf, daß Root den Faden aufnehmen würde. Er sollte Mosca von der Seelenwanderung und von Visionen erzählen, aber Root wurde jedesmal wütend und behauptete, daß er sich an gar nichts erinnere, daß er, soweit er wisse, im Koma nicht einmal geträumt hatte. Dann sah ihn Mosca jedesmal enttäuscht und schließlich gekränkt an. »Ich dachte, wir wären Freunde«, war seine Standardreaktion. Aber Mosca ist ein geduldiger Mensch, und Root kann sich nicht daran erinnern, daß es einen Monat gegeben hätte, in dem Mosca den Unfall nicht erwähnte.

Mosca steuert den Wagen die Ft. Lowell Road hinunter zur Oracle Road. Er hat diese Strecke schon so oft zurückgelegt, daß Root sich nicht sicher ist, ob er überhaupt noch wahrnimmt, was er tut. Mosca fährt mit Root über die Kreuzung, an der die Frau mit dem Firmenwagen eines Maklerbüros verbotenerweise direkt vor ihm abgebogen war und Root auf die Reise geschickt, ihn mit seinem Motorrad ins Nichts befördert hatte. Mit der Zeit gewöhnte sich Root jedoch an Moscas Vorstellung, daß ihn der Zusammenstoß mit dem 60er Plymouth doch irgendwohin befördert hatte. Versuche nachzudenken und dich in die Monate im Koma zurückzuversetzen.

Root hatte einige Jahre gebraucht, um zu entscheiden, welche Sorte Menschen schlimmer war: Diejenigen, die glotzten und den Mund dabei so weit aufrissen, daß sie auf ihre Schuhe sabberten; oder diejenigen, die so taten, als hätten sie nichts Unnormales an ihm wahrgenommen, wenn sie im Einkaufszentrum an ihm vorbeigingen, und die er, wenn er dann über die Schulter zurücksah, dabei erwischte, wie sie ihm hinterherstarrten. Root fand schnell heraus, daß die schlimmste Sorte die waren, die glaubten, sein lahmer, nachgezogener Fuß gebe ihnen irgendwie das Recht, auf ihn zuzugehen und ihm von der Tochter oder dem Schwiegersohn zu erzählen und dem Sturz im Badezimmer oder der Dose mit den vergifteten grünen Bohnen, die die Lähmung verursacht hatte.

Root hatte nicht lange gebraucht, um festzustellen, daß die Glotzer und die empfindsamen Mägen ausnahmslos in den Einkaufszentren und Kaufhäusern anzutreffen waren. Manchmal handelte es sich auch um weiße Frauen, die während der Besuchszeiten im Krankenhaus an der Abteilung für Heilgymnastik vorbeigingen. In der Innenstadt hatte sich Root instinktiv wohler gefühlt. Grauhaarige Frauen, die mit Einkaufstüten beladen auf den Bus warteten, sahen ihn zwar an, aber Root hatte beobachtet, wie sie andere Menschen ansahen, die vor oder hinter ihm gingen, und erleichtert festgestellt, daß diese alten Mexikanerinnen an ihm nichts Ungewöhnlicheres zu finden schienen als an den anderen Vorübergehenden: zwei dunkelhäutigen, fetten Papago-Teenagern, die auf Schulterhöhe zwischen sich einen silbernen, kastenförmigen Kassettenrekorder trugen und die Köpfe an die Lautsprecher gelehnt hatten; dem großen, fast kahlköpfigen Rechtsanwalt mit der Aktentasche in der Hand, der in seinem dunkelbraunen Dreiteiler schwitzte, oder dem reichen Althippie in schwarzen Lederjeans, dessen langes, blondes Haar über eine rote Seidenjacke fiel. Root hatte das Gefühl, dazuzugehören.

Mosca hatte Root viel beigebracht, aber das hatte Calabazas ebenfalls getan. Unabsichtlich zwar, aber je länger Root mit den beiden zusammenarbeitete und den Yaqui-Vettern bei ihrer Arbeit am anderen Ende der Stadt zusah, desto klarer wurde ihm, daß sie gar keinen Wert auf das legten, was die Weißen »normal« nannten. Für sie hatte es so etwas wie »Normalität«

nie gegeben. Als er begonnen hatte, mit ihnen zusammenzuarbeiten, waren die Schmuggelwege noch wesentlich schwieriger und abgelegener gewesen. Die stundenlangen Nachtfahrten abseits der primitiven Straßen, das kilometerlange Geschaukel die staubigen Bachläufe hinab, bis mitten in die Tohano O'Dom Reservation hinein, hatten Root beigebracht, nichts als »normal« zu betrachten. Immer war Calabazas der Fahrer gewesen, und es grenzte an ein Wunder, daß sie nicht alle drei dabei ums Leben gekommen waren, wenn er den klapprigen 54er Dodge-Pickup durch die kaum mehr als einen Meter breiten Arroyos gejagt hatte. Wenn Calabazas glaubte, daß Mosca und Root zu schlafen versuchten, hatte er sich eine Mentholzigarette angezündet und einen Vortrag über Wüstenpfade und Schleichwege über die Grenze begonnen. Einmal hatte Root die Bemerkung gemacht, daß seiner Meinung nach jeder öde, graue Felsblock genauso aussehe wie der andere, der vielleicht hundert Meter weiter hinten lag. Calabazas war vom Gaspedal gestiegen, und Mosca hatte noch versucht, Root zu retten, indem er hastig hinzufügte: »Im Dunkeln sehen sie vielleicht wirklich alle gleich aus.« Aber das hatte Calabazas nicht daran gehindert, ihnen einen seiner sarkastischen Vorträge über Blindheit zu halten. Blindheit, die ausschließlich durch Dummheit verursacht wurde und mit der Root und Mosca wohl für alle Zeiten geschlagen sein würden, genauso wie sie wohl ewig darunter leiden würden, daß sich ihr Gehirn zwischen ihren Beinen befand. »Ich könnte verrückt werden, wenn ich das höre«, hatte Calabazas weitergeredet. »Es gibt nichts, was *genauso* aussieht wie irgend etwas anderes. Nichts und niemanden auf der Welt. Du mußt nur stehenbleiben und nachdenken, stehenbleiben und hinschauen.« Der alte Dodge hatte sich nur noch im Schneckentempo vorwärtsbewegt, der Motor lief pfeifend im Leerlauf. Sie waren sehr zeitig zu ihrem Rendezvous mit den Kurieren aufgebrochen. Calabazas hielt den Wagen an und schaltete die Scheinwerfer aus. Er befahl ihnen beiden auszusteigen. Mosca gähnte und versuchte, ihn mit einem weinerlichen »Onkelchen« zu beeindrucken, doch es war zwecklos. Er zwang Root und Mosca, im sandigen Flußbett vor ihm herzulaufen. Die tiefen und breiten Arroyos reflektierten ein merkwürdig silbrig leuchtendes Sternenlicht, obwohl kein Mond am Himmel stand. Er mache sich nur Sorgen um seine Ware, sagte Calabazas. Scheißer wie sie gebe es schließlich im Dutzend billiger, und es sei ihm völlig egal, ob sie sich verliefen oder ohne Benzin liegen- oder steckenblieben und starben, wenn sie ihren Fünf-Gallonen-Wasserkanister geleert hatten.

Root vermutete, daß es vielleicht an seiner Müdigkeit und den dicken grünen Joints lag, die er und Mosca vor ein paar Stunden geraucht hatten. Er war so müde, daß er seinen Hintern kaum noch von der Stelle bewegen konnte. Doch Calabazas ließ sie in dieser Nacht immer wieder den gleichen Abschnitt des Arroyos hinauf- und hinunterlaufen, bis Root plötzlich klar wurde, was der alte Bastard eigentlich meinte. »Nimm es einfach wahr, als das, was es ist. Das ist alles. Dieser große Stein ist so, wie er ist. Sieh hin. Und jetzt komm hierher. Dieser hier ist fast genauso groß, aber eben nicht ganz. Und außerdem ist bei diesem ein Stück abgebrochen, das aussieht wie ein Pferdekopf. Aber hier, bei dem hier, ist ein Stück abgebrochen, das mehr wie eine Waschschüssel aussieht.« Root war mit der Hand über die Bruchstellen gefahren, und obwohl beide Felsbrocken aus dem gleichen öden, grauen Basaltstein waren, hatte er an ihren Bruchstellen Unterschiede ertasten können. Den einen hatten Wind und Regen an den Kanten glattgeschliffen. Er lag etwas erhöht auf einem Kieselbett, das die Wasserströme des Bachlaufes geformt hatten. Der andere lag schon so lange an seinem Platz, daß sich um ihn herum ein Gewirr aus hohem Reisgras, abgebrochenen Zweigen und Steppenhexen angesammelt hatte.

Unterschiede waren eine Frage des Überlebens gewesen. Nicht nur die Unterschiede innerhalb der Landschaft, die dem Wanderer in der Wüste wesentliche Anhaltspunkte über Wasserstellen oder Grasplätze für seine Tiere gaben, sondern die ganze Vielfalt der Pflanzen, der Insekten und anderer Tiere. Calabazas erzählte gern von den Jahren der Dürre, in denen viele Nager und kleinere Tiere gestorben und das Wild und die größeren Tiere nach Norden abgewandert waren. »Der Bussard war der König in diesen Jahren. Das hättet ihr sehen müssen. Sie brauchen kein Wasser, weil sie es aus dem faulen Fleisch ziehen, das sie fressen. Das Fleisch bläht sich auf mit Gasen, und dann produziert es ein grünes Wasser. Die Bussarde versammeln sich dort und feiern Feste. Es ist wie Bier für sie. Sie saufen und saufen.« Der alte Dodge-Pickup rutschte und schlingerte um die Biegungen. Manchmal fuhren sie durch das ausgetrocknete Flußbett, dann wieder folgten sie einer kaum sichtbaren Planwagenspur, die neben dem Flußbett verlief. Bei einem großen Mesquitebaum hielt Calabazas den Wagen an, doch auch nachdem er den Motor abgestellt hatte, fuhr er mit seinen Belehrungen fort.

Mosca gab vor, Calabazas' Vortrag mit offenem Mund zu lauschen, dann lehnte er seinen Kopf gegen das Armaturenbrett und schlief ein. Root jedoch hatte sich aus dem Wagenfenster gelehnt, um den kühlen, feuchten Geruch der Wüstensommernacht einzuatmen. Wenn er mit Mexikanern und Indianern zusammen war, fühlte er sich nicht unbehaglich, nicht wie bei seiner eigenen Familie. Wenn man nämlich nicht als Weißer auf die Welt gekommen war, war man gezwungen, Unterschiede wahrzunehmen; und wenn man nicht als das, was sie normal nannten, auf die Welt kam oder verletzt wurde, dann blieb einem nichts anderes übrig, als sich ebenfalls mit dem Phänomen der Unterschiede vertraut zu machen.

Root hatte die letzten Worte nie vergessen, die Calabazas in dieser Nacht gesagt hatte, als sie auf den Basaltbuckel zufuhren, bei dem der Abwurf stattfinden sollte. Calabazas sagte: »Die, die es nicht lernen, die Unterschiede auf dieser Welt wahrzunehmen, werden es nie schaffen. Sie werden umkommen.«

Mit einem Schleudern kommt Mosca vor der roten Ampel zum Stehen. Root weiß, daß er die Kreuzung noch bei Gelb hätte überqueren können, aber Mosca hat es sich zur Regel gemacht, vor der roten Ampel an der Kreuzung von Oracle und Ft. Lowell Road stehenzubleiben, damit sie an der Stelle, an der Roots Reise in die Welt der Unterschiede begonnen hatte, ein oder zwei Minuten lang verweilen können. Root toleriert Moscas Hartnäckigkeit, weil er den Unfall für ein übernatürliches Ränkespiel hält und die Hirnverletzung für eine seltsame Macht. Mosca bringt es fertig, mit Root – der 240 Pfund schwer ist, ein lahmes Bein und Sprachstörungen hat – an einem Freitag abend in eine überfüllte Bar hineinzumarschieren und von den Kommentaren und starren Blicken völlig unberührt zu bleiben. Root ist sich ziemlich sicher, daß sich Mosca dessen tatsächlich nicht bewußt ist. Er versteht nicht, warum Weiße nervös und unruhig werden, wenn sie Krüppeln oder geistig behinderten Menschen begegnen; ihre Furcht ist irrational. Sie glauben, daß das Unglück anderer Menschen ansteckend ist, egal, wie oft man sie mit wissenschaftlichen Fakten konfrontiert.

DIE GLÜCKLICHEN

Daß es überall in Tucson Bars gibt, in denen Schwarze, Mexikaner und Indianer nicht willkommen sind, nimmt Mosca gar nicht wahr. Er bewegt sich so schnell hinein und läßt sich gefangennehmen von den Klängen und Gesichtern, daß er die bösen Blicke niemals registriert. Schnell, schnell ist er durch den ganzen Raum geeilt, rein und raus aus der Toilette, sein prüfender Blick gleitet über die Billardtische, er wirft Münzen in die Jukebox und zählt die Nutten und Frauen ohne Begleitung. Mosca konnte die Nacht damit verbringen, ein Bier zu schlürfen und am anderen Ende des Raums einen Mann zu beobachten, während er von Zeit zu Zeit mit Root flüsterte und herauszufinden versuchte, ob der Typ, den er gerade beobachtete, für seine Aussage im Rahmen des Zeugenschutzprogramms von den Behörden eine neue Identität bekommen hat. Mosca wußte alles über billiges Facelifting und »neue« Identitäten. Er kannte einen Buchmacher in Phoenix, der Wetten darauf annahm, wie lange ein Kronzeugenschutz anhalten würde, nachdem das FBI mit der jeweiligen Person erst einmal fertig war.

An der roten Ampel schenkt Mosca Root ein breites Lächeln und nickt. Seine Nase läuft ein wenig, und Mosca wischt sie mit dem Handrücken ab, nimmt einen Schluck Bier und sagt: »Ich bin zweimal angeschossen worden. Einmal mit einer 38er in die Schulter und das andere Mal mit einer 22er in den Bauch. Aber weißt du, ich bin nie ohnmächtig geworden oder so was. Zuerst tut es nämlich gar nicht weh. Das kommt erst später. Aber für mich, also ich weiß nicht, für mich war es wie gutes Dope direkt in die Blutbahn. Ich konnte mich selbst sehen, weißt du? Alles, was um mich herum passiert ist. Ich liege nur da und sehe zu. Ich hab alles gesehen, obwohl die Typen, die dabei waren, mir jedesmal gesagt haben, daß ich die Augen gar nicht offen hatte und ausgesehen hätte, als wäre ich abgetreten. Aber ich hab ihnen alles erzählen können. Daß meine Tante und ihr Freund gekommen sind, während die Sanitäter an mir rummachten und daß sie wieder weggingen, um meinen Vater zu holen. Ich konnte ihnen sogar erzählen, daß einer von den Bullen, die sofort ankamen, als es passiert war, eine Frau gewesen ist.«

»Aber von deinem Unfall weißt du gar nichts mehr.«

»Nein«, sagt Root, und dann beginnt Mosca zu wiederholen, was Root ihm erzählt hat. Es sind die wenigen Informationen, die Roots Mutter und der Polizeibericht offenbart haben. Mosca kümmert es nicht, daß sie die Oracle Road hinunterjagen und den Friedhof und die Kreuzung weit hinter sich lassen. Liebevoll wiederholt er Roots Geschichte. Ein grüner Plymouth Kombi, mit einer weißen Frau am Steuer, die für ein Grundstücksmaklerbüro arbeitet. Root hat das Gefühl, lachen zu müssen, aber Mosca wirkt durch das Bier und die Drogen so entrückt wie ein Gesicht auf dem Fernsehbildschirm. Trotzdem mag Root Moscas unterschiedliche Versionen des Unfalls. Irgendwie kommt es ihm damit unpersönlicher vor, eher wie eine von Calabazas' alten Geschichten über Geister, die auf Planwagen aufspringen.

»Halb vier Uhr nachmittags. An einem Donnerstag.«

»Mittwoch«, korrigiert ihn Root, obwohl der Wochentag eigentlich keine Rolle spielt, aber so wirkt es eher wie eine Unterhaltung und nicht wie eine von Moscas Katastrophenlitaneien.

»Oh ja, Mann, das verwechsle ich immer –«

»Mit dem Donnerstag, an dem sie dich angeschossen haben.«

»Ja, genau: Mich haben sie an einem Donnerstag nachmittag erwischt. Die Cinco-de-Mayo-Bande am Flußufer.«

»Das war die 38er in die Schulter –«

»Nein, Mann – die verdammte 22er in die Gedärme. Und ich sag dir was, diese 22er war verdammte Scheiße. Diese Typen hätten nämlich alle gern ein größeres Gerät.« Mosca klopft auf die Hosentasche seiner weißen Jeans. »Eine 22er Magnum schießt dich genauso mausetot wie eine 38er Spezial. Du mußt einfach auf den Kopf zielen.«

Root nickt. Wichtig waren die Schnelligkeit, die Mündungsgeschwindigkeit und der Schock. »Yeah, genau wie das Tempo von diesem Pickup«, nickt Root in Richtung des Tachometers. Mosca wirft einen schnellen Blick nach unten und verzieht dann in gespielter Überraschung das Gesicht. Der Wagen biegt mit quietschenden Reifen um die Kurve einer Seitenstraße. Mosca benutzt gern Seitenstraßen, um den Bullen aus dem Weg zu gehen. Es gefällt ihm, wenn er irgendwo in der Gegend an den Bordstein heranfahren und die kleinen Tütchen mit Kokain auf das Armaturenbrett schütten kann. Mosca lacht jetzt, und Root kann sehen, wie verrückt dieser Kerl wirklich ist. Aber er ist glücklich. Einer von den Glücklichen, wie Roots Mutter immer zu sagen pflegte, während ihre Augen durch die Hallen des Krankenhauses wanderten oder über die Flure, auf denen mikrozephale Kinder auf Hochstühlen festgebunden vor- und zurückschaukelten. Roots Mutter hielt ihre Laute und Grimassen für Lachen und Gekicher. »Die armen, kleinen Dinger«, pflegte sie zu sagen, während sie Roots Rollstuhl schob, »sie sind wirklich am besten dran, weil sie einfach nichts verstehen. Sie sind glücklich, so wie sie sind.« Root hatte sich selbst mit diesen geistig behinderten Kindern nie in Verbindung gebracht. Es war einfach kein Vergleich. In diesem Moment jedoch wurde ihm plötzlich klar, daß seine Mutter glaubte, er sei durch die Hirnverletzung geistig behindert. Vor dem Unfall hatte sie ihn angeschrien, daß sie ihn mit »diesem Monstrum« nicht mehr sehen wolle. Sie hatte ihn loswerden wollen, als sie das Motorrad sah. Für sie bedeuteten ein Motorrad und motorradfahrende Freunde Hell's Angels.

Root hatte sich im Rollstuhl so gerade wie möglich aufgerichtet. Obwohl er keinen Laut von sich gab, waren seine Wangen und die Vorderseite des Kittels tränennaß, nachdem sie ihn in sein Zimmer zurückgeschoben hatte. Als sie die Tränen sah, gab sie kleine schnalzende Laute von sich, und in diesem Moment hatte Root sie so sehr gehaßt, daß er sich kaum zurückhalten konnte, auf sie einzuschlagen – ihr nicht, mit allem, was ihm in die Hände geriet, den Schädel einzuschlagen – mit der Bettpfanne, dem schmutzigen Frühstücksgeschirr oder dem Tablett, das noch immer auf dem Tisch lag. Root wußte, daß sie die gleichen Schnalzgeräusche auch bei ihren zukünftigen Enkeln machen würde, sobald seine Schwester das erste Enkelkind geworfen hatte. Root hatte den Wunsch, ihr den Kopf einzuschlagen, dafür, daß sie ihn verlassen, ihn bei den anderen »armen Dingern« zurückgelassen hatte. Sie würde ihn immer als einen von ihnen betrachten. Sie würde sich immer sagen, Root sei glücklich, unabhängig davon, wie oft ihr die Ärzte und Therapeuten versichert hatten, daß Root weder seine Intelligenz noch kognitive Fähigkeiten eingebüßt hatte. Er hatte lediglich einen Teil der motorischen Kontrolle über das Gleichgewicht und die Sprache eingebüßt. Die Versicherungsgesellschaft hatte zwar gezahlt, aber das Geld war nicht an Root gegangen. Seine Mutter hatte die treuhänderische Verwaltung arrangiert, noch während er im Koma lag. Volljährig oder nicht, ein Mann im Koma war kein Mann, aber fünfzigtausend Dollar waren eine Menge Geld. Als er schließlich in der Lage war, sie danach zu fragen, hatte sie ihn kurz abgefertigt. Alles sei in Grundbesitz investiert worden, sagte sie, und er würde sich nie über irgend etwas Gedanken machen müssen. Sie werde schon auf ihn aufpassen. Er hatte beobachtet, wie ihre Augen sich von der vor ihr stehenden Schar ernsthafter junger Neurologen abgewandt hatten und durch das Fenster hinüber zum Dach des anderen Krankenhausflügels geglitten waren, wo sich einige Tauben in spiralförmigen Flügen über der großen Klimaanlage zankten. Roots Mutter schien die Ärzte gar nicht zu hören, als sie ihr die Resultate der letzten durchgeführten Tests mitteilten. Ihr Sohn habe zwar einen guten Teil seines Gehirns verloren, verfüge aber immer noch über einen Intelligenzquotienten, der nur knapp unterhalb der Genialität lag.

»Nein, Mutter, ich gehöre nicht zu den Glücklichen. Aber Mosca ist einer von ihnen.« In seinem Kopf führt Root imaginäre Zwiegespräche. Mosca glüht fast vor Aufregung. Er deutet auf eine Bushaltestelle kurz hinter dem Reinigungsunternehmen, nicht weit vom Autofriedhof entfernt. Mosca wendet sich Root zu, und nur seine Hände beschäftigen sich noch mit dem Autofahren, aber auch sie berührten das Lenkrad nur hin und wieder, während er ununterbrochen über Hexen plappert. Er sei gerade drauf gekommen, sagt er. »Worauf?« – »Wie es zu dem

Unfall gekommen ist.« Mosca weiß jetzt, wie es dazu kam, daß Roots Kopf von der Stoßstange eines Plymouth eingedrückt wurde. Sie sind nur zehn oder zwölf Blocks von Calabazas' Haus entfernt, und Root überlegt, daß dieser große Geländewagen mit seinen hohen Rädern das Dach eines Sportwagens buchstäblich plattwalzen könnte. Zum Beispiel eine Wagenladung voller Sekretärinnen. Bei Moscas Glück wären es vielleicht alles Sekretärinnen aus Anwaltsbüros in der Innenstadt, die sich auf Verkehrsunfälle spezialisiert hatten. Und Mosca fügt hinzu, daß es dann auch keine Möglichkeit geben würde, herauszufinden, ob irgendeine von ihnen sich bei dem Unfall eine Gehirnverletzung eingehandelt hatte. »Was niemals da war, kann schließlich auch nicht beschädigt werden!«

Mosca merkt, daß Root ihm zuhört, und wendet seine Aufmerksamkeit wieder dem Steuer zu, gerade noch rechtzeitig um den Wagen um einen Bus herumpreschen zu lassen, der auf dem Seitenstreifen hält. »Ich verstehe gar nicht, warum ich nicht früher darauf gekommen bin«, sagt Mosca. »Es paßt alles zusammen, verstehst du. Jemand aus deiner Familie könnte das arrangiert haben. Oder es hat vielleicht etwas mit Weibern zu tun oder den ganzen Dingen, die dein Urgroßvater hier in der Gegend angerichtet hat. Damals, in den alten Zeiten, weißt du. Man kann ja nie wissen. Ich allerdings würde auf jemanden aus deiner Familie tippen.« Mosca macht eine Pause. »Ich weiß nicht, ich sage es auch nicht gern, aber nach dem, was ich gesehen habe ...« – er blickt zu Root hinüber, um seine Reaktion auf das bisher Gesagte zu überprüfen – »Ich sage es wirklich nicht gern, aber – deine Mutter ...«

»Meine Mutter«, wiederholt Root den Satz. Ohne Fragezeichen, nicht »meine Mutter?«, sondern »meine Mutter.« Ja, Root weiß, daß Mosca recht hat, was seine Mutter betrifft.

Mosca trinkt sein Bier aus und wirft die Dose neben Roots Füße auf den Boden. Sein Gehirn braucht den Extrakick des Kokains gar nicht, es arbeitet im Moment schneller, als der arme Teufel reden kann. »Sie war doch ewig sauer auf dich, stimmt's? Nachdem dein Vater gestorben ist. Ständig hat sie dich wegen des Motorrads in die Mangel genommen, nicht wahr? Immer hat sie gemeint, du müßtest ihr mehr zur Hand gehen.« Root nickt;

so dumm ist er nicht, daß er einem betrunkenen Verrückten widersprechen würde.

Root kann die Spitzen der hohen Tamarisken in Calabazas Garten sehen, die den ganzen Häuserblock hinunter sichtbar sind, und er hat den Wunsch, zu sagen: »Okay, okay, mach weiter, mach weiter«, aber sein High fühlt sich zu friedlich und angenehm an, um zu sprechen. Er kann Mosca nur zunicken, der schon wieder bei den Sünden seines Urgroßvaters angelangt ist. Mosca ist als Katholik auf die Welt gekommen und wird auch als solcher sterben, aber die Bibel zitiert er wie ein Fundamentalist. Er besucht die Zeltpredigten an der South Fourth Avenue und behauptet, es könne nicht schaden, zu wissen, was diese übergeschnappten Baptistenärsche denken.

DIE HEXEN VON TUCSON

Root rutscht tiefer in den Schalensitz des großen Allrad-Chevys. Alle Grenzschmuggler fahren diesen Wagentyp. Sie sind das Äquivalent der Zuhälterlimousinen, der Lincolns oder Cadillacs. Root fährt lieber Taxi. Moscas Hexentheorie gefällt ihm nicht besser und nicht schlechter als alle anderen Geschichten, die er über den Unfallhergang gehört hat. Am hellichten Nachmittag, bei trockenem und klarem Wetter, auf einem geraden Stück auf der Oracle Road. Die Frau, die ihn zusammengefahren hat, schwört, ihn nicht gesehen zu haben. Sein Körper sei plötzlich auf der Haube ihres Kombis gewesen. Mosca behauptet, Hexen hätten Mittel und Wege, ihre Opfer minutenlang unsichtbar zu machen und damit solche Unfälle zu verursachen. Hexen könnten einen zweihundert Pfund schweren Mann in einer leuchtend gelbroten Jagdweste aussehen lassen wie einen Truthahn mit taubenblauem Kehlsack, der unter einer Kiefer steht. Und eine Sekunde, nachdem der Jäger abgedrückt hat, breche genau an der Stelle, wo der Truthahn gestanden hat, der Körper des Jagdfreundes zusammen. Jetzt ist Mosca richtig in Fahrt. Er interpretiert die Bedeutung des Unsichtbarkeitszaubers. Root weiß, daß er recht hat. Das eine Zusammentreffen von Mosca und seiner Mutter hatte ausgereicht. Sie hatte nicht geduldet, daß Mosca sich auf die Stühle oder das Sofa im Wohnzimmer setzte, weil sie sicher war, daß beide vom Motorradfahren Schmieröl an ihrer Kleidung haben mußten. Als Root sie vorsichtig darauf aufmerksam machte, daß sie beide saubere Jeans und Hemden trugen, hatte sie das einfach ignoriert. Sie war ihnen bereits vorausgeeilt und hatte erklärt, sie habe ihnen in der Küche Kaffee und Plätzchen bereitgestellt, und überhaupt sei es dort sowieso viel gemütlicher. Mosca wußte sofort, daß es seine dunkle Hautfarbe war, die Roots Mutter so aufgeschreckt hatte. Er hatte alles über die Großeltern dieser Frau und über Tucsons Vergangenheit gehört: Wie viele Indianersklaven sie besessen und warum sie sich geweigert hatten, ein junges Yaquimädchen an ihre Familie zurückzuverkaufen, nachdem ihr Vater und ihre Brüder dreihundert Meilen weit gelaufen waren, um sie nach Hause zu holen!

Mosca redet weiter. »Yeah, wahrscheinlich hat deine Mutter einer Hexe von dir erzählt. Wahrscheinlich hat sie so was gesagt wie: ›Ich wünschte, er würde einfach verschwinden‹, oder so ähnlich, verstehst du?« Sie haben den Fluß überquert und fahren nun die Silverbell Road hinunter; Root fühlt, wie der Drogenrausch nachläßt. In ein paar Minuten würde er das Gefühl haben, daß die Erde unter seinen Füßen nachgibt, und er würde mehr Kokain und Whiskey brauchen. »Die Hexe ließ dich für ein oder zwei Sekunden verschwinden, gerade lange genug, um den Schwabbelarsch genau vor dir abbiegen zu lassen. Vielleicht ist die Hexe an dem Tag sogar dort gewesen, ist den Bürgersteig vor dem Friedhof entlanggelaufen und hat darauf gewartet, daß du vorbeikommst. So machen sie's. Und so passiert's.«

Mosca hat den Wagen von der Straße in den tiefen Schatten unter die große Tamariske gelenkt. Er redet weiter, während er gleichzeitig mehr Kokain aus dem Glas löffelt. »Sie können aussehen wie irgendein alter, schmerbäuchiger Typ, der seinen räudigen Köter spazierenführt, oder wie irgend so ein Säufer, der auf Krücken herumhumpelt. Es dauert nur den Bruchteil einer Sekunde.« Root kann Mosca nicht widersprechen, weil er sich an nichts erinnert. Er kann sich nicht einmal an die Woche vor dem Unfall erinnern. Wenn er sich doch nur erinnern könnte. Das

Gedächtnis kehrt zwar zurück, aber nur im Zeitlupentempo; der ganze Unfall mußte im Zeitenlupentempo geschehen sein, genauso wie alle seine Stürze, die passiert waren, während er wieder Laufen lernte.

Mosca redet noch immer über Hexen, als er den Wagen zurück auf die Straße schießen läßt. Er drückt seine Nasenflügel zusammen und wirft mit einer heftigen Bewegung den Kopf zurück. Root läßt sich von seinem High davontreiben, wie es in seiner Phantasie Wüstenfalken tun, wenn sie in den Aufwinden über den Arroyos und Schluchten dahinsegeln. Er will dieses Gefühl jetzt nicht stören. Dieser Augenblick erscheint ihm wie eine Kante, die mit feinem Schmirgelleinen glattpoliert wurde. Root lehnt den Kopf aus dem Wagenfenster und öffnet den Mund. Er erinnert sich daran, wie er als Kind versucht hat, die Abendluft zu trinken, weil sie so gut roch.

»Wann hast du zum erstenmal wirklich eine Hexe gesehen?« fragt Root so deutlich er kann, aber Mosca ist ganz und gar darin versunken, den großen Pickup die Straße hinunterjagen und am langsameren Verkehr vorbeischießen zu lassen, so daß Root seine Frage geduldig noch zweimal wiederholen muß. Mosca wirft ihm einen neugierigen Blick zu, denn es ist das erstemal, daß Root Hexen erwähnt. Mosca lächelt, schüttelt den Kopf, nimmt den Fuß leicht vom Gaspedal und reicht Root den Beutel mit dem Erdnußbutterglas. Root kurbelt sein Fenster hoch und greift nach dem kleinen Silberlöffel.

Mosca lehnt sich im Sitz zurück und steuert mit einer Hand. »Wegen einem Hexer bin ich im Knast gelandet.«

»Welchem Hexer?«

»Dem ersten, dem ich je begegnet bin«, sagt Mosca. »Ich kann sie nämlich sehen, weißt du. Ich muß nur einmal hinsehen und weiß Bescheid.«

»Wie denn?«

Mosca schüttelt den Kopf. Sein Gesicht ist ernst. »Ich bin die Miracle Mile hinuntergefahren. Ich war auf dem Weg zu meiner Urteilsverkündung. Das erstemal. Ich meine, das erstemal als Erwachsener. Egal, ich war also unterwegs und war ziemlich nervös. Ich hatte den schlimmsten Richter erwischt – Arne.«

»Arne ist doch Bundesrichter«, unterbricht ihn Root, doch

Mosca nickt nur. »Das ist er jetzt, aber vorher war er Landesrichter. Ich fuhr die Miracle Mile hinunter und war gerade um diese große Kurve bei dem Gebrauchtwagengelände gefahren, auf der anderen Seite vom Motor Inn, wo die Nutten so gerne rumstehen. Da schaue ich hinüber zur Bushaltestelle und sehe ihn.«

»Einen Hexer?«

»Yeah, ich sah diesen Kerl, und in dem Moment, als ich zu ihm hinsehe, schaut er direkt zu mir herüber, mir genau in die Augen. Deshalb wußte ich es. Man kann es an den Augen sehen. Mein Anwalt hatte gesagt, egal was passiert, ich sollte nur nicht zu spät kommen. Aber ich kam einfach nicht darüber hinweg, verstehst du? Der Hexer hat wahrscheinlich gespürt, daß ich die Fähigkeit habe, Typen wie ihn zu erkennen. Egal, mir sträubten sich sämtliche Nackenhaare, weißt du, und der kalte Schweiß brach mir aus. Ich hatte noch viel Zeit. Die Uhr neben der Bank zeigte erst auf zwanzig vor zehn. Deshalb dachte ich mir, ich dreh noch eine Runde und fahr noch mal an der Bushaltestelle vorbei. Ich hatte irgendwie Angst, war aber auch neugierig. Es war Juli und heiß, aber ich konnte sehen, daß dieser alte Mann etwas Langes, Schwarzes anhatte – Ich dachte, es wär ein langer Übermantel oder 'n Regenmantel. Dann merkte ich, daß es ein langer, schwarzer Rock war. Der Hexer zeigte auf mich und lachte.«

»Ein langer, schwarzer Rock? Hast du mal Acid genommen, Mosca?«

Mosca verringert die Geschwindigkeit des Wagens drastisch, um Root einen ganz eindringlichen Blick zuwerfen zu können. »Ich war auf dem Weg zu Arne, um verknackt zu werden. Glaubst du denn, ich bin verrückt?«

OBDACHLOS

Mosca bog plötzlich scharf von der Silverbell Road ab und folgte einer schmalen Reifenspur, die sich quer durch den Mesquitewald auf dem freien Gelände hinter dem Safeway-Supermarkt schlängelte. Hinter dem Wald lag der große ausgetrocknete Arroyo. Während der kalten Monate des Jahres sprangen hier die Landstreicher und Penner zu allen Tages- und Nachtzeiten von den Frachtzügen der Southern Pacific Linie. Mosca fuhr die sandige Strecke so schnell, daß die Mesquiteäste den großen Außenspiegel des Geländewagens fast abrissen. Er war high und redete wie ein Wasserfall, deutete auf Lagerplätze und Bäume, neben denen er geschlafen hatte. Als Root einen Witz darüber machte, daß Mosca wie ein Affe *auf* und nicht unter den Bäumen geschlafen habe, reagierte er sehr verärgert. Root solle nur einen Blick auf das Lager unter den großen Mesquitebäumen werfen, die etwas zurückgesetzt neben der Interstate 10 standen, erwiderte er. »Mach schon! Mach schon! Sieh hin!« Root konnte nicht erkennen, worauf er deutete. Das Kokain hatte Mosca ungeduldig gemacht. »Siehst du, wie sie die abgerissenen Äste aufeinandergehäuft und ein Fort daraus errichtet haben?« Root nickte. Jetzt konnte er sehen, was Mosca meinte. Es war die Art von Forts, die er zusammen mit anderen Kindern im Sommer am Fluß gebaut hatte. Phantasie-Forts, in denen sie so getan hatten, als lebten sie darin, weil sie ja wußten, daß sie jederzeit wieder nach Hause gehen konnten.

Das Lager, auf das Mosca gedeutet hatte, hob sich durch die Ähnlichkeit und Ordnung unter den Zelten und Hütten deutlich von den übrigen Hüttenansammlungen ab. Root bemerkte, daß vor einigen Zelten amerikanische Flaggen wehten.

»Wenn du wissen willst, was verrückt ist«, begann Mosca mit Nachdruck, »dann sieh dir diese Kriegsveteranen hier an, diese Kerle sind's wirklich! Das hier nennen sie ihr ›Firebase Camp‹.« Mosca stand gegen die Motorhaube seines Pickups gelehnt und versuchte, einen Joint anzuzünden. Root konnte vor den Unterkünften nur wenige Männer sehen. Einer trug ein grünes Barett, ein anderer ein Tarnhemd und Springerstiefel; davon abgesehen wirkten sie auf ihn wie alle anderen obdachlosen Männer, die an den Ufern des Santa Cruz Rivers kampierten.

»Ich bin in ihrem Stützpunkt gewesen«, sagte Mosca und blies beim Sprechen den Marihuanarauch aus. »Sie haben Bunker, Sandsäcke, alles genau wie im Film. Einer von ihnen nennt sich sogar Rambo.« Mosca trat gegen die leeren Plastikflaschen, die über einen alten, mit rußgeschwärzten Flußsteinen eingefaßten Lagerplatz verstreut lagen.

Root hatte von Mosca schon mehr über das Thema »obdachlose weiße Männer« gehört. Frauen und Kinder seien eine andere Sache, behauptete Mosca, und auch die Kriegsveteranen waren etwas anderes. Aber den Rest dieser schmutzigen weißen Typen, die auf der Straße lebten, nannte Mosca »Landstreicher« und »Penner«; für sie gab es keine Entschuldigung außer Faulheit, es gefiel ihnen, unter Pappkartons in Stadtparks zu schlafen. Mosca wußte, daß sie gerne auf der Straße schliefen, weil er selbst einige Jahre lang auf der Straße gelebt hatte, obwohl er jederzeit zu seinen Vettern oder anderen Verwandten hätte gehen können.

Das unstete Leben habe ihm früher tolle Kicks verschafft, erzählte er. Es sei wirklich ein großartiges Gefühl – das Überleben auf der Straße. »Fast so gut wie Koks!« Root lachte laut auf. Es war ihm egal, ob Mosca wütend wurde. Er war verrückt. Mosca stand gegen die Motorhaube des Pickups gelehnt und versuchte, einen Joint anzuzünden. Er redete noch immer vom Leben auf der Straße. Es war der »Triumph«, sagte er, der Triumph, völlig allein und ohne jede Hilfe zu überleben. Das war es, was Mosca »high« machte.

»Na ja, du spürst es natürlich nicht sofort«, war seine Antwort auf Roots Lachen.

Mosca hielt inne, um sich Kokain in die Nase zu löffeln, dann reichte er die Phiole weiter an Root. Er ging neben dem Wagen in die Hocke und wippte mit geschlossenen Augen auf den Absätzen seiner Cowboystiefel. Das Brausen der einsetzenden Wirkung ließ ihn lächeln. »Okay«, sagte Mosca verträumt. »Was ich meine ist – du merkst, daß es gar nicht so schlecht ist. Es ist gar nicht das Ende. Du merkst, daß du es schaffen kannst.«

Als sie wieder im Wagen saßen, wendete Mosca absichtlich in einem weiten Bogen, damit sie ganz dicht am Veteranencamp vorbeikamen. Mosca redete unentwegt von dem Verrückten, der sich selbst Rambo nannte, und von einem großen Schwarzen, der sein Leutnant war. »Hast du jemals mit einem von diesen Kerlen gequatscht?« Bevor Root antworten konnte, redete Mosca weiter. »Diese Burschen sind echt unheimlich. Im Krieg haben sie allen möglichen Scheiß gelernt! Ich höre sie gern reden. Explosionen, Nachtangriffe –« Sie rasten die Silverbell Road hinunter und Mosca lachte. Es wäre bestimmt lustig, wenn sie mal etwas Dynamit und ein paar Gewehre in die Hände bekämen, meinte er. Obdachlose Kriegsveteranen, die das Land angriffen, das sie vor so vielen Jahren selbst verteidigt hatten. Etwas Komischeres konnte es gar nicht geben, fand Mosca.

Er schüttelte heftig den Kopf und fuhr mit beiden Händen durch die Luft. Root wunderte sich, daß der Wagen nicht von der Fahrbahn geschleudert wurde. Die weißen Männer auf der Straße waren genetisch minderwertig. Davon war Mosca überzeugt. Man mußte sich nur Massenmörder ansehen, zum Beispiel. Immer waren es weiße Männer mit guter Bildung und guten Jobs, sogar mit Familie. Und nie traten die alarmierenden Symptome rechtzeitig genug auf, um das Blutbad zu verhindern. Außerdem deutete heutzutage einiges darauf hin, daß, in den Fällen, in denen eine ganze Familie hoffnungslos minderwertig war, Massenmord an Familienmitgliedern ein wissenschaftlich wünschenswertes Resultat war. Das gesündeste Familienmitglied tötete die anderen. Man brauchte sich nur die Überlebenden der Konzentrationslager in Deutschland anzusehen. Sie hatten den Tod mit sich genommen wie ein unheilbares Fieber. Alle Deutschen waren von den Nazis angesteckt worden – sogar die armen Juden. Mosca gab Israel die alleinige Schuld an der Gewalt im Mittleren Osten. Jedesmal wenn ein israelischer Soldat ein palästinensisches Kind erschoß, lächelte Hitler.

Root schüttelte den Kopf. »Ich werd mich nie daran gewöhnen, daß du so ein gottverdammter Rassist bist, Mosca.« – »Wer, ich?« fragte Mosca und wendete sich augenblicklich wieder seiner Theorie zu. Danach handelte es sich bei den mißhandelten und getöteten Kindern um den Nachwuchs minderwertiger Eltern, die ihre eigenen Nachkommen instinktiv töteten, weil sie genetisch nicht dafür geeignet waren, die Blutlinie fortzuführen.

Root hatte Mosca schon tausendmal beobachtet: Er sah zu, wie sich der Haß in ihm zusammenballte und sich schließlich in einem Redeschwall entlud – sein Haß und seine Empörung blitzten auf wie Maschinengewehrfeuer. Dann drückte Mosca den Fuß auf das Gaspedal, die Hände rissen wild am Steuerrad, und der große Chevy Blazer schlingerte um die Kurven. Es war während einer dieser wilden Wutanfälle gewesen, als Root plötzlich vor Augen stand, wie er und Mosca, die Fliege, enden würden. Sie würden nicht im Kugelhagel der Drogenfahnder umkommen; auch nicht durch Schüsse in den Rücken durch einen von Calabazas' Neffen. Sie würden sterben, und das vielleicht schon in der nächsten Minute, weil Mosca die Autos und Pickups zu bemerken begann, in denen Paare mittleren Alters saßen, Weiße vor allem, aber auch einige Hispanics und Schwarze. Es waren die niederen Angestellten und Beamten: die Parkuhrkontrolleure und Auslieferungsfahrer, die es zu leitenden Stellungen gebracht hatten, weil sie die Regeln befolgten, die geschriebenen und die ungeschriebenen. Der duckmäuserische Ausdruck auf ihren Gesichtern brachte Mosca zur Weißglut. Dies waren die Puritaner, die sich für die Auserwählten, die Erhörten, hielten, weil sie so sauber und stets darauf bedacht waren, jede Regel, jedes Gesetz zu befolgen. Jede gelbe oder rote Ampel gehörte ihnen, und Mosca donnerte mit Vollgas darüber hinweg, verteilte die Autos über die Kreuzungen, während er auf die durch und durch heuchlerischen Kirchen schimpfte und fluchte.

Root hatte gelernt, daß Moscas Entrüstung über die Gesichter in den Autos und auf den Straßen nur zu bremsen war, indem man seine Aufmerksamkeit auf etwas lenkte, das ihm gefiel oder das er komisch fand. Root tat so, als störten ihn die quietschenden Reifen nicht. Er wußte, daß Mosca keine Reaktion von ihm erwartete; er wollte nichts anderes, als sich die Dinge von der Seele zu reden. Ein Einwurf von Root oder von anderer Seite hätte die Entladung seiner Wut womöglich unterbrochen. Gelegentlich lachte Mosca darüber und pflichtete Root bei, daß er genug Haß und Mordlust in seinem Herzen trage, um sie alle lange, lange Zeit davon zehren zu lassen.

Diese blöden Gesichter demonstrierten nach jedem Kirchgang einen solchen Ausdruck von Selbstgerechtigkeit, daß Mosca den Wunsch verspürte, ihnen die Kehle durchzuschneiden. Doch was konnte das nützen? Wenn sie gerade beim Abendmahl gewesen waren, würde Mosca sie geradewegs in den Himmel schikken, bemerkte Root. Aber Mosca schlug mit der Faust auf das Lenkrad und warf den Kopf heftig hin und her. »Sieh dir nur die Gesichter an!« hatte er geschrien, während der große Blazer frontal auf den entgegenkommenden Wagen zuschoß, auf den er gerade deutete. Root hatte hingesehen und ein paar aufgedunsene weiße Gesichter erblickt, einen Mann und eine Frau mittleren Alters, starr vor Angst. Erst im allerletzten Moment hatte Mosca den Wagen wieder über die Mittellinie zurückgerissen.

Nachdem Mosca gegangen war, öffnete Root eine Dose Bier und setzte sich im Dunkeln nieder, um über das System nachzudenken und darüber, wie es funktionierte. Calabazas erzählte gern von Roots Urgroßvater und den anderen weißen Männern in Tucson. »Du kannst es nachlesen, wenn du mir nicht glaubst, was sie getan haben. Die Weißen sind in diese Gegend gekommen, nach Arizona und New Mexico. Sie kamen her, und überall dort, wo die spanischsprechenden Menschen Gerichte und Volksvertreter eingesetzt hatten, setzten die *americanos* ihre eigenen Gerichte ein – allesamt englischsprachig. Sie zogen herum und besahen sich überall das beste Land und die Stellen, an denen es gutes Wasser gab. Dann reichten sie heimlich Klagen bei Gericht ein. Nur wenige Menschen machten sich die Mühe, herauszufinden, was in diesen englischen Papieren überhaupt stand. Schließlich hatten sie Landzuteilungen und Urkunden vom spanischen König erhalten. Die Menschen glaubten, der Friede von Guadalupe Hidalgo schütze ihre Rechte. Sie konnten sich gar nicht vorstellen, daß sie das Land, das ihre Leute schon immer bewirtschaftet hatten, verlieren könnten. Sie konnten es einfach nicht begreifen, und einige von ihnen haben es nie begriffen. Nicht einmal, als alles vorbei war und Land und Wasser verloren waren.«

Root saß noch immer im Dunkeln, als Lecha hereinkam. »Ich habe eine Krankenschwester angestellt«, sagte sie. Das Taxi wartete in der Auffahrt.

Root faßte über die schmuddelige Lehne des Sofas und schaltete eine Lampe an. »Und wen?«

»Die Blonde. Die, die ihr Kind verloren hat. Ich habe sie angestellt, als Sekretärin und Krankenschwester.« Lecha setzte sich dicht neben ihn auf das Sofa und begann, sich wie eine Katze an ihm zu reiben. Ihr Augen funkelten, als habe sie irgend etwas genommen. Was immer es auch sein mochte, es hatte sie erregt. Dennoch erriet sie seine Stimmung sehr schnell. Lecha hatte die

Monate nach dem Unfall nicht vergessen und auch nicht die Zeit, als Root bereits wieder sprechen und laufen konnte. Damals war sie in die Stadt gekommen und hatte ihn im gleichen lausigen Sessel sitzend oder auf dem gleichen Sofa liegend vorgefunden, auf dem sie ihn zwei Wochen zuvor zuletzt gesehen hatte.

»Und was soll das hier sein? Sind das deine Geschäfte?« Lecha würde ihn nicht vergessen lassen, daß er es ihr wegen seiner »Geschäfte« abgeschlagen hatte, bei ihm zu bleiben.

»Ich habe nur nachgedacht«, sagte Root.

Lecha zog die Augenbrauen hoch, wie Root es häufig tat, wenn er eine Frage stellte. »Darüber, wie alt du langsam wirst und wie fett ich werde«, scherzte er.

»Falsch«, sagte Lecha. »Du hast an deinen Urgroßvater gedacht und an das ganze Geld, das er an den Apachenkriegen verdient hat. Du hast dich gefragt, ob die Sünden des Urgroßvaters dem Urenkel den Schädel eingeschlagen haben.«

Root sah Lecha genau an. »Was hast du denn genommen? Davon könnte ich auch was gebrauchen.«

Lecha lachte lange. »Nichts!« log sie mit heller Jungmädchenstimme und hoffte, er werde es dabei belassen. Sie gab ihm einen dicken Kuß, riß dann die Wohnwagentür auf und rief dem Taxifahrer zu, daß sie sofort komme.

Root half ihr, den zusammengeklappten Rollstuhl die Treppe hinunterzuzerren. Der Taxifahrer konnte ihn nicht mehr im Kofferraum verstauen, weil er bereits vollgestopft war mit Lechas Koffern und anderen Gepäckstücken. Root wußte, daß das bevorstehende Treffen mit Zeta sie nervös machte, vielleicht war es aber auch das Wiedersehen mit ihrem Sohn, Ferro. Lecha hatte gewartet, bis sie high genug war und jemanden bei sich hatte, der sie begleiten würde, bevor sie auf die Ranch in den Bergen zurückkehrte. Sie lehnte sich aus dem Fenster des Taxis. »Danke, Süßer! Kümmere dich jetzt um das Geschäft!« Root stand im Türrahmen des Wohnwagens, sah zu ihr hinunter und nickte bedächtig.

GEDACHTE LINIEN

Während das Taxi ihn am Ende der Auffahrt zurückließ, meinte Root vor der dunklen Silhouette der großen Tamariske in Calabazas' Garten einen noch dunkleren Schatten zu erkennen. Im Vorderteil des L-förmigen Adobehauses hörte Root Küchengeräusche und ein Radio, das Rock 'n' Roll spielte, und in größerer Entfernung ein weiteres Radio mit *norteño* Musik – Ziehharmonikas, Trompeten und Gitarren, die alle zusammen diese merkwürdige Mischung aus mexikanischer Indianermusik und deutscher Polka ergaben. Als er noch zur Schule gegangen war, hatte Root dem Unterricht oder den Lehrern nie viel Aufmerksamkeit geschenkt, aber er würde niemals den bunten Andenkenteller mit den Porträts von Maximilian und Charlotte in ihrer gold- und juwelenbesetzten Aufmachung als Kaiser und Kaiserin von Mexiko vergessen. Sie waren blond und blauäugig und umgeben von Legionen kleiner, dunkler Soldaten und Ehrengarden. Maximilian sammelte Insekten und hatte immer öfter Techtelmechtel mit Dienstmädchen, während Charlotte von dem Trieb besessen war, das Schloß von Spinnen und Ungeziefer zu säubern. Maximilian schlief auf dem Billardtisch.

Root konnte die rotglühende Asche von Calabazas' Zigarette erkennen. Calabazas hatte für sie zwei Fünf-Gallonen-Eimer als Sitzgelegenheit unter den Baum gezerrt. Als Root auf ihn zukam, schob Calabazas ihm einen Eimer hin. Maximilian und Charlotte waren genausoweit gekommen, wie alle Deutschen mit mexikanischen Indianern kommen würden. Charlotte verlor den Verstand; sie hörte nicht auf mit ihren Versuchen, die Zimmermädchen und Diener auf alle Fliegen und Spinnen zu hetzen, die durch die kaiserlichen Gemächer kreuchten. Die gezüchtigten deutschen Hofdamen hatten sich bei Maximilian beschwert. Die Indianer und Mestizen weigerten sich, im Palast oder im Garten Insekten zu töten, weil sie damit die Geister beleidigten. Als Maximilian begann, für alle im kaiserlichen Schlafzimmer vorgefundenen Insekten Zimmermädchen des Palastes exekutieren zu lassen, waren die Tage ihrer Herrschaft gezählt gewesen.

Calabazas starrte auf den Halbmond, der im Nordwesten verschwand. Sie saßen schweigend da und rauchten. Schließlich räusperte sich Calabazas und spuckte zwischen seine Stiefel. »Ihr zwei, wo wart ihr eigentlich?«

»Auf dem Rennplatz. Kiffen und so.«

»Was hast du gesehen –?«

»Pferde.«

»Und Mosca?«

»Er ist ziemlich schnell.«

Calabazas nickte und ließ den glimmenden Zigarettenstummel zwischen seine Beine fallen, um ihn dann mit dem Stiefelabsatz auszudrücken. Root sah, daß Calabazas seine Erzählhaltung einnahm. Stundenlang zu reden und zu reden, um erst im letzten Moment auf den Punkt zu kommen, den er Root eigentlich mitteilen will, nannte Calabazas »Indianerart«. Root hatte sich immer wieder darüber aufgeregt und hätte den alten Mann oftmals am liebsten angebrüllt, ihm endlich zu erzählen, was ihn belaste oder was schiefgegangen war. Aber im Laufe der Jahre hatte er gelernt, daß die Umwege, die Calabazas machte, um ihm etwas mitzuteilen, ganz bestimmte Botschaften enthielten.

Calabazas zündete sich die nächste Zigarette an und nahm einen tiefen Zug, bevor er begann. Er blies dicke Rauchringe aus, die auf Roots Gesicht zuwehten, bevor sie sich auflösten. »Ich bin hier geboren worden. Meine Urgroßmutter ist hier geboren worden. Ihre Großmutter stammte aus den Bergen von Sonora. Später haben sich die Yaqui dort oben vor den Soldaten versteckt. Wenn ich das ganze Gerede über Hitler höre, kann ich nur lachen. Hitler hat alles, was er wußte, von den spanischen und portugiesischen Eroberern gelernt. De Guzman war der erste, der aus Menschenhaut Lampenschirme angefertigt hat. Es waren nur keine elektrischen Lampen, das ist alles. De Guzman liebte es, Indianerfrauen auf spitze Pfähle zu setzen und ihnen dann mit Silber gefüllte Ledersäcke auf den Schoß zu legen, bis sich ihnen die Pfähle in die Gedärme rammten. Die Europäer haben in kürzester Zeit Millionen von Indianern vernichtet. 1902 reihten Soldaten der Bundesarmee Yaquifrauen und ihre kleinen Kinder am Rand eines Arroyo auf und schossen wahllos in die Menge. Sie lachten, wenn ein kleines Kind umkippte. Sie schossen aus reinem Vergnügen so lange, bis alle tot waren. Geh in diese staubigen Berge, gleich heute noch. Ich habe es selbst gesehen, dort, wo der Arroyo die scharfe Biegung macht. Dort sind sie hängengeblieben oder wurden zusammen mit abgebrochenen Ästen und Unkraut an große Felsbrocken gespült: aufgetürmte Menschenknochen und Schädel, die wie Melonen aufeinandergestapelt sind.

Haben es die Juden gewußt? Haben es die Amerikaner gewußt? So viele Yaqui sind nach Norden geflüchtet, um sich hier in Tucson niederzulassen. Aber hat es irgend jemanden interessiert, als sie die Geschichten erzählten?« Calabazas steht auf, nimmt einen letzten Zug an seiner Zigarette und wirft den Stummel samt glühender Asche mitten in den Garten. Er geht weg und kommt mit einer kleinen roten Kühlbox zurück. Er bietet Root ein Bier an und öffnet sich dann selbst eine Dose. Wenn Calabazas in diese Stimmung kommt, redet er die ganze Nacht. Root fragt sich, ob er das durchstehen wird. Irgendwie wiegt dieser eine Tag soviel wie fünf andere Tage.

Root beschließt, den Schwanz des Skorpions zu beobachten. Wenn der vierte Stern des Stachels am Horizont verlischt, wird er Calabazas sagen, daß er etwas Schlaf braucht. Calabazas schweigt, bis er die Hälfte seiner Dose geleert hat.

»Wir glauben nicht an Grenzlinien, Grenzen oder so etwas. Wir waren viele tausend Jahre vor den ersten Weißen hier. Wir waren hier vor den Landkarten und den Abtretungsurkunden. Wir wissen, wo unser Platz ist auf dieser Welt. Wir haben uns immer frei bewegt, von Norden nach Süden, von Osten nach Westen. Wir kümmern uns nicht um Dinge, die es gar nicht wirklich gibt: gedachte Linien, gedachte Stunden und Minuten. Geschriebene Gesetze: So etwas erkennen wir nicht an. Und wir transportieren viele Dinge hin und her. Für uns gibt es keine Grenze. Wir sind immer hier gewesen, und das ist seit Tausenden von Jahren so. Wir hören nicht auf. Niemand wird uns aufhalten. Du hast keinen richtigen Namen, das ist nichts Neues. Ich habe meinen Namen selbst erfunden – *Calabazas* – ›Kürbisse‹. So wurde das früher gemacht. Man hat sich selbst einen Namen ausgedacht. Meine Brüder und Vettern in San Rafael haben sie gezüchtet, weißt du. Große, wunderschöne Dinger. Dort unten gibt es einen großen Fluß und reichlich Wasser für Kürbisse. Früher habe ich mir den Wagen mit Altarkerzen in kleinen roten

Gläsern vollgepackt, und meine Frau und meine Schwägerin haben eine Woche lang große Kränze aus Papierblumen gebunden. Liria, die jüngere Schwester meiner Frau, konnte Buntpapier zum Sprechen bringen, sie konnte es singen lassen. Sie hatte eine Schwäche für mich. Sie machte große orangefarbene Kürbisblüten – die so echt aussahen, daß die Leute mich und meine Brüder anstarrten, wenn wir sie auf das Grab unserer Eltern legten. Wie sie die Blumen bewundert haben, die Liria machte!

Und so stand ich dann am Grenzübergang, die Ladefläche meines Ford-Pickup vollgeladen mit Kerzen und Blumen und meistens noch mit einer Ziege oder einem fetten Schaf für das Fest. Den Posten auf der mexikanischen Seite ist das egal. Hunderte von Yaqui kommen zum Allerheiligenfest über die Grenze. Ich habe nie Schwierigkeiten gehabt. Einmal hatte sich eine Ziege losgerissen und alle Papierblumenkränze gefressen, aber ich habe immer Glück gehabt. Genau bei Sonnenuntergang haben wir die Gräber mit Blumenkränzen und den brennenden Kerzen in den roten Gläsern geschmückt. Meine Schwägerin und meine Nichten stellten vor jedes Grab ein Gefäß mit Ziegenfleischeintopf. Die ganze Nacht haben wir auf dem Friedhof gesessen, getrunken und Onkel Casimiro zugehört, der behauptete, mit den Seelen gesprochen zu haben, die ihm erzählt hätten, daß sie jetzt auch nicht schlauer seien als zu ihren Lebzeiten.

Ich weiß nicht. Wir leben in einer anderen Welt heute. Überall sind Lügner und Schwachköpfe, die in öffentliche Ämter gewählt oder zu Bundesrichtern ernannt werden. Dem, was gesagt wird, kann man nicht mehr trauen. Alles muß aufgeschrieben werden.

Ich werde dir nicht erzählen, wo oder wie das Marihuana angebaut wurde, weil es wild wächst und das schon immer so war. Meine Brüder haben die Kürbisernte in einem Adobeschuppen hinter dem Haus untergebracht. Ich sage dir auch nicht, wo das *mota* versteckt wurde. Ich werde dir nicht einmal erzählen, wie wir die *calabazas* aufgeschnitten haben. Aber während wir im Schuppen arbeiteten, kochten meine Schwägerin und meine Nichten Kürbissuppe und Puddings und rösteten die dicken, gelben Kerne.

An der Grenze wartete ich dann zusammen mit all den

anderen Yaqui, die vom Allerheiligenfest zurückkamen, darauf, daß wir rüber konnten. An der amerikanischen Grenzstation in Sasabe gibt es immer nur zwei Posten. Und sie hassen den Anblick der zurückkehrenden Indianer, weil sie wissen, was das bedeutet: alte Klapperkisten und vollbeladene Pickups mit Schweinen und Brennholz, Mais und Melonen. Die amerikanischen Grenzsoldaten suchten zwar unter dem Brennholz nach versteckten Brüdern und Onkeln, aber sie nahmen nicht an, daß wir schlau genug wären, irgendwas anderes mit herüberzubringen.

Als ich es das erstemal versucht habe, waren alle skeptisch. Alle außer meiner Familie in San Rafael, denn sie kannten mich. Aber meine Frau und ihre Familie – na ja, ich mußte mich erst beweisen. Als ich also das erstemal zurück nach Tucson kam und auf den Hof fuhr, war mein Laster vollbeladen mit dicken, orangefarbenen Kürbissen, die aussahen wie ein Haufen Vollmonde. Liria war gerade dabei, die Chrysanthemen zu gießen, und rief: ›*Calabazas! Calabazas!*‹ als sie meine Ladung sah. Und von diesem Tag an nannten mich die Leute so. Die Jüngeren wissen nicht einmal mehr, daß ich noch einen anderen Namen habe. Die Kürbisse – nun ja, sie waren schon etwas Besonderes. Sogar für damalige Verhältnisse war die Summe, die ich für den Verkauf der Ladung erhielt, eine Menge Geld. Der Familie meiner Frau blieb nichts anders übrig, als das zur Kenntnis zu nehmen.

Ich habe zwar die falsche Schwester geheiratet, aber zumindest war es die richtige Familie. Ihr gehörten einmal jede Menge Felder im Santa Cruz River Valley. Doch nachdem die Fremden kamen, konnten sie nicht viele davon retten. Das war der Punkt, an dem unsere Familien sich andere Wege suchen mußten, um Geld zu verdienen. Dabei waren wir immer im Vorteil, weil dies unser Land ist – wir kennen es wie unsere Westentasche, ob bei stockdunkler Nacht oder in der Höllenhitze des Juli. Die Gringos kommen hierher, und die Zeiten werden härter. Aber wir werden dadurch nur noch stärker. So ist das schon immer gewesen. Und jetzt kommen mir gewisse Gerüchte zu Ohren«, sagte Calabazas, während er ein drittes Bier leerte.

Der Mond war verschwunden, aber der Glanz der Lichter der Stadt und der Laternen, die neben der Auffahrt standen, erhellte ihre Gesichter. Root spürte, daß Calabazas herauszufinden versuchte, wieviel er wußte. Root gehörte nicht zur Familie. Er war kein Neffe oder der Ehemann einer Nichte. Calabazas hatte ihn eingestellt, weil Roots Urgroßvater ihn selbst vor vielen Jahren eingestellt hatte. Calabazas mußte über diesen Verlauf der Dinge oft lachen. Es machte ihm große Freude, aber jetzt kamen erste Zweifel in ihm auf. Root erwiderte seinen Blick. Calabazas mochte ihm vertrauen oder es bleiben lassen.

Schließlich sagte Calabazas: »Ich weiß nicht, was aus einem alten Mann wie mir werden soll.« Er hatte die Augen geschlossen und den Kopf gegen den Baumstamm gelehnt. »Du – du bist der einzige, der niemals Boss sein wollte. Der ganze Rest, Mosca miteingeschlossen, hat mindestens ein Dutzend Geschäfte nebenbei, mit denen sie ihren Gewinn machen, während ich das Risiko trage.« Root nickte. Der Schwanz des Skorpions war der einzige am Horizont verbliebene Stern. Root empfand Mitleid mit Calabazas. Solange er ihn kannte, hatte er die Verantwortung für vierzig oder fünfzig Schwager, Vettern und Neffen getragen.

»Es ist Max Blue – mit seinen Freunden, den hohen Tieren.« Calabazas meinte damit einen ganz bestimmten Kanal, über den Drogen eingeschleust wurden, denjenigen, den die CIA benutzte.

Das war die alte Geschichte. Die neue reiste im Innern der leuchtend blauen Samsonitekoffer.

Calabazas wollte nur bewahren, was ihm gehörte – er hatte seit Jahren mit den Guatemalteken und Salvadorianern zusammengearbeitet. Aber nun stand er unter Druck. »Wissen deine grünen Jungs mit ihren brandneuen Köfferchen überhaupt, für wen sie arbeiten? Hast du gesehen, was sie in den Koffern haben?«

Root schüttelte den Kopf. Er hatte so getan, als verstehe er nicht, nach wem sie suchten oder um welche Transaktion es sich handelte.

»Ich habe ihnen gesagt, daß ich nachdenken muß, daß ich es mir überlegen muß.«

Calabazas nickte.

»Politik. Hat noch nie jemandem von uns geholfen. Aber plötzlich steckt man mittendrin.«

Achtes Buch
INDIANERLAND

WIDERSTAND

Calabazas beobachtet, wie Root im Schatten der hohen Bäume verschwindet. Er sieht ihn ein letztesmal, als er durch den silbernen Lichtkegel der Straßenlampe an der Ecke schreitet. Mit jedem weiteren Jahr, das man erlebte, wurden die Dinge komplizierter. Am Anfang waren es nur die Grenzgänge und die gelegentlichen Zahlungen an ein paar Grenzbeamte, und selbst sie waren Vettern oder Verwandte gewesen. Doch dann waren immer mehr Leute ins Spiel gekommen, mehr und mehr Außenstehende. Sie hatten keine allzugroßen Hindernisse dargestellt, waren für Calabazas und seine Unternehmungen nicht schlimmer als die Unterspülung einer Nebenstraße oder ein Felsrutsch mitten in einem Arroyo gewesen. Es hatten sich immer Ausweichrouten oder Alternativen gefunden. Und Calabazas hatte immer gewußt, daß sie ihn nur dann fassen konnten, wenn sie in sein Netzwerk eindrangen. Von dem Augenblick an, als die ersten spanischen Schiffe angelegt hatten, waren sie von den amerikanischen Ureinwohnern abhängig gewesen. Die sogenannten »Entdecker« und »Eroberer« hatten nichts entdeckt oder erobert. Die »Entdecker« waren lediglich indianischen Führern gefolgt, die sie zuvor aus den Küstendörfern gekidnappt hatten, um sich von ihnen leiten zu lassen, soweit sie den Weg wußten. Dann hatten sie neue Führer gekidnappt. Die sogenannten Eroberer hatten sich lediglich mit Kräften verbündet, die bereits an der Macht waren oder sich gerade darauf vorbereiteten, ihre Rivalen zu entmachten. Schon Hunderte von Jahren vor dem

Auftauchen der ersten Europäer waren die Stämme in Mexiko bereits auf ein politisches Desaster zugesteuert.

Wie viele Jahre lang hatte die US-Armee fünftausend Soldaten in Tucson stationiert, um einen alten Apachen, fünfundzwanzig oder dreißig Jugendliche und fünfzig Frauen und kleine Kinder zu jagen? Als Geronimo sich zum Skeleton Canyon begeben hatte, war er unter einer weißen Parlamentärsflagge geritten, in die Falle gelockt von einem seiner vertrauenswürdigsten Offiziere. Nur durch die Mißachtung der Parlamentärsflagge bekamen ihn die Weißen zu fassen. Ohne die Anwendung von Verrat wäre Geronimo niemals gefangen worden.

Calabazas hatte Jahre gebraucht, um zu verstehen, was die alten Scouts schon vor fünfzig Jahren erfahren hatten: daß die Motive von Fremden wesentlich klarer waren als die von Freunden und Verwandten. Sie hielten es schon sehr lange miteinander aus, Calabazas und Root. Und manchmal dachte Calabazas, daß Root vielleicht mehr wußte, als er zu erkennen gab.

Calabazas hatte Root schon vor seinem Unfall mit Interesse beobachtet, als er lieber Dope geraucht hatte und Motorrad gefahren war, anstatt zur Schule zu gehen. Ein weißer Junge mit mexikanischen und indianischen Vettern zweiten und dritten Grades. Sie tolerierten Root, weil in ihm ein wenig von ihrem eigenen Blut floß. Er war ein entfernter Vetter, aber immer auch ein weißer Junge. Sie ließen ihn das nie vergessen, doch Root blieb ruhig, als würden ihm diese Bemerkungen nur noch deutlicher zeigen, daß sie ihn akzeptiert hatten. Er genoß es, der einzige Gringo zu sein, der mit ihnen herumzog. Es gefiel ihm, der einzige zu sein, den die Leute anstarrten oder an den sie sich erinnerten.

Calabazas wußte viel über Roots Mutter und über deren Mutter. Die Tochter des alten Gorgon. Wie weiß ihre Haut gewesen war! Die Kindermädchen und Bediensteten hatten sie immer gut eingepackt und verhüllt. Sie durfte nicht mit anderen Kindern spielen. Hauslehrer wurden für das große Haus an der Main Street eingestellt. Mit siebzehn hatte Roots Mutter rebelliert. Der Mann von der Air Force, den sie geheiratet hatte, war ihr erster Freund gewesen. Calabazas hatte das viele Male erlebt. Nach einiger Zeit war Roots Mutter mit diesem Ehemann zurückgekommen, den ihre Mutter als »Abschaum« bezeichnete, genau wie der alte Gorgon, der alle seine Schwiegersöhne als »Abschaum« bezeichnet hatte.

In Wirklichkeit war es so, daß man weder seinen Söhnen und Töchtern noch seiner Ehefrau vertrauen durfte. Calabazas hatte sich entschieden, Root zu vertrauen, weil er seine eigene Meinung über diesen Urenkel des alten Gorgon hatte. Trotz seiner blauen Augen und der hellen Haare war Root vom alten Schlag. Mit Mosca war es etwas anderes. Calabazas konnte sich schon denken, warum Mosca Root zur Rennbahn mitgenommen hatte. Mosca wickelte nebenher ein paar eigene kleine Geschäfte ab. Es mochte gar nichts zu bedeuten haben, aber die Rennbahn war kein gutes Zeichen.

Die italienischen Familien waren bislang damit zufrieden gewesen, sich in Tucson zu verstecken, »sich zur Ruhe zu setzen«. Doch dann waren die Neffen und Vettern in den Westen gekommen und damit auch die Rennbahnen und die Wettgeschäfte. Zunächst hatten sich Calabazas und die alteingesessenen Familien nicht daran gestört. Sie überließen den Spaghettifressern die Vollblüter, die Greyhounds und die Nutten. Schließlich wickelte Calabazas die besten Geschäfte in den Bergen der Wüste und auf den endlos langen und heißen Meilen zwischen Tucson und Sonora ab. Schließlich war es das Land selbst, das den Indianern den besten Schutz bot. Den Weißen graute es vor den öden Kreideebenen der Wüste, die aussahen, als glitzerten sie von der Asche ferner Planeten und Welten, die noch kommen würden. Aus diesen Gründen operierten diese Mafiosi-Zuhälter-Syndikate nur innerhalb der Stadtgrenzen. Die alten Leute nannten die Wüste nicht umsonst Mutter; und ihre Rufe waren nicht vergebens.

Einmal hatte Liria Calabazas gefragt, was sie denn eigentlich vor den Fremden beschützte, und er hatte zur Sonne gedeutet und dann hinaus auf die kreosotbewachsene Ebene, die Kakteen und das Gestrüpp in den steinigen Gebirgsausläufern.

»Solange wir das haben, sind wir sicher«, hatte er zu ihr gesagt, und damals hatte er geglaubt, daß sich daran nie etwas ändern würde.

Jetzt erkannte Calabazas, daß er inzwischen alt geworden war und von nun an mehr Schlüsse als Anfänge erleben würde. Als

Kind hatte er die alten Männer und Frauen des Dorfes erzählen hören. Wenn es dunkel wurde, etwa eine Stunde nach Sonnenuntergang, hatten sie angefangen, davon zu erzählen, wie es früher gewesen war. »Früher«, vor der Ankunft der Weißen, pflegten sie zu sagen, war das Wild so dick wie Eselhasen, das Gras in den Tälern der Canyons reichte den Tieren bis zum Bauch, und die Menschen hatten immer reichlich zu essen. Die Flüsse und Ströme führten klares, kaltes Wasser. Aber all das war »früher« gewesen, und Calabazas hatte schon als Kind begonnen, dieses Wort zu hassen und seinen Klang aus den Münden der Alten. Er haßte es auf Spanisch und schließlich sogar auf Englisch.

Calabazas hatte nur Verachtung empfunden für das, was sich für ihn wie das Heulen und Jammern alter Leute an langen Sommerabenden angehört hatte. Er wollte nicht wissen, was »früher« passiert war. Jung und ahnungslos wie er war und mit dem geringen Wissen von der Ermordung seines Volkes, war Calabazas Teil einer neuen Generation, über die die Alten wegen ihres merkwürdigen Interesses am »Jetzt« und »Morgen« zeterten.

Jetzt wo die Zeiten sicherer waren, kamen einige Yaqui an ihrem Lebensabend zu Besuchen zurück. Sie brachten die Geschichten mit über das, was im Norden, in Tucson, alles möglich war.

Calabazas hatte nur auf die Chance gewartet, nach Norden zu gehen. Er war vierzehn oder fünfzehn und rastlos. Das alte Paar, Onkel und Tante, bei denen er lebte, riet ihm immer wieder, daß eine Frau die Lösung für ihn sei. Aber Calabazas hatte geglaubt, die Lösung liege darin, aus dem Dorf herauszukommen. Das Bergdorf hatte gut und gerne hundert Jahre lang als Zufluchtsort gedient, aber letztendlich war es doch nur eine vorübergehende Zuflucht, und die Leute waren begierig darauf, an die schmalen, seichten Flüsse mit den hohen Baumwollpappeln zurückzukehren. Das Bergdorf spielte nur für eine oder zwei Generationen wirklich eine Rolle, die für die blanken Basaltkämme und das dornige Gestrüpp, das die engen Pfade hoch zu den steil abfallenden Gipfeln verbarg, große Liebe und Zärtlichkeit empfanden. Die Umrisse der Berge hatten die Yaqui wie massive Steinbarrikaden umgeben, in die keine Armee der Weißen hatte eindringen können. Calabazas wußte, daß sein alter

Onkel und seine Tante nicht gehen wollten, weil sie diesem häßlichen, kahlen Bergplateau treu waren. Sie wollten bei ihren Lieben begraben werden – ihren Schwestern und Großeltern, die dem blutsaufenden Monster entkommen waren, um ihre Tage in den hohen, zerklüfteten Bergen zu beschließen.

Geronimo hatte die letzte Hälfte seines Lebens in Freiheit damit verbracht, sich in den hohen, zerklüfteten Bergen von Sonora zu verstecken. Auf dem Weg zur Grenze, wo er in den neuen Reservationen von San Carlos und White Mountain unzufriedene Verwandte rekrutierte, unternahm er Angriffe gegen die mexikanische Armee. Die Yaqui waren großzügig mit ihren Zufluchtsorten und Verstecken in den Bergen. Calabazas konnte sich selbst an die seltsamen Ankünfte mitten in der Nacht erinnern, damals, als er noch zu jung gewesen war, um dem, was er gesehen oder gehört hatte, mit Mißtrauen zu begegnen. Nächte, in denen die Dorfhunde nur so leise knurrten und winselten, daß sie gerade eben Alarm schlugen, und dann ein leises Flüstern zu hören gewesen war, und er von seinem Schlafplatz in der Ecke aus ein Auge gegen den Spalt in der gewebten Zeltwand gepreßt hatte, um die Silhouetten der Flüchtlinge aus den entlegenen Dörfern erkennen zu können – alle waren sie mit Bündeln beladen gewesen, die Frauen hatten leise vor sich hin geweint und sich mit den Zipfeln ihrer zerrissenen Tücher die Augen gewischt.

Jahre später hatte Calabazas Geschichten darüber gehört, wie es zur gleichen Zeit, als sich die Yaqui in den hohen Bergen verborgen hielten, den Apachen in Arizona ergangen war. Die Yaqui stritten sich gern darüber, welche Gruppen es am schlimmsten gehabt hatten – diejenigen, die auf ihrem Land in den Tälern geblieben oder die, die in die Verstecke in den Bergen gezogen waren, um zu kämpfen. »Wir alle haben gekämpft«, pflegte die alte Mahawala nach dem ersten Glas Bier zu sagen. Calabazas kaufte seinem Onkel und seiner Tante immer Bier, wenn er nach Hause kam – und Taschenlampenbatterien.

DIE VERWECHSLUNG

»Natürlich haben sie den echten Mann, den sie Geronimo nannten, nie gefangen. Der echte Geronimo ist entkommen«, erzählte die alte Mahawala einmal spät nachts, als Calabazas schon fast eingeschlafen war. Obwohl das kleine Feuer der Kochstelle bis auf ein paar Kohlen heruntergebrannt war und kein Mond am Himmel stand, konnte er im Licht der Sterne und des leuchtenden Streifens der Milchstraße die Gesichter der Alten immer noch deutlich erkennen. Hoch in den Bergen, behaupteten die Alten, waren sie Wolken und Winden viel näher. Und den Kindern der Berggipfel würden der Mond und die Planeten besondere Beachtung schenken. Calabazas hatte jedem ins Gesicht gesehen, um eiligst herauszufinden, ob das ein Witz sein sollte oder nicht. Denn wenn es ein Witz war, und er den Eindruck machte, als nehme er die Sache ernst, dann hätten sie ihn hereingelegt. Wenn es aber kein Witz war, und er trotzdem darüber lachte, dann hätten sie ihn ebenfalls hereingelegt. Als Calabazas jedoch erkannte, daß es den Alten mit dieser Geronimogeschichte ernst war, hatte er ihnen zugehört.

Die alte Mahawala sprach als erste. Dann hatten die andern, einer nach dem anderen, eine Kleinigkeit, eine Ansicht oder eine andere Version hinzugefügt. Die Geschichte, die sie erzählten, lief nicht in einer geraden Linie auf den Horizont zu, sondern wand sich wie ein Rotschwanzbussard in Kreisen und Spiralen. »Geronimo« war natürlich der Kriegsruf der in den Kampf ziehenden mexikanischen Soldaten gewesen, die auf den göttlichen Beistand des heiligen Hieronymus hofften. Die nordamerikanischen Soldaten hatten das mißverstanden, so wie sie fast alles, was sie in diesem Land vorfanden, mißverstanden hatten. Nach einiger Zeit gab es mindestens vier Apachenkrieger, die entweder von den mexikanischen Soldaten oder den Gringos Geronimo genannt wurden. Die Indianer hier wußten genau, daß die Weißen großen Wert auf Namen legten. Aber wenn die Weißen einer Sache erst einmal einen Namen gegeben hatten, schienen sie die Sache selbst nicht mehr erkennen zu können.

Die Ältesten hatten immer behauptet, daß dies eine der gefährlichsten Eigenschaften der Europäer sei: Sie litten an einer

Art Blindheit für die Welt. Für sie war ein Stein einfach nur ein »Stein«, egal, wo sie ihn fanden, und trotz aller Unterschiede in Form, Farbe und Beschaffenheit oder der jeweiligen Position eines Steins im Verhältnis zu allen anderen Dingen um ihn herum. Europäer hörte man, unabhängig davon, ob sie Spanisch oder Englisch sprachen, häufig ängstlich darüber klagen, daß in ihren Augen alle Hügel und Canyons gleich aussahen und sie sich nicht daran erinnern könnten, ob die dunklen vulkanischen Hügel in der Ferne die gleichen Hügel waren, an denen sie vor einigen Stunden vorbeimarschiert waren. Für die Weißen sahen auch alle Apachenkrieger gleich aus, und keiner von ihnen ahnte, daß es eine Zeitlang drei verschiedene Apachenkrieger mit dem Namen Geronimo gegeben hatte, die die Sonora-Wüste südlich von Tucson durchstreiften.

Die Strategen unter den Yaqui und Apachen lernten schnell, sich die Unfähigkeit der Europäer, unverwechselbare Punkte in der Landschaft wahrzunehmen, zunutze zu machen. Obwohl die von den weißen Armeen als Scouts angeheuerten Indianer nicht so einfach hereinzulegen waren, gab die Verwirrung unter den weißen Offizieren und deren Streitigkeiten mit den Scouts den Apachen und den Yaqui-Frauen und -Kindern immer wieder Gelegenheit, ihren Verfolgern zu entkommen. Der Trick dabei war, die Verfolger auf felsiges Terrain zu locken, das von engen und tiefen Arroyos durchzogen wurde. Je länger die Soldaten die steilen Wege auf und ab ritten, desto erschöpfter und ängstlicher wurden sie.

Der Apachenkrieger mit dem Namen Geronimo hatte also aus drei oder sogar vier verschiedenen Männern bestanden. Der berühmte und unter den anderen Apachen auch umstrittene Krieger war hoch in den Bergen über dem Fluß geboren worden, den sie jetzt Gila nennen. Dieser Mann war nicht zum Krieger, sondern zum Medizinmann ausgebildet worden.

Als die Kämpfe gegen die *americanos* und Mexikaner an Härte zunahmen und die Reihen der Krieger weitere Männer brauchten, hatte der Medizinmann begonnen, sie auf ihren Kampfzügen zu begleiten. Seine Stärke war die Lautlosigkeit gewesen, manchmal auch die Unsichtbarkeit. Seine besondere Begabung hatte es den Angreifern ermöglicht, sich so unauffällig zu bewegen, daß nicht einmal die Apachenscouts der amerikanischen Kavallerie bemerkten, wenn sie an ihren Schlafplätzen vorbeischlichen.

Die alten Yaqui liebten es, Geschichten aus der Zeit zu erzählen, in der ihre geliebten Bergcanyons den drei Geronimos Schutz geboten hatten. Dort hatten sie sich über das merkwürdige Phänomen der Geronimo-Fotografien und natürlich auch über andere Dinge unterhalten, zum Beispiel darüber, wie man die Schwäche der Weißen am besten ausnutzen konnte.

Die drei hatten es sich zunächst mit einigen Hammelrippchen gemütlich gemacht, die der jüngste der »Geronimos« beschafft hatte. Sie erzählten sich gegenseitig ihre merkwürdigsten oder lustigsten Erfahrungen mit amerikanischen Colonels oder mexikanischen Captains, die geglaubt hatten, den berüchtigten »Geronimo« gefangen zu haben. Leugnen oder Versuche, die Verwechslung aufzuklären, hatten die weißen Männer jedesmal wütend abgewehrt. »*Du* bist der Mörder! Die wilde Bestie Geronimo!« hatten sie gebrüllt. Erklärungen oder Leugnen waren in den Augen der Soldaten nur weitere Schuldbeweise.

General Crook war vorsichtig genug gewesen, die Dienste des reisenden Fotografen in Anspruch zu nehmen, der in Tombstone Station machte. Die Fotografien dienten der landesweiten Publicity, die ihm die Unterstützung durch die territorialen Kongreßabgeordneten in Washington sichern sollte. Die alten Leutchen, die sich normalerweise über nichts einig werden konnten, das länger als ein oder zwei Minuten zurücklag, waren, was die Fotografien anbetraf, völlig einer Meinung gewesen. Calabazas erinnerte sich daran, daß er, zu Mahawala gewandt, das Wort ›Fotografie‹ wiederholt hatte, und einer der anderen Alten hatte seinen naiv-überraschten Tonfall nachgeäfft. Bei den Treffen der drei Geronimos hatte es natürlich Diskussionen über die Fotografien gegeben. Alle drei, sogar Red Clay, der letzte der Geronimos, der in Oklahoma gestorben war, waren bei dieser oder jener Gelegenheit fotografiert worden. Sleet, den jüngsten von ihnen, hatte man während eines Aufenthalts im Fort Apache fotografiert, als General Crook und die Indian Agents versucht hatten, beim Kriegsministerium die gewaltsame Entfernung der weißen Siedler durchzusetzen, die sich illegal auf dem Bergland niedergelassen hatten, das bereits Sleet und seinen Leuten zugesichert worden war.

Der Fotograf, der die Aufnahme gemacht hatte, war schon seit einigen Wochen im Fort, als er vom Maultierpfleger des Camps erfuhr, welcher der Apachen »Geronimo« war. Der Fotograf hatte sein Hintergrundmotiv der Arizona-Wüste vervollständigt und Zeit genug gehabt, von einigen Apachenfrauen einen riesigen Federschmuck anfertigen zu lassen, der nicht die geringste Ähnlichkeit hatte mit irgendeiner Art von Kopfschmuck, den die Apachen je zuvor gesehen, geschweige denn getragen hatten. Sleet hatte sich genauso angezogen, wie der Fotograf es ihm aufgetragen hatte, und sich dann leicht zur Seite gedreht, damit die lange Kaskade der Hühner- und Truthahnfedern schön aus dem Profil bewundert werden konnte.

Ungefähr zur gleichen Zeit war auch Big Pine fotografiert worden. Der Federschmuck des Fotografen war zu diesem Zeitpunkt bereits verschollen, und statt dessen hatte sich Big Pine mit einem 45–70er auf dem Schoß in Positur gesetzt. Das Gewehr hatte keinen Abzugshahn, und in den Kolben war ein Eisenstab hineingerammt worden, denn man hatte Big Pine und seine Schar westlich von Tucson in ihrem Lager gefangengenommen und sogar den kleinen Kindern Hand- und Fußschellen angelegt. Die Schlösser und Ketten waren die »Strafe« dafür, daß sie aus dem Fort »ausgebrochen« waren, während man in Washington noch dabei gewesen war, eine endgültige Entscheidung über das Land ihrer Vorfahren zu treffen. Big Pine hatte versucht, den indianischen Scouts und Dolmetschern zu erklären, daß er nicht »Geronimo« war, und daß der, nach dem sie suchten, vermutlich Sleet sei, der sich mit seiner Kriegerschar auf dem Weg zur Grenze befand. Als Beweis zeigte Big Pine ihnen ihr ordentliches kleines Lager. Jeder könne sehen, erklärte er geduldig, daß es Monate gedauert hatte, dieses Lager zu bauen, und daß das zum Trocknen in die Sonne gehängte Wildbret eine wochenlange Jagd erfordert hatte. All dies beweise doch, daß seine Schar aus Frauen und Kindern nicht eben erst aus Fort Apache entkommen und hierhergezogen sein konnte. Der Halbblut-Apachenscout wußte, daß Big Pine die Wahrheit sagte und Sleets Schar sich nach Mexiko aufgemacht hatte. Die

Indianerscouts hatten allerdings auch herausgefunden, daß die amerikanischen Armeeoffiziere keine Komplikationen wünschten. Sollten sie jemals zugeben, daß Fehler gemacht worden waren und daß es vermutlich drei oder sogar vier Apachenkrieger namens Geronimo gab, würden die Offiziere sämtliche Apachenscouts vor das Kriegsgericht stellen und vielleicht hängen. Jeder Heißsporn von einem Captain war nach Arizona oder New Mexico gekommen, um derjenige zu sein, dem es gelang, Geronimo zu fangen. Ständig wurden Belohnungen ausgeschrieben für den Scout oder Soldaten, dessen Anstrengungen zur Ergreifung von Geronimo führten, egal ob tot oder lebendig.

Der Mann, der am Oberlauf des Gila River in New Mexico geboren war und jahrelang als Medizinmann gelebt hatte, bevor er bei kriegerischen Angriffen bestimmte Aufgaben übernahm, hatte ganz verschiedene Namen geführt. Vor Jahren war er zusammen mit Nana, Mangaas Coloradas und Jute auf einem Gruppenfoto fotografiert worden. Die Yaqui in den Bergen Sonoras kannten ihn als Wide Ledge, als Großen Felsvorsprung, was sie für die eigentliche Bedeutung seines Apachennamens hielten. Aber die Yaqui verstanden auch, daß ein Mensch eine ganze Reihe von Namen benötigte, um alle seine irdischen Aufgaben zu erfüllen.

Die Diskussion um die fotografische Wiedergabe drehte sich um das Gruppenfoto, das ein junger amerikanischer Kavallerieoffizier Wide Ledge gezeigt hatte. Wide Ledge erinnerte sich, daß der junge Weiße auf das glatte Papierstück gezeigt hatte. An dieser Stelle erhöhte der Chor der Stimmen in der Dunkelheit sein Tempo, und Calabazas wußte, daß sie sich jetzt dem näherten, was für sie der Höhepunkt der Geschichte über die Geronimos war. Wide Ledge, erzählte die alte Mahawala mit Nachdruck, hatte sich diese glatten Papierstücke, die Fotografien genannt wurden, oft angesehen und sich darüber viele Gedanken gemacht. Nach dem, was er gesehen hatte, berichtete Wide Ledge, waren die weißen Menschen im Besitz kleiner Flecken und Male, die wie Tierspuren im Schnee oder hellbrauner Staub aussahen; und diese »Spuren« sollten angeblich bestimmte Personen, Orte oder Dinge »darstellen«. Wide Ledge erklärte, wie er es mit einem bestimmten Maß an Übung und Zeit gelernt hatte, diese »Spuren« zu erkennen, die ein Pferd, einen Canyon oder einen weißen Mann darstellten. Allerdings gerieten die auf Papier festgehaltenen »Spuren« von anderen Lebewesen und Orten früher oder später immer durcheinander, sogar für die Weißen, die von sich glaubten, daß sie die Spuren so gut verstanden. Wide Ledge hatte selbst mitangesehen, wie ein junger Soldat über den Fotografen in großen Zorn geraten war, weil, wie der Soldat sagte, die Abbildung auf dem Papier ihn nicht wirklichkeitsgetreu darstelle. Daraufhin hatten sich die Freunde des Soldaten die Fotografie angesehen, waren sich jedoch untereinander ebensowenig einig geworden. Der Fotograf wollte nur für seine Arbeit bezahlt werden.

Wie ein Yaqui oder Apache vielleicht schon erraten hatte, bestand das Geheimnis darin, daß sich in der schwarzen Kiste ein Quarzkristall befand, den man sorgfältig geschnitten, poliert und in der Holzkiste befestigt hatte. Wide Ledge hatte die Möglichkeit gehabt, einmal durch diesen glatten, polierten Kristall hindurchzusehen. Ein in der Nähe liegender Felsblock hatte viele verschiedene Formen angenommen, während Wide Ledge durch das Objektiv schaute. Er erzählte, er habe gerade angefangen, die Funktion des großen polierten Kristalls zu verstehen, als der Fotograf ihn unter dem schwarzen Tuch entdeckte und sofort zu brüllen begann.

Jeder der sogenannten Geronimos hatte gelernt, als Bezahlung für sein Modellstehen Abzüge der Fotografien zu verlangen. Bei ihren Treffen in den Bergen hatten sie die Fotografien dann verglichen. Es war ihnen ein Rätsel, wie sie die Herkunft des Apachenkriegers erklären sollten, dessen breites, dunkles Gesicht mit den stechenden Augen und dessen mächtiger Körper mit der nackten Brust auf jeder Geronimo-Fotografie aufgetaucht war. Das Bild dieses Mannes tauchte immer dort auf, wo eigentlich die Gesichter der anderen Geronimos hätten sein sollen. Der alte Mann, den die Weißen Nana nannten, sah sich die Fotografien genau an und beriet sich mit seinen Bekannten, einigen älteren Menschen, die schon vor den Apachenkriegen in den Bergen gelebt hatten. Die Identität des Apachen auf den Fotografien konnte nicht geklärt werden, aber sowohl Apachen als auch Yaqui trugen einige Theorien vor, die dieses Phänomen betrafen. Das

Licht des polierten Kristalls, das Licht der Sonne und das Licht der Seele des Kriegers hatten mit dem Gesicht des Apachenkriegers, das die weißen Menschen als Geronimo identifizierten, ihr unverkennbares Erkennungszeichen hinterlassen.

Die Meinungen darüber, ob der Anfertigung einer Fotografie gefahrlos zugestimmt werden konnte, waren geteilt. Konnten das Gesicht und der Körper, die immer wieder anstelle der drei Geronimos auftauchten, ein Hinweis darauf sein, daß bei einer früheren Fotoaufnahme die Seele eines unbekannten Apachenkriegers von dem polierten Kristall in der schwarzen Kiste des weißen Mannes gefangengenommen worden war und nun irgendwie zurückzukehren versuchte? Und wenn dem so war, warum erschien diese Kriegerseele dann nur in Verbindung mit den drei Apachen, die die Weißen Geronimo nannten?

Nun, es gab eine Menge interessanter Fragen zu den merkwürdigen polierten Kristallen in den schwarzen Kisten der weißen Männer, sagte Sleet. Warum sollte man sich mit Spekulationen und Streitereien darüber abgeben, ob der Kristall die Seele eines Kriegers jedesmal stahl oder nur dann, wenn die Weißen gegen die Person vor der Kamera bestimmte Absichten hegten? Der eigentliche Punkt sei doch, erinnerte Sleet Wide Ledge und Big Pine, daß Weiße auf beiden Seiten der Grenze den Apachen jagten, der Geronimo genannt wurde. Von Tucson bis Washington D.C. druckten die amerikanischen Zeitungen die größten Schlagzeilen in der schwärzesten Tinte, die Sleet je gesehen hatte, und verlangten Geronimos Tod. Wide Ledge war der älteste und müdeste unter den drei Geronimos. Die ruhelose Flucht durch die rauhe Wüstenlandschaft und die nicht endenwollenden Vertreibungen von Frauen und Kindern hatten diesen »Geronimo« erschöpft. Er war bereit, sich dreinzufügen und in die Reservation zu gehen, als ihm der Schwarzhändler mit dem Whiskeywagen aus Tucson eben jene Zeitung gezeigt hatte. Der Schwarzhändler hatte ihm die großen Worte vorgelesen, erzählte Wide Ledge, und das hatte ihnen allen Angst eingejagt. Wenn sie schon sterben mußten, ihnen die Köpfe abgeschnitten und die Häute zu Stuhlkissen gebleicht werden sollten, darin waren sich Wide Ledge und seine Leute einig gewesen, dann würden sie es den Weißen zumindest nicht leicht machen. Sie würden in die steinernen Felsspalten zurückkriechen und sich wie Skorpione verbissen daran festklammern.

OLD PANCAKES

Noch während die drei Apachen bei einem Treffen zusammengesessen hatten, um über das »Geronimo«-Durcheinander der Weißen zu sprechen, traf die Nachricht ein, daß Old Pancakes sich den US-Truppen im Skeleton Canyon ergeben hatte. Old Pancakes war der beste Kunde, den die Tucsoner Schwarzbrenner je gehabt hatten. Er brüstete sich damit, daß die Schwarzhändler ihn vor der Armee beschützten; er, Old Pancakes, würde sich nur so lange »ergeben«, bis sich seine winzige Schar ausgeruht und fettgefressen hatte, um dann wieder zu entkommen. Er prahlte damit, daß er seinen eigenen Krieg führe, für das Recht, jederzeit trinken zu dürfen, was und soviel er wollte.

Wide Ledge und Big Pine sahen nicht ein, warum diese Nachricht sie etwas angehen sollte. Aber der Junge, der ihnen die Nachricht von Pancakes Niederlage überbracht hatte, stand vor den drei Geronimos und schien ihnen noch mehr berichten zu wollen. Sleet ermunterte den Jungen, keine Angst zu haben und ihnen alles zu sagen, egal was es war. Nun, Old Pancakes hatte es tatsächlich getan. Old Pancakes hatte behauptet, der Krieger namens Geronimo zu sein. Die indianischen Scouts hatten der Geschichte zwar mißtraut, doch General Miles' Attaché hatte mitangehört, wie der Name Geronimo fiel. Er beschuldigte die Scouts, wichtige Geheiminformationen zurückzuhalten. Es war kein Geheimnis, daß General Miles gerne das erreichen wollte, was seinem Vorgänger Crook mißlungen war, nämlich, den grausamen Verbrecher Geronimo zu fangen und damit das Territorium so zu sichern, daß es von Weißen besiedelt werden konnte.

Somit war Old Pancakes endlich in der Lage gewesen, seine Talente als Lügner und Witzbold einzusetzen und die Gelegenheit für die Rettung der anderen zu nutzen. Old Pancakes hatte schon zu Beginn der Kämpfe alle seine Männer und Frauen im kampffähigen Alter ziehen lassen. Jahrelang hatte er es irgendwie geschafft, seine kleine Truppe aus alten Frauen und kleinen Kindern, die in ihrer Obhut zurückgelassen worden waren, zu ein oder zwei Lagerplätzen in den Santa Rita Mountains südlich von Tucson zu führen.

Der Junge berichtete, Old Pancakes habe nicht damit gerechnet, daß der Geronimo-Trick überhaupt klappen würde, denn er war bereits ein alter Mann und wurde nicht mehr von Kriegern begleitet. Außerdem verbrachte er die meiste Zeit damit, unter schattigen Bäumen im Skeleton Canyon oder den anderen Canyons in den Santa Rita Mountains vor sich hin zu dösen. Aber Pancakes hatte nicht mit der Militärpolitik gerechnet. Selbst als die Versuche der Scouts, den Attaché und den General davon zu überzeugen, daß Pancakes ein Schwindler war, fehlschlugen, glaubte er immer noch fest daran, daß die beiden von anderen kampferprobten Armeeangehörigen aufgeklärt werden würden, sobald der Planwagen, auf dem man ihn in Eisen und Ketten transportierte, Tucson erreichte.

Als die Truppen mit ihrem Gefangenen jedoch in Tucson eintrafen, geschah etwas Seltsames. Eine Postkutschenladung Journalisten von der Ostküste, die einige Tage zuvor angekommen waren, kam aus den Bars und Hurenhäusern gerannt. Das einzige Wort, das Old Pancakes hörte, war »Geronimo!« Pancakes sah den Schwarzhändler aus seinem Garten kommen, in dem die hölzernen Bottiche mit dem gärenden Alkohol in Eichenfässer umgeschüttet wurden. Pancakes sah das Gesicht seines alten Freundes, der an den Apachenkriegen ein riesiges Vermögen verdient hatte. Es kamen die Bürger, die Lieferverträge mit der amerikanischen Kavallerie unterhielten und sie mit Schiffszwieback, Bohnen und Fleisch versorgten. Pancakes sah die Gesichter der Stadtväter von Tucson.

Pancakes' gute Freunde, die weißen Stadtväter von Tucson, erkannten den Irrtum, aber die Schwärme von Journalisten vor der Telegrafenstation und rings um die Armee waren zu groß. Die Nachricht von Geronimos Gefangennahme war bereits in die gesamte Nation hinaustelegrafiert worden. Zu diesem Zeitpunkt hatte Pancakes begonnen, sich vor den Folgen seines Scherzes zu fürchten. Ihm wurde klar, daß man ihn nicht freilassen würde, daß man nicht einfach alles als ein großes Mißverständnis vergeben und vergessen würde. Als der Schwarzhändler und einige andere Würdenträger der Stadt der Armee mitteilten, daß sie den falschen Apachen gefangengenommen hatten, enthüllte General Miles der Presse, es habe zwischen plündernden Apachen und gewissen Weißen Kooperationen gegeben. Obwohl Miles dies nicht offen aussprach, wurde damit der Eindruck vermittelt, die weißen Geschäftsleute von Tucson hätten ganz bestimmte Gründe, anzudeuten, General Miles habe den falschen Apachen gefangen.

Innerhalb von drei Tagen hatte der Präsident der Vereinigten Staaten General Miles ein Telegramm geschickt und ihn mit einem weiteren Stern ausgezeichnet. Old Pancakes saß zu diesem Zeitpunkt bereits in Fort Lowell gefangen, und ihm wurde klar, daß weder der Schwarzhändler noch all die anderen das Geschehen aufhalten konnten. Pancakes letzte Hoffnung war die Skepsis zweier Reporter – der eine von der *New York Times*, der andere von der *Washington Post*. Sie hatten im Dossier des Generals Fotografien von Geronimo studiert. Der General erinnerte sie daran, daß die Fotografien schon einige Jahre alt seien. Wie sie an Pancakes' Erscheinung sehen könnten, hätten die Jahre der unaufhörlichen Verfolgung ihren Tribut gefordert. Der Reporter der *Times* machte einen Vorschlag. War der General damit einverstanden, den Gefangenen Geronimo durch die Hintertür des Kittchens ins Freie bringen und ihn dort fotografieren zu lassen? Der Mann von der *Times* hatte bereits den Fotografen engagiert. Miles, der befürchtete, die Reporter könnten den Glanz seiner historischen Stunde schmälern, willigte widerstrebend ein. Er leide an Alpträumen, seit sie Geronimo aus dem Skeleton Canyon hergebracht hatten, ließ er sie wissen. In den Träumen des Generals hatte Geronimo seine Fußeisen und Handschellen wie Spinnweben abgestreift und war davongegangen, verschwunden, während die Truppen, wie von einer unsichtbaren Kraft gelähmt, zusahen. Mehr als fünfzehn Jahre lang waren fünftausend US-Soldaten, deren Einsatz zwanzig Millionen Dollar gekostet hatte, über Kakteen und Steine gestampft, um einen einzigen alten Apachen zu fangen, der eher mitleiderregend als gefährlich aussah.

»Und was glaubst du?« hatte die alte Mahawala gesagt und

mit ihrem arthritischen Finger so dicht auf ihn gezeigt, daß sie fast Calabazas Stirn berührte. »Was glaubst du, hat Old Pancakes wohl gesehen, als sie ihm das Bild von ›Geronimos Kapitulation‹ gezeigt haben?« Alle hatten Calabazas angegrinst und darauf gewartet, daß er dort fortfahren würde, wo die alte Mahawala geendet hatte. Calabazas öffnete das letzte Bier und begann:

Old Pancakes gab sowieso nicht viel auf Fotografien. Er hielt die Aufnahme in beiden Händen, drehte sie langsam herum und dann auf den Kopf, roch an ihr und begann wegen des strengen Chemikaliengeruchs zu niesen. Alle weißen Männer, die Pancakes zusahen, lachten wahrscheinlich darüber; die Ostküsten-Journalisten sicher noch mehr als die *americano*-Soldaten oder der General, der vermutlich die ganze Zeit über nervös zu den dichtbewachsenen Hügeln der steinigen Gebirgsausläufer oberhalb des Forts hinaufschielte und nach den Apachenlegionen in Kriegsbemalung Ausschau hielt, von denen er in der vergangenen Nacht geträumt hatte. Die Journalisten liebten die Leichtigkeit, mit der diese rauhe Wüste und ihre wilden Kreaturen so mühelos Schlagzeilen lieferten.

Stunden später, als die Platte entwickelt war, verglichen sie sie mit dem drahtigen alten Mann, der vor ihnen stand. Old Pancakes war noch nie ein sehr standhafter Mensch gewesen, aber er hatte auch noch nie etwas aufgegeben, das ihm lieb war. Er stand vor ihnen und weigerte sich, dieses Stück Papier mit den bräunlichen Flecken und Klecksen zu bestaunen. Der Leutnant und der Major befanden, die Aufnahme habe keine große Ähnlichkeit, und baten den Fotografen um eine weitere Aufnahme. Aber der Fotograf erwiderte ihnen, daß er nicht von ihnen bezahlt werde, sondern von dem Gentleman der *New York Times*. Wenn der Gentleman von der *Times* damit zufrieden war, dann hatte sich der Fall. Natürlich gab es kaum eine Ähnlichkeit zwischen Old Pancakes und dem Apachen, der auf dem Foto erschien.

»Und damit waren die drei Geronimos plötzlich wieder außer Gefahr.« Das Grinsen der alten Mahawala war so breit und rund wie ein Vollmond.

»Siehst du«, sagte sie zu Calabazas, »jetzt hast du die Geschichte wieder mal gehört.« Calabazas hatte genickt. Viele der

Yaquigeschichten über Apachen waren weniger gut und unterhaltsam. Bevor die Weißen kamen, waren sie untereinander verfeindet gewesen und hatten sich manchmal gegenseitig überfallen. Natürlich, so erzählten sie einander später, waren die Überfälle und die vereinzelten Toten in keiner Weise mit den Gemetzeln der amerikanischen oder mexikanischen Soldaten zu vergleichen.

Calabazas hatte nachgefragt, ob je ein Yaqui die Identität des Apachen erkannt zu haben glaubte, dessen Gesicht immer wieder auf den Fotografien aufgetaucht war. Aber die alte Mahawala und die anderen hatten nur die Köpfe geschüttelt und begonnen, die leeren Bierflaschen einzusammeln, um sie zu waschen und für Haushaltszwecke weiterzubenutzen. Dann war ein alter Onkel zu Calabazas hinübergehumpelt. Das Gesicht auf all den Fotografien habe einem Vorfahren gehört, der Seele eines schon lange Verstorbenen, der von den Nöten der »Geronimos« wußte. Tote und die Umtriebe ihrer Seelen machten die Apachen nervös, nicht aber die Yaqui. Sie hatten große Erfahrung mit derartigen Vorkommnissen. Der Geist des Vorfahren habe sein Licht und seine Macht vor den Gesichtern der drei »Geronimos« erstrahlen lassen. Calabazas war fasziniert und fragte den alten Mann, ob der Geist auch in die Krieger eingefahren sei. »O nein!« hatte der alte Onkel gerufen, während er mit den Händen abwinkte und den Kopf schüttelte. »Das ist etwas ganz anderes! Ganz etwas anderes! Und gar nicht gut!« Der Geist konnte lediglich in einen Kristall hinein- und wieder hinausfahren, das war alles, versicherte der alte Mann Calabazas. Also konnte eine Kamera auch nicht die Seele eines Menschen stehlen, wie manche Leute fürchteten. Eine Kamera konnte einem die eigene Seele nicht stehlen, es sei denn, man ließ sie selbst los. Dennoch hatte Calabazas die letzten Worte seines alten Onkels in dieser Nacht nie vergessen: »Natürlich kann man nie wissen, was damit in den Händen eines Zauberers passieren würde. Laß es lieber nicht darauf ankommen und denke immer daran, wo der arme Old Pancakes gelandet ist.«

DIE LETZTEN FREIEN

Calabazas saß auf seinem schmalen Bett, hatte den Rücken gegen die Wand gelehnt und genoß eine der *Special Blends*, die er vor dem Zubettgehen so gerne rauchte: halb Prince Albert, halb Marihuana. Calabazas konnte nur lachen über die jungen Kerle, die es immer *sin semilla* haben wollten, was vielleicht den größeren Kick geben mochte, aber nichts von der süßen Zartheit einer vollausgereiften weiblichen Pflanze hatte. Er schien langsam alt zu werden, wenn er bereits anfing, an eine fast vierzig Jahre zurückliegende Nacht zu denken, in der er eine seiner letzten Reisen zurück in das Chalky Place Camp unternommen hatte. Dort verlebten die letzten Freien hartnäckig ihre letzten Tage und weigerten sich, in die Dörfer am Flußufer hinunterzukommen, wo dicke, saftige Melonen und Kürbisse wuchsen und ihre Enkelkinder inzwischen eigene Kinder hatten, die im weißen Flußsand spielten.

Die alten Freien sträubten sich, das Berglager zu verlassen, ehe nicht die Klauen der Winterwinde ihnen mit eisigen Schauern in den Nacken und an die Beine griffen. Aber mit der Zeit wurden es immer weniger, die sich jedes Jahr im Februar zur Rückkehr in die Bergfeste zusammenfanden. Calabazas hatte wiederholt gehört, daß diese letzten freien Menschen im Augenblick ihres Todes von den Bergen sprachen. Bei einigen von ihnen klang es, als unterhielten sie sich mit den anderen, besonders in Zeiten der Belagerung und großer Gefahr, aber viel häufiger begrüßten sie Besucher oder kehrten selbst in die Feste zurück. Das letzte, was die alte Mahawala ihnen erzählt hatte, war, daß die menschliche Lebensspanne nicht sehr groß sei und sie alle daran denken sollten, daß die Soldaten einmal gekommen waren und wiederkommen würden. Der Tag würde kommen, an dem die Menschen erneut in die Berge fliehen müßten. Mahawala hatte sie sogar davor gewarnt, daß die vielen Spielzeuge der Weißen, die Radios, Fernseher und Automobile, sie zerstreut und arrogant werden ließen und dazu führten, daß sie eine Menge wichtiger Dinge vergaßen. »Ihr glaubt, daß es nicht wieder passieren kann, daß sich die Zeiten nicht wiederholen werden. Nun, dann macht nur so weiter und glaubt, was ihr wollt. Ich werde der plötzliche Windstoß sein, der eure Laternen umwirft.«

Keiner der alten Freien hatte das letzte Jahr des Yaqui-Widerstands vergessen, in dem die mexikanischen Regierungstruppen vierhundert unbewaffnete Männer und Frauen am Roaster Hill niedergemetzelt hatten. Und selbst damals, als die Herzen der Yaqui bluteten, hatte nicht einer von ihnen gesagt: »Ich gebe auf.« Es war der gleiche Krieg, den sie schon seit vierhundert Jahren führten, seit das Schweinsgesicht De Guzman gekommen war, um die Yaqui zu jagen und sie für seine Silberminen zu versklaven. Der Gedanke an De Guzman erinnerte Calabazas an Max Blue. Die Zeitungen hatten berichtet, er sei ein bedeutender Mann in der Mafia gewesen, habe aber so schwere Verletzungen davongetragen, daß er sich in Tucson zur Ruhe setzen mußte. Calabazas und die anderen waren auf der Hut gewesen, doch Max Blue hatte seine Geschäfte lange Zeit nur außerhalb der Stadt abgewickelt – keinerlei Aktivitäten südlich von Salt Lake City oder Denver. Doch Calabazas und die anderen hatten auch die beiden Söhne aufwachsen sehen, während die Mutter Grundstücke aufkaufte. Max Blue hatte immer ein perfektes Alibi, wenn in Atlantic City oder Trenton oder in einem Gartenrestaurant in Manhattans Little Italy eine Mafiahinrichtung stattfand. Vielleicht lag es daran, daß Max Blue selbst nicht jünger wurde, aber die ganze Zeit über waren Calabazas die beiden Söhne nicht aus dem Kopf gegangen. Nicht weil sie etwas Besonderes waren, sondern wegen ihrer Mutter. Der Frau. Max Blues Frau. Ihr hatte Calabazas nie über den Weg getraut, denn sie tätigte ständig irgendwelche Geld- oder Grundstücksgeschäfte. Während man ihrem Mann nachsagte, er bringe seine gesamte Zeit auf dem Golfplatz im Norden der Stadt zu, sah man Leah überall gleichzeitig, und mitunter flog sie zweimal im Monat nach Los Angeles.

Calabazas nahm einen letzten Zug von seiner Zigarette und ging dann nach draußen, um einen letzten Blick auf die Nacht zu werfen. Auch er dachte mehr und mehr daran, sich »zur Ruhe zu setzen«, nur daß es ihm ernst war damit, im Gegensatz zu Max Blue, der vom Golfplatz aus Exekutionen arrangierte. Calabazas dachte dabei an Sonora, daran, vielleicht näher an den Ort zu ziehen, an dem er seine letzte Ruhe finden wollte. Was immer »zur

Ruhe setzen« bedeuten mochte, es konnte nicht schlimmer sein als die Jahre, die Old Pancakes als »Geronimo« zugebracht hatte.

In Tucson hatte man die Frauen und Kinder um Old Pancakes in einen Zug verfrachtet. Kurz nachdem die Apachen im Inselgefängnis vor der Küste Floridas eintrafen, waren weiße Männer von einer Indianerschule in Pennsylvania gekommen, um ihnen die Kinder wegzunehmen. Die Indianerschule in Pennsylvania befand sich in einer feuchten Gegend, und viele der Apachenkinder wurden krank und starben. Die Apachenscouts, diese Verräter ihres eigenen Volkes, hatte man ebenfalls in den Zug gesteckt. Dieselben Scouts, die es den amerikanischen Soldaten ermöglicht hatten, Hinterhalten und Fallen zu entgehen, und die bereit gewesen waren, die Standorte der Apachenlager zu verraten, dieselben Scouts hatte man zusammen mit den von ihnen gejagten Apachen ins Gefängnis gesteckt.

Calabazas fiel auf, daß er weniger Schlaf benötigte als früher, und er schrieb dieses Anzeichen seinem zunehmenden Alter zu. Mit der Annäherung an den Tod begann die menschliche Seele immer rastloser zu werden und für ihre rastlosen Wanderungen immer mehr an Kraft zu gewinnen. Das war eine Vorbereitung auf die Ewigkeit, in der, wie die Alten glaubten, niemand jemals ruhte oder schlief, sondern man für alle Zeiten über die Erde wanderte, zwischen Mond und Sternen, mit dem Wind und den Wolken reiste, in ständiger Bewegung mit den Gezeiten, den Wanderungen der Vögel und der anderen Tiere, im Gleichklang mit allem Leben und allen Wesen, die jemals geschaffen worden waren. Calabazas hatte noch nicht viel über Krieger nachgedacht, denn die letzten von ihnen waren gestorben, als er noch ein kleiner Junge war. Aber er konnte Old Pancakes nicht vergessen. In seinen letzten Jahren war Old Pancakes zum lebenden Beweis für die Überraschungen und Wunder geworden, die es auf dieser Welt noch immer gab. Der schlaue Fuchs hatte das Beste aus der Situation gemacht. Und wenn die Weißen ihn unbedingt dafür bezahlen wollten, daß er in Wildwest-Shows auf gefleckten Ponys herumritt und dabei ein geladenes Gewehr über seinem Kopf herumschwenkte wie die Gestalt, die die weißen Journalisten Geronimo nannten, dann sollte es dem alten Mann recht sein. Schließlich hatte er in den Jahren des Kampfes allerlei

Veränderungen erlebt. Als Junge hatte er den großen Mann begleitet, den die Weißen Cochise nannten. Aber er hatte auch gehört, was dieser große Mann vor seinem Tod gesagt hatte: Gewehre und Messer würden die Probleme nicht lösen. Er hatte die Menschen an die Prophezeiungen verschiedener Stämme erinnert. Alle Versionen hatten eines gemeinsam: Die Welt, die die Weißen mitgebracht hatten, würde nicht bestehen bleiben. Sie würde in einem gigantischen Windstoß davongeweht werden; alles, was sie tun mußten, war, zu warten. Es war nur eine Frage der Zeit.

Calabazas erwachte mitten in der Nacht von einem Traum, in dem sich die längst dahingegangenen Alten zu einem Fest versammelt hatten.

»Trink aus!« sagten sie zu Calabazas. »Wir trinken auf deine Hochzeit! Herzlichen Glückwunsch! Was für eine hübsche Braut!« Aber im Traum versuchte Calabazas ihnen klarzumachen, daß er schon verheiratet war. Er versuchte, Sarita zu finden, doch sie war nicht im Zimmer. Dann sah Calabazas durch eine halbgeöffnete Tür die Braut in ihrem Kleid; sie drehte sich um, aber es war nicht Sarita, die Frau, die er geheiratet hatte. Sie hatte Saritas Körper mit dem dicken Hintern, den schmalen Brüsten und den wunderschönen kleinen Händen. Doch das Gesicht war das von Liria, ihrer Schwester.

DIE SCHWESTERN

Calabazas stand auf und machte sich Kaffee. Noch ein Anzeichen beginnenden Alters – sich lange vor Sonnenaufgang Kaffee zu kochen. Der Traum, mit Liria verheiratet zu sein statt mit ihrer Schwester Sarita, war Calabazas dauerhaftester Traum. Während der Kaffee aufbrühte, rasierte er sich. Von der eigentlichen Hochzeitszeremonie hatte er bisher noch nie geträumt, wahrscheinlich weil *dies* der entscheidende Moment war, in dem beide, er und Liria, miteinander hätten reden müssen. Schließlich hatte Calabazas Liria schon lange vor seiner Heirat geliebt. Liria hatte ihn ebenfalls geliebt, aber sie war gleichzeitig verwirrt und ängstlich gewesen über den Verrat an ihrer Schwester. Sarita war die ältere, diejenige, zu der die anderen Kinder aufsahen und der man gehorchte. Liria war noch ein junges Mädchen gewesen, und die Tatsache, daß sie dabei war, sich in ihren zukünftigen Schwager zu verlieben, hatte sie in Angst und Schrecken versetzt.

Calabazas faltete die stählernen Bügel seines Rasierspiegels zusammen und wusch den Rasierpinsel aus, bevor er sich Kaffee eingoß. Er und Liria liebten sich schon so lange, daß Sarita ihm antwortete, selbst wenn er sie mit Lirias Namen ansprach, und sie sich nicht länger die Mühe machte, wütend oder verletzt zu sein. Schließlich hatte Calabazas seinen Teil der Abmachung erfüllt. Er hatte die Verantwortung für Sarita als seine Frau übernommen, und auch für die anderen, Liria eingeschlossen. Diese Abmachung war von Vertretern beider Familien getroffen worden, Familienvertretern, die gelegentlich nach Sonora reisten, um sicherzustellen, daß Calabazas' ältere Brüder und Schwestern weiterhin mit den Bedingungen zufrieden waren. Anfangs hatte es einige Reibereien gegeben, weil die Yaqui in Sonora das Gefühl hatten, der Clan in Tucson habe sich eine etwas hochnäsige Art zugelegt. Doch Calabazas hatte sich bereits als brillanter Geschäftsmann erwiesen, der sein Import-Export-Geschäft mit jedem Jahr vergrößerte. Er hatte sich der ganzen Familie angenommen, samt Vettern und angeheirateten Verwandten, und kümmerte sich um sie. Trotz der Landverluste an Privatleute und die Stadt Tucson hatte es die Familie Brito verstanden, im Besitz einer beachtlichen Landparzelle am Santa Cruz River zu bleiben.

Der alte Brito war mit zunehmendem Alter und geistiger Verwirrung der Einbildung verfallen, daß Diebe ihm sein Eigentum stahlen. Wenn ihn Calabazas oder jemand anderes danach fragten, konnte der alte Mann ihnen jedoch nicht sagen, welche Gegenstände er vermißte oder gestohlen glaubte. Saritas Theorie war einfach. Die Familie ihres Vaters hatte viel an die ersten Weißen verloren, die sich in Tucson niedergelassen hatten. Im Friedensvertrag von Guadalupe Hidalgo wurden Schutz und Achtung aller Landrechte garantiert, die den Menschen vor der Ankunft der US-Amerikaner zugesprochen worden waren, doch die Weißen, mit ihrer Gier nach dem besten Land, hatten den Vertrag immer wieder gebrochen. Sarita und Liria sprachen nur mit großer Verbitterung von den Verlusten ihrer Familie. Jede Erwähnung des verlorenen Landes brachte Sarita gegen ihn, Calabazas, in Rage. Zuerst hatte Calabazas versucht, vernünftig mit ihr zu reden, indem er sie sanft daran erinnerte, daß sie gegen ein vor vielen Jahren begangenes Unrecht wütete. Wie konnte Sarita deshalb auf ihn böse sein?

Liria hatte es zunächst völlig abgelehnt, mit Calabazas über ihre Schwester zu diskutieren. Sie war so erschüttert darüber, mit ihrem Schwager Ehebruch zu begehen, daß sie überhaupt nur wenig mit ihm sprach, selbst wenn sie sich liebten. Calabazas hatte fast ein Jahr gebraucht, um sie zum Nachgeben zu bewegen. Von Anfang an hatte eine mächtige Kraft zwischen ihnen pulsiert, sobald sie sich nur angesehen oder miteinander gesprochen hatten. Die Stärke dieses Gefühls hatte sie beide bedrückt und verlegen gemacht. Liria hatte die Angewohnheit, ständig über die Schulter zurückzublicken. Und Calabazas hatte ihr Benehmen albern gefunden. Jahre später wurde ihm klar, daß ihre Eingebung richtig gewesen war, und daß sie die Wahrheit ans Licht hätten bringen müssen. Sarita wäre darüber hinweggekommen und hätte wieder geheiratet. Der alte Brito hatte Liria am Ende sowieso mit Sarita verwechselt und sie manchmal wochenlang damit in Verlegenheit gebracht, daß er Calabazas und Liria für Mann und Frau hielt und Sarita noch immer mit dem verstorbenen Nachbarsjungen verlobt glaubte.

Calabazas hatte Tag und Nacht Pläne geschmiedet, er hatte versteckte Pfade durch dunkles Vulkangestein, dichtes Dorngestrüpp und Kakteen ausfindig gemacht, die in allen seinen Träumen auftauchten. Er zog es vor, die Grenzüberquerungen selber vorzunehmen, aber als seine Clansleute in San Rafael mit der Zeit immer reichere Ernten einbrachten, wurde klar, daß er weitere Hilfe anheuern mußte. Die Familie und der Clan in San Rafael wurden nun ebenfalls ehrgeizig. Gegen ein kleines Entgelt wollten sie »Reisende« nach Norden über die Grenze führen. Das Geschäft, Fremde durch die Wüsten des Südens zu führen, war älter, als sich irgend jemand überhaupt vorstellen konnte. Die sogenannten »Entdecker« wie Cabeza de Vaca, Estevan und Coronado hätten ohne die Hilfe indianischer Führer kaum auch nur wenige Tage überstanden. Ohne Führer konnte ein Wanderer an Hitze oder Durst sterben, selbst wenn er sich bereits in Sichtweite einer Oase aus Felsen und Mesquitebäumen befand, in der wilde Schweine und Kojoten Wasserlöcher gegraben hatten.

Calabazas sagte seinen Verwandten, sie sollten tun, was sie wollten. Er selbst vermied menschliche Fracht. Bei der Grenzüberquerung konnte zuviel schiefgehen. Zehn oder zwölf Jutesäcke mit Marihuana konnte man in den Ästen der Mesquitebäume oder hinter großen Felsen verstecken und wochenlang liegen lassen. Menschen dagegen – waren einfach da. Was sollte man mit ihnen schon machen? Calabazas hatte immer die Philosophie vertreten, es sei besser, die eigenen Verwandten für sich arbeiten zu lassen, selbst wenn sie ständig kamen, um sich Vorschuß zu holen. Verwandte, die für einen arbeiteten, waren automatisch mit dem eigenen Schicksal verbunden. Das verringerte das Risiko, verraten zu werden. Sie konnten Calabazas vielleicht nicht ausstehen, redeten hinter seinem Rücken darüber, daß er nichts anderes war als ein Parasit und ein Opportunist, der aus den Flußländereien der Familie Brito seinen Vorteil schlug. Sie mochten sich auch darüber beschweren, daß er sich für etwas Besseres hielt, obwohl er eigentlich aus Mexiko stammte und nur als illegaler Einwanderer hier war. Sie mochten seinem Ruf und seiner Ehre mit allen möglichen Kränkungen und Verdächtigungen, die man Calabazas anhängte, schaden. Solange jedoch niemand vorhatte, den gesamten Clan in Gefahr zu bringen oder zu zerstören, so lange würde auch niemand Informationen verkaufen oder reden.

Calabazas erkannte, daß sich mit Marihuana weiterhin gute Gewinne erzielen ließen. Anfangs hatten sie sich nichts anderes leisten können, denn Schmuggeln erforderte eine Vorfinanzierung. Während des Zweiten Weltkriegs hatte sich Calabazas auf LKW-Reifen spezialisiert und Kupferdrahtrollen, die er über die Grenze in die USA brachte. Die LKW-Reifen waren ein Vielfaches dessen wert, was er in Mexiko dafür gezahlt hatte.

Seine Heirat mit Sarita hatte Calabazas immer als Arrangement mit der Familie betrachtet und auch als Arrangement mit Sarita. Er hatte selbst die wildesten Träume ihrer Clansleute übertroffen. Ehemänner, Brüder, Vettern und ihre angeheirateten Verwandten brauchten nur zu fragen, Calabazas fand schon irgendwie Jobs für sie.

Jahre später konnte Calabazas an diesen Tag mit Sarita denken und über sich selbst lachen. Was war er damals doch für ein arroganter Bastard gewesen. Er hatte geglaubt, er könnte »lesen«, was in einer Person vorging. Und wie hatte er sich in Sarita getäuscht!

Calabazas goß sich nochmals Kaffee ein und schlenderte hinaus, um zu sehen, wie die Sonne aufging. Er glaubte zu hören, wie in der Nähe des Eingangstores Autotüren geöffnet wurden. Liria hatte begonnen, mit Sarita zur Sechs-Uhr-Messe zu gehen. Beteten sie für ihn? Beteten sie für den weiteren Erfolg der Familiengeschäfte? Es war wahrscheinlich, daß sie das taten. Aber manchmal fragte sich Calabazas, was sie einander erzählten, jetzt, wo sie älter wurden. Ob sie jemals darüber sprachen, was sich vor Jahren abgespielt hatte?

Calabazas war so von sich überzeugt gewesen, daß er niemals einen Verdacht gegen Sarita gehegt hatte. Es hatte ihn getroffen wie ein Blitz aus heiterem Himmel. Sarita ging jeden Tag zur Messe in die Kathedrale in der Stadt. Sie verbrachte die Samstagnachmittage damit, den Frauen der Altargesellschaft zu helfen, wenn sie Altardecken und Priesterkleidung wuschen. Daran mußte Calabazas plötzlich denken, als Liria ihm von Saritas ungewöhnlichem Einsatz für die Kirche und die Altargesellschaft erzählte; irgend etwas daran war ihm merkwürdig vorgekommen. Laut Liria war Sarita eine Musterschülerin gewesen, die für Schulbälle keine Zeit gehabt hatte. Nach der Schule war sie in die Stadt gelaufen und hatte der Haushälterin des Priesters dabei geholfen, das Abendessen vorzubereiten oder das Mittagsgeschirr abzuwaschen. Damals gab es sechs Priester und den Monsignore.

Wie dumm! Wie blind! Wie arrogant! Ein weniger von sich überzeugter Mann hätte es gemerkt. Sarita liebte den Monsignore, als sie Calabazas in der Kathedrale geheiratet hatte. Ihr Liebhaber hatte die Messe zelebriert und ihre Ehe gesegnet. Und Calabazas hatte alles übersehen, weil er Liria liebte.

Da begann Calabazas zu lachen. Er konnte sich noch an die merkwürdige Reaktion seines lieben Onkels und seiner Tante auf die Nachricht von ihrer Hochzeit erinnern.

SPIELSCHULDEN

Einen Tag nach Calabazas' Ankunft im Haus seines Großonkels in Tucson hatten ihm die Britos eine Einladung geschickt. Der alte Brito war berüchtigt für seine Spielschulden. Ja, Calabazas glaubte sich sogar daran zu erinnern, daß sie im Chalky Place Camp über Brito-Geschichten gelacht hatten, die aus Tucson zu ihnen gedrungen waren. Natürlich hatte Calabazas bei seiner Ankunft festgestellt, daß sein armer Großonkel dringend jemanden benötigte, der ihm das Holz hackte und die schweren, mit Trinkwasser gefüllten Milchkannen umfüllte und hereintrug.

Die alte Mahawala hatte ihn ermahnt, sich vor »Brito in acht zu nehmen«, aber damals hatte Calabazas sich nicht vorstellen können, was sie damit meinte. »Karten- oder Würfelspiele, Hahnenkämpfe oder Hundekämpfe, der alte Brito ist überall dabei, er fordert jeden heraus und geht wilde Wetten ein.« Brito war dunkel, drahtig und hatte keine Schneidezähne mehr im Oberkiefer. Und er trug einen uralten Revolver, der fast so groß war wie er selbst und den er vorn in seine weiten Hosen geschoben hatte. Der alte Brito! Was war er doch für ein Unruhestifter geworden! Kein Wunder, daß man ihn aus San Rafael verjagt hatte. Aber seinen besten Trick – das große Pferderennen – hatte er sich bis zum Schluß aufgehoben. Alle waren sie da gewesen. Die Leute waren aus Sonora angereist, weil zwei der startenden Pferde aus Mexiko kamen. Sie hatten die Hände voller Fünfziger. Alle schlossen Wetten ab. Die Frauen saßen auf Gartenstühlen unter bunten Sonnenschirmen, obwohl die Sonne im Westen bereits zu sinken begann. Der alte Brito war überall und schloß seine Wetten ab. Wenn er mit Wetten beschäftigt war, schien seine schmerzende Hüfte ihn nicht zu stören. Vier Pferde waren gemeldet; das Pferd aus Hermosillo war ein großer Schwarzer und den anderen weit überlegen. Aber der alte Brito hatte den ganzen Nachmittag über Wetten auf ein ziemlich unansehnliches graues Pferd angenommen, das vier Männern aus Tucson gehörte. Es gewann das erste Rennen um eine ganze Kopfeslänge, und der alte Brito war herumgehüpft, bis ihm fast der Revolver aus der Hose fiel. Für das zweite Rennen aber setzte Brito auf das schwarze Pferd. Auf diese Art verdiente er eine Menge Geld, weil er immer dann auf den Schwarzen setzte, wenn alle dachten, der Graue würde wieder siegen. Zu diesem Zeitpunkt war die Sonne fast verschwunden, und ein frischer Wind begann vom Fluß heraufzuwehen. Die Rennbahn befand sich in der Nähe des Flußufers, wo der sandige Untergrund genau die richtige Festigkeit besaß.

Die Männer an der Startlinie ließen die Arme sinken, und die Pferde schossen die Gerade hinunter. Oh, die Frauen liebten es damals, *paraguas*, Sonnenschirme, zu kaufen. Schirmverrückt waren sie alle miteinander. Die Frauen kamen zu den Rennen, um ihre Sonnenschirme zu präsentieren und ein Auge auf die Trauben aus Männern und Söhnen zu werfen, die ihr Geld verwetteten. Calabazas hatte diese festliche Szenerie bei den Rennen nie vergessen. Die Frauen mit ihren wunderschönen Sonnenschirmen wirkten wie ein Traumgarten aus riesigen Blumen, blühenden türkisen Rosen und pinkfarbenen türkischen Mustern, papageiengrünen Blätterranken und Blütenknospen, die in leuchtendem Rot, Gelb und Lavendel erstrahlten.

Der Start war gut verlaufen, aber dann verfing sich ein vom Fluß herüberwehender Windstoß in einem leuchtend orangefarbenen Schirm und riß ihn aus der Hand einer erschrockenen Frau. Es war, als hätte sich der Ablauf der Dinge plötzlich verlangsamt, damit man gleichzeitig beobachten konnte, wie die Rennpferde Kopf an Kopf die Zielgerade hinunterstürmten und der prächtige orangefarbene Schirm über die Köpfe der Zuschauer hinwegschwebte. Der Schirm hielt inne, als wartete er darauf, daß die Rennpferde auf gleiche Höhe kamen, bevor er sich hinabzusenken begann. Dann schwebte der Schirm genau in die Mitte der Rennbahn, direkt vor die Ziellinie, wo er eine furchtbare Massenkarambolage verursachte. Obwohl drei der Jockeys abgeworfen wurden, gab es unter Reitern und Pferden keine Verletzten.

Eine Sekunde, nachdem die Pferde auf der Ziellinie zusammengestoßen waren, war Brito auf die Bahn gesprungen. Er hatte den riesigen Revolver herausgerissen, der so schwer war, daß er ihn mit beiden Händen festhalten mußte. Es war einer seiner blinden Wutanfälle, an den er sich, wie er später behauptete, danach nicht mehr erinnern konnte. Als die Reiter mit den schwer atmenden schaumbedeckten Rennpferden die Rennbahn herab kamen, zielte Brito und schoß. Er traf den Jockey des schwarzen Pferdes in den Oberschenkel. Das Pferd bäumte sich halb auf, und der verwundete Reiter glitt in die Arme des Pferdebesitzers. Brito feuerte erneut auf den Jockey, schaffte es aber, den Eigentümer des Pferdes in den Arm zu treffen. Zu diesem Zeitpunkt waren alle auseinandergestoben und rannten in gebückter Haltung und mit gesenkten Köpfen dicht über den Boden. Die Sonne war untergegangen, und die Nachtkühle mit dem feuchten Geruch des Flusses hatte sich über sie gesenkt. Alle Schirme waren aus dem Zuschauerbereich verschwunden, und die Frau, die den orangefarbenen Schirm verloren hatte, war über den alten Uferweg geflohen.

Brito hatte sich in große Schwierigkeiten gebracht, denn der Besitzer des schwarzen Pferdes aus Hermosillo war nicht allein nach Tucson gekommen und hatte viele Verwandte im Ort. Noch bevor es dunkel wurde an diesem Tag, hatte das Gerücht die Runde gemacht, daß Freunde des Verwundeten gewillt waren, diesen kleinen Wurm Brito zu zerquetschen. Daher hatte Calabazas die wütenden Besucher aus Sonora ausbezahlt. Und der alte Brito hatte einen Deal ausgehandelt: Calabazas würde dafür seine älteste Tochter heiraten, Sarita.

Ob der alte Brito und seine Frau Sarita und den Monsignore bereits in Verdacht gehabt hatten?

DIE HEIRAT

Sarita war immer ernst und still, als seien ihre Gedanken stets meilenweit entfernt. Natürlich hatte Calabazas später erkannt, daß genau das der Fall gewesen war. Sarita hatte sich in den Monsignore verliebt, der, schon als sie das erstemal angeboten hatte, den Frauen der Altargesellschaft beim Putzen der Kathedrale zu helfen, damit begonnen haben mußte, sie anzufassen und zu streicheln.

Heute konnte Calabazas daran zurückdenken und lachen.

Aber damals war die Entdeckung von Sarita und dem Monsignore ein furchtbarer Schock für ihn gewesen. Es war an dem Nachmittag passiert, an dem der alte Brito gestorben war. Calabazas war früher als erwartet von einer seiner »Geschäftsreisen« zurückgekehrt. Da es Mittwochnachmittag war, würde Sarita bis um sechs Uhr abends bei der Altargesellschaft sein, und Liria und Calabazas hatten Zeit genug, sich in den hinteren Flügel des Hauses zurückzuziehen, wenn sie wollten. Calabazas hatte erleichtert festgestellt, daß Sarita fortgegangen war, um bei den Priestern Geschirr zu spülen, denn er hatte schon den ganzen Morgen über das sehnsüchtige Verlangen verspürt, mit Liria ins Hinterzimmer zu gehen und ihr die Röcke hochzuschieben.

Der Vorteil des massiven, L-förmigen Adobehauses war, daß der hintere Flügel durch drei Fuß breite Mauern vom vorderen Teil abgetrennt wurde. Der rückwärtige Flügel hatte zwei Eingänge. Wenn also jemand an einem der Eingänge klopfen sollte, konnte jeder, der sich im Inneren befand, ungesehen durch die gegenüberliegende Tür verschwinden. Liria hatte einen Dschungel aus Stockrosen um die gepflasterte Terrasse des hinteren Flügels angelegt. Schon einige Male hatte sie sich durch eine der Türen in die hohen Rosenstauden flüchten müssen, während Calabazas sich gelassen die Hosen anzog und nach seinen Holzwerkzeugen griff, bevor er Sarita oder Britos Krankenschwester die Tür geöffnet hatte. Es war ein ungeschriebenes Gesetz, daß der hintere Flügel des Hauses Calabazas gehörte, damit er dort seine Holzkisten mit falschen Böden präparieren und die Gewehre und Pistolen reinigen konnte.

An diesem Nachmittag war Calabazas gerade erst in Liria eingedrungen, zwischen ihre vollen, weichen Schenkel gekrochen, als an der Terrassentür ein wildes Klopfen einsetzte. An der Leichtigkeit des Klopfens erkannte Calabazas, daß es die Tagesschwester war. Mit zwei schnellen, abschiednehmenden Stößen drang er nochmals in Liria ein, bevor er aus ihr herausglitt und nach seinen Hosen griff. Auch Liria sprang auf, denn die Schwester berichtete, daß der alte Mann gestürzt sei. Calabazas folgte ihr ins Wohnzimmer, wo Brito schweratmend mitten auf dem Boden lag. Die Augen des Alten waren geschlossen, aber sein Mund stand offen und seine Lippen gaben saugende, schmatzende Geräusche von sich, als wäre er kein Sauerstoff atmendes Wesen mehr, sondern ein merkwürdiger Fisch, den man aus der Tiefe nach oben gezogen hatte. Liria kniete nieder und beugte sich über ihn.

Ihre Augen standen voller Tränen, aber sie wirkte gefaßt, als sie Calabazas bat, Sarita zu holen. Sie hielt die Hand ihres Vaters und beobachtete seinen Mund, der verzweifelt nach Luft rang, während die Lunge in der knochigen und schwer gewordenen Brust pfiff und rasselte. Die Haut seiner Hand war so weich und glatt wie die eines Neugeborenen, obwohl die dunkelbraune Pigmentierung fleckig geworden war. An dem Tag, an dem sie beide Seite an Seite mit dem alten Mann am Grab ihrer Mutter standen, hatten Liria und Sarita gewußt, daß es nicht lange dauern würde, bevor sie auch den Sarg ihres Vaters in die Erde senken mußten.

Liria hatte nicht geweint, weil das Rasseln und Keuchen aus dem Mund des alten Mannes schwächer wurde, sondern weil der alte Mann befohlen hatte, daß Sarita, als die ältere von ihnen beiden, zuerst heiraten sollte, und zwar Calabazas. Sarita hatte Calabazas gar nicht heiraten wollen. Sie hatte überhaupt nicht heiraten wollen, hatte sie Liria erzählt. Liria weinte, weil der alte Mann sie nun verließ und sie dennoch niemals ihr eigenes Leben leben würde. Calabazas war das Werkzeug des alten Mannes gewesen, jemand, der seine Anweisungen ausführte, die Ländereien bewachte und die Schlüssel verwahrte. Die gleiche Macht hatte der alte Mann über das Leben von ihnen allen gehabt. Jetzt, wo er sie verließ, war irgend etwas zerstört, das fühlte Liria. Er war der einzige Grund gewesen, warum Sarita und nicht sie Calabazas Frau war.

Britos ganzer Körper bäumte sich mit einem Mal auf, wurde für einen Moment starr und lag dann still. Liria legte seine Hand auf seine Brust. Ein kreisrunder feuchter Fleck hob sich dunkel von seiner Hose ab und breitete sich zwischen seinen Beinen aus.

DER MONSIGNORE

Calabazas war außer Atem und seine Stimme klang zu hastig und zu laut. Die Frauen hatten im Anrichtezimmer der Pfarrei gearbeitet, als er die Tür aufstieß. Sie stärkten und bügelten weiße Soutanen und Altardecken aus Leinen. Calabazas sah, daß es nur die älteren Frauen waren, die meisten von ihnen Witwen, die in der Kathedrale immer weit vorne knieten und bei jeder Messe an der heiligen Kommunion teilnahmen. Sie sahen erschrocken aus, als habe er sie bei einer unrechten Tat erwischt. Calabazas hatte zweimal nach Sarita fragen müssen. Die Frauen hatten sich gegenseitig angesehen, und der Ausdruck auf ihren Gesichtern gab Calabazas das Gefühl, ihnen eine Erklärung zu schulden. Er teilte ihnen mit, der alte Brito liege im Sterben. Eine der Frauen deutete hinüber zum Apartment des Monsignore auf der anderen Seite des großen Hofes, das hinter einer Oleanderhecke mit üppigen, großen weißen und rosa Blüten lag. Später erinnerte sich Calabazas daran, daß die Damen der Altargesellschaft sich hastig umzudrehen und davonzueilen schienen, aber damals hatte er vermutet, sie wollten sich das Spektakel um Britos Tod nicht entgehen lassen.

Calabazas überquerte den gepflasterten Innenhof und ging vorbei an dem kleinen Springbrunnen mit weißen, noch halbgeschlossenen Seerosen und Schwärmen winziger Goldfische. Calabazas nahm nicht an, daß der Monsignore sich in seinem Apartment aufhalten würde, während dort geputzt und staubgewischt wurde. Die massive eichengeschnitzte Tür war nicht verschlossen, und Calabazas klopfte nicht an, er wartete auch nicht, sondern rief Saritas Namen, noch während er die Tür aufstieß. In dem Zimmer, das als Bibliothek und Empfangsraum des Monsignore diente, lagen Saritas Handtasche und Schuhe auf dem Boden neben einer langen, weinfarbenen Ledercouch. Die Regale, die vom Boden bis zur weißgetünchten Decke reichten, waren mit schwarzen, ledergebundenen Büchern gefüllt. Der Schreibtisch des Monsignore war bedeckt mit Umschlägen und Briefen und einem goldumrandeten schwarzen Füller, den er achtlos offen liegengelassen hatte. Dunkelblaue und tiefrote Perserbrücken bedeckten den glänzend polierten Holzfußboden, und der Luxus dieses Raumes ließ Calabazas daran denken, daß die Gemeindemitglieder und Priester der Diözese sich über den Monsignore beschwert hatten, der schließlich ein Jesuit war.

Der Monsignore kam aus dem Schlafzimmer, während Calabazas mit dem Gesicht zum Schreibtisch gewandt dastand. Während er sich umdrehte, hatte Calabazas erwartet, Sarita zu sehen und nicht den Monsignore. Die Überraschung verschlug ihm die Sprache. Der Monsignore hatte die Schlafzimmertür hinter sich geschlossen. Calabazas bemerkte, daß die lange dunkelrote Robe, die der Monsignore trug, kein Priestergewand, sondern ein Morgenmantel war und daß sein Haar ungekämmt wirkte. Calabazas entschuldigte sich dafür, ohne anzuklopfen eingedrungen zu sein, und erklärte, daß es zu Hause einen Notfall gebe und Sarita dringend benötigt werde. Aber der Monsignore schien mit ganz anderen Dingen beschäftigt zu sein als dem, was Calabazas ihm erzählte. Er sah ihn eindringlich an, als prüfe er jedes Wort, das aus seinem Mund kam. Durch den Türrahmen hinter dem Rücken des Monsignore konnte Calabazas in die kleine Küche sehen. Das Waschbecken und der runde Glastisch blitzten vor Sauberkeit. Noch immer hatte der Monsignore kein Wort gesprochen. Calabazas hatte nicht den Eindruck, als wäre er über sein Eindringen verärgert, dennoch murmelte er eine Entschuldigung und wandte sich zum Gehen, weil er sich mit dem Benehmen von Priestern nicht auskannte. Bevor er jedoch die Tür erreichte, hörte er, wie sich hinter ihm die Schlafzimmertür öffnete. Selbst nachdem er den Ausdruck auf Saritas Gesicht sah, hatte Calabazas noch immer Mühe, zu verstehen, was vor sich ging. Es schien, als werfe ihm ein Teil seines Gehirns kleine Brocken von Erkenntnis zu, die er nicht zusammenfügen konnte. Sie gerieten ihm immer wieder durcheinander – hüpften davon, bevor er einen zusammenhängenden Gedanken fassen konnte. Das unordentliche Haar des Monsignore, sein Morgenmantel, das Schweigen, Saritas überraschter Gesichtsausdruck, ihr Auftauchen aus dem Schlafzimmer ... Und dann paßte plötzlich alles zusammen. In diesem Moment hatte Calabazas nicht gelacht, er hatte es kaum fertiggebracht, zu schlucken. Aber Jahre später, als er daran zurückdachte, was für ein eingebildeter junger Bock er gewesen war, der geglaubt hatte, einfach über alles

Bescheid zu wissen, mußte Calabazas lachen. Er stellte sich vor, wie er im Arbeitszimmer des Monsignore gestanden hatte, mit den Perserbrücken auf dem polierten Fußboden, der weißhaarige Monsignore im Morgenmantel und Sarita an seiner Seite. Calabazas lachte gern, wenn er an seinen absurden Stolz dachte und an den unumstößlichen Glauben an sich selbst und seine kleine Welt. Später kam ihm der Gedanke, daß er und der Monsignore wahrscheinlich für alle Zeiten wie gelähmt dort stehengeblieben wären und sich angestarrt hätten, hätte sich Sarita nicht an ihnen vorbeigedrängt und wäre aus der Tür gerannt. Calabazas folgte ihr. Der Monsignore bewegte sich nicht von der Stelle.

Der Monsignore zelebrierte ein Requiem für den alten Brito. Sein tiefer Bariton erfüllte das hohe Deckengewölbe über dem Altar und zog sie alle in seinen Bann. Calabazas wurde klar, wie sich Sarita als katholisches Schulmädchen zu ihm hatte hingezogen fühlen müssen. Sie hatten niemals über diesen Tag gesprochen. Sarita setzte alle ihre Aktivitäten in der Damen-Altargesellschaft fort, und Calabazas war ohnehin nie zur Messe oder zur Beichte gegangen. Gelegentlich hatte er den Monsignore für einen Moment zu Gesicht bekommen, wenn er in einem der neuen Cadillacs vorbeifuhr, die die reichen Autohändler der Diözese jedes Jahr stifteten. Als Calabazas ihn in der Nähe der Kathedrale zum letztenmal gesehen hatte, hing die mit violettem Besatz versehene Priestersoutane schlaff an ihm herab, und Calabazas erkannte, daß Saritas alter Liebhaber krank war. Als der Monsignore starb, gaben die Zeitungen sein Alter mit vierundsechzig Jahren an. Sarita hatte sich inzwischen radikalen jungen Priestern zugewandt, die politische Flüchtlinge über die Grenze schmuggelten, so daß der Tod des Monsignore sie nicht allzusehr betrübte.

DIE REISE DES ALTEN ALMANACHS

Lecha faßte unter den Stapel Kissen neben sich und fand die hölzerne Munitionskiste mit den Notizbüchern und Fragmenten des alten Manuskripts. Die Medikamente gaben ihr das Gefühl, so leicht zu sein wie einer der schwachen Luftströme, auf denen sich die Bussarde treiben ließen. Mit geschlossenen Augen sank sie in die Kissen zurück und dachte daran, wie einfach es war, sich das Schweben und Gleiten der Rotschwanzbussarde vorzustellen, die so oft in der Nähe der Ranch vorbeiflogen. Was sie brauchte, war ihre Spätnachmittagsinjektion, damit sie aufstehen und etwas unternehmen konnte. Sie rief nach Seese, obwohl sie sehr gut in der Lage war, allein aufzustehen. Aber es war schöner, wenn jemand ihr dabei half. Seese hatte sich mit dem Indianer aus New Mexico angefreundet, den Ferro als Gärtner, Aushilfe und Mann für alles eingestellt hatte. Sie rief nochmals nach Seese und versuchte, den kleinen Reisewecker auf dem Schreibtisch anzuschauen, aber das Zifferblatt zeigte in die andere Richtung. Es spielte keine Rolle.

Die Injektion brachte sie in Schwung. In kürzester Zeit hatte sie ihr blaues Satinnachthemd aus- und den weißen Gartenkaftan angezogen. Schuhe waren nicht so wichtig. Sie griff nach der hölzernen Munitionskiste mit den Notizbüchern und den losen Blättern. Das seltsame Pergamentpapier wurde mit jedem Jahr trockener, bis der alte Almanach eines Tages nicht mehr zu entziffern sein würde. Sie machte sich auf den Weg zum Liegestuhl auf der Veranda. Lecha hatte die alte Yoeme nie dazu bewegen können, viel über die alten Notizbücher zu erzählen, außer daß das gesamte Material, das bereits in die Notizbücher übertragen worden war, aus dünnen Membranen bestanden hatte, primitivem Pergamentpapier vielleicht, das herzustellen die Europäer den amerikanischen Ureinwohnern beigebracht hatten. Yoeme hatte ihnen erzählt, daß man für die Häute Pferdemägen gespannt und gepreßt habe, und die kleinen halbmondförmigen Male Stellen seien, die die Magenwürmer hineingenagt hätten.

»Einige Seiten sind verlorengegangen, wißt ihr«, hatte Yoeme begonnen und dabei die Augen halb geschlossen, um sich genau an die Einzelheiten erinnern zu können. »Auf der langen Reise aus dem Süden. Die Flüchtenden, die die Schriften mit sich trugen, haben viel Leid erduldet. Sie waren die letzten ihrer Art. Sie wußten, daß es nach ihnen keine Menschen mehr geben würde, die das gesehen hatten, was sie sahen. Unter diesen wenigen Überlebenden des Schlachtens entstand ein Streit.«

Sie stritten sich darüber, ob es besser war, den Stärksten von ihnen loszuschicken, um die Flucht allein zu wagen, oder ob sie aufgeben und einfach alle zusammen sterben sollten. Weil sie die letzten ihres Stammes waren, erhoben sich viele Stimmen dafür, gemeinsam zu sterben und den Almanach mit ihnen untergehen zu lassen. Schließlich war es der Almanach, der ihnen mit seinen Geschichten sagte, wer sie waren und woher sie kamen. Und weil ihr Volk nicht länger existieren würde, argumentierten sie, wäre es nur rechtmäßig, wenn die Handschrift mit ihnen stürbe. Schließlich setzten sich diejenigen durch, die für einen letzten Versuch stimmten, und drei junge Mädchen und ein kleiner Junge wurden auserwählt, den Almanach gen Norden zu bringen. Die Seiten wurden durch vier geteilt. Auf diesem Weg würde, wenn auch nur eines der Kinder weit oben im Norden in Sicherheit gelangte, zumindest ein Teil des Buches gerettet werden. Die Menschen wußten, daß, selbst wenn nur ein Stück ihres Almanachs überlebte, ihr Volk eines Tages zurückkehren würde.

Die Flucht nach Norden hatte nach der Besetzung durch die Eindringlinge begonnen. Von den Händlern, die ihr ganzes Leben lang über die Handelsstraßen nach Norden und nach Süden zogen, hatten die Leute im Süden von den Stämmen weit, weit im Norden gehört. Die Händler brachten Papageien und Orchideen nach Norden und kamen mit Türkisen und weißem Wildleder zurück. Und dies war das ausschlaggebende Argument gewesen: Irgendwo im Norden gab es vielleicht ein paar Überlebende ihres Stammes, denen die seltsamen Menschen der hohen, unwirtlichen Berge Zuflucht gewährt hatten.

Die Geschichte besagt, daß die vier Kinder nachts loszogen und die Seiten des Almanachs in ihre zerlumpten Kleider eingenäht waren. Das älteste Mädchen trug ein Flintmesser, dem kleinen Jungen gab man eine zerrissene Decke. Sie sagten ihnen, ihre einzige Chance bestehe darin, den Sklavenfängern mit ihren Pferden und Hunden auszuweichen. Sie mußten in den Dörfern Menschen finden, die keine Angst hatten, Flüchtlinge bei sich aufzunehmen. Bevor sie loszogen, wurden sie sorgfältig unterrichtet. Man sagte ihnen, das »Buch«, das sie trugen, sei das »Buch« über die Tage ihres Volkes. Diese Tage und Jahre waren lebendig, und irgendwann würden sie zurückkehren. Das »Buch« mußte um jeden Preis erhalten werden.

»Die Geschichte ihrer Reise ist irgendwie in diese Aufzeichnungen gelangt«, sagte Yoeme und klopfte mit ihrem knochigen Zeigefinger auf die Hefte. »Sie gingen in der Nacht los und hatten noch vor Sonnenaufgang ein weite Strecke zurückgelegt. Sie schliefen bis zum Sonnenuntergang und brachen dann erneut auf. Es waren kleine Kinder. Das älteste Mädchen war zwölf. Vielleicht war das der Grund, warum die Leute in den Ortschaften, durch die sie kamen, barmherzig waren und nicht die Obrigkeit verständigten. Die ganze Geschichte steht hier in den Notizbüchern.«

Nachdem sie schon viele Wochen unterwegs waren und sich den Grenzen dieses strengen, harten Landes näherten, waren sie schwach vor Hunger. Den ganzen Weg über war es ihnen gelungen, genügend Wasser zu finden und das, was jeder von ihnen in seiner Kürbisflasche trug, klug einzuteilen. Schließlich brach eines Morgens, als sie gerade dabei waren, sich hinzulegen, um bis zum Anbruch der Dunkelheit durchzuschlafen, eines der jüngeren Mädchen in Tränen aus. Sie sei so hungrig, und ihre Bauchschmerzen seien schlimmer als De Guzmans »Stachel«. Das älteste Mädchen aber war mißtrauisch, denn erst am Tag zuvor hatten sie alle von einem Mann, der in seinem Garten arbeitete, eine Handvoll Kürbiskerne erhalten.

Sie waren in eine trockene, unfruchtbare Gegend gekommen, mit spitzen Steinen und steilen, von Wasserrinnen zerfurchten Hügeln. Auf dem Pfad, dem sie nun folgten, begegneten ihnen nur noch wenige Menschen, die selbst nichts zum Hergeben hatten. Die Fremden hatten den Menschen Jahr für Jahr ihre bescheidenen Ernten gestohlen, bis sie kaum genug zurückbehalten konnten, um ihre Gärten für die kommende Saison wieder zu bestellen. Die Kinder sahen nur wenige Vögel oder Nagetiere und keinerlei größere Tiere, denn die Fremden hatten alle diese Kreaturen getötet, um sich selbst, ihre Soldaten und ihre Sklaven damit zu versorgen. Viele Wochen waren vergangen, seit die vier Kinder zum letztenmal irgendwelches Fleisch gesehen hatten. Deshalb wurde das älteste Mädchen mißtrauisch und bat die Jüngere, das sackähnliche Baumwollgewand, das sie trug, hochzuheben. Aber das jüngere Mädchen weigerte sich. Da wußte die Ältere, was passiert war, und schob das zerlumpte Gewand mit einem Ruck nach oben. Die anderen Kinder waren starr vor Schreck, als sie sahen, daß das kleine Mädchen eine Öffnung in die verborgene Tasche gerissen hatte, und die Ecken einiger Almanachsseiten zu sehen waren.

Während die anderen drei schliefen, hatte das jüngere Mädchen neben ihnen gelegen und an den Kanten der spröden, aus Pferdemägen gefertigten Blätter gesaugt und gekaut. Die Älteste machte es den anderen vor, und sie begannen, das jüngere Mädchen zu schlagen und herumzustoßen, bis es weinend auf den Boden fiel. Weil sie aber alle vom Hunger geschwächt waren, ließen sie bald von ihr ab, setzten sich neben sie und weinten ebenfalls.

Natürlich war nichts verlorengegangen, denn das kleine Mädchen hatte nur die Kanten der Blätter gegessen. Als die Kinder ihren Weg jedoch fortsetzten, fanden sie bald ganze Dörfer, die die Menschen verlassen hatten, ohne sich die Mühe zu machen, ihre Mahlsteine und Kochtöpfe mitzunehmen. Schließlich kamen sie zu der Stelle am Fluß, wo heute das als »Der Schlund« bekannte Dorf steht. Damals jedoch war das einzig Bemerkenswerte an diesem Fleck der große Hain mit Baumwollpappeln gewesen. Die Kinder fanden die Häuser verlassen vor, aber glücklicherweise entdeckten sie eine Sickerstelle, die die Kojoten unter den Baumwollpappeln ausgegraben hatten. Die Kinder glaubten, allein im Dorf zu sein, und hatten sich gerade aneinandergeschmiegt, um zu schlafen, als sie eine Frau singen hörten. Die Stimme klang glücklich, und die Kinder wußten nicht recht, was sie davon halten sollten. Es war eine bucklige Frau, die von den anderen zurückgelassen worden war, als diese vor den Eroberern und ihren Soldaten flohen. Die Frau kroch wie eine Spinne über den Boden, um sich im Dorf umherzubewegen, und konnte auf diese Weise sogar Wasser erreichen. Aber sie hätte sicherlich nicht mit den anderen in die Berge fliehen können.

Die Frau lächelte und redete hastig in einer Sprache auf sie ein, die sie noch nie gehört hatten. Als sie nicht reagierten, lächelte sie wieder und bedeutete ihnen, näher zu ihr und der Kochstelle zu kommen, die sie vor ihrem Haus angezündet hatte. Sie zeigte in den großen rußgeschwärzten Kochtopf, in dem es langsam zu brodeln begann. Wurzeln und Knollen, die die Frau am Rand des ausgetrockneten Flußbetts ausgegraben hatte, trieben im Wasser wie die abgeschnittenen Köpfe und Arme, die die Kinder im See in der Nähe ihres Dorfes im Süden gesehen hatten. Farnartige grüne Blätter schwammen zwischen den Knollen und Wurzeln, und die Frau holte ein flaches, kleines Körbchen mit Steinsalzkristallen hervor.

Der kleine Junge schlief im Schatten des Türrahmens ein, während die Mädchen dasaßen und die bucklige Frau anstarrten, deren Gesicht ebenso groß zu sein schien wie ihr Körper. Sie waren seit Monaten unterwegs und vielen Menschen begegnet, die Angst vor ihnen hatten – Angst vor den möglichen Verfolgern der Kinder und dem Unglück, das der Kontakt mit Flüchtenden ihnen bringen konnte. Die Mädchen beobachteten die verkrüppelte Frau eine Weile und flüsterten miteinander. Sie kamen überein, daß die Frau zurückgelassen worden war, um zu sterben. Sie schien sich so über ihr Kommen zu freuen. Sie mußte schon sehr lange allein gewesen sein. Hier war ein Ort, an dem sie eine Weile bleiben konnten, um sich auszuruhen und sich auf die Berge vorzubereiten. Die Kinder hatten entschieden, daß die leuchtend blaue Bergkette unterhalb des noch höher und blauer wirkenden Gebirgszuges die Berge sein mußten, die zu finden man ihnen aufgetragen hatte. Sie berieten sich miteinander und beschlossen, daß sie, da sie nun fast am Ziel waren, sich ruhig eine Weile bei der verkrüppelten Frau ausruhen konnten.

Die Frau gab winzige Prisen des Steinsalzes in die Suppe und brachte das Feuer vorsichtig auf die richtige Stärke. Sie lauschte dem Geflüster der Mädchen, sprach aber kein Wort, bis die Mädchen in den Schatten gehuscht waren und mit dem Rücken gegen die aus Flußgras geflochtene Wand gelehnt dasaßen. Das älteste Mädchen verstand nichts von dem, was die Frau sagte, vermutete aber, daß sie sich nach dem Ziel ihrer Reise erkundigt hatte. Deshalb stand das Mädchen auf und trat in die Sonne. Sie bedeckte mit einer Hand ihre Augen und deutete mit der anderen. Ohne ihn aufzuwecken, schleppte sich die Frau an dem kleinen Jungen vorbei und bewegte sich um die Feuerstelle herum, bis sie genau sehen konnte, wohin das Mädchen zeigte. Dann deutete die Frau auf die vielen leeren Häuser, nickte mit dem Kopf und zeigte ebenfalls auf die blauen Berge, die den gesamten Horizont ausfüllten, von Westen nach Osten und so weit nach Norden wie das Auge sehen konnte. Als die Sonne höher stieg und die Hitze sich drückend auf sie legte, verloren die Umrisse der Berge an Schärfe, und ihre Farbe wurde zu einem dunstigen Blau.

Während die anderen schliefen und die Frau sich um die Suppe kümmerte, war das älteste Mädchen davongehuscht, als wollte sie in die Büsche, um zu urinieren. In ihrem Versteck hatte sie jedoch vorsichtig die Fäden um die verborgene Tasche gelöst. Obwohl sie die Schrift ebensowenig lesen konnte, wie sie die Sprache der verkrüppelten Frau verstand, sah sie sich jedes einzelne Blatt der steifen, zusammengerollten Seiten genau an. Als sie an die kleine Kochstelle zurückkehrte, blickte sie hinüber in den Schatten, um zu sehen, ob die anderen noch schliefen, und ließ dann ein Blatt des Manuskripts in die kochende Suppe fallen. Das Mädchen war so schnell gewesen, daß die bucklige Frau nicht protestieren konnte. Lange beobachtete sie die Suppe. Das Mädchen neben ihr sah ebenfalls zu. Das dünne, brüchige Blatt begann sich zu verändern. Bräunliche Tinte löste sich in Rauch auf, die Umrisse der Buchstaben verwischten sich und stiegen schließlich wie kleine Vogelschwärme nach oben. Die Oberfläche des Blattes begann zu glänzen, und brüchige, gerollte Ecken dehnten sich aus und überzogen die Oberfläche der Suppe, bis der Suppentopf fast völlig mit einem Stück Pferdemagen bedeckt war. Nun, es war eine wundervolle Suppe. Viele Tage lang ernährten sie sich davon, gruben kleine, runde Knollen aus dem weichen, weißen Sand des Flusses und suchten nach Ameiseneiern und anderen Dingen, die zu suchen ihnen die verkrüppelte Frau auftrug. Nahrung war schwer zu finden, aber sie waren zu viert und kamen gut zurecht. Allmählich wurde ihnen klar, daß die alte Frau ohne ihr Kommen verhungert wäre, sobald sie alle Wurzeln und Knollen gesammelt hatte, die sie erreichen konnte.

Sie alle fühlten sich von nur einem Topf Suppe neu gestärkt. Nur das kleine Mädchen, das an den Ecken seiner eigenen Seiten gekaut hatte, wußte den Grund für den wunderbaren Geschmack der Suppe. Als sie in einen Streit gerieten, verriet das kleine Mädchen den anderen schließlich das Geheimnis der Suppe. Der kleine Junge begann zu weinen und erklärte, daß er keinen Löffel mehr davon essen wolle, weil er vielleicht gerade den Teil des Buches aufessen könnte, in dem die fremden Eindringlinge für immer vernichtet würden. Vielleicht würde er den Abschnitt der Geschichte essen, der beschrieb, wie die Geister zurückkehrten und die Tage, welche die Menschen liebten. Das älteste Mädchen war über seine Gedankenlosigkeit genauso erschrocken wie seine Gefährten. Es mußte der Hunger gewesen sein. Hunger griff das Gehirn an. Sie alle hatten in diesen letzten Monaten, in denen die Schlächter ihr Volk ausgehungert und dahingemetzelt hatten, gesehen, was Hunger anrichten konnte. Doch schließlich hörte die Älteste von ihnen auf zu weinen und sagte: »Ich erinnere mich daran, was auf der Seite zu sehen war, die wir gegessen haben. Ich kenne diesen Teil des Almanachs – ich habe die Geschichten aus diesen Tagen viele Male gehört. Jetzt werde ich sie euch dreien erzählen. Damit, wenn mir etwas zustößt, ihr drei wißt, wie dieser Teil der Geschichte lautet.«

Der kleine Junge war damit nicht einverstanden. Er glaubte nicht, daß es erlaubt war, so mit den Seiten des Almanachs zu verfahren. Aber die Mädchen waren unerbittlich und sagten ihm, es sei ihnen egal, ob er davon aß oder nicht. Jedesmal, wenn sie sich eine Seite gemerkt hatten, könnten sie sie auch aufessen. Natürlich hofften sie, in den Bergen im Norden einige ihrer eigenen Leute wiederzutreffen. Sie kamen überein, daß sie versuchen wollten, keine weiteren Seiten mehr zu essen. Sie würden vorsichtig sein müssen. Die verkrüppelte Frau beobachtete sie. Die Kinder bemerkten, daß sie nicht mehr so fröhlich war und nicht mehr sang wie am Anfang, als sie gekommen waren. Die Älteste meinte, es liege daran, daß die Frau Angst davor habe, bald verlassen zu werden und dann vielleicht sterben zu müssen. Das jüngste Mädchen glaubte, die Frau sei traurig, weil die anderen ihres Dorfes sie zurückgelassen hatten. Und der kleine Junge befürchtete, daß die Frau bereits darunter litt, ein Blatt aus dem Almanach gegessen zu haben.

Spätnachmittags beobachtete das älteste Mädchen manchmal den nördlichen Horizont und dachte über den letzten Abschnitt ihrer Reise nach. Je blasser das Blau der Berge war, desto trockener und öder war auch das Land, in dem sie sich befanden. Sie durften ihre Willenskraft nicht verlieren bei dem Gedanken daran, den angenehmen Schatten der Baumwollpappeln und das Wasser bei dem kleinen Haus aus Schilfgras verlassen zu müssen.

Die bucklige Frau kochte wieder einen Topf mit Wurzeln und Knollen. Sie deutete auf den Topf, und das älteste Mädchen wußte, daß sie ein weiteres Blatt des Almanachs wollte. Aber diesmal war das Mädchen gut ausgeruht und nicht halb verhungert. Es wußte, was mit den Seiten zu geschehen hatte. Noch hatten sie die Berge von der Farbe des Himmels nicht erreicht, und die Anweisungen waren sehr deutlich gewesen. Das Mädchen tat so, als verstünde es nicht, was die verkrüppelte Frau von ihm wollte, aber der Ausdruck in ihren Augen verriet dem Kind, daß sich die Frau nicht täuschen ließ. Die Kinder waren nicht so weit gekommen, ohne »Gastgebern« begegnet zu sein, die gewisse Gegenleistungen von ihnen erwartet hatten. Nicht einmal der kleine Junge war vor solchen Erwartungen sicher gewesen. Aber ihre Angehörigen hatten sie gewarnt, auf solche Gastgeber gefaßt zu sein, denn das jetzt anbrechende Zeitalter hatte zwar von Stamm zu Stamm einen anderen Namen, ihr Volk aber nannte es das Zeitalter von Death-Eye Dog, dem Hund mit den Augen des Todes. Im Zeitalter von Death-Eye Dog waren die Menschen, und besonders die fremden Eindringlinge, von Gelüsten und Trieben besessen, die man sonst nur bei wilden Hunden fand. Davor waren die Kinder gewarnt worden, daran waren sie erinnert worden. Ein Mensch wurde in eine Zeit hineingeboren und mußte in ihr leben, bis die Tage selbst irgendwann weiterwanderten. Alles was man tun konnte, war, den Charakter, den Geist dieser Tage zu erkennen und Vorsichtsmaßnahmen zu treffen. Das Zeitalter von Death-Eye Dog war männlich und tendierte daher zu einer gewissen Schwäche und großer Grausamkeit.

Das Mädchen war vorsichtig genug, jedes der Kinder einzeln beiseite zu nehmen. Es sagte ihnen, daß sie weiterreisen müßten und es das Gefühl habe, die verkrüppelte Frau könnte versuchen, sie daran zu hindern. Wenn sie in der Kühle nach Sonnenuntergang nach Wurzeln und Larven suchten, machten sie sich deshalb vorsichtig daran, alle ihre Kürbisflaschen aufzufüllen. Der kleine Junge trug die zerrissene Decke. Die bucklige Frau sah ihnen hilflos zu und deutete immer wieder auf den Topf mit Wurzeln, der über dem Holzkohlefeuer köchelte. Das Mädchen, das als erstes an den Rändern seiner Seiten gekaut hatte, zögerte. Es hatte durch das gute Essen und die Ruhe seine erste Menstruation bekommen und wollte den anderen, besonders der Älteren, zeigen, daß es kein Kind mehr war.

»Geht nur«, sagte es zu ihnen, »ich komme gleich nach.«

Das älteste Mädchen versuchte, das Kind zu warnen. »Tu's nicht! Wir müssen doch zusammenbleiben.« Aber das Mädchen hörte nicht darauf. »Dann ziehe wenigstens dein Kleid aus, damit die Seiten in Sicherheit sind.« Aber auch das lehnte das Mädchen ab, denn es war sich seiner sehr sicher. Das letzte, was die Kinder von ihm sahen, war, wie es vor dem Haus aus geflochtenem Flußgras von der verkrüppelten Frau eine Schüssel Suppe entgegennahm, während die Frau das Kind strahlend anlächelte und begeistert mit dem Kopf nickte.

Am nächsten Tag, als die anderen schliefen, schlich sich das älteste Mädchen zurück. Es ging der Blätter wegen, nicht wegen der Gefährtin. Die verkrüppelte Frau schlief im Schatten der Baumwollpappeln. Von dem anderen Mädchen fand die Ältere keine Spur. Eine Zeitlang glaubte sie, daß das Mädchen sich auf der Suche nach ihnen vielleicht verirrt hatte, obwohl sie durch den Flußsand gegangen und dem ausgetrockneten Flußbett gefolgt waren. Als das Mädchen jedoch vorsichtig in allen verlassenen Häusern nachsah, kam es schließlich zu einem Bau, den die Männer früher für Zeremonien genutzt hatten. Ein Teil des Baus lag unter der Erdoberfläche; und sogar am Eingang konnte das Mädchen die kühle Luft spüren, die herausströmte. Das Mädchen war am Eingang stehengeblieben, obwohl es wußte, daß es sich beeilen mußte. Bei keinem der anderen Häuser hatte es gezögert, aber hier ließen die kalten Luftströme den Schweiß auf seiner Haut erkalten, und ein Schauer überlief das Kind. Es wollte nicht hineingehen, es wollte nicht einmal an der Schwelle stehen und hineinsehen.

Und da, in der heißesten Zeit des Tages, nachdem die Sonne in die Mitte des Himmels gewandert war, begann ein rastloser Windhauch den Staub aufzuwirbeln und durch die Blätter der Baumwollpappeln zu rauschen. Das Mädchen stand vor dem Zeremonienhaus; es wollte nicht hineinsehen und wußte doch, daß es sein mußte. Das Rauschen der Blätter im Wind und die Hitzewellen, die der vertrockneten Erde des verlassenen Dorfplatzes entströmten, schienen sie einlullen und einschläfern zu wollen. Das Mädchen erkannte, daß es völlig gelähmt sein würde, wenn es sich nicht augenblicklich bewegte. Die Angst ließ das Kind zusammenfahren und in die Kühle der dämmerigen Zeremonienkammer hineinstolpern. Die Hitze, die der vertrockneten Erde entströmte, war die Verbündete der Frau gewesen; und während die Frau schlief, hatte ihre Verbündete die Aufgabe, das verlassene Dorf zu bewachen.

Die Menschen kehrten lange Zeit nicht in das verlassene Dorf zurück, und bis heute leiden die Bewohner des Dorfes, das »Der Schlund« genannt wird, unter etwas, das nur mit dem zusammenhängen kann, was das älteste Mädchen im Inneren des Zeremonienhauses gesehen hatte. Natürlich ist das Zeitalter von Death-Eye Dog für derartige Dinge bekannt. Death-Eye Dog regiert seit fünfhundert Jahren, und sein Einfluß hat sich über die gesamte Erde ausgedehnt.

Deshalb schreckte das Mädchen auch nicht vor dem zurück, was es von den Deckenbalken herabhängen sah. Es war wegen des zerlumpten Gewandes zurückgekommen, das das jüngere Mädchen getragen hatte. Das Mädchen konnte nur hoffen, daß die verkrüppelte Frau noch nicht damit begonnen hatte, die Seiten zu kochen, sondern sich zunächst an Leber oder Herz gütlich getan hatte, die ja als besondere Leckerbissen bekannt waren. Die bucklige Frau hatte die Seiten noch nicht aus dem Kleid geholt, deshalb zog sich die Ältere das Gewand über den Kopf und trug es über ihrem eigenen Kleid. Die Kinder hatten gelernt, daß die Seiten viele Kräfte in sich trugen, unzählige physische und geistige Eigenschaften, um die Menschen zu leiten und ihnen Kraft zu geben.

Die alte Yoeme hatte eine Pause gemacht und den beiden in die Augen gesehen, bevor sie fortfuhr. »Es ist der Almanach gewesen, der sie gerettet hat, versteht ihr. Hätte die Älteste in dieser ersten Nacht nicht ein Blatt aus dem Buch geopfert, dann hätte die verkrüppelte Frau sie allesamt gleich umgebracht, als die Kinder noch schwach waren vom Hunger und der langen Reise.

Solange all unsere Tage zum Zeitalter des Death-Eye Dog gehören, werden wir weiter solche Dinge erleben. Diese Frau ist von den anderen zurückgelassen worden. Menschen wie sie sind typisch für die Herrschaft von Death-Eye Dog. Sie ist nicht immer so gewesen, aber in den Tagen, die Death-Eye Dog gehören, steckt in jedem von uns die Möglichkeit, zu werden wie sie.«

ZWEITER TEIL

MEXIKO

Erstes Buch
DIE HERRSCHAFT VON DEATH-EYE DOG

DER MESTIZE

Der alte Mann war einfach so. Man konnte mit ihm Karten spielen oder würfeln, und wenn man gewann, lachte er bloß und sagte, man sei zu jung, um ein so schlechtes Gedächtnis zu haben. Er behauptete, mit drei Königen gewonnen zu haben oder mit fünf Dreiern beim Würfeln. Dann schenkte er einem noch mehr von diesem ekelhaft riechenden Bier ein, das er aus jeder Art von Unkraut, Pflanzen oder Kakteen zusammenbraute, die er nur finden konnte. Der alte Mann war langsam, faul und gefährlich. Wenn er genug von seinem stinkenden Selbstgebrauten intus hatte, begann er, mit seinen Vorfahren anzugeben, die die berühmtesten und mächtigsten Leute gewesen seien. Wenn er vom Bier richtig besoffen war, wurde er ganz ernst, und als kleines Kind hat mir das große Angst eingejagt. Das waren die Momente, in denen er tönte, die Ahnen hätten »es« alles kommen sehen, und einmal unterbrach ich ihn und fragte, was »es« denn gewesen sei. In der schattigen Ecke, in der wir saßen, fuchtelte er wild mit den Händen herum und antwortete: »Die Zeit, die Death-Eye Dog genannt wird.« Es gab niemanden in der ganzen Gegend, der so erzählen konnte wie der alte Mann.

Wenn er erst einmal in Fahrt war, redete er so, als seien noch andere anwesend, die sich mit ihm stritten und über dieses oder jenes mit ihm debattierten. Jedesmal also, wenn er die heutige Zeit als »Death-Eye Dog« bezeichnete, schien es, als hätten diese Unsichtbaren andere Namen für diese Epoche, und deshalb verbesserte sich der alte Mann jedesmal schnell. Einige kannten sie als »Die Herrschaft des Fire-Eye Macaw«, was das gleiche war, als ob man »Death-Eye Dog« sagte, denn die Sonne hatte begonnen, mit tödlicher Glut zu brennen, und die Hitze dieses brennenden Auges, das auf all die elenden Menschen, Tiere und Pflanzen niedersah, hatte die Welt beschleunigt – wie eine Schildkröte, die in verzweifelter Hast einen letzten vergeblichen Versuch unternimmt, den Schatten zu erreichen. Die einzig wahren Götter waren alle Tage der Ewigkeit, und keine einzelne Epoche, kein einzelnes Erdzeitalter war umfassend oder bedeutend genug, um sich als alleinigen Gott zu bezeichnen. Die Vorfahren hatten gewußt, daß nichts im Universum so bleibt wie es ist. Ursprünglich waren die Sonne und die Sterne aus einer tiefblauen Dunkelheit gekommen und kreisten, wirbelten und verteilten sich in jenen großen Bögen über uns, die der Große Fluß oder die Milchstraße genannt werden.

Der alte Mann hatte sich dafür interessiert, was die Europäer dachten und welche Namen sie den Planeten und Sternen gaben. Er war der Meinung, ihre Geschichten über die Entstehung der Sonne und der Planeten seien gerade deshalb so interessant, weil diese Erzählungen über Explosionen und herumfliegende Teile mit all dem anderen übereinstimmten, was er gesehen hatte: angefangen bei ihren oberflächlichen Beziehungen untereinander und zu ihren Kindern bis zum Verlassen des Landes, in dem sie geboren waren. Er dachte daran, wie die Ahnen die Europäer genannt hatten: »Das verwaiste Volk.« Ihr Gott hatte sie geschaffen, wurde aber bald so zornig auf sie, daß er sie vom Ort ihrer Geburt verbannte und forttrieb. Die Ahnen hatten festgestellt, daß nur wenige Europäer wirklich unbeschädigt blieben – genau wie Waisenkinder, die von selbstsüchtigen und hartherzigen Clansleuten aufgenommen wurden. Sie schafften es nicht, zu erkennen, daß die Erde ihre Mutter war. Europäer waren wie die ersten Eltern, Adam und Eva, die ziellos umherstreiften, weil sie von ihrem wahnsinnigen Gott, der sie verführt hatte, verlassen worden waren.

Menardo hatte die Geschichten geliebt, die sein Großvater ihm über den alten Mann erzählt hatte, der stinkendes Bier trank, über die Ahnen und manchmal auch *mit* ihnen sprach. Menardo hatte diese Geschichten bis zur sechsten Klasse geliebt, als einer der unterrichtenden Mönche ihnen einen langen Vortrag über Heiden und heidnische Geschichten gehalten hatte. Damals hatten die Jungen gerade begonnen, sich nach den Mädchen umzusehen, die zwar nicht zur Schule gingen, aber verpflichtet waren, vormittags im Dienste der Kirche zu arbeiten, entweder in der Küche oder im Konvent, wo sie abwuschen, saubermachten oder in der Erntezeit Gemüse und Obst ernteten. Mädchen mit flinken Händen lernten Handarbeiten und bestickten schwere Meßgewänder aus Atlas für die Monsignores und den Bischof.

Menardo war sein ganzes Leben lang dick gewesen. Früher hatten ihn die anderen gehänselt und sich über ihn lustig gemacht. *Pansón* nannten sie ihn, was ihm jedoch nichts ausgemacht hatte, weil einer der älteren Jungen einen noch viel schlimmeren Namen für ihn fand. Für den Rest seines Lebens wagte Menardo es kaum, an diesen anderen Namen auch nur zu denken, geschweige denn ihn zu flüstern. Jedesmal wenn er in den Spiegel sah, um sich zu rasieren, fiel ihm dieser Name ein: Breitnase. Ein Schimpfwort für Indianer. »Breite Nasen, wie sie nicht einmal Hunde haben.« Der Junge, der auf den Namen gekommen war, war selbst dunkelhäutig, aber dabei groß, und er hatte die Arme und Beine eines Mannes. Jedesmal, wenn er die jüngeren Knaben verprügelte, hob er sie hoch und warf sie in die Luft, damit sie beim anschließenden Sturz verletzt wurden und nicht von Faustschlägen oder Fußtritten.

Ungefähr zur gleichen Zeit, als die anderen ihn Breitnase und Fettwanst genannt hatten, hatte Menardo eine furchtbare Entdeckung gemacht. Die Nase seines Großvaters war noch viel kürzer und breiter als seine eigene; und die Menschen, die der alte Mann als »unsere Vorfahren« und »unsere Familie« bezeichnete, waren tatsächlich Indianer gewesen. Die ganze Zeit über hatte Menardo ausgerechnet der Person zugehört, die für die Hänseleien der anderen verantwortlich war. Ohne dieses Familienerbstück wäre er vielleicht als *sangre limpia* durchgegangen. Von diesem Moment an erfand Menardo Ausreden, warum er nicht mehr die Straße hinunterging, dorthin, wo der alte Mann in einem Garten in einer kleinen *ramada* lebte. Er hatte

Angst, die anderen Jungen könnten vorbeikommen, sich an der Rückseite der Gartenmauer hochziehen und ihn dort bei dem alten Mann sitzen sehen.

Schließlich hatte Menardos Vetter eines Abends hereingeschaut und ihnen ausgerichtet, daß der alte Mann darum bitte, Menardo möge ihn doch wie früher besuchen kommen. Menardo hatte seine Lügen bereits für die Mutter einstudiert und konnte sie vor seinem Vetter perfekt vorbringen: Er lerne jetzt, Ministrant zu werden, und müsse seine ganze Freizeit im Pfarrhaus verbringen. Fast tat es ihm leid, denn der alte Mann war der einzige unter den Erwachsenen, der keine Gegenleistungen von ihm erwartet hatte, außer daß er ihm zuhörte. Der alte Mann erzählte von anderen Zeiten und anderen Welten, die es vor der jetzigen gegeben hatte. Und er konnte das Böse erkennen, egal, welchen Namen man ihm gab.

Nicht lange nachdem sein Vetter vorbeigekommen war, um sich zu erkundigen, warum Menardo den Großvater nicht mehr besuchte, starb der alte Mann im Schlaf. Menardo war erleichtert gewesen, als er endlich beerdigt war, denn er hatte sich die Form und Größe der Nasen aller Onkel, Tanten und Vettern genau angesehen; der einzige mit einer verdächtigen Nase war Menardo selbst, und nachdem der letzte Hinweis darauf, daß diese Nase ererbt sein könnte, beerdigt worden war, wußte Menardo genau, was er zu tun hatte.

Die Idee hatte er aus einer Zeitschrift, die einer der älteren Jungen in die Kapelle geschmuggelt hatte. Sie hatten sich das Heft ansehen wollen, weil es Anzeigen für Lippenstift und Parfüm enthielt und eine der Werbeanzeigen eine Frau zeigte, die in einem Kleid herumwirbelte, so daß der Ansatz ihrer Schenkel sichtbar war. Es war ein aufregendes Bild, und die Jungen hatten es mit ihren feuchten Händen fast ruiniert, weil sie die ganze Druckerschwärze über das Blatt verrieben. Später jedoch, als das Bild tatsächlich ruiniert und die Zeitschrift hinter das Regal in der Küche des Priesters gestopft worden war, hatte Menardo es auf das Außenklo mitgenommen, in der Hoffnung, doch noch etwas von der Frau im wirbelnden kurzen Kleid erkennen zu können. Aber die herrliche Seite war herausgerissen worden. Was er fand, war ein Bildbericht über Boxen und den neuen Champion im Fliegengewicht von Chiapas. Der neue Champion berichtete von seinem Erfolg und seinen Hoffnungen auf ein Treffen mit dem mexikanischen Meister im Fliegengewicht, der in der Weltrangliste hinter dem philippinischen Meister auf Platz zwei rangierte. Der Champion hatte haselnußbraune Augen, genau wie Menardo, und sein Haar war hellbraun. Aber viel wichtiger war, daß seine Nase breit und flach aussah, was der Champion als seinen einzigen Kummer bezeichnete. »Ein älterer und wesentlich schwerer gebauter Gegner hat mir das Nasenbein zertrümmert«, erzählte der Champion. »Aber die Frauen mögen mich trotzdem, nicht wahr, Evita?« sagte er zu der wunderschönen, wohlgeformten Blondine, die während des Interviews an seiner Seite stand.

DIE UNIVERSAL-VERSICHERUNG

Der Artikel über das Boxen hatte Menardo die Erklärung geliefert, die er brauchte. Er würde sie ganz beiläufig einfließen lassen. So wie er es später getan hatte, als er Iliana den Hof machte. Menardo hatte das Gefühl gehabt, als starre ihr Vater auf seine Nase. Er hatte schwer schlucken müssen, um nicht gleich wie ein Verrückter herauszuplatzen: »Ich habe sie mir bei einem Boxkampf gebrochen!« Ein solcher Ausbruch hätte seine Heiratschancen an Ort und Stelle zunichte gemacht. Ilianas Familie war eine der ältesten in Tuxtla Gutiérrez – ihr Urgroßvater mütterlicherseits entstammte sogar der Gutiérrez-Familie, die diese Gegend als erste besiedelt hatte. Menardo war im Versicherungsgeschäft schnell nach oben kommen, weil er genau wußte, was die Leute hören wollten.

Menardo verkaufte in der gesamten Umgebung von Chiapas »Versicherungen aller Art«. Er wurde als Verkäufer immer besser, er kam voran in der Welt und gründete seine eigene Firma: die Universal-Versicherung. Geschäftstermine vereinbarte er nur noch mit Polizeichefs, Bürgermeistern und den Besitzern von Lebensmittelläden. Natürlich gab es viele Geschäfte und Leben, die nicht versichert werden konnten, von keiner Versicherung der Welt, nicht einmal vom lieben Gott persönlich, pflegte Menardo beim Cocktail zu scherzen, wenn er einem neuen Kunden nach erfolgreichem Geschäftsabschluß einen Folgebesuch abstattete. Die Vorstellung von Lebens-, Gebäude- und Sachversicherungen war für die Menschen außerhalb des Bundesdistrikts etwas völlig Neues, und ein Teil seiner Arbeit bestand für Menardo darin, den Leuten die neue Welt, die neue Zeit, in der sie lebten, zu erklären. Was der Mensch brauche, um nachts unbeschwert schlafen zu können, sei eine Absicherung gegen all das Unbekannte, das draußen auf die Menschheit lauerte. Menardo verglich Feuer mit einer wilden Katze, die nachts um die mit Hanf und frisch entkörnter Baumwolle gefüllten Lagerhäuser strich. Das Glühen in ihren Augen wurde viel zu spät erkannt, um die Arbeit und die Anstrengungen eines ganzen Lebens noch retten zu können.

Sie hörten es gern, wenn er von Hurrikans erzählte, die durch die Bucht heranjagten, um die mit Kaffeebohnen oder trocknenden Tabakpflanzen gefüllten Lagerhäuser einfach wegzufegen. Es gab jedoch auch die älteren Geschäftsmänner – Kaufleute, die mit angesehen hatten, wie die Früchte ihres gesamten Arbeitslebens in Lastwagen davonrollten. Hinter dem Steuerrad saßen Diebe, die sich selbst »Revolutionäre« und »die Welle der Zukunft« nannten. Diese Geschäftsleute hielten nichts von der Vorstellung, sich dem Willen Gottes entgegenzustellen, indem man sich gegen Verluste versicherte. Sie mochten Menardo nicht, und es bedurfte vieler Besuche und vieler Kränkungen, bevor Menardo sie soweit hatte, daß sie ihm zuhörten. Er sei da, erzählte er ihnen, weil ihnen die »neue Welt« genauso wie die alte gehören konnte. Versicherungen seien der Schlüssel zum Erfolg. Was Menardo ihnen anbieten konnte, waren spezielle Versicherungspakete, die sie gegen alle Arten von Verlusten absicherten, unabhängig von deren Ursache, einschließlich höherer Gewalt, Aufständen, Kriegen und Revolutionen. Die Policen waren außerordentlich teuer, garantierten jedoch eine hundertprozentige Absicherung. Was hatten sie da zu verlieren? Wie konnten sie einen solchen Schutz ablehnen?

Die älteren Geschäftsleute zogen Erkundigungen über die Vermögenswerte von Menardos Unternehmen ein und fanden sie zufriedenstellend. Trotzdem hielten sie ihn für verrückt, weil er Versicherungen gegen revolutionsbedingte Verluste anbot, wo doch jeder sehen konnte, daß die vergangenen Jahre und das harte Durchgreifen der Polizei die Unruhestifter und Bolschewiken keineswegs gebändigt hatten. Menardo wußte, daß das fortschreitende Alter und die vor vielen Jahren erlittenen Verluste ein paar von ihnen hatten wunderlich werden lassen. Er wußte, daß einige dieser verbitterten und merkwürdigen alten Latino-Kaufleute hofften, mit ansehen zu können, wie Menardo samt seiner Universal-Versicherung ruiniert und ausgelöscht wurde. Chiapas hatte das Pech, zu dicht an der Grenze zu liegen, über die Unruhestifter und Diebe wie aus einem undichten Abflußrohr ins Land sickerten. Menardos Unternehmen war die erste Versicherungsgesellschaft, die zum Schutz ihrer Klienten eine eigene Sicherheitstruppe unterhielt.

DIE FLUTWELLE

Ilianas Familie hatte ihre Verlobung bekanntgegeben, nachdem Menardo einen seiner größten Triumphe als Versicherungsunternehmer hatte feiern können. Von dem Besitzer eines Schiffahrtsunternehmens weiter oben an der Küste war ein verzweifelter Anruf eingegangen. Ein Erdbeben im Pazifik hatte eine Flutwelle ausgelöst, die genau auf seine Docks und Lagerhäuser zuhielt. Die Frachter konnten hinaus auf die hohe See manövriert werden, um den hohen Seegang dort heil zu überstehen, aber ein Lagerhaus war vollgepackt mit neuen Haushaltsgeräten, die gerade erst per Schiff aus den USA eingetroffen waren.

Menardo hatte nicht mehr als zwei Stunden Zeit. Er charterte das zur Schädlingsbekämpfung genutzte Einsatzflugzeug einer Kaffeeplantage, die bei ihm versichert war. Telefonisch reservierte er Lastwagen, Ladewagen, Leiterwagen – alles was Räder hatte. Er bot phänomenale Löhne für nur eine Stunde Arbeit. Sollte die Flutwelle vor der erwarteten Zeit eintreffen und Menschen verletzt oder gar getötet werden, so garantierte er ihren Angehörigen und Waisen eine lebenslange Versorgung durch die Seguridad Universal. Als das gecharterte Flugzeug auf der provisorischen Landebahn hinter dem Krankenhaus niederging, kamen ein Doktor und ein Priester aus dem Gebäude gerannt, um sich darüber zu beschweren, daß sie keine Hilfskräfte für die Evakuierung des Krankenhauses finden konnten, weil jeder in der Stadt von den unglaublichen Löhnen gehört hatte, die Menardo bot. Das war die Wahrheit. Die Männer und großen Burschen warteten bereits ungeduldig und blickten von Zeit zu Zeit über ihre Schultern, um den Wellengang des Ozeans zu beobachten. Ein Kipplaster, ein Traktor mit einem flachen Heuanhänger, ein Milchwagen und eine Anzahl kleinerer Pickups, Taxis und Pferdewagen mit Anhängern warteten bereits. Auf einem Hügel über der Stadt standen die Frauen und Kinder zusammen. Sie beobachteten nicht das Meer, sondern die Vorgänge neben der behelfsmäßigen Landebahn. Menardo übernahm das Kommando. Höflich bat er den Arzt und den Priester, beiseite zu treten, und versicherte ihnen, er werde sich um alles kümmern. Während Menardo Befehl erteilte, die Kisten mit Kühlschränken und Herden aufzuladen und auf höhergelegenes Gebiet zu transportieren, erkundigte er sich bei dem Arzt und dem Priester, wie viele der Patienten selbst laufen konnten und wie viele Tragen benötigt wurden. Menardo merkte, wie ein Gefühl der Macht sich in ihm ausbreitete. Er versicherte den beiden, er werde Hilfe organisieren.

Das Lagerhaus leerte sich so schnell, daß es Menardo schien, als wehe der immer stärker werdende Wind die Kisten mit Waschmaschinen und Tiefkühltruhen wie Blätter aus dem Gebäude. Auf dem grasbewachsenen grünen Hügelkamm in der Nähe des Schreins der Jungfrau der Immerwährenden Hoffnung standen die Frauen und Kinder und ihre hastig zusammengeschnürten Bündel umgeben von Kisten voller neuer Haushaltsgeräte. Schließlich, als die Zeit knapp zu werden drohte, wurde ein Wachposten auf den Hügel geschickt, der einen Pistolenschuß abgeben sollte, damit die Mannschaften, die das Lagerhaus leerräumten, Zeit hatten, sich in Sicherheit zu bringen. Nachdem abzusehen war, daß der Inhalt des Lagerhauses gerettet werden würde, hatte Menardo zehn Arbeiter, drei Pickups und einen Kipplaster losgeschickt, um das Krankenhaus zu evakuieren. Auf

Tragen festgebundene Patienten wurden auf den Hügelkamm transportiert, wo sie zusammen mit allen anderen beobachteten, wie die große Flutwelle mit dem Dröhnen eines Güterzuges heranrollte. Ein schneidender Wind trieb die Welle voran, riß Hüte von den Köpfen und zerrte an Patientenkitteln. Menardo hatte nur einen Moment weggesehen, um sich ein Staubkorn aus dem linken Auge zu wischen – als er wieder hinsah, hatte sich die riesige Welle genauso überschlagen wie die steinernen Kaimauern, die sie vor sich hertrieb. Mit einem Seufzer atmete die Menge auf – das vielstimmige »Aahh« tönte so laut, daß es sich fast wie ein Jubelschrei anhörte. Als Menardo erneut hinsah, lagen die Lagerhäuser wie viereckige Tücher zusammengefaltet am Fuß des Hügels.

Am nächsten Tag war Menardo in ganz Chiapas, selbst in den abgelegensten Dörfern und Städtchen des südlichen Mexiko, bekannt und berühmt. Die Zeitungen verkündeten, die Universal-Versicherung halte stets Wort und schütze ihre Klienten vor allen denkbaren Gefahren. Nicht ein einziges der nagelneuen Haushaltsgeräte war verlorengegangen, und alle Patienten waren in Sicherheit gebracht worden, obwohl das Krankenhaus zerstört wurde. Die Flutwellen-Publicity brachte Menardo Hunderte von Briefen und Anrufen zukünftiger Klienten ein. Doch Menardo konnte es sich nicht leisten, die Sicherheit seines großartigen neuen Unternehmens einigen Teenagern und Dorfbauern anzuvertrauen. Er erkannte die Notwendigkeit, eine Eingreiftruppe aufzubauen, die jegliche Unruhe sofort im Keim ersticken sollte. Zudem hatte sich vor kurzem in einer Stadt weiter unten im Süden eine heikle Angelegenheit ergeben. Ein Klient berichtete ihm, seine Feldarbeiter seien von »Agitatoren« angesprochen worden, woraufhin nachts Vandalen auftauchten, um seine Kaffeepflanzen zu vernichten. Der Klient, ein weißhaariger Gentleman, ist ein Anhänger der alten Ordnung und der alten Methoden. Er bezahlt Menardo mit Gold, nicht mit Geld. »Ich bin vom alten Schlag«, sagt der alte Mann, »und das gedenke ich auch zu bleiben.«

WAFFEN UND MUNITION

Menardo transportiert sein Gold auf der Innenseite seiner Unterwäsche und Socken, bedeckt von einer weiteren Stoffschicht, für den Fall, daß er an der internationalen Grenze durchsucht werden sollte. In Tucson blättert er im Branchenbuch. Er läuft an den Waffengeschäften vorbei und drückt sich in der Nähe der Eingangstüren herum, in der Hoffnung, dort jemanden zu treffen, den er wegen eines ganz besonderen Geschäftes ansprechen kann. Er möchte, daß sein Sicherheitspersonal nur mit dem Besten vom Besten ausgerüstet wird. Er will eine Elite-Einheit, eine Sicherheitstruppe, die von den Reichen und Mächtigen für besondere Gelegenheiten angeheuert wird – für Wahlen, Beerdigungen oder sogar Hochzeiten – für Situationen, in denen ein erhöhtes Sicherheitsrisiko besteht. Er begutachtet die Waffen in den Auslagen und entscheidet sich für die 9-mm-Luger, weil viele seiner reichen Kunden Mexikaner deutschen Ursprungs sind. Er ist ein Neuling, und die Waffenhändler sind allesamt Weiße, die in ihren Läden Halfter und Pistolen tragen. Sobald Menardo ein Geschäft betritt, greifen sie instinktiv zu ihrem Halfter. Er weiß, daß sie augenblicklich die Polizei verständigen würden, wenn er sein Anliegen offen aussprächte. Die amerikanischen Gesetze sind streng, was den Schußwaffenverkauf an Ausländer oder Bürger anderer Bundesstaaten angeht. Wieder einmal ist sich Menardo seiner flachen, breiten Nase schmerzhaft bewußt; auch seine Haut wirkt in Tucson dunkler.

Menardo lehnt sich im Taxi zurück und ignoriert die englischen Worte des Fahrers. Das Taxi hält vor dem Army-Shop in der Nähe der Bahngleise. Bevor er den Laden betritt, überprüft Menardo sein Aussehen in der Schaufensterscheibe. Er befürchtet, daß sein Jackett zerknittert aussehen und sein Erscheinungsbild beeinträchtigen könnte. Menardo bemerkt einen Mann, der ihn aus dem Ladeninneren durch das Schaufenster anstarrt. Der Mann ist klein und schmächtig und trägt ein großes Bündel mit gelbem Nylonstoff auf dem Arm. Er wendet seine Augen nicht von Menardo ab, als dieser durch die Tür hereinkommt. Auch Menardo will vor diesem Blick nicht die Augen niederschlagen, bemerkt jedoch, daß er seinerseits den Mann anstarrt, dessen

Gesicht mehr als zur Hälfte von einem rot-violetten Feuermal bedeckt ist. Menardo senkt den Blick, und im gleichen Moment läßt der merkwürdige kleine Mann den Fallschirm fallen und geht hinüber zur gläsernen Ladentheke. Obwohl es ein heißer Tag ist, trägt der Mann enge, schwarze Autohandschuhe aus Leder. In holprigem Englisch bewundert Menardo den Fallschirm. Er habe in seinem Unternehmen vielleicht Verwendung für diese Modelle. Der Mann zupft nervös an seinen Handschuhen und erkundigt sich, was Menardos Unternehmen verkaufte. »Versicherungen und Sicherheitsdienste«, antwortet Menardo, unsicher, ob er das korrekte englische Wort für Versicherung benutzt hat. Der Mann trägt eine Pistole an der Hüfte. Mit einer zwanghaften Gebärde streicht er die Lederhandschuhe glatt, zuerst mit der rechten Hand, dann mit der linken. Greenlee sieht, wie Menardo auf seine Pistole starrt, und zum erstenmal lächelt er. Wie ein Lichtschalter knipst er sein Lächeln an und aus, als lächle er nur, um gelegentlich seine Muskeln zu entspannen. Er deutet zum hinteren Teil des Warenlagers, das vollgestopft ist mit Ständern voller Armeejacken, gebrauchten Fallschirmen und leeren Munitionskisten. Menardo versucht, sich alles genau anzusehen, während er Greenlee folgt, aber jedes Regal und jede Ecke, jeder Quadratmeter Boden ist vollgestopft mit Kochgeschirren, Helmen, gläsernen Radioröhren und Kupferdrahtrollen.

Menardo hört jemanden auf hohles Metall hämmern, kann jedoch nichts erkennen. Er nimmt die getönte Brille ab, aber auch das nützt wenig. Der rückwärtige Raum des Warenlagers riecht nach Eisenbahnschwellen, Dieselbenzin und Getriebeöl. Im Dämmerlicht kann er die Motorhaube eines Jeeps ausmachen. In einer Ecke am anderen Ende des Raums sind Gegenstände gestapelt, fast bis unter die viereinhalb Meter hohe Decke, die aussehen wie Panzerabwehrraketen. Alles hier ist neu für Menardo, doch er ist sehr zuversichtlich, daß ein Geschäftsmann von seinem Format und Talent den Kauf und die Lieferung gewisser hochwertiger amerikanischer Waffen arrangieren kann. Genau in diesem Moment dreht sich Menardo um und sieht, daß Greenlee niederkniet, um auf eines der Bodenbretter zu drücken. Es springt mit einem schnappenden Geräusch auf, und Greenlee läßt sich in das Loch im Fußboden hinab. Später fragt sich Menardo, wie er auf die Idee gekommen ist, dem verrückten Greenlee in den Keller zu folgen. Noch lange Zeit später, als Greenlee den Keller des Lagers längst renoviert hat, müssen die beiden über diesen Tag lachen. Menardo war Greenlee ohne zu zögern gefolgt. Er trat von der letzten Leiterstufe herab, und Greenlee schaltete mit einer dramatischen Geste das Licht an. Soweit das Auge reichte, stapelten sich in diesem riesigen Keller Kisten voller Gewehre und Munition. Später hatte er Greenlee gefragt, warum er ihm damals vertraut hatte, und Greenlee hatte mit einem nervösen Lachen das Leder seiner Handschuhe glattgestrichen und geantwortet, es gebe niemanden, dem er vertraue. Aber bei Menardo habe er gewußt, daß jemand, der einfältig genug war, einfach so hereinzukommen und ihm in ein Loch im Boden zu folgen, unmöglich ein Regierungsspitzel sein konnte.

Menardo war mit dem Gefühl der vollsten Zufriedenheit aus Tucson zurückgekehrt. Nicht nur wegen des üppigen Mahls, das Greenlee ihm vor seiner Abreise am Flughafen spendiert hatte, sondern auch wegen der vielen Kisten mit Gewehren, an die er ständig denken mußte. Gewehre und Munition hatten zusammen mit den Liefergebühren die doppelte Summe an Goldmünzen gekostet, die Menardo mitgenommen hatte. Aber Greenlee hatte sich gern bereit erklärt, Menardo ein Kundenkreditkonto einzuräumen. »Dies ist nur der Anfang, mein Freund«, hatte Greenlee gesagt und Menardo auf die Schulter geklopft, während dieser sich in die Schlange der Passagiere nach Mexico City einreihte. Es war tatsächlich nur der Anfang gewesen, denn Greenlee weigerte sich, mit den anderen Geschäfte zu machen – den Möchtegern-Befehlshabern, die nur ein- oder zweimal »Ausrüstung« einkauften. Natürlich gab es noch andere Waffenlieferanten; aber Greenlee bekam auch dann die beste Ware, wenn »das Beste« nirgendwo sonst zu haben war. Schon damals hatte Menardo davon geträumt, daß Iliana sterben und er sich in ein wunderschönes junges Mädchen verlieben würde, die ihm sogleich den Sohn gebar, den er sich so wünschte; den Sohn, dem er seine jährlichen Gewinne und den ganzen Rest vermachen würde. »Der ganze Rest« war es, der Menardos Gedanken beschäftigte. Versicherungen und Sicherheiten zu verkaufen, war ein guter Anfang. Aber er hatte nicht lange gebraucht, um zu verstehen, daß, wie Greenlee angedeutet hatte, die wahre Zukunft in einer ganz anderen Form von Versicherung und Sicherheit lag.

ALEGRÍA

Menardo hatte im angesehensten Architekturbüro von Mexico City einen Termin vereinbart. Verteilt über drei Stockwerke eines Wolkenkratzers, bemühten sich dort ganze Scharen junger Architekten und Ingenieure darum, »das Antlitz von Mexikos Zukunft zu entwerfen«, wie einer der Seniorpartner der Firma Menardo auf einem Rundgang erzählte. Als sie jedoch im oberen Stockwerk ankamen, dort, wo sich die Büros der Seniorpartner und ihrer Mitarbeiter befanden, hatte der Seniorpartner Menardo in eine Suite geführt, in der eine wunderschöne junge Frau mit artig geschlossenen Knien und kokett in die Querleiste ihres hohen Arbeitsstuhls eingehakten Stöckelschuhen an einem Zeichentisch arbeitete. Als sie sich umdrehte und zu ihnen aufblickte, sah Menardo, daß das hübsche blaue Seidenkleid, das sie trug, von einem gestärkten weißen Arbeitskittel geschützt wurde, der ihrer Erscheinung eine gewisse Autorität verlieh. Sie sei, teilte der Seniorpartner Menardo mit, die talentierteste junge Mitarbeiterin der Firma. Menardo erinnerte sich nicht mehr daran, zusammen mit dem Seniorpartner den perlgrauen Teppich überquert zu haben. Alles, was er wußte, war, daß er den Duft vieler blühender Gardenien und Nelken einatmete, als Señorita Alegría Martinez-Soto seine dicke, feuchte Pranke in ihre zarte, trockene Hand nahm. Menardo blickte auf seine Hand herab, die in der ihren lag, und sah, daß die Fingernägel von Señorita Martinez-Soto, trotz ihrer Arbeit mit Zirkel, Lineal und Bleistift, lang und perfekt lackiert waren. Später war sich Menardo vorgekommen wie ein tolpatschiger Bauer, denn nachdem der Seniorpartner sie beide allein gelassen hatte, war er derart durcheinander gewesen, daß er aus Versehen über den Papierkorb neben Alegrías Schreibtisch gestolpert war. Aber statt hochmütig oder steif zu reagieren, hatte sie über die auf dem ganzen Teppich verteilten Papierknäuel nur gelacht. »Kleine

Papierhäschen«, hatte sie gesagt und sich dann mit einem strahlenden Lächeln Menardo zugewandt. Er war hastig auf die Knie gefallen, um das zerknüllte Papier aufzusammeln, aber wieder hatte sie gelacht, mit ihren langen, verwirrenden Fingernägeln eine lässige Handbewegung gemacht und gemeint, das Putzpersonal sei daran gewöhnt, noch viel Schlimmeres vorzufinden. Sie erklärte ihm, sie vergesse die Zeit, wenn sie ernsthaft mit der Ausarbeitung einer Idee beschäftigt sei und den Entwurf vorantreibe; und dann flögen die Bleistifte, Zeichenminen und das zerknüllte Papier durch das ganze Büro. »Zum Glück«, sagte Alegría und blickte tief in Menardos Augen, »werde ich hier nicht für Ordnung und Sauberkeit bezahlt.« Gerade als Menardo glaubte, eine gewisse Dreistigkeit an der jungen Frau zu entdecken, deutete sie auf einen Stuhl auf der anderen Seite ihres Schreibtisches und bat ihn, doch Platz zu nehmen.

Das Wichtigste, erklärte sie ihm, sei zunächst einmal, sich einen generellen Eindruck von den unmittelbaren Wünschen des Kunden zu verschaffen. Menardo war sehr erleichtert darüber, daß Señorita Martinez-Soto langsam und ganz von vorn begann. Denn obwohl er sich in den vergangenen Jahren ohne jede Zurückhaltung in viele Geschäftsbereiche vorgewagt hatte und als »Selfmade-Millionär« angesehen wurde, war er sich der Tatsache durchaus bewußt, daß ihm viele der komplizierten Gepflogenheiten und Konventionen der oberen Schichten noch immer unbekannt waren. Er hatte noch nie zuvor einen Architekten engagiert. Er hatte einfach nur verstanden, daß es dazugehörte, wenn man den Wunsch hatte, sich das Schloß seiner Träume zu bauen. Menardo empfand mehr als nur schlichte Dankbarkeit gegenüber dieser jungen Schönheit, die ihn davor bewahrt hatte, diese Situation als peinlich und unangenehm zu empfinden. Sie mußte eine dieser »modernen, emanzipierten Frauen« sein, die es nicht nötig hatten, sich das, was sie wollten, mit einem bösen Mundwerk zu erstreiten. Während sie immer weiter und weiter von »Möglichkeiten« und »Alternativen« sprach, glitten Menardos Augen verstohlen über ihren Körper, jederzeit bereit, wieder zu ihren Augen zurückzueilen, sollte sie ihren Blick von dem großen Fenster abwenden, das sie beim Sprechen anstarrte. Sie hatte eine schnelle, atemlose Art, von ihren Ideen und

Vorstellungen zu sprechen – dem Zusammenspiel von Bauten als bildhauerischen Formen und Licht.

»Licht?« hatte Menardo ihr nachgesprochen. Seine auf ihre Brüste gerichteten Augen waren ihrem Blick nur knapp entgangen. Licht war das einleitende Thema gewesen, das zu ihrem verhängnisvollen Gespräch geführt hatte, den enthusiastischen Plänen, herrlichen Rollen mit Blaupausen und schließlich auch dem opulenten Treppenaufgang aus Marmor hinauf zur ersten Etage. An diesem Tag hatte Menardo gelernt, von »Etagen« zu sprechen anstelle von »Stockwerken«. Bevor es ihm recht bewußt wurde, war ihre Zeit um, und Señorita Martinez-Soto begleitete ihn zur Tür. Menardo sah, daß alle anderen Büros bereits im Dunkeln lagen und das Heer der Zeichner und Schreibkräfte bis auf wenige Ausnahmen gegangen war. Es war sieben Uhr abends, und Menardo war so verzaubert gewesen, daß er vergessen hatte, Iliana um sechs Uhr anzurufen. Doch nun war es bereits zu spät, um noch eine Rolle zu spielen. Die Lichter der Hauptstadt strahlten und funkelten, und ohne lange nachzudenken, fragte Menardo Señorita Martinez-Soto, ob sie ihn auf eine Erfrischung in das Café seines Hotels begleiten würde. Menardo war sehr unsicher. »Ein Abendessen«, so glaubte er, wäre zu direkt gewesen, und »Cocktail« oder »Drink« klangen zu ordinär. Er hatte über emanzipierte Frauen bisher nur Klatsch gehört oder in gängigen Zeitschriften über sie gelesen. Er wußte nicht genau, wie weit er gehen oder was er erwarten konnte, aber Señorita Martinez-Soto wurde sehr reserviert. Sie erklärte ihm, daß die Firmenvorschriften den gesellschaftlichen Umgang mit Kunden ausdrücklich untersagten, es sei denn, daß von beiden die Ehepartner anwesend waren. Offenbar war es zwischen einer Kundin und einem Juniorpartner zu einem bedauerlichen Vorfall gekommen, aber dies sei lange vor ihrem Eintritt in die Firma geschehen, und sie kenne keine Details. Sicherlich könne er das verstehen, nicht wahr? Menardo brach vor Verlegenheit kalter Schweiß aus. Dies war die Sorte Fehler, die er immer zu vermeiden suchte, weil er wußte, daß das, was die sozialen Schichten voneinander trennte, eben jene komplizierten und verwirrenden Regeln der Etikette waren. Während sie ihn aus der Suite zu den Aufzügen begleitete, hatte sie gelächelt und ihn gebeten, die von ihr erwähnten Punkte mit seiner Gattin zu besprechen. Sie würde dafür Sorge tragen, daß die Rezeption in der kommenden Woche anrief und einen Termin für ihren Besuch in Tuxtla Gutiérrez vereinbarte. Es sei unmöglich, erinnerte sie ihn, ein Gebäude zu entwerfen, ohne zuerst den Standort zu besichtigen.

Menardo ging diese Frau nicht mehr aus dem Kopf. Er stellte Spekulationen über ihren familiären Hintergrund an. Sie konnte aus keiner sehr angesehenen oder reichen Familie stammen. Menardo wußte, daß es Töchtern aus diesen Kreisen niemals erlaubt werden würde, einen Beruf zu ergreifen, und er war erleichtert darüber, daß sie seiner eigenen Klasse nicht allzu fern stehen konnte. Er war sich nicht sicher, hoffte aber, daß in ein oder zwei Jahren, wenn die größeren Waffengeschäfte in vollem Gange waren, die Millionen ihn auf ihr Niveau anheben könnten und sie möglicherweise als gesellschaftlich ebenbürtig angesehen würden.

ILIANA

Nach seiner Rückkehr schämte sich Menardo ein wenig, daß er sich von der Großstadt derart in den Bann hatte ziehen lassen. Iliana war glücklich und begeistert über die Pläne und Entwürfe für das neue Haus. Es war ihre Chance, mit ihren Geschwistern und Schwagern gleichzuziehen, die ihrer Heirat so skeptisch gegenübergestanden hatten. Menardo besaß viel Geld, und ihre Familie hatte im Laufe der Jahre einiges von ihrem Reichtum eingebüßt. Doch Iliana war seit ihrem dritten Lebensjahr jeden Tag daran erinnert worden, daß ihr Ururgroßvater mütterlicherseits von dem Konquistadoren De Oñate abstammte.

Menardo hatte sich gehütet, Señorita Martinez-Soto zu erwähnen. Er hatte Iliana auch nicht korrigiert, als sie von »dem Architekten« sprach, bis es Zeit wurde, sich für die Party im Palast des Gouverneurs umzuziehen. Dann hatte er gesagt:

»Ach, übrigens, es ist lustig, und ich glaube, sie wird dir gefallen – der Architekt, der die Entwürfe für unser Haus zeichnet, ist eine Frau.« Iliana war gerade damit beschäftigt gewesen, herauszufinden, ob Tacho, ihr mürrischer indianischer Chauffeur, daran gedacht hatte, bei der Reinigung vorbeizufahren. Sie wußte, daß Menardo nicht gern im braunen Anzug in den Gouverneurspalast ging, wo alle, der Gouverneur, der General und der Botschafter, in Uniform erscheinen würden. Iliana verstand natürlich die Bedeutung solcher Kleinigkeiten. Während ihrer Verlobungszeit hatte sie alles in ihrer Macht stehende getan, um Menardo hilfreiche Hinweise zu geben, die ihn in den Augen ihrer Eltern und Verwandten akzeptabler erscheinen lassen würden. Als Resultat dieser Monate des Austausches von hell- oder dunkelbraunen Schuhen gegen ein würdevolles Schwarz neigte Menardo nun jedesmal zu Wutanfällen, wenn er im Begriff stand, das Haus zu verlassen, um gesellschaftliche »Aufgaben«, wie er sie nannte, wahrzunehmen. Aber Tacho vergaß niemals etwas; als hätte er die Gedanken der Señora geahnt, hatte er die Köchin bereits beauftragt, der Señora auszurichten, die Kleidung aus der Reinigung hänge im Wandschrank in der Diele. Tacho schätzte die Señora, weil sie ihm gestattet hatte, seine zahmen Papageien auf einem Baum hinter der alten Garage zu halten.

Iliana brachte Menardo den schwarzen Anzug und das weiße Rüschenhemd. Ob der Seniorpartner auch sicher sei, daß diese Frau die erforderlichen Fähigkeiten besaß, erkundigte sie sich. Menardo fühlte, wie seine Stimmung umschwang, die kaum zu unterdrückende Aufregung und Vorfreude sich in Irritation und schließlich in Zorn auf Iliana und ihre dummen Fragen verwandelte. Sie hatte dieses neue Gefühl, das er während des Badens genossen hatte, zerstört. Immer machte sie sich irgendwelche Sorgen, wo es völlig unangebracht war. Sie bestand auf einen teuren Wagen, einen kugelsicheren Mercedes, weil sie das Gefühl hatte, daß sie dieses »Niveau«, die Spitze der Gesellschaft, nun erreicht hätten. Sie war nur bis zur siebten Klasse auf die Nonnenschule gegangen, weil ihre Eltern fanden, höhere Bildung stifte bei jungen Frauen nur Verwirrung. Iliana war noch nie verwirrt gewesen, aber sie hatte sich immer unsicher gefühlt. Sie war in eine Familie hineingeboren worden, die von dummen, dreckigen Indianern an den Rand des Ruins getrieben worden war, weil diese überhaupt keine Ahnung hatten, wie dringend sie ihre *patróns* brauchten, damit die Welt funktionierte. Auch nachdem Menardo ihrem Vater und ihren drei Brüdern große Summen Geldes geliehen und sich so in der Familie etabliert hatte, wurde Iliana weiterhin von dem Gefühl verfolgt, daß sie alle vom Unheil bedroht waren. Manchmal ballte sich die Angst in ihrem Magen zusammen, und sie mußte sich während des Essens in ihrem Elternhaus entschuldigen und nach Hause gehen oder den Tanzsaal in Richtung Damentoilette verlassen. Lange Zeit hatte Iliana geglaubt, der Bau eines Hauses, das ihren alten Familiensitz an Größe noch übertraf, werde dem Rest der Familie Menardos Erfolg endlich *beweisen*. Sie wollte nicht, daß dieser Plan gefährdet wurde, und war ein wenig verärgert darüber, daß das Architekturbüro ihr Traumhaus in die Hände einer Frau gelegt hatte.

Iliana erhob keinen direkten Einspruch. Auf dem Weg von ihrem Haus zum Palast des Gouverneurs hatte sie Menardo zugehört, der die akademischen Grade und beruflichen Auszeichnungen von Miss Martinez-Soto aufzählte. Als Menardo sie jedoch ansah, um festzustellen, ob sie nun zufrieden war, hatte sie gesagt: »Ich weiß nicht so recht«, was Menardo veranlaßte, eine weitere Abhandlung über die Größe ihres Büros im Vergleich zu denen der anderen Nachwuchsarchitekten und der Seniorpartner zu beginnen. Als Iliana zum letztenmal »nun, ich bin mir nicht sicher« sagte, hatte Menardo seinen Kopf in beide Hände gestützt, als wolle er sein Gehirn durchschütteln. Er dachte an all die Jahre, in denen sie sich ganz und gar damit beschäftigt hatten, zu beweisen, daß er ihrer würdig war, auch ohne das viele Geld, das ihre Familie von ihm erhalten hatte. Als Iliana sah, mit welcher Gewalt er seinen Kopf in die Hände nahm, verstummte sie. Menardo hatte niemals Hand an sie gelegt, aber er hatte sie oft genug angebrüllt und ihr gesagt, wie dumm oder wie geizig sie sei.

Dinner im Gouverneurspalast waren geschäftliche Angelegenheiten, erinnerte Menardo Iliana. Egal wie unterhaltsam oder gesellig sie ihr erscheinen mochten, sie dürfe auf keinen Fall eine Unterhaltung zwischen ihm und den Männern unterbrechen oder gar daran teilnehmen, auch wenn die Frau des früheren Botschafters dies häufig tat. Selbst die Frau des Gouverneurs war bei diesen Gesprächen nur zugegen, damit die Frau des früheren Botschafters, eine Amerikanerin, nicht allein mit den Männern war. Die Amerikanerin sprach nicht besonders gut Spanisch, und die anderen Damen widmeten einen Teil des Abends der Diskussion über den Mangel an Kultiviertheit bei gewissen Frauen, die sich in Dinge und Angelegenheiten einmischten, die sie rein gar nichts angingen. An diesem Abend nahm Iliana sich des Themas mit besonderem Elan an, denn die Architektin hatte begonnen, ihr Sorgen zu machen. Iliana war bemüht, die Zustimmung der anderen Frauen zu erlangen, weil Menardo entschlossen schien, ihr Traumhaus in den Händen dieser Miss Martinez-Soto zu belassen.

Die Frau des Richters erzählte, sie habe kürzlich einem Zeitschriftenartikel entnommen, daß Tätigkeiten außerhalb des Hauses bei Frauen zu Unfruchtbarkeit und Sterilität führten. Die Frau des Polizeichefs räusperte sich, und die Gattin des Richters wirkte für einen Moment verwirrt. Es gab eine stillschweigende Vereinbarung zwischen den Frauen: Sie vermieden alle Themen und Namen, ja sogar Worte, die eine von ihnen mit unangenehmen Geschehnissen oder Umständen in Verbindung bringen konnte. Iliana versuchte seit Jahren immer wieder, ein Kind auszutragen. Wie oft waren sie schon mit Blumenbuketts aus Gardenien und Miniaturrosen an ihr Bett im Krankenhaus gekommen, wo Iliana wortlos und mit an den Leib gepreßtem Laken dagesessen hatte, während ihr Tränen die Wangen hinunterliefen. Aber Iliana nahm von der Anspielung auf Unfruchtbarkeit keine Notiz, was vielleicht daran lag, daß Menardo aufgehört hatte, mit ihr zu schlafen. Es war wirklich nett von der Richtersfrau, die Auswirkungen von Karrieren auf Frauen wie Miss Martinez-Soto zu erwähnen. Iliana fühlte sich besser. Diese andere Frau war keine Gefahr.

Menardo konnte sich kaum auf die Gespräche nach dem Abendessen konzentrieren, weil er in Gedanken fiktive Gespräche mit Miss Martinez-Soto führte. Dies war sehr untypisch für Menardo, der gelernt hatte, daß es sich bezahlt machte, den Gesprächen von Männern wie dem Richter und dem Polizeichef besondere Aufmerksamkeit zu schenken. In diesem Bezirk verfügten der Richter und der Polizeichef über eine Macht, die mit der des Gouverneurs und sogar des früheren Botschafters konkurrierte. Der Botschafter war aus Altersgründen von seinem Amt in Washington, D.C., zurückgetreten und kümmerte sich nun um die Geschäftsangelegenheiten eines reichen Amerikaners mit großen Besitztümern in Guatemala und Kolumbien. Die Frauen informierten ihre Männer, die Frau des früheren Botschafters habe sich beschwert, daß er nun noch häufiger auf Reisen sei als vorher. Es ging den Frauen nicht darum, zu durchschauen, welche Bedeutung diese Reisen haben mochten oder auch nicht. Sie gaben die Informationen an ihre Ehemänner weiter, damit diese sie lobten. Die Frau des früheren Botschafters lamentierte in aller Öffentlichkeit, und manchmal stritt sie sich sogar mit ihm. Die Frauen wurden dazu ermutigt, über Klatsch und ungewöhnliche Vorfälle zu berichten, damit sie den Männern nicht nur als Ehefrauen und Mütter ihrer Söhne nützlich waren, sondern auch als Patriotinnen.

VIDEOÜBERWACHUNG

Machthunger war das Hauptmotiv für die Überwachungen, die der Polizeichef ohne Einschaltung anderer Behörden oder Institutionen anordnete. Die Grenze nach Süden war für Agenten und Unruhestifter besonders anfällig, für Abschaum, der aus Guatemala heraussickerte, um »die reinen Quellen der mexikanischen Demokratie« zu verseuchen. Der Polizeichef hatte schon oft geheime Treffen mit dem Gouverneur, dem Richter und dem früheren Botschafter anberaumt, um sie über die laufenden Untersuchungen zu unterrichten oder um finanzielle Mittel zu bitten, weil mehr als die Hälfte aller Einsatzkräfte der Staatspolizei zum »Schutz« der Staatssicherheit abgeordnet waren. Das Schwierige daran war, hatte der Gouverneur schon oft mit bitterer Stimme geklagt, daß der Bundesdistrikt nicht zur Kenntnis nehme, was für ein armer Staat Chiapas war und über wie wenig Geld er verfügte. »Keiner von ihnen versteht, daß wir es sind, die für den Schutz unserer Grenze verantwortlich zeichnen. Sie haben keine Ahnung von den Gefahren, denen wir täglich ausgesetzt sind.« Der Polizeichef hörte es nicht gern, wenn der Gouverneur das Wort *wir* benutzte, wo doch klar war, daß er den ganzen Tag nichts anderes tat, als in seinem roten Lederchefsessel vor sich hin zu dösen und seine Unterschrift unter die Stapel mit Papieren zu setzen, die seine Sekretärin ihm brachte. Die Sekretärin war erst vor wenigen Jahren Vizemeisterin einer internationalen Teenager-Misswahl geworden, und der Polizeichef nutzte die verdächtigen Abwesenheiten des Gouverneurs bei ihren Golftreffen, um sich beim Richter und dem früheren Botschafter über ihn zu beschweren.

»Sie ist dünn und flach wie ein Knabe. Ein Kind sozusagen. Wie kann dieses alte Schwein sie besteigen, ohne sie aufzureißen und ihr die Innereien zu ruinieren?« Der Polizeichef achtete darauf, das Thema der Miss-Teenage-Chiapas erst dann anzuschneiden, wenn sie ihre neun Löcher beendet und sich in den Schatten des großen weißen Sonnenschirms zurückgezogen hatten. Der Manager des Country Clubs hatte speziell für sie am hinteren Ende des neunten Grüns einen schmiedeeisernen Tisch und einen Sonnenschirm aufgestellt. Die steile Böschung hinter dem neunten Loch bildete einen sicheren Kugelfang, und sie hatten es sich zur Gewohnheit gemacht, neun Löcher zu spielen, sich anschließend mit einigen Krügen Margarita zu erfrischen und dann mit ihren Handfeuerwaffen ein paar Runden zu schießen. Der Polizeichef hatte schon mehrmals Golfrunden dadurch ruiniert, daß er sich dazu hinreißen ließ, sich über die schockierenden sexuellen Gelüste des Gouverneurs aufzuregen. Jeder von ihnen hatte ein ungefähres Bild davon, was im Kopf des Polizeichefs vorging, wenn ihm der Tequila durchs Hirn rauschte und er schrie und nach seinem Dienstrevolver griff, sobald er von jemandem unterbrochen wurde. Menardo glaubte, der Polizeichef stelle sich vor, wie der Gouverneur und das Mädchen in dem kleinen Konferenzraum neben dem Hauptbüro des Gouverneurs zusammen waren, die langen, dünnen Beine des Mädchens weit gespreizt, ihr Rock ganz nach oben geschoben.

Der Richter wußte, daß der Polizeichef die junge Sekretärin des Gouverneurs nach Mitternacht zu einer vertraulichen Sicherheitskontrolle in sein Büro bestellt hatte. Er vermutete, daß der Polizeichef sich erinnerte, wie leicht das weiße Seidenunterhöschen an ihren langen, schlanken Schenkeln hinuntergeglitten war, als er mit dem begonnen hatte, was er eine »Leibesvisitation« nannte und was vielleicht ein wenig unangenehm sein mochte, aber letztendlich Teil einer offiziellen Amtshandlung im Rahmen der notwendigen Sicherheitsmaßnahmen war. Wahrscheinlich dachte der Chief daran, was er von dem Mädchen und dem Gouverneur über die geheimen Videokameras zu sehen bekommen hatte, die kürzlich im Büro des Gouverneurs installiert worden waren, während dieser sich auf einer nationalen Konferenz im Bundesdistrikt aufgehalten hatte.

An das Gesicht des Mädchens konnte sich der Polizeichef nicht mehr erinnern, noch weniger an die dunklen Knospen ihrer Brüste oder ihre kleinen, schmalen Hinterbacken, die er auf dem Monitor gesehen hatte. Was er nicht vergessen konnte und was ihm ständig durch den Kopf ging, war etwas viel Schlimmeres, etwas, mit dessen Anblick er nie gerechnet hatte, und das ihm durch die Videokamera enthüllt worden war. Es war das lange, dicke, erigierte Geschlecht des Gouverneurs, das man bei schlechtem Licht auch für einen Laib Brot halten konnte. Natürlich war er mit dem Gouverneur schon oft in der Sauna oder nach dem Duschen in der Umkleidekabine des Country Clubs gewesen. Aber selbst die Momente, in denen er neben ihm an den marmornen Urinalbecken des Gouverneurspalastes in der Hauptstadt stand, hatten den Chief nicht auf den Anblick vorbereitet, der sich ihm bot, als der Gouverneur zum erstenmal Hosen und Boxershorts heruntergelassen hatte.

Während der Gouverneur auf dem Videoband seine Fingerspitzen über Brüste und Bauch des Mädchens gleiten ließ, nahm sein Geschlecht zwar an Umfang zu, nicht aber an Länge, und, was das seltsamste war, man sah es weder zucken noch erbeben noch sonst eine Bewegung machen, während er mit seinen Fingern in den Busch zwischen den Beinen des Mädchens fuhr. Selbst als er rittlings über der früheren Schönheitskönigin kniete, hing sein Geschlecht vom eigenen Gewicht nach unten gezogen herab und mußte mit beiden Händen zur Pforte geführt werden, ein Manöver, das den Polizeichef an einen Kanonier beim Laden der Kanone erinnerte.

Auch wenn das Mädchen maschineschreiben konnte und

über sechzehn war, dem gesetzlichen Mindestalter für solche fleischlichen Gelüste, hatte der Polizeichef keinen anderen Gedanken, als daß ein solches Verhalten den dreckigen Kommunisten und ihren Skandalvorwürfen gegen den Verwaltungsapparat und die gesamte Regierungspartei eine riesige Angriffsfläche bot. In einer Zeit, in der im Süden Unruhen und Aufruhr herrschten, täte der Gouverneur gut daran, ihre wöchentlichen Golftreffen nicht auf die leichte Schulter zu nehmen, fand er. Zusammenhalt und Solidarität waren für sie jetzt wichtiger denn je. Es war ihren ernsten Männerangelegenheiten nicht angemessen, die zweite Geige im Wettstreit mit einer rosafarbenen Fotze zu spielen, die, wenn die neue Farbvideokamera der Sicherheitsabteilung zulässig war, an den Rändern bereits blaue Flecken aufwies.

Als ihr Wagen die Privatausfahrt des Gouverneurs verläßt, berichtet die Frau des früheren Botschafters ihrem Mann, daß Iliana nichts anderes mehr im Kopf habe, als sich mit der riesigen neuen Villa großzutun, die sie und Menardo gerade bauen ließen. »Oh, wo denn?« fragt der Ex-Botschafter zurück und versucht, Interesse zu heucheln, obwohl er eigentlich gehofft hatte, auf der Heimfahrt ein Nickerchen halten zu können. Aber sie ist nun mal eine schlaue Füchsin und regt sich augenblicklich über seine lapidare Antwort auf.

»So, du findest das also nicht interessant?« erkundigt sie sich. »Fragst du dich eigentlich nicht, wie dieses Affengesicht, das unbedingt als Weißer gelten möchte, zu all dem Geld kommt?« An dieser Stelle steht der Ex-Botschafter vor einem Interessenkonflikt. Ihre Informationen kommen ihm jetzt, wo er für die amerikanische Firma arbeitet, sehr gelegen. Allerdings ist es nicht nötig, daß sie irgendwelche Zusammenhänge versteht, und dennoch kann er aus ihrem Gekeife heraushören, daß sie mögliche Verbindungen zu erraten sucht. Der Ex-Botschafter faßt sich mit der Hand an die Stirn, entschuldigt sich und erklärt ihr, er spüre gerade, wie eine seiner schrecklichen Kopfschmerzattacken einsetze. Das bringt sie augenblicklich zum Schweigen, denn die Stärke seiner Kopfschmerzen bedingte mitunter hohe Dosen an Morphium und tagelange Bettruhe bei völliger Dunkelheit. Was der Ex-Botschafter seiner Frau nicht erzählt, ist, daß er sehr genau weiß, woher Menardo das Geld hat, mit dem er das große neue Haus baut.

Menardo steht noch vor Tagesanbruch auf und ist so nervös, daß er zweimal duscht, das erstemal nach dem Aufstehen und nochmals kurz bevor es Zeit ist, zum Flughafen zu fahren. Er fühlt sich verschwitzt von der hohen Luftfeuchtigkeit und seinem eigenen Schweiß. Iliana besteht darauf, Miss Martinez-Soto ebenfalls zum Bauplatz begleiten zu wollen. Menardo hat immer gewußt, daß Iliana an Planung und Entwurf des Hauses großen Anteil nehmen würde. Aber seit der Seniorpartner ihr Vorhaben in die Hände der jungen Architektin gelegt hat, haben sich auch Menardos frühere Erwartungen und Pläne verändert. Hätte ein älterer Architekt die Entwürfe und Pläne gezeichnet, hätte es Menardo vielleicht nichts ausgemacht, Iliana mit ihm allein zu lassen. Der alte Portillo war ein gestandener Meisterarchitekt, er würde wissen, wie er Ilianas dumme Einfälle geschickt umgehen konnte. Aber dieser jungen Frau, auch wenn sie Wettbewerbssiegerin und eine der Spitzen ihres Jahrgangs an der Madrider Universität war, fehlte vielleicht die nötige Erfahrung im Umgang mit Frauen wie Iliana, die von nichts anderem reden konnten als Gewächshäusern, Wintergärten und ihrer Orchideenzucht.

An diesem Morgen störte ihn alles an Iliana. Er hatte den Wunsch, auf ihre rougebedeckten Wangen und türkis umrandeten Augen einzuschlagen. Sie hörte nicht auf, ihn zu fragen, warum er schon eine Stunde vor der Zeit zum Flughafen fahren wolle, wo doch jeder wußte, daß das Flugzeug aus dem Bundesdistrikt immer mit zwei Stunden Verspätung ankam. Die ersten beiden Male ignorierte er ihre Fragen, beim drittenmal aber schleuderte er seinen Aktenkoffer so heftig auf den Boden, daß das Hausmädchen und die Köchin durch die Hintertür ins Freie flüchteten. Iliana stand da mit dem Gesichtsausdruck, den sie immer annahm, wenn ihre Gefühle verletzt worden waren. Sie ging wieder nach oben, und als Menardo wenige Minuten später hinaufrief, sie möge herunterkommen, weil Tacho den Wagen vorgefahren habe, erschien sie in ihrem pinkfarbenen Satinkimono am Treppenabsatz und erklärte, sie fühle sich nicht wohl genug, um mitzufahren. Menardo kam sich klein und hilflos vor und klammerte sich an die Aktentasche, die in seiner Hand immer schwerer zu werden schien, während er dastand und zu Iliana hinaufblickte. Er wollte sie nicht dabeihaben an diesem

Tag, den er ausschließlich mit Miss Martinez-Soto zu verbringen hoffte.

Iliana war eine der Frauen, die zum Telefonhörer griff und den Ehemann oder Vater jeder Frau anrief, die sie mit Menardo im Verdacht hatte, was ihm schon eine Menge Unannehmlichkeiten eingebracht hatte. Menardo glaubte, daß dies auf die unterschiedliche gesellschaftliche Stellung ihrer Familien zurückzuführen sei. Wäre sein sozialer Hintergrund dem ihren ebenbürtig oder sogar überlegen, wie es bei den andern Ehemännern aus seinem Bekanntenkreis der Fall war, dann hätte Iliana es nicht gewagt, solche ekelhaften Anrufe zu tätigen oder haßerfüllte anonyme Briefe zu verschicken. Menardo hatte ihr nicht weniger Geld gegeben, als ein x-beliebiger Ehemann der Oberklasse es vermocht hätte, und Ilianas eigene Familie konnte sich Ausgaben in einer Größenordnung, wie sie das neue Haus verlangen würde, niemals leisten. Menardo war stolz darauf, daß seine Frau es sich erlauben konnte, viel Geld auszugeben. Selbst ihre eigenen Geschwister machten Bemerkungen über die Geldsummen, die sie ausgab. Jeder wußte, wie teuer Ilianas Sammlungen waren. Sie hatte nach ihrer ersten Fehlgeburt begonnen, antike Parfümfläschchen zu sammeln; die tiefe Trauer über den Verlust ihres Kindes hatte eine gewisse Ablenkung erfordert. Menardo hatte versucht, Iliana davon abzubringen und ihr die Kosten dieser Parfümfläschchen vorgehalten, aber sehr hart hatte er nicht darum gekämpft. Den antiken Parfümfläschchen waren emaillierte Tablettendöschen, alte Mokkatassen, Rosenkränze aus wertvollen Edelsteinen, Perlen und Gold gefolgt.

Menardo verließ Iliana mit dem Versprechen, später, nach der Besichtigung des Bauplatzes, vorbeizukommen, damit Miss Martinez-Soto sie kennenlernen konnte. Sie würden sich dann über Farbmuster und Besonderheiten unterhalten können, die Iliana für die Villa wünschte. Menardo hatte diesen Schachzug geplant, um jegliche Sorgen, die Iliana bezüglich seiner Pläne mit Miss Martinez-Soto haben mochte, zu zerstreuen.

EHEBRUCH

Tacho warf neben dem Rollfeld und dem kleinen Terminal bunte Kieselsteine auf die Erde. Menardo saß auf dem Vordersitz und starrte sich die Augen aus dem Kopf, so daß er trotz der dunklen Gläser fast nichts mehr sehen konnte, während er im hellen Sonnenlicht nach dem Flugzeug aus Mexico City Ausschau hielt. Tacho warf die Kieselsteine nach einem alten indianischen Spiel, das Menardo auch seinen Großvater hatte spielen sehen, als er selbst noch klein gewesen war und sein Großvater genügend Sehkraft besessen hatte, um die kleinen Steine erkennen zu können. Menardo wußte, daß es ein Spiel für Spieler war, aber heute erzählte ihm Tacho, man könne mit Hilfe der Steine auch wahrsagen. Menardo hatte vorgegeben, die Zeitung zu lesen und gelegentlich in den gleißend hellen Himmel aufzuschauen, er hielt jedoch lange genug inne, um seine Abneigung gegen indianischen Aberglauben mit einem heiseren Kehllaut kundzutun.

»Die Steine können mir auch nicht mehr sagen, als ich bereits weiß«, sagte Menardo mißmutig. »Das Flugzeug kommt mit zweistündiger Verspätung aus Mexico City, und mein Gast wird völlig erschöpft und halbtot aussteigen. Wahrscheinlich wird sie sich wünschen, den Namen Tuxtla Gutiérrez niemals gehört zu haben.« Tacho kniete neben der Fahrertür und warf die Kieselsteine aus, während Menardo seine pessimistischen Bemerkungen machte. »Oh, ich würde mir keine Gedanken machen, Boss«, sagte Tacho, ohne den Kopf zu heben. »Ich habe die Steine befragt. Sie sagen, daß es ihr hier gefallen wird, Sir.« Menardo antwortete nicht. Er haßte die Art, wie Indianer einem zu schmeicheln versuchten, indem sie erzählten, was immer man gerade hören wollte, nur damit man auf sie hereinfiel oder an ihren dummen Aberglauben glaubte oder ihnen am Zahltag noch einen Sonderbonus gab. Dennoch, Menardo hatte gehört, wie sich die Köchin und das Zimmermädchen über heiße Tips gestritten hatten, die Tacho ihnen verkauft hatte, heiße Tips für die Lottozahlen. Tacho hatte von ihnen kein Bargeld gefordert, an dem es ihm nie mangelte. Statt dessen hatte er von ihnen verlangt, daß sie mit ihm in die Garage kamen, in der er immer eine

Hängematte für Nickerchen und Gelegenheiten wie diese bereithielt. Die Frauen hatten sich über die Zahlen gestritten, die sie von ihm erhalten hatten. Die Köchin hatte das kleine Zimmermädchen zum Weinen gebracht. Sie behauptete, Tacho ziehe ältere und kräftigere Frauen vor, deshalb habe er dem Mädchen weniger Gewinnzahlen genannt als ihr. Einige Zeit später stellte Menardo fest, daß die Köchin tatsächlich recht gehabt hatte. Tacho hatte dem dünnen Mädchen nur eine Gewinnzahl genannt, während die Köchin mit dem dicken Hintern fünf Richtige gehabt hatte.

Miss Martinez-Soto wurde von einem hellhäutigen Mann mit Kapitänsmütze und Uniformjacke aus dem Flugzeug begleitet. Der Kapitän entschuldigte sich vielmals, und Menardo bemerkte, daß Miss Martinez-Soto eine Kittelschürze der Fluggesellschaft trug. Der Kapitän tippte vor Menardo grüßend an die Mütze, entschuldigte sich für die Verspätung und vor allem für die »schrecklichen Unannehmlichkeiten«, die Miss Martinez-Soto erlitten habe, und für die die Fluggesellschaft aufkommen würde. Menardo ergriff Miss Martinez-Sotos Hand und bemerkte einen schwachen Hauch von Erbrochenem. Sie wirkte soviel jünger und weniger förmlich außerhalb der Großstadt. Sie lachte und strich sich mit den Händen über die Seiten des Kittels.

»Ein Mann im Sessel hinter mir ist aufgestanden, um auf die Toilette zu gehen. Und genau in diesem Moment ist ihm schlecht geworden. Ich habe Glück gehabt, daß er nicht mein Haar getroffen hat. Aber mein Kleid hat er erwischt.« Menardo war entzückt. Sie sprach mit ihm, als wären sie alte Bekannte.

Alegría fand den mürrischen indianischen Chauffeur unsympathisch. Neger waren bessere Fahrer. Sie mochte die Art nicht, mit der der Indianer sie ansah. Er schien bereits Bescheid zu wissen. Sie folgerte, daß der indianische Chauffeur seinen Job Menardos Bestreben verdankte, mit seiner niederen Herkunft in Verbindung zu bleiben. Dieser Idiot, der Seniorpartner Mr. Portillo, hatte darauf bestanden, sie zu einem langen Lunch einzuladen, um mit ihr über Menardo, ihren zukünftigen Auftraggeber, zu sprechen. Der Mann sei ein »Selfmademan«, hatte Mr. Portillo diskret formuliert, was bedeuten sollte, daß es sich hier um einen Mann mit dunkler Hautfarbe und niederer

Herkunft handelte, der es schafft hatte, ein großes Vermögen aufzuhäufen. Alegría haßte die Art, wie Portillo in die Oliven in den Martinis biß, die er unentwegt in sich hineinkippte. Portillo war der einzige Geschäftspartner, der nicht versucht hatte, sie zu verführen. Er rutschte tiefer in seinen Stuhl, und plötzlich begannen die Martinis Wirkung zu zeigen.

Die Gänge des Menüs schienen unablässig hereinzuströmen; Alegría spielte mit ihrem Löffel und stellte sich vor, daß die Platten und Schüsseln Unrat waren, die vom Meer an den Strand gespült wurden. Als er sah, daß Alegría keine Suppe wollte, verkürzte er seinen Vortrag über den Heiligen Bartolomé de las Casas. Er begann von Menardo und dem Haus zu sprechen, das Alegría entwerfen würde. Es würde ihr erster Einzelauftrag werden, und natürlich wollte er sie in den Genuß des umfangreichen Wissens kommen lassen, das er im Laufe langer Berufsjahre erworben hatte. Alegría schwieg dazu, doch Portillo würde sich keine Sorgen machen müssen. Der Señor hatte sich auf den ersten Blick in sie verliebt. Nein, es würde keine Widerstände geben und auch keine Mißstimmung. Wenn seine Frau in den Wasserklosetts gotische Kuppeldecken wünschte, war Alegría bereit, sie ihr zu verschaffen und sich ganz auf die Statik des Gebäudes zu konzentrieren.

An diesem Abend hatte Alegría einen heftigen Streit mit Bartolomeo gehabt. Sie teilte ihm mit, daß sie in der kommenden Woche nach Tuxtla Gutiérrez fliegen würde. Bartolomeo hatte sich über die Länge des Mittagessens aufgeregt, das sie mit Mr. Portillo eingenommen hatte. Er war wütend darüber, wieviel Zeit ihre Firma den Reichen widmete, um »ihre aufgeblähten kleinen Egos zu streicheln!« Bartolomeo hatte Alegría angebrüllt: »Und dann du! Dich halten sie dort, damit du den Reichen die aufgeblähten Hosen streichelst!« Alegría reagierte instinktiv. Wenn Bartolomeo wütend wurde, begann sie, sich die Nägel zu feilen. Die gleichmäßige Bewegung der Nagelfeile beruhigte sie. Wenn sie über die leuchtende Farbe des Nagellacks fuhr, rückten seine Worte irgendwie von ihr ab. Einmal, als sie ihn damit aufgezogen hatte, daß der Ausdruck *Neue Welt* eigentlich der Terminologie der Ausbeuter entstammte, hatte er sie mitten ins Gesicht geschlagen. Blind vor Tränen war sie von der Wucht des

Schlages rückwärts getaumelt und mit der Hand an die elektrische Kaffeemaschine gekommen. Aber statt von dem heißen Gerät zurückzuweichen, hatte sie die Kanne am Griff gepackt und sie Bartolomeo fluchend an die Brust geworfen. Alegría hatte festgestellt, daß eine Maniküre solche Vorfälle verhinderte.

Alegría fand, daß der indianische Chauffeur sämtliche schlechten Eigenschaften der Indianer verkörperte. Auf dem Weg vom Flughafen zum Kleidergeschäft bis zu dem Moment, als er ihnen vor dem Hotel Royal die Tür des Mercedes aufhielt, hatte er jedes Wort, das Menardo und Alegría gewechselt hatten, mitangehört. Er nahm nicht nur Blickkontakt mit gesellschaftlich Höherrangigen auf, dieser Indianer besaß auch noch die Dreistigkeit, einem abwechselnd spöttische oder wissende Blicke zuzuwerfen. Alegría war wütend über das, was seine Augen ihr gesagt hatten, als der Flugkapitän sie aus dem schäbigen Flugzeug eskortiert hatte. Tacho hatte ihr mitten ins Gesicht gesehen, als habe er sagen wollen: »Der Kapitän würde dir am liebsten in die Hose fassen.« Während er vor dem Hotel die Wagentür aufhielt, hatte Alegría zu ihm aufgesehen und erschrocken festgestellt, daß der Indianer sie anlächelte, als wüßte er bereits, daß sie noch an diesem Nachmittag mit seinem Boss schlafen würde.

DIE MARMORTREPPE

Alegría war in Mexico City gewesen und hatte sich mit Bartolomeo über die Affäre mit Menardo gestritten, als die schockierende Nachricht von Ilianas Tod eingetroffen war. Die Unfallursache konnte auf jenen ersten Nachmittag zurückgeführt werden, den Menardo mit Alegría verbracht hatte, und auf ihre Besichtigung des Bauplatzes am Rand der Vorstadt von Tuxtla, wo sich auf einem letzten Hügelkamm noch Urwaldpflanzen und Bäume behauptet hatten. Das Licht, das diesen Platz erleuchtete, war von einer magischen Kraft gewesen. Es war das leuchtendste und beruhigendste Sonnenlicht, das Alegría je gesehen hatte. Als sie dies erwähnte, hatte Menardo sich beeilt, darauf hinzuweisen, daß das südliche Klima jemandem, der die meiste Zeit seines

Lebens weiter im Norden verbracht hatte, einiges zu bieten habe. Er hatte recht. Sie hatte die Winter in Madrid gehaßt. Manchmal hatte sie geglaubt, sterben zu müssen, ehe die Zeit des wolkenverhangenen Himmels und der nassen Winde vorbei war. Manchmal hatte sie sich von einem Kommilitonen Geld geliehen und war einfach mit einem Zug nach Süden in die Sonne und ans Meer geflohen. Alegría hatte genickt, sie blickte noch immer voller ehrfürchtigem Staunen auf die flachen, breiten Blätter des Dschungels und das Gitterwerk aus unzähligen Ranken und zarten Moosen, das die blendende Helle des tropischen Lichtes in ein sanftes Leuchten verwandelte, in dem jeder Spalt mit dem Glanz von Perlen strahlte. Die Qualität des Lichtes wurde sofort ihr Hauptaugenmerk. Welche Wünsche Iliana und Menardo auch immer äußerten, Hauseinfahrten, Einstellplätze, Einbauschränke oder Badewannen mit Whirlpool, Alegría prüfte alles unter dem Aspekt, wie diese Details oder Elemente integriert werden konnten, ohne das Licht zu beeinträchtigen. Dieses besondere Licht war es auch, für das die fatale Marmortreppe entworfen wurde. Die hohe Glaswand des Wintergartens würde Kaskaden aus glänzendem weißen Licht erzeugen.

Iliana und Alegría kamen überraschend gut miteinander aus. Sie waren in fast allen Fragen einer Meinung, von den Einbauelementen in der Küche bis zur Größe der Wandschränke im ersten Stock. Als Alegría Iliana zeigte, daß ihre Entwürfe der Glaswand auch Schaukästen für Ilianas Sammlungen enthielten, hatte sie sie vollends gewonnen. Während der Bauzeit reiste Alegría zweimal im Monat aus Mexico City an. Menardo brachte es nicht fertig, Iliana oder gar Alegría darüber aufzuklären, daß die Kostenvoranschläge seine schlimmsten Vorstellungen übertrafen. Zu dieser Zeit begann Menardo, ein Brennen im Magen zu verspüren, das in keinem Zusammenhang mit dem stand, was er beim Mittagessen zu sich nahm. Der Arzt gab ihm große Flaschen mit Flüssigkreide, die er trinken sollte, sobald sich das Brennen einstellte. Ob Menardo unter ungewöhnlichem Streß stehe, wollte Dr. Gris wissen. Gab es zu Hause oder im Geschäft irgendwelche Verwicklungen? Dr. Gris hatte hervorstehende Augen, die durch die dicken Brillengläser noch um ein Vielfaches vergrößert wurden. Wenn er ihm Fragen stellte, kam er mit seinem Gesicht, das die ganze Zeit lächelte, so dicht an Menardo heran, als wisse er bereits alles. Menardo konnte seinen sauren Atem riechen, und sein Gesicht hatte mehr Ähnlichkeit mit einem Frosch als mit einem Menschen. Die Froschlaute, die ihre verschwitzten Körper und ihre Haut von sich gaben, waren Menardo noch immer peinlich. Alegría gehörte in dieser Hinsicht zu einer anderen Generation; die Klatsch- und Sauggeräusche ließen ihn vor Verlegenheit erstarren, während sie ihre Erregung zu neuen Höhen steigerten. Menardo erzählte Dr. Gris nichts von alldem, aber den großen Glupschaugen schien nicht die kleinste Kleinigkeit zu entgehen. Menardo hatte Dr. Gris früher recht nahe gestanden; sie hatten oft zusammen mit dem früheren Botschafter und dem Polizeichef Golf gespielt. Aber seit Menardos Sekretärin einmal Dr. Gris' sofortige diskrete Hilfe benötigt hatte, pflegten sie keinen gesellschaftlichen Umgang mehr miteinander. Menardo hatte sich betrogen gefühlt. Er hatte Dr. Gris für die nächtlichen Sicherheitspatrouillen, die sein Anwesen gegen Eindringlinge absicherten, stets Großhandelspreise eingeräumt. Die Arztrechnung hatte die einzelnen Kostenpunkte ausgewiesen. Neben der Eingangsuntersuchung, der Beratung und der »Operation« hatte Dr. Gris für »Diskretion« noch einmal knapp zehntausend hinzugefügt, ein Kostenpunkt, den Menardo für selbstverständlich gehalten hatte, nach all den gemeinsamen Golfspielen, die hinter ihnen lagen. Als Menardo seiner Entrüstung über die Höhe der Rechnung Ausdruck verlieh, hatte Dr. Gris nur gelächelt, und je breiter er lächelte, desto weiter waren seine Augen aus den Höhlen hervorgequollen. Gris teilte Menardo mit, daß es in einer Stadt wie Tuxtla eben teuer sei, sein Gesicht zu wahren. Kurze Zeit später, als Menardo ein wenig darüber nachgedacht hatte, schickte er Dr. Gris ein Schreiben, in dem er darauf hinwies, daß die Preise für Sicherheitsvorkehrungen gegen Diebe und andere Eindringlinge durch die Abwertung des Peso gestiegen seien. Dr. Gris hatte anstandslos gezahlt, doch hatten, obwohl Iliana ihn noch immer aufsuchte und auch Menardo sich mit seinem nervösen Magen an ihn gewandt hatte, ihre Golfspiele ein Ende gefunden.

Alegría und Iliana hatten sich gegen Menardo verbündet. Alegría betrachtete den Dschungel als besonderes Ambiente, das durch das Haus nicht verleugnet werden dürfe. Iliana hatte sich zunächst hohe Wände gewünscht, um den Dschungel auszuschließen. Sie hatte nicht einmal Fenster gewollt, die nach Osten zeigten, dorthin, wo die Lichtung den üppigen Kletterpflanzen Platz machte, die von den Stämmen der riesigen Urwaldbäume herabhingen. Doch Alegría hatte sie geduldig überzeugt und ihr erklärt, das Glas und der Stahl der Wände des Wintergartens seien genauso sicher wie jede andere Wand, was natürlich nicht stimmte, aber genau die Beruhigung bot, die Iliana brauchte, um weiterzumachen. Alegría beteuerte, daß die gesamte Wand nach Osten aus Glas bestehen müsse, damit die Marmortreppe den Eindruck einer Kaskade aus Licht, eines Wasserfalls aus Dschungellicht über polierten Marmorstufen erwecken könne. Die Marmortreppe verzweigte sich auf dem Treppenabsatz und führte hinauf in den ersten Stock, wo man stehenbleiben und auf das Meer von Orchideen und Bromelien hinabsehen konnte, das Iliana für ihren Wintergarten zusammengetragen hatte. Dann konnte man sich umdrehen und die große *sala* in Augenschein nehmen, in der vier lange Eßtische für Wintergesellschaften standen und in einer Ecke elektrische Anschlüsse für die Verstärker von Tanzkapellen installiert worden waren. Aber kein Besucher, so malte Alegría ihnen in ihrer atemlosen Begeisterung aus, würde das Haus betreten, ohne sich sofort der Treppe und der Glaswand zuzuwenden und der üppigen, grünen Dschungelvegetation draußen vor dem Wintergarten. Iliana hatte sich etwas Grandioses für ihr Haus gewünscht, und eine Kaskade aus weißen Marmorstufen war genau das Richtige. Ihre Gäste würden gezwungen sein, den Wintergarten zur Kenntnis zu nehmen, der mit den letzten Objekten ihrer Sammlerleidenschaft angefüllt war: seltenen Orchideen.

Sämtliche Frauen, mit denen Iliana im Club zu Mittag aß, platzten fast vor Aufregung und Neid. Die Frau des Richters zog ihre Augenbrauen ein klein wenig zusammen und meinte, der ganze Plan des Hauses und sogar die Größe des Swimmingpools wirke »so überaus modern«. Woraufhin Iliana das Oberteil ihres Leinenkleides glattstrich und lachte. Natürlich würde die Frau des Richters einen solchen Treppenaufgang nicht zu schätzen wissen. Sie wog fast dreihundert Pfund, die Treppe wäre eine

Qual für sie gewesen. Und natürlich hatte sie auch keine Verwendung für den Swimmingpool, schließlich gab es nicht einmal einen Badeanzug, in den sie hineinpaßte.

Ihre Mutter hatte Iliana beigebracht, dem Unabänderlichen mit Gleichmut zu begegnen. Sie hatte schon früher zum Telefonhörer gegriffen und verheirateten Frauen, die mit Menardo ins Bett gegangen waren, Ärger eingebrockt. Doch Frauen und Situationen, über die sie keine Kontrolle hatte, nahm sie einfach »nicht zur Kenntnis«. Selbst wenn Iliana zunächst einen Verdacht gehegt haben sollte, als Menardo ständig in den Bundesdistrikt geflogen war, um sich Entwürfe und Aufrisse anzusehen, hatte sie es vorgezogen, ihre Zweifel und ihr Mißtrauen zu ignorieren, nachdem sie einmal begonnen hatte, mit Alegría zusammenzuarbeiten. Alegría stellte sich Menardo gegenüber oft auf ihre Seite. Beide Frauen waren der Meinung, wenn sie sich schon die Mühe machten, ein Haus zu bauen, sollte es genauso werden, wie Iliana es sich vorstellte. Als Mr. Portillo den Auftrag mit Alegría besprach, hatte er sie daran erinnert, daß junge Architekten nur noch selten Gelegenheit erhielten, ein Privathaus von dieser Größenordnung zu entwerfen. Immer weniger Menschen konnten sich einen derartigen Luxus leisten.

Iliana hatte sich ein Haus gewünscht, das so groß war wie der Palast von Maximilian und Charlotte. Alegría hatte sie jedoch mit viel Geduld davon überzeugt, daß ein derart über jedes Maß hinausgehendes Haus ein Verbrechen am guten Geschmack sei. Die Diskussion über »Maßstäbe« hatte Menardo nicht viel gesagt, außer daß es ihm vielleicht einige Millionen Peso ersparen würde. Er war ein wenig überrascht darüber, wie schnell die beiden Frauen Freundinnen geworden waren, nachdem er und Alegría miteinander geschlafen hatten. Menardo hatte geglaubt, daß die Affäre Alegría negativ beeinflussen könnte. Er empfand mit Sicherheit kein Verlangen für Iliana, aber die Stärke seiner Leidenschaft für Alegría hatte ihn seine alte Zuneigung zu Iliana wiederentdecken lassen. Es gefiel ihm, die beiden zusammen zu sehen, wie sie sich konzentriert die Baupläne ansahen und mit den verschiedenen Fachausdrücken der Architekten und Baufachleute umgingen.

Iliana begann, die Lunchtreffen im Club zu versäumen, und

selbst wenn sie hinging, bemerkten die anderen Frauen, daß sie sich nicht mehr über die Architektin beklagte. Statt dessen hatte Iliana damit begonnen, über Maßstäbe und Proportionen zu reden und die besten Möglichkeiten, Stauraum hinter Wandpaneelen zu verstecken. Schließlich hatte die Frau des Richters, als die Älteste der Lunchrunde, Iliana beiseite genommen und erklärt, sie habe die Treffen viel zu oft versäumt. Im übrigen seien die anderen verärgert darüber, daß sie von Dingen spreche, die sie nicht verstanden. Es hatte Iliana nicht überrascht, daß sich der Neid der Mitglieder des Lunchclubs auf diese Weise ausdrückte. Sie hatte es vielmehr erwartet und vielleicht sogar auf eine kleine Konfrontation spekuliert, die sie ein wenig von den anderen abheben würde. Aber natürlich wußte sie auch, daß man solche Dinge nicht zu weit treiben durfte.

Menardo verbrachte ganze Nachmittage in Alegrías Hotelzimmer. Alegría hatte alle wissen lassen, daß sie unter keinen Umständen gestört werden durfte. Die Nachmittage waren ihre Zeit, um an den Entwürfen zu arbeiten.

Wenn er auf Alegrías Zimmer kam, trug er immer eine Papprolle mit Bauplänen unter dem Arm. Menardo hatte schon vor langer Zeit gelernt, sich niemals ohne eine Erklärung oder Ausrede erwischen zu lassen.

DAS RENDEZVOUS

Alegría hatte ihn nie mehr so empfangen wie beim erstenmal, an dem Nachmittag ihres schrecklichen Fluges von Mexico City. Menardo hatte darauf bestanden, daß sie sich das teuerste Kleid kaufte, das ihr paßte, wobei er stolz bemerkte, daß die Boutique nur wenige Kleider in ihrer Größe führte. Die reichen Frauen von Tuxtla Gutiérrez waren viel zu versessen auf ihre Lunchtreffen und die gehaltvollen Snacks während der Canastaspiele. Alegría entschied sich für einen weißen Hosenanzug aus Rohseide. Sie tat, als sei es ihr ein wenig unangenehm, das Geld ihres Kunden auszugeben, denn ihr war klar, daß Iliana ebenfalls in diesem Geschäft einkaufte, und sie wollte vermeiden,

den Verkäuferinnen noch weiteren Gesprächsstoff für ihren unvermeidlichen Klatsch zu liefern. Sie sei nur für einen Tag hergekommen, um sich den Bauplatz anzusehen. Und natürlich hatte sie dafür keine Kleidung zum Wechseln mitgebracht. Dieser ekelhafte alte Mann im Flugzeug hatte sich über ihren weißen Leinenrock und den passenden Blazer erbrochen. Dies war die Begründung, die Menardo Iliana gegenüber vorgebracht hatte, nachdem Alegría nach Mexico City zurückgekehrt war und Iliana davon erfahren hatte, daß Menardo für ihre Architektin Kleider gekauft und ein Hotelzimmer gemietet hatte.

Menardo hatte ihr zwei Stunden Zeit gegeben, sich frisch zu machen. Als er sie auf ihrem Zimmer anrief, hatte sie sich erholt und schlug einen geschäftlichen Ton an. Als sie mit ihrer Ledermappe in der Hand aus dem Aufzug trat, wirkte sie kühl wie die schneeweiße Seide. Sie hatte ihre große Sonnenbrille aufgesetzt, bevor sie ins Freie trat. Tacho öffnete ihr die Wagentür. Sie ging um den Chauffeur herum, wobei sie sich so weit wie möglich von ihm abwandte. Während der ganzen Fahrt zum Bauplatz saß sie mit leicht abgewandter Schulter neben ihm und reagierte, als Menardo sie auf das Gerichtsgebäude, die Polizeistation, den Eingang des Country Clubs und den Gouverneurspalast aufmerksam machte, nur mit einem kurzen Nicken. Menardo hatte ihr beim Verlassen des Wagens seine Hand gereicht, die sie nicht ergriff. Sie ging vor ihm her, um sich die Lichtung anzusehen. Menardo hatte bereits alle Hoffnung aufgegeben und war im Begriff, sich zu Tacho zu gesellen, der gegen die Motorhaube des Wagens gelehnt dastand, als Alegría sich plötzlich umdrehte und nach ihm rief. Menardo war sichtlich zusammengezuckt, als befürchte er den Angriff einer giftigen Schlange oder das Auftauchen eines betrunkenen Indianers. Aber Tacho verzog keine Miene, und Menardo stellte beklommen fest, daß Alegría lachte. »Ich wollte Sie nicht erschrecken«, sagte sie. »Ich wollte sie nur rufen, damit Sie sich das hier ansehen können.« Menardo eilte zu der Stelle, an der sie stand.

»Schauen Sie«, sagte sie, aber Menardo konnte beim Hinsehen nur den gezackten Rand des Dschungels erkennen, dort wo die Bulldozer mit ihrer Arbeit aufgehört hatten.

»Was denken Sie?« hatte Alegría ihn gefragt und in das

Gewirr aus großen wächsernen Blättern hinaufgedeutet. Menardo hielt vergeblich Ausschau nach einem Vogel oder einem grünen Baum, einem Frosch, einer Eidechse oder einer Schlange. Alles, was er sah, waren Äste, Blätter und verschlungene Kletterpflanzen, die von einigen Sonnenstrahlen besprenkelt wurden. »Wenn es irgendeine Blume ist«, sagte er mit einem nervösen Lachen, »dann erwarten Sie nicht von mir, daß ich sie erkenne. Das überlasse ich lieber den Floristen.«

»Das Licht«, sagte Alegría mit einem wunderbaren Klang in der Stimme, als wäre sie in das Licht verliebt. »Sehen Sie?«

»Oh!« sagte Menardo schnell. »Ja, ja, ich sehe es!«

»Es gibt nichts Schöneres als das verschleierte Licht des Urwalds. Wir werden dieses Licht zum Motto des ganzen Hauses machen.«

»Ja«, sagte Menardo, blinzelte zu den Kronen der Urwaldbäume hinauf und fragte sich, wie Iliana wohl jemals davon überzeugt werden sollte, ihr Traumhaus so dicht am Dschungel zu bauen.

Alegría war über dieses Licht und die Möglichkeiten, die besonderen Vorzüge der weichgefilterten Sonnenstrahlen durch die Konstruktion des Gebäudes und die Plazierung der Fenster noch zu verstärken, mehr und mehr in Begeisterung geraten. Sie hatte während der ganzen Rückfahrt zum Hotel ununterbrochen geredet. Menardo konnte ihr nur sprachlos zusehen, denn wenn Alegría von ihren Vorstellungen von dem neuen Haus erzählte, sprühten ihr Gesicht und ihre Hände, ihr ganzer Körper vor Begeisterung. Plötzlich fühlte Menardo, wie ihm der Schweiß an den Seiten herablief, er rann ihm über die Rippen und durchtränkte den Bund seiner Boxershorts und seiner Hose.

Im Hotelzimmer stand Menardo wie benommen da, während Alegría eine Rolle Skizzenpapier entrollte und mit dem Filzstift schnell und in großen Bögen zu zeichnen begann, Glaswände und davor ein zentraler Treppenaufgang, eine Wand, die den Urwald eher einbezog, als daß sie ihn ausschloß. Als sie zurücktrat und ihn ansah, damit er etwas sagen und eine Reaktion zeigen konnte, hatte Menardo das Gefühl, an seinem Begehren zu ersticken. Er versuchte zu sprechen, aber die Anstrengung trieb ihm das Wasser in die Augen. Er konnte nichts anderes tun, als heftig den Kopf zu bewegen, und sein Anblick, klein, gedrungen, mit großen Augen und nickendem Kopf, war fast mehr, als Alegría ertragen konnte.

Später sah Menardo die Szene wieder und wieder vor sich. Alegría hatte sich abgewandt, und als sie sich ihm wieder zuwandte, war ihre weiße Seidenbluse plötzlich aufgeknöpft, so daß er ihren pinkfarbenen Büstenhalter und ihren Nabel sehen konnte. Er bedauerte, kein welterfahrener Mann mit geschliffenen Umgangsformen zu sein, denn er wußte, daß sie daran gewöhnt sein mußte. Die beiden Schritte, die er auf sie zugegangen war, waren ihm als sehr unsicher in Erinnerung geblieben. Beim letzten Schritt mochte er vielleicht sogar gestrauchelt sein. Er gab Alegrías plötzlicher Bewegung die Schuld. Gerade als er sie erreichte und seine Hände auf ihre Schultern legte (sie war ebenso groß wie er), war sie zurückgetreten und hatte sich rückwärts auf das Hotelbett fallen lassen. Menardo hatte eine solche Verführung noch nie erlebt. Die Huren hatten nie auch nur eine einzige überflüssige Geste gemacht, ihre Bewegungen waren methodisch und bargen keine Überraschungen. Ein paar Kleinstadtmädchen, die gehofft hatten, ihn zum Ehemann zu bekommen, hatten sich ihm großzügig dargeboten, die Beine weit gespreizt, Röcke und Kleider hoch geschürzt und die Höschen bis zu den Knöcheln für ihn herabgestreift. Aber auch das hatte Menardo nicht überrascht; als aufgehender Stern, als Mann auf dem Weg zu großem Reichtum, hatte er gelernt, ein solches Verhalten zu erwarten.

Menardo zwängte seine Hand nach unten, um den Reißverschluß seiner Hose zu öffnen, und Alegría hatte gestöhnt und sich an ihn gepreßt, als sein Handrücken den Hügel zwischen ihren Beinen berührte. Sie hielt ihn an den Schultern fest und zog ihn an sich, so daß es ihm schwerfiel, den Reißverschluß völlig zu öffnen. Er fühlte, wie sie die Hüften anhob und sich unter ihm die Strumpfhose auszog. In diesem Moment wurden sie von einem warmen, parfümierten Duft eingehüllt, der Reißverschluß öffnete sich, aber Menardo wußte, daß es ihm niemals gelingen würde, die Hose auszuziehen. Er entschied sich dafür, es beim offenen Reißverschluß zu belassen. Er schaffte es kaum, mit seinem Schwanz in sie einzudringen, bevor er das Gefühl hatte, auf einem durchgehenden Pferd zu sitzen, das sich unter ihm aufbäumte, ihn weit hinter sich zurücklassend davongaloppierte und sich dann wie in einem Rausch auf eine Explosion aus Licht zuschraubte, um schließlich in tiefe, weiche Dunkelheit zu fallen.

Alegría horchte in sich hinein. Wenn sie über eine Sache geteilter Meinung war, dachte sie sich innere Zwiegespräche aus. Es überraschte sie, eine Affäre mit diesem provinziellen Geschäftsmann überhaupt in Erwägung gezogen zu haben. Sollte es jemals zu Portillo oder den anderen alten Männern in ihrer Firma durchdringen, dann war ihre berufliche Zukunft ruiniert. Sie würde auf der Stelle entlassen werden und keine neue Anstellung mehr finden, es sei denn, sie ließ Mexico City weit hinter sich. Alegría konnte Portillo im Geiste sagen hören: »Es gibt einen schmalen Grat, einen feinen Unterschied zwischen dem Bemühen, einen Kunden glücklich und zufrieden zu machen, und der völligen Preisgabe von gutem Geschmack und moralischen Werten.« Portillo hatte sich damit natürlich auf das Problem von Kundenwünschen nach römischen Säulen und gotischen Kuppeldecken bezogen. Alegría fühlte, wie die klebrige Feuchtigkeit zwischen ihren Schenkeln hervorquoll, unter ihre Hinterbacken lief und das Laken durchtränkte. Menardos Gewicht auf ihrer Brust schien sie bei jedem Atemzug zu ersticken. Als sie versuchte, das Gewicht zu verlagern, rollte sich Menardo, eine Entschuldigung stammelnd, von ihr herab und erkundigte sich, ob alles in Ordnung sei. Alegría wollte über Menardos Unbeholfenheit und seine Besorgnis darüber, ihr Unannehmlichkeiten bereitet zu haben, lachen, statt dessen jedoch wandte sie ihm den Rücken zu und blickte durch das Fenster in den Himmel. Es war kurz vor Sonnenuntergang. Das Licht fiel in einem kräftigen Chromgelb auf die weißen Wände des Hotels. Sie konnte sehen, wie sich ein leichter Rosaton in das Goldgelb hineinmischte. Alegría fühlte, wie sich ihr Brust und Kehle zusammenschnürten und Tränen die Wangen hinunterzurollen begannen. Sie dachte daran, was einer der baskischen Studenten in dem verräucherten Kaffeehaus in der Nähe der Madrider Universität zu ihr gesagt hatte. Der Baske war der einzige gewesen, der wirklich versucht hatte, sie zu überzeugen. Die anderen Kommunisten hatten sie nie ernst genommen, besonders die Frauen nicht. Aber der kleine Baske hatte den Kopf geschüttelt und sie davor gewarnt, daß die Klassenzugehörigkeit auch die Sexualität eines Menschen und seiner Familie definiere. Sie hatte fröhlich gelacht, und er hatte gesagt: »Eines Tages wirst du es wissen. Du wirst fühlen, wie die Männer dich benutzen, dich wie ein Ding behandeln. Die reichen, die mächtigen Männer. Du spürst es daran, wie sie ficken.«

RISIKO

Der kleine Baske war bei den Unruhen ums Leben gekommen. Sie hatte zu der Zeit an der Hochschule für Architektur ihr Abschlußexamen gemacht, deshalb hatte Alegría auch nicht geweint. Sie konnte es sich nicht leisten, mitten im Examen zu trauern. Im Kaffeehaus hatten sie von nichts anderem gesprochen als von den Basken. Für die Sache zu sterben, das hatte er doch gewollt, war Alegrías Antwort gewesen, wenn die anderen das Thema angeschnitten hatten. Aber nun, zehn Jahre später, lag sie in einem Hotelbett in der Hauptstadt eines der ärmsten Staaten Mexikos und weinte um den Basken, der so klein gewesen war, daß keiner von ihnen jemals seinen richtigen Namen gewußt hatte. »Shorty«. Warum weinte sie um ihn? Die Proletarierfrauen hätten gesagt, sie weine um sich selbst, um wen den sonst? Weil sie überzeugt waren, daß sie sich immer nur um sich selbst kümmerte. Alegría wünschte, sie könnte dem Basken sagen: »Du hattest recht. Menardo hier glaubt, daß ich nicht seiner Klasse angehöre, und deshalb tappt er herum und entschuldigt sich.« Alegría hatte noch nie mit einem Mann geschlafen, der sich so darum bemüht hatte, ihr zu gefallen. Sie hatte noch nie mit einem Mann geschlafen, der ihre Stimmungen so schnell erfaßt hatte. Sie war ganz offen gewesen zu Menardo und hatte ihm klargemacht, daß sie für ihn nicht nur ihren Job im Architekturbüro, sondern ihre gesamte Karriere als Architektin aufs Spiel setzte.

Menardo hatte ihr zugehört, als sie ihm die Gefahren auseinandersetzte, aber er teilte ihre Furcht und Besorgnis nicht, weil er sicher war, daß er sich um sie kümmern konnte, wenn tatsächlich etwas passieren sollte. Er hatte gerade die Verhandlungen mit einem Waffenhändler in Tucson abgeschlossen. Wenn seine Pläne aufgingen, das wußte Menardo, würde er in wenigen Jahren einer der reichsten Männer des südlichen Mexikos sein. Menardo wollte ihre Hand nehmen und sich dicht an sie lehnen, um in den vollen Genuß ihrer haselnußbraunen Augen zu kommen. Doch Alegría hatte darauf bestanden, daß sie gleich danach hinuntergingen. Sie hatten beide Rollen mit Bauplänen unter dem Arm, als sie den Speisesaal des Hotels betraten. Alegría sprach noch immer vom Ende ihrer Karriere und ihrem ruinierten Leben, ihre Stimme klang jedoch leise und ruhiger, für den Fall, daß einer der Kellner oder Aushilfskellner ihre Eindringlichkeit bemerken und lauschen könnte. »Du mußt dir keine Sorgen machen«, sagte Menardo mit Nachdruck. »Glaub mir. Ich werde schon für alles sorgen.« Alegría betrachtete das braune Mondgesicht mit der flachen Nase und den leuchtenden braunen Augen und dachte, daß er trotz des Reichtums, den er langsam ansammelte, noch immer sehr wenig wußte oder verstanden hatte.

»Ich könnte es nicht aushalten, gar nichts zu tun«, hatte Alegría ihn gewarnt. »Ich würde verrückt werden.« Menardo begann zu beschreiben, was er in dem unwahrscheinlichen Falle ihrer Entlassung für sie tun würde, aber sie hatte ihm das Wort abgeschnitten und sich geweigert, dieses Thema weiter zu diskutieren. Es verstimmte sie. Es gab keinen Grund, darüber zu sprechen, weil nichts passieren würde.

Während Alegría und Iliana intensiv mit den Arbeiten an der Inneneinrichtung des Hauses beschäftigt waren, hatte Menardo lange Zeit geglaubt, daß ihr Verhältnis sicher sei. Natürlich wünschte er sich, daß Alegría öfter als zweimal monatlich aus Mexico City herüberkommen würde, aber die Geschäftsvorschriften untersagten dies, selbst während der Bauphase. Menardo beugte sich Alegrías Anordnungen. Wenn sie das Gefühl hatte, daß ein Besuch auf ihrem Hotelzimmer nicht ratsam war, dann war Menardo ein Gentleman und traf sie lediglich in der Hotelbar. Manchmal ließ sie seine Besuche nur zu, wenn Iliana ihn begleitete. Iliana liebte es, im Country Club zu essen, wenn Alegría in der Stadt war, weil sie dann vor den anderen Frauen des Clubs angeben konnte. Iliana hatte die Angewohnheit, jedesmal eine Rolle mit Bauplänen zum Essen mitzunehmen, obwohl sie dort niemals über die Entwürfe sprachen. Die Sache mit Iliana und ihren Freundinnen im Frauenclub hatten sowohl Alegría als auch Menardo unterschätzt. Sie waren beide so damit beschäftigt gewesen, sich vor Iliana selbst in acht zu nehmen und sie in jede Planungsphase einzubeziehen, daß sie gar nicht daran gedacht hatten, daß die Schwierigkeiten vielleicht von Ilianas sogenannten Freundinnen ausgehen könnten.

Die Art, wie Iliana von der Architektin sprach, verriet den anderen Frauen, daß sie gegen diese Frau und ihren Mann keinerlei Verdacht hegte. Keine von ihnen machte sich über die gelegentlichen Seitensprünge ihrer Ehemänner große Gedanken. Es bestand kein Grund zur Sorge, denn letztendlich hielten solche kleinen Nebenbeschäftigungen ihre Männer zu Hause bei der Stange. Das, wovor sie alle Angst hatten, war eine Frau, die Ansprüche stellte, auf ein Haus, ein Zimmermädchen und Geld für sich oder die Bastarde, die sie gebären würde. Hier wurde das Ganze schlicht zu einer Geldfrage. Jede von ihnen wollte vermeiden, daß das Geld des Ehemannes für etwas anderes ausgegeben wurde als den eigenen Haushalt.

Wie die anderen Frauen mischte sich auch Iliana nur selten in Menardos Affären ein, es sei denn, sie hatte den Eindruck, es fließe eine Menge Geld an diese andere Frau. In einer Stadt von der Größe Tuxtla Gutiérrez' genügten ein oder zwei Telefonanrufe, um die betreffende Frau davon in Kenntnis zu setzen, daß ihr Job, sofern sie einen hatte, und ihre Familie, sofern sie in der Nähe lebte, auf dem Spiel standen. Es gab eine stillschweigende Abmachung unter den Frauen des Clubs, die besagte, daß es nicht notwendig war, über solche Angelegenheiten zu reden, außer vielleicht in einem diskreten Gespräch unter zwei oder drei Clubmitgliedern. Und als besonders geschmacklos galt es, die Rede auf die Eskapaden eines Ehemannes zu bringen, wenn die Ehefrau das Thema nicht selbst ansprach. Diesmal jedoch wurden alle diese Regeln mißachtet. Die Frauen im Club konnten nicht länger schweigen. Ilianas Verhalten, ihr Geschwätz über Entwürfe, Farbskizzen und schließlich all diese Fotos war mehr, als die anderen tolerieren konnten. Hätte sie nicht eine solche

Angriffsfläche geboten, wären sie gezwungen gewesen, Ilianas Getue hinzunehmen. Aber Iliana war so beschäftigt, daß sie eine fundamentale Tatsache übersehen hatte: Ihr Mann bumste mit der Architektin. Die Frau des Richters verbrachte drei Tage damit, mit sämtlichen Damen des Clubs diskrete Vormittagstelefonate zu führen und im Flüsterton zu besprechen, daß es ihre Pflicht und Schuldigkeit sei, Iliana über den Ernst ihrer Lage zu informieren. Daß Iliana einen Ruf habe, den es zu verteidigen galt. Schließlich bumste Menardo nicht einfach nur die Rezeptionistin seiner Firma oder ein blutjunges Milchmädchen. Iliana hatte Alegrías Namen schon öfter genannt als den ihres Mannes.

»Die Dummheit und die Ironie des Ganzen«, hatte die Frau des ehemaligen Botschafters dazu gesagt. Die anderen Frauen waren über »Mrs. Ex-Botschafter« nicht ganz so ungehalten wie sonst. Die Frau des Botschafters verlor zwar kein Wort darüber, aber sie wußte zufällig, daß Menardo zur Zeit gerade mit einem Geschäftsabschluß beschäftigt war, der, wenn alles lief wie geplant, Iliana soviel Geld bescheren würde, daß die Frauen des Clubs sie nie mehr in die Schranken weisen konnten. Sie wußte also, daß sie sich beeilen mußten. Es war doch so: Hätte Iliana nicht soviel über Alegría geredet und nicht ständig so getan, als wäre sie ihre beste Freundin, dann hätten die anderen Frauen auch nicht getan, was sie taten.

In dem Moment, als sie das Gesicht des indianischen Chauffeurs sah, hatte Alegría gewußt, was geschehen war. Die Arbeiter beendeten gerade den Innenausbau, das Verputzen, Streichen und die letzten Reinigungsarbeiten an der weißen Marmortreppe.

ENTDECKT

Algería war zu einer letzten Kontrolle angereist. Zwar konnte sie Tachos Augen hinter den Spiegelgläsern seiner Sonnenbrille nicht erkennen, aber sie sah, daß sich seine dünnen Lippen zu einem Lächeln verzogen. Sie glaubte, kein Wort herausbringen, ja, noch nicht einmal mehr atmen zu können.

Menardo fragte sie nach dem Grund ihrer Beunruhigung. Er ergriff ihre Hand, lächelte und plapperte so fröhlich wie immer, wenn sie kam.

»Sie weiß Bescheid«, sagte Alegría mit schwacher Stimme.

»Was?« Menardo ließ ihre Hand los. »Nein! Wie könnte sie das? Warum sagst du das!«

Mit geschlossenen Augen ließ Alegría den Kopf zurücksinken. »Frag ihn«, sagte sie und hob nur leicht die Hand, um auf Tacho zu deuten. Tacho beobachtete sie im Rückspiegel. Er nickte mit dem Kopf. Menardo hatte das Gefühl, als sei seine Welt in zwei Hälften zerbrochen. Die eine Hälfte flog hinter ihm zusammen mit Alegría im Flugzeug davon, während sich die andere drohend vor ihm auftat, als Ilianas alte Tante durch die Eingangshalle des Flughafens auf ihn zustürmte und Iliana hinter sich herzog. Menardo hatte die alte Tante abgewehrt, während Alegría davongeeilt war, um einen Flug zurück nach Mexico City zu erwischen.

Ilianas Tante hatte bereits bei der Firma Portillo angerufen, um mit dem Seniorpartner zu sprechen. Nachdem die alte Tante und Iliana Menardo gestellt hatten, hatte der Fahrer der alten Dame sie sofort zum nächsten Telefon gebracht, um der Firma Portillo eine Nachricht zu übermitteln: »Die Hure wird mit dem Nachmittagsflug eintreffen.« In Begleitung des Firmenanwalts hatte der alte Portillo persönlich Alegría am Flughafen erwartet. Wenn man von der Umgebung und dem Lärm absah – beides war von Portillo mit Bedacht so gewählt worden –, war die ganze Sache überraschend ruhig und zivilisiert vonstatten gegangen. Sie hatte sich damit einverstanden erklärt, ihre Stellung sofort aufzugeben, und die Firma hatte sie im Gegenzug mit einem Scheck über eine großzügige Abfindungssumme bedacht. Portillo und der Anwalt hatten die Angelegenheit abgeschlossen, noch bevor das Gepäck des Fluges ausgeladen war. Der alte Portillo war sehr liebenswürdig gewesen, denn sie hatte alle seine Einwände gegen die Einstellung von Frauen auf jeglichen Unternehmensebenen bestätigt.

Zumindest was Mexiko betraf, hatte Alegría eine sechsjährige Universitätsausbildung und ihre berufliche Karriere einfach weggeworfen. Dafür sorgte »der enge weiße Filz«, wie die studentischen Radikalen die verhaßte europäische Oligarchie nannten. Sie selbst waren allesamt Enkel der schlimmsten Oligarchen, was ihnen, wie sie sagten, das besondere Privileg gab, die zu kritisieren, die sie gezeugt hatten. Wie hätten die Radikalen gelacht, wenn sie sie hätten sehen können: ausbezahlt und in aller Öffentlichkeit entlassen. Die Menschen um sie herum starrten auf die Tränen, die ihr über die Wangen liefen, nachdem Portillo und der Anwalt gegangen waren. Ihre Karriere als Architektin hatte sich einfach so in Luft aufgelöst. War ausgelöscht. Alles nur für Menardo, und dabei hatten seine molligen Hände und sein kurzer, dicker Schwanz sie nicht einmal besonders erregt. Sie hätte mit Menardo genauso umgehen können wie mit Dutzenden anderer auch, Kunden, Kollegen und Seniorpartner. Portillo selbst hatte ein- oder zweimal »versehentlich« ihre Brust oder ihren Arm gestreift. Von ihm hätte sie eine kleine »berufliche Sicherheit« erkaufen können, aber sie war zu stolz gewesen. Sie fand keine Erklärung, doch jetzt war dieser Stolz verschwunden. Hatte es daran gelegen, daß Menardo ihr von Anfang an Versprechungen gemacht hatte? Lag es daran, daß er immer wieder betont hatte, er werde sich um sie kümmern? Sie hatte ihre Arbeit geliebt. Sie brauchte keinen Mann, der ihr Geld gab. Irgend etwas in ihr hatte jedesmal zugehört, wenn Menardo ihr ins Ohr geflüstert hatte. Hatte sie seinen Versprechungen von einem eigenen Geschäft geglaubt? In der gleichen Stadt, in der auch seine Frau lebte? Alegría war wirklich von allen guten Geistern verlassen.

Irgendwo in diesem gesamten Komplex tauchte Bartolomeos Name auf. Alegría hatte von ihm geträumt und war weinend aufgewacht, weil er im Traum ein Flugzeug bestiegen hatte, um sie für immer zu verlassen. Bartolomeo würde über den Verlust ihrer Stellung nur Witze machen. Auf Alegrías Dienste hatten ausschließlich die Armen, die Obdachlosen, einen wirklichen Anspruch, behauptete er, und nicht die Bluthunde des Kapitalismus. Alegrías Entwürfe – die weißgetünchten Wände und Betonwege über saphirblaues Wasser – waren reine Dekadenz, nichts als kapitalistische Schweineställe.

Sie hatte ihre Stellung verloren, und ihre Karriere in Mexiko, vielleicht sogar überall, war ruiniert. Bartolomeo würde platzen vor Lachen. Ihre ganze Erziehung, alle ihre bourgeoisen Illusionen waren ordentlich zurechtgestutzt worden. Vielleicht würde sie sich jetzt zu ihnen gesellen, zu den Menschen, die dabei waren, Mexiko eine große Revolution zu bringen.

Mexiko hatte noch keine richtige Revolution erlebt, sondern lediglich die Proben für den großen Aufstand. Dies war Alegrías großer Augenblick, ihre Chance. Sie mußte nur ja sagen zu Bartolomeo, dann würde sie ein Teil »davon« werden. Was immer dieses »davon« auch sein mochte.

DAS OBERKOMMANDO DER VOLKSARMEE

Angelita la Escapía hielt sich seit fast vierundzwanzig Stunden am Flughafen auf. Sie hatte das Kommen und Gehen von Autos und Leibwächtern beobachtet und die hitzigen Telefongespräche der altjüngferlichen Tante mitangehört. Menardo war eine denkwürdige Erscheinung an diesem Tag. La Escapía hatte ihn zuerst bemerkt, als er die junge weiße Frau begrüßte, die mit dem Flug aus Mexico City eingetroffen war. Stunden nachdem Iliana und ihre alte Tante nach Hause gefahren worden waren, sah La Escapía den kleinen, dicken Halbblutaffen erneut auftauchen, diesmal in einem noch steifen, funkelnagelneuen Dschungelanzug und schwarzen Kampfstiefeln. Was ging hier vor? Beide Male war Roter Affe dicht an La Escapía vorübergegangen, beim zweitenmal so dicht, daß sie die Alkoholfahne riechen konnte, die ihn umwehte. Der Affe trank Tequila. Roter Affe war Menardos Kodename, den sie benutzten, wenn sie über ihn und die Geschäfte und Dienstleistungen sprachen, die er immer häufiger für General J. tätigte. Die große Verspätung am Flughafen war ein Glücksfall für ihre Leute. Roter Affe war kurz davor, richtig tief in den Schlamassel zu geraten.

La Escapía beobachtete die drei Flugzeuge, die wie flinke kleine Motten hintereinander aufsetzten. Sie rollten zu den Flugzeughallen hinüber, wo sie beobachten konnte, wie Menardo die Piloten der Reihe nach begrüßte, ihnen die Hände schüttelte und die ganze Zeit über heftig nickte. Marx hatte in vielen Dingen recht gehabt. Die Geschichte des amerikanischen Doppelkontinents machte eine Revolution gegen die europäische Vorherrschaft unabdingbar. Aber Marx war ebenfalls Europäer gewesen, und er und alle die, die nach ihm gekommen waren, hatten die Möglichkeiten eines kollektiven Bewußtseins nur ansatzweise verstanden. Der europäische Kommunismus war vom Blut vieler Millionen Menschen besudelt und verdorben worden. Die Menschen in Amerika konnten den europäischen Kommunismus nicht gebrauchen. Deshalb hatten sie und die anderen dafür gestimmt, mit den Kubanern zu brechen. La Escapía schlenderte hinaus zu dem Gelände, das im Schatten der Flugzeughallen lag. General J.s Jeep war direkt neben dem schwarzen Mercedes geparkt. Der General und Roter Affe standen vor den drei Flugzeugen, lächelten und verständigten sich mit wilden Gesten. La Escapía und die anderen hatten diese private Luftwaffe schon seit einiger Zeit erwartet; schließlich unterhielt Menardo seine eigene Sicherheitspolizei als Serviceleistung für die Kunden der Universal-Versicherung. Die Geheimdienstberichte hatten La Escapía schrecklich wütend gemacht, weil sie über die Verbindungen zwischen dem Waffenhändler in Tucson und General J.s Freunden bei der amerikanischen CIA nichts herausgefunden hatten. Dagegen hatten sie ganze Aktenordner mit genauesten Überwachungsergebnissen von Menardos Liaison mit der kleinen Architektin aus Mexico City zusammengetragen. El Feo hatte dem Agenten des Geheimdienstes gegenüber nur mit den Schultern gezuckt. Und das hatte La Escapía erst richtig wütend gemacht. Warum gaben sie es nicht zu? Sie genossen es, die Architektin zu beobachten, weil sie mit dem Kameraden Bartolomeo schlief, ihrem kubanischen Freund.

La Escapía lehnte es ab, kostbare Energie darauf zu verschwenden, die eigenen Mitglieder auszuspionieren. Ja, sie wußte, daß Bartolomeo nicht ganz und gar auf ihrer Seite stand. Bartolomeo war ihr Verbindungsmann zu den Kubanern und anderen Freunden der indigenen Menschen. Bartolomeo war der Trichter für die finanzielle Hilfe, die bei Genossen rund um den Globus eingeholt wurde. Sie konnte Bartolomeo ebenfalls nicht leiden. Wenn es um das Thema der indigenen Menschen ging, hatten die Kommunisten aus den Städten ebensowenig Ahnung wie die Weißen in der ganzen Gegend. Dennoch war Bartolomeo für sie und El Feo beeinflußbar genug, um zu tun, was sie wollten. Buchhaltung und Belege würden kein Problem sein, denn Bartolomeo war viel zu faul, um genaue Abrechnungen vorzunehmen.

»Ja, Sir!« sagte El Feo triumphierend. »Die Dinge verhielten sich *tatsächlich* so, wie es den Anschein hatte! Genosse Bart hat die Architektin gebumst, während sie gleichzeitig mit dem Feind Menardo vögelte.«

La Escapía mußte sich zusammennehmen. »Na und?« fragte sie. Wollten sie damit andeuten, daß Bartolomeo ein Doppelagent war? Wußten sie, ob die Architektin ebenfalls eine Agentin war? Was waren ihre Beweise? Nur Verrückte verdächtigten jemanden aufgrund seiner Bekanntschaften. El Feo hatte La Escapía weder zugestimmt noch widersprochen. Er nickte nur lächelnd. La Escapía wußte, daß dieser starrköpfige, stinkende Ziegenbock ausschließlich sich selbst zustimmte und nicht etwa dem, was sie sagen mochte. Sie konnte sich schon denken, in welche Richtung El Feos Gedanken gingen, und diesmal mußte sie ihm sogar recht geben. Solange »Außenseiter« wie Bartolomeo den Leuten sagten, wie sie ihre Revolution zu führen hatten, würde es jetzt und auch in Zukunft keine Revolution geben.

DIE PRIVATE LUFTWAFFE

Menardo dankte Gott für die drei Flugzeuge, die an diesem Nachmittag geliefert worden waren. So war der Flughafen, noch vor wenigen Stunden Schauplatz einer schrecklichen Demütigung, vor Sonnenuntergang zum Forum eines weiteren Meilensteins in seiner Karriere geworden, seinem größten Triumph, seit er die zehntausend Haushaltsgeräte vor der Flutwelle gerettet hatte. Die Universal-Versicherung konnte sich nun rühmen, eine eigene Luftwaffe zu besitzen. Menardo und General J. hatten sich gegenseitig stundenlang mit Gesprächen über ihre künftige Zusammenarbeit im Versicherungsgeschäft begeistert. Wo immer

Revolutionen, Rebellionen, Aufstände oder Guerillakriege ausbrechen mochten, die Universal-Versicherung würde »zur Stelle sein«, um ihren Kunden hundertprozentigen Schutz zu gewähren. Es bestand keine Notwendigkeit, sich auf schlecht ausgerüstete Regierungskräfte zu verlassen. Außerdem war auf »Regierungskräfte« kein Verlaß. Hohe Offiziere des Militärs brüteten allenthalben Rebellionen aus, und verärgerte Polizeikräfte brachten es fertig, die »Grippe« zu bekommen und sich krank zu melden, wenn der Preis nicht stimmte. Die Universal-Versicherung würde auf jede Sicherheitsanforderung die richtige Antwort haben. Parlamente waren in die Hände von Radikalen und Wahnsinnigen gefallen. Dringende Maßnahmen zur Verstärkung der Landesverteidigung wurden von Kommunisten, Terroristen und Anarchisten jeglicher Art lächerlich gemacht. Zukünftige Führungspersönlichkeiten konnten bei der Universal-Versicherung Policen abschließen und sich gegen gewaltsame Aufstände oder Revolutionen absichern.

»Dank der Dienstleistungen der Seguridad Universal braucht ein Kunde nichts weiteres zu tun, als uns durch einen blauen Kode zu verständigen. Selbst anhand des Bruchteils einer Information ist es uns möglich, mit Hilfe unserer computerisierten Unterlagen die Anweisungen des Kunden zu lokalisieren. Ein blauer Kode, ausgesandt von einem Staatsoberhaupt, garantiert dem besagten Machthaber die sofortige und komplette Mobilisierung der Universal-Sondersicherheitskräfte.«

Die drei Leichtflugzeuge würden zu »Kampfflugzeugen« ausgerüstet werden, bestückt mit 50-Kaliber-Geschützen.

Immer wenn Menardo an die schreckliche Szene mit der weinenden Frau in der Flughafenhalle dachte, hatte er das Gefühl, ihm sei das Herz in die Hose gerutscht. Er mußte jedoch nur einen kurzen Blick auf die drei kleinen Flugzeuge werfen, um sich wieder wie neugeboren zu fühlen. Diese Schönheiten gehörten ihm, wenn auch nur für kurze Zeit, bis die Piloten von General J. sie nach Guatemala fliegen würden. Menardo begann fast zu rennen, um die kleinen, schlanken Flugzeuge zu erreichen. Greenlee selbst hatte eine der Piper Cherokees hergeflogen. Er stand neben den beiden anderen Piloten, die die Maschinen von Tucson überführt hatten. Greenlee strich die nicht vorhandenen Falten seiner schwarzen Handschuhe glatt, bevor er das asphaltierte Vorfeld überquerte, um Menardo die Hand zu schütteln.

Menardo fuhr mit den Händen über das Metall, als handele es sich bei den Flugzeugen um Rennpferde. War Menardo zufrieden? Er, Greenlee, sei nur gekommen, um einen einzigen Menschen zufriedenzustellen: seinen Kunden, Menardo. Aus Gründen der Diskretion hatte Menardo Greenlee dem General nicht vorgestellt. Die Stellung des Generals war relativ kompliziert, und er hatte Menardo eindringlich gebeten, niemanden von ihrer Zusammenarbeit wissen zu lassen, am allerwenigsten ihre Ehefrauen. »Frauen sind Plappermäuler«, hatte er Menardo erinnert. Der General hatte Iliana nicht namentlich erwähnt, aber wieder begann Menardos Herz heftig zu klopfen. Er fühlte den vertrauten Adrenalinstoß durch seine Glieder fahren. Menardo befürchtete, daß der General von seiner Affäre mit der Architektin wußte. Die Wände hatten überall Augen und Ohren. Erst neulich nachmittag hatten sie beim Drink am neunten Loch über innere Sicherheit diskutiert. Laut und betrunken hatte der General gesagt: »Man kann niemandem vertrauen. Im Süden braut sich ein großer Sturm zusammen.« Menardo wollte nicht, daß irgend etwas schiefging; er wollte nicht, daß eine Frau seine Partnerschaft mit General J. beeinträchtigte, selbst eine Frau wie Alegría nicht. Sie würden das perfekte Arrangement treffen: Der General würde nicht nur seinen offiziellen militärischen Verpflichtungen an der Südgrenze Mexikos nachkommen, sondern auch Sicherheitsoperationen der Universal-Versicherungsgesellschaft überwachen. Der General betonte gern, daß er lange genug unter den Unzulänglichkeiten und der Unfähigkeit der Armee gelitten habe. Er hatte einen einsamen Posten bekleidet. Er selbst hatte Marxisten in den höchsten Ämtern der mexikanischen Regierung sitzen sehen, Marxisten, die die Mittelforderungen von Militärkommandeuren wie ihm routinemäßig beschnitten hatten. Marxistische Verschwörer innerhalb der Regierung verweigerten dem General die personelle Unterstützung und die moderne Ausrüstung, die notwendig war, um die Südgrenze zu schützen, während Kuba indianische Banditen und Kriminelle mit Heckenschützengewehren und Infrarotfernrohren ausrüstete. Alles, was dem General für seine Truppen zur Verfügung stand, war ein Sammelsurium aus Karabinern, zum Teil noch Überbleibsel aus dem Zweiten Weltkrieg. Die gleichen subversiven Elemente in der Regierung schickten ihm auch unausgebildete Rekruten – und keine Soldaten –, klapperdürre Indianer, die ihre Armeestiefel an den Schnürsenkeln um den Hals trugen. »Wilde«, wie General J. sie zu nennen pflegte. Sie hatten Hornhaut an den Füßen, die dicker war als jede Schuhsohle. Nun, jetzt stand dem General eine eigene Luftwaffe zur Verfügung. Und bald würde die Universal-Versicherung eine ganze Sicherheitsstreitmacht in ständiger Einsatzbereitschaft halten: ihre eigene Privatarmee.

SCHIMPF UND SCHANDE

Er war schon häufiger von Iliana erwischt worden und Menardo wußte bereits, daß ihre bevorzugte Taktik darauf hinauslief, der »anderen Frau« möglichst großen Schaden zuzufügen. Zuerst hatte er geglaubt, eine säuerliche Matrone aus einem Provinznest wie Tuxtla Gutiérrez könne einer jungen, professionellen Frau wie Alegría nicht viel anhaben. Aber dann war ihm eingefallen, daß Ilianas Onkel mit Mr. Portillo bekannt war, und er bekam Angst um Alegría. Bestimmt würden die Qualität ihrer Arbeit und ihr ausgezeichneter Universitätsabschluß sie vor Ilianas hysterischen Beschuldigungen schützen.

Menardo hatte gehofft, den General zu sich nach Hause locken zu können, weil er wußte, daß Iliana und ihre altjüngferliche Tante es nicht wagen würden, ihn vor General J. anzugreifen. Aber der General war völlig aufgedreht, und einer der Piloten hatte ihm versprochen, ihm das komplizierte Innenleben eines Kampfflugzeugs zu erklären.

Menardo vermutete, daß Tacho etwas über Ilianas schreckliche Entdeckung wußte. Während sie vom Flughafen durch die Innenstadt nach Hause fuhren, räusperte sich Menardo mehrmals. Tacho blickte jedesmal in den Rückspiegel, um zu sehen, ob der Boss nun genug Mut zusammengenommen hatte, um ihn zu fragen. Aber jedesmal machte Menardo einen Rückzieher. Es schickte sich nicht, die Angestellten wissen zu lassen, daß etwas nicht in Ordnung war. Im übrigen erzählte Iliana Menardo immer, wie sie es herausgefunden hatte.

»Und das ist das Schlimmste daran!« schluchzte Iliana. »Der ganze Club wußte es! Sie waren entzückt darüber! Ich habe dieser Frau vertraut! Diese dreckige Schlampe tropfte von deinem Schleim, während sie bei mir Süßholz geraspelt hat! Und jetzt haben sie sich für ihre Eifersucht gerächt! Ich werde niemandem mehr in die Augen sehen können!« Aber diesmal beeindruckte ihn Ilianas Weinen nicht. Er fühlte sich weder schuldig noch traurig oder reumütig. Er war wie betäubt. Iliana hatte ihn schon an der Tür mit der Neuigkeit empfangen, daß Miss Martinez-Soto nicht länger für die Firma Portillo arbeitete. Im Club würde Iliana mehr Sympathie denn je genießen, jetzt, wo sie sie in ihre Schranken verwiesen hatten. Nein, diesmal fühlte Menardo gar nichts, außer dem Wunsch vielleicht, mit der Faust mitten in Ilianas feuchtes, pausbäckiges Gesicht zu fahren. Die alte Tante war oben im Haus und machte ein Nickerchen, sonst hätte er es vielleicht getan. Er war ein Mann, der sein Wort hielt. Alegrías Schicksal war nun seine Verantwortung. Zum Glück sah seine Universal-Versicherungsgesellschaft einer überaus rosigen Zukunft entgegen.

Alegría hatte über die Villa mit der dem Urwald zugewandten Glaswand und dem Treppenaufgang aus weißem Marmor nachgedacht. Am Tag der Entdeckung hatte sie eine Kamera mitgebracht und geplant, die ganze Konstruktion zu fotografieren, um die Aufnahmen ihrer Mappe mit Arbeitsproben und den Bewerbungsunterlagen beizufügen. Nun war sie ruiniert. Bartolomeo würde entzückt sein. Jetzt würde er sie dazu zwingen, für »das Volk« zu arbeiten. Menardo hatte einen Scheck geschickt und aus dem teuersten Geschäft von Mexico City einen Strauß blaßgelber Orchideen kommen lassen. Das Geld reichte aus, um ihre Ausgaben zu decken. Sie dachte daran, eine Urlaubsreise zu unternehmen. Als sie jedoch in ihr Apartment zurückkehrte, war sie nicht einmal in der Lage, das Telefonbuch aufs Bett zu heben. Sie würde den Anweisungen des Arztes folgen, das Reisebüro anrufen und eine Woche in San Diego buchen. Sie mußte weit weg. Sie brauchte Zeit, um nachzudenken. Erschöpft legte sie sich hin, aber statt zu schlafen, kreisten ihre Gedanken wieder und wieder um das Vorgefallene. In Mexiko wurden nicht viele Architekten gebraucht, pflegte Bartolomeo ihr gern zu sagen, weil die herrschende Klasse so klein war und alle anderen zu arm waren, um sich »Designer-Häuser« zu bauen. Ihr Magen krampfte sich bei dem Gedanken zusammen, daß sie sich ruiniert hatte. Sie hatte eine Stellung verloren, die sie auf geradem Weg nach oben gebracht hätte. Sie erinnerte sich an die Pferderennen in Montevideo, die sie in ihrer Kindheit miterlebt hatte. Ein Pferd, das weit in Führung gelegen hatte, war aus einem unerfindlichen Grund zurückgefallen und hatte alle anderen an sich vorbeilaufen lassen. Sie hatte sich daran erinnert, weil es eines der wenigen Male gewesen war, bei denen sie ihren Vater die Haltung verlieren sah: Er hatte eine große Summe Geldes auf dieses Pferd gesetzt.

Alegrías Vater hatte immer damit geprahlt, daß sie es einmal weit bringen würde. Alegría entschied sich, ihren Eltern nichts von ihrer Kündigung zu erzählen, bis sie feste Pläne gefaßt hatte. Aber sie durfte auch nicht zu lange warten, da ihre Eltern jederzeit im Büro anrufen konnten. Ihr Vater würde ihr vielleicht die Vorwürfe vergeben, die man ihr machte, aber es wäre schrecklich für ihn, wenn er die Nachricht von Fremden erfahren würde. Sie mußte ihre Eltern anrufen, brachte es aber nicht fertig, sich von dem ungemachten Bett zu erheben und nach dem Telefon zu greifen. Vielleicht würde ein kurzes Nickerchen ihr guttun.

Iliana weigerte sich, mit Menardo zu sprechen, außer über logistische Einzelheiten bezüglich der Einkäufe und Lieferungen für das neue Haus. Seit dem Vorfall hatte sie sich ganz auf die Inneneinrichtung gestürzt. Menardo war erleichtert. Ihm war der Gedanke gekommen, Iliana könne vielleicht darauf bestehen, das Haus sofort zu verkaufen. Aber Iliana hatte ihre eigenen Pläne. Sie hatte sich alle erdenkliche Mühe gegeben, um sicherzustellen, daß Miss Martinez-Soto in keinem der namhaften Architekturbüros mehr Arbeit fand. Dies war mit Hilfe der wunderbaren alten Familienkontakte in Mexico City geschehen und mit Hilfe der Frauen aus dem Club. Schließlich war Alegría Venezolanerin und keine Mexikanerin. Iliana ließ die Frauen des Clubs strategische Telefongespräche führen. Sollte Miss Martinez-Soto versuchen, gerichtliche Schritte zu unternehmen, würden Iliana und ihre Verbündeten dafür sorgen, daß kein Anwaltsbüro in Mexico City ihren Fall übernahm. Iliana fürchtete sich davor, aufzuhören oder ihren Rachefeldzug in irgendeiner Weise abzuschwächen; sie hatte Angst davor, in eine der Depressionen zu verfallen, unter denen sie nach ihren Fehlgeburten gelitten hatte. Es war unmöglich, mit letzter Sicherheit sagen zu können, ob Miss Martinez-Soto in Mexiko ruiniert war oder nicht, aber Iliana hatte alles dafür getan, was in ihrer Macht stand.

Menardo und Alegrías Verrat schmälerte Ilianas Faszination für das Gebäude, das sie selbst entworfen hatte, nicht im geringsten. Der Entwurf war ihre Idee gewesen. Alegría hatte nur gezeichnet, was sie ihr aufgetragen hatte. Die gewaltige Eingangshalle war Ilianas Idee gewesen, und das neue Haus erregte viel Neid. Iliana wußte, daß sie, wenn sie wirklich einige alte Rechnungen begleichen wollte, dieses Haus noch üppiger einrichten mußte als ursprünglich geplant. Sie schickte Tacho zum großen Zeitschriftenkiosk in der Innenstadt, um ihr sämtliche französischen und italienischen Zeitschriften über Inneneinrichtungen zu holen. Die Baufirma hatte die Arbeiten am Pool und die Gartengestaltung beendet. Ohne mit der Wimper zu zucken, holte sie das Skizzenpapier hervor und entrollte es auf dem großen Mahagonitisch im Speisezimmer. Ihr Signal an alle war, mit der bekannten Papprolle unter dem Arm zum wöchentlichen Lunch zu erscheinen. Die Frau des früheren Botschafters schüttelte den Kopf, als sie ihrem Mann am Abend davon berichtete. »Und wir haben geglaubt, sie würde sich nur so lange so aufführen, bis diese Frau mit den Entwürfen für das Haus fertig ist. Aber heute mußten wir uns zwei Stunden lang ihr Gerede über Seerosen für den Pool anhören! Zum Schluß mußte ich ihr sagen: ›Iliana, Darling. Wir glauben dir ja. Wir wissen, daß du ein Vermögen ausgibst!‹« Der frühere Botschafter nickte nur. Er wußte alles über Menardos Geschäfte, besonders jetzt, wo die Seguridad Universal im ganzen Land vertreten war.

DER STURZ

Sie hatten noch nicht einmal fünf Wochen in dem Haus verlebt. Der Unfall kam für alle überraschend. Die Frau des Polizeichefs und des Richters hatten natürlich sofort davon erfahren, weil die Behörden ihrer Ehemänner direkt damit zu tun hatten. Vermutlich hätte es um die Sache gar nicht so viel Aufhebens gegeben, wäre Iliana nicht Mitglied einer der Gründerfamilien gewesen. Und natürlich war da die Tatsache, daß das neue Haus am Stadtrand lag, viel zu nahe am Dschungel, aus dem alles mögliche auftauchen konnte. Daher wurden eine komplette Befragung und eine Sonderuntersuchung angeordnet. Die Hausmädchen und die Köchin waren dabei gewesen, im Anrichtezimmer im Erdgeschoß Geschirr auszupacken. Die drei Frauen sagten aus, sie hätten Iliana zu keinem Zeitpunkt schreien hören, obwohl eines der Mädchen meinte, sich an ein schwaches Geräusch erinnern zu können. Und natürlich hatten die Arbeiter, die draußen am Pool die letzten Arbeiten beendet hatten, einen Zementmischer mit einem lauten Benzinmotor benutzt. Als Menardo ankam, stand die Auffahrt zu seinem Haus voller Polizeifahrzeuge. Der weiße Leichenwagen des örtlichen Bestattungsunternehmens stand mit geschlossener Heckklappe vor dem Eingang. Als er durch die Vordertür ins Haus eilte, traf ihn die Dramatik der großen Eingangshalle wie ein Schlag. Die Glaswand auf der gegenüberliegenden Seite glänzte in einem von den Blättern des Urwalds gefilterten strahlenden Licht. Es war ein merkwürdiges Licht. Reflektiert von den auf Hochglanz polierten weißen Marmorstufen wirkte es noch durchdringender als die Hochsommersonne um ein Uhr mittags. Man hatte Menardo keine Einzelheiten mitgeteilt. Er wußte lediglich, daß sich zu Hause etwas Schreckliches ereignet hatte. Und nun stand am Fuß der Marmortreppe unter der gewölbten Hallendecke eine Gruppe schlicht gekleideter Polizisten, Ärzte sowie Dr. Gris. Menardo sah, daß sie eine Decke über Iliana gelegt hatten, die von ihrem eigenen Bett stammte, einen riesigen, teuren Kashmirschal, den sie an Winterabenden gern getragen hatte. Die Köchin und die beiden Hausmädchen standen dicht zusammengedrängt am Eingang zur Küche. Die Köchin weinte und rang die Hände; die Mädchen versuchten, sie zu beruhigen. Menardo betrachtete sie mit einem flüchtigen Blick und wußte, daß sie nicht um Iliana weinte. Die Köchin hatte einfach Angst. Sie arbeitete bereits seit acht Jahren für sie, und die Untersuchungsbeamten wußten, daß es mit der Zeit häufig zu gewissen Konflikten zwischen den Reichen und ihren indianischen Angestellten kam.

Der Polizeichef beriet sich gerade mit seinen Detectives, wurde jedoch durch die entstehende Unruhe in der Gruppe neben der Leiche auf Menardos Ankunft aufmerksam. Der Chief eilte durch die große Halle. Die große Luger, die in einem schwarzen Lederhalfter steckte, schlug ihm beim Gehen gegen die fette Hüfte. Menardo hatte den Polizeichef nur selten in Uniform gesehen. Er zog Zivilkleidung aus Sicherheitsgründen vor, wie er sagte. Heute jedoch war er in voller Aufmachung erschienen. Das Schwarz der Uniform wurde durch die großzügigen Mengen an Silbertressen und -orden noch betont, die an seiner dicken Brust baumelten. Iliana hätte das gefallen. Auch die Atmosphäre in der großen Halle voller Polizeibeamter, die sich im Flüsterton unterhielten, hätte ihr gefallen. Auf dem Weg durch die Halle hatte sich der Chief gehörig mit Emotionen aufgeladen. Wie jeder Ehemann hatte auch er oft davon geträumt, Witwer zu werden und seine besten Jahre als Playboy und Liebhaber zu verbringen. Doch beim Anblick von Ilianas ausgestreckt daliegendem Körper am Fuß dieser verwirrend weißen Treppe hatten sich ihm die Nackenhaare gesträubt. Die Architektin schien er für den Augenblick vergessen zu haben. Menardo mußte genau hinsehen, um zu erkennen, ob die Betroffenheit des Chiefs echt oder nur vorgetäuscht war. Als er jedoch sah, daß es dem Chief durchaus ernst war, traf ihn der Verlust Ilianas plötzlich wie ein Schlag. Menardo wußte nicht genau warum, schließlich war ihr Zorn auf seine Affäre mit Alegría längst nicht so schnell verraucht wie bei früheren Anlässen. Menardo wußte nicht, was der eigentliche Verlust war, aber er wußte, daß es etwas mit dem Schock zu tun hatte, den der Chief zu empfinden schien. Menardo fühlte sich wie auf einer Bühne, und das Publikum erwartete von ihm, daß er zu schauspielern begann. Aber es fiel ihm nichts ein. Glücklicherweise übernahmen der Chief und einer der Detectives die Szene. Der Chief schritt hinüber zum Treppenabsatz. Er stieg einige Stufen hinauf, und noch während er sich mit einer dramatischen Bewegung umdrehte, verlor er den Halt und landete flach auf dem Hintern. Einer der uniformierten Männer, ein schneller, dünner Mann mit dunkler Haut und dunklen Augen, sprang nach vorn, um ihm zu helfen, aber der Chief stieß seine Hand weg. »Sie könnte gestoßen worden sein. In Anbetracht der Lage des Hauses und der Zunahme von, sagen wir, ›Subversion‹.« Als sie dies hörte, brach die Köchin in lautes Schluchzen aus. »Wir werden alle verhören.« Der Chief nickte in Tachos Richtung, der auf den Leichnam starrte. Tacho erstarrte und blickte zu Menardo. »Mein Fahrer war zu dieser Zeit bei mir«, sagte Menardo.

»Sie müssen verstehen, daß jeder, auch diese Handwerker ... wir werden alle verhören müssen«, sagte der Chief und versuchte, die Nadel auf der Rückseite eines seiner Orden zurechtzurücken. Ein Detective nahm den Chief beiseite. »Sir«, sagte er, »die Marmorstufen – irgend etwas ist da nicht in Ordnung. Der Winkel ist etwas spitz. Und die Stufen sind zu niedrig, selbst für den Tritt einer Frau. Man bleibt mit dem Fuß daran hängen.« Die anderen Polizisten nickten hinter ihrem Sprecher schweigendes Einverständnis. »Es ist keine sichere Konstruktion.« Sie hätten alles behaupten können – daß sie glaubten, er habe seine Frau umgebracht, daß Terroristen aus dem Dschungel gekrochen waren und sie gestoßen hatten – alles. Aber daß sie es wagten, die Konstruktion der kaskadenartigen weißen Marmortreppe zu kritisieren, war mehr, als Menardo hinnehmen konnte.

»Die Treppe kann es nicht gewesen sein! Sie ist perfekt! Schauen Sie sie sich doch nur an!« brüllte Menardo.

Das Verhör von Tacho, der Köchin, den Mädchen und allen Arbeitern, die den Swimmingpool verputzt hatten, erbrachte nichts. Menardo wurde von seinem Freund, dem Chief, persönlich verhört. Die Fragen drehten sich um Menardos Geschäfte und seine Geschäftsbeziehungen. Der Chief wollte Genaueres über General J. und seine Beratertätigkeit für die Regierung von Guatemala erfahren. Warum genau erwarben sie Flugzeuge von den Vereinigten Staaten? Der Chief habe aus verläßlicher Quelle erfahren, daß zwei Maschinen zumindest zeitweise in Guatemala stationiert sein würden. Natürlich gebe es da Bedenken, was die nationale Sicherheit anbelangte. »Schließlich«, sagte der Chief, »ist die Besetzung eines Landes durch ein anderes nichts Unbekanntes. Solch ein Schritt von Seiten Guatemalas wäre durchaus denkbar und möglich.« Menardo fand die Fragen des Chiefs alarmierend. Ihm wurde klar, daß die jüngste Erweiterung seines Geschäfts ein großes Maß an Neid und Mißtrauen hervorgerufen hatte. »In letzter Zeit sind so viele Probleme auf mich eingestürmt«, sagte Menardo mit schwacher Stimme. Er machte sich Sorgen, weil Alegría seine Anrufe und Briefe nicht beantwortete. Die fleischigen Lippen des Chiefs verzogen sich zu einem Lächeln. Mit einer brüderlichen Geste legte er den Arm um Menardo. »Mein armer Freund«, sagte er.

Erst am Abend nach Ilianas Begräbnis gelang es Menardo, mit Alegría Kontakt aufzunehmen. Sie schien nichts von dem zu verstehen, was er ihr durchs Telefon erzählte. Sie klang betrunken. Sie war gerade aus Cancun zurückgekehrt und völlig erschöpft von der Reise. Ihr Flug hatte sich verspätet. Alegría konnte Menardos Worte nur nachsprechen: »Unfall«, »tot aufgefunden«, »mit gebrochenem Genick« und »heute beerdigt«. Der Schock über die Neuigkeit von Ilianas Tod drang nicht zu ihr durch, sondern pochte nur dumpf an das Taubheitsgefühl, das Alegría wie eine merkwürdige Hautschicht umgab. Sie hatte es in Cancun nicht geschafft, den Wellen der Erschöpfung und Müdigkeit zu entkommen, die sie zu erdrücken schienen. Der weiße Sand und das Wasser reflektierten das Sonnenlicht, als seien die geschmolzenen Metalle des Planeten niemals abgekühlt, sondern zu polierten Oberflächen verschmolzen, zu Spiegeln über Spiegeln. Sie hatte sich die Mahlzeiten in ihren Bungalow kommen lassen, aber dann festgestellt, daß sie kaum nach etwas schmeckten, gleichgültig wie reif die Früchte aussehen oder wie aromatisch die Wasserkresse oder die Petersilie auch duften mochten. Es war, als habe man alles zu früh und noch grün geerntet und dann zur künstlichen Reife gebracht. Sie wußte, daß die Kellner und Aushilfskräfte in der Ferienanlage über sie klatschten. Sie hatte sich unter der Heimatanschrift ihrer Eltern in Caracas eingetragen. Sie wußte, daß das Personal jederzeit mit der Ankunft eines Mannes rechnete, der sich zu ihr gesellen würde. Als kein Mann aufgetaucht war, und die junge Frau ganze Tage durchschlief, hatten sie auf das Ende einer Liebesgeschichte geschlossen.

Alegría hatte vorgehabt, ihre Eltern anzurufen, sobald sie sich ein wenig ausgeruht und die Dinge durchdacht hatte. Aber bei der Aussicht darauf, den nächsten Schritt planen zu müssen, wurden ihr die Lider schwer und ihre ganze Kraft schmolz dahin. Sie hatte versucht, diese Lethargie zu bekämpfen, zuerst mit starkem Kaffee, dann mit kleinen weißen Pillen, aber auch diese Anstrengung hatte ihr nur Übelkeit verursacht. Alegría hatte gefühlt, wie die Zeit mit Ebbe und Flut verrann. Ihr Vater würde im Büro anrufen und nach ihr fragen. Vielleicht wußte er schon Bescheid. Sie glaubte nicht genug Kraft zu haben, um den Telefonhörer halten zu können. Sie war gezwungen, alles einfach geschehen zu lassen.

Die Beerdigung war sehr unerfreulich gewesen. Ilianas Eltern waren altmodische Leute und entsetzt darüber, daß Menardo den Leichnam in ein Bestattungsunternehmen gegeben hatte, was sie für barbarisch und für eine Sünde hielten. Sie befolgten kirchliche Dogmen, die so alt waren, daß selbst die meisten Priester nie etwas von ihnen gehört hatten. Ilianas Eltern hatten immer gewußt, daß die Ehe mit Menardo ein böses Ende nehmen würde. Nur ein minderwertiges Wesen konnte sich entschließen, ein Haus in einem Dschungelgebiet zu bauen, in dem so viele Gefahren lauerten. Es kümmerte sie nicht, daß sowohl die örtlichen Ermittlungen als auch die Beamten der Sonderuntersuchungskommission auf Unfalltod geschlossen hatten. Der amtliche Leichenbeschauer stellte fest, daß – obwohl das Treppenhaus mit Abstand eines der beeindruckendsten Merkmale dieses höchst modernen und schönen Hauses sei – die Treppen selbst eine etwas merkwürdige Konstruktion aufwiesen. Aus Gesprächen mit den Arbeitern habe sich für die Untersuchungsbeamten ergeben, daß die Treppen in einer sehr ungewöhnlichen Weise zugeschnitten und poliert worden waren. Er wisse zwar nicht, welchen visuellen Effekt man damit bezweckt hatte, das praktische Ergebnis jedoch sei, daß der geringe Abstand zwischen den Stufen auf die natürliche Trittgröße eines Menschen keine Rücksicht nehme. Der Ermittlungsbeamte der Polizei betonte, er habe den ganzen

Morgen am Tatort verbracht und sogar ein Mädchen und einen Gärtner gebeten, die Treppenstufen hinauf- und hinunterzugehen. Er selbst habe die Prozedur mehr als zehnmal wiederholt. Alle, so lautete sein Bericht, hätten dabei Schwierigkeiten gehabt, und das Hausmädchen sei auf der glatten Oberfläche sogar fast zu Fall gekommen. Trotzdem sei ein Erwachsener wohl in der Lage, seine Schritte zu kontrollieren, da der Fuß auf der darunterliegenden Stufe lande.

Es ist das Recht des Ehemannes, sämtliche Beerdigungsvorkehrungen zu treffen. Menardo ertappte sich dabei, daß er diesen letzten Akt als Schwiegersohn und Ehemann regelrecht genoß. Er hatte aus verschiedenen Gründen ein Bestattungsunternehmen heranziehen wollen. Seinen Verwandten gegenüber hatte er argumentiert, nur ein Leichenbestatter werde in der Lage sein, den Leichnam nach der Autopsie noch einmal präsentabel herzurichten. Er wollte jedoch auch die »alten Bräuche« umgehen – den offenen Sarg in der großen Halle, einen ständigen Besucherstrom, der vorwiegend aus Mitgliedern ihres Clans bestehen würde, den Menschen also, die schon immer gegen ihn gewesen waren und von denen einige nicht aufgehört hatten, ihn weiterhin bei Hochzeiten und Taufen vor den Kopf zu stoßen. Ilianas Mutter war in Ohnmacht gefallen, doch Menardo fand, daß Iliana so gut aussah, wie man es nach einem solchen Sturz erwarten konnte. Die Blutergüsse waren mit mehreren Puderschichten abgedeckt worden. Lediglich an den Augenbrauen fand Menardo etwas auszusetzen. Iliana hatte sie immer mit einem dünnen, rötlichen Strich nachgezogen, der Leichenbestatter hatte ihr dagegen dicke, schwarze Brauen aufgemalt.

Es fiel Menardo schwer, ständig daran zu denken, daß er ein Witwer und offiziell in Trauer war. Natürlich tat ihm Ilianas Tod leid; sie war weder krank noch alt gewesen und hätte noch viele Jahre leben können. Andererseits mußte jeder einmal sterben. Sie hatten keine Kinder, und für ihre Nichten und Neffen hatte sich Iliana nie interessiert. Ihre Eltern waren alt und von schwacher Gesundheit, doch schließlich hatten sie noch all die anderen, bei denen sie sich ärgern und beschweren konnten. Sie war plötzlich und, wie der Leichenbeschauer gesagt hatte, »schmerzlos« gestorben. Menardo wunderte sich ein bißchen darüber, aber natürlich führte schon der erste Schlag gegen den Kopf, beziehungsweise der Bruch des Genicks oder der Wirbelsäule zu völliger Gefühllosigkeit. Menardo wußte, daß man von ihm erwartete, Ilianas Familie zuliebe eine gewisse Trauer zu zeigen. Aber nun, da sie fort war, empfand er ihrer Familie gegenüber eine Boshaftigkeit, für die er sich fast schämte. Iliana war tot, und es spielte keine große Rolle mehr, ob er die Beziehungen zur Verwandtschaft aufrechterhielt oder nicht. Was seine eigene Familie anbetraf, so war niemand gekommen. Seine Verbindung zu ihr war praktisch erloschen.

Menardo warf einen letzten Blick auf Iliana und sah in ihr niemanden, den er irgendwann gekannt hatte. Er versuchte, sich an zärtliche Momente zu erinnern, die Zeit, in der er um sie geworben und wirklich den ganzen Tag über vom kommenden Abend geträumt hatte. Menardo hatte das Gefühl, sich kontinuierlich zu verändern; er hatte sich so oft in neue Persönlichkeiten verwandelt, daß nur noch wenig von der ursprünglichen Person übriggeblieben war. Menardo konnte fühlen, daß er auf dem Weg war, die Schlagzeilen der Zeitungen zu füllen und Geschichte zu machen. Die Morgendämmerung des neuen Zeitalters, von der Menardo den provinziellen Geschäftsleuten so oft erzählt hatte, war plötzlich zum hellen Tag geworden.

Menardo bemerkte, daß er schon länger als üblich am Sarg gestanden hatte. Er richtete sich auf und machte eine kleine Verbeugung vor Iliana, während er ihre gefalteten Hände tätschelte. Er hatte die Tote zuvor nicht berührt und war überrascht darüber, daß er überhaupt nichts fühlte. Kein hölzernes oder wächsernes Gefühl, keine Kälte – einfach nichts. Der Tod hatte ihre Hand zu einer reinen Oberfläche gemacht: Ihr Körper wurde bereits zu einer Illusion. Der Tod hatte sie flach werden lassen. Sie hatte nicht mehr Substanz als eine Fotografie. Er wünschte fast, sie würde nicht beerdigt werden, wünschte sich, ihren Zerfall Tag für Tag mitansehen und von Zeit zu Zeit überprüfen zu können.

Zweites Buch
DIE HERRSCHAFT VON FIRE-EYE MACAW

BOMBENTERROR

Vielleicht war es nicht gerade das, was man normalerweise tat, so kurz nach dem Tod der Ehefrau, aber Menardo hatte mit dem neuen Geschäft, das General J. aufgezogen hatte, einen großartigen Erfolg, und Alegría hatte schließlich eingewilligt, ihn zu heiraten. Dennoch begannen sich die Dinge von diesem Zeitpunkt an überall zu verändern. Manchmal sagte sich Menardo, die Veränderungen seien sein Schicksal, und erst seit Ilianas Tod, habe er die Klarsicht, dies auch zu erkennen. Er war durch Iliana so fest in die Welt der Clubessen und Abendgesellschaften eingebunden gewesen, daß er nicht bemerkt hatte, wie sich die Dinge verschoben hatten und das Wasser gestiegen war. Die »Vorfälle« begannen sich zu häufen. Tuxtla hatte schon immer seinen Anteil an Kleinkriminalität und Morden unter Indianern gehabt. Aber nicht einmal eine Woche nach Ilianas Beerdigung fand sich Menardo wieder in der Leichenhalle ein, diesmal, um für die älteste Tochter des Bankpräsidenten den Rosenkranz zu beten. Das Mädchen war in der Innenstadt von Tuxtla die Hauptstraße entlanggegangen, als auf der gegenüberliegenden Straßenseite in einem Gartenweg eine Bombe explodierte. Ein durch die Explosion weggeschleuderter Dachziegel hatte das Mädchen getötet. In der Kapelle der Leichenhalle versuchte Menardo, sich das Mädchen genau anzusehen. Während alle anderen leise vor sich hin beteten, lehnte Menardo sich fest gegen das polierte

Holz des Kirchenstuhls und klickte laut mit seiner Gebetsschnur, damit niemand bemerkte, daß er gar nicht betete, sondern den Leichnam betrachtete. Sie war kein hübsches Mädchen gewesen. Sie hatte eine Hakennase und schwarze Leberflecke auf Hals und Wangen. Der Tod hatte ihre Hautfarbe nur wenig verändert. Alle Töchter des Bankiers hatten eine gepflegte milchweiße Haut. Menardo konnte beim Betrachten des Mädchens nicht viel feststellen. Er wußte, er würde sie anfassen müssen, so wie er Iliana angefaßt hatte. Auch nachdem das Gebet beendet war, verharrte er kniend und wartete darauf, daß die anderen gingen. Alles was er tun wollte, war, die Hand des toten Mädchens zu berühren, aber er wollte nicht, daß ihm dabei jemand zusah. Sie würden nicht verstehen, das dies etwas war, was er tun mußte, um seine Gedanken zu ordnen. Menardo hatte sogar mit Tacho darüber gesprochen.

Tachos Miene blieb immer unbewegt, wenn er dem Boss zuhörte. Die durchdringenden schwarzen Augen im Rückspiegel beobachteten und verunsicherten Menardo. Er hatte wissen wollen, was Indianer bei einem Todesfall taten. »Ganz normale Sachen wie die Weißen auch. Und dann ...« Tachos Stimme verlor sich, als wäre das alles, was der Boss hören wollte. Die Augen im Rückspiegel beobachteten ihn weiter.

»Nein«, sagte Menardo, »erzähl mir mehr. Was ich mich frage, ist ...« Aber er konnte es nicht aussprechen. Nicht einmal vor diesem Indianer, der keine Ahnung von Anstandsformen hatte, davon, was man fragen durfte und was nicht. Tacho sprach nicht weiter, und Menardo hatte entschieden, es sei nicht der Mühe wert, ihn nochmals zu fragen. Tacho wartete vor der Leichenhalle auf ihn. Menardo blickte sich hastig um, ob es irgendwo Fenster gab, durch die Tacho hereinsehen konnte. Er vergewisserte sich, daß keine Angestellten des Beerdigungsinstituts in der Nähe waren.

Seine Kehle war trocken vor Aufregung. Er fühlte ein Kribbeln in den Beinen, das er auf das lange Knien zurückführte. Während er auf den Sarg zuging, ließ er die Gebetskette in die Tasche seines Jacketts gleiten. Was er jetzt tun wollte, konnte er nur damit rechtfertigen, daß es notwendig war. Wenn er es erst einmal getan hatte, würde er frei sein und sich mit solchen

Gedanken nicht mehr befassen müssen. Dies alles war die Folge von Ilianas Tod. Es war nicht seine Schuld. Menardo hielt seine Hand über die des toten Mädchens und bereitete sich darauf vor, sie zu berühren. Er streckte langsam den rechten Zeigefinger aus, als nähere er sich einem schreckhaften Reptil. Menardo konnte seinen eigenen Schweiß riechen. Der Geruch von Angst haftete ihm an, den er noch von dem Morgen kannte, an dem er durch die Tür des neuen Hauses geeilt war, um am Treppenabsatz einen streitenden Haufen aus Ärzten, Polizisten und Bediensteten vorzufinden.

Er war sich nicht sicher, ihre Hand wirklich zu berühren, als er sie jedoch anstieß, rutschte der linke Arm des Leichnams herab, und der rechte blieb allein mit einem um die Finger geschlungenen rosafarbenen Rosenkranz auf der Brust liegen. Die Bewegung des Armes entsetzte Menardo. Alles hatte am richtigen Platz zu liegen und dort zu bleiben. Das Ganze hatte ihn so sehr erschreckt, daß er sich nicht mehr erinnern konnte, *was* sein Zeigefinger eigentlich gefühlt hatte. Er war nicht in der Lage gewesen, ihr Fleisch von seinem eigenen zu unterscheiden. Wie peinlich! Jetzt mußte er versuchen, ihren Arm wieder herzurichten, bevor irgendwelche Angestellten des Beerdigungsinstituts auftauchten. Menardo holte tief Luft. Der Geruch von Kerzenwachs und Gardenien machte ihn leicht benommen. Er faßte das Handgelenk des linken Armes, und diesmal täuschte er sich nicht. Er sah, daß er das tote Mädchen berührte, doch der Arm fühlte sich an, als wäre er eine Verlängerung seines eigenen, ein merkwürdiger Auswuchs am Ende seiner eigenen Hand. Wieder ließ er den Arm fallen, nahm seine eigene Rechte in die linke Hand und drückte jeden Finger. Sie waren in Ordnung. Er blickte wieder auf das tote Mädchen. Er mußte sich beeilen. Seine Hand zitterte jetzt so sehr, daß er die Gebetskette kaum arrangieren konnte. Er faßte den Arm am weißen Chiffonstoff und legte ihn zurück auf seinen Platz über der Hand mit der Gebetskette.

Menardo konnte die rote Glut von Tachos Zigarette aufleuchten sehen. Er stand an den Wagen gelehnt und starrte in den Himmel. Es war kein Mond zu sehen, und die Sterne wurden von Wolken verdeckt. Menardo war erleichtert, daß Tacho sein

Gesicht nicht klar erkennen konnte. Er war sich sicher, aschfahl zu sein. Um den Geruch seines eigenen Schweißes nicht riechen zu müssen, rollte Menardo auf dem Rücksitz beide Fenster herunter. Aber Tacho hatte den Geruch bereits wahrgenommen. Seine Augen starrten weiter in den Rückspiegel und beobachteten ihn auf der ganzen Fahrt zurück zum Haus. Plötzlich fühlte Menardo einen Zorn in sich aufsteigen, der ihm fast die Brust sprengte. Er war wütend darüber, daß die Bombe das junge Mädchen getötet hatte. Er war wütend über Ilianas blöden Sturz, einen Sturz, zu dem es auch schon zwei Monate früher hätte kommen können, bevor Iliana ihre vernichtenden Telefonanrufe nach Mexico City getätigt hatte. Menardo war wütend auf Alegría, die wie gelähmt in ihrem Apartment in der Hauptstadt saß und sich weigerte, ihn zu sehen. Sie bestand darauf, daß vor der Hochzeit zumindest ein paar Anstandsregeln eingehalten wurden, da Iliana durch einen so außergewöhnlichen Unfall ums Leben gekommen war. Zum Glück hatte Iliana die Treppe selbst entworfen. Sie war es gewesen, die darauf bestanden hatte, sie so glatt zu polieren. Alegría hatte für einen etwas gemäßigteren Effekt plädiert.

Menardo mußte Alegría unbedingt sehen. Die Vermittlung ließ es pausenlos bei ihr klingeln, aber Alegría ging nicht ans Telefon. Sie hatte Menardo erzählt, sie habe den Stecker aus der Wand gezogen, weil sie nicht von ihren Eltern angerufen werden wollte, die von ihrer Schande erfahren hätten und Näheres über ihre Kündigung hören wollten. Was sie Menardo nicht gesagt hatte, war, daß sie es nicht ertragen konnte, allein im Apartment zu bleiben. Die blaßblauen Räume waren ein Gefängnis. Egal wohin sie sich wendete, überall gab es Erinnerungen an die Karriere, von der sie geträumt hatte.

KOMMUNISTEN

Alegría war schlau genug, um Bartolomeo und dem Rest der Gruppe nichts von Menardos Heiratsantrag zu erzählen. Sie hätten sie nur verhöhnt. Dennoch war es beruhigend, in einer Ecke zu sitzen und ihnen bei ihrem ewigen Gedröhne über Revolutionen zuzuhören. Mexiko wurde restlos ausgebeutet. Mexiko war restlos ausgebeutet worden. »Ja«, wollte Alegría sagen, während sie einen prüfenden Blick in die Runde warf, »und nur einer oder zwei von euch sind nicht mit den gestohlenen Früchten von indianischem Land und indianischer Arbeit aufgezogen worden.«

Als das Taxi sie vor der Tür von Bartolomeos Apartment abgesetzt hatte, war sie völlig erschöpft gewesen. Seine Genossen schienen nicht zu Hause zu sein, obwohl unter den Haufen aus Zeitungspapier und schmutzigen Kleidungsstücken alle möglichen Leute liegen konnten. Alegría hatte es aufgegeben, ihn danach zu fragen, wer oder wie viele es waren, die hier lebten, denn Bartolomeo genoß das Kommen und Gehen in ihrer Gruppe. Mitunter schliefen bis zu zwölf »Genossen« in dem winzigen Zimmer, so daß es kaum so etwas wie Privatsphäre gab. Das Zimmer leistete Bartolomeo gute Dienste. Es setzte Intimitäten gewisse Schranken und hatte seine Familie dazu gebracht, ihn zu enterben.

Alegría wünschte, sie hätte einen Schluck Brandy. Manchmal kamen die Genossen und Mitbewohner mitten in der Nacht in das kleine Zimmer hereinmarschiert. Bartolomeo nagelte sie so lange auf das Knäuel aus alten Bettüchern, bis sie ihn davon überzeugte, einen Orgasmus gehabt zu haben. Wenn seine Wohnungsgenossen währenddessen hereinkamen, schloß sie jedesmal fest die Augen. In diesen Momenten war sie froh, daß es keinen Strom gab. Die Kerzen, die sie in den roten und blauen Gläsern aufgestellt hatten, warfen lange Schatten, und Alegría vermutete, daß die Genossen kaum mehr als vage Schatten erkennen konnten. In dieser Nacht lag sie da und wartete auf das *bum, bum, bum* der Stiefel der Genossen, während Bartolomeo sich auf ihr abmühte. Er konnte ihre Konzentration auf Geräusche nicht durchdringen. Im Stockwerk über ihnen hörte sie das Weinen eines

Babys, im Flur das langsame, metallene Ticken eines billigen Weckers, ein Radio und jemand, der auf einer indianischen Flöte musizierte. Sie hörte die Stimme einer betenden Frau: »Sei gegrüßt, o Königin, Mutter der Barmherzigkeit, unser Leben, unsere Wonne und unsere Hoffnung«; sie hörte Würgen und Erbrechen und das Kratzen der Füße von Ungeziefer, einen dumpfen Aufschlag, eine zuschlagende Tür, ein Stöhnen.

Als Alegría erwachte, lag sie allein auf einem Haufen Bettlaken. Sie hörte gesenkte Stimmen, doch sie stritten sich nicht über Lenin oder darüber, was sie mit den Schriften Maos anfangen sollten. Alegría spürte Anspannung in der Luft und eine gewisse Nervosität. Vom Boden aus konnte sie Männerbeine unter dem Tisch erkennen, obwohl sie später auch eine Frauenstimme hörte. Eine Stimme wiederholte immer wieder: »Langsam jetzt. Langsam – seid vorsichtig!« Da wußte sie Bescheid. Von einer Sekunde auf die andere war sie hellwach. Zehn Schritte von ihr entfernt bauten die Genossen Bomben. Sie bewegte sich sehr langsam, so, als gelte es, ein wildes Tier nicht zu erschrecken. Sie hielt sich nicht lange mit Büstenhalter oder Strumpfhosen auf, sondern stopfte sie einfach in ihre Tasche. Jetzt war sie froh, ein einfaches Kleid ohne Knöpfe oder Reißverschlüsse zu tragen. Sie wartete auf eine Pause in der Unterhaltung, darauf, daß sich jemand von denen, die sich um den Tisch drängten, bewegte, dann stand sie auf und sagte: »Bartolomeo?« Im seltsamen Kerzenlicht um den Tisch wirkten die Gesichter wie in die Länge gezogen. Eine Stimme sagte:« Wer ist das?« und eine andere antwortete: »Nur die, mit der Bartolomeo fickt.« – »Er ist nicht da. Er ist weggegangen, um etwas zu holen.« Plötzlich fühlte Alegría, wie sehr sie sie alle schon immer gehaßt hatte. Für sie würde Alegría immer nur eine weitere Frau sein, mit der Bartolomeo fickte. Es gab nichts, was sie tun oder sagen konnte, damit sie ihr jemals vertrauten. Bartolomeo brauchte sie, um die anderen zu provozieren, um sie daran zu erinnern, was und wen sie haßten und bekämpften. Es wäre ihnen völlig egal gewesen, wenn Alegría ihnen zugestimmt hätte, daß ein System, das für den Profit einiger weniger zahllose Menschen verhungern und sterben ließ, ein System war, das unter dem bloßen Gewicht der Toten zusammenbrechen mußte. »Bleib doch da, wo du hingehörst!« hatte ihr eines Nachts eine der Frauen zugerufen, die sich an billigem Bier betrunken hatten, und Alegría hatte zurückgerufen: »Ich kenne meinesgleichen! Bürgerliche Spießer! Und du bist genauso eine wie ich!« Die betrunkene Frau hatte versucht, Alegría anzugreifen, aber Bartolomeo hatte Alegría am Ärmel weggezogen. Die Geräusche, die sie jetzt am Tisch hörte, gefielen ihr nicht. Die Stimme, die immer wieder mahnte: »Langsam! Langsam!« schien nichts mehr erwidern zu können, als eine andere Stimme verlangte: »Du scheinst dich ja so gut auszukennen – dann mach du's doch!« Alegría wollte laut loslachen. Sie mußte verschwinden. Sie hatte ihren Diskussionen oft genug zugehört, um zu wissen, daß sie die Kunst der Dialektik nicht besonders gut beherrschte, und sie fürchtete, daß sie es vielleicht noch weniger beherrschten, Sprengkapseln an Bomben zu befestigen. Auf jeden Fall zog sie es vor, um halb vier Uhr morgens draußen auf der Straße zu stehen. Über ihr hatte sich aus Rauch, Staub und Wolken eine leuchtende Dunstglocke gebildet, die in einem giftigen Orange zu glühen schien. Als ihre Augen sich an die Dunkelheit gewöhnt hatten, sah sie, daß das Leuchten hell genug war, um auf den zerfallenden Hauswänden schwache Schatten zu werfen. Von den Berggipfeln war der erste Novemberfrost heruntergekommen, und Alegría stellte den Kragen ihres Mantels auf, um Mund und Nase zu bedecken.

Sie kehrte in ihre blauen Zimmer zurück, als die Sonne gerade helleuchtend hinter den orangebraunen Luftschichten aufging. Das Telefon läutete, als sie hereinkam, und es hörte nicht auf zu klingeln, bis sie schließlich den Hörer abnahm.

Menardo mußte sie unbedingt sehen. Es war dringend. Seine Stimme klang verzweifelt. »Was ist los?« fragte sie. »Oh«, sagte er, »der Teufel ist los! Überall sind subversive Elemente!« Menardo mußte heftig schlucken, bevor er sagte: »Diese Woche haben sie ein Bombe gelegt und ein junges Mädchen umgebracht.« Er glaubte, schluchzen zu müssen, als er sagte: »Die Tochter des Bankpräsidenten.« Alegría gelang es, ihn zu beruhigen. Sie durften sich nicht sehen, bis ihre Verlobung bekanntgegeben war. Die Heiratspläne mußten warten, bis mindestens acht Monate seit Ilianas Tod vergangen waren. »Das weißt du doch«, erinnerte sie ihn. »Ja«, sagte er zögernd, er wisse es.

Alegría hatte in Madrid versucht, eine saubere Trennung von Bartolomeo zu erreichen. Sie hatte es versucht, beide hatten es versucht. Bartolomeo war nach Mexico City gegangen. Aber später war ihr bestes Jobangebot aus Mexico City gekommen. Sie hatte sich bemüht, nicht in die Nähe der Universität zu geraten, weil sie wußte, wo er sich aufhalten würde. Am Ende hatte er nach ihr gesucht.

Menardo empfing sie am Flughafen von Tuxtla, die Arme voller roter Rosen. Er überreichte Alegría den Strauß und zog sie eng an sich. Der Papierkram auf dem Standesamt war schnell erledigt. Ein Beamter hatte ihnen die Schwüre vorgelesen, und zwei seiner Gehilfen hatten als Trauzeugen fungiert. Menardo hatte von einer intimen kleinen Trauung in einer Kapelle geträumt, aber unter den gegebenen Umständen war er mit Alegría übereingekommen, daß eine standesamtliche Trauung das Angemessenste war. Alles, was Menardo sich wünschte, war, daß sie in dieser Nacht der Nächte sein Weib sein sollte, in der sie ganz ihm und er ganz ihr gehören würde. Auf der Fahrt von der Trauung zurück zum Hotel hatte Menardo Alegrías Hand ergriffen und sie zärtlich gegen seine Hose gepreßt, damit sie die Stärke seines Verlangens fühlen konnte. Das Organ pulsierte und bewegte sich, noch bevor sie ihre Hand wieder weggezogen hatte. Alegría spürte, wie ihr übel wurde; sie hatte keine Wahl. Sie preßte sich an ihn und lehnte sich so weit herüber, daß er in das Oberteil ihres Kleides fassen und ihre linke Brustwarze zwischen die Finger nehmen konnte. Als sie beim Hotel ankamen, ordnete Menardo seinen Schlips und fuhr sich durch die Haare. Wollte sie etwas essen? Im Licht der große Eingangshalle konnte sie ihn überdeutlich sehen, den großen schwarzen Leberfleck über der Lippe und die durch seine Erregung verursachten Schweißflecken, die den Stoff unter den Ärmeln seines Polyestermantels durchtränkt hatten. Es hätte Alegría nicht überrascht, einen feuchten Fleck in der Nähe seines Hosenlatzes zu entdecken, aber glücklicherweise war sein Mantel zugeknöpft.

Nein, sie wollte nichts essen. Schon die Vorstellung von Essen verursachte ihr Übelkeit. Sie wollte sich ausruhen. Aber Menardo verstand das Wort »ausruhen« dahingehend, daß sie Sex wünschte. Sie versuchte es ihm zu erklären, merkte jedoch, daß er schon wieder erregt war und Worte nichts mehr nützen würden.

Menardo hatte die mit Dutzenden von weißen Rosen geschmückte Honeymoon-Suite bestellt. Der Champagner war eisgekühlt; er bestand darauf, daß sie ein Glas davon trank. Der Champagner beruhigte ihren Magen, und sie trank zwei weitere Gläser, bevor Menardo es nicht länger aushielt. Sein Penis war genauso kurz und dick wie er selbst und verlor sich irgendwo unter seinem vorstehenden Bauch. Er bestand darauf, sie überall zu küssen, dann leckte und saugte er die Stellen, die er geküßt hatte. Der Champagner und die Müdigkeit hatten sie schläfrig gemacht, und seine Küsse irritierten sie mehr, als daß sie sie erregten. Alegría hätte Menardo am liebsten gebeten, ihn reinzustecken und es hinter sich zu bringen, aber nun mußte sie die Braut spielen, und von dieser Nacht an würde sie seine Frau sein müssen. Sie mußte seine Lippen auf ihren Schultern und Armen ertragen. Wenn er ihre Schenkel küßte und sich dem Schamhügel näherte, hatte sie die Vorstellung, von einem gigantischen Weichtier, das ihren Körper mit Schleim überzog, während es sich daranmachte, in ihre Vagina einzudringen. Sie konnte den Drang, zurückzuzucken, die Beine anzuziehen und ihm mit aller Kraft in den Magen zu treten, kaum beherrschen. Deshalb griff sie verzweifelt nach seinem Penis. Doch in der kauernden Haltung, die er zum Küssen und Lecken eingenommen hatte, war sein Geschlecht außer Reichweite. Zum Glück deutete Menardo ihre Geste als Zeichen ihres großen Begehrens und verlor alle Beherrschung, indem er sich über sämtliche Laken ergoß und sie beide in Verlegenheit brachte.

GENOSSIN LA ESCAPÍA
UND DER KUBANER

»Genossin La Escapía«, wurde sie teils spöttisch, teils ernsthaft von den Menschen in den Dörfern genannt. Es war ihr egal. Sie hatte sie ihr ganzes Leben lang hinter vorgehaltener Hand und hinter ihrem Rücken über sich reden hören. Mochten sie sie Genossin nennen oder was immer sie wollten, sie hatte sich zum Rang eines Colonels in der Armee der Gerechtigkeit und Umverteilung hochgearbeitet. Die Abgeordneten aus den Dörfern hatten davor gewarnt, sich militärischer Dienstgrade und Disziplin zu bedienen, weil das nur zu Streit und Kampf untereinander führen würde. Niemand sollte sich über den anderen stellen können, nicht innerhalb der Familie oder innerhalb des Clans und schon gar nicht innerhalb des Dorfes. Nein, die Dorfabgeordneten hatten geraten, keine militärischen Dienstgrade zu verwenden, außer im Kontakt mit der Außenwelt.

Die Abgeordneten hatten sich außerdem gegen die Anrede Genosse oder Genossin ausgesprochen. Die Leute hatten genug Fernsehen und Kinofilme gesehen, um zu wissen, was das Wort *Genosse* bedeutete. Die Missionare hatten sie gelehrt, den Kommunismus zu hassen. Die Dinge waren in Bewegung geraten, und La Escapía wußte, daß der Aufstand bald in vollem Gange sein und all ihre Feinde und Kritiker zum Schweigen bringen würde. Bald würden in Windeseile große Dinge geschehen. Ihr und den anderen Anführern der Volksarmee war es gelungen, eines der größten und bestausgerüsteten Arsenale in der Region anzulegen. Die Indianer hatten es geschafft, von mindestens einem halben Dutzend verschiedener Gruppen, die mehr als ein Dutzend ausländischer Regierungen und Untergrundbewegungen repräsentierten, Waffen und Ausrüstung zu erhalten. Sogar von einem großen amerikanischen Schauspieler hatten die Indianer zwei dicke Schecks bekommen. La Escapía lachte über die Kritiker. Natürlich nahmen die Stämme das Geld von jedem, der es ihnen gab. Sie waren sich nur in einem Punkt einig: Sie mußten um jeden Preis ihr Land zurückgewinnen. La Escapía (den Nonnen als Angelita bekannt) war von den Missionaren zu den kubanischen Marxisten gegangen. Sie war eine stille, aber unermüdliche Kritikerin der monatelangen »politischen Unterweisungen« gewesen, die sie und die anderen in der marxistischen Schule erhalten hatten, welche die Kubaner in Mexico City unterhielten. La Escapías Lieblingsausbilder war ein blonder Kubaner gewesen, der ihr das Vögeln beigebracht hatte. Er pflegte sie in das Apartment seiner reichen Frau mitzunehmen, »seiner Verlobten«, wie er sie nannte, und dort hatte Bartolomeo seinen Saft über die gesamte blaue Samtbettdecke verteilt. Als La Escapía versuchte, die Bettdecke abzuwischen, hatte Bartolomeo sie zurückgehalten. Die Frau verdiene es, ein wenig von ihrem hohen Roß heruntergeholt zu werden, sagte er. Bartolomeo hatte versucht, grob zu ihr zu werden. Nicht körperlich, denn La Escapía war sicher, daß sie schwerer war als er. Bartolomeo hatte versucht, sie einzuschüchtern. Er hatte gedroht, sie und die anderen wegen ihrer nationalistischen, ja sogar tribalistischen Gesinnung zu melden. Aber Angelita hatte nur gelacht, und ihr Lachen war das Ende ihres nachmittäglichen Sexunterrichts mit Bartolomeo gewesen. Sollte er doch seine reiche Architektenfreundin vögeln. La Escapía und die anderen würden leugnen, geheime Absichten zu haben. Die reichen Fremden sollten glauben, was sie wollten, den indigenen Menschen war es recht. Alles, was sie wollten, waren die Mittel, um ihr Land zurückzugewinnen. Das war ihr Geheimnis und die einzige »Wahrheit«, auf die sich die Stämme einigen konnten. Angelita hatte niemals gezögert, zuzugeben, daß sie mit Bartolomeo geschlafen hatte, denn sie hatte von ihm viel darüber gelernt, wie man außer von Kubanern auch von anderen Unterstützung erhalten konnte. Sie hatte die marxistische Schule als Klassenbeste abgeschlossen. Als sie später von Feinden in den Dörfern, von Menschen, die durch Clan oder Heirat mit ihr verwandt waren, beschuldigt wurde, eine »Kommunistin« zu sein, ließ sie sie gewähren. Wußten sie denn nicht, wo Karl Marx seine Vorstellungen von einem egalitären Kommunismus her hatte? »Von hier«, hatte La Escapía gesagt, »Marx hat seine Ideen bei uns, den amerikanischen Ureinwohnern, gestohlen.«

Die Unterrichtsstunden hatten im Keller eines Gebäudes in der Innenstadt stattgefunden. Die Vorlesungen über Marx waren das einzige gewesen, was den Schulbetrieb noch aufrechterhalten hatte. Die Kubaner erinnerten La Escapía und die anderen ständig daran, welche Ausgaben und Schwierigkeiten damit verbunden waren, ihnen eine Erziehung zu gewähren. La Escapía hatte erwartet, daß sie alles hassen würde, was die Kubaner sie lehrten. Sie und die anderen aus den Dörfern hatten dem Schulbesuch nur zugestimmt, weil die Kubaner diesen Unterricht zur Bedingung für die Lieferung von Waffen und anderer Ausrüstung machten. In den ersten Unterrichtswochen war La Escapía während des Unterrichts eingeschlafen und hatte sogar geschnarcht. Dann, in der vierten Woche, hatten die faulen Kubaner damit begonnen, ihnen direkt aus dem *Kapital* vorzulesen. Und da hatte La Escapía es gefühlt: Einen Blitz! Einen plötzlichen Knall! Dieser alte weiße Philosoph hatte wirklich etwas über Gier und Grausamkeit zu sagen. Für La Escapía war es das erstemal, daß die Worte eines Weißen überhaupt einen Sinn ergaben. Jahrhundertelang hatten die Weißen den Menschen in Amerika erzählt, sie sollten die Vergangenheit vergessen; und jetzt kam dieser weiße Mann Marx daher und erzählte den Menschen, daß sie sich erinnern sollten. Die Alten hatten das gleiche geglaubt: Die Vergangenheit mußte einbezogen werden, denn in ihr lag der Keim für die Gegenwart und die Zukunft. Sie mußten die Vergangenheit einbeziehen, denn in ihr lag der jetzige Augenblick und auch der zukünftige.

Nach der Vorlesung war La Escapía in Bartolomeos Büro gegangen. Sie hatte Fragen zu Marx. Was sagte er über die Geschichte und die kommenden Veränderungen, die unaufhaltsam waren? Während sie sprach, hatte ihr Bartolomeo unverblümt auf die Brüste gestarrt. Es interessierte ihn nicht, was die alten Indianer über das Vergehen der Zeit oder die Geschichte dachten. Es interessierte ihn nicht einmal, was Marx über die Zeit oder die Geschichte zu sagen hatte. Während er mit einem Fuß die Tür zutrat, sagte Bartolomeo, er denke an nichts anderes, als daran, an ihrer linken Brustwarze zu saugen. La Escapía hatte Bartolomeo nie wieder mit Marx belästigt.

KAPITALISTISCHE BLUTSAUGER

Marx war der erste Weiße, von dem La Escapía je gehört hatte, der seine eigenen Leute Blutsauger und Monstren nannte. Aber Marx hatte es nicht bei bloßen Anklagen belassen. Er hatte die Kapitalisten des Britischen Weltreichs auf frischer Tat erwischt. Jede seiner Behauptungen war durch Beweise belegt; Untersuchungsberichte mit grauenhaften Geschichten über riesige Webmaschinen, die in Fabriken die Gliedmaßen kleiner Kinder auffraßen und sie töteten. Marx machte immer weiter, beschrieb die kleinen Körper der Kinder, die sich zu Tode gearbeitet hatten – Körper, die deformiert waren, weil sie sich in Maschinen und andere enge Hohlräume hineinzwängen mußten. Während die anderen dösten, saß La Escapía hellwach auf ihrem Stuhl. Sie konnte die Grausamkeit und all die Einzelheiten, die Marx nannte, nicht fassen. Sie hätte nie gedacht, daß man kleine Kinder in das Innere von Maschinen quetschte, nur um einen reichen Mann noch reicher zu machen.

El Feo war von La Escapías älteren Clansschwestern geschickt worden, um ihre politischen Ansichten zu klären. Woher wußte sie, daß dieser Marx kein Lügner war wie die übrigen Weißen, wollte El Feo von ihr wissen. La Escapía zuckte mit den Achseln. Sie versuchte nicht, irgend jemanden zu überzeugen. Die Indianer hatten alle Erfahrung, die sie brauchten, um selbst einschätzen zu können, ob Marx' Geschichten die Wahrheit berichteten oder nicht. Die Indianer hatten selbst mitangesehen, wie in den einstürzenden Tunneln der Goldminen ganze Generationen von ihnen unter den stählernen Rädern der Erzloren zu blutigem Brei zerquetscht wurden. Sie hatten die Grausamkeit der Europäer gegenüber Frauen und Kindern selbst gesehen. Dies war für La Escapía die Bestätigung dafür, daß Marx verläßlich war; seine Beschreibungen deckten sich mit dem, was die Menschen bereits wußten.

Von diesem Punkt an waren Karl Marx' Worte nur noch besser geworden. Die Geschichten, die er wiedergab, die große Kraft seiner Worte, die Bitterkeit und der Zorn – all das hatte La Escapías Phantasie damals gefesselt.

Sie pflegte Stunde um Stunde durch die Innenstadt von

Mexico City zu laufen, ganz benommen von dem, was sie sah – dem Ausmaß des Reichtums hinter diesen Türmen aus Stahl, Beton und Glas, die auf mexikanischem Boden für europäische Prinzen errichtet worden waren.

Mitten auf den schmutzigen, im Smog erstickenden Straßen, die erfüllt waren vom ohrenbetäubenden Widerhall des völlig zum Erliegen gekommenen Verkehrs um sie herum, hatte La Escapía laut losgelacht. Denn das hier war das letzte, was der weiße Mann Amerika zu bieten hatte: giftigen Smog im Winter und die erstickenden Wolken, die zu Beginn des Frühlings von den Klärschlammfeldern herüberwehten und die Luft mit Fäkalienstaub erfüllten. Das hier war der Ort, den Marx gemeint hatte, als er sagte: »eine Stätte des Menschenopfers, ein Altar, auf dem Tausende jährlich dem Moloch der Habsucht geschlachtet werden«. La Escapía gefiel die Art, wie Marx über die Europäer sprach.

El Feo blieb still, nickte aber an den richtigen Stellen heftig. La Escapía würde ihn durch sein Zuhören dafür büßen lassen, daß er für ihre älteren Schwestern den Vermittler spielte. Sie wollten nur das Land zurückhaben, von »Revolution« wollten sie nichts hören. Während er dem lauschte, was La Escapía ihm von Marx und den Städten der Werwölfe und von Englands toten Kindern erzählte, hatte El Feo im Kopf bereits seinen Bericht für die älteren Schwestern abgefaßt. Er würden ihnen raten zuzuhören: La Escapía hatte eine ziemlich wichtige Sache vor.

El Feo machte sich um die Welt weniger Sorgen als La Escapía, er war glücklich bei dem Gedanken an die Rückgewinnung des indianischen Landes. El Feo träumte von den Tagen der Vergangenheit – es waren sinnliche Träume über Mutter Erde, die ihre Kinder liebte, die alle lebenden Wesen liebte. Diese vergangenen Zeiten waren nicht verloren. Die Tage, Monate und Jahre waren lebende Wesen, die durch das sternenreiche Universum wanderten, bis sie eines Tages wieder hierher zurückkehren würden. In Amerika konzentrierte sich der weiße Mann immer nur auf die Zukunft, nie auf die Vergangenheit. Er schien nicht zu verstehen, daß es hier für ihn keine Zukunft gab, weil er hier keine Vergangenheit, keine Ahnengeister hatte.

VERBRECHEN WIDER DIE GESCHICHTE

El Feo hatte stundenlang mit den älteren Clansschwestern und dem eigens zusammengerufenen Rat gesprochen. Sie machten sich Sorgen, daß Angelita vielleicht schon zur Kommunistin geworden war. Nein, ihre Gedanken kamen aus dem Herzen und hatten nur das Ziel, ihnen zu helfen. Sie war ihre Soldatin, keine Kommunistin. La Escapía hatte ihre Aufgabe an der kubanischen Schule einfach in vollem Umfang erfüllt. Er konnte die Geschichte nur nicht so gut erzählen wie La Escapía. Vielleicht sollten die Ältesten darüber nachdenken, sie selbst anzuhören. Man konnte nicht die Worte dafür verantwortlich machen, daß dumme oder böse Menschen durch sie andere verleumdeten oder ihre Bedeutung verfälschten. *Kollektiv* und *kollektivistisch* waren Worte, die das Leben vieler Stämme und auch das ihrer eigenen Leute beschrieben. Die Bergdörfer teilten sich das Land, das Wasser und das Wild. Alles, was wuchs, was erlegt, geerntet oder entdeckt wurde, mußte gerecht und mit allen geteilt werden.

Nein, El Feo war froh, ihnen berichten zu können, daß La Escapía von den Kubanern keiner Gehirnwäsche unterzogen worden war. Im Gegenteil, sie verachtete die Kubaner für ihre Gleichgültigkeit gegenüber Marx, und sie hatte sich mit ihnen darüber gestritten, welches und wessen Geschichtsbild sie vertreten sollten.

Am Anfang hatte sich La Escapía Notizen gemacht, weil sie viele Wörter im Wörterbuch nachschlagen mußte. Nach und nach hatte sie die Worte gelernt, sie aber trotzdem weiter in ihr Notizheft geschrieben, weil die Leute gern Fragen stellten, um zu prüfen, ob das, was man sagte, nicht einfach gelogen war. Das Heft enthielt winzig kleine Markierungen und Nummern, die nur sie entziffern konnte, und die auf Seitenzahlen, Buchtitel und Autoren verwiesen. La Escapía hatte das Notizheft geführt, um eine Stütze zu haben, wenn die Kubaner mit ihr streiten wollten oder die »älteren Schwestern« versuchten, ihr Schwierigkeiten zu machen. Quer über die Umschlagseite des Heftes hatte sie zum Spaß *Freunde der Indianer* geschrieben. Freunde der Indianer! Was für ein Witz! Der Klerus und die Kommunisten rechneten sich alles Gute, das den Indianern seit der Ankunft der Europäer widerfahren war, als eigenen Verdienst an, ganz egal wie wenig das gewesen sein mochte. Der Welt war voll von »Freunden der Indianer.« Der Dominikanerpriester Las Casas war ein großer Freund der Indianer gewesen. La Escapía hatte sich durch die Berge von Büchern hindurchgearbeitet, aber sie hatte es schließlich gefunden: schwarz auf weiß, genau wie Marx es gesagt hatte. Der Dominikanerpriester Bartolomé de Las Casas war ein reicher Sklavenhalter gewesen mit einer ererbten Plantage auf La Isla de Hispaniola und indianischen Sklaven, die sie bewirtschafteten. Las Casas war mit anderen Handelsleuten in Kuba auf Sklavenjagd gegangen, obwohl er nicht dabei war, als man den indianischen Rebellenführer Hateuy bei lebendigem Leibe verbrannte. Warum hatten die dummen Kubaner in ihrer Kommunistenschule in Mexico City nichts von diesem Teil der kubanischen Geschichte erzählt? Später hatte La Escapía diesen Punkt als ein Beispiel dafür genannt, wie wenig die Kubaner über kubanische Geschichte wußten. La Escapía verstand es als weiteren Beweis dafür, daß die Kubaner gar nicht wollten, daß die indigenen Menschen ihre eigene Geschichte kannten. Indem sie die indigene Geschichte verleugneten, verleugneten sie auch die wahre Bedeutung von Marx. Nicht einmal er hatte die volle Bedeutung der Geistes- und der Stammesgemeinschaften auf dem amerikanischen Kontinent verstanden.

El Feo und die anderen hatte gezögert, den Genossen Bartolomeo ohne irgendeine Art von »fairem Prozeß« hinzurichten. »Ein Scheinprozeß?« hatte im hinteren Teil der Versammlungshalle jemand zum Scherz vorgeschlagen, weil es keinen interessierte, was sie mit dem weißen Kubaner anstellten, der niemandem mehr nützte.

Bartolomeo hatte es irgendwie fertiggebracht, mit seiner Verachtung für alles, was vor der kubanischen Revolution gewesen war, die anderen zu übertreffen. Für ihn hatte Geschichte vor Fidel gar nicht existiert. Das war sein Verbrechen; deshalb war er gestorben.

La Escapía hatte die Todesstrafe verhängt, weil Bartolomeo weder vor der Geschichte Kubas noch vor der Geschichte Nord- oder Südamerikas Respekt hatte, sondern lediglich vor dem Singsang: »Fidel-Fidel-Fidel-Fidel!« Bartolomeo war gestorben, weil er die Wahrheit durch halbwahres Geschwätz ersetzt hatte, das er als die Worte von Karl Marx ausgab. La Escapía war empört. Die kubanische Schule in Mexico City vertrieb die Menschen, sie tat nichts, um für den großen Kampf um die Rückgewinnung des Landes der amerikanischen Urbevölkerung neue Genossen zu gewinnen. Angelita hatte die Worte von Marx selbst gelesen. Marx hatte die indigenen Menschen Amerikas oder Afrikas nicht vergessen. Er hatte die verbrecherischen Gemetzel und die Sklaverei beschrieben, die Verbrechen der europäischen Kolonialisten, die von ihren kapitalistischen Sklavenhaltern ausgeschickt worden waren, um die Rohstoffe des Kapitalismus zu sichern – Blut und Menschenfleisch. Der Reichtum der Neuen Welt hatte es den europäischen Sklavenhaltern und Monarchen ermöglicht, sich Waffen und Armeen zu leisten, um überall in Europa die Aufstände der Landlosen zu unterdrücken.

La Escapía kannte keine Kubaner afrikanischer oder indianischer Herkunft; die europäischen Kubaner aber waren ein feiger und nichtsnutziger Menschenschlag. Bartolomeo hatte ihnen nichts von den indianischen Rebellenführern erzählt, weil es damals noch keinen Fidel gegeben hatte. Die Europäer hatten die großen Bibliotheken der Amerikaner zerstört, um alles auszulöschen, was vor dem weißen Mann existiert hatte.

Bartolomeo war auch für andere Verbrechen gestorben, aber La Escapía, El Feo und die anderen hatten sich immer mit Stolz daran erinnert, daß Bartolomeo, der Kubaner, vor allem deshalb gestorben war, weil er es versäumt hatte, Hateuy, den großen kubanischen Rebellenführer der Indianer, zu erwähnen.

Fünfhundert Jahre Europäer, und nichts hatte sich verändert. Die Kubaner hatten gelogen und die Worte von Marx entstellt; schlimmer noch, sie hatten versucht, die machtvolle Warnung zu unterdrücken, die Hateuy an die Menschen Amerikas gerichtet hatte. Bevor die Europäer ihn bei lebendigem Leibe verbrannten, hatte sich Hateuy der Taufe verweigert. Wenn es dort vielleicht auch Europäer gab, hatte er gesagt, dann wolle er nicht in den Himmel kommen. Jubel und Beifallsrufe waren aus dem hinteren Teil der Menge zu hören gewesen, als Angelita La Escapía geendet hatte.

Die Geschichten der Menschen und ihre »Geschichte« waren immer heilig gewesen, die Quelle ihrer gesamten Existenz. Wenn die Geschichten nicht weitererzählt wurden oder verlorengingen, dann waren auch die Menschen verloren; denn mit den Geschichten wurden die Ahnengeister gerufen. Dieser Marx hatte verstanden, daß die Geschichten und die »Geschichte« heilig waren; daß der »Geschichte« unbarmherzige Kräfte, mächtige Geister innewohnten, die rachedurstig und unerbittlich nach Gerechtigkeit strebten.

Ganz egal, was man selbst oder ein anderer tun möchte, sagte Marx, die Geschichte holte einen ein; das war unvermeidlich und unausweichlich. Umwälzungen, Veränderungen waren unvermeidlich.

Die Alten hatten Geschichten, die ungefähr das gleiche besagten. Daß es nur eine Frage der Zeit sei, bis die europäischen Elemente langsam vom amerikanischen Kontinent verschwinden würden. Die Geschichte würde den weißen Mann einholen, egal ob die Indianer etwas unternahmen oder nicht. Die Geschichte war der heilige Text. Und die vollständigste Geschichte war die mächtigste Kraft.

Angelita La Escapía stellte sich Marx als einen Geschichtenerzähler vor, der fieberhaft daran arbeitete, eine magische Sammlung von Geschichten zusammenzutragen, um durch das Erzählen dieser Geschichten das Leid und das Böse auf der Welt zu bekämpfen. Geschichten von Lasterhaftigkeit und Grausamkeit waren die treibende Kraft der Revolution und nicht umgekehrt. Aber obwohl der weiße Mann Marx in manchen Dingen ein Genie gewesen war, hatten er und seinesgleichen sich in vielen anderen Dingen dennoch getäuscht, weil sie eben doch auch Europäer waren; und nichts, mit Sicherheit keine Philosophie, war stark genug, um der Gier und der Grausamkeit vieler Jahrhunderte Einhalt zu gebieten.

Der Marxismus hatte auf amerikanischem Boden eine trübe Zukunft. Die ungeheuerlichen Verbrechen seiner Nachfolger, Stalin und Mao, hatten irreparable Schäden angerichtet. Für die indigenen Menschen Amerikas gab es kein schlimmeres Verbrechen als zu dulden, daß einige Menschen zu essen hatten, während andere hungerten, besonders dann, wenn es sich um die eigenen Schwestern und Brüder handelte. Durch den Hungertod von Millionen von Menschen hatten sowohl Stalin als auch Mao eine nicht wiedergutzumachende Sünde begangen.

Nur *locos* wie der Leuchtende Pfad sprachen noch von Mao. Die Mitglieder des Leuchtenden Pfades weigerten sich, von irgendwelchen Hungersnöten Kenntnis zu nehmen, die sie nicht selbst erlitten hatten. Für sie war jegliche Geschichte, die sich außerhalb Amerikas abspielte, irrelevant. Soweit die *Senderos* informiert oder interessiert waren, konnte die Erde eine flache Scheibe sein. Wenn die Kommunisten einige Millionen hatten verhungern lassen, dann hatten die Bankiers und Christen der kapitalistischen, industrialisierten Welt noch viele, viele Millionen mehr verhungern lassen. Wohin man sah, egal in welche Richtung, überall stand Tod am Horizont. Man brauchte den *Senderos* gegenüber nur Stalins oder Maos Hungersnöte zu erwähnen, und sie schossen einen einfach über den Haufen, damit man den Mund hielt. Man konnte Marx und Engels für Mao, Stalin oder *Sendero* ebensowenig verantwortlich machen wie Jesus oder Mohammed für Hitler.

El Feo hatte die Differenzen zwischen Angelita und den älteren Schwestern ausgebügelt. Die Zeit des Aufbruchs rückte näher, und da sollte es unter ihren eigenen Leuten und Verbündeten keine Mißverständnisse oder unguten Gefühle geben. Viele der älteren Menschen hatten gezögert, etwas über Marx zu erfahren. Sie stammten aus einer Generation, die die Höhepunkte der christlichen Missionierung miterlebt hatte, wobei die Namen von Marx und Engels gleich nach denen von Satan, Luzifer und Beelzebub genannt worden waren.

Deshalb zögerte die Genossin Angelita nicht, über alles zu sprechen, was die Menschen hören wollten. Es gab nichts, wovor man Angst haben mußte. Es gab nichts, worüber man nicht sprechen konnte.

Versuchte die Genossin Angelita, das Dorf auf die Seite der Kubaner zu ziehen?

Wieviel bezahlten ihr die Kubaner?

War der Kommunismus nicht ein gottloser Glaube? Wie sollte eine Geschichte voller Geister ohne Gottheiten auskommen können?

Was war mit ihr und dem Weißen, Bartolomeo? Fragen über ihr Sexualleben beeilte sich Angelita mit Lachen und Scherzen abzutun. Sex mit dem Kubaner war keine große Sache.

DIE KUGELSICHERE WESTE

»Nur eine Kleinigkeit für dich, Menardo, ein kleines Geschenk.« – »So, Sonny, was ist es denn? Größe extra large? Was ist das? Ein Gummibusen? Du findest also meinen Bauch und meine Brust nicht kräftig genug?« Menardo lacht, während er die kugelsichere Weste hochhält, die seine Tucsoner Freunde ihm geschickt haben.

Menardo sitzt mit dem Rücken zur Sonne am Swimmingpool. Die Gärtner sind gerade damit beschäftigt, über den Grund zu tauchen und die Seerosen von Erdstückchen und losem Wurzelwerk zu säubern. Sie tun dies zweimal am Tag, damit das Wasser des großen Pools kristallklar bleibt. Das Geschenkpapier um die Weste gleitet ihm vom Schoß, doch das Dienstmädchen fängt es auf, noch bevor es auf der blaugekachelten Beckenumrandung landet. Sonny Blue trinkt seinen Piña Colada aus, und ein anderes, älteres Dienstmädchen, mit dem Gesicht einer olmekischen Mumie, bringt ihm einen frischen Drink. Mit dem Zeigefinger stupst Sonny die Gardenie an, die in seinem Glas schwimmt. Er sieht zu, wie Menardo aufsteht und die Weste anprobiert.

»Diese Polster – »

»Sie heißen Einsätze.«

»Sie stoppen die Kugeln einer 357er Magnum.«

»Aber sie sind schwer und heizen einem ganz schön ein.«

»Ja«, sagt Menardo. »Trotzdem. Das macht mir nichts aus. Lieber heiß und lebendig als kalt und tot.«

Menardo hantiert ungeschickt mit der Weste herum und zieht dann sein weißes Seidenhemd darüber. »Pues! Qué guapo!« Er stolziert an der Längsseite des Pools auf und ab, um ein Gefühl für die Weste zu bekommen. Er blickt auf die großen gelben und blaßrosa Blüten im Wasser. Zu seinen Füßen taucht ein Gärtner auf, doch sein Blick ist auf Sonny Blue gerichtet.

Sonny Blue begann die Anstrengung des Fluges zu fühlen, mit dem er Tucson in aller Frühe verlassen hatte. Er reiste im Auftrag ihres Freundes Mr. B., der in Tucson Lagerhäuser von Leah Blue gemietet und Sonny nach Mexiko geschickt hatte, um einen ihrer Hauptlieferanten kennenzulernen, Menardo. Die amerikanische Regierung unterstützt geheime Streitkräfte und versorgt sie mit Waffen, die sie durch den über Tucson abgewickelten Kokainhandel finanziert. Mr. B. hat dies schon früher erklärt. Max Blue hatte ein- oder zweimal an geheimen Projekten für die Vereinigten Staaten mitgewirkt. Und Sonny fand diesen Geheimkrieg aufregend.

»Nein, keine Aufregung, mein Freund«, sagt Menardo auf Englisch. »Wir schießen sie über den Haufen. Wir machen Hackfleisch aus ihnen.«

Eine Frau lacht. Der Klang ihres Lachens dringt durch die Glastür des Balkons. Beide Männer blicken auf. »Alegría«, sagt Menardo und lächelt Sonny erneut an. »Sie liebt schöne und teure Dinge.« Plötzlich haßt Sonny Menardos selbstsichere Art, über seine Frau zu sprechen. Es drängt ihn, Menardo darüber aufzuklären, was Alegría wirklich liebt, wonach sie die ganze Nacht immer wieder verlangt. Statt dessen steht er abrupt auf und streckt die Hand aus. Menardo deutet auf den Piña Colada, den Sonny stehengelassen hat. »Alegría wird verärgert sein, wenn sie Sie verpaßt«, sagt Menardo. Sonny Blue weiß, daß er besser gehen sollte. Menardo arbeitet mit allen Seiten zusammen. Er könnte bald an der Reihe sein – kugelsichere Weste hin oder her. Sonny schüttelt den Kopf.

»Nächstes Mal bleibe ich zum Abendessen.«

»Ihr Ehrenwort!«

Sonny Blue läßt sich von Menardo umarmen und auf beide Wangen küssen. »Mein Ehrenwort«, sagt er sanft.

Das ältere Dienstmädchen begleitet ihn hinaus. Ihr Gesicht ist eine Maske, aber in ihren Augen erkennt Sonny Gefahr. Er blickt sich in der weitläufigen Villa um, sieht die helle Marmortreppe und das schwarzweiße Schachbrettmuster aus Marmor in der Eingangshalle. Unter der Glaskuppel des Wintergartens hängen die Gärtnergehilfen wie Affen auf den Leitern, um die Orchideen zu pflegen, deren Ranken aus gelben Blüten mit leuchtend roten Punkten wie Kaskaden herabstürzen. Der Himmel über der Kuppel erstrahlt nicht himmelblau, sondern im Blau von Edelsteinen. Die Glaskuppel ist Alegrías Werk. Es ist ihr eigener Entwurf. Sonny ist beeindruckt. Alegría ist Absolventin der Madrider Hochschule für Architektur. Menardo hatte keine Zeit verloren, seine verstorbene Frau durch eine jüngere zu ersetzen, die seine Tochter sein könnte. Sonny weiß, daß es Gerüchte gibt, Alegría habe die erste Frau getötet.

Der dichte Haarpelz auf Menardos Bauch und Brust ist weiß geworden. Er wird im Frühjahr fünfzig. Zur Party des Botschafters möchte er die Schutzweste anziehen, kann sich jedoch nicht entscheiden, ob er vielleicht ein Unterhemd darunterziehen soll, um sich nicht wundzureiben.

»Ich will nicht, daß sie mir mitten beim Essen in die Rippen kneift.«

»Da besteht keine Gefahr, es sei denn, du meinst, sie könnte dir in die Fettschicht kneifen, unter der du deine Rippen versteckt hast.« Alegría ist wütend, weil sich Menardo mit ihr wegen ihrer neuen Schuhe und der passenden Handtasche gestritten hat.

»Es ist Schlangenleder, nicht wahr?« Er stöhnt. »Du weißt genau, wie sehr ich Schlangen hasse.«

Sie lacht, und er wendet sich plötzlich von der Silberschatulle ab, in der er seine Manschettenknöpfe aufbewahrt. In diesem Moment versteht sie, daß es ihm ernst ist. Er ist noch nie zuvor so böse auf sie gewesen. Sie steht bewegungslos da und starrt ihn an wie das kleine Reh, das in der vergangenen Nacht hilflos geblendet vor den Scheinwerfern ihres Mercedes stand. Sie ist selbstsüchtig und gedankenlos, das weiß sie. Die vielen Schuhe und Kleider hat sie bewußt von seinem Geld gekauft. Warum sollte sie sonst mit ihm verheiratet sein?

Menardo dreht sich wieder dem Spiegel zu und hantiert mit den dünnen Metalleinsätzen, die sich in die vorn und hinten eingenähten Taschen der Weste schieben lassen. Die Metallplatte, die in die Tasche über seinem Herzen gehört, liegt nicht flach auf. Menardo hat die in der Schachtel mitgelieferte Gebrauchsanweisung genau gelesen. Die Weste ist das beste, was derzeit an Body Armor erhältlich ist. Sie wird nur an US-Militär und Polizeipersonal verkauft. Die Gebrauchsanleitung muß genau befolgt werden, sonst ist der maximale Schutz nicht gewährleistet.

»Ist alles in Ordnung?« Der Anblick der Weste bereitet Alegría Unbehagen. Sie spürt in letzter Zeit eine ungewisse Furcht, die sie bedrückt.

»Natürlich. Sei nicht albern«, sagt Menardo und nimmt ein Seidenhemd aus dem Schrank. »Wir sind spät dran.« Alegría fühlt, wie ihr die Tränen kommen. Sie hat nicht beabsichtigt zu weinen, aber da stehen ihr die Tränen schon in den Augen.

Die Szene ist wie eine Wiederholung ihres Nachmittags mit Bartolomeo, der sich beschwert hatte, er könne sie nicht einmal mehr necken.

»Du wirst dich gut machen als Witwe«, hatte Bartolomeo ihr beim Anziehen gesagt. Sie trug einen schwarzen Seidenslip.

»Was meinst du damit?«

»Du siehst hinreißend aus in Schwarz.«

»Du weißt doch mehr – sag es mir!« Aber Bartolomeo rollt sich auf die Seite und lacht. Ihr Verfolgungswahn komme von ihren Schuldgefühlen, sagt er zu ihr, aber sie hatte sich gefürchtet. War sie von Spionen mit Bartolomeo gesehen worden? Nachdem sie miteinander geschlafen haben, neckt Bartolomeo sie und nennt sie »die Doppelagentin«.

»Auf wessen Seite?« fragt Alegría, obwohl sie weiß, daß es auf jeder Seite gefährlich ist.

Bei Bartolomeo bewirken Tränen überhaupt nichts, aber zum Glück ist Menardo anders. Er hat ihren Tränen nichts entgegenzusetzen. Sie zieht die schwarzen Echsenlederschuhe aus und wickelt sie in weißes Fließpapier. Wie ein Kind wischt sie sich mit dem Arm über das Gesicht. Er hat recht. Sie alle haben recht – in bezug auf sie. Sie ist selbstsüchtig und lebt nur für sich allein. Sie weiß es, kann es aber nicht ändern. Es gibt sonst nichts, wofür sie nützlich wäre. Das hatte sie schon gewußt, als sie noch zur Schule ging. An der Universität hatten die anderen über ihre Zeichnungen voller feiner Linien verächtlich geschnaubt.

»Für wen sollen diese Gebäude denn bestimmt sein? Haben sie für irgend jemanden von uns eine Bedeutung?«

Sie lachte nervös und tat, als müsse sie einen Fleck ausradieren. »Wenn ihr die Macht übernehmt, werdet ihr auch große Gebäude haben wollen«, witzelte sie, aber ihre Feindseligkeit war immer gegenwärtig, obwohl sie ihren Schlüssel dazu benutzte, um sich nachts in das Architekturgebäude zu schleichen und Flugblätter für sie zu fotokopieren. Sie liebte es, solche Zeichnungen anzufertigen – Grundrisse von riesigen Räumen, sonnendurchfluteten Innenräumen mit hohen Fenstern und Kuppeln und perlfarbenem Licht, das auf weiße Wände fiel. Sie wollte, daß ihre Gärten bis in die Räume hineinreichten. Der einzige Kritikpunkt an den Entwürfen in ihrer Diplomarbeit war die Tatsache gewesen, daß sie keine Menschen enthielten. Der Professor für technisches Zeichnen fand die Figuren der kleinen Hunde, Papageien und Affen zu eigenwillig. Daß die Menschenfiguren, die sie zeichnete, den ganzen Eindruck zerstören würden, hatte sie ihm nicht gesagt. Sie sahen immer aus wie Polizisten in dunklen Anzügen und waren viel zu groß. Die kleinen Hunde auf der Treppe dagegen hatte sie sehr hübsch gezeichnet. In den Orchideen des Hängegartens spielte ein Affe, und sie hatte einen purpurroten Ara auf einer Stange gezeichnet.

Auf dem Rücksitz des Mercedes tätschelt Menardo geistesabwesend Alegrías Hand; in einem Geländewagen vor ihnen fahren zwei Leibwächter voraus, zwei weitere folgen in einem weißen Jeep. Die Weste zwingt Menardo, sich gerade zu halten. Er bewegt sich sehr steif, als er versucht, sich umzudrehen, um einen zweiten Blick auf einen gepanzerten Personentransporter zu werfen, der vor dem Gouverneurspalast parkt. Mexiko ist fast bankrott und das Land kurz davor, wie eine Bombe hochzugehen, schreiben ihr ihre Eltern jede Woche. »Komm zurück nach Caracas«, flehen sie.

»Dich bedrückt doch etwas«, sagt Alegría zu Menardo, der ein mürrisches Gesicht macht. Er zupft an den Rändern seines schmalen, sauber geschnittenen Schnurrbarts. »Es ist nichts, worüber du dich aufregen mußt, Darling.«

»Ist es doch«, antwortet Alegría.

Auf der Party beobachtet er, wie sie mit jedem der vier gutaussehenden Söhne des Gastgebers tanzt. Alegría ist die einzige Frau in Schwarz. Sie ist die Schönste von allen. Er hatte nicht beabsichtigt, sie wegen der Schuhe auszuschimpfen. Aber irgendwie ist das schwarze Reptilienleder Teil des Alptraums, den er von Zeit zu Zeit hat. Er versucht, sich an den Traum zu erinnern, weiß jedoch nur, daß irgendwo in diesem Traum schuppige, schwarze Reptilienhaut auftaucht. Es hatte ihn erschreckt, daß Alegría Schuhe und eine Handtasche entdeckt hatte, die mit der Reptilienhaut aus seinem Traum so völlig identisch waren. Dabei hatte sie es gar nicht ahnen können, weil er niemandem von seinen Träumen erzählte, außer Tacho, seinem Fahrer, der aus einem Dorf in der Nähe einer Tempelruine der Maya stammte. In Tachos Dorf wußten alle, wie man Träume deutete. Für seine strikte Verschwiegenheit zahlte Menardo Tacho das Doppelte der üblichen Löhne. Feinde konnten die eigenen Träume dazu benutzen, einen zu zerstören, hatte Tacho Menardo gleich zu Anfang gesagt. Und Menardo hatte sofort gewußt, daß er das Gehalt des Indianers verdoppeln mußte oder Tacho nichts von seinen Träumen erzählen durfte.

Auch über andere vertrauliche Dinge spricht Menardo mit Tacho. Er fragt ihn danach, wer diese Indianer sind, die sich mit den Guerillas in den Bergen zusammentun. Tacho dreht sich um, und schickt ein strahlendes Lächeln zum Rücksitz des Mercedes.

»Es sind die Brüder der Soldaten, die den Palast bewachen«, sagt Tacho und tut, als meine er es ernst. Menardo mag Dienstboten mit Sinn für Humor. Verdrossenheit bedrückt ihn. Er war sehr erleichtert gewesen, als Alegría ohne zu schmollen die schwarzen Echsenlederschuhe wieder ausgezogen hatte. Die Gärtner, Dienstboten und Indianer wurden immer mürrischer, seit die Guerillas begonnen hatten, regelmäßige Vorstöße über die Grenze zu wagen. In Guatemala gab es zu viele gebildete Indianer. Die Kirche war schuld daran. Die Priester hatten sie von Anfang an wie Menschen behandelt.

»Wenn man einem Indianer heutzutage etwas Bildung gewährt, dann wird er Marxist«, sagt der ehemalige Botschafter. Der Gouverneur winkt nach dem teuren Champagner. Obwohl sie sich über die Guerillas und davor über die kommenden Wahlen unterhalten haben, ist Menardo zerstreut. Vermutlich liegt es am Schlafmangel, den er dem Alptraum verdankt. Er beobachtet Alegría beim Tanzen mit einem Börsenmakler aus São Paulo. Mit einem Lächeln blickt sie auf in das Gesicht des Mannes. Menardo fällt ein, daß er Tacho fragen könnte, ob Alegría ihn jemals betrogen hat. Indianer spüren so etwas. Der Gouverneur macht einen Witz darüber, daß dies der Rest seines französischen Champagners sei, jetzt, wo die Sozialisten in Frankreich alles ruiniert hatten. Jemand macht sich über Amerikaner lustig, deren Gelder auf mexikanischen Konten eingefroren sind. Kein reicher Mexikaner hätte einen solchen Fehler begangen. Menardo gestattet dem dunkelhäutigen Kellner, sein Glas aufzufüllen. Er wird langsam betrunken, und das ist beabsichtigt. Alegría tanzt mit dem jüngsten Sohn des Gastgebers. Sie beenden den Tanz. Der junge Mann gestikuliert mit beiden Händen.

»Es sind nicht nur die Indianer, wirklich nicht.« Hinter ihm redet jemand über Guerillas. »Einige kommen aus den besten Familien.« Menardo nimmt einen großen Schluck Champagner. Er würde gern mit seiner Frau tanzen. Der junge Mann sieht ihn und tritt mit einer eleganten Verbeugung zur Seite. Alegría ist überrascht. »Bist du in Ordnung?« fragt sie.

»Darf ein Mann nicht einmal mit seiner Frau tanzen?« antwortet Menardo und lacht, der gute Champagner des Gouverneurs zeigt seine Wirkung.

Unter seinem Smoking kann Alegría die Weste fühlen. Sie ist hart und unnachgiebig. Er zieht Alegría enger an sich, und wenn sie die Augen schließt, könnte seine stahlgepolsterte Brust auch jemand anderem gehören. Alegrías Brüste sind klein, aber sie pressen gegen die Kanten der kugelsicheren Einsätze in seinen Brustkorb. Der Druck des gepolsterten Stahls ist beruhigend. Er tanzt mit geschlossenen Augen. Innen fühlt er den Champagner, außen die Weste und die Arme seiner wunderschönen Frau, die ihn den Bombenterror und die Berichte über neue Unruhen vergessen lassen. Wie schön es doch ist, zu vergessen. Aber Alegría entzieht sich ihm, noch bevor der Walzer zu Ende ist.

»Diese Weste erdrückt mich!«

»Pst! Es ist nicht gut, wenn du es alle Leute hören läßt!«

Sie lacht und erwidert: »So ernst!« Dann schwebt sie davon zur Damentoilette im unteren Stockwerk. Menardo blickt ihr nach, bis sie verschwunden ist. Vielleicht war es ein Risiko, eine so junge Frau mit so vielen modernen Ansichten zu heiraten. Er streicht sein Hemd unter der Smokingjacke glatt und spürt die Polsterung und den Stahl der Weste. Iliana hätte sich nie über die

Weste beschwert. Wie oft hatte sie ihn gedrängt, den kugelsicheren Mercedes zu kaufen. Und davor hatte sie sich vor eventuellen Verkehrsunfällen gefürchtet und auf großen Wagen bestanden. Es war gut, daß Iliana nicht mehr erleben mußte, wie es jetzt in der Welt zuging, wo Terroristen routinemäßig Autobomben legten. In seinem Alptraum fährt Menardo in einem Plymouth, den er vor Jahren einmal besessen hat. Er kann nicht erkennen, wer am Steuer sitzt. Es scheint früher Nachmittag zu sein, denn die Straßen sind leer. Das verwirrt Menardo, denn die menschenleeren Straßen jagen ihm Angst ein. Dies ist kein Traum, in dem braune Taranteln über sein Bett kriechen oder er von blutrünstigen Fledermäusen attackiert wird. Solche Träume hatten ihn zwar schon aufgeweckt, nicht aber schweißgebadet zurückgelassen. In seinem Alptraum weiß er aus irgendeinem Grund, daß es August ist. Die leeren Straßen sind glutheiß und liegen im hellen Sonnenlicht. Es gibt keine Spinnen oder Monster, nur die leere Straße, durch die Menardo in dem Plymouth gefahren wird.

Aus diesem Traum erwacht er steif vor Angst und mit schweißgetränkten Laken. Menardo erwacht jedesmal, bevor der Wagen den Gouverneurspalast passiert hat. Tacho hat keine Erklärung dafür, warum ihn ausgerechnet dieser Traum zitternd zurückläßt und nicht die Träume über Spinnen, Fledermäuse oder riesige Dschungelkatzen. Tacho behauptet, der Traum könne nicht gedeutet werden, bevor der Wagen nicht zur Plaza hinter dem Palast weitergefahren ist. Er drängt Menardo, so lange weiter zu träumen, bis er den Palast erreicht hat.

Alegría kehrt mit ihrer Pelzstola und der perlenbestickten Handtasche zurück. »Mir tun die Füße weh von diesen Schuhen«, sagt sie, und Menardo bereut, über die schwarzen Echsenlederschuhe geschimpft zu haben. Andere Gäste folgen ihnen. Draußen versinkt ein Dreiviertelmond am Horizont. Der Wind ist überraschend kühl für Ende Juli. Auf der Fahrt nach Hause schlummert Alegría mit ihrer Hand in der seinen. Er beugt sich vorsichtig vor und zieht eine Flasche Brandy aus dem Barfach. Er leidet jetzt häufiger unter nervösen Magenbeschwerden. Es ist das Alter, erzählt ihm Dr. Gris und lacht. Aber Menardo weiß, daß die Übelkeit zusammen mit dem Alptraum begonnen hat.

TRAUMDEUTER

Tacho vermutet, daß er wichtige Einzelheiten seines Traums vergißt. Heute abend kann Menardo das verstehen. Obwohl er nicht weiß warum, spielt der Traum Anfang August. Genau diese Art von Detail, behauptet Tacho, brauche er, um den Traum zu deuten. Menardo erinnert sich an die schwarze Schlangenhaut. Es irritiert ihn, daß Tacho ihre Bedeutung nicht interpretieren kann, ohne noch mehr zu wissen. Eine richtige Schlange oder Eidechse gibt es in dem Traum nicht. Vielleicht wartet sie um die Ecke, hinter dem Palast des Gouverneurs. Wie allen Indianern fällt es Tacho leicht, sich über die Probleme anderer lustig zu machen. Selbst ihre eigene Situation war ihnen völlig egal, kein Wunder, daß sie so ein armseliger, verblödeter Haufen waren. Obwohl Tacho wenigstens Träume deuten konnte – mit Ausnahme der Träume, die sich Nacht für Nacht wiederholen. Früher, als Menardo noch normale Träume hatte, sagte Tacho ihm stets, welche Zahlen mit welchem Traum verbunden waren. Gegen eine Gewinnbeteiligung, hatte Tacho seinem Boss angeboten, würde er ihm beibringen, wie er Träume für die Lotterie nutzen konnte. Die Unverfrorenheit, mit der Tacho zehn Prozent verlangt hatte, fand Menardo ein wenig schockierend. Dennoch, für einen Indianer wußte Tacho ziemlich viel über Prozente und Gewinnquoten. Sie hatten jedesmal gewonnen, wenn er eine Wette plazierte. Was die Höhe der Wettsumme betraf, die auf eine Zahl gesetzt werden durfte, war Tacho sehr bestimmt. Er behauptete, daß die Zahl nicht gewinnen würde, wenn man gierig wurde und mehr setzte als die angeratene Summe. Sie hatten durch ihre Zusammenarbeit mehr als zwanzig Millionen Peso gewonnen. Das war nicht schlecht, wirklich nicht schlecht. Seit seiner Kindheit hatte er einem Dienstboten nicht mehr so nahe gestanden wie jetzt, wo sie mit den Träumen arbeiteten. Sein eigener Vater hatte ihm immer davon abgeraten.

Tacho hockt auf dem Fahrersitz. In der Dunkelheit wirkt die rotglühende Asche seiner Zigarette wie ein starrendes Geisterauge. Bevor Alegría die Auffahrt erreicht, hat Tacho ihnen schon die Wagentür geöffnet. Der Brandy und der Champagner machen Menardo redselig. Es ist ihm egal, ob Alegría hört, wie er

Tacho über seinen Traum befragt. Aber heute nacht antwortet Tacho nur mit einem Grunzen. Nicht mehr. Das Schweigen von Indianern kann einen verrückt machen. Menardo versteht, warum seine Vorfahren es für nötig befanden, einige von ihnen umzubringen. Aber da dreht sich Tacho zum Rücksitz um und flüstert: »Halten Sie heute nacht durch, bis der Wagen am Palast vorbeigefahren ist.«

Alegría ist in ihr eigenes Schlafzimmer gegangen. Sie bekomme Kopfschmerzen vom Zigarettenqualm, sagt sie. Menardo hat das Licht noch nicht ausgemacht. Er schreibt eine Liste mit wichtigen Telefonaten für den nächsten Tag. Er will Mr. B. versichern, daß er von General J.s Plan, die Ware an einen Luftwaffenoberst in Honduras weiterzuverkaufen, keine Ahnung gehabt hat.

Er steht abrupt auf und geht hinüber zu der massiven schwarzen Nußbaumkommode, auf der die kugelsichere Weste liegt. Er entfernt die Einsätze und legt die Weste behutsam in die Schachtel. Die Garantie und andere Unterlagen liegen auf seinem Bett verstreut. Menardo hat vor, sich in den Schlaf zu lesen. Nur um ganz sicher zu gehen, schenkt er sich einen weiteren Brandy ein. Die Werbebroschüre ist auf teures Hochglanzpapier gedruckt. Die Seiten sind angefüllt mit Farbaufnahmen von Polizisten – einige in Uniform – die meisten jedoch mit nacktem Oberkörper. Sie deuten auf Flecken, die die Einschlagkraft der Kugeln gegen die Weste hinterlassen hat. Die Flecken variieren von Rötlich-Schwarz über Purpurrot bis zu verbleichendem Gelbbraun. Zu jedem Foto gibt es eine kurze Darstellung über die Art des Ereignisses und die benutzte Schußwaffe. Die Uhr neben dem Bett zeigt auf drei Uhr dreißig. Menardo hat jede Beschreibung in der Broschüre sorgfältig gelesen. Er ist erfreut darüber, daß die Weste nicht nur Kugeln, sondern auch Messerstiche abfängt. Seit vielen Monaten hat er sich nicht mehr so glücklich gefühlt. Vielleicht wurde die Gefahr langsam zu einer Belastung. Aber durch General J. und die neue Luftwaffe waren ihre Gewinne jetzt sogar noch höher. Und nun gab es Sonny Blue, der für Mr. B. arbeitete. Menardo fühlte sich schläfrig vom Brandy, doch nachdem er das Licht gelöscht hatte, schwirrten ihm die Gedanken wie Nachtfalken weiter durch den Kopf. Die

Broschüre enthielt viele ballistische Informationen. Die Metalleinsätze seiner Weste trugen in großen schwarzen Buchstaben den Aufdruck STOPPT 357ER UND 9MM. Eine 38er Revolverkugel war natürlich kein Problem, aber die Messerklingen machten Menardo neugierig. Nach Auskunft der Broschüre brachen billige Klappmesser oder Schlachtermesser an der Weste ab. Menardo stellte sich vor, wie er von maskierten Attentätern angegriffen wurde. Der erste Angreifer feuerte mit einem 38-Kaliber-Revolver auf seine Brust, während der zweite mit einem großen Messer auf seinen Bauch losging, das jedoch an den Stahleinsätzen abglitt. Schockiert über ihr Versagen standen die Männer hilflos da, während Menardo seine 9-mm-Automatik zog, und der treue Tacho mit der Uzi, die er neben sich auf dem Autositz hatte, das Feuer eröffnete. Dieses Szenario war überaus belebend. Die Körper der beiden Guerilleros lagen zusammengekrümmt hinter Menardo auf den Stufen, während er in das Clubgebäude hineinschlenderte, um dort zu Mittag zu essen. Die Szene lullte ihn in den Schlaf.

Als er erwachte, hörte Menardo in der Glyzine draußen vor dem Fenster einen Vogel singen. Seit Wochen hatte er sich nicht mehr so erfrischt gefühlt. Die Weste hatte den Alptraum ferngehalten. Trotz des Brandys und des Champagners beim Gouverneur war sein Kopf klar. Er fühlte sich munter, pfiff beim Baden vor sich hin und lächelte dem Dienstmädchen zu, das seinen weißen Seidenanzug hereinbrachte. Dennoch wartete er, bis das Mädchen den Raum verlassen hatte, bevor er die Schutzweste aus der Schachtel nahm. Er untersuchte sie vorsichtig und fuhr mit dem Finger über jede Naht und jeden Stich. Das Klopfen an der Schlafzimmertür verärgerte ihn. Er stopfte die Weste zurück in das weiße Fließpapier, das über den beiden Einsätzen lag. Aber es war nur Alegría.

»Streichelst du immer noch deine Weste«, neckte sie ihn. Sie war nur gekommen, um den Extraschrank durchzusehen, in dem sie ihre teuersten Kleider aufbewahrte. Sie schwankte zwischen einem blaßgelben Kostüm aus Rohseide und einem weißen Leinenkleid. Obwohl sie strahlender Laune war und den Vorfall mit den Schuhen vom vergangenen Abend vergessen zu haben schien, spürte Menardo eine Distanz zwischen ihnen. Er war froh, als sie ihm kurz zuwinkte und wieder zur Tür hinausschoß. Er wollte mit der Weste allein sein und im Handbuch alle technischen Informationen nachlesen. Die Weste durfte nicht ölig oder schmutzig werden und verlor in nassem Zustand an Wirksamkeit. Die Nylonüberzüge über den Stahleinsätzen konnten in Handwäsche mit einem milden Waschmittel gereinigt werden, die Stahleinsätze mußten jedoch vorher entfernt werden. Die Weste war garantiert wirksam gegen Messer und Geschosse vom Kaliber 22 und 38. Die Stahleinsätze boten Schutz vor größeren Kalibern. Natürlich war die Weste allein und ohne Einsätze bequemer, aber außer beim Tanzen mit seiner Frau hatten sie Menardo noch nicht gestört. Die unnachgiebigen Platten vermittelten ihm ein beruhigendes Gefühl. Er beschloß, die stählernen Einsätze immer zu tragen. Um ganz sicher zu gehen.

Tacho hatte es sich hinter dem Lenkrad gemütlich gemacht, als sei er bereit, vom Alptraum zu hören. Aber in dieser Nacht hatte Menardo, wie erhofft, traumlos geschlafen. Ein Mann seines Formats und seines finanziellen Erfolges sollte einem Angestellten nicht seine Träume anvertrauen. Ohne das Thema anschneiden zu wollen, teilte Menardo Tacho mit, das Traumproblem sei gelöst. Mehr verriet er ihm nicht. Kein Wort über die Weste, obwohl sie die Angelegenheit erledigt hatte. Es mußte niemand wissen, daß er eine kugelsichere Weste trug.

Nacht für Nacht weigert sich Alegría, mit Menardo zu schlafen. Die Auseinandersetzungen mit Bartolomeo machen sie viel zu wütend für Sex mit ihrem Ehemann. »Fetter roter Affe« ist der Name, den die indianischen Guerrilleros Menardo gegeben haben, berichtet ihr Bartolomeo entzückt. Schließlich gibt Alegría nach, um keinen Verdacht zu erregen. Sie lügt ihn an und behauptet, ein Verhütungsmittel aus ihrem Badezimmer holen zu müssen. Seiner Gegenwart entflohen, setzt sie sich auf den Deckel der Toilette und starrt aus dem Fenster. Der Himmel ist sternenklar. Alegría fragt sich, was wohl in sechs Monaten mit ihr sein wird. Sie versucht, sich an die Namen einiger Sternenkonstellationen zu erinnern. Wo wäre sie heute nacht, wenn sie nicht hier wäre? Mit wem würde sie jetzt schlafen? Mit Sonny Blue in Tucson? Bartolomeo behauptete, die Aufstände und Streiks überall in Mexiko seien nur der Anfang. In einem halben

Jahr würde sich der Krieg von Süden her ausbreiten. Die Indianer sprachen mit heiligen Macaws. Bartolomeo gab es auf. Die Indianer waren ein hoffnungsloser Fall. Bartolomeo hatte vor, nach Mexico City zurückzukehren. Er bat Alegría, ihn zu begleiten. Menardo würde nicht lange überleben, wenn die Indianer erst einmal loslegten. Die ganze Zeit über hatten Bartolomeo und die anderen sie in die Irre geführt. Der internationale Marxismus war ihnen völlig gleichgültig; alles, was sie wollten, war, dem weißen Mann ihr Land wieder wegzunehmen.

Nach einer Weile kommt Menardo sie suchen. Aber zu diesem Zeitpunkt hat sie bereits beschlossen, ihn zu verlassen. Ihr ist völlig klar, daß bald etwas geschehen wird: »Große Veränderungen«, wie der Zigeunerwahrsager immer gesagt hatte, während er seine Wünschelruten dazu benutzte, die schwarzen Ameisen von seinem Sitzkissen zu fegen. Nun, Alegría wußte, was große Veränderungen waren. Sie konnte sie fühlen, wie sie zusammen mit ihrem Blut warm durch ihre Adern strömten. Manchmal dachte sie an die großen einfältigen Tiere, die diesen Instinkt ebenfalls besaßen. Sie hatte keine Ahnung, warum sie sich darauf vorbereitete, Menardo zu verlassen. Sie hatte es einfach im Blut, das Prickeln des Begreifens, aber auch der Vorahnung. Bartolomeo behauptete, sie seien außer Kontrolle – diese Bergstämme, die die Europäer hassen und glauben, den Kommunismus besser zu verstehen als Lenin oder Marx. Nur von diesen Indianern erwartete Bartolomeo Schwierigkeiten; und er würde seinen Obersten empfehlen, alle Hilfslieferungen an sie einzustellen.

Durch die Schlafzimmertür versucht Menardo, sie mit lockenden Worten zu überreden. Er begehrt sie sehr. Sogar die Weste will er ausziehen, erklärt er ihr; ein Versuch seinerseits, Alegría mit einem kleinen Witz aufzuheitern. Alegría hat das Gefühl, Menardo mindestens zweimal im Monat Sex zu schulden. Sie öffnet die Tür und beugt sich dann über den Rand der Badewanne, indem sie ihr Hinterteil entblößt und ihn anschließend hereinruft. Sie hat diese Position zu schätzen gelernt, weil sie auf diese Weise nicht in der Nähe seines Gesichts sein muß. Der Gedanke daran, Menardo zu verlassen, bedeutet gleichzeitig auch, dem hier zu entkommen. Von Bartolomeo ist sie ebenso gelangweilt. Alegría spürt, daß sie dabei ist, sich in Sonny Blue zu verlieben.

GENERAL J.

»Koller, koller, koller!« sagt der General. Sein kleiner Enkel spielt mit einem Truthahn aus geflochtenem Stroh mit einem roten Kopf und roten Füßen. Der General fängt das Spielzeug gerade noch rechtzeitig auf, bevor das Kind es in die Toilette fallen läßt. Es ist eines der Billigspielzeuge, die die Indianer auf dem Markt verkaufen. Die Kindermädchen verwöhnen Nico, dann laufen sie davon und lassen den General zum Babysitten zurück. Man kann keinem Indianer über den Weg trauen. Die alte Frau, die ihn aufgezogen hatte, war bereit gewesen, einen Sprengsatz unter seiner Matratze zu befestigen. Wohin soll es nur führen, wenn man sich nicht einmal mehr auf die ältesten Dienstboten verlassen kann? General J.s frisch geschiedene Tochter tröstet sich mit den Freunden ihres Ex-Mannes, mit denen sie sich zum Lunch verabredet. Sie ist so dick wie ein Pferd, ärgert sie der General. Und sie haßt ihn dafür.

»Koller, koller, koller!« sagt der General und fährt mit dem Truthahn über Nicos Kopf. Er lacht über das Erschrecken des Kindes, als er das Spielzeug in die Tasche seiner Ausgehuniform steckt. Seine Tochter macht ihn für das Verschwinden ihres Ehemannes verantwortlich, der fett und weich war und ein Hinterteil hatte, das noch schlaffer war als ihr eigenes.

»Er ist mit einem anderen Mann abgehauen«, erzählt ihr der General, aber sie wissen beide, daß ihr Mann Feinde gehabt hat. Der General hatte noch nie einen Eunuchen gesehen, aber viele Beschreibungen gelesen. Dieser Schwiegersohn hatte die wiegenden Hüften und den gezierten Gang eines Eunuchen. Seine fetten Hände waren voller Goldringe. Dennoch konnte der General auch philosophisch sein; die Lektüre der großen Werke der Weltliteratur hatte ihn auf alles vorbereitet, was immer geschehen mochte. Und deshalb hatte er, als sein einziges Kind eine Schwuchtel geheiratet hatte, nichts weiter getan, als ein zweitesmal »König Lear« zu lesen. Als die Deserteure in die Berge durchgebrannt waren, um dort Bataillone mit weiteren stinkenden Mestizen und Indianern anzuführen, hatte er Miltons »Das verlorene Paradies« noch einmal gelesen. Man mußte es von der philosophischen Seite sehen: Der

Himmel ließ über den zerklüfteten Bergen der Küste schmutzigbraune Engel herabregnen. Die Indianer waren das Werk des Teufels.

Der General kommt zu spät zu seiner Verabredung. Während sich sein Fahrer und sein Leibwächter vorn im Wagen über Fußball unterhalten, zieht er den Strohtruthahn aus der Tasche. Mit jeder vergehenden Minute bestätigt sich die Bedeutung seines überlegenen Ranges gegenüber den anderen. Ein wahrer Anführer muß den Rangniederen beständig deutlich machen, daß er der Boss ist. Er ist ein Mann, der es sich leisten kann, zu spät zu kommen.

»Koller, koller, koller!« sagt er, und winkt ihnen mit dem Truthahn zu. Sie sind bereits beim dritten Krug Margaritas. Er lehnt den kleinen Truthahn gegen einen leeren Glaskrug. Zweck ihres Treffens ist, in diesen Zeiten des Umbruchs ihre Position zu überprüfen. Auch Menardo trifft verspätet im Country Club ein. Die anderen sind bereits mit den Golfcarts zu ihrem privaten Schießstand gefahren. Am Anfang hatte es Beschwerden von seiten der anderen Golfspieler gegeben, aber gesellschaftlicher Rang war gesellschaftlicher Rang. Die Golfspieler hatten am neunten Loch nichts zu befürchten. Lediglich der hintere Teil der Anhöhe wurde als Lärmdämmung für den Schießstand in Anspruch genommen. Die Schützen zielten am neunten Grün und an den Fairways vorbei in den Tropenwald. »Wenn irgend jemand getroffen werden sollte, dann sind wir das. Keiner dieser Bauerntrampel aus Tuxtla hat eine Ahnung davon, wie man einen Golfschläger schwingt«, spottet der Gouverneur gegenüber dem Polizeichef. Menardo hat schon früher mit dem ehemaligen Botschafter Golf gespielt; und es stimmt, die Golfbälle stellen eine viel größere Gefahr dar als verirrte Kugeln aus ihrem Schießstand. Menardo klopft sich auf die Brust. Er hat Alegría bitten müssen, ihm Hemden zu kaufen, die eine halbe Nummer größer sind. Durch den Umfang der Weste sind ihm die alten Hemden unter den Armen und an den Schultern zu eng geworden. Er kann in ihnen nicht mehr richtig atmen und hat das Gefühl, ersticken zu müssen.

Das viele Gras und die Bäume dämpfen die Schüsse. Bum! Bum! ertönt das abgehackte, laute Pop, das anzeigt, daß der

Chief ebenfalls dort ist, verrückt auf seine 44er Magnum. Er würde mit ihr jederzeit gegen alle anderen antreten.

Irgend jemand hat für ihre Schießübungen einige große, ungeöffnete Dosen mit Obst und Gemüse mitgebracht. Unbeholfen wie ein schwerer Meeresvogel fliegt eine Dose in die Luft. Nur volle, ungeöffnete Konservendosen täuschen dieses Geräusch vor, das Kugeln verursachen, wenn sie in Fleisch und Knochen einschlagen. Eine andere Kugel läßt die Dose über den Boden wirbeln. Der Polizeichef ist wie immer zufrieden mit seiner 44er Magnum. Er hält die Dosen von sich weg, um seine Uniform nicht zu beschmutzen. Aus der einen tropft eine goldfarbene Flüssigkeit, aus der anderen rinnt dünner, roter Saft. Menardo kann ihren Inhalt nicht erkennen, bis sie der Chief mit einem Wink auffordert, näherzukommen und die Größe der Einschlaglöcher zu vergleichen. Menardo riecht Pfirsiche und Peperoni. Was der Polizeichef so aufregend findet, ist die Größe der Austrittslöcher. Die 44er hinterläßt ein Loch von der Größe eines Kinderkopfes. An diesem Morgen fuhr der Polizeichef immer wieder mit dem Finger über den Rand des Austrittsloches, das seine 44er gerissen hatte. Er tat so, als bemerke er die kleinen Schnitte und die Blutflecken an seinem Finger gar nicht. Der Zweck des Schießstandes war es, die Freitagnachmittage hier zu verbringen, und der Country-Club-Prominenz Gelegenheit zu geben, sich in Treffsicherheit zu üben.

Menardo kann verstehen, warum die Golfer diese Einrichtung hassen. Es muß sich anhören, als seien sie beim neunten Grün in einen Hinterhalt geraten. Vor zehn oder selbst noch vor fünf Jahren wäre dies nicht weiter tragisch gewesen. Aber heutzutage gab es überall Terroristen – sogar auf Golfplätzen. Alles trug das Zeichen der Veränderung: die Weste, die 44er, die 38er und der Schießstand. Sicherheitsvorkehrungen waren für alle Europäer etwas Neues. Sie hatten nur eine schwache Erinnerung an die Geschichten über Indianer, die sich im großen »Krieg der Mischlinge« gegen ihre Vorfahren erhoben hatten.

Sie alle tragen Wattepfropfen in den Ohren und sehen zu, wie der Polizeichef ein Automatikgewehr mit kurzem Lauf abfeuert. Der Chief wendet sich von der Zielscheibe ab und erblickt als erstes Menardo. »Wie gefällt Ihnen dieses Baby?« Er schwenkt das Automatikgewehr über dem Kopf, um zu demonstrieren, wie leicht es ist. Der Gouverneur sitzt auf einem weißen Plastikgartenstuhl. Alle nehmen sich nun weiße Gartenstühle und versammeln sich um den Tisch unter dem weißen Sonnenschirm.

»Der Schirm ist eigentlich dafür da, die verirrten Golfbälle abzuhalten«, witzelt der Ex-Botschafter. Sie wiederholen immer die gleichen Witze, um sich gegenseitig ihre Solidarität zu bekunden. Der Polizeichef gibt die Standardantwort: »Sie sind ja hier bei uns, also besteht keine Gefahr!« Menardo streckt den Arm aus, um aus der großen Glaskaraffe Margaritas auszuschenken. Der kleine Witz des Polizeichefs hat ihn unangenehm berührt. Politik hatte bei ihrem gemeinsamen Anliegen nichts zu suchen, es ging ums Überleben, wie auch immer ihre kleinen politischen Differenzen aussehen mochten. Am gleichen Morgen hatte man, zwischen den Blumen von Xochimilco treibend, zwei abgeschnittene Menschenköpfe gefunden.

DER EL GRUPO-SCHIESSKLUB

Der Polizeichef will endlich handeln. Der General läßt sich Zeit mit den Guerillas, obwohl einige ihrer Anführer einst seine eigenen Offiziere gewesen sind. Wenn er von den Überläufern spricht, wird der General rasch sentimental. Er schafft es sehr schnell, die übrigen mit seinem Gerede über Theologie und Luzifer durcheinanderzubringen. Die Überläufer hatten zu seinen engen Beratern gezählt.

Die Dinge nahmen einen unkontrollierbaren Verlauf in ihrer Region, und die ganze Zusammenkunft des Schießklubs würde sich der Diskussion der jüngsten Entwicklungen widmen, die ihren »gemeinsamen Interessen« förderlich sein könnten, wie General J. ihre Geschäftsbeziehungen untereinander mit taktvollen Worten beschreibt.

Der General wird plötzlich nachdenklich. Er holt tief Luft und richtet seinen Blick vom Tisch zum westlichen Horizont, wo zerklüftete Berge majestätisch aus blauem Nebel aufragen. Er winkt den Kellnern, die sich respektvoll verbeugen und eisgekühlte Krüge mit Margaritas heranbringen. Ihre Aufgabe ist höchst ernsthafter Natur: Sie regieren die Massen. Ein Grund mehr, sich in jeder Beziehung zu stärken, ja richtiggehend zu verwöhnen.

Sie leeren einen fünften und sechsten Krug Margaritas. Der Gouverneur liegt nach hinten gekippt in seinem Stuhl und schnarcht. Der General bemerkt, daß sich der alte Lüstling neuerdings kaum noch wachhalten kann. Er gibt seinem Fahrer Zeichen, die neue chromverzierte 44er herbeizubringen; er ist bereit für das Zielschießen. Der General signalisiert den anderen, still zu sein und den Gouverneur nicht zu wecken, damit er ihnen den Spaß nicht verdirbt. Sie waren sich schon immer einig in ihrem Geschmack für handfeste Späße und Gelächter. Der General will den alten Gouverneur mit einem Schuß erschrecken. Während er abdrückt, muß Menardo ständig an Schlaganfälle und Herzattacken denken. Flammen schlagen aus dem Lauf der 44er. Die Explosion ist ohrenbetäubend, und der Gouverneur springt aus seinem Stuhl auf, wirft den Tisch um und verstreut leere Krüge und Gläser. Zitternd vor Angst klammert er sich an den Ex-Botschafter. Selbst als der Polizeichef, heulend vor Lachen auf der Schießpritsche zusammengebrochen ist, klammert er sich weiter an ihm fest. Menardo lacht ebenfalls, aber er genießt es nicht. Sie hatten über Infiltration und Saboteure diskutiert. Natürlich waren die Attentäter überall. Aber zum Glück hatten sie alles um sich herum unter dem Gesichtspunkt maximaler Sicherheit eingerichtet. Und zum Glück gab es innerhalb von El Grupo, wie sie ihren Nachmittags-Schießklub nennen, keinen Anlaß zur Sorge. Menardo ist sich nicht sicher, aber er glaubt, daß der Polizeichef ihn bei seinen Worten gerade ein wenig merkwürdig angesehen hat. Menardo hat sich in bezug auf den Polizeichef noch nie ganz sicher gefühlt, denn zwischen ihm und General J. gibt es Rivalitäten. Er gibt Tacho ein Zeichen, ihm Halfter und Pistole zu bringen. Er schießt ebensogut wie die anderen. Nur der Polizeichef schießt nicht ganz so gut.

Menardo feuerte seine 9 mm wieder und wieder ab und beobachtete, wie ein Gruppe von Golfspielern sich hastig vom neunten Loch des Golfplatzes entfernte. Der Rest von El Grupo hatte sich über einen frischen Krug Margaritas hergemacht und schien nicht zu bemerken, wie weit die Kugeln ihr Ziel verpaßten. Menardo hatte Schwierigkeiten, sich auf die Zielscheibe zu konzentrieren. Er dachte beständig daran, was passieren könnte, wenn sie eines Tages anfangen sollten, ihn aus irgendeinem Grund zu verdächtigen. Natürlich hatte er nichts zu verbergen. Menardo war völlig unschuldig, aber er wußte, daß seine zweite Heirat El Grupo verärgert hatte. Gerüchte über Alegrías politische Aktivitäten in Spanien vor vielen Jahren machten in Tuxtla noch immer die Runde. Greenlee hatte Menardo gebeten, sich keine Sorgen zu machen, Mr. B. und die anderen in der »Company« würden auf alle aufpassen. Aber Menardo war sich nicht sicher, ob die Gringos die Kluft zwischen Polizei und Militär wirklich verstanden.

Als Menardo zu seinem Stuhl am Glastisch zurückkehrte, lachte der Polizeichef noch immer. Sein dicker Bauch hatte ihm das Hemd aus der Hose rutschen lassen. Er war inzwischen ziemlich betrunken, und seine Augen waren blutunterlaufen. »Genau das ist das Problem«, sagte der Chief gerade, »keiner von euch ist bereit, aufzustehen und zu kämpfen. Keiner von euch ist darauf vorbereitet.« Menardo berührte den Saum seiner Schutzweste. Er hatte den Wunsch, ihnen zu sagen, daß er bereit war, daß er nicht davonrennen würde.

Menardo lauscht dem Gouverneur und dem früheren Botschafter, während sie auf die Menschenfiguren aus schwarzer Pappe feuern. Sie unterhalten sich über Bankkonten und Grundstücke in Arizona und Südkalifornien. Ihre Strategie ist es, auch über die Grenzen hinaus zu investieren. Mexikos Wirtschaft ist ein sinkendes Schiff. Die Margaritas haben den Gouverneur betrunken gemacht. Er wird Mexiko immer ehren und lieben, aber sein Geld fließt an einen sicheren Ort.

Der Polizeichef läßt die Trommel seiner 44er Magnum rotieren und zwinkert Menardo zu. Bei jedem Schuß schlagen gelbe Flammen aus dem Lauf. Sollten sich die Banker und Politiker doch nehmen, was sie wollten. Sollten sie ruhig mit ihren Papierfetzen winken. Der Chief werde ihnen diesen Mist über wirtschaftliche Eroberung und wirtschaftliche Vorherrschaft nicht abkaufen. Der Richter mischt einen Stapel Spielkarten und winkt den anderen zu, um zu sehen, ob sie mitspielen wollen.

Der Chief redet weiter, während Menardo seine Schüsse absolviert. Er ist zu betrunken, um zu bemerken, daß alle sechs Schüsse danebengegangen sind. Der Gouverneur schiebt Geldbündel und Stapel mit Silbermünzen in die Mitte des Tisches. Er macht dumme Witze über Banken und Auslandsschulden, die durch die angehäuften Zinsen und Säumniszahlungen bald restlos überhand nehmen werden. Der Polizeichef mischt die Karten so flüchtig, daß sich ihre Abfolge kaum verändert. Er lehnt sich weit im Stuhl zurück, um dem Ex-Botschafter in die Karten zu sehen.

Der Polizeichef zieht eine Karte und hält die anderen vier in der Hand. Die größte Gefahr drohe Mexiko durch ausländische Bankiers, die das Land ausraubten und von sich abhängig machten. Der frühere Botschafter verzieht keine Miene. Die Luft unter der *ramada* wird durch die drückende und unbarmherzige Nachmittagshitze noch stickiger. Menardo wischt sich mit der Hand über die Oberlippe. Noch nie hat er bei einem Pokerspiel eine solche Anspannung gespürt.

Der Polizeichef kippt einen doppelten Tequila hinunter und zieht das Spiel absichtlich in die Länge. »Wo wären wir wohl ohne die Bankiers?« sagt er, ohne jemanden direkt anzusprechen, und zieht zwei weitere Karten. Der Gouverneur packt seine Karten zusammen und läßt sie auf das Geld in der Tischmitte fallen. »Für mich hört sich das alles an wie marxistisches Gerede«, sagt er lachend und geht zum Ende des Fairways, um zu pinkeln. Menardo beobachtet die Augen des Polizeichefs. Sie mustern zunächst den Ex-Botschafter, dann den Richter. Als der Chief auf ihn blickt, erschrickt Menardo und senkt die Augen auf die Karten in seiner Hand. Sie alle haben mit Ausländern Geschäfte gemacht. Außerdem war Greenlee kein Banker, dies traf nur auf Mr. B. zu.

Als sich die Karten als schlechtes Blatt herausstellen, werfen sie sie mitten auf den Tisch und legen eine weitere Runde im Schießstand ein. Schießen, Kartenspielen und Trinken sind vorgeschriebene Aktivitäten. Alle Kartenspieler hatten zu schießen und sich zu betrinken; alle Schützen hatten sich zu betrinken und Karten zu spielen. Tequila machte jeden geschwätzig.

Sie alle kannten Geschichten über lokale Aufstände. Priester hatten sich darüber beklagt, daß immer weniger Indianer zur Messe kamen. Überall gab es Gerüchte über religiöse Pilger, die langsam nach Norden marschierten. Der Richter und Dr. Gris behaupteten, daß die Pilger unbewaffnet und harmlos seien. Wie konnte jemand Tausende von landlosen Indianern ernst nehmen, die die Befehle von heiligen Macaws befolgten? Im Nachbardistrikt war den Indianern verboten worden, Papageienvögel zum Zwecke der Wahrsagerei zu halten. Menardo hatte plötzlich das Gefühl, daß alle ihn ansahen. Sein Herz klopfte heftig. Wahrscheinlich wußten sie alle, daß Menardo Tacho erlaubt hatte, einige Vögel auf einem großen Baum bei der Garage zu halten. Plötzlich hatte Menardo das Gefühl, er solle besser gehen. Er versuchte, sich Ausreden einfallen zu lassen, und entschied sich für ein vor Wochen gegebenes Versprechen, Alegría zum Lunch ins Royal Hotel zu führen. In diesem Monat war »der Jahrestag« ihres ersten Liebesaktes. Er schämte sich dafür, daß er ihren Festtag mißbrauchte, um El Grupo zu entkommen. Aber er fühlte sich heute ausgesprochen unwohl, bei all dem Gerede über merkwürdige religiöse Indianerkulte und »Rote« aus Mexico City.

Menardo wußte jedoch auch, daß es der Polizeichef nicht schätzte, wenn man die Gruppe während seiner Geschichten verließ. Der Chief wurde leicht wütend, wenn er betrunken war. Menardo riß sich zusammen, um weiterhin entspannt zu wirken. Die Nachmittagshitze begann ihn zu erschöpfen, und die viel zu vielen Gläser mit Margarita rumorten unruhig in seinem Magen. Plötzlich hatte er das Gefühl, als habe man ihm eine Droge injiziert, er konnte Kopf und Hals nur noch mit der größten Anstrengung bewegen. Seine Beine fühlten sich an wie Sandsäcke, und seine Arme waren zu schwer, um sich bewegen zu lassen. Menardo fühlte Panik in sich aufsteigen. Er war sicher, daß die Hitze, der Alkohol und die laute Stimme des Polizeichefs einen körperlichen Zusammenbruch verursacht hatten. Er war sicher, daß es sich um eine Herzattacke oder einen Schlaganfall handeln mußte, weil es so plötzlich gekommen war. Als er zu sprechen versuchte, stellte er fest, daß seine Zunge den ganzen Mund ausfüllte. Keiner der anderen schien etwas zu bemerken, sie waren zu diesem Zeitpunkt alle restlos betrunken. Der frühere

Botschafter saß in seinem Gartenstuhl und schaukelte vor und zurück. Sogar die kugelsichere Weste schien Menardo plötzlich zu eng um die Brust zu werden und die Rippen zu fest gegen die Lunge zu pressen. Er konnte die Hand nicht zum Gesicht führen, um sich den Schweiß abzuwischen, konnte nicht einmal die Augen nach links bewegen, um Tachos Aufmerksamkeit auf sich zu ziehen. Der Gouverneur erhob sich und begann seine 38er Spezial abzufeuern.

Die Schüsse des Gouverneurs lösten die Lähmung, und Menardo war in der Lage, auf die Füße zu taumeln. Er müsse jetzt gehen, sagte er. In diesem Augenblick sah er den Manager des Golfklubs verzweifelt über den Platz eilen. Drei- oder viermal im Jahr, nach dem sechsten Krug Margaritas, war es üblich, daß El Grupo am neunten Loch herumballerte, und was konnte der Manager schon dagegen unternehmen? Alle bis auf zwei Mitglieder der Gruppe saßen im Verwaltungsrat des Country Clubs. Sie hatten ihn eingestellt. Dennoch war das Erscheinen des Managers für die Gruppe gewöhnlich das Signal zum Aufbruch.

Zeit, nach Hause zu gehen und vor dem Abendessen eine Siesta zu halten. Der Gouverneur hatte eine Verabredung mit seinem neuen Schatz. Allein der Gedanke an sie ließ seine Rute steif werden.

STREIKS, UNRUHEN UND AUFSTÄNDE

Menardo ließ sich von Tacho auf den Rücksitz helfen. Tacho konnte sehen, daß ihm übel war, aber er verlor kein Wort darüber. Das Gute an Indianern war, daß sie nicht viel redeten. Aber dann tat Tacho etwas Merkwürdiges. Er fuhr mit ihm an der Leichenhalle vorbei, und plötzlich erkannte Menardo das Lähmungsgefühl, das er vor kurzem verspürt hatte. Er begriff, daß es das Empfinden eines Körpers war, der gerade einbalsamiert wurde. Er hatte gefühlt, wie die Einbalsamierungsflüssigkeit durch seine Adern geströmt war. Er fühlte den Schweiß unter den Achseln und auf dem Rücken, er fühlte Schweiß auf seinen Eiern.

Es überraschte und ängstigte Menardo, wie lange sie brauchten, um die Leichenhalle zu passieren. Ihm fiel ein, daß dies zum Teil seine eigene Schuld war, denn er hatte Tacho angewiesen, langsamer zu fahren, um Benzin zu sparen, das mit jedem Tag teurer wurde. Die Leichenhalle war schon von weitem zu erkennen, ein zweistöckiges Gebäude im Stil eines kastilischen Herrenhauses. Zunächst konnte Menardo nicht mehr sehen als das rote Ziegeldach. Dann konnte er die lila Blüten der Kletterpflanzen erkennen, die sich an den Außenwänden emporrankten. Die üppigen Blumen wirkten grotesk. Es schien, als näherten sie sich der Leichenhalle bereits seit zwanzig Minuten, und noch immer waren sie nicht auf der Höhe des Eingangstores. So sehr er sich bemühte, fiel ihm bei der Frage, woran ihn die lila Blüten der Kletterpflanzen erinnerten, nichts anderes ein als menschliche Eingeweide. Menardo bereute es, sich die Opfer des Überfalls angesehen zu haben. Leichen waren hier noch keine alltägliche Angelegenheit wie in den Ländern weiter im Süden. Ihre Körper waren noch nicht sehr aufgedunsen gewesen, und nur wenn ein leichter Wind ging, hatte man einen schwachen Geruch wahrnehmen können. Obwohl sie alle durch einen Kopfschuß getötet worden waren, hatte man ihnen auch die Bäuche aufgeschlitzt. Menardo konnte an nichts anderes denken, als an die Reisemagazine von Hawaii, das Alegría so gerne besuchen wollte. Menschliche Eingeweide glichen den hawaiianischen Blumenketten. Obwohl sie die Straße entlangfuhren, schien der Wagen die Leichenhalle nie ganz zu erreichen. Das gleiche Gefühl hatte Menardo in einem Traum gehabt, in dem er sich dem Schatz immer nur genähert, ihn aber nie ganz erreicht hatte. In seinem gleichgültigsten Tonfall bat Menardo Tacho, ein bißchen schneller zu fahren, weil die Señora bereits auf sie warte. Das war eine Lüge, denn Freitag nachmittags spielte Alegría Tennis. Er spürte, wie der Mercedes anzog, und die zusätzliche Geschwindigkeit durchbrach den Bann, so daß sie die Leichenhalle schließlich passierten.

Menardo hatte sich angewöhnt, in der Schutzweste zu schlafen, nachdem einige Universitätsprofessoren von maskierten Männern aus dem Schlaf gerissen und zu dem großen Springbrunnen vor der Universitätsbibliothek geführt worden waren.

Die Attentäter hatten auch den Nachtwächter erschossen, doch er war lange genug am Leben geblieben, um die Exekution zu beschreiben. Die Pistolen in die Bäuche ihrer Opfer gerammt, hatten die Attentäter geschrien: »Mal sehen, wie euch das gefällt!« Natürlich waren die Professoren allesamt Kommunisten gewesen und die Attentäter vermutlich Männer, die für die Sondereinheit des Polizeichefs arbeiteten. Dennoch konnte man in Zeiten wie diesen nicht vorsichtig genug sein. Deshalb hatte Menardo seinen Seidenpyjama über die Weste gezogen. Inzwischen bekam er keine Scheuerstellen oder Hitzeausschläge auf dem Bauch mehr. Und ohne die Weste fühlte sich Menardo merkwürdig entblößt und irgendwie unvollständig.

Alegría hatte sich über Menardo und seine Weste lustig gemacht. Sie schliefen nicht mehr im gleichen Bett, und er war sehr darauf bedacht, die Weste auszuziehen, bevor er in den roten Samtbademantel schlüpfte, den er immer trug, wenn er in ihr Schlafzimmer ging. Doch auch als er die kugelsichere Weste nicht trug, hatte sie sich lustig gemacht.

»Hast du denn keine Angst, daß dich die Kommunisten gerade hier erschießen könnten?« fragte Alegría lachend. Sie hatte eine grausame Seite, die Iliana, seine erste Frau, nie besessen hatte. »Sie haben auch kleine Größen für Frauen, weißt du.« Menardo wollte ihr gefallen. Sex erforderte inzwischen eine solche Überwindung, daß Alegría in ihr eigenes Schlafzimmer gezogen war. Es sei ihr Designer-Ausstellungsstück, hatte sie gesagt, aber wenig später hatte sie darauf bestanden, dort allein zu schlafen. Angst vor einer Schwangerschaft, war ihre Ausrede gewesen, aber Menardo wußte, daß es an der Weste lag, die er im Bett trug. Trotzdem hatte er keine Wahl. Ohne die Weste wurde sein Schlaf von Alpträumen zerrissen.

Iliana war erst knapp über ein Jahr tot, und schon hatte sich die Welt so sehr verändert, daß sie die Zeitungsschlagzeilen dieser Tage vermutlich nicht mehr verstanden hätte. Die Rebellen arbeiten fast ausschließlich mit Dynamit. Sie konzentrieren sich auf die Haupteisenbahn- und Autobahnbrücken. In der vergangenen Woche hatten Terroristen den Wagen eines Generals namens Fuentes mit zehn Pfund Dynamit in die Luft gejagt. Die Explosion hatte ihm beide Beine und die Hoden abgerissen und nur einen Hautlappen übriggelassen, in den eine Pinkelröhre eingesetzt werden konnte – dort, wo einmal sein Schwanz gewesen war. Wenn diese Geschichte erst einmal die Runde machte ... Später hatten die Rebellen Flugblätter mit brutalen Karikaturen von General Fuentes im Rollstuhl verteilt, auf denen er einen komischen Dildo umgeschnallt hatte und versuchte, eine Möse mit dem Namen »Kapitalismus« zu ficken. Menardo hatten die Bombenattentate erschüttert. Er war Fuentes bei einigen Anlässen kurz begegnet. Merkwürdigerweise hatten sie einmal Seite an Seite vor den Urinalbecken im Gouverneurspalast gestanden; Menardo hatte damals der Versuchung nicht widerstehen können, einen schnellen Blick nach links zu werfen, um sich die Größe und Form von Fuentes' Schwanz anzusehen. Der Gedanke, daß General Fuentes von explodierenden Stahlteilen entmannt worden war – daß eben jenes Organ zerstört wurde, das Menardo noch vor kurzem in der Männertoilette gesehen hatte – verursachte ihm Übelkeit.

BLUTRAUSCH

Menardo hatte Tacho gefragt, was er von Männern hielt, die anderen Männern und Frauen die Geschlechtsteile abschnitten. Menardo führte Gespräche mit Tacho, die er mit einem Weißen niemals zu führen gewagt hätte. Tacho hatte ihn im Rückspiegel beobachtet, während er ihm antwortete. Blut nähre das Leben. Bei der Entstehung menschlichen Lebens entstehe zuerst das Blut. Als erstes komme das Blut. Auch bei der Geburt gebe es Blut.

Blut sei mächtig und deshalb gefährlich. Manche Leute meinten, die Menschen sollten nicht zu oft frisches Blut sehen oder riechen, sonst würden sie von schrecklichen Gelüsten befallen. Normalerweise war Tacho recht wortkarg, aber wenn es um unheimliche Themen ging, war er genau wie alle anderen Indianer, genau wie Menardos eigener Großvater, der Geschichten über Unfälle und Tod ebenfalls geliebt hatte. Menardo wollte Tachos Redelaune nutzen, um ihm einige Fragen zu stellen. Gab es noch Menschenopfer? Nicht bei den Indianern, antwortete Tacho, aber Menschenopfer habe es nicht nur unter den mexikanischen Stämmen gegeben. Auch die Europäer, die hierhergekommen waren, hatten Menschenopfer gebracht. Die Darbringer von Menschenopfern waren Teil eines weltweiten Netzwerkes von Zerstörern, die ihre Stärke aus der Energie gewannen, die durch die Zerstörung freigesetzt wurde. Menardo lachte ihn aus. Tacho glaubte wirklich an diesen ganzen indianischen Mumpitz, den auch sein Großvater immer erzählt hatte. Tacho sah Menardo im Rückspiegel an, als habe ihn sein Lachen verletzt, aber er fuhr fort.

Das Blut und seine Macht seien von Hexern mißbraucht worden. Schon lang vor der Ankunft der Europäer seien die Menschen über das Blut und das Töten in Streit geraten. Diejenigen, die nach Norden gingen, weigerten sich, die Geister weiterhin mit Blut zu speisen. Diejenigen Stämme und Menschen, die nach Norden gezogen waren, flohen vor den Zerstörern, die sich am Blut ergötzten. Die Geister gaben sich nicht mit jedem Blut zufrieden. Das Blut der Bauern und der Armen war zu schwach, um sie zu nähren. Sie mußten mit dem Blut der Reichen und Adligen gesättigt werden. Gott der Vater selbst hatte nur Jesus als angemessenes Opfer akzeptiert.

Menardo hatte geglaubt, Tacho sei mit dem Thema fertig, aber dann hatte Tacho den wütenden Geistern der Erde die Schuld an all den vielen Stürmen mit Erdrutschen und Flutwellen, den Erdbeben und Vulkanausbrüchen zugeschrieben, weil sie das Blut der Armen leid waren.

Menardo erwähnte dieses Thema Tacho gegenüber nicht mehr. Das Gerede über Blut und blutrünstige Geister verursachte ihm Übelkeit. Dann hatte General J. wenig später das ekelhafte Thema erneut aufgegriffen und sich beim Lunch über Kastrationen unterhalten wollen. Der General betrachtete sich gern als eine Art Gelehrter.

Menardo war beunruhigt, daß beide, General J. und Tacho, so begierig darauf waren, über Sex und Blut zu reden. Von Tacho hätte er das erwartet, nicht aber vom General, der hochgebildet war. Und dennoch, je länger die Unterhaltung zwischen dem General und Menardo angedauert hatte, desto munterer war er geworden. Sein Kopf war vom Hals bis zu den Wangen gerötet, und Menardo meinte, in seiner Hose eine verdächtige Schwellung zu entdecken. Der General hatte das Gespräch mit einer Theorie fortgesetzt, die einige französische Ärzte aufgestellt hatten: Er spekulierte darüber, daß der Anblick und der Geruch von Blut naturgemäß eine erregende Wirkung auf die menschlichen Geschlechtsorgane habe. Weil Blutvergießen in der Natur vorherrsche, würden diejenigen, die vor Blut Hemmungen hatten, mit der Zeit von denjenigen, die Blut erregend fanden, zahlenmäßig weit überholt werden. Blut war überall, es umgab die Menschen den ganzen Tag. Und ohne Unterlaß rauschte und pulsierte das Blut durch die eigenen Adern.

An dieser Stelle hatte Menardo den General mit einer Frage unterbrochen. Sicherlich meinte er die Stämme von Wilden – Indianer und Afrikaner – und nicht zivilisierte Europäer? Aber der General hatte gelacht und den Kopf geschüttelt, während er sein Glas leerte und sich mit dem Handrücken über den Schnurrbart fuhr. »Nein, ich spreche von den Vorfahren der Franzosen, den französischen Höhlenmenschen.« Menardo konnte sich nicht erinnern, daß die Nonnen, Priester oder gar die Lehrer an der Highschool jemals erwähnt hatten, daß die frühen Vorfahren der Franzosen in Höhlen gelebt und rohes Fleisch gegessen hatten. Aber der General war ein Intellektueller, und Menardo wußte, daß die katholische Kirche, was moderne Wissenschaften anging, sehr altmodisch war. Die französischen Ärzte hatten weiter darüber spekuliert, daß der Anblick und der Geruch der Kastrationen den Körper veranlaßten, chemische Signale an die Genitalien weiterzuleiten. Die Signale führten dazu, daß in früheren Zeiten die Eroberer, die ihre Gefangenen kastriert hatten, sich unverzüglich daran machten, die Frauen der Beschnittenen zu schwängern. Der General hatte sich bei Menardo dafür entschuldigt, dieses unerfreuliche Thema auf so unverfrorene Weise angeschnitten zu haben. Aber er war bereits bei einer gelehrten Abhandlung über die Anwendung von physischen Maßnahmen wie Kastrationen zur Unterwerfung von Rebellen, Subversiven und anderen politischen Abweichlern. General J.s Hauptthese besagte, daß sich nur der Körper erinnern könne, während sich der Verstand ausschalte. Gefolterte Nerven und Venen besäßen ein Gedächtnis; und was die Folterer mit Gefangenen anstellten, sei nichts anderes als die Herstellung menschlicher Zeitbomben. General J. war der Ansicht, die besten Beispiele der Folterarbeit der Nazis seien diejenigen Juden, die sich selbst für Überlebende hielten. Ihre Körper trügen die grausamen Erinnerungen viele Jahre lang in sich, und erst wenn sie glaubten, es überwunden zu haben und in Sicherheit zu sein, erst dann gehe die Zeitbombe hoch, und sie begingen Selbstmord.

Die andere Theorie des Generals besagte, daß Männer die Anwendung von Vergewaltigung durch die Beobachtung des Sexualverhaltens von Hengsten in Wildpferdeherden gelernt hatten. Die Soldaten der einmarschierenden Armeen hatten einfach sichergestellt, daß alle schwangeren Gefangenen so lange und so brutal vergewaltigt wurden, bis Blutungen einsetzten. Und wie Hengste hatten sie die abgegangene Frucht dann durch ihren eigenen Samen ersetzt.

Die Erzählungen über Blut hatten Menardo sehr mitgenommen. Er spannte seine Muskeln an, um die festen Ränder der Weste auf seinem Bauch und seiner Brust zu spüren. Merkwürdigerweise hatte er noch nie befürchtet, am Rücken verwundet zu werden. Er war nie etwas anderes als ein solider Geschäftsmann gewesen, ein Pionier in der Welt der Unfallversicherungen. Menardo hatte noch nie Hand gegen einen anderen erhoben, mit Ausnahme derjenigen, die in irgendeiner Weise eine Gefahr für einen Kunden der Universal-Versicherung dargestellt hatten. Aber sogar in diesen Fällen hatte Menardo selbst niemandem ein Härchen gekrümmt; solche Entscheidungen hatte er immer General J. überlassen, der ihre Sicherheitskräfte befehligte. Als Präsident der Universal-Versicherung genoß Menardo rund um die Uhr den bestmöglichen Personenschutz. Die Kosten spielten dabei keine Rolle, schließlich wäre es nicht gut für das Geschäft, wenn ihm etwas zustieße. Menardo hatte über einen Handel mit kugelsicheren Westen nachgedacht. Er mochte den Begriff Body Armor und wußte, daß er damit bei seinen Stammkunden gut ankommen würde. »Wir schützen sie vor allem«, würde sein Slogan sein.

Menardo begann Pläne zu schmieden. Es würde so einfach sein. Er und Tacho würden einen Test durchführen. Eine einfache, aber eindrucksvolle Prüfung der kugelsicheren Weste durch niemand anderen als ihn selbst. Menardo hatte die Body Armor-Broschüren sorgfältig gelesen. Die Kugeln hatte lediglich dunkelrote Flecken hinterlassen. Die Zeugenaussagen neben den Abbildungen beschrieben immer wieder den Moment, in dem die Westenträger in das Ende eines Gewehrlaufes blickten und sich auf den Tod vorbereiteten. Die Wucht der Kugel hatte sie zu Boden geworfen, aber ein Wunderwerk der Technik hatte ihnen eine zweite Chance gewährt. Menardo wollte es spüren, es erleben und den Kitzel kennenlernen, den Moment des Todes zu erleben und dennoch nicht bezahlen zu müssen.

GEISTERVÖGEL

Sein ganzes Leben lang hatte Tacho die Weißen beobachtet. Er hatte gelernt, auf Menardos Launen einzugehen und zu ignorieren, was immer er auch sagen mochte, denn Menardo war ein gelber Affe, der richtige weiße Männer nur imitierte.

Tacho wußte, daß Iliana Menardo viele Male davor gewarnt hatte, einem Indianer von seinen Träumen zu erzählen. An dem Tag, an dem Iliana stürzte, war Tacho überglücklich gewesen. Die Marmortreppe war eine Imitation der Tempeltreppen, welche die Indianer erbaut hatten. Als der Boss Alegría heiratete, hatte Tacho noch mehr gelacht. Er hatte es an ihr gerochen, und er hatte genau gewußt, wann Menardos junge Frau wieder begonnen hatte, es mit dem Kubaner Bartolomeo zu treiben. Tacho weiß von seinen Leuten in den Bergen über den Kubaner Bescheid.

Nur Tacho und ein paar andere wußten von den Macaw-Geisterwesen, die ihm folgten und so lange in nahegelegenen Bäumen hockten, bis sie ihn wieder ausfindig gemacht hatten. Die großen blaugelben Vögel hatten gefährliche Schnäbel und Krallen. Sie folgten Tacho, wo immer er hinging, und lange Zeit weigerten sich die großen Aras, mit ihm zu sprechen. Als Tacho aus Menardos Küche einen Kuchen für sie stahl, hatte einer der blaugelben Vögel begonnen, mit ihm zu sprechen. Der Vogel sprach Tacho mit Wacah an. Tacho zögerte, sich noch mehr anzuhören, und ließ die Vögel draußen im Baum zurück. Vögel und Tiere, die sich den Menschen gegenüber zu freundlich benahmen, konnten die Tiere von Hexern sein und keine richtigen Tiere. Die blaugelben Macaws schrien Tachos neuen Namen ununterbrochen von Sonnenaufgang bis Sonnenuntergang: »Wacah! Wacah! Wacah! Wacah! Große Veränderungen stehen bevor!«

Noch lange Zeit danach war Tacho hastig am Baum vorbei in die Garage geeilt, um den beiden Geister-Macaws aus dem Weg zu gehen. Doch sie waren hoch oben in der Baumkrone geblieben und hatten Tacho oder Wacah ignoriert. Sie weigerten sich, ihn zu verlassen. Die Geistervögel rasselten ständig Listen mit Befehlen herunter, Dinge, die Tacho-Wacah ausführen sollte. Tacho bestach die Vögel mit Zuckerstückchen und hatte danach zwei oder drei Nächte lang wundervolle Träume.

Menardos Träume enthielten die Schrecken eines Verdammten, und immer waren es Träume von Straßenhinterhalten, Träume, in denen der Wagen und die Wachen, die den Mercedes normalerweise eskortierten, plötzlich verschwunden waren. Ganz egal, wie tödlich die Omen in diesen Träumen sein mochten, Tacho erzählte Menardo immer, daß er nichts zu befürchten habe; er belog ihn, wo immer er konnte. Er beobachtete die allmähliche Veränderung an dem gelben Affen. Die Veränderung, die die Weste im Schlafzimmer der Herrschaft bewirkt hatte, war allerdings ziemlich einschneidend und komisch. Sie vögelten nicht mehr miteinander, weil der Señor es vorzog, sich in seiner Weste zu verkriechen.

Die Weste verschaffte Menardo wochenlang einfache und selige Träume. Dann träumte er eines Nachts von einer asphaltierten Straße im Mondlicht, auf der die weißen Seitenstreifen zu einer gigantischen silbernen Klapperschlange werden, die sich auf dem Straßenbelag wärmt. Menardo brüllt Tacho an, aber der kann nicht bremsen. Die Autoreifen explodieren, als sie in die riesige Schlange hineinrasen und blutige Stücke aus Schlangenhaut und Schlangenfleisch gegen die Windschutzscheibe schleudern. Kein Grund zur Beunruhigung, sagte Tacho, die Riesenschlange stamme aus der Bibel, und Christen bringe es Glück, Schlangen zu töten. Doch Menardo konnte nach diesem Traum kein rotes Fleisch mehr essen. Das Bild von Glas, das mit blutigem Schlangenfleisch beschmiert ist, verfolgte ihn. Der Anblick von Reptilienhaut ließ seine Haut zusammenschrumpfen. Menardo brütete weiter über seinen Plänen, die Weste auszuprobieren. Weil Tacho ihm bei dem Test helfen sollte, gab er ihm ein paar Hinweise. Er öffnete die Broschüre und deutete auf eine Fotoserie von weißen Männern mit nackten Oberkörpern.

»Siehst du! Hier!« Menardos dicker, brauner Zeigefinger fuhr über die linke Brustwarze des weißen Mannes. »Der große, dunkle Fleck! Genau dort!«

Tacho sah hin und nickte dann langsam.

»Ein Krimineller hat mit einer 38er Spezial auf ihn geschossen, aber die Weste hat ihn gerettet!« Menardo klopfte sich auf die Brust seines Pyjamaoberteils.

Tacho war auf der Hut. »Genau dieselbe Weste?«

Menardo wurde plötzlich ungeduldig. »Nein, nicht *diese* Weste, aber eine, die ganz genauso ist. Und heute«, sagte er mit einer großtuerischen Gebärde, »heute, mein Freund, werden wir ein wissenschaftliches Experiment durchführen!« Heute werden sie *compadres* sein und dies wird ihr Geheimnis bleiben, ganz allein ihr Geheimnis.

Tacho achtete darauf, Seitenstraßen zu benutzen, um die Strecke aus Menardos fatalem Traum zu vermeiden. Obwohl Menardo ihm begeistert von den in der Broschüre beschriebenen Tests und den Erlebnisberichten erzählte, war Tacho sich nicht sicher, daß er verstanden hatte.

DIE VERNEHMUNGSBEAMTEN

Die Videokameras und die Ausrüstung waren ein Geschenk der amerikanischen Regierung. Ihre amerikanischen Freunde waren besorgt über die zunehmenden politischen Unruhen in Mexiko. Die amerikanischen Freunde baten lediglich um Kopien der Videoaufzeichnungen der Verhöre. Menardo hatte den Polizeichef schon immer um seine weitreichenden technischen Kenntnisse beneidet. Der Chief hatte darauf bestanden, sie alle in den

Konferenzsaal einzuladen, damit sie sich die polizeilichen Vernehmungen auf Video ansehen konnten. Er brauche ihren Rat, sagte er. Während die anderen auf die Unzahl von winzigen Schaltern und Lichtern auf dem Schaltpult starrten, schwenkte er eine dikke Gebrauchsanleitung und behauptete, die Bedienung sei so simpel, daß sogar ein Indianer sie übernehmen könne. Dann hatte der Chief gelacht, und alle hatten mitgelacht, weil keiner von ihnen sich zu irgendwelchen indianischen Vorfahren bekannte.

Der Polizeichef brauchte Rat von El Grupo. Sie durften die Verhöre nicht länger auf diese Art und Weise fortführen und den Verdächtigen derart dumme Fragen stellen. Zum Beispiel, *Frage*: Wissen Sie, warum Sie hier sind? *Antwort*: Nein. *Frage*: Sie lügen! – Und dies sollte eine Aktion gegen Subversive darstellen. Auf dem Bildschirm waren in einer Dauereinblendung die festen, hochsitzenden Brüste der jungen Nutte zu sehen. Immer wieder sah er sich das zehnminütige Videoband an und lauschte den Fragen, die die Unteroffiziere stellten. Natürlich fragten sie das Mädchen, wie viele andere Mädchen mit ihr zusammenarbeiteten und für wen sie arbeiteten. Es waren halbherzige Fragen. Mädchen wie sie hielten auf der Straße nicht lange durch. Der Chief persönlich glaubte, daß es für die Mädchen besser sei, wenn sie von einem Zuhälter übernommen wurden.

Der Kommunismus war verantwortlich für all diese jungen Mädchen, ja, und auch für die jungen Männer, die die Straßen der Innenstadt und die Parkplätze vor den Touristenhotels säumten. Der Chief hatte schon immer das Gefühl gehabt, seine Arbeit sei unentbehrlich. Der Bundesdistrikt war so weit weg. Wenn er nicht ständig auf der Hut war, würden die Agitatoren aus dem Süden sofort Unruhe stiften. Er begann sich hektisch Notizen zu machen und drückte auf den Pausenschalter des Videogerätes, das gerade Nahaufnahmen von weiblichen Geschlechtsteilen auf den Bildschirm brachte. Der Chief hatte seinen Assistenten weggeschickt, bevor ihm aufgefallen war, daß sämtliche Farben auf dem Bildschirm verkehrt waren – alles, was rosig-pink oder blutrot hätte sein müssen, war gelb, grün, orange, braun oder blau. Trotzdem hatte ihn das Auspeitschen der jungen Hure, das die Unteroffiziere mit den Gürteln ihrer Uniformen besorgten, inspiriert.

Der Polizeichef beklagte sich bei Vico, dem Bruder seiner Frau: Der Argentinier mischte sich in die Verhöre ein und unterbrach sie häufig. Er hatte sie dazu überredet, auf den Genitalien Lippenstift und Make-up zu verwenden, damit sie in den Videoaufnahmen besser zur Geltung kamen. Der Argentinier sprach von nichts anderem als dem »visuellen Eindruck« oder dem »erotischen Wert«. Mit dem Verkauf der Kassetten ein wenig Extrageld zu verdienen – das war eine Sache, solange die Polizeiarbeit dabei nicht behindert wurde. Der Chief fand es großartig, aus den schmutzigen Perversionen Tausender kranker Typen Kapital schlagen zu können, die nach Filmen über Folter und Zerstückelungen hoffnungslos süchtig waren. Aber kurz darauf hatte er eine Idee. Die Videos, die Vico der argentinischen Pornofilmgesellschaft verkaufte, waren nur Kopien. Mit den Originalen, das war seine Idee, wollte er den Menschen die Folgen von politischem Extremismus vor Augen führen. Er wollte, daß die Leute sahen, welche Strafen alle Agitatoren und Kommunisten erwarteten. In die Fragen der Vernehmungsbeamten konnte man scharfe Warnungen einflechten. Etwa in der Art: *Vernehmungsbeamter*: Warum üben Sie Verrat an Gott dem Allmächtigen und dem souveränen Staat Mexiko? *Zack!* Dann gab es eins mit dem Gummischlauch über die Fußsohlen.

Der argentinische Kameramann wünschte allerdings bei seiner Arbeit keine Verzögerungen dadurch, daß für die Vernehmungsbeamten neue Fragen ausgearbeitet wurden. Und Vico war nicht besser als der Argentinier. Alles, was die beiden interessierte, war »erstklassige Ware«. Vico war gnadenlos. Vom Soundtrack verwendeten sie nur die Schreie der Gefangenen, das Grunzen der Folterer und die Geräusche berstender Knochen. Der Chief setzte alle polizeilichen Verhöre und Videoaufnahmen so lange aus, bis der offizielle Fragebogen für die Verhöre fertiggestellt war.

Er hielt sich absichtlich fern, bis die Fragen für die Verhöre vollständig waren. Er rühmte sich der Perfektion, die er all seinen Unternehmungen abverlangte. Doch in den zehn Tagen seiner Abwesenheit hatte der Argentinier die Sache völlig in die Hand genommen. Wahrscheinlich war es für ihn das erstemal, daß er von solchen Bauerntrampeln umgeben war. Der Chief verachtete die Unteroffiziere und ihre kriecherische Unterwürfigkeit gegenüber dem Argentinier. Während seiner zehntägigen Abwesenheit hatten sie sich in grinsende Idioten in Offiziersuniformen verwandelt. Was immer der Argentinier ihnen sagte, führten sie ohne zu fragen aus.

Der Chief sah sich den Bericht von Dr. Guzman an. Der Argentinier hatte alles durcheinandergebracht. Die Gefangenen waren bedeckt mit Striemen, Blutergüssen und Verbrennungen. »So bringen die Videos mehr Geld«, war die Antwort seines Untergebenen gewesen, als der Polizeichef ihn wegen des medizinischen Gutachtens befragt hatte.

Die ganze Geschichte verursachte dem Chief ein ungutes, schwindelerregendes Gefühl. Plötzlich schienen sich alle Vorstellungen über seine Aufgabe, ja sogar sein eigenes Leben in Rauch aufzulösen, zu verpuffen. Keiner von denen hatte eine Ahnung davon, was diese Blutergüsse und Verbrennungen den fremden Agitatoren oder den internationalen Kommissionen sagen konnten.

Das Schwindelgefühl stellte sich erneut ein, als die ersten Bilder auf dem Monitor erschienen. Es war schlimmer als alles, was der Chief je für möglich gehalten hätte. Der Argentinier hatte das Kellergeschoß des Polizeipräsidiums in ein Filmstudio verwandelt. Die Männer trugen keine Uniformen, sondern Zivilkleidung. Der Chief bemühte sich, die Fassung zu bewahren. Auf wessen Anordnung hatten die Unteroffiziere Befragungen ohne Uniform durchgeführt? Aber noch bevor er sprechen konnte, waren Vico und der Argentinier an seiner Seite. Ein Unteroffizier hielt das Videoband an. Vico flüsterte dem Chief ins Ohr. Er bat ihn, Ruhe zu bewahren. Die Summe, um die es hier gehe, sei beträchtlich.

»Denk an das Gesetz von Angebot und Nachfrage«, fuhr Vico fort, und der Chief fragte sich, ob sein Schwager vielleicht irgendeine Droge genommen hatte, weil er immer schneller zu sprechen schien. Jahrelang habe es in Argentinien keinen Mangel an »Rohmaterial« gegeben. Aber vor kurzem habe es einen drastischen Einschnitt gegeben, einen Regierungswechsel sozusagen. Der Chief nickte. Vico legte ihm eine Hand auf die Schulter. Sie versorgten die halbe Welt. Das müsse man sich vorstellen!

Vico redete immer weiter. Aber irgendwie hatte der Chief, als er sich von dem Idioten Vico abwandte, den Offizieren beim Videogerät unabsichtlich zugenickt, und diese Idioten hatten angenommen, die Geste sei das Signal zur Fortsetzung des Bandes. Wieder sah er seine Männer auf dem Bildschirm. Er konnte es nicht fassen. Man hatte Dinge verändert. Der Vernehmungsraum war wie für eine Party mit buntem Papier und Papierblumen dekoriert worden, und in der Mitte des Zimmers, auf einem Altar aus Silberpapier, saß die Gefangene. Ihre Augen hatte der Argentinier mit dem gleichen silbernen Klebeband zugeklebt, mit dem er die Kabel der Videoausrüstung zusammenhielt. Doch der Chief war nicht auf die Masken vor ihren Gesichtern gefaßt gewesen. Die Vernehmungsbeamten trugen Karnevalsmasken – ein Wolf, eine Ratte, ein Vampir und ein Schwein. In diesem Video sollte es keine Anzeichen von Polizei geben. Dies hier hatten sie für ein besonderes Video gedreht, das »Karneval der Qualen« hieß. Wie schnell sie den eigentlichen Zweck aus den Augen verloren hatten. Natürlich wollten sie Geld verdienen, aber dem Chief war die Botschaft, die Warnung, die er damit hatte vermitteln wollen, immer am wichtigsten gewesen. Neben seinem Bett hatte der Chief ein Notizbuch. Er erwachte mindestens zweimal in der Nacht mit einer vollen Blase, und während er auf war, hatte er manchmal plötzliche Einfälle. Die Warnungen in den Videos mußten sich nicht nur an Linke und Subversive wenden. Auch Diebe, Kriminelle aller Couleur, Kinderschänder und kleine Fische, Verräter und Spione feindlicher Nationen – sie alle würden gewarnt werden. Das hier ist es, was euch erwartet, was jeden da draußen erwartet, der es wagt, gegen das Gesetz zu verstoßen.

Aber nicht so etwas! Dieser Klamauk war ein Verbrechen! Eine Monsterparty! Dies war eine Perversion, an der seine eigenen Unteroffiziere beteiligt waren. Das Video lief immer noch; jetzt waren Silhouetten auf dem Bildschirm zu sehen, und die Brustwarzen und die Vulva der Gefangenen wurden voll angestrahlt. Auf dem Bildschirm stießen sie einen Stachelstock in die Vagina. Die jungen Offiziere lachten.

Der Chief fühlte sich nicht gut und schob es auf den Geruch seines Mantels. Der Geruch von Reinigungslösung machte ihn krank. In den letzten Jahren war seine Frau unaufmerksam geworden. Seit die Kinder groß waren, kümmerte sie sich nicht mehr um den Haushalt und die Angestellten. Sie verbrachte ihre ganze Zeit im Frauenklub, wo sie mit der Frau des Gouverneurs und den anderen Canasta spielte und Gin trank. Sobald er in seinem Büro war, würde er sich eine Notiz machen: »Eine Warnung an lose Weibsbilder« würde das Thema ihres nächsten Vernehmungstermins sein.

Nach drei Bieren wird der argentinische Kameramann geschwätzig und fängt an, mit den Filmen zu prahlen, die er gedreht hat, als er bei der argentinischen Armee war. Daß er ständig das Maul aufreißt, ist dem Chief egal. Seiner Meinung nach kann der Argentinier ein Dreckloch nicht von seinem eigenen Arschloch unterscheiden. Aber die Klugscheißerei des Kameramanns kann er nicht leiden. Alle Argentinier sind so. Dieser Bastard tut, als handele es sich hier um einen Sexfilm. Aber das Videoband ist in erster Linie und vor allen Dingen ein offizielles Dokument. Weder Vico noch diesem argentinischen Schwein wird der Chief gestatten, das Standardverfahren für Verhöre zu verändern. Vico versucht nicht, ihn zu überreden, aber von seinem nächsten Trip nach Buenos Aires kehrt er mit einem Koffer voller Videokassetten zurück, die der Filmverleiher ihnen als Anregung geschickt hat.

Ungefähr zu dieser Zeit begannen sie, sich nach ihrer Übungsstunde im Schießstand die brasilianischen und taiwanesischen Sexshows anzusehen. Der Chief brachte die Kassetten mit, die Vico ausgeliehen hatte.

Er ließ den Argentinier im Glauben, daß er das Sagen habe. Er legte sogar Wert darauf, Vico mitzuteilen, wie gut es jetzt mit dem Argentinier klappe. Der Chief wollte, daß er nachlässig wurde und sich gegen ihn oder einen seiner Stabsoffiziere vielleicht ein- oder zweimal aufsässig verhielt – etwas in der Art. Die Arroganz des Argentiniers war fast mehr, als der Chief ertragen konnte. Er schien sich für Dr. Allwissend zu halten! Es machte dem Chief wirklich Spaß, ihn auflaufen zu lassen. Sie begannen die Verhöre mit Schlägen. Dem Gefangenen wurden die Hände hinter dem Rücken in Handschellen gelegt. Der Argentinier meinte, er habe schon mehr als genug Material mit heraushängenden Zungen und schwarz angeschwollenen Gesichtern. Auch mit Besenstielen hatten sie bereits gestochen und gestoßen. Was für eine begrenzte Phantasie diese Mexikaner doch hatten! Der Argentinier versuchte erst gar nicht, seine Verachtung für sie zu verbergen.

Schließlich hatte sich der Kameramann an den Chief gewandt und gesagt: »Verstehen die eigentlich auch Wörter, oder grunzen sie nur?«

Vico hatte den Argentinier nach Tuxtla gelockt und ihm das neueste an High-Tech-Material und Ausrüstung versprochen. Er hätte sonst einen Job in Mexico City angenommen. Dieser Job wäre zwar schlechter bezahlt gewesen, aber dafür waren alle Schauspieler, auch die Mädchen, Profis. Tuxtla war ein Loch. Vernehmungsbeamte der Polizei ließen sogar Folter langweilig und monoton erscheinen. Es war dem Chief äußerst peinlich, als der Argentinier ihn auf die Unzulänglichkeiten ihrer Vernehmungsmethoden aufmerksam machte. Alle großen Fische nahm man ihnen weg und brachte sie nach Mexico City, und die kleinen erzählten einem alles über jeden, noch bevor der Sergeant und seine Männer überhaupt mit den Vorbereitungen fertig waren – die Gefängnishosen heruntergezogen und die Kupferdrähte in den After des Gefangenen eingeführt hatten. Die Kupferdrähte waren mit einer Batterie verbunden. Bei dem Versuch, die kleinen Drähte herauszupressen, schissen sich die Gefangenen von oben bis unten voll.

Der argentinische Kameramann ging dem Polizeichef nicht mehr aus dem Kopf. Er hätte sich niemals auf Geschäfte mit seinem Schwager Vico einlassen sollen. Der Argentinier war seine Idee gewesen. Trotz der anstehenden Arbeit stellte der Polizeichef fest, daß er häufig die Konzentration verlor und sich dabei ertappte, wie er an das dämliche Grinsen auf dem Gesicht des Argentiniers dachte. Der Chief hatte innere Impulse und Bedürfnisse immer unter Kontrolle halten können, weil er schon starke, intelligente Männer gesehen hatte, deren Mangel an Selbstbeherrschung sie ruiniert hatte. Schon oft hatte er den Impuls unterdrücken müssen, unfähigen Untergebenen ins Gesicht zu schlagen, doch die Arroganz dieses Argentiniers konnte er nicht länger hinnehmen.

Das Timing klappt perfekt an dem Tag, an dem sie sich den

Argentinier vornehmen. Sie ergreifen ihn, als er durch die Tür ins Vernehmungszimmer tritt. Der Mann hinter der Kamera trägt eine Schweinemaske, der Chief trägt die Henkersmaske aus schwarzem Stoff. Der Argentinier wird blaß, als er hört, wie an beiden Enden des Kellerflures die elektrischen Türen zuschlagen. Er wehrt sich nicht, als sie ihn mit gespreizten Armen und Beinen auf den Stuhl binden. Der Chief fragt sich, ob er bereits erraten hat, wer diesmal der Hauptdarsteller sein wird.

Man mußte sich nur die Überraschung von Vico und den anderen in Buenos Aires vorstellen, wenn sie dieses Video zu sehen bekamen. Die Anschaffung eines teuren Operationstisches oder anderer Requisiten war unnötig. Der Chief hatte noch nie etwas anderes benötigt als den schweren Eichenstuhl mit der hohen Lehne. Wenn er an die Genitalien herankommen wollte, eignete sich dieser Stuhl am besten. Durch die sitzende Position des Opfers wurden sämtliche Gedärme auf die Geschlechtsorgane gedrückt und preßten sie nach außen. Die beste Art, ein Pferd zu beschneiden, war, das Tier mit dem Kopf ganz dicht an einen Baum oder Pfosten zu fesseln. Ein Schnitt, und die Hoden in der schlüpfrigen, blaumarmorierten Membrane kamen zum Vorschein. Bei Männern war es kaum anders.

DRITTER TEIL

AFRIKA

Erstes Buch
NEW JERSEY

DER HINTERHALT

An dem Tag, als sie vor der chemischen Reinigung in Newark in einen Hinterhalt geraten waren, hatte Onkel Mike Blue Max einen Vortrag über Sicherheitsvorkehrungen gehalten. Die Schnellstraßen und die großen Hauptstraßen wurden Max zu langweilig, er bevorzugte die engen Nebenstraßen über Land. Er mochte die Alleen und die Weiden voller Milchkühe. Doch da war Mike Blue sehr vehement geworden: Auf den Nebenstraßen war Max derart ungeschützt, daß jeder kleine Ganove ihn abknallen konnte.

Plötzlich stand Max da wie ein Schlagmann beim Baseball, er konnte die verzerrten Schatten der 38er Kugeln, die aus dem Gewehrlauf direkt auf ihn zukamen, förmlich sehen. Aber seine Konzentration auf das Erkennen der Kugeln hatte sein Reaktionsvermögen verlangsamt. Auch der Hechtsprung zur offenen Wagentür stammte noch aus seinen Baseballtagen, doch die Kugeln, die er gesehen hatte, zerschlugen das Radio. Die, die du nicht siehst, sind die, die du abkriegst, hatte Max in dem Augenblick gedacht, als eine Kugel über seinen Rücken fuhr und in der linken Schulter explodierte.

Leahs Augen waren rot vom Weinen. Die Zeitungen nannten die Sache einen großen Bandenkrieg. Onkel Mike war sofort tot gewesen, und die Ärzte glaubten kaum, daß Max überleben würde. Leah war nicht naiv. Seit sie ein junges Mädchen war, hatte sie gewußt, daß ihre Familie etwas Besonderes und mit anderen Familien nicht vergleichbar war. Aber niemand hatte sie auf die Gewalt vorbereitet. Leahs Vater und ihre beiden Brüder hatten sich immer mit der Verwaltung großer Liegenschaften in Florida und Südkalifornien beschäftigt. Max dagegen hatte, seit sie sich begegnet waren, nichts anderes getan, als mit seinem Leben zu spielen, obwohl sie wußte, daß sie ihn für den Absturz des Militärflugzeuges nicht verantwortlich machen konnte. Jedesmal, wenn sie ihn mit einer Blutkonserve am Tropf daliegen sah, mit Verbänden, die das Blut seiner Wunden wieder aufsaugten, spürte Leah den Wunsch, Schluß zu machen, wenn ihre Ehe so aussehen sollte.

Max hatte reden wollen. Er hatte den Zorn in Leahs Augen gesehen. Später hatte sie die Wut, die sie im Krankenhaus empfunden hatte, auf den Tod ihrer Mutter geschoben. Max wollte ihr erzählen, daß Onkel Mike noch fünf Minuten vorher über Unvorsichtigkeiten gesprochen hatte, von der Sicherheit vielbefahrener Straßen, vor denen Attentäter wegen der Gefahr, entdeckt zu werden, und der vielen Augenzeugen zurückschreckten. Max wollte Leah von dem Streit über feste Verhaltensmuster erzählen, in den sie geraten waren – regelmäßige Strecken und tägliche Routine, die Feinde wie ein offenes Buch lesen konnten –, der morgendliche Halt vor der Bäckerei, bei dem der Fahrer mit der Limousine bei laufendem Motor im Halteverbot stand, während Onkel Mike Erdbeerkuchen und eine Thermoskanne voll Espresso kaufte. Dann der Drugstore, vor dem der Fahrer den weißen Cadillac in der zweiten Reihe parkte, um die Morgenzeitungen zu holen. Einmal wöchentlich, freitags, fuhr Onkel Mike Blue bei der chemischen Reinigung vorbei, um seine Hemden und den Anzug abzuholen. Gern hätte Max gelacht und Leah erklärt, wie fahrplanmäßig sie auf ihren Tod zugesteuert waren, sie beide, Max und Onkel Mike Blue. Aber Max hatte einen Schlauch in der Kehle, und Leah hatte reden müssen, um ihre Angst und ihre Wut herauszulassen. Max hatte versucht, die Augen offen zu halten und sich auf ihren Mund zu konzentrieren, bis er ihre Worte als dicke, blutrote Wellen wahrnahm. Hinter seinen geschlossenen Augenlidern sah er immer wieder, wie die letzten Worte aus Onkel Mikes Mund die Gestalt von Hemden annahmen, die von den Kleiderbügeln rutschten, als der alte Mann unter dem Anzug und den Hemden auf seinem Arm zusammenbrach. In einer einzigen Sekunde hatte Max gesehen, wie sich Worte und Hemden in flatternde Engel verwandelten.

Nach Arizona zu ziehen, war ganz und gar nicht, was Leah sich gewünscht hatte. Doch dann hatte sie erkannt, wie sehr Max durch die Schießerei verändert war, obwohl diese Veränderung eigentlich schon nach dem Flugzeugabsturz begonnen hatte. Lange Zeit später hatte Max ihr erzählt, daß er sich nicht mehr daran erinnern konnte, wie es war, Max Blue zu sein, der zu sein, der er vor dem Absturz gewesen war. Es war, als wäre Max Blue an jenem Tag im Sand und Gestrüpp in der Nähe der Rollbahn von Fort Bliss gestorben. Nach dem Absturz hatte Max noch so getan, als genieße er Leahs weitgespreizte Schenkel im Bett. Aber die Kugeln der 38er hatten den Max Blue, der Dinge vortäuschen konnte, ausgelöscht. Der überlebende Max Blue machte sich nicht länger die Mühe, seine Gefühle zu verbergen. Als er nach der Schießerei aus dem Krankenhaus entlassen wurde, zog er es vor, allein zu schlafen. Er machte Leah klar, daß er nur einen einzigen Wunsch hatte, den Umzug nach Tucson in Arizona. Er mochte den Anblick des Himmels über Tucson. Er erzählte Leah zwar nichts davon, aber nach der Schießerei hatte ihn der Himmel von New Jersey zu oft an den grauen Stoff erinnert, mit dem Sargdeckel ausgeschlagen waren. Er konnte die Bedeutung der hohen, weiten und leuchtend blauen Himmelskuppel nicht erklären, außer durch ihre Verbindung mit dem Absturz des Armeeflugzeugs kurz vor El Paso.

Max hatte die Nacht über in trockenem Gestrüpp und Sanddünen gelegen. Er hatte in dieser Nacht solche Schmerzen ausgehalten, daß er ohnmächtig geworden war und geglaubt hatte, gestorben zu sein. Doch am nächsten Morgen hatte er auf dem Rücken gelegen, unfähig, Arme oder Beine zu bewegen, und zugesehen, wie aus der Dunkelheit der Nacht der Himmel zum Vorschein kam und der tintenblaue Fleck sich zu dichten, grauen Wolkenbänken verwischte, die, wie ihm später klar wurde, gar keine Wolken waren, sondern die Folge seiner durch den Blutverlust verursachten Sehschwäche. Dann war Max in der tiefen und leuchtend blauen Weite des Himmels um ihn herum aufgewacht, als fliege er hoch über der Wüste, hoch über der Erde, und könne sehen, wie sie kurz hinter Yuma in einem Bogen in den Pazifischen Ozean abfiel. Nur Max und der Flugzeugnavigator hatten den Absturz überlebt. Max hatte den Moment nie vergessen, in dem er das leuchtende Blau des Himmels und die ganze Kraft der Sonne El Pasos gesehen hatte. Als die Armeejeeps näherkamen, war er auf einer Sanddüne erwacht. Der alte Max war bei dem Absturz gestorben, und ein anderer hatte sich irgendwie in diese Welt zurückgerettet, allerdings nur unvollständig. Er konnte sich nicht von der gräßlichen Angst befreien, die ihn jedesmal befiel, sobald er schläfrig wurde und einzunicken begann. »Einnicken« hatte soviel Ähnlichkeit mit Sterben.

ROLLIS

Der alte Flügel des Veteranenhospitals von El Paso hatte die Veteranen des Ersten Weltkriegs und der spanischen und mexikanischen Kriege beherbergt, die sich Tropenfieber und Lungenkrankheiten zugezogen hatten. Vermutlich tat ihnen das trockene Klima von El Paso gut. Der größte Teil des alten Flügels war ausgefüllt mit Sauerstofftanks und Kompressoren und dem Zischen und Brummen der Beatmungsgeräte für die im Ersten Weltkrieg vom Senfgas verätzten Lungen. Während der Besuchszeiten hatte Leah Max in einem Rollstuhl über die düsteren Flure mit den hohen Decken geschoben. Von den alten Männern bekamen nur wenige Besuch. Sie waren wegen des trockenen, warmen Klimas weit von zu Hause fortgeschickt worden, und nach und nach hatten sie den Kontakt zu ihren Familien und dem Leben vor dem Krieg verloren. Obwohl sie aufrecht in den Betten saßen, während grüne Plastikschläuche von ihren Nasenlöchern zu den Sauerstofftanks führten, waren ihre Augen unbeweglich und leer. Max erkannte, daß diese Männer schon seit Jahren tot waren – schlimmer als tot für ihre Familien, die für einen an einer Maschine hängenden lebenden Leichnam kein Geld von der Versicherung bekamen.

Der neue Flügel war voller Veteranen des Zweiten Weltkriegs und des Koreakriegs, obwohl man neuerdings versuchte, die Patienten in Krankenhäuser einzuweisen, die so nahe wie möglich an ihrem Zuhause lagen. Max war aufgefallen, daß die meisten Besucher zu den »vorübergehend Aufgenommenen« kamen, Patienten wie ihn – die das Krankenhaus selbständig und durch die Vordertür wieder verlassen konnten. Die Familien erkannten sehr schnell, wenn ein Mann so gut wie tot war. Max hatte keinen Anlaß gehabt, über seine Mutter, seine Schwester oder Leah zu klagen. Sie hatten ihn nicht sich selbst überlassen, als wäre er bereits gestorben. Sie hatten alle nach El Paso ziehen wollen, bis Max sie angeschrien hatte, daß er schließlich wieder herauskommen würde. Er sei kein Dauerpatient wie die anderen armen Bastarde in ihren Rollstühlen.

Max beobachtete die Dauer-»Rollis«: Sie neigten dazu, Sozialarbeiterinnen in den Vierzigern von der Größe eines Bulldozers zu heiraten. Rollis heirateten Frauen mit großer Klappe und wurden von ihnen niedergemacht. Wenn sie Streit hatten, kippte die riesige Sozialarbeiterin ihren »Rolli« einfach aus dem Stuhl. Während er selbst im Rollstuhl saß, hatte Max keine Möglichkeit, den Monologen der Rollis zu entgehen. Er schluckte eine Tablette und lehnte sich mit geschlossenen Augen zurück. Da ist der Sohn eines Offiziers, der redet, ohne Luft zu holen. Er war fünfzehn und betrunken, als er sich bei einem Schwimmunfall das Genick brach. Er fühle sich hier fehl am Platz, erzählt er Max.

»Rolli« muß von Zeit zu Zeit wieder ins Veteranenhospital zurück, um sich die wundgelegenen Stellen an Beinen und Hintern behandeln zu lassen, die unvermeidlich sind, trotz der Schaffelle, die seine dicke Frau ihm für den Rollstuhl und das Bett gekauft hat.

Rolli erhält im Veteranenhospital lebenslange Vergünstigungen, weil er sich das Genick im Sommer-Trainingscamp der National Guard gebrochen hat. Von Zeit zu Zeit öffnet Max die Augen und brummt »yeah« und »ah-hm«, aber er läßt sich mehr von seinen eigenen Gedanken treiben und hört Rolli kaum zu, als dieser plötzlich flüstert, daß sein Schwanz total hart wird und die Frauen einfach nicht genug davon bekommen können.

BLAUER HIMMEL

An dem Morgen, an dem Mike Blue getötet und er selbst verwundet worden war, hatte sich für Max die Welt verändert. Er hatte alles – alle Menschen – mit anderen Augen gesehen als früher. Doch mit der Zeit war ihm langsam die Wahrheit aufgegangen: Er hatte bereits nach dem Flugzeugabsturz begonnen, sich zu verändern. Der Anschlag auf ihn und Onkel Mike war viel schlimmer gewesen als der Flugzeugabsturz. Max begann sich zu fragen, wie viele Chancen der Tod innerhalb von fünf Jahren noch haben würde? Und überhaupt, um welche Art von Lotteriespiel handelte es sich hier? Wie lange würde es dauern, bis Max' Nummer an die Reihe kam?

Als Max erwacht war, hatte er keinen der Menschen, die um sein Krankenbett standen, erkannt. Einige gehörten offensichtlich zum Krankenhauspersonal, aber Max wußte, daß die anderen Versammelten seine Familienangehörigen sein mußten. Er blickte die Frauen an und versuchte zu erraten, welche von ihnen seine Frau sein mochte. In dem Moment, als die Kugeln der 38er seine Brust trafen, hatte Max jede Verbindung zur Welt verloren. Er hatte Leah genau erzählt, was er empfand; alle emotionalen Bindungen zwischen ihm und anderen Menschen waren gekappt worden.

Andere Gedanken behielt er für sich, weil er wußte, wie die Menschen waren, besonders seine Familie, und diese Gedanken waren von der Sorte, über die man besser Stillschweigen bewahrte. Sie handelten immer vom Tod. Einem einzigen Tod oder vielen: Wie viele Male, auf wie viele Arten starb ein Mann? Max wußte, daß es nach dem Tod nichts gab, nur Leere und Stille. Die Stille und Leere waren Dunkelheit. Max hatte nach dem Absturz das Bewußtsein wiedererlangt, aber die endlos dahinfließende Dunkelheit und die Stille hatte er nie vergessen. Es gab keinen Teufel, keinen Jesus. Der Tod war die tiefe, dunkle Erde, die das Licht des weiten blauen Himmels verdunkelte, den Max Leben nannte.

In seinem Fieberwahn nach der Schießerei hatten sich Max' jüngste Erinnerungen mit früheren Erinnerungen vom Flugzeugabsturz vermischt, von denen er bislang nicht einmal gewußt hatte. Die Schießerei und der Absturz waren zu einem einzigen Alptraum verschmolzen, Dunkelheit überflutete das Licht, bis Max schweißnaß vor Angst erwachte.

Der Priester, der ihn nach der Schießerei im Krankenhaus besuchte, hatte ihn gedrängt, in sich zu gehen und für die kostbare Gabe des Glaubens zu beten, die er verloren hatte. Er hatte dem Priester nicht erzählt, daß er Tage und Wochen damit verbracht hatte, im Rausch irgendwelcher Schmerzmittel über den Tod nachzudenken; über jegliche Form von Tod. Jeder Tod war ein natürlicher; Mord und Krieg waren natürlich; Vergewaltigung und Inzest waren ebenfalls natürliche Vorgänge. Massenmörder, die ihre Initialen in die Brüste und Hinterbacken ihrer Opfer bissen, und sogar Kinderschänder – sie alle waren eine Folge der menschlichen Evolution.

Jetzt, Jahre später, sieht sich Max als Produzent einmalig stattfindender Abendvorstellungen, Dramen, die sich in den warmen kalifornischen Nachtwinden abspielen, in einer Telefonzelle in Downtown Long Beach. Alles, was er dabei tut, ist, eine Telefonnummer zu wählen und zuzuhören, wie der Dummkopf am anderen Ende der Leitung »Hallo? Hallo? Hallo? Hallo?« ruft, bis das *pop! pop!* von 22er Pistolenschüssen zu hören ist und Max wieder aufhängt.

Max glaubte an den Tod, weil er Sicherheit verhieß. Die Veränderungen an ehemals lebendem Gewebe, der Verfall, waren unausweichlich. Die Toten waren wahrhaft zerstört und ausgelöscht. Max war fasziniert von dem Gedanken, daß der Tod allem Sein ein Ende setzte; der Tod verwandelte einen Menschen in einen Haufen verrottenden Abfall. Einen Mann zu töten, bedeutete, ihm einen Gefallen zu erweisen, glaubte Max. Sobald die Witwe und die Familie von der Polizei und den Privatdetektiven entlastet waren, wurden die Lebensversicherungen fällig. Die Männer und Frauen, über die Max Verträge abschloß, hatten es alle verdient. »Wer nicht bezahlt, soll auch nicht spielen.« Max hatte für die Morde kleine Karten drucken lassen. Die Cops waren ganz wild auf Visitenkarten, die mit merkwürdigen Botschaften am Tatort zurückgelassen wurden. Cops waren im Innersten Kriminelle. Man mußte nur eine Visitenkarte zurücklassen, und schon glaubten sie, sie hätten es mit einem Massenmörder zu tun. Sie bildeten sich gerne ein, daß die Opfer ihr Schicksal verdient hatten, so daß die gedruckten Karten der Sache nur den letzten Schliff gaben. »Wie man in den Wald ruft, so schallt es heraus«, stand auf einem anderen Stapel Karten. Die Karten hatten als Codes gedient, die dem Vertragspartner übermittelten, daß Max den Auftrag ausgeführt hatte. Er hatte nie auch nur einen Finger krumm gemacht, und selbst wenn, war er Hunderte, ja Tausende von Meilen entfernt und nahm lediglich einen Telefonhörer in die Hand.

Max hatte beträchtliche Zeit damit verbracht, über die besten Attentatsmethoden nachzudenken. Er bevorzugte den Begriff *Attentat*, weil jeder Todesfall »politisch« motiviert war. Max hatte eine Reihe von Richtlinien erstellt, die er befolgte. Ein Tod, der sein Opfer herabwürdigte oder diskreditierte, war in der internationalen Geschäftswelt natürlich die gefragteste Todesart. Wie wertvoll diese Richtlinien waren, ließ sich gut an den Philippinen ersehen, wo Marcos den Fehler begangen hatte, den Anschlag auf Aquino auf dem Flughafen und nicht im Hurenhaus vornehmen zu lassen. Das Resultat waren die sofortige Aufwertung Aquinos und ungeheure politische Sprengkraft für seine Witwe gewesen.

Max bevorzugte Methode sind vier gezielte Nackenschüsse mit einem 22er Kleinkalibergewehr, gefolgt von einem großzügigen Bad in Benzin. Die Kugeln des 22er konnte man getrost »anonym« nennen, denn selbst den besten ballistischen Fachleuten war es nicht mehr möglich, unter dem Mikroskop des Untersuchungslabors festzustellen, aus welchem 22er Gewehr sie abgegeben worden waren.

Das Verbrennen der Leiche nach dem Mord war aufgrund der ständig verbesserten Labormethoden zur Untersuchung von Haut, Haaren, Blut und Fasern heutzutage fast zwingend. Feuer erledigte in dieser Hinsicht fast alles. Max hatte die Fischerbootmorde in Alaska aufmerksam verfolgt, denn die Anklage hatte vor Gericht kaum handfeste Beweise vorlegen können. Das Geheimnis des Erfolges waren ein billiges 22er Kleinkalibergewehr und fünf Gallonen Benzin gewesen. Die enorme Hitze des Feuers hatte die Zahnfüllungen schmelzen und die Zähne der Leichen zerplatzen lassen, so daß nicht eine von ihnen je identifiziert wurde. Max betrachtete sich gern als eine Art Gelehrten, einen Experten auf einem sehr begrenzten Gebiet. Er hatte Steckenpferde, von denen bedauerlicherweise niemand je erfahren würde.

Max glaubte, daß er seinen Erfolg den alltäglichen Einzelheiten und den normalen Umständen der unfallbedingten Todesfälle zu verdanken hatte. Der nächtliche Autounfall, die Unfallflucht nach dem Überfahren eines Opfers, das gerade in einem Wohnbezirk joggte, der Gartenschlauch im Auspuff und das Opfer bei laufendem Motor hinter dem Steuerrad; alles unbestreitbare Unfälle. Menschen rutschten ständig aus und starben an Kopfverletzungen, die sie sich beim Sturz in der Badewanne oder der Dusche zuzogen. Sie erlitten Schlaganfälle und Herzversagen in Whirlpools oder während sie im Schwimmbad ihre Bahnen schwammen.

Max hatte seine Favoriten. Einen Anwalt hatte man mit dem Gesicht nach unten und nur mit Shorts bekleidet im Swimmingpool gefunden, an seinem Hinterkopf klaffte eine keilförmige Wunde. Aber die Polizei von Tucson war ebenso dumm wie korrupt. Sie sah Unfälle, wo Max eigentlich nur auf ungelöste Mordfälle spekuliert hatte. Der Anwalt war an einem frühen Sonntag nachmittag zu einem kleinen Apartmentkomplex gegangen, der ihm gehörte, um dort die Miete zu kassieren. Die Tucsoner Polizei hatte seinen Tod zum Schwimmunfall erklärt und seine Kopfwunde als das Resultat des »Aufpralls auf die Kante des Sprungbrettes«. Dabei war der Kerl, der dem Anwalt den Schädel eingeschlagen hatte, durchgedreht und hatte den Golfschläger ganz in der Nähe des Pools in einen hohen Baum geworfen. Nur durch Zufall hatte ein Gärtner den Schläger im Baum gefunden. Wochen waren vergangen, und der tote Anwalt blieb nur ein weiterer ungelöster Mordfall.

Max hatte immer Qualitätsarbeit geleistet, weil er stets großen Wert auf sorgfältige Beobachtung und die ständige Verbesserung seiner Methoden legte. Der Schlüssel zum Erfolg lag darin, den Polizisten ausreichend simple Erklärungen für den Tod zu hinterlassen. Jedes auch noch so geringe Anzeichen für einen Unfall oder Selbstmord war Erklärung genug, um die Polizei zufriedenzustellen und ihr weitere Untersuchungen zu ersparen.

Max hatte die Kategorien »große Fälle« und »kleine Fälle« genannt, obwohl es sich bei allen Fällen um Morde oder *Attentate* handelte, ein Begriff, den er zunehmend bevorzugte. In der »kleinen« Kategorie waren ein oder zwei Fälle, auf die er sehr stolz war: der Schwimmbadunfall und der Motorradunfall. Max, der Choreograph und Designer, hatte die ganze Nacht über zu Hause geschlafen, während »Subunternehmer« zur gleichen Zeit seine Pläne ausführten. Sie hatten den Genickbruch vollzogen, den Leichnam samt Motorrad anschließend aufgeladen und zu dem kleinen Paloverde-Wäldchen in der Nähe der Abfahrt der Interstate 10 gefahren. Es paßte Max sehr gut, daß es bereits März war und die Paloverdebäume voller gelber Blüten standen, als sie den »Motorradfahrer« kopfüber in einen Baum gehängt und das Motorrad der Situation entsprechend zerbeult und kaputt am Ende der Ausfahrt liegengelassen hatten. Der Zeitungsartikel, in dem beschrieben wurde, wie eine Frau um sechs Uhr früh auf dem Weg zur Arbeit eine »merkwürdige Frucht« in dem blühenden Wüstenbaum entdeckte, hatte Max gut gefallen.

GOLF

Max führt seine Geschäfte von der Herrenumkleidekabine eines städtischen Golfplatzes aus. Er benutzt das öffentliche Telefon in der Eingangshalle oder draußen am Whirlpool. Soweit die Einheimischen wissen, ist Max ein pensionierter Geschäftsmann, der aus gesundheitlichen Gründen Golf spielt. Doch die wahren Gründe, warum Max täglich zum Golfplatz kommt, sind das Licht und die blaue Weite des Himmels. Er spielt Golf, um den einzigartigen Moment der Perfektion zu genießen, in dem Ball und Schlägerkopf in absoluter Übereinstimmung aufeinandertreffen und der Ball in einem eleganten Bogen über die helle Grasdecke fliegt. Max liebt die Reinheit natürlicher Physik und Geometrie. Die bogenförmige Flugbahn des Balles im Gegenlicht der Sonne erinnert ihn an die großen Kathedralen, die er in Europa gesehen hat, in denen das Licht als Gegenwart Gottes zelebriert wird. Seit der Schießerei ist Max unfähig, sich länger als ein paar Stunden in geschlossenen Räumen aufzuhalten, ohne Anwandlungen von Klaustrophobie zu bekommen. Er kommt nur nach Hause, um Nachrichten entgegenzunehmen. Wenn das Wetter es erlaubt, hält er sein Nickerchen im Liegestuhl auf der Terrasse. Nachts schläft er nur noch wenige Stunden.

Viele Nächte verbringt Max mit zwei Schichten seiner Bodyguards bis zwei Uhr morgens auf der Driving Range. Das Geheimnis seines Sicherheitssystems sind der Hubschrauber und die 44er Magnums mit Infrarotfernrohren, mit denen er alle seine Leibwächter ausgestattet hat. Max stellt die Bodyguards selbst ein und bildet sie aus. Die wichtigsten Punkte sind dabei der Test und das persönliche Einstellungsgespräch. Er nimmt die scheuen Einzelgänger mit den verträumten Augen, die auf seine Fragen nach Frau und Kindern, Eltern oder guten Freunden in dieser Gegend mit Nein antworten. Max beobachtet die Männer. Er läßt die Bodyguards rotieren, damit er sie auf dem Golfplatz in Augenschein nehmen kann. Nach einigen Wochen der Beobachtung weiß er genau, welchen der neuen Männer er spezielle Aufgaben anvertrauen kann. Zwölf Männer sind die optimale Anzahl, hat er herausgefunden. Er stellt ihnen Autos, Unterbringung und bezahlt die Telefonrechnungen. Die Bodyguards scheinen sich nicht daran zu stören, daß Max sie auf diese Weise immer im Auge behalten kann. Er bezahlt seinen bewaffneten Männern nie etwas anderes als Spitzengehälter, schließlich tragen sie Waffen mit sich herum. Die stillen Typen, die permanent trainieren und durch eisige Flüsse schwimmen, scheinen erleichtert zu sein, daß Max an ihrem Privatleben einen gewissen Anteil nimmt. Max weiß, daß Loyalität immer eine Frage des Geldes ist. Ein Mann muß schließlich essen. Auch die Loyalität eines Hundes oder Pferdes erkaufen sich die Menschen mit Futter. Der schlimmste Verrat kommt immer aus der eigenen Familie. Brüder verkaufen ihre Schwestern, und Schwestern betrügen sich untereinander; Mütter verraten die eigenen Kinder. Max hat es immer vermieden, die eigenen Familienangehörigen anzuheuern oder »Freunde« von Freunden. Er bevorzugt stadtfremde Bewerber, die noch vor kurzem im Mittleren Osten oder in Asien gelebt haben.

Schritt für Schritt, Aktion für Aktion, entwirft Max den

gesamten Operationsplan, so daß der Schütze nichts weiter zu tun hat, als auf den Abzug zu drücken. Denn Max hat seine Attentatserfahrungen auf die harte Tour erworben: Wenn man ihnen nicht jeden einzelnen Schritt aufzeichnete, waren sie mit der geringsten Entscheidung überfordert. Attentäter waren schnell mit dem Abdrücken, aber die Entscheidung darüber, welches Wagenmodell in welcher Farbe sie anmieten sollten, konnte sie stundenlang lähmen. Als Waffe bevorzugt Max 22-Kaliber mit billigen Schalldämpfern, die er zum Einkaufspreis von einem Pfarrer der Church of God in Tucson bezieht. Er hat sich noch immer nicht daran gewöhnt, mit dem weißen Abschaum von Tucson zusammenzuarbeiten. Aber er hat kaum eine Wahl; die Mexikaner und Indianer stecken in dieser Stadt alle unter einer Decke. Der Prediger, der die Schalldämpfer herstellt, bekämpft die Einkommenssteuergesetze, und die Schalldämpfer sind für ihn nur ein Nebeneinkommen, um die Gerichtskosten zu bezahlen. Die Weißen hatten es noch nie fertiggebracht, Tucson oder die mexikanische Grenze zu kontrollieren. Die Weißen in Tucson bekamen immer die Reste ab, wie Sonny Blue es verbittert ausgedrückt hatte: Zigaretten- und Flipperautomaten, Rennbahnen – Hunde und Ponys –, Kinderkram. Oder Abfall und Giftmüll.

Selbstverständlich gefällt Max die Aussicht, mit Mr. B. zusammenzuarbeiten. Mr. B. ist natürlich ehemaliger Soldat und wird von Greenlee noch immer »der Major« genannt. Max weiß, daß Mr. B. über bedeutende Freunde verfügt, denn er hat einen Anruf vom Senator erhalten.

Auf dem Golfplatz kann Max eine Menge über einen Menschen erfahren; ob er beim Abschlag bedächtig und langsam vorgeht, ein Loch zu hastig beendet oder in einem Bunker Anzeichen von Panik zeigt. Mr. B. hat einen nervösen, engen Schlag, der den Ball in die Kakteen und Mesquiten befördert, so daß Max häufig aufhört, den Punktestand mitzuzählen. Er marschiert mit ihm die achtzehn Löcher ab, und Mr. B. redet über nationale Sicherheit und den Bedarf an guten Männern.

Max beobachtet gern, wie seine Gäste auf Golfbälle eindreschen, während sie versuchen, ihre Geschäftsgespräche fortzuführen. Treffen auf dem Golfplatz bieten Max alle Vorteile. Er spürt ein wachsendes Gefühl der Zufriedenheit und des Wohlbehagens, während er am letzten Loch abschlägt.

Er beobachtet, wie krampfhaft der Major beim Schwingen die Zähne zusammenbeißt. Während sein Ball im großen Arroyo verschwindet, der sich in der Nähe des achtzehnten Loches entlangwindet, bemerkt Mr. B. scherzend, daß er sich beim Pokerspielen eher zu Hause fühle. Während Max ihn zum Klubhaus zurückfährt, lehnt Mr. B. sich aus dem Golfwagen, um sich genauer umzusehen. »Wie ist der Grundstücksmarkt in dieser Gegend?« erkundigt er sich.

Max lächelt. »Fragen Sie meine Frau. Sie ist die Immobilienmaklerin.«

»Gewerbegebiete?«

»Selbstverständlich!« sagt Max, der stolz darauf ist, daß Leah den Tucsoner Immobilienmarkt an der Gurgel gepackt hat. »Industrieparks – Lagerhäuser, Ausstellungsflächen, Geschäftsräume.«

Mr. B. lächelt. »Diese Freunde von mir«, beginnt er und sieht Max direkt in die Augen, »sind auf der Suche nach Lagerhäusern und Büroflächen.«

Später rief Max Leah vom Klubhaus aus an, während Mr. B. unter der Dusche stand. Ob es ihr wohl möglich wäre, sich in einer Stunde im Arizona Inn auf einen Drink zu ihnen zu gesellen?

LEAH BLUE

Max war nie mehr zu Hause bei Leah und den Jungen. Er wußte, daß sie es nicht aussprechen würde, aber er schlief auch nicht mehr mit ihr. Während Leah ihre Vorwürfe vorbrachte, hatte er sie nur angesehen und kein Wort gesagt. Er war weder wütend noch gereizt. Leah war nicht dumm. Sie wußte, was sie und ihre beiden Söhne brauchten. Sie hatte große Ähnlichkeit mit ihren Brüdern und ihrem Vater, die in Kalifornien und Florida mit Grundstücken spekulierten. Von Zeit zu Zeit hatten ihre Brüder und ihr Vater sich entschlossen, »gewisse Defizite zu liquidieren«, und konkurrierende Makler oder schwierige Vertragspartner waren plötzlich verschwunden. Diese

Killerqualität in Leah hatte Max fasziniert. Aber die Faszination – das Gefühl – war an jenem Morgen, an dem er auf dem Bürgersteig in seinem eigenen Blut ausgerutscht war, verlorengegangen. Max hatte den haßerfüllten Ausdruck nicht vergessen, der auf Leahs Gesicht erschienen war, als er ihr von dem Umzug nach Arizona erzählt hatte. Damals hatte er ihr das Maklergeschäft versprochen. Es würde ihr Geld sein, und sie konnte das Geschäft führen wie sie wollte. Ihm war es egal. Max hatte versucht, unbeschwert zu klingen und ein wenig zu scherzen: »Schließlich bist du fast zweifache Witwe.« Leah würde das Immobiliengeschäft haben, um sich und die Jungen zu versorgen, falls Max etwas zustoßen sollte.

Als einzige Tochter, ohne Mutter aufgewachsen, war Leah Daddys Liebling gewesen. Ihre Brüder hatten sie auf Partys und zum Strand immer mitgenommen, und der Vater hatte ihr und den Brüdern bei Tisch nach dem Abendessen Geschäftspraktiken erklärt. Leah war eine von ihnen: Sie hatten ihr beigebracht, herrisch zu sein und ihren Killerinstinkt auszubilden. Deshalb hatte Max sie ködern müssen. Ansonsten hätte es kein Tucson gegeben, es sei denn, Max wäre allein gegangen.

Max ließ Leah in Ruhe, und Leah ließ ihn in Ruhe. Der Grundstücks- und Immobilienmarkt in Tucson und Südarizona war ein brachliegendes Feld, das darauf wartete, bestellt zu werden. Leah mußte ihrem Vater und ihren Brüdern nur einen Besuch abstatten, um diese Möglichkeiten zu erkennen. Ihr Vater war mit ihr über Palm Springs nach San Diego gefahren. Während sie an den riesigen Wüstenlandstrichen vorbeifuhren, die man mit Bulldozern zu Planquadraten plattgewalzt, von Kakteen befreit und an den Rändern mit Palmen bepflanzt hatte, nickte ihr Vater nur mit dem Kopf. Leah sagte gar nichts. Sie verstand, was er meinte.

»Max möchte, daß Leah in Tucson ins Immobiliengeschäft einsteigt.«

»Welches Immobiliengeschäft? Industrie, Gewerbe, Apartments, Eigentumswohnungen – oder was?«

»Das versuchen wir gerade herauszufinden.«

Aber Leah hatte sie ausgelacht. »Wir reden hier von Tucson, Arizona – einem verstaubten Nest«, erinnerte sie die drei.

»Du wirst sie alle in die Tasche stecken, Sweetheart«, hatte Daddy auf dem Flughafen zu ihr gesagt und ihr einen dicken Kuß gegeben. Die beiden Brüder starrten aus den Fenstern des Flugzeugs. Es war kein Geheimnis, wer bei ihrem Vater die Nummer Eins war.

Leah trug, was immer sie wollte, wenn sie losfuhr, um sich in der Stadt Grundstücke oder Immobilien anzusehen. Wenn die Haushälterin zu beschäftigt war oder die Kinder mitkommen wollten, nahm sie sie mit. Eine gute Dreiviertelstunde lang waren die beiden damit beschäftigt, an sämtlichen Knöpfen und Schaltern am Armaturenbrett des großen Chryslers herumzuspielen. Die Lichter gingen an und aus, die Scheibenwischer hin und her und die Fenster glitten rauf und runter. Doch dann verlor Sonny allmählich das Interesse und begann, Bingo zu ärgern. Schließlich endete es jedesmal damit, daß sich Bingo heulend auf das Lenkrad warf. Als dies zum erstenmal passierte, war der Makler, der den Verkäufer vertrat, ganz blaß geworden. Er hielt inne und wartete darauf, daß Leah über den Platz eilen würde, um die Kinder von der Hupe wegzuscheuchen. Und Leah hätte es vielleicht auch getan, wenn ihr nicht das Unbehagen des Maklers aufgefallen wäre. Die Wagen auf der Straße fuhren langsamer, und es war Leah, in ihrem leuchtend grünen Mumu und den dazu passenden Stöckelschuhen mitten auf dem leeren Parkplatz, die von den Menschen angestarrt wurde. Leah ahnte, daß der Makler kurz davor war, bei der Zinshöhe nachzugeben; der Klang der Autohupe wirkte auf ihn wie ein Schraubstock. Sie warf nicht einmal einen Blick hinüber zum Wagen, und der Makler gab auf. Leah öffnete ihre leuchtend blaue Strohhandtasche und wühlte nach einem Kugelschreiber. Ein leichter Wind strich an ihnen vorbei, der den frühlingshaften Geruch von Blüten mit sich trug – Wüstenbäume, sie wußte nicht welche. Der Makler faltete den Kaufvertrag für das Grundstück auseinander. In diesem Moment hatte sie etwas empfunden, das sie noch nie zuvor gespürt hatte. Das Hupen war verstummt, und sie konnte die Stimmen der Jungen hören, die hinter ihr näherkamen. Sie hatte den Makler übertrumpft. Seit Max angeschossen worden war, hatte nichts eine ähnlich sexuelle Dimension gehabt wie dieses Hochgefühl. Manchmal, wenn sie vom Liegenschaftsamt oder dem Büro ihres

Anwalts aus der Innenstadt zurückkam, dachte sie darüber nach, was sie tat. Max hatte ihr gesagt, sie solle die Eigentumsrechte auf ihren oder den Namen der Jungen überschreiben. Er sei mit wichtigeren Dingen beschäftigt. Auf alle Fälle hatte sie bereits begonnen, ihre Geschäfte selbst zu finanzieren. Sie mußte nicht erst auf Max' Geld warten. Wenn sie etwas wirklich Großes auftat, würde sie ihre Brüder anrufen.

Es gab nichts zu besprechen. Max war mit irgend etwas sehr beschäftigt. Das war alles, was er ihr darüber erzählen wollte. Er schlief auf der großen Ledercouch im Arbeitszimmer und nahm mitten in der Nacht Anrufe entgegen.

WÜSTENGRUNDSTÜCKE

Es gab offenbar keine Möglichkeit, Leah zu erklären, was geschehen war. Ein großer Teil dessen, was sein bisheriges Leben ausgemacht hatte, war verschwunden. Wenn Max pinkeln ging, sah er hinunter auf den Schwanz in seiner Hand. Er sah zu, wie sich der Urin im Wasser der Toilettenschüssel zu gelben Wolken ausbreitete, sah zu, wie der gelbe Strahl durch die Urinalbecken abfloß. In der Dusche schäumte er sich die Eier mit Seife ein und rieb den Schaum dann bis zu seiner Schwanzspitze. Doch das war alles. Es hätte ebensogut sein Fuß sein können, den er berührte.

In manchen Nächten lag Leah mit geschlossenen Augen da und stellte sich vor, daß die Stadtgrenzen von Tucson und dem umliegenden Pima County aus einem Gitternetz bunter Quadrate für ein chinesisches Damespiel beständen. Sie waren seit eineinhalb Jahren in Tucson, und Max hatte nicht ein einziges Mal mit ihr geschlafen, er hatte nicht einmal im selben Bett mit ihr übernachtet. Das Nachdenken über Angebote, Gegengebote und Bauherrenmodelle war Leahs Methode, wieder Schlaf zu finden. Sie wurde sonst von ihrer Einsamkeit überwältigt und mußte weinen. Alles, was Max ihr zu sagen vermochte, war, daß die Schießerei ihn verändert hatte. Er lebte und manchmal schlief er auch auf dem Golfplatz.

Grundstücke zu kaufen war eine ziemliche Hetzerei, pflegte Leah gern zu sagen. Max hatte die Veränderungen in ihrem Terminkalender und die neue Haushälterin kaum zur Kenntnis genommen. Wenn Leah ihm keine Fragen stellte, stellte auch er keine. Am Anfang hatte Leah bis spät in die Nacht und an den Wochenenden arbeiten müssen, um sich einen Einblick in das Grundstücks- und Immobilien-Investmentgeschäft zu verschaffen. Sie telefonierte mit ihrem Vater und ihren Brüdern und fragte sie um Rat. Sie besuchte die Wohngebiete am Stadtrand und hinterließ ihre Visitenkarte für den Fall, daß große Wüstenparzellen zum Verkauf angeboten wurden. Innerhalb der Familie und der Organisation wurde Leahs Maklergeschäft nur als Beweis dafür angesehen, wie schlecht es wirklich um Max stand. Keiner von ihnen, nicht einmal diejenigen, die Max und seinem merkwürdigen »Ruhestand« in Tucson mißtrauten, machten sich die Mühe, die Investitionen seiner Frau genauer unter die Lupe zu nehmen. Die meisten nahmen an, daß das halbe Dutzend Bungalows und Zweifamilienhäuser neben dem Luftwaffenstützpunkt ein bescheidenes Immobiliengeschäft darstellte, das die Familie eingerichtet hatte, um Max zu versorgen. Die Mißtrauischen blieben weiter wachsam. Doch die Nicht-Golfspieler unter ihnen mußten erkennen, daß Max keinerlei Verabredungen traf – außer auf dem Golfplatz, immer im Freien, immer an der frischen Luft. Er spielte jeden Tag drei Vierer und schätzte besonders die heißen Monate, in denen er bereits um sechs Uhr früh abgeschlagen hatte.

Leah hatte niemandem etwas erzählt, Max war die Verwirrung nur recht. Er könne Tucson nicht verlassen, ging das Gerücht. Es hänge mit dem heißen, trockenen Klima zusammen und der Art und Weise, wie ihn die Ärzte wieder zusammengenäht hatten. Irgendwie lasse die Kälte seine Knochen und Gelenke schmerzen.

Lange Zeit hatte Leah Sex mit den anderen Männern, mit denen sie schlief, nicht sehr genossen. Wenn sie nicht zuviel Angst davor hatten, mit ihr ins Bett zu gehen, waren sie entweder verrückt oder dämlich.

Leah war fasziniert von den Reaktionen der Männer, wenn sie herausfanden, daß sie gerade mit Max Blues Frau gebumst hatten. Einige schickten Dutzende von Rosen oder Töpfe mit blühenden Orchideen, adressiert an Mr. und Mrs. Max Blue. Leah war klar, daß sie diese Weichlinge nie wieder ins Bett bekommen würde. Aber diejenigen, die keine Blumen schickten, sondern sie anriefen und ihr einige Insider-Informationen über erstklassige Kommunalobligationen durchgaben, gefolgt von einem weiteren Anruf und einer Einladung zum Lunch in der gleichen Woche – nun, *diese* Babes waren mehr als selten. Leah konnte spüren, daß für sie die sexuelle Erregung von der Gefahr ausging. Sie fuhren Motorrad oder waren Fallschirmspringer oder geilten sich daran auf, die Frau von Mr. Killer persönlich zu bumsen. Leah versucht, sich ihre Phantasien vorzustellen – das hastige Wettrennen mit der Zeit, um eine Ladung in sie hineinzupumpen, bevor eine Horde Bewaffneter durch die Tür sprengt und alles genau in diesem Augenblick explodiert, in dem jede Pore angespannt ist von den langen, pulsierenden Stößen.

Später erklärt ihr Max, daß sie mit ihren Vermutungen über Männerphantasien völlig danebenliege; diese Phantasien seien ihre *eigenen* Phantasien – die Erregung des Orgasmus, bevor die Kugeln kommen. Max weiß, was die Männer denken, während sie es Leah besorgen: »›Seine Frau, seine Frau, ich steck ihn in seine Frau! Auf seiner Leiche.‹ Sie stellen sich vor, daß du über meiner Leiche die Beine breit machst.« Leah weiß, daß Max recht hat.

Nur eine Frau stellt sich vor, daß ein Mann im Augenblick des Orgasmus von Kugeln in den Rücken getroffen wird; eine Männerphantasie beim Orgasmus war es, die Kugeln in den Ehemann der Frau zu jagen. Leah fragt sich, ob es Max erregt, wenn sie über Sex sprechen.

DAS FAMILIENUNTERNEHMEN

Angelo sank in den Sitz des großen Mercedes zurück und ließ Sonny reden. Er hörte ihm nur mit halber Aufmerksamkeit zu, weil ihm gerade auffiel, daß der Immobiliengesellschaft seiner Tante Leah jedes zweite Gewerbegrundstück im Nordwesten von Tucson gehörte. Sonny redete genauso schnell, wie er Auto fuhr: Er scherte in den fließenden Verkehr ein und aus und heizte mit sechzig Meilen die Oracle Road hinauf. Eines der Gerüchte, die Angelo gehört hatte, bevor er in den Westen gekommen war, besagte, daß Onkel Max nur auf *einem bestimmten* Golfplatz spiele, dem Platz, der wie eine Wüstenlandschaft gestaltet war. Er hatte sich vorgestellt, daß die Löcher mit den bunten, numerierten Flaggenstöcken von einem Grün aus festem Stein oder Tonerde umgeben waren. Der erste Besuch bei Max auf dem Golfplatz hatte ihn daher enttäuscht. Die Grüns bestanden aus sorgfältig gepflegtem grünem Rasen, und auch die Fairways, die die Löcher miteinander verbanden, waren an den Rändern zwar ein wenig spärlich und gelb, aber dennoch grasbewachsen. Die Hindernisse waren Wüstenhindernisse, die Angelo wunderbar fand. Ein unvorsichtiger Golfer riskierte nicht nur, den Ball in einen Bunker zu setzen, sondern die dürren Bäume der Wüste – Paloverde und Mesquite –, die an den Rändern der Spielbahnen wuchsen, bildeten zudem einen undurchdringlichen Dschungel. Das beste Hindernis jedoch war weder aus tiefem Sand, Felsen oder großen Steinen gestaltet worden noch aus Wüstenbäumen, sondern bestand aus einem breiten Streifen Cholla-Kakteen mit Armen, die bis zu sechs Fuß in die Höhe ragten, und Stacheln, die so dick waren, daß sie aussahen wie ein gelblicher Pelz. Max kannte jede Menge lustiger Geschichten über Urlauber und Wintergäste, die hier zum erstenmal Golf gespielt und mitten aus dem Kakteenhindernis heraus einen Save versucht hatten. Teddybären oder springende Kakteen nannte Max die Chollas, und er behauptete, schon Golfer gesehen zu haben, denen Teile der dornigen Arme im Kopf, im Hintern und sogar am Ohr gesteckt hatten.

Das, worüber Sonny die ganze Zeit spricht, ist die Aufgabe, der ihre Organisation nun gegenübersteht. Er redet von Brutto- und Nettoprozentanteilen, von Expansion und Widerstand und davon, auf welchen Gebieten die Konkurrenz zu expandieren hofft. Angelo verspürt immer ein vages Gefühl des Unbehagens, wenn er Sonny oder Bingo so reden hört. Er selbst schätzt seinen Job mit den Pferden: die Überprüfung der Rennplätze, die unter der Kontrolle ihrer Organisation stehen.

Auf dem Parkplatz des Golfklubs schließt Sonny seinen Monolog mit den Worten ab: »Und hier kommst du ins Spiel«, und Angelo grinst und lächelt, damit sein Vetter seine Unaufmerksamkeit nicht bemerkt. Der Mann hinter dem Ladentisch im Golf-Shop sagt: »Vierzehntes Loch«, sobald er Sonny Blue erblickt und zeigt mit dem Finger in die entsprechende Richtung. Sonny deutet auf einen der Golfcarts mit geschlossenem Verdeck. An der Ostküste stellt jeder seine eigenen Vermutungen über den alten Max Blue an. Die meisten sind sich darin einig, daß er entweder dumm oder verrückt ist. Doch als er und Sonny näherkommen, bemerkt Angelo, wie schnell die vier Leibwächter um seinen Onkel den Golfcart registrieren. Als Max Blues vier Bodyguards ihre Uzis zücken, bricht Angelo der Schweiß aus. Die drei Golfcarts und die bewaffneten Männer vor ihnen schirmen Max ab, der ruhig seinen Ball abschlägt. Max schlägt einen Hook, und der Ball verschwindet im Mesquitegehölz unterhalb des sechzehnten Loches. Angelo wünscht, er hätte besser gefrühstückt. Er weiß, was sein Onkel ihn fragen wird. Angelo zieht es vor, die Dinge so zu belassen, wie sie sind. Das wird er seinem Onkel sagen, wenn es sein muß. Er wird ihn daran erinnern, daß sie keinen anderen finden werden, der sich so gut mit Pferden auskennt wie er. Wer sich mit Pferden nicht auskannte, hatte keine Ahnung davon, wie viele krumme Dinger auf einer Rennbahn abliefen – getürkte Rennen, Nadeln und aufgeputschte Ponys –, der ganze faule Rennbahnzauber, auf den zu achten Onkel Bill Angelo beigebracht hatte. Onkel Bill hatte auch Max eine Zeitlang in die Lehre genommen. Max wird ihm zuhören, wenn Angelo Bills Namen erwähnt. Angelo läßt die beiden Stuten jetzt bereits seit zwei Jahren im südwestlichen Rennzirkus laufen. Das Beste daran war, daß er nur einmal ein Gewehr zu sehen bekommen hat, und selbst dabei handelte es sich um eine Drogengeschichte. Auf den Rennplätzen im Südwesten geht es sauberer und ruhiger zu als auf den Plätzen an der Küste. Angelo möchte bei den Pferden bleiben. Jemand muß diesen Job machen, und Angelo und die Rennpferde sind gewinnbringende Aktiva.

Max sieht, daß die Leibwächter Angelo Unbehagen bereiten. Er macht einen Witz darüber, daß die besten Leibwächter niemandem vertrauen, nicht einmal der eigenen Großmutter. Er lächelt und nickt in die Richtung, in die der verschossene Ball geflogen ist.

»Man kann nie genug üben«, sagt Max, wirft einen Blick auf die goldene Armbanduhr an seinem Handgelenk und dann auf das Klubhaus. Für elf Uhr erwartet er ein Dreierspiel, sagt er.

Angelo ist jedesmal überrascht von der Ähnlichkeit zwischen Max und Bill. Es macht ihn verlegen, zu spüren, wie sein Herz schneller schlägt, sobald er Onkel Max' Gesicht das erste Mal erblickt. Doch die Augen sind anders. Keiner von ihnen hat Augen wie Bill. Onkel Bill war der einzige, der Angelo eine Chance hatte geben wollen. Weil, so hatte Bill sich gern gebrüstet, er und der Junge eine gemeinsame Liebe für Pferde teilten – »Ponys«, wie Onkel Bill sie genannt hatte. Bill wollte, daß der Rest der Familie verstand, wo Angelos Platz war – bei den Pferden.

Angelo wollte nicht in die Expansionsgeschäfte hineingezogen werden. Die Erweiterung umfaßte auch die mexikanische Grenze und die Frachten von Mr. B.s Freunden. Angelo entdeckt zwei Golfcarts, die aus einiger Entfernung auf sie zukommen, und weiß, daß es sich um die Spieler des für elf Uhr angesetzten Dreiers handeln muß.

»Das Wahljahr steht vor der Tür«, sagt Angelo, als sie zum Wagen zurückkehren, aber Sonny Blue registriert diese Bemerkung nicht. Er, Angelo, habe als Pferdebesitzer gute Arbeit geleistet, sagt Sonny Blue zu ihm. Angelo ist verärgert über den herablassenden Tonfall seines Vetters.

»Bring deine Pferdchen nach Tucson. Laß sie diesen Winter hier laufen«, hatte Sonny Blue gesagt. Doch in Wirklichkeit hatten sie schon die ganze Zeit über ihre Pläne mit Angelo geschmiedet.

MARILYN

Angelo war ein wenig überrascht gewesen von Marilyn. Das sei eben der Unterschied zwischen der Ostküste und dem Südwesten, meinte sie. Angelo fragte sie, wo an der Ostküste sie gewesen sei, und sie hatte nur den Bruchteil einer Sekunde gezögert, bevor sie ihm antwortete, nun, eigentlich sei sie noch nie irgendwo außerhalb von New Mexico gewesen, außer in Texas, und auch dort nur in El Paso, das eigentlich gar nicht richtig wie Texas sei. Aber sie habe davon gehört. Sie habe gehört, daß die Leute in New York City und New Jersey und den anderen Orten dort drüben unfreundlich seien. Marilyn hatte Angelo zugezwinkert. Hinter ihm am Wettschalter hatte sich bereits eine Schlange gebildet, einige Leute wurden langsam unangenehm und begannen, Marilyn lautstark anzuschnauzen. Aber Marilyn hatte ihn abermals überrascht. Sie erklärte allen, sogar den harmlos aussehenden alten Männern, die nur einen einzigen Zwanzig-Dollar-Schein in der Hand hielten, daß sie gefälligst in der Reihe zu stehen und abzuwarten hätten. Immer langsam mit den jungen Pferden, (sie hatte über ihren eigenen Witz lachen müssen), der Gentleman vor ihnen sei im Begriff, eine ziemlich hohe Wette zu plazieren. Was Angelo veranlaßte, auf ihre Worte hin tatsächlich sein Bündel mit Fünfzig-Dollar-Scheinen aus der Tasche zu holen. Später, als sie ihre Arbeit beendet hatte und er sie am Schalter abholte, hatte er sie geneckt. Er erklärte ihr, er habe, seit er ein kleiner Junge gewesen war und an der Seite seines Onkels gestanden hatte, so gut wie alle Wettschalter auf sämtlichen Rennplätzen der Ostküste besucht. Aber nirgends, sagte er ihr, habe er je gehört, daß irgend jemand, ob Mann oder Frau, *so* mit wütenden Kunden redete. Sie habe jedenfalls eine Menge mehr von einem Ostenküstenmenschen als von einem Mädchen aus Albuquerque, zog er sie auf. Sie lachte nur und erklärte, daß die Leute schnell auf einem herumtrampelten, wenn man nicht härter werde. Rasch und entschlossen lief sie einige Schritte vor ihm her und wühlte dabei in ihrer nietenbesetzten Cowgirlhandtasche nach einer Zigarette. Angelo mußte sich beeilen, um sie einzuholen, und als er ihr zurief, langsam, langsam, wozu die Eile, lachte Marilyn, sah ihm dann direkt in die Augen und antwortete: »Ich könnte sterben für ein kaltes Bier und einen Joint, und dann will ich mit dir ins Bett.« Einfach so.

Marilyn wählte die Bar, in die alle Rennbahnangestellten gingen. Die Jukebox sei besonders gut, denn sie habe alle alten Alben von Bob Wills und den Texas Playboys, erklärte sie. Sobald sie durch die Tür getreten waren, bat sie ihn um seine Vierteldollarmünzen. »Gib mir alle Münzen, die du hast«, hatte sie zu ihm gesagt und wieder gezwinkert. Noch bevor sie ihr Bier bekamen, war sie aufgestanden, um sich die Songs auf der Jukebox anzusehen, die Münzen einzuwerfen und auf die Knöpfe zu drücken. Die Leute auf den Barhockern sahen wirklich wie Rennbahnangestellte aus. Angelo sah ein paar Starthelfer und zwei Stalljungen, die sich an ihren kühlen Biergläsern die Hände rieben. Sie allen starrten ihn und seinen weißen Leinenanzug an. Zuerst hatte es Angelo ein wenig gestört. Im Osten gab es überall gutgekleidete Männer; was man anhatte, war sehr wichtig, wenn es darum ging, wie man von Verkäufern und Taxifahrern behandelt wurde. Doch auf den Rennplätzen von El Paso oder Albuquerque, wo sich alles einfand, was von den Cowboys noch übriggeblieben war, riefen scharfe Anzüge und schicke Schuhe oder Hüte nur üble Reaktionen hervor. Die übriggebliebenen Cowboys aus früheren Zeiten waren die schlimmsten. Die wenigen Schwarzen und die Mexikaner und Indianer benahmen sich wesentlich besser, meist aus Trotz gegen die heruntergekommenen weißen Kerle in ihren verblichenen und zerrissenen Jeans, die ihnen so weit über die Hüften gerutscht waren, daß man die Spalte zwischen ihren Arschbacken erkennen konnte. Doch die Lage entspannte sich, sobald sie herausfanden, daß Angelo nicht die Absicht hatte, ihnen Befehle zu erteilen oder auf sie herabzusehen.

Oder, wie Marilyn ihn immer wieder gerne erinnerte, wenn sie zusammen im Bett lagen: »Hier draußen haben wir es nicht so gerne, wenn man uns herumkommandiert.« Als sie das zum erstenmal gesagt hatte, hatte etwas an der Art, wie sie auf einen Arm gestützt dalag und ihre winzige Brust schaukeln ließ, ihn laut loslachen lassen. »Nun ja«, hatte er erwidert, »glaubst du denn – die Leute im Osten lassen sich *gerne* herumkommandieren?« Sie hatte einen Moment lang darüber nachgedacht, bevor sie sich mit dem Gesicht nach unten, die Hände und Arme unter dem Kissen vergraben, nach unten gleiten ließ. Dann hatte sie verschmitzt zu ihm aufgesehen und gesagt: »Ich kommandiere dich ziemlich herum, und du merkst es nicht einmal!«

Jetzt schenkte Marilyn ihm ein strahlendes Lächeln, während sie ihr Bierglas ergriff. Dann drückte sie hastig auf zwei weitere Knöpfe, bevor sie Angelo an der Hand nahm und ihn zu einer Nische in der Nähe der Billardtische zog.

»Du bist mir aufgefallen, als du die Fünfzig-Dollar-Tickets auf Sieg und zusätzlich noch Platzwetten und Zweierwetten gekauft hast«, sagte sie. »Ich habe versucht, mir vorzustellen, wie du wohl bist.«

»Und, hast du recht gehabt?«

Marilyn trank gerade einen großen Schluck Bier, deshalb nickte sie nur. »Ich habe meistens recht«, sagte sie. »Meistens.« Und dann hatte Angelo einen Moment lang gesehen, wie das Leuchten in ihren Augen erlosch. Doch im gleichen Augenblick hatte sich ihre Stimmung schon wieder geändert, unruhig wie der hin- und herpendelnde Pferdeschwanz, zu dem sie ihr langes, blondes Haar zusammengebunden hatte. Zerzauste Strähnchen lagen lose um ihre Schläfen und hinter ihren Ohren, so daß sie große Ähnlichkeit mit einem jungen Rennpferd hatte – alles an ihr war Bewegung, Schnelligkeit und Lebenskraft. Angelo fragte sich, ob dies ein weiterer Unterschied zwischen dem Osten und dem Südwesten war: die Plötzlichkeit, mit der die Dinge hier passierten. Er hatte noch nicht mehr als eine halbe Flasche Bier getrunken, und schon war er so verliebt wie noch nie vorher.

Marilyns Mund stand nicht still, sie erzählte ihm alles, aber gelegentlich sah Angelo, wie das Leuchten in ihren Augen ein wenig flackerte, und sie begann, ihn mit Fragen zu bombardieren. Warum war er bei Onkeln, Tanten und Großmüttern aufgewachsen und nicht bei seinen Eltern? Wie hatte er es fertiggebracht, nicht in die Schule gehen zu müssen? Warum trug er ständig diese weißen Leinenanzüge und stolzierte jedes Wochenende über den Rennplatz? War er zu oft im Kino gewesen? Hatte er zuviel ferngesehen? Und warum war er immer allein? Hatte er keine Freundinnen? Keine Familie? Marilyns Fragen kamen wie aus der Pistole geschossen, doch dann lenkte sie ein und gab ihm zu verstehen, daß er alle oder auch gar keine beantworten mußte. Und deshalb hatte er auf ihre abgewetzten Cowboystiefel hinabgedeutet und auf die sorgfältig gebleichten Jeans mit dem weiten Schlag und den aufgestickten Blumen, Schmetterlingen und Regenbogen.

»Und du bist also ein Cowgirl? Kein Hippiemädchen?« Angelo hatte bei seinen Worten gelächelt, doch etwas hatte Marilyn beunruhigt. Sie blickte auf den Tisch hinunter und kratzte am Etikett der Bierflasche. Aber ebenso schnell hellte sich ihr Gesicht wieder auf, als die Jukebox eines ihrer Lieblingslieder zu spielen begann: *The Milk Cow Blues*. Der Barkeeper brachte ihnen zwei weitere Flaschen Bier herüber und erklärte, einer der Stalljungen habe ihnen eine Runde spendiert. Angelo sah zu den Jungen hinüber und nickte, Marilyn warf einen Blick über ihre Schulter.

»Weißt du, warum ich diesen Song mag? Ich mag ihn, weil er von zwei Dingen auf einmal handelt. Wenn du nur den Teil von der Milchkuh hören willst, dann kannst du das tun.« Marilyn zwinkerte, als sie hinzufügte: »Oder du hörst eben auch die *andere* Seite.« Angelo nickte. Er ließ zwei Dollar Trinkgeld auf dem Tisch liegen, und sie gingen Hand in Hand hinaus.

Angelo wohnte im Hilton. War das okay? erkundigte er sich. Marilyn schlug die Hände zusammen. Das Hilton! Das war besser als jedes Motel!

Sie mußte unbedingt vor ihm hergehen, um in die Plastikblätter der künstlichen Feigenbäume zu pieksen, mit denen die Eingangshalle dekoriert war. Angelo genoß ihre kindliche Freude über solche Kleinigkeiten. Er mochte ihren Cowgirl-Gürtel, auf den in weißen Buchstaben MARILYN eingestanzt und der mit roten Rosenknospen und grünem Efeu verziert war. Sie hatte die Stiefel ausgezogen und rieb ihre Zehen über den Teppich. Sie trug Männersocken, die nicht zusammengehörten, der eine schwarz, der andere dunkelblau. Dann hatte sie sich mit dem Gesicht nach unten und alle viere von sich gestreckt aufs Bett geworfen, um an der flauschigen weißen Bettwäsche zu riechen. King-size-Betten hatte sie bisher nur gesehen, erklärte sie Angelo, aber noch nie ausprobiert. Angelo hatte sich ausgezogen, während Marilyn das Badezimmer und den Wandschrank inspizierte. Sie lachte über die Sorgfalt, mit der er sein Leinenjackett und die

Hose aufhängte. Ihre ausgebleichten Jeans lagen mit dem zerrissenen weißen Unterhöschen und den Männersocken auf einem Haufen. Das rote Cowboyhemd mit den Perlmuttknöpfen behielt sie an, damit Angelo es ihr ausziehen konnte.

Marilyn war die Expertin. Hinterher erzählte sie Angelo, alle Männer wollten, daß man es ihnen gut mit dem Mund besorgte, also habe sie es geübt – Übung macht den Meister, nicht wahr –, und Angelo hatte nichts anderes tun können, als zu lächeln und zu nicken. Sie sei viel zu nervös und aufgeregt darüber, im Hilton zu sein, um an Sex zu denken, hatte sie ihm gesagt. Doch Angelo hatte von ihr nicht genug bekommen können. Am nächsten Morgen wußte er, daß Marilyn oralen Sex bevorzugte. Obwohl er sie sein Gewicht nicht spüren ließ, wirkte Marilyn verängstigt, sobald er über ihr war. Sie krallte sich in seine Schultern, schnappte nach Luft und schien mit dem Ersticken zu kämpfen. Später meinte sie, das Erstickungsgefühl sei nur eine Verrücktheit, und ihre Freundinnen hätten ihr gesagt, sie müsse doch wohl auch würgen oder zu ersticken glauben, wenn sie an einem Schwanz sauge. Sie wisse nicht, was es sei, sagte Marilyn. Wenn sie auf Angelo saß, hatte sie ebenfalls Angst, wenn auch nicht so stark. Marilyn wirkte nervös und entschuldigend, als sie ihr Gefühl beschrieb. Sie könne an nichts anderes denken, als an einen Grillspieß, der sich ganz durch sie hindurchbohre. Als Angelo sie nach dem Frühstück nach Hause fuhr, war sie still und in sich gekehrt, dann hatte sie ihm plötzlich erklärt, daß Blasen das sei, was die Professionellen täten. So gebe es keine ansteckenden Krankheiten und keine Schwangerschaften. Sie mochte nicht unter jemandem festgehalten werden, nicht, seit sie als kleines Mädchen von ihren großen Brüdern geärgert und niedergerungen worden war.

Ihre Gründe dafür, Angelo zu verlassen, erklärte Marilyn nicht besser, als sie ihr Erstickungsgefühl erklärt hatte. Angelo hatte geglaubt, daß sie ebenso glücklich und verliebt sei wie er. Die Rennsaison in Albuquerque war mit dem Schluß der State Fair zu Ende gegangen, und Marilyn hatte Lust, am Elephant Butte Lake Wasserski zu laufen. »Wir waren eine wilde Bande«, sagte Marilyn, und dann erzählte sie ihm von Tim und den anderen. »Das war wirklich eine geile Zeit«, sagte sie, kurz bevor sie einschlief. Als sie in Truth or Consequences Halt machten, um zu tanken, hatte sie ihn um Geld für ein Ferngespräch gebeten. Sie sagte ihm nicht, wen sie angerufen hatte, und Angelo stellte keine Fragen. Sie fuhr mit ihrer Wasserskigeschichte fort und erzählte, wie sie am Elephant Butte Lake Acid genommen hatten und ein Typ beim Wasserskilaufen direkt über eine Klapperschlange gefahren war.

»Ich wußte gar nicht, daß Klapperschlangen schwimmen können«, sagte Angelo.

»Sie klettern sogar auf Bäume«, erklärte sie und zündete einen weiteren Joint an. Angelo konnte die Anspannung spüren, selbst als sie beide über die Vorstellung lachten, mit weitgespreizten Beinen Wasserski zu laufen und plötzlich direkt vor sich die große Klapperschlange, die zu den Rohrkolben am Seeufer schwamm, mit ihrem schuppigen Rücken genau auf sich zukommen zu sehen. Marilyn versuchte krampfhaft, eine lustige und etwas verrückte Stimmung aufrecht zu erhalten. Unentwegt reichte sie Angelo den Joint hinüber.

Dann starrte sie aus dem Fenster. Die lustige, alberne Stimmung hatte sie verlassen. Angelo konnte beinahe spüren, wie sie sich die Worte zurechtlegte. Er meinte fast sehen zu können, wie die Worte in ihrer Brust aufstiegen und dann nach oben in ihre Kehle wanderten. Als sie den Kopf vom Fenster abwandte, sah Angelo große Tränen in ihren Augen. Marilyn duldete nicht, daß er den Wagen am Flughafen von El Paso abstellte oder mit ihr zusammen wartete. Es sei besser so, sagte sie. Irgendwie hatte Angelo gewußt, wie es kommen würde, nachdem sie sich das erstemal geliebt und sie Tim erwähnt hatte. Sie und Tim waren schon seit Ewigkeiten zusammen, hatte Marilyn erzählt. Sie hatte Angelo gewarnt.

SINNESÄNDERUNG

Angelo blieb auf dem Parkplatz des Flughafens von El Paso noch lange im Wagen sitzen. Marilyn hatte sich schon einige Zeit darauf vorbereitet, zu Tim zurückzukehren. Angelo hatte es einfach darauf ankommen lassen. Er hatte es die ganze Zeit über gewußt, und doch hatte es ihn nicht daran gehindert, sie zu lieben. Er saß da und fühlte, wie die Straße unter dem Wagen bei den Starts und Landungen der großen Jets erbebte. Marilyn hatte ihm nie erzählt, was sie dazu gebracht hatte, Tim zu verlassen. Oder ob sie es überhaupt gewesen war, die gegangen war. Einmal hatte sie ihre »Clique« als die letzten Überlebenden beschrieben. Überlebende wovon? hatte Angelo wissen wollen. »Ach, weißt du, wir waren die ersten Hippies, und jetzt sind wir die letzten. Nur wir. Nur unsere Clique. Die Leute, die immer zusammenhingen.« Angelo fühlte, daß Marilyn die Clique wiederhaben wollte, ihre Clique wiederhaben wollte, in der das, was sie tat, das war, was alle taten. Eigentlich glaubte Angelo, er verstehe etwas davon, wie man einem anderen Mann die Frau abspenstig machte. Aber bei Marilyn war jedes teure Essen, jeder Einkaufsbummel von einer merkwürdigen Art von Reue begleitet gewesen. Sie hatte Angelo erzählt, wie sie wochenlang davon gelebt hatten, in Lebensmittelgeschäften zu stehlen, was sie zum Leben brauchten. Zigaretten, Bier, sogar Steaks. Einmal war sie mit zwei Rippensteaks erwischt worden, die sie vorn in ihre Jeans gestopft hatte.

Schließlich kam der Flughafenpolizist zu seinem Wagen herüber und erkundigte sich, ob alles in Ordnung sei. Angelo nickte. Er fuhr langsam, bis er das Flughafengelände verlassen hatte, und wählte dann absichtlich die enge, kurvenreiche Straße über Mt. Franklin. Bingo fuhr einen schwarzen Trans Am und brüstete sich ständig damit, wie schnell er von seinem Haus zum Flughafen in El Paso gelangen könne. Angelo setzte sich an diesem Nachmittag seine eigenen Spielregeln: Er durfte herunterschalten und das Gaspedal benutzen, aber nicht auf die Bremse treten. Erreichte er Bingos Haus, ohne zu bremsen und in weniger als fünfundvierzig Minuten, dann würde er Marilyn zurückbekommen. Als Angelo in die lange, sandige Auffahrt hineinschlitterte, hatte er nicht ein einziges Mal die Bremsen benutzt. Er mußte nicht erst auf seine Armbanduhr sehen, um zu wissen, daß er es gut unter fünfundvierzig Minuten geschafft hatte.

»Die Hacienda der Mauern« nannte Sonny das Haus, das Bingo ganz nach seinen eigenen Vorstellungen auf sechzig Morgen Yucca- und weißem Dünenland nordwestlich von El Paso hatte bauen lassen. Sonny hatte sich über den Baustil lustig gemacht und gefragt, ob der Architekt auch Gefängnisse und Zuchthäuser entwerfe. Sein Heim müsse auch seine Burg sein, argumentierte Bingo. »Wie ein Fort«, hatte Angelo vorgeschlagen, und Bingo hatte den Spruch begeistert aufgegriffen und enthusiastisch mit dem Kopf genickt.

Auf der Terrasse über dem Pool verbrachte Bingo den größten Teil seiner Zeit. Er hatte sie mit Möbeln ausgestattet, die man auf einer Vorstandsetage erwartet hätte – einem großen, L-förmigen Schreibtisch aus Chrom und Glas und zwei ausladenden champagnerfarbenen Sofas mit passenden Sesseln. Obwohl die Terrasse von einem hohen Vordach aus Redwood geschützt wurde, war sie nach allen Seiten offen, und jedesmal, wenn ein Gewitter aufzuziehen drohte, mußte Bingos Hauspersonal – bestehend aus drei Mexikanerinnen und dem vietnamesischen Gärtner – das komplette Vorstandsbüro ins Hausinnere schleppen.

Angelo stieg nicht aus dem Wagen, sondern saß da und betrachtete die hohen, massiven Mauern von Bingos »Hacienda«. Wenig später hörte er die Stimme von Bingos Leibwächter und folgte ihm auf die Terrasse. Bingo trug eine Badehose; sein behaarter Bierbauch ruhte wie ein Stofftier in seinem Schoß. Er hatte sich gerade ein *Penthouse*-Magazin angesehen. Jetzt ließ er die Zeitschrift fallen und griff nach seinem Frotteebademantel.

»Hey, Angelo, was ist los mit dir, Mann?« Bingo gab dem Hausmädchen ein Zeichen, Angelo das gleiche zu bringen wie ihm. Das Mädchen servierte ihnen zwei Double- oder Triple-Margaritas in Gläsern, deren Ausmaße der Größe von Goldfischbehältern entsprachen.

»Wow«, brachte Angelo heraus, »egal, was mit einem los ist – diese Portion wird es jedenfalls mit Sicherheit wieder hinkriegen!« Beide saßen lange Zeit schweigend da und starrten nach Südwesten, wo die Sonne mit großer Schnelligkeit am Horizont hinter den Dünen versank. Nach der Hälfte des Cocktails glaubte Angelo, unterhalb von Lunge und Herz einen starken Druck zu verspüren, einen Druck, der seine Rippen und Knochen nach außen drückte wie Äste, die sich im Wind bogen. Er spürte den Druck nur, wenn er darüber nachdachte, wenn er sich daran erinnerte, daß Marilyn nicht in Albuquerque war, in ihrem kleinen Apartment, das sie in der Nähe des Rummelplatzes gemietet hatte. Wenn er sich daran erinnerte, daß sie eine Entscheidung getroffen hatte. Wenn er sich daran erinnerte, daß sie gegangen war. Angelo kippte seinen Drink hinunter, aber bevor er es auf dem Tischchen vor seinem Sessel abstellen konnte, hatte ihm das mexikanische Hausmädchen das leere Glas aus der Hand genommen und war im Haus verschwunden. Bingo war an diesen Service gewöhnt, deshalb nickte er nur lächelnd, während er weiter auf die Dünen starrte, die von Beifußgewächsen und weißgebleichten Steppenhexen aus dem Vorjahr umgeben waren. An der Art, wie Bingo an seiner Marihuana-Zigarette paffte und in die weite Wüstenlandschaft hinausblickte, erkannte Angelo, daß er gerne den Geräuschen um sich herum lauschte, den Rufen der Nachtfalken und Grillen.

»Ich könnte so für alle Zeiten sitzenbleiben«, sagte Bingo, doch einen Moment später läutete das Telefon neben ihm, und Bingo verschwand im Haus. »Sonny«, war alles, was er sagte.

Das Mädchen stellte einen neuen Margarita vor ihm ab, aber Angelo rührte sich nicht. Er saß mit dem Blick nach Süden gewandt und hatte den blutroten Sonnenuntergang im rechten Augenwinkel. Bingos Land befand sich eigentlich in New Mexico und nicht in Texas, wo, wie Bingo es ausdrückte, die Regierung weniger flexibel war. New Mexico war einer der Staaten mit »viel Flex«, witzelte er gerne. Weiter im Süden, in Mexiko, konnte Angelo die blaßblauen Bergketten erkennen, die wie Farbschichten in Abstufungen immer mehr verblaßten. Weite und Raum schienen nicht enden zu wollen. Niemals. Nachdem die Sonne untergegangen war, veränderten sich die Farben rapide. Rubin- und burgunderrote Streifen überzogen den Himmel, und die flauschigen Wolken ballten sich zu dunkleren Farbtönen zusammen, zum Rot getrockneter Rosen und trockenen Blutes. Die Dünen am Horizont wurden ebenfalls in die Farben des Himmels getaucht; dann begann das Licht zu verblassen, und frischer Wind peitschte über das Reisgras und die Yuccas. Die Kühle brachte tiefe Blau- und Rottöne, die sich über die Flanken der flachen Sandhügel ergossen. Als Bingo zurückkehrte, hatte sich bereits das jähe, dunkle Blau des Nachthimmels herabgesenkt. Angelo sah nach Süden und konnte nichts sehen als endlose Nacht. Er holte tief Atem. Er wußte, daß er betrunken war, aber der schreckliche Druck in seiner Brust hatte nachgelassen. Frauen verließen einen ständig und kamen dann wieder zurück. Alles würde gut werden. Die Dinge würden sich schon einrenken. Er würde Marilyn zurückbekommen.

Der Schrottplatz, die gesamte Ausrüstung, die Schrottpresse – alles hatte Onkel Bill selbst bezahlt. Das war die Wurzel des Problems. Bill hatte so sehr darauf geachtet, daß sie keinen Anlaß hatten, Forderungen zu stellen. Es gab keine Gefälligkeiten, die sie einfordern konnten, keine Kredite, nichts, was alte Männer für ihn arrangiert hatten. Gar nichts. Trotzdem waren sie gekommen, und Onkel Bill hatte reagiert wie ein Mann, der mit Stahldraht gefesselt war. Die Spannung war mit jedem Tag gestiegen. Angelo hatte lediglich gewußt, daß irgend etwas nicht in Ordnung war, daß sich etwas zusammenbraute. Und er konnte sehen, daß die Männer auf dem Schrottplatz Bescheid wußten; hinten, durch das große Maschendrahttor würde es hereinkommen. Das Warten dauerte an, und Angelo fragte sich, ob sie es genauso machten wie er, ob sie hofften, daß, was immer es auch sein mochte, spät nachts geschehen würde, wenn sie alle weit weg und sicher zu Hause waren.

Angelo beobachtete, wie das Licht zur Dunkelheit wurde. Bisher hatte er immer geglaubt, die Dunkelheit sei etwas Isoliertes, eine schwerere Flüssigkeit, die den schimmernden, durchsichtigen Glanz auslöschte – die Dunkelheit legte sich über ihn und überwältigte ihn. Während er die beißende Wärme von Tequila in der Nase spürte, wurde ihm in dieser Nacht bewußt, daß das Licht am Himmel zwar zurückgewichen, nicht aber verschwunden war; statt dessen hatte es sich in den vergangenen Minuten verändert. Es hatte sich verdichtet und war schwer geworden. Das Licht war zur Dunkelheit gereift, die nun den Himmel und den ganzen Horizont ausfüllte. Die Familie hatte also lange auf

Onkel Bill gewartet. Jahr für Jahr hatten sie gewartet. Und dann, als die Zeit reif war, waren sie gekommen. Und nun waren sie zu Angelo gekommen. Zuerst Sonny Blue in Tucson und nun Bingo in der Nähe von El Paso. Er sei ihr Mann, sagten sie. »Unser Mann in Albuquerque.« Unser Verbindungsmann auf allen Rennbahnen des Südwestens. Du hast so gute Arbeit geleistet, Mann, du läßt uns wirklich gut aussehen.« Und nun wurde er von ihnen befördert. »Es wird dir gut tun, Kiddo, glaub mir. Es ist genau das, was du brauchst, um dieses Mädchen zu vergessen.«

Bingo kam aus dem Haus, und selbst im Dämmerlicht konnte Angelo das Kokain um seine Nasenlöcher erkennen. Sein Haar war zerwühlt, als hätte Bingo den Kopf gerade zwischen den Beinen einer Frau hervorgezogen. Er war zu high, um zu bemerken, daß Angelo geweint hatte. Er redete viel zu schnell, als daß seine Worte noch einen Sinn ergaben, plapperte von Sonny und seinem Vater in Tucson. Bingo versuchte sich aufzuspielen, wenn sein Vater und sein Bruder nicht in der Nähe waren, denn sobald einer der beiden auftauchte, wurde Bingo zum Trottel. Er war immer derjenige, dem sie sagen mußten, daß er den Mund zu halten hatte. Und deshalb wollte Bingo mit Angelo unbedingt die, wie er es nannte, »technischen Aspekte« der »Operation« durchgehen. Bingo brauchte das Gefühl, wichtig zu sein.

In diesem Moment dachte Angelo daran, wie gut es sich anfühlen würde, Bingo umzubringen. Damit er endlich den Mund hielt und dieses Clownsgesicht mit den weißgepuderten Nasenlöchern und dem Kokainatem verschwand. Ihm das Gesicht einzuschlagen, damit er niemals wieder an ihn denken mußte, an diesen schleimigen Arschficker und Schwanzlutscher. Er hatte wirklich Mordgedanken, aber in Bezug auf Onkel Max, den »Halbinvaliden«. Onkel Max, der auf der Titelseite der *Times* erschienen war, als er sich aus »gesundheitlichen Gründen« zum ganzjährigen Golfspielen in der Sonne des amerikanischen Südwestens »zur Ruhe gesetzt« hatte. In einem kleinen Kuhkaff namens Tucson. Wie hatte der Titel des Spielfilms gelautet: *Bei Anruf Mord?* Niemand hatte sich je die Mühe gemacht, herauszufinden, was Max wirklich tat, aber Angelo war überzeugt, daß es Max Blue gewesen war, der die Männer beauftragt hatte, die neuen Lincolns und Cadillacs auf Onkel Bills Hof zu zerstören.

Nachdem Max Blue angeschossen worden und dem Tode so nahe gewesen war, hatte ihn die Familie dorthin geschickt, wo es Palmen, ewige Sonne und genug Golfplätze gab, daß Max in einer Woche nicht zweimal auf der gleichen Anlage spielen mußte. Hier und dort, von seinen Vettern und von anderen, hatte Angelo erfahren, daß Max Blue das perfekte Hauptquartier hatte: so weit weg vom Geschehen wie möglich. Den ganzen Tag draußen an der Sonne und an der frischen Luft auf dem Golfplatz, immer bestrebt, den Anweisungen seiner Ärzte Folge zu leisten, und jedes Jahr zu Untersuchungen in die Mayoklinik. Max Blue war in den Westen gekommen und hatte ein unerschlossenes Territorium voller unermeßlicher und unentdeckter Reichtümer betreten. In diesen modernen Zeiten konnte Max Blue alles per Telefon oder Privatkurier regeln. Wenn sich der Staub legte, der Rauch verzog und die Leiche langsam erkaltete, würde Max Blue Tausende von Meilen entfernt gerade damit beschäftigt sein, seinen Golfball abzuschlagen, zu den kargen, blauen Bergen in der Ferne zu blicken und zu einem Kongreßabgeordneten oder Bundesrichter zu bemerken, daß die Berge so blau seien wie Lapislazuli.

Marilyn hatte immer gelacht und gesagt, es mache ihr nichts aus, ihm dabei zu helfen, seinen Part zu spielen. Sie hatte den Porsche fahren dürfen. Sie genoß es, in Hotelsuiten zu leben, denn sie fühlte sich nie gern an einen Ort gebunden. Sie hatte angefangen, ein Tagebuch über die verschiedenen Suiten zu führen, in denen sie gewohnt hatten, während sie in den kalten Monaten zwischen Sunland und Turf Paradise und in den warmen Monaten zwischen Santa Anita und Ruidoso umherreisten. Marilyn hatte die Suiten nach den schalen Gerüchen und mysteriösen Flecken an den Zimmerdecken bewertet. Angelo fand, daß sie sich nicht mit schlecht gefüllten Polyesterkissen und Haaren in verstopften Ausgüssen abgeben sollte. Aber Marilyn hatte sogar die zur Verfügung gestellten Umschläge und Postkarten in den Schreibtischen und die Lärmdämmung der Decken und Wände bewertet. Wenn Dope erst einmal legalisiert war, sagte sie immer, würde sie ein Sachverzeichnis mit allen Städten einfügen, die eine Rennbahn besaßen. »Wo kaufe ich in Ruidoso, New Mexico, Kokain, und wo findet man in L.A. anständiges Marihuana.«

Es gab nicht genug zu tun für sie. Das hatte Marilyn an dem Nachmittag, an dem sie in Richtung Süden nach Truth or Consequences gefahren waren, zwei- oder vielleicht auch dreimal erwähnt. Der Porsche fuhr genau neunzig Meilen, als der Flughafen von El Paso näher und näher rückte, und der Moment, in dem Marilyn ihn verlassen würde, wie große schwarze Wolkenbänke drohend am Horizont auftauchte. Sie wollte, daß sie etwas zusammen *unternahmen*. Etwas Sinnvolleres als Rennpferde? Sie hatte genickt und auf ihre Hände hinuntergestarrt, weil sie nicht in der Lage war, ihm genau zu beschreiben, was nicht in Ordnung war. Es lag nicht an ihm. Es war nichts, was er getan hatte. Ja, sie hatte alles. Sie konnte tun und lassen, was sie wollte. Sie kam und ging, ohne Erklärungen abgeben zu müssen. Sie hatte soviel Geld, wie sie wollte, so viele Drogen sie wollte. Ja, und? Sie wußte es nicht. Es war alles zu geregelt. Verstehst du? Plötzlich sah Angelo, wie sich Marilyns Gesicht aufhellte. Sie hatte eine Erklärung gefunden. Es war nicht die beste; das erkannte er daran, wie sie zögerte und dann die gleichen Phrasen wiederholte: »Ich muß einfach nachdenken. Ich brauche Zeit.«

So leicht wollte Angelo sie nicht gehen lassen. Warum ging sie zu Tim zurück? Zeit konnte sie haben. Sie konnte doch nachdenken, ohne zu Tim zurückzukehren. Mit beiden Händen hielt Marilyn die Armlehne an der Wagentür umfaßt, umklammerte sie, bis ihre Knöchel weiß wurden. Angelo hatte mit einem Auge die Straße beobachtet und mit dem anderen ihre Füße. Er hatte Angst, sie unter Druck zu setzen. Er liebte sie. Er wollte ihr alles geben, was sie sich wünschte. Nachdem sie sich geliebt hatten, hatten sie zusammen im Bett gelegen und darüber geredet. Wenn einer von ihnen um etwas bat, hatte der andere geschworen, es freiwillig zu geben. »Meine Freiheit«, hatte Marilyn gesagt und ihm tief in die Augen gesehen. »Sie ist das Wertvollste, was ich habe. Ich würde lieber sterben, als sie aufzugeben.«

Und deshalb hatte Angelo Marilyn gehen lassen an diesem Tag. Er hatte vor dem Abflugbereich des Flughafens angehalten, auf den Marilyn gezeigt hatte, weil sie nicht wollte, daß er mit ihr hineinging. Sie habe schon genug geweint, sagte sie. Und sie weinte nicht gern über etwas, das ihre eigene Entscheidung war.

VENICE, ARIZONA

Max genoß den Abschlag an jedem neuen Loch. Es war jedesmal das erstemal, ein neuer Anfang, der Moment vor dem bestmöglichen Abschlag mit dem Driver, wenn einem das Herz weit wurde, während das Auge dem Bogen des Balles folgte, genau in die Mitte der Spielbahn vor dem Grün. Max schätzte es besonders, wenn die Spielbahnen und Grüns von der seltsamen Wüstenlandschaft Sonoras umgeben wurden. Er und Leah hatten sich stundenlang über den Bau von Teichen und Springbrunnen in der Wüste gestritten. Max wollte, daß Leah in ihrer Stadt des einundzwanzigsten Jahrhunderts, in Venice, Arizona, einen Wüstengolfplatz anlegte. Aber Leah hatte nur gelacht. In Venice, Arizona, würde es keine Wüste geben, nicht eine Sekunde lang und mit Sicherheit nicht für eine Golfpartie über achtzehn Löcher. In Tucson gab es genug Wüste. Es war lächerlich, gegenüber den Dauergästen so tun zu wollen, als gäbe es keinen Unterschied zwischen Tucson und Phoenix oder Orange County. Die Menschen in der Wüste wollten Wasser um sich haben. Sie fühlten sich sicherer und sorgloser, wenn sie sahen, wie um sie herum Wasser ausgespuckt wurde. Max hatte geseufzt. »Ich habe nicht gesagt, daß die Menschen logisch sind«, erwiderte Leah. »Wenn du mir sagst, daß sie die letzten Wasserreserven aufbrauchen, dann sage ich dir: Mach dir keine Gedanken, die Wissenschaft wird das Wasserproblem des Westens lösen. Mit neuer Technologie. Sie werden es tun *müssen*.«

Max hatte nach seiner Schußverletzung allen Respekt vor der Wissenschaft verloren. Leah warf mit den Begriffen Wissenschaft und Technologie genauso um sich wie alle anderen. Max hatten sie buchstäblich an ihre Wissenschaft und Technologie angeschlossen – sie hatten ihn erst zusammengenäht und dann zum Nachbluten ein halbes dutzendmal wieder aufgemacht.

Leah hatte es geschafft, trotz der Hindernisse, die sich ihr in den Weg gestellt hatten, weil sie eine Frau war. Man brauche ihr ein Hindernis nur zu zeigen, schon arbeite sie härter. Das war auf den Banketts der Handelskammer ihre Standardphrase gewesen. Die Wasserknappheit in Arizona und in anderen Wüstenstaaten war ein Hindernis bei der Landerschließung. Aber Leah war daran gewöhnt, daß Hindernisse beseitigt – aus ihrem Weg gerollt oder gesprengt wurden. Der Markt für den Eigenheimbau in der Gegend von Tucson war schon immer ein hart umkämpftes Geschäft gewesen. Leah hatte ihren ganzen Willen einsetzen müssen, um sich gegen die gigantischen Bauunternehmen zu behaupten, die ebenfalls mit Luxuswohnanlagen auf den Markt drängten. Der Trick mit dem Wasser hatte in Scottsdale and Tempe wirklich gut funktioniert. Ein paar verstreute Pißpott-Fontänen und Jauchetümpel hatten Erinnerungen an Missouri oder New York geweckt oder wo immer die Idioten auch herkommen mochten. Leah wollte, daß ihr Venedig seinem Namen Ehre machte. Sie hatte jedes Detail genau geplant. Kein Marmorimitat in den Springbrunnen. Marktuntersuchungen hatten immer wieder gezeigt, daß Wassergeplätscher auf Neuankömmlinge in der Wüste eine beruhigende Wirkung ausübte. Schließlich waren sie im Immobiliengeschäft, um Profite zu machen, und nicht, um die Tiere der Wildnis oder die Wüste zu erhalten. Für die Wüste um Tucson war es sowieso zu spät. Man mußte es sich nur ansehen. Im ganzen Tal starben durch die Umweltverschmutzung bereits die Paloverdebäume ab, die am Fuß der Berge wuchsen. Max ertappt sich dabei, wie er Leah anstarrt. Bevor sie diesem Experten für Eulenscheiße begegnet war, hatte sie nie über die Auswirkungen von Umweltverschmutzung gesprochen.

Leah war es immer egal gewesen, ob Max von ihren Liebhabern wußte oder nicht. Am Anfang hatte sie gehofft, er würde es herausfinden und aus Schmerz, Wut oder einfach Eifersucht betroffen sein. Was für ein Witz. Die Spitzel, derer sich Max bediente, waren sehr diskret. Sie hatten die Aufgabe, zu verhindern, daß sich Undercover-Bullen als Leahs Liebhaber einschlichen. Was das Haus- und Gartenpersonal betraf, war Max immer besonders vorsichtig gewesen.

Es überrascht Max, daß Leah mit dem Eulenscheiße-Ökologen flirtet, doch er erinnert sich daran, daß »Gegensätze sich anziehen«, und Leah hat ihren eigenen Standpunkt. Sie muß die Proteste von Umweltschützern gegen ihre Venice, Arizona-Pläne abwehren. Landerschließung verschafft einem eben merkwürdige Bettgenossen. Aber Max ist nicht an dem interessiert, was sich in Leahs Schlafzimmer abspielt. Statt dessen beauftragt er seine

Spitzel, herauszufinden, worüber Leah mit dem Experten für Eulenscheiße spricht, wenn sie allein sind. Leah redet über Wasserrechte, berichten die Spitzel. Max muß lächeln. Sie nutzt wirklich jede Gelegenheit, um Zeit zu sparen, und geht einfach mit einem Fachmann für Eulenscheiße und Wasserschutz ins Bett. Kompliment. Hatte sie ihn mit Absicht ausgewählt, oder war der Ökologe lediglich ein glücklicher Zufall gewesen?

Mit dem Ökologen hat Leah zwei heimliche Absichten verknüpft: Alle ihre Traumstadt-Pläne drehen sich ausschließlich um Wasser; ein Teich neben dem anderen, und jedes der nach ihren eigenen Vorstellungen erbauten Wohngebiete soll durch malerische Wasserstraßen – keine motorisierten Wasserfahrzeuge, bitte! – mit den anderen verbunden werden. Die Wassermengen, die für eine so riesige Anlage benötigt wurden, waren erstaunlich, das ließ sich nicht abstreiten. Leah hoffte, daß der Eulenfachmann ihr und ihrem Anwalt dabei helfen würde, sich für Venice, Arizona, die Stadt des einundzwanzigsten Jahrhunderts, einzusetzen. Von irgendwoher mußte das Wasser ja kommen, und Leah hatte nicht die Absicht, sich mit wiederaufbereitetem Schmutzwasser oder Wasser aus dem Colorado River zufriedenzugeben. Leahs »irgendwoher«, der Ort, von dem sie all das billige Wasser, das sie benötigte, hervorzuholen gedachte, waren die tiefen Grundwasserbrunnen, die sie bohren würde. Sie hatte einen günstigen Mietvertrag über eine Tiefbohrausrüstung bekommen, weil irgendwelche Texaner in Tucson ihre Ölbohrausrüstung vor Gläubigern versteckten. Von ihnen hatte Leah auch drei gigantische Bulldozer zum Ausheben der Kanäle und Teiche gekauft.

Max bemühte sich erst gar nicht, sämtliche Details zu erfassen, doch Leah wollte, daß er mit Richter Arne eine Partie Golf spielt. Arne hatte den Fall, um den es ihr ging, am Bundesgericht in Phoenix bereits angehört. Er hatte in diesem Fall eine »beratende Funktion«. Etwas Besseres hätte sich Leah gar nicht wünschen können. Niemand würde je auf die Idee kommen, zwischen dem Ausgang einer obskuren Wasserrechtsklage, die einige Indianer aus Nevada gegen einen Bauunternehmer aus Bullhead City erhoben hatten, und den Anträgen von Blue Water Land Development auf die Zulassung von Grundwasserbrunnen in

Tucson eine Verbindung zu ziehen. Alles, was Richter Arne für Leah tun sollte, war, einen Berufungsantrag der Indianer im Bullhead-City-Fall abzulehnen, und der Staat Arizona würde Leah Blue ihre Tiefbohrerlaubnis erteilen müssen. Die Indianerstämme und Ökologen mochten später ruhig versuchen, ihre Brunnen auf dem Klageweg zu stoppen; bis dahin würde aus den Quellen von Venice, Arizona, bereits das Wasser sprudeln. Richter Arne hatte seinen Ball mit einem guten Drive genau die Spielbahn hinuntergespielt. Er war besser als die meisten, die herkamen, um mit Max zu spielen. Natürlich kamen die anderen fast immer, um ihn um einen großen Gefallen zu bitten – um Leute erschießen oder Fabriken niederbrennen zu lassen. Diesmal hatte Max um einen Gefallen zu bitten. Richter Arne dagegen verrichtete einfach »Schwarzarbeit«. Drei solcher »Schwarzjobs« entsprachen Arnes Jahresgehalt.

Max hatte an diesem Tag ein gutes Gefühl für seine Eisen, während der Richter mit einigen Schwierigkeiten kämpfte und bei mehreren Löchern über das Grün hinausschlug, so daß Max am Ende mit vier Schlägen vorn lag. Doch Arne war ein Schlitzohr. Max konnte ihm nicht die leiseste Spur von Enttäuschung über das verlorene Spiel ansehen. Aber schließlich war Arne an diesem Tag gewissermaßen in offizieller Mission bei ihm und Max sein Gastgeber. Max verließ den Platz gewöhnlich nicht vor Sonnenuntergang, dennoch hatten er und seine Leibwächter den Richter bis in die Umkleidekabine begleitet. Der Richter war in großzügiger Stimmung gewesen. Er glaube, die Entscheidung in dieser Wasserangelegenheit in jeder Instanz beeinflussen zu können, erklärte er Max, selbst bis hinauf zum Obersten Bundesgericht. Arne glaubte felsenfest an das Staatsrecht. Die Indianer mochten klagen bis zum Sankt-Nimmerleins-Tag, und auch Arne würde kein Unterlassungsurteil gegen Leahs Grundwasserbrunnen aussprechen. Darauf könne sich Max verlassen. Der Richter war mit der großen Volvolimousine vom Parkplatz geschlittert, hatte das Lenkrad herumgerissen und war die Tortolita Road hinunter verschwunden.

Max hatte aus seinen Sicherheitsvorkehrungen gegenüber Leahs »Freunden« oder »Bekannten« kein Geheimnis gemacht. Er hatte sie angerufen und gebeten, sich eine Tonbandaufnahme von der letzten Vorstandssitzung der »Naturfreunde« anzuhören. Als Leah mit ihm zusammen das Band abhörte, war sie erleichtert darüber, daß ihr Eulenscheiße-Experte an der Sitzung nicht teilgenommen hatte. Sie war sich nicht sicher, ob ihr »Öko-Verteidiger« sie auch wirklich verteidigt hätte oder nicht. Dennoch, die »Naturfreunde« hatten schon vor langer Zeit gelernt, wie man den Reichen und ihren Unternehmen gegen große Geldspenden oder Landüberschreibungen mit Versprechen über Steuernachlässe um den Bart ging. Allerdings hatte das Band, das Max ihr vorspielte, keine Diskussionen über bedrohte Lebensräume von Schwimmvögeln enthalten oder darüber, wie man aus der Blue Water Land Development Unlimited eine Million Dollar herausholen konnte. Die »Naturfreunde« hatten sich vielmehr über den Eulenfachmann Keemo und über Leah unterhalten, und darüber, ob Keemo sich wirklich bewußt war, *wer diese Frau war*. Das Naturfreunde-Komitee bestand aus sieben Vorstandsmitgliedern; sechs davon waren Frauen, und fünf von ihnen hatte Keemo mindestens einmal in der Wüste gebumst. Das hatte er Leah selbst erzählt. Er wolle damit nicht angeben, hatte er gesagt, sondern er versuche, eine mystische Kraft zu übertragen, die er empfand, sobald er die Wüste betrat. Leah hatte sich damals vorgenommen, niemals allein mit Keemo in die Wüste zu fahren. Sie hatte keine Lust darauf, ebenso wie die anderen Frauen den Abdruck ihres blanken Hinterns im Sand zu hinterlassen.

Golf war reine Geometrie und Physik: Winkel, Flugbahn und Windgeschwindigkeit. Holz und Stahl, Gummi und Kork in der Hand eines Menschen, und alles in perfekter Übereinstimmung mit dem grasbewachsenen, vom Sand gereinigten Fairway, umsäumt von grünen Mesquitebäumen. Golf war uralt, ein Ritual. Ein Ersatz für die katholische Kirche. Der kleine Ball, so stellte sich Max vor, war früher einmal der Schädel eines Feindes gewesen. Max vermied es, das Golfspiel durch geschäftliche oder persönliche Verbindungen unnötig zu komplizieren. Spielern, die besser waren als er, sah er mit Vergnügen zu, allerdings spielten nicht viele besser als er, wenn sie für ein »geschäftliches

Spielchen« in den Klub kamen, um ihn um einen Gefallen zu bitten. Sogar die Golfgrößen, die der Senator mitgebracht hatte, waren zu nervös und angespannt gewesen, um gut zu spielen. Für die meisten Kalifornier und New Yorker war die Wüste zu nahe. Und die Texaner brachten es nicht fertig, ihre Schläger richtig durchzuschwingen, weil sie Angst hatten vor den Klapperschlangen, die sie zusammengerollt auf der Spielbahn vermuteten. Und diejenigen, die sich nicht an der wüstenartigen Gestaltung des Golfplatzes störten, wurden nervös, weil Max Blue die meisten Leute nervös machte. Es bereitete ihnen Probleme, zu verstehen, warum Max die meiste Zeit seines Lebens draußen auf dem Golfplatz verbrachte. Mit dem Geld, das er besaß, und den Gefälligkeiten, die Leute in den höchsten Regierungsämtern ihm schuldeten, hätte Max das Leben eines orientalischen Prinzen genießen können.

Max und Leah hatten aus ihren Ehevereinbarungen kein Geheimnis gemacht. Max' Freunde und sogar einige seiner engsten Ratgeber schwelgten in Phantasien über die reifen jungen Frauen in einem geheimen Zimmer des Klubhauses. Max lachte nur. Sollten die Überraschungstäter doch durch die Umkleidekabinen des Klubhauses schleichen und nach nicht vorhandenen Liebesnestern suchen. Max konnte alles und jeden auf dieser Welt haben, wenn er es nur intensiv genug wollte, um seine Anwälte und Bankiers durch eine Reihe von Telefonaten in Bewegung zu setzen. Selbst die größten Schwierigkeiten konnten auf diesem Weg gehandhabt werden.

Max hatte lange über die Veränderungen nachgedacht. Er hatte sich Bumsfilme schicken und teure Callgirls kommen lassen, und dann die noch teureren und noch häßlicheren examinierten Sexualtherapeuten. Noch immer lag er stundenlang wach und wartete darauf, auch nur einen Funken, einen letzten Anflug von Begehren zu spüren, irgendwelche Überreste eines Verlangens oder einer Phantasie, die auch nur den Kitzel einer Erregung brachten. Max konnte sich zwar noch an Tagträume und Phantasien erinnern, aber nichts an ihnen erregte ihn mehr. Die Kugeln hatten ihn von seinem eigenen Körper getrennt. Vergnügen gewann er nun nur noch aus präzisen Planungen, perfektem Timing und Exekutionen. Aus seinen »Vertragsgeschäften« verschob er Gelder in Leahs Blue Horizons und Blue Water Corporations. Es erleichterte ihn, daß der An- und Verkauf von Immobilien und Grundstücken sie so glücklich machte. Lange Zeit hatte er keinen Sinn darin gesehen, weiterzumachen, hatte er nur die hoffnungslose Monotonie von Schlafen, Essen und Scheißen gespürt. Dann war er eines Tages in Leahs Büro spaziert, samt seiner mit blauen, grünen und gelben Nadeln gespickten Landkarte, und hatte gespürt, wie sich ein leises Interesse in ihm zu regen begann. Er hatte sich dicht über die Schautische des Architekten mit den maßstabsgerechten Modellen der Kanäle, Teiche und Golfplätze von Leahs Venice, Arizona-Projekt gebeugt. Am Anfang war er nicht weiter interessiert gewesen, doch als Venice in Form von Karten und Modellen Gestalt anzunehmen begann, hatte er gefühlt, wie sich eine schwache Anteilnahme in ihm regte. Leah sah dort, wo zwischen grauem Vulkangestein nur Kakteen und dürres Greasewood wuchsen, mediterrane Villen und Kanäle.

DIE FRIKADELLE

Man mochte es Ironie des Schicksals nennen: Jahre nachdem Max im Veteranenhospital stundenlang die naßfeuchten Traumszenarien der »Rollis« hatte ertragen müssen, begann Leah eine Affäre mit Trigg, dem Immobilienmakler im Rollstuhl. »Die Frikadelle« war der Spitzname, den Max Trigg gegeben hatte. Leah hatte es sich zur Gewohnheit gemacht, Max über ihre Liebesgeschichten zu informieren und ihm die Namen und Beschreibungen aller Geschäftspartner durchzugeben, die sie in der Woche treffen würde. Er hatte sie nicht darum gebeten, sie tat es aus Höflichkeit ihm gegenüber. Außerdem war es eine Vorsichtsmaßnahme. Leah wollte nicht, daß die Sicherheitsleute einen ihrer Geschäftspartner oder neuen Liebhaber erschossen.

Max stellte Leah keine Fragen über ihre Liebhaber, weil er sich weder für diese Männer noch für das, was sie mit seiner Frau im Bett taten, interessierte. Max konnte sich unzählige sexuelle Positionen und Praktiken vorstellen, ohne das geringste Anzeichen von Erregung zu verspüren. Er hatte sich in seiner Phantasie selbst schon mit allen möglichen Leuten an allen nur denkbaren Orten und bei allen erdenklichen Praktiken vorgestellt, aber nichts hatte funktioniert. Es war, als seien Falten aus feuchtem rosa Fleisch genauso alltäglich wie der Himmel oder der Bürgersteig, obwohl er sich noch gut an Zeiten erinnern konnte, in denen er beim Anblick von großen Titten jedesmal einen Steifen bekommen hatte. Auf Leah und Trigg war er allerdings doch neugierig, denn Trigg war ein rollstuhlfahrendes Großmaul. Er hielt sich für einen »korrekten Geschäftsmann«, was in Tucson lediglich bedeutete, daß er keine Schußwaffen benutzte. Seine Spezialität waren Spekulationen mit Bau- und Planungsrechten und Grundstücken, die eigentlich wertlos waren, es sei denn, sie wurden in Bauland umgewandelt. Trigg brüstete sich, wenn er einmal angefangen habe, sei alles zu spät und nichts könne ihn mehr aufhalten. Leah deutete auf rote Buntstiftpunkte, die Häuserblocks aus Immobilienbeständen in der Innenstadt markierten. Das Gitternetz aus Häuserblocks und Grundstücken auf dem Stadtplan von Tucson sah aus wie ein Schachbrett. Trigg kaufte in der Innenstadt einen schäbigen Block nach dem anderen auf. Angefangen hatte er mit ein paar lausigen Bungalows in der Nähe der Universität, und er hatte es geschafft, für eines dieser Häuser eine neue Nutzungsordnung durchzusetzen, damit Blutplasma International das Gebäude von ihm mieten konnte. Natürlich war Trigg der Besitzer von Blutplasma International. Vor Leah prahlte er damit, daß Blutspendezentren Wohngebiete kaputtmachten und die Grundstückspreise drückten, ohne daß zuerst Schwarze oder Mexikaner einziehen mußten. Und sobald die Grundstückspreise niedrig waren, kam Trigg und räumte auf, indem er die meisten Grundstücke für nicht einmal die Hälfte ihres Wertes aufkaufte. Max konnte Leah für ihr Interesse an Trigg keinen Vorwurf machen, im Gegenteil, er interessierte sich selbst für ihn. Max wollte herausfinden, welche Pläne und Intrigen Trigg im Kopf hatte.

»Rollis« mußten sich etwas beweisen. Auch kleine Männer hatten den Drang, sich selbst etwas zu beweisen, doch bei Männern im Rollstuhl war dieser Drang übermächtig. Leah vertraute Max an, daß sie von dem, was Mr. Trigg zwischen seinen Beinen hatte erhalten können, vollen Gebrauch gemacht habe. Trigg brachte es fertig, den Blutfluß in seine Lenden mit beiden Händen solange einzuquetschen, bis Leah das zur Verfügung stand, was Trigg seine »Reitgerte« nannte. Am ersten Nachmittag hatte Leah sich wundgeritten. Trigg konnte nicht ejakulieren, behauptete aber, Orgasmen im Kopf zu verspüren. Leah hatte nicht vorgehabt, über Sex zu sprechen, aber etwas an der Art, mit der Max Trigg für seine Lähmung verachtete, hatte sie wütend gemacht. Sie haßte es, daß Sex für Max so wenig bedeutete. Leah hatte nicht die Absicht zu vertrocknen, nur weil Max vertrocknet war. Mit der gleichen Zuversicht, mit der sie ihr erstes richtiges Immobiliengeschäft abgeschlossen hatte, war sie auch auf Sex ausgegangen. Sie hatte sich mit Nachmittagen in Phoenix vergnügt, in der Gesellschaft von Geschäftskunden, die sie später auf einen Drink oder zum Essen einlud.

Die ersten Worte, die Trigg ihr ins Ohr geflüstert hatte, waren ein wenig atemlos gewesen: »Mein Schwanz wird mächtig hart«, sagte er, und der Scotch ließ seinen Atem bitter riechen.

Trigg saß seit seinem ersten Collegejahr im Rollstuhl. Er hatte achtzehn Monate in Krankenhäusern und intensiver physischer Rehabilitation verbracht. Er hatte alle Bücher der Krankenhausbibliothek gelesen und seinen Vater gebeten, seine Verbindungen im Country Club auszunutzen, um ihm Zugang zur medizinischen Bibliothek der Universitätsklinik zu verschaffen. Er war unerschütterlich in seinem Glauben an ein mögliches Wunder der medizinischen Wissenschaft und Technologie im Bereich der Rückenmarksverletzungen und Nervengewebetransplantationen. Es war nur eine Frage der Zeit, und Trigg würde aus dem Rollstuhl herauskommen.

Sex mit Trigg könnte interessant sein, hatte Leah gedacht, und sie war nicht enttäuscht worden. Triggs Verlangen besaß eine gewisse Schärfe, so als lechze er noch immer nach all dem, was er verloren hatte. Leah stellte fest, daß sie, nach der Erfahrung mit Max Blue, die Leidenschaft von Triggs Verlangen fast ebenso sehr genoß wie die Beständigkeit seiner Erektionen. Max hatte sich einen schlechten Witz darüber nicht verkneifen können. Wie schlecht war Max Blue eigentlich im Bett? So schlecht, daß seine Frau ihn gegen einen querschnittgelähmten

Liebhaber eintauschte. Für ihre Liebesabenteuer hatte Leah das Arizona Inn vorgezogen, weil es einen eleganten Rahmen und neutralen Boden bot. Doch nach sechs oder sieben Wochen hatte sie Triggs Drängen, zu ihm in seine Eigentumswohnung zu kommen, nachgegeben. Trigg benutzte niemals einfache Wörter wie »Wohnung« oder »Haus«, sondern sagte »Eigentumswohnung« oder »Stadthaus«. Trigg wollte nicht einfach Sex mit Leah, er wollte, daß sie sein »*wahres* Selbst« kennenlernte, »den Mann in ihm«. Auf dem Universitätsgelände fremde Männer aufzureißen, barg für Amateure zwar gewisse Gefahren, aber dennoch hatte Sex mit Fremden einige Vorteile: Zumindest ersparte man sich langweilige Selbstenthüllungen.

Triggs Eigentumswohnung war sogar noch schlimmer, als Leah befürchtet hatte. Das Gebäude selbst war zwar nicht abschreckender als andere Mörtelbauten im Pseudo-Santa-Fé-Stil, aber dafür hatte Trigg das Penthouse selbst eingerichtet. Überall waren Drachen. Der Klopfer an der Eingangstür war ein Drachenkopf aus Messing, der Hutständer im Foyer ein schwarzlackierter Drachen mit Stacheln, die als Hutablage dienten. Auf den dunkelroten Vorlegern waren über die ganze Länge schwarze und grüne Drachen abgebildet. Als Vorhänge fungierten nachgemachte orientalische Wandteppiche mit ineinandergewirkten goldenen, grünen und schwarzen Drachen. Trigg hielt die Vorhänge sorgfältig geschlossen, damit die Drachen auch gut zu sehen waren. Die Tischlampen bestanden aus sich windenden roten und schwarzen Gipsdrachen. Der einzige geschmackvolle Gegenstand schien ein kleines Weihrauchgefäß aus Jade zu sein, mit einem Drachenkopf und -schwanz als Henkel. Sogar der Duschvorhang war eine Sonderanfertigung, die zu den Drachenmustern der Gästehandtücher paßte.

Alle Türrahmen waren verbreitert worden, um Platz für den Rollstuhl zu schaffen. In der Küche waren Kühlschrank, Regale und Ablagen in Rollstuhlhöhe angebracht worden. Trigg war von nichts und niemandem abhängig, außer bei »einer Sache«, und Leah war zu geschockt gewesen, um schnell reagieren zu können, als Trigg ihr dabei leicht mit der Hand zwischen die Beine fuhr. Als sie ihn warnte, sie niemals wieder so zu berühren, war Trigg über ihren Zorn sehr verwundert gewesen.

Leah haßte Behindertentoiletten, weil sie so hoch an der Wand angebracht waren, um vom Rollstuhl aus leichter erreichbar zu sein. Sie saß auf der Toilette und ihre Zehen berührten den Boden. Leah fragte sich, ob Trigg schon daran gedacht hatte, Spezialanfertigungen nur für Körperbehinderte anzubieten. Gab es Sondergelder von der Regierung speziell für Behinderte?

Trigg hatte seinen Stuhl bereits verlassen und sich ausgezogen. Von der großen Badezimmertür aus wirkte das riesige Bett mit den vier Pfosten wie ein Wikingerschiff; der rote Lackdrachen, der an der Stirnseite des Bettes prangte, war das Hauptsegel. Leah glitt neben Trigg ins Bett und tat, als quietsche sie, weil die Laken so kalt waren. Die Idee, die ihr im Badezimmer gerade durch den Kopf gegangen war, erwähnte sie nicht. Sie wußte nicht, ob es mit ihr und Trigg überhaupt weitergehen würde, und wollte den ersten Versuch, gewisse Vorzugskredite für die Unterbringung von Behinderten zu erlangen, allein unternehmen. Das Wikingerschiff rollte und schlingerte, und später prahlte Trigg mit seinen Plänen für weitere Entwicklungen. Nach oben waren keine Grenzen gesetzt. Nachdem sie gevögelt und eine Zigarette geraucht hatten, hatte Leah sich mit Trigg bestens amüsiert, denn er zeigte einen kindlichen Enthusiasmus für alle seine Intrigen und Ränke. Er wollte in Südarizona ein eigenes Konglomerat aufbauen – das Wort »Konglomerat« ließ er sich förmlich auf der Zunge zergehen –, alle Bereiche abdecken, mit allem in Verbindung stehen. Er wollte ein Krankenhaus besitzen, eine Ambulanz und eine Leichenhalle.

»Diversifikation«, hatte Leah gesagt, als Trigg zu reden aufhörte. Er hatte alle ihre Bedürfnisse gestillt, sie mit allem versorgt, und jetzt war sie in großzügiger Stimmung. Sie ließ ihn reden. Trigg behauptete, die meisten seiner Ideen seien das Ergebnis der Monate im Krankenhaus und der medizinischen Fachtexte, die er gelesen hatte. Trigg war überzeugt davon, ein Genie zu sein. Alle seine Ideen und alles, was mit dem Unfall zusammenhing, die Monate im Krankenhaus und der Rollstuhl – *all das stand in seinen Tagebüchern.*

Er griff in die Schublade seines Nachttisches und zog ein dickes Ringbuch heraus. Dann deutete er auf eine Tür des Wandschranks. Dort verwahrte er alle anderen Hefter – Hefter, deren

Inhalt bis zum Unfall zurückreichte. Während er Leah von sich, seinen Tagebüchern und dem Unfall erzählte, suchten seine Augen eindringlich Blickkontakt, als fürchte er, Leah könne die extreme Bedeutung der Tagebücher unterschätzen. Er wollte, daß sie tief in sein Inneres schaute. Leah blieb nichts übrig, als bei seinen Worten mit dem Kopf zu nicken. Die Hefter im Wandschrank waren drei Fuß hoch gestapelt. Leah fand sich damit ab, von Drachen umgeben nackt im Bett sitzen und Triggs auf linierten Blättern festgehaltene Lebensgeschichte lesen zu müssen. Sie verband das Geschäft mit dem Vergnügen, und Triggs Tagebücher waren ihre Hausaufgaben. Sie war fasziniert von Trigg und seinen »Kopforgasmen«. Die Orgasmen mußten wirklich in seinem Kopf stattfinden, denn die Narben auf dem unteren Teil seines Rückens sahen aus, als habe man ihn in zwei Teile gehackt und wieder zusammengenäht.

Als Leah jedoch nach einem der Hefter griff, um sich zurückzulehnen und im Bett zu lesen, hatte Trigg bereits andere Ideen. Sie könne die Tagebücher mit nach Hause nehmen und sie dort lesen. Jetzt aber, sagte Trigg, wolle er über »Diversifikation« sprechen. Der Gesundheitsbereich sei ein schlafender Riese, meinte er. Seine Blutspendezentren hätten ihn darauf gebracht, über Alkohol- und Drogenentzugszentren nachzudenken. Aus der Behandlung von alkohol- oder drogenabhängigen Menschen könne man Millionen und Abermillionen herausholen. Darüber wollte Trigg reden.

»Reden?« hatte Leah ihn aufgezogen. »Wer hat irgend etwas von Reden gesagt? Dazu bin ich nicht hergekommen.« Leah lachte. Sie hatte sich seit Monaten nicht mehr so gut gefühlt. Trigg hatte sie auf eine Art gefickt, und auf eine typisch Tucsoner Art versuchte er nun, sie mit einem raffinierten Immobiliengeschäft noch einmal zu ficken. Er wollte, daß ihre Blue Water Group sein Krankenhaus für Suchtkranke finanzierte. Im Gegenzug würde Leahs Blue Water Investment Corporation Anteile an seinem Blutspendegeschäft und dem Suchtkrankenhaus erhalten. Leah sagte ihm, sie müsse darüber nachdenken. Triggs geschmackloses Drachenlogo wollte sie nicht einmal in zehn Meilen Entfernung von ihrer Traumstadt sehen. Wenn Leah die Planung und Gestaltung jedoch selbst übernahm, dann könnte das Suchttherapiezentrum zu einem Juwel in der dreizackigen Krone hochmoderner medizinischer Versorgungseinrichtungen innerhalb der ersten Luxuskommune für Behinderte und Suchtkranke werden. Als Leah sich schließlich von Trigg losgeeist hatte, war der Kofferraum ihres Wagens voller Ringbücher, deren Blätter auf Vorder- und Rückseite mit Triggs hastigem Bleistift- und Tintengekritzel bedeckt waren.

TAGEBÜCHER

Max hatte Triggs Tagebüchern nicht widerstehen können, Leah dagegen hatte nicht besonders interessiert gewirkt. »Mach nur, erspare mir den Aufwand – und laß mich wissen, wenn es irgendwelche schlüpfrigen Geschichten gibt«, sagte sie und lachte dann bei der Erinnerung an Trigg, der, das Gesicht naß von seinem eigenen Speichel, ihre Möse angrinste.

Triggs Tagebucheinträge schienen im Rehabilitationszentrum zu beginnen. Die Tagebücher wurden offensichtlich aus Gründen der Psychohygiene oder für eine Gruppentherapie geführt. Max hatte selbst Erfahrungen mit therapeutischen Tagebüchern. Therapeuten waren Spanner, und die Träume und Ängste ihrer Patienten waren ihre Fenster. Therapeuten taten nichts anderes, als sich selbst zu befriedigen, obwohl sie behaupteten, einem helfen zu wollen.

Trigg hatte immer nur eines im Kopf gehabt und das war das Stück Fleisch, das zwischen seinen Beinen baumelte. Der Unfall hatte lediglich dazu beigetragen, Triggs Konzentration auf seinen Schwanz zu verstärken. Die Tagebücher waren Seite für Seite Notizen über seine Versuche, hübsche Mädchen dazu zu bewegen, trotz des Rollstuhls mit ihm ins Bett zu gehen.

Max blätterte durch den Stapel mit Heftern; je älter sie waren, desto schmutziger waren die Aufzeichnungen. Max begann jeweils in der Mitte, blätterte zurück bis zum Anfang und dann wieder vorwärts bis zum Ende.

Aus Triggs Tagebüchern

Die schwarzen und die spanischen Krankenpfleger hassen ihre Jobs. Frauenarbeit. Sie wischen Scheiße von den Ärschen und Kotze vom Boden. Jedesmal, wenn sie mich aus der Badewanne heben, lächeln sie ohne Grund.

Meine Mutter lächelt ebenfalls mit diesem Lächeln. Ich erwische sie dabei, wie sie hinter meinem Rücken in den Spiegel schaut, um zu sehen, wie lang und breit die Narbe ist.

Haben dich ordentlich zurechtgestutzt, höre ich die Krankenpfleger sagen, wenn ich spät nachts am Stationszimmer vorbeirolle. Ich kann nicht schlafen, weil ich jede Nacht den gleichen Traum habe.

Hilfloses Baby. Ich träume gar nichts, nur diese Worte selbst, schwarz auf weiß niedergeschrieben.
Der ganze Traum besteht einfach aus diesen Worten. Die Nachtschwestern schließen die Tür zum Stationszimmer und rauchen Marihuana. Ich bin der einzige Patient mit genug Grips, um das zu merken. Die anderen schnarchen.

Die Krankenpfleger (Schwarze) hassen Weiße. Das merke ich an der Art, wie der kleinste von ihnen lächelt, wenn ich mich über kaltes Badewasser beschwere.

Du lernst schnell, wer deine Freunde sind. Die Jungs vom College. Zuerst rufen sie sehr oft an, dann sind es nur noch ein oder zwei. Rick und Brett kommen immer noch her, um Schach zu spielen. Sally und ihre Freundin Elaine wollen mir ein neues Album vorbeibringen. Sie fragen immer nach Stoff zum Rauchen, nennen mich den Reefermann. Die Freunde meiner Eltern sind die Schlimmsten. Sie geben sich alle Mühe zu beweisen, daß sie meinem »Handicap« offen gegenüberstehen. Sie reißen sich ein Bein aus, damit sie sich einbilden können, ihr Horizont sei genauso weit, wie ihre Ärsche breit sind.

Elaine ist mit ihrer Freundin Patsy vorbeigekommen. Meine Familie war übers Wochenende weggefahren. Die ersten Ferien seit dem Unfall vor eineinhalb Jahren. Mutter nennt sie »lebensnotwendig«. Elaines Freundin ist ein dickes Mädchen, aber freundlich. Kippt ein bißchen viel von Daddys Black Label Scotch. Das mit dem Marihuana werde ich sein lassen, wenn Elaines Freundin nicht ein wenig zutraulicher wird. Ich möchte ihr in die weiße Bauernbluse fassen und in die Nippel kneifen.

Max findet die Tagebücher höchst befriedigend. Zumindest haben sie es ihm ermöglicht, sich Einzelheiten des Unfalls zusammenzureimen, der Trigg in den Rollstuhl gebracht hat. Trigg war betrunken gewesen, als ein anderer Betrunkener direkt vor seinem Sportwagen links abbog. Seine Eltern waren beide Firmenanwälte und alkoholabhängig.

Susan ist niedlich. Sie hat langes blondes Haar und große Titten. Sie lächelt, wenn sie mich sieht, aber nicht wie die anderen, die zwar lächeln, mir jedoch nicht in die Augen sehen wollen. Ich sehe sie vor dem Unterricht, lasse meinen Notizblock fallen und komme mir vor wie ein Idiot, weil der Rollstuhl beim Aufheben fast umkippt. Der dämliche Trottel, der in allen Tests komplett versagt, sitzt da und starrt auf seinen Schreibblock. Nach dem Unterricht erzählt sie mir dann von ihrem Verlobten. Noch zwei Wochen bis zum dritten Jahrestag des Unfalls. Im Krankenhaus träume ich davon, zu laufen und zu rennen. Dieser Stuhl bin nicht ich. Dieser Stuhl ist kein Teil von mir.

Diana, ein Mädchen aus meinem Sprachkurs, hat mich zum Wagen begleitet. Ich wollte sie fragen, ob sie Lust hat, sich mit mir hinten ins Wohnmobil zu setzen, aber ich konnte sehen, daß sie nervös wurde. Sie mußte sich mit ihrer Tante treffen. Irgendwas für einen Geburtstag.

Ich weiß nicht, was Frauen wirklich über mich denken. Selbst wenn sie freundlich und interessiert auf mich zukommen, mache ich irgendeinen Fehler. Ich jage ihnen Angst ein.

Ich möchte, daß Frauen mich als das akzeptieren, was ich bin, und nicht wegen der Dinge, die ich habe oder nicht habe. Sie sehen auf mich in meinem Stuhl herab, warum also nicht auch meine Gefühle übersehen?

Ich kann Leute nicht ausstehen, die glauben, sie seien besser als andere, die sich überlegen aufführen. Ein schlechter Tag. Ich verpasse meine Schwimmstunde, weil das städtische Schwimmbad in dieser Woche wegen Reinigungsarbeiten geschlossen ist. Ich kann den Unterschied im Darm spüren. Auf steinigen Wegen bin ich mit dem Stuhl quer über den Campus geholpert, um zu sehen, ob ich nicht zwischen den Trainingsterminen schwimmen kann. Nachdem ich mit dem Stuhl über sämtliche Bordsteine geklettert bin und mich mit dem Fahrstuhl bis in den vierten Stock hochgequält habe, erzählt mir diese Fotze von einer Sekretärin, daß die Vorschriften des Sportfachbereichs keine Ausnahmen zulassen.

Mutter hat keine Zeit, mich über Weihnachten in Key West zu besuchen. In zwei Wochen ist der vierte »Jahrestag«.

Die Kurse für meinen MBA-Abschluß in Wirtschaftswissenschaften sind okay. Alle meine Freunde studieren Jura. Ich habe ihnen gesagt, daß nur Geld mir das verschaffen kann, was ich brauche. Ich möchte in kürzester Zeit soviel Geld wie möglich verdienen. Lisa ist enttäuscht, daß ich über Ostern nicht nach Baltimore komme. Ich bringe es nicht fertig, ihr zu sagen, daß ich wegdrifte – daß ich mich wieder mit anderen Frauen treffen möchte. Ich will eine Frau von meinem Niveau.

Lisa möchte, daß wir im Sommer heiraten. Ich versuche ihr mein Traumziel zu erklären: Den Mittelgang mit meiner Braut hinunter zu *gehen* und nicht in diesem verdammten Stuhl zu rollen.

Habe heute wieder versucht, Diana anzurufen. Sie hat aufgehört, ins Sprachlabor zu kommen. Meinetwegen, nehme ich an. Keine Antwort. Ich habe sie im Schwimmbad in Verlegenheit gebracht. Ich hatte sie nach dem Unterricht eingeladen, vorbeizukommen und mir beim Schwimmen zuzusehen. Ich habe das Arschloch, das mir in die Bahn hineingekrault ist, angespuckt. Diana sagte, sie verstehe meine Feindseligkeit nicht. Ich mußte lachen.

Lisa rief an, als ich Diana gerade halb ausgezogen hatte. Während ich am Telefon bin, zieht sich Diana wieder an und geht. Später finde ich sie in ihrem Verbindungshaus. Sie will nicht, daß ich meinen Arm um sie lege. Verdammte Lisa. Diana sagt, daß es mit uns nicht klappen wird. Ich frage, ob wir nicht an einen ungestörteren Ort gehen können. Sie erzählte mir, daß sie mit einem anderen Typ geht, aber sie hat mir nicht gesagt, daß er schwarz ist. Wie ich mich fühle, will sie wissen. Wie fühlt er sich? frage ich zurück. Was meinst du damit? Sind Krüppel denn nicht was Schlechteres als Nigger? sage ich, und schon sehe ich Tränen in ihren Augen. Die Sorte, von der ich früher einen Steifen bekam. Ich erzähle ihr von den Krankenpflegern im Krankenhaus. Sie hat überhaupt keine Ahnung von diesen Typen oder vom Krankenhaus, sage ich ihr.

Dad sagt, Arizona habe nicht das beste MBA-Programm. Aber im Winter ist das Wetter hier besser. Bei Eis und Schnee kann ich mit dem Stuhl leicht umfallen. Ich hasse es, dazuliegen und darauf zu warten, daß jemand kommt, um mir zu helfen. Die Zeit scheint still zu stehen, wenn die Leute mich anstarren. Ich kann fühlen, wie meine Klamotten durchnäßt werden. Irgendwann kommt dann einer dieser Schwachsinnigen herüber und fragt, ob ich etwas brauche.

Alle Frauen in den MBA-Kursen sind häßlich – nein – »megahäßlich« wie Rick, Brett und ich die fetten Kühe immer genannt haben.

Das Repetitorium wird schrecklich werden, langweilig. Maklerlizenzen, Vorschriften und Verordnungen. Aber diese Dinge werden mich reich machen.

Lisa hat unsere Verlobung gelöst. Ich versuche, betroffen zu klingen. Die Telefonverbindung hatte ein Echo, und ich konnte sie nicht verstehen. Ich schätze, das Geld, das ich verdiene, wird mehr als genug sein, um den technologischen Durchbruch zu finanzieren.

Max überspringt die anderen und kommt zum letzten Buch, das Trigg Leah überlassen hat.

Durchbrüche bei elektrochemischen Vorgängen im menschlichen Gehirn. Wiederherstellung von durchtrennten oder stark gequetschten menschlichen Nervenbahnen. Mit Geld erreicht man alles.

Ike hat aus Deutschland angerufen. Er sagt, daß er dort ein Geschäft an Land gezogen hat. Sie wollen alle Blutkonserven und Blutprodukte kaufen, die wir liefern können. Die Blutspendezentren sind erst der Anfang.

Ich halte mich den anderen für überlegen. Ich bin besser als sie alle.

Tucson, Stadt der Diebe. Dritte Generation von Einbrechern und Kupplern, die in die Politik gegangen sind. Diese angeblichen Menschen, dieser Dreck und Abschaum, der durch die Blutspendezentren geschleust wird, bekommt gutes Geld dafür, mit einer Nadel im Arm dazuliegen – eine Tätigkeit, der sie sowieso den ganzen Tag nachgehen. Ich könnte der Welt jede Woche einen Gefallen damit erweisen, ein paar von den Stinkern im Hinterzimmer anzuschließen und leerlaufen zu lassen. Niemand würde sie vermissen.

Zweites Buch

ARIZONA

BIO-MATERIALS, INC.

Während Trigg mehr und mehr Immobilien aufkaufte, entwickelte er eine regelrechte Paranoia gegen Mexikaner und Schwarze. Seine eigenen Blutspendezentren konnte er jederzeit losschlagen, sobald er einen vielversprechenden Kaufinteressenten von der Ostküste an der Hand hatte, der sich für Eigentumswohnanlagen in Tucson interessierte. Andererseits konnten Mexikaner und Schwarze urplötzlich auftauchen – und es mußten wirklich nur ein paar von diesen dunkelhäutigen Stinkern aufkreuzen, um eine komplette Wohngegend zu ruinieren, die von Trigg gerade »rehabilitiert« wurde.

Er habe natürlich gar nicht erst versucht, Leah aufs Kreuz zu legen, behauptete Trigg. Schon im Hinblick auf ihren Ehemann. Es kursierten Gerüchte, die besagten, daß Max Blue sich nie wirklich zur Ruhe gesetzt habe.

Trigg wollte über das Blut- und Organspendegeschäft reden, weil er Kontakte zu Leuten hatte, die einen völlig neuen Markt entwickeln wollten, der über Plasma- und Vollblutkonserven hinausging. Trigg wollte die Spendezentren zur Beschaffung von Spenderorganen und anderem wertvollen menschlichen Gewebe nutzen. Er hatte noch nie eine Frau wie Leah kennengelernt. Er hatte noch nie eine Frau gekannt, die sich Beschreibungen und Preisangebote für Vollblutkonserven, menschliche Augenhornhaut oder Nieren anhören konnte, ohne grün im Gesicht zu werden. Trigg hatte genügend kräftige Kerle gesehen, die beim Anblick eines tiefgefrorenen Kartons mit Leichenhaut für

Gewebetransplantationen umgekippt waren. Trigg gefiel die Art, wie Leah über alles nachdachte. Ihre Ideen verhalfen ihm zu neuen Ideen. Sie hatte Pläne für ein neues Krankenhaus. Sie könnten die Einrichtung in der Nähe der Rehabilitationsklinik für Suchtkranke bauen, denn sie würden von Zeit zu Zeit für die Suchtpatienten ein reguläres Krankenhaus benötigen. Leah hatte die Idee, ein Dialysegerät für Nierenkranke anzuschaffen. Das Gerät würde der Wohnanlage zur Verfügung stehen, in der Nierenpatienten und ihre Familien oder die Krankenversicherungen, die dort ihre Dialysepatienten aus Arizona unterbringen wollten, Stadthäuser und Eigentumswohnungen erwerben konnten.

Manchmal mußte Trigg innehalten und in den Spiegel sehen, um sein jetziges Leben zu begreifen, und den Anzug mit Weste, den er gerade gekauft hatte. Das Problem der meisten Menschen im Rollstuhl war es, daß sie keinen Wert auf ihre äußere Erscheinung legten. Sie sahen aus wie Lumpensäcke, und viele von ihnen rochen unangenehm. Trigg hatte schon immer gewußt, daß man, um erfolgreich zu sein, auch erfolgreich aussehen mußte. Geld war das Maß aller Dinge, und alles, was Trigg gebraucht hatte, waren ein paar gute Gelegenheiten – eine Glückssträhne. Und Leah war die Dame in seinem Royal Flush.

Trigg hatte kein Vertrauen zu Angestellten. Um keine Fremden einweihen zu müssen, kümmerte er sich selbst um die gesamte Buch- und Kontoführung. Er versandte tiefgefrorene Blutplasma- und Vollblutkonserven und war stolz darauf, die Lieferungen selbst auszufahren. Der Firmenlieferwagen von Bio-Materials war mit einem Hebebühnensystem ausgestattet, das es Trigg erlaubte, im Rollstuhl sitzenzubleiben, während er mit dem Lieferwagen unterwegs war. Der neue Mercedes würde weniger bequem sein. Mit ihm würde sich Trigg vom Rollstuhl auf den Fahrersitz und wieder zurückhieven und noch dazu den Rollstuhl verstauen müssen. Aber die Mühe würde sich lohnen, denn der Mercedes, den er gekauft hatte, war ein Schmuckstück – ein handgefertigtes Cabriolet für das schöne Wetter von Tucson. Trigg stellte sich vor, wie er die Strände entlang zum Haus seiner Mutter nach Palm Beach fahren würde. Für diese Gelegenheit würde er sich einen weißen Anzug kaufen.

Er brauchte nur genug Geld, und seine Mutter würde anrufen und ihn zum Tee einladen.

Trigg war stolz auf die Kraft in seinen Schultern und Armen. Es schmeichelte ihm, wenn Frauen ihn fragten, ob er Krafttraining betreibe. Ein dumme Frage, schließlich hatte er täglich acht Stunden lang sein eigenes Körpergewicht und das des Rollstuhls über den Campus bewegen müssen, und zwar noch vor der Zeit, als die Einrichtung von Rollstuhlrampen zur Pflicht wurde. Am schlimmsten war das dämliche Weibstück gewesen, das gesagt hatte: »Oooh! Du hast wirklich einen tollen *Ober*körper!« Trigg haßte die Mädchen aus den Verbindungshäusern, diese rosafarbenen Piggies, die in ihren Bikinis vor sich hin schwitzten. Wenn sie ihn am Becken des Unischwimmbades entdeckten, schreckten sie so unwillkürlich vor ihm zurück, als wäre er der Würger von Boston.

Wenn Trigg jedoch seine Bahnen absolviert hatte und ihm danach war, konnte er sich jederzeit einen Quickie mit einem Piggy erkaufen. Er mußte nichts anderes tun, als den Mädchen anbieten, in seinem Wohnmobil einen Joint zu rauchen, dann erzählte er ihnen von seiner Immobilienfirma und dem Mercedes, und die kleinen Piggies ließen in Sekundenschnelle Oberteile und Höschen fallen. Trigg war froh, daß Leah eine verheiratete Frau war. Sie konnte ihren Gangsterehemann behalten und Trigg seine College-Piggies.

Trigg machte es sich zur Gewohnheit, täglich die Einträge in die Hauptbücher, die Quittungen und die Inhalte der Gefrieranlagen jedes einzelnen Spendezentrums zu überprüfen. Zum Glück hatten die Tucsoner Angestellten keine Ahnung vom materiellen Wert des Blutes und anderer »Bioprodukte«. Schwestern und medizinisch-technische Assistenten nahmen gewöhnlich alles mit, was sie im Arzneischrank fanden. Mit Ausnahme der Blutkonserven und der Leichenhäute gab es in einem Blutspendezentrum jedoch nicht viel zu holen, lediglich ein paar Nadeln und Glasröhrchen und die üblichen Diebstähle von Toilettenpapier und Mülltüten durch die Angestellten.

Trigg trug seit Wochen, vielleicht waren es auch schon Monate, eine Idee mit sich herum. Die Preisgebote für frisches Vollblut, menschliche Augenhornhaut und Leichenhaut gingen ihm nicht mehr aus dem Sinn. Trigg war dabei, Beziehungen zu Forschungsteams der Universitätsklinik aufzubauen, die auf dem Gebiet der menschlichen Organtransplantation tätig waren. Eines Tages würde er mit Hilfe ihrer elektronischen Impuls-Verbindungen zwischen seinen Beinen und seinem Schädel wieder laufen können. Er wollte den Forschungsteams dabei helfen, sämtliches frisches Organmaterial zu beziehen, das sie benötigten.

DAS GRÜNE BARETT

Die Wochenabrechnungen der beiden neuen Standorte gefielen Trigg nicht. Hier ging es schließlich um Quantität, und die beiden Spendezentren im Nordwesten warben bei weitem nicht genügend Spender an. Die Zentren sollten die Gebiete um die Kupferminen ausschöpfen, wo hohe Arbeitslosigkeit herrschte. Trigg hatte in den Spendezentren Schilder mit der Aufschrift »Aushilfe gesucht« aufgestellt, weil er »einen von ihnen« finden wollte, der auf die Straße ging und anfing, Plasmaspender für ihn aufzutreiben. Trigg konnte seinen Plan nicht verwirklichen, ohne die Anzahl der hier »ortsansässigen« Spender und derjenigen, die mit Sicherheit jeden Monat wiederkommen würden, deutlich zu erhöhen.

Trigg befragte die Bewerber selbst. Der große Kerl war ihm schon früher aufgefallen. Die Angestellten erzählten, daß er auf der Straße Rambo genannt wurde. Trigg hatte ihn betrachtet, ohne ihm in die Augen zu sehen. Die Kampfstiefel und das T-Shirt in Tarnfarbe erinnerten wirklich an Rambo. Angesichts des Idioten, den er da vor sich hatte, mußte Trigg innerlich lächeln. Als er Rambo jedoch in die Augen blickte, sah er etwas, das ihn frösteln ließ. Trigg war überzeugt davon, daß Rambo *tatsächlich* in Vietnam gewesen war. Seine militärische Haltung und die Art, mit der er fast vor ihm salutiert hatte, bevor er den Raum verließ, hatten Trigg gefallen.

Das Geld, das er Rambo bezahlte, hatte Trigg nie gereut – fünfzig Cent pro Kopf für jeden Spender, der mindestens zweimal wiederkam. Rambo wurde erst bezahlt, wenn der Spender ein zweitesmal zurückgekommen war. Trigg hatte dabei nichts zu verlieren. Eines Tages war Rambo mit einem sehr schönen Zehn-Gang-Fahrrad aufgetaucht und hatte damit fortan Plasmaspender angeworben, die er auf den Parkplätzen vor den Arbeitsämtern, in den Schlangen für Essensmarken und den Ausgabestellen für den von der Regierung kostenlos verteilten Käse antraf. Zuerst hatte Rambo das Fahrradfahren keinen Spaß gemacht, weil er sich vor den Autos fürchtete. Er hatte keine Angst davor, überfahren und getötet zu werden; er fürchtete sich vor den Menschen, die in den Autos saßen, und davor, was sie über ihn dachten. Er hatte sich geschworen, immer irgendwelche Kleidungsstücke zu tragen – Kampfstiefel oder Armeejacke und natürlich das grüne Barett –, das sie alle an Vietnam erinnern würde und daran, wo er und eine Million andere gewesen waren. Amerikaner wurden jedesmal starr vor Angst, wenn sie einen Vietnamveteranen sahen, der immer noch Kampfkleidung trug; Rambo genoß den Vorteil, den er dadurch gewann. Er hatte sich in Military-Shops neu ausgestattet, als sein letztes Paar Kampfstiefel aufgetragen war. Rambo hatte festgestellt, daß sich der Trick mit dem grünen Barett und den Kampfstiefeln unterwegs und auf der Straße gut bezahlt machte. Sogar die Cops und die Aufpasser auf den Verschiebebahnhöfen reagierten merkwürdig gehemmt auf das grüne Barett. Sie konnten nicht aufhören, den Silver Star und die Purple Hearts anzustarren, die an der Mütze befestigt waren. Aber Rambo weigerte sich, über seine Orden zu sprechen oder darüber, was er im Krieg getan hatte. Wenn die Leute dennoch weiter in ihn drangen, sagte er ihnen einfach, daß die Vergangenheit vergangen sei und keine Rolle mehr spiele, und daraufhin waren sogar die Fremden immer etwas beruhigter davongegangen. Rambo gab nur für wenige Dinge Geld aus; allerdings achtete er stets sorgfältig darauf, sein Barett in einer Reinigung in Ordnung bringen zu lassen, und zwar nicht in irgendeiner dieser schmuddeligen Sofortreinigungen.

Er hatte versucht, ohne das grüne Barett loszugehen. Die Wolle auf der Innenseite der grünen Mütze fühlte sich in Tucson nicht heißer an als in Thailand. Ein bißchen Schweiß, ein paar Unannehmlichkeiten waren einfach notwendig, um einem Mann den nötigen Biß zu geben. Das war in der Ausbildungsschule für

Sondereinheiten in Florida eine der ersten Lektionen gewesen. Die Wolle diente als Isolierung gegen Hitze und Kälte. Rambo war vor den anderen aus seiner Sondereinheit nach Hause geschickt worden. Als er im Krankenhaus erwacht war, hatte er geglaubt, das Barett aufzuhaben; er spürte es auf seinem Kopf, obwohl das Kissen ihm die Kappe im Schlaf bis tief über die Ohren gedrückt hatte. Als Rambo jedoch versuchte, sie anzufassen, hatte er seine Arme nicht aus den Unmengen von Bandagen befreien können, die irgendwie mit dem Bettuch verknotet waren. Er hatte lange gebrüllt und gestöhnt, ehe einer der anderen Patienten auf der Station mehrmals den Klingelknopf für die Krankenschwester drückte. Welcher Tag war heute, und wo war er, hatte Rambo sie gefragt. Es war Mittwoch, und irgendwie war er in Manila gelandet. Wo der Rest seiner Einheit sei, hatte er zu wissen verlangt, und sie hatten ihm erzählt, daß der gesamte Rest seiner Einheit bereits nach Hause zurückgekehrt sei. Sie waren bereits weg? Sie hatten ihn hiergelassen? Wann war das gewesen? Die Schwester hatte sehr kleinlaut geklungen. Er müsse bis zum nächsten Tag warten und den Doktor fragen. Sie sei neu hier, sagte sie ihm; gerade erst von Australien hierher gewechselt und selbst auf dem Weg nach Hause.

»Machen Sie sich keine Sorgen. Sie werden auch nach Hause kommen. Wenn Sie etwas brauchen, können Sie eine Tablette zum Einschlafen bekommen.« Er hatte sie nach seinem Barett gefragt. Sie hatte das Wort verständnislos wiederholt. »Barett?«

»Barett! Barett! Barett! Verstehst du das nicht, du blöde Fotze! Mein gottverdammtes grünes Barett!«

Am nächsten Tag war der Arzt gekommen. Rambo merkte sofort, daß sie Angst vor ihm hatten, weil sie sich seinem Bett in einer geschlossenen Gruppe genähert und so getan hatten, als stünden sie nur deshalb so herum, damit sie einen Blick auf seinen Krankenbericht werfen konnten. Rambo konnte sofort sehen, daß die jungen Ärzte in den gestärkten und gebügelten Khakiuniformen keine richtigen Soldaten waren, denn sie trugen ihre Uniformmützen ohne die »Rühreier« – ohne die Goldtresse, die Armeeärzte zusammen mit dem militärischen Rang erhielten. Der Krieg war vorbei, deshalb glaubten sie, die Männer würden Zivilisten in Uniform nicht erkennen. Er konnte nicht verstehen, warum das Militär versuchte, verwundete Veteranen hinters Licht zu führen.

Roy war ein besonderer Name, weil er auf Französisch »König« bedeutete. Seine Mutter hatte den romantischen Klang der französischen Sprache immer geliebt, und sie hatte ihn nie vergessen lassen, daß er einen besonderen Namen trug. Nach Vietnam hatten sie sich nicht mehr verstanden. Sie hatte etwas gegen Roys »vulgären« Wortschatz und sein ständiges Fluchen; sie hatte sich über das laute Dröhnen seiner Kampfstiefel auf ihren Holzböden beschwert.

Der junge Arzt hatte ihm langsam und vorsichtig erklärt, daß das, was er um seinem Kopf spürte, Verbände waren und kein Hut.

»Barett!« brüllte Roy. »Mein grünes Barett!«

»Ja, natürlich«, hatte der junge Arzt gesagt und entschuldigend gelächelt. Es sei kein Hut, den er da auf seinem Kopf sitzen fühlte. Die Ärzte hatten es ihm sogar gezeigt und auf sein Spiegelbild im Rasierspiegel gedeutet. Das da war er, mit einer Kugel aus Verbänden um den Kopf. Natürlich hatten sie ihn damals Roy genannt und nicht Rambo. Der Film hatte ihm nicht einmal gefallen, weil nichts davon wahr oder richtig war. Aber der Spitzname Rambo hatte sich unter den jüngeren Männern im Obdachlosencamp gehalten. Sie hatten alle Vietnamfilme gesehen.

Lange Zeit hatten die Ärzte nicht verstanden, woraus Roys Verletzung eigentlich bestand. Die Verbände um seinen Kopf hatten ihm zwar nichts ausgemacht, aber er hatte mit Sicherheit keine Kopfwunde. Das war die wohl verrückteste Idee der Ärzte. Roy hatte sie angeschrien.

»*Am Kopf!* Meinem Kopf? Ihr blöden Arschlöcher! Ich bin nie am Kopf getroffen worden!« Nach diesem Ausbruch gewann er wieder die Kontrolle über sich, denn er wollte, daß die Ärzte glaubten, er respektiere ihren militärischen Rang, obwohl er ihre Verkleidung in Wirklichkeit durchschaut hatte. Einer der anderen Ärzte hatte versucht, ihn hereinzulegen, und gesagt, es sei ein Schrapnell gewesen und keine Kugel. Natürlich wisse er, daß es ein Schrapnell war! schrie er sie an. Aber warum hatten sie seinen Kopf verbunden? Immer machte die Armee Fehler. Und das hier war wieder einer. Kopf und Arme waren verbunden und beide Beine nackt, hatte Roy gesagt. Er verstehe das Ganze nicht. Sie konnten die Narben auf dem Bein doch sehen, wo die Wunden bereits verheilt waren. Warum hatten sie ihn dann mit verbundenem Kopf auf die Philippinen geflogen?

Roy hatte sich gefreut, als sie ihm den Spitznamen Rambo gegeben hatten, weil dies bedeutete, daß die obdachlosen Männer am Fluß beschlossen hatten, ihn aufzunehmen. Am Anfang waren sich nämlich alle sicher gewesen, daß Roy ein Undercover-Cop mit Dschungelanzug und grünem Barett war. Sein grünes Barett war im Krankenhaus von Manila verlorengegangen, denn Rambo wußte, daß er auf den Bildern, die seine Eltern von ihm gemacht hatten, als er aus dem Transportflugzeug gestiegen war, *ohne* sein Barett abgebildet war. Er hatte den Verband um den Kopf getragen, der, wie sie ihn schließlich doch überzeugt hatten, notwendig war. Der Verband um seinem Kopf war notwendig. Das war alles, was er ihnen darüber zu sagen gestattete. Er hatte keine Kopfwunden. Das Barett war von Wächtern gestohlen worden, die auf der Station die Fußböden geschrubbt hatten. Damals hatte Rambo für das dreckige Schlitzauge, das ihm sein grünes Barett gestohlen hatte, großen Haß empfunden. Das Barett hatte ihn vor Unglück beschützt. Roy hatte es nie jemandem erzählt, aber er fand die Rambo-Filme einfach beschissen, weil es Sylvester Stallone schon bei seinem ersten Kampfeinsatz in Vietnam mindestens achtmillionenmal in Stücke gerissen hätte.

Am längsten hatte Roy mit dem Arzt zusammengearbeitet, der mehr über das Sterben von Sylvester Stallone erfahren wollte. Schließlich hatte Roy ihm sagen müssen, es habe keinen Zweck. Wenn der Shrink nicht kapierte, warum Stallone sterben mußte, dann sollte er die Psychiatrie besser an den Nagel hängen. Kurz danach war Roy in der Nähe des Bahnhofs von Albuquerque herumgelaufen und hatte die grünen Barette im Schaufenster eines Military-Shops entdeckt. Die neuen Kampfstiefel waren sehr teuer gewesen, so daß Roy den Restwert seiner Busfahrkarte hatte einlösen müssen. Wieder ständig das grüne Barett auf dem Kopf zu tragen, hatte Roys Bewußtsein eine völlig neue Richtung gegeben. Wenn er noch weiter zu diesem Shrink hätte gehen müssen, hätte er dem Doktor gern erzählt, daß er an Sylvester Stallone inzwischen keinen Gedanken mehr verschwendete. Er hätte gesagt: »Doc, es ist unglaublich, aber ich denke nicht einmal mehr an ihn, wenn die Jungs mich Rambo nennen. Stallone der Schauspieler, wer ist das schon? In gewisser Weise bin ich viel eher Rambo als Stallone, weil ich mit einem Silver Star und drei Verwundetenabzeichen ausgezeichnet worden bin. Und wo war Stallone in den Kriegsjahren? Er ist nackt in Pornofilmen herumgehüpft.«

Nein, Roy wußte, wer er war. Mit dem Barett auf dem Kopf waren seine Gedanken kristallklar; es war, als habe man in seinem Kopf von einem Fenster hinter seinen Augen den Dampf oder Nebel weggewischt. Zu viele von ihnen hatten am Vietnamkrieg Geld verdient. Nicht nur die Schauspieler, die Verrückten aus Hollywood, sondern auch alle großen Unternehmen – Dow und Du Pont, Remington und Colt, General Motors und General Dynamics – die fetten Katzen platzten fast vor Blut. Eines Tages würde seine Armee vor ihrer Haustür stehen. Rambo würde seine Lumpenarmee gegen die Regierung führen. Wenn er das grüne Barett trug, tat sich die gesamte Zukunft klar vor ihm auf.

Rambo aß nur Erdnußbutter und Makkaroni mit Käse, mit denen die Männer das ganze Jahr über kostenlos in den Obdachlosenheimen in Tucson verpflegt wurden. Er war nicht in der Lage, Fleisch oder Fisch oder irgend etwas zu essen, das sich einmal bewegt oder Blut in sich gehabt hatte. Eines Tages würde er den fetten Katzen schon Blut zeigen, aber es würde ihr eigenes Blut sein. Die fetten Katzen hatten geholfen, Roys Gedanken wieder klar werden zu lassen. Jetzt sah er sich als Roy, der auch als Rambo bekannt war. Der Kommunismus hatte sich selbst zerstört. Und die Vereinigten Staaten standen nun vor einer viel größeren Gefahr – der Gefahr von innen – einer Regierung und Polizei, die sich in den Händen der fetten Katzen befand. Roy hatte die hungrigen Frauen und Kinder, die auf der Straße schliefen, mit eigenen Augen gesehen. Das war keine Demokratie. Polizisten, die obdachlose alte Männer schlugen – das waren nicht die Vereinigten Staaten von Amerika. Etwas mußte unternommen werden, und Rambo und seine Armee würden es tun.

Das grüne Barett ließ jeden – ob Mann oder Frau – stark und sauber aussehen. Roys Barett hatte ihn auf dem Helikopterflug ins Krankenhaus am Leben erhalten.

PLASMASPENDER

Es sei wieder einmal typisch für ihn, sagte Roy. Zwei verdammte Jahre hatte er in Thailand verbracht, war immer wieder über die Grenzen hin und her, um ihren geheimen Krieg zu führen. Und die Fernsehnachrichten hatten das nie erwähnt. Es war schon seltsam, fand Roy; nicht einmal die eigenen Eltern hatten ihrem Sohn geglaubt, als er ihnen erzählte, er habe in Thailand gekämpft. Sie hatten das geglaubt, was man ihnen im Fernsehen erzählt hatte. »Was soll man davon halten? Nicht einmal die *eigenen* Leute glauben einem. Sie glauben dem Fernsehen.«

Trigg lächelte und nickte. Dieser Rambo war perfekt für den Job. Wieder ein beglaubigter Irrer auf seiner Gehaltsliste. Vielleicht gab es sogar irgendwelche öffentlichen Gelder oder Steuernachlässe für die Beschäftigung eines Veteranen. Wenn dieser Typ später durchdrehen sollte, wessen Schuld war das dann? Er war »ein unabhängiger Vertragspartner« wie alle anderen auch, dies war die Standardauskunft, die Trigg der Polizei und der Staatsanwaltschaft über seinen Anwalt jedesmal mitteilen ließ. Unglückliche Vorkommnisse, tragische Mißverständnisse und tödliche Verletzungen gab es zuhauf auf dieser Welt; wenn die Zeit für einen reif war, war sie reif. Trigg hatte es sogar Spaß gemacht, seinem Anwalt dabei zuzuhören, wie er Süßholz raspelte und die Geschworenen um den Finger wickelte. Er mochte die Anschauungen seines Anwalts: Jurys bestanden aus den menschlichen Überbleibseln, die niemals Nachrichten sahen oder Zeitungen lasen, weil die Welt sie schon vor Jahren hinter sich zurückgelassen hatte. Jurymitglieder waren der Bodensatz; sie verachteten ihre niedrige Stellung zwar insgeheim, waren jedoch gleichzeitig davon überzeugt, zu recht auf der untersten Stufe zu stehen. Nach Meinung des Anwalts war es wichtig, mit der Jury direkt über Begriffe wie Chancen, Schicksal und Glück zu sprechen.

Roy und Trigg kommen gut miteinander aus. Roys Job besteht darin, den Obdachlosen Zettel in die Hand zu drücken. Für jeden neuen Plasmaspender, den er hereinholt, erhält er fünfzig Cents. Vermeide die mit den verschorften Armen und Beinen, und mach dir keine Mühe bei den Schniefnasen und denen mit tränenden Augen. Nach ein oder zwei Wochen hatte Rob seinen Job gelernt. Trigg stellte ihn als Nachtwächter für die Hauptgefrieranlage ein.

Rambos Geheimnis war, daß er wußte, wie sehr sich die Bastarde wünschten, so zu sein wie er. Er hatte ihnen jahrelang zugehört und so viel erfahren, daß er unterscheiden konnte, welche von ihnen wirklich im Krieg gewesen waren und welche nur davon erzählten. Am meisten interessierte sich Rambo für die, die dort gewesen waren. Sie schliefen in ausgetrockneten Flußbetten oder in Pappe eingerollt unter Mesquitebäumen am Fluß und würden bereit sein, sobald er sie rief. Es war eine einfache Rechenaufgabe. Die Spinner unter ihnen mußten noch in den Windeln gesteckt haben, als Rambo das erstemal nach »Nam« gegangen war. Die jüngeren Generationen waren merkwürdig. Ihr größter Wunsch war es, irgendwo gewesen zu sein, damit sie einen Ort hatten, von wo aus sie einen Anfang machen konnten. Sollten sie sich holen, was immer sie wollten, schließlich war das einzige Vermächtnis, das die Vereinigten Staaten ihnen mitgegeben hatten, ebenso wertlos wie die Reihe schäbiger Pflegefamilien, die sie ertragen hatten. Nur ein großer und schrecklicher Krieg konnte erklären, warum sich so viele auf der Straße wiederfanden. Sie hatten Väter und Brüder, an die sie sich nicht mehr erinnern konnten, an diesen Krieg verloren. Das war Rambos Erklärung für die Faszination, die er auf sie ausübte. Ein paar von ihnen erzählten ihre Geschichten recht glaubwürdig. Also hatten einige der jungen Herumtreiber von den Vietnamveteranen, denen sie unterwegs begegnet waren, Geschichten über die echte Sache gehört. Die Vergangenheit konnte nicht festgelegt werden. Jeder Mensch hatte andere Erinnerungen an einen Moment. Rambo hatte im Kampfgebiet Fotografen und Journalisten gesehen. Wenn so Geschichte niedergeschrieben wurde, dann machten die Lügen der Spinner auch keinen Unterschied.

»Es geht um folgendes«, hatte Rambo zu den ersten Männern gesagt. »Seht euch einmal an, wo wir gelandet sind.« Rambo hatte eine Pause eingelegt, damit die Männer sich umsehen konnten. Sie befanden sich in einem trockenen Arroyo, der parallel zu den Schienen der Southern Pacific verlief. Rambo hatte sämtliche Entfernungen ausgerechnet: Sie befanden sich 777 Meter ostsüdöstlich des Tucsoner Polizeipräsidiums in der Innenstadt und genau 768 Meter nördlich der Universitätsaußenstelle des Blutspendezentrums. Einige der Männer wirkten wie benommen, als sie die Köpfe hoben, um über die Böschung des trockenen Arroyos hinauszusehen.

»Seht euch nur an, wo wir gelandet sind. Wir haben für dieses Land gekämpft und geblutet, und das ist dabei herausgekommen. Ich suche ein paar gute Männer«, sagte Rambo und lächelte den großen, dünnen Kerl an, der ihm am nächsten stand. Doch der dünne Mann zupfte nervös an seinem Bart und hob den Blick nicht vom Boden. Einige der älteren Männer, unter ihnen ein Schwarzer, hatten in Südostasien gedient, aber sie hielten sich fern von den anderen, die zu den Lügnern gehörten. Für einen Moment hatte Rambo gespürt, wie etwas in ihm zusammenfiel, es war das gleiche Gefühl, das er empfand, wenn niemand ihm glauben wollte. Aber er faßte sich schnell.

»Dies ist Amerika! Das Land für das wir unser Leben aufs Spiel gesetzt haben!« Es hatte Rambo gefallen, daß er nicht sehr viel reden mußte. Sie wußten alle, worum es ging. Sie hatten für die Vereinigten Staaten von Amerika gekämpft und gelitten, doch diese hatten keinen Platz für sie. Rambo sah, wie sie mit den Köpfen nickten, aller Augen waren auf ihn gerichtet, nur die der Älteren nicht. Sie drifteten ab und wanderten nach Westen den Arroyo hinunter. Von einem bestimmten Alter an wurde man müde, das war alles. Rambo hatte das schon bei vielen Veteranen beobachtet. Und deshalb klappte es mit den jungen, die alles mögliche über Vietnam zusammenlogen, eigentlich besser. Für das, was getan werden mußte, wurden junge Männer gebraucht. Denn von einem bestimmten Alter an lernte ein Mann, sich vor dem Geräusch von Kugeln, die Knochen zersplitterten, zu fürchten.

ARMEE DER OBDACHLOSEN

»Der Tag wird kommen, an dem ich freiwillige Truppenführer brauche«, hatte Rambo vorsichtig gesagt, weil er sie nicht gleich wie ein Verrückter in die Flucht schlagen wollte. Er stand da, beobachtete ihre Gesichter und wartete darauf, wer von ihnen vortreten würde. Er hatte begonnen, die Stille zu nutzen. Aller Augen waren auf ihn gerichtet. Rambo konnte sehen, daß ihn einige für verrückt hielten. Als ob sie das beurteilen könnten! Sie waren alle mager mit schütterem Haar und fleckig wachsenden Bärten. Die meisten von ihnen waren Weiße, ein paar waren braun oder schwarz. Sie alle schliefen auf Pappkartons unten im Bett des Arroyos. Sie hatten auf jemanden wie Roy gewartet. Als sie ihn sahen, wußten sie, wer er war, und kein Name oder Spitzname spielte mehr eine Rolle. Ein Führer war, was diese Männer wollten.

Roy wollte sie nicht mit Gerede über die Zukunft verwirren. Wenn der richtige Moment kam, würden sie bereit stehen. Er wollte nicht voreilig sein. Der Spitzname Rambo war ein wenig voreilig gewesen.

Roy ging ein Stück nach Westen die 22. Straße entlang, bis er zu dem offenen Gelände kam, das noch immer aus Wüstensträuchern und Kakteen bestand. Er saß gern allein in der Wüste, weit weg von den Lichtern, damit er die Sterne besser sehen konnte. Der Anblick der Millionen und Abermillionen Sterne hatte Roys Gedanken schon immer auf das Thema Gott und die Menschen gelenkt. Wie schwach und böse die Menschen doch waren. War es Gottes Schuld, oder waren die Menschen am Ende?

Viele Fragen und keine Anworten, daraus hatte bis zu dieser Nacht Roys ganzes Leben bestanden. Als er jedoch von seinem Spaziergang in die Wüste zurückgekommen war, hatte er gewußt, was er tun würde. Alles begann zusammenzupassen; die ganzen Jahre über war Roys Leben zerrissen gewesen, doch jetzt hatte er plötzlich erkannt, wie sich die Teile zusammenfügen würden. Trigg bot auch feste Programme an, und Roy trug eine Mappe mit Aufnahmeformularen bei sich. Die am Monatsprogramm teilnehmenden Spender wurden regelmäßig von einem Arzt untersucht. Das Ziel war, einen gesunden und verläßlichen

Fundus an Blutprodukten zu erhalten. Einmal hatte sich Roy bei Trigg erkundigt, ob er wegen Aids irgendwelche Plasma- oder Blutspenden hatte vernichten müssen. Trigg hatte gelacht und war mit dem Rollstuhl langsam im Kreis gefahren. »Das ist heute eine ganz andere Geschichte«, hatte er gesagt. Am Anfang hatten die Behörden und natürlich auch die Öffentlichkeit nur sehr langsam reagiert. Vollblut- und Plasmaspenden waren viel zu wertvoll, um wegen einiger unbestätigter Berichte und Gerüchte einfach weggeworfen zu werden. Als die Regierung endlich Aufklärungsschriften mit Vorsichtsmaßnahmen versandte, hatte Trigg seine Gefrierschränke bereits geleert. Kurze Zeit später war Tucson Blood Products in Flammen aufgegangen, und Trigg hatte den alten Firmennamen dem Feuer überlassen. Er wollte keine Prozesse von Aids-Opfern.

Neue Gesetze, neue Vorschriften, neue Verordnungen, neue Tests, neue Verfahren – all das kostete Geld. Das Anwerben und Überprüfen von Spendern war schwierig. Deshalb bezahlte Trigg Roy dafür, daß er hinausging und Spender fand. Roy begann morgens in den Stadtparks, wo die obdachlosen Männer sich zum Waschen bei den Brunnen aufhielten; bis zum Mittag hatte er sich nach Süden zu den kirchlichen Essensausgabestellen und den Sandwiches auf der 15. Straße vorgearbeitet. Er versuchte es auf die sanfte Art, weil er keine andere Möglichkeit kannte, die Männer dazu zu bewegen, Woche für Woche ihr Blut oder Blutplasma zu verkaufen. Er sagte ihnen ohne Umschweife, daß er für jeden von ihm geworbenen Namen, der sich beim Blutspendezentrum meldete, fünfzig Cents erhielt.

Roy trug das Barett und die Kampfstiefel, weil er durch die Arroyos und die großen Auswaschungen marschieren mußte, um zu den Lagern und Zeltplätzen zu kommen. Das grüne Barett und die Kampfstiefel genügten, selbst wenn er seine Armeehose einmal nicht trug. Immer wollten sie sofort über den Krieg sprechen.

Roy hatte einige Arschlöcher und Verrückte gekannt, die in Vietnam oder am Golf gewesen waren. Zumindest waren sie keine »Schwätzer«, das unterschied sie von den Lügnern. Aber er hatte beobachtet, wie sie zuhörten und vor Haß erstarrten, wenn die dürren, pickeligen Jungs ihre Lügen erzählten und protzten. Die Verrückten ließen ihr Schweigen langsam vor sich hin köcheln, manchmal über Jahre hinaus; und dann explodierte das Schweigen mit einemmal mitten in die Gesichter der Lügner.

Was machte es Jahre später noch für einen Unterschied, ob ein Mann wirklich in Vietnam gedient hatte und jetzt über die Landstraße zog, oder ob er nur die Geschichten wiederholte, die er von älteren Männern gehört hatte, die wirklich im Gefecht gewesen waren? Roy würde kein Urteil darüber fällen, was Lüge und was Wahrheit war. Die Vereinigten Staaten hatten mit falschen Zahlen gearbeitet; die Zahlen der Verluste auf der Seite des Feindes waren manipuliert worden.

Nein, Roy würde die abgemagerten jungen »Vietnamveteranen«, die sich bei ihm eingetragen hatten, um zweimal wöchentlich ins Spendezentrum zu kommen, nicht kränken. In Amerika brauchte ein Mann eine Geschichte, um sich zu erklären, um zu erklären, warum und wie er hierhergekommen war. Das einzig Gute, das sie aus diesem Krieg ziehen konnten, waren die Geschichten.

Roy hatte die vervielfältigten Infobriefe auf dem Kartentischchen in der Essensausgabestelle der Methodisten gelesen, in denen es vor allem um sozialpolitisches Engagement und soziale Gerechtigkeit ging. Es war eine Frage von Dollars und Cents. Amerikas Reichtum war während des Vietnamkriegs ausgeblutet; und jetzt waren die USA unter einem Berg von Schulden begraben. Deshalb brachte Roy es nicht fertig, die abgemagerten jungen Hochstapler in ihren schmutzigen Armeehosen und -jacken bloßzustellen. Sie alle waren Versehrte dieses Krieges, alle Amerikaner, unabhängig von ihrem Alter, sogar die Ungeborenen.

Roy spürte, wie Trigg sich ihm mehr und mehr zuwandte, als einer Art »unfreiwilligem Zuhörer« für seine endlosen Monologe darüber, wieviel er wert war, was soviel bedeuten sollte wie »Vermögen«, und mit welchem Gewinn er bei öffentlichen Versteigerungen Immobilien aus dem Besitz ehemaliger kleiner Banken erworben hatte, die nur gegründet worden waren, um in Konkurs zu gehen. Die beste Art eine Bank auszurauben, sei es, sie zu besitzen. Roy hatte genickt und vorgetäuscht, beeindruckt zu sein, weil in seinem Kopf langsam ein Plan Gestalt annahm und Roy soviel wie möglich über Mr. Trigg erfahren wollte. Trigg plapperte immer weiter von Profitverlusten, Prozentanteilen und

Weltmärkten, aber Roy dachte über den Mann im Rollstuhl nach. Er wollte nichts von dem, was Trigg besaß, nicht den Mercedes oder das große Haus mit dem therapeutischen Schwimmbecken, nicht die Kaschmirsocken oder die reiche Nutte, die sich auf Triggs Gesicht setzte.

Der Weltmarkt war definitiv dabei, sich zu verändern, das Immobiliengeschäft würde in den Keller gehen.

Trigg beglückwünschte sich zu seiner Klugheit und der Voraussicht, rechtzeitig ins Blut- und Organspendegeschäft einzusteigen. »Biomaterialien«, und keine neuen Antibiotika oder Arzneimittel, würden die Goldgrube des einundzwanzigsten Jahrhunderts werden.

»Biomaterialien?« Roy stellte ihm Fragen, weil er gern zusah, wie Trigg sich aufblies, um ihm dann gnädig-herablassend zu antworten.

»Biomaterialien! Nicht einfach nur Plasma oder Blut!« Trigg konnte seine Aufregung nicht verbergen. Der Wodka hatte die Oberhand gewonnen, und er lehnte sich in seinem Rollstuhl nach links, während er versuchte, wie ein Kumpel mit Roy umzugehen und sich laut flüsternd zu ihm hinüberbeugte:

»Biomaterialien!« Biomaterialien – der in der Branche bevorzugte Ausdruck für fötale Gehirnsubstanz, menschliche Nieren, Herzen und Lungen, Augen für Hornhauttransplantationen und Menschenhaut für Verbrennungsopfer.

Roy hatte Gerüchte über Tucson gehört, noch bevor er in Baton Rouge auf den Güterzug aufgesprungen war. Die Landstreicher erzählten, in Tucson gebe es kommunistische Priester und terroristische Nonnen, und sogar die Methodistenkirchen seien dort kommunistisch. Dann hörte Roy auch wieder das glatte Gegenteil, daß die US-Armee außerhalb von Tucson damit begonnen habe, eine »Bastion der Stärke« zu errichten, um damit den gesamten Verlauf der US-amerikanischen Südgrenze in Schach zu halten. In Baton Rouge kursierten Geschichten über die mysteriösen Anwerber in weißen Hemden, dunkelblauen Anzügen und dunklen Sonnenbrillen, auf der Suche nach »guten Soldaten«, die bereit waren, nach Tucson zu ziehen.

An dem Nachmittag, an dem Roy in Tucson von einem Güterzug gesprungen war, hatte eine Gruppe von Obdachlosenaktivisten auf den Treppen des Rathauses geduscht. An seinem ersten Abend in Tucson hatte Roy sich im Lokalfernsehen dabei zusehen können, wie er sich in der Männerunterkunft rasierte und duschte, wohin er mit den anderen »Dusch-Demonstranten« gezogen war. Roy war nicht lange in der Männerunterkunft geblieben. Als das Wetter kühler wurde und im November die Herbststürme einsetzten, erkannte er, daß es alte und kranke Männer gab, die die Unterkunft dringender benötigten. Während er zuhörte, wie Trigg weiter über Wachstum und Möglichkeiten quasselte, war ihm der andere Grund dafür eingefallen, warum er nicht in der Männerunterkunft hatte bleiben können. Die Obdachlosenaktivisten hatten gewollt, daß er sich an ihrem Kampf beteiligte.

Roy hatte ihnen keine Antwort gegeben. Er hatte Rasierer und Zahnbürste in die Taschen seiner Armeejacke gesteckt und war in eine ehemalige Klavierverpackung aus Pappe im Arroyo neben der 18. Straße gezogen. Roy hatte Trigg dazu bewegt, ihm für seine Rekrutierungsarbeit ein Fahrrad zu kaufen, und als der Winter mehr und mehr Vagabunden und Obdachlose aus dem Schnee des Nordens heruntertrieb, hatte Roy begonnen, zwei Bücher mitzunehmen, wenn er die »Klienten« für das vierzehntätige Bonusprogramm anwarb. Er hatte Triggs Notizbuch dabei, und er hatte das Buch der Obdachlosenarmee dabei. Er hatte sogar den Mut, die Worte *Obdachlosenarmee* auf den Umschlag zu schreiben. Beim Anblick des Wortes *Armee* fühlte er, wie freudige Erregung in ihm aufstieg und sein Herz schneller schlug.

Die dürren, halbverhungerten Mexikaner, die es geschafft hatten, nach Tucson zu kommen, waren darauf angewiesen, Menschen zu finden, die sie in einer Hütte oder einem Hühnerstall schlafen ließen, weil sie sonst von den Grenzkontrollen geschnappt wurden. Die Pappkartons und Blechhütten unter den Mesquitebäumen entlang des Santa Cruz waren voller weißer Männer, obwohl ein Yaqui-Indianer, der am Santa Cruz River etwas Land besaß, gelegentlich einen Platz zum Kampieren an Schwarze und Indianer verpachtete. Roy schrieb alle Namen auf, ohne sich die Mühe zu machen, zu vermerken, welche von ihnen »echte« oder »falsche« Vietnamveteranen waren. Was vergangen war, spielte nun keine Rolle mehr. Wichtig war, was die Männer im Augenblick empfanden. Roy war auf der Suche nach Männern, die zornig und wütend auf die Regierung waren. Er interessierte sich nicht für die »Dusch-Demonstranten« und ihre Protestaktionen und höflichen Klagen auf Bereitstellung von Obdachlosenunterkünften.

Trigg pflegte Roy danach zu fragen, was er mit seinem Geld eigentlich anstelle. Roys mit Wellblech zusammengehaltene Papp- und Plastikunterkunft war ihm zuwider. Roy lächelte jedesmal, schüttelte den Kopf und erzählte ihm gar nichts. Trigg drang nie weiter in ihn, denn schließlich führte er ihre Unterhaltung ohnehin immer allein. Trigg behauptete, nur deshalb soviel Geld zu verdienen, weil er genug sparen wolle, um damit einen computergesteuerten Gehapparat zu entwerfen und zu bauen. Seit dem Tag, an dem er erfuhr, daß sein Rückenmark durchtrennt war, hatte er davon geträumt. Dieser Traum hatte Trigg auch veranlaßt, die kleine Privatklinik in Verde Canyon zu kaufen. Er brüstete sich mit seinen Plänen zur Diversifikation; er würde nicht den gleichen Fehler machen, den andere Immobilienmakler gemacht hatten. »Sie haben keine Ahnung von Verde Canyon, nicht wahr?« Roy schüttelte den Kopf. In Wirklichkeit hatte er systematisch alle Aufzeichnungen Triggs durchgelesen und wußte ganz genau, worum es sich bei Verde Canyon drehte: um Geld. Verde Canyon war eine Rehabilitationsklinik für Alkohol- und Drogenabhängige.

Roy hatte den Krankenhausprospekt für die Aktionäre gelesen. Gerissen wie er war, hatte Trigg für die Broschüre ein hochmodernes Thema ausgewählt und den Finanzbericht beigefügt. Mit Ehrfurcht wurden in dem Prospekt die reinigenden und heilenden Kräfte der Sonora-Wüste beschrieben. Die Bettenbelegung der Verde-Canyon-Klinik würde hauptsächlich durch Verträge mit den Bundes- und einzelstaatlichen Gerichten gewährleistet werden, die die Durchführung von gerichtlich angeordneten »Behandlungen« an Stelle von Gefängnisaufenthalten vorsahen. Der Vorteil einer Verurteilung zur »Behandlung« gegenüber einer Gefängnisstrafe lag in den besseren Zukunftsaussichten, obwohl eine »Behandlung« wesentlich teurer kam als schlichtes Einsperren. Trigg war mit den Schlüsseln zu den Aktenschränken ziemlich sorglos umgegangen; Roy hatte bereits eine Menge über ihn gelernt und lernte immer noch dazu. Der Job als Nachtwächter bedeutete einen trockenen und warmen Schlafplatz während der Tucsoner Winterstürme. Roy hatte jedoch auch damit begonnen, mehr Zeit in der Gegend um das Hauptspendezentrum zu verbringen, denn das kalte Wetter hatte weitere Hundertschaften in den Süden getrieben, mehr Männer, die zu Roy aufsehen wollten; Männer die wollten, daß Roy sie gegen die Ungerechtigkeit anführte. Sie alle kannten ihn bei seinem anderen Namen. Doch er weigerte sich, ihn überhaupt auszusprechen. Seine Männer mochten ihm so viele Namen geben, wie sie wollten; wenn einer davon Rambo lautete, maß Roy dem keine Bedeutung bei.

LEERSTEHENDE HÄUSER

Die wachsende Schar von obdachlosen »Vietnamveteranen« in den Zelten entlang der Arroyos und des Santa Cruz Rivers hatte Roy angespannt und unsicher werden lassen. Die Anspannung war unvermeidlich, denn sowohl die Männer als auch Roy wußten, daß er ihnen etwas Wichtiges zu sagen hatte, daß er ihnen erklären würde, was es war, wofür sie kämpfen mußten.

Um die Anspannung abzuschütteln, fuhr Roy mit dem Fahrrad von der Silverbell Road nach Norden und dann über eine staubige Piste in westlicher Richtung in die Wüste hinein. Häuser im Santa-Fé- oder kalifornischen Baustil standen verstreut auf den Kuppen der Vorberge und Hügelketten, weit entfernt von der Wüste und voneinander. Den ganzen Winter über war Roy mit dem Fahrrad die Pisten hinauf- und hinuntergestrampelt, die an den Winterhäusern der Reichen vorbeiführten. Deren Bewohner pflegten gegen Mitte November in gemieteten Jaguaren und Mercedes einzutreffen und am Neujahrstag nach Aspen abzureisen.

Roy hatte gelernt, unbewohnte Häuser zu erkennen: an den Kabeln oder Ketten mit Vorhängeschlössern, die quer über den Auffahrten lagen. Zunächst hatte er die Ferienhäuser nur von außen inspiziert, weil er nicht viel von den neuen, hochmodernen

Sicherheitssystemen verstand. Dann hatte er bemerkt, daß die Reichen in ihren Winterhäusern in Tucson nur wenige Wertgegenstände zurückließen, daß die Alarmanlagen und Sicherheitssysteme mehr zu ihrem persönlichen Schutz eingerichtet worden waren und nach ihrer Abfahrt wieder ausgeschaltet wurden. Die Reichen waren so achtlos. Roy entdeckte Fenster mit offenen Gardinen und dahinter Räume, die bis auf ein Sofa, ein Bett oder eine Kommode merkwürdig leer wirkten. Überall lagen Teppiche in elfenbeinfarbenen Beigetönen oder hellem Silber, die Roy irgendwie an Särge erinnerten. Er bemerkte leere Flekken an den Wänden und verwaiste Ecken, in denen Gegenstände gestanden hatten.

Roy erzählte niemandem, was er in seiner Freizeit machte. Trigg interessierte sich nur für den ständigen Zustrom von Plasmaspendern. Er hatte zu viele andere schräge Vorhaben und windige Geschäfte. Roy hatte begonnen, eine Karte anzulegen, auf der alle leerstehenden Winterhäuser markiert waren, und er notierte sämtliche Informationen über Wachpatrouillen, Gärtner oder eingeschaltete Alarmanlagen. Er sorgte sich nicht länger darum, was als nächstes geschehen würde. In der Nacht, in der er begonnen hatte, die Karte anzulegen, war alle Anspannung von ihm abgefallen. Auf den oberen Rand der Karte hatte er: *Standorte von Ressourcen: Armee der Obdachlosen* geschrieben. Wenn Roy damit fertig war, in Triggs Unterlagen herumzuschnüffeln, würde er kündigen. Trigg war ihm in letzter Zeit ziemlich auf die Nerven gegangen mit seinen Leichen- und Ambulanzwagenplänen.

Trigg hatte Roy schon öfter mit Geld zu locken versucht, aber diesmal dachte Roy weiter. Erstens würden sie Geld brauchen. Zweitens stellte sich die Frage, was Trigg so dringend erledigt haben wollte, daß er mit beiden Händen Hundertdollarscheine herumschwenken mußte? Trigg hatte ihm gesagt, alles, was er brauche, sei der »richtige« Ambulanzwagenfahrer und dann hatte er Roy zugezwinkert. Klar würde Roy seinen Ambulanz- oder Leichenwagen fahren oder was für einen Fleischtransporter Trigg auch immer wollte. Bei dem Wort *Fleischtransporter* war Trigg zusammengezuckt.

Roy hatte begonnen, sich zwei- oder dreimal in der Woche mit den Männern im Arroyo zu treffen, um mit ihnen zusammen zu trinken. Er versuchte nicht, so zu tun, als hätte er kein Geld, aber er duldete auch nicht, daß sie ihn anpumpten. Es war ihm egal, ob er den Kerlen, die im Park schliefen, eine Flasche Alkohol oder eine Tüte fettiger Tacos vorbeibrachte. Er traf sich mit vier verschiedenen »Einheiten«, wie die Männer sich selbst nannten. Roy war es zufrieden, die Einheiten weitgehend im unklaren zu lassen; er machte sich nicht die Mühe, die Männer zu informieren, die er als Führungsoffiziere ausgewählt hatte. Bei der Armee gab es keine demokratischen Verhältnisse, nicht einmal in seiner Armee. Sie würden früh genug erfahren, was er vorhatte. Im Moment mußte er sein Geheimnis noch für sich behalten, sonst würden sich vielleicht einige der Aufschneider und Lügner zur Polizei schleichen. Essen, Trinken und Kameradschaft waren genau das, was die Männer in dieser Phase des Plans brauchten.

Roy konnte die Veränderung spüren, die in seinem Blut vor sich ging. Er war wachsam, aber gelassen, wenn ein solcher Zustand überhaupt möglich war. Es bestand kein Grund zur Eile oder Hetze. Das Geschehen nahm seinen Lauf, das war unvermeidlich; und nichts von dem, was er tat, konnte oder würde das, was kommen mußte, in irgendeiner Weise beeinflussen. Roy wußte jedoch auch, daß mit ein wenig Planung einige Verluste verhindert werden konnten. Er hatte sich spät nachts Triggs Unterlagen angesehen, sich jedoch noch nicht entschieden, wie er sie nutzen wollte. Allerdings hatte er nicht die Absicht, Trigg zu verpfeifen oder zu erpressen. Roy konnte mit der Bibel oder mit Leuten, die sich selbst Christen nannten, nicht mehr viel anfangen. Er vertraute den Gefühlen in seiner Brust und seinem Bauch. Auf diese Weise wurde ein Mann von Gott geleitet und nicht durch Fernsehprediger oder aufgeblasene Scheißer von Priestern und Kardinälen. Roy haßte alle Kirchen und organisierten Religionen. Sie hatten Jesus Christus verkauft, das war klar, und wahrscheinlich auch Mohammed und Buddha.

Die meisten von Triggs Unternehmen existierten nur auf dem Papier. Außer ihnen einen Namen zu geben und sie eintragen zu lassen, hatte Trigg nichts mit ihnen unternommen. Über die Firmen Alpha-Bio Products, Alpha-Hemo-Science Limited, Biomat, Bio Mart oder Biological Industries hatte er keinerlei

Geschäfte abgewickelt. Für Alpha Healing, Amalgamated Hospices und die New Century Corporation jedoch hatte Trigg bereits Immobilienaufkäufe getätigt.

Es gehörte zu Roys Job, Trigg bei seinem Gequassel zuzuhören. Roy hatte schon mehr Kerle in Rollstühlen kennengelernt, die gern und viel redeten; Trigg gab das gleiche nervöse Geplapper von sich, das eigentlich sagen sollte »Ich-bin-kein-Spinner-Ich-bin-kein-Krüppel-Ich bin-okay«. Trigg war in die Rolle des »gönnerhaften Arschlochs« übergewechselt und berührte Roys Ärmel, um seine Aufrichtigkeit zu unterstreichen. Trigg glaubte, daß sein Rollstuhl ihn zu einem verdammten Helden machte. Er hatte große Pläne. Große Pläne. Stützpfeiler seines Imperiums waren die Immobilien und die Blutspendezentren. Aber diese Stützpfeiler waren ihm langweilig geworden, deshalb wollte er jetzt expandieren, und seinen Angestellten würde er großartige Möglichkeiten und Vergünstigungen bieten können.

Roy hatte nur genickt. Er wußte alles über Triggs Angestellte in den Spendezentren. Es waren ausschließlich Frauen, und soweit Roy gesehen hatte, schluckten sie alle Tabletten oder tranken Wodka aus Laborbechern. Trigg hatte keine Favoriten. Er achtete darauf, niemals die gleiche Person zweimal hintereinander in sein Büro zu rufen. Er hatte etwas gegen Bevorzugung. Trigg löffelte kleine Linien mit »Motivationspulver für die Angestellten« auf die gläserne Tischplatte. Zumindest mußte sich Roy nicht auf sein Gesicht setzen, um einen Schluck Wodka von ihm zu bekommen.

Roy kannte die Frauen in den drei Zentren. Sie riefen ihn zu Hilfe, wenn sie Schwierigkeiten mit stinkenden und verrückten Pennern hatten, die keine Absage akzeptieren wollten: »Nein, wir brauchen Ihr Blut nicht.« Roy ging mit den Verrückten immer sehr sanft um; er unterhielt sich mit ihnen, während er sie zur Straße eskortierte, und sagte ihnen, daß sie ihr Blut eigentlich gar nicht verkaufen wollten; daß sie es für sich selbst brauchten. Ihr Blut mache sie stark. Ihr Blut sei es, das alles in ihnen in Bewegung hielt – alles – ihre Augen, ihre Lunge, ihr Gehirn, sogar ihre Schwänze.

Roy hatte diese Verrückten eigentlich nur beruhigen wollen,

als er ihnen riet, ihr Blut selbst zu behalten. Doch noch während er mit den nach Pisse stinkenden und wild um sich blickenden Herumtreibern redete, wurde ihm klar, daß er ihnen die Wahrheit sagte oder zumindest das, was er für die Wahrheit hielt. Bei einem der Truppentreffen später hatte er die Männer vor den Plasma- und Vollblutspenden gewarnt. Bald werde es andere Möglichkeiten geben, Unterkunft und Essen zu finden, auch ohne daß sie ihr Blut verkaufen mußten, versprach er ihnen.

Roy verschwendete keine Zeit mit den Frauen in den Spendezentren, denn sie redeten nur über Geld und Männer mit Geld, die sie heiraten wollten. Aber nach ein paar Monaten hatte Roy Peaches kennengelernt. Sie arbeitete von allen am längsten für Trigg, und die anderen erzählten, daß sie es nur so lange ausgehalten habe, weil sie für den Lagerbestand der Kühlräume verantwortlich war und die Rollstuhlladung Scheiße, wie sie den Boss nannten, niemals zu Gesicht bekam. Peaches hatte ein rotes Muttermal um das linke Auge, aber Roy fand sie wunderschön. Die anderen hatte ihn gewarnt, sich nichts daraus zu machen, falls sie ihn ignorieren sollte. Mit Ausnahme von Trigg, so glaubten sie, habe Peaches in den sieben Jahren, die sie in den Gefrierkammern arbeitete, mit niemand mehr als ein Dutzend Worte gewechselt.

Die Türen zu den Gefriereinheiten waren immer verschlossen und die Alarmanlagen ständig eingeschaltet. »Kein Zutritt. Strikte Anweisungen«, hatte Peaches gesagt. Sie war nicht unhöflich, aber sie blieb fest. »Sind Plasma und Blut denn *so* empfindlich, *so* leicht verderblich?« hatte Roy wissen wollen. Peaches schien zu verstehen, daß Roy sie attraktiv fand. Sie hatte gelacht, damit Roy sehen konnte, wie ihre Brüste in den Körbchen ihres Büstenhalters hüpften; daher stammte auch der Name Peaches.

Roy spürte ihr Mißtrauen gegen ihn. Peaches war nicht wie die anderen. Sie hatte recht. Neugier war dumm. Er verschwendete im Keller nur seine Zeit. Er war im Begriff, sich umzudrehen und zum Lastenaufzug zurückzugehen, als Peaches an der Tür zu den Gefriereinheiten schnell die Kodes eingab. »Sehen Sie – hier ist gar nichts; alle Fächer sind abgeschlossen.«

»Und das alles nur wegen ein bißchen Plasma –« Aber Peaches schüttelte den Kopf. Ihr Mund hatte sich langsam zu einem Grinsen verzogen. »Nein, das ist *nicht nur alles* wegen ein bißchen Plasma. Nein, nein.«

Als Roy und Peaches das erstemal miteinander vögelten, machte Roy es ihr so gut, daß sie ihm von den Absprachen zwischen Bio-Materials und dem Markt für menschliche Organtransplantationen quer über die USA erzählte. Die Japaner hatten ein salzhaltiges Gel entwickelt, das tiefgefrorene menschliche Organe monatelang, und nicht nur stundenlang, für Transplantationen verwendungsfähig erhielt. Peaches gab keine Erklärungen darüber ab, wo und wie Trigg an die menschlichen Herzen und Lungen gelangte, die sauber abgepackt und ausgezeichnet dalagen: *Typ A Positiv – Männlicher Erwachsener*.

Gefrorene menschliche Organe, die qualitativ weniger zuverlässig waren, wurden gegen einen Anteil frisch geernteter Herzen und Nieren verkauft. Natürlich wurden fötale Gehirnsubstanz und Leichenhaut durch das Einfrieren nicht beeinträchtigt. Peaches erzählte, daß Trigg viel in Mexiko einkaufe, wo die letzten Aufstände und zivilen Unruhen jede Woche Hunderte das Leben gekostet hatten. Mexikanische Herzen waren zäh und stark, für dunkle Leichenhaut dagegen hatte Trigg keinen Absatzmarkt gefunden.

DER ERSTE SCHWARZE INDIANER

Clinton ist der schwarze Veteran mit nur einem Fuß, aber dafür trägt er die beste, erstklassigste und hochwertigste Fußprothese, die man kaufen konnte. Clinton muß jeden Tag seine volle Grüne-Barett-Uniform tragen, sonst handelte er sich nur Ärger ein, weil er es ablehnt, vor irgendwelchem weißen Abschaum aus Arizona Bücklinge oder Kratzfüße zu machen. Er ist außerhalb von Houston aufgewachsen, wo die Cops und die Texas Ranger einen wirklichen Haß auf die Afroamerikaner haben. Clinton lebt allein in einer Gartenhütte von Sears, die er sich gekauft hat. Roy hört Gerüchte darüber, daß Clinton in Tucson Verwandte habe, aber er stellt keine Fragen, weil das in Clintons Kopf etwas auslöst. An manchen Tagen sagt Clinton, daß er okay ist, an anderen warnt er einen rechtzeitig, Abstand zu halten. Roy hat keine Angst vor Clintons schlechten Tagen; an diesen Tagen kann er dem verrückten schwarzen Scheißkerl ungehindert alle Verrücktheiten zurückgeben. Sie reden nicht miteinander, sie reden aufeinander ein, und keiner von ihnen hört dem anderen zu. Wichtig ist Clintons Empörung – seine absolute Verachtung für jegliche Autorität außer seiner eigenen.

Clinton liest Bücher, wenn er die Filiale der Stadtbücherei in der Innenstadt besucht, um sich zu waschen. Was ihm nicht aus dem Kopf geht, ist, was Menschen anderen Menschen immer wieder antun. Das erste, woran ein Mensch denkt, ist ein Sklave; jemand, der die Dreckarbeit machen soll. Clinton findet es in Ordnung, daß Frauen von Männern versklavt werden, eine andere Verwendung hat er für diese Schlampen nicht, weil alles, was in ihnen einmal gut war, durch die Versklavung zerstört worden ist. Clintons Paranoia ist grenzenlos. Er hat Vettern und Stiefbrüder in der Armee, und seine Ideen sprechen sich unter den Brüdern und Schwestern herum. Die Armee braucht Laborassistenten; es gibt dort Sicherheitskräfte und Reinigungspersonal. Die Botschaft macht die Runde.

Clinton gibt seinen Worten immer eine Einleitung. Kein schwarzer Amerikaner würde jemals sein Land betrügen, sagt er. Aber das Land eines Schwarzen ist etwas anderes als das Land eines Weißen, es spielt keine Rolle, daß sie es beide beim gleichen Namen nannten: Vereinigte Staaten von Amerika. Clinton behauptet, der Aids-Virus sei in einem Labor der US-Regierung für biologische Kriegführung entdeckt und von Armeeangehörigen gestohlen worden, die mit den weißen Rassisten in Südafrika sympathisierten. Natürlich hatten sie darauf geachtet, den Virus in den Ländern unter schwarzafrikanischer Kontrolle loszulassen; die Weißen in Südafrika hätten niemals riskiert, ihn auf ihr eigenes Arbeiterpotential anzusetzen. Trotzdem mußte das Bevölkerungswachstum in den schwarzafrikanischen Staaten gestoppt werden. Irgendwo sitzen die Männer, die den gestohlenen Virus bezahlt hatten, um einen Konferenztisch und zerbrechen sich die Köpfe.

»Verrückte Wissenschaftler?« versucht Roy ihn zu unterbrechen, aber Clinton wischt Roys Bemerkungen einfach weg;

die Worte der Weißen werden den Schwarzen ständig in den Mund geschoben.

»Verrückte Wissenschaftler, verrückte Generäle, verrückte Prediger der Church of God – alle wollen, daß die Schwarzen verschwinden, aber langsam und gemächlich, verstehst du.« Clinton sagte, J. Edgar Hoover habe die Ermordung von Martin Luther King angeordnet. Daraufhin habe man ihm die Flügel gestutzt. Verrückt sei die alte Schwuchtel gewesen. Attentate waren weder langsam noch gemächlich, und sie führten zur Entstehung von Mythen und Volkshelden. Ein geheimer, aus zwei Parteien bestehender Kongreßausschuß habe in aller Eile beschlossen, daß nur eine Vertuschung der Geschichte die amerikanischen Städte vor einer Feuersbrunst und dem Ausbruch eines Rassenkrieges bewahren könne. Clinton behauptet, J. Edgar habe das Attentat zuerst an John F. Kennedy ausprobiert, weil er die Kennedys haßte. Die Kennedys hatten die Bürgerrechte unterstützt, aber John Kennedy war gar nicht der große Fisch gewesen. »Nein, verdammt nochmal«, sagt Clinton, »alles, woran ihr Weißen denken könnt, ist ›weiß‹. John Kennedy hat niemanden geführt; er konnte noch nicht mal den Kongreß führen.« Clinton hat sich mit diesem Thema gut in Schwung geredet. Später erzählt er Roy, er sei der erste Weiße gewesen, der sich den ganzen Rap von vorne bis hinten angehört habe. Roy ist klar, warum Clinton den Leuten auf die Füße tritt, auch einigen schwarzen Leuten. Weil er behauptet, daß Kennedy nur als Schießübung gedient hatte; als J. Edgars Generalprobe. Martin Luther King war gefährlich gewesen, weil er ein Führer war. Er konnte viele verschiedene Menschen führen – auch mehr und mehr Weiße hatten auf ihn gehört und waren King nachgefolgt. Das war es, was J. Edgar, den alten Arschficker, wahnsinnig gemacht hatte.

Clinton versteht die Vertuschung und das Verschleiern der Tatsachen. Wenn die Wahrheit herausgekommen wäre, hätten die jungen Schwarzen die Vereinigten Staaten in diesem Sommer niedergebrannt, sagt er. Clinton versteht die Notwendigkeit, praktisch zu denken. Er wird der einzige schwarze Truppenführer sein, aber er wird keine rein schwarze Truppe bekommen. Roy möchte gemischte Einheiten in der neuen Armee. Sie haben sowieso mehr Weiße als Schwarze. Roy verschweigt ihm, daß es im Moment besser ist, für die zahlenmäßige Überlegenheit der Weißen innerhalb der gemischten Einheiten zu sorgen. Andernfalls würden sich die Weißen unbehaglich fühlen. Roy und Clinton kommen miteinander aus, weil keiner der beiden versucht, darüber zu diskutieren, was gut oder schlecht, falsch oder richtig, sondern nur darüber, was wirklich notwendig ist. Clinton versucht gerne, Roys Reaktionen zu testen.

»Was ist, wenn ich mir eine rein schwarze Einheit zusammenstelle?«

Roy zuckt mit den Schultern. Sie sind beide keine Hellseher, nicht wahr? Nach allem, was sie wissen, könnten sie auf verschiedenen Seiten landen und gegeneinander kämpfen. Keiner von ihnen schließt einen Rassenkrieg völlig aus, aber beide neigen zu der Einschätzung, daß die Fronten nur durch eine Farbe bestimmt werden: Grün, die Farbe des Geldes, die einzige Farbe, die jemals eine Rolle gespielt hat. Die Reichen, egal von welcher Hautfarbe, waren immer entkommen. Clinton hat vom Reichtum und der Gier der afrikanischen Stämme gelesen, die Sklavenhandel betrieben hatten. Die reichsten Juden waren Hitlers Öfen entkommen. Nur die armen Juden waren ums Leben gekommen. Roy meint, er sei sich nicht sicher, ob Clinton damit recht habe.

Clinton nickte. »Die Reichen erhielten rechtzeitig Hinweise, und sie hatten das Geld, um sich davonzumachen.«

Clinton hatte sich für die Stämme interessiert, die an der afrikanischen Küste Sklaven verkauft hatten. Allerdings hatte er sich von den Lügen der Weißen über sklavenhaltende afrikanische Stämme nichts vormachen lassen. Las man die Version der Weißen, so waren die Schwarzafrikaner verantwortlich für die Sklavenhaltung auf den Plantagen der Neuen Welt. Aber die afrikanischen Sklaven hatten nur die indianischen Sklaven ersetzt, die zu Tausenden gestorben waren. Bevor die europäischen Sklavenhändler gekommen waren, hatten die Küstenstämme Afrikas Sklavenhaltung nur mit Kriegsgeiseln praktiziert. Die Kriegsgefangenen mußten arbeiten, bis ihr Lösegeld bezahlt war. Die Kinder der Kriegsgefangenen wurden adoptiert und genossen alle Privilegien. Hatte ein Stamm früher innerhalb von zehn Jahren vielleicht fünfzig Sklaven gefangengenommen, so hatte im Zuge der Nachfrage nach Sklavenarbeitern für die spanischen und portugiesischen Kolonien in der Neuen Welt die Anzahl der Stammeskriege um die Gefangennahme von Sklaven deutlich zugenommen. Hunderte und schließlich Tausende von Sklaven wurden in den Goldminen und Plantagen gebraucht, die ohne Sklavenarbeiter wertlos waren.

Clinton war in Vietnam gewesen. Daß es sich um einen Krieg der Weißen handelte, war nicht schwer zu erkennen. Die Farbigen wurden ausgeschickt, um die gefährliche Drecksarbeit zu verrichten, für die die weißen Männer zu schwach waren.

Im GI-Programm der Universität von New Mexico hatte er eine schwarze Frau kennengelernt, Renée, die sich mit der Geschichte der Schwarzen und ihrer Kultur beschäftigte. *Black Studies* waren für Clinton etwas völlig Neues gewesen; und je mehr er lernte, desto wütender wurde er, weil ihm langsam klar wurde, wie sehr die Weißen Tag und Nacht hatten intrigieren und manipulieren müssen, um die Schwarzen davon abzuhalten, zu erkennen, welche Macht und Schönheit sie seit jeher besaßen.

Clinton sprach selten über die zwei oder drei Jahre, die er an der Universität in Albuquerque damit verbracht hatte, nach Mitternacht im Keller der Universität Black-Power-Treffen abzuhalten. Sie hatten damals FBI-Leute in ihrer Gruppe gehabt, aber die Undercovervögel vom FBI hatten alle vor Mitternacht nach Hause gehen müssen, weil sie sonst in Englisch durchgerasselt wären. Clinton war sich nicht sicher, ob die Tür, die die Weißen Amerikas »farbigen« Menschen öffneten, wirklich eine Öffnung oder doch nur eine weitere Falltür war. Vietnam war für farbige Menschen eine Falle gewesen. Der weiße Mann erwartete, daß der farbige Mann sich »selbst erhöhte«, indem er kleine gelbe Menschen umbrachte. Clinton hatte im ersten Semester alle seine Kurse abgesessen, aber sein Kopf war ständig damit beschäftigt gewesen, die Brüder und Schwestern auf dem Campus zu organisieren. Clinton erwartete keine guten Noten, wenn seine eigentliche Arbeit darin bestand, seine Leute zu warnen, ehrliche schwarze Menschen, die noch immer an die Lügen über die Vereinigten Staaten von Amerika glaubten, mit denen sie gefüttert wurden. Clinton hatte gesehen, wie viele dunkle amerikanische Gesichter in diesem Krieg in Asien gewesen waren.

Clinton hatte gesehen, wie die weißen Kröten, Lyndon Johnson und seine Generäle, die Lippen geschürzt hatten beim Anblick der verspritzten Gehirne und Gedärme von schwarzen und braunhäutigen Männern. Die Einheiten, die ausgeschickt wurden, um einheimische Bevölkerungen auszurotten, hatten selbst aus »entbehrlichen Kräften« bestanden.

Bei der ersten Flasche Wein hatte Roy normalerweise keine Schwierigkeiten, Clintons Argumentation zu folgen. Aber nach der Hälfte der zweiten Flasche wurde Clinton es leid, den weißen Mann zu beschimpfen, und beginnt, den schwarzen und den braunen Mann zu verfluchen, die für den weißen Mann ihre Brüder verkauft hatten. Wer war dieser schwabbelbäuchige Gott des Verrats, dieser Gott der Lügen und des Betrugs? Warum betrog der Bruder den Bruder? Warum hetzte die Mutter die Polizei auf den Sohn?

Roy wartete gern, bis sie bei der zweiten Flasche Wein angelangt sind, bevor sie anfangen, von den Reichen zu sprechen. Dann begann Clinton, sich wie ein Kommunist anzuhören, und Roy mußte ihn ein wenig dämpfen. Nach Clintons Auffassung wurde der gesamte Krieg in Südostasien als Schauplatz und Gelegenheit inszeniert, um die stärksten und vielversprechendsten jungen Männer der schwarzen, braunen und der armen weißen Gesellschaftsschichten abzuschlachten. Clinton schwor, daß er kein Marxist sei. Schwarzafrikaner und Menschen anderer tribaler Herkunft hatten seit Tausenden von Jahren Essen und Besitz miteinander geteilt, lange bevor der weiße Mann Marx dahergekommen war und ihre Ideen für seine »Kommunen« und Kollektive stahl.

»Nicht einmal allein erfunden haben die Weißen den Kommunismus«, sagte Clinton und wischte sich den Mund an seinem Ärmel ab.

Die Schwarzen nannten Männer wie Clinton »verrückte Nigger« und gaben Vietnam die Schuld. Alle hatten den gleichen Gedanken: Die Schwarzen wußten tief in ihrem Innern, daß der Vietnamkrieg darauf abzielte, die Rassenunruhen in den amerikanischen Städten zu beenden. Der Krieg hatte viele ihrer besten jungen Männer zerstört. Der Krieg hatte zwei Generationen der Hoffnung und des kulturellen Stolzes zerstört. Denn aus dem

Koreakrieg war eine gefährliche Generation hervorgegangen. Schwarze Kämpfer und Kämpferinnen, die sich an die Mittagstische setzten und sich weigerten, im Bus ganz hinten zu sitzen, hatten das Antlitz Amerikas verändert. Ganz effizient hatte der weiße Mann daraufhin Söhne und Töchter ausgeschickt, um an Stelle von Detroit, Miami oder Watts Vietnam niederzubrennen. Vietnam hatte dem Zweck gedient, die Schwarzen in Amerika aufzuhalten.

Roy nickte. Vermutlich hatte das FBI Martin Luther King umgebracht. Was den Krieg in Südostasien betraf, war er nicht Clintons Meinung. Roy glaubte, daß der Krieg aus den üblichen Gründen geführt worden war. Aber Clintons Verschwörungstheorien waren seine Sache, und Roy machte sich darüber keine Gedanken; doch einige der anderen Truppenführer beschwerten sich über Clintons »rassistische Theorien«. Alles was Roy ihnen darauf entgegnete, war, daß Clinton ein verfassungsmäßiges Recht auf seine Meinung habe, genauso wie sie ein Recht auf ihre Meinung hätten. Die weißen Südstaatler stimmten meist mit Clinton überein. Das FBI hatte King erledigt, und Vietnam hatte stattgefunden, um die Schlitzaugen und Nigger zu beseitigen.

Clinton hatte auf dem Campus der Universität von Arizona ein brauchbares, kleines Mountainbike »gefunden«. Er und Roy fuhren nun gemeinsam über die Pisten zwischen den leerstehenden Ferienhäusern in den Hügeln der Wüste. Ganz beiläufig öffnete Clinton die Briefkästen.

»Die reichen Leute sind wirklich anders als der Rest von uns Arschlöchern«, sagte Clinton, »weil es ihnen nämlich völlig egal ist, was mit ihrer Post passiert.«

»Hier haben wir alles, was wir brauchen«, hatte Clinton gesagt, während er vom Scotch des Hausbesitzers trank und sich auf einer weißen Ledercouch niederließ. Die Reichen waren wirklich anders. Neben ihren Tucsoner Ferienhäusern besaßen sie auch Tucsoner Wagen und Tucsoner Sparkonten. Auf dem pinkfarbenen Marmortischchen neben Clinton lagen stapelweise Briefe, die er geöffnet hatte. Sie enthielten alles, was sie brauchten. Clinton hatte eine Goldmine entdeckt: Kreditkarten für Benzin, Scheckkarten für Tucsoner Geldautomaten und Kontoauszüge. In einem Fall hatte er zwischen den Stapeln aus

Katalogen und Werbesendungen sogar eine Chauffeur-Lizenz des Staates Arizona gefunden.

Roy half Clinton, die Flasche Scotch zu leeren. Sie hatten den Großbildschirm-Farbfernseher angeschaltet und den Ton leise gestellt, um sich unterhalten zu können. Die Sache mit den leerstehenden Häusern war sehr vielversprechend, aber das Timing mußte stimmen. »Das Timing ist das ein und alles. Darauf wird's ankommen«, sagte Clinton betrunken und glücklich. Bis zum festgesetzten Zeitpunkt war über die Standorte der leerstehenden Häuser und die Inhalte der Briefkästen strengstes Stillschweigen zu bewahren, nur sie beide durften davon wissen.

Roy konnte sich selbst nicht erklären, warum er Clinton und nicht einem der anderen Grünen Barette vertraute. Er vermutete, daß es etwas mit Clintons Hautfarbe zu tun haben mußte, fand aber keine genaue Begründung. Vielleicht lag es daran, daß Clinton schwarz war und Roy sich darauf verlassen konnte, daß der Mann wußte, wie man abwartete, in Deckung blieb und abwartete. Roy hatte selbst die Verantwortung für die weitere Rekrutierung übernommen. Er durchkämmte alle Parkanlagen und die Mesquitewälder an der Interstate, in denen die obdachlosen Männer schliefen. Er hatte sich fest vorgenommen, sämtliche obdachlosen Vietnamveteranen in Tucson ausfindig zu machen; außerdem fuhr er zweimal im Monat per Anhalter nach Phoenix, wo er in der Nähe der Ausgabestelle für kostenlosen Käse nach Männern Ausschau hielt.

Manchmal kam Clinton spät nachts bei ihm vorbei. Roys Nachtwächterjob für Trigg beinhaltete auch ein eigenes Büro. Clinton zündete einen Joint an und nahm einen tiefen Zug, bevor er ihn an Roy weiterreichte. Das »Büro« des Wachmanns im Keller war nichts anderes als ein Abstellraum für den Hausmeister mit einem Waschbecken an der Wand. Aber Roy hatte den Raum mit einer Glühbirne versehen, so daß sie es gemütlich hatten. Während Roy am Joint zog, blies Clinton langsam den Rauch aus und begann leise zu lachen, während er gleichzeitig den Kopf schüttelte. »Hast du die Schlüssel für diesen Laden?« Roy hielt noch immer den Rauch in seiner Lunge zurück, deshalb nickte er nur.

»Weißt du, wieviel dieses Zeug hier wert ist?« fragte Clinton und deutete in die Tiefe des dunklen Kellers, der angefüllt war mit Gefriereinheiten, Elektrokabeln und Konsolen voller Hebel, Lichter und Meßinstrumente, die wiederum mit Computerterminals und einem roten Telefon verbunden waren. Roy schüttelte den Kopf und blies den Rauch langsam aus.

»Aber ich kenne jemanden, der das weiß.« Es war noch zu früh für Roy, um abschätzen zu können, ob Peaches ihm alles erzählen würde, was sie wußte. Nach der Größe der Notstromanlage zu urteilen, mußte der Inhalt der Gefrierfächer eine Menge wert sein. Sie reichten sich schweigend den Joint und warfen prüfende Blicke auf die abschließbaren Gefrierfächer, die den ganzen Keller ausfüllten. Clinton zog einen weiteren dicken Joint aus der Brusttasche seines Hemdes. Was Roy an ihm am besten gefiel, ist sein Gefühl für Timing. In dieser Beziehung waren sie sich ähnlich. Roy dachte darüber nach, wie komisch es war, festzustellen, daß der Mann, der einem vom Temperament her am ähnlichsten war, ein Schwarzer war. Dies würde niemand je erfahren, weil Roy es keinem erzählen würde, und er bezweifelte, daß Clinton ebenso empfand. Clinton würde bei dem Gedanken wahrscheinlich fluchen und ihn auslachen. Deshalb behielt Roy diesen wie all die anderen Gedanken für sich. Er stellte sich vor, daß seine Ideen Maiskörner seien, die wie Popcorn in seinem Gehirn aufplatzten. Der dritte Joint brachte sie zurück zu ihren Strategien und Plänen. Dieses Jahr würden sie noch abwarten und die Fundamente legen. Das Timing war ausschlaggebend. Sie würden sich vorbereiten und warten, bis die Unruhen im ganzen Land erneut hochkochten und Arizonas kleine Nationalgarde damit beschäftigt war, der Polizei und der Nationalgarde in Kalifornien auszuhelfen. Roy und Clinton wußten, daß es überall in den USA andere gab, die ebenfalls auf den richtigen Moment warteten. Wenn Arizona und Südkalifornien den letzten Tropfen Grundwasser verbraucht hatten, würden ganze Städte wie Tucson ohnehin veröden und den Armen und Obdachlosen überlassen bleiben.

Nachdem Clinton »Aushilfs«-Wachmann geworden ist, wird der Kellerraum ihr »Hauptquartier«. Clinton schleppt eine schmutzige, zerrissene Matratze und einen kaputten, von silbernem Klebeband zusammengehaltenen Kassettenrekorder an. In den Nächten, in denen er allein Dienst tut, drückt er auf die

Knöpfe und schüttelt den Rekorder zweimal, um ihn in Gang zu setzen. Dann beginnt er, Botschaften zu diktieren, die sie später benötigen werden, wenn die Armee der Obdachlosen begonnen hat, Radiostationen einzunehmen. Die Menschen in den Vereinigten Staaten, ganz normale Bürger, machten sich auf, um die Demokratie vom Filz der auf allen Ebenen vorhandenen Korruption zu befreien. Zu Tausenden hatte man amerikanische Staatsbürger auf die Straße gesetzt, während die gewählten Staatsvertreter die Regierungsgelder unter ihren Freunden verteilten. Sie erhoben hohe Steuern – für wenig Gegenleistung!

Clintons Botschaft würde eine Kriegserklärung sein. Die obdachlosen US-Bürger würden leerstehende Behausungen und Regierungsland besetzen.

DIE MACHT DER GEISTER

Clintons erste Rundfunkübertragung nach der Wiedergeburt der Vereinigten Staaten würde den Kindern der entflohenen afrikanischen Sklaven gewidmet sein, die Überlebende der Karibik-Indianer geheiratet hatten. Die erste Übertragung würde ihnen gewidmet sein – den ersten afroindianischen Amerikanern. Clinton erzählte Roy zwar von den Kassetten, die er für die Radiostationen anfertigte, aber er erlaubte ihm nicht, sie sich anzuhören. Er könne ihm die Kassetten beschreiben, sagte Clinton, wenn er ihm einfach zuhörte, bekäme Roy einen viel besseren Eindruck.

Roy hatte die Kiste mit den Zeitungsausschnitten gesehen. Obenauf lag ein Artikel über eine Afrikanerin, die irgendwo in Afrika eine Rebellenarmee anführte. In der Überschrift wurde sie als »Voodoopriesterin« bezeichnet. Clinton erzählte, daß die Afrikanerin erst siebenundzwanzig sei, aber ihre Truppen liebten sie wie Kinder und nannten sie Mama Marie. Mama Marie und ihre Truppen hatten den Regierungstruppen die Hölle heiß gemacht. Die kleinen Leute, die Bürger in Afrika, hatten die gleichen Probleme mit den Regierungspolitikern wie die Menschen in den Vereinigten Staaten. Sie arbeiteten Tag und Nacht, um ihre Steuern zu bezahlen, und waren trotzdem hungrig und ohne ein Dach über dem Kopf.

Die Voodoopriesterin und ihre Soldaten glaubten, daß durch ihre Kraft Stöcke und Steine wie Granaten explodierten und Bienen zu Gewehrkugeln würden. Mama Marie hatte ihren jungen Soldaten die Brust mit besonderen Ölen eingerieben, um die Kugeln abzuwehren. Solch eine Armee brauchten sie, genau die Sorte, die die Voodoofrau in Afrika gehabt hatte. Denn Clinton hatte vor Jahren in Vietnam gesehen, daß die kleinen Dschungelmenschen nicht nur gute Kämpfer waren. Sie verwendeten alle möglichen Gifte, Verwünschungen und Gebete an die Geister, um die GIs in Vietnam damit zu attackieren.

»Das sollte dir bekannt vorkommen«, sagte Clinton zu Roy. »Du mußt das Zeug doch gesehen haben, die kleinen Affengötter auf Altären und so was.« Das war Clintons neueste Theorie: Die amerikanische Armee hatte den Vietnamkrieg verloren, weil die Vietcong Magie und Geister eingesetzt hatten. Wie sonst sollten die USA verloren haben? Sie hatten eine überlegene Feuerkraft besessen und jeden einzelnen Quadratmeter dieses Landes bombardiert, und trotzdem waren sie unterlegen. Clinton wollte nicht behaupten, daß die Sache ausschließlich oder auch nur zur Hälfte auf das Konto der Geister ging; aber sie waren das Zünglein an der Waage gewesen, und sie hatten sie zugunsten der Vietnamesen ausschlagen lassen.

Roy machte sich nicht die Mühe, mit Clinton darüber zu debattieren, ob Geister den Vietnamkrieg gewonnen hatten oder nicht. Vielleicht hatte Clinton recht. Roy hatte sich seit dem Krieg selbst wie ein Geist gefühlt. Als er sah, daß Roy sich nicht mit ihm streiten würde, gab Clinton zu, daß er selbst nicht ganz an dieses abergläubische Zeug glaube. Er war nicht überzeugt davon, daß magische Öle Kugeln aufhalten konnten. Clinton glaubte immer noch an die M 16, keine Sorge. Er hatte die Bombenteppiche der B-52-Flieger gesehen. Er hatte gesehen, wie sich das Napalm wie Laserstrahlen durch Fleisch und Knochen brannte. »Ich glaube einfach, daß dieses Geisterzeug einem weiterhelfen kann«, sagte er.

»Wie ›Gott ist auf unserer Seite‹ und so'n Zeug?« fragte Roy. Er lächelte, damit Clinton ihm nicht vorwarf, ein Arschloch zu sein. Clinton meinte, die Leute müßten verstehen, daß überall um sie herum Sklaverei betrieben wurde, auch wenn man neuerdings andere Namen dafür hatte. Jeder war jetzt oder in der Vergangenheit der Sklave einer anderen Person oder Sache, die wiederum von jemand anderem kontrolliert wurde. Die meisten Menschen waren unfrei, das wußte Clinton aus Erfahrung, und doch wurden die Menschen geboren, um frei zu sein. Die ersten Sklaven, die die Europäer sich gehalten hatten, waren weiß gewesen. Sklavenhaltern war die Hautfarbe egal, solange die Sklaven stark und am Leben waren. Die europäischen Könige hatten Sklaven gehabt, die königliche »Untertanen« genannt wurden, gehorsam arbeiteten und den Königen Steuern zahlten. Häufig hatte man eine Art der Sklaverei gegen eine ebenso schlimme oder noch schlimmere Art eingetauscht. Die Sklaven der vergangenen Jahrhunderte hatten Unterkunft und Essen gehabt. Heute jedoch schliefen die sogenannten »freien« Männer, Frauen und Kinder in den Vereinigten Staaten unter Pappkartons auf den Straßen.

Weißen Menschen würde es gar nicht gefallen, von einem Schwarzen als »Sklaven« bezeichnet zu werden, aber Roy glaubte nicht, daß viele Radiohörer wissen würden, von welcher Farbe Clinton war, außer Rot, Kommunisten-Rot. Roy hatte auf die harte Tour herausfinden müssen, daß Clinton beim Kommunismus keinen Spaß verstand. Er war so schnell über ihm gewesen, daß Roy gar nicht gesehen hatte, wo das Rasiermesser hergekommen war.

»Nenn mich nie wieder so! Sprich das Wort *Clinton* und das Wort *Kommunismus* nie wieder im gleichen Atemzug aus!« Der Kommunismus war tot. Der Kommunismus war ein Fehlschlag gewesen, und er war *nicht* das, wovon Clinton sprach. Vielleicht war Rambo-Roy selbst der Kommunist, meinte Clinton. Schließlich war Rambo derjenige, der in die Häuser der Reichen eingedrungen war, um dort im Namen der Obdachlosen und Armen zu stehlen.

Da hatte Roy laut losgelacht über Clinton und sein Rasiermesser und über sich selbst. Kein Wunder, daß die Menschen sich auch im Laufe der Jahrhunderte nicht besserten. Er und Clinton waren ebenso schnell bereit, sich gegenseitig zu bekämpfen und zu töten, wie sie sich zusammentaten, um einen betrügerischen Politiker zu stellen.

Clinton hatte erklärt, warum sein Lager etwas abseits von den anderen lag: Man hatte ihn aus Zimmern und dann aus Unterkünften oder Rehabilitationszentren rausgeschmissen – wegen seiner Religion.

Roy betrachtete Clintons Gesicht. »Religion?«

Clinton nickte, sein Gesicht war voller Empörung: »Wegen meines Schreins. Man sollte denken, daß in den Vereinigten Staaten von Amerika –« Aber dann brach er kopfschüttelnd ab. Roy nickte. Niemand konnte bestreiten, daß die USA ein christlich orientiertes Land waren. Wegen seines Schreins hatte Clinton sein Lager also ein wenig abseits von den anderen errichtet. Er baute den Schrein in der Mitte seiner Vorratshütte. Nachts schlief er hinter dem Schrein, so daß er schützend zwischen ihm und der Tür stand. Im Firebase Camp in Vietnam hatte Clinton dies auch in seinem Unterschlupf getan, wo die Feinde nachts hereingekrochen waren, um den Männern im Schlaf die Kehle durchzuschneiden.

Clintons Schrein enthielt das Messer oder besser die Klinge eines Messers und das, was vom Griff übriggeblieben war, ein skelettartiges Stück Metall. Clinton hielt die Klinge rasiermesserscharf. Er hatte das Messer mit in den Kampf genommen, weil es ihn in den gefährlichen Gassen und Straßen zu Hause noch nie im Stich gelassen hatte. Clintons Leute – Frauen wie Männer – trugen alle Messer bei sich. Clinton war von herumfliegenden Schrapnells getroffen worden, die ganz in seiner Nähe drei Männer getötet hatten. Der Messergriff war von einem Schrapnell zerschmettert worden, aber wie durch ein Wunder war Clinton mit leichten Verletzungen davongekommen. Er war aufgewacht und hatte erfahren, daß der Sanitäter ihm das Messer mitgegeben hatte, weil jeder sehen konnte, daß es Clinton das Leben gerettet hatte. Das Messer besaß eigene Kräfte. Clinton hatte diese Kraft gefühlt, lange bevor er im *Black-Studies*-Kurs afrikanische Religionen studierte und erkannte, daß die Vorliebe seiner Familie für Messer ein Überbleibsel alter afrikanischer Religionen war. In einen Fetzen aus rotem Samt eingewickelt, den er in Manila in einer Absteige aus einem Vorhang herausgeschnitten hatte, trug Clinton die Klinge bei sich.

Wenn er das Messer nicht im Futteral seines Gürtels trug, hatte Clinton es auf seinem Schrein liegen. Er hatte sich Weihrauch besorgt, um ihn auf dem Schrein zu verbrennen, was natürlich auch half, den Geruch von Opium oder Marihuana zu überdecken. Er stellte japanische Porzellanschälchen, die er gekauft hatte, vor das rote Samtbündel und umgab es mit kleinen, in Gläsern brennenden Kerzen. Clinton füllte winzige Portionen mit Essen in die Schälchen und beträufelte die Klinge jedesmal, wenn er sie aus dem roten Samt wickelte, mit etwas Rum.

Roy wies ihn darauf hin, daß die Leute es vielleicht nicht gut fänden, wenn jemand Kerzen abbrannte und Rum verschüttete, weil dadurch ein Feuer ausbrechen konnte. Das war die typische Denkart der Weißen! Clinton hatte gelernt, darauf gefaßt zu sein, daß sogar die besten unter ihnen, solche wie Roy, manchmal einfach nichts verstanden. Kerzen, Rum und Weihrauch bedeuteten nicht notwendigerweise ein Feuer. Die Weißen verboten alles, bevor sie überhaupt anfingen; sie gaben vor, alle Antworten bereits zu kennen, aber natürlich hatten sie in Wirklichkeit überhaupt keine Ahnung. In den fünfhundert Jahren, in denen die Weißen Afrika, China und den amerikanischen Doppelkontinent auseinandernahmen, hatten sie einige monumentale Fehler begangen. Die Chinesen und Afrikaner hatten ihre Ketten inzwischen abgeschüttelt; jetzt war es nur noch eine Frage der Zeit, bevor alle gefangengehaltenen Menschen der Erde sich erheben würden.

Clinton sprach zu der Klinge, wenn er sie mit Rum begoß. Die scharfe Metallschneide des Messers war Ogouns bevorzugter Aufenthaltsort. In Afrika waren Metallarbeiter Ogouns Priester. Alle von Clintons Leuten waren Messerverehrer. Clinton brachte sein Gebet dar:

> Ogoun, Krieger und Metallmacher,
> Ogoun führt jeden Tag Krieg.
> Ogoun, wir leiden sehr in diesem Kampf
> Gegen unsere Unterdrücker.
> Ogoun beschützt die, die ihm dienen.

Ogoun ist wachsam.
Ogoun hat unendliche Kraft.
Ogoun wird getrieben von Zorn.
Ogoun-Feraille, du magnetische Kraft!
Füge Splitter aus Eisen zusammen
Versammle die Verlorenen an deiner Brust!
Ogoun, deine väterliche Liebe heilt sie –
all die versprengten Splitter –
Versammelt sind die Geister der Ahnen!
Ogoun-Feraille, du führst sie in den Kampf
Für uns, ihre Nachfahren.
Ogoun-Feraille, Führer der Armee-der-wiedergefundenen-Verlorenen,
Ogoun feuert die Kanone, um die Erhebung zu verkünden.
Rache blinde Rache zerstört alle im Umkreis,
tollwütiger Krieger, Ogoun!

Der Schrein hatte den Leuten und selbst den anderen Schwarzen Angst vor Clinton eingejagt, denn Amerikaner hatten diesen ganzen Hollywood-Mist über Voodoo und den Teufel geschluckt. Einige Kerle hatten sogar etwas gegen die Äpfel, die Clinton für die Geister hinlegte. Clinton machte den Leuten wegen ihrer Ignoranz keine Vorwürfe, aber an einem gewissen Punkt mußte ein Mann einfach etwas dazulernen oder sich selbst etwas beibringen. Er erklärte ihnen, die Äpfel müßten erst verfaulen, bevor die Geister sie »essen« könnten.

OGOUN, DAS MESSER

Das einzige Fach, das Clinton auf dem College jemals interessiert hatte, war *Black Studies*. In den Kursen hatten sie die großen Kulturen Afrikas, die Sklaverei und die Geschichte der Schwarzen in Amerika durchgenommen. Aber Clinton war anderer Ansicht als Garvey und die übrigen, die nach Afrika zurückgehen wollten. Clinton teilte ihre Ansichten nicht, weil die Schwarzen nun schon seit Jahrhunderten Amerikaner waren und er die Bindung der Menschen an das Land fühlen konnte, eine Bindung, die so tief war, daß er sie in seinem Blut spürte. Clinton hatte in seiner Kindheit viel aus den Unterhaltungen der alten Frauen erfahren, die sämtliche Zweige der Familie durchdiskutiert hatten. Das Ausgangsthema waren Mischehen mit Weißen gewesen, doch in Tennessee hatte ein ganzer Zweig der Familie Indianer geheiratet – »amerikanische Indianer«, »amerikanische Ureinwohner«, nicht einfach nur irgendwelche Indianer. Clinton hatte den Schock und die Überraschung nur schwer verarbeiten können. Er und der Rest seiner Familie waren direkte Nachkommen reicher sklavenhaltender Cherokee-Indianer. Das war noch vor der Zeit gewesen, als der weiße Abschaum von Georgia und Präsident Andrew Jackson sich dem Obersten Gerichtshof widersetzten, alle Indianer zusammentrieben und nach Westen marschieren ließen. Clinton hatte sich seine Cherokeevorfahren gern vorgestellt: eingebildet und aufgeblasen von all ihrem Reichtum aus Häusern, teurer Erziehung und weißen und schwarzen Sklaven. Ach, was hatten sie geglaubt, wie »gut« sie doch seien! Kein dummer, dreckiger Südstaatler durfte sie anrühren! Und so war Hochmut vor dem Fall gekommen. Das war der Grund, warum ein Volk seine Geschichte kennen mußte, auch die peinlichen Seiten, wo eine falsche Einschätzung der Situation dazu geführt hatte, daß sie millionenfach abgeschlachtet wurden. Von den Konquistadoren zu Lampenschirmen verarbeitete Indianer, und zu Lampenschirmen verarbeitete Juden. Paßt nur auf, Afroamerikaner! Ihr könntet die nächsten Lampenschirme sein! Clinton traute den sogenannten »Verteidigern des Planeten Erde« nicht. Irgend etwas an ihrer Wortwahl hatte ihn stutzig gemacht. Immer wenn er das Wort *Verschmutzung* hörte, wurde Clinton mißtrauisch. Allzuoft waren Menschen von den Europäern aus reinen »Hygienegründen« ausgelöscht worden. In letzter Zeit hatte Clinton Anzeigen entdeckt, die von sogenannten »Radikal-Ökologen« vertrieben wurden. Die Anzeigen machten nicht die industrielle Verschmutzung durch Kohlenwasserstoffe und Radioaktivität für die Verseuchung der Erde verantwortlich – sondern die Überbevölkerung. Es schien kein Zufall, daß die Partei der Grünen in Deutschland entstanden war. »Zu viele Menschen« bedeutete stets »zu viele *dunkelhäutige* Menschen«.

Clinton konnte zwischen den Zeilen lesen. »Die Radikal-Ökologen« beendeten ihre Zeitschriftenannoncen immer mit Aufrufen wie »Stoppt die Zuwanderung!« und »Schließt die Grenzen!« Clinton mußte kichern. Die Europäer hatten es fertiggebracht, in weniger als fünfhundert Jahren auf der ganzen Erde das beste Land und das beste Wasser zu verseuchen. Und jetzt wollten die Plünderer den letzten Rest lebendiger Erde auch noch für sich allein haben.

Militärische Lösungen waren überhaupt keine Lösungen; Clinton hatte in Vietnam gesehen, was eine »militärische Lösung« bedeutete: Zerstörung auf allen Seiten, überall verbrannte Erde und die Seelen der Menschen von Qualen zermartert. Clinton glaubte daran, daß Bildung die Lösung bot, obwohl seine eigene Bildung etwas zu kurz gekommen war. Dennoch, während die anderen Männer der Straße die öffentliche Bücherei in der Innenstadt nur zum Waschen und Rasieren benutzten, führte Clintons Weg vom Waschraum immer in den Lesesaal. Clinton hatte Pläne. Er machte sich seitenweise Notizen zu den Büchern, die er in der Bücherei las. Dann war Clinton zur Universitätsbibliothek gewechselt, wo kleine blonde Verbindungsmädchen in Vierergruppen auf der Suche nach schwarzen Athleten durch die Gänge streiften; andere Schwarze kamen nicht in Frage, nur die Topsportler.

Clinton machte sich stets Notizen zu inspirierenden Passagen und plötzlichen Einfällen, die ihm beim Lesen kamen. Sämtliche Aufzeichnungen bewahrte er für seine geplanten Radioübertragungen auf. Er zerbrach sich nicht lange den Kopf darüber, wie er es anstellen sollte, an eine Radiostation für seine Sendungen zu kommen. Das war etwas, was die Weißen taten – sich schon vorher den Kopf zu zerbrechen. Der weiße Mann hatte die Radiowellen ganz für sich allein gehabt; aber das Komische daran war, daß er nichts Lebendiges mehr zu sagen hatte. Clinton wollte, daß die Schwarzen ihre ganze Geschichte kannten; er wollte, daß sie alles darüber wußten, was früher in Afrika geschehen war; und daß großartige und mächtige Götter mit den Menschen von Afrika hierhergekommen waren. Er wollte, daß die schwarzen Amerikaner verstanden, wie tief das afrikanische Blut in den letzten fünfhundert Jahren die Erde des amerikanischen

Kontinents durchtränkt hatte. Aber es gab noch eine ältere und tiefere Verbindung zwischen Afrika und Amerika, eine Verbindung im Reich der Geister. Und doch hatte es für die Afrikaner, die die Reisen über den Ozean lebend überstanden hatten, eine Zeitlang so ausgesehen, als hätten ihre Götter sie tatsächlich verlassen. Für die karibischen Stämme waren die spanischen Plantagen und Minen auf Hispaniola ein viel schlimmeres Schicksal gewesen als der Tod. Sie waren lieber aus freien Stücken gestorben, als ihr Leben in Sklaverei zu verbringen. Die afrikanischen Sklaven waren als Ersatz für die indianischen herbeigeholt worden, die sich als praktisch wertlos erwiesen hatten.

Von Anfang an waren Afrikaner geflüchtet und hatten sich in den Bergen verborgen, wo sie mit den Überlebenden der indigenen Stämme zusammengetroffen waren, die sich in abgelegenen Stützpunkten versteckt hielten. In den Bergen hatten die Afrikaner etwas Wundervolles entdeckt: Einige der afrikanischen Götter hatten sich sowohl in Amerika als auch in Afrika niedergelassen: die Große Schlange, die Zwillingsbrüder und die Maismutter, um nur ein paar von ihnen zu nennen. Genau in diesem Moment war das Wunder passiert: Große amerikanische und afrikanische Stammeskulturen waren zusammengekommen, um in den Menschen ein mächtiges Bewußtsein zu wecken. Alle waren willkommen – jeder war miteingeschlossen. Das war und ist die große Kraft von Damballah, dem Sanften. Damballah schloß nichts und niemanden aus.

Clinton wollte in seinen Radioübertragungen besonderes Gewicht auf die frühe Geschichte der Afrikaner in Amerika legen, weil die Herren der Sklaven versucht hatten, ihnen alles zu nehmen – ihre Sprachen und ihre Geschichte. Sie hatten geglaubt, die Afrikaner würden in Amerika von ihren afrikanischen Göttern isoliert sein, so wie sie selbst ihren Gott, Jesus, in Europa zurückgelassen hatten. Seit ihrer Ankunft in Amerika waren die Europäer ohne einen Gott. Natürlich waren sie entsetzt darüber, aber sie gaben es nicht zu. Sie hatten alles versucht, Priester, Weihwasser und Kirchen, die sie in Sklavenarbeit hatten errichten lassen. Doch ihr Gott hatte sie dabei nicht begleitet. Fast fünfhundert Jahre lang hatte der weiße Mann in Amerika Weihwasser verspritzt und gebetet, und trotzdem blieb der

Christengott immer noch fern. Jetzt verstand Clinton, warum europäische Philosophen den Menschen erzählt hatten, Gott sei tot: Der Gott der Weißen war ungefähr zu der Zeit gestorben, als die Europäer begonnen hatten, um die Welt zu segeln. Clinton ertappte sich dabei, daß er lächelte.

Clinton hielt die Messerklinge selbst nicht für Ogoun. Er glaubte auch nicht, daß die indigenen Menschen die sanften, großen Schlangen auf den Götterschreinen für den Großen Damballah oder seine Frau gehalten hatten. Nur der Geist des Gottes hatte sich in der Klinge und den großen Schlangen offenbart. Gott konnte man an allen irdischen Orten und in allen Dingen finden. Clinton bemühte sich, keine Namen zu verwenden, die durch die Lügen Hollywoods vergiftet worden waren. Er nannte die Religion einfach »Ahnengeister«. Er wollte niemandem Angst einjagen mit seinen Radioübertragungen; verängstigte Scheißer brachten einen schneller um als jedes großmäulige Arschloch. Clinton wollte einfach, daß die Leute die Wahrheit erfuhren. Er bedauerte nur, den alten Frauen nicht öfter bei ihren Gesprächen zugehört zu haben. Nach nur zweihundert Jahren waren die »Geister« als die gefährlichste und fähigste Macht gegen die europäischen Kolonialisten aufgetaucht. Nach der Vereinigung der Geister Afrikas und der karibischen Inseln hatten die Weißen Gerüchte über diese Vereinigung vernommen. Auf Haiti verboten die Franzosen die »Geister«, doch es war zu spät. Die französischen Plantagenbesitzer machten mit ihren Gewehren Jagd auf den reisenden Kräutersammler, den die anderen Sklaven Don Petro nannten. Die Pflanzer setzten eine hohe Belohnung auf seinen Kopf aus. Die kreolischen Sklaven konnten über den Irrtum der Weißen nur still lachen, denn Don Petro gehörte zu den »alten Ahnen«, die der weiße Mann niemals fangen konnte. Und jedes Jahr hatte dieser Don Petro den Plantagen- und Minenbesitzern mehr Ärger bereitet. Don Petro war der Kopf einer neuen Familie von Geistern, hoch oben in den Bergen der Karibik.

Die Menschen stellten fest, daß sich die Geister in Amerika anders verhielten als in Afrika. Dort waren sie leichter einschätzbar und sanfter gewesen. Ogoun, der Eisenmacher, war in Afrika ein Gentleman-Krieger und Heiler gewesen. Die Sklavenjagden und das Sterben während der Überfahrten hatten alles verändert. Die Afrikaner hatten sich durch die Überfahrten ebenso verändert, wie Ogoun, Eurzulie und Damballah sich durch das Morden in Amerika verwandelt hatten. Hier war Ogoun kein Gentleman-Krieger mehr; Ogoun war der Guerillakämpfer: Überraschungsangriffe, verbrannte Erde und keine Gefangenen.

Was die Geister betraf, wollte Clinton den Leuten etwas klarmachen. Nicht weil er eine Art Missionar war, der den Leuten den Arm umdrehte, um ihnen dann in die Taschen zu greifen – der religiöse Teil interessierte ihn gar nicht –, sondern weil er meinte, die schwarzen Menschen sollten wissen, daß die Geister ihrer Vorfahren auch hier in den Vereinigten Staaten weiterhin bei ihnen waren.

Clinton erinnerte sich daran, wie die alten Großmütter mit Pfeifen und Kautabak zusammengesessen und in leisem, monotonen Tonfall über die angeheirateten Verwandten und sämtliche Zweige der Familie gesprochen hatten. Der indianische Teil der Verwandtschaft brüstete sich immer damit, sie seien die *ersten* schwarzen Indianer gewesen. Die alten Frauen hatten bei dieser Behauptung glucksend vor sich hin gelacht. Bestimmt hatten sie gemeint, die ersten schwarzen Indianer in Tennessee zu sein, hatte jemand gescherzt; das ergebe schon eher einen Sinn. In Tennessee habe es früher sowieso nur Bäume und Indianer gegeben. Die schwarzindianischen Familienangehörigen gingen sogar so weit, einen schwarzen Indianer in Kriegskluft auf die Vorderwand ihres Hauses zu malen. Sie kannten Geschichten über die allerersten schwarzen Indianer.

Die ersten schwarzen Indianer hatten in den Festen der hohen Berge gelebt, von wo aus sie Überfälle auf die Plantagen und Siedlungen im Tal unternommen hatten. Einige erzählten, der erste schwarzindianische Medizinmann sei ein Jamaikaner gewesen, der durch Haiti gezogen war und sich selbst Boukman genannt habe. Natürlich hatte dieser Boukman zu Don Petros Geisterfamilie gehört. In einer Augustnacht hatte Boukman, der schwarze Indianer, eine Zeremonie abgehalten. Während der Zeremonie kam ein schrecklicher Hurrikan auf, und plötzlich erschien eine alte Frau, vollführte einen wilden Tanz und tötete dann ein schwarzes Schwein. Jeder der Anwesenden trank das

Blut des Schweins und schwor, Boukman nachzufolgen, dessen Name »Geisterpriester« bedeutete. Mit Ouidambala, der Großen Meeresschlange, beriet man sich über einen Kriegszug. Die Sturmwinde und die Überschwemmungen waren für die Europäer ein schrecklicher Schlag gewesen und hatten den Sklaven einige Vorteile verschafft, die sie für den Beginn ihrer Revolution bitter benötigten.

Genau in dieser Situation hatte sich das unterschiedliche Verhalten der Geister in Afrika und in Amerika offenbart: Don Petros böse alte Frau, Martinette, war gekommen und hatte einen Sturm herbeigetanzt, und es war ihr egal, ob die Winde dabei alles wegbliesen. So war Don Petros Familie grob zu den eigenen Verwandten. In Afrika waren die Geister viel sanfter und friedlicher gewesen.

Auf amerikanischem Boden waren die Geister von Bitterkeit und Blut genährt worden, das seit der Ankunft der Europäer vergossen worden war. Nach der Grausamkeit von Don Petros Familie zu urteilen, hatten die Geister allerdings schon vor der Ankunft der Weißen Blut geleckt. In manchen Nächten, wenn Clinton in seinem Kopf oder seinem Herzen größte Verzweiflung verspürte, hatte er sich in eine Ecke des Duschraums der Obdachlosenunterkunft gehockt und die Aufzeichnungen durchgelesen, die er über afrikanische Religionen gemacht hatte. Clinton litt unter Alpträumen von afrikanischen und amerikanischen Indianern, die Jagd auf ihn machten. Die ersten Alpträume hatten begonnen, nachdem Clinton wegen des verfaulenden Essens auf dem Ogoun-Schrein sein Zimmer hatte räumen müssen.

Clinton konnte seine Träume ebensogut deuten wie ein Psychologe. Jeder, der einmal auf der Straße nächtigen mußte, wurde wahrscheinlich von schreckensvollen Träumen heimgesucht. Die Wiederholung des Traums Nacht für Nacht hatte die Angst schwinden lassen. Schließlich hatte Clinton geträumt, daß die federgeschmückten Stammeskrieger ihn nicht verfolgten, um ihm zu schaden, sondern weil sie eine Nachricht für ihn hatten. Die Geister sprachen zu Träumern auf der ganzen Welt. In wachem Zustand wußten die Menschen nicht einmal, daß sie von den Geistern Anweisungen erhalten hatten. Es war perfekt. Die Menschen würden gar nicht wissen, warum ihre Füße nach

Norden marschierten; sie würden nicht verstehen, warum sie solche Freude dabei empfanden, Seite an Seite zu marschieren. Clinton wußte, welche Aufgabe ihm, Rambo-Roy und den anderen zugedacht war.

Die alten Mütterchen waren Schwestern oder Cousinen gewesen, und sie hatten sich ständig über die verschiedenen Zweige der Verwandtschaft gestritten. Die französischen Kolonialisten fürchteten sich vor Gift und Sklavenaufständen, aber noch mehr fürchteten sie sich vor den Geistern, deshalb hatten sie die schwarzen Indianer gebeten, die große Mardi-Gras-Faschingsparade anzuführen, um die Menschen zu ehren, die seit Urzeiten hier gelebt hatten. Der weiße Mann brauchte die schwarzen Indianer, um den Zorn der Geister zu besänftigen. Darüber hatten die alten Mütterchen immer lachen müssen. Offensichtlich hatte der weiße Mann nicht genug für die Geister getan, denn ehe sie sich versahen, waren sie mitten im Bürgerkrieg, wo die alten Geister ganze Flüsse vom Blut des weißen Mannes tranken, während die Sklaven davonkamen.

KREOLISCHE WILDWESTINDIANER

Sogar der *Black-Studies*-Kurs wurde manchmal langweilig, besonders nachdem die europäischen Eroberer in Afrika aufgetaucht waren. Afrikanische Frühgeschichte war wundervoll, denn die afrikanischen Könige hatte große Reiche erbaut, und afrikanische Metallurgen hatten aus Eisen großartige Werke geschaffen. Im Norden erfanden afrikanische Mathematiker die Null, den Schlüssel zur höheren Mathematik, während afrikanische Astronomen Karten über die Sterne und Planeten anlegten.

Aber Clinton verspürte jedesmal ein flaues Gefühl in der Magengegend, wenn er daran dachte, wie schnell das Semester vorüberging und der schreckliche schicksalsträchtige Tag näherkam; der Tag, an dem die ersten europäischen Sklavenhändler auf afrikanischen Sklavenmärkten aufgetaucht waren und nicht auf den Märkten Frankreichs oder Englands. Semesteraufgabe

war es gewesen, einige Erzählungen von alten Leuten über ihre
Erinnerungen an früher zu sammeln. In dieser Hinsicht war
Black Studies für Clinton ein guter Kurs gewesen: Kurz bevor er
nach Vietnam gegangen war, hatte er sich noch einmal mit einer
der letzten alten Großmütter unterhalten. Sie hatte Clinton von
den Geistern erzählt, die ihn bewachten. Sie konnte sie sehen.
Als er später in Vietnam lebend und mit dem zerstörten Messergriff neben sich aufgewacht war, hatte Clinton gewußt, daß sie
ihn wirklich beschützten.

Clinton konnte sich daran erinnern, wie sich die alten Mütterchen zum Zeitvertreib gestritten hatten. Je älter sie wurden,
desto häufiger sprachen sie von der Vergangenheit. Sie hatten
Lieder gesungen in Sprachen, die Clinton nicht kannte, und
wenn er die Frauen danach gefragt hatte, antworteten sie ihm,
daß sie die Sprache selbst nicht verstünden, weil es eine Geistersprache sei, die nur die Toten oder die Diener der Geister verstanden.

Clinton hatte sich nur zu bestimmten Einzelheiten, die ihn
besonders interessierten, Notizen gemacht. Ein großer Teil der
afroamerikanischen Studien hatte aus irgendwelchem weißen
Soziologie- oder Psychologiemist bestanden. Und durch den
Umstand, daß der Professor ein Schwarzer war, wurde die Sache
nicht besser. Clinton machte sich nur zu Themen Notizen, die
ihn wirklich interessierten, wie etwa die schwarzen Indianer oder
die Geister und die afrikanischen Menschen.

Aus Clintons Notizbuch
Schwarze Indianer beim Mardi Gras

Schwarze indianische Wachen und Kundschafter marschieren
an der Spitze der Mardi-Gras-Parade. Die Stammeskönigin
ist ganz schwarz, aber ihr Gesicht ist überaus kompliziert
bemalt, und sie trägt die Federn der Kushada-Indianer. Der
Medizinmann schreitet neben ihr. Überall sind schwarze
Indianer in Stammeskostümen und Federschmuck. »Wilde
Kreaturen« sind mit Tierhäuten und Lendenschurzen aus Gras

bekleidet, sie tragen Hörner oder Geweihe auf den Köpfen und große Nasenringe. »Wilde Kreaturen« tanzen, indem sie kreischend und spuckend auf- und abspringen. »Wilde Kreaturen« sind seit undenklichen Zeiten erzürnt über menschliches Verhalten, aber gerade jetzt hegen sie einen ganz besonderen Zorn für die Weißen entlang der Paradestrecke. Sie singen:

Die Indianer kommen   *Die Königin kommt*
Die Indianer kommen   *Die Königin kommt*
Der Kazike kommt   *Die Golden Blades kommen*
Der Kazike kommt   *Die Golden Blades kommen*

Die schwarzindianischen Stämme nennen sich Little Red, Little Blue und Little Yellow Eagles. Der Stamm der Golden Blades führt jedes Jahr einen Kampf durch, um den Häuptling zu bestimmen. Wilde Squatoulas und die kreolischen Wildwests (Cowboys aus Opelousas) singen:

Heraus mit den Töpfen,
heraus mit den Pfannen!
Hier kommen die indianischen Mannen!

Schwarze Indianer tanzen mit wilder Hingabe. Ihre Tänze sind Stammestänze.

Kein Außenstehender weiß, wo Afrika endet und Amerika beginnt.

Auf dem mit Goldfäden gewirkten Umhang der schwarzen Indianerkönigin ringelt sich eine riesige Schlange aus Perlen, und eine immense Spinne aus Silberfäden kriecht über ihr flammend rotes Satinkleid. Der Kazikepriester hat das reine Weiß von Perlen gewählt, silberne Reiherfedern, weißen Samt, weißen Satin besetzt mit Miniaturrosen aus weißem Bergkristall und kristallenen Münzen.

Die schwarzen Indianer marschieren Stamm für Stamm und führen die Mardi-Gras-Parade an. Die Stämme singen ihre hochmütigen Lieder:

> *Oh, die Little Reds, Whites, Blues*
> *und die Little Yellow Eagles,*
> *die Mutigsten im Land.*
> *Heute sind sie auf dem Vormarsch.*
> *Und stellst du dich ihnen in den Weg,*
> *dann sei bereit zu sterben!*

Im Jahre 1933 wurde ein Polizist durch einen Kriegsspeer verletzt, den rivalisierende Stämme sich im Streit zugeschleudert hatten. Danach hatten sich die Stämme darauf verständigt, in der Mardi-Gras-Parade zukünftig friedlich zu sein. Sie sangen dieses Lied:

> *Geschossen wird nun nicht mehr, nein, nein!*
> *Geschossen wird nun nicht mehr, nein, nein!*
> *Geschossen wird nun nicht mehr, nein, nein!*
> *Und entdeckst du im Gebüsch einen Mann,*
> *gib ihm einen Knuff und einen Stoß hintenan.*
> *Denn geschossen wird nun nicht mehr, nein, nein –*
> *Geschossen wird nun nicht mehr, nein, nein!*

An der ganzen Strecke haben die rivalisierenden Stämme, die weiter unten an der Straße warten, junge Mädchen und Knaben als Spione eingesetzt, um ihnen die gerade verkündeten Prahlereien und Herausforderungen zu überbringen, damit den konkurrierenden Stämmen und Einzelpersonen genug Zeit bleibt, sich ein Erwiderungslied auszudenken.

Auf die Herausforderung einer anderen schwarzen Indianerin antwortet die schwarze Indianerkönigin:

> *Ach was! So scharf sieht sie nicht aus!*
> *Sie hat kein Leben in sich!*
> *Mann! Sie sollte es haben, wie ich es habe!*
> *Es nutzen wie ich! Es machen wie ich!*
> *Wie eine Stammeskönigin! Wie eine Stammeskönigin!*

An dieser Stelle läßt die Königin wie eine Schlange ihre Zunge herausschnellen, Bauch und Hüften wiegen sich wie eine

Schlange, denn die schwarzen Indianer stehen noch immer in Kontakt mit den Schlangengeistern Damballah und Simbi.

Häuptling Brother Tillmann, der Anführer der kreolischen Wildwestindianer, ist in schlichtes Wildleder mit schwarzen Fransen und Federn gekleidet. Noch 1947 hatten die Einwohner von New Orleans Angst vor den schwarzen Wildwestindianern und versuchten, ihnen aus dem Weg zu gehen. Und dennoch sprangen die Mutigen auf die Wagen der weißen Maskierten und schrien: »Mardi Gras! Mardi Gras! Kaut das Stroh! Rennt davon und lügt etwas!«

Die Aufzeichnungen, die Clinton über die schwarzen Indianer gemacht hatte, stimmten ihn irgendwie immer hoffnungsvoll und stolz. Besonders gefiel ihm, wie grob und einschüchternd die schwarzen Indianer zu den Weißen gewesen waren. Clinton liebte es, sich die Fröhlichkeit und das Gefühl der Macht vorzustellen, das die Wildwestindianer verspürt haben mußten. Doch nach 1947 waren die schwarzen Indianer nicht mehr in den Mardi-Gras-Paraden mitmarschiert. Sie wurden von der Parade ausgeschlossen, weil die Veränderungen 1947 bereits in der Luft lagen. Die Schwarzen, die die Vereinigten Staaten in Übersee verteidigt hatten, waren nach Hause gekommen und verlangten nach Bürgerrechten.

Seit den Tagen, in denen reiche Indianer wie die Weißen Sklaven hielten, hatten die schwarzen Indianer bei den weißen Mardi-Gras-Paraden mitgewirkt. Man hatte ihnen die Teilnahme gestattet, weil sie amerikanische Indianer waren. Clinton war stolz darauf, daß die schwarzen Indianer den Weißen gezeigt hatten, auf welcher Seite sie standen, auch wenn man sie daraufhin alle aus der Parade hinausgeworfen hatte. Die Mardi-Gras-Parade der Neger wurde am 19. März in New Orleans abgehalten, und Clinton fragte sich, ob man die ausgeladenen schwarzen Indianer wohl aufgefordert hatte, bei der Neger-Mardi-Gras-Parade mitzumarschieren. Das wäre für die Schwarzen eigentlich die passende Geste gegenüber ihren indianischen Brüdern gewesen. Aber Clinton wußte, daß Schwarze und Indianer nicht immer die

Freiheit besaßen, die richtigen »Gesten« zu machen. Clinton war kein Dummkopf. Er konnte sich daran erinnern, wie gern seine alten Tanten und Großmütterchen zusammengesessen und ihre Pfeifchen geraucht hatten, um sich gegenseitig mit ihrer Abstammung aufzuziehen. Indianer blieben Indianer, auch wenn sie schwarz waren. Die schwarzen Indianer wurden zu keinen Paraden mehr eingeladen, und mit Sicherheit zu keiner Neger-Mardi-Gras-Parade. Denn die schwarzen Indianer waren Unruhestifter, und Unruhe war das letzte, was die schwarze Mittelklasse von New Orleans gebrauchen konnte.

Die alten Tanten und Großmütter erzählten immer, daß die Menschen, die als erste aus Afrika gekommen waren, über das, was sie in Amerika vorfanden, sehr bestürzt gewesen waren. Sogar die afrikanischen Götter, die sie in Amerika wiederfanden, waren durch die Erfahrungen auf diesem Doppelkontinent hart geworden. Mit Ausnahme des gutherzigen Damballah natürlich, der freundlich, aber distanziert war, und sich mit weltlichen Dingen nicht befaßte; Damballah war davon nicht betroffen. Dennoch war von Anfang an klar, daß die afrikanischen Götter in Amerika sehr aufbrausend waren. Es war der Tod, der den afrikanischen Sklaven in diesem Land von Angesicht zu Angesicht gegenübergetreten war. In Amerika streifte er Tag und Nacht umher; in Afrika hingegen ging der Tod nur spät nachts um.

ARMEE DER GERECHTIGKEIT

Geister machten Clinton keine Angst. Er wußte, wie man sich stumm mit ihnen unterhielt, und führte ganz normale Gespräche mit ihnen, es sei denn, sie waren mit einer Nachricht zu ihm gekommen. Clinton hatte nicht immer an Geister geglaubt. Doch dann war er in Vietnam verletzt worden, und das Messer hatte alles verändert. Vietnam war voller vietnamesischer Geister gewesen. Die Vietnamesen opferten den größten Teil ihrer Zeit und ihres Geldes für Weihrauch, Süßigkeiten, Alkohol und Blumen für die Geister. Das Beispiel der Vietnamesen hatte Clinton beflügelt; glücklicherweise hatte er damit begonnen, sein

Messer morgens und abends mit etwas Rum zu speisen. Einen Monat später rettete es ihm das Leben.

Daheim in den Vereinigten Staaten schienen die Geister nur noch zornig zu sein und kreisten wie Wirbelwinde um sich selbst und die Menschen, um Furcht und Schrecken zu verbreiten. Überall in den Staaten hatte Clinton Wahnsinn und Bösartigkeit gesehen, sowohl unter den Weißen als auch unter den Schwarzen. Denn allerorten hatten die Menschen die Geister vergessen, die Geister ihrer Vorfahren, die ihnen auf diesem großen Kontinent vorausgegangen waren. Ja, Amerika war voller zorniger, verbitterter Geister. Ein fünfhundert Jahre andauerndes Gemetzel hatte auf dem Doppelkontinent Millionen von Geister zurückgelassen, die niemals zur Ruhe kamen und nicht rasten würden, bis ihnen Gerechtigkeit zuteil wurde. Clinton verschwendete nicht gerne seine Kraft damit, über Kleinigkeiten zu streiten. Wenn Rambo-Roy ihre Armee »Armee der Obdachlosen« oder »Armee der Armen und Obdachlosen« nennen wollte, dann war das für ihn in Ordnung. Er dagegen hätte sie »Armee der Gerechtigkeit« genannt.

Zuerst kam der große Schlangengeist, der reine und sanfte Damballah. Damballah war so scheu und der Welt entrückt, daß er mit den menschlichen Heimsuchungen nicht in Berührung kam, außer als Nachrichtenüberbringer. All die anderen Geister waren mehr als willig, für die Menschen, die sie so großzügig nährten, »zu arbeiten«.

Die »amerikanisierten« Geister benutzten den Namen Ge Rouge am Ende ihres afrikanischen Namens. Das war eine Warnung: Rot stand für »Gefahr«. Clinton konnte sich nicht an alle Namen und Verkleidungen erinnern, derer sich die Geister bedienten, aber er wußte, daß Ogoun Ge Rouge ein großer Krieger war. Es war Ogoun Ge Rouge gewesen, der ihm das Leben gerettet hatte. Als die afrikanischen Sklaven in Amerika aufgetaucht waren, hatten die amerikanischen Ureinwohner mit Ahnengeistern gesprochen, die in Tongefäßen lebten. Die Ureinwohner waren willentlich gestorben, um den Europäern zu trotzen. Im Tod hatte sich ihr Geist befreit, um nach freiem Willen umherzustreifen und anderen mächtigen Ahnengeistern zu helfen, die bereits auf die Sklavenhalter losgingen.

Nun war es einfach eine Frage der Zeit, das war alles. Clinton wußte, daß sein Leben, sein Körper und seine Seele zur Welt der Geister gehörten. Wenn er sich umschaute, sah er, daß alle Menschen sich vor dem Tod fürchteten. Arme Menschen hatten genausoviel Angst wie reiche. Das war Clinton jedesmal aufgefallen, wenn er umhergereist war. Irgendwo hatte er gelesen, daß die Zahl der getauften Christen in Amerika seit dem Zweiten Weltkrieg systematisch zurückgegangen sei. Er fragte sich, ob dies die Auswirkung der Atombombe war, die die Leute aus den Kirchen vertrieb. Die Menschen gaben Gott die Schuld, damit sie nicht länger auf ihn hören mußten. Clinton hatte es ebenso gemacht. Er hatte den einen Gott verlassen, als ihn ein anderer im Kampf beschützt hatte.

Die Zeit war gekommen, wo die Menschen begannen, das drohende Unheil zu wittern und Zeichen um sich herum wahrzunehmen – große Erdbewegungen, die ganze Berge aufbrachen und von Menschen errichtete Mauern zum Einsturz brachten. Starke Winde falteten Häuser zusammen, und von enormen Stürmen vorangetriebene Flutwellen ließen Tausende ertrinken. Kein Computer, keine noch so hochentwickelte Technologie der Menschen konnten gegen die Kraft der Erde etwas ausrichten.

Diejenigen, die warteten und aufmerksam waren, würden ganz plötzlich die Gegenwart der vielen Geister bemerken: die großen Berg- und Flußgeister, die großen Luftgeister und alle Geister der geliebten Vorfahren, Krieger und alten Freunde; die Geister würden sich versammeln, und dann würden sich auch die Menschen dieses Kontinents erheben. Sie würden sich erheben, wie sie es für den alten Boukman und den alten Koromantin getan hatten, den Mann von der Goldküste, der die Menschen 1760 zum Aufstand geführt hatte.

Die Geister wirkten auf verschiedene Weise. So fielen europäische Sklavenaufseher schrecklichen Lastern zum Opfer, die ihnen die Geister auferlegten. Sie kümmerten sich nicht mehr um ihre Aufgaben, sondern verloren sich in stundenlangen wilden sexuellen Exzessen, die normalerweise nach dem morgendlichen Genuß von Maisschnaps begannen. Die weißen Aufseher hatten sich in endlosen Stunden mit ihren Sklaven vergnügt und nur eine Pause gemacht, um Schnaps zu trinken oder ein Nickerchen zu machen. Auch hinter den Exzessen der Minenbesitzer und Plantagenbosse, die allmählich vergaßen, daß es ihr eigentliches Anliegen gewesen war, Geld zu verdienen, steckten die Geister, und die Zeit, die nun mit Ausschweifungen verging, war genau die Zeit, die sie früher zum Rechnen, Haushalten und zur Kontrolle der Sklavenarbeit genutzt hatten. Die Erträge der Minen und Plantagen begannen langsam zu sinken. Außer von einigen wenigen Haussklaven wurden die weißen Männer immer seltener gesehen. Und da sie zweit- oder drittgeborene Söhne ohne Landbesitz waren, hatten die europäischen Aufseher auch keine Familienangehörigen, die sie wieder zur Vernunft gebracht hätten.

Wertvolle Sklavenfrauen und -kinder wurden verstümmelt und getötet oder durch die Verworfenheit der Kolonialherren in den Wahnsinn getrieben. Die Wände der Schmelzöfen waren gerissen, weil man das Feuer hatte ausgehen lassen, dennoch beherrschten die Geister weiter die Gelüste der Sklavenaufseher. Mit jedem Tag hatten sich die Kolonialisten mehr und mehr in ihre eigene Welt zurückgezogen, eine Welt, welche die Furcht ausschloß, weil sie jederzeit ihre Macht am Fleisch ihrer Sklaven demonstrieren konnten. Europäische Adlige hatten Sklaven besessen und auch die Araber und Chinesen. Sogar einige tribale Kulturen hatten Sklaven gehalten. Aber nirgendwo auf der Welt, außer in Amerika, hatten die kolonialen Sklavenhalter so plötzlich ohne eigenes Volk und eigene Kultur dagestanden, die ihnen hätten helfen können, die entsetzlichen Begierden und Gelüste einzudämmen, die der Besitz von Menschensklaven in ihnen auslöste. Nirgendwo waren so viele Sklaven so verschwenderisch und schnell verbraucht worden. Kindesmord und Vergewaltigung waren in der Neuen Welt von europäischen Sklavenhaltern perfektioniert worden. Und mit den blutigen Begierden, die sie sich in den Kolonien angeeignet hatten, indem sie sich Schenkel und Genitalien mit frischem Sklavenblut beschmierten, waren sie später nach Europa zurückgekehrt.

SENDUNGEN VON RADIO FREIHEIT

Clinton hatte nicht mehr das Gefühl, an der Pein ersticken zu müssen – dem Zorn und Schmerz, den er jeden einzelnen Tag seines Lebens gefühlt hatte, selbst während seiner Armeezeit. Der Grund dafür waren die Geister und die Armee, die er und Rambo zusammenstellten. Clinton war froh darüber, daß Rambo es nicht eilig hatte. Er wollte ein wenig herumreisen und feststellen, woher in Städten wie L.A., Houston und Miami der Wind wehte, dort, wo die Unruhen am heftigsten gewesen waren. Clinton wollte ein wenig Scout spielen, weiter nichts.

Er ermahnte sich, realistisch zu sein. Er würde in L.A. oder Miami nicht viele arme Schwarze treffen, die ihre Zeit damit verschwendeten, ihm zuzuhören. Die Armen waren müde und krank. Sie sahen lieber fern. Einige wenige verdienten großes Geld an denen, die sich mit einer Nadel oder einer Pfeife einige Minuten des Vergessens kauften. Krankheit, Drogen und Hunger waren die Verbündeten der Weißen; nur Dope hielt die jungen schwarzen Männer davon ab, das weiße Amerika niederzubrennen. Clinton verspürte eine innere Verpflichtung, weitere Rekruten zu suchen, denn Zahlen waren weit weniger wichtig als Loyalität und Entschlossenheit. Es waren schon immer kleine Gruppen gewesen, die die Weltgeschichte verändert hatten. Clinton hatte das Blutvergießen in den schwarzen und braunen Wohngebieten mit angesehen – all die Munition und die Waffen, all die Energie, die die jungen Menschen jede Nacht in L.A., San José und Oakland verbrauchten – von Washington, D.C., und New York City ganz zu schweigen. Für den Augenblick würde sich Clinton darauf konzentrieren, ein paar der besten Männer und auch Frauen zu rekrutieren, die bereit waren, einen richtigen Krieg auszutragen, statt Crack zu verkaufen und den Weißen damit Reichtum *und* Sicherheit zu erhalten. Wenn er keine jungen Rekruten fand, würde Clinton sich nach Vietnamveteranen in seinem Alter umsehen. Vielleicht waren noch ein oder zwei von seiner Sorte am Leben.

Clinton erwartete nicht, über Nacht Erfolg zu haben. Er wußte, daß sie ihn einen verrückten Alten nennen würden. Er würde die Jungen einfach nicht in Ruhe lassen – er wußte, sie würden eines Tages herausfinden, daß Geld allein nicht alles war, weil man sich mit Geld keinen Respekt kaufen konnte. Natürlich konnten sie aneinander Geld verdienen; sie konnten auf der Straße krepieren, während die Weißen durch das Dope, das sie ihnen verkauften, reicher und reicher wurden, und zukünftige Krieger an Alkohol und Drogen starben. Sie konnten damit ruhig weitermachen. Clinton wollte nicht, daß seine Radioübertragungen sich anhörten wie die von Hitler, aber die Menschen mußten gewarnt werden: Alkohol und Drogen hatten den Zweck, sie schwach zu halten, sie davon abzuhalten, daß sie sich erhoben und Gerechtigkeit verlangten. Schwarze Sklaven hatten sich abquälen müssen, um die Vereinigten Staaten reich und mächtig zu machen. Dafür standen die Vereinigten Staaten sowohl bei den Afroamerikanern als auch bei den amerikanischen Ureinwohnern noch immer tief in der Schuld.

Clintons Radiosendung zur Sklaverei

Eröffnungsmusik (Bob Marley, Jimmy Cliff, Aretha Franklin)

Eine Stimme liest: Jetzt ist die Zeit, das Versprechen zu halten, das du gegeben hast.

Verfluche ihn, wie ich ihn verfluche!
Verderbe ihn, wie ich ihn verderbe!
Möge er niemals Frieden haben im Bett
noch Frieden bei seinem Essen
noch soll er sich verstecken!
Zermürbe und zerstöre ihn!
Laß ihn verfaulen wie diese verfaulen!

Voice-over fährt fort:

1. Unter Sklaverei versteht man jede andauernde Beziehung zwischen Menschen und Systemen, die zu Entwürdigung und menschlichem Leid führt.

2. Frauen und Kinder sind die häufigsten Opfer von Sklaverei, denn Sklaverei beruht auf Gewalt und systematischem Terrorismus als Mittel des Machterhalts.
3. Terrorismus hat viele Äußerungsformen, meist jedoch ist die Gewalt sexueller Natur, um die Opfer davon zu überzeugen, daß das Leid Teil ihrer Identität ist, so unveränderlich wie ihr Geschlecht oder ihre Hautfarbe.
4. Der Sklave ist der Polarstern im Leben seines Herrn. Er wird den Herrn immer empfangen. Der Sklave wird Teil seines Herrn, und Vollkommenheit wird möglich.
5. Der Sklave hat keine Identität außer durch seinen Herrn; eine Sklavenidentität ist keine vollständige menschliche Identität.
6. Sklaven können zwar als Arbeitskräfte eingesetzt werden, ihr Hauptzweck jedoch ist die Befriedigung der sexuellen Bedürfnisse und die Selbstbestätigung ihres Herrn.
7. Den Herrn gelüstet es nach dem Gefühl der Grausamkeit und der Lust, die der Sklave wieder und wieder in ihm erweckt.
8. Schlage den Sohn des Herrn, aber niemals seinen Sklaven. Der Sohn ist ein eigenständiges Wesen, Sklave und Herr jedoch sind eins.
9. Sklaverei ist eine hochproduktive Angelegenheit und erzielt märchenhafte Gewinne. Sklaverei ist die gewinnbringende und nützliche Anwendung von Grausamkeit.
10. Durch die Arbeitskraft der Sklaven in Amerika kam Europa zu einem sagenhaften Reichtum. Was ist der Ursprung der Gier der Europäer? Gier entspringt der Furcht vor dem Tod. Die Menschen in Schnee und Eis werden von Kälte und Hunger verfolgt. Das Feuerholz reicht nie für lange Zeit.
11. Mit dem durch Sklaverei gewonnenen Reichtum werden Lagerhäuser voller Nahrung, Armeen und die besten Ärzte gekauft. Reichtum bringt noch mehr Sklaven und weiteren Besitz, um so den Herrn in der Welt der Lebenden fest zu verankern.
12. Der Sklave wird dem Tod anstelle seines Herrn angebo-

ten; dadurch »wird« der Sklave zum Herrn, wenn auch nur im Moment des Sterbens.
13. In den Träumen seines Herrn erwirbt der Sklave Macht. Langsam beschäftigt er auch im Wachen die müßigen Gedanken des Herrn. Die Besessenheit des Herrn macht ihn zum Sklaven. (Ende der Sendung.)

Clintons zweite Radiosendung
Die erste erfolgreiche Sklavenrevolution in Amerika

Die Sklaverei hat die Geschichte der tribalen Völker Amerikas mit der Geschichte der tribalen Völker Afrikas für alle Zeiten verbunden. Auf La Isla de Hispaniola flüchteten entflohene afrikanische Sklaven, die Maronneger genannt wurden, in die entlegenen Berge, wo sie von den verbliebenen Scharen der Aruak-Indianer aufgenommen wurden.

1791 begann der Unabhängigkeitskrieg der Sklaven mit einer Feier für die Geister. Boukman, Biasson und Jean François führten die Menschen in den Kampf. Guerilla-Einheiten aus Maronnegern und schwarzen Indianern kamen nachts aus ihren Verstecken in den Bergen, um verschiedene Zauber und »Gifte« auszulegen und die Häuser und Ställe der Reichen niederzubrennen. 1801 besiegte die Revolutionsarmee der Sklaven in Santo Domingo 25 000 napoleonische Soldaten unter dem Kommando von Bonapartes Schwager. Die Franzosen werden mit Hilfe der Geister geschlagen.

Die Geister Afrikas und Amerikas werden durch die Geschichte und die auf beiden Kontinenten verwendete heilige Kürbisrassel vereint. Eurzulie vereinigt sich mit Mutter Erde. Damballah, die Große Himmelsschlange und Hüterin allen göttlichen Wissens, vereinigt sich mit der Großen Gefiederten Schlange, Quetzalquoatl. Wenn ein Mensch stirbt, wandert sein Geist ins Totenland. Legba-Gede, Herr der Kreuzwege von Leben und Tod, lenkt den Verkehr der menschlichen Seelen.

Die Geister bewohnen die »Donnersteine« oder Flintmesser, die die Aruaks und Kariben einst schnitzten. Einen der »Donnersteine« brachte der in ihm wohnende Geist dazu, stark zu schwitzen; ein anderer berühmter Stein mit dem Namen Papa Gede urinierte. Die Geister sind die mächtigsten Wesen. Das ist der Grund, warum die zahlenmäßig unterlegene und schlecht ausgerüstete Volksarmee die französische Marine und Armee hatte aufhalten können.

Zuerst nimmt Legba-Gede seine bevorzugte Gestalt an, die des Herrn der Friedhöfe, der seinen heimlichen Anhängern im Kampf gegen die europäischen Soldaten, die Haiti besetzt hielten, besondere Kräfte verlieh. Der Herr der Friedhöfe hatte seinen heimlichen Anhängern die Kraft verliehen, ihre Opfer auf der Straße zunächst zu hypnotisieren und dann zu überwältigen. Die Soldaten des Herrn der Friedhöfe trugen Schlingen aus getrockneten menschlichen Gedärmen bei sich, mit denen sie nach Mitternacht neue Opfer strangulierten. Die Europäer haben Todesangst.

Gede Ge Rouge ist schon immer ein Kannibale gewesen. *Ge Rouge* ist gleichbedeutend mit Amerika. Die Macht Gedes und der Totengeister ist amerikanischen Ursprungs. In Afrika wurde Gede nicht verehrt. Ogoun war mit den anderen Geistern nach Amerika gekommen, aber Gede, der Herr der Toten, Beschützer der kleinen Kinder, Schwindler und Sexualathleten, Gede, der die Lebenden mit den Vorfahren aus der Vergangenheit mit den noch ungeborenen Nachkommen in der Zukunft verbindet, Gede ist in Amerika zu Hause.

Die Geistersymbole werden in Asche und Maismehl auf den Boden gemalt. Für Legba-Gede malen sie die vier Himmelsrichtungen, die Kreuzwege des Universums. Verkrüppelt und von Wunden und Maden bedeckt, taucht manchmal der alte Mann Legba-Torhüter auf. Er ist beides, männlich und weiblich, Feuer und Sonne. Der alte Gede tänzelt wie ein Pferd in seinem alten schwarzen Mantel, plappert und nippt Champagner. Seine Riten werden bei Neumond zelebriert. Manchmal hat der alte verkrüppelte Gede nur ein Bein; dann nennen sie ihn Congo Zandor, weil eine Schlange nur ein Bein hat, nämlich den Bauch, auf dem sie kriecht, und weil sie ihre Opfer zwischen riesigen Steinen zermalmt.

Dem alten Legba gegenüber sitzt – jung und stark – Petro-Mait-Carrefour, Geist aller dazwischenliegenden Punkte, Geist des Mondes, Geist, der alle Dämonen lenkt. Gede-Brav ist der Herr des Rauchenden Spiegels, der eine dunkle Brille trägt. Seine Worte und Gesten sind voller sexueller Anspielungen. Gede-Brav, der Torhüter, ist der kosmische Phallus, der leise mit sich selbst spricht und sich an Gegenständen reibt.

Gede-Brav trinkt das heißeste Getränk.
Gede-Brav hat einen unstillbaren Appetit.
Gede-Brav taucht immer im unpassenden Moment auf.
Gede-Brav erscheint dort, wo er nicht willkommen ist.
Gede-Brav, der Transvestit.

Der alte gebeugte Mann, Cinq-Jour Malheureux, ist Gede-der-sterbende-Sohn-der-bald-wiedergeboren-werden-wird; Cinq-Jour Malheureux steht für die namenlosen, leeren und unglücklichen Tage am Ende des indianischen Kalenders.

In Afrika herrschte Ogoun, Kriegergeist, Staatsmann und Metallurgist, über die Dörfer und Städte von Dahomey und Guinea. In Amerika aber wurde Legba-Gede, Herr der Totengeister und Wächter der Kreuzwege von Leben und Tod, mächtiger, weil die Europäer in der Neuen Welt so viele Menschen getötet hatten, so daß es weit mehr tote als lebende Seelen gab. In Afrika mußte Ogoun seine Macht mit niemandem teilen; dort besaß er die größten Armeen mit den besten Waffen. In Amerika hingegen muß Ogoun Ge Rouge seine Macht mit Legba-Gede teilen, und man kann sich denken, daß dieser militärische Geist solche »politischen Manöver« haßt, diesen »Kompromiß«, bei dem er seine Macht mit dem Herrn der Toten teilen muß.

Der Zorn Ogouns ist schrecklich. Selbst in Afrika hatte Ogouns Wut schon versehentlich die eigenen Leute getroffen, und er hatte sich aus Verzweiflung in sein Schwert gestürzt. Doch in der Neuen Welt, wo Ogoun mit noch viel schlimmeren Abscheulichkeiten konfrontiert wird, kennt seine Raserei keine Grenzen mehr. Und so kommt es, daß

Ogoun Ge Rouge und seine Anhänger, nachdem sie ihre Unabhängigkeit zurückgewonnen haben, Legba-Gede und die Menschen zahlenmäßig um ein Vielfaches übertroffen und sie viele Male hereingelegt haben. Ogoun Ge Rouge Jaco ist der schnellzüngige, korrupte Politiker, der nach der Revolution aus Schutt und Asche auftaucht. Jaco erzählt Lügen und verbreitet Gerüchte. Er versucht, Mißverständnisse und Mißtrauen unter den Menschen zu schüren. Jaco und seine Kumpanen sind schnell, und bevor die Menschen verstehen, was geschieht, sind Jaco und die anderen schon lange mit dem ganzen Geld aus der Staatskasse verschwunden.

Ogoun Ge Rouge Feraille ist der Geist eines großen Nationalhelden, der den Geist und die Anhänger von Jaco überdauert und schließlich überwindet. Das Problem ist, daß sich alle Politiker als »Anhänger von Ogoun Feraille« bezeichnen und sich erst später als Anhänger des korrupten Ogoun Jaco herausstellen. Bis jetzt waren Ogoun Jaco und seine Komplizen auf der ganzen Welt aktiv, nicht nur auf Haiti. Auch andere haben mitangesehen, wie ihre Revolutionen unterlaufen und verraten wurden, sonst hätte ein chinesischer Dichter nicht schreiben können: »Vor der Revolution waren wir Sklaven, jetzt sind wir die Sklaven früherer Sklaven.«

Clinton war es egal, daß sich seine Radiosendungen anhörten wie Referate in einem *Black-Studies*-Kurs. Nach den Unruhen und dem Vietnamkrieg hatten die Universitäten keine Gelder für die *Black-Studies*-Kurse mehr erhalten. Das war kein Versehen. Die Kräfte, die die Vereinigten Staaten beherrschen, wollten nicht, daß die Menschen ihre Geschichte kannten. Wenn sie erst ihre Geschichte kannten, dann würden sie auch erkennen, daß sie sich erheben mußten.

Drittes Buch
EL PASO

SONNYS HEIMLICHES NEBENGESCHÄFT

Sonny erwartete einen Anruf des Mexikaners Menardo. Er hatte Max nichts von seinen Kontakten nach Mexiko mitgeteilt. Sonny erzählte ihm, daß ihm die mexikanische »Küste« gefiel, aber »Brüste« entsprach eher der Wahrheit. Menardos Frau, Alegría, war eine Sensation im Bett. Sie hatte sich wieder und wieder über Sonny hergemacht.

Sonny freute sich darauf, mit dem Mexikaner Geschäfte zu machen, denn Menardos Preise waren wesentlich günstiger als die Angebote von Mr. B. Sonny war es egal, ob Max mit Mr. B. oder der Regierung zusammengearbeitet hatte. Was Max tat, war seine Sache. Sonny mochte B. nicht. Er würde für ihn arbeiten, weil Leah ihm Lagerhäuser vermietete und es ein einfacher Job war.

Sonny Blue hatte Angelo immer für einen Weichling gehalten. Doch Angelo, der wie eine Waise von dem fetten Onkel auf einem Autoschrottplatz aufgezogen worden war, hatte ihn überrascht. Er hatte seine Rennpferde gemanagt und sowohl auf den Pferde- als auch den Hunderennplätzen seine »Buchführung« im Interesse der Familie gehandhabt. Angelo war auf das Gejammer und die Ausreden der Peonen nicht hereingefallen. Sonny liebte es, weiße Männer in Tucson als »Peonen« zu bezeichnen. Er heuerte nur *weiße* Peonen an und niemals Mexikaner, wenn er für so wenig Geld so viele Weiße haben konnte.

Es hatte Sonny Blue beeindruckt, wenn Angelos Rennpferde hier und da ein Rennen gewannen. Sämtliche Pferde aus Tucson starteten auf kalifornischen Rennplätzen. Angelo schien nicht der

Typ zu sein, der im Familienunternehmen mitarbeiten würde. Sonny Blue hielt ihn für einen von denen, die eine Zeitlang mitmachten, um auszusteigen, sobald sie genug Geld hatten, ein legales Geschäft aufzuziehen. Der fette Onkel, der Angelo großgezogen hatte, hatte sich geweigert, bei den Geschäften der Familie mitzumachen. Sonny Blue hatte die Geschichte von »Fatty« gehört, der niemals einen Penny der Familien-»Dividenden« angerührt hatte und sich seine feisten Hände nicht schmutzig machen wollte. Wofür? Angelo hatte sich mit seinem Onkel in einem kleinen Wohnwagen zusammenquetschen müssen. Sonny Blue dankte dem Himmel dafür, daß er als der geboren worden war, der er war.

Sonny Blue sah viele Parallelen zwischen Angelo und seinem Bruder Bingo. Bingo war immer langsam gewesen und hatte sich durch die Schule gequält. Im Moment kümmerte er sich um die Geschäfte in El Paso, aber Sonny hatte bereits darüber nachgedacht, ihm Angelo als Unterstützung hinüberzuschicken. Sie brauchten einen Grenzstützpunkt, und sie brauchten jemanden in El Paso, der bereit war zu handeln, wenn ihre »neuen Freunde« mit den Lieferungen begannen. Sonny Blue konnte Bingo nicht vertrauen. Er stopfte sich zuviel Koks in den Rüssel. Und die Regeln der Familie waren heikel; Sonny konnte nicht riskieren, daß Max oder Leah herausfanden, wieviel Kokain sie beide konsumierten, sonst würden Köpfe rollen. Max war sehr altmodisch. Kokain war ein Droge, die Weiße an Nigger verkauften.

Max hatte Sonny die Verkaufs- und Spielautomaten übertragen: Die Familie besaß die Alleinvertriebsrechte für Tucson und El Paso. Allerdings war Bingo ein schlechter Manager, und die Familie machte Verluste in El Paso. Sonny Blue und Bingo waren deutlich gewarnt worden: Hände weg vom Dope. Drogen waren Sache der Mexikaner. Max Blue hatte sie eindringlich an die Konsequenzen erinnert: Sie konnten mit den mexikanischen und indianischen Schmugglern einen Krieg anzetteln, aber was würden sie gewinnen, wenn sich der Rauch erst einmal verzogen hatte? Diesbezüglich hatte die Familie von den mexikanischen und indianischen Schmugglern im Laufe der Jahre einige lehrreiche Lektionen erhalten.

Max Blue hatte Bingo und Sonny immer wieder über ihren

Verkaufs- und Spielautomatenvertrieb belehrt – *alleinige* Vertriebsrechte. Solche Vertriebsrechte wuchsen nicht auf Bäumen. Was wollten sie noch mehr? Sonny Blue wußte schon lange, daß es besser war, sich die Antworten für Max gut zu überlegen. Er hatte sich ihm gegenüber immer ein wenig unwohl gefühlt, und insgeheim fürchtete er sich vor seinem Vater. Trotzdem war es ihm schwergefallen, sich zu beherrschen, als Max ihn gefragt hatte, was er denn *noch* wolle. »Geld!« hätte Sonny gerne gebrüllt. Er wollte seinen Anteil. Er wollte eine Chance, zu zeigen, daß er *mehr* war als nur Max Blues Sohn. Was brachten ihm die Verkaufs- und Spielautomaten im Jahr ein – 275 000 oder 300 000 Dollar? Alleinvertriebsrechte? Nun, Sonny mußte permanent vor »Squattern« und unabhängigen Händlern auf der Hut sein, die versuchten, ihn mit Videospielen und Sandwich-Automaten zu unterlaufen. Wegen der vielen Heimvideos gingen die Umsätze der Spielebranche zurück; doch die Essensautomaten glichen die Verluste bei den Spielautomaten wieder aus.

Sonny haßte den bloßen Gedanken daran. Der schale Geruch von fettigem Fleisch und faulendem Salat erfüllte sein Büro im Hauptlager. Er hatte genug von diesem Schweinefraß. Er hatte genug davon, wie die Dinge für ihn und Bingo liefen. Er verstand nicht, warum sein Vater den Mexikanern, die sich einbildeten, diese Stadt zu kontrollieren, so bereitwillig Platz gemacht hatte.

Sonny Blue hatte sein ganzes Erwachsenenleben in Tucson verbracht. Hier erhängten die großen Diebe die kleinen. So einfach war das. In Tucson erreichte man mit Geld mehr als mit Kugeln. In Tucson konnte es passieren, daß jemand einen herausforderte, ihn zu erschießen; andererseits würde niemand in dieser Stadt einen Hundertdollarschein ablehnen. Für fünfhundert Dollar würde der »Abschaum« von Tucson sogar die eigene Großmutter erschießen.

»Legale Geschäfte?« Das war in Tucson der Witz des Jahrhunderts. Sogar der Neubau des Regierungsgebäudes bog sich gefährlich durch, weil Subunternehmer während des Baus soviel Stahl und Beton »umgeleitet« hatten. In Tucson gab es Diebesfamilien in der dritten Generation. Sie bestahlen die US-Regierung seit der Zeit der Apachenkriege. Was waren da ein paar hunderttausend Kubikmeter Beton oder ein paar Dutzend Stahlträger?

Sonny wußte nicht, wen er mehr haßte: den weißen Abschaum der »Gringos«, die langhaarigen Rocker oder die dreckigen Mexikaner. Alles menschlicher Abfall. Zum Glück gab es nur wenige Schwarze; das war in Sonnys Augen Tucsons *einziger* Pluspunkt. Sonny hatte El Paso nicht gewollt. Tucson war zwar schlimm, aber in El Paso gab es nur noch mehr von diesen armseligen Groschenspielern. Bingo hatte auch Tucson gehaßt. Er war clever genug gewesen, sich das El-Paso-Geschäft unter den Nagel zu reißen. Was machte es schon für einen Unterschied, wo die stinkenden Verkaufsautomaten aufgehängt wurden? Sonny war absichtlich in Tucson geblieben. Er wollte etwas beweisen.

Sonny Blue mißtraute Mr. B., weil er ein pensionierter Major war. Seiner Meinung nach war »Militär« gleichbedeutend mit »Polizei«. Der Telefonanruf vom Senator war schön und gut, dennoch war Sonny von Leahs 500 000-Dollar-Vertrag nicht beeindruckt. Die gesamte Wirtschaft stand auf unsicheren Füßen; das Militär würde große Budgetkürzungen hinnehmen müssen. Sonny Blue lachte über Leahs Gesichtsausdruck. »Schnipp! schnapp! Da gehen sie hin, die fetten Budgets!« Aber Leah Blue hatte als letzte gelacht. Sie machte sich nicht die geringsten Sorgen um das Geld. Der Major hatte im voraus bezahlt – aus seinem blauen Samsonitekoffer. Leah tat so, als fächere sie sich mit einem Bündel Hunderter Luft zu. Die Lagerhäuser, die der Major gemietet hatte, hatten seit der Fertigstellung leergestanden. Leah hatte billige Regierungskredite und Erschließungsdarlehen in Anspruch genommen, um die Bauten zu finanzieren. Freunde der Familie hatten ihr großzügig zinsfreie Kredite genehmigt, von Banken, die in Phoenix unter der Kontrolle des Senators standen.

Sonny Blue nannte sie nicht »Mutter«. Manchmal fiel es ihm leichter, sich vorzustellen, daß Max sein Vater war, als daß er sich Leah als seine Mutter vorstellen konnte. Sonny hatte sie von Anfang an mit ihren Männern beobachtet, wenn sie ihn und Bingo im Auto zu den Immobilienbesichtigungen mitgenommen hatte. Er hatte sofort geahnt, daß etwas im Gange war, wenn sie ihnen

Süßigkeiten und Limonade gekauft und sie bei laufendem Motor und eingeschalteter Klimaanlage im großen Chrysler zurückgelassen hatte. Sonny hätte sich gern ins Haus geschlichen und ihr nachspioniert. Aber Bingo hatte sich davor gefürchtet, erwischt zu werden. Er hatte angefangen zu weinen und erst aufgehört, wenn Sonny ihn getreten und geboxt hatte.

»Entweder du hältst zu mir oder du hältst zu ihnen«, hatte Sonny zu seinem Bruder gesagt, und noch während er dies sagte, hatte er die Angst in Bingos Augen sehen können. Ohne Sonny hatte Bingo niemanden, außer den Haushälterinnen und den Gärtnern, die nie länger als ein oder zwei Jahre bei ihnen blieben. Sonny hatte Bingo beigebracht, sie Leah und nicht Mama oder Mutter zu nennen. Nur heulende Babys riefen nach ihrer Mutti.

Sonny Blue konnte es kaum abwarten, den schockierten Gesichtsausdruck und das Erstaunen von Max zu sehen, wenn er herausfand, daß Sonny mit den Mexikanern seine eigenen Geschäfte machte. Er brauchte keinen Major als Vermittler. Sonny war unbesorgt; sein »Geschäftspartner« Menardo besaß eine Firma, die Universal-Versicherung hieß. Laut Menardo war diese Firma weit mehr als ein reines Versicherungsunternehmen. Man konnte sich für sein Geld nicht nur gegen Flutwellen, Feuer, Erdbeben und Hurrikane versichern; Menardo hatte einen dicken Vertrag vor Sonnys Gesicht herumgeschwenkt. Bei der Universal-Versicherung konnte sich ein Geschäftsmann wie Sonny Blue für ein paar lumpige tausend Dollar oder ein paar Millionen Pesos Aufpreis auch gegen Aufstände, gewalttätige Ausschreitungen, Unruhen und sogar Meutereien durch Regierungstruppen versichern. Die Universal-Versicherung unterhielt ihre eigene hochtrainierte und wohlausgerüstete Sicherheitstruppe für Land-, Luft- und Wassereinsätze. In einer Zeit, in der Regierungen bankrott gingen und Polizei und Armeen nicht mehr finanziert werden konnten, erlangten die Dienste privater Polizei- und Armee-Einheiten immer mehr Bedeutung.

Menardo hatte ausführlich über die Bundestruppen und die Polizei gesprochen, die sich von jedermann bezahlen ließen (die Universal-Versicherung eingeschlossen). Menardo hielt Bestechung allein nicht mehr für ausreichend. Am Ende hatte Sonny eingewilligt, das »Schutzpaket für ausländische Geschäftsleute« zu erwerben; das Versicherungspaket war sehr teuer gewesen, aber es hatte alles eingeschlossen. »Alles« beinhaltete die Nutzung der geschäftseigenen Flugzeugflotte und, im Notfall, eines von General J.s Learjets. Sonny Blue hatte das Gefühl von Zufriedenheit und Macht genossen, das sich wie guter Wein in ihm ausgebreitet hatte. Er ließ den Porsche aufdrehen und fuhr dem Verkehr auf der Interstate 10 davon. Er würde es Max beweisen.

Max war nicht mehr derselbe seit der Schießerei. Wie oft hatte Sonny seine Onkel und Tanten über den Vater flüstern hören, über die Veränderungen an ihm, die sie kopfschüttelnd zur Kenntnis nahmen. Sonny machte Max nicht unbedingt einen Vorwurf; es war nicht seine Schuld, daß man auf ihn geschossen hatte. Max mußte ein Pechvogel sein, denn schon bei der Armee war er bei einem Flugzeugabsturz verletzt worden. Sonny konnte seinem alten Herrn für dieses Pech wirklich keinen Vorwurf machen. Was ihn so irritierte, war Max Blues Annahme, daß Sonny und Bingo mit irgendwelchen lumpigen Flipperautomaten und Sandwichmaschinen in Tucson und El Paso zufrieden sein würden, während alle anderen beim Schmuggeln von Dope und Waffen reich wurden. Etwas war mit Max seit der Schießerei nicht mehr in Ordnung. Er interessierte sich nicht für Frauen, noch für Geld; er hätte genausogut tot sein können. Er tat nichts als Golf zu spielen; den ganzen Tag und, wenn das Wetter es zuließ, sieben Tage in der Woche, zweiundfünfzig Wochen im Jahr.

Sonny hatte nur Gerüchte gehört. Er hatte es nicht fertiggebracht, nachzufragen. Wenn Max gewollt hätte, daß er es erfuhr, hätte er es ihm erzählt. Töten war billig und wurde mit jedem Tag billiger. Sonny konnte mit einer LKW-Ladung Kokain mehr Geld machen als Max Blue, indem er ein Dutzend Bastarde erledigte. Es mußte ihm um den Kick gehen. Sonny konnte es seinem alten Herrn nicht verdenken. Wenn es mit Sex nicht länger funktionierte, mußte es dafür einen Ersatz geben. Sonny konnte sich daran erinnern, daß, als er noch zur Grundschule ging, Max oft die ganze Nacht in seinem Büro gearbeitet hatte, sogar an Sonntagen und an Weihnachten.

Sonny wußte, daß sein Vater es nicht gern hatte, berührt zu werden oder andere zu berühren. Er versuchte sich vorzustellen, worin der Kitzel für ihn bestehen mochte. Max hatte nicht einmal die Befriedigung des Abdrückens. Es mußte das Planen sein, die schrittweisen Vorbereitungen der Exekution, die ihn erregten. Wenn die Familie zusammen war, hatte Sonny seinen Vater noch nie aufgeregt oder glücklich erlebt. Die Sonntagsessen hatten lediglich den Großeltern zuliebe stattgefunden. Abgesehen davon schienen alle zu wissen, daß sie keine richtige Familie waren, daß die Jungen separate Bestandteile im Leben von Max und Leah waren; *kleine* Bestandteile, die von größeren Plänen und Vorhaben beiseite gedrängt wurden.

Sonnys Ausweg bestand darin, einer der coolen Typen zu werden – die Sorte, denen die Mädchen hinterherliefen. Sonny hatte die Sache genau untersucht. Das Aussehen spielte dabei gar keine so wesentliche Rolle, solange man klasse Klamotten trug und einen klasse Wagen fuhr. Frauen hatten es auf Status abgesehen, nicht auf gutes Aussehen; gutes Aussehen kaufte ihnen keinen Champagner und keine Perlenketten. Sonny bezahlte die Mitgliedsbeiträge für seine alte Studentenverbindung immer pünktlich, damit er jederzeit im »Haus« vorbeischauen konnte, wenn er Lust auf eine nette, frische Studentin hatte. Er hatte sich daran gewöhnt, mit Collegefrauen auszugehen, und nach seinem Abschluß hatte er festgestellt, daß er sich nur zu Studentinnen hingezogen fühlte. Berufstätige Frauen ließen ihn kalt. Sie dachten immer nur daran, was sie sich vom Gehalt eines Mannes, wenn man es ihrem eigenen Gehalt hinzurechnete, alles kaufen konnten. Die Studentinnen lebten vom Vermögen ihrer Familien oder von Papas monatlichen Schecks. Zudem hatten sie flexible Stundenpläne, so daß Sonny sie den ganzen Nachmittag über ficken konnte, wenn ihm danach war.

Ein paar der Frauen, mit denen Sonny ausgegangen war, hatten über dicke Bankkonten verfügt oder waren gestandene Geschäftsfrauen gewesen. Doch es hatte ihm Unbehagen bereitet, sich mit ihnen über hydraulische Hebebühnen für Lastwagen zur Auslieferung von Videospielen zu unterhalten. Daraufhin hatte Sonny stets klargestellt, daß er sich bei einem Date nicht über Geschäfte unterhalten wollte, und die Frauen hatten ihm schnell zugestimmt.

Bei keiner der Studentinnen, mit denen Sonny sich getroffen

hatte, war es ihm jemals ernst gewesen. Er hatte kein Verlangen danach, ständig den gleichen Hintern und die gleichen Titten zu sehen, wieder und wieder, 365 Tage im Jahr. Sonny war noch nie zwei Nächte hintereinander mit der gleichen Frau zusammengewesen; während seiner Verbindungszeit hatte dies als eines seiner Markenzeichen gegolten. Jede Nacht eine frische Möse. Natürlich hatte er sich mit einigen der »höheren« Töchter mehr als nur einmal verabredet. Außerdem war er nicht nur mit zwei, sondern sogar mit drei Studentinnen zusammengewesen, die später Miss Arizona geworden waren. Aber auch sie waren alle gleich gewesen. Wenn Sonny sie erst einmal im Bett hatte, konnte er damit anfangen, sich die Dinge aus der Nähe zu betrachten. Manchmal machte er das Licht aus, damit er die Sommersprossen und Leberflecken nicht sehen mußte, und er sah sie nicht an, wenn sie nackt durch das Hotelzimmer gingen, weil er wußte, daß ihm etwas auffallen würde – eine Titte, die größer war als die andere, gekräuselte Zellulitis an den Oberschenkeln oder am Hintern, sogar bei den ganz Dünnen.

Sonny hatte ein Geheimnis, das immer funktionierte. Hatte er das Mädchen erst einmal in seinem Porsche, streute er dicke Linien mit Kokain auf das Armaturenbrett und reichte ihm einen goldenen Strohhalm. Alkohol mochte vielleicht schneller wirken als Süßigkeiten, aber nichts war besser als Kokain, wenn es darum ging, einem Verbindungsmädchen das Höschen auszuziehen. Sonny konnte koksen, er konnte es aber auch lassen. Er hatte Bingo dabei beobachtet, wie er halbblind vor Drogen herumgestolpert war und immer noch nach mehr gesucht hatte.

Während ihrer Universitätszeit hatten Sonny und Bingo angefangen, ein wenig zu dealen. Jeder wußte, daß Kleinstadtjungs zu allen möglichen Drogen Zugang hatten – man mußte nur sagen, welche, und in Tucson waren sie zum niedrigsten Preis zu haben. Jetzt, wo sich Sonny mit Menardo zusammengetan hatte, würden er und Bingo kiloweise Kokain zur Verfügung haben. Mr. B. hatte nur vage Absichten für Leahs Lagerhäuser genannt, und Sonny hatte den pensionierten Major sofort als Waffenhändler entlarvt. Mr. B. trug ein khakifarbenes Safarihemd, passende Hosen und hantierte viel am Kinnriemen seines breitkrempigen Safarihutes herum.

Sonny hatte sich mit Bingo über die Möglichkeit unterhalten, das Unternehmen in drei oder vier Jahren auszuweiten, um auch Waffen aufzunehmen, doch Bingo hatte für nichts großes Interesse gezeigt, außer für die Kilos Kokain, die aus Mexiko kommen sollten. Bingo hatte wissen wollen, wie der Markt für Waffen in Mexiko aussah. »Waffen und Dynamit«, hatte Sonny hinzugefügt und Bingos Gesichtsausdruck beobachtet. Aber er konnte sehen, daß Bingos Gedanken um die Kokspakete kreisten.

BRUDERS HÜTER

Bingo hatte immer darauf gewartet, daß Sonny ihm sagte, was er tun sollte. Es war ihm egal, daß es nicht seine eigenen Ideen waren. Er hatte sowieso niemals gute eigene Einfälle. Es gab Führer, und es gab Mitläufer, und Bingo wußte, was er war. Als sie zur Schule gingen, hatte er im Eß- oder im Studiersaal immer nach Sonny Ausschau gehalten. Bingo hatte die gleiche Studentenverbindung gewählt, ja sogar mit dem gleichen Notendurchschnitt von 2.0 abgeschnitten.

Bingo war als der ruhige bekannt, der bei Mädchen schüchtern war. Aber all das hatte sich verändert, als Bingo sein großes Haus in den Sanddünen außerhalb von El Paso bekommen hatte. Sonny hatte ihn mit aufmunternden Worten unterstützt; er solle nur den großen Lincoln und das Olympiabecken wirken lassen. »Leinenanzüge und Kaschmirmäntel sagen mehr als Worte«, erklärte Sonny.

Bingo hatte schon immer unter brutalen Alpträumen gelitten, aus denen er weinend und schwitzend vor Angst aufwachte. Sonny war es gewesen, der das Licht angeschaltet und ins Elternschlafzimmer am anderen Ende des Hauses gegangen war, um Leah zu holen. Max Blue war gerade aus dem Krankenhaus nach Hause gekommen, und Leah ließ die Jungen nicht in ihrem Bett schlafen. Bingo hatte geweint und seine Mutter angefleht, sie solle Sonny zwingen, ihn bei sich im Bett schlafen zu lassen. Sonny verlangte Bezahlung, obwohl Bingo nur noch selten ins Bett machte. Bingo mußte tun, was er von ihm verlangte. Was immer Sonny ihm sagte, Bingo war sein Sklave; denn es stand zu befürchten, daß sich Sonny eines Nachts vielleicht weigerte, ihn zu sich ins Bett zu lassen, wenn Bingos Alptraum über den explodierenden Gasofen ihn wieder einmal schreiend aufwachen ließ. Sonny hatte wissen wollen, was denn an dem explodierenden Ofen so schrecklich sei. Sah Bingo sich selbst in die Luft fliegen oder brennen? Bingo hatte nichts dergleichen gesehen. Er hatte einfach von dem Ofen und dann von der Explosion geträumt, als sei er selbst in Stücke gerissen worden, aber immer noch in der Lage, die feurigen Wolken aus Trümmern und Butangas zu beschreiben.

Bingo wachte schluchzend auf, weil die Explosion sie alle umgebracht hatte – Mutter und Vater ebenso wie Sonny und ihn selbst. Die Auswirkungen des Traums, der Schmerz waren nicht verflogen, wenn Bingo erst einmal wach war. Er hörte nicht auf, noch Stunden nach dem Erwachen weiter darunter zu leiden. Sonny hatte ihm klargemacht, daß Liebe keine Rolle mehr spielte, wenn man erst einmal tot war. Bingo hatte Sonny sehr geliebt, doch an diesem Tag hatte er entdeckt, daß es Sonny Vergnügen bereitete, ihn weinen zu sehen. Wenn Sonny ihn zum Schweigen bringen wollte, drohte er Bingo, ihn aus seinem Bett zu werfen. Doch neben Sonny zu liegen, war das einzige, was das schreckliche Gefühl von Schmerz und Verlust in seinem Alptraum abklingen ließ.

Bingo hatte Sonny schon immer mehr geliebt als alles andere auf der Welt. Sie seien den Eltern unerwünscht, hatte Sonny ihm eingeflüstert; und Bingo begann zu weinen, wenn Sonny ihn ärgerte. Oder Sonny sei ein »Wunschkind« gewesen, während Bingo ein »Unfall« war und alles kaputt gemacht hatte. Bingo sei als Baby ein Schreihals gewesen, der Max aus dem Haus getrieben habe, an dem Morgen, an dem man auf ihn geschossen hatte. Sonny hatte Bingo ein ganze Reihe von Lügen aufgetischt und behauptet, es seien wahre Geschichten. Ihre Eltern seien nicht wie die der anderen Kinder. Bingo glaubte Sonny, der im Dunkeln stundenlang auf ihn einredete. Auf andere Eltern wurde nicht geschossen. Andere Eltern kamen ins Kinderzimmer, wenn die Kinder nachts Angst hatten. Später erzählte Sonny Bingo, daß er gelogen hatte. Er habe Angst davor gehabt, im Dunkeln durch das ganze Haus zum Schlafzimmer der Eltern zu laufen, berichtete Sonny. Deshalb habe er nur so getan, als gehe er los, um der Mutter zu sagen, daß Bingo nach ihr rief. Sonny hatte ihn angelogen und erzählt, Leah sei unterwegs; und Bingo hatte Stunde um Stunde auf sie gewartet, bis er wußte, daß seine Mutter nicht mehr kommen würde. »Sie ist überhaupt nicht gekommen«, hatte sich Bingo dann bei Sonny beschwert. Und Sonny hatte daraufhin mit den Achseln gezuckt, als ginge ihn das Ganze nichts an.

»Du weißt genau, daß ich sofort zu dir kommen würde, wenn ich wüßte, daß du weinst und mich brauchst!« hatte Leah Jahre später zu ihm gesagt, als sie sich darüber unterhalten hatten. Doch Bingo hatte ihr nicht ganz geglaubt, oder er hatte Sonny mehr geglaubt als ihr.

Sonny war der einzige, mit dem Bingo jemals hatte reden können. Aber sogar auf der Highschool hatte es bestimmte Dinge gegeben, die Bingo nicht einmal Sonny mitteilen konnte. Das, worüber Bingo mit Sonny nicht sprechen konnte, waren derart merkwürdige Dinge, daß Bingo nicht einmal wagte, sie in der Beichte vorzubringen. Dabei waren es nur Träume oder seltsame Ideen, die Bingo plötzlich eingefallen waren. Er hatte sich vorgestellt, daß sein Klassenlehrer und die gesamte Klasse nackt an ihren Pulten saßen. Als Bingo Sonny doch davon erzählt hatte, hatte Sonny ihn gefragt, ob er auch Schwester Thomas Mary nackt an ihrem Pult sitzen sah; und was war mit den *Jungen* im Klassenraum, sah Bingo sie ebenfalls nackt? Als Bingo nickte, war Sonny plötzlich ganz munter geworden. Er hatte angefangen zu lachen und durch das Zimmer zu tanzen.

»Du bist schwul, Bingo-Boy! Das bedeutet es! Schwule mögen es, alte Nonnen und junge Typen nackt zu sehen!« Bingo hatte sich noch viel schlimmere, viel merkwürdigere Szenen vorgestellt, aber darüber konnte er nie mit Sonny sprechen.

Bingo ertappte sich häufig bei Tagträumen, die davon handelten, daß alle, Max, Leah und Sonny, bei einem Flugzeugabsturz oder Autounfall ums Leben kamen. Diese Träume ließen in ihm ein große Traurigkeit zurück; das Gefühl, sie wirklich verloren zu haben. Der Umzug nach El Paso hatte daran nichts geändert, außer am Anfang, als das große Haus, der Wagen und sein Ausgabenkonto für ihn noch völlig neu gewesen waren. Es spielte keine Rolle, wieviel Geld Bingo zur Verfügung stand, er gab alles aus; und da er nun nahe der Grenze wohnte, konnte er sich so viel guten Tequila und Scotch, Tabletten und pharmazeutisches Kokain beschaffen, wie er nur wollte. Die mexikanischen Hausmädchen waren dabei die Sahne auf dem Kuchen. Man hatte Bingo davor gewarnt, die Mädchen sehen zu lassen, daß er Kokain schniefte. Aber Bingo hatte eine Vorliebe für Kokain auf feuchtem Fleisch entwickelt, und er stellte fest, daß er zwei Frauen gleichzeitig mehr genoß als eine allein, die seine gesamte Aufmerksamkeit für sich beanspruchte.

Das erste Dilemma, aus dem Sonny Bingo herausholen mußte, waren die beiden kokainhungrigen mexikanischen Hausmädchen. Sonny war mit seinem neuen Porsche von Tucson nach El Paso gefahren, um nach Bingo zu sehen. Aus dem Büro in El Paso war berichtet worden, daß Bingo dort nur selten auftauche und nur vorbeikomme, um an Donnerstagnachmittagen die Gehaltsschecks zu unterschreiben und sich selbst einen Scheck über 3500 Dollar auszustellen, den er für das Wochenende einlösen wollte. Bingo hatte sich gefreut, Sonny aus dem schwarzen Porsche klettern zu sehen, denn die beiden Frauen hatten sich die ganze Nacht hindurch gestritten. Bingo hatte Sonny dafür bewundert, daß er genau zu wissen schien, was zu tun war: Ein Anruf bei der Einwanderungsbehörde, und die Frauen verschwanden im gigantischen Deportationsapparat. Die Arbeitgeber in El Paso und Tucson beschäftigten mit Vorliebe illegale Einwanderer, weil sie für wenig Geld arbeiteten und bemüht waren, keinen Ärger zu machen. Das Kokain und der wilde Sex mit Bingo hatten die Mädchen übermütig gemacht. Sonny zog ihn damit auf. Die beiden würden Bingo eine Lehre sein; von nun an würde er einfach zum Telefon greifen und einen Hostessen-Service anrufen. Was in Tucson funktioniert hatte, würde auch in El Paso wieder klappen müssen.

Der Nachteil an Bingos großer Hacienda war, daß sie so weit außerhalb der Stadt lag; die »Hostessen« waren teurer, und die besseren Agenturen gestatteten ihren Angestellten nicht, außerhalb der Stadtgrenzen von El Paso zu arbeiten. Bingo hatte Sonny nicht erzählen wollen, daß er sich in seinem Haus einsam fühlte und die mexikanischen Mädchen seine einzige Gesellschaft waren. »Vielleicht solltest du heiraten«, hatte Sonny gesagt, als er den Porsche anließ, um nach Tucson zurückzufahren. Sonny hatte sich an diesem Morgen sehr unzufrieden gefühlt, weil Bingo beim Abschied so verloren und traurig ausgesehen hatte.

»Hol dir doch jemand zur Gesellschaft ins Haus«, sagte Sonny, während er die Sonnenbrille mit den blauen Gläsern abwischte. »Mir ist es egal. Nur das nächste Mal verlieb dich bitte nicht in zwei mexikanische Lesben.«

Als Sonny wenige Monate später mit Angelo aufgetaucht war, hatte Bingo ein ungutes Gefühl gehabt. Er hatte dem Geschäftsführer die tägliche Routinearbeit überlassen; wieviel Intelligenz erforderte es schon, Automaten mit Süßigkeiten aufzufüllen? Bingo hatte nicht vor, seine Zeit damit zu vergeuden, so zu tun, als sei er beschäftigt. Er war nicht so erpicht darauf wie Sonny, das Geschäft zu erweitern. Es gefiel ihm nicht, daß der pensionierte Major so viel über Angelos ehemalige Freundin Marilyn wußte. Er hielt dies keineswegs für einen reinen Zufall. Auch den Telefonanrufen des Senators mißtraute er. Bingo war zwar der Dumme in der Familie, aber die Verbindung zwischen dem pensionierten Major und den Kokain schmuggelnden Piloten hatte er dennoch aufdecken können.

Bingo zögerte, sich darauf einzulassen; er zuckte mit den Schultern. »Was ist mit Angelo?«

»Was ist mit ihm?«

»Es war nur so ein Gedanke.« Bingo war Sonnys Augen ausgewichen.

»Himmel, Bingo! Dann sag's mir! *Was? Was* ist es diesmal?«

»Ach, Scheiße, Sonny! Es ist egal. Vergiß es! Mach, was du willst! Mir ist es egal! Aber ich werde mich nicht mit diesem beschissenen Mr. B. einlassen!«

Bingo war es egal, ob Angelo in El Paso sämtliche Geschäfte übernahm. Er wollte von allen in Ruhe gelassen werden und sich schon gar nicht mit der Regierung einlassen. Max Blue hatte angedeutet, daß er und einige andere für die US-Regierung im In- und Ausland »Sonderaufträge« erledigt hatten. Bingo interessierte der »Dienst« am Vaterland einen feuchten Dreck. Er traute der Regierung nicht, besonders dann nicht, wenn diese

Regierung in der Vergangenheit von Max Blue Gefälligkeiten entgegengenommen hatte. Bingo wußte genau, was Max tat. An der Universität hatte sein Zimmergenosse eine Ausgabe des *Time* Magazins aufgeschlagen auf seinem Bett liegenlassen. Bingo hatten eiskalte Schauer überlaufen, als er den Namen seines Vaters und den seiner Familie in einem Nachrichtenmagazin abgedruckt sah. Der Artikel befaßte sich mit einem Anschlag der Mafia auf ein Straßencafé in Lower Manhattan. Ein scheußliches Foto hatte einen der toten Männer gezeigt, der noch immer eine Zigarre zwischen den Zähnen hielt. Als er das Magazin gefunden hatte, war Bingo auf dem Weg zu einer Party gewesen. Er hatte etwas Tequila und ein Gramm Kokain gekauft, aber in dieser Nacht war er nicht mehr aus dem Zimmer gegangen. Er war dort geblieben, hatte Tequila getrunken und Koks geschnupft, während er den Artikel immer und immer wieder durchlas.

Der Bericht hatte Spekulationen prominenter Polizeivertreter enthalten, die sich mit den Hintergründen und der Bedeutung des Bandenkrieges befaßten. Der Name Max Blue war auf der langen Liste der möglichen Erklärungen viermal aufgetaucht. Eine Theorie besagte, daß Max nur vorgetäuscht habe, schwer verletzt worden zu sein und ebenfalls nur vorgetäuscht habe, sich auf dem Golfplatz in Tucson zur Ruhe zu setzen. Die makaberste Spekulation hatte besagt, daß Max tatsächlich fast seinen Schußverletzungen erlegen sei, daß diese Todesnähe ihn jedoch auch verändert habe. Nach Meinung des Reporters hatten Max Blue und der Tod ein Abkommen getroffen.

Bingo hatte diese Nacht nie vergessen. Er hatte noch nie soviel Kokain geschnupft, er war noch nie so high gewesen und hatte noch nie so viel Tequila getrunken. Irgend etwas am Kokain hatte ihn dazu gebracht, den Artikel immer wieder zu lesen; er fand, daß es eigentlich recht komisch war, aus der Gangsterkolumne des *Time* Magazins etwas über den eigenen Vater zu erfahren. Bingo hatte die ganze Nacht an seinem Schreibtisch gesessen, Kokain geschnupft und Tequila getrunken, während im Hintergrund Pink-Floyd-Kassetten liefen und er über sich und seine Familie nachdachte. Sonny hatte immer versucht, ihm einzureden, daß ihre Eltern keine Kinder wollten; aber Bingo war sich nicht sicher gewesen. Alles hatte an dem Morgen geendet, an dem Max angeschossen worden und Onkel Mike gestorben war.

Der Zimmergenosse war über das Wochenende weggefahren. Bingo hatte die Zeitschrift nach seiner Rückkehr nicht erwähnt, und sein Zimmergenosse hatte sich für das nächste Trimester bereits um ein anderes Zimmer bemüht. Bingo führte seine späteren allnächtlichen Alkoholexzesse auf jene Nacht zurück, in der er im *Time* Magazin Familiengeschichte studiert hatte. Jetzt, wo er sich in El Paso niedergelassen hatte, sah Bingo keinen Grund, daran irgend etwas zu ändern. Bingo war der Flop in einer Familie von Draufgängern. Er hatte keinen anderen Wunsch, als in seiner Hacienda in den Dünen in einem permanenten Rauschzustand zu verharren.

ORGANSPENDER

Roy hatte sich angewöhnt, das Kokain, das Trigg ihm anbot, immer dankend abzulehnen. Er wußte, daß Trigg ihn beobachtete. Hätte er Roy nicht beobachtet, wäre das Kokain vielleicht ganz nett gewesen. Trigg hatte sich alle Mühe gegeben, mit seiner Herkunft und Qualität anzugeben. Immer waren es große Mengen und immer Pink Flake.

Roy hatte Trigg noch nie gereizt erlebt. Er suchte auf der gläsernen Schreibtischplatte nach Spuren von Kokain, doch das Glas war sauber. Trigg hatte nervös gelacht. »Nein, *das* ist es nicht«, sagte er und meinte damit Kokain. »Es gibt etwas, worüber ich mit Ihnen reden möchte.« Trigg sah ihm starr in die Augen. Roy fragte sich, was an dieser Stelle wohl ein Blinzeln bedeutet hätte. Würde Trigg einen Rückzieher machen?

Es war offensichtlich, das Trigg irgend etwas Unbehagen bereitete, daß er aber gleichzeitig das Bedürfnis hatte, mit Roy zu sprechen. Ein sechster Sinn, den Roy in Vietnam entwickelt hatte, verriet ihm, wann ein Mann oder eine Frau über Sex reden wollten. Roy hielt Trigg nicht für schwul, sondern einfach für einen Perversen im Rollstuhl. Er tippte auf eine Doppelverabredung mit zwei Huren im Whirlpool oder vielleicht auf schmutzige Videos, die zeigten, wie Peaches Trigg im Rollstuhl bestieg. Als Roy später noch einmal über alles nachdachte, mußte er über sich und seine Begriffsstutzigkeit laut lachen. Als wäre er von gestern.

Roy hatte immer gewußt, daß Trigg sich minderwertig fühlte. Zuerst hatte er vermutet, daß es am Rollstuhl lag, aber Trigg hatte sich schon lange vor seinem Zusammenstoß mit dem Auto minderwertig gefühlt. Trigg betrank sich gern mit seinen Angestellten, das war eine seiner schlechten Seiten, wie Peaches es ausdrückte, die ihre Arbeit für Bio-Materials sehr ernst nahm. Peaches hatte Roy dabei erwischt, wie er auf ihre Brüste starrte. Trotzdem hatte sie sich stundenlang fröhlich weiter mit ihm über »gute und schlechte Seiten« unterhalten. Peaches hielt Gespräche über die guten und schlechten Seiten ihrer Kollegen nicht für Klatsch oder Tratsch. Roy hatte sie ganz spontan gebeten, seine eigenen guten und schlechten Seiten zu benennen, doch sie hatte sich geweigert und behauptet, ihn nicht gut genug zu kennen, um darüber etwas sagen zu können. Roy hatte schnell zu Boden geblickt, bevor sie sein Gesicht sehen konnte. Er war selbst überrascht von dem Schmerz, den ihre Worte in seiner Brust ausgelöst hatten. Er fragte sich, wie es sich wohl anfühlte, einen Herzanfall zu haben.

Peaches wußte von Triggs »illegalen« Verkäufen an gewisse biomedizinische Konsortien in Deutschland, aber sie kümmerte sich nicht darum. Wenn man erst einmal tot war, spiele es keine große Rolle, was aus dem eigenen Körper wurde, meinte sie. Peaches hatte eine Beobachtung gemacht. Als Roy jedoch später versuchte, sie zum Sprechen zu bewegen, weigerte sie sich. Trigg mußte sehr betrunken und high sein, bevor er anfing, »darüber« zu reden. Das war alles, was Peaches ihm sagen wollte.

Für Trigg war es weniger ein sexuelles Thema, als vielmehr eine Geschichte über den weltweiten Markt für Blutplasma und Biomaterialien. Er hatte eine Abneigung gegen die Psychiatrie und Psychologie, die sich so verdrehen ließen, daß man letztendlich alles erklären konnte. Trigg hatte nie bestritten, daß es ihn erregt hatte, Anhalter mitzunehmen. Er hatte es als eine Art Glücksspiel betrachtet, mit Karten, die man abwerfen mußte oder behalten durfte. Die abzuwerfenden Karten waren »Einheimische« oder

Leute, mit zu vielen Angehörigen. Trigg hatte festgestellt, daß sein Rollstuhl automatisch das Mißtrauen der Anhalter besänftigte, die sonst vielleicht ein ungutes Gefühl dabei gehabt hätten, mit ihm zu fahren. Trigg hatte mit der Hand einfach auf den Rücksitz und auf seinen Rollstuhl gedeutet. Das Töten hatte ihm nichts ausgemacht.

Sie werden beide langsam betrunken und haben zusammen ein ganzes Gramm Kokain geschnupft.

»Bei denen, die ich mir hole, merkt nie jemand, daß sie verschwunden sind«, hatte Trigg gesagt und Roy in die Augen geschaut. Trigg war zu betrunken, um sich daran zu erinnern, daß Roy selbst »obdachlos« war. Wie unter Zwang erzählte er ihm von der geringen Gegenwehr der »Plasmaspender«, die Liter für Liter ihr Leben ausbluteten. Die wenigen, die versucht hatten, zu entkommen, hatten bereits zuviel Blut verloren, um noch viel Gegenwehr leisten zu können, selbst gegen einen Mann im Rollstuhl. Und natürlich hatte der Mann im Rollstuhl eine 45er Automatik in der Hand.

Wenn sich das Opfer freiwillig bereit erklärte, hatte Trigg ein wenig extra bezahlt. Während sein Blut in Halbliterbeutel lief, hatte Trigg dem Mann einen geblasen. Das Opfer saß ganz entspannt und mit geschlossenen Augen auf dem Stuhl und hatte keine Ahnung davon, daß es gerade ermordet wurde. Mit dem angeschwollenen Schwanz in seinem Mund ging Trigg immer gleich vor: Er nimmt ein Stück oder eine Hautfalte der Vorhaut zwischen die Zähne. Manchmal wird der Schwanz vorübergehend kleiner, um dann durch das Saugen enorm anzuschwellen. All das erledigt Trigg vom Rollstuhl aus. Er gab den obdachlosen Männern die Schuld und machte ihnen zum Vorwurf, eine leichte Beute zu sein. Er hielt ihren Pimmel im Mund, bis er würgen mußte. Schließlich tat er ihnen den Gefallen, sie sterben zu lassen, während er ihnen einen blies. Er bezweifelte, daß sich einer von ihnen einen schöneren Tod wünschen konnte. Sie waren menschlicher Abschaum, menschlicher Abfall. Nur wenige von ihnen besaßen Organe von ausreichender Qualität für Transplantationen.

»Trigg, das Schwein«, hatte Peaches verbittert gesagt, »er reißt sein großes Maul zu weit auf.« Peaches hatte sich über seine besoffenen Sprüche geärgert. Ihr Gesicht hatte sich gerötet. »Hat er dir von den ›Ernten‹ erzählt?« Roy nickte mit dem Kopf, aber Peaches hatte sich geweigert, weiter darüber zu sprechen, außer um zu sagen, daß das alles ganz legal geschehe. Sie hatte Gerichtspapiere gesehen, auf denen ein Richter mit seiner Unterschrift alles genehmigt hatte. Peaches gewann ihre Fassung wieder. »Landstreicher sterben jeden Tag. Sie gehen zu keinem Arzt und ernähren sich nicht richtig«, sagte sie. Sie hatte Roy dabei offen in die Augen gesehen, um ihn wissen zu lassen, daß sie dies auch unter Eid aussagen würde.

Clinton berichtete ihm, die Männer hätten darüber gemurrt, daß ihr Anführer nicht mit ihnen zusammen aß und in dem Unterstand aus Blech und Pappe schlief, den die Männer das Befehlshauptquartier nannten. Roy befahl Clinton, ihnen auszurichten, sie sollten sich an diesem Abend versammeln, er würde ihnen einen kompletten Bericht liefern. Rambo hatte keine Geheimnisse vor seinen Männern. Er hatte an geheimen Geldquellen für ihre Gruppe gearbeitet.

Clinton hatte sich eine Gruppe Schwarzer und einige Hispanos für seine eigene Brigade zusammengestellt. Alle von ihnen waren ältere Männer, und ein Blick in ihre Augen zeigte, daß sie mit Sicherheit drüben gewesen waren. Clintons Männer meinten, sie würden auch Frauen in die Brigade aufnehmen, obwohl dies der Auslöser für Gelächter und Scherze darüber war, welche Art von »Befehlen« sie den Frauen geben würden.

Roy hatte Clinton unter vier Augen davor gewarnt, Frauen in seiner Truppe zuzulassen. Eine gemischtrassige Truppe war eine Sache; die Männer hatten schließlich schon Seite an Seite in Vietnam gekämpft. Die meisten obdachlosen Frauen dagegen hatten eine Horde Kinder, und das würde ein großes Durcheinander geben. Frauen würden nur mehr Schwierigkeiten machen, als sie wert waren.

Bis der richtige Moment kam, würde Roy Clinton nichts von seinem Verdacht gegen Triggs Biomaterialgeschäfte erzählen. Wenn sich nicht noch ein besserer »Anlaß« fand, plante Roy, seine Armee der Obdachlosen zu sammeln und zu mobilisieren, um die Blut- und Organtransplantationsindustrie des Massenmordes anzuklagen.

TÖTET DIE REICHEN

Die Tage wurden kühl gegen Abend, und wenn Rambo abends vorbeikam, um die Männer zu »instruieren«, standen sie um die Lagerfeuer gescharrt, ließen Flaschen herumgehen, rauchten und unterhielten sich. Mit jeder Woche wurden es mehr Zelte und Hütten am grauen Lehmufer des Santa Cruz River. Die Mesquitehaine entlang des Flußufers waren gesprenkelt mit Unterständen aus Plastikplanen, und auf den Ästen der Bäume trockneten Decken und Schlafsäcke. Rambo und Clinton marschierten mit ihren Männern auf Demonstrationen für die Obdachlosen, achteten jedoch sorgsam darauf, daß kein Angehöriger ihrer Einheit bei den Protestaktionen verhaftet wurde. Rambo und Clinton wurden es nicht müde, sich voller Begeisterung immer und immer wieder von den Ereignissen zu erzählen, mit denen die »Aktivisten« die Armen und Obdachlosen versammelten und in Alarmbereitschaft hielten – genau das, was Rambo und Clinton brauchten. Die Aktivisten hatte die Leute aufgefordert, die leerstehenden Regierungsgebäude zu besetzen, aber Rambo und Clinton interessierten sich nicht länger für die Brotkrumen, die man ihnen zuwarf.

Rambo überließ es Clinton, die Freiwilligen zu begutachten. Clinton hatte ein gutes Auge für weiße Männer. Seine Schwarzen betrieben untereinander ständig Vergleichsstudien und verglichen sie mit Aufzeichnungen über das Verhalten von Weißen. Alles was Rambo dazu sagte, war, daß er froh sei, daß sie das Verhalten weißer Männer beobachten mußten und nicht er. Die Beobachtung des Verhaltens von »Weißen«, von »seinesgleichen«, war es, was ihn von der Welt losgelöst hatte. Er verspürte kein Bedauern. Er war da, wo er hingehörte. Die Großindustrie und das Big Business hatten während des Vietnamkriegs die Kontrolle in Amerika übernommen, und nur eine Volksarmee aus echten Patrioten konnte hoffen, die Volksdemokratie in den Vereinigten Staaten wiederherzustellen.

Als die Wintergäste langsam einzutreffen beginnen, um in Tucson ihre Winterferien zu verbringen, machen Clinton und Roy zweimal wöchentlich eine Bestandsaufnahme der leeren Ferienhäuser. Clinton führt Buch und durchsucht an jedem leerstehenden Haus den Briefkasten. Einige der Hausbesitzer sind reich genug, um zu vergessen, daß sie in Tucson Bankkonten besitzen. In einem der Häuser haben Clintons Leute in der Post Blankoschecks und eine Scheckkarte für Geldautomaten gefunden und in einem separaten Briefumschlag die dazugehörige Geheimnummer.

Roy und Clinton tut es leid, daß sie den anderen nichts von den leeren Häusern erzählen können, aber sie wollen nicht überstürzt handeln. Ihre Operation benötigt ein hohes Maß an Planung und Überlegung. Als jedoch im November die kalten Regenstürme einsetzen, wird Clinton beim Anblick der zitternden Männer wütend, und sie beginnen, ihre Männer mit gebrauchten Armeejacken aus dem Military-Shop auszurüsten. Die Benutzung der Scheckkarte an den Geldautomaten funktioniert reibungslos. Clinton führt sorgfältig Buch darüber. Am nordwestlichen Stadtrand organisiert er Erkundungsmärsche in die Wüste, auf denen die Männer Feuerholz für die Camps einsammeln. Das Problem mit diesen Männern ist, daß sie allesamt Wracks sind – zerstört durch billigen Fusel und Autounfälle, ruiniert durch Polizei und Gummiknüppel. Clinton akzeptiert alle Männer, die freiwillig mitmachen wollen. Er nutzt die Feuerholzpatrouillen, um die Trunkenbolde und die Verrückten von den »Verläßlichen« abzusondern. Clinton organisiert Patrouillen, sobald er das Gefühl hat, daß sich die Unruhe von seinen Händen bis in den Bauch auszubreiten beginnt. Es ist immer gut, sich die Beine zu vertreten, sagt er.

Clinton behauptet, anhand der eintreffenden Post sagen zu können, ob die Besitzer der Ferienhäuser ein Auge auf ihren Besitz werfen oder nicht. Er vermeidet es sorgsam, Verdacht zu erregen. Der Trick bei der Sache ist, die Post zu öffnen, sie zu lesen und dann wieder zu verschließen. Clinton hatte ein paar Typen gekannt, die für die Zensur in Vietnam arbeiteten. Die einzige Schwierigkeit, so glaubte er, würde darin bestehen, den Geldautomaten mit Höchstbeträgen von 400 Dollar pro Tag zu leeren. »Hast du jemals darüber nachgedacht, wie lange wir brauchen werden, um soviel Geld aus dem Automaten zu holen?« Laut Kontoauszug befanden sich auf dem Konto mit der Scheckkarte dreißigtausend Dollar.

Spät in der Nacht hatten sich Roy und Clinton über Geld unterhalten – was sie sich damit kaufen würden und was sie tun würden, um es zu bekommen. Keiner von ihnen wollte das übliche Zeug wie teure Autos, Frauen, Kapitalanlagen oder seidene Hemden. Roy hatte beschlossen, er würde sich eine eigene Insel kaufen. Und Clinton meinte, er wisse noch nicht, was er damit anfangen würde. Vielleicht würde er nach Afrika und Haiti reisen, um mehr über die alten Religionen zu lernen. Aber nachdem Roy seine Insel gekauft und Clinton Voodoo gelernt hatte, fiel ihnen nichts mehr ein, was sie mit ihrem Phantasiegeld noch hätten unternehmen können. Außer seiner Jacke und dem Schlafsack fiel Roy nichts ein, was er noch brauchen konnte. Clinton hatte in bezug auf »ihre« Scheckkarte einige Nachforschungen angestellt. Die Karte wurde von Geldautomaten in vierzehn weiteren westlichen Bundesstaaten akzeptiert.

»Das bedeutet?« fragte Roy.

»Das bedeutet, ich könnte von hier fortgehen und einfach weiter Geld abheben.« Clinton lächelte, er beobachtete Roys Gesicht.

»Darüber habe ich auch schon nachgedacht. Noch bevor wir mit allem angefangen haben. Bevor ich dich überhaupt getroffen habe. Ich bin zu dem Entschluß gekommen, die Dinge so zu nehmen, wie sie kommen.«

»Du meinst, du hast mich für einen Dieb gehalten?« sagte Clinton noch immer lächelnd.

»Nein, das nicht. Ich meine nur, egal, was dabei rauskommt, das hier ist irgendwo in der Welt alles schon einmal passiert. Die einen kommen, die anderen gehen.«

Clinton hatte Roy leicht an der Schulter berührt. »Mach dir keine Sorgen, Mann. Ich und die Scheckkarte kommen bestimmt zurück.«

Roy berührte Clintons Ärmel. »Du mußt überhaupt nichts sagen. Vielleicht solltest du einfach alles nehmen und weggehen. Vielleicht wären wir dann beide besser dran.«

Roy gefiel der Gedanke nicht, die Scheckkarte auch außerhalb des Bundesstaates auszuprobieren, aber Clinton versicherte ihm, sie brauchten sich keine Sorgen zu machen. Es war offensichtlich, daß der Besitzer des Ferienhauses seine Tucsoner

Scheckkarte genauso selten benutzte wie sein Winterferienhaus. Roy glaubte daran, daß Clinton mit der Karte zurückkommen würde, denn sie hatten darüber gesprochen.

»Wir sind unendlich reich«, sagte Roy.

Clinton verzog das Gesicht. »Blödsinn. Keiner hat endlos viel Geld –«

»Mit Ausnahme der Regierung, die druckt einfach mehr.«

Roy hatte versucht, Clinton aufzuheitern, aber manchmal wurde seine Laune einfach düster.

»Die Reichen wollen überhaupt nichts geben, und deshalb werden die Armen kommen und sich alles holen.«

Die anderen Männer in ihren beiden Einheiten hatten Angst vor Clintons Wutanfällen. Roy hatte mitangehört, wie sie sich über ihn unterhielten. Sie hatten getrunken und kein Blatt vor den Mund genommen. Ein junger Weißer von etwa achtzehn Jahren meinte, er habe Angst davor, daß Clinton alle Weißen töten wolle. Aber der Mexikaner namens Barney schüttelte den Kopf.

»Clinton, der ist hinter den Reichen her. Der würde sich sogar an Oprah Winfrey vergreifen, nur weil das Biest reich ist!«

»Die Reichen umbringen?« sagte der dünne, weiße Junge. »Aber eines Tages werde ich vielleicht auch eine Menge Geld haben.« Da begannen alle zu lachen, sogar die Männer, die Nigger haßten und mit Rassenkriegen rechneten, denn dieser dünne Junge mußte schon *wirklich* blöd sein, wenn er glaubte, daß er jemals Geld besitzen oder sogar reich werden würde.

Der Kontoauszug für das Scheckkartenkonto wird jeden Monat ins Haus geschickt. Clinton sagt, er vermute, daß nur ein einziger Auszug versandt werde, nämlich der, der zu dem leeren Haus geschickt wird. Sie stimmen beide darin überein, daß sie, um auf Nummer Sicher zu gehen, das Konto leeren müssen, bevor es kalt wird. Sie wollen nicht riskieren, dieses Geld zu verlieren, denn sie können damit ihre kleine Guerilla-Armee ausrüsten. In Guerilla-Armeen ist Schnelligkeit wichtiger als Größe. Das Geld wird ihnen alles beschaffen, was sie brauchen; es wird ihnen den Anfang ermöglichen.

Clinton schläft jede Nacht mit dem Gedanken an die anderen ein. Weit, weit weg gibt es noch andere, die sind wie er, andere Männer, hier in den Vereinigten Staaten, die nichts zu verlieren haben. Am Morgen, während der Kaffee noch auf dem Lagerfeuer kocht, erzählt Clinton Roy, daß er ein wenig herumreisen möchte.

Clintons Argument war stichhaltig: Sie hatten ein bißchen Geld, um die Reisekosten zu decken; und es kam darauf an, die kalte Jahreszeit auszunutzen, die die Obdachlosen und die, die gesund genug waren, dazu brachte, tief in den Süden zu reisen. Clinton konnte sich eines der Bustickets für 99 Dollar besorgen und damit quer durch das Land fahren. Doch Roy gefiel die Idee nicht, daß Clinton so herumreisen würde, von Obdachlosencamp zu Obdachlosencamp. Ein Schwarzer in Armeehosen würde mit Sicherheit die falsche Art von Aufmerksamkeit erregen.

Clinton lachte bitter. »Oh, ich verstehe. Ich reise wie ein Tippelbruder und schlafe im Straßengraben.« Da erkannte Roy seinen Fehler. Clinton würde zwar mit den Leuten auf der Straße sprechen, aber er würde nicht dort schlafen. Sie würden Clinton nicht dabei erwischen, wie er den Leuten vor den Suppenausgabestellen Predigten hielt. Noch nicht. Roy seufzte nur tief und ging. Er zwang sich, keine Erklärung abzugeben. Erklärungen brachten gar nichts. Clinton würde es später vielleicht selbst herausfinden; Roy hatte angenommen, daß er auf die gleiche Art reisen würde, wie er selbst reiste. Roy fand es aufregend, auf Güterzüge aufzuspringen. Er stellte sich gern vor, daß er ein Stierkämpfer war und nur Bruchteile von Sekunden und ein paar Millimeter zwischen ihm und dem heranstürmenden Güterzug lagen.

Am Abend bevor er mit dem Bus abreiste, war Clinton sehr schweigsam. Er würde zuerst nach San Diego und L.A. fahren. Die Unruhen in Kalifornien hatten aufgehört, als das Wetter kühler wurde.

Roy hatte den Männern erzählt, daß Clinton zur Beerdigung seiner Großmutter nach Los Angeles fahren müsse. Er versuchte, den Anschein von Geheimniskrämerei zu vermeiden. Woche für Woche trafen obdachlose Männer ein, und immer kamen ein paar von ihnen ins Camp der Vietnamveteranen, besonders dann, wenn sie mit den Vorschriften der kirchlichen Essensstellen oder der städtischen Unterkünfte in Konflikt geraten waren. Die Männer, die ins Vietnam-Camp kamen, waren meist die Verrückten –

diejenigen, die »glaubten«, sie hätten in Khesan oder Mylai gekämpft. Roy schickte niemanden weg, doch mußte er jeden Neuankömmling genau beobachten, denn früher oder später würde die Regierung als Vagabunden getarnte Spitzel einschleusen, wie es Anfang Oktober schon einmal geschehen war, um über sämtliche politischen Aktivitäten der Obdachlosen zu berichten.

Roy hatte sich angewöhnt, den Männern genau zuzuhören, wenn sie tranken und sich unterhielten. Er besuchte Clintons Einheit jeden Abend, wenn er bei den Männern seiner eigenen Truppe nach dem Rechten gesehen hatte. Die Armeejacken hatten dazu beigetragen, die beiden Einheiten zusammenzubringen. Und genau das sollten Uniformen bezwecken.

Roy machte sich über die Polizeispitzel und Informanten weniger Gedanken als über die Fragen der örtlichen Obdachlosenfürsprecher – Tucsons Kirchenleute und »Liberale«. »Warum beteiligten sich nicht mehr Veteranen an den Gemeinschaftsklagen? Warum waren nicht mehr Veteranen bei den Märschen und Demonstrationen?«

»*Mehr?* Ihr wollt *noch mehr* von uns? Ihr habt schon mehr als genug gehabt!«

Die Männer im Lager hatten Roy zugejubelt, und die »Fürsprecher« hatten sich davongemacht. Wenige Tage später hatte Roy einen Zeitungsartikel über die »Teilnahmslosigkeit« der obdachlosen Vietnamveteranen gelesen. Etwas Besseres als diesen Artikel hätte er sich gar nicht wünschen können.

Teilnahmslosigkeit. Sollten sie glauben, was sie wollten.

44ER MAGNUM BEKOMMT JUNGE

Sterling hatte tagelang überall nur Kugeln und Gewehre gesehen, versuchte jedoch, die Waffen nicht direkt anzusehen. Er hatte auch versucht, sich nicht in Hörweite von Zeta, Ferro oder Lecha aufzuhalten, die sich permanent in Zetas Bürotür zu drängeln schienen, sobald der Drucker des Computers zu rattern begann. Paulie war während dieser Zeit merkwürdig untätig gewesen, und Ferro hatte sich über seine Lethargie beim Ein- und

Ausladen der Ausrüstung beklagt. Auch Sterling war Paulies Veränderung aufgefallen, denn einer der Dobermänner hatte einen Wurf Junge bekommen, und Paulie hatte, bevor es soweit war, Stunden damit verbracht, den Hund zu beobachten.

Es war offensichtlich für Sterling, daß Ferro und Paulie sich gestritten hatten, denn immer öfter rief Ferro Sterling zu Hilfe, um Planen auf die Ladefläche des Pickups zu laden, während Paulie den roten Heißluftballon einpackte und Wasserbehälter und Plastikflaschen auffüllte. Paulie bewegte sich langsamer, wenn Ferro nicht mit ihm sprach. Sterling hatte gelernt, daß er Ferro besser aus dem Weg ging, wenn Paulies Augen gerötet waren.

Sterling hatte von Seese ein wenig über homosexuelle Männer erfahren. Sie unterschieden sich nicht von anderen Liebenden oder Paaren, sagte sie. Sterling konnte seine Neugier nicht erklären, ohne voreingenommen zu klingen. Seiner Meinung nach hätte Paulie auch dann einen merkwürdigen Menschen abgegeben, wenn er nicht schwul gewesen wäre. Sterling hatte beobachtet, wie Paulies Sorge um die trächtige Hündin immer größer geworden war. Mag war eine seiner Lieblinge, weil sie ihn auch dann anknurrte und belauerte, wenn er ihr einen Napf voll Futter brächte. »Mag« war die Abkürzung für ihren vollen Namen: 44er Magnum.

Sterling spritzte die Zwinger aus, fegte die Hundehaufen zusammen und lud sie auf eine Schubkarre. Der Tagesablauf war immer gleich. Paulie war, was Regelmäßigkeit betraf, sehr strikt. Ohne Regelmäßigkeit wären diese hochexplosiven Hunde hochgegangen wie eine Bombe, und irgend jemand, vermutlich Sterling, wäre dabei umgekommen. Um acht Uhr morgens brachte Paulie die Nachtwachhunde herein und ließ die Tageswachhunde in die zwanzig Morgen große äußere Umzäunung. Paulie hatte die Hunde darauf abgerichtet, nur das Fressen anzunehmen, das er oder Ferro ihnen gaben. Unter keinen Umständen war es irgend jemandem sonst erlaubt, auch nur zu versuchen, die Hunde zu füttern. Wenn Ferro und Paulie geschäftlich unterwegs waren, erhielten die Hunde ihr Fressen aus Futterautomaten, die mit Trockenfutter gefüllt waren.

Sterling war es gewöhnt, von Paulie ignoriert zu werden. Er ignorierte ihn ebenfalls, und damit waren sie quitt. Es vergingen mitunter Wochen, ohne daß einer der beiden mit dem anderen ein Wort wechselte. Sterling hatte Paulie im Zwinger bemerkt, wo er die Hündin streichelte und ihren Unterleib untersuchte. Er war mit der Schubkarre voller Hundescheiße wie angewurzelt stehengeblieben, weil er einen so gefühlvollen Ausdruck in Paulies Gesicht noch nie gesehen hatte; seine Augen standen voller Tränen. Paulies Stimme klang belegt vor Sorge um das Tier. Er wollte nicht, daß die rote Hündin starb. Sterling fragte ihn, ob das Tier krank sei oder Probleme habe. Er habe den ganzen Morgen über die Zwinger gereinigt und nicht gesehen, daß die Hündin sich hingelegt oder übergeben hätte. Paulie schien die Frage mißverstanden zu haben, denn er begann davon zu sprechen, daß es »zu viele Welpen« seien. »Zu viele« würden die Hündin umbringen. Paulies Stimme hatte sich schnell zu einem Flüstern verloren, als würde ihm die Kehle zu eng. »Zu viele.« Sterling sah, daß Paulie von seinen Gefühlen überwältigt worden war, deshalb nickte er und gab vor, die Tränen nicht zu bemerken.

»Zu viele Welpen werden sie umbringen. Wenn es zu viele sind, wird sie sterben.«

Paulie hatte den Zwinger nicht mehr verlassen, bis Ferro zweimal bei ihm angerufen hatte. Beim zweiten Anruf hatte Paulie offenbar Schlimmes zu hören bekommen, denn Sterling hatte gesehen, wie er immer angespannter wurde, je länger er am Apparat war.

Sterling war überrascht, Paulie um acht Uhr morgens, als er seinen Dienst antrat, noch immer Zigaretten rauchend und mit der Hündin sprechend anzutreffen. Paulie hatte mit Sterling geredet, ohne den Blick von der Hündin zu nehmen. »Ich habe sie gezählt«, fuhr er mit weicher und gleichmäßiger Stimme fort. »Ich habe sie mit den Händen nachgezählt – sie so durch die Bauchdecke gefühlt.« Sterling beobachtete die rauhen, knochigen Hände mit den bis aufs Fleisch abgekauten Fingernägeln, die schnell und sanft den Unterleib der Hündin abtasteten.

Sterling hatte begonnen, ein merkwürdiges, fast schwindelerregendes Gefühl zu verspüren, während er zuhörte, wie Paulie ihm von einer Hündin erzählte. Nicht von dieser hier, 44er Magnum, sondern von einer anderen, vor langer Zeit. Hatte die andere Hündin Paulie gehört? Nein, nicht wirklich, der Besitzer war ein Mann gewesen, der in sein Haus gekommen war, der Paulie aber nicht leiden konnte. Sterling war erleichtert, als Paulie klarstellte, von welchem Tier er sprach. Diese »andere Hündin«, war bei der Geburt eines zu großen Wurfs gestorben.

»Meinen Sie, zu viele Junge auf einmal? Meinen Sie, es sind zu viele *in ihr drin*?« Sterling hatte nach Worten gesucht, die das, was er sagen wollte, nicht zu grausam klingen ließen. Paulie gab ihm darauf keine Anwort mehr. Sterling vermutete, daß er Paulie zu viele Fragen gestellt hatte, statt einfach den Mund zu halten und zuzuhören.

Trotz der vielen Lektüre darüber, wie man ein guter Zuhörer wird, hatte Sterling bei Paulie die grundlegenden Regeln außer acht gelassen. Paulie hatte etwas in seinem Inneren, das Sterling große Angst einjagte, so sehr, daß er die Kunst des Zuhörens vergessen hatte.

In den letzten beiden Wochen war Sterling fast jede Nacht von den Scheinwerfern von Ferros zurückkehrendem Wagen geweckt worden. Kurz vor Sonnenaufgang, wenn Sterling aufgewacht war, um dem Ruf der Natur zu folgen und schlaftrunken zur Toilette zu wanken, hatte er aus dem Fenster gesehen und die Silhouette einer einzelnen Person erkannt, die des Fahrers. Ferro war die ganze Nacht über weggeblieben und hatte Paulie allein auf der Ranch zurückgelassen.

Sterling behielt Magnum die ganze Woche über im Auge, doch sie hatte ihr Futter immer komplett aufgefressen und war immer schärfer und lebhafter geworden, je mehr ihr Bauch anschwoll. Paulie hatte die Tagesrationen der Hündin erhöht. Und Sterling hatte keine andere Wahl, als die Befehle auszuführen. Tag für Tag spürte er, wie die Spannung wuchs.

VERLIEBTE MÄNNER

Sterling hatte beim Swimmingpool gewartet, in der Hoffnung, dort Seese bei einer Erholungspause von ihrer ununterbrochenen Tipparbeit anzutreffen, mit der sie das alte Manuskript übertrug. Seese hatte Probleme damit, längere Zeit auf einen Computerbildschirm zu schauen; sie bekam davon Kopfschmerzen. Sie war herausgekommen, um einen Joint zu rauchen. Sterling sagte immer nein zu Marihuana, weil es ihn zu hungrig und zu geil machte.

Seese nahm einen tiefen Zug an ihrer selbstgedrehten Zigarette und hielt die Augen lange geschlossen, bevor sie zu sprechen begann. Sterling konnte sehen, daß sie bedrückt war, denn sie wirkte erschöpft und distanziert in ihrem Liegestuhl, nur darauf konzentriert, ihr Pot zu rauchen und es so tief wie möglich zu inhalieren. Sterling hatte begonnen, Blätter und tote Motten von der Wasserfläche des Pools zu fischen. Er glaubte, es würde Seese das Reden vielleicht erleichtern.

Seese erzählte, sie fühle sich merkwürdig erschöpft von der Schreibarbeit an Lechas altem Buch oder Manuskript oder was immer es war. Sterling fand, daß Seese aussah, als müsse sie gleich weinen. Er hatte viel über sie nachgedacht: Ihr Schmerz verging nicht, weil sie eine Mutter war, die ihr Kind verloren hatte. Allerdings hatte er gehofft, daß das Abtippen des ganzen Durcheinanders von alten Papierfetzen und Kartenstapeln ihr vielleicht helfen würde und die Geschichten und alten Berichte, oder was immer sie für Lecha abschreiben sollte, sie ablenken konnten.

»Ich träume die ganze Nacht von den Seiten, die ich am Tag zuvor abgetippt habe, nur daß es gar nicht die Seiten sind, die ich getippt habe, sondern Seiten, die ich *träume*. Und wenn ich aufwache, habe ich das Gefühl, daß die Träume Wirklichkeit sind, obwohl ich weiß, daß ich nur geträumt habe.« Seese starrte auf das Wasser am tiefen Ende des Beckens. »Wenn ich mich wieder an den Computer setze, steht auf den echten Manuskriptseiten etwas ganz anderes, als das, was ich geträumt habe.«

»Sie arbeiten zu hart an diesen alten Dokumenten«, sagte Sterling sanft. Er wollte Seeses Kummer nicht noch durch rechthaberische Ratschläge vergrößern. Sie sollte wissen, daß sie ihm wichtig war, ohne daß mehr dahintersteckte. Wenn sie ihm von den Träumen erzählen wollte, dann würde sie es tun; so einfach war das. Sterling war dankbar dafür, nicht länger unter schlechten Träumen zu leiden. Wenn er jetzt schlief, erinnerte er sich am nächsten Morgen an überhaupt keine Träume mehr.

»Ich frage mich, was Paulie so bedrückt.« Sterling hatte beschlossen, daß es Seese vielleicht von ihrer Traurigkeit ablenken würde, wenn sie sich mit den Problemen anderer Leute beschäftigte.

»Verliebte Männer«, sagte Seese, und Sterling fand, daß sie bitter klang. »Ich habe es nie richtig verstanden. Ich meine die Sache mit David, Eric und Beaufrey.«

Paulie beobachtete Mag fast ununterbrochen, während sich ihre Zitzen mit Milch zu füllen begannen. Er war nicht mehr Ferros Schatten, der jederzeit für seine Anweisungen zur Stelle war. Ferro rief wutschnaubend in den Hundeställen an und verlangte Paulie zu sprechen. Paulie sagte nie mehr als »ja« oder »nein« am Telefon.

Kurz vor Sonnenaufgang kamen dreizehn Welpen zur Welt. Als Sterling um acht Uhr morgens ankam, lief Paulie bereits nervös vor Mags Zwinger auf und ab, und blieb immer wieder stehen, um in ihre Hundehütte zu sehen. Sterling hatte um drei Uhr morgens keine Scheinwerfer gesehen, wie in den vorangegangenen Nächten. Ferro war nicht nach Hause gekomen.

Paulie hatte Sterling sogar kurz am Ellenbogen berührt, doch seine Stimme klang immer noch mürrisch. Er befahl ihm, genau hinzusehen. Was sah er dort? »Hundebabys.« Sterling begann nervös zu werden, denn Paulie hatte ihn noch nie so direkt angesehen. Die blaßblauen Augen waren blutunterlaufen und wirkten entrückt. Er befahl Sterling, die Welpen zu zählen, aber Sterling wies ihn darauf hin, daß die rote Hündin jedesmal zu knurren begann, sobald sie nur Sterlings Stimme vernahm, und auch jetzt knurrte sie, als er sprach. Sterling konnte unmöglich ihre Welpen zählen.

Paulie hatte sie selbst bereits dreimal gezählt; er wollte lediglich sicher sein, daß die Anzahl stimmte. Die Zahl bedrückte ihn ungemein: Dreizehn. Dreizehn Junge waren viel zu viele. Sie hatten fast ihren Leib gesprengt; und jetzt würden sie sie verschlingen, würden sie Zitze für Zitze auffressen. Sterling war entsetzt über Paulies Beschreibung von den Welpen, die ihre Mutter auffressen würden. Doch als er nachsah, konnte er nichts anderes erkennen, als mehrere Lagen aus Schwänzchen, Beinchen und Hundeköpfchen, die sich auf und nieder bewegten. Sterling hatte nicht viel Ahnung von Hunden, meinte jedoch zu Paulie, daß ihm die Hündin und ihre Welpen völlig in Ordnung erschienen.

»Sie verstehen nicht das geringste von Hunden«, sagte Paulie nüchtern. Er hatte es mit solchem Nachdruck gesagt, daß Sterling ihm nur rückhaltlos zustimmen konnte. Streite nie mit einem Verrückten, hatte seine alte Tante Marie immer gesagt.

Sterling hatte die Schubkarre an den Korrals vorbeigeschoben, als Ferro, eine riesige Staubwolke hinter sich, die lange Auffahrt heraufgejagt kam. Mit einem Schleudern brachte er den Blazer bei den Hundezwingern zum Stehen und betätigte so lange die Hupe, bis alle Hunde bellten und heulten, sogar die rote Hündin. Aber Paulie war nicht aus dem Zwinger herausgekommen, so daß Ferro mit quietschenden Reifen anfuhr und den ganzen Hang hinauf zum Wohnhaus den Schotter hinter sich aufspritzen ließ.

GELIEBTER JAMEY

Ferro war über seine Gefühle nicht glücklich, selbst dann nicht, wenn er Kokain genommen hatte und high war. Er wußte, daß er in bezug auf Paulie etwas unternehmen mußte. Er wußte, daß er von Jamey besessen war, doch er wollte damit fertig werden, bevor Jamey sich der Macht bewußt wurde, die seine glatten, blonden Schenkel über kahl werdende, dicke Männer jenseits der Dreißig hatten. Ferro hatte noch nie eine so starke Begierde und eine so leicht zu weckende Eifersucht in sich verspürt. Jamey war an einem Herbsttag aufgetaucht, als Ferro an der Universität gerade nach braungebrannten blonden Sportlern in enganliegenden Gymnastikhosen Ausschau hielt. Wofür sonst war die Universität von Arizona berühmt?

Ferro hatte noch nie einen so süßen Jungen wie Jamey gehabt. Als Teen oder Twen hatte es ihm keine Probleme bereitet, Liebhaber zu finden. Zwar hatte er nie gut ausgesehen, doch seine Haut hatte, als er noch jünger war, eine solche Glätte und sein Gesicht eine solche Festigkeit besessen, daß sie ihm, in Kombination mit teuren italienischen Hemden und Ledertrenchcoats, fast jeden Jungen in Tucson zugänglich gemacht hatten, der ihm gefiel. Seit der elften Klasse fuhr Ferro einen Porsche und verfügte über ein eigenes »Einkommen aus dem Ertrag der Familienranch«, wie er den hübschen Country-Club-Boys dezent erklärte. Aber die großen Essen, das viele Importbier und die Wochenenden mit seinen Liebhabern in den besten Hotels hatten ihn fett werden lassen, und mit dreißig hatte er Speck um den Bauch und im Gesicht. Ferro ging kein Risiko ein. Er sorgte dafür, daß die hübschen jungen Männer in seinem Porsche mitfuhren und grammweise Kokain schnieften, so daß sie ihm bereits »gehörten«, bevor er sie sich ins Bett holte. Anschließend achtete er noch sorgfältiger darauf, die Jungen wieder fallen zu lassen, bevor sie ihn fallen ließen. Paulie zählte natürlich nicht als einer dieser »Boys«. Die »Boys« waren sauber und elegant und stammten aus weißen Mittelklassefamilien. Paulie war wenig mehr als ein Gärtner oder Chauffeur im Dienst der Familie, eine bequeme Einrichtung, vergleichbar mit einem Hausdiener oder Leibwächter.

Jamey störte es nicht, daß Paulie weiterhin Ferros Leibwächter oder Chauffeur blieb. Er hatte die Verbindung zu einigen seiner »guten, alten Freunde« immer aufrechterhalten, und nun praktizierte eben Ferro sein Recht, »einen guten, alten Freund« beizubehalten. Jamey fand, daß Ferro zu besitzergreifend war und hatte ihn darin unterstützt, Paulie zu behalten, obwohl Paulie ihn haßte. Ferro achtete darauf, daß sich die Wege der beiden Männer niemals kreuzten. Er hatte eine Stadtwohnung gemietet, damit Paulie Jamey nie begegnete. Zeta und Jamey hatten keinen großen Wert darauf gelegt, einander kennenzulernen, so daß Ferro es einfach dabei belassen hatte.

»COP CAKES«
ODER NACKTE-POLIZISTEN-PINUPS

Ferro war schon immer ein mürrisches und zurückhaltendes Kind gewesen, aber Zeta hatte ihn nur selten für etwas, das er getan hatte, zurechtweisen oder zur Rede stellen müssen. Jamey und Paulie waren ihr einerlei. Zeta ließ Ferro wissen, daß es seine Sache sei, mit wem er schlief. Ferro arbeitete hart. Bei Wind und Wetter verbrachte er ganze Nächte auf den Bergkämmen, weil die Abwürfe bei schlechtem Wetter so riskant waren, daß die Behörden nicht mit ihnen rechneten. Bei fast vierzig Grad Hitze hatte er zu Pferd die dürren Rinder zusammengetrieben, um sie nahe der Bitterwater Windmühle über die Grenze zu treiben. Später hatten er und die beiden Papago-Cowboys sich mit den wilden mexikanischen Stieren abgeplagt, um die Plastikpakete mit Kokain zu entfernen, die unter ihren Bäuchen befestigt waren. Zeta stritt sich nie mit Ferro; er hatte seine Freizeit verdient, und es war sein Geld.

Ferro hatte sich an Jameys seidenweicher Haut geweidet und sich vorgestellt, er, Ferro, sei ein Gefangener; das Opfer einer homosexuellen Vergewaltigung durch den hübschen, grausamen Jamey, der ihn dann sofort liegenließ. Zuerst hatte Ferro ein schnelles Ende erwartet: ein ständiges Besetztzeichen, wenn er anrief, nicht erwiderte Anrufe oder unbeantwortete Nachrichten auf dem Anrufbeantworter. Aber Jamey schien gegen all den wabbeligen Speck, den Ferro so sehr an sich haßte und verachtete, völlig unempfindlich zu sein. Schwule Männer haßten Speck ganz besonders, nicht aber Jamey. Er liebte es, von Ferros Körper »erdrückt« und »erstickt« zu werden, und Ferro hatte gefühlt, wie Jamey seinen großen Schwanz liebevoll in seine Röllchen und Speckfalten preßte.

Ferro hatte nichts, keine Droge und keinen Rausch, je so sehr begehrt, wie er Jamey begehrte. Er dachte Tag und Nacht an ihn.

Selbst wenn Jamey sich gar nicht die Mühe machte, zu seinen Seminaren zu gehen, hatte Ferro sich nicht von der schrecklichen Befürchtung freimachen können, er könne auf dem Campus einen neuen Liebhaber finden; jemanden, der so blond, schlank und blauäugig war wie Jamey selbst. Jamey brauchte kein

Geld, aber er war immer gewillt, gegen einen gewissen Rabatt für sich und seine Freunde Koks zu kaufen. Ferro konnte nicht anders, als zwischen Jamey und einem so lächerlichen Gnom wie Paulie Vergleiche zu ziehen. Paulie hatte ein grimmiges, blasses Gesicht und die engstehenden Augen eines Nagetiers. Paulie war ihnen zugelaufen wie ein streunender Hund, den man gefüttert und behalten hatte. Ferro hatte Paulie nie gewollt. Paulie war da, um für sie zu arbeiten – für Ferro und die alte Frau, Zeta.

Jamey war das Gegenteil von Ferro, und doch waren sie in gewisser Weise ebenbürtig. Jamey war ebenso blond und gertenschlank wie Ferro dunkelhäutig und fett war. Jameys Speisezettel bestand aus frischem Obst und Gemüse, gefolgt von teurem Champagner und Ferros erstklassigem Kokain. Die Speisen, die Ferro aß und trank, entsetzten Jamey. In Maßen eingenommenes reines Kokain sei weniger schlimm als gehaltvolles Essen oder fette Schlagsahne, meinte er. Ferro hatte sich nie etwas vorgemacht. Er wußte, daß er die hübschen jungen Männer bekam, weil er Kokain verteilte. Das war keine Frage.

Was das Temperament anbetraf, war Jamey das genaue Gegenteil von Ferro. Es gab nicht einen nervösen Muskel in seinem glatten, weißen Körper. Herabrollen, sich grinsend auf den Rücken legen und noch eine Prise koksen. Jamey wollte nicht mehr vom Leben als das: Von morgens bis abends ficken und koksen. Ferro hatte schon Hunderte von Jünglingen hinter sich, und er hatte sofort erkannt, daß Jamey zu schön war, um wahr zu sein. Der Haken an ihm waren seine Freunde. Wegen dieser »Freunde« konnte Ferro Jamey nicht vertrauen. Einige von ihnen waren echte Polizisten aus Tucson, die meisten jedoch waren Jünglinge wie Jamey, die sich nur gern als Cops verkleideten. Uniformen, sogar Krankenschwesterntrachten, erregten sie. Ferro fand alle Arten von Uniformen ekelhaft. Für Aufnahmen für Poster, Videos und Filme verkleidete sich Jamey als Cop. Jameys Freunde nannten ihren Kalenderverlag »Cop Cakes«. Cop Cakes warb damit, daß alle Pinups auf ihren Kalendern echte Polizisten seien. Ferro lachte und warf die alten Cop-Cakes-Kalender auf den Boden. Sie selbst könnten bessere Pinup-Kalender herausbringen. Ferro wollte seinen eigenen Pinup-Kalender finanzieren – ohne Polizei- oder Schwesternuniformen. Ferro mißtraute

Jameys Freunden, und ganz besonders denen, die sich daran aufgeilten, eine Bullenuniform zu tragen.

Ein Kalender würde nur der Anfang sein. Sie würde die Geschäfte der Familie in Kürze konsolidieren, denn Zetas Computer hatten jetzt die von Awa Gee einprogrammierten Auswertungen abgeschlossen. Zetas Computer rieten zum Abverkauf, weil die Großhandelspreise für Kokain kurz davor standen, weltweit in den Keller zu purzeln. Ferro haßte Awa Gee und seine dummen Witze, aber dieser schlitzäugige Hurensohn war ein Meister darin, in andere Computersysteme einzudringen oder sie zu zerstören.

Die Kalender und das Verlagsgeschäft würden nur der Anfang sein. Ferro war die Routine seit Jahren leid; allmählich haßte er die endlosen nächtlichen Fahrten über die staubigen Pisten, ständig angespannt und auf der Hut vor jedem Geräusch, das Suchen und Warten auf ein niedrig fliegendes Flugzeug, das Blinksignale von der Helligkeit einer Christbaumkerze aussandte, damit es nicht entdeckt wurde. Wie viele Stunden hatten Ferro und Paulie schon darauf gewartet, daß Packeseltrecks oder Grenzgänger mit Rucksäcken aus der Wüste auftauchten, immer im Ungewissen darüber, ob die bestochenen Grenzposten auch noch wußten, in welcher Nacht die Grenzüberquerung stattfinden sollte. Solange die Großhandelspreise für Kokain hoch waren, hatte sich das Schmuggeln, trotz der Gefahren und der Langeweile, gelohnt, doch die Zeiten hatten sich geändert.

Ferro würde die Ballonfahrten, die sie mit den Kokainladungen unternommen hatten, nicht vergessen. Auf einer ihrer letzten Fahrten war es sehr knapp geworden. Ihr Ballon war beim Aufstieg von einem Windstoß erfaßt worden, und Ferro hatte plötzlich erkannt, wie zart und empfindlich der Ballon war, wie leicht eine starke Windböe den Nylonstoff zerreißen und den Ballon zum Absturz bringen konnte.

Durch ihren »Ferienranch«-Betrieb waren die Fesselballonfahrten entlang der Grenze eine perfekte Tarnung gewesen, um größere Pakete zu transportieren. Nach ihrem Beinahe-Absturz hatte Ferro jedoch Farbaufnahmen von einem Ballonunglück in Albuquerque gesehen. Der Ballon und der Korb hatten in Flammen gestanden, und winzige menschliche Körper baumelten an

Seilen herab, einer davon stürzte hoch über dem Rio Grande ab. Später hatte Ferro Ausreden erfunden, um zu erklären, warum er den Fesselballon nicht mehr benutzte. Dennoch träumte er immer wieder davon, am Ende eines langen Seils zu hängen; überall über ihm waren Funken, Asche und Rauch von dem Feuer, das um den Ballon loderte.

Ferro war erleichtert, daß er sich bald zur Ruhe setzen konnte. Er wollte nicht riskieren, Jamey zu verlieren; und die vielen Nächte, die er mit Paulie allein verbringen mußte, um auf die Abwürfe oder Lieferungen zu warten, konnten eine Gefahr für ihre Liebe werden. Jamey war etwas nervös wegen Paulie. Er mochte keine »harten Typen«, und Paulie war einer von der härtesten Sorte. Jamey befürchtete, Paulie könnte ihm etwas antun. Ferro mußte lachen. Paulie tat, was er ihm sagte, er stellte Ferros Befehle niemals in Frage.

Das Auftauchen der nichtsnutzigen Lecha, seiner Mutter, war ein weiteres Indiz dafür, daß es an der Zeit war, sich mit Jamey zurückzuziehen und das Leben weit weg von Schmugglerpfaden und unwegsamen Fahrrinnen zu genießen. Ferro würde den stinkenden Weiberhaufen im alten Ranchhaus zurücklassen, er würde Jameys Kalender finanzieren, und später konnten sie das Geschäft vielleicht erweitern und eine Zeitschrift oder Bücher herausgeben. Die Themen der Bücher spielten keine Rolle, solange sie sich nicht mit Frauen beschäftigten. Als Verleger würden sie dann zusammen durch die Welt reisen.

Lechas Rückkehr und Jameys Cop-Cakes-Freunde waren Grund genug, die Stadt zu verlassen. Ferro traute diesen sogenannten Künstlern nicht, mit denen Jamey kokste. Jamey dachte wirklich nie nach. Woher hatten diese »Künstler« das Geld für Kokain? Von wegen Künstler! Undercover Cops hatten immer genügend Geld. Jamey hatte über Ferros blühende Phantasie nur gelacht. Tucson sei voller Künstler, die aus »Stiftungsvermögen« gefördert wurden, wußte er das nicht?

Ferro wollte jeden Augenblick und soviel Schönes mit Jamey genießen wie nur möglich. Ferro und Jamey. Er konnte an nichts anderes mehr denken. Am liebsten hätte er alle Nächte, die Jamey ohne ihn in der Stadt verbrachte, unterbunden. Plötzlich schien dies die Lösung zu sein. Es gab wichtige Dinge, mit denen sich sein Kopf nicht beschäftigen konnte, solange sein Verstand ständig »Jamey, Jamey« flüsterte. Es war merkwürdig, wie sehr Jamey alles andere in den Schatten gestellt hatte – die Rückkehr der alten Frau, den Aufstieg von Max Blue oder die Gerüchte, die aus Mexiko heraufdrangen. Der bloße Klang, nur der Gedanke an Jameys Namen jagte Ferro kalte Schauer über den Rücken und brachte etwas in seinem Gehirn zur Explosion. Ferro verzehrte sich vor Lust, solange Jamey in seiner Nähe war. Wenn er jedoch einmal nicht da war, dann löste der erste Gedanke, die erste Erinnerung an diese Lust ein schreckliches Gefühl des Zweifels und der Angst aus, daß er Jamey, seine große Liebe, vielleicht verlieren könnte. Jamey trug den Pieper bei sich, den Ferro ihm gegeben hatte, doch er war nicht immer auf Empfang gestellt, und Jamey hielt sich auch nicht immer in der Nähe eines Telefons auf. Ferro versuchte, darüber nicht in Streit zu geraten. Jamey lachte und sagte, seine Freunde hielten ihn wegen des Signalgebers für einen Drogendealer. Das zeige nur, welche Art von Gedanken seine sogenannten Freunde im Kopf hätten, antwortete Ferro, obwohl sie sich geeinigt hatten, nicht mehr über Jameys »Freunde« zu streiten. Jamey wollte seinen Freunden die Sache gern erklären, aber Ferro hatte es ihm verboten. Jamey hatte allen verkünden wollen, daß er Ferros Liebessklave war und daß er aus diesem Grund den Pieper trage.

Ferros Mißtrauen und Befürchtungen bereiteten Jamey großes Vergnügen. Er konnte sich unter seinen Freunden auf relativ sicherem Boden bewegen. Eines der Mitglieder der Cop-Cakes-Gruppe war der Undercoveragent Perry. Jamey amüsierte sich großartig über ihn, denn Perry, der Undercover Cop, kokste für sein Leben gern. Er machte Geschäfte damit, Hinweise auf einen Tag später stattfindende Razzien der Polizei- oder Drogenbehörden in Pima County zu verkaufen. Seine Bezahlung nahm er stets in grammweise abgepacktem Kokain entgegen. Jamey meinte, das Koks sei für seinen persönlichen Gebrauch, aber Ferro vermutete, daß Perry das Schwein die Hälfte von dem Zeugs an andere Polizisten in Tucson weiterverkaufte. Jamey fand heterosexuelle Männer, besonders solche in Uniform, sehr aufregend. Ferro schnaubte. Perry das Schwein war nicht hetero. Heterosexuelle Männer zeigten sich nicht nackt in den Positionen, die Perry zusammen mit den anderen Männern für den Cop-Cakes-Kalender eingenommen hatte.

»Empfindlich, empfindlich«, sagt Jamey und lacht über Ferros Haß auf Perry.

Jamey zermartert sich nicht den Kopf mit Zweifeln und Fragen, wie Ferro es tut. Er nennt es Überängstlichkeit oder Paranoia.

»Ferro, du darfst gar nicht erst anfangen, so zu denken. Klar könnte Perry ein Köder sein. Aber das ist er nicht. Perry ist ein Cop, der Informationen verkauft, weil er Geld braucht. So einfach ist das.«

Ferro widerspricht ihm nicht, aber er glaubt nicht, daß böse Polizisten oder Spitzel so einfach gestrickt sind. Dummer blonder Jamey. Ferro macht sich nicht die Mühe, ihn darauf hinzuweisen, daß Perry seine Informationen unter dem Marktwert verkauft. Sollte Schlaumeier Jamey-Boy es ruhig auf die harte Tour herausfinden. Die Perrys dieser Welt behaupteten, Geheimnisse für Geld zu verkaufen; aber die Summen, die sie akzeptierten, verrieten ihr wahres Motiv, und das war nicht Gier, sondern Rache. Verräter wurden vom stärksten menschlichen Gefühl getrieben, dem tiefsten menschlichen Instinkt – sie taten es nicht für Sex oder Geld, sondern um Vergeltung zu üben. Heimliche Verbrechen oder verborgene Kränkungen verlangten auch Racheakte, die heimlich und im Verborgenen stattfanden. Das lustvolle Gefühl, das ein Racheakt auslöst, war Ferro nicht fremd – das feine Pulsieren hinter den Augäpfeln und das Prickeln in der Leiste, während einem die Kopfhaut kribbelte und in dem Moment, in dem die Rache ausgeführt wurde, ein kalter Schauer über den Rücken lief. Ferro war bereit, darauf zu wetten, daß der Undercover Cop jedesmal einen Ständer bekam, wenn er Tips über geplante Razzien und Überwachungsaktionen »durchsickern ließ«. Wie sich herausstellen sollte, konnte man Perrys Pinup-Foto im Cop Cakes Kalender getrost vergessen. Er hatte einen flachen Hintern und einen bleistiftdünnen Schwanz. Perry hatte als »Januar-Officer« begonnen, mit nacktem Hintern steckte er in der Kampfausrüstung der Spezialeinheit seines Departments und schwang einen Gummiknüppel. Mit Kampfhelm und Gasmaske wirkte der Januar-Officer anonym und grausam. Im vergangenen

Jahr war das Tucsoner Police Department zur Zielscheibe des Spottes geworden. Auf sämtlichen Nacktfotos der Cops auf dem Vorjahreskalender waren die Dienstnummern der Beamten und die Autotelefonnummern der Sondereinheitswagen abgebildet gewesen, unter denen man einen Blowjob anfordern konnte. Untersuchungsbeamte des Ministeriums für Innere Angelegenheiten hatten interne Memoranden an sämtliche Revierleiter geschickt und Fotografien von allen unter ihrem Befehl stehenden uniformierten Beamten verlangt. Die jüngste Ausgabe des Cop-Cakes-Kalenders bestand aus lustigen Fotos – Trickaufnahmen, auf denen der Kopf des Tucsoner Polizeichefs auf dem nackten Körper eines sexuell erregten Mannes saß, der einen Schlagstock in seinen behaarten Hintern geschoben hatte. Der Humorkalender hatte sich in den Sexbuchhandlungen von Salt Lake City und Phoenix zum Bestseller entwickelt und war sogar in den Fernsehnachrichten erwähnt worden. Nach Ansicht der Senatoren von Arizona stellte der Humorkalender eine Ungeheuerlichkeit und einen Angriff auf die Polizei und die Vollstreckungsbehörden der Vereinigten Staaten dar.

Der Tucsoner Polizeichef hatte eine Pressekonferenz abhalten müssen, die in den Abendnachrichten ausgestrahlt wurde, um klarzustellen, daß die nackten Männer in den Cop-Cakes-Kalendern weder zu diesem noch zu einem früheren Zeitpunkt Beamte der Polizeibehörden von Tucson waren. Der Chief erklärte, daß Pornodarsteller für den Kalender Modell gestanden hätten, und alle Gerüchte über eine zügellose Homosexualität unter Polizeibeamten absolut unrichtig seien. Besonders beunruhigend, erklärte er weiter, seien Gerüchte, die besagten, daß gepflegte Schnurrbärte ein Indikator für schwule Polizeibeamte seien. Die Fotografie mit dem Schlagstock zu kommentieren, lehnte er ab. Das Department nehme die Kalender nicht auf die leichte Schulter; ein Angriff auf die Polizei von Arizona bedeute, daß die gesamte amerikanische Lebensweise in Gefahr sei. Gesetz und Ordnung wurden durch diese Subversiven bedroht – homosexuelle Künstler, die ihren Dreck in Kalendern publizierten, um Respektlosigkeit vor dem Gesetz und Verachtung für das Polizei- und Gerichtswesen zu wecken.

DER OWLS CLUB

Für Richter Arne enthielt die Ausgabe des Cop-Cakes-Humorkalenders eine böse Überraschung. Irgend jemandem war es gelungen, an eines der Farbnegative aus einer Filmrolle mit Richter Arnes »gewagtesten Schnappschüssen« heranzukommen. Das Fotolabor war vollautomatisiert – der Richter legte Wert darauf, solche wichtigen Fakten zu wissen. Er hatte dem Verkäufer des Labors jedesmal dicke Trinkgelder gezahlt, wenn er eine seiner Filmrollen mit den »Spaßfotos« abgeholt hatte. Jetzt würde er ein Gespräch mit dem Laborleiter führen müssen – es sei denn, im Owls Club selbst gab es ein Sicherheitsproblem. Zum Glück waren die Trottel vom Tucsoner Police Department so von ihren eigenen »Pinups« überwältigt gewesen, daß sie gar nicht bemerkt hatten, daß Richter Arnes Pinup des Monats August keine Fotomontage war. Der Farbabzug von einem Einzelnegativ zeigte klar und deutlich, daß der Bundesrichter nichts anderes tat, als seinen eigenen Basset zu besteigen. Das Cop-Cakes-Pinupmodell vom September war der Sheriff von Pima County, der mit offenem Hosenschlitz und herausragendem, halberigiertem Penis über der Figur eines Mannes kauerte und eine ausgestopfte Eule in den Händen hielt. Dem Richter gefiel die Verwendung der ausgestopften Eule ganz und gar nicht. Sie mochte ein Zufall sein, doch das glaubte er nicht. Wer immer die Farbaufnahme von ihm und dem Hund gefunden hatte, hatte sie im Owls Club gefunden. Denn nur Mitglieder und Ehrengäste wußten, daß ausgestopfte Eulen eines der Hauptmotive des Clubdekors waren.

Der Richter mußte über sich und seine Reife lächeln. Vor zehn oder zwanzig Jahren wäre ihm jetzt der kalte Schweiß ausgebrochen, er wäre gelähmt gewesen von der Furcht, entdeckt zu werden; statt dessen war er insgeheim recht zufrieden mit der verwegenen, exotischen Figur, die er in dem Kalender abgab. Es war leicht, sich vorzustellen, wie sich Hunderte junger Männer nackt im Schlafzimmer einschlossen und wie hypnotisiert oder benommen vor Lust auf den Kalender an der Wand starrten. Von wegen Fotomontagen! Aber das schwache Glied in der Kette mußte gefunden werden. Der Richter würde wieder regelmäßiger in den Owls Club gehen müssen und sich mit den Stammgästen und den hübschen Straßenjungen vertraut machen. Er würde vorsichtig genug sein, um nicht mitzumischen, und lediglich unten vor dem Farbfernsehgerät seine Cognacs trinken. Seit seiner Berufung in das Amt des Bundesrichters hatte der Richter seine Fotoaufnahmen und Bassetbesteigungen auf die eigenen vier Wände beschränken müssen. Alte Freunde ließ er gern taktvoll wissen, daß er sich von all dem nun zurückgezogen habe – als könne er mit einer Handbewegung all die rosenknospigen Hinterteile der dunkelhäutigen Straßenjungen wegwischen. Dennoch hatte der Richter jetzt regelmäßige Besucher, die welterfahrener waren als die flinkhändigen Straßenjungen. Die blonden Jünglinge der Universität von Arizona waren Strichjungen aus dem Mittleren Westen, und für ein paar Dollar mehr spielten sie auf beiden Seiten des Zaunes. Die Braunen wußten, wo ihr Platz war, die Weißen nicht. Aber waren die aufgestockten Polizeimittel nicht genau dafür gedacht? In ganz Florida und dem gesamten Südwesten quollen Straßen und leerstehende Gebäude über von menschlichem Abschaum aus dem Mittelwesten und dem Nordosten – ausrangierte weiße Männer, ehemalige Lohnarbeiter aus Mühlen und Fabriken. Altes Gedankengut aus Gewerkschaftszeiten machte diese älteren Arbeiter in unruhigen Zeiten zu einer Gefahr. Und im Moment breitete sich das Chaos in Mexiko aus. Wie die Fliegen hockten die Flüchtlinge in den Stacheldrahtcamps entlang der US-Grenze.

Der Richter war in einer wichtigen Angelegenheit zum Golf verabredet. Auch der Senator würde an dem Vierer teilnehmen, ebenso wie der Polizeichef. Der Senator war mit streng geheimen Instruktionen aus Washington eingeflogen, die sowohl die innere Sicherheit der Vereinigten Staaten als auch Sicherheit entlang der internationalen Grenze zu Mexiko betrafen. Natürlich war der Richter durch seine Freunde bei der Armee, die in Ft. Huachuca hohe Positionen bekleideten, bereits über die Inhalte der Geheimdokumente informiert worden. Das Cop-Cakes-Pinup konnte sich bei der Erneuerung seiner Sicherheitsüberprüfung als nicht unerhebliches Problem erweisen. Insgeheim glaubte der Richter jedoch nicht, daß sie sich die Mühe machen würden, einer solchen Lappalie wie Fotomontagen, die Polizei und Gerichte beleidigten, nachzugehen. Im Laufe der Jahre hatte der Richter viel über die Tests mit Lügendetektoren und ihre Auswertungen gelernt. Er wußte, daß die schlimmsten Verbrecher immer gelassen blieben. In ihrer eigenen Vorstellung waren sie absolut unschuldig, weil es immer die Opfer gewesen waren, die die Probleme verursacht hatten. Der Richter fand, das Tucsoner Police Department habe die ganze Sache verpfuscht, indem man dort vorschnell geleugnet hatte, daß der Kalender mit den nackten Polizisten überhaupt existierte. Es gab zu viele Menschen in Tucson, die so waren wie der Richter und heimlich »Kunstbücher und Kunstkalender« für den anspruchsvollen Herrn abonnierten. Der Richter war nur oberflächlich auf die Presseanfragen eingegangen, die im Zusammenhang mit dem Humorkalender standen. Er hatte die ganze Angelegenheit abgetan; Trickfotografien konnten alles zeigen – die Öffentlichkeit dürfe sich davon nicht in die Irre führen lassen.

Der Richter handelte nicht voreilig, als er einen der Stammgäste im Owls Club ins Visier nahm. Er war es gewöhnt, in einer Welt zu leben, in der die Furcht vor dem einfachen Briefumschlag ohne Absenderangabe oder den Serien von merkwürdigen Telefonanrufen allgegenwärtig war. Der Cop-Cakes-Kalender war ein subversiver Akt gewesen und kein simpler Erpressungsversuch. Ein Sturm der Gesetzlosigkeit rüttelte an den Grundpfeilern des anständigen Lebens in den Vereinigten Staaten. Der Richter glaubte, das Golfspiel biete eine gute Gelegenheit, das Gespräch auf eine größere Spende der vom Senator verwalteten Stiftung zu lenken, die der Unterstützung der Polizeikräfte im südlichen Arizona zugute kommen könnte. Die unstete politische Situation in Mexiko machte Spenden unabdingbar, besonders deshalb, weil Arizonas Regierung fast bankrott war.

Die Mitarbeiter des Senators hatten Informationsmaterial zusammengestellt, das stupide und auf dem Golfplatz völlig nutzlos war. Max hatte nur einen kurzen Blick auf sein Exemplar geworfen und es dann in seine Golftasche gesteckt. Er haßte die Protzerei von schlechten Politikern wie dem Senator, und er genoß es ganz besonders, wie die Abwicklung von Geschäften auf dem Golfplatz die eingespielte und gutgeölte Routine durcheinanderbrachte. Max hatte im Laufe eines Golfspiels schon mehr

Ecken, Kanten und verborgene Gefahren aufgedeckt, als die besten Spione und Informanten in wochenlanger Arbeit zusammentragen konnten. Das Golfspiel unterbrach Gespräche – der Senator begann sich gerade aufzublasen, um eine seiner »Gesetz und Ordnung im Inland, Gesetz und Ordnung im Ausland«-Reden zu halten, und *zack!* hatte Max Blue abgeschlagen und den Ball in einem wundervollen Bogen Hunderte von Metern weit den Fairway hinunter bis zum Rand des Grüns befördert. Der Golfball flog empor wie ein leuchtender weißer Vogel, obwohl die bogenförmige Bahn des Balles Max gelegentlich an den Frühlingsregen erinnerte, der aus den Wolken herabfiel. Der Anblick der perfekten Flugbahn des Balles, diese absolute Genauigkeit, brachte selbst die größten Arschlöcher wie den Senator zum Schweigen. Max hatte keine Ahnung, warum der Senator überhaupt noch am Leben war. Er war vor Gier völlig abgestumpft. Als Max die fast hypnotische Qualität der anmutigen Verbindung von Physik und Geometrie beim Golfspielen erläuterte, hatte er nur verständnislos ins Leere gestarrt. Die Assistenten des Senators hatten während der Woche ständig angerufen und um eine Partie Golf mit Max gebeten.

Max hatte sich ernsthaft zu fragen begonnen, welchen Wert dieser oder irgendein anderer US-Senator noch hatte. Der Kongreß verabschiedete immer mehr Gesetze. Doch Gesetze waren bedeutungslos, wenn sie nicht vollstreckt wurden. In der heutigen Zeit waren die Richter das beste Geschäft; sie erreichten mehr für das Geld, das man ihnen zahlte, als jeder Politiker oder die Polizei. In letzter Zeit kam der Senator immer häufiger zu ihm, um ihn um Hilfe und kleine Gefälligkeiten zu bitten.

VIERTER TEIL

NORD- UND SÜDAMERIKA

Erstes Buch
BERGE

ANGELITA ALIAS »LA ESCAPÍA«, DER FLEISCHERHAKEN

El Feo hatte nie einem Menschen erzählt, was er empfunden hatte, als er zum erstenmal das Hotel in der Innenstadt betrat, in dem die Verhandlungen stattfinden sollten. Die Strahlen des Stroboskops und die Lichter der Videokameras blendeten ihn, als er die Halle betrat. Die anderen Indianerführer waren bekannter als er und hatten Gehilfen dabei, die ihnen die Aktentaschen trugen. El Feo hatte Glück gehabt, daß er sich vom Bürgermeister ein neues Paar Schuhe hatte ausleihen können; niemand in ihrem Ort, nicht einmal der Bürgermeister, besaß eine Aktentasche. Später waren El Feo und die anderen Indianerführer in Bussen zur Universität gefahren worden, um sich dort mit Studentenführern zu treffen. Zu dieser Zeit hatte La Escapía noch ihren Vornamen getragen, Angelita. Sie war dabei gewesen, Studenten anzuwerben, als El Feo sie das erstemal sah. Angelita war von Politik besessen; eine überwältigende Rednerin, die eines Tages vielleicht Hunderte und Aberhunderte von Kämpfern für El Feos Armee begeistern würde. Dann hatte Angelita ihre Aufmerksamkeit plötzlich El Feo zugewandt; er konnte ihren Blick spüren. Angelita hatte zu lachen begonnen, sie kniff im hellen Sonnenlicht die Augen zusammen und deutete mit dem Finger auf ihn. Sie war El Feo augenblicklich unsympathisch; sie wußte gar nichts von ihm. Er hatte absichtlich keine Aktentasche, keine Notizzettel mitgebracht. Damit wollte er klarmachen, daß er an den Papieren des weißen Mannes kein Interesse hatte. El Feo ging es einfach um das Land seines Volkes und seiner Ahnen.

El Feo hatte Geschichten über Angelita gehört. Sie war gefährlich. Sie lachte und machte sich über alles lustig. Sie brachte die Menschen zum Lachen, wenn es um ernsthafte Versammlungen oder Themen ging – Angelita machte sich sogar über Aufstände lustig. Sie war gefährlich. Diese Frau hatte rein gar nichts Niedliches oder Engelhaftes an sich, hatte El Feo entschieden, es sei denn, man dachte dabei an einen Engel aus der Hölle. El Feo spürte, wie seine Kehle trocken wurde und seine Hände zu kribbeln begannen. Er konnte Schweißperlen auf seiner Kopfhaut fühlen. Großer dunkler Engel aus den dreizehn Nächten der alten Götter – hier war der Engel, den El Feo sein ganzes Leben lang gesucht hatte.

Bis zu dem Tag, an dem er Angelita traf, hatte El Feo einzig für den Gedanken Leidenschaft empfunden, gestohlenes indianisches Land zurückzugewinnen. Große, dunkelhäutige Frauen mit großen Brüsten und dicken Bäuchen hatten ihn immer nur für höchstens fünfzehn oder zwanzig Minuten interessiert. An den Markttagen in den Bergdörfern sah man die Frauen hinter ihren Schals schwatzen, flüstern und kichern über einen, der so schön war, daß seine Mutter ihn El Feo nennen mußte, um ihn zu beschützen. Sie hatte ihn als Neugeborenen aus einem Küstendorf bekommen. Irgendwann einmal hatten alle Menschen enger zusammengewohnt; irgendwann einmal war das Leben unten in den tiefen Tälern, die auf das türkisfarbene Meer zuliefen, ganz anders gewesen. Er stammte aus einem Dorf in der Nähe des türkisfarbenen Meeres. Man hatte ihn als Säugling in die Berge gegeben, damit die Clans an der Küste und die Clans in den Bergen nicht vergaßen, daß sie eine Familie waren; und weil er einen Zwillingsbruder hatte. Später waren El Feo und seine Mutter in das Dorf an der Küste gereist, wo er seine andere Mutter und seinen Vater getroffen hatte und seinen Zwillingsbruder Tacho, dem man den Spitznamen Wacah gegeben hatte, weil er große *wacahs* oder Macaws zähmte. Die Menschen an der Küste hatten soviel Fisch, wie sie nur wollten; ansonsten waren sie arm. Stammesland, das sich die Menschen zur Bewirtschaftung freigeräumt hatten, wurde später von der Bundesregierung beansprucht;

und dann war das Land an deutsche Kaffeepflanzer weiterverkauft worden.

Angelita hatte El Feo über bestimmte Gerüchte befragt, die im Umlauf waren. El Feo sei bereits verheiratet, erzählten die Leute – verheiratet mit der Erde. Sie behaupteten, er habe viermal am Tag Geschlechtsverkehr mit Löchern, die er in den feuchten Erdboden am Fluß grabe. El Feo hatte gelacht und den Kopf geschüttelt. Er diskutiere mit niemandem über seine Religion, nicht einmal mit kriegerischen Engeln, sagte er. Später hatten die Dorfgerüchte behauptet, El Feo sei von Angelita La Escapía, der verrückten Frau von der Küste, verführt worden.

El Feo pflegte ihr Gesicht zu beobachten und die Gesichter der Menschen auf den Marktplätzen, die ihr zuhörten.

»Eine große ›Veränderung‹ rückt näher; die Zeichen dafür werden bald am Horizont auftauchen.« Angelitas Worte erfüllten El Feo mit Begeisterung. Die Erde, die Erde, zusammen würden sie der Erde und ihren verschwisterten Geistern dienen.

El Feo war damit zufrieden gewesen, sie aus der Distanz zu beobachten. Die Männer sahen ihr wahrscheinlich zu, um das Wogen und Beben ihrer großen Brüste zu beobachten. Aber die Frauen lauschten, weil sie noch nie zuvor eine Frau wie sie gehört hatten.

ZWILLINGSKNABEN

El Feo und sein Zwillingsbruder waren getrennt worden, weil Zwillinge häufig Gefahren durch neidische Hexer anzogen; und später konnte es passieren, daß die Zwillinge zusammen der Hexerei beschuldigt wurden. El Feo war von den älteren Männern auf traditionelle Weise in die Gemeinschaft aufgenommen worden, während Tacho nur die kleinere Zeremonie erfahren hatte, die in den Küstendörfern noch praktiziert wurde. Sie waren beide am gleichen Tag vom gleichen Wanderbischof in der Kirche gefirmt worden. Die Alten hatten gemeint, die Zwillinge seien gerade deshalb in verschiedenen Dörfern aufgezogen worden, um eben solche Zufälle zu vermeiden.

Dann war Tacho eines Tages in dem Bergdorf aufgetaucht. Er hatte seine Chauffeursuniform getragen, obwohl er für die Fahrt selbst ein Taxi genommen hatte. Das Taxi war voller Geschenke für alle. Tacho hatte sein ganzes erstes Monatsgehalt für die Taxifahrt, die Ziege und die schwarzen Ferkel ausgegeben. Er hatte die Ziege selbst geschlachtet und die Aufgabe, das Fleisch zu verteilen, El Feos »Mutter« überlassen. Die Ziege hatten Tachos Eltern geschickt; doch die schwarzen Schweine für seinen Bruder hatte Tacho selbst ausgesucht. Die Clansleute holten ihr Selbstgebrautes hervor, und das Dorf feierte den Besuch ihres geliebten Bruders Tacho.

Bis spät in die Nacht tranken Tacho und El Feo mit den anderen Männern, die sich um die glühenden Kohlen versammelt hatten. Sie sprachen über die schwarzen Schweine und den Wildschweingeist, dem die Küstenmenschen gerösteten Mais darbrachten. Vor Sonnenaufgang hatte El Feo auf die Ferkel und auf Tacho geblickt und sich nach den in Decken gehüllten Figuren umgesehen, von denen viele dösten.

»Die schwarzen Schweine werden eine Armee ernähren«, sagte El Feo sanft.

»Vier Schweine?« Tacho hatte die Augen geschlossen, hörte ihm jedoch zu.

»Natürlich vier. Vier ist eine gute Zahl. Ein Eber und drei Sauen. Sie werden sich immer weiter vermehren.«

In den Bergen heuerten die reichen Farmer bewaffnete Patrouillen an, um in den Kaffeeplantagen nach indianischen Squattern Ausschau zu halten und die Wildschweine abzuschießen. Die Schweine wühlten die Kaffeesetzlinge aus dem Boden und fraßen die Rinde der ausgewachsenen Bäume.

»An der Küste erzählen die Leute, daß der schwarze Eber und seinesgleichen die Aufstände der Menschen schon mehr als einmal unterstützt haben. Der schwarze Eber und seine Truppen stürmen durch dichtes Unterholz und Bäume. Und die dumme Armee verfolgt die Schweine tiefer und tiefer in den Wald, wo die Pfade im Morast versinken. Der schwarze Eber führt sie in den Sumpf, wo Hunderte von Soldaten leicht von ein paar Heckenschützen erledigt werden können«, erzählte Tacho.

El Feo brachte die Schweine in sein Lager in den Hügeln

über dem Dorf, denn Schweinefleisch war eine große Versuchung, selbst für ihn. Wenn die Schweine groß genug waren, um sich der wilden Hunde erwehren zu können, würde El Feo sie freilassen. Er hatte Tacho erklärt, daß nur eines wirklich wichtig war: das gestohlene Land. Eines Tages würden wilde schwarze Schweine ihre Volksarmee ernähren, während sich die Menschen ihr Land zurückholten.

NOCH MEHR FREUNDE DER INDIANER

Tacho achtete darauf, daß El Feos Besuche keinen Verdacht erregten. Er gab vor, daß El Feo ihm dabei half, den schwarzen Mercedes zu waschen und zu wachsen. Der Boss und seine neue Frau waren in letzter Zeit ziemlich nervös gewesen; reiche Weiße durfte man angesichts der politischen Unruhen nicht beunruhigen. Den Weißen steht vor Augen, daß die Stämme in Afrika das Land ihrer Vorfahren wieder an sich genommen haben, so blutbefleckt der Boden auch sein mag.

Tacho unterhielt El Feo mit Geschichten über die »alte Ehefrau« und die junge Geliebte aus Mexico City. Daß die alte Ehefrau die Marmortreppe hinuntergefallen war, hatte El Feo besonders gut gefallen, aber dies war jedermanns Lieblingsgeschichte, angefangen bei den Hausmädchen bis zu den reichen Matronen der Gesellschaft. Der Boss würde nichts dagegen einzuwenden haben, wenn El Feo die Nacht in Tachos Verschlag im vorderen Teil der Garage verbrachte. El Feo hatte eine Nacht auf dem Rücksitz des Mercedes schlafen wollen, aber das hatte Tacho abgelehnt. »Der Boss schläft nachts nicht besonders gut. Er könnte dich dabei überraschen.«

El Feo mochte es, wenn die Frau auf ihm saß, so daß er über ihren Schultern das schwache Leuchten der winzigen menschlichen Seelen sehen konnte, die zwischen den Deckenbalken über ihnen auf die Empfängnis warteten. Kinderseelen, die vor dem zweiten Lebensjahr gestorben waren, hielten sich weiter in der Nähe auf und steckten in Rissen an der Zimmerdecke. Die Behausungen von Hexern waren leer. Hexer fingen nur die Seelen von Erwachsenen und Kindern, die älter als zwei Jahre waren. El Feo und Angelita unterhielten sich nicht. Zweimal am Tag aßen und schliefen sie miteinander, das war alles. Sie übernahm das Reden. El Feo hatte das Sprechen schon vor Jahren aufgegeben. Er hatte geglaubt, auch mit Bumsen fertig zu sein, aber manchmal irrte sich El Feo in seinen Vorhersagen. Diese Frau hatte ihn auserwählt, nicht er sie. El Feo war sein ganzes Leben lang derjenige gewesen, der auserwählt wurde.

Derjenige, der auserwählt war, wurde gebeten, besondere Dienste für die Gruppe zu übernehmen. Spät in der Nacht, am Ende einer Party, wurden die Erwählten gebeten, für die anderen Geschenke mit zurückzunehmen oder besondere Botschaften zu übermitteln.

El Feo überließ das Geldsammeln und die Geschenke der vielen »Freunde der Indianer« Angelita, der Politik und Politiker nichts ausmachten. Stammesführer bis unten in Nicaragua hatten von der Frau gehört, die wußte, wie man für die Indianer Güter organisierte. Alle »direkten« und »humanitären« Hilfsquellen waren Angelita bekannt; in der einen Woche war sie verschwunden, in der nächsten kam sie mit kleinen koreanischen Transportern zurück, um darin die »Baseballteams« der Indianerdörfer zu transportieren. Ihr Geheimnis war einfach: Die ganze Welt – von den ausländischen Regierungen bis zu den multinationalen Unternehmen –, alle wollten »Freunde der Indianer« genannt werden. Sie waren gerade Zeugen des blutigen Endes der europäischen Vorherrschaft in Afrika geworden. Sie hatten mitangesehen, wie die Stämme Afrikas den Europäern das Land wieder abgerungen hatten. In Amerika würde es vielleicht noch fünfzig oder auch hundert Jahre dauern, aber die Zeit lief ab. In Peru hatten sich die Indianer mit dem Leuchtenden Pfad erhoben. Alle wollten »Freunde der Indianer« sein – die Japaner und Koreaner ebenso wie die Deutschen und die Niederländer. Es gab »Freunde der Indianer« rings um den Persischen Golf.

Angelita hatte El Feo nach Tuxtla hinuntergeschickt, um sich von Tachos Beobachtungen berichten zu lassen. Tacho hatte seine Augen und Ohren überall für sie. Sie hielten sich über General J. und die »Sicherheitskräfte« ebenso auf dem laufenden wie über den Polizeichef und die anderen in El Grupo.

WACAH DER GEISTERMACAW
DEUTET TRÄUME

Tacho hatte lange gebraucht, um das Vertrauen des Bosses zu gewinnen. Monate hatte er damit zugebracht, Interesse an Menardos endlosen Träumen zu heucheln. Tacho hatte ihm über seine Träume nicht die Wahrheit gesagt, sondern sie durch ein paar Glückszahlen ersetzt, von denen er selbst in der Nacht geträumt hatte. Menardos Träume waren zwar voller Zahlen, aber sie ergaben zusammen weniger als Null. Tacho war es egal, daß er Glückszahlen weggegeben hatte, die er besser verkauft oder selbst verwertet hätte. Guacamaya, der Blaue Macaw, der die Menschen sprechen lehrte, hatte Tacho beigebracht, wie man das Glück auf Zahlen anwendet. Oh, sollten die Spieler ruhig losziehen und auf Glückszahlen aus ihren Träumen wetten, sie würden dafür einen Preis bezahlen. Alles hatte eine Kehrseite. Spieler, die Glück mit Zahlen hatten, lebten nicht lange. Tacho hatte von den Macawgeistern gelernt, nach Zahlen zu suchen, die Kugeln von ihrem Ziel fernhielten oder Krankheit und Hexerei vom eigenen Bett.

Die Träume vom Boss waren die schlimmsten Träume; selbst der schwerfällig denkende Menardo hatte verstanden, daß seine Tage gezählt waren. Tacho führte den Anfang vom Ende auf Menardos Besuch bei dem *norteamericano* zurück, der dem Boss die kugelsichere Weste geschenkt hatte. Tacho hatte die Frau vom Boss dabei beobachtet, wie sie den *norteamericano* betrachtete, der sich neben dem Pool mit ihrem Ehemann unterhielt. Mit dem gleichen Blick, der gleichen Aufmerksamkeit hatte Tacho sie den Boss anblicken sehen, im letzten Jahr, in dem die »alte Señora« noch gelebt hatte. Jetzt, wo Alegría den Boss an der Angel hatte, sah sie sich bereits nach einem neuen Mann um. Tacho mußte sehr vorsichtig sein, denn die neue Frau vom Boss kam Spionen schnell auf die Spur. Alegría war wesentlich schlauer, als die alte Señora es gewesen war.

Tacho hatte von Anfang an geahnt, daß das Haus, das der Boss bauen ließ, für Alegría und nicht für seine vertrocknete Frau bestimmt war. Jetzt hatte Menardo seine Villa aus weißem Marmor und seinen Pool voller Seerosen; und auf den gebügelten

Laken seines Kingsize-Bettes genoß der Mestize Menardo die süßen Früchte einer mageren weißen Frau. General J. war Menardos Geschäftspartner und der frühere Botschafter und der Gouverneur seine Clubfreunde. Und doch waren Menardos Träume die Träume eines Mannes, der bald sterben mußte. In Menardos Alptraum wurden die weißen Seitenstreifen auf dem Highway plötzlich zu einer riesigen Schlange, die unter den Reifen des dahinrasenden Wagens in blutigen Fleischklumpen explodierte. Menardo war aus diesem Traum schreiend und schweißgebadet erwacht. Er hatte zwar den Pyjama gewechselt, doch das Innenfutter der Schutzweste blieb feucht. Dann hatte Menardo festgestellt, daß er ohne die kugelsichere Weste nicht mehr einschlafen konnte. Selbst die stärksten Schlaftabletten verloren nach wenigen Stunden ihre Wirkung, und er fühlte sich zerschlagen und krank vor Anspannung, bis er endlich die Weste anzog.

Tacho hatte sich über Menardos jämmerliche Versuche amüsiert, den Alptraum als ein »glückbringendes Zeichen« der Heiligen Jungfrau zu deuten, die manchmal dargestellt wurde, wie sie das Haupt des Satans, der Schlange, zerschlug. Menardo machte sich Gedanken darüber, daß der Traum eine Warnung der Heiligen Jungfrau vor Attentätern sein könnte, die Bomben unter die Räder des Wagens warfen. Einen Augenblick lang trafen sich Menardos und Tachos Augen im Rückspiegel, und Tacho erkannte seine Angst: »Ich kann immer noch das Fleisch unter dem Wagen spüren – die Reifen versinken in Schleim.« Menardo öffnete das kleine Barfach im Fond des Wagens, goß sich ein Glas Brandy ein und sprach kein Wort mehr.

Der Traum eines gehörnten Ehemanns, Traum eines *doppelt gehörnten* Ehemanns, denn neben Bartolomeo, dem Kommunisten, das wußte Tacho, hatte auch der *norteamericano* mit der neuen Frau vom Boss geschlafen. Tacho hatte gelogen und bei den Pferderennen Glückszahlen für Menardo erfunden. Er gab einem Kunden nie so viele Zahlen, daß er alle Rennen gewinnen konnte; so etwas sprach sich herum, und sie begannen einen zu verfolgen, oder, was noch schlimmer war, andere Spieler versuchten einen umzubringen. Tacho gab Menardo ein paar Gewinnzahlen, um ihn zu täuschen. Er wollte, daß er weiter seine Alpträume hatte und ihm von diesen Träumen erzählte.

Als nächstes hatte Menardo von Meeresschildkröten geträumt, blutig und sterbend, mit zerbrochenen Panzern, die ihnen vom Körper gerissen worden waren. Etwas später in derselben Nacht hatte Menardo von zwei Männern geträumt, die auf einer Brücke standen und eine Pistole in das bräunliche Wasser fallen ließen. Tacho war entzückt über die Informationen, die er aus Menardos Träumen erhielt. Menardo hatte ohne General J.s Erlaubnis mit dem *norteamericano* gesprochen; nun befürchtete er, der General werde ihn ermorden lassen. Menardo hatte die berüchtigten Videoaufnahmen des Generals von Verhören des Geheimdienstes gesehen; die bei lebendigem Leibe aus dem Fleisch gerissenen Schildkrötenpanzer waren eine Anspielung auf die Folterer, die Finger- und Zehennägel entfernten.

SQUATTER

El Feo und Angelita hatten die Verteidigungstruppen ihres Dorfes organisiert wie Baseballmannschaften. Priester und andere Missionare hatten sich vom Eifer und Enthusiasmus der Indianer für Baseball täuschen lassen. Was den Außenseitern entging, war die Tatsache, daß jedes Baseballteam aus Mitgliedern des gleichen Clans bestand. Und somit war den Priestern und Regierungsbehörden auch entgangen, daß Baseballtraining und Spiele Gelegenheit für mehr als Sport und Unterhaltung boten.

Tacho hatte zugehört, wie sein Bruder und die Frau die langen und komplizierten Geschichten, die Alibis und Ausreden besprachen, die erforderlich waren, um die ausländischen Regierungen von der Notwendigkeit zu überzeugen, den Indianerdörfern direkte Hilfsmittel in Form von Baseballuniformen und Kisten mit Dynamit zu schicken. Das Dynamit, logen sie, sei notwendig, um neues Land für Baseballfelder zu erschließen. Tacho hatte El Feo und der wilden Angelita erzählt, was er dachte: Wenn auch nur die kleinste Laus von einem Polizisten davon Wind bekam, daß ihre Baseballmannschaften geheime Guerilla-Einheiten waren, dann würden die Bundespolizei und das Militär sie alle zu einem blutigen Brei verarbeiten.

Tacho hatte die Informationen besorgt, die sie haben wollten, weil er das Prickeln in den Eiern liebte, wenn er den Telefonhörer in die Hand nahm, um mitanzuhören, wie sich der Boss mit dem Polizeichef und dem General unterhielt. Er hörte, wie sie über die »Lösungen« diskutierten. Die Kunden der Universal-Versicherung waren dringend gebeten, den Boss beim kleinsten Anzeichen von Unruhe unter den Arbeitern telefonisch zu verständigen. Mit Hilfe von Tachos Informationen waren El Feo und Angelita in der Lage gewesen, undichte Stellen und Spione in den Dörfern zu entlarven. Tacho hatte gehört, wie der Boss die Sicherheitskräfte der Universal-Versicherung zu Kaffeeplantagen beordert hatte, um die umliegenden Hügel von indianischen Squattern und ihren Hütten und Gärten zu säubern. Die Geschichte wiederholte sich immer aufs neue. Die Squatter sammelten Unrat zusammen, um damit Hütten zu bauen und kleine Gärten anzulegen. Dann zertrampelten bewaffnete »Sicherheitskräfte« die Gärten und brannten die Hütten nieder. Die Strategie der Squatter war einfach: Zuerst galt es, ein Unternehmen unprofitabel zu machen und dann zuzusehen, wie die Weißen abzogen. Das geschah immer und immer wieder, und jedesmal tauchten die Squatter an einer anderen Stelle wieder auf. Es war ihr Land, und sie wußten es. Tacho hatte mitangehört, wie sich Geschäftsleute bei Menardo über Ausgaben und Unkosten beklagt hatten. Die Indianer waren schlimmer als Insekten. Es kostete die Squatter überhaupt nichts, sich zu vermehren und über das Land zu schwärmen, während eine Einheit aus fünf bewaffneten Sicherheitsspezialisten und einem Fahrzeug jeden Tag Hunderte von Dollar kostete. Für ganze Schwärme von Squattern und die wie Unkraut aus dem Boden schießenden Indianer hatte Menardo ökonomischere Methoden entwickelt: Die Universal-Versicherung schickte ein Düngeflugzeug aus, um die Squatter mit Insektiziden und Herbiziden zu besprühen. Zum Glück flogen Düngeflugzeuge sehr niedrig und waren ein leichtes Ziel für Heckenschützen. Tacho hatte kein Verlangen danach, wie eine Fliege mit den anderen zerquetscht zu werden. Er war froh, daß er die Mannschaften, Einheiten und unaufhörlichen Befehle El Feo und Angelita überlassen konnte. Er, Tacho, war mit den Träumen vom Boss beschäftigt. Seine Strategie war es, die Hunde sich gegenseitig zerfleischen zu lassen. Er übte sich in Geduld; denn die Macaws drückten sich nicht immer klar aus. Sie sagten, der Kampf würde im Reich der Träume gewonnen oder verloren werden und nicht mit Flugzeugen oder Waffen.

In früheren Tagen hatten die Zwillingsbrüder den Hilferuf der Menschen erwidert, wenn sie von schrecklichen Kräften oder riesigen Monstern bedroht wurden. Die Menschen hatten schon immer große Furcht vor den Zerstörern, vor Leuten, die sich vom Tod und dem Anblick von Blut und Zerstörung angezogen fühlen. Die Zerstörer hofften und warteten heimlich auf Katastrophen und Vernichtung. Das Schauspiel des Todes entzückte sie insgeheim. Die europäischen Invasoren hatten ihren Jesus mitgebracht, der blutig und tot am Kreuz hing; und später aßen sie dann sein Fleisch und Blut immer wieder beim »Heiligen Abendmahl« oder bei der Messe. Wie es für Hexer und Zerstörer typisch war, hatten die Christen abgestritten, Kannibalen zu sein oder Menschenopfer darzubringen. Tacho hatte genug Fernseh- und Kinofilme gesehen, um zu wissen, daß die heimlichen Verehrer von Vernichtung und Tod über die ganze Erde verteilt waren.

Die alten Papageienpriester hatten oft Geschichten über eine Zeit des Aufruhrs erzählt, Hunderte von Jahren vor der Ankunft der Europäer. Eine Zeit, in der die Gemeinschaften sich wegen der Menschenopfer und des Anblicks und Geruches von frischem Blut in kleine Splittergruppen entzweit hatten. Diejenigen, die weggingen, waren nach Norden geflohen, und hinter ihnen hatten Dynastien von Hexern und Menschenopferern in den Dörfern und Städten des Südens langsam die Macht übernommen. Genaugenommen waren es eben diese Hexer und Menschenopferer gewesen, die die fremden Invasoren »herbeigerufen« hatten; Hexer und Kannibalen aus Europa, die auf magische Weise gesandt wurden, um das Werk der Vernichtung und das Gemetzel zu beschleunigen, das der Geheimclan der Zerstörer bereits begonnen hatte.

Tacho selbst hatte versucht, den Geistern aus dem Weg zu gehen. Er hatte gehört, wie sich andere darüber beschwerten, daß die Geister zuviel verlangten und zuviel kosteten, denn die Menschen machten sich heutzutage nicht mehr die Mühe, sich um die verstorbenen Seelen ihrer eigenen Familie oder ihrer

Verwandten zu kümmern. Die jüngeren Leute weigerten sich und sagten, sie wollten dafür kein Geld ausgeben oder sich von ihrer Arbeit in den Feldern freimachen. Aber eines Tages waren zwei große blaue Macaws auf dem Baum neben seiner Tür aufgetaucht, und da war es zu spät. Die Macawgeister hatten Tacho zu ihrem Diener auserwählt. Was erwarteten die Geister? Was wollten sie von Menschen, die den ganzen Tag bis in die Nacht hinein arbeiteten und dennoch hungern mußten? Die Pflichten eines Macaw-Dieners waren endlos; alle Forderungen, Warnungen und Befehle der Macaws mußten bedingungslos befolgt werden, was immer sie auch verlangten. Tacho hatte die Macaws vor Papageienhändlern und gewöhnlichen Dieben zu beschützen, die sie wegen ihrer Federn abschießen könnten. Zum Glück gab es für die Vögel einen großen Baum neben der Garage, zu dem, dank neuester sicherheitstechnischer Entwicklungen, kein Papageienhändler oder Dieb vordringen konnte.

Wenn die Geister riefen, mußte Tacho zu ihnen gehen. Ihr Name für ihn war Wacah. Tacho mußte stundenlang unter dem großen Baum hocken, mitunter stellte er auch den Mercedes dort ab, während er ihn polierte, damit er den Vögeln zuhören konnte. Die Macaws hatten eine Botschaft für die Menschen mitgebracht, aber Tacho würde einige Zeit benötigen, um sie zu verstehen. Die Macaws waren geschickt worden, weil dies eine Zeit großer Veränderungen und Gefahren war. Die Macawgeister hatten viel Kummer mit den Menschen, meinten aber, daß diese für ihr dummes Verhalten bereits jetzt und in Zukunft noch viel schlimmer bestraft werden würden. Er dachte an niemanden mehr – nicht einmal an seine Eltern oder seinen Zwillingsbruder El Feo. Er dachte auch nicht mehr an das Dorf. Tacho hatte seinen Geist und sein Herz von allem anderen freigemacht, damit er verstehen konnte, was als nächstes passieren würde.

DAS DORF DER HEXER
UND KANNIBALEN

Tacho begann, in und um Tuxtla Veränderungen wahrzunehmen. Die Regierung war beunruhigt über den endlosen Zustrom von Flüchtlingen, die vor den Kriegen in El Salvador und Guatemala flüchteten. Vielleicht hatten die weißen Männer zuerst sich selbst und dann die Indianer gezählt. Was Tacho klar wurde, während die Zahl der Flüchtlinge weiter zunahm, war die Tatsache, daß die Weißen den Indianern bald in ganz Mexiko zahlenmäßig unterlegen sein würden. Die Polizeipatrouillen waren verstärkt worden, und zweimal täglich wurde der Markt nach Flüchtlingen durchkämmt, um sie zu »Verhören« wegzuschleppen und, wenn sie diese überlebten, in Flüchtlingslager zu bringen, die meilenweit von der Grenze entfernt lagen. Tacho hatte mitangesehen, wie die Polizei drei Peruaner verhaftete, die keine Flüchtlinge, sondern Kaufleute waren, gewohnt zu reisen und mit allen notwendigen Papieren ausgestattet. Aber Papiere spielten für die Polizei keine Rolle, denn Spitzel und Spione hatten immer die richtigen Papiere bei sich. Die Polizeistreife hatte auch die Bündel mit getrockneten Pflanzenstengeln und -blättern, die merkwürdigen Wurzeln und Tütchen mit Samen und getrockneten Blättern eingesammelt, die die Peruaner auf ihren Decken feilgeboten hatten. Nachdem die Polizisten mit den Männern abgezogen waren, begab sich Tacho zu den anderen, die an der Stelle standen, an der die Männer ihre Decken ausgebreitet hatten. Niemand sprach ein Wort. Die Kinder stocherten im Schmutz nach Münzen, die in der Verwirrung vielleicht zu Boden gefallen waren. Dort, wo der Polizeiwagen zwischen Abfall und Unkraut geparkt hatte, blickte Tacho zu Boden und bemerkte ein in Zeitungspapier eingewickeltes Bündel. Er entfernte sich unauffällig von dem Bündel und wartete, bis die Menge sich aufgelöst hatte.

Tacho hatte versucht, das Pochen seines Herzens damit zu beruhigen, daß er zur Sonne aufsah; irgendwie hatte er gewußt, daß das Paket dort liegen würde. In einigen Metern Entfernung blieb er stehen. Das Bündel wartete darauf, von ihm aufgehoben zu werden, das fühlte Tacho stärker als alles, was er je zuvor gespürt hatte. Er empfand ein Drängen, als harre ein geliebter Mensch oder eine Person von großer Wichtigkeit seiner und *erwarte* einen Willkommensgruß und Gastfreundschaft.

»Hexer treiben in Städten ihr Unwesen«, heißt es. Vielleicht waren die Peruaner »Hexen«. Doch er hatte keine Angst; er fühlte weder seine Gedärme rumoren noch kalten Schweiß auf seinen Füßen, wovon die Opfer von Hexern normalerweise berichteten.

Ein Leben konnte kurz oder lang sein; darauf kam es nicht an. Worauf es ankam, war, wie jemand lebte, bevor er starb. Tacho prüfte sein Gewissen genau. Wenn seine Motive selbstsüchtig waren, durfte er nicht zu dem Bündel gehen; wenn er Geld oder ein langes oder einfaches Leben wollte, durfte er es nicht aufheben. Für Geld und ein langes Leben brauchte Tacho nichts anderes zu tun, als weiter für Menardo zu arbeiten. Der Boss war abergläubischer denn je; er hatte sogar ihren Gewinn 80:20 aufgeteilt, als Tacho das letztemal die richtigen Zahlen gelesen hatte.

Tacho legte das Bündel in die Zigarrenkiste, in der er auch seine anderen Wertgegenstände aufbewahrte. Er öffnete es nicht, bevor El Feo bei ihm war. Zum Glück war die wilde Frau nicht mitgekommen. Tacho war sich nicht sicher, ob Angelita das Bündel sehen sollte. Sie glaubte an Dieselgeneratoren, Kleintransporter und Dynamit. Sie war mit dem Kubaner Bartolomeo nach Mexico City gefahren, um von ihren »ausländischen Freunden« weitere »direkte Hilfslieferungen« zu erbitten. Sie tue dies, sagte Angelita, weil eine indianische *Frau* im Fernsehen den Männern weniger Angst einjage, als wenn sie einen gutaussehenden Teufel wie El Feo zu Gesicht bekämen. Wenn die weißen Männer wirklich so dachten, dann waren die Weißen Narren; denn eine Frau wie Angelita war im Kampf grimmiger und vernichtender als viele Männer.

Als Tacho ihm von dem Bündel erzählte hatte, versank El Feo lange Zeit in Schweigen. Seine Anwesenheit hatte Tacho das Bündel wieder als etwas Gegenwärtiges wahrnehmen lassen; jetzt, wo El Feo da war, wollte das Bündel geöffnet werden.

»Nun, dann«, sagte El Feo, während er das Bündel vorsichtig auswickelte. Es enthielt einen Opal von der Größe eines Papageieneis. Der Stein war »bekleidet«, eingewickelt in rote Wollfäden und daunige, weiße Federn. Zwölf große Cocablätter und eine Prise Maismehl waren zusammen mit dem Opal verpackt worden, um ihn zu ernähren. El Feo berührte den Opal vorsichtig. »Bei diesen ganzen Peruanern und Bolivianern, die aus den Hügel gekrochen kommen, um Inka-Lebenskapseln zu verkaufen, weiß man einfach nicht mehr, woran man ist.« Die zwölf vollkommenen Cocablätter waren ebenfalls religiöse Gegenstände.

Tacho schüttelte den Kopf. Seiner Ansicht nach waren 95 Prozent der vermeintlichen Zauberei und Hexerei Aberglaube und geschwollenes Gerede. Doch fünf Prozent ... »Nur fünf Prozent?« El Feo hatte laut gelacht und über Tacho den Kopf geschüttelt. Für Zwillinge sahen sie sich nicht besonders ähnlich. Wenn sie sich stritten, wurde Tacho ganz steif und sprach kaum noch ein Wort, während El Feo dagegen alles sehr komisch fand. In manchen Gegenden gab es ganze Dörfer, in denen nur Hexer wohnten, die sich gegenseitig versprochen hatten, ausschließlich auf Fremde Jagd zu machen. Ihre Versprechen wurden häufig gebrochen, und sie gingen in der blutrünstigsten Art und Weise aufeinander los; der Bruder tötete den Bruder, die Schwester mordete die Schwester. Solcherlei Mord, Hexerei und Zauberei gab es unter allen menschlichen Wesen. Mord und Totschlag geschahen hinter Schlafzimmertüren, durch Eltern und Verwandte, und so kam es, daß das Dorf der Hexer ohne Unterbrechung, Generation für Generation fortbestand.

El Feo hatte selbst Erfahrungen mit einem Hexerdorf gemacht. Seine Baseballmannschaft hatte in einem Jahr an den nationalen Meisterschaften in Veracruz teilgenommen und gegen ein Baseballteam spielen müssen, das ein Hexerdorf geschickt hatte. Das Dorf der Hexer war reich, denn sie waren auf den großen gesamtamerikanischen Markt für »Inkageheimnisse« und »Aztekenzauber« vorgestoßen. Europäische Nachkommen auf amerikanischem Boden kauften begierig indigene Heilmittel für die dunklen Nächte ihrer Seelen auf diesem Kontinent, auf dem das Christentum immer wieder gegen seinen eigenen Kanon verstoßen hatte. Nur die Indianer konnten die Heilige Jungfrau noch zwischen den Dezemberrosen sehen, die Farbe ihrer Haut und ihre Kleidung war indianisch, nicht europäisch.

Das Dorf der Hexer hatte mit der Erfindung und dem Verkauf verschiedener, seltsamer Arten von vermeintlichen »indianischen

Zauberheilmitteln« und ausgewählten Elixieren, Teesorten, Balsamen, Wässerchen, Kristallen und Kapseln an die Städter, die hauptsächlich Weiße waren, ein Vermögen gemacht.

Aber auch mehr und mehr Mestizen hatten begonnen, in aller Heimlichkeit Indianer zu konsultieren, um Peinlichkeiten oder eine mögliche Exkommunizierung durch die Kirche zu vermeiden. Die Hexer hörten sich die Leiden und Beschwerden der Stadtmenschen aufmerksam an, um sich Wissen über ihr Leben zu verschaffen; die Kuren, die sie ihren »Patienten« anschließend verkauften, kosteten Hunderte von Dollar, bestanden jedoch vorwiegend aus zusammengefegtem Dreck, der Insektenkot und Baumwollfasern enthielt. Jedem Talisman, Amulett, Zauberspruch oder Heilmittel, das die Verkäufer des Dorfes verkauften, war ein Stück Papier beigelegt. Es wurde als einfaches Gegenmittel gegen Krankheiten und alles Böse bezeichnet, war in schlechtem Spanisch geschrieben, und man hatte mit blaßroter Tinte davon Kopien angefertigt.

Das Ritual der viergeteilten Welt

Jesus, Maria und Joseph! Heilige Dreieinigkeit!
Alle Heiligen, und alle Seelen der Lebenden und der Toten!
Das Herz des Himmels, das Huracan genannt wird, ist der
   große Blitzstrahl.
Der grüne Blitzstrahl
Und das ohrenbetäubende Krachen des Blitzes.
Großmutter der Morgendämmerung
Großmutter des Tages!
Sie sahen aus wie Menschen
Sie redeten wie Menschen
Sie bevölkerten die Erde
Sie existierten und vermehrten sich
Sie hatten Töchter und Söhne.
Diese hölzernen Gestalten hatten weder Seele noch Verstand.
Sie erinnerten sich nicht an ihren Schöpfer.
Sie liefen ziellos auf allen vieren.

Sie erinnerten sich nicht mehr an das Herz des Himmels, und so wurden sie sündig.

Sie waren nur ein erster Versuch, Menschen zu formen.

Zuerst sprachen sie, aber ihre Gesichter waren leer.

Ihre Hände und Füße besaßen keine Kraft

Sie hatten kein Blut, kein Gehalt, keine Flüssigkeit, kein Fleisch.

Ihre Wangen waren trocken, ihre Hände und Füße waren trocken, und ihre Haut war gelb.

Brennendes Harz regnet vom Himmel.

Todesmacaw sticht ihnen die Augen aus

Todesjaguar zerreißt ihr Fleisch

Todeskrokodil zerbricht und zerfetzt ihre Knochen und Nervenstränge und zermalmt sie zu Staub.

DER OPAL

Der Opal schien keine Fälschung zu sein, die man eingewickelt hatte, um reiche Frauen der Gesellschaft zum Narren zu halten. Sie wußten beide, wie gefährlich es war, den Stein unvorbereitet anzusehen. Das Auge des Opals konnte ihnen alles zeigen; das »Auge« konnte sie überall hinführen. El Feo hatte nur einen Moment lang hinuntergeblickt und gesehen, wie sich der nackte, behaarte Hintern des Kubaners Bartolomeo in Mexico City über Angelita auf und ab bewegte. Dies war zwar keine Neuigkeit für El Feo, aber dennoch; der Opal konnte ihnen alles zeigen, selbst die trivialsten und peinlichsten Dinge. El Feo meinte, das sei ein weiterer Grund, warum Tacho das Bündel behalten sollte. Der Opal könnte ihnen zuviel enthüllen; ein Mann sah vielleicht die Kämpfe und das Leid, das auf ihn zukam, und verlor den Mut. Der Anblick von Angelita und dem Kubaner war zwar nicht schön, aber notwendig gewesen: Das Land zurückzugewinnen war alles, was zählte.

Nachdem El Feo in die Berge zurückgekehrt war, hatte Tacho nicht widerstehen können. Das Bündel lud ihn förmlich ein, noch einmal hineinzusehen. Alles was er tun mußte, war fragen, und das Auge würde ihm alles zeigen – alles, was gewesen war, alles, was sein würde. El Feo hatte nichts weiter getan, als hinabzublicken, und er hatte mehr zu sehen bekommen, als ihm lieb war. Tacho nahm den Stein in die Hand und atmete mit geschlossenen Augen aus, um den Geist des Opals mit seinem eigenen Atem zu füttern. Als Tacho die Augen wieder öffnete, wirkte die unpolierte Oberfläche des Opals wie eine dicke Wolkenschicht hoch über der Erde. Tacho lugte durch die Wolken und erkannte das glitzernde Saphirblau und Smaragdgrün des Pazifischen Ozeans und den langen Küstenstreifen, viel länger, als Tacho ihn sich je vorgestellt hatte; die gesamte Länge der Pazifikküste von Chile bis nach Alaska. Dann schienen sich die Wolken zu verdunkeln und zusammenzuballen, und Feuer war zu sehen. Tacho sah große Städte brennen; rubin- und granatrote Flammen loderten Hunderte von Metern hoch in die Luft. Tacho hatte sich bemüht, bestimmte Orientierungspunkte zu erkennen, doch eine Stadt war größer als alle, die er jemals gesehen hatte. Da wußte er es: Er sah, daß Mexico City wieder in Flammen stand, aber diesmal hatten die heiligen Macaws zugesehen, wie Käfige voller Kannibalen-Hexer in Menschengestalt in Rauch aufgingen.

Bevor Tacho das Bündel wieder in die Kiste legte, versuchte er, den Opal nach seinem eigenen Leben zu befragen, aber alles, was er hatte erkennen können, war die unpolierte, graue Oberfläche des Steins. Vorsichtig wickelte er den Opal wieder ein und legte ihn in seine Kiste. Das Auge hatte sich für den Moment geschlossen.

WELTWEITE AUFSTÄNDE

Menardo hatte sich bis zur Morgendämmerung Satellitenfernsehen angeschaut und dabei heißen Brandy mit Kakao getrunken, um seine Nerven zu beruhigen. Wenn die Dämmerung anbrach, würde ihn eine merkwürdige Müdigkeit und Schläfrigkeit überkommen, und dann würde er in der Lage sein, ein paar Stunden traumlos zu schlafen. In letzter Zeit aber fand Menardo die Nachrichten im Satellitenfernsehen sehr beunruhigend, ja sogar bedrückend. Bilder von schmutzigen Pöbelhorden – Mob, der schreiend vor gepanzerten Polizeifahrzeugen oder Armeepanzern herstürmte, waren keine Beruhigung für seine angegriffenen Nerven. Aus der ganzen Welt zeigten die Fernsehkameras Bilder von Bürgerkriegen. Aufnahmen von den Studentenunruhen in Mexico City vor vielen Jahren wurden wiederholt. Menardo hatte damals hochversicherte Geschäftsmänner im Bundesdistrikt gehabt, und er hatte mit ansehen können, wie er selbst innerhalb von einer Woche um zehn Jahre gealtert war, als die Unruhen sich ausbreiteten und allmählich auf andere Bezirke in Mexico City übergriffen. Wären die Unruhen nicht beendet worden, hätten sich Menardos Verluste auf Milliarden von Pesos belaufen, und die Universal-Versicherung wäre ruiniert gewesen.

Jahrelang hatte sich Menardo über die Versicherungsklausel zu »Aufruhr, innere Unruhen und Kriegsereignissen« in seinen Policen keine Gedanken machen müssen. Die langhaarigen, dreckigen Kommunisten waren von den Fernsehbildschirmen verschwunden, und Menardo hatte geglaubt, die Tage des Mobs und der Aufstände seien endgültig vorbei. Dann war er eines Nachts plötzlich durch ein lautes, summendes Geräusch erwacht. Auf dem Fernsehschirm wimmelte es von Figuren, die wie Larven oder schwirrende Insekten aussahen. Als Menardo den Ton lauter drehte und genauer hinsah, erkannte er, daß diese Schwärme in Wirklichkeit Haufen wütender dunkelhäutiger Menschen waren, die den gesamten Horizont wie Bienenschwärme ausfüllten. Zuerst hatte Menardo geglaubt, eine Wiederholung der vor vielen Jahren bei den Unruhen in Mexico City gemachten Aufnahmen zu sehen; dann, beim näheren Hinsehen, hatte er erkannt, daß diese Stadt Miami war und die Menschenhaufen Amerikaner. Überall auf der Welt war Geld der Klebstoff, der die Menschen zusammenhielt. Ohne Geld und ohne Jobs wurden selbst die Vereinigten Staaten Opfer von lähmenden Streiks, Straßenkämpfen und Plünderungen. Städte wie Philadelphia, mit bankrotten städtischen Haushalten, mußten die Nationalgarde anfordern, aber auch die Unruhen in Detroit, Washington und New York City hatten den Einsatz von Bundestruppen notwendig gemacht. Menardo schüttelte den Kopf. Der Lauf der Dinge in den Vereinigten Staaten gefiel ihm nicht. Es war eine Schande, daß eine

Supermacht wie die Vereinigten Staaten den gleichen Weg gegangen war wie England und Rußland. Fast über Nacht hatten die Menschen herausgefunden, daß die Staatskassen leer waren, und nun gab es überall Aufstände.

Menardo döste ein, um einen weiteren schlechten Traum zu erleben. In diesem Traum war er herumgerannt auf der Suche nach seinen Sicherheitsmannschaften in den gepanzerten Wagen. Als er den Dorfplatz erreichte, befanden sich dort zwar die Wagen, nicht aber seine Männer. Während der Pöbel auf ihn zukam, hatte Menardo panisch versucht, von einem der Lastwagen aus in die Menge zu schießen, aber der Mechanismus des Maschinengewehrs hatte nicht funktioniert, und statt explodierender Patronen hatte Menardo nichts weiter gehört als *klick-klick, klick-klick*. Dann hatte die Menge Menardo und den gepanzerten Wagen umringt und schob das Fahrzeug vor sich die Straße hinunter. Der Mob stieß den Wagen ins Meer. Als sich das dunkle, kalte Wasser über Menardos Kopf geschlossen hatte, um ihn zu ersticken und zu erdrücken, war er schwitzend und schwer atmend aufgewacht, die Bettlaken teilweise um den Hals geschlungen. Das restliche Bettzeug hatte er von der Matratze getreten.

Menardo fragte Tacho nach der Bedeutung dieses Traums. Er hatte gelogen und behauptet, es handele sich dabei nicht um seinen eigenen, sondern um den Traum »eines Freundes«. Tacho hatte sich erkundigt, ob »der Freund« ein Weißer oder ein Indianer sei, aber Menardo hatte sich geweigert zu antworten. Warum sollte sich die Bedeutung bei einem Indianer ändern? hatte Menardo wissen wollen. Aber Tacho hatte nur leicht gelächelt und geschwiegen.

»Wenn Ihr Freund ein Weißer ist, handelt der Traum von seiner Angst vor der Geburt. Wenn ihr Freund jedoch ein Indianer ist, handelt der Traum von einem Opfer für einen engen Angehörigen der Familie.« Tacho hatte im Rückspiegel Menardos Gesicht beobachtet. »Oh, oh, ich verstehe.« Menardo nickte lebhaft; in Wirklichkeit »verstand« er überhaupt nichts, aber er hoffte, daß der Indianer es dabei belassen würde, denn er hatte zuviel Brandy getrunken, um nach dem Alptraum wieder einschlafen zu können.

Menardo gab dem Fernsehen die Schuld. Was man einem

Affen zeigte, das machte er nach. Gegen Fernsehen als Mittel zur Unterhaltung gab es nichts einzuwenden, aber den Pöbel und die Straßenkämpfe zu zeigen, war genau das, was die Terroristen beabsichtigt hatten. Man mußte sich nur umsehen. Auf dem Markt hatten rivalisierende Händler kleine koreanische Fernsehgeräte mit Drähten an Autobatterien angeschlossen, um Kunden anzulocken, die ihre Pfannkuchen oder Kutteln aßen, ohne die Augen vom Bildschirm abzuwenden. Im Fernsehen zeigten sie alles – sie zeigten viel zuviel. Menardo mußte sich jedesmal schütteln, wenn er an die Videobänder dachte, die der Polizeichef ihm und den anderen im Schießklub vorgeführt hatte. Wie dem auch sei, die Anwendung von Videoaufnahmen zur Kontrolle von Kriminellen und Terroristen stand auf einem völlig anderen Blatt.

Menardo gab der Fernsehwerbung die Schuld, die darauf ausgerichtet war, Zuschauer zu verlocken und zu verführen, die die Objekte ihres Begehrens niemals woanders als auf dem Fernsehbildschirm oder im Schaufenster bewundern würden. Die Schaufenster wurden dann von Plünderern mit Pflastersteinen eingeworfen. Das war das Problem! Das Fernsehen war nicht diskret. Was die einfachen Leute nicht sahen, das begehrten sie auch nicht. Wenn man ein bißchen Geld auf die Seite gelegt hatte, mußte man es verstecken, sonst wurde man von den eigenen Verwandten bis auf den letzten Peso ausgenommen. Wie konnten die Geschäftsleute ihre Schaufenster mit Fernsehgeräten vollstellen, ohne damit zu rechnen, daß der dumme Pöbel sie stehlen würden? Der dumme Pöbel wußte nichts von den Kämpfen eines kleines Geschäftsmannes. Selbst Menardo, so erfolgreich er auch gewesen sein mochte, mußte sich der Konkurrenz durch Versicherungsriesen stellen, die multinationale Holdings zur Deckung ihrer Verluste im Rücken hatten. Plünderer sahen Schaufensterdekorationen mit Kassettendecks oder CD-Spielern und hielten den Händler, dem das Geschäft gehörte, für einen Millionär. Was wußten dumme Indianer schon darüber, wie man ein erfolgreiches Geschäft führte? Sie wollten nichts anderes, als Geld und Zeit verschwenden, ob auf Dorffesten oder für besondere »Andenken« für die lieben Verwandten und kränkelnde Clansleute. Menardo hätte werden können wie die anderen – wie seine Vettern, die nächtelang aufblieben, um alten Männern zuzuhören, wenn sie von Teufeln und Geistern erzählten. Menardo hätte es sich leicht machen können, genau wie die anderen, und sich in einer Lehmhütte ausstrecken und mit den Babys und Kindern spielen können, während seine indianische Frau die Familie mit dem Verkauf von Eiern und Geflügel auf dem Markt versorgte. In den Städten benahmen sich die Indianer nicht anders. Die Männer taten gar nichts. Menardo haßte es, sie in Zweier- oder Dreiergruppen rauchend und diskutierend an den Straßenecken herumstehen zu sehen. Die Indianer machten nicht nur nichts aus sich selbst, sie *wehrten* sich auch noch gegen jeden ihrer Leute, der etwas aus sich machen wollte. Menardo hatte gesehen, wie Tachos Bruder und andere Dorfflegel in Tachos Quartier ein- und ausgingen, zweifellos um sich Geld zu leihen oder dort zu übernachten. Normalerweise hätte Menardo diese Besuche verboten, aber Tacho war anders als die anderen Indianer, die für ihn arbeiteten; er hatte die besondere Gabe, Träume zu deuten.

SONNY BLUE UND ALEGRÍA

Als sein Freund hatte Sonny Blue ihn wissen lassen, daß die Welt in diesen Tagen kein sehr schöner Ort sei. Das war auch der Grund für das besondere Geschenk der kugelsicheren Weste gewesen. Menardo hatte die Weste immer wieder betrachtet und seine Finger über die verstärkten Nylonnähte gleiten lassen, die die Einsätze aus »Wunderfaser« umschlossen. Es war ein modernes Wunder der Technik, denn diese einzigartige Faser war weder sperrig noch schwer, und doch war sie von einer so einmaligen Dichte, daß sie laut Broschüre Messer und Kugeln, einschließlich 357er-Magnumgeschossen, abhielt. Außerdem enthielt die Broschüre einige Farbdiagramme und zahlreiche Abbildungen von Testmodellen, die in Laborversuchen beschossen und mit dem Messer attackiert worden waren. Die Wunderfaser machte die Weste bequem und unauffällig.

Menardo hatte sich in bezug auf die Weste strengste Geheimhaltung auferlegt. Er ermahnte Alegría, kein Wort darüber zu verlieren, keinen Ton über Body Armor, denn welchen Nutzen sollten Vorsichtsmaßnahmen haben, wenn man darüber kein Stillschweigen bewahren konnte? Er hatte Alegría sogar gebeten, die Weste mit der Hand im Waschbecken des Badezimmers auszuwaschen, weil er den Hausmädchen nicht traute. Niemand außer ihnen beiden, und natürlich Sonny Blue, durfte von der Weste wissen. Menardo hatte weder General J. noch dem Polizeichef davon erzählt, obwohl es ihn sehr gereizt hatte, weil er wußte, daß sie neidisch sein würden. Aber seit dem Beginn der Flüchtlingsströme aus dem Süden und der Streiks und Demonstrationen in den nördlichen Städten von Guadalajara und Juárez hatte Menardo an seinen beiden Freunden eine Veränderung wahrgenommen.

Gewöhnlich lachte und redete der Chief, wenn die anderen ihre Schüsse abfeuerten. Letzte Woche jedoch war er regelrecht erschrocken, als der Gouverneur seine Runde im Schießstand absolvierte. Der Ex-Botschafter, der Doktor und die anderen hatten sich zusammengetan und sich über den schreckhaften Polizeichef nach Kräften lustig gemacht. »Eine wütende Ehefrau, eine vernachlässigte Geliebte oder ein meckernder Schwiegervater?« hatte der Exbotschafter gestichelt. Doch Menardo hatte gesehen, daß General J. nicht lachte. Der General war in letzter Zeit viel umhergereist, und obwohl Menardo großes Verständnis für Verschwiegenheit hatte, spürte er, wie sich eine leichte Besorgnis in seinem Bauch breitmachte. Schließlich waren er und General J. Partner. In den langen Jahren ihrer Zusammenarbeit waren sie *mehr* als Partner geworden, und dennoch hatte der General ihm nichts über diese Reisen erzählt. Und nun hatte das nervöse Verhalten des Polizeichefs die Spannung noch verstärkt.

KAISER MAXIMILIAN UND CHARLOTTE

Seit Sonny Blue die Weste mitgebracht hatte, schlief Alegría nicht mehr mit Menardo, doch Bartolomeos häßliche Überraschung hatte dazu geführt, daß sie sich über den Spion Tacho Sorgen zu machen begann. Sie wußte, wie sehr Menardo sich auf Tachos »Traumdeutung« verließ; es würde nicht leicht sein, den Indianer loszuwerden. Vielleicht würde sie sich mit Tachos »Beförderung« zufriedengeben müssen, zum Hausmeister ihres Strandhauses beispielsweise. Mit Sex hatte Alegría bei Menardo früher fast alles erreicht, was sie wollte, aber es war so lange her, daß sie sich kaum noch daran erinnern konnte, wie er in der Rosensuite des Royal Hotels ihr Geliebter gewesen war. Um den Sex mit ihm zu ertragen, hatte Alegría sich vorgestellt, daß sie und Sonny Blue sich in der Honeymoon-Suite eines weitentfernten Hotels liebten, in Singapur vielleicht. Ein Blick auf Menardo, eingeschnallt in das weiße Futter der Weste, genügte, um sie mit Ekel zu erfüllen. Die kugelsichere Weste fühlte sich starr an, aber solange Alegría sich vorgestellt hatte, daß es Sonny Blue war, der die Weste trug, und nicht Menardo, hatte sie dies erregt. Menardo hatte auf ihr geschnauft und gepustet, während sie einen Orgasmus nach dem anderen erlebte, eine Welle nach der anderen in einem großen, warmen Ozean. Einmal hatte Bartolomeo ihr vorgeworfen, geistige Masturbation zu betreiben, weil sie ihm eingestanden hatte, daß sie die Phantasien zur Steigerung ihrer Lust brauchte. Menardo hatte sich lange abmühen müssen, um endlich zu kommen, und Alegría konnte spüren, wie trocken und schwach seine Ejakulation war. Seine Verbindungsbrüder an der Universität von Arizona hatten Sonny Blue beigebracht, auf die Quantität seiner Ejakulationen stolz zu sein. Er hatte Alegría sogar vor dem Schlamassel auf den Laken gewarnt. Ihr sein Geständnis ins Ohr zu flüstern, schien Sonnys Erregung sogar noch zu steigern.

Sonny hatte Alegría gefragt, warum sie weiter bei Menardo blieb, aber sie hatte sich geweigert, ihre Ehe mit ihm zu diskutieren. Er hatte Gerüchte gehört über die »andere Frau« und ihren merkwürdigen Unfall auf der Marmortreppe.

»Du liebst ihn doch nicht«, hatte er gesagt und versucht, ein wenig in sie zu dringen. »Warum er?« Doch Alegría hatte nur den Kopf geschüttelt. Sie wollte weder über Menardo sprechen, noch an ihn denken. Sie wollte an Sonny Blue denken und sich vorstellen, sie sei die große Liebe seines Lebens und werde von ihm verwöhnt und behütet. Sonny Blue hatte ihr mehr Fragen über Menardo als über sie selbst gestellt; die ganze Zeit über hatte er ihr beim Sprechen die Brüste gestreichelt und an den Brustwarzen gezupft.

Alegría mußte sich mit dem Reden beeilen, bevor Menardo sich umdrehte und, die Arme um sich und die Weste geschlungen, einschlief. »Ich mache mir Sorgen um das Strandhaus, Menardo. Bei der Bundespolizei gibt es schlimmere Diebe als unter den Indianern.«

»Mach dir keine Gedanken! Mach dir doch jetzt keine Gedanken!« Menardo lachte verschmitzt, als seien seine sexuellen Leistungen so atemberaubend gewesen, daß sie Alegría nach Zugabe japsend zurückgelassen hatten.

»Wir könnten Tacho hinschicken, um auf das Haus aufzupassen.«

»Ich brauche Tacho hier. Die anderen können nicht so gut Auto fahren wie er. Ich werde Wachleute hinschicken.« Menardos Atem wurde langsamer, und Alegría konnte fühlen, wie sich seine Finger um ihre Brust langsam lösten, während er einschlief.

»Ich traue Tacho nicht«, sagte Alegría mit etwas lauterer Stimme. »Du sorgst dich doch auch.« Sie zog am Saum der Weste, der sich um den Nabel in Menardos weiches Fleisch preßte. »Du machst dir Gedanken um Attentatskommandos –«

»Ich *sorge* mich um meinen Schlaf. Tacho ist keiner von ihnen. Schlaf jetzt.«

Alegría hatte den indianischen Chauffeur nie leiden können, aber Menardo war von Anfang an starrköpfig gewesen, wenn es darum ging, Tacho loszuwerden. Alegría wußte, daß Tacho Menardo mit seinem ganzen Unsinn über Träume und Zahlen in der Hand hatte. »Menardo, hör mir zu. Ich komme aus Mexico City. Ich weiß Bescheid.«

»Du weißt was?« Menardo war fast eingeschlafen.

Alegría antwortete nicht. Sie wartete, bis Menardo zu schnarchen begann, dann stand sie auf und ging zur Schiebetür, die auf den Balkon hinausführte.

Es war eine mondlose Nacht, und das Blätterwerk des Dschungels schien alles Sternenlicht zu absorbieren, selbst die reflektierenden Lichter der Stadt. Alegría starrte zur Garage, in der Tacho schlief. Sie konnte manchmal nicht einschlafen und war nachts schon häufiger nach unten gegangen, um festzustellen, daß in der Garage noch Licht brannte und ab und zu eine oder mehrere Gestalten an dem kleinen Fenster vorübergingen. Alegría verließ Menardos Zimmer, fühlte sich aber nicht schläfrig. Sie konnte das Adrenalin in ihren Adern pulsieren fühlen, ein Überbleibsel von Bartolomeos Besuch. Etwas paßte nicht zusammen: Bartolomeo hatte sie und ihr Geschäft zu leicht gefunden. Er mußte mit seinen Indianern gesprochen haben – seinen Marionetten, seinen Spielzeugen; von ihnen hatte er die Information. Tacho war das Bindeglied. Alegría war langsam die polierten Marmorstufen hinuntergegangen, unter sich spürte sie die gefurchten Flächen, die nach Ilianas tragischem Sturz der Länge nach auf jede Stufe gemeißelt worden waren. Alegría dachte nur selten an Iliana, aber sie dachte viel an das Haus. Sie ging zu den Lichtschaltern und den Hebeln für die Alarmanlage, um sie auszuschalten, damit sie zum Pool hinausgehen konnte.

Nach der klimatisierten Luft im Haus fühlte sich die Nachtluft stickig an. Die nächtlichen Schreie der Vögel und kleinen Tiere wurden durch Hundegebell unterbrochen, es waren große deutsche Schäferhunde, die den nahegelegenen Besitz eines Kaffeepflanzers bewachten. Natürlich hatte die Universal-Versicherung auch die Alarmanlage des Kaffeepflanzers installiert. Wie hätte es wohl ausgesehen, wenn der Präsident der Universal-Versicherung und Sicherheitsdienste oder sein nächster Nachbar von Dieben oder Terroristen überfallen worden wären?

Das Haus, die Gärten und der Swimmingpool waren allesamt von Alegría entworfen worden, und doch war ihr alles gleichgültig, ebenso gleichgültig wie es ihr Apartment in Mexico City gewesen war. Die Schuld dafür gab Alegría der Arbeit ihres Vaters für das diplomatische Corps. Sie waren immer unterwegs gewesen – Lissabon, Madrid, Mexico City und schließlich Caracas. Ihr Vater hatte sie diese Ortswechsel bewußt mitmachen lassen, damit sie eine Weltbürgerin wurde und nicht einfach nur eine Einwohnerin Mexikos. Manchmal beängstigte sie ihre

Gleichgültigkeit, und sie zwang sich dazu, etwas zu empfinden, selbst wenn es Haß war. Bartolomeo und die anderen Linken hatten sie angezogen, weil sie den Haß spüren konnte, der in ihnen brannte. Sie war fasziniert von der Intensität ihres Hasses; abgesehen davon langweilte sie Politik.

Ihr Vater behauptete, seine Familie stamme aus königlichem Hause – zurückgehend auf die Vettern des Kaisers Maximilian. An ihrem fünfzehnten Geburtstag hatte der Vater ihr eine »Familiengeschichte« überreicht, ein Buch über Kaiser Maximilian und die Kaiserin Charlotte. Ihre Mutter war dagegen gewesen, einem jungen Mädchen dieses Buch zu schenken, und ihr Widerstand hatte das Buch erst recht interessant gemacht. Abends hatte Alegrías Vater sie in sein Büro gerufen und die Tür geschlossen, doch bevor er ihr zu den Seiten, die sie gelesen hatte, Fragen stellte, hatte er ihr zunächst eine seiner Reden über Diplomatie gehalten. Die hohe Kunst der Diplomatie: Kaiserin Charlotte hatte diese Kunst nicht beherrscht.

Ihr Vater hatte sich unendliche Gedanken über Maximilians Niedergang gemacht. Wäre er nicht gestürzt, hätten die Mitglieder ihrer Familie vielleicht als Monarchen in Mexiko regiert, und bestimmte Gebiete im Norden wären niemals in die Hände der Gringos gefallen. Geduldig hatte der Vater ihr erklärt, daß die korrekte Bezeichnung, der einzig angemessene Begriff für den Sturz eines Adligen aus hoher Position, das Wort *Tragödie* war. Wenn er davon sprach, was alles hätte sein können, sah Alegría Tränen in seinen Augen. Der Anblick seiner Tränen war merkwürdig belebend gewesen. Alegría hatte die Geschichte nie vergessen. Ihr Vater hatte mit fanatischem Eifer über Maximilians Niedergang geforscht und gelesen. Herzlos und feige hatten die europäischen Nationen einem »der ihren« den Rücken zugekehrt, während sich die Wölfe um den Palast zusammenzogen.

Die europäischen Herrscher hatten den jungen Maximilian und seine Frau Charlotte ausgesandt, um als Kaiser und Kaiserin von Mexiko zu regieren. Auf der Fahrt nach Mexiko wurde Maximilian impotent. Seine Manneskraft erlangte er nur im dunklen Fleisch von Indianerinnen zurück. Charlotte schrieb ihrer Mutter von ihrer Enttäuschung; sie war fünfundzwanzig Jahre alt, und die Zeit der Liebe und Zärtlichkeit war für sie vorbei. Charlotte reiste nach Yucatan und hielt bei den uralten Ruinen von Uxmal vor einem behauenen Stein inne, der unleserlich und aufrecht vor ihr stand. Obwohl es später Dezember war, wurde die Kaiserin plötzlich schwach in der tropischen Hitze. Charlotte kehrte unruhig und bedrückt aus Yucatan zurück, obwohl sie selbst den Grund nicht verstand. Gerüchte im Palast sprachen von der Toloache, einer giftigen Pflanze, oder auch von geweihtem Stechapfel, der dafür bekannt ist, daß er in kleinen Mengen zu geistiger Verwirrung führt.

Charlotte wurde hysterisch, als man auf dem roten Damastsofa neue Nester mit Spinneneiern entdeckte. Sie gab den strikten Befehl, das ganze Schloß in Chapultepec auszuräuchern. Sie warf Maximilian vor, seine lebenden Sammelexemplare könnten durch seine Achtlosigkeit aus ihren Behältern entkommen und aus dem Labor im Dachgeschoß nach unten kriechen. Charlottes Alpträume drehten sich um Insekten und Ungeziefer im Schloß Montezumas. Der Kaiser begann, auf dem Billardtisch zu schlafen.

Maximilian war von den Kosten der gegen den Indianer Juárez und seine Partisanenarmee kämpfenden Truppen völlig überrascht worden. Die kaiserliche Schatzkammer von Mexiko war leergefegt. Maximilians Plan, neue Gelder einzunehmen, beinhaltete die Kolonisierung Mexikos durch konföderierte Flüchtlinge aus dem amerikanischen Bürgerkrieg. Ein Kommandeur aus Texas mit dem Namen McGruder übernahm die Verwaltung des Grundbuchamtes für die konföderierten Kolonien im nordöstlichen Mexiko. Indianer, die die konföderierten Siedler enteignet hatten, gesellten sich zu Juárez und seiner Partisanenarmee.

Charlotte konnte nachts nicht mehr schlafen und reiste mit ihrer Kutsche umher, um die Stätten vergangener Bankette und Bälle zu besuchen. Die europäischen Herrscher zeigten keine Reaktion auf Maximilians Bitten um Geld; Charlotte reiste nach Paris, um die Hilfe ihrer Schwester Eugénie, der Ehefrau Napoleons, zu erbitten.

In Acalcingo stahlen Juáristas die sechs weißen Maultiere, die Maximilians Kutsche zogen. In der Zwischenzeit waren in St.-Nazaire keinerlei Vorbereitungen für Charlottes Empfang getroffen worden. Die Preußen waren in Böhmen einmarschiert, und die europäischen Herrscher hatten das Kaiserreich Mexiko vergessen. Zwar hatte die Kaiserin Eugénie ihre Schwester bei einem Gespräch unter vier Augen beruhigt, doch die Mächtigen hatten Mexiko bereits als verloren abgeschrieben.

Charlottes geistige Verwirrung wurde während ihrer Privataudienz bei Papst Pius IX. noch größer, sie bestand darauf, den heißen Kakao des Papstes zu trinken, weil ihr gesamtes Essen vergiftet sei.

Maximilians Geheimboten wurden einer nach dem anderen verraten. Ihre Leichen wurden in den Schützengräben der Liberalen mit einem Schild um den Hals an Pfähle gehängt, auf dem »Kaiserlicher Kurier« zu lesen war.

Charlottes Wahnsinn tat ihrer äußeren Erscheinung in keiner Weise Abbruch. Sie war schöner als je zuvor, als man sie mit ihren Bediensteten in einem Flügel des Palastes in Tervueren einschloß.

Maximilian starb vor einem Exekutionskommando. Die Juáristas weigerten sich, seinen Anhängern den Leichnam auszuhändigen. Die Einbalsamierer versagten schon beim ersten Versuch, und man befürchtete eine Welle des internationalen Protestes. Maximilians Leichnam wurde in einer arsenhaltigen Lösung gewaschen, mit Binden umwickelt und einer Lackschicht überzogen. Dann wurde er an Seilen unter die Decke des Krankenhauses gehängt, damit der Lack trocknen konnte. Juárez und sein Leibarzt statteten dem Krankenhaus mitten in der Nacht einen heimlichen Besuch ab. Alle anderen hatte man so lange ausgesperrt, bis der Lack getrocknet war. Der Geruch sei eigentlich gar nicht so schlimm, meinte Juárez.

Alegría kannte diese Geschichte in- und auswendig; sie war Bartolomeos Lieblingsgeschichte gewesen. Er hatte es genossen, sie mit ihren ermordeten falschen königlichen Vorfahren zu quälen.

Alegría hatte über die Zukunft nachgedacht, über ihre Zukunft. Sie mußte Mexiko verlassen. Bartolomeo mochte mit seinen Anschuldigungen gegen sie vielleicht nicht besonders weit kommen, aber sein plötzliches Auftauchen war ein bedenkliches Zeichen für die allgemeine politische Lage und die Stimmung unter den Indianern in den Bergen. Die kleinste Verbindung zu Bartolomeo würde General J. und dem Polizeichef ausreichen, um bei Menardo Krach zu schlagen. Die ständigen Scharmützel unter den rivalisierenden politischen Parteien in Mexiko hatten sowohl General J. als auch den Polizeichef davon überzeugt, daß kommunistische Agenten überall unter den dummen und faulen Indianern und Mischlingen das Krebsgeschwür Kommunismus verbreiteten, weil ihnen nichts lieber wäre, als daß der Kommunismus sie versorgte, während sie ihre Tage vertrödeln konnten.

Bartolomeo war ein Synonym für *Erpressung*. Als nächstes würde er Alegría um kleine Gefälligkeiten bitten und nicht einfach nur um Sex. Als nächstes würde er sie bitten, im Warenlager ihres Geschäfts Munitionskisten zu verstecken. Zurück in ihrem eigenen Schlafzimmer im obersten Stock inspizierte Alegría ihren Schmuck und das Bargeld, das sich im Safe des Schrankbodens befand. Bartolomeo mochte es vielleicht nicht fertigbringen, General J. und den Polizeichef von Alegrías »Flirt« mit den Linken zu überzeugen, aber ihre Ehefrauen und andere Persönlichkeiten aus der feinen Gesellschaft von Tuxtla würden es schaffen. Alegría hatte der Gesellschaft von Tuxtla bereits einigen sensationellen Klatsch geliefert, der im Tod von Iliana, die sie insgeheim alle gehaßt hatten, seinen Höhepunkt gefunden hatte. Dennoch erwarteten sie von ihr weitere sensationelle Neuigkeiten, und es war anzunehmen, daß Bartolomeo ihnen genau das liefern würde, worauf sie gewartet hatten.

Alegría blieb ruhig. Sie dachte an Sonny Blue in Tucson und machte sich keine Sorgen. Sie hatte einen Plan, und sollte er mißlingen, würde sie Sonny Blue aufsuchen. Sie hatte über den Bombenanschlag in Mexico City nachgedacht; merkwürdig, wie Bartolomeo immer davonkam, während die anderen starben. Und dann gab es da immer noch den Schnüffler Tacho. Vielleicht konnte er ihr nützlich sein. Vielleicht würde er nur zu willig einige Falschinformationen über den Genossen Bartolomeo weitergeben.

Was Menardo anging, so war er zu einem regelrechten Nervenbündel geworden, seit er die kugelsichere Weste bekommen hatte. Er hatte begonnen, stundenlang durch Tuxtla zu fahren, und sich Notizen über Kreuzungen und mögliche Stellen für Hinterhalte terroristischer Entführer zu machen. Er hatte darauf bestanden, daß Alegría ständig von ihrem persönlichen Leibwächter begleitet wurde, doch bislang hatte sie das abgelehnt. Sie wolle keine Aufmerksamkeit auf sich lenken, sagte sie, in Wirklichkeit allerdings gab es eine Menge Dinge, die Alegría nicht zu enthüllen wünschte.

Was würde die Welt denken, wenn die Frau des Präsidenten der »Universal-Versicherung und Sicherheitsdienste« von Terroristen entführt wurde? Alegría hatte nur mit den Achseln gezuckt. Ging es Menardo wirklich um sie, oder war sie nur ein wertvolles Besitztum? Menardo entschuldigte sich verzweifelt: Alegría konnte alles haben, was sie sich wünschte, und sie mußte nichts tun, was sie nicht wollte; das betraf auch die Leibwächter. Sie mußte sich nicht länger von Tacho chauffieren lassen, wenn sie das Gefühl hatte, Taxis seien sicherer.

UNBEHAGEN UND MISSTRAUEN

Menardo hatte schon vor Monaten versucht, Alegría davon abzuhalten, daß sie jeden Tag in ihr Inneneinrichtungsgeschäft ging. Er befürchtete, sie würde in ihrem Laden ein leichtes Ziel für linke Attentäter abgeben, und wollte, daß sie wohlbehütet bei den anderen Frauen blieb, die zusammen einkauften und anschließend bis sieben Uhr abends im Country Club Canasta spielten. Warum machte Alegría ihm das Leben nicht ein bißchen leichter? Menardo war enttäuscht gewesen, als er allein in seinem Bett aufgewacht war. Alegría haßte die Weste und war, nachdem er eingeschlafen war, in ihr eigenes Bett zurückgekehrt. Iliana war unfruchtbar gewesen, und Menardo hatte sich Kinder gewünscht. Alegría blieb jedoch nicht einmal lange genug im Bett, daß er überhaupt anfangen konnte, ein Kind zu zeugen. Noch vor einem Jahr waren sie frisch verheiratet gewesen, und Alegría hatte ihren nackten Körper um den seinen geschlungen und um mehr, mehr und immer mehr gebettelt!

Menardo hatte das, was nun wie ein Schatten über ihm hing, nicht kommen sehen. Er spürte, daß sich etwas in seinem Bewußtsein eingenistet hatte, eine Intuition, die ihm sagte, daß diese

Welt sehr bald auseinanderfallen und in Stücke geschlagen werden würde. Seine Partnerschaft mit General J. und den »stillen Teilhabern« hatte begonnen, Menardo in den dunklen Sog der Politik zu ziehen. In Guadalajara und Mexico City häuften sich die Bombenexplosionen durch Terroristen, vor beiden Städten waren riesige Hochspannungstürme mit Dynamit in die Luft gejagt worden. Wenn es dunkel wurde, begannen Plünderungen; dann trafen Polizei und Soldaten ein und eröffneten das Feuer. Aus den Plünderern wurden Aufständische, und Soldaten und Aufständische waren bereits ums Leben gekommen.

Wie das Satellitenfernsehen, das überall und für jedermann zugänglich war, konnte man auch Dynamit überall in Mexiko bekommen. Es wurde viel zu billig und in großen Mengen an ausländische Minengesellschaften verkauft, die auf der Suche nach Gold oder Uran am liebsten ganz Mexiko in die Luft gejagt hätten. In der Zwischenzeit wurde das Dynamit gleich tonnenweise gestohlen, und die linken Radikalen versuchten, die Minengesellschaften in die Luft zu jagen. Menardo haßte Bomben. Nur Kugeln waren genau und gerecht. Bomben forderten zu leicht unschuldige Todesopfer. Nach dem Bombenanschlag in Tuxtla hatte Menardo Tacho strikte Anweisungen gegeben. Pünktlich wie ein Uhrwerk, dreimal am Tag, hatte Tacho seine Chauffeursjacke ausgezogen und einen sauberen Overall über sein Hemd und die Uniformhose gestreift. Dann hatte er Unterboden, Rahmen und Motorraum des Mercedes überprüft. Er hatte den Wagen von vorn bis hinten abgecheckt, während er auf dem Rücken lag und auf der Suche nach Bomben Stück für Stück weiterrutschte.

Die anderen im Schießklub schienen nichts bemerkt zu haben, aber Menardo begann sich zu fragen, ob sie ihm nicht nur etwas vormachten. Weniger aufmerksamen Menschen wäre es vielleicht entgangen, doch der General sah Menardo nicht mehr direkt ins Gesicht. Wenn Menardo versucht hatte, den Blick zu senken oder dem General auf irgendeine Weise in die Augen zu sehen, war dieser seinem Blick ausgewichen. Er hatte dabei so zwanglos gewirkt, daß niemand sonst etwas bemerkte, und wenn Menardo sich erkundigte, ob etwas nicht in Ordnung sei, hatte der General mit einem strahlenden Lachen geantwortet:

»Natürlich nicht, wie lächerlich«, während sein Blick starr auf die Wand hinter Menardos Kopf gerichtet blieb.

Menardo begann zu bereuen, daß er Sonny Blue nach Tuxtla geholt hatte, obgleich sie sich ebensogut in Mexico City hätten treffen können. Er bedauerte die Heimlichtuerei, die völlig überflüssig gewesen war, und nun vielleicht das Vertrauen des Generals untergraben hatte. Menardo gab den politischen Umwälzungen im Süden die Schuld. Notrufe von Kunden aus Guatemala, San Salvador und Honduras begannen bei ihm einzutreffen – Tag und Nacht – mit Schadensersatzansprüchen für abgebrannte Lagerhäuser und Anwesen, die von indianischen Guerillas in Brand gesteckt worden waren. Menardo hatte die Sicherheitspatrouillen für sämtliche Kunden aus Industrie und Handel verstärkt und ihre Standorte mit bunten Plastiksteckern auf einer Wandkarte markiert. Die roten Stecker bedeuteten Fünf-Mann-Einheiten; blaue Stecker Zehn-Mann-Einheiten. Die schwarzen Stecker markierten die Orte, an denen es Gewerkschaftsdispute, Aufstände oder Demonstrationen gab. Sie fielen ganz und gar in den Zuständigkeitsbereich von General J., weil in diesen Fällen Bundestruppen eingesetzt wurden, für die man der Universal keine Kosten in Rechnung stellte. Denn was den Geschäftsleuten und Industriellen diente, diente schließlich auch Mexiko.

Die Flüchtlingssituation hatte dazu geführt, daß sich die Stadt plötzlich mit Fremden und verdächtig aussehenden mexikanischen Touristen aus der Hauptstadt füllte, die in Wirklichkeit Undercoveragenten der Sicherheitsbehörden waren. Der Polizeichef hatte Menardo und die anderen Mitglieder ihres privaten Schießklubs auf die Geheimagenten hingewiesen. Später war Menardo aufgefallen, daß der Polizeichef ihm heimlich Blicke zuwarf, und bei einem Essen im Country Club hatte Menardo eines Abends bemerkt, daß General J. ihn vom anderen Ende des Hauptspeisesaals aus anstarrte. Als Menardo jedoch den Raum durchquert hatte, um General J. zu begrüßen, gab dieser vor, ihn gar nicht gesehen zu haben.

Menardo wußte, daß der General zu einer Reihe von Treffen mit gewissen Amerikanern nach Honduras und Costa Rica geflogen war. Der General hatte diese Treffen als »rein militärische Angelegenheiten« bezeichnet, doch Menrado konnte bei ihren

Telefongesprächen die Anspannung spüren. Der General hatte in einem ungewöhnlich wohlwollenden und beruhigenden Ton von den Gringos gesprochen. Es gehe nicht darum, etwas zu verlieren, sondern darum, daß beide, Menardo und ihr Unternehmen, viel zu gewinnen hatten.

Der General erinnerte Menardo an die Videokameras, mit denen die Amerikaner den Polizeichef ausgestattet hatten. Dies sei doch ein gutes Beispiel für die Nützlichkeit der Geschenke der US-Regierung. Die Sicherheitsvorkehrungen waren streng und erlaubten Menardo erst zu einem späteren Zeitpunkt ein persönliches Treffen mit den Amerikanern. Menardo bereitete dieser Umstand Unbehagen, doch für die Sicherheit war der General zuständig, genauso wie Menardo für die Konten, Policen und Prämienzahlungen verantwortlich war. General J. stellte selten Fragen zu den Bilanzen, deshalb erwartete er auch von Menardo keine Fragen in Bezug auf Sicherheitsangelegenheiten.

Die Sache wurde für Menardo auch nicht besser, als General J. fortfuhr, ihm zu erklären, daß die US-Regierung neue militärische Ausrüstung besitze, die sie unter echten Kampfbedingungen erproben müsse. Von den Gringos zur Verfügung gestellte Testausrüstung war Ausrüstung, die die Polizei und Armee nicht von Menardo kaufen mußten. In den Jahren ihrer Zusammenarbeit waren sie mehr als Partner geworden. Sie waren wie Brüder, die aufeinander aufpaßten. Auch der General hatte das Glück gehabt, in eine angesehene Familie aus Tuxtla einzuheiraten. In den ersten Jahren hatten sie sich regelmäßig zusammen betrunken, um über ihre Geschäfte und Zukunftspläne zu sprechen. Beide hatten sich mit dem Widerstand der Familien ihrer Frauen auseinandersetzen müssen, aber welche Befriedigung, welch süße Rache war ihnen beschert worden! Das einzige, was heutzutage zählte, war Geld, und die Mitglieder der »High Society« von Tuxtla mochten noch so jammern und mit den Zähnen knirschen, ihre Schwestern und Töchter waren an die Meistbietenden gegangen, so wie es immer gewesen war. Der Unterschied zu früher war lediglich, daß heutzutage Männer wie Menardo und der General reicher waren als die »Blaublütigen«, die in der Zeit seit dem Zweiten Weltkrieg Millionen vergeudet hatten. Der General, der mit seinen Attacken gegen die Männlichkeit der Oberklasse immer etwas weiter gegangen war, behauptete, es gebe gar keine wahren Blaublüter mehr, und die Aristokratie verdanke ihren Fortbestand nur den Liaisons ihrer Frauen mit echten Männern wie ihm und Menardo.

Menardo hatte Anfang der Woche bereits zweimal versucht, seinen Freund, den General, telefonisch zu erreichen, aber jedesmal hatte ihm die Sekretärin mitgeteilt, er sei nicht in seinem Büro. Nach der letzten Serie von Geheimtreffen mit den US-Militärs hatte General J. Menardo einen vollständigen Bericht versprochen. Zum Glück gab es die Freitagnachmittag im Schießklub. Dort konnte Menardo seinen Partner zur Seite nehmen und sich für später mit ihm zum Dinner verabreden. Menardo hatte sich seit seiner Kindheit nicht mehr so unbehaglich gefühlt, als sich die anderen Kinder über ihn lustig gemacht und Dinge vor ihm verheimlicht hatten.

Selbst Alegría war Menardos Nervosität am Mittwoch aufgefallen. Er hatte zunächst abstreiten wollen, daß ihn irgend etwas bedrückte, aber Alegría war ungewöhnlich hartnäckig geblieben. Sie bestand darauf, zu erfahren, was nicht in Ordnung war. Sie hatte sogar richtig vermutet, daß es irgendwie mit dem General zusammenhing. Sie regte sich ziemlich auf und verlangte zu wissen, was zwischen ihm und dem General nicht stimmte. »Nicht stimmen? Was sollte zwischen mir und dem General nicht stimmen?« Menardo hatte ungehalten die Stimme erhoben; er verstand nicht, wie Alegría den Schluß ziehen konnte, daß etwas nicht in Ordnung sei. Frauen hatten keine Ahnung von Männerfreundschaften, sonst hätte sie gewußt, daß alles in Ordnung war, daß die Dinge ganz wunderbar liefen und dabei waren, sich sogar noch besser zu entwickeln. Sollte der General ruhig das Reden übernehmen. Diese »Geschäftsleute« aus den Vereinigten Staaten wollten lieber hinter den Kulissen bleiben; sie brauchten verläßliche ortsansässige »Partner«. Beim Abendessen am Mittwoch hatte Alegría erwähnt, daß der Frauenklub sich im Moment nur noch zweimal monatlich treffe. Es sei ihr egal, sagte sie, weil sie in Kürze sowieso einige Geschäftsreisen in die Vereinigten Staaten unternehmen wolle.

Die Veränderungen zeigten sich ringsumher. Ständig wiederholte sich dieser Satz in Menardos Kopf. Der alte Mann hatte den Satz immer an den Anfang seiner Geschichte über Prinz Seven Macaws gestellt, der von zwei Hexerbrüdern niedergemacht wurde. Vor lauter Sorgen hatte Menardo in letzter Zeit keine rechte Kontrolle mehr über seine Gedanken. Irgendwie hatten die Sorgen seine frühesten Erinnerungen wachgerufen, und er erinnerte sich an die Stimme des alten Mannes, seines Großvaters, der ihm Geschichten vorspielte und die verschiedenen Figuren mit unterschiedlicher Stimme darstellte.

Die Veränderungen zeigten sich überall. Von der US-Regierung zur Verfügung gestellte Flugzeuge und Helikopter suchten nach Gruppen mit illegalen Flüchtlingen, die, wie jeder sehen konnte, in Wirklichkeit linksradikale Streikeinheiten waren und sich bloß als salvadorianische oder guatemaltekische Flüchtlinge verkleidet hatten. Menardo war mit dem Polizeichef und dem General einer Meinung gewesen: Nur Blut sprach eine deutliche Sprache. »Draufhalten« war die einzig richtige Antwort, aber die Politiker und Diplomaten gingen nicht darauf ein. Das Satellitenfernsehen war schuld daran. Für das Fernsehen sprach Blut eine zu deutliche Sprache. Es zog internationale Proteste nach sich. Das war der Grund, warum der Polizeichef »geheime Spezialeinheiten« besaß und das Militär schon immer »Spionageabwehrdienste« unterhalten hatte.

ILLEGALE FLÜCHTLINGE

Am Freitag im Klub wollte Menardo sowohl mit dem Polizeichef als auch mit dem General ein Gespräch unter vier Augen führen. Menardo ahnte einen wachsenden Konflikt zwischen dem Militär und der Polizei. Der Polizeichef unterstützte die Gefangennahme und Inhaftierung von illegalen Flüchtlingen durch die Landespolizei, die seit eh und je für die Angelegenheiten der inneren Sicherheit innerhalb eines Bundesstaates zuständig war. Der General dagegen argumentierte, das Militär müsse einschreiten. Der Polizeichef bestritt nicht, daß die Flüchtlinge Geheimagenten des Feindes sein könnten – Saboteure und Provokateure, die nach Norden geschickt worden waren, um in Mexico

City Chaos zu verbreiten. Der Chief favorisierte Gefangenenlager für Flüchtlinge, in denen die Menschen tagsüber auf den nahegelegenen Plantagen arbeiten konnten. Dieser Plan machte die Einstellung von Hunderten neuer Polizisten notwendig und würde Millionen kosten. General J. war gegen weitere Gefangenenlager für Flüchtlinge. Er befürwortete eine härtere Gangart.

Menardo teilte die Ansicht des Generals, daß man die Banden der illegalen Flüchtlinge, wenn sie wegzulaufen versuchten, wie Kojoten und Wölfe aus der Luft abschießen sollte. Ein bißchen Blut hier und da war besser als ganze Seen von Blut, die das Satellitenfernsehen über den gesamten Globus ausstrahlte. Wenn man die Flüchtlinge in Lagern zusammenpferchte, würde sich mit zunehmender Zahl früher oder später auch die Unruhe und Dreistigkeit unter ihnen verstärken, bis es schließlich zu einem Blutbad kam.

Menardo teilte die Ansicht des Generals, daß es das Beste sei, sie auf der Stelle umzulegen. Sonst wurde man mit all den logistischen Problemen konfrontiert, die sich den Deutschen bei der Beseitigung der Juden gestellt hatten. General J. fand, daß Hitler die deutsche Bevölkerung unterschätzt hatte. Die Juden hätten auch ohne die schwerfälligen und belastenden Todeslager mit Hilfe des Pöbels oder durch Todesschwadronen beseitigt werden können. Fünfzig Juden hier und hundert dort – die Zahlen hätten sich im Laufe der Wochen und Monate schon gleichmäßig zusammenaddiert. Aus diesem Grund waren »plötzliches Verschwinden« und Todesschwadronen Hitlers Konzentrationslagern weit überlegen.

General J. war stolz auf seine Kenntnisse der Militärgeschichte. Wenn Hitler nicht verrückt gewesen wäre, hätte er vielleicht erkannt, daß es gar nicht notwendig war, alle Juden umzubringen. Der General selbst hätte nur die Schlüsselfiguren umgebracht; das hätte die überlebenden Juden ebenso demoralisiert und gefügig gemacht wie die heute noch verbliebenen Indianer. Die Juden hätten allerdings erheblich bessere Sklaven abgegeben, als es die Indianer jemals gewesen waren. Hitler hatte ein großes Potential verschleudert. Deutsche Fabriken hätten, angetrieben durch jüdische Arbeitskräfte, Tag und Nacht auf Hochtouren laufen können, und die Deutschen hätten die erste Nation werden können, die sich im modernen Industriezeitalter absoluter Muße und grenzenlosem Wohlstand hingeben konnte.

Die Indianer dagegen waren die schlechtesten Arbeiter – langsam, schlampig und fahrlässig im Umgang mit Werkzeugen und Maschinen. Indianer waren die reinste Geld- und Zeitverschwendung. Nur keine Flüchtlingslager für sie – die beste Politik war eine schnelle und sofortige Ausrottung, weit, weit weg von allen Fernsehkameras. Der General und Menardo waren sich darin völlig einig gewesen. Menardo und sein Freund hatten in fast allen Dingen übereingestimmt.

Am Donnerstagabend war Menardo mit Alegría während des Abendessens in Streit geraten, und sie hatte weinend das Zimmer verlassen. Sie hatte ihm zum General, dem Gouverneur und dem Polizeichef Fragen über Fragen gestellt. Immer wieder war sie auf den Polizeichef zurückgekommen, bis Menardo schließlich die Geduld verloren hatte. Alegría war nicht einfach nur eine neue Ehefrau – das wußte er. Andere Frauen machten sich über die Kollegen ihrer Ehemänner keine Gedanken.

Später hatte Menardo sanft an Alegrías Schlafzimmertür geklopft und den Atem angehalten, um zu hören, ob sie ihm antwortete. Er wollte ihr sein Verhalten erklären. Er wollte ihr die ganze Situation erklären, denn er hatte ihr nie etwas von den »Bedenken« erzählt, die sein Partner und die anderen im Klub bei der Ankündigung ihrer Heirat angemeldet hatten. Menardo fand, daß Alegría sich wegen einiger Leute, mit denen sie an der Universität zusammengewesen war, Gedanken machten sollte. Subversive und Radikale gab es viele – Kommunisten waren überall, so daß Menardo Alegría schwerlich einen Vorwurf machen konnte. Sie hatte ihm von den Kursen erzählt, die sie an der Universität unterrichtet hatte, und natürlich war es nicht ihre Schuld, wenn sich Kommunisten eingeschrieben hatten.

Alegría hatte auf sein Klopfen nicht geantwortet, deshalb hatte sich Menardo einen großen Brandy eingegossen, um ihn mit ins Bett zu nehmen. Mit dem Brandy konnte er allmählich etwas Abstand zwischen sich und seine Sorgen bringen, die sich wie Soldaten in Reihen hintereinander aufgestellt hatten. Aufstände und Plünderungen hatten ihm schwere Verluste eingebracht, Forderungen in Millionenhöhe, welche die Universal-Versicherung zu zahlen hatte. Menardo fühlte, wie der Brandy die Anspannung in seinem Magen zu lösen begann. Er saß im Bett und sah fern, hatte den Ton jedoch abgestellt – ein internationaler Schönheitswettbewerb, der irgendwo an einem Strand stattfand. Die Sendung war sicherlich harmlos, doch in letzter Zeit genügte manchmal ein Wort oder eine Phrase, um in seiner Brust ein beklemmendes Gefühl der Panik auszulösen. Der Brandy glitt brennend seine Kehle hinab und schob alle Auswirkungen der Worte beiseite. Worte, nur Worte. *Revolver, Rache, Rückkehr*.

Menardo war nur für einen Moment eingedöst, denn als er erwachte, lief der Schönheitswettbewerb im Fernsehen noch immer. Er hatte im gleichen Moment, in dem er eingeschlafen war, zu träumen begonnen. Er war wieder ein kleines Kind in seinem Dorf und wurde von dem alten Mann auf dem Arm getragen. Indianer aus nahegelegenen Dörfern hatten sich zu den anderen in die lange Menschenschlange gesellt, um Menardo in den Armen seines Großvaters zu begrüßen. Die Gesichter, die Menardo im Traum sah, erkannte er wieder als all die alten Menschen, die bereits verstorben waren. Sie nannten ihn Kaufmann und baten ihn, auf Kredit Lebensmittel zu verkaufen. Obwohl er im Traum nur ein Kleinkind war, hatte Menardo sprechen können, allerdings nur Spanisch, das keiner der Alten zu verstehen schien. Er spürte den dringenden Wunsch, sich den Indianern verständlich zu machen, die sich in der Ferne in die lange Schlange der Menschen einreihten, die bereits darauf warteten, mit Menardo zu sprechen. *Zurück. Wir kehren zurück*. Er versuchte ihnen zu erklären, daß er nicht genug habe, um sie alle zu versorgen, nicht genug, daß es für alle reichte, aber sie verstanden kein Spanisch, sondern nur Indianisch, das zu lernen Menardo sich geweigert hatte.

Der Traum machte ihm keine Angst, er überraschte ihn vielmehr, denn er hatte seit seiner Jugend nicht mehr von dem Dorf oder den alten Leuten dort geträumt. Dann hatten sie plötzlich alle in einer Reihe gestanden – wahrscheinlich, weil sich alle Teilnehmerinnen des Schönheitswettbewerbs im Fernsehen in einer Reihe aufgestellt hatten. Menardo schenkte sich weiteren Brandy ein. Der Alkohol schuf einen unsichtbaren, warmen Flügel, der ihn hochhob und der Reichweite von Worten entzog, und ihn mächtiger als alle anderen dahintreiben ließ – mächtiger als der General, der Gouverneur oder der Polizeichef. Er trank den Brandy aus und schloß die Augen, um das Gefühl auszukosten. Mit den Fingern rieb er leicht über die linke Vorderseite der Weste unter seinem Pyjama. Der Triumph der modernen Wissenschaft – Chemiefaser, Kunstseide, Nylon und nun die verwirrend dünnen und weichen Fasern des »Wundermaterials«, das alle Kugeln und Messerklingen aufhielt.

Inzwischen hatte der Schönheitswettbewerb keine ganz so beruhigende Wirkung mehr, denn die jungen, voll erblühten Schönheiten, die soeben ausgeschieden waren, kauerten verstört zusammen, während zehn strahlende Finalistinnen auf der Bühne im Scheinwerferlicht standen. Menardo seufzte. Er sah Frauen nicht gern weinen, nicht einmal, wenn es sich um Bikinischönheiten handelte. Was erwarteten sie denn? Schließlich konnten sie nicht *alle* gewählt werden. Menardo war nie für eine Schulmannschaft ausgewählt worden – sei es Fußball oder Baseball –, weil er zu dick gewesen war. Er schaltete das Fernsehgerät aus und griff nach der Informationsbroschüre über die Weste. Die Diagramme und Querschnittzeichnungen, die demonstrierten, wie sich die Kugeln in der Wunderfaser verfingen und einem so das Leben retteten, kannte er schon. Er gab es vor sich selbst nicht gern zu, aber er genoß das nächtliche Ritual: zuerst ein Glas Brandy zu trinken, und sich dann mit Weste und Schlafanzughosen bekleidet im Spiegel zu betrachten. Die Weste hob sich leuchtend weiß von seiner Haut ab. Das langgeschnittene Vorder- und Rückenteil, das seine Genitalien und den unteren Rücken bedeckte, gefiel ihm. Es war perfekt. Leicht und samtweich; nur die eigene Frau wußte, daß man Body Armor trug. Geheimhaltung war dabei von größter Wichtigkeit, sonst zielten die Attentäter auf den Kopf. Die Broschüre über die Weste gab immer eine gute Nachtlektüre ab, weil die technischen Details einen langsam einschlafen ließen. Die Fotografien der eigentlichen Tests erfüllten Menardo mit Zuversicht. Alles war eine Sache des Vertrauens – Vertrauen in die hochentwickelte Technologie, welche die Faser dieser Weste gewebt hatte, und Vertrauen in die, die einem am nächsten standen. *Vertrauen*. Menardo murmelte das Wort so lange vor sich hin, bis er einschlief.

DER TEST

Menardo war am Freitagmorgen aufgewacht und hatte sich so ausgeruht und glücklich gefühlt, wie seit vielen Monaten nicht mehr. Er war nicht schweißgebadet und stöhnend aus einem seiner Alpträume erwacht. Der Tag war sonnig, der leichte Wind duftete nach Alegrías Rosen und den leuchtend orangefarbenen Blüten im Garten. Menardo fühlte sich glücklich und zuversichtlich bei dem Gedanken an das Gespräch, das er später mit seinem Freund, dem General, führen würde. Ganz unter sich würden sie beide sämtliche Mißverständnisse bereinigen können, die entstanden sein mochten, falls der General von Sonny Blues Besuch erfahren hatte. Selbst unter Freunden und Partnern hatten Geschäfte mit der amerikanischen Regierung oder ihren Bürgern immer schon Nervosität und Mißtrauen hervorgerufen. Menardo nahm an, General J. würde ihm einiges zu berichten haben, obwohl er verstand, daß ein Teil davon zwischen den Vereinigten Staaten und den mexikanischen Militärkommandeuren *top secret* war.

Seit ihrer Hochzeit hatte sich Menardo beim gemeinsamen Frühstück mit Alegría nicht mehr so wohl gefühlt. Er hatte die Zeitung beiseite gelassen und sie über den Tisch hinweg angesehen, während er seinen Kaffee trank. Er hatte gespürt, wie die Liebe in seinen Augen leuchtete, doch Alegría war dies offensichtlich entgangen, denn sie hatte wissen wollen, was mit ihm los sei und warum er sie so anstarrte. Warum versuchte er, sie verrückt zu machen? Menardo wurde nicht wütend, sondern erhob sich von seinem Stuhl, um sie zu umarmen und zu beruhigen. Erriet sie es denn nicht? Seine Sorgen waren weg, sie waren plötzlich und über Nacht verschwunden. All die vielen Unsicherheiten im Zusammenhang mit seinem Freund, dem General, all die kleinen Ängste, daß sein Partner ihn für einen Handel mit den amerikanischen Militärs über Bord werfen könnte.

Gegen Ende des Frühstücks hatte Alegría entspannter gewirkt. Sie sprach von einer Geschäftsreise nach Phoenix und L.A. und erzählte, sie wolle sich ansehen, was die Innenarchitekten in den USA machten. Zuviel von den Franzosen und selbst den Italienern war langweilig; Alegría wollte etwas, das frisch und aufregend war. »Ich fühle mich frisch und aufregend«, hatte Menardo zu ihr gesagt, während er Tacho anrief, damit er den Wagen vorfuhr. Aber Alegría war zu sehr mit ihren Reiseplänen beschäftigt gewesen, um seinen Wortwitz zu bemerken. Er küßte sie auf die Wange, als er den Wagen vorfahren hörte. Bevor er aus der Tür trat, rückte Menardo Krawatte und Kragen zurecht, fuhr dann mit der Hand über das Jackett, um den Stoff glattzustreichen und so die Umrisse der Weste besser zu verbergen. Er wollte, daß sie perfekt saß, wenn er ins Freie trat.

Tacho sprach kein Wort, wenn er nicht selbst angeredet wurde. Menardo wartete, bis sie aus der Auffahrt waren, bevor er begann, Tacho von seinen Träumen zu erzählen. Es waren glückbringende Träume – da war sich Menardo sicher, denn plötzlich schien ihm alles hoffnungsvoll: Seine Frau war damit beschäftigt, Geschäftsreisen zu planen, die Universal-Versicherung stand kurz vor dem Abschluß eines Geschäftes mit der amerikanischen Regierung, und sein Freund, der General, würde ihn in wenigen Stunden mit sämtlichen Informationen versorgen. Menardo sah über die Schultern zurück auf den leuchtend weißen Palast, sein Heim. Wie albern doch seine mangelnde Zuversicht gewesen war! Alles war wohl gesichert, gut bewacht und abgeschirmt; jede Kleinigkeit, jeder Mensch und jedes Ding in seinem Leben waren sicher. Nichts und niemand konnte ihm etwas anhaben!

Der Traum aus der vergangenen Nacht war der Beweis dafür. Niemand konnte Hand an ihn legen. Menardo hatte davon geträumt, sich in einem Dorf aus Steinwänden zu befinden. In einem verlassenen Raum war ein Skelett ausgegraben worden. »Haben Sie es ausgegraben?« fragte Tacho.

»Nein!« antwortete Menardo hastig und schüttelte den Kopf. »Nicht ich! Das Skelett war bereits von jemand anderem gestört worden. Nicht von mir!«

Tacho blickte in den Rückspiegel, wo er für einen Moment Menardos Augen begegnete. Menardo nickte. »Das Skelett trug eine Halskette aus grünen Steinperlen. Aber es war nicht wie ein Alptraum. Ich hatte keine Angst!«

»Weil es keine Füße oder Hände hatte?« fragte Tacho.

Eiskalte Erregung hatte Menardo ergriffen. »Woher weißt du das?«

Tacho hatte breit gelächelt und seinen Kopf nach hinten gelehnt, damit Menardo ihn im Rückspiegel sehen konnte. Menardo hatte vergessen, wie arrogant Indianer sein konnten. »Manche sagen, man soll den Toten keine Füße oder Hände lassen, mit denen sie einen jagen und packen können.« Tacho gab selten so viele Informationen preis. Dummer Aberglaube. Jedesmal, wenn sich Menardo Tacho oder andere Indianer aus seinem Heimatdorf genauer ansah, fiel es ihm schwer, zu glauben, daß seine eigene Familie jemals etwas mit soviel Beschränktheit und Aberglauben zu tun gehabt hatte. Menardos Vorfahren hatten die europäische Kleiderordnung angenommen – Brokat und Seide, wie es sich für Könige geziemte. Die alten Federumhänge hatten sie nur bei festlichen Anlässen getragen und um den Pöbel zufriedenzustellen, wenn sie einmal im Jahr ihre Steuern bezahlten.

Menardo verstand nicht, welchen Unterschied Hände oder Füße ausmachen sollten, wenn man von einem Skelett träumte. In Träumen konnte sowieso alles passieren – Hände hin, Füße her. Er war Tachos Aberglauben leid. »Ich hatte keine Angst, weil ich Body Armor trug.«

»Body Armor? Im Traum?« Tachos Augen leuchteten im Rückspiegel, er lachte, als habe Menardo einen Witz gemacht. Menardo konnte seine Beschränktheit nicht länger ertragen. Indianer wie er blieben arm, weil sie sich vor dem Fortschritt und der modernen Technik fürchteten.

Menardo hatte nicht beabsichtigt, Tacho in sein Geheimnis einzuweihen, aber plötzlich war es passiert: Menardo wurde klar, was er schon von Anfang an hatte tun wollen, nachdem Sonny Blue ihm die Weste überreicht hatte. Er wollte erleben, wie eine echte Kugel in die Weste einschlug. Er wollte Zeuge der technischen Überlegenheit dieser Kunstfaser werden, die Kugeln und Stahl aufhalten und dem Tod ein Schnippchen schlagen konnte.

Die bewaffneten Begleitfahrzeuge blieben zur Absicherung des Country Clubs am Haupttor zurück. Man befürchtete, daß Wagen mit Autobomben das Tor durchbrechen könnten. Deshalb hatten die Universal-Sicherheitsdienste inner- und außerhalb des Country Clubs bewaffnete Patrouillen postiert. Der ganze linke Pöbel bestand nur aus Terroristen, und Terroristen waren zu allem fähig. Am vergangenen Freitag hatte der Polizeichef einen streunenden Hund erschossen, der ihnen zu nahe gekommen war; sie hatten befürchtet, Terroristen hätten vielleicht einen Sprengsatz an ihm befestigt, der mit einer Fernbedienung ausgelöst werden konnte. Außer Flöhen hatten sie an dem toten Hund allerdings nichts entdecken können.

Die Kellner hatten die blauweißgestreifte Markise des Zeltes heruntergelassen, in dessen Schatten sich der Schießklub bei Cuba Libres und Margaritas entspannen konnte, während sie untereinander Wetten abschlossen und sich beim Schießen abwechselten. Menardo blickte auf seine Armbanduhr. Er hatte noch genügend Zeit, bis die anderen Mitglieder des Schießklubs eintreffen würden. Menardo wies Tacho an, den Mercedes außer Sichtweite hinter dem Zelt zu parken. Wortlos hatte er zunächst Jacke und Krawatte ausgezogen, und sie vorsichtig auf den Rücksitz gelegt, damit sie nicht zerknitterten. Tacho hatte ihn im Rückspiegel aufmerksam beobachtet. Menardo meinte sogar, einen Funken des Erstaunens auf dem großen Gesicht des Indianers gesehen zu haben, als er sein Hemd aufknöpfte, um die kugelsichere Weste zu enthüllen. Tacho hatte verlegen und zögerlich gewirkt, als Menardo die Weste auszog, um sie ihm zu reichen. »Siehst du das? Faß es nur an!« Menardo konnte seine Aufregung nur mühsam zurückhalten. Er brauchte ihre bebilderte Broschüre nicht; er würde sich selbst vergewissern. Tacho untersuchte noch immer die Nylongurte der Weste, als Menardo ihm die Informationsbroschüre in den Schoß warf. Menardo nahm die Weste und zog sie wieder an. Er lehnte sich über den Fahrersitz nach vorn und blickte über Tachos Schulter auf die Aufnahmen der Polizisten und der anderen Männer, deren Leben die Weste gerettet hatte. Menardo war sich nicht sicher, ob Tacho lesen konnte, deshalb las er die Bildunterschriften zu jedem Foto laut vor. Er genoß Tachos Verwunderung darüber, daß eine weiche Kunstfaser, ohne jegliches Metall oder Stahl, eine Kugel aufhalten konnte. Menardo hatte sich seit Jahren nicht mehr so glücklich gefühlt – nicht, seit er das erstemal mit Alegría geschlafen hatte. Sie konnten ihm nichts anhaben, das war die Bedeutung seines Traums gewesen. Er brauchte keinen Indianer wie Tacho, der ihm das sagte. Was für ein herrlicher Frühlingstag! Der Wind war trocken und kühl, und Menardo fühlte sich, als sei ihm plötzlich eine große Last von den Schultern genommen. Mochte der General Geheimtreffen in Honduras oder Costa Rica abhalten und der Polizeichef Videokameras von mysteriösen US-Agenten erhalten; auch er, Menardo, hatte seine Verbindungen: Zu Sonny Blue, der die Interessen gewisser nordamerikanischer Geschäftsleute vertrat.

All seine Alpträume, seine schlechten Vorahnungen über Hinterhalte von Attentätern – bewaffnete Motorradfahrer und explodierende Bomben – hatten keinen anderen Grund, als viel zu gehaltvolles Essen vor dem Schlafengehen. Menardo fühlte sich leicht. Der General würde ihn niemals täuschen oder hereinlegen. Sie standen sich näher als Brüder – er und der General. Der General hatte keine Ahnung davon, wie man mit diesen Kaufleuten vom Land umging. Rivalitäten zwischen den Clans und Familien auf dem Land hatten Menardo den Verkauf seiner Sicherheitspolicen erleichtert. Menardo seufzte vor Zufriedenheit. Die Veränderungen rings umher waren dem Geschäft mit Versicherungen und Sicherheitsdiensten nur zuträglich. Die Aussichten waren wunderbar, das wußte auch der General. Menardo öffnete das Pistolenfach im Rücksitz und nahm den Ruger, den Colt und die Smith & Wesson heraus – alle hatte er bei Greenlee in Tucson erworben. »Möchtest du sehen, wie die Schutzweste funktioniert?« Menardo mußte den Satz zweimal wiederholen, denn Tacho schien seine Absicht nicht zu verstehen. Er starrte noch immer hinab auf den Farbprospekt mit den großen violetten Prellungen an behaarten weißen Brustkörben, wo die Wunderfaser das Eindringen der Kugeln verhindert hatte.

Menardo fühlte, wie die Brise seine Arme und Schultern abkühlte, als er aus dem Wagen stieg. Er wußte, daß er, nur mit Weste, Hosen und Schuhen bekleidet, lächerlich aussah. Aber er sah keinen Grund, warum er sich Hemd oder Jackett ruinieren sollte. Der Prospekt hatte auf Tacho keine Wirkung gehabt. Er schien wie betäubt und nicht in der Lage, Menardos einfachste Anweisungen zu verstehen. »Ich stelle mich hier hin. Und du stellst dich dort hin. ... Ja, dort. Genau auf diesen Fleck. Was immer du tust, tritt nicht über diese Linie. ... Nein.« Tachos Lächeln war jetzt nicht mehr so arrogant. Menardo hatte ihn verängstigt. »Ich will, daß du dir das ansiehst, Tacho, damit du mich verstehst.« Menardo hatte Tacho die 9mm Smith & Wesson hinübergebracht, weil er an der Stelle, die Menardo ihm zugewiesen hatte, festgewachsen zu sein schien.

Menardos Herz klopfte vor Aufregung. Er konnte kaum glauben, wieviel Spaß ihm die kugelsichere Weste bereitete. Später, wenn die anderen eingetroffen waren, würde er einen der Kellner um ein Tranchiermesser bitten, und dann konnten sie Zeugen davon werden, wie er dem Tod ein zweitesmal entkam. Er blickte auf seine Uhr und merkte, daß er ungeduldig auf die Ankunft der anderen wartete. Er wollte sie ein wenig verblüffen und verwirren. Er stellte sich vor, wie dramatisch es für sie aussehen mußte – den Gouverneur, den früheren Botschafter, den Richter und den Doktor. Denn der General und der Polizeichef würden das Geheimnis der Weste bestimmt erraten, für die anderen jedoch würde es aussehen, als gehe Menardo in den sicheren Tod.

GEISTERWERK

Tacho hatte die ganze Zeit über von der Weste gewußt. Was er selbst nicht sah oder hörte, wurde ihm durch das Hausmädchen oder die Küchenhilfe zugetragen. Die Hausangestellten fühlten sich durch den Verlust ihrer lieben Herrin Iliana betrogen. Sie allein hatte ihren Respekt besessen. Tacho hatte El Feo und der Frau mit dem Namen Angelita La Escapía von der Weste erzählt. Die wilde Frau war sofort über die »Body Armor« im Bilde gewesen, eine Wunderfaser, die Kugeln aufhielt. Angelita redete zuviel, aber sie wußte interessante Fakten. Politiker und Reiche. Polizisten, Politiker und die ganz Reichen trugen solche Schutzwesten unter ihrer Kleidung, sobald sie sich in der Öffentlichkeit bewegten. Für Premierminister und Präsidenten gab es zudem noch kugelsichere Perücken für beiderlei Geschlecht, außerdem trugen sie neben der Perücke auch schußfeste Brillen, um einen optimalen Schutz zu erreichen. »Nichts ist unfehlbar«, sagte Angelita. »Die Profis zielen auf den Mund oder das Ohr.«

Der Fetisch litt unter Nachtschweiß, und eines Morgens hatte Tacho am Fuß des zusammengerollten Bettzeugs eine

Urinpfütze entdeckt. Seitdem hatte er Angst davor, das Bündel zu stören. Er war sich nicht sicher, ob der Opal oder die Cocablätter für den Nachtschweiß und den Urin verantwortlich waren. Er befürchtete, daß die Polizei die peruanischen Beschützer des Bündels umgebracht hatte und der Stein deshalb erzürnt war und auf Rache sann. Die zwölf Cocablätter gehörten einem mächtigen Geist.

Im Süden gab es Tausende, die Mama Coca anbeteten, weil sie die Menschen seit Urzeiten liebte und sich um sie kümmerte. Mama Coca ließ den Schmerz vergehen und betäubte den Hunger, und sie half müden Reisenden mit einem letzten Schubs über die Berge. Mama Coca hatte sie immer unterstützt, und jetzt würde sie ihnen dabei helfen, sich das Land zurückzuholen, das ihnen gehörte. Das war der Grund dafür, daß sich der weiße Mann vor den Cocasträuchern fürchtete, sie vergiftete und niederbrannte. Cocablätter verliehen den Indianern zuviel Macht, gefährliche Macht; nicht einfach nur solche, die man mit Geld kaufen konnte, sondern die geistige Macht, alle außer den Starken zu zerstören. Alle schwachen Dinge, alle europäischen Dinge, würden zusammenschrumpfen und vom Wind verweht werden. Nichts würde ihr Verschwinden aufhalten; auch ihre Nachahmer und Speichellecker, welcher Abstammung sie auch immer sein mochten, würden verschwinden.

Tacho tat, als verstehe er nicht, was Menardo mit der Pistole wollte. Das Zimmermädchen des oberen Stockwerks hatte ihm erzählt, daß Menardo die Weste auch im Bett trug. Sie fand den Prospekt über die Weste morgens häufig zwischen dem Bettzeug, ein Beweis dafür, daß Menardo beim Lesen des Informationsheftes einschlief. Aber Menardo war noch verrückter, als Tacho geglaubt hatte. Er plapperte davon, den anderen einen Streich spielen zu wollen. Wie Dummköpfe würde er sie dastehen lassen!

Dennoch war Tacho durch nichts auf Menardos Forderung vorbereitet gewesen, ihm mit der 9mm Smith & Wesson in die Brust zu schießen. Tachos Zögern hatte Menardos Aufregung noch verstärkt. Am Ende der Auffahrt zum Country Club tauchten Limousinen und ihre Begleitfahrzeuge auf, die das Wachhaus am Haupteingang passierten, als führen sie in einem Konvoi.

Menardo wollte perfektes Timing – er wollte, daß Tacho

wartete, bis die Wagen herangekommen waren. Dann würde er seine Schießklubkollegen begrüßen, und dann sollte Tacho schießen. Peng! Peng! Peng! Eins, zwei, drei! Bevor die anderen auch nur den Mund aufmachen konnten! Was für eine Vorstellung! Hier war ein Mann, mit dem man rechnen mußte – ein Mann, der durch ein Wunderwerk der Technik unbesiegbar wurde.

Als der Mercedes-Konvoi langsam zum Stillstand kam, hatte Menardo ihnen wie eine Windmühle mit hoch erhobenen Armen zugewinkt. Dann deutete er auf die Vordertaschen der Weste und anschließend auf Tacho, der die Pistole seitlich neben seinem Körper hielt. Die Köpfe in den Wagen hatten stumm auf Menardo gestarrt, bis dieser Tacho zuschrie, endlich zu zielen. Sobald Tacho die Automatik erhoben hatte, richteten sich alle Augen auf ihn. Menardo schrie seinen Klubfreunden zu: »Paßt auf! Paßt auf!« Tacho blickte in die bestürzten Gesichter des Generals und des Polizeichefs; er wollte sicher sein, daß sie ihren Leibwächtern nicht befahlen, auf ihn zu schießen. Sie schienen zu verstehen, daß Menardo die Befehle erteilte. »Na, los jetzt! Tu es! Schieß!« Menardos Stimme war schrill vor Begeisterung, als er sich auf die linke Westentasche schlug, genau über seinem Herzen. »Hierhin! Hierhin!« drängte er Tacho. Bevor General J., der Polizeichef oder einer der anderen aus ihren Wagen springen konnten, hatte Tacho die Automatik einmal abgefeuert und Menardo in die Brust getroffen.

Der Sturz überraschte Menardo, und irgendwie hatte er nicht genügend Luft in der Lunge, um zu dem General oder den anderen, die über ihm knieten, zu sprechen. Tacho hatte dagestanden und auf ihn hinuntergeblickt, die 9 mm hielt er noch immer in der Hand. Der Polizeichef und General J. zerrten am Nylongewebe und dem Reißverschluß der Weste, und Menardo fühlte, wie er ihnen in die Arme sank. Was sagte der General? Ob Tacho die Pistole abgefeuert habe? Warum war er gestürzt? Menardo konnte sich nicht erinnern. Er fühlte eine warme Pfütze unter sich. Warum hatten die Kellner Suppe über ihm ausgeleert? Worauf starrten sie alle? Sie konnten die Weste später auf Beschädigungen untersuchen, im Moment brauchte er Hilfe, um auf die Beine zu kommen. Er wurde zu naß und zu kalt, wenn er einfach so dalag.

EIN SCHARFER WIND

Nach Bartolomeos plötzlichem Auftauchen in Tuxtla hatte Alegría begonnen, sich unbehaglich zu fühlen. Es gefiel ihr nicht, wie leicht Bartolomeo sie in ihrem Geschäft ausfindig gemacht hatte. Er behauptete, mit Indianern in den Bergen zusammenzuarbeiten, weil irgendein »internationales Komitee« in Havanna wolle, daß er sich die Indianer genauer ansah. Sie hatten keine Sicherheit mehr darüber, welche Indianergruppen echte Marxisten und welche Stämme Marionetten des US-Militärs waren oder, noch schlimmer, Stämme, die durch Nationalismus und tribalen Aberglauben korrupt geworden waren.

»In Mexico City wissen sie alles über deinen Ehemann«, hatte Bartolomeo mit seinem vertrauten Lächeln verkündet. Alegría kannte seine Tricks. Sie lachte. Sie würde es Bartolomeo selbst sagen.

»Er trägt eine kugelsichere Weste im Bett. Der Mercedes ist gepanzert. Zwei Wagen – Leibwächter –, einer fährt vor und einer hinter ihm.«

»Ach, das doch nicht!« sagte Bartolomeo und winkte ab. »Ich rede von einer *geschäftlichen Verbindung* – dem General.«

»Ihr Kubaner! Ihr seid wirklich verrückt! *Natürlich* gibt es eine geschäftliche Verbindung! Das weiß die ganze Stadt!« Alegría hatte ihre Verkäufer früher nach Hause geschickt, als sie Bartolomeo durch die Tür kommen sah; sie hatte die Inventurliste als Ausrede gebraucht.

Sie gingen an den Messinglampen, Ledersesseln, den massiven Sofas und Teppichrollen aus teurer Wolle entlang, die sie aus der ganzen Welt importiert hatte. Während Bartolomeo sich ihr Inneneinrichtungsgeschäft besah, konnte sie beobachten, wie sich seine Oberlippe langsam zu einem höhnischen Lächeln verzog. »Haute bourgeois!« sagte Bartolomeo und ließ sich das letzte Wort auf der Zunge zergehen, während er ihr in die Augen sah.

»Was willst du eigentlich?« fragte Alegría mit harter, leiser Stimme. Sie begann, diesen Mann zu hassen.

»Was hast du anzubieten?« Bartolomeo lächelte ständig, war sich seiner immer absolut sicher.

»Ich schließe jetzt ab. Ich werde zu Hause erwartet.«
»›Zu Hause erwartet.‹ Wie schön. Wie ehrbar.«

Alegría fühlte, wie sehr ihr Herz klopfte. Noch nie zuvor hatte sie so starken Haß empfunden. Hätte sie ein Gewehr in ihrer Nähe gehabt, sie hätte ihn auf der Stelle umgebracht. Ihr Zorn hatte Bartolomeo schon immer erregt. Sie konnte sehen, wie sich sein Gesicht veränderte, seine Augen glänzten, als er sich auf sie zubewegte. »Wie schade, daß du nicht mit den anderen in die Luft geflogen bist – merkwürdig, daß sie gestorben sind und du überlebt hast! Ich hoffe, sie werden dich hier umbringen!« zischte sie. Aber Bartolomeo ließen Beleidigungen oder Anschuldigungen völlig unberührt. Er war der erste, der zugeben würde, daß er seine eigene Haut gerettet hatte, und daß die anderen entbehrlich waren. Bartolomeo zuckte nur mit den Schultern und lächelte. »Um dich *jetzt sofort* haben zu können, meine süße Pflaume, werde ich später gern sterben!« Alegría erkannte, daß er darauf spekulierte, sie in die Nähe eines der Betten zu manövrieren. »Geh und steck ihn in einen Indianer!« zischte sie durch die Zähne. Sie dachte daran, wie schade es war, daß sie den Polizeichef und den General nicht über Bartolomeos Anwesenheit informieren konnte. Es würde ihnen Spaß machen, diesen Kommunisten zu verhören. Wirklich schade, aber sie war in Tuxtla nicht beliebt, und die Behörden würden den Worten des Kubaners wahrscheinlich mehr Glauben schenken als ihren eigenen. Wirklich schade, aber Bartolomeo konnte sie mit der Gruppe in Mexico City in Verbindung bringen.

Nachdem Bartolomeo den Laden verlassen hatte, war Alegría zu zittrig, um sich ein Taxi zu rufen. Aus einer Flasche, die sie zur Beruhigung ihrer Nerven mit ins Geschäft gebracht hatte, schenkte sie sich einige Gläser puren Rum ein. Menardo ging ihr auf die Nerven, und der indianische Chauffeur, Tacho, ging ihr auf die Nerven. Menardo war besessen von seiner kugelsicheren Weste. Er trug sie im Bett und, soweit sie wußte, wahrscheinlich auch in der Badewanne und unter der Dusche. Alegría hatte gehört, wie die Frau des Generals und die Frau des Polizeichefs über ihn getuschelt hatten. Die ganze Stadt hatte begonnen, sich gegenseitig zu verdächtigen. Menardo hatte Besucher aus den USA empfangen. Auch der Ex-Botschafter hatte Besucher aus den USA gehabt. Und der Polizeichef hatte nicht nur Besucher empfangen, er hatte sich auch mit Videokameras und Ausrüstung eingedeckt und zudem sichergestellt, daß noch weiteres Material folgen würde.

Diese Stadt ging ihr auf die Nerven. Alegría stellte fest, daß sie immer öfter an Sonny Blue in Tucson dachte. Aus Sicherheitsgründen hatte Menardo in Tucson Gold und US-Geld in Schließfächern deponiert. Es gefiel ihr nicht, wie Tacho sie und alles, was vor sich ging, beobachtete. Alegría war sich sicher: Er mußte ein Spion sein.

Alegría lernte, die positive Wirkung des Rums mehr und mehr zu schätzen. Alkohol war eine wichtige Medizin für sie. Tacho hatte sie und Sonny Blue im Verdacht. Er könnte einen von Menardos Träumen so »interpretieren«, daß Menardo von der Affäre Wind bekam. Oder er könnte versuchen, sie zu erpressen.

Alegría schlief nicht mehr in Menardos Bett. Er warf sich die ganze Nacht hindurch unruhig hin und her, sprang aus dem Bett oder setzte sich auf und murmelte im Schlaf. Seine Alpträume handelten immer von Bomben, die unter dem Mercedes explodierten, oder von maskierten Attentätern, die durch die Schlafzimmertür eindrangen.

Aus Sicherheitsgründen wurden in Privathäusern keine Gesellschaftsessen und Tanzveranstaltungen mehr abgehalten. Soziale Verpflichtungen und Veranstaltungen wurden im Country Club wahrgenommen, umgeben von Mauern, elektrischen Zäunen und unter Helikopterüberwachung. Alegría fuhr fort, weiterhin dreimal in der Woche mit den anderen Damen im Klub Karten zu spielen. In manchen Wochen waren sie nicht genug Spielerinnen für fünf Tische, weil die Ehemänner einiger Frauen das Gefühl hatten, ihre Gattinnen seien auf dem Weg zum Klub nicht mehr sicher. In früheren Jahren hatten sich die Damen natürlich ausschließlich in ihren eigenen Heimen besucht. Ilianas Generation war die erste gewesen, die die Vorteile der Mittagessen und Kartenspiele im Country Club erkannt hatte, wo die Frauen Cocktails trinken, Zigaretten rauchen und völlig unbeobachtet über die Verwandtschaft klatschen konnten.

Alegría machte sich nichts vor. Eine ganze Reihe der besten Häuser von Tuxtla waren ihr verschlossen; und selbst wenn die

Frauen des Gouverneurs und des früheren Botschafters im Country Club mit ihr Bridge oder Canasta spielten, bedeutete dies noch lange nicht, daß sie je zu ihnen nach Hause eingeladen werden würde. Im Klub waren Gerüchte ihre einzige Unterhaltung. Wenn Alegría einen Dienstag oder Donnerstag verpaßte, dann war ihr klar, daß die Frau des früheren Botschafters und die Gouverneursgattin hinter vorgehaltener Hand über sie flüsterten und sie beobachteten. Alle Gespräche handeln von den Gringos: US-Dollars und US-Ausrüstung waren für jedermann zu haben. Menardo, der General und der Polizeichef –, sie alle hatten in letzter Zeit Besuch aus den Vereinigten Staaten empfangen. Die nordamerikanische Frau des früheren Botschafters beobachtete die Ehefrauen der drei argwöhnisch.

Gerüchte besagten, daß Mexiko bald von US-Truppen besetzt werden würde, um die in US-amerikanischem Besitz befindlichen Fabriken in Nordmexiko und die reichen Politiker in Mexico City zu beschützen, die seit ihrer Collegezeit auf den Gehaltslisten der CIA standen. Maismehl war knapp, und die Aufstände breiteten sich aus. Gerüchte besagten, daß die reichsten Familien bereits Konten und Häuser »im Norden« erworben hatten, was soviel bedeutete wie San Antonio, San Diego, Tucson oder Los Angeles. Gerüchte besagten, daß durch das Aufflammen der Bürgerkriege in Costa Rica und Honduras die Zahl der aus dem Süden hereinströmenden Flüchtlinge enorm gestiegen war. Alegría hatte die Vorstellung von einer Weltkarte, die in völlige Dunkelheit gehüllt ist, bis plötzlich eine winzige Flamme aufflackert, gefolgt von weiteren Flämmchen, die schließlich eine brennende Kette von Revolutionen quer über den amerikanischen Doppelkontinent bilden. Das war ein weiterer Grund, warum Alegría Taxis bevorzugte. Sie ging davon aus, daß die Aufstände schließlich auch Tuxtla erreichen würden, und sie zog es vor, den Aufständischen im Taxi zu begegnen und nicht in einem Mercedes.

WUNDERWERK DER TECHNIK

Alegría war gerade dabei, ihre Taschen für einen Ferienaufenthalt in ihrem Strandhaus in Playa Azul zu packen. Menardo hatte geplant, sie selbst hinzubringen, damit sie dort zweite Flitterwochen verleben konnten, bevor er nach Tuxtla zurückkehrte. Vielleicht würde sie wieder anfangen zu malen, wenn sie einige Zeit allein in ihrem wunderschönen Ferienhaus hoch über dem glitzernden Pazifik verbrachte. In diesem Paradies würde Alegría sich und ihr Leben einmal kritisch unter die Lupe nehmen, um die Bedrohung, die Bartolomeo vielleicht darstellte, richtig einschätzen zu können. In ihren Tagträumen sehnte sie sich nach den harten Stößen von Sonny Blue. Dennoch wußte sie, daß Sonny das Strandhaus niemals völlig nach ihren Entwürfen gebaut hätte, so wie Menardo es getan hatte. Er hatte keine Kosten gescheut. Menardo hatte Eilaufträge für Stahl und Glas nach Mexico City gesandt, um ihr in Playa Azul ein Traumversteck zu bauen.

Alegría hatte sich mit Sonny Blue im Strandhaus treffen wollen, aber er hatte sich, trotz ihrer Beteuerung, daß Menardo nicht plötzlich auftauchen und sie überraschen würde, geweigert, zu kommen. Das hochentwickelte elektronische Alarmsystem hätte eine solche Überraschung gar nicht zugelassen. Trotzdem hatte Sonny Blue die Geschäfte mit Menardo nicht gefährden oder sich gar vom eifersüchtigen Ehemann erschießen lassen wollen. Alegría erkannte, daß kein Mann sie jemals so lieben oder soviel Geld für sie ausgeben würde wie Menardo. Ganz egal, wie trostlos oder sexuell unbefriedigend ihre Ehe sein mochte, Alegría wußte, wie gut sie es hatte; zumindest, was ihre Ausstattung betraf. Sie empfand ein großes Maß an Zärtlichkeit für Menardo, während sie ihre neuen Badeanzüge und Strandkaftane mit den passenden Ledersandalen einpackte.

Das Reifengeräusch auf dem Kies der Auffahrt klang fremd – zu laut und zu plötzlich –, als komme das Fahrzeug aus großer Geschwindigkeit zum Stillstand. Alegría hörte, wie ein zweites Auto vorfuhr. Ihr Herz begann zu klopfen. Sie blickte auf die Uhr: Es war Viertel nach drei, Freitag nachmittag, und irgend etwas Schreckliches war passiert. Alegría fühlte eine merkwürdige

Taubheit und ein Kribbeln in den Finger- und Zehenspitzen. Als das Hausmädchen aus dem Erdgeschoß an ihre Tür klopfte und laut rief, wußte sie, daß sie Menardo umgebracht hatten.

Der General und der Polizeichef waren sofort zu ihr gekommen. Der Leichnam befand sich noch am Ort des Geschehens, aber die Weste hatten sie mitgebracht. Sie war schwer und naß von Menardos Blut. Alegría sah, wie sehr sie sie haßten – der General, der Polizeichef und die anderen. Vermutlich wußten sie von ihrer Affäre mit Sonny Blue. Sie gaben ihr die Schuld an Ilianas Tod und nun an Menardos. Sie wollten ihr Gesicht in seinem Blut reiben; sie konnte spüren, wieviel Mühe es den Polizeichef kostete, sich zu beherrschen. Alegría war in Tränen ausgebrochen, als sie die lächerliche Weste erblickt hatte. Sie wirkte jetzt viel zu klein für einen Mann wie Menardo. Sie sprachen von einem Unfall und davon, daß sie alles mitangesehen hätten.

Alegría war auf die Eingangstür zugegangen, während die Tränen ihr über die Wangen liefen, sie durchwühlte ihre Handtasche nach einem Taschentuch. Ihre Hände zitterten. Sie hatte den Wunsch, ein Gewehr zu nehmen und den Indianer zu töten, bevor noch mehr Unheil geschah. Sie war wütend auf Menardo. Wie oft hatte sie ihn vor Tacho gewarnt? Tachos indianische Freunde, die zu allen Tages- und Nachtzeiten vorbeikamen und merkwürdige Päckchen und Bündel mit sich trugen, hatten ihr nie gefallen. Bartolomeo hatte einige Bemerkungen gemacht über »den Indianer von deinem Ehemann«, wie er Tacho nannte. Tacho habe einen Zwillingsbruder in den Bergen, der indianische Guerillatruppen anführe. Normalerweise verließ sich Alegría auf nichts, was Bartolomeo ihr sagte, aber in Tachos Fall hatte sie die Wahrheit bereits selbst geahnt. Sie hatten den Haß in seinen Augen gesehen. Tacho haßte Europäer schlicht und einfach.

Obwohl sie wußte, daß sie niemandem etwas vormachen konnte, bat Alegría darum, zum Unfallort gefahren zu werden, weil sie Zeit gewinnen und den Eindruck einer trauernden Witwe vermitteln wollte. Tacho saß im Mercedes, als sei nichts geschehen. Augenzeugen, der General und der Polizeichef miteingeschlossen, hatten gehört, wie Menardo Tacho befohlen hatte, zu feuern. Menardo lag auf dem Rücken und war jetzt mit seinem Hemd und seinem Jackett bedeckt. Langsam ging Alegría näher heran. Armer dummer Mann! Seit Menardo die Weste zum erstenmal gesehen hatte, war er von ihr besessen gewesen. Aber statt zu weinen, hatte Alegría das Bedürfnis, zu lachen. Sie war neben seinem Körper in die Knie gesunken und hatte ihr Gesicht in beide Hände vergraben. Sie hatte gelacht, bis ihr die Tränen über das Gesicht liefen. Erst dann hatte sie geweint, weil sie wußte, daß alles vorbei war, das dies das Ende war. Der General und der Polizeichef würden eine vollständige Untersuchung durchführen. Sie weinte um sich, nicht um den Narren Menardo. Für sie war Menardo lebendig wesentlich mehr wert gewesen als tot; und sie traute dem General und dem Polizeichef nicht. Der General würde die Kontrolle über die Firma übernehmen und sie aus allem herausdrängen wollen.

Allein in ihrem Schlafzimmer hatte Alegría beim Beerdigungsinstitut angerufen, wo ihr mitgeteilt wurde, daß »Freunde der Familie« bereits alle Vorkehrungen getroffen hätten. Einer nach dem anderen waren sie gekommen – der frühere Botschafter und der Gouverneur, der Richter und der Doktor, der Polizeichef und der General –, die Männer aus dem Klub hatten ihr ihren Respekt bezeugt, während die Frauen Ausreden erfunden und auf die mangelnde Sicherheit verwiesen hatten, weil sie wußten, daß Alegría in Tuxtla ausgespielt hatte. Einer nach dem anderen hatte ihre Hände zwischen die feuchten Handflächen genommen und ihr tief in die Augen geblickt, und jeder hatte geflüstert, daß sie »für sie da seien« – was immer sie auch benötige. Ein außergewöhnlicher Unfall! Wie tragisch! Mikroskopische Ungenauigkeiten im Gewebe; nur einen Millimeter Unterschied, und die Kugel wäre sicher aufgehalten worden. Der Richter und der frühere Botschafter hatten ihr beide geraten, den amerikanischen Hersteller der Weste zu verklagen; natürlich würden sie sie dabei unterstützen. Der Polizeichef hatte sie gefragt, was sie über Tacho wisse. Ob sie ihm vertraue, hatte er wissen wollen. Alegría log und nannte Tacho absolut loyal und vertrauenswürdig. Sie brauchte Zeit und wollte nicht, daß der General oder der Polizeichef begannen, Tacho zu verdächtigen und eine neue Untersuchung einzuleiten. Sie hatte keinen Menardo mehr an ihrer Seite, der schädliche Berichte über ihre ehemaligen politischen Verbindungen abfing, zensierte oder vernichtete. Die gute Seele – Menardo hatte ihr geglaubt, als sie ihre politischen Aktivitäten der »Dummheit und Unerfahrenheit ihrer Jugend« zugeschrieben hatte; die anderen würden ihr das allerdings niemals glauben.

SO STERBEN KAPITALISTEN

Letzten Endes aber war es Bartolomeo, der Alegría am meisten gehaßt hatte – mehr als die Frauen des Country Clubs oder Menardos Geschäftsfreunde. Alegrías Herz hatte einen Moment ausgesetzt, als sie sah, daß die Auffahrt von Flugblättern bedeckt war. Bartolomeo hatte keine Zeit verloren. Auf den Flugblättern befand sich eine Fotokopie der Titelseite der Zeitung mit dem Foto von Menardos Körper, der in seiner eigenen Blutlache lag. *So sterben Kapitalisten*, stand auf den Flugblättern.

Alegría fühlte in ihrem ganzen Körper ein merkwürdiges Beben; sie fürchtete, ohnmächtig zu werden. Ihr Mund war trocken und ihre Handflächen kalt und feucht. Dieser Bastard Bartolomeo hatte sie alle hintergangen. Er wollte sie und die Indianer in den Bergen vernichten. Alegría hatte nie zuvor einen so gewaltigen und reinen Haß verspürt. Am Ende arbeitete dieser elende Kubaner gar für die CIA. Alegría wollte ihn langsam umbringen, wollte spüren, wie er unter ihren Händen starb, während sein Fleisch zitterte und klamm wurde. Sie würde tief durchatmen und den Gestank seines Blutes und seiner Scheiße, den süßen Duft seiner Todesangst triumphierend in sich aufnehmen. So starben Lügner wie Bartolomeo.

Die Flugblätter waren über ganz Tuxtla verteilt worden. Der Polizeichef und General J. waren zurückgekehrt und hatten begonnen, Alegría Fragen zu stellen. Sie durchsuchten die Garage, in der Tacho geschlafen hatte, fanden jedoch nichts. Der Indianer hatte alle seine Sachen entfernt und den Raum ausgefegt. Alegría suchte die Krone des großen Baumes ab, doch sie sah keine Macaws. Der Indianer und seine blaugelben *wacahs* waren verschwunden.

Tacho hatte Menardos Tod völlig überrascht. Zudem war ihm die Sache peinlich, weil er erkennen mußte, daß auch er sich auf die kugelsichere Weste verlassen hatte. Vielleicht nicht so sehr wie Menardo, aber dennoch hatte er sich ebenso zum Narren gemacht wie alle anderen. Tacho hatte die Pistole, die Menardo ihm hingehalten hatte, nicht nehmen wollen, Weste hin, Weste her. Er hatte befürchtet, die Weste zu verfehlen, vorbeizuschießen und den Boss ins Gesicht oder ins Knie zu treffen. Das war der Grund, warum Tacho näher herangetreten war, über die Linie hinaus, die Menardo ihm mit dem Absatz in den Dreck gezogen hatte. Tacho hatte sich bemüht, genau zu zielen, auch wenn Menardo zu dumm gewesen war, um die Gefahr zu erkennen. Während Menardo ungeduldig die Ankunft seiner Schießklubfreunde beobachtet hatte, war Tacho nähergekommen. Die Wagen und Begleitfahrzeuge hatten eine kleine Prozession gebildet. Sie alle hatten Angst und glaubten, ihre Stärke liege in ihrer Anzahl.

Tacho hatte nicht schießen wollen, weil er wußte, daß Weiße es nicht gern sahen, wenn ein Indianer auf einen Mestizen schoß, es sei denn, *sie* hatten *selbst* den Befehl dazu gegeben. Schließlich könnten die Indianer auf dumme Gedanken kommen und dazu übergehen, statt auf Mestizen auf Weiße zu schießen. Tacho hatte geduldig hinter dem Lenkrad des Mercedes gesessen, während die Sanitäter und immer mehr Polizisten und neugierige Golfspieler sich um Menardos Körper gedrängt hatten. Tacho fühlte sich ruhig und entspannt. Wie seltsam, wo er doch gerade seinen langjährigen Arbeitgeber erschossen hatte. Menardo hatte verlangt, daß Tacho auf ihn schoß. Das war die Aussage, die Tacho bei der Polizei gemacht hatte. Alle Augenzeugen bestätigten dies. Menardo hatte dem Chauffeur mehr als einmal befohlen, zu feuern.

Später, nachdem die Polizei ihre Untersuchungen abgeschlossen hatte, fuhr Tacho die lange Route nach Hause, genau wie er und der Boss es früher an diesem Morgen besprochen hatten. Jetzt war der Boss tot. Sie hatten zum letztenmal sichere Routen in die Innenstadt besprochen. Zum letztenmal hatte der Boss seinem heuchlerischen Weib einen Abschiedskuß gegeben und die Haustür seines Hauses zugezogen. Ein letztes Mal hatte Menardo nach oben in den Himmel geblickt, genau in dem Moment, in dem er gestorben war.

Zum letztenmal lenkte Tacho den Mercedes langsam an den

obskuren Gassen und Straßenecken der Innenstadt vorbei, die
Menardo in seinen Alpträumen gesehen hatte, in denen sich
Jeepladungen voller Attentäter im Auftrag des Generals mit
Lastwagenladungen voller Attentäter im Auftrag des Polizeichefs
oder linker Terroristen abgewechselt hatten. Tacho mußte lachen.
Keinem von ihnen hatte Menardo vertrauen können, und er hätte auch seiner neuen Frau niemals vertrauen dürfen. Tacho fand,
daß es eigentlich recht lustig war: In gewisser Hinsicht hatte er,
Tacho, Menardo die größte Loyalität entgegengebracht, und doch
war es soweit gekommen. Nichts hätte Menardo retten können.

Tacho erinnerte sich an die Diskussionen der Leute in den
Dörfern über den Untergang der Weißen. Die alten Propheten waren darin unerbittlich. Das Verschwinden der Weißen
würde nicht unbedingt durch militärische Aktionen herbeigeführt werden, zumindest nicht durch militärische Aktionen allein.
Vielmehr würden die Weißen eines Tages von ganz allein verschwinden. Auf der geistigen Ebene hatte dieses Verschwinden
bereits begonnen.

Die Kräfte waren unbarmherzig. Eine große Zahl von Menschen würde leiden und sterben müssen. Alle Ideale und Anschauungen der Europäer würden langsam vergehen und schließlich
verschwinden. Viele solche Narren wie Menardo würden ebenfalls sterben bei dem Versuch, so zu tun, als seien sie Weiße, und
nur die Stärksten würden überleben. Der Rest würde zu Tausenden zusammen mit den anderen sterben. Das Verschwinden würde jahrhundertelang andauern und gewaltige Migrationsbewegungen von Kontinent zu Kontinent mit sich ziehen.

Tacho hatte den Mercedes in der Auffahrt geparkt und die
Schlüssel der Köchin übergeben. Ihr teilte er auch mit, daß er
fortging. Er machte sich gar nicht erst die Mühe, sie vor Gesprächen mit der Polizei zu warnen, weil man sie foltern würde, wenn
sie sich weigerte. Tacho packte seine Sachen. Als er auf dem
Boden ein Leintuch für das Bettzeug ausbreitete, spürte er, daß er
in etwas Kühlem und Feuchtem kniete. Blut sickerte aus der Mitte seines zusammengerollten Bettzeugs, in dem er das Geisterbündel aufbewahrte. Tacho fühlte, daß er ohnmächtig zu werden
drohte, aber draußen vor der Tür schrien die großen Macaws, die
mit den Köpfen nach unten im Baum hingen. Der männliche

Macaw erklärte Tacho, daß ganz Amerika von wilden Kräften beherrscht werde und daß die Heiligen, die Geister und die Götter der Europäer auf amerikanischem Boden machtlos waren.

Die Geister der Macaws und des Opals hatten Tacho auserwählt; und was auch immer geschah, er mußte sie wie eine Ehefrau mit sich nehmen. Tacho hatte etwas von dem Blut mit einem Taschentuch aufgesaugt, um es seinem Bruder zu zeigen. El Feo oder einige der anderen, die die Weihe noch von den alten Priestern erhalten hatten, wußten vielleicht mehr über ein Bündel wie dieses. Alle Geister tranken das Blut, das ihnen dargebracht wurde. Aber woher war das Blut gekommen, das aus dem Bündel geflossen war?

Das ungeborene Kind trank das Blut der Mutter, die ungeborenen Küken ernährten sich durch feine Blutäderchen im Inneren des Eis. Auch die Geister der Berge verlangten ihren Anteil; und wenn die Menschen ihnen nicht freiwillig ihre Opfer darbrachten, zitterten und schüttelten sich die Berge vor Schmerz und Zorn. Die Körper der Toten, die nach Frontalzusammenstößen auf verschlungenen Bergstraßen verstreut lagen, lieferten Blut, um die wütenden Berggeister zu besänftigen. Bestimmten Kurven auf den Bergstraßen waren nicht nur Schreine und Altäre gewidmet worden, sondern auch besondere Festtage, die die Geister, die diese Kurven oder Kreuzungen bewohnten, friedfertig stimmen sollten.

Blut: Sogar die kugelsichere Weste wollte ein wenig davon. Messer, Gewehre und sogar Automobile besaßen »Energien«, die von Zeit zu Zeit nach Blut dürsteten. Tacho hatte Dutzende von Geschichten gehört, an die gute Christen nicht glauben durften. Geschichten über Menschen, die von ihren eigenen Besen, Töpfen und Tellern geschlagen, manchmal sogar getötet worden waren. Kluge Hausfrauen »speisten« ihre Messer, Scheren und andere scharfe oder gefährliche Haushaltsgegenstände mit Ziegen- oder Schweineblut. Sogar das Feuer mußte mit dem ersten bißchen Teig oder Fett gespeist werden, sonst würde es früher oder später den Koch oder die Köchin verbrennen oder aufflackern und die Küche in Brand setzen. Flugzeuge, Düsenjets und Raketen zeigten bereits Fehlfunktionen, sie stießen zusammen und explodierten. Die Elektrizität gehorchte dem weißen

Mann nicht mehr. Die Macawgeister erzählten, daß die Große Schlange die Elektrizität beherrsche. Die Macaws beherrschten das Feuer.

DIESER KUBANER SOLLTE NACH KUBA ZURÜCKKEHREN

El Feo und Angelita hatten sich permanent zwischen dem Dorf und El Feos Lager hoch in den Bergen hin- und herbewegt, wo sie außerhalb der Reichweite von Polizei- und Militärpatrouillen waren, die nach illegalen Flüchtlingen aus El Salvador, Guatemala und anderen Orten im Süden Ausschau hielten. Der mexikanische Präsident hatte den Notstand ausgerufen, als Tausende und Abertausende von Kriegsflüchtlingen über Mexikos südliche Grenzen ins Land zu strömen begannen. Die Vereinigten Staaten verlangten, daß Mexiko die Flüchtlinge aufhalten sollte. Gerüchte kursierten, daß entlang der gesamten US-Grenze getarnte amerikanische Panzer stationiert seien; andere Gerüchte beschuldigten den mexikanischen Präsidenten und sein Kabinett, seit ihrer Kindergartenzeit Agenten für die amerikanische CIA zu sein. Die hellhaarigen Söhne der mexikanischen Oberschicht hatten ihre Erziehung an Elite-Universitäten im Osten der USA erhalten, damit die Marionetten sich dort auf ihre zukünftigen Jobs vorbereiten konnten. Die Gerüchte verbreiteten die Unruhe wie der Wind einen Steppenbrand. Als die Aufständischen Polizeikräfte erschossen, die in Juárez und Tijuana US-amerikanische Fabriken bewachten, bot der amerikanische Präsident dem mexikanischen Präsidenten militärische Hilfe an. Dieser lehnte die angebotene Unterstützung ab, bis die Rebellen schließlich Stromleitungen in die Luft jagten, die ganz Guadalajara und den größten Teil des Bundesdistrikts in Dunkelheit hüllten.

Immer wenn er sich die Zeitungen oder das Satellitenfernsehen ansah, mußte El Feo lachen, weil die Regierung glaubte, daß die Saboteure, die Aufständischen und die Plünderer Teil einer einzelnen Gruppe oder Organisation seien. Die Regierung wünschte sich solche Gruppen, weil sie hoffte, deren Anführer umlegen oder bestechen zu können. Diesmal aber würden die Dinge ganz anders laufen, weil die Menschen nicht mehr an Führer glaubten. Sie hatten begonnen, sich spontan zusammenzufinden und sich ebenso zu bewegen wie ein Mob oder eine Herde, die sich instinktiv sammelt und ebenso plötzlich wieder auflöst. Die Massen der Menschen in Asien, Afrika und in Amerika glaubten nicht länger an sogenannte »gewählte« Anführer; sie hörten auf seltsame Stimmen in ihrem Inneren. Obwohl es nur wenige zugeben würden, waren die Stimmen, die sie hörten, Stimmen aus der Vergangenheit, Stimmen aus ihren frühesten Erinnerungen, Stimmen aus Alpträumen und süßen Träumen, Stimmen ihrer Vorfahren.

Überall auf der Welt gab es solche, die lauschten und warteten, isoliert und einsam, verachtete Außenseiter der Welt. Zuerst würden die Lichter ausgehen – ob durch Dynamit oder Erdbeben, spielte keine Rolle. Alle Anlagen zur Erzeugung von elektrischem Strom würden zerstört werden. Die Dunkelheit war die Gasse der Armen. Ein Aufstand würde den nächsten entfachen. El Feo glaubte nicht an politische Parteien, Ideologien oder Regeln. El Feo glaubte an das Land. Mit der Rückgewinnung des indianischen Landes würde auch die Gerechtigkeit zurückgewonnen werden, gefolgt vom Frieden. El Feo überließ die Politik lieber Angelita, die die Intrigen und Rivalitäten unter ihren sogenannten Freunden genoß. Worauf es ankam, war, daß sie die Waffen und Versorgungsgüter erhielten, welche die Menschen benötigten, um das Land wieder in Besitz zu nehmen. Deshalb hatte Angelita alle belogen – die USA, Kuba, Deutschland und Japan. Zu ihren afrikanischen Freunden aber waren sie aufrichtig. Hier logen sie nicht, weil die Afrikaner tribale Menschen waren, die sich von den Europäern einen ganzen Kontinent zurückgeholt hatten. Für alle anderen waren sie die armen, um ihre Existenz ringenden Indianer. Wenn Angelita mit den Deutschen oder den Hollywood-Aktivisten sprach, erzählte sie, die Indianer bekämpften multinationale Konzerne, welche die Regenwälder zerstörten; wenn sie mit den Japanern oder dem amerikanischen Militär verhandelte, dann bekämpften die Indianer den Kommunismus. Was immer ihre »Freunde« hören wollten, war ihr Motto. Die schlimmsten Feinde der Indianer waren die Missionare, die ihnen Bibeln schickten statt Waffen und »Selig sind die Armen« predigten. Missionare waren die Handlanger und Schnüffler der Regierung. Sie warnten die Menschen in den Dörfern vor den Schrecken der Revolution und des Kommunismus. Sie warnten die Menschen, sich nicht mit Geisterwesen einzulassen.

Bartolomeo hatte das Fehlen von Arbeitsgruppen und Abendkursen für die Erwachsenenbildung beklagt. Er hatte eine ganze Reihe von Klagen, die er »schwerwiegend« nannte. Neben ihrer Unfähigkeit, marxistische Unterweisungen und Studiergruppen einzurichten, gab es noch weitere beunruhigende Aspekte. Bartolomeo hatte in der gesamten Region seine eigenen Untersuchungen durchgeführt. Er hatte sich zur Abwechslung einmal mit einigen *guten Indianern* unterhalten und nicht mit *heimtückischen Tribalisten*. Angelita tat, als falle ihr seine Wortwahl gar nicht auf. Seit seiner Ankunft am Anfang der Woche hatte Bartolomeo in ihren Unterlagen und Tagebüchern herumgeschnüffelt. Er hatte darauf bestanden, El Feo bei seinen Runden durch die entlegenen Dörfer zu begleiten. Als die beiden von ihren Fahrten zurückgekehrt waren, ließ El Feos verkrampfte Körperhaltung Angelita Böses ahnen. El Feo weigerte sich, Bartolomeo auch nur anzusehen. Er tobte vor Wut. Was immer auch geschehen sein mochte, Bartolomeo hatte damit zu tun.

Bartolomeo hielt sich inzwischen für einen politischen Experten. Noch einen ideologischen Sieg hier oben, und er war sich sicher, daß das Zentralkomitee in Havanna ihn mit einer Beförderung und einem Posten in Mexico City auszeichnen würde. Bartolomeo war die entlegenen Indianerlager leid. Noch satter hatte er das bourgeoise Tuxtla und die verlogenen, reichen Mistweiber mit ihren knochigen Ärschen – wie Alegría, diese Hure! Bartolomeo wußte, daß er zu Höherem berufen war; er war fast bereit für seine triumphale Rückkehr in die Hauptstadt.

Bartolomeo kommandierte jeden herum, der in die Reichweite seines lauten, kubanischen Mundwerks kam. Befehle! Befehle! Aber diese Dorfmenschen hatten sich zusammengefunden, weil sie die großen Bosse und die Befehle satt hatten. Bartolomeo hatte die Indianer nie verstanden. Eine Gruppe Frauen aus dem Dorf hatte Commander Bartolomeo geraten, sich seine

Befehle in den Arsch zu stecken. Daraufhin hatte Bartolomeo den Disziplinarausschuß einberufen, um die Missetäterinnen zu bestrafen.

Diese Kriegerinnen bestrafen? Angelita lachte. Der Kubaner sollte besser nach Kuba zurückkehren; und von dort könnten die Europäer gleich ins Land ihrer Vorfahren zurückgehen.

»Diese Armee gehört dem Volk, erinnerst du dich?« sagte sie zu Bartolomeo. Es bereitete ihr Vergnügen, zuzusehen, wie sein Zorn wuchs. Bartolomeo bedeutete ihr und El Feo, ihm in das Zelt zu folgen, das ihnen als Büro diente. Im Inneren reichte El Feo Angelita ein rosafarbenes Flugblatt, das er aus seinem T-Shirt gezogen hatte.

»Das hier ist in der letzten Nacht in ganz Tuxtla verstreut worden.« Das Flugblatt war eine dunkle, verschmierte Kopie des Zeitungsfotos von Menardos Leiche. »Du weißt, was das für Tacho bedeutet«, sagte Angelita mit einem leisen, zornigen Flüstern.

Bartolomeo machte eine Handbewegung, als wolle er ihre Worte fortwischen. Menardos Tod war bereits als Unfall eingestuft worden. »Tacho mußte ohnehin von dort verschwinden. Seine Tarnung wäre bald aufgeflogen.«

»Woher willst du das wissen? Wer hat dir das gesagt?« El Feo war wütend. Bartolomeo blickte nicht einmal auf. Er hatte einen Stapel unausgefüllter Kaderberichte durchgeblättert, die fertigzustellen sich die Kaderführer El Feo und Angelita geweigert hatten.

Bartolomeo sprach immer weiter. Das Komitee in Mexico City habe schon früher Warnungen geschickt. Bla, bla, bla! Wenn Angelita und El Feo und die anderen die Berichte über ihre Aktivitäten nicht anfertigten, habe Bartolomeo keine andere Wahl, als sie erneut zu melden. Andere Stämme befolgten die Vorgaben des Komitees bezüglich der Berichte. Eine weitere negative Meldung würde eine automatische Sperre der wertvollen kubanischen Hilfe nach sich ziehen; und was noch schlimmer war, diese Information würde auch zu allen anderen »Freunden der Indianer« durchdringen und dazu führen, daß sie die Unterstützung einstellten. »Ich hatte euch schon die ganze Zeit im Verdacht«, fuhr Bartolomeo fort. Angelita dachte bei sich: »Das war's. Adiós,

Bartolomeo, du bist bereits ein toter Kubaner.« Und während Bartolomeo weiterschwatzte, entwarf Angelita ihre Pläne. Sie würden Bartolomeo vor einer Volksversammlung der Verbrechen gegen die Revolution anklagen, insbesondere der Verbrechen gegen die Geschichte der Indianer Amerikas. Seine Verbrechen bestanden in der Verleugnung und der versuchten Auslöschung tribaler Geschichte. Bartolomeo fuhr mit der Aufzählung seiner Verdächtigungen und Anschuldigungen fort. Die Kubaner hätten unbestätigte Berichte darüber erhalten, daß diese Bergdörfer Brutstätten von Tribalismus und indianischer Religion seien. Doch der Marxismus dulde solchen primitiven Hokuspokus nicht.

»*Wir*? *Wir* doch nicht! Eure Spione sind *Lügner*! *Wir* sind Internationalisten, keine Tribalisten!« widersprach Angelita heftig. Sie dachte an all die »Freunde der Indianer«, die ihnen aus der ganzen Welt Hilfsmittel geschickt hatten. Von einem verrückten deutschen Industriellen, der wollte, daß die amerikanischen Indianer ihr Land zurückeroberten, hatten sie Millionen erhalten. Millionen kamen jedes Jahr auch von japanischen Geschäftsleuten, die sich auf jede mögliche Weise für Hiroshima und Nagasaki rächen wollten. Sie waren wirklich Internationalisten! Tribale Internationalisten! Sie wollten die Kubaner so lange wie möglich über ihre wahren Ziele im Dunkeln belassen. Sie wollten, daß die Hilfsleistungen weiter an die Armee des Volkes flossen. »Verhaftet diesen Mann!« hatte Angelita im Stammesdialekt ausgerufen, damit Bartolomeo keinen Fluchtversuch unternahm. Er stöhnte noch immer über die Stapel mit unausgefüllten Formblättern und Berichten, als die Krieger ihn an beiden Armen packten.

Repräsentanten und Bewohner der Bergdörfer waren mit besten Grüßen von der kubanischen Volksrevolution zu chinesischer Orangenlimonade und geröstetem Mais eingeladen worden. Dorfversammlungen waren traditionsgemäß gute Anlässe, um örtliche Streitereien beizulegen und blutige Fehden zu verhindern. Die Versammlung war einberufen worden, um die Leute über die jüngsten Entwicklungen zu informieren. Zum Glück würden einige Tage vergehen, ehe die Polizeibehörden auf die pinkfarbenen Flugblätter reagieren und die Untersuchungen zu Menardos Unfall wiederaufnehmen würden.

Bartolomeo bat um sein Leben; die Flugblätter seien bedeutungslos, meinte er, sie übernähmen keine Verantwortung für Menardos Tod, den die Behörden zum Unfall erklärt hatten. Bartolomeo leugnete, ein Doppelagent zu sein. Er leugnete, zur CIA zu gehören. Die Flugblätter könnten nicht in die Dörfer zurückverfolgt werden. Sie seien lediglich ein Beitrag zur »Umerziehung« der Bevölkerung gewesen. El Feo schüttelte den Kopf und verließ das Zelt, um die Versammlung einzuberufen. »Es gibt noch eine viel schwerwiegendere Anklage«, sagte Angelita. »Du hast dich der Verbrechen gegen die Geschichte schuldig gemacht, ganz besonders der Verbrechen gegen die tribale Geschichte.«

»Das könnt ihr nicht machen! Ihr seid verrückt! Das Komitee ...«

»Das Komitee? Was glaubst du eigentlich, warum sie dich hierhergeschickt haben?« Angelita lächelte. Die Anklagen gegen Bartolomeo stimmten sie nostalgisch. Sie erinnerte sich daran, wie sie ihn zum erstenmal gesehen hatte. Er hatte so gut ausgesehen mit seinen braunen Augen und dem hellbraunen Haar. Im Schlafzimmer hatte sie festgestellt, daß sein Körper ebenso schön war. Wie schade! Doch der Nutzen des Genossen Bartolomeo hatte sich erschöpft. Es würde keine kostenlose chinesische Limonade oder russische Panzerabwehrraketen aus Kuba mehr geben; aber die Auslandshilfe der Marxisten war ohnehin am Vertrocknen. Angelita sah zu den Leuten hinaus, die wegen des kostenlosen Popcorns und der Limonade zur Versammlung gekommen waren. Was würden sie denken? Auf den meisten Dorfversammlungen hatten sie Diskussionen über den Bezug von weiteren »Geschenken« der »Indianerfreunde« geführt. El Feo und die anderen waren noch immer damit beschäftigt, die Lautsprecher an die Wagenbatterien anzuschließen, während sich die Spätankömmlinge in die Limonadenschlange einreihten oder über den Markt schlenderten, auf dem eine rege Geschäftigkeit herrschte.

ANGELITA LA ESCAPÍA ERLÄUTERT MARX UND ENGELS

Genossin Angelita schritt zum Mikrofon und erklärte, sie habe keine Angst davor, über alles zu sprechen, was die Leute wissen wollten. Sie habe keine Geheimnisse und nichts zu verbergen. Es gab also nichts, worüber man nervös sein mußte; es gab nichts, über das sie nicht reden konnten. Versuchte die Genossin Angelita die Dörfer dazu zu bringen, sich mit den Kubanern zu verbünden? Wieviel bezahlten ihr die Kubaner? Hatten sie ihr japanische Motorräder versprochen? Was war mit Kettensägen? War der Kommunismus nicht gottlos? Wie konnte dann eine Geschichte, die so voller Geister war, ohne Götter existieren? Was war mit ihr und dem Weißen, Bartolomeo? Auf Fragen, die ihr Privatleben betrafen, schnappte Angelita blitzschnell zurück: »Was ist damit?« und preßte dabei die Kinnlade so fest zusammen, daß der Fragesteller oder die Fragestellerin es nicht mehr wagte, noch einmal den Mund aufzumachen. Genosse Bartolomeo, erklärte sie, stehe unter Arrest und werde wegen Verrats an der Revolution und schwerer Verbrechen gegen die Geschichte vor Gericht gestellt.

»Zum Verräter Bartolomeo kommen wir später«, begann Angelita ihren Vortrag.« Man hat mich gefragt, wer dieser Marx eigentlich ist. Man hat mich gefragt, was Worte wie *Kommunismus* und *Geschichte* eigentlich bedeuten. Heute werde ich euch erzählen, welchen Nutzen dieser weiße Mann Marx für uns hier in unseren Bergdörfern hat!«

Aber über eines, erklärte Angelita, dürfe es von Anfang an kein Mißverständnis geben: Es kam auf nichts anderes an, als auf die Rückgewinnung des indianischen Landes. Angelita machte eine Pause, um einen Schluck Orangenlimonade zu trinken, und suchte die Menge nach ihren »älteren Schwestern« ab. Die »älteren Schwestern« hatten sich darüber beklagt, daß Angelita sich selbst kaum von einem Missionar unterscheide, weil sie ständig vom politischen Popanz der Weißen rede, sich aber nie die Mühe mache, zu erklären, was sie damit meinte.

»Sollen wir einfach alles glauben, was du sagst?« hatten die älteren Schwestern Angelita geneckt.

»Ist dieser Marx ein zweiter Jesus?« Witze über Angelitas Liebesaffäre hatten die Runde gemacht – nicht mit Bartolomeo oder El Feo, sondern mit Marx, einem ziegenbärtigen alten Weißen. Die älteren Schwestern lachten; das war die Gefahr dabei, wenn man sich Fotos ansah. Ein Schimmer der Seele des alten Mannes war dort festgehalten worden, in den Augen seines Abbildes auf Papier. Angelita hätte vorsichtiger sein müssen, meinten die älteren Schwestern. Jeder kannte die Geschichten von Leuten, die von Fotografien völlig fremder Menschen verzaubert worden waren – von Menschen, die schon lange tot und von der Erde verschwunden waren, bis auf einen kleinen Lichtschimmer ihres Geistes, der in der Fotografie zurückgeblieben war.

Es war Zeit, reinen Tisch zu machen, besonders jetzt, da Bartolomeo von den Menschen gerichtet werden sollte. Angelita stellte die leere Limonadenflasche neben ihre Füße und zog den Mikrofonständer zu sich heran. Sie warf einen Blick auf die älteren Schwestern, die ganz hinten in der Menge standen. Sie nickten ihr zu, und Angelita holte tief Luft und begann: »Ich weiß, daß es Gerüchte, Gerede und Spekulationen über mich gibt. Ich habe dazu nichts zu sagen, außer, daß jeder Atemzug, jeder Schlag meines Herzens der Rückgewinnung des Landes gilt.« Die Teenagergruppen riefen und pfiffen, Jungen wie Mädchen; Hunde bellten, und die Menge applaudierte.

Selbst wenn sie sich über nichts einigen konnten, waren sie dennoch einhellig der Meinung, daß das Land ihnen gehörte. Stammesrivalitäten und selbst Grenzstreitigkeiten zwischen den Dörfern drehten sich häufig um Land, das sie an die europäischen Eindringlinge verloren hatten. Wenn sie sich das Land der indigenen Menschen Amerikas erst einmal zurückgeholt hatten, würde es für jeden, der versprach, alle Wesen zu respektieren und niemandem Leid zuzufügen, genügend Raum, genügend Weide- und Farmland und Wasser geben. »Wir sind die Armee zur Rückgewinnung unseres Landes. Unsere Armee ist nur eine von vielen auf dieser Welt, die sich im Stillen vorbereiten. Die Geister der Vorfahren sprechen in Träumen. Wir warten. Wir warten einfach auf die bereits freigesetzten natürlichen Kräfte der Erde, auf die explodierende, zornige Kraft all der toten

Sklaven und Ahnen, die in Amerika umgehen. Wir bereiten uns vor und warten auf die Flutwelle der Geschichte, die uns mit sich reißen wird. Die Leute haben mir Fragen über Ideologien gestellt. Sind wir *dies* oder sind wir *das*? Folgen wir Marx? Es wird weder eine weiße Religion, noch irgend etwas anderes geben, *bevor wir uns nicht das Land zurückgeholt haben!* Wir müssen Mutter Erde vor der Zerstörung bewahren.« Die Teenagerarmee jubelte, und sogar einige der älteren Leute applaudierten.

»Und jetzt möchte ich euch ein wenig über mich selbst erzählen, denn es kursieren viele Gerüchte, Gerüchte über mich und den Marxismus. Gerüchte über mich und den Geist von Karl Marx!« Gelächter und Applaus war aufgekommen, doch Angelita hatte nicht innegehalten. »Ich werde euch erzählen, was ich über Marx weiß. Von seinen Anhängern und allem, was damit zusammenhängt, weiß ich nichts. Dies ist eine persönliche Sache, aber die Leute wollen wissen, was ich denke und ob ich eine Marxistin bin.« Angelita schüttelte den Kopf.

»Marxisten wollen kein indianisches Land zurückgeben. Wir sagen, zur Hölle mit allen Marxisten, die sich gegen die Rückgabe von Stammesland stellen!« Die Aktivitäten auf dem Markt waren ruhiger geworden, während Angelita sich in Schwung geredet hatte; die Menschen hörten ihr aufmerksamer zu. Angelita konnte El Feo und die anderen erkennen, die sich einen Weg durch die Menge bahnten und unter den Leuten nach Freiwilligen suchten, die Soldaten der Volksarmee versorgen oder bei sich beherbergen konnten. »Zur Hölle mit den Marxisten! Zur Hölle mit den Kapitalisten! Zur Hölle mit den Weißen! Wir wollen unsere Mutter, das Land!«

Den weißen Mann zu verfluchen und kostenlose Limonade zu trinken, versetzte die Menschen in Feierstimmung. Sie waren daran gewöhnt, dorfpolitischen Diskussionen zuzuhören, die tagelang andauerten. »Marxismus ist eine Sache! Marx, *der Mensch*, eine andere«, waren Angelitas Worte, mit denen sie die Verteidigung von Marx begann. Die sogenannten Schüler von Marx hatten seinem Namen oft Schande bereitet, ebenso wie Jesus durch die Verbrechen seiner angeblichen »Nachfolger« entehrt wurde, den Päpsten der katholischen Kirche.

Angelita verkündete, sie werde mit ihren ersten Jahren in der

Missionsschule an der Küste beginnen, in der sie den Namen
zum erstenmal gehört hatte. Die alten kastilischen Nonnen an
der Missionsschule hatten Marx als den Teufel bezeichnet. Sie
hatten Marx, den Buhmann, hervorgeholt, wenn es galt, den
Schülern Angst einzujagen, wenn die älteren Schüler sich weigerten, nach den Hausaufgaben noch weitere Tätigkeiten zu
verrichten – kostenlose Arbeit für die katholische Kirche. Als
erklärter Feind der Priester und Nonnen, der Baptisten und der
Heiligen der letzten Tage, als Feind aller Missionare, *mußte*
dieser Marx Angelitas Verbündeter sein! Das hatte sie instinktiv
verstanden, ebenso wie sie wußte, daß auch die Geschichte der
alten Nonnen über den mildtätigen und sanften Quetzalquoatl
völlig falsch war. Die Nonnen hatten den Kindern beigebracht,
daß Quetzalquoatl, der Morgenstern, in Wirklichkeit Luzifer sei,
jener Teufel, den Gott aus dem Himmel geworfen hatte. Die
Nonnen hatten die Kinder mit der Geschichte von der Schlange
im Paradies in Angst und Schrecken versetzt, um ihnen die
Verehrung von Quetzalquoatl auszutreiben.

Angelita machte eine Pause, um die Reaktionen der Leute zu
prüfen. Den Spionen der Bundespolizei oder der Armee würden
die Batterien ihrer kleinen Rekorder ausgehen, bevor sie fertig
war. Die Einheiten ihrer Volksarmee konnten das Dorf ohnehin
innerhalb von wenigen Minuten evakuieren. Zur Hölle mit den
Christen! Zur Hölle mit der Polizei und der Armee! Angelita
kümmerte es nicht. Lebend würden sie sie nicht zu fassen
bekommen. Doch bevor sie starb, mußte sie den Menschen in
den Dörfern von Marx erzählen, der anders war als alle weißen
Männer seit Jesus. Doch im Augenblick galt – zur Hölle mit den
kubanischen Marxisten und ihrem europäischen Totalitarismus.

Marx hatte sich von der Lektüre über gewisse indianische
Gesellschaften in Amerika inspirieren lassen, obwohl er als Europäer natürlich eine Menge mißverstanden hatte. Er hatte von
Gesellschaften erfahren, in denen entweder alle zu essen hatten
oder alle zusammen hungerten und kein Wesen über einem
anderen stand, alle standen auf einer Stufe – Stein, Insekt,
Mensch, Fluß oder Blume. Alles war voneinander abhängig; und
die Vernichtung des einen schädigte alle anderen.

Marx verstand, was die tribalen Menschen schon immer

gewußt hatten: Der Schöpfer oder die Schöpferin eines Werks übertrugen einen Teil von sich selbst in jedes geschaffene Objekt. Ein Funke des Lebens oder der Energie der Schöpfenden sprang selbst auf die gewöhnlichsten Dinge über. Marx verstand, daß der Wert eines Dinges aus der Hand der schöpfenden Kraft kam. Marx, der Jude, Abkömmling der Menschen der Wüste, Marx, der tribale Mensch, verstand, daß nichts Persönliches oder Individuelles wirklich eine Rolle spielte, weil kein Individuum ohne die anderen überleben konnte. Generation für Generation wurden Individuen geboren und verwandelten sich nach achtzig Jahren wieder zu Staub, doch in den Geschichten lebten die Menschen in den Vorstellungen und in den Herzen ihren Nachfahren weiter. Wo immer ihre Geschichten erzählt wurden, waren die Geister der Vorfahren anwesend und ihre Kraft war lebendig.

Marx, der Stammesmensch und Geschichtenerzähler; Marx mit seiner primitiven Verehrung für Arbeitergeschichten. Kein Wunder, daß die Europäer ihn haßten! Genau wie es ein Schamane getan hätte, hatte Marx offizielle Regierungsberichte über die Leiden der englischen Fabrikarbeiter gesammelt und fieberhaft daran gearbeitet, eine mächtige, ja sogar magische Geschichtensammlung zusammenzutragen. In der Wiedergabe der Arbeitergeschichten lag eine große Macht; die Arbeiter durften die Geschichten anderer Arbeiter niemals vergessen. Die Menschen kämpften nicht allein. Marx, mehr tribaler Jude als Europäer, wußte instinktiv, daß die Geschichten oder die »Geschichte« Triebkraft und Macht in sich bargen. Kein »offizieller Bericht« eines Fabrikinspektors konnte die Tränen, das Blut und den Schweiß übertünchen, die zwischen den schlichten Worten der Geschichten hervorglänzten.

Marx hatte verstanden, daß Geschichten lebendig sind, erfüllt von einer durch Worte erzeugten Energie. Wort für Wort veränderten die Geschichten von Leid, Schmerz und Tod den gegenwärtigen Moment, ergriffen Besitz von der Vorstellungskraft ihrer Zuhörer oder Leser, so daß diese für einen Moment in ihnen weilten und die Leiden der längst dahingegangenen Brüder und Schwestern empfanden. Die Worte der Geschichten füllten Räume mit einer immensen Energie, die in den Lebenden wilde Leidenschaft und das Verlangen nach Gerechtigkeit weckte.

Marx schrieb über Babys, die mit Opium betäubt waren, während ihre Mütter sechzehn Stunden in Seidenfabriken arbeiteten; und er schrieb mit dem geheimen Schmerz eines Vaters, der nicht in der Lage war, genügend Nahrung und Medizin zu beschaffen. Als Marx die Arbeit kleiner Kinder unter riesigen Webstühlen beschrieb, die Kinder in regelmäßigen Abständen zerquetschten und töteten, hatte er bereits selbst den Tod gesehen, der, hungrig nach seinen eigenen drei Kindern, vor seiner Tür herumschlich. Mit seiner fieberhaften Arbeit an den Geschichten über die abgemagerten, gelblichen Säuglinge und die verstümmelten Gliedmaßen der Kinder unternahm Marx den verzweifelten Versuch, die Geschichte jedes dieser Kinder aufzugreifen und ihren brutalen Ausgang abzuwenden, den die Leichenbeschauer und Fabrikinspektoren den Kindern der Armen attestierten. Seine eigenen Kinder starben langsam an Hunger, Kälte und fehlenden Medikamenten; und dennoch kehrte Marx Tag für Tag zu den amtlichen Dokumenten im Britischen Museum zurück. Hätte er ein Einkommen gehabt, hätte Marx seine Kinder vielleicht retten können, aber als Stammesmensch und Geschichtenerzähler hatte Marx das Leben seiner eigenen geliebten Kinder geopfert, um die Geschichten all der verhungerten und zerstükkelten Kinder zusammentragen zu können. Er hatte die große Macht, die diese Geschichten besaßen, gespürt – Macht, Millionen von Menschen anrühren zu können. Daß diese Macht den Geistern der Toten gehörte, hatte der bedauernswerte Marx nicht verstanden.

Die Menge hatte geduldig zugehört, denn es gab reichlich Orangenlimonade, und es sprach sich herum, daß die kubanischen »Ratgeber« von der Sorte Bartolomeos sehr bald selbst zur Geschichte gehören würden. Zweifelsohne jedoch waren die Flugblätter mit dem Bild von Menardo Breitnase Pansón, den man mit seiner eigenen Pistole erschossen hatte, das spannendste Thema für die Leute. Sie hatten Fragen zu den Flugblättern. Was war die Wahrheit? Der Tote auf dem Flugblatt war durch einen Unfall ums Leben gekommen; Menardo hatte selbst verlangt, daß man auf ihn schoß. Angelita schwenkte einen Stapel Flugblätter in der Hand. Mit einer dramatischen Geste riß sie sie in Stücke und warf sie wie Konfetti in die Luft. Die Flugblätter waren das Werk eines Feindes, der den guten Namen aller tribalen Menschen in den Bergen in den Schmutz gezogen hatte.

El Feo überließ die Politik Angelita, für die das Thema Marx wie ein Rausch war, selbst wenn sie bestritt, seine Verfechterin zu sein. El Feo hatte ihr seine Vermutung ins Gesicht gesagt: Irgendwie war sie von den Fotografien und Schriften von Marx und Engels verhext worden. El Feo hatte ihr zugehört, wie sie stundenlang von ihnen erzählte. Sie berichtete ihm von Engels' ausgeprägtem sexuellem Appetit.

Sie hatten bereits einige Male miteinander geschlafen, als El Feo sie mit ihren beiden anderen Liebhabern, Marx und Engels, geneckt hatte. Zuerst hatte er befürchtet, zu weit gegangen zu sein, denn Angelita hatte die Lippen fest zusammengepreßt und die Stirn gerunzelt. Doch El Feo hatte einfach weiter gegrinst und gekichert, um die Stimmung aufzulockern, und Angelita hatte sich wieder beruhigt. Sie war keine Marxistin; sie hatte ihre eigenen Vorstellungen von politischen Systemen, und diese hatten mit weißen Europäern nichts zu tun. Doch nachdem sie sich verteidigt hatte, zeigte sie El Feo einige Bücher mit Fotografien von Marx und Engels. Sie hatte lange geschwiegen, während sie auf die Fotos starrte. El Feo hatte sich in der Hängematte zurückgelehnt, um eine Zigarette zu rauchen und die wilde Frau zu betrachten. Nach langem Schweigen hatte Angelita ihm schließlich die Wahrheit gesagt. Als sie zum erstenmal eine Ausgabe des *Kapital* aufgeschlagen hatte, hatte die brennende Dunkelheit von Marx' Augen sie völlig verblüfft. Das Foto war entstanden, als er noch ein ganz junger Mann war. Sie gestand El Feo, daß sie bis zu dem Moment, als sie die Fotografie von Marx gesehen hatte, niemals ganz geglaubt hatte, was die Alten über das Fotografieren erzählten. Ein letzter Funke der Energie, die Marx und nur ihm allein gehört hatte, leuchtete noch immer in den brennenden Augen der Abbildung; die Ausstrahlung dieser Energie hatte sich vom Papier auf Angelita übertragen. Doch erst nachdem sie seine Geschichten gehört hatte, begann sie, Karl Marx zu lieben. Beide, El Feo und Angelita, hatten gelacht und die Köpfe geschüttelt. Angelita warnte ihn davor, ihre Unterhaltung weiterzugeben. Es gingen schon genug Gerüchte über ihre Liebhaber durchs Dorf. Sie brauchten keine Spekulationen über

Gespenster und Geister. Sie und ihre Armee konnten keine Gerüchte über Hexerei gebrauchen. Das mußten die Dorfkomitees den Leuten klarmachen: Die großzügige finanzielle Unterstützung würde so lange weiterfließen, wie die »Freunde der Indianer« zuversichtlich blieben. Gerüchte über Zauberei verunsicherten die Weißen. Das war eine Tatsache, mit der sie nun einmal leben mußten.

SEXUELLE RIVALEN

El Feo hatte noch nie mit einer so wunderbaren Frau wie Angelita geschlafen. Es war ihre Stärke, die ihn so erregte. Es hatte ihn erregt, ihr nur dabei zuzuhören, wie sie die Gründe für ihre Zurückhaltung gegenüber Marx und Engels darlegte. Auf ihren Schlafmatten in den Büschen, in die sie sich für »geheime Aktionen« zurückzogen, hatte El Feo sie auf sich gezogen.

»Aha! Das Gespräch über deine sexuellen Rivalen Marx und Engels hat dich also erregt«, sagte Angelita. El Feo konnte nur nicken, bevor er sein Gesicht zwischen ihren schweren, braunen Brüsten vergrub. Er stellte sich die Wärme des tiefen, dunklen Waldes im Frühsommerregen vor; er malte sich aus, wie er sich tiefer und tiefer in das Herz der Erde eingrub, bis er sich in der Ewigkeit verlor, wo breite Ströme in einen sanften Ozean flossen, der alle Wesen umfaßte, selbst Marx und Engels. El Feo fühlte die Gier dieser wilden Frau, die sich mit fest geschlossenen Augen in den imaginären Umarmungen des wilden Marx oder den sanften Liebkosungen der schwächeren Persönlichkeit Engels verlor. Zum Glück war El Feo nie eifersüchtig gewesen. Dies war eine der schlimmsten Seiten des Kubaners, der glaubte, daß Frauen zu seinem Privateigentum wurden, sobald sie einmal mit ihm geschlafen hatten.

In El Feos Augen war Bartolomeo ein völliger Versager, denn Gemeinschaftsleben bedeutete, alles gleich und gleich zu teilen. Bartolomeo hatte seine Vorliebe für bourgeoise Frauen nie aufgegeben. Er war verantwortlich für die Flugblätter mit der Abbildung von Menardos Leiche und der marxistischen Parole.

Bartolomeo hatte das Flugblatt gedruckt, weil Menardo Alegría zur gleichen Zeit gefickt hatte wie er selbst. Er hatte sie zuerst besessen, nicht ihr »Ehemann«. Bartolomeo dachte nur mit seinem Schwanz, und, kubanische Auslandshilfe hin oder her, die Volksarmee hatte auch ohne ein Spatzenhirn wie Bartolomeo genug Schwierigkeiten. El Feo war zu klug, um bei einer Frau wie Angelita das Glück erzwingen zu wollen. Obwohl er es gern gewußt hätte, hatte er nicht den Mut sie zu fragen, was Marx und Engels in ihrer Vorstellung genau taten.

Politik zahlte sich nicht aus. Am Ende blieb nur die Erde, und sie alle würden als Staub zu ihr zurückkehren. El Feo überließ Angelita die Bücher und die Politik, weil sie stark genug war, um all das Gift, wie Steuern, Behörden und die Existenz von Einzelstaaten, zu verdauen. El Feo selbst machte sich keine Gedanken. Die Geschichte ließ sich nicht aufhalten. Die Tage, Jahre und Jahrhunderte waren Geisterwesen, die durch das Universum reisten und immer wiederkehrten. Die Geister der Nacht und die Geister des Tages würden sich schon um die Menschen kümmern.

Die USA ließen es zu, daß große Vorräte an Weizen und Käse verrotteten. Im Fernsehen hatte El Feo sie gesehen – die Abfallberge, riesige Hügel aus weggeworfenem Nutzholz und Draht –, und sein Herz hatte dabei schneller geklopft, weil ihm klargeworden war, daß die Vereinigten Staaten eines Tages alles Geld ausgeben und das Land ausverkaufen, alles aus ihm herausholen würden, was nur möglich war. Am Ende würden die USA mittellos und bankrott dastehen und alles Wasser würde verbraucht sein. Dann würden die Menschen dabei zusehen, wie die europäischen Nachfahren über den Ozean in die Länder ihrer Vorväter zurückeilten.

El Feo konzentrierte seine ganze Energie auf einen Wunsch: das Land zurückzuerobern. Seine Aufgabe bestand darin, Angelita und die anderen daran zu erinnern, ihre Aufgabe nicht aus den Augen zu verlieren. Es hatte schon zu viele Maskeraden und Verkleidungen gegeben, zu oft hatten sich Polizisten als Guerillas getarnt, um arme Dorfbewohner in den Bergen abzuschlachten, während die Guerillas sich als Polizisten verkleideten, um Autofahrer auszurauben.

El Feo hatte genug Zeit vor dem Fernseher verbracht und die Auswirkungen des Fernsehens auf die Menschen beobachtet, um zu wissen, daß die Bürger sich niemals auf das verlassen durften, was sie im Fernsehen, aus den Zeitungen oder aus dem Radio erfuhren. Heutzutage waren die Politiker ausgebildete Schauspieler, und im Fernsehen verkleideten sich die Schauspieler mit falschen Bärten, schmutzigen Haaren und zerlumpten Kleidern als Undercoverpolizisten. Normale Bürger konnten sich einfach nicht mehr sicher sein, wer wer oder was was war. Einerlei ob es sich um Bauern oder Arbeiter handelte, auf Fernsehbilder war kein Verlaß. Nicht einmal Angelita oder El Feo selbst durfte man vertrauen, wenn sie im Fernsehen sprachen, weil elektronische Bilder so leicht manipulierbar waren.

El Feo hatte sich einen simplen und klaren Test ausgedacht, um festzustellen, ob die sogenannten »Volksanführer« wahre Anführer waren oder nur Betrüger, gesandt von machtgierigen Blutsaugern und Werwölfen. Der Test war einfach: Für wahre Anführer hatte die Rückgabe des Landes oberste Priorität. Weder Ausreden noch Verzögerungen, nicht einmal um einen Tag, durften die Menschen tolerieren. Sie hatte Vorrang noch selbst vor dem Begraben der Toten, denen das Warten nichts ausmachte, weil sie im Kampf um das Land gestorben waren. Bevor man daranging, Brücken und Straßen, die Stromversorgung oder Telefonleitungen wiederaufzubauen, mußte das Land an die Menschen zurückgegeben werden, deren Vorfahren es seit zwanzigtausend Jahren ununterbrochen bewohnt hatten. Große Sprüche und Versprechungen von kostenlosem Benzin, Stromgeneratoren, Kettensägen und Motorrädern – all das waren lediglich Ablenkungsmanöver, mit denen die falschen Anführer die unvorsichtigen Bürger hinters Licht führen wollten. An erster Stelle stand das Land. Ohne das Land brauchten sie keine Kettensägen oder Motorräder; ohne das Land gab es keinen Platz, um Stromgeneratoren oder Fernsehgeräte aufzustellen.

El Feo verstand, daß er für eine ganz bestimmte Aufgabe auserwählt worden war: Damit er die Leute daran erinnerte, ihr geliebtes Land nie aus den Augen zu verlieren. Er hatte sich angehört, wie Angelita ihm den an Marx, an der französischen Revolution und später an Rußland begangenen Verrat beschrieb.

Wahre Revolutionsführer würden Milliarden Morgen Land zurückgeben. Selbst Stadtmenschen würden die wahren Führer daran erkennen können, daß diese sofort sämtliche leerstehenden Apartments und Häuser in Besitz nahmen, um Unterkünfte für die Obdachlosen zu schaffen.

El Feo warnte die Menschen, sich vor den Schwätzern und Zauderern in acht zu nehmen; zuerst kam das Land, dann die Reden und die Ideologien. Das waren die Regeln. Anführer, die man bei Lügen oder Hinhaltemanövern erwischte, würden erschossen werden. Die Regeln waren einfach. Allen Jammerern in seiner Teenagerarmee sagte El Feo: »Haltet die Klappe! Und hört auf mit dem Gegreine! Wir sind geschickt worden, um uns das Land zurückzuholen. ›Reich‹ werden könnt ihr hinterher, wenn es sein muß.«

ANGEKLAGT DER VERBRECHEN
WIDER DIE TRIBALE GESCHICHTE

Bartolomeo konnte es nicht fassen. Er weigerte sich zu glauben, daß er vor dem Volkskomitee angeklagt werden sollte, das sich auf der Plaza versammelt hatte und die Orangenlimonade trank, die er organisiert hatte. Er, Bartolomeo, war so großzügig gewesen, ihnen die Waffen und anderen Mittel zu beschaffen, die sie verlangt hatten. Er, Bartolomeo, war oft genug ihr Fürsprecher gewesen, wenn kubanische Funktionäre die Hilfe für diese Bergdörfer hatten einstellen wollen. Bartolomeo hatte Angelita eindringlich angesehen, als wolle er sie an ihre langen, heißen Nachmittage im Bett erinnern. Angelita lächelte und schüttelte den Kopf. Es war Zeit, die Sache des Volkes gegen Bartolomeo voranzutreiben. »Unglaublich!« sagte Bartolomeo. »Ihr Indianer meint es wirklich ernst.«

Alle auf der Dorfplaza versammelten Menschen bildeten das Volkskomitee; das Urteil würde durch Handzeichen ermittelt werden, und Angelita würde die Diskussionen für Bartolomeo ins Spanische übersetzen.

Bartolomeos erstes Vergehen betraf das Bild des toten

Kapitalisten auf den Pamphleten, welche die Volksarmee für billige marxistische Propagandazwecke zu Unrecht diskreditierte und gefährdete. Der zweite Anklagepunkt bezog sich auf Verbrechen gegen die Geschichte der Menschen.

»Welche *Geschichte*? hatte Bartolomeo in verächtlichem Ton erwidert. »Urwaldaffen und Wilde haben keine Geschichte!« Dann war Bartolomeo dazu übergegangen, spöttische Bemerkungen über »dumme, einfältige Squaws« zu machen, die viel zu viele Bücher gelesen hätten, die weit über ihren Verstand gingen – wie Wasser, das zu tief war. »Wie tief?« fragte Angelita und stellte sich Bartolomeo an dem Morgen vor, an dem sie ihn zu den neuen Zwei-mal-vier-Zoll-Balken führen würden, die zu einem Galgen zusammengenagelt worden waren. Nein, nicht so tief, wie Bartolomeo an diesem Morgen von den neuen Kiefernbalken fallen würde.

Bartolomeo hatte immerhin den Versuch unternommen, die Eifersucht und das Gerede im Dorf über Angelita, ihre wilden Ideen und die Teufelsbücher, die sie las, zu schüren. Doch Angelita wußte sich zu wehren: Sie warnte vor dem alten europäischen Trick, eine Gruppe von Indianern gegen die andere auszuspielen. Bartolomeo begriff nicht, wann es Zeit für ihn war, seine Angriffe gegen Angelita einzustellen. Er hatte verlangt, für sich selbst aussagen und zeugen zu dürfen. Angelita wußte, daß es besser war, ihn reden zu lassen, weil die Leute vielleicht Mitleid mit ihm bekamen, wenn er vor ihnen ebenso stumm dastand, wie sie selbst vor einer Ratsversammlung oder vor Soldaten oder Polizisten stehen mochten. Im Zeugenstand hatte Bartolomeo allen eine Strafpredigt gehalten –, jedem einzelnen von ihnen – den Gruppenführern und Ratsmitgliedern, sogar den müßigen Zuschauern. Es war, als stünde nicht er, Bartolomeo, vor Gericht, sondern *sie*.

Bartolomeo war in sarkastischem Tonfall fortgefahren, von ihrem »primitiven, animalischen Tribalismus« zu sprechen, der »die Hure des Nationalismus und der Handlanger des Kapitalismus« sei. Ein Nationalismus wie der ihre, sagte er, müsse »wie ein Tumor herausgeschnitten und ausgebrannt werden«. Selbst während Bartolomeo sprach, hatten die Menschen, die sich unter dem großen, aus Blech zusammengefügten Trockenverschlag drängten, in dem die Verhandlung stattfand, noch miteinander geflüstert und gescherzt. Sie fanden es amüsant und typisch für einen Weißen, selbst vor Gericht einen Narren aus sich zu machen. Die Menschen hatten jahrhundertelange Erfahrung mit Gerichtsverhandlungen der Weißen, und sie wußten, daß derjenige, der vor Gericht stand, nicht so reden und widersprechen durfte, wie es der Kubaner tat.

Aber Bartolomeo hatte die Auseinandersetzung gewollt. Er schien die Rolle als sein eigener Verteidiger zu genießen. Er schien unfähig, zu verstehen, wer vor Gericht stand. Welches Recht hatten sie, ein paar beschränkte Indianer, einen gebildeten kubanischen Bürger vor Gericht zu stellen? »*Du* hast dich in den Zuständigkeitsbereich *unserer* obersten Gerichtsbarkeit begeben. Daher haben wir das ›Recht‹, Genosse Bartolomeo«, hatte Angelita geantwortet. Wenn er so weitersprach, würden alle einhellig die Hand heben und für die Todesstrafe stimmen. Aber Genosse Bartolomeo war noch nicht fertig. Sein schönes Gesicht war vor Anstrengung verzerrt. Dies war kein offizielles, autorisiertes Gericht. Dies war nicht fair. Angelita nickte. Zumindest hatte Bartolomeo eines verstanden – daß die Verhandlung wirklich keine persönliche Angelegenheit war und es nicht um persönliche Abneigung gegen ihn ging. Das Komitee für Gerechtigkeit und Landumverteilung hatte keine Zeit für rein persönliche Angelegenheiten. Dies war ein Prozeß gegen alle Europäer. Über fünfhundert Jahre weiße Präsenz innerhalb der indianischen Gerichtsbarkeit standen mit Bartolomeo vor Gericht.

Angelita hätte dem Volkskomitee, das nur wenig Spanisch verstand, eine andere Übersetzung von Bartolomeos Spott und Hohn liefern können. Sie hätte Bartolomeo einen Wink geben können, den Mund zu halten – und vor allem nicht zu streiten. Sie hätte ihm ein milderes Strafmaß verschaffen können, wenn sie gewollt hätte. Aber an diesem Nachmittag auf der Plaza hatte Angelita Bartolomeo beobachtet, hatte gesehen, wie schön, wie anmaßend und wie unwissend er war, und gewußt, daß er endgültig gehen mußte. Nun ja, wer war Bartolomeo schon? Welche Rolle spielte er? Wer würde sich an ihn erinnern?

Angelita verkündete dem Komitee und den auf der Plaza versammelten Menschen, sie werde eine Liste vorlesen, die nur ein kleines Beispiel aus der Gesamtheit der indianischen Geschichte Amerikas darstellte, die Bartolomeo und die anderen weißen Männer, sogenannte Marxisten, zu ignorieren und zu vernichten versucht hatten. Sie würde die Liste auf Spanisch vorlesen, um zu demonstrieren, daß Bartolomeo für seine Ignoranz keine Entschuldigung hatte. Über indianische Aufstände und Rebellionen in Amerika hatte der Klerus erschöpfend berichtet und ebenso die Handlanger des Kolonialismus, die dem spanischen Hof verzweifelte Botschaften aus der Neuen Welt geschickt und darin um mehr Waffen und Soldaten gebettelt hatten. Die indigenen Aufstände in Amerika waren weit umfangreicher gewesen, als irgendwelche Europäer zugeben wollten, nicht einmal die Marxisten, die auf die afrikanischen und die indianischen Sklavenarbeiter eifersüchtig waren, weil sie sich ohne einen weißen Anführer erfolgreich gegen ihre Kolonialherren erhoben hatten.

»Hier, hört euch das an«, sagte Angelita. »Das ist es, was die Europäer uns nicht wissen oder lieber vergessen lassen wollen«, und sie begann die Daten, Namen und Orte in schnellem Spanisch vorzulesen, damit Bartolomeo sie verstehen konnte. Schließlich war er derjenige, der sich der Verbrechen gegen die Geschichte schuldig gemacht hatte. »Seit der Ankunft der Europäer erhebt sich jeden Tag irgendwo in der Weite Amerikas die Sonne über dem Widerstand und der Revolution der amerikanischen Ureinwohner. Hört von der Vergangenheit, von der die Europäer und auch die Marxisten hoffen, daß wir, die amerikanischen Ureinwohner, sie vergessen werden! Es sind nur einige wenige der *großen* Aufstände und Revolutionen. Sie schließen nicht alle Rebellionen, alle mysteriösen Feuer, verschwundenen Pferde und andere Akte des Widerstands mit ein.« Sie begann vorzulesen:

1510 Kuba – Hateuy führt die erste Revolte amerikanischer Ureinwohner gegen europäische Sklavenjäger an.
1521 Kolumbien – Koloniale Sklavenjäger erzürnen Küstenindianer, die in Chiribichi einen dominikanischen Konvent zerstören und zwei Priester töten.
1526 USA – Pee Dee River, South Carolina; Aufstand von Indianer- und Negersklaven.

1536 Peru – Die Inkas erheben sich gegen Pizarro, belagern Cuzco und setzen es in Brand. Die Rebellion breitet sich über das Rimac Valley aus, wo die Inkas Lima belagern.

1538 USA – Zuni Pueblo-Indianer töten den Mauren Esteban, den die Spanier geschickt hatten, um beim großen Volk der Chichimeken nach Städten voller Gold zu suchen.

1540 USA – Zuni Pueblo-Indianer kämpfen gegen Coronado, um zu verhindern, daß eine vom Verhungern bedrohte spanische Expedition ihr Dorf betritt.

1540 Mexiko – Alvarado behauptet, zwei Könige der Cakchiquel Quiche müßten gehängt werden, da sie sonst Revolten anzetteln würden.

1540/41 Mexiko – Großer Mixtekenkrieg gegen Guzmán, angeführt von Tenamaztle und anderen.

1541 Mexiko – *Juli*: Alvarado stirbt durch einen merkwürdigen Unfall, bei dem er von seinem eigenen Speer durchbohrt wird. *August*: Ein vulkanischer Kratersee überschwemmt die Kolonialhauptstadt von Guatemala; Alvarados Frau ertrinkt.

1542 Mexiko – Die Indianerrebellion der Mixteken wird niedergeschlagen, alle Rebellen werden mit einem Brandmal versehen und in die Sklaverei verkauft. In Jalisco wird 4650 Frauen und Kindern wegen Rebellion ein Brandmal aufgebrannt.

1545 Mexiko – Zweihunderttausend Indianer sterben in der Gegend von Mexico City und Chiapas an einer Grippeepidemie.

1590–94 Mexiko – Nacabeba leitet eine Indianerrebellion in Deboropa. Der katholische Pater Tapia wird getötet.

1598 USA – Die Bewohner des Acoma Pueblo kämpfen gegen die Truppen Onates und töten den stellvertretenden Kommandeur Zaldivan.

1600 Mexiko – Revolte der Chicorato- und Cavameto-Bergstämme. Kirchen werden niedergebrannt. Revolte der Toroaca-Indianer auf der Insel San Ignacio.

1610 Mexiko – Zwei Maya erklären sich aus Protest gegen den europäischen Alleinanspruch auf alle Heiligen zu »Papst« und »Bischof«.

1616 Mexiko – Große Rebellion der Tepehuan am Festtag zu Ehren der Heiligen Jungfrau in San Pablo, nordwestlich von Durango, unter Anführung von »Cobameai«. Dreihundert Europäer sterben.

1617 Mexiko – Yaqui-Krieger besiegen spanische Soldaten. Captain Hurtado und seine Männer entkommen nur knapp dem Tod.

1622 USA – Indianeraufstand am James River, 347 Tote unter den Europäern.

1624 Mexiko – Rebellion in den königlichen Minen von San Andres unter Anführung von Nebomes.

1633 Mexiko – Erhebung der Pima in Nuri, östlich des Yaqui River.

1648 Mexiko – Rebellion der Tarahumara in Fariagic, südwestlich von Hidalgo del Parral. Vor der Kirche wird ein Priester am Arm eines Kreuzes erhängt. Die Tarahumara behaupten, die Kirchenglocken lockten die Pest an.

1680 USA – Große Revolte der Pueblo-Indianer. Pueblostämme schließen sich mit Apachen- und Navajostämmen zusammen, um die Europäer bei El Paso über den Rio Grande nach Süden zu vertreiben. 310 Europäer sterben.

1690 Mexiko – Quaualatas von den Tarahumara führt die Tepehuanrevolte im nordwestlichen Mexiko an. Vierhundert Spanier sterben, darunter auch vier Priester. Quaualatas verspricht, daß jeder im Kampf gefallene Indianer wiederauferstehen würde.

1712 Mexiko – In Chiapas erheben sich die Tzeltal Maya und bemächtigen sich der Kirche und der Sakramente.

1720 Paraguay – Erfolgreicher Indianeraufstand.

1760 Jamaika – Große jamaikanische Rebellion, angeführt von Koromantin, einem Neger von der Goldküste. Ein Orakel verspricht Zauberkraft zur Abwehr feindlicher Kugeln.

1761 Mexiko – Mischlingskrieg und –revolte, angeführt von Jacinto Canek und Mayas, die sich von allen europäischen Einflüssen befreien wollten. Canek ist ein Halbblut, der von Priestern erzogen wurde.

1762 USA – Pontiac von der Algonkin-Konföderation warnt alle Stämme, die Weißen vom Kontinent zu jagen.

1766 Mexiko – Die südlichen Pima rebellieren und erhalten 1768 Verstärkung durch die Seri-Indianer von den Ufern des Kalifornischen Golfes.

1778 USA – In Taos, New Mexico, finden jedes Jahr »Handelsmessen« statt, auf denen Indianer von Weißen ge- und verkauft werden.

1781 Mexiko – An der Mündung des Gila River in den Colorado River töten Yuma den Franziskanerpater Garcia.

1781 Peru – Ein Halbblut, der sich selbst Condorcanqui nennt, behauptet von sich, der langvermißte Tupac Amaru zu sein, das Kind der Sonne. Er wird von den Spaniern exekutiert.

1791 Haiti – Erster erfolgreicher Sklavenaufstand in der Neuen Welt. 1801 wehren Sklaven und die ersten »schwarzen Indianer« Napoleons Schwager und fünfundzwanzigtausend französische Soldaten ab.

1805 Simón Bolívar besucht europäische Königshöfe und Salons. Er weigert sich, die Schuhe des Papstes zu küssen, und der Papst antwortet: »Laßt den jungen Indianer gewähren, wie es ihm beliebt.« Bolívar hat nicht einen Tropfen Indianerblut in sich, aber die Europäer glauben, daß allen in Amerika gezeugten Babys Veränderungen an Haut, Haaren und Augen widerfahren. Mit anderen Worten, selbst die Kolonialisten werden für etwas unrein gehalten.

1807 USA – »Der Meteor« oder die »Sternschnuppe« Tecumseh setzt den Gouverneur von Ohio darüber in Kenntnis, daß alle früheren Verträge ungültig sind: »Dieses Land ist unser Land. Niemand hat das Recht, uns zu vertreiben, weil wir seine ursprünglichen Besitzer sind.«

1812 USA – Red Eagle führt den Stamm der Creek-Indianer in ihrem Widerstand gegen die Europäer an. Die »roten Stöcke« lehnen alles Europäische ab.

1819 Florida – Das spanische Territorium wird von den USA »annektiert«, um Nester mit aufständischen Indianern und entlaufenen Negersklaven auszuräuchern, die Florida als Ausgangspunkt für ihre Guerilla-Überfälle auf Plantagen jenseits der Grenze benutzen.

1825 Mexiko – Der Yaqui, dessen spanischer Name Bandera

lautet, leitet eine Rebellion, in der die Yaqui sich zur unabhängigen Nation erklären und Mexiko die Steuerpflicht aufkündigen. In Torim wird ein katholischer Priester getötet.
1910 Mexiko – Achthundert Mayo-Indianer erheben sich, um dreitausend Bundessoldaten, die in Navajoa in Garnison liegen, zu überwältigen.
1911 Mexiko – Zapata ist Anführer der Indianer, die »Land und Freiheit« verlangen.
1915 Mexiko – Obwohl ihnen nach der Revolution Land versprochen wurde, gehen die Mayo-Indianer leer aus. Deshalb führt Bachomo eine Guerillabande ins Fuerte River Valley.
1923 Peru – Mariatequi gründet den Sendero Luminoso.
1945 Bolivien – Indianer gründen eine Nationale Kleinbauernvereinigung, um die Rechte der Indianer durchzusetzen.

Angelita blätterte von den Daten zu den Tabellen mit Fakten und verlas die Zahlen über den Holocaust an den amerikanischen Ureinwohnern:

1500 72 Millionen Menschen leben in Nord-, Mittel- und Südamerika.
1600 10 Millionen Menschen leben in Nord-, Mittel- und Südamerika.
1500 25 Millionen Menschen leben in Mexiko.
1600 eine Million Menschen leben in Mexiko.

Unter den Dorfbewohnern erhob sich bei diesen Zahlen allgemeines Gemurmel; sie waren es nicht gewohnt, die Dinge in »großen Zusammenhängen« zu betrachten, wie Angelita es gern nannte. Natürlich hatten die Weißen zu keiner Zeit gewollt, daß die amerikanischen Ureinwohner über Bündnisse mit den verschiedenen Stämmen Amerikas nachdachten; das würde das Ende der europäischen Vorherrschaft bedeuten.

Angelita mußte eine Pause einlegen. Sie hatte einen trockenen Mund vom Verlesen der vielen Namen und Daten. Aber die Menschen in der Menge hatten begonnen, bei jeder Pause zu klatschen und zu jubeln. Die Namen und Daten hatten die Leute aufgewühlt, zumal sie sofort noch Dutzende weiterer Aufstände und Rebellionen hinzufügen konnten, die allein in dieser Region stattgefunden hatten. Angelita trat vom Mikrofon zurück, um die Leute zu beobachten. Die Stimmen summten vor Enthusiasmus, und ihr wurde klar, daß die Leute den angeklagten Kubaner im Augenblick vergessen hatten, während sie begannen, sich Geschichten aus den alten Zeiten zu erzählen. Es waren nicht nur Geschichten über bewaffnete Aufstände und Rebellionen, sondern auch über Kolonialisten, die der größten Lasterhaftigkeit verfallen waren, während ihre indianischen Sklaven ihnen dabei zusahen.

El Feo deutete zur Sonne. Es war Zeit, mit der Verhandlung fortzufahren; sie hatten nicht die ganze Woche Zeit. Jeden Moment konnte Hilfe für Bartolomeo hier eintreffen – durch den Minitransporter von radikalen katholischen Kirchenleuten oder den Besuch seines Vorgesetzten aus Mexico City.

Angelita kehrte ans Mikrofon zurück, und Applaus und Rufe nach »Land«, »Gerechtigkeit« und »mehr Land« wurden laut, zumeist kamen sie von den jungen Soldaten der Volksverteidigungseinheiten. Aber auch andere in der Menge hatten ihr zugejubelt, und Betrunkene machten Witze und riefen: »Bier und Fernsehen!«

Angelita entdeckte eine Veränderung. Sie fühlte eine merkwürdige Energie in der Luft – etwas, das die Menschen durch ihre Anteilnahme und Aufregung selbst ausströmten. Es war, als habe die Verlesung der Rebellionen und Rebellenführer Energie auf die versammelten Menschen übertragen.

»Das alles war nur eine kurze Liste. Ein Anfang. Aber Genosse Bartolomeo hier kann mit der indigenen Geschichte nichts anfangen. Genosse Bartolomeo verleugnet den Holocaust an den indigenen Amerikanern! Von 1500 bis 1600 wurden zweiundsiebzig Millionen Menschen auf zehn Millionen Menschen reduziert! Genosse Bartolomeo ist schuldig! Schuldig der Verbrechen gegen die Geschichte!«

Die Menschen jubelten und klatschten, doch Angelita sah, daß sie müde wurden. Kleine Kinder hatten zu jammern begonnen, und die alten Männer, die nicht schliefen, husteten, spuckten und hoben ihre Strohhüte an, um sich am Kopf zu kratzen.

Die Menge hatte sich zur kleinen Rednertribüne verlagert, auf der in jeder Ecke zwei Lautsprecher hingen. Hinter ihnen stand, leicht im Wind geneigt, der neue Galgen. Die Arbeiter hatten sich mit der Abstützung nicht viel Mühe machen wollen, da das Schafott ohnehin nur einmal benutzt werden würde.

Verbrechen gegen die Geschichte hin oder her, die Leute waren unsicher, was das Töten eines Fremden wie den Kubaner anbelangte. Zuerst stellte sich die Frage nach der Seele oder dem Geist des weißen Mannes und wo er hingehen würde, wenn sie ihn aufgehängt hatten.

El Feo schüttelte langsam den Kopf. Sie hätten den Galgen niemals bauen dürfen. Er hatte verdächtig viel Ähnlichkeit mit einem etwas erhöhten Plumpsklo ohne Wände, mit einem einzigen Loch in den Brettern, durch das die Scheiße hinunterfallen konnte. El Feo seufzte. Für Verräter wie Bartolomeo mußte man sich etwas Besseres einfallen lassen. Wenn die Leute ihr Land zurückerobert hatten, würde dem Töten Einhalt geboten werden.

Die Exekution fand statt, als die Sonne im Westen tiefer sank. Bartolomeo machte sich in die Hosen und mußte die Stufen des Galgens bis zur Schlinge hochgetragen und -gezogen werden.

»Das nächste Mal erzählst du besser *keine* Lügen über unsere Geschichte!« rief eine alte Frau in der Nähe des Galgens, als Bartolomeo durch das Loch fiel und am Seil zappelte.

»Wie traurig, daß sie gezwungen waren, ihre Beziehungen zum lieben Genossen Bartolomeo zu beenden«, hatte ein Schlaumeier auf dem Friedhof gesagt.

Angelita, El Feo und die anderen aus den Freiwilligeneinheiten verteilten sich vom Dorf aus in alle Himmelsrichtungen. Denn diesmal hatten die Leute *wirklich* ernst gemacht, und es gab kein Zurück mehr. Natürlich würde es eine Menge Schießereien geben, darüber war sich Angelita im klaren. Schließlich war dies ein Krieg, der Krieg um die Rückeroberung ganz Amerikas und die Befreiung aller noch immer versklavten Menschen. Ohne Blutvergießen konnte man einen solchen Umschwung nicht herbeiführen.

Angelita fühlte sich inspiriert. Sie sprach wieder mit den

Menschen. Auf der ganzen Welt standen die Zeichen am Horizont auf Veränderung. Die Besitzlosen der Erde würden sich erheben und das Land zurückholen, das ihnen per Geburtsrecht zustand, und dieses Land würde niemals wieder als Privatbesitz behandelt werden, sondern als Land, das den Menschen für alle Zeiten gehörte, damit sie es beschützten. Immer wieder hatten die alten Leute gesagt: »Erinnert euch daran, und erzählt es euren Kindern, damit diese sich daran erinnern. Vergeßt nie die Identität der Tage und Jahre, denn sie werden *alle* zurückkehren. Und denjenigen, welche die gefährlichen Tage und die tödlichen Epochen nicht mehr erkennen können, werden sie große Bitterkeit und Reue bescheren.«

Wenn die Kubaner oder die Behörden Fragen zu stellen begannen, brauchtest sie nur zu sagen, Genosse Bartolomeo habe versucht, sie in Geschäfte mit Kokainschmuggel zu verwickeln.

Angelita bat die Menschen, sich keine Sorgen zu machen. Beide Regierungen wünschten ohnehin Bartolomeos Tod. Sein Nutzen hatte sich erschöpft.

Zweites Buch
FLÜSSE

MR. FISH, DER KANNIBALE

Schon in früher Jugend hatte Beaufrey erkannt, daß er anders war als die anderen Kinder. Er hatte immer nur sich selbst geliebt, nur sich allein. Er erinnerte sich daran, wie er zufrieden, fast glückselig in der Wiege gelegen und am Daumen genuckelt hatte, wenn er ganz allein war. Er mochte keinen Lärm und keine Störungen in seiner vollkommenen, verträumten Vergnügtheit. Selbst für seine Mutter und seinen Vater und die nettesten Kindermädchen empfand er nur Gleichgültigkeit. Beaufrey verstand, daß ihr Verhalten Liebe und Fürsorge widerspiegelte, dennoch empfand er nur Gleichgültigkeit für sie. Sie spielten keine Rolle, und deshalb spielten auch ihre Gefühle, ihre Liebe und Fürsorge keine Rolle.

Seine Selbstsucht verschaffte ihm große Befriedigung. Er veränderte sein Verhalten nie für andere; andere Menschen existierten nicht wirklich – sie waren lediglich Gedanken, die ihm durch das Bewußtsein schossen und dann wieder verschwanden. Solange er sich erinnern konnte, hatte Beaufrey seine eigene Existenz immer als viel realer empfunden als die irgendeines anderen Wesens, dem er je begegnet war. Deshalb ließen ihn selbst die blutigsten Folterszenen unberührt, denn die Verrenkungen und Schreie von schlecht gezeichneten Cartoon-Opfern konnten ihn nicht ernsthaft anrühren. Beaufrey wußte, daß nur er wahrhaft fühlen und wahrhaft leiden konnte. Die anderen besaßen die Nervensysteme von Würmern, und die Folterungen, die den Zuschauern soviel Vergnügen bereiteten, ließen Beaufreys

Blutdruck kaum ansteigen. Die Schreie und die sich windenden Körper wirkten immer maßlos übertrieben; manchmal sogar vorgetäuscht und unecht. Die Fotografie oder Schemazeichnung eines gefolterten Leibes hatte auf Beaufrey eine wesentlich stärkere Wirkung als Filme oder Videoaufnahmen von stöhnenden Opfern in Handschellen und Eisen.

Im Alter von drei Jahren hatte Beaufrey sich das Lesen beigebracht. Als er acht Jahre alt war, brachten ihn seine Eltern zweimal wöchentlich zum Psychiater, weil seine Gleichgültigkeit sie ängstigte. Dr. VM war ein dämlicher Trottel, ein Parasit, der mit reichen Familien verkehrte, die von Depressionen, Manien oder Psychosen heimgesucht wurden. Beaufrey hatte den Psychiater mit seinen Erzählungen umgarnt. Mit seinen acht Jahren hatte er den Seelenklempner aufs Kreuz gelegt. Beaufrey hatte darauf bestanden, über die Bücher zu sprechen, die er gelesen hatte. Ja, dem konnte Dr. VM nicht widersprechen. Das Kind war ziemlich frühreif. Was waren seine Lieblingsbücher? Die über Verbrechen und die mit Bildern.

Verbrechen? Ah, die Bilderbücher. Bücher mit Bildgeschichten?

»Nein«, sagte Beaufrey frech, »keine Bildgeschichten! Fotos von Verbrechen! Solche mit toten Gesichtern und Blut.«

»Und die Bücher, die du liest? Welches ist dein Lieblingsbuch? Ich meine jetzt keine Bilderbücher.«

Beaufrey hatte die gönnerhafte Art des Psychiaters gehaßt. »Geschichten über Verbrechen. Berühmte Verbrechen«, hatte Beaufrey in gelangweiltem Tonfall geantwortet und zugesehen, wie sich Dr. VM auf einem Stenoblock hastig Notizen machte. Beaufreys Lieblingsbuch hatte von dem Kannibalen Albert Fish auf Long Island gehandelt.

Dr. VM hatte wissen wollen, was genau er an dem Kannibalen interessant fand. Die Familie Fish entstammte altem Adel, der in direkter Linie auf die *Mayflower* zurückging. Es war eine politisch sehr angesehene Familie gewesen. Dr. VM blickte nicht von seinen Notizen auf. »Und?« versuchte der alte Pfuscher ihn zu drängen. »Und nichts!« sagte Beaufrey, erfreut über den verärgerten Ausdruck auf dem Gesicht des alten Arztes. »Mutter sagt, es gibt keine Aristokraten in Amerika.«

Albert Fish war ein Kannibale und Kinderschänder gewesen. Er schälte Möhren und Kartoffeln, um sie zusammen mit Scheiben von Armen oder Beinen zu kochen. Mr. Fish war, was das Alter und die Größe betraf, ziemlich wählerisch gewesen, weil sie den Geschmack und die Zartheit des Fleisches ausmachten. Nach seiner Festnahme hatte Mr. Fish der Polizei seine Rezepte erläutert. Dr. VM hatte sich eifrig Notizen gemacht und sich dann in seinem Stuhl vorgebeugt. Warum hat Mr. Fish die Kinder getötet? Damit er sie essen konnte. Warum hat Mr. Fish die Kinder gegessen? Weil er Appetit auf den Geschmack von Menschenfleisch hatte. Psychiatrische Fragen waren sinnlos und stupide.

Die Engländer nannten es blaues Blut; in den endlosen Savannen Kolumbiens nannten sie es *sangre limpia* oder *sangre pura*. Albert Fish stammte aus einer wohlhabenden Familie. Das Verlangen nach dem Geschmack von gebratenem Menschenfleisch hatte ihn einfach überwältigt, und die Polizei hatte ihn mit einem gebratenen Menschenarm in der Einkaufstasche überrascht.

Als Kind hatte Beaufrey eine ungewöhnlich ausgeprägte Wahrnehmungs- und Vorstellungskraft besessen. Er hatte das Gefühl, daß Albert Fish und er Seelenverwandte waren, denen nicht nur der gesellschaftliche Rang gemeinsam war, sondern auch ihre völlige Gleichgültigkeit gegenüber dem Leben und Sterben anderer Menschen. Beim Studium europäischer Geschichte auf dem College war Beaufrey klar geworden, daß es schon immer eine Verbindung zwischen Menschenfressern und der Aristokratie gegeben hatte. Die Angehörigen des europäischen Adels neigten einfach stärker dazu, Gelüste auf Menschenfleisch und Menschenblut zu entwickeln, weil das jahrhundertelange *droit du seigneur* sie völlig verdorben hatte. Alles, was nicht von vollkommener Reinheit war, langweilte Beaufrey. Selbstverständlich waren »Blaublütige« wie er selbst etwas ganz anderes. Blaubart hängte »seine« Gattinnen im Turm seines Schlosses an Fleischerhaken auf. Diese »Gattinnen« waren einst die Bräute von Leibeigenen, die der Herr in der Hochzeitsnacht vergewaltigt hatte.

Am Anfang hatte sich die europäische Aristokratie vom gewöhnlichen Volk abgehoben. Der Adel bestand aus höherwertigen Wesen, die die Prüfung der Gefechtsfeuer und Stahlgewitter überlebt hatten. Doch zwei Weltkriege hatten Europas beste Stammbäume aufgezehrt; und nach dem Ersten Weltkrieg war der echte Adel buchstäblich vernichtet. Beaufreys Mutter hatte von nichts anderem gesprochen, während sie vergeblich nach einer jungen Frau mit Stammbaum Ausschau gehalten hatte, der ebenso ehrwürdig war wie der ihre.

Soviel zum europäischen Adel. Jene mit *sangre pura* waren eben völlig andersartige Wesen, sie bewegten sich auf einem viel höheren Niveau und waren für gewöhnliche Menschen völlig unbegreiflich. Sie mochten Verlangen nach gebratenem Menschenfleisch verspüren. Warum auch nicht? Es gab nichts auf dieser Welt, das man mit Geld nicht kaufen konnte. Beaufrey interessierte sich besonders für Dinge, Orte oder Wesen, die nicht zum Verkauf standen; ihn reizte das Unverkäufliche oder Verbotene.

Die Worte *unverkäuflich* oder *verboten* hatten für Aristokraten keine Bedeutung. Die Gesetze Englands und der Vereinigten Staaten gingen zurück auf die »Rechtsprechung« der Feudalherren, die die Klagen und Bezeugungen der Leibeigenen angehört und sie anschließend verurteilt hatten.

SANGRE PURA

Die *finca* gehört Serlo; er ist der einzige echte Adlige. Das macht Beaufrey David gerne klar. Serlo hat blaues Blut, David dagegen nur blutige Hände. Der Ortswechsel ist wohlüberlegt. Nach dem Ende der Ausstellung waren Hunderte von Telefonanrufen für David eingegangen; »Zuviel Publicity, Davey«, hatte Beaufrey zu ihm gesagt. Doch dann war dieses Durcheinander mit der Schlampe um das Kind dazwischengekommen. David glaubte noch immer, daß die Schlampe das Baby irgendwo bei ihren Nuttenfreundinnen versteckt hielt, in Tucson vielleicht, und daß sie die Entführungsgeschichte erfunden hatte. Die grasbewachsenen Savannen Kolumbiens waren der ideale Ort, um politische und juristische Stürme zu überstehen.

David hatte seinen kleinen Sohn geliebt. Beaufrey genoß es, seinen dumpfen Schmerz über das Verschwinden des Kindes mitanzusehen. Väter, die wegen ihrer Söhne in Tränen ausbrachen, weckten in ihm den Wunsch, ihnen das Gesicht einzuschlagen. Er verachtete in der Öffentlichkeit zur Schau getragene Sentimentalitäten gegenüber Säuglingen und Kleinkindern. Daheim und unbeobachtet wurden den gleichen Säuglingen die Köpfe eingeschlagen und die Vaginas aufgerissen; schließlich waren sie das persönliche Eigentum ihrer Väter. Den Armen konnte man ihre Sentimentalität noch nachsehen, ihr Nachwuchs war das einzige, was sie jemals besitzen würden, egal, wie lange die Babys überlebten. Fortpflanzung war etwas für Tiere. Beaufrey selbst war ein Nebenprodukt der letzten Menopausenaffäre seiner Mutter in Paris. Sie hatte niemals Kinder gewollt, wegen der Belastung und des Schadens, den die Figur dabei nahm. Doch seine Mutter, die Gute, hatte mehr Angst vor einer Abtreibung gehabt, als davor, mit sechsundvierzig ein Kind zu gebären.

Beaufrey hatte Davids Fortpflanzungsbedürfnis unterschätzt, den Wunsch, sein eigenes Fleisch und Blut weiterleben zu sehen. Es war ein weitverbreiteter Komplex, den Beaufrey bei vielen schwulen Männern beobachtet hatte, besonders bei denen, die sich selbst als »Hetero« bezeichneten, nur weil sie ihr Gesicht in einem winzigen scheißenden und schreienden Baby wiedererkennen wollten. Die Menschen waren wie Affen und begeisterten sich so lange für ihre kleinen Spiegelbilder, bis sie erkannten, daß die ganze Ähnlichkeit nur Einbildung war. Im Gegenteil, Kinder wuchsen zu völlig Fremden heran. Beaufrey und seine Eltern hatten sich gegenseitig verachtet.

Beaufrey hatte Davids Freundin, Seese, schon einmal zu einer Abtreibung in die Klinik gebracht, doch das war, als sie und David noch frisch verliebt gewesen waren, und bevor Seese und Beaufrey begonnen hatten, sich zu hassen.

Zuerst hatte David nicht viel Zeit in dem Apartment zugebracht, das Beaufrey für Seese und das Baby gemietet hatte. Sie konnten im Penthouse nicht mit einem Baby zusammenleben, das Tag und Nacht schrie. Später jedoch hatte David begonnen, das Kind mit ins Penthouse zu bringen, wo er ganze Nachmittage damit zubrachte, den Säugling auf einem weißen Kaninchenfell zu fotografieren. Beaufrey war von Davids Begeisterung für die vermeintliche Ähnlichkeit des Babys mit ihm selbst auf merkwürdige Weise fasziniert. David hatte Dutzende von Farbfilmen mit Aufnahmen von dem schlafenden Kind und Nahaufnahmen seines Gesichts verschossen.

Die Veränderung in Davids Einstellung war offensichtlich. Er wollte das Kind. Er wollte nicht, daß die Schlampe diese Essenz seiner selbst behielt, sein Kind. Seese war nichts anderes als eine Süchtige und eine Säuferin; bestenfalls eine Hure. David wurde immer aufgeregter, während er sprach. Er hatte einen Plan. Er wollte das Kind zu sich holen und die USA verlassen. David hatte gehört, wie Beaufrey und Luis sich über die Ranch oder *finca* in Kolumbien unterhalten hatten. Kolumbien war weit genug entfernt von den US-amerikanischen Gerichten.

David war köstlich, wenn er ein ernstes Gesicht machte und seine Nasenflügel leicht zitterten. Beaufrey mußte lächeln. Dies war eines der kleinen Rätsel des Lebens: Adlige Stammbäume schienen mit äußerlicher Schönheit genetisch unvereinbar zu sein. Beaufrey wäre der erste, der zugeben würde, daß die Reichen häßlich waren; nur große Reichtümer hatten es den häßlichen Aristokraten ermöglicht, sich weiter fortzupflanzen. Beaufrey wußte, daß David, Eric und die ganzen anderen »harten Jungs« nur so lange bei ihm blieben, wie es genügend Dope und Geld gab. Strichjungen blickten nur verständnislos drein, wenn sie den Begriff *Blaublut* hörten; mitunter verwechselten sie das Wort mit *Blaublasen* oder einem Hodenblutstau. Trotzdem war es eines der Rätsel des Lebens, daß die entzückendsten und zartesten Leckerbissen harte Typen waren –, Strichjungen, die ihre Perlen vor die Säue warfen.

Der Sinn des Spiels bestand darin, süßen, jungen prachtvollen Männern wie David zu erlauben, daß sie ihre Bedeutung in dieser Welt verkannten. Das Ziel war es, die jungen Männer zu täuschen, bevor sie Beaufrey täuschen konnten. Künstler fand Beaufrey deshalb so faszinierend, weil sie daran häufig zerbrachen und emotional leicht zu manipulieren waren. Es war ziemlich aufregend, Künstler zu zerstören, weil sie dabei so offen und bereitwillig mitmachten. Eric hatte seinen Selbstmord als eine Art visuelle Erfahrung oder Installation gestaltet, die, wie Eric irgendwie gewußt hatte, für einen visuellen Künstler wie David unwiderstehlich sein würde.

Beaufrey liebte das Theater. Spieler wie Eric oder David und diese Fotze gab es wie Sand am Meer. Beaufrey war der Regisseur und Autor; er war der Produzent. Ein Akt folgte dem anderen. Eric hatte den letzten Akt seiner Lebensfarce perfekt aufgeführt; unglaublich, wie sein Fleisch und Blut zu einem Medium geworden waren, das in nur einer Vorstellung aufgebraucht wurde.

David hatte triumphiert, als er Monte aus seinem Laufstall entführt hatte. Beaufrey hatte sämtliche Vorbereitungen getroffen, einschließlich der Beschaffung von Ausweisen und Papieren für den Säugling. Noch am gleichen Nachmittag waren sie mit einem gecharterten Jet nach Cartagena geflogen. Sie konnten sicher sein, daß Seese noch einige Stunden lang betrunken und high bleiben würde, bevor ihre Verzweiflung groß genug wurde, um die Polizei einzuschalten.

Während der ersten Woche in Cartagena hatte es so ausgesehen, als sei es möglich, die Anwesenheit von Davids Kind zu ertragen. Das Baby weinte nur selten nach seiner Mutter und schlief nachmittags, wenn Beaufrey Lust auf Sex bekam, viele Stunden durch. In der zweiten Woche jedoch hatte das Kind begonnen zu weinen und mit seiner Wiege gegen die Wand zu wippen, während sie miteinander schliefen. Beaufrey war sehr wütend über diese Störung, tat jedoch, als störe ihn Davids Getue um das Kind nicht. Beaufrey hatte sich auf dem Spiegel weitere Linien mit Kokain aufgehäuft und füllte beide Gläser mit Champagner. David durfte keinen Verdacht schöpfen. Später sprach er über ihre Pläne: Sie konnten nicht vor Ende nächster Woche zur *finca* hinausfliegen.

Das Baby schien Davids wachsende Frustration zu spüren und schrie stundenlang, trotz aller Beruhigungsversuche durch die Nachtschwester, einer rundlichen, jungen Kolumbianerin, die zu Hause drei eigene Kinder hatte. Beaufrey hatte daraufhin in einem anderen Stockwerk für sich und Serlo eine weitere Suite gemietet, weil ihm das Geschrei des Babys zu sehr auf die Nerven ging. David hatte so getan, als mache es ihm nichts aus, mit einem schreienden Baby und dem Kindermädchen in einer Hotelsuite zurückgelassen zu werden. In Wirklichkeit jedoch war er auf Serlo schon immer eifersüchtig gewesen. Nur wenige Nächte zuvor hatte David von Beaufrey verlangt, ihm alles zu berichten, was sich zwischen ihm und Serlo im Bett abspielte.

Beaufrey staunte über diese merkwürdigen Launen der Natur. David gab vor, nicht eifersüchtig zu sein. Dabei hatte er angefangen, die rundliche Nachtschwester zu bumsen, die ihm beibrachte, wie man Beruhigungsmittel unter die Babynahrung mischte. Noch vor Ende der Woche hatte David das Baby bei der Schwester im Zimmer zurückgelassen und sich zu Beaufrey und Serlo hinaufbegeben, wo sie Drinks und Mahlzeiten einnahmen, gefolgt von Kokain und Videos über Polizeifolterungen und Autopsien. Beaufrey behauptete, er wolle, daß David sich ansah, was andere aus »Stilleben-Studien« wie Eric gemacht hatten, doch in Wirklichkeit hatte er es genossen, Davids Gesichtsausdruck zu beobachten, während die Folterung nach und nach in eine »Autopsie« des Opfers übergegangen war.

Es hatte David schon früher Vergnügen bereitet, sich Folter- und Mordvideos anzusehen; die meisten Männer taten das. Beaufrey unterteilte die Welt in diejenigen, die die Wahrheit zugaben, und die, die logen. Doch an diesem Abend bestritt David, daß ihm die Videos Vergnügen bereiteten. Mit mürrischem Gesicht hatte er die Cocktails und das herrliche Essen, das Beaufrey auf ihre Suite bestellt hatte, eingenommen. An diesem Abend war David in dem Moment, als das Chirurgenbesteck auf dem Bildschirm erschien, von seinem Stuhl aufgesprungen und hatte das Hotel verlassen, ohne sich bei der Schwester nach dem Baby zu erkundigen. Beaufrey lächelte in sich hinein. Davids Reaktion war zu heftig gewesen, um übersehen zu werden. Er hatte Angst davor, zu spüren, wie sehr er es genoß, das Skalpell in Haut und Fleisch einsinken zu sehen.

Beaufrey verließ sich immer auf seine Intuition, wenn es darum ging, herauszufinden, wann eine Situation oder ein Typ reif war. Erics Verfallsprozeß hatte ihn fasziniert; und nun entdeckte er bei David ein ähnliches Verhaltensmuster. Man mußte ihn nur von G., der Galerie und all den Arschkriechern, den Schmeicheleien und dem Rummel trennen, und schon würde er jeden Tag ein bißchen kleiner werden, bis am Ende gar nichts mehr von ihm übrig war. Kein David mehr. Er würde aufhören zu existieren, außer in den Momenten, in denen er in das Gesicht eines Babys starrte. Doch David hatte bald nicht einmal mehr sein eigenes Baby angesehen.

Davids Reaktion war typisch für US-Bürger, die sich zu lange unter fremden Menschen und in ungewohntem Klima aufhielten. Zuerst erregte ihn all das Neue. Doch bald hatte Cartagena David völlig ausgelaugt, und als die Tage vergingen und die Hotelrezeption nicht in der Lage zu sein schien, ihn öfter als zweimal in der Woche mit seiner Galerie zu verbinden, hatte er an Schwung verloren. Und schließlich hatten ihn vermeintliche Treuebrüche von Beaufrey und Serlo deprimiert und weinerlich werden lassen.

David war reif. Beaufrey spürte, wie seine Spannung wuchs, während er die letzten Spielzüge ausführte, und es klar war, daß ihm sein Opfer nicht mehr entkommen konnte. Beaufrey hatte absichtlich drei Wochen lang in Cartagena ausgeharrt, um die Entführung überzeugender wirken zu lassen. Seese würde einige Zeit brauchen, um die Dinge richtig einzuordnen; daß man Monte geholt hatte und David dafür verantwortlich war und daß ihre einzige Hoffnung darin bestand, jemanden anzuheuern, der sie ausfindig machte. Seese hatte alte Kontakte in Tucson, die Beaufrey aufspüren konnten. Das war ein weiterer Grund, warum Beaufrey vorhatte, seinen neuen Standort in den entlegenen Savannen Kolumbiens einzurichten. Zumindest waren dies die Geschichten, die er David bereits aufgetischt hatte, der auch nicht auf den Kopf gefallen war. Der Plan brauchte ausreichend Zeit, um einen Racheakt Seeses plausibel erscheinen zu lassen.

Der Flug zur *finca* war für den nächsten Morgen in aller Frühe geplant. David war mit Serlo ausgegangen, um Ausrüstungsgegenstände und Material für die Dunkelkammer zu besorgen, das er auf der Ranch benötigen würde. Beaufrey hatte alles so arrangiert, daß die vier bewaffneten Männer in Davids Hotelzimmer eindrangen und das Kindermädchen unversehrt, in einem Schrank eingeschlossen, zurückließen. Das Mädchen hatte die Männer als Fremde identifiziert, Mexikaner, wie sie glaubte. Beaufrey hatte Mexikaner ausgewählt, um einen Zusammenhang mit Seeses Kontakten in Tucson noch plausibler zu machen.

Der Schock über die Ansammlung von Polizei, Hotelpersonal und sogar Journalisten, die er vor seiner Tür vorfand, ließ David blaß und in sich gekehrt reagieren. Beaufrey hatte ihn zu dem roten Lederohrensessel geführt und Serlo gebeten, ihnen etwas Brandy zu bringen. Beaufrey übernahm sämtliche Gespräche, weil sein Freund nicht fließend Spanisch sprach. Sobald die Polizei und andere Behörden die Möglichkeit erfaßt hatten, daß die US-amerikanische Mutter des Kindes das Baby geholt haben könnte, ließ die Aufregung auf der Stelle nach. Oh! Oh! Das war etwas anderes! In kürzester Zeit hatte sich der Flur vor der Suite bis auf wenige Polizeibeamte geleert, die sich der Aufgabe widmeten, die Berichte abzuschließen.

Beaufrey hatte David gedrängt, den Brandy zu trinken und etwas Kokain zu schnupfen, um seine Nerven zu beruhigen. David sollte wissen, daß Beaufrey jeder Zeit bereit sei, einen Rückflug in die USA zu chartern. Nichts sei ihm wichtiger, als daß David seinen kleinen Sohn wiederfand.

David hatte etwas Kokain geschnupft und lehnte sich mit geschlossenen Augen auf dem Sofa zurück, während er sich mit einer Hand die Nase zuhielt. Beaufrey bereitete es besonderen Genuß, ihn zu beobachten, wenn er wütend oder traurig war. Davids Schmollmund erregte ihn. Er verspürte das Verlangen, durch den Raum zu gehen und die Spuren des Kokains von Davids Nasenflügeln zu lecken. Langweilige oder gewöhnliche Menschen waren wesentlich interessanter, wenn man selbst und sie betrunken oder high waren, ebenso wie selbst die gewöhnlichsten Straßenjungen zu etwas Besonderem wurden, wenn sie an ihren Brustwarzen Diamanten oder goldene Stecker zur Schau trugen. Nichts außer Kaffee war so stimulierend für die Großhirnrinde wie Kokain. »Die tödlichen ›K‹-Pflanzen aus Südamerika«, sagte er kichernd. Beaufrey war betrunken und high. Er durfte nicht noch einmal kichern, denn Davids Baby war erst vor wenigen Stunden entführt worden. Er schnupfte noch mehr Kokain. Eine große prickelnde Welle überströmte plötzlich seinen ganzen Körper. Wonne! Wonne! Nichts als Wonne! Beaufrey und David blieben zwei Tage lang in der Suite des Hotels, während Serlo sämtliche Telefonanrufe der örtlichen Behörden und der Polizei entgegennahm, die mit den Vereinigten Staaten Kontakt aufnehmen wollten, um die gesuchte Kindesmutter ausfindig zu machen. Nachdem ihnen Serlo mehrmals versichert hatte, daß die Mutter des Kindes den Säugling gekidnappt hatte, stuften die Polizeibehörden die Akte als »ruhenden Fall« ein.

Beaufrey überredete David, mit ihm und Serlo zur *finca* zu fliegen. David schien vergessen zu haben, daß er Monte zuerst gekidnappt hatte und daß die Polizei in San Diego vielleicht nach ihm suchte. Vielleicht suchten sie auch nicht nach ihm, denn Monte war schließlich Davids leiblicher Sohn und die Mutter des Kindes eine Süchtige und Hure.

Auf der *finca* hatte David viel von seiner früheren Energie zurückgewonnen. Er würde nicht zulassen, daß Seese das Kind behielt. Das Kind gehörte ihm. Beaufrey hatte genickt und getan, als stimme er mit allem überein, was David sagte. Die ersten Tage auf der Ranch waren eine Wiederholung der letzten Tage im Hotel in Cartagena gewesen, in denen Serlo die Rolle des Rezeptionisten zugefallen war, während Beaufrey und David nackt im King-size-Bett gelegen, haufenweise Kokain geschnupft und sich Foltervideos oder Fußballspiele im Satellitenfernsehen angesehen hatten.

ALTERNATIVE ERDSTATIONEN

Serlo war völlig gelassen geblieben. Von allen besaß er als einziger die Gabe völliger Gelassenheit. Serlo war da, um aufzupassen; in allen Richtungen, weiter als das Auge schauen konnte, umschloß der endlose blaue Himmel die Savanne. Serlo war ein *sangre pura*. Vor Jahren hatten sie alle Mestizen und Indianer umgesiedelt, um sie in ihren Viehzuchtbetrieben in Argentinien einzusetzen. Die *finca* würde eine Bastion der *sangre pura* werden, während Unruhen und Revolutionen weiter das Land überschwemmten.

Serlo zog es vor, daß Beaufrey den dominierenden Part übernahm; Gefahr war aufregend. Ihre intensivsten Gespräche hatten sich um die Bedeutung der Abstammung gedreht. Die Vereinigten Staaten hatten Wohlhabenheit zu etwas Vulgärem verkommen lassen, indem sie den niedrigsten Formen der Menschheit erlaubten, sich in einer sogenannten Demokratie zu politischer Macht hochzuwühlen. Beaufrey und Serlo stimmten darin überein, daß Abstammung das einzige war, was zählte. Die Abkömmlinge edelster Abstammung hatten ihre Reichtümer nie verloren; weniger angesehenen Adelslinien blieb zwar ihre Herkunft, aber kein Geld.

Serlo hatte sich einer Sache verschrieben. Im Grunde war es gar keine so große Donquichotterie, wie es den Anschein hatte; auch andere große Führer und Denker hatten Serlos Besorgnis geteilt. Er war überzeugt, daß die menschliche Rasse ohne ein ordentliches genetisches Gleichgewicht aussterben würde. Schon immer hatte das *droit du seigneur* darauf abgezielt, regelmäßig höherwertiges aristokratisches Blut in den Bauernstand einfließen zu lassen. So hatte Serlo seine Onkel über die Gummiplantagen scherzen hören, auf denen sie vor Jahren sechs oder sieben junge Indianerfrauen vergewaltigt hatten, nicht weil sie lüsterne Männer gewesen wären, sondern weil sie glaubten, daß es ihre gottgegebene Pflicht sei, die Zuchtlinien der Mestizen und Indianer »zu veredeln«.

Serlo war der erste, der einräumte, daß ein Großteil minderwertigen genetischen Potentials innerhalb der menschlichen Population indoeuropäischen Ursprungs war; das Ergebnis der Vermischung von ungeeigneten Blutlinien. So resultierte beispielsweise die Paarung von Polen und Iren in Bastardnachkommen, die schlimmer waren als jedes Elternteil für sich. Serlo hatte an den Privatinstituten der eugenischen Forschung studiert, die selbst er für zweifelhaft hielt, weil sich die Forscher geweigert hatten, den Faktor der Mutter miteinzubeziehen. Serlo hatte ein umfangreiches Korpus an psychologischen und psychiatrischen Schriften studiert, die eindeutig belegten, daß selbst das perfekteste genetische Exemplar durch Defekte der Kindsmutter ruiniert, ja völlig zerstört werden konnte. Serlo war der Überzeugung, daß die von Freud identifizierten Probleme nicht auftauchen würden, wenn beide »Eltern« eines Kindes männlichen Geschlechts wären. Es entsprach der weiblichen Natur, alles zu verschlingen, was außerhalb ihres Körpers war, und die Durchtrennung der Nabelschnur zu verhindern. Die Mutter wurde nach und nach zum Vampir.

Serlo störten Beaufreys billige Straßenjungen oder die Gringos nicht, nicht einmal Eric. Wie hätte er überhaupt etwas für sie empfinden können? Eifersucht war völlig indiskutabel.

Serlo besaß *sangre pura*; und »blaues Blut« hatte Anspruch auf »blaues Blut«. Letzten Endes konnte es nichts Höherwertiges geben. Die *finca* würde sein Forschungszentrum werden. Und ein Institut. Sie würden in der Lage sein, in völliger Abgeschiedenheit zu forschen. Obwohl Beaufrey sich nicht für die wissenschaftlichen Details interessierte, verstand er doch einfache politische Realitäten. Reichtümer waren nicht von großem Nutzen, wenn die Städte brannten und die Anarchie regierte.

Auf der *finca* würden sie alles haben: Die unterirdischen Stahlkammern und Lagerräume waren gebaut worden, um die Ballen mit US-Dollar, Deutscher Mark und anderen Währungen aufzunehmen, die einige von Beaufreys Klienten zur Lagerung gegeben hatten. Andere unterirdische Lager enthielten riesige versiegelte Trinkwassertanks und Weinfässer. Wieder andere Räume enthielten immense Lager mit Trockennahrung. Doch damit hatte sich Serlo nicht begnügt. Er hatte einem jungen Genfer Wissenschaftler ein großzügiges Forschungsstipendium eingeräumt, worauf dieser nach Kolumbien gekommen war und ein Jahr lang auf der *finca* gelebt hatte, um den Bau einer unterirdischen Kammer oder »Alternativen Erdstation« zu planen und zu überwachen. Nach der Versiegelung enthielt die Alternative Erdstation alle Pflanzen, Tiere und Wasserbestände, die notwendig waren, um so lange unabhängig zu existieren, wie die neuen »erdnußgroßen« Atomreaktoren ausreichend Strom lieferten.

Aber Serlos Interesse an der Forschung über Alternative Erdmodelle ging weit über das reine Überleben und die Verteidigung gegen Anarchie mit Hilfe unterirdischer Versorgungs- und Waffenlager hinaus. Irgendwann würde die Erde unbewohnbar sein. Und dann würden die Alternativen Erdmodelle mit den letzten unverseuchten Boden-, Wasser- und Sauerstoffvorkommen beladen und von gewaltigen Raketen in die Erdumlaufbahn geschossen werden, wo das Sonnenlicht die Pflanzen bei der Produktion von Sauerstoff und Nahrung unterstützen würde. Die Alternativen Erdmodelle im Orbit würden die Erde in Kolonien umkreisen, und die wenigen Auserwählten würden so weiterleben wie bisher und in Glanz und Luxus über polierte Decks aus Stahl und Glas gleiten, durch die sie auf die Erde hinunterblicken konnten, so wie sie einst von ihren Luxuspenthäusern auf Rom oder Mexico City hinabgeschaut hatten, während sie weiter an ihren Cocktails nippten.

Die Kolonien im Orbit würden in regelmäßigen Abständen mit Wasser und Sauerstoff von der Erde versorgt werden. Allerdings waren die Alternativen Erdmodelle dazu konstruiert worden, sich selbst zu versorgen; als geschlossene Systeme, die in der Lage waren, jahrelang von der Erde abgeschnitten zu bleiben, wenn es notwendig sein sollte und wenn die Aufstände und die Gewalt das Leben dieser höherwertigen Menschen bedrohten.

DAVIDS KLEINER SOHN

Serlo hatte Beaufrey fast überredet, seine Ein-Mann-Psychoexperimente mit Eric in San Diego aufzugeben, als David auf der Bildfläche erschienen war, und die Frau hatte ebenfalls nicht lange auf sich warten lassen. Serlo hatte sich nie etwas aus Schönheit oder Unberührtheit gemacht, weil nichts davon so dauerhaft war wie die eigene Abstammung, die selbst der Tod nicht auslöschen konnte. Serlo ließ keine Gelegenheit aus, um neue Besucher wie David die lange Halle hinunterzuführen und ihnen die Porträts zu zeigen. Die Gemälde an der Nordseite zeigten die Ahnenreihe seiner Mutter; an der Wand nach Süden hing die Ahnenreihe seines Vaters, die vielleicht etwas weniger erlesen war.

Beaufreys intensive Beschäftigung mit Davids Freundin und seinem Sohn hatte Serlo interessiert. Er wußte, daß Beaufrey Seese am liebsten tot sähe, und er war neugierig darauf, was er mit dem Säugling anstellen würde. Wenn Beaufrey das Kind nicht umbringen ließ, würde Serlo es gern von zwei Männern aufziehen lassen, was sozusagen das erste wichtige Experiment seines Instituts darstellen würde. Das Kind war zwar von gewöhnlicher Herkunft, aber blaues Blut durfte nicht unnötig verschwendet werden. Serlo stellte keine Fragen, denn was immer Beaufrey mit dem Säugling gemacht hatte, würde zweifellos auf einem Videoband oder auf Fotoaufnahmen festgehalten worden sein.

Serlo hatte Davids Aufmerksamkeit für ihn beobachtet.

Merkwürdig, wie David ihn bis zu dem Augenblick, als er den Landestreifen und die Ranchgebäude der *finca* erblickte, ignoriert hatte. David kam aus der Gosse, und Gossenjungen waren überall gleich, egal, ob sie aus den USA oder Downtown Bogotá stammten. Serlo mochte gute Hunde; ein guter Hund wedelte mit dem Schwanz, wenn er frisches Fleisch roch. Die amerikanischen Gossenjungen amüsierten ihn. Sie nannten sich »Musiker« oder »Maler«, aber nie »Prostituierte«. David hatte seinen Status nach dem Erfolg seiner Ein-Mann-Show völlig falsch eingeschätzt. Und natürlich hatte Beaufrey das seinige getan, um seine Opfer dahin zu bringen, wo er sie haben wollte. Er liebte es mit anzusehen, wie sich ihre Gesichter verdüsterten und ihre Augen sich mit Tränen füllten, diese Gossenjungen, die sich für »seinesgleichen« gehalten hatten. Völlig unerwartet machte Beaufrey ihnen eines Tages klar, wo ihr Platz war.

DIE GEHEIME AGENDA

David haßte Seese so sehr, daß er gar nicht erkannt hatte, wie ungewöhnlich es für sie gewesen wäre, die Finger so lange vom Wodka und Kokain zu lassen, bis sie Vorkehrungen getroffen hatte, um sie in Cartagena aufzuspüren. Alles, was David verstand, war, daß Kidnapper seinen kleinen Sohn Monte entführt hatten und daß diese Schlampe sie angeheuert hatte. David war sogar einmal von der *finca* nach San Diego zurückgeflogen, weil die Hure darauf beharrt hatte, das Baby sei nicht bei ihr. Beaufrey war die ganze Nacht mit David wachgeblieben, sie hatten Kokain geschnupft und darüber diskutiert, die Frau umbringen zu lassen. Wenn Seese tot wäre, würden sie vielleicht herausfinden, wer das Baby für sie versteckt hielt. Aber David hatte befürchtet, sie würden das Baby vielleicht nie mehr finden, wenn Seese tot war.

Serlo hoffte, Beaufrey langsam von den Gossenjungen und den Psychodramen abbringen zu können, denn sie würden den größten Teil des Jahres auf der entlegenen *finca* verbringen. Davids Abreise hatte Serlo für einen späteren Zeitpunkt in diesem Jahr vorgesehen. Obwohl Beaufrey es nie zugeben würde, wußte Serlo, daß er von David besessen war. Beaufrey hatte ihm anvertraut, daß es ihn seltsam erregte, Davids Sohn gestohlen zu haben, ohne daß David die geringste Ahnung oder den leisesten Verdacht gegen ihn hatte. Wie Beaufrey diesen Betrug genoß. Er wollte sein Spielzeug nicht verlieren. Warum sollte er sich sonst die Mühe machen, die Entführung im Hotel zu inszenieren oder die Mutter des Kindes am Leben zu lassen?

Nichts durfte Serlo und Beaufrey auf der *finca* beim Reiten stören. Beide hatten auf internationaler Ebene Reitturniere bestritten – Serlo für das Team von Kolumbien und Beaufrey für Argentinien. Zuerst hatte sich David, ausgestattet mit computerisierten Farbvergrößerungs- und -entwicklungsgeräten, in seine neue Dunkelkammer zurückgezogen, während Serlo und Beaufrey mit ihren Dressurpferden über den Übungsparcours ritten. Doch nach einigen Wochen konnte David die Gespräche beim Abendessen über ihre gemeinsamen Ausritte nicht länger ertragen. Serlo genoß Davids Gefühl der Isolation insgeheim und hatte die abendlichen Gespräche absichtlich auf das Thema der königlich-polnischen Kavallerie und das Hervorgehen des Dressurreitens aus der militärischen Nutzung von Pferden gelenkt.

Affektiert sprach Serlo von dem »unvergleichlich belebenden Gefühl«, das einen ergreife, wenn die leiseste Berührung eine sofortige Reaktion des krafvollen, lebhaften Tieres herausforderte, das man unter den Schenkeln erzittern fühlte. David war fest entschlossen, sich nicht an den Rand drängen zu lassen. Die Arbeit in der Dunkelkammer langweilte ihn. Aufnahmen zu machen, war aufregender. Er wolle ebenfalls reiten, hatte er verkündet. Die großen holländischen Dressurpferde waren für seinen Geschmack zu häßlich und zu schwerfällig. Auf der Weide der Polopferde war ihm eine kleine rotbraune Stute mit weißen Fesseln aufgefallen. *Das* war das Pferd, das er wollte. Serlo hatte zugesehen, wie David sich abmühte, die kleine, nervöse Stute zu besteigen; kein vernünftiger Mensch hätte dieses wild um sich blickende Tier ausgewählt.

David ritt zwar nicht sehr anmutig, er fiel aber auch nicht herunter. Er hatte das schlimmste Pferd auf der *finca* ausgewählt. Die etwas kleinwüchsige Vollblutstute hatte ein zu nervöses

Wesen, um als Polopferd eingesetzt zu werden. Die offene Landschaft und die unbegrenzte Weite der Savannen, die sich in alle Himmelsrichtungen erstreckten, hatten einen merkwürdigen Effekt auf die Stute, und die Pferdepfleger vermuteten, daß sie in Boxenställen geboren und aufgezogen und dann in überdachten Reitparcours geritten worden war, bevor man sie auf die *finca* verkauft hatte. War sie erst einmal aus dem Stall heraus und außerhalb der Begrenzungen der Koppeln, Zäune und Gebäude, dann wurde die Stute zunehmend unruhiger. Die Pferdepfleger nannten diesen Zustand »Steppenrausch« oder »Rausch in offenem Gelände«. Die Einheimischen berichteten von ähnlichen Zuständen bei Hunden, die aus der Stadt mitgebracht wurden und nichts anderes gewohnt waren, als ein Leben in Umzäunungen. Wenn sie in der weiten Ebene zum erstenmal freigelassen wurden, stürzten die Hunde davon, und rannten und rannten, ohne auf ihre Erschöpfung zu achten, bis sie tot umfielen.

David hatte es geschafft, die Stute auf einem Pfad innerhalb des Reitplatzes unter Kontrolle zu halten. Als er ihr jedoch mehr Zügel ließ, hatte sie das Gebißstück des Zaumzeugs zwischen die Zähne genommen und war mit hocherhobenem Kopf durchgegangen. Serlo glaubte, daß David herunterfallen würde, doch die Stute hatte nicht gebockt, und David hatte sich an sie geklammert, während sie auf dem Reitplatz umherrannte. Serlo hatte sein eigenes Pferd scharf parieren müssen, als es an den Zügeln zerrte, um der Stute zu folgen. Beaufrey ritt ein sehr erfahrenes Pferd, und seine Gelassenheit beruhigte das Tier. Serlo dagegen saß auf einem weniger erfahrenen Tier, einer Neuerwerbung. Serlo hatte verschiedene Zuchttiere gekauft, damit die *finca* selbständig wurde und sie dort Pferde für die unterschiedlichsten Zwecke züchten konnten. Serlo glaubte fest daran, daß der Tag kommen würde, an dem die Welt von Schwärmen brauner und gelber Menschenlarven überrannt werden würde, die Ureinwohner genannt wurden. Serlo betrieb sorgfältige Planungen und Vorbereitungen im Hinblick auf diese herannahenden Tage des Chaos. Beaufrey dagegen war sich nicht sicher. Natürlich hatte er seine Zweifel Serlo gegenüber nie geäußert. Was seine globalen Theorien betraf, war Serlo höchst empfindlich. Er war Gründungsmitglied einer geheimen multinationalen Organisation mit einer »geheimen Agenda« für die gesamte Welt.

Es hatte wenig Zweck, einen genetisch höherwertigen Menschen in einer Welt auszusetzen, die von degenerierten Massen überschwemmt und vergiftet war. Die Geschichte der geheimen Agenda hatte mit dem Dritten Reich in Deutschland begonnen, aber nicht mit Hitlers Tod geendet. Im Grunde genommen war die Ausführung der Agenda genau nach Plan verlaufen, denn das europäische Judentum war zerstört worden. Die jüdischen Überlebenden des Holocaust waren zu traumatisiert und zahlenmäßig zu wenige, um sich in Europa länger effektiv fortpflanzen zu können. Die Juden in Polen waren praktisch ausgerottet. Den überzeugendsten Beweis für den Erfolg des Dritten Reiches jedoch konnte man in Israel beobachten, wo in Lagern gefangengehaltene Palästinenser von Nachkommen der jüdischen Holocaustüberlebenden gefoltert und getötet wurden. Die Juden mochten dem Dritten Reich entkommen sein, aber jetzt waren sie besessen vom Drang, Leid und Tod herbeizuführen. Hitler hatte triumphiert.

Wenn die Israelis vorhatten, die Moslems herauszufordern, um auf diese Art einen Krieg zu rechtfertigen, mit dem sie sie für immer von der Erdoberfläche tilgen konnten, dann war das um so besser für die geheime Agenda. Sollten sich die Gelben, Braunen und Schwarzen gegenseitig abschlachten. Der Agenda ging es ums Überleben, nicht um Gerechtigkeit. Der alte Mann hatte Serlo vor vielen Jahren beigebracht, daß es prinzipiell Unrecht war, einen Menschen zu töten, weshalb sollte man sich dann noch mit den Regeln des »fair play« abgeben? Eine Kugel ins Ohr oder eine Bombe unter dem Vordersitz eines Autos waren nicht fair, aber sie waren endgültig.

BIOLOGISCHE KRIEGFÜHRUNG

Der alte Mann versuchte nicht, die eigentliche Natur seiner Beziehung zu Serlo zu verbergen. Serlos Eltern waren geschieden, und keiner der beiden hatte das Kind haben wollen. Der alte Mann hielt es nicht für homosexuell, dem Jungen nachts Arme und Beine zu massieren. Homosexualität bezog andere ein, andere Männer, die penetrierten oder selbst Penetration wünschten. Serlo hatte gelernt, daß sexuelle Penetration lächerlich, unnötig und voller schmutziger Ansteckungsgefahr war.

Eines Nachts, als Serlo dreizehn Jahre alt war, hustete der alte Mann dreimal, dann verlor er die Kontrolle über seine Blase und starb. Seit dem Tod des Großvaters hatte Serlo keinem anderen menschlichen Wesen mehr erlaubt, ihn sexuell zu berühren. Er hatte ständig dafür gekämpft, sich seine Reinheit und Gesundheit zu bewahren. Beaufrey hatte Serlos Nähe in Paris zunächst gesucht, weil Gerüchte behaupteten, daß er der letzte und älteste unberührte Jüngling auf dem Kontinent sei. Mit seinen Fetischen der Reinheit und Sauberkeit war Serlo seiner Zeit voraus gewesen. Es gab Anspielungen darauf, daß sein Geschlechtsorgan nur sterile, vorgewärmte Edelstahlrohre berührte, wie sie für die künstliche Befruchtung von Rindern benutzt wurden. An der gesamten Mittelmeerküste kursierten aufreizende Gerüchte über Serlo, die blassen Augen und die milchweiße Haut, der Stolz des europäischen Adels, aufgezogen in den entlegenen Savannen, den *llanos* Kolumbiens.

Normalerweise hatte sich Beaufrey nicht gerade die »berühmten« sexuellen Spleens ausgesucht, aber die Geschichten über Serlo fand er unwiderstehlich.

Serlos Großvater war ein Wissenschaftsenthusiast gewesen. Der alte Mann hatte angeordnet, alle Rinderherden auf seinen weitläufigen *fincas* künstlich zu befruchten. Er hatte ausschließlich in Stahlflaschen masturbiert, in denen sein Samen für zukünftigen Gebrauch eingefroren wurde. Sein Großvater hatte ihn beeinflußt, gab Serlo zu. Der alte Mann hatte davon geträumt, daß der Adel und die Monarchie in Europa eines Tages wieder aufleben würden. Er hatte den Samen seines edlen Blutes hinterlassen, damit die Volksmassen Europas durch die Anwendung der künstlichen Befruchtung veredelt werden konnten. Der alte Mann hatte weit in die Zukunft gesehen und erkannt, daß die Fortpflanzung nicht unbedingt die abstoßende Berührung und den Gestank von Sex mit einer Frau beinhalten mußte.

Beaufrey und Serlo hatten über Taktiken diskutiert. Die Gruppe, mit der Serlo sich traf, hatte sich auf »positive« Maßnahmen konzentrieren wollen – Forschungslaboratorien und Samenbanken, in denen ein höherwertiges menschliches Wesen entwickelt werden würde. Die Gruppe hatte Berichte von wissenschaftlichen Forschern erhalten, die sich mit der Entwicklung eines künstlichen Uterus beschäftigten, da Frauen oft nicht verläßlich und verantwortungsbewußt genug waren, um die Entwicklung der »Superföten« zu »Superbabys« garantieren zu können. Ja, gab Serlo zu, er bewahre seinen gesamten Samen in einem Tiefkühlfach auf, damit er von zukünftigen Generationen genutzt werden könne. Nichts war unmöglich. Europa war voller lebender Monarchen. Serlo liebte es, die Liste herunterzurasseln – alle waren seine entfernten Vettern: Michael in Rumänien, Otto in Österreich, Niko in Montenegro, Simeon in Bulgarien und natürlich der liebe Konstantin in Griechenland. Serlo hatte es sehr eilig damit, sein Institut auf die Beine zu stellen und die Samenspenden europäischer Adliger einzuholen, weil er fürchtete, die seltenen und edlen Stammbäume könnten aussterben, ohne Nachwuchs zu hinterlassen.

Obwohl sie viel Zeit in Anspruch nahmen, waren biologische und chemische Wirkstoffe Kugeln und Bomben weit überlegen, da sie leise und anonym wirkten. Niemand konnte etwas beweisen. Der Aidsvirus, HIV, war jahrelang unentdeckt geblieben, und als es soweit kam, waren die Zielgruppen bereits gründlich infiziert. Beaufrey hatte behauptet, die CIA habe den HIV entwickelt, aber Serlo wußte, daß dies eine Lüge war. Jahrelange Forschungen über seltene Krebsarten, seltene Viren und Hepatitis waren notwendig gewesen; gefolgt von gewagten Experimenten über das Klonen von Bakterien und Viren. Forscher in Johannesburg hatten mit Affenviren experimentiert. Die große biologische Bombe, die schließlich explodierte, war das Resultat einer internationalen Kollaboration. Man hatte bestimmt, daß die erste biologische Bombe in Afrika detonieren sollte, wo, wie die Forscher hofften, die Unterernährung die Wirkung des Virus noch verstärken würde. Hepatitis B hatte ihnen dabei als Vorbild gedient, um die Verbreitung des Aidserregers vorzubereiten. In Afrika hatten sie dann einfach Vollblut- und Blutplasmavorräte verseucht, mit denen abgelegene Krankenhäuser versorgt werden sollten, deren Patienten hauptsächlich aus Frauen bestanden, die soeben geboren hatten. Auf diese Weise wurden auch die Ehemänner und die nachfolgenden Neugeborenen infiziert. Sie hatten den Immunschwäche-Virus deshalb an Hepatitis B orientiert, weil sich die Anfälligkeit der ausgewählten Zielgruppen für Hepatitis B bereits erwiesen hatte.

Durch die Teilnahme an den Gruppentreffen hatte Serlo viel über Virologie und Molekularbiologie gelernt. Er wußte die Schönheit des Aidserregers aus einer Perspektive zu würdigen, die Beaufrey nicht nachvollziehen konnte. Hepatitis B war eine Krankheit der Armen, der Nicht-Weißen, der Abhängigen und der Homosexuellen – aber Hepatitis B war heilbar. Aids dagegen war unheilbar. Mitglieder des Forschungsteams brüsteten sich damit, den ersten auf ganz bestimmte Zielgruppen ausgerichteten »Designervirus« geschaffen zu haben. Der Schmutz würde sterben, die Reinen überleben. »Stellen Sie sich die größte Armee der Welt vor!« hatte einer der Forscher ausgerufen. »Stellen Sie sich eine Armee mit Millionen und Abermillionen tödlicher Truppen vor! Und was sehen wir? Jawohl, meine Herren! Die leise und todbringende Virusarmee!« Natürlich waren sich Serlo und seine Verbündeten immer voll und ganz darüber im klaren gewesen, daß Geheimhaltung der Grundpfeiler ihrer Organisation war, doch tief in ihrem Inneren waren sie der Überzeugung, daß eine bedrohte Spezies mit allen Mitteln um ihr Überleben kämpfen mußte. HIV war eine perfekte Waffe für die, die sich im entscheidenden Kampf ums Überleben in der Minderheit befanden.

Beaufrey prahlte ständig mit der Arbeit seiner Freunde bei der amerikanischen CIA. Er behauptete, der Überfluß an Kokain in den Vereinigten Staaten gehe auf das Konto von US-Strategen, die befürchteten, daß die Heroinabhängigen in den Ghettos die Aidsinfektion nicht schnell genug verbreiteten. Beaufrey mußte immer das letzte Wort haben. Serlo hatte die Geschichten über die CIA zwar gehört, bezweifelte jedoch, daß die *Agency* dafür überhaupt gut genug koordiniert war. Es war einfach nur ein glücklicher Zufall, daß große Mengen billigen Kokains zur gleichen Zeit aufgetaucht waren wie der Virus. Kokain gegen Heroin auszuspielen, war ein riskantes Unternehmen gewesen, aber die CIA hatte keine Wahl gehabt. Nach dem Fall von Saigon hatte das Unternehmen der CIA im Opiumgeschäft Millionenverluste erlitten. Das Kokain war Teil eines ausgeklügelten Plans gewesen, der darin bestand, die CIA-Operationen in Mexiko und Zentralamerika mit den Einnahmen aus den Kokainverkäufen in den Vereinigten Staaten zu finanzieren. Ohne Kokain würden die Millionen der jungen schwarzen und hispanischen Männer und Frauen in den Ghettos der amerikanischen Städte rebellieren. Ohne billige und ausreichende Versorgung mit Kokain würde es wieder heißen: »Burn, baby, burn!«, so wie in New York, Washington, Los Angeles, Detroit und Miami. Insgeheim glaubte Beaufrey nicht, daß die aufständischen Ureinwohner dieser Welt genügend Energie oder Durchhaltevermögen haben würden, um einen Umbruch herbeizuführen. Aufstände und Revolten versandeten immer, wenn die Revolutionäre und ihre Anhänger erst einmal begannen fernzusehen und etwas mehr zu essen bekamen.

England oder die USA eine »Demokratie« zu nennen, war ein Witz, denn in keiner der beiden Nationen machten sich die Bürger mehr die Mühe, überhaupt zu wählen. Was spielte es schon für eine Rolle? Beide Regierungen hatten geheime Agendas und beschäftigten »Privatunternehmer« wie Beaufrey, während ihre einfältigen Bürger voller Angst vor neuen Steuern weiter vor sich hin wursteln. Eine Monarchie hatte viele Vorteile gegenüber einer korrupten gewählten Regierung. In Adelsgeschlechtern galt das Prinzip der Verantwortlichkeit bis hinauf zum Monarchen. Ein Adelsgeschlecht konnte es nicht einmal seinem Monarchen gestatten, sein göttliches Amt zu entweihen, da sie sonst alle miteinander Gefahr liefen, durch zivile Unruhen oder sogar Bürgerkrieg in den Ruin getrieben zu werden. Die Massen wünschten sich verzweifelt einen Monarchen. Man mußte sich nur die Vereinigten Staaten ansehen, wo die Präsidenten und ihre Familien von den Bürgern fast wie Könige verehrt wurden. Die demütigen grauen Massen Englands hatten im Laufe der Zeit schon Abermillionen für die Erhaltung ihrer geliebten königlichen Familie gezahlt. In der Natur existierte eine feste biologische Rangordnung; innerhalb dieser natürlichen Ordnung vermochte nur *sangre pura* die Massen zu instinktivem Gehorsam zu zwingen.

BABYBILDER

Um die Stute unter Kontrolle zu halten, war es notwendig, ihren Kopf scharf zur Seite zu ziehen und sie einen engen Kreis laufen zu lassen, der sie langsam in Schrittempo zurückfallen ließ. David fand die Schnelligkeit und die Gefahr erregend. Er weigerte sich, ein anderes Pferd zu reiten, und fand das langsame Tempo, das Beaufrey und Serlo mit ihren holländischen Trakehnern einschlugen, langweilig. Serlo und Beaufrey führten auf ihren Ausritten gelegentlich Dressurübungen durch, um ihre obskuren Praktiken zu demonstrieren: absoluter Gehorsam und absolute Kontrolle. David konnte sich nicht zurückhalten, einige geschmacklose Bemerkungen über Männer und Pferde zu machen, »die eins miteinander wurden«, und einige andere dumme sexuelle Anspielungen fallen zu lassen. Die Stute spürte Davids Ungeduld über das langsame Tempo und hatte begonnen, nervös umherzutänzeln und den Kopf zurückzuwerfen, so daß ihr das Gebißstück gegen die Zähne schlug. Das Klacken des Stahls gegen die Zähne des Tieres strapazierte Serlos Nerven.

Beaufrey konnte erkennen, daß Serlo alles, was David tat oder sagte, aufregte. In dieser Beziehung war David ein Schatz. Er war absolut kalkulierbar, und Beaufrey hatte sogar richtig vermutet, welches Pferd er sich aussuchen würde. Beaufrey genoß es, zwischen Serlo und David zu reiten und zu spüren, wie die Spannung zwischen ihnen wuchs und wuchs, bis die kleine Stute zu tänzeln begann und sogar Beaufreys Trakehner durch ihre Mätzchen unruhig und zusehends nervöser wurde. Es dauerte jedoch nicht lange, bis David es leid wurde, seine Stute ständig zu zügeln, und urplötzlich, ohne eine Wort, hatte er die Zügel losgelassen. Die Stute stieg halb in die Luft und schoß wie eine Rakete mit ihm davon, während sie Serlo und Beaufrey in einer riesigen Staubwolke zurückließ.

Serlo fand es wirklich sehr amüsant. Er machte sich einen Spaß daraus, David anzusehen und dann zu lächeln, weil David, geblendet von Egoismus, ihn jedesmal falsch verstand. David nahm an, daß Serlo es auf ihn abgesehen hatte. Sie saßen auf einer langen dunklen Ledercouch in der *sala*, die in einen großen Ballsaal mit einer dreißig Fuß hohen Decke überging. Vielleicht konnte Serlo Beaufrey mit David eine Lektion über das gewöhnliche Straßengewerbe erteilen. Davids Fotografien waren keine Kunst, sondern ekelhafte Pornografie, die sich in nichts von Beaufreys abscheulichen Videos unterschied. Vielleicht waren alle Gringos so begriffsstutzig wie David. Der texanische Junge, Eric, war genauso gewesen. Spielzeuge, kleine Müßiggänger; diese Jungen waren nichts als Abfall. David war nicht einmal auf die Idee gekommen, daß Beaufrey die Entführung arrangiert haben könnte. Serlo hatte Beaufrey nicht nach dem Kind gefragt. Er hatte sich Beaufreys merkwürdigen Neigungen gegenüber völlige Gleichgültigkeit angewöhnt. Serlo empfand keine Neugier für das Schicksal unwichtiger Kreaturen. Er hatte auch Beaufreys Erregung nicht geteilt, als er Eric, David und Seese dabei zugesehen hatte, wie sie miteinander immer weiter auf einen Selbstmord zugetanzt waren.

Die Räume waren erfüllt von einem kräftigen, diffusen Licht, das durch die hohen Fenster hereinfiel. Lange Veranden schatteten die Räumen von der sengenden Sonne ab. Jenseits der von gelben Blüten bedeckten Bäume erstreckte sich das flache Land in alle Himmelsrichtungen, bis sich schließlich das Hellblau des Himmels darüberlegte. Es waren keine anderen hochgewachsenen Bäume in der *llano* zu sehen, lediglich einige Sträucher. Bienen und große schwarze Fliegen summten in den Baumkronen. Große schwarze Fliegen saßen auch an den Fliegengittern der Fenster, und sie bewegten sich selbst dann nicht, wenn der Wind die Gitter hin- und herschwang. Serlo sprach mit sanfter Stimme.

»Hier unten sind Juli und August die heißesten Monate. Du schaust aus dem Fenster, und die Hitze ist so dicht, daß sie zittert ...« David hatte einen kleinen Pinsel in der Hand und strich damit vorsichtig über die Oberfläche des Teleobjektivs. Er antwortete nicht. Serlo war gezwungen, seinen Satz zu beenden: »Wie Treibsand.« David lächelte, weil er diese letzten Worte aus Serlo herausgezwungen hatte.

»Treibsand?« wunderte er sich. David verband Hitze nicht mit Treibsand, aber er wußte, daß es Menschen gab, die wie Treibsand waren. Bei Beaufrey war er sich inzwischen nicht mehr sicher. Er unternahm Reisen nach Bogotá und weigerte sich, David zu erlauben, daß er ihn begleitete. David hatte vorgehabt, nach San Diego zu fliegen und dort zu bleiben, bis er herausfand, wo Seese Monte versteckt hielt. Aber Beaufreys unerwartete Trips nach Bogotá hatten ihn beunruhigt. Er glaubte Beaufrey nicht, daß Serlo asexuell war, und er glaubte ebensowenig, daß Beaufrey nach Bogotá flog, um Videos zu verkaufen. Beaufreys Augen waren von Eric zu David geschweift. Und David war fest entschlossen, nichts und niemanden zwischen sich und Beaufrey treten zu lassen. Sein ganzes Leben lang hatte er von einem Mann wie ihm geträumt – reich, aristokratisch und unerbittlich. Jemand, der sein Gönner war, damit er zu Ausstellungen in ganz Europa eingeladen wurde.

Eric hatte David vorgeworfen, er sei genauso herzlos wie Beaufrey. Damals hatte David nichts dazu gesagt, doch der Vergleich hatte ihm geschmeichelt. Eric hatte zu oft geweint, und seine nassen Wangen und die herabgezogenen Mundwinkel hatten David vor Verlangen danach, dieser Heulsuse das Gesicht zu einem blutigen Brei zu schlagen, fast verrückt werden lassen. Die Feuchtigkeit und Nässe von Seese nach der Geburt des Kindes hatten David ebenfalls angewidert. Am Morgen, an dem er sie verlassen hatte, am letzten Morgen, den sie zusammen waren, hatte er die Laken vom Bett gerissen und sie angeschrien – nicht mit Worten, nur mit Lauten –, hatte seinen Zorn herausgeschrien, Zorn über die von der Schwüle feuchten Laken, Zorn über den Geruch und die blaßgelben Milchflecken, wenn es nachts aus ihren Brustwarzen tropfte, während sie dem Baby im Bett die Brust gab.

Selbst nachdem David Monte nach Cartagena gebracht hatte, hatte es ihn angeekelt, als das Baby einmal auf den Rand der Windel spuckte, während er es hielt. Die Kindermädchen hatten

Anweisung, das Baby frisch anzukleiden, bevor sie es zu seinem Vater brachten. Zuerst hatte David von dem Baby zahlreiche Rollen mit Film verschossen, um die Bilder mit seinen eigenen Babybildern zu vergleichen, die seine Mutter in den Alben aus blauem Leder gesammelt und für ihn aufbewahrt hatte. Wenn er an den Tod seiner Mutter dachte, stiegen David noch immer die Tränen in die Augen. Wenn sie noch leben würde, wäre sie entzückt darüber, wie ähnlich ihm das Baby sah. David war viel allein gewesen mit seiner Mutter, weil seine Geschwister bereits zur Schule gingen, als er zur Welt kam. Sein Vater war Buchhalter, der häufig ins Büro ging, um dann auf eine dreitägige Sauftour zu verschwinden.

David hatte alle Familienalben seiner Mutter aufgehoben; sie hatte ihm beigebracht, sich die Bilder sämtlicher Familienzweige anzusehen und in den Augen, Wangenknochen oder Körperhaltungen bestimmte familiäre Charakteristika zu entdecken. David hatte seinen Vater als einen stillen, wütenden Mann in Erinnerung, dessen schütteres graues Haar vom Kopf abstand, wenn er betrunken war. Als Kind war David immer an den Abenden am glücklichsten gewesen, an denen der Alte nicht nach Hause gekommen war. Die Fotoalben waren ihre schönste gemeinsame Beschäftigung gewesen – weit weg von den Anrufen der Polizei, die seinen Vater besinnungslos in seinem Wagen aufgefunden hatte. Nachdem Davids Geschwister die Schule beendet hatten und von zu Hause fortgingen, waren die Fotoalben neben David der schönste Teil des Lebens seiner Mutter. David war ihre Seele, pflegte sie zu sagen; ohne ihn wäre sie gestorben. Ihren Gin und Tonic trank sie morgens, wenn David zur Schule gegangen war.

GERICHTLICHE
AUSEINANDERSETZUNGEN

David wollte, daß Serlo Notiz von ihm nahm. Er genoß die Atmosphäre sexueller Spannung, die sich zwischen ihnen dreien entwickelt hatte. Beaufrey behauptete, Serlo sei asexuell. Wer konnte ihm das verübeln, wenn Beaufrey sich weigerte, seinen Körper zu entkleiden? Beaufrey trug beim Sex immer Seidenpyjamas oder die Kleider, die er gerade anhatte. Er ließ weder zu, daß man ihn nackt sah, noch daß er umarmt oder berührt wurde. Er ignorierte seine Partner. »An regnerischen Tagen ziehen wir unsere Regenmäntel an«, war seine Standardphrase, was die Benutzung von Kondomen anging. Er war derart berührungsempfindlich, daß er aus Sicherheitsgründen auch zwei übereinander tragen konnte. Beaufrey meinte, er wisse zuviel über geheime biologische Forschungen und die Nutzung sexueller Übertragung. Das Aidsvirus sei nur der Anfang gewesen.

David war gerade im Begriff gewesen, nach San Diego zurückzukehren, um Bewegung in die Sache zu bringen und diese Schlampe so lange zusammenschlagen zu lassen, bis sie preisgab, wo Monte versteckt war, als G. anrief und verkündete, daß man wegen der Fotografien von Erics Selbstmord neue Klagen gegen ihn, G., die Galerie und natürlich gegen David eingereicht habe. Zum Glück befänden sich David, die Negative und die Dias nicht in den Vereinigten Staaten. G. erinnerte David daran, daß er ihn vor dem Risiko eines Prozesses im Zusammenhang mit der Fotoserie über Eric gewarnt habe. Doch damals war David zuversichtlich gewesen, daß Erics Familie keine weitere Publicity oder noch mehr Peinlichkeiten wünschte. Die Klage, die Erics Eltern eingereicht hatten, belief sich auf mehrere Millionen Dollar Schmerzensgeld. Natürlich konnte G. Davids Drucke in den Staaten nicht mehr verkaufen, er hatte jedoch bereits Vereinbarungen mit einer Münchner Galerie getroffen.

G. bat David immer wieder, sich keine Sorgen zu machen, die Publicity sei Millionen wert. Er werde sich um alles kümmern. Aber David war wütend über die Anwaltskosten. G. überwies von Davids Konto jeden Monat Tausende an die Rechtsanwälte. Die Drucke von Erics Selbstmord verkauften sich zwar rasch, doch

Davids Anteil war von den Anwaltskosten aufgefressen worden. David war außer sich. Jahrelang hatte er auf den Erfolg gewartet; und Erics Familie und ihre Prozeßklagen hatten alles kaputt gemacht. G. erzählte ihm, er müsse sich keine Sorgen machen, doch das lag daran, daß G. wußte, wie gering die Gefahr war, David nach all den Kontroversen und Rechtsstreitigkeiten an eine konkurrierende Galerie zu verlieren. Natürlich würde die »Eric-Serie« weiterhin im Ausland und an Privatsammler verkauft werden, aber logischerweise beeinträchtigten Klagen mögliche Profite. G. war optimistisch hinsichtlich Davids nächster Ausstellung. Wie kam er mit der neuen Serie voran? »Großartig«, hatte David gelogen. Es gab keine neue Serie. Warum auch? David hatte gerade erst eine brillante Reihe geschaffen. Die Eric-Serie war sein Meisterstück, und die Ausstellung war ein großer Erfolg gewesen, bis die Rechnungen dieser verdammten Anwälte in der Post aufgetaucht waren. David gab G. die Schuld daran, weil der die ganze Sache falsch gehandhabt hatte. Er vertraute weder ihm noch dessen Buchhalter. 100 000 Dollar waren einfach so verschwunden. Und nun hatte G. sich erboten, David 5000 Dollar zu leihen, verlangte jedoch zunächst per Expreßsendung weitere Drucke aus der Eric-Serie, bevor er ihm das Geld senden würde.

David hatte den Hörer aufgeknallt. Er spürte, wie ihm die Tränen in die Augen stiegen. G. hatte die Ausstellung und den Verkauf seiner besten neuen Arbeit falsch gemanagt. Hysterie und Vorurteile hatten die Kunstkritiker gegen David aufgebracht. Keiner von ihnen verstand, wie wichtig die Eric-Serie war. Keinem von ihnen war klar, daß Davids Arbeit darauf hinauslief, die Begriffe *Porträt* und *Stilleben* neu zu definieren. G. hatte es zu eilig gehabt, die Sets der Eric-Serie zu verkaufen, bevor Erics Familie neue Klagen einreichte. Zudem bestanden G.s Anwälte aus seinen alten Schulfreunden, die angesichts einer Schar von Topanwälten, die die Texaner angeheuert hatten, einen Rückzieher gemacht hatten. Plötzlich schien es, als sei die gesamte Arbeit, die David in die Erschaffung der Eric-Serie gesteckt hatte, zunichte gemacht, denn sämtliche Drucke der limitierten Auflage waren verkauft, und ihm blieben nach Abzug der Anwaltskosten weniger als 10 000 Dollar. G. sprach vage von einer

Galerie im Ausland, wo die Auswirkungen der Prozesse sich nicht bemerkbar machen würden. Aber was hatte es nach dieser Erfahrung für einen Sinn, zu arbeiten?

Wenn Beaufrey verreist war, unternahm Serlo seine Ausritte frühmorgens. Er hatte David nicht aufgefordert, ihn zu begleiten, aber das störte David nicht. Er lud sich selbst ein. Er sprach kein Spanisch, und die Aushilfskraft, die sie eingestellt hatten, sprach kein Englisch. Serlo ritt langsam und bedächtig wie eine Nonne. Schlechte Reiter waren ihm ein Greuel, deshalb sprach er auf ihren Ausritten nur wenig mit David. Diesem war es egal, was er für eine Figur im Sattel abgab; ihm war es wichtig, bei mörderischem Tempo im Sattel zu bleiben, und das Gefühl auszukosten, mit der Erregung des Pferdes zu verschmelzen, das über die Erde dahindonnerte und Raum und Zeit zu überwinden schien.

David wußte bereits, daß Serlo ihn attraktiv fand. Beaufrey hatte ihm verraten, daß es Serlo erregte, Männern beim Reiten zuzusehen. Ein Reiter war stark und voller Leben. David wußte, wie sehr die Gefahr Beaufrey erregte. Und Serlo hatte zweifellos ähnliche Vorlieben, sonst würde er überhaupt nicht reiten. Pferde waren gefährlich stark. David war Typen wie Serlo schon früher begegnet: blaß, aristokratisch und leidenschaftslos.

Da Beaufrey häufig für den größten Teil der Woche verreist war, hatte David sich am Satellitenfernsehen langsam sattgesehen. Er hatte begonnen, die rotbraune Stute selbst zu pflegen und zu füttern. Das Tier wieherte, wenn David die Ställe betrat. Die Rancharbeiter machten untereinander Witze über den neuen Stalljungen, aber David kümmerte sich nicht darum. *Sangre pura* war Bullshit. David kam aus den USA, und er wußte, daß nur Geld allein zählte.

Serlo änderte nie die Route seiner Ausritte. Neben dem Dressurplatz und dem Springparcours gab es noch eine Reithalle, in die sie bei schlechtem Wetter ausweichen konnten. Serlo zog es vor, ausschließlich auf den Wegen und Pfaden zu reiten, denn im Gras der *llanos* lauerten viele Gefahren wie Nagetierhöhlen und schmale, tiefe Wasserfurchen. Die *llanos* waren in dieser Gegend nicht sehr flach. Es gab sanft geschwungene, mit Gras und Sträuchern bewachsene Hügel, und weit in der Ferne erhoben sich Berge, die so blau und so hoch waren, daß sie sich in den Wolken verloren. Nichts hatte David je so sehr erregt, wie das Gefühl, das er auf dem Rücken eines Rennpferdes empfand. Er hatte bereits mit Motorrädern und Sportwagen Rennen bestritten, aber sie waren nicht lebendig gewesen. Man riskierte dabei nicht, sich die Knochen zu brechen.

Er war so nahe dran gewesen, fast in Reichweite, als die richterlichen Verfügungen und Klagen eintrafen. Er wußte, daß seine Eric-Serie einfach genial war. Eigentlich hätte sie seine Karriere steil nach oben führen müssen, aber es war alles falsch gelaufen, genauso falsch wie der pathologische Bericht, den man erstellt hatte, nachdem seine Mutter erkrankt war. Einige Dinge hätten nie passieren dürfen: seine Geburt etwa, als sein Vater bereits zu alt und zu versoffen war. Am Anfang hatte David erwartet, daß Beaufrey sich für seine Fotoserie einsetzen und weitere Anwälte hinzuziehen würde, um G.s Anwälte zu unterstützen und die Trümpfe auf den Tisch zu legen. Denn Beaufrey liebte Kunst, besonders Davids Kunst, und natürlich liebte Beaufrey David oder zumindest David, den Künstler. Doch Beaufrey hatte seltsam zufrieden gewirkt über die Angriffe gegen seine Arbeit. Er fand, G. und die Galerie sollten sich um die ganze Angelegenheit kümmern. »Nur die Stärksten überleben, lieber David«, war sein einziger Kommentar gewesen.

SPIELE

Nach dem nächtlichen Regen lag von der Morgendämmerung bis zum Mittag ein blauer Nebel über den welligen grünen *llanos*. In hundert Meilen Entfernung wurden die hohen Berge noch immer von Wolken verborgen, und es war David nicht schwergefallen, sich vorzustellen, daß er Adam im Paradies war. Soweit er nach Süden und Westen sehen konnte, gab es keine Kondensstreifen, keine Motorengeräusche, kein Glitzern von Metall oder Glas, kein Hundgebell und keine menschlichen Stimmen; nur das Schwirren der Insekten und die Rufe der Vögel. Es waren keine Laute von Rindern oder Pferden zu hören, es war keine Menschenseele zu sehen. Er hätte der letzte Mensch auf Erden sein können. Kein Wunder, daß Serlo so viele bizarre Vorstellungen hatte: Er hatte zu lange in den *llanos* gelebt.

Mit Ausnahme der in den Gängen aufgehängten Ahnenporträts stellten spanische Landschaftsmalereien aus dem neunzehnten Jahrhundert, mit Abbildungen verschlungener Wege und sauber gepflegter Olivenhaine hinter uralten Steinwällen, die einzigen Kunstgegenstände im Ranchhaus dar. Diese Landschaftsmalereien gehörten zu den schrecklichsten, die David je gesehen hatte. Gewöhnliche Landschaften fand er tödlich langweilig. Ihm ging es bei einer Landschaft immer um die menschliche Gestalt, das menschliche Gesicht, das im Kindesalter unsere ursprüngliche »Landschaft« darstellt. Sogenannte Stilleben und Landschaften waren nur Abbilder der Wahrnehmungen und Empfindungen des Künstlers. Erics Körper war zu einer neuen Landschaft geworden, und seine Farben hatten sich über die Bettlaken, die Decke, die Wände und den Fußboden verteilt.

Die mittägliche Hitze nach dem Nachtregen hatte David völlig erschöpft, doch die Klimaanlage in seinem Zimmer war in einem schlechten Zustand, so daß er nicht geschlafen hatte. Beaufrey war noch immer geschäftlich in Bogotá. Serlo telefonierte fast täglich mit ihm. Er gab keine Antwort, wenn David sich erkundigte, welche Art von Geschäft plötzlich so viel Aufmerksamkeit von Beaufrey verlangte. Serlo versprach David, daß der Vorarbeiter der Ranch die Klimaanlage auf seinem Zimmer reparieren würde, und meinte, David würde auf der abgeschirmten Veranda vielleicht besser schlafen. Die Hitze hatte im Laufe des Tages eine merkwürdige Trägheit verursacht; David lag auf seinem Bett, ohne schlafen zu können. Obwohl er wußte, daß es so gut wie unmöglich war, stellte er sich vor, wie es wäre, wenn Beaufrey die Sache plötzlich in die Hand nähme. Er malte sich sein schönes, grausames Gesicht aus, während er verkündete, daß seine Rechtsanwälte in Bogotá sich um alles gekümmert hätten. David träumte davon, daß Beaufrey geheime Treffen mit europäischen Galeristen arrangiert hatte, um ein atemberaubendes internationales Debüt für ihn und die Eric-Serie vorzubereiten. Alles, was dazu benötigt wurde, war Geld, und Beaufrey hatte dieses Geld.

David hatte schon mehr Männer wie Beaufrey gekannt. Sie zeigten keine Gefühle; ihre Augen waren ausdruckslos. Sie gaben vor, keinerlei Bindungen zu haben, verteilten keine Geschenke und kein Geld, bezahlten jedoch sämtliche Reisekosten, Hotelrechnungen, Mahlzeiten, Whiskey und Kokain. Beaufrey hatte sogar geduldet, daß David Seese bei sich behielt, genauso wie er Eric weiter geduldet hatte. Beaufrey war nur neugierig gewesen, nicht großzügig. Er fühlte sich zu Künstlern hingezogen, weil er sich schnell langweilte.

Während des ganzen Abendessens beobachtete Serlo, wie David aß und davon sprach, Rennpferde zu reiten. Englisch klang in Serlos Ohren ohnehin wie Papageiengekrächze, und er hatte ihm kaum Beachtung geschenkt. Was ihn interessierte, waren Davids Dünkelhaftigkeit und Verblendung. David hatte versucht, Serlo für ein Rennpferd zu interessieren, doch Serlo machte sich nicht die Mühe, ihm zu erklären, wie vulgär jede Form von Wettstreit und ganz besonders Pferderennen waren. Davids Einfältigkeit war natürlich Teil seiner Anziehungskraft auf Beaufrey. Serlo mußte zugeben, daß auch er sich für ihn interessierte. Er hatte noch nie soviel Arroganz in Verbindung mit Ignoranz angetroffen, aber Beaufrey hatte ihm versichert, alle Männer in den Vereinigten Staaten seien wie David. Er hatte Serlo absichtlich mit David auf der *finca* allein gelassen. »Du bist am Zug«, war alles, was er zu ihm gesagt hatte.

Beaufreys Spiele. Serlo hatte genug von diesen Spielen. Er hatte jetzt das Institut, für das er arbeitete. Jahrelang hatte Beaufrey versucht, ihn mit knackigen jungen Männern zu verführen, die er auf der ganzen Welt zusammensuchte. Serlo hatte sie genossen – die schönen blonden Jünglinge, träge wie Maulesel und bereit, alles zu tun, alles, was er sich wünschte. Er hatte sich an ihrer Verwirrung und Beschämung geweidet, wenn er ihnen enthüllte, daß er weder mit ihnen noch mit anderem Abschaum etwas zu tun haben wollte.

David war natürlich einmalig, ein besonderer Fall. Beaufreys Spiel hatte sich unvermittelt in Besessenheit verkehrt, und Serlo wollte diesem Spiel ein Ende setzen. David war nur mehr eine Nebensache, denn Beaufrey war besessen von Davids Kind. Vom Augenblick seiner Zeugung an hatte Beaufrey dieses Kind gehaßt, mehr noch als den ersten Fötus, den Seese hatte abtreiben lassen. Beaufreys Verhalten hatte Serlo schockiert. Schon damals hatte er gewußt, daß die Zeit reif war. Diejenigen, in deren Adern *sangre pura* floß, mußten aufhören, Spielchen zu spielen, und handeln, bevor die Welt verloren war.

SCHLECHTE NEUIGKEITEN

Die Gegenwart der Fuchsstute wirkte beruhigend, und David hoffte, in der Umgebung des Stalls auf Serlo zu treffen. Beim Essen am vergangenen Abend hatte Serlo ihn angelächelt und gefragt, ob er ihn auf seinem Ausritt am Morgen begleiten werde. Seit Beaufreys Abreise hatte sich David nicht mehr so lebendig und erregt gefühlt. Die Aussicht, Serlo zu ficken, war die Ursache für seinen neuen Enthusiasmus. Er würde Serlo ficken und herausfinden, was *das* bei Beaufrey bewirkte. Er würde es Beaufrey zeigen.

Als Kind hatte sich David immer ein Pony oder ein Pferd gewünscht, um damit den Häusern, der Schule und den Menschen entkommen zu können. Nun war die Fuchsstute Davids wahr gewordener Kindheitstraum. Er wußte, daß er, selbst wenn Beaufrey ihn nicht mehr wollte, jederzeit auf der *finca* bleiben konnte, weil Serlo da war. Serlo wollte David; er war sich ganz sicher. Es gab keinen Zweifel mehr, wenn ein so zurückhaltender Mann wie Serlo begann, einen über die Butterröllchen hinweg anzulächeln und gemeinsame morgendliche Ausritte vorzuschlagen.

Die kleine Stute hatte nach dem Ausritt gelahmt, und David wurde von Schuldgefühlen geplagt. Die Schwellung an Knie und Vorderbein der Stute hatte ihn an die Krebserkrankung seiner Mutter erinnert. Beide, Beaufrey und Serlo, hatten ihn schon vorher ermahnt, die Stute nicht zu schnell zu reiten.

Serlo hatte geschwiegen, als die Pferdepfleger Substanzen für einen heilenden Umschlag anmischten, um der Stute damit das Knie zu verbinden. David hatte nicht beabsichtigt, die Stute so lange rennen zu lassen, bis sie sich verletzte, aber das Gefühl der Geschwindigkeit in der sich endlos ausdehnenden Ebene war für ihn unwiderstehlich gewesen. Die Entfernungen verloren sich, und die Erde verschwamm. Die kleine Stute wollte allen Hindernissen und Begrenzungen davonlaufen, und David hatte sie nicht zurückgehalten. Er hatte gewünscht, daß das Pferd für immer weiter durch die Savanne laufen möge.

Nachdem Serlo und die Pferdepfleger gegangen waren, war David bei der lahmen Stute in der Box geblieben. Er hatte ihr das Fell gestriegelt und sie dann mit einem feuchten Ledertuch abgewischt, während er sanft immer wieder ihren Namen sprach: »Roja, Roja, Roja.« David fühlte eine große Traurigkeit in sich aufsteigen. Es hatte keinen Zweck. Nichts spielte eine Rolle. Alles, was er je versucht oder getan hatte, war schiefgegangen.

Die Verletzung der kleinen Stute hatte die Ausritte und Serlos Lächeln bei Tisch jäh beendet. David verbrachte die meiste Zeit des Tages in der Pferdebox, wo er die Stute streichelte oder putzte. Serlo hatte ihm deutlich zu verstehen gegeben, daß er es für barbarisch und dumm hielt, ein Pferd so rücksichtslos zu reiten. Die Stute wieherte, wenn David die Ställe betrat; es war der einzige Gruß, den er erhielt. Serlo starrte ihn nur schweigend an, wenn er sprach, und die Rancharbeiter und Pferdepfleger waren plötzlich stumm geworden.

David hatte das Interesse an der Fotografie verloren. Er haßte die Langeweile der Dunkelkammer und den Geruch von Chemikalien. Er hatte ihnen sein bestes Werk anvertraut, und sie hatten mitangesehen, wie die Ausstellung ruiniert wurde. G. mußte verrückt sein, wenn er annahm, David würde eine neue Serie fertigstellen oder weitere Drucke der Eric-Serie machen lassen. Er war fertig mit der Kunstbranche. Galerien waren ebenso schäbig wie Spielkasinos. In der Kunst konnte man nur dann das große Geld machen, wenn man ein Dealer oder ein toter Künstler war.

David massierte der Stute das Knie und führte sie täglich spazieren, um Muskeln und Kraft in ihrem Vorderbein wieder aufzubauen. Das Tier hatte sich schnell erholt, und David triumphierte, als er das Pferd an den Pflegern und Stallgehilfen vorbeiführte. Es kümmerte ihn kaum, ob Serlo bemerkte, daß er nicht mehr mit ihm zu Abend aß. Er zog es vor, die Mahlzeiten allein auf seinem Zimmer einzunehmen, denn Serlo hatte ihm gegenüber einige unverzeihliche Bemerkungen gemacht, als die Stute sich verletzt hatte. Er hatte ihn einen »Bastard«, einen »Außenseiter« und »Perversen« genannt. Serlo, der davoneilte, um seine eigene Samenbank aufzufüllen, bezeichnete sich selbst als heterosexuell. Einem so absonderlichen Typen war David noch nie begegnet.

David hatte sich viel Mühe gegeben, die kleine Stute am kurzen Zügel und im Schrittempo gehen zu lassen, um weitere Verletzungen zu vermeiden. Er wollte, daß das Pferd gesund war, wenn Beaufrey zurückkehrte. Er hatte mit der Stute auf dem Dressurplatz trainiert, und sie schien sich langsam zu entspannen und auch unter gelockerten Zügeln zu gehen. Ganz allein war David weiter und weiter vom Ranchhaus weggeritten, tiefer und tiefer in die grasbewachsenen und sanft gewellten *llanos* hinein. Die Leere, die Weite, die grüne Landschaft und die Reinheit des blauen Himmels wirkten zauberhaft, aber auch ein wenig unwirklich. Er konnte verstehen, wie Serlo dazu kam, von Weltraumkolonien zu träumen, die die Erde umkreisen, denn in den endlosen Savannen wirkten die Ranchgebäude wie winzige Satelliten in der unendlichen Weite der Landschaft.

Aus zehn Tagen waren für Beaufrey also zehn Wochen in Bogotá geworden. Er war an einem Montagnachmittag zurückgekehrt und hatte keinerlei Erklärungen oder Bemerkungen zu seinen Geschäften in Bogotá abgegeben. Beaufrey hatte David keine Fragen gestellt und erwartete von ihm ebenfalls keine Fragen. David hatte die Geduld verloren. Beaufrey mußte ihm schließlich keine Fragen stellen, weil Serlo ohnehin alles beobachtete, was David tat, um es an ihn weiterzugeben. David wußte, daß es zwischen Beaufrey und Serlo keine Geheimnisse gab; und er wußte auch, daß Beaufrey Serlo jedes Detail ihrer Sexakte beschrieben hatte – war das nicht ein Teil ihres Spiels? David wußte über diese Psychospielchen Bescheid. Beaufrey hatte ihn für zehn Wochen im Niemandsland zurückgelassen, zehn Wochen, in denen die einzigen englischen Worte, die David gehört hatte, über das Telefon oder das Satellitenfernsehen gekommen waren.

Beaufrey hatte laut losgelacht, als David sich darüber beschwerte, nur noch im Fernsehen Englisch zu hören. Armer Kerl! Fremde Sprachen in fremden Ländern! Beaufreys Lachen hatte

David zur Weißglut gebracht. Serlo hatte leicht gelächelt. David war ihre Geheimnisse leid. Er verlangte, über alles informiert zu werden. Beaufrey schien sein Ausbruch zu amüsieren. Er war gerade dabei, die neuen Handfeuerwaffen und Karabiner auszupacken, die er für das Arsenal der *finca* mitgebracht hatte. Serlo nannte es »die Waffensammlung«. David hatte das unterirdische Waffenarsenal nur einmal gesehen; alle Wände waren dicht bepackt mit Gewehren und Karabinern; Dutzende von Glasvitrinen enthielten Revolver, Automatikwaffen, Derringer – sämtliche Arten von Handfeuerwaffen.

Von manchen Dingen wußte man besser nichts. Beaufrey sah Serlo an. War er nicht ganz seiner Meinung? Er sollte sich diese 9-mm-Pistolen ansehen. Vielleicht gefiel David die Glock? Bei den weitverbreiteten Unruhen und den Aktivitäten der Guerilla heutzutage sollte kein Weißer mehr ohne eine Waffe herumlaufen.

»Lenk nicht vom Thema ab«, sagte David. Er hob die Waffe auf, und Beaufrey reichte ihm das leere Magazin. Gleich würde er das Kokain herausholen, wie er es immer tat, wenn sie sich gestritten hatten. Beaufreys Augen waren ausdruckslos; seine Lippen bewegten sich nicht. Serlo fuhr fort, den Lauf einer 45er Automatik zu polieren; er blickte nicht auf. »Ich möchte alles wissen – alles.« Beaufrey und Serlo tauschten flüchtige Blicke aus. »Alles?« wiederholte Beaufrey mit einem grausamen Lächeln. »Du willst wirklich *alles* wissen?« Der lange Tisch des Speisezimmers war bedeckt mit Verpackungsmaterial, Transportkisten und fünfzehn oder zwanzig Revolvern und Automatikpistolen. Vom anderen Ende der Eingangshalle war das laute Ticken der riesigen Standuhr zu hören.

»Ich habe nur schlechte Neuigkeiten erfahren, befürchte ich.« Beaufreys Augen leuchteten wieder, und David fühlte die Hoffnung in sich aufsteigen, daß sie dennoch weiter zusammenbleiben würden. Er verstand nicht, was Beaufrey meinte: »Was für schlechte Neuigkeiten?«

»Es hat alles viel länger gedauert, als ich erwartet habe«, fuhr Beaufrey fort, während er Davids Gesicht genau beobachtete.

»Die Galerien in Europa ...?« David fühlte, wie sein Herz einen Sprung tat.

Wieder war es still im Zimmer, bis auf die Uhr in der Halle

und das Geräusch, das Serlo beim Aufschlitzen der Pappkartons mit den Waffen machte. »Ich habe ›schlechte Neuigkeiten‹ gesagt, nichts von Kunst.« Sowohl Beaufrey als auch Serlo beobachteten David genau. Davids Mund stand mit einem dümmlichen Ausdruck offen, während er langsam zu begreifen begann. »Das Baby«, sagte er mit schwacher Stimme, »du meinst das Baby.« Beaufrey nickte; er war damit beschäftigt, Versandschmiere vom Zylinder eines brandneuen Colt 357er Magnum zu wischen.

»Es tut mir wirklich leid, David, aber bei dieser Frau, was sollte man da schon machen?« Beaufrey hatte noch nie so aufrichtig mit David gesprochen. David fühlte, wie sich in seiner Brust eine Flut von Gefühlen breitmachte. »Bei einer solchen Kreatur mußte man damit rechnen, daß der Nachwuchs nicht überleben würde. Habe ich nicht recht, Serlo? Bei Pferden und Rindern kann man das hier jeden Tag erleben, nicht wahr?« Serlo hatte gerade die Seriennummern der neuen Waffen in ein großes altes, in Leder und Messing eingebundenes Hauptbuch eingetragen. Alle Anschaffungen, die je für die *finca* getätigt worden waren, wurden in diesem Hauptbuch verzeichnet. Serlo nickte beifällig, als Beaufrey die Frau mit einer Kuh verglich, hob aber nicht den Kopf. Er konnte Davids dummen, offenstehenden Mund nicht mehr ertragen und den Reptilienblick, der in Beaufreys Augen trat, sobald sich die Augen des Paares trafen. Serlo hatte Beaufrey schon öfter beobachtet. Es erregte ihn, mitanzusehen, wie die jungen Männer zusammenbrachen. Wenn sie Beaufrey langweilig wurden, machten sie ihn wütend; und ohne rechte Absicht verspürte Beaufrey den Drang, sie zu zerstören. Serlo fragte sich, was der Amerikaner tun oder sagen würde, wenn er die Wahrheit über das Kind erfuhr. David würde sich in die Hosen scheißen. Vielleicht würde er aber auch so dämlich sein, die Wahrheit, selbst man sie ihm sagte, gar nicht zu glauben. Serlo entschloß sich, den Gringo aufzuklären: »Einige taugen eben nur als Organspender. Das ist die einzig nützliche Verwendung für gewöhnlichen Pöbel.« Natürlich verstand David nichts von der Bedeutung von Serlos spanischen Worten, außer daß sie abfällig gewesen waren.

Beaufrey hatte Serlo scharf angesehen, doch dieser hatte den Federhalter frisch aufgefüllt und vorgegeben, nichts zu bemerken.

Serlo kümmerte es nicht, ob David die Wahrheit herausfand. Das David-Spiel war so gut wie ausgespielt. Serlo hatte es satt, mitanzusehen, wie Beaufrey vorgab, David zu schützen. Beaufrey holte noch mehr Kokain heraus und bot es zuerst David an, bevor er es an Serlo weiterreichte.

STEPPENRAUSCH

David hatte den scharfen Blick, den Beaufrey Serlo zugeworfen hatte, mit Befriedigung registriert. Die Freude darüber, so viel von Beaufreys Aufmerksamkeit und Anteilnahme zu genießen, hatte verständlicherweise sogar den schmerzlichen Verlust des Kindes in den Hintergrund treten lassen. Wenn Beaufrey ihn liebte, erschien ihm sogar *dieser* Verlust erträglich. Beaufreys plötzlicher Sinneswechsel zu einem Zeitpunkt, an dem David bereits befürchtet hatte, daß zwischen ihnen alles vorbei sei, hatte ihn überrascht. Er wollte Beaufrey nicht noch mehr verärgern und verlangte keine weiteren Einzelheiten. Beaufrey sagte nur, das Kind sei in Tucson eines natürlichen Todes gestorben. Huren wie Seese produzierten einfach nur minderwertige Nachkommen; die Natur half sich selbst. Nur die Stärksten überlebten. David fühlte sich merkwürdig erleichtert, jetzt, wo Beaufrey ihm das Schlimmste bestätigt hatte. Es gab nichts mehr, was David für das tote Kind noch tun konnte. Er schwor, Seese zu töten, wenn er sie jemals wiedersehen sollte.

Beaufreys Spiele endeten dann, wenn er es wollte, und nicht früher. Serlo weigerte sich, sich von Beaufrey in einen lauten Streit verwickeln zu lassen. Sie fickten, während Serlo allein ausritt. Sie unternahmen stundenlange Ausritte zusammen, während Serlo die Arbeiten am zukünftigen Institut überwachte. Während Beaufrey in Bogotá weilte, hatte Serlo ein-, manchmal sogar zweimal am Tag mit ihm telefoniert; jetzt schliefen sie unter dem gleichen Dach und sprachen manchmal tagelang kein Wort miteinander. Beaufrey war sanft, Beaufrey war ein Sklave seiner Triebe und fleischlichen Gelüste. Er vertraute David an, das Geheimnis habe sein sexuelles Verlangen nach ihm verstärkt. Es machte Beaufrey wirklich geil, denn David war nie auch nur auf den Gedanken gekommen, was dem Kind wirklich zugestoßen war: etwas Schreckliches. Und nichts machte Beaufrey mehr an, als in ein nichtsahnendes Arschloch wie David hineinzupumpen, der von nichts wußte.

Die Zeit wurde knapp. In ganz Amerika breiteten sich die Unruhen aus. Serlo und Beaufrey hatten beide Vorfahren unter der Guillotine verloren. Epidemien, gefolgt von Hungersnöten, hatten die Unruhen ausgelöst. In Mexiko hatten bereits Massenwanderungen von hungernden Indianern nach Norden, zur US-amerikanischen Grenze begonnen. Serlo und den anderen Hütern der »geheimen Agenda« blieben nur noch wenige Jahre der Vorbereitung, bevor die Welt im Chaos versinken würde. Braune Menschen würden die Erde wie Kakerlaken in Besitz nehmen, wenn Serlo und seine Leute in ihrem Institut nicht erfolgreich waren. Ganz und gar dem Erhalt der Reinheit adligen Blutes gewidmet, würde die Einrichtung genetisch überlegenes Samengut liefern.

Serlo gab den Vereinigten Staaten die Schuld an der Krise der Hemisphäre, weil die CIA Regierungsbehörden, also die schlimmsten Verbrecher, dazu ermutigt hatte, für sie Kokain zu schmuggeln. Sehr schnell hatten auch die anderen gelernt, daß in diesem Geschäft sagenhafte Gewinne zu erzielen waren, und die CIA bekam durch Mestizen und Indianer im Kokainhandel scharfe Konkurrenz. Serlo hatte die schwarzen und braunen Männer mit den halbautomatischen Karabinern gesehen, die sie von den Profiten aus dem Kokaingeschäft gekauft hatten. Serlo hatte in den Augen dieser Menschen eine Botschaft gelesen: Durch Gewehre werden wir euch ebenbürtig, ihr weißen Arschlöcher.

Feinde der USA hatten gegen Ende des Vietnamkriegs versucht, die Versorgung des Landes mit Heroin zu unterbrechen. In dem Sommer, in dem die Heroinzufuhr unterbrochen wurde, hatten in Amerika Nacht für Nacht Städte gebrannt. Ohne Heroin und Kokain drohte den Vereinigten Staaten ein Alptraum, in dem junge schwarze und braune Menschen auf die Straße gingen, um weiße Wohngebiete und keine Haschischpfeifen anzuzünden. Es war ein geheimes politisches Anliegen der USA, die Versorgung mit Kokain sicherzustellen. Ohne Kokain drohten dem Land Aufstände, Plünderungen und sogar Bürgerkrieg. Eingeleitet wurde dieser Niedergang der Vereinigten Staaten durch die Bürgerrechte, die nach dem Koreakrieg verabschiedet worden waren.

Serlo begleitete sie nur selten auf ihren Ausritten, seit Beaufrey aus Bogotá zurückgekehrt war. David entdeckte Serlo, der auf seinem schwarzen Jagd- und Springpferd in schnellem Tempo durch das ausgetrocknete und grasbewachsene Bett eines Sees auf sie zukam. Er hatte ihn noch nie so schnell reiten sehen. Auch Beaufrey hatte sein Pferd gezügelt, als er Serlo bemerkte. David war fasziniert, denn Beaufrey reagierte ebenso überrascht wie er, als habe auch er Serlo nicht erwartet. Beaufrey hatte immer abgestritten, daß Serlo eifersüchtig war, aber David wußte es besser.

Die Fuchsstute warf den Kopf zurück und öffnete das Maul, um dem Gebißstück zu entkommen. Beaufrey mißbilligte Davids mangelnde Kontrolle über das Pferd. Wenn er sich nicht auf der Höhe fühlte, kritisierte er stets Davids »Sitz« und seine entsetzliche Zügelführung. Diese Nörgeleien gegen David verfolgten das Ziel, Serlo aufzuheitern. Als die Stute in Galopp fiel und im Uhrzeigersinn zu kreisen begann, preßte David ihr die Absätze in die Rippen und zerrte sie mit einer scharfen Bewegung zur Seite. Beaufrey war besorgt über Davids mangelnde Kontrolle; nun, dann sollte er sich das einmal ansehen! Serlo sah, wie Davids Stute davonstürzte und sich von Beaufreys Pferd entfernte. Statt in die Richtung zu reiten, die Beaufrey eingeschlagen hatte, wendete Serlo sein Pferd und folgte David.

David hatte sich im Sattel umgedreht, um Beaufreys Reaktion zu sehen, doch die kleine Stute schien ihr Tempo selbst dann noch zu steigern, als David sich bemühte, sie einen Kreis laufen zu lassen. Dann konnte er erkennen, daß Beaufrey Serlo hinterher galoppierte. David mußte lächeln. Wie romantisch und dramatisch! Die Faszination dieser Verfolgungsjagd durch das Gras, die verkrüppelten Bäume und die ausgetrockneten Seen überwältigte ihn. Er fühlte, daß die kleine Vollblutstute nicht aufhören wollte zu rennen. Je weiter sie lief, desto schneller wurde sie. Die Geschwindigkeit trieb ihm die Tränen in die Augen, während er darum kämpfte, ihren Kopf herumzuziehen. Er würde sie so lange in einem großen Kreis laufen lassen, bis sie müde wurde. Das Pferd auf andere Weise zum Stehen oder wieder unter Kontrolle zu bringen, war hoffnungslos. Serlo hatte unentwegt hinter David hergebrüllt, aber diese Verfolgungsjagd war zu spannend, um aufzuhören. David blickte kurz über seine Schulter und sah, wie Beaufreys Pferd stolperte und fast zu Boden ging. Weder er noch Serlo wagten es, so schnell über die grasbewachsene Ebene zu jagen wie David.

Die Erschöpfung ließ die Fuchsstute allmählich langsamer werden, und David brachte sie zum Stehen. Schweiß tropfte ihr von Hals und Beinen. David war abgestiegen und führte sie am Zügel, als Serlo bei ihm ankam. David hörte seine Worte, war jedoch kaum in der Lage, den Sinn von dem, was Serlo ihm sagte, zu verstehen. Er war stehengeblieben, damit die Stute ihre Ohren und den schweißnassen Kopf an seiner Schulter reiben konnte. Er sah auf zu Serlo, der auf seinem schaumbedeckten Jagdpferd saß. Was war das für eine Neuigkeit, die keinesfalls warten konnte?

Doch Serlo hatte kein Wort gesprochen. Statt dessen reichte er David einen großen Briefumschlag. Er sollte es mit eigenen Augen sehen. David starrte auf die Kontaktabzüge eines 35-mm-Farbfilms. Die meisten Abbildungen waren fast zu klein, um sie ohne Lupe richtig erkennen zu können, doch ein kalter Schauer gefolgt von Schweiß überlief ihn, und seine Nackenhaare sträubten sich. Beaufrey kam herangeritten, während David die Abzüge noch immer hilflos in der Hand hielt. Beaufrey antwortete nicht, als David ihn fragte, ob es wahr sei, was Serlo ihm mitgeteilt hatte. David hielt seine Augen starr auf Beaufreys Augen gerichtet, während er die Abzüge systematisch unter seinen Stiefeln zertrat und dann die Stute bestieg.

David weigerte sich, von Serlo oder Beaufrey, aber ganz besonders von Serlo, noch weitere Psychospielchen zu dulden. Serlo hatte die ganze Zeit über versucht, David und Beaufrey auseinanderzubringen. David bezweifelte nicht, daß Beaufrey im Besitz von Videoaufnahmen und Farbvergrößerungen von an weißen Säuglingen vorgenommenen Autopsien und Organernten war. David weigerte sich einfach zu glauben, daß der kleine

Kadaver auf den Abbildungen der Körper von Monte war. Das war einfach unmöglich, denn dieser Kadaver war wesentlich größer als sein eigenes Baby.

Beaufrey haßte Überraschungen wie jene, die Serlo ihm gerade bereitet hatte. Er schäumte vor Wut, tat jedoch, als seien die Fotografien lediglich ein geschmackloser Scherz von Serlo. Natürlich stammten die Aufnahmen vom Schwarzmarkt; ein schlechter Scherz. Beaufreys Lippen verzogen sich langsam zu einem hinterlistigen Lächeln. Er zwinkerte David zu und zuckte mit den Schultern. Serlo sei nun einmal Serlo. Nur die allergrößte Leidenschaft brachte Männer dazu, so etwas zu tun. Serlo habe seine kühle Zurückhaltung nur vorgetäuscht, in Wirklichkeit sei er ein sehr leidenschaftlicher Mann. Aber David würde sich nicht einfach übertölpeln lassen. Das Fell der Fuchsstute war noch immer feucht vom zurückliegenden Ritt; sie zitterte vor Erwartung. David hielt die Zügel straff, und das Pferd ging nervös ein paar Schritte rückwärts. David hatte sich noch nie zuvor so weit in die *llanos* hineingewagt; in der Ferne hob sich von den verkrüppelten Bäumen eine große, weite Ebene ab, die bis zum Horizont verlief. Eine leichte Brise wehte über die *llanos*.

David wollte Beaufrey versichern, daß er die Lügen, die Serlo erzählt hatte, nicht glaubte. Serlo mußte völlig den Verstand verloren haben, um Beaufrey so etwas Entsetzliches vorzuwerfen. David gab dem dummen Institut die Schuld an Serlos Vorstellungen und Anschuldigungen. Die Nazi-Denkweise machte geisteskrank. David war es egal, ob Serlo hörte, was er zu Beaufrey sagte oder nicht. Er hatte ihm nie vertraut. Beaufrey sollte besser vorsichtig sein. Serlo hielt sich für heterosexuell; er konnte sich jederzeit gegen seine Freunde und Liebhaber stellen. Und Beaufrey sollte daran denken, was Hitlers Lösung für Homosexuelle gewesen war.

David ließ die kleine Stute in einen langsamen Galopp fallen und zwang sie durch die Anspannung ihres Nackens, den Kopf gesenkt zu halten. Wochenlang war er ausgeritten, um die Beherrschung des Pferdes zu üben. Er hatte geübt, um Beaufrey zu gefallen, aber auch, um sich selbst zu beweisen, daß er das Pferd beherrschen konnte. Sportarten und Spiele drehten sich immer um Herrschaft; das war das Wichtigste. Immer wollte einer den anderen beherrschen. Drogen oder Sex, alles drehte sich um Herrschaft; und der Sklave war derjenige, der bediente und gehorchte. Das hatte Seese ihm beigebracht. Sie hatte David gebeten, sie zu vögeln, während er ihr einen Schuß setzte. Er hatte sie für diesen Wunsch gehaßt, und er hatte ihr wehtun wollen, die Nadel neben die Vene setzen wollen. Aber sein Schwanz war genau in dem Moment hart geworden und hatte sich aufgerichtet, als er die Nadel in die Vene schob. Warm und weiß hatte er es gleichmäßig in sie hineingespritzt und -geschossen.

Die Fuchsstute hörte den Hufschlag von Serlos und Beaufreys Pferden hinter sich und rannte immer schneller durch die Savanne, bis die verkrüppelten Bäume und das gelbliche Gras nur noch verschwommen erkennbar waren. Davids Arme schmerzten vom ständigen Ankämpfen gegen das Pferd. Er haßte die fieberhafte Besessenheit, mit der die Stute rannte. Er haßte Beaufreys Sticheleien, daß ein Reiter sein Pferd »übermannen« müsse. Wie die Rancharbeiter sagten, litt die Stute am Rausch der *llano*, dem Rausch der Weite und des endlosen Horizonts.

David hatte es versucht. Was konnte ein Mann sonst noch tun? Er lehnte diese Verantwortungskacke ab. Wenn das Pferd rennen wollte, sollte es rennen. Die kleine Vollblutstute hatte Meile um Meile darum gekämpft, freizukommen, und langsam wurde David müde. Wenn das Pferd rennen wollte, sollte es rennen. Serlo und Beaufrey lagen weit zurück. Die Stute würde schon langsamer werden, wenn sie müde wurde.

David verspürte ein Gefühl großer Erleichterung und Freiheit, als er die Zügel locker ließ. Er beugte sich dicht über den Hals des Tieres und hielt mit beiden Händen Mähne und Zügel umklammert. Für einen Moment zögerte die kleine Stute, dann sprang sie vorwärts, die Hufe berührten kaum mehr den Boden, und ihre Muskeln und Sehnen krachten, während sie durch die Savanne auf das blasse Blau des Horizonts zustürmte. »Du willst laufen? Dann lauf! Lauf, verdammt noch mal! Lauf!« David hatte geschrien, aber die Geschwindigkeit des Pferdes wischte die Worte von seinem Mund, ehe er sie richtig ausgesprochen hatte. Das würde Beaufrey nie vergessen! Er hatte wahrhaft das Gefühl zu fliegen. Je schneller das Pferd lief, desto weicher wurde der Ritt. Er wollte, daß Beaufrey sah, wie schnell der kleine Fuchs laufen konnte, damit er sich damit einverstanden erklärte, ihn in der nächsten Saison in Caracas starten zu lassen. Kein anderes Pferd war so trittsicher wie diese Stute! Keines hatte ihren Mut, ihr Herz! Wie ein Reh sprang sie über die Grasklumpen, das Gestrüpp und die Furchen der *llanos*; sie tat nicht einen falschen Tritt auf diesem felsigen Boden. Die Balance und Trittsicherheit der Stute waren phänomenal. David hatte Beaufrey und Serlo auf ihren behäbigen, langsamen Dressurpferden viele Meilen hinter sich gelassen.

Als die Rancharbeiter kamen, untersuchte einer der Pferdepfleger die Hufabdrücke und die Lage des gestürzten Pferdes. Die Fuchsstute war gerannt, bis ihr Herz mitten im Takt stehengeblieben und sie wie ein Stein zu Boden gestürzt war. David war nicht davongeschleudert worden, sondern am niederstürzenden Pferd hängengeblieben, so daß Beaufrey und Serlo das tote Pferd am Schwanz und an den Zügeln hatten wegziehen müssen, um es von David herunterzurollen und seinen zerschmetterten Körper zu befreien. Serlo suchte in Beaufreys Gesicht nach Spuren des Bedauerns; aber Beaufrey grinste. Er hatte einen Rancharbeiter zurückgeschickt, um seine Kamera zu holen. Sie ritten ein kleines Stück zu einigen knorrigen Bäumen, um den Fliegen zu entkommen, die über Davids Leiche und dem Pferdekadaver herumschwirrten. Das Licht des späten Nachmittags verlieh der ganzen Savanne eine violett-blau-grüne Färbung. Ein erfrischender Luftzug wehte, während sie auf die Kamera warteten.

David war tot mehr wert als lebendig. Die Eric-Serie würde im Wert steigen, und sogar Bilder von Davids Leiche würden gute Preise erzielen. Beaufrey wußte, daß Serlo mit dem Verkauf der Fotos nicht einverstanden war. Aber genau das war es, was dem freien Welthandel den entscheidenden Vorteil gegenüber allen anderen Systemen verlieh: Es gab keine Sentimentalitäten. Jedes Gramm von Wert, alles, das irgend etwas wert war, wurde zum Verkauf weggegeben, ohne Rücksicht; ohne Gnade. Serlo und seine Gesinnungsgenossen befürchteten, daß der Mob dabei war, die Welt an sich zu reißen, aber Beaufrey wußte, daß die Massen in den Vereinigten Staaten und England viel zu dumm waren, um sich gegen ihre Herren aufzulehnen. Alle Sklaven träumten davon, selbst Herren zu werden und noch grausamer zu sein als ihre Vorgänger. Serlo und die anderen mußten einfach verstehen lernen, daß es das Beste war, dem Mob seine Parlamente, Kongresse und Versammlungen zu lassen, weil diese Simulationen von »Demokratie« die Massen beruhigten und bestätigten. In der Zwischenzeit folgten die Regierungen völlig ungehindert ihren geheimen Plänen.

Serlo und die anderen waren Schwarzseher. Der Sozialismus würde niemals eine Bedrohung darstellen, weil er den Schwachen und Unproduktiven gegenüber viel zu nachsichtig war. Der Kapitalismus dagegen blieb weiter an der Spitze, weil er unbarmherzig war, erklärte Beaufrey, nachdem er die Rolle Film verschossen hatte. Sie überließen es den Rancharbeitern, David zu begraben. Die Aasgeier würden sich um das Pferd kümmern.

I.

FÜNFTER TEIL

DIE
FÜNFTE WELT

Erstes Buch
DIE FEINDE

AUS DEM ALTEN ALMANACH

Lecha konnte stundenlang in den alten Notizbüchern und Zeitungsausschnitten schmökern und dabei sämtliche Schmerzen vergessen. Als sie die Notizbücher zum erstenmal aufgeschlagen hatte, war ihr klargeworden, daß sie das Wahre gefunden hatte. Trotz aller Lügen und Prahlereien Yoemes war der »Almanach« wirklich ein großartiges Vermächtnis. Yoeme und die anderen glaubten, daß der Almanach eine lebendige Kraft in sich habe, eine Kraft, die alle tribalen Menschen Amerikas vereinigen werde, um das Land wieder in Besitz zu nehmen.

Seit Hunderten von Jahren hatten Hüter der Notizbücher des Almanachs unbeholfene Versuche unternommen, die zerrissenen Blätter auszubessern. Auf einige Teile war Wein geflossen, auf andere Blut oder Wasser. Nur Fragmente der ursprünglichen Seiten waren erhalten und sorgfältig zwischen leere Seiten gelegt worden; die Reste des uralten Papiers waren zwar vergilbt, doch waren die aufgemalten roten und schwarzen Hieroglyphen immer noch sichtbar. Auf dem größten Fragment konnte man die blaßblauen Umrisse der Großen Gefiederten Schlange erkennen. Die Blätter aus uraltem Papier fanden sich zwischen den Seiten aus Pferdemagenpergament, die flüchtige Indianersklaven mit nach Norden gebracht hatten.

Lecha vermutete, daß einige Hüter des alten Almanachs Analphabeten gewesen waren und sich nicht die Mühe gemacht hatten, jemanden anzuheuern, der die Seiten für sie las. Selbst wenn sie auf die Schriften sehr neugierig gewesen sein mochten, hatte sie doch ihre noch größere Furcht zurückgehalten. Was sie so gefürchtet hatten, waren die Geister, die in den Schriften beschrieben wurden, und die auf den Seiten abgebildeten Hieroglyphen. Es gab Hinweise darauf, daß wesentliche Teile des Originalmanuskriptes verlorengegangen oder in merkwürdigen Erzählungen zusammengefaßt worden waren, die nun wie Codes funktionierten.

Der größte Teil von dem, was sich zusammen mit den Fragmenten des Almanachs angesammelt hatte, war Unrat, den gealterte und bereits recht geistesschwache Hüter des Almanachs hier und dort zusammengesucht hatten. Einige Hüter waren den verschiedensten Wahnvorstellungen zum Opfer gefallen. Hier und da fand sich ihr Gekritzel und Gekrakel. Lecha entdeckte Randbemerkungen der alten Yoeme, die eben jene Bissigkeit und den ordinären Humor aufwiesen, die Lecha und Zeta so oft an ihrer Großmutter genossen hatten.

Ganze Teile waren aus anderen Büchern und dem kostenlosen »Farmer Almanach« gestohlen worden, der einst von Arzneimittelherstellern und fahrenden Heilkundigen veröffentlicht und als Werbung verteilt worden war. Nicht einmal den Seiten aus Pergamentpapier oder den uralten Fragmenten durfte man trauen. Sie konnten gute Fälschungen sein, die andere kopiert, abgezeichnet und dann sorgfältig koloriert hatten.

Die Europäer sprachen von Zufall, doch die Almanache hatten die Ankunft von Cortéz auf den Tag genau vorhergesagt. Alle amerikanischen Indianerstämme besaßen übereinstimmende Prophezeiungen über die Ankunft, die dann eintretenden Konflikte und das letztendliche Verschwinden alles Europäischen. Die Almanache hatten die Menschen schon Hunderte von Jahren vor der Ankunft der Europäer gewarnt. Denen, die in großen Städten lebten, wurde geraten, sich zu zerstreuen, um den Invasoren ihr mörderisches Werk zu erschweren. Ohne die Almanache würden die Menschen nicht in der Lage sein, die Tage und Monate zu erkennen, die noch vor ihnen lagen, Tage und Monate, in denen sie erleben würden, wie das Land wieder in ihren Besitz gelangte.

Yoeme hatte behauptet, die Azteken hätten die Prophezeiungen und Warnungen über die Ankunft der Europäer ignoriert, weil Montezuma und seine Verbündeten Hexer waren, die die europäischen Invasoren mit ihrer Hexerei herbeigerufen oder sogar erschaffen hatten. Jene, die Blut und Zerstörung anbeteten, kannten sich insgeheim untereinander. Hunderte von Jahren früher waren die Menschen, die Hexerei und Blutvergießen haßten, nach Norden geflohen, um der angekündigten Katastrophe zu entgehen, die eintreten würde, sobald die »Blutanbeter« aus Europa mit den »Blutanbetern« Amerikas zusammentrafen. Montezuma und Cortés waren füreinander geschaffen. Yoeme hatte immer gesagt, daß es Hexerei war, die die Menschen hier und überall auf der Welt ins Verderben gestürzt hatte.

Fragmente
aus den alten Notizbüchern

Der Monat wurde zuerst erschaffen, noch vor der Welt. Dann begann der Monat selbständig zu laufen, und seine Großmütter, seine Tante und seine Schwägerin sagten: »Was sollen wir sagen, wenn wir auf dem Weg einem Menschen begegnen?« Es gab zu dieser Zeit noch keine Menschen, deshalb besprachen sie auf ihrem Weg, was sie sagen würden. Als sie im Osten ankamen, entdeckten sie Fußspuren. »Wer ist hier vorbeigekommen? Schaut euch diese Fußspuren an. Miß sie mit deinem Fuß nach.« Das sagte die Mutter Schöpferin zum Monat, der den Fußabdruck ausmaß.

Der Fußabdruck gehörte Gott. Das war der Anfang für Monat, denn von nun an mußte er die ganze Welt ausmessen, indem er sie Tag für Tag zu Fuß abschritt. Bevor er mit dem Zählen begann, vergewisserte sich Monat, daß seine Füße gleichmäßig nebeneinander standen. Monat sprach den Namen von Tag aus, als Tag noch keinen Namen hatte. Und so wurde der Monat geschaffen, dann der Tag, wie er genannt wurde, und die Treppe des Regens zur Erde – die Felsen und die Bäume –, alle Kreaturen des Meeres und des Landes.

Death Dog reiste in das Land der Toten, wo ihm der Gott der Toten den Knochen gab, aus dem die Menschen geschaffen wurden.

Skorpion benutzt seinen Schwanz als Schlinge, um damit Wild zu fangen. Skorpion ist ein guter Jäger. Er hat ein Netz, in dem er seine Reibehölzer und Feuerhölzer transportiert.

Das Zeichen der menschlichen Hand = 2. Die Hand, die den Griff des Dolches umschließt, wird in den Unterleib des Rehs gestoßen.

Die Verzweifler und jene, die mit dem Fluch der Angst belegt sind, wurden alle während der fünf »namenlosen« Tage geboren.
    An den fünf namenlosen Tagen bleiben die Menschen im Bett, fasten und beichten ihre Sünden.

Black Zip pfeift eine Warnung. Er ist der Gott des Wildes.
    Im Jahr Ten Sky ist Planet Venus der Hauptherrscher.

Big Star ist ein Trunkenbold, ein deformierter Hund mit dem Kopf eines Jaguars und dem Hinterteil eines Hundes mit einem lilafarbenen Pimmel. Er taumelt herum wie Hase, der ebenfalls ein Trunkenbold ist. Dreckiger, arroganter Lügner! Unruhestifter und Experimentierer mit Haß und Folter!

Planet Venus. Farbe: Rot. Standort: Osten. Bote der Morgendämmerung und Vermesser der Nacht.

Neidischer Spötter;
Mit Sünde in seinem Gesicht und seinen Worten;
hatte er keinen Anstand in sich.
Ihm fehlt jeglicher Verstand.
Er hatte keinen Anstand in sich. Die mächtigen Zähne eines Fleischfressers und den verschrumpelten Körper eines Hasen. Die Götter kehren zurück. Es ist besser, sie kennenzulernen.

Venus des Himmlischen Drachen mit acht Häuptern. Jedes Haupt schleudert schmerzbringende Pfeile auf die Menschheit hinunter. Die Europäer nennen den Planeten Venus »Luzifer, den Leuchtenden«, der vor langer Zeit in Ungnade gefallen ist. Venus wohnt in der Dunkelheit, bis er als Morgenstern aufgeht. Mit seinem teilweise geschwärzten Hundegesicht und einem Fisch im Kopfschmuck kommt er aus der dunklen Unterwelt heraufgeschwommen.

Fehler in der Übersetzung des Chumayel Manuskriptes: 11 AHAU war das Jahr der Rückkehr des lieblichen Quetzalquoatl. Aber die Erwähnung des künstlichen weißen Kreises am Himmel konnte nur die Rückkehr von Death Dog und seinen acht Brüdern bedeutet haben: Pest, Erdbeben, Dürre, Hunger, Inzest, Wahnsinn, Krieg und Verrat.

Death Dog Xolotol schlägt seine Trommel. Er trägt Ohrringe mit Vögeln und Schlangen, ein Wahrzeichen von Quetzalquoatl. Xolotol, Schädel und Knochen mit einem Messer zwischen den Zähnen.

Jadewasser = Regen.

Tote Seelen wandern über die Zweige und Wurzeln der Ceiba-Bäume, um in das Land der Toten zu gelangen. Die Umrisse der Wurzeln und Zweige dieses Baumes haben das Aussehen der Eidechse, Imix, Erdmonster, Krokodil. Das

Land der Toten ist ein Land der Blumen und des Nahrungsüberflusses.

Ik ist drei. Ik ist Wind am Rande des Regensturms. Regengott trägt Pollen; Herr über die Nacht der hohlen Trommel; Gott der Höhlen und Muscheln. Das Erdbeben ist eine Schuppe vom Rücken des Erdmonsters Krokodil.

Kan ist vier. Kan ist die Eidechse, aus deren Bauch alle Samen für Korn und Obst entsprangen.

Chichan ist fünf. Chichan ist eine riesige Schlange, halb Mensch und halb gefiedert. Die vier Chichans sind die Regengottheiten, die in den vier Himmelsrichtungen leben.

Cimi ist sechs und wird Tod genannt, der Tag der Eule. Herr der Unterwelt und Herr des Todes. Trotzdem ist Tag sechs, der Tag des Totenkopfes, ein glücksbringender Tag.

Manik, das Reh, ist Nummer sieben.

Acht ist der Tag, den man den Hund nennt. Blutiger Eiter strömt aus den Ohren des Hundes. Menschen, die am Tag des Hundes geboren werden, entwickeln sich zu gewohnheitsmäßigen Hurern und sind besessen von schmutzigen Gedanken.

[Die Nummern neun und zehn sind unleserlich.]

Elf ist der Tag des Affen, dessen Kopf wie die Sonne hoch oben in den Bäumen auftaucht. Eifersüchtige ältere Brüder schicken ihre jüngeren Brüder aus, um auf hohen Bäumen Affen nachzuklettern, damit sie sich zu Tode stürzen. Der Große Bär ist die Konstellation des Affen, in der die jüngeren Brüder am Himmel verbleiben.

[Manuskript unvollständig.]

1. Buch: Die Feinde / Aus dem alten Almanach

Eb ist der schwärzliche Schimmel, der durch zuviel Regen oder Nebel, Tau oder Feuchtigkeit entsteht, welche Ernten vernichten. Ein guter Tag, um Ratschläge gegen Unglück einzuholen. Ein guter Tag für Gebete um Fruchtbarkeit. Die Seelen der Toten kommen als kleine Mücken und Bienen zurück. Die Seelen der Frauen, die im Kindbett gestorben sind, steigen alle zweiundfünfzig Tage herab, um den Menschen Leid zuzufügen, besonders kleinen Kindern und Babys.

Obsidian-Schmetterling.

Siebzehn ist die Nummer des Erdbebens.

Neunzehn ist der Tag des Flintmessers.

[Manuskript unleserlich.]

    das Wild stirbt: Dürre
    keimender Mais: geschlechtsreife Frauen
    knospentreibender Mais: Heirat

Regengott sitzt auf einer zusammengerollten Schlange, die eine Wasserpfütze umschließt. Die Nummer neun ist ihnen zugeteilt. Neun bedeutet frisches, unverseuchtes Wasser.

Der Schlangengott mit dem grünen Zeichen auf der Stirn besagt »das erste Mal«, »neues Wachstum«, »frisch«.

Hund = Stürme ohne Regen. Der Hund trägt eine angezündete Fackel: Dürre, große Hitze, massenhafter Tod.

Feines Papier aus Baumrinde mit einer Kalkschicht bestrichen; ein einziges Stück Papier von fast sieben Metern Länge, das wie ein chinesischer Schirm gefaltet wurde, um von links nach rechts gelesen zu werden. Schwarze und rote Tinte. Blauer Hintergrund, Grün, dunkles und helles Gelb. Kurze Hieroglyphen-Passagen benennen das »Glück« des Tages, Planeten und Sterne, Feier- und Opfertage sowie Prophezeiungen.

Ein Tag begann bei Sonnenaufgang. Die »Wirklichkeit« wurde auf vielfältige Art und Weise definiert und beschrieben.

Erzähltes als Analogie des eigentlichen Erlebnisses, das nicht länger existiert; ein Mosaik aus Erinnerung und Phantasie.
    Ein als *vergangen* eingestuftes Erlebnis kann sich jederzeit wiederholen, wenn die Einflüsse die gleiche Balance oder die gleichen Proportionen haben wie zuvor. Die Details mögen sich verändern, das Wesentliche nicht. Der Tag hätte dann die gleiche Stimmung, den gleichen Charakter, wie sie von diesem Tag zu einem *früheren* Zeitpunkt schon einmal beschrieben wurden. Das Bild einer Erinnerung lebt im jetzigen Moment.

1. Bringe die Sonne, halte sie in deiner hohlen Hand. Bringe den grünen Jaguar, der über der Sonne sitzt, um ihr Blut zu trinken. Eine Lanze steckt mitten im Herzen der Sonne. [Die Sonne ist ein Spiegelei, die Lanze in ihrer Mitte eine grüne Peperoni.]
2. Bring mir das Gehirn des Himmels, damit ich sehen

kann, wie groß es ist. [Die dicken grauen Rauchwolken des Kopalweihrauchs versinnbildlichen die grauen Gehirnmassen.]

3. Sohn, geh und bringe mir das Mädchen mit den feuchten Zähnen. Ihr Haar ist zu einem Knoten gedreht; sie ist ein wunderschönes Mädchen. Duftend wird ihr Geruch sein, wenn ich ihren Rock und die anderen Kleider entferne. Es wird mir große Freude machen, sie zu sehen. Duft ist ihr Geruch, und ihr Haar ist zu einem Knoten gedreht. [Eine grüne Ähre]

Die ungehemmt herannahende Epoche ist ein Sproß der Metze und ein Sohn des Bösen. Das Gesicht des Katun wird von Schlamm bedeckt und in den Boden gestampft, als man ihn fortschleift.

Das Gesicht des Herrn der Katunsi ist bedeckt; er ist tot. Es erhebt sich Klagen um Wasser, Klagen um Brot.

Blutig Erbrochenes vom Gelben Fieber.

Vier Haufen mit Schädeln: Spanier, Mestizen, Indianersklaven, Afrikaner.
Das Seil wird herabkommen.

Das Gift der Schlange wird herabfließen.
Pest und vier Haufen mit Schädeln;
lebende Männer liegen hilflos da.
Es weht ein trockener Wind. Heuschreckenjahre.
Brot gibt es nicht.
Die Sonne wird sich verdunkeln.
Elf Ahau ist der Katun, als die Fremden eintreffen.

Der Beginn von Zudringlichkeiten und brutalen Überfällen. Sie kennzeichneten den Ursprung der »Dienste« für die Spanier und die örtlichen Häuptlinge, der »Dienste« für die Lehrer und die öffentlichen Ankläger, durch die Knaben, die

Jugend der Stadt, während die Armen schikaniert wurden. Da waren die ganz Armen, die nicht flüchteten, als die Unterdrücker auftauchten, als der Anti-Christ auf die Erde kam, die Kinkajous der Städte, die Kojoten der Städte, die blutsaugenden Insekten der Städte; jene, die den arbeitenden Menschen die Armut brachten. Doch der Tag wird kommen, an dem sich die Augen Gottes mit Tränen füllen werden. Gerechtigkeit wird von Gott in alle Teile der Welt gesandt werden. Aus Gottes Hand wird Gerechtigkeit die gierigen Schacherer dieser Welt zerschmettern.

Zwanzigjährige Dürre: In der Hitze platzen die Hufen des Wildes; der Ozean lodert so hoch auf, daß er das Antlitz der Sonne verzehrt. Das Antlitz der Sonne verdunkelt sich mit Blut und verschwindet.

Eine Zeit der Zerstörung.

Aus weit entfernten Städten wurden Priester herbeigerufen.

Altardiener wurden beobachtet, während sie Körbe voller kleiner mumifizierter Kreaturen davontrugen – Eidechsen, Kröten, Zaunkönige, Wüstenmäuse. Vier Jahre lang hatten Heuschrecken die Bohnen- und Maiskeimlinge vernichtet. Die sintflutartigen Regenfälle waren zu spät gekommen und hatten die Dächer von leeren Kornspeichern und Lagerräumen eingeschlagen.

Priester streuen Maissamen, Mehl und kleine Korallenstücke und Türkise auf die Stirn der Steinernen Schlange. Sie lehnen sich dicht an die Schlange, während sie flüstern, damit niemand ihre Lippen sehen kann.

Im Inneren des vernebelten Opals vernichtet eine vierjährige Heuschreckenplage Bohnen- und Maiskeimlinge.

Sintflutartige Regenfälle kamen zu spät und zerschlugen die Dächer von leeren Kornspeichern und Lagerräumen. Alle noch lebenden Kinder wurden unter großem Wehklagen weggeschickt.

Quetzalquoatl sammelte die Knochen der Toten ein, besprenkelte sie mit seinem eigenenBlut und schuf die Menschheit neu.

Marsha-true'ee, die Große Gefiederte Schlange, Botengeist der Unterwelt, kam, um in dem wunderschönen See in der Nähe von Kha-waik zu leben. Aber dort herrschte Eifersucht und Neid. Eines Nachts kamen sie und brachen den See auf, so daß alles Wasser verlorenging. Die Große Schlange ging fort und wurde seitdem nie wieder gesehen. Das war ein großes Unglück für die Kha-waik-meh.

1560

Das Pestjahr – starke Erkältungen und Fieber – Nasenbluten und Husten, verdrehte Hälse und große Geschwüre treten auf. Mehr als drei Jahre lang wütet die Pest auf dem Land. In der Folge treten auch Pocken auf. Die Anzahl der Toten geht in die Tausende.

18. Mai 1562 – am Ende des dreiundsechzigsten Jahres nach Vollendung des Katun grassieren noch immer Krankheit und Tod.

Mai 1566 – zwischen zwei und drei Uhr nachmittags verursachte ein Erdbeben große Verwüstungen. Schwere Erdbeben hielten *neun* Tage lang an.

1590
Im siebenundsechzigsten Jahr nach der Invasion der Fremden, am 3. Januar 1590, begann die Epidemie: Husten, Schüttelfrost und Fieber, an dem die Menschen starben.

Im achtundsechzigsten Jahr nach der Invasion der Fremden wurde das Gesicht des Mondes kurz nach Sonnenuntergang von Dunkelheit überschattet. Es herrschte wirklich tiefe Dunkelheit, und der Mond war nicht zu sehen. Auch die Oberfläche der Erde war völlig unsichtbar.

1594
Heute, am 23. September, wird eine Landstreitigkeit zwischen den Xevacal Tuanli nach dem Gesetz entschieden.

1595
Der Bürgermeister wurde vom Blitz getroffen. Zehn Tage später traf ein Blitz die Kirche und den Hauptaltar. Im Dezember begannen die Arbeiten an der großen Glocke von Tzolola. Tausend *to-stones* wurden aus den Geldmitteln der Gemeinde verwendet, um die Glocke zu bezahlen.

1597
Somit gab es am 3. September, fünf Tage vor dem Fest von Mariä Geburt, eine Sonnenfinsternis, und der Tag wurde so dunkel wie die Nacht.

1600
Neun Ymox, Samstag, 16. Juni, Maria, Großmutter der Sonne und aller Kreaturen.

1617–1624
Pocken.

1621

Fünf Ah, die Seuche begann sich auszubreiten. Übermächtig war der Gestank der Toten. Die Menschen flohen in die Felder. Hunde und Geier zerrissen die Leichen. Die Großeltern starben, *wir alle wurden zu Waisen.* Wir waren Kinder, und wir waren allein; niemand von unseren Eltern war verschont worden. Die jüngeren Brüder wurden gequält und männliche Säuglinge bei lebendigem Leibe gehäutet. Sein Gesicht war das des Kriegs-*capitán,* des Gottessohns.

Und dies soll das Ende der Prophezeiung sein: Es herrscht ein großer Krieg, ein sengender Wirbelsturm. Katun 1 Ahau. Plötzlich ist die Aussaat beendet. Prozesse, Steuern und Tribute brechen über uns herein.

Eines Tages wird eine Geschichte in deiner Stadt auftauchen. Und man wird sich immer über ihren Ursprung streiten – ob sie nun aus dem Südwesten oder dem Südosten gekommen ist. Die Geschichte wird vielleicht mit einem Fremden eintreffen, einem Reisenden, den man vor Monaten aus seinem eigenen Land vertrieben hat. Oder sie wird von einem alten Freund überbracht, einem Papageienhändler vielleicht. Aber nachdem du die Geschichte gehört hast, müssen du und die anderen Vorbereitungen treffen, euch bei Neumond gegen die Sklavenhalter zu erheben.

DIE GROSSE GRIPPE-EPIDEMIE VON 1918

Die alte Yoeme selbst hatte dem Almanach einige Seiten hinzugefügt. Lecha erkannte ihre Handschrift sofort:

Im Spätsommer kauen die Schweine grüne Maiskolben und ich warte im Gefängnis von Alamo auf meine Hinrichtung. Man hat mich wegen Volksverhetzung und Hochverrat an der Regierung verurteilt. Sie hassen mich, weil ich eine Indianerin bin, die die Polizei und die Armee in den Schmutz gezogen hat.

Sie stehen vor meiner Zelle und freuen sich auf meinen Tod. Ich »müsse« sterben, weil ich »schon viel zu lange« am Leben sei, ich hätte ihre »Ehre« verletzt. Ich, »die kleine, breitschultrige Frau mit dem tödlichen Ziel«, das ist mein Titel.

Sie kommen zu zweit und zu dritt, um mich anzustarren. Sie genießen die Worte, die sie immer aufs neue wiederholen – ihre Phantasien über meine Hinrichtung und Zerstückelung.

Ihre Prunksucht verzögert meine Hinrichtung. Offizielle Abgesandte aus anderen Gerichtsbezirken treffen ein. Ich werde zur Schau gestellt, bin eine Warnung an alle, die es wagen, sich der Obrigkeit zu widersetzen. Der überfüllte Terminkalender des Gouverneurs macht eine Verschiebung notwendig. Vor meiner Zelle lassen sie sich keinen Tag entgehen.

Der Polizeichef trägt ein Stück Papier mit sich, auf dem er mit Kreide die Tage abhakt. »Zähle sie«, sagt er mit leiser Stimme zu mir. Er ist wütend, daß eine Indianerin lesen und schreiben kann, und er, ein Weißer, nicht. Ich lache und nenne ihn in meiner Sprache einen »Barbaren«.

»Du wirst sterben! Das ist sicher!« All die anderen von meiner Sorte hätten sie bereits in die Hölle geschickt, sagt er zu mir. Mein Tod ist gewiß. Ich habe keine Angst davor, zu sterben, aber es tut mir leid, die Menschen zu verlassen, die ich liebe, jetzt, wo der Kampf gerade erst beginnt. Ich bitte

Gott um Gerechtigkeit: Für mich selbst und unser ganzes Volk bitte ich um den Erfolg der Revolution.

Am Tag vor meiner Exekution erreicht die Neuigkeit die Stadt. Zuerst weigern sich die Behörden, den Nachrichten über so viele Kranke und Tote Glauben zu schenken. Die Grippe verbreitet sich mit den feuchten, warmen Küstenwinden. Sie infiziert den Gouverneur und all die anderen. Der Polizeichef wird vom Fieber verzehrt. Der Gefängnisaufseher läßt einen Eimer voll Wasser und eine Schüssel gerösteten Mais zurück.

»Die Behörden wollen dich am Leben halten«, sagt er, »bis sie sich genügend erholt haben, um dich aufzuhängen.« Der Aufseher hat blutunterlaufene Augen. In unzähligen Haushalten liegen die Toten neben den Lebenden, weil diese zu krank sind, um die Leichen nach draußen zu schleppen, berichtet er.

Ich lache laut auf, doch der Aufseher reagiert nur langsam.

»Irgend jemand wird kommen, um dich aufzuhängen«, versichert er mir, doch als ich ihn frage, wer das sein soll, schüttelt er den Kopf. Er ist müde an diesem Morgen, sonst würde er mich selbst umbringen. Die Stadt ist still. Die Kirchenglocken läuten nicht länger zum Abendgebet, und ich lausche mit aller Kraft auf die Schritte meiner Henker.

Ich konnte die großen Bussarde hören und riechen, was sie mit solchem Genuß verzehrten. Ich war noch immer eingeschlossen. Menschliche Aasgeier folgten den Vögeln, und ich hörte die Geräusche von Plünderungen. Ich glaubte nicht mehr, daß noch jemand kommen würde. Doch dann kamen sie, um die Gewehre und Munition im Gefängnis zu stehlen. Die Aasgeier fürchteten sich davor, meine Zelle zu öffnen, weil sie sahen, daß meine Arme und Beine gefesselt waren. Aber ich sagte ihnen, daß die Heilige Jungfrau der Indianer soeben ein Wunder an mir vollbracht habe. Ich sei durch die Hand Gottes gerettet worden, und sie müßten mich befreien.

DER RAT DER ALTEN YOEME

Diese alte Frau! Noch Jahre nach ihrem Tod war sie einfach nicht zu übertreffen. Die Geschichte von Yoemes Befreiung war sorgfältig auf die Seiten des alten Almanachs übertragen worden. Warum hatte Yoeme die Geschichte »Tag der Erlösung« genannt? Welche Bedeutung hatte die Geschichte einer einzelnen Frau und ihrer aussichtslos scheinenden Flucht vor dem Henker? Hatte die alte Yoeme gewußt oder Anteil daran genommen, daß auf der ganzen Welt 20 bis 40 Millionen Menschen zugrundegegangen waren, während sie gerettet wurde? Wahrscheinlich nicht. Selbst jetzt konnte Lecha ihre Stimme hören.

»Man kann ebensogut im Kampf gegen die Weißen sterben«, hatte Yoeme zu ihnen gesagt, als sie noch kleine Mädchen waren. »Denn die Regenwolken werden als erstes verschwinden, und mit ihnen die Pflanzen und Tiere. Wenn die Geister zornig oder wütend sind, kehren sie uns allen den Rücken zu.«

Der weiße Mann wollte das natürlich nicht glauben. Der weiße Mann mußte immer gerettet werden. Der weiße Mann bekam immer das letzte noch vorhandene Wasser, die letzte noch vorhandene Nahrung. Der weiße Mann wollte nichts von Geistern hören, weil sie bereits tot waren und nicht gefoltert, abgeschlachtet oder erschossen werden konnten. Der einzige Umgang mit der Welt, den der weiße Mann kannte. Geister waren immun gegen die Drohungen des weißen Mannes und seine Bestechungsversuche mit Geld und Nahrungsmitteln. Der weiße Mann kannte nur eine Möglichkeit, um sich selbst und andere zu kontrollieren, und das war blinde Gewalt.

Gegen die Geister war der weiße Mann machtlos. »Ihr Mädchen werdet das eines Tages begreifen. Denkt nur daran, was aus eurem Großvater geworden ist. Die in den Berg getriebenen Minenschächte haben sich gegen ihn gewandt und seine Knochen zu Brei zermahlen.«

Wie passend, daß Yoeme die schlimmste Naturkatastrophe der Weltgeschichte benötigt hatte, um gerettet zu werden. Nichts konnte ihre Sichtweise der »Erlösung« beeinflussen. Sie hatte »eine Vision« gehabt, die ihr sagte, daß die Grippe-Epidemie neben vielen anderen auch zum Tode verurteilte Revolutionäre wie sie selbst gerettet hatte.

Auf den Seiten, die ihrer Befreiungsgeschichte folgten, hatte Yoeme Randnotizen angebracht. Sie hatte daran geglaubt, daß bestimmte Geschichten Kräfte enthielten. Diese Kräfte bewirkten, daß die Geschichten immer wieder erzählt wurden, und mit jedem Erzählen fand eine kleine, aber dauerhafte Veränderung statt. Yoemes Befreiungsgeschichte veränderte für alle Zeiten die Fluchtchancen von Gefangenen. Jedesmal, wenn in einem Jahrhundert ein Revolutionär dem Tode entkam, entkamen im nächsten Jahrhundert zwei Revolutionäre dem sicheren Tod, selbst wenn sie eine solche Fluchtgeschichte noch nie gehört hatten. Dort, wo solche wunderbaren Fluchtgeschichten geschätzt und häufig erzählt werden, häufen sich mit der Zeit auch die Fälle, in denen Menschen auf wunderbare Weise dem Tod entkommen.

Zusammen mit Yoeme hatte Lecha im Fett von Schafseingeweiden zum erstenmal Regenwolken erblickt. Als Kinder hatten Lecha, Zeta und ihre Vettern in Potam mit dem Lamm gespielt und so getan, als gehöre es zu ihrer Phantasieherde. Sie hatten in Blechdosen Dreck angerührt und es ihm auf Pappelblättern angerichtet. Wenn sie wegrannten, lief es hinter ihnen her. Es wackelte mit seinem langen, wolligen Schwanz, während es an dem schwarzen Gummischnuller auf einer Limonadenflasche nuckelte. Später im Sommer war sein Schwanz voller dichter Wolle und Fett; Kletten hingen ihm im Fell. Dann, an einem Samstagnachmittag im August, hatte die alte Yoeme ihren Wetzstein und das lange, gebogene Schlachtmesser hervorgeholt und auch die emaillierte Abwaschschüssel. Onkel Ringo band dem großen Lamm mit einem Seil die Beine zusammen, aber das Tier wehrte sich nicht und lag ruhig auf der Seite, als die alte Yoeme einen kleinen Blecheimer unter seine Kehle hielt. Onkel Ringo packte es an der Schnauze und bog ihm den Kopf nach hinten, und das Messer durchschnitt seine Kehle. Während das Blut in den Eimer pulsierte, unternahm das Lamm einen schwachen Versuch, gegen die Fesseln an seinen Beinen anzukämpfen.

Sie selbst hatte im geöffneten Bauch eines Rehs zum erstenmal einen fremden Himmel erblickt, den ihr die blauen und lilafarbenen Membranen enthüllten, die so durchsichtig waren wie

Wolken vor einem Schneesturm, erzählte ihnen die alte Frau. Die schneeweißen Wolkenbänder waren Perlen aus Bauchfett, die auf dicken Darmschlingen aufgezogen und von der alten Frau zur Seifenherstellung aufbewahrt wurden. Sie erzählte den Mädchen, daß es möglich sei, mit dem Bauchfett von Wild oder Schafen Wolken herbeizurufen. Im Winter bewirkten die Ausdünstungen der Körperhöhlen, daß sich Schneewolken und Nebel um die kargen Berggipfel zusammenballten. Die alte Yoeme hatte den Magen des Lamms ausgestülpt, und das leuchtend grüne Gras quoll heraus, so daß der alte Hund sich darüber hermachen konnte.

Die alte Yoeme hatte Lecha eine merkwürdige Begabung vermacht: Ihre Gabe war es, nur die Toten zu finden, niemals die Lebenden. Lange Zeit hatte Lecha sich selbst die Schuld gegeben und geglaubt, sich nur schneller und intensiver konzentrieren zu müssen. Als sie nach Potam zurückkehrte, war Yoeme so gealtert und zusammengeschrumpft, daß sie in einem Kinderbett aus dem Krankenhaus liegen mußte. Lecha hatte es kaum vermocht, ein Würgen zu unterdrücken. Sie haßte den Geruch der vielen Menschen, die sich in dem alten Haus zusammendrängten – in jedem Zimmer hausten Vettern und Verwandte. Es war an diesem Tag vor langer Zeit gewesen, als Lecha begriffen hatte, daß sie niemals auch nur in der Nähe der Gräber der anderen Familienmitglieder begraben werden durfte. Yoeme hatte gut versorgt gewirkt, obwohl sie sie den größten Teil des Tages allein ließen. Die alte Frau hatte Lecha sofort erkannt. Sie hatten Yoeme den Raum neben der Küche gegeben, und obwohl sie genauso wach und listig war wie immer, war sie inzwischen so alt und verschrumpelt, daß sie nicht mehr laufen konnte. Selbst ihre Knochen schienen ausgetrocknet zu sein, so daß alles, was noch von ihr übrig blieb, ihre kleinen dunklen Augen waren, die noch immer unheilvoll glitzerten.

Yoeme hatte behauptet, nur deshalb so alt geworden zu sein, weil sie neugierig sei. Sie hatte laut aufgelacht und ihren Mund geöffnet, um sich mit der Zunge über die gelben Zahnstümpfe zu fahren. Sie habe noch immer Geschmack am Leben, und was konnte sie für ihr liebes Enkelkind tun?

»Was ist, wenn die einzigen, die du finden kannst, tot sind?« hatte Lecha sie gefragt.

»Nun ja«, hatte Yoeme geantwortet. »Das passiert oft genug. Was willst du wissen?« Dann hatte sie gelacht, als sei Lechas Frage ein Scherz.

DER FAMILIENFRIEDHOF

Lechas Plan war es gewesen, sie zu überraschen. Sie würde in Hermosillo ein paar Männer zum Graben anheuern und sie an die Arbeit gehen lassen, bevor jemand vom Rest der Familie überhaupt herausfand, was vor sich ging. Aus Potam war die Nachricht gekommen, daß das Herrenhaus eingestürzt sei. Die Wände aus Ziegellehm waren eingesunken wie frischer Dung nach einigen Tagen sintflutartiger Regenfälle. Sobald die Nachricht eingetroffen war, hatte Lecha augenblicklich den Friedhof vor sich gesehen, wie sie ihn als Kind gekannt hatte: Der Ozean unterhalb des Hügels war ebenso leuchtend blau wie der Himmel mit den weißen Wolken, die im Frühjahrswind dahintrieben. Stockrosen, die noch vor der Morgendämmerung geschnitten worden waren, hingen an verwitterten Kreuzen, doch nach den langen Stunden in Wind und Sonne ließen die Blumen die Köpfe hängen wie Gefangene, die man auf den Scheiterhaufen gebunden hatte. Rund um Yoemes leeres Grab wurden die wandernden Dünen von faustgroßen glatten, runden Steinen zurückgehalten. In Lechas Erinnerung fanden sich keine Spuren von anderen Gräbern ihrer Onkel oder Tanten, nicht einmal vom Grab ihrer Mutter. Das Blau des Himmels ging über in das Blau des Kalifornischen Golfes.

Die Idee war ihr ganz plötzlich gekommen, und Lecha hatte laut auflachen müssen. Sie, die fast ihr gesamtes sogenanntes »Berufsleben« damit verbracht hatte, den Assistenten der Leichenbeschauer beim Öffnen von flachen Gräbern zuzusehen, würde jetzt zusehen, wie ein paar Hilfsarbeiter noch einige weitere Gräber aushoben.

Wer konnte ausrechnen, wie schnell sich ein Familienfriedhof zu füllen vermochte? Das dichte Beieinanderhocken war natürlich schuld daran, daß sich ihre Vettern wie die Fliegen vermehrten. Lecha hatte sie mehr als sechzig Jahre lang ertragen, aber sie würde verdammt noch mal nicht bis in alle Ewigkeit mit ihnen dort liegen müssen. Das große Haus in Potam war mit jedem Regensturm tiefer in den Hügel gesackt. Die Mauern auf der Seeseite fielen am schnellsten in sich zusammen, und aus Südosten brachten die Sommerstürme peitschenden Regen. Der weiße Stuck war schon lange gerissen und abgefallen, und die freigelegten Adobeziegel hatten ihre Ecken und Kanten verloren. Mit etwas Glück würde das Haus nach zwei weiteren grauen Regenwochen im Januar endgültig nachgeben. Dann konnten Onkel Ringo, Cucha, Popas Ehemann, und alle verbleibenden Kinder in den Ruinen des Hauses begraben werden. Die Adobewände würden sich zu weichen, rosafarbenen Lehmwällen aufhäufen, und aus der Mitte würden die spinnenartigen Zweige der noch immer lebendigen Bougainvillea ihre purpurroten Blütenblätter über herabgestürzte Dachbalken verstreuen. Im Laufe der Jahre fand vielleicht ein Dorfkind nach einem spätsommerlichen Wolkenbruch eine merkwürdige Porzellanscherbe, einen Muschelknopf oder das winzige Knöchelchen einer Fingerspitze. In einem anderen Jahr bemerkte vielleicht ein von einem Holztransport nach Hause kommender Mann etwas, das im Sonnenlicht des Spätherbstes aufglänzte. Er würde nicht die gravierte Silberschüssel finden, auf die er gehofft hatte, sondern Onkel Ringos Schädel.

Popa würde eine der ersten sein, die sie ausgruben. Lecha selbst wollte ihre Knochen in den Bergen aus Glasscherben, verrosteten Blechdosen und verwesenden Hundekadavern auf der städtischen Müllkippe verstreuen. Popa hatte darauf bestanden, daß Yoeme das Herrenhaus verlassen und in ihrer Hütte leben sollte. Natürlich hatte sie das Herrenhaus haben wollen, und sobald sie die alte Yoeme in die Hütte verfrachtet hatte, war Popa mit ihrer Familie in das Herrenhaus hinübergezogen. Eine taube Frau aus den Bergen wurde angestellt, um bei Yoeme in der Hütte zu wohnen. Popa riß sämtliche Innenwände des Herrenhauses nieder – ein Umbau, wie sie sagte –, doch Lecha wußte, daß die alte Hure nach den Notizbüchern des Almanachs gesucht hatte. Die neuen Wände wurden mit rosafarbenen Tapeten versehen, genau der Farbton, den der Leichenbestatter als Rouge auf den Wangen von Babys verwendete. Lecha wußte, daß Popa die Bücher nicht finden konnte, weil Yoeme sie ihr bereits lange vor ihrem Tod übergeben hatte. Als Popa sie am Morgen nach der Beerdigung zornig zur Rede stellte, hatte Lecha sie einfach ausgelacht und war in das Taxi gestiegen, das vor dem Herrenhaus auf sie wartete. Ihre schwachsinnigen Kinder liefen wie Wachtelküken hinter Popa her, die das Taxi verfolgte und »Diebin! Diebin!« brüllte.

In ihrer Kindheit war der Familienfriedhof in Potam fast leer gewesen. Obwohl Lecha nicht wieder hingefahren war, nicht einmal, als Popa ums Leben kam, erhielt sie doch Nachrichten. Popas Schwester Cucha hatte ihrer Familie Niereneintopf vorgesetzt, der in der Sommerhitze schlecht geworden war. Drei ihrer jüngsten Kinder waren daraufhin gestorben, während Cucha selbst gelähmt in der Hängematte auf der großen Veranda lag, die sich über die gesamte Länge des Hauses erstreckte. Popa selbst war bei einem Zugunglück ums Leben gekommen, als sie kurz vor Weihnachten mit dem Schnellzug von einem Einkaufsbummel in Nogales zurückkehrte. Dies hatte Onkel Ringo die Verantwortung für Cucha und ihre drei älteren Kinder (ihr Mann war nach Kalifornien gegangen, um dort Arbeit zu suchen, und nie wiedergekommen), Popas epileptischen Ehemann und vier schwachsinnige Kinder aufgebürdet. Onkel Ringo war mit dem Herrenhaus und seinen Bewohnern nicht besonders gut fertig geworden. Popas Kinder, die schon recht erwachsen waren, stahlen noch immer Streichhölzer oder erbettelten sie von amerikanischen Touristen, die vorbeifuhren, um das zweistöckige Adobeherrenhaus auf der höchsten Anhöhe von Potam zu bestaunen. Onkel Ringo, ein kurzsichtiger Albino mit wäßrig-blassen Augen, hatte die vier nicht bemerkt, die über einem kleinen Feuerchen hockten, das sie aus trockenem Kraut und Palmzweigen entfacht hatten. Als der einfältige Junge, den sie Dennis genannt hatten, angerannt kam, standen sein T-Shirt und seine Haare in Flammen. Die anderen waren aus Furcht vor den Schlägen, die Onkel Ringo ihnen schon früher für das Spielen mit Feuer verpaßt hatte, in einem Heiligenschein aus Rauch und Flammen die Straße zur Stadt hinuntergerannt. Der Familienfriedhof hatte sich schnell gefüllt.

Onkel Ringo hatte allen versichert, er habe sein Bestes getan, doch Onkel Federico hatte darauf bestanden, Cuchas verbleibende drei zu adoptieren – allesamt niedliche kleine Mädchen, von denen das älteste dreizehn Jahre alt war. Lecha hatte gelacht, als ihr Spion aus Potam ihr von Onkel Federicos Adoption der drei Mädchen berichtete. Einmal hatte Onkel Federico Lecha und Zeta zum Bahnhof nach Hermosillo gebracht. Beide wußten bereits, was Onkel Federico gerne machte, wenn er ihnen allein auf dem Flur im zweiten Stock des Herrenhauses begegnete oder eine von ihnen in der Speisekammer der Küche im Erdgeschoß erwischte. Seine Zeigefinger waren so dick und häßlich wie die kubanischen Zigarren, die er rauchte. Einmal hatte Lecha auf dem Hof eine dicke Wurst aus Hundescheiße gesehen und für eine verlorengegangene Zigarre des Onkels gehalten. Er konnte seinen Finger mit der gleichen sanften Bewegung unter den Gummizug ihrer Höschen schieben, mit der er die kleinen Mädchen hochhob und auf den Arm nahm. Es ging so schnell, daß er die nächste Bewegung dazu nutzte, ihn wieder herauszuziehen und die Röcke ihrer Kleidchen glattzustreichen. Als sie älter wurden, nahm er jedes der Mädchen auf einen Ausflug in seinem Zweitonner-Viehtransporter mit, kaufte ihnen einen chinesischen Schirm aus rotem und goldfarbenem Papier und erklärte dann, dies sei eine heikle Angelegenheit. »Ich habe am Priesterseminar studiert, wie du weißt. Deshalb wurde ich von eurer Mutter ausgewählt, um auf euch junge Mädchen aufzupassen. Schwester Josefa hat euch den Katechismus lesen lassen, nicht wahr? Dann wißt ihr auch, wie wichtig eure Reinheit, eure Jungfräulichkeit ist. Nicht wahr? Nun, mein Täubchen, ich fühle nur nach, ob sie noch da ist. Es ist eine einfache Untersuchung. Ich bin nämlich ein Doktor, weißt du, ich kenne mich aus mit dem menschlichen Körper.«

Die vierzig Meilen lange Fahrt zum Bahnhof in Guaymas war nicht einfach gewesen.

Die Mädchen waren vierzehn. Sie hatten sich mit anderen Mädchen unterhalten und sich ungeschickt nach deren Onkeln erkundigt. Als keines der anderen Mädchen ihnen irgendwelche Informationen zukommen ließ, nicht einmal ein Erröten oder eine Warnung vor heimlichen oder heiklen Angelegenheiten, begannen die Mädchen allmählich zu verstehen. In San Isidro, einer kleinen Stadt, die als Versorgungsstützpunkt für die Viehzüchter und die entlegenen Dörfer diente, hielten sie an, um Orangenlimonade zu kaufen. Onkel Federico hatte sich bei der Frau hinter der Theke des kleinen Ladens nach Pater Lopez erkundigt. O ja, Pater Lopez sei da. Er habe ein neues Haus, einen dieser modernen Haus-Trailer, der neben der Kirche abgestellt sei. Lecha sah Zeta an, und Zeta sah Lecha an. Sie schüttelten die Köpfe. Sie waren sich beide bewußt, auf welche Art Onkel Federico ihre Brüste anstarrte. In diesem Laden gab es nichts. Die vom Fußboden bis zur Decke reichenden Holzregale waren leer bis auf eine dicke graue Staubschicht. Der Limonadenautomat klapperte und brummte unentwegt, heraus kam jedoch nur lauwarme Limonade. Staubige Pferdegeschirre hingen an Nägeln an der Wand, aber das Leder war brüchig und morsch. Hier hatte sowieso niemand Geld genug, um Pferde zu besitzen, das wußten die Mädchen. Ihre ärmsten indianischen Verwandten lebten in San Isidro. Ihr Vater hatte jeder von ihnen einen Zehn-Dollar-Schein für die Fahrt nach Tucson geschickt. Zeta probierte die Sonnenbrille aus, die einzige weitere Ware in dem kleinen Laden. Es war eine Männersonnenbrille, und die Staubschicht auf den Gläsern ließ sie wie blinde Insektenaugen aussehen. Die Mädchen setzten abwechselnd die Brille auf und lachten sich gegenseitig aus. Sie warteten draußen auf der schattigen Seite des Gebäudes, bis Onkel Federico aus der Richtung, in der die Kirche lag, schweratmend über die Plaza zurückkam. »Ich habe eine Überraschung!« sagte er. »Pater Lopez kann euch beiden die Beichte abnehmen. Ihr geht jetzt gleich hinüber, und ich warte in seinem schönen Haus-Trailer auf euch. Ihr kommt sofort zu mir – sobald ihr fertig seid.«

Im Beichtstuhl war es eng und heiß, und es roch nach Schafsfett. Lecha ging als erste, weil sie nichts zu beichten hatte, außer ihrer Wut darüber, daß ihr Vater sie zu sich holen wollte, anstatt sie weiter bei der alten Yoeme leben zu lassen. Der Priester hatte eine sanfte, flüsternde Stimme. Er stellte ihr Fragen. Ob sie traurig sei, daß ihre Mutter gestorben war? Ja, das war sie, aber ihre Mutter hatte viel Zeit damit verbracht, ihnen zu erklären, daß sie sich wiedersehen würden. Nur, wenn du in den Himmel kommst, mein Kind. Davon hatte die Mutter nichts gesagt, ließ Lecha den Priester wissen, aber wahrscheinlich hatte sie es vergessen. »Fünf Ave Marias, und du gehst sofort zum Wohnwagen. Dein lieber Onkel wartet dort auf dich.«

Als sie aus der Kirche trat, streifte Lecha gegen eine weißgekalkte Wand. Sie rieb den schwarzen Baumwollstoff ihres Rocks gegeneinander, um den Kalkstreifen zu entfernen. Langsam ging sie zu dem blitzenden neuen Haus-Trailer. Alles wirkte so merkwürdig, jetzt, wo ihre Mutter tot war. Der Vater, der sie nun zu sich holte, hatte sie seit Jahren nicht mehr gesehen. Und doch hatte er nach ihnen geschickt, als ihre Mutter gestorben war.

Bevor Lecha an die gelbe und weiße Metalltür des Wohnwagens klopfen konnte, wurde sie von Onkel Federico weit geöffnet. »Ah, mein Liebes! Von allen Sünden reingewaschen. Ja. Komm nur herein!« Alle Fußböden des Wohnwagens waren mit gelbem Linoleum ausgelegt. Lecha dachte an die Käfer, die auf der Windschutzscheibe zerplatzten, als sie auf die Stadt zugefahren waren.

»Du legst dich hier drin ein wenig hin und hältst ein Nickerchen«, sagte Onkel Federico. »Und zieh dein Kleid aus, damit es nicht zerknittert!« Er schloß die Tür und ließ sie in einem Raum zurück, der so klein war, daß sie in allen Richtungen fast die Wände berühren konnte, wenn sie die Arme ausstreckte. Sie hatte sich gerade hingelegt, als er hereinkam. Er fühlte Lechas Stirn und holte dann das Stethoskop heraus, das er immer in den Taschen seines Sportmantels trug. Sein Atem roch nach saurem Wein und Zwiebeln. Er befühlte ihren Bauch durch das Höschen. Kreisförmig rieb er ihren Bauch und befahl ihr, die Augen zu schließen.

»Blinddarmentzündungen sind heutzutage sehr häufig, weil die Kinder zu viele Süßigkeiten essen. Jetzt laß mich nachsehen. Ah, da! Ist es dort? Ja, mein Schatz, nun mach deine Augen zu und sei ganz ruhig. Und nicht gucken, ich werde nur meinen Finger hier hineinstecken und ein wenig herumfühlen.« Er lehnte auf dem Bett, sie konnte seine Erwartung spüren. Das schmale Bett quietschte unter seinem Gewicht. Lecha hatte begonnen, die Augen zu öffnen, doch diesmal hatte Onkel Federico ihr in strengem Ton befohlen, sie zu schließen. Aber schließlich wußte Lecha, wie man beim Versteckspiel schummelte. Durch die Schlitze ihrer Lider sah sie, daß er etwas in der Hand hielt. Eine seiner dicken, dunklen Zigarren. Merkwürdig, daß er während einer Untersuchung eine Zigarre rauchen wollte.

ADIÓS, WEISSER MANN!

Seese fuhr den großen Lincoln mit fünfundsechzig bis siebzig Meilen in der Stunde den ganzen Weg von Nogales nach Hermosillo. Lecha wies ihr den Weg und gab Hinweise über das Autofahren in Mexiko.

»Geben Sie Gas! Und nie zögern! Die werden schon Platz machen!« Sterling hatte gelernt, immer dann zu pinkeln, wenn sie anhielten, um zu tanken, weil Lecha wollte, daß sie ohne Aufenthalt durchfuhren. Sie mußten schließlich noch Halt machen, um einige Männer zum Graben anzuheuern.

»Von hier stammen meine Informationen«, sagte Lecha, als sie vor einem kleinen weißgekalkten Haus vorfuhren, an dessen Hauswand blaue Windengewächse emporrankten. Die Sonne ging bereits unter, und Seese sah müde aus. Als sie ihn im Rückspiegel anblickte, fand Sterling, daß sie traurig wirkte. Die Sonne stand am südwestlichen Horizont, und die Grillen zirpten laut. Ein leichter Windhauch fuhr durch die blauen Winden. Lecha hatte einige Teenager angeheuert, fünfzehn- oder sechzehnjährige Jungen, und alle drei trugen saubere, ordentlich geflickte Jeans und weiße T-Shirts. Sie waren zu schüchtern, um Lecha zu antworten, die in Spanisch auf sie einsprach. Offensichtlich erklärte sie ihnen, was sie zu tun hatten, und sie nickten. Sie hatten offenbar Angst, Sterling zu berühren, und ließen ihm viel Platz auf dem Rücksitz. Sie waren schon eine merkwürdige Schar – diese Teenager, Sterling, Seese und Lecha.

Der Familienfriedhof lag auf einer sandigen Anhöhe über einer Salzpfanne am südöstlichen Ende der Bucht. Das letzte Licht der Dämmerung verblaßte gerade. Seese hatte viele Stunden Fahrt hinter sich. Sie sah noch immer weiße Linien auf dem Asphalt, obwohl sie inzwischen auf einem kurvenreichen, sandigen Fahrweg einen Hügel hinabfuhren. Ein Windstoß fegte über die Salzpfanne, und im letzten Licht des Tages glitzerten Salzkristalle auf. Dahinter erstreckte sich die blaue See, mächtig und regungslos. Der Friedhof war von einem verfallenen Mäuerchen aus Kieselsteinen umgeben. Ein verrosteter, durchhängender Stacheldrahtzaun umschloß die gesamte West- und Nordseite, wo die Mauer bereits eingestürzt war und die Steine auf dem Boden verstreut lagen. Die frischesten Gräber waren noch immer hoch aufgeworfen. Um die weißen Holzkreuze, die die Gräber markierten, waren rote und gelbe Rosen, grüne Farnwedel und pinkfarbene Nelken aus Plastik geschlungen. Die Gräber des älteren Teils wurden von glatten, keilförmigen Steinen aus dem dunklen Basalt der flachen Vulkanberge gekennzeichnet, den *cerros*, an denen sie auf ihrem Weg von San Isidro vorbeigekommen waren. Einige der schwarzen Gedenksteine waren mit rohen weißen Kreuzen bemalt worden, die langsam verwitterten. Um die Steine herum steckten Plastikrosen und -nelken im weißen Dünensand, als seien sie dort schon immer gewachsen.

Lecha lehnte sich über den Stacheldrahtzaun und deutete auf die Gräber von Federico, Popa, Cucha und den anderen. Sie hatte sich zu Seese und Sterling umgewandt und warf einen schnellen Blick auf die drei Jungen. Mit Zunge und Zähnen machte sie ein angewidertes Geräusch und schüttelte den Kopf. Die drei Jungen lehnten auf der Spitzhacke und den Schaufeln und beobachteten, wie die seltsame Frau den Friedhof abschritt.

Sterling stützte sich auf seine Spitzhacke und starrte nach Westen. Er bedauerte, daß sie so spät angekommen waren. Es wäre schön gewesen, das Wasser des Golfs von Kalifornien zu sehen. Er hatte seine Ferien gern in Long Beach verbracht, den Vergnügungspark besucht und den Ozean gesehen. Sein Liebstes war die große Achterbahn gewesen. Er genoß den Teil der Fahrt, der über den Ozean hinausführte, besonders in den frühen Abendstunden, wenn der Nebel heraufzog und ihm Jacke und Haare durchnäßte. Das Betrachten der glatten, dunkelblauen Wasseroberfläche lockerte den großen Knoten, das Verlustgefühl in seiner Brust. Es gab noch andere Orte neben Laguna, an denen er sich zur Ruhe setzen konnte.

Seese beobachtete, wie Lecha von Grab zu Grab ging. Sie zitterte, obwohl die Luft warm war. Sie hatte plötzlich den

Wunsch, zu verschwinden. Irgendwohin, nur nicht nach Tucson oder in den Südwesten. Aber Lecha hatte sie gewarnt, daß manche Dinge Zeit brauchten. Sie würden am Almanach arbeiten müssen. Seese schlenderte zum anderen Ende des Friedhofs, wo der Steinwall am besten erhalten war. Die Gräber lagen hier dichter zusammen, und die Steine und Kreuze waren kleiner. Vor einem weißen Gedenkstein, auf dem zwei Kinderengel ein Lamm in die Höhe hoben, blieb sie stehen.

»Ich wußte nicht, daß es so einfach sein würde!« sagte Lecha triumphierend, als die drei Jungen den ersten Sarg heraushoben. Der feine helle Sand auf der Anhöhe machte das Graben einfach. Lechas Aufregung war zu groß, um zu bemerken, daß Seese bleich geworden und in die Dunkelheit davongestolpert war.

In der Ferne hörte Sterling das Hundegebell aus der Stadt. Er war nervös. Er nahm an, daß man ihn wahrscheinlich feuern würde, aber nach allem, was passiert war, würde auch das keine Rolle mehr spielen. Die Menschen in Tucson waren ihm einfach zu eigenartig. Er würde versuchen, seinen Vetter in Phoenix zu finden. Hohe Löhne waren eben nicht alles. Sterling fragte sich besorgt, was die mexikanische Polizei mit Leuten machen würde, die die Grabruhe störten. Er hielt die Taschenlampe, während Lecha die Jungen anleitete. Der Sarg war alt und das Holz halb verfault. Die Jungen trugen ihn ohne Mühe. Sie schienen sich über das, was sie taten, keine Gedanken zu machen. Sterling hatte die Geldbündel gesehen, die Lecha in ihrer großen schwarzen Tasche hatte. Vielleicht würde sie auch Polizisten bestechen, wenn sie hier auftauchen sollten. Sterling kam langsam zu der Ansicht, daß die Vorkommnisse mit dem Hollywood-Filmteam daheim in der Reservation kaum der Rede wert waren im Vergleich zu den Verbrechen, die an Orten wie Tucson begangen wurden.

Lecha riß den Sargdeckel auf. Sie wirkte nicht besonders kränklich, obwohl Sterling gesehen hatte, daß ihre schwarze Handtasche und ihr Koffer voller Tablettenröhrchen und Spritzen waren. Aber natürlich, überlegte sich Sterling, konnte sich Lecha auf jene mysteriöse Kraft verlassen, von der er in der *Police Gazette* gelesen hatte – die Kraft, die Verrückte und wahnsinnige Killer besaßen, wenn sie sich ganzer Heerscharen bewaffneter und mit Tränengas ausgestatteter Polizisten erwehrten. Lecha erteilte auf Spanisch Befehle. Der älteste Junge setzte die Spitze seines Cowboystiefels unter den Sargdeckel und trat ihn auf. »Kippt es hier rein«, sagte sie auf Englisch und deutete auf den tiefen Kofferraum des Lincolns. Sterling leuchtete ihnen mit der Taschenlampe, drehte jedoch den Kopf zur Seite, als die Jungen taten, was sie ihnen gesagt hatte, um dem feinen Staub auszuweichen, der nach oben stieg. »So, so, Onkel Federico, das ist also alles, was von dir und deinen dicken, behaarten Fingern übriggeblieben ist!«

Als nächstes kam Popa. »Wollen wir mal sehen, wie dir dein *neues* Zuhause gefällt, Tantchen.« Lecha wies die Jungen an, ein Loch zu vergrößern und die Überreste der Särge hineinzuwerfen. Wenn das Ende eines Sarges aus dem Loch herausragte, nahm sie Sterling die Hacke aus der Hand und schlug den Sarg zu Kleinholz. »Dafür haben wir das Werkzeug schließlich mitgebracht«, sagte sie, als sie Sterling die Hacke zurückgab. Am Flackern des Lichtstrahls, der von den Schaufeln der Jungen über die Überreste der Särge glitt, konnte Sterling erkennen, wie sehr seine Hände zitterten. Auf der städtischen Müllkippe verstreuten sie die Knochen und Überreste. Lecha hatte die Jungen sehr großzügig entlohnt, damit die Ereignisse dieser Nacht geheim blieben. Die Menschen würden sie ebenso der Hexerei beschuldigen, wie sie es bei der alten Yoeme getan hatten.

Lecha hatte von ihren jungen Friedhofsgehilfen alle Neuigkeiten über den Krieg im Süden erfahren. Gerüchte und Fernsehberichte über zwei Brüder aus einem kleinen Bergdorf in der Nähe der guatemaltekischen Grenze hatten die jungen Männer in Aufregung versetzt. Geister sprachen zu einem der Zwillingsbrüder und sagten ihm, was die armen Menschen und die Indianer zu tun hatten. Die Geister warfen den Menschen vor, faul und schwach zu sein und sich an die Europäer zu verkaufen. Die Geister sprachen durch zwei große Macaws. Sie waren aus dem Dschungel herausgeflogen, um sich auf den Schultern eines der beiden Brüder niederzusetzen.

Als sie Hermosillo in Richtung Tucson verließen, dirigierte Lecha Seese zu der Straße mit dem Zeitungskiosk, wo sie sich sämtliche Zeitungen aus Mexico City kaufte. Bevor die blaugelben Geistermacaws sich auf den Schultern des einen Bruders niedergelassen hatten, waren seine Leute nichts anderes als eine weitere armselige Horde von Landsquattern gewesen, die von der mexikanischen Armee und Polizei zu Tode gehetzt wurde.

Die große Aufregung jeden Tag galt den Tausenden von Indianern und Mestizen und Hunderten von Weißen, die sich zusammenfanden, um zu hören, welche Geisterbotschaften er heute empfangen hatte. Die Geistermacaws versprachen allen, die nach Norden marschierten, innere Kraft und Zufriedenheit. Norden war die Richtung des Todes, aber sie mußten keine Angst haben. Die Anzahl der Land- und Obdachlosen und derjenigen, die sich ihnen anschlossen, war beständig angewachsen, und jetzt hatten es die Behörden mit einem religiösen Kult zu tun, der den Tod nicht mehr zu fürchten schien, weil sie ohnehin bereits mit den Geistern der Toten kommunizierten.

Fast so bemerkenswert wie die Geistermacaws war die indianische Frau an der Spitze einer vereinigten Stammesarmee, die die Geistermacaws begleitete, um die Zwillingsbrüder, die den Macaws dienten, und die anderen treuen Anhänger zu beschützen. Die Frau hatte mit einem der Zwillingsbrüder zusammengelebt. Sie war von einer kubanischen Marxistengruppe ausgebildet worden, doch kursierten auch andere Berichte, die besagten, daß La Escapía oder der Fleischerhaken, wie sie sich selbst nannte, von Kubanern ausgebildet worden war, die sich nur als Marxisten ausgaben.

Die tribale Volksarmee hatte den staatlichen Fernsehstationen ein schockierendes Videoband zugeschickt. La Escapías großes Indianergesicht füllte den ganzen Bildschirm aus. Ihr kräftiges Indianergebiß blitzte in der Nahaufnahme. Sie erzählte, daß sie sich für den Kampf den Namen La Escapía ausgesucht habe, weil sie es lustig fand. Lustig, welche Angst die Weißen vor den Kriegen der Indianer hatten. Um den Offizieren von Armee und Polizei noch mehr Angst einzujagen, versprach ihnen La Escapía, daß sie, sollten sie im Kampf hochrangige Offiziere gefangennehmen, diese mit dem Stahl ihres Kriegernamens füttern und ihre Hoden zum Mittagessen kochen würden. Einfache Soldaten hätten nichts zu befürchten, versprach sie. Sie waren eingeladen, die Regierungstruppen zu verlassen und sich jederzeit der Volksarmee anzuschließen.

Die Zeitungen berichteten, daß die neuesten Botschaften der Macawgeister vor baldigen Unruhen gewarnt hatten, die sich wie ein Steppenbrand über Mexiko ausbreiten würden, und vor einer Invasion der amerikanischen Truppen. Um Geld zu sparen, hat La Escapía bereits eine weitere Nachricht aufgezeichnet, die für eine spätere Veröffentlichung, nach der Invasion der Amerikaner bestimmt ist. Sie will den jungen US-Soldaten Angst einjagen, und zeigt auf dem Bildschirm die Aufnahmen der abgeschlagenen Köpfe des amerikanischen Botschafters in Mexiko und seines Assistenten, die mit dem Gesicht nach oben im Kanal der schwimmenden Gärten von Xochimilco treiben.

»Adiós, weißer Mann«, begleitet La Escapías Stimme die Aufnahmen der abgeschnittenen Köpfe zwischen blühenden Seerosen. La Escapías Absicht ist, den amerikanischen Soldaten klarzumachen, daß sie es mit einem Indianerkrieg zu tun haben. Commander La Escapías braunes, lächelndes Gesicht erscheint übergroß auf dem Bildschirm. Die Menschen der vereinigten Stammesarmee verstünden, daß die amerikanischen Soldaten keine andere Wahl hatten, als ihren Befehlen zu gehorchen. Dennoch forderte Commander La Escapía amerikanische Militärangehörige dazu auf, angesichts dieses Indianerkrieges den Kriegsdienst zu verweigern, und versprach Deserteuren sicheres Geleit nach Oslo oder Stockholm.

Im Inneren des weißen Lincoln war es trotz der voll eingeschalteten Klimaanlage unangenehm warm. Dennoch hatte Lecha gespürt, wie ihr beim Lesen des Berichtes über die Videoaufnahmen von den schwimmenden Köpfen und dem Angebot, amerikanische Deserteure nach Europa zu verschieben, ein kalter Schauer über den Körper lief. Sie fühlte sich plötzlich wach und erfrischt; ihr Körper war kühler. Sobald sie wieder in Tucson waren, würde Lecha mehr über diese beiden Brüder, die Geistermacaws und die Kommandeurin der panamerikanischen Stammesarmee in Erfahrung bringen. Geld, Geld, Geld. Alle Armeen brauchten Geld. Lecha fragte sich, was Zeta mit all dem Geld gemacht hatte, das sie und Ferro mit Schmuggeln verdient hatten. Sie fragte sich, was Calabazas mit seinem Geld gemacht hatte, oder ob diese beiden Brito-Schwestern es dafür verbraten hatten, katholische Priester zu verhätscheln.

DER GROSSE GOTT IGUANA

Seese hatte sich seit der Fahrt nach Mexiko unwohl gefühlt. Der Abend auf dem Friedhof hatte sie einige Anstrengung gekostet, und dann war auch die Grenzüberquerung zu einem Alptraum geworden, weil die Beamten an der US-amerikanischen Grenze sich geweigert hatten, zu glauben, daß Lecha und Sterling amerikanische Staatsbürger waren. Eine Jeepladung GIs hatte sich im Schatten vor dem Zollgebäude herumgedrückt. Die Grenzbeamten hatten Seese genau angesehen und sie zweimal gebeten, ihren Namen zu wiederholen, bevor sie den Kofferraumdeckel zuschlugen und ihr gestatteten, den Lincoln über die Grenze zu steuern. Sie wartete im Wagen, und schließlich waren auch Lecha und Sterling durch eine gläserne Schiebetür herausgekommen. Sterling hielt die Griffe von Lechas Rollstuhl grimmig umfaßt. »Sie haben mich fast gezwungen, in Mexiko zu leben«, sagte Sterling mit zitternder Stimme. »Sie wollten meinen Führerschein und die Wahlkarte nicht anerkennen, weil beides abgelaufen ist. Aber ich habe ihnen gesagt, daß sie sich das Bild ansehen sollen – das bin ich, habe ich gesagt, sehen Sie. Es ist immer noch mein Gesicht und mein Name, auch wenn das Gültigkeitsdatum abgelaufen ist.«

Lecha lachte. »Nun, ich glaube, es herrscht Krieg«, sagte sie. »Ich habe schon eine Menge Gerüchte darüber gehört. Amerikanische Armeepanzer stehen in langen Kolonnen an der Grenze, und ganze Wagenladungen voller GIs kontrollieren sämtliche Straßen und Highways.«

Lecha hatte mit den Friedhofsgehilfen und dem Tankwart in Hermosillo gesprochen. Seese mußte kein Spanisch oder Yaqui verstehen, um zu erkennen, daß sie Lecha ernste Neuigkeiten mitgeteilt hatten. Im vergangenen Sommer hatte eine aufgebrachte Menge das Gerichtsgebäude in Hermosillo in Brand gesteckt, nachdem der scheidende Bürgermeister und die Ratsversammlung sich geweigert hatten, das Gebäude an den neugewählten Bürgermeister zu übergeben, den Enkel eines früheren Nazis, der nach Mexiko geflohen war. Lecha wies darauf hin, daß Indianer mit Wahlen nichts zu tun hatten. Was auch immer unter den politischen Kandidaten und Parteien vorfallen mochte, hatte für die Millionen und Abermillionen derer, die hungerten, keinerlei Bedeutung.

Die Konfrontation mit den Grenzbeamten hatte Lecha aufblühen lassen. Mit leuchtenden Augen saß sie auf dem Beifahrersitz und unterhielt sich mit Seese, während Sterling auf dem Rücksitz ein Nickerchen machte. Der weiße Mann habe schon immer versucht, die Grenze zu »kontrollieren«, wo es doch, außer in ihren Köpfen, nichts gab, was sie hätten kontrollieren können, sagte Lecha. Dem weißen Mann in Nordamerika hatte es schon immer davor gegraut, daß eine große Indianer-Armee aus dem Süden heraufziehen könne. Außerdem hatten die Gringos Angst davor, daß es eines Tages zu einer Masseneinwanderung kommen könnte – Millionen von Indianern, die von Süden heraufkamen.

Selbst mit geöffnetem Wagenfenster und der plaudernden und lachenden Lecha neben sich mußte Seese gegen den Schlaf ankämpfen. Sie hoffte, daß Sterling fahren konnte, wenn sie zu müde wurde. Die Aufregungen der Reise und die Stunden auf dem Friedhof hatten ihren Preis gefordert.

Lecha war bereit, sich der alten Notizbücher und Yoemes Bündeln mit Notizen und Zeitungsausschnitten anzunehmen. Sie wollte, daß Seese sich darauf einstellte, den ganzen Tag am Computer zu arbeiten. Sie sei voller Ideen, meinte Lecha. Die Nachricht über die Geistermacaws hatte sie inspiriert. Es war Jahre her, seit ihr das letztemal so viele Gedanken durch den Kopf geschwirrt waren.

Kaum waren sie zurück in Tucson, hatte Lecha damit begonnen, sich Notizen zu machen und die Stapel mit Papieren und alten Notizbüchern zu sichten. Seese war überrascht, als Lecha anfing, die Nachmittags- und Mitternachtsinjektionen mit Dolantin zu überspringen. Mittags verzichtete sie auf Percodan, weil sie wachbleiben wollte, um die alten Bücher zu entziffern. Die alte Yoeme hatte ihre eigene, merkwürdige Art gehabt, Spanisch zu schreiben, und sie hatte sich Schreibweisen für Yaqui-Wörter ausgedacht.

Auf Seese hatte die Fahrt nach Mexiko den umgekehrten Effekt gehabt. Am Morgen nach ihrer Rückkehr war sie völlig erschöpft aufgewacht, obwohl sie zehn Stunden geschlafen hatte. Später war sie bei ihrer Arbeit am Computer eingeschlafen. Sie hatte an einer seltsamen Passage aus Lechas Transkriptionen gearbeitet, die eine fast narkotisierende Wirkung auf sie hatte.

Übertragungen
aus den alten Notizbüchern

Das Haar des alten Priesters ist verfilzt von getrocknetem Blut.
Es bildet einen langen, festen Umhang. Die Enden
der trockenen Blutkruste rascheln leise, als sich der alte
Priester über das Knabenopfer beugt
ein schöner, junger Prinz. Die jungen Opfer essen ihre
letzte Mahlzeit gemeinsam.

Barbaren mochten ihre Kriegsgefangenen oder Sklaven
opfern;
aber die Wahrheit ist, daß die Geister nur dann zuhören,
wenn das vergossene Blut edel ist und von Reichen stammt.

Gott Iguana trägt alle Samen dieser Welt in seinem Schwanz.

In der Dunkelheit um den Altar
läßt das Geräusch ihres sanften Atems schmerzendes
Verlangen durch die Beine des alten Priesters strömen.

Der Kopf der Eidechse ist voller Früchte und Blumen.
Jeder Tag hat seinen eigenen Namen und eine Seele.
Die Tage formen sich wie Knospen.
Die Morgendämmerung ist ihre Blume.
Der alte Priester wollte den Jungen, deshalb führten sie ihn
nicht mit den anderen fort.

Die Steineidechse glänzt von Blut.
Am Morgen hat sie
das Schillern von frischem Blut verloren.
Klümpchen werden braun, dann schwarz.

Eine dunkle Haut bildet sich auf dem Blut,
die Kruste einer wohlriechenden Frucht,
deren Duft er tief in sich einsaugt.

In der Nacht flüstert er dem schlafenden Kind zu,
es gibt nun andere Götter, denen sie dienen müssen.
Das Fleisch hungert, das Fleisch begehrt, bis es sich selbst
verzehrt.

Den ganzen Nachmittag
klopfen Regentropfen auf das Dach.
Einer der Tänzer stolpert und zerstört das Neujahrsglück.

Der Raum ist eng.
Granitfarbenes Licht schwankt
hinter einem Papierschirm.
Die Lampe wurde ins Fenster gehängt
sie staubt noch immer
goldene Schwärme von leuchtenden Ameisen.

Die Sonne steht in der nördlichen Ecke der Zeit
und bewegt sich nicht mehr. Dies ist ein Traum von einem
anderen Tag
oder diesem Tag.
Er kann sich nicht erinnern, ob sie schon gekommen sind
oder noch immer herannahen.

Die alte Frau sitzt allein und denkt nach.

Die Flüssigkeit im Becken hat die Farbe von Granat.
Die Hitze zerstört den Stechapfel, die Blüte schließt sich.
Das Baumwolltuch leckt sein Fieber auf wie ein Dorfköter.
Das Ende des Vorhangs schwingt, dann weht es im Wind.

Ist es nun gestern? Duftender Geruch von Blumen
juwelenfarben und so groß wie der Daumennagel eines Knaben.
Den ganzen Nachmittag zittern die Schwingen der Hitze
vor Stimmen

> ihre Feuchtigkeit ist wie eine gelbe Frucht
> überreif nun
> Verfall tropft auf den Steinfußboden.
>
> Sie sprechen zum offenen Himmel über dem Altar.
> Die nachlässigsten Gebete:
> Die Samen wurden abgeschnitten,
> fielen hinunter und verstreuten sich.
> Der Mond ist eine Frau heute nacht.
> Von der Kehle bis zur Leiste, mitten hindurch.
> Er hat sich nur wenig gewehrt.

Die ganze Woche über hatte Seese immer wieder geruht und war früh ins Bett gegangen. Dennoch spürte sie den ganzen Tag über das Gewicht ihres Körpers und hatte das Gefühl, in Luft und Licht zu ertrinken. »Bakterien« oder »Amöben«, dachte sie; vielleicht die Grippe. Der Koffer kam ihr in den Sinn, den sie tief ins Innere ihres Schrankes geschoben hatte, und das Kokain, nachdem es sie seit Monaten nicht mehr verlangt hatte.

Seese gab den alten Notizbüchern die Schuld an dem Traum. Tränenüberströmt war sie daraus erwacht, und noch Stunden später hatten seine Auswirkungen nicht nachgelassen. Seese hatte vor der Tastatur gesessen und den Tränen freien Lauf gelassen. Statt Lechas Transkriptionen hatte sie eine Beschreibung ihres Traums getippt:

> Auf den Fotografien lächelst du
> du bist größer, als ich dich je gesehen habe
> älter, als du warst, als ich dich verlor.
> Die Farben von Rasen und Haus im Hintergrund sind undeutlich,
> zu blassem Grün und Braun verschwommen.
> Ich weiß, daß ich dich niemals wieder halten werde.

Es war, als habe Seese das Ausmaß von Montes Verlust vor diesem Traum nicht gespürt. Sie schob ihren Stuhl von der Tastatur zurück und legte sich mit dem Gesicht nach unten auf das ungemachte Bett. Der Schmerz in ihrer Brust nahm ihr den Atem, sie hoffte, sie würde sterben. Ihr ganzes Leben lang hatte sie alles falsch gemacht – jede Liebe, die sie je besessen hatte, war zerstört oder verloren. Sie weinte, bis ihre Augen und ihr Hals ausgetrocknet waren. Sie hatte niemanden mehr, nichts, wofür sie nach dem Verlust von Monte weiterleben wollte. Lecha mußte es von Anfang an gewußt haben. Seese war wütend. Warum hatte sie ihr nichts gesagt? Lecha konnte die Toten finden. Warum fand sie Monte nicht?

Einer plötzlichen Eingebung folgend, zog sie den Koffer aus der Tiefe des Wandschranks und legte das in Zeitungspapier eingewickelte Paket aufs Bett. Sie hatte daran gedacht, eine Flasche Wodka aufzubewahren, für den Fall, daß sie wieder anfangen sollte, Kokain zu schnupfen. Sie schenkte sich ein Glas ein und trank in großen, brennenden Schlucken, um sich zu beruhigen. Sie hatte mit Kokain nicht wieder anfangen wollen, aber jetzt war es nicht mehr wichtig, ob Lecha dahinterkam oder Zeta sie rauswarf. Monte war tot, und Seese wollte sterben. Sie füllte sich eine Phiole voll Kokain ab und schnupfte eine Linie nach der anderen, als sei sie am Verhungern. Sie mußte in die Stadt, Root oder vielleicht sogar Tiny finden, und sehen, ob sie das Kilo verkaufen konnte.

KOKAINSCHWEMME

Root war keineswegs überrascht, die Blonde wieder vor seiner Tür stehen zu sehen. Beim erstenmal war sie auf der Suche nach Lecha gewesen, aber diesmal suchte sie ihn. Sie hatte Gepäck für eine Übernachtung bei sich. Root sah sich nach einem Fahrzeug um. »Ich habe ein Taxi genommen«, sagte Seese, und Root winkte sie in den Wohnwagen. »Ich möchte Sie bitten, Lecha nichts davon zu sagen, daß ich hier war.« Root sah der Blonden aufmerksam ins Gesicht. Er hatte immer vermutet, sie werde vielleicht zurückkommen, und hatte das Gefühl, daß sie noch an diesem Nachmittag miteinander schlafen würden. Seese hatte aus einem Flachmann Wodka genippt; sie war nervös und redete zu schnell. Es überraschte Root nicht, als sie ihr

Reiseköfferchen öffnete und ein Kilo Kokain auspackte. Er schüttelte langsam den Kopf.

»Alle haben was«, sagte Root und steckte sich eine Prise unter die Zunge, »aber das hier ist ziemlich gut. Äther, kein Aceton.« Root ging zum Kühlschrank, um sich ein Bier zu holen und schaltete den Fernseher aus.

»Können Sie es für mich verkaufen?« Seese war von Wodka zu Bier übergewechselt. Sie packte den kleinen Spiegel und die Phiole aus und schnitt einige Linien für sich und Root. Wenn Root nicht interessiert war, hatte sie immer noch Tiny. Aber zu ihm würde sie erst gehen, wenn sie keinen Ausweg mehr wußte.

Root sog mit jedem Nasenloch eine Linie auf, dann schloß er die Augen und ließ den Kopf nach hinten auf die Couch fallen. Ein breites Lächeln lag auf seinem Gesicht. »Der Markt hier ist überschwemmt. Sie werden nicht mehr als zehn oder zwölf Riesen dafür bekommen.«

»Für ein ganzes Kilo?« Seese war sich nicht sicher, ob sie Root verstanden hatte. Er zündete eine Marihuana-Zigarette an und reichte sie Seese. Sie inhalierte, begann dann aber zu husten – sie hustete, bis ihr die Tränen in die Augen stiegen.

»Stark?«

Seese nickte und wischte sich die Augen. Ihr war zum Heulen zumute. Alles, was er gesagt hatte, war zehn oder zwölf. Das war besser als gar nichts. Besser als Koks zu schniefen oder zu spritzen, bis sie tot war.

Seese hatte noch weitere Linien geschnitten, doch nachdem sie das Marihuana aufgeraucht hatten, schloß Root die Tür des Trailers ab und führte sie an der Hand ins Schlafzimmer. Er zog ihr nicht gleich die Kleider aus, sondern umarmte sie auf dem ungemachten Bett.

Sie war so dünn und weiß, verglichen mit Lecha. Root konnte ihre spitzen Knochen fühlen, während er sie vögelte. Er machte immer weiter. Kokain und Marihuana hatten diese Wirkung. Root versuchte, sich nicht an ihrem Schambein und Becken zu stoßen. Lecha hatte ihm den Sex mit dünnen Frauen verleidet. Sie machte sich lustig über Männer, die sich insgeheim nach Knaben sehnten, statt nach richtigen Frauen. Sie behauptete, weiße Männer hielten ihre Frauen absichtlich so klein und schwach, damit sie sich nicht wehren konnten, wenn die Männer sie schlugen oder herumstießen.

Seese fühlte sich selten erregt, wenn sie das erstemal mit einem Mann schlief. Diese Information hatte sie Root zugeflüstert, nachdem er eine halbe Stunde in sie hineingepumpt hatte. Es sei kein Problem für ihn, weiterzumachen, sagte er ihr, ein positiver Nebeneffekt des Hirnschadens, diese Endlos-Erektion. Seese hielt die Augen geschlossen, damit sie die abblätternde Farbe an der Decke des winzigen Wohnwagenschlafzimmers nicht ansehen mußte. Wenn sie Root weitermachen ließ, würde er vielleicht kommen, und wenn er kam, würde er ihr vielleicht helfen.

Root wußte nicht, was es war – die Kombination der Drogen oder diese seltsame Frau –, aber er wollte nicht aufhören. Er wollte sie weitervögeln, als könnte jeder Stoß die Traurigkeit verringern.

Hinterher rauchten sie noch mehr Marihuana, doch Seese ließ die Phiole mit Kokain in ihren kleinen Reisekoffer fallen und schloß den Deckel. Root mixte ihnen einen Krug Orangensaft, an, rührte den Saft mit einem Holzlöffel um und starrte auf den Reisekoffer. »Sämtliches Koks in der Stadt wird im Moment in blauen Samsonite-Koffern transportiert«, sagte er beiläufig, aber Seese spürte die unausgesprochene Frage, das Mißtrauen.

Sie lachte. »Den Koffer haben sie mir gegeben. Ich würde mir diese blaue Farbe nie kaufen.«

»Irgend jemand hat es getan«, sagte Root und drehte den Knopf des Verdunstungskühlers etwas herunter. »Wahrscheinlich haben sie einen Preisnachlaß auf tausend *taubenblaue* Koffer bekommen.«

Seese fühlte sich glücklich und high. Irgendwie hatte der Sex ihr Verlangen nach Kokain gestillt.

»Ich weiß keine Käufer im Moment«, sagte Root. »Tucson ist eingeschneit, es erstickt in Schnee.«

Seese begann zu widersprechen: »Vor zwei Jahren –«

»Vor zwei Jahren sah die Welt noch ganz anders aus«, sagte Root. Seine abrupte Unterbrechung verletzte sie, aber Seese gab sich selbst die Schuld dafür, daß sie von einem Mann Hilfe erwartet hatte, den sie kaum kannte. Und vermutlich hatte er auch nicht viel Respekt vor Sekretärinnen, die mit dem Freund ihrer

Arbeitgeberin ins Bett gingen. Sie mußte mal wieder den Verstand verloren haben. Es war ein dummer Fehler gewesen, zu Root zu kommen.

»Ich weiß nicht, was ich mir dabei gedacht habe«, sagte sie. »Ich wollte nicht wieder mit Koks anfangen. Aber ich brauche das Geld, um meinen kleinen Jungen zu finden.«

»Arbeitest du denn nicht mehr für Lecha?«

»Doch. Aber Lecha hat Krebs.«

»Und du glaubst das?«

Seese sah Root aufmerksam an. Es war schwierig, ihn richtig einzuschätzen. Sie zuckte mit den Schultern und nahm eine Haarbürste aus ihrer Handtasche. Sie würde ein Taxi zur Stage Coach Bar nehmen und mit Cherie reden. Sie beide könnten wieder ins Geschäft kommen. Mit Babymilchpulver konnten sie aus einem Kilo zwei machen, genau wie in den alten Zeiten. Seese hielt durch das Fenster Ausschau nach dem Taxi. Wenn Root reden wollte, sollte er nur. Sie hatte nichts gesagt, was er bei Lecha anbringen und gegen sie verwenden konnte. »Ich könnte es vielleicht für dich loswerden – aber wegen des Preises kann ich dir nichts versprechen.«

Seese sah das Taxi in den Trailerpark einbiegen. Sie hob den hellblauen Reisekoffer auf und schüttelte den Kopf. »Es ist schon in Ordnung, mach dir keine Umstände«, sagte sie. »Ich habe noch andere Leute, die interessiert sind.« Root stand in der Tür, und Seese spürte, wie gern er sie umarmt hätte, aber sie war fertig mit ihm.

Sollte sie selbst herausfinden, wie die Chancen in Tucson standen. Root erinnerte sich daran, wie lebendig die Innenstadt früher gewesen war, bevor die Einkaufszentren sie kaltgestellt hatten. Niemand hätte gedacht, daß auch die großen Einkaufszentren eingehen könnten. Doch dann war die amerikanische Wirtschaft ins Stocken geraten. Bedeutende Unternehmen hatten Arizona im Laufe der Jahre immer mehr gemieden oder sogar verlassen, weil ihre Angestellten sich sträubten, dort zu leben. Der Lebensstandard in Arizona war niedriger als anderswo. Root fand es richtiggehend komisch: Selbst Guam oder Puerto Rico steckten mehr Geld in Schulen und Gesundheitsprogramme als Arizona. Kein neuer Industrie- oder Geschäftszweig würde sich jemals wieder hier ansiedeln. Die ganzen Steuernachlässe und die bequemen Deals, das ganze billige Land, das Arizona anbot, um Unternehmen anzulocken – alles war vergeblich. Die Analysen sagten voraus, daß der Bürgerkrieg in Mexiko gefährlich werden und auf die Vereinigten Staaten übergreifen würde. Tucsons Schicksal war eng mit dem Schicksal Mexikos verbunden. Seine Einkaufszentren lebten von reichen Mexikanern; doch nun waren die wohlhabenden Bewohner Sonoras vor dem wütenden Bauernmob geflohen und hatten sich in Argentinien und Spanien eine neue Heimat gesucht. Gerüchte über gewalttätige Übergriffe vertrieben die reichen Stammgäste aus Tucsons Bädern und Kurzentren.

Root mußte lachen. Bei den Händlern, die Waffen und Munition verkauften, florierte das Geschäft. Tucson hatte immer irgendeine Art von Krieg gebraucht, damit seine Kassen klingelten. Roots eigener Urgroßvater war durch die Apachenkriege reich geworden. Calabazas hatte ihm alles darüber erzählt. Seine Eltern sprachen nie über die große gesellschaftliche Bedeutung der Familie oder deren Reichtum. Nachdem ihm Calabazas den Alkoholhandel mit den Apachen und der Armee, die Hurenhäuser und die Geldmacherei durch die Lieferverträge mit der Armee geschildert hatte, verstand Root, warum seine Eltern und Tucsons »bessere Kreise« so wenig Interesse für die Geschichte der Stadt zeigten.

Was Root betraf, so war er für seine Familie gestorben, umgekommen am Tag seines Unfalls. Die einzigen Verwandten, die er noch hatte, waren Calabazas und vielleicht noch Mosca. Aber auch bei Mosca und Lecha konnte er sich nie sicher sein. Zwar liebten sie ihn beide, aber sie waren auch beide verrückt. Root wußte nicht, ob er sie liebte, ob er überhaupt jemals einen Menschen geliebt hatte. Hatte er je seine Mutter geliebt? An seinen Vater dachte er kaum noch.

Manchmal staunte Root sogar über sich selbst. Er hätte Lechas Assistentin oder Krankenschwester, oder was immer sie auch war, niemals vögeln dürfen. Sobald er seinen Drang und sein Verlangen abgearbeitet hatte, war die schwebende Ekstase Zweifeln gewichen. Die Stadt war voll von Fremden, die Koffer mit Kokain oder Dollarscheinen bei sich trugen, um sie gegen

Dynamit einzutauschen. Lecha hatte hellseherische Fähigkeiten, und trotzdem beging sie immer noch Fehler, wenn es um ihr Privatleben ging. Die Blonde einzustellen, war vielleicht ein solcher Fehler gewesen. Root schaltete den Fernseher an, doch er konnte das traurige Gefühl in seinem Inneren nicht loswerden. Kein Wunder, daß Mosca nur Prostituierte »benutzte«. Das war gut angelegtes Geld, weil es hinterher keine Reue gab.

Während seines Krankenhausaufenthaltes hatte Root gelernt, das Fernsehen zu hassen. Nach seiner Entlassung hatte er begonnen, auch das Radio zu hassen, und mehr als alles andere hatte er das neue staatliche Lotteriespiel und all die dämlichen Werbeanzeigen für die blöden Menschen gehaßt. Die örtlichen Radiosender waren gezwungen, den ganzen Tag Geld zu verteilen, um sich ihre Hörer zu sichern. Niemand tat mehr etwas für den anderen, außer für bares Geld. Kuriere und Rezeptionisten, Telefonisten und Störungsdienstleute, Verkäufer und Kassierer in Lebensmittelläden – all diese dummen Trottel hörten sich Stunde um Stunde an, wie die DJs sie mit lausigen Werbespots aufs Kreuz legten.

Im Krankenhaus hatten die Krankenschwestern, die Schwesterngehilfinnen und Krankengymnastinnen über nichts anderes geredet als Sach- und Geldgewinne. Zu Hause wurden Babysitter dafür bezahlt, daß sie fernsahen, nur für den Fall, daß der glücksbringende Telefonanruf eingehen sollte. Sie alle bezahlten Raten für neue Teppiche oder Wohnzimmergarnituren. Alles ließ sich auf die Frage reduzieren, wofür der Mensch eigentlich lebte.

Root hatte einmal in der Küche eines benachbarten Koksdealers gesessen und beobachtet. Gegen drei Uhr nachmittags hatten die ersten seiner »Klienten« ihren Arbeitstag beendet und waren vorbeigekommen, um sich einen »Kick« abzuholen, der sie nach Hause bringen würde. Für einen kleinen Aufschlag wurde ihnen erlaubt, sich schon im Badezimmer zu spritzen. Alle waren Weiße gewesen, und der Dealer zeigte Mitgefühl. Die Klienten hatten Ehegatten, Familien und Jobs, an die sie denken mußten. Root beobachtete die unablässige Parade von Anwaltssekretärinnen, Mechanikern, Postangestellten, Rezeptionisten, Zahnarzthelferinnen und anderen, die Root nicht einordnen konnte – vielleicht Grundstücksmakler oder Highschool-Lehrer.

Aber alle hatten den gleichen Ausdruck von Erwartung und Erleichterung in ihrem Gesicht. Sie hatten den ganzen Tag nur an eins gedacht. Sie hatten die Langeweile und die Demütigungen ihrer Jobs verdrängt – es ertragen, weil sie wußten, daß eine aufgezogene Spritze auf sie wartete. Das war es, wofür sie lebten; dafür gingen sie zur Arbeit.

Root verstand. Jeder, der Augen im Kopf hatte und einen klaren Verstand besaß, hätte einen schmerzlosen Ausweg gefunden – eine Waffe, egal welchen Kalibers, den Lauf gegen das Ohr gedrückt, das den Knall nicht mehr hören würde. Alle hatten ihre Wahl getroffen – ihre persönliche Überlebensstrategie gewählt. Ein neuer Teppich, eine neue Eßecke, ein neuer Wagen; etwas, wofür es sich zu leben lohnte, ein Grund, um zur verhaßten Arbeit zu gehen. Der Koksdealer war selbst süchtig; er beklagte sich über die fallenden Kokainpreise. In der Stadt sei weniger Geld im Umlauf, erzählte er. Regelmäßige Kunden seien vorübergehend entlassen worden oder müßten Kurzarbeit hinnehmen.

KOMMUNISTISCHE
PRIESTER UND NONNEN

Mosca hatte gelernt, die Finger von schlauen, nervösen Frauen zu lassen, selbst wenn sie so dunkelhäutig und schön waren wie die beiden Schwestern. In gewisser Weise hatte Calabazas mit den beiden Brito-Schwestern sein Leben vergeudet.

Zuerst war Sarita, sein »rechtmäßig angetrautes Weib«, mit einem toten Monsignore ins Bett gegangen – das war wirklich ein tolles Ding! Vögelt ihn bis zum Herzinfarkt. Dann hatte Liria, Calabazas' »große Liebe«, ihn hintergangen und sich mit Sarita einer radikalen katholischen Gruppe angeschlossen, die half, Flüchtlinge aus Mexiko und Guatemala in die Vereinigten Staaten zu schmuggeln. Mosca hatte den größten Teil des Streits mitgehört, als Calabazas dahintergekommen war. Mosca war sicher, daß die meisten Nachbarn zumindest die lauten Stimmen gehört hatten, die sehr schnell in wütendes Geflüster übergegangen waren. Mosca war es auch gewesen, der dahintergekommen war. Und er hatte es Calabazas erzählt. Da konnte man sehen, wie schnell sich solche Dinge herumsprachen. Was hatte dieses Miststück Liria eigentlich vor? Was, wenn sie kamen, um ihr und ihren kommunistischen Priestern und Nonnen auf die Finger zu sehen?

Mosca hatte alle Argumente bereits gehört – von beiden Seiten. Die, die meinten, man mache sich schuldig, wenn man ihnen zu essen gab, und die, die sagten, die Menschen müßten doch »gerettet« werden. Mosca gab gern damit an, daß er sich nur nach dem richte, was sein Bauch ihm sage. Calabazas hatte Liria daran erinnert, daß sämtliche Farmer in Mexiko, mit denen er zusammenarbeitete, Verwandte oder Clansleute von ihm waren. Ihr Geschäft war ein Familienunternehmen. Das ganze Marihuana stammte von Farmen der Familie und wurde sorgfältig in LKW-Ladungen mit Kürbissen verstaut.

Liria hatte klargestellt, daß sie ihm nicht vorschreiben wolle, sein Geschäft aufzugeben. Es stimmte; man hatte den Indianern nur das schlechteste Land gelassen. In den Hügeln war das einzige, was gedieh, Marihuana; Garten- und Flaschenkürbisse wuchsen nur unten in den kleinen Tälern. Liria war ganz ruhig geblieben. Jeder suchte sich die Arbeit, die er tun wollte. Und ihre Arbeit war es, den Menschen, die vor Kugelhagel und Folter flohen, Unterschlupf zu gewähren. Sie sah nicht ein, warum ihre oder Saritas Arbeit mit den Flüchtlingen sein Geschäft beeinträchtigen sollte.

Dann hörte Mosca, wie Calabazas ein begnadetes Argument vorbrachte, das die Gefahren des Schmuggelns von politischen Flüchtlingen dem Schmuggeln von Kürbisflaschen voller Kokain gegenüberstellte. Menschen waren zu groß und zu laut, um sich unauffällig transportieren zu lassen, und Lirias kirchliche Gruppe war zu anfällig für Unterwanderungen durch Regierungsspitzel.

Calabazas hatte sich auf schwankendem Boden bewegt; und plötzlich war Liria wütend geworden.

»Du solltest dich selbst reden hören, alter Mann! Was für Angsthasen ihr Männer doch seid!« Liria war hinausgestürmt, hatte wenig später zwei Koffer in den Kofferraum ihres Toyota geworfen und war davongefahren. Mosca wußte, daß Calabazas von einem Großteil der subversiven Aktivitäten der katholischen

Kirche keine Ahnung hatte. Mosca hatte noch nie einem von ihnen über den Weg getraut, weder Nonnen noch Priestern. Er hatte die Sache sehr vorsichtig zur Sprache gebracht, weil er wußte, daß Calabazas Liria seit vielen Jahren abgöttisch liebte.

Mosca hatte schon Zauberer und Hexer, Attentäter und Spione entlarvt, allerdings nur, wenn er an ihnen vorbeigefahren war. Seine Erklärung dafür war, daß Hexer, genau wie Antilopen und Kojoten, keine Angst davor zu haben schienen, aus fahrenden Fahrzeugen heraus erkannt zu werden.

Es konnte passieren, daß Mosca nichtsahnend auf der Drachman zur Miracle Mile hinunterfuhr und plötzlich einen dunklen Zauberer in der Verkleidung eines jungen gutangezogenen, hispanischen Collegestudenten bemerkte. Es war ihm egal, ob Root, Calabazas oder dieses Miststück Liria ihn auslachten und »Loco, Loco, Loco!« nannten. Er hatte genaue Beobachtungen angestellt. Die schrägen Gestalten kamen alle zur gleichen Zeit auf die Straße – alle torkelten sie aus ihren schäbigen Apartments und Wohnwagen heraus, um lachend und in Selbstgespräche vertieft die Ft. Lowell Road hinunterzulaufen. Woher wußten sie alle, daß es Zeit war, hinauszugehen? Solche schrägen Typen hatten die gleiche Wellenlänge wie Eidechsen und Zugvögel und zudem die rätselhafte Fähigkeit, sich gleichzeitig an einem Ort zusammenzufinden. Manchmal gingen Hexen und Zauberer sogar gemeinsam auf die Straße. Mosca hatte nie herausgefunden, warum ausgerechnet sie, die sich gegenseitig so sehr fürchteten und haßten, den Wunsch verspürten, zusammen die gleichen Straßen entlangzuspazieren. Und doch hatte er die Hexen und Zauberer beiderlei Geschlechts, *curanderos* – oder wie immer man sie nennen wollte –, oft genug gesehen. Sie liefen gemeinsam herum und unterschieden sich dabei nicht von den Prostituierten, Männern wie Frauen, die ebenfalls die South Sixth Avenue entlanggingen.

Wenn er an einem Hexer vorbeifuhr, konnte Mosca gelegentlich für den Bruchteil einer Sekunde um dessen Gesicht oder Füße ein Licht erkennen – manchmal war es ein Blitz, manchmal ein Glühen. Verglichen mit den alten Geschichten über Hexenmeister, das mußte Mosca zugeben, waren seine Fähigkeiten nur sehr begrenzt.

Mosca öffnete ein weiteres Bier und löffelte vier dicke Prisen aus dem Plastikbeutel mit Kokain, den er in die Brusttasche seines Westernhemdes geschoben hatte. Die Sticheleien und Witze waren ihm egal. Calabazas, Root oder Liria – der ganze Rest – sollten ruhig lachen, bis es ihnen im Hals steckenblieb. Der Alkohol und die Drogen waren nur ein Einstieg, sie lieferten keine Erklärungen. Die ganzen Vermutungen, der Argwohn, die Pläne, die Träume, die Theorien und die Ahnungen waren sein Werk. Er bewahrte sie tief verschlossen in seinem Inneren auf, in Kammern aus Fleisch und Blut. Mosca fühlte, was er wußte: das Heranrauschen einer großen Flut, die schlammigen, aufgewühlten Wasser von etwas, das er noch nicht benennen konnte. Moscas Augen leuchteten. In Südamerika hatten die Indianer mit Hilfe von Mama Coca die gefährlichsten Flüsse befahren und die eisigsten Bergpfade erklommen.

DIE SEELEN DER TOTEN

Mosca hört und erinnert sich an so viele Stimmen und Orte, daß er vergißt, wo sie alle hergekommen sind. Zwei oder drei Biere und drei oder vier Löffel Koks, und schon öffnen sich, wenn sonst alles ruhig ist, sämtliche Türen und Tore der Erinnerung. Jedesmal wenn Mosca verhaftet worden war, hatte dem ein besonderer Umstand zugrunde gelegen – ein Hexer, ein Teufel, ein Geisterwesen. Mosca fuhr fort, von Zombies, offenen Gräbern und Geisterarmeen zu erzählen, die, umgeben von grünen Feuerbällen, vorwärts marschierten, weil sie schon immer ein Teil seines Lebens gewesen waren und es weiter sein würden. Root hatte Mosca gefragt, in welchem Alter er zum erstenmal eines dieser merkwürdigen Wesen gesehen hatte.

»Oh, Mann, ich war noch ein kleines Baby! Sie hatten mich in einer Bananenkiste schlafen gelegt. Es muß kalt gewesen sein, weil sie mich und die Kiste in der Küche auf einen Tisch oder so was gestellt hatten.« Mosca behauptete, sich an alles erinnern zu können, sogar an seine Geburt. Obwohl er noch ein Säugling war, hatte er gespürt, daß ihn etwas von der Decke aus beobachtete. Das erste von Tausenden von Dingen, die Mosca »sehen« würde.

Mosca hatte den Dampf aus dem Santa Cruz River aufsteigen sehen, wenn sich an manchen Morgenden kalte Bergluft über Tucson legte. Er verstand, daß der Dampf die Feuchtigkeit des aufsteigenden Flusses war, so daß der Fluß in den Himmel floß, in alle Windrichtungen – aber er verstand auch, daß dies die Seelen der Toten waren, die aus dem Höllenfeuer aufstiegen, in dem sie jahrhunderte- und jahrtausendelang auf ihre Erlösung gewartet hatten, um endlich zurückkehren und ihren geliebten Nachkommen helfen zu können.

In den Gebirgsausläufern der Sonora-Wüste waren die Winde übernatürlich. *Los aires*, die Luftströme – gefährliche Brisen, kleine Aufwinde und die aufgesperrten Rachen der Fallwinde – drückten kleine Flugzeuge gegen die Berge. Ein tüchtiger Hexenmeister konnte einen kleineren Windstoß oder eine stärkere Brise von einem Bergvorsprung herunterzaubern. Er konnte sogar reich und mächtig werden, wenn er es schaffte, sich den richtigen Wind am strategisch richtigen Ort zu sichern. Natürlich träumte und prahlte jeder Hexenmeister von den großen Winden – sie waren nur selten zu sehen, außer in plötzlichen Windböen, die ganze Armeen in Wüstensand hüllten oder Kriegsflotten an den Klippen der Küste zerschmetterten.

Eines Nachmittags ist der Himmel bewölkt, große Gewitterwolken treiben feuchte Hitze vor sich her. Mosca ist launisch und in einer seltsamen Stimmung. Root findet ihn vor Calabazas' Haus, wo er nach Westen starrt. Die unzähligen wächsernen Blätter der Baumwollpappeln rascheln im feuchten Wind. Eine Zeitlang nimmt Mosca Root gar nicht wahr, dann beginnt er von den Seelen der Toten zu sprechen. An regnerischen Nachmittagen, Sommer wie Winter, kannst du sie hören, sagt er, weil die toten Seelen an bewölkten Tagen unterwegs sind, um Regen zu bringen. »Tote Seelen sind immer in unserer Nähe«, fährt Mosca fort, »und beschützen uns.« Das Reden über Geister macht Mosca langsam munter. Seine dunklen Augen leuchten, während er mehr und mehr in Fahrt kommt. Er erzählt, daß die Weißen durch diese hilfreichen Geister auf die Idee vom Schutzengel gekommen sind. Nur daß die armen Seelen einen gar nicht richtig

»beschützen« konnten, aber sie begleiteten einen auf Schritt und Tritt. Sie kamen vom Ort des vollkommenen Friedens, wo Stille die Antwort war und Stille Wahrheit bedeutete.

»Tote Seelen bleiben in unserer Nähe, aber sie brechen ihr Schweigen nicht«, sagte Mosca. Denn Reden war überflüssig, solange man nicht das vergaß, was man über seine Vorfahren wußte. Die Geister der Vorfahren hatten zwar die Antworten, aber man mußte in der Lage sein, die Botschaften auch zu verstehen, die in der Sprache der Geister geschickt wurden.

Die Seelen von Frischverstorbenen saßen wie graue und braune Motten an den Fenstergittern und trieben sich vor den Türen der Häuser herum, in denen sie einmal gelebt hatten. Als Frischverstorbene hatten sie die Gepflogenheiten der Toten noch nicht erlernt, und deshalb weinten sie mitleiderregend. Die Europäer hörten nicht auf die Seelen ihrer Toten. Das war die Wurzel allen Übels bei diesen Menschen. Sie schienen die Rufe ihrer Toten nicht zu hören, die vor den Fenstern und Türen von Rathäusern und Geschäftsgebäuden herumirrten und nach Geld jammerten, das sie nicht hatten mitnehmen können. Mosca teilte die Ansichten der kommunistischen Priester und Indianer aus Mexiko nicht, doch er stimmte ihnen zu, daß die toten Seelen der Europäer aufschrien.

»Wir sind so wenige hier!« war ihre nicht endenwollende Botschaft in den »Séancen«, die der Barfüßige Hopi im Gefängnis für sie abgehalten hatte. Die Europäer versäumten es nicht nur, die Seelen ihrer Toten nach dem Ableben vier Tage lang zu füttern, die Angehörigen nahmen zudem alle Dinge, die den Toten lieb und teuer gewesen waren, und verteilten sie. Deshalb wurden sie von ihnen in ihren Träumen verfolgt und von den unaufhörlichen Schreien der nicht zur Ruhe kommenden Seelen ihrer Vorfahren in den Wahnsinn getrieben. Kein Wunder, daß sie solche rastlosen Wanderer waren und zum Mars und Saturn fliegen wollten.

Seelen von Toten erschienen manchmal als Schmetterlinge vor einem Frühlingsregen in der Wüste. Aber welche toten Seelen brachten dann Schnee- und Hagelstürme und die sintflutartigen Regenfälle, die Häuserdächer einschlugen und die Setzlinge im Garten davonwuschen? will Calabazas wissen. Mosca ist selbstsicherer, als Root ihn je zuvor erlebt hat. Er bekommt keinen Wutanfall, wie es früher der Fall war, wenn jemand wagte, seine geliebten Theorien zu hinterfragen. Tote Seelen, die zuviel Regen oder generell zuviel von etwas brachten, standen im Verdacht, für Hexer zu arbeiten.

Hochplateaus und unwegsame Bergpässe waren gefährlich. Dies waren Orte, die es zu vermeiden galt, denn dort, wo Wolken zu finden waren, hielten sich auch die Seelen der Toten auf. Kluge Reisende vermieden Berg- oder Hochlandreisen, außer bei trockenem, wolkenlosem Wetter, denn Blitzschlag, Hagel und plötzliche Schneestürme hatten schon zahllose Reisende vor ihnen in die Falle gelockt und erfrieren lassen. Mosca hatte diese Geschichten gehört.

Auf einem hohen Bergpaß kauerte sich bei Dunkelheit und Schneesturm eine Gruppe gestrandeter Reisender um ein Lagerfeuer. Doch plötzlich konnten die Reisenden am Rand des Feuerscheins, durch samtweiche Schneeschleier hindurch, die Silhouette eines Pferdes ausmachen. Verdutzt stolperten sie vom Feuer auf das weiße Pferd zu, das aus dem Schneetreiben auftauchte.

»Und jetzt!« sagte Mosca. »Jetzt kommt das Wunder an der Geschichte: das Christuskind! Das Heilige Kind sitzt als kleines Baby aufrecht auf dem weißen Pferd!« Als das Kind sie anlächelte, bemerkten die Reisenden, daß es vollentwickelte Zähne hatte.

»›*Tengo los dientes*‹, sagte das Heilige Kind und ritt auf dem weißen Pferd in die verschneite Nacht hinein.« Mosca lächelte, als er seine Geschichte beendete.

Liria hatte von der Küche aus zugehört. Sie schüttelte den Kopf. »Das war nicht das Christuskind! Das war der Teufel!« Sie begann zu lachen. Moscas Mund zog sich schmollend zusammen. Wer hatte sie gebeten, sich einzumischen? wollte er wissen. Konnte man nichts mehr erzählen, ohne daß man belauscht wurde? Außerdem, was wußte sie denn schon vom Jesuskind? Wenn Er Gott war, dann konnte Er alles haben, was Er sich wünschte, auch den Kreuzestod und ein weißes Pferd, das Er als Baby reiten konnte.

In Momenten wie diesen haßt Mosca Liria am meisten. Er haßt ihr Lachen, haßt ihre Vögelei mit dem Mann ihrer Schwester, haßt ihre Schwester, die mit Priestern vögelt, haßt die geilen

Priester, die die Heiligen Weihen besudeln. Liria hat keine Ahnung. Der Teufel reitet niemals auf weißen Pferden. Schon lange bevor die Römer den Juden befohlen hatten, Ihn ans Kreuz zu nageln, hatte Jesus den Doppelkontinent, der Amerika hieß, der Länge und Breite nach bereist. Jesus war von den wandernden Stämmen der großen Plateaus gesehen worden. Und er war in Mexiko gesehen worden. Liria und ihre Schwester waren von ihrer Mutter verdorben worden, die sie zu weißen Frauen erzogen hatte. Der Jesus, den sie anbeteten, war blond und blauäugig.

Mosca hatte nicht immer an die Vorstellungen der alten Indianer geglaubt, aber im Laufe der Jahre hatte er mit eigenen Augen gesehen, daß die alten Leute die Wahrheit gesagt hatten.

Moscas Körper war schon immer so voller natürlicher Elektrizität gewesen, daß er noch nie irgendwelche Armbanduhren hatte tragen können, weil seine körpereigene Elektrizität den winzigen Mechanismus eines Uhrwerks außer Kraft setzte. Vogelschwärme flogen Tausende von Meilen, und Eidechsen kommunizierten miteinander, indem sie die gleiche Art von Elektromagnetismus benutzten. Die Zirkulation des Blutes in einem Körper erzeugte elektrische Strömungen, und diese elektrischen Strömungen bewirkten eine Art von Magnetismus. Künstler und Fernsehleute waren süchtig nach den Stromstößen, die sie während einer Vorführung in großen Stadien erhielten, wo sich Tausende und Abertausende von menschlichen Körpern zusammenpreßten, um ihre Energie auf eine kleine Bühne zu richten. Das alles hatte der Barfüßige Hopi Mosca erklärt, als sie sich eine Zelle geteilt hatten.

Mosca schob sein Pech mit Frauen auf, wie er es nannte, »zuviel Elektrizität«. Frauen fühlten sich in seiner Gesellschaft unwohl, weil er so viel sexuelles Verlangen in ihnen wachrief, sobald er in ihre Nähe kam. Unglücklicherweise folgten viele Frauen nicht ihrem Instinkt, sondern gaben Mosca die Schuld an allem.

Einige Frauen waren bei ihrer ersten Verabredung mit Mosca so durcheinandergeraten, daß sie sogar Halluzinationen darüber hatten, was Mosca zu ihnen sagte. Einmal hatte Mosca eine seiner Begleiterinnen gefragt, ob sie mit ihm zu einem Tanz gehen wolle. Die Frau hatte ihn falsch verstanden und geglaubt, er habe gesagt: »Willst du meinen Schwanz sehen?« Die Frau wäre fast aus dem fahrenden Auto gesprungen, wenn Moscas Beteuerungen sie nicht im letzten Moment überzeugt hätten.

Mosca glaubte an die Macht von Sonnenflecken. Sonnenflecken sandten in der gesamten Galaxie starke elektromagnetische Wellen aus, um mit Funkwellen zu kollidieren. Mosca hatte gelernt, mit Frauen nur im »Dunkel« des Mondes auszugehen, da sonst das Auftreten von Peinlichkeiten und Mißverständnissen vorprogrammiert war. Selbst Prostituierte hatten wilde Träume von einem Mann, der sie lieben und heiraten würde. Mosca würde niemals heiraten; dazu mußten sie ihn erst erschießen. Er mußte frei bleiben, weil er wußte, daß ihm eine höhere Bestimmung zugedacht war als normalen Männern.

Mosca konnte nicht genau ausmachen, was seine höhere Bestimmung sein würde, doch er spürte, daß die Enthüllung kurz bevorstand, daß ein Bote sich näherte. Er hatte keine Angst davor, zu sterben. Er wußte, daß die Elektrizität, aus der die Seele geformt wurde, einfach nur den Körper verließ und nichts verlorenging oder zerstört wurde. Die Toten erinnerten sich an alles. Sie liebten und beschützten uns weiter. Mosca würde den Menschen in ihrem Kampf nicht verlorengehen. Er würde bei ihnen sein, sie als geistige Energie umfließen und Polizei, Militär und Klerus heftige Stromstöße versetzen.

Einige Nächte später hatte Mosca sich im Schlaf den Hals verrenkt. Am nächsten Morgen, als er die Arme über den Kopf reckte, um die Steifheit seines Nackens zu lockern, hörte er plötzlich ein merkwürdiges Geräusch. Dann erkannte er, daß das Geräusch der Schrei einer Geisterstimme war, die sich in seinem Nacken, am Ansatz der rechten Schulter, niedergelassen hatte. Noch bevor Mosca das Haus verlassen hatte, wußte er, daß er sich bei jemandem, der sich mit solchen Stimmen auskannte, Rat holen mußte, denn als er versuchte, die mit frischem Wasser gefüllte Kaffeekanne hochzuheben, verspürte er vom rechten Schultergelenk bis in den Unterarm hinunter stechende Schmerzen und völlige Kraftlosigkeit. Nur mit der größten Willensanstrengung hatte er es fertiggebracht, die Kaffeekanne hochzuheben, während ihm eine Ladung Schmerzen wie Stromstöße durch Arm und Nacken bis ins Gehirn geschossen war.

Mosca konsultierte eine alte Frau, die zu den Geisterstimmen sprechen konnte. Die alte Frau hatte fünfzig Dollar dafür verlangt, daß sie mit dem Geist in Moscas Schulter redete, weil die erste Aussage der Stimme von Leiden und vielleicht auch Verzweiflung gehandelt hatte. Mit gefährlichen Stimmen zu sprechen, war teurer. Mosca hatte »Medizinleuten«, die er nicht kannte, schon immer mißtraut. Die meisten guten Medizinleute waren bereits von dieser Welt gegangen. Die, die übriggeblieben waren, nannten sich selbst Heiler, die meisten jedoch waren Erpresser oder Hexer. Als Mosca der alten Frau sagte, sie verlange zuviel, hatte die alte Zauberin begonnen, ihre Augen wie heiße Hände über seinen Körper gleiten zu lassen, ganz langsam von oben nach unten. Sie hatte kokett ihren Rock gelüftet und ihm geantwortet, sie hätte es sogar umsonst getan, wenn sie nicht gerade knapp bei Kasse wäre. Er befinde sich in ziemlicher Gefahr, und sie würde nicht gerne mit ansehen, wie ihm etwas zustieß. Die alte Frau war ein Fehlschlag gewesen. Wahrscheinlich hatte sie ihm Läuseeier in die Haare gesetzt und ihn mit Flüchen belegt. Das Shampoo gegen Läuse hatte seine Haare orangerot gefärbt. Es gab Tage, an denen Mosca mit einer großen Traurigkeit erwachte, die er sich nicht erklären konnte. Er fühlte eine Last, die nicht nur seine eigene war – uralte Leiden, vielleicht von längst vergangenen Kriegen oder Hungersnöten.

EINE, DIE AUS KÖRPERFETTEN »LIEST«

Mosca hatte abrupt aufgehört, Kokain zu schniefen, als die Stimme in seiner rechten Schulter zu sprechen begann. Er rauchte jetzt viel mehr Marihuana, um »seine Nerven zu beruhigen«, aß eine Menge Süßigkeiten und Eiscreme, und plötzlich konnte er kleine Speckringe um seinen Bauch ertasten.

Mosca hatte mit seinem Freund Floyd Kontakt aufgenommen, der eine lebenslange Haftstrafe verbüßte, um von ihm den Namen eines zuverlässigen Deuters von Körperfetten zu erfahren. Fettdeuter waren jenseits der entlegenen Berge von

Chihuahua und Sonora kaum bekannt. Während der spanischen und mexikanischen Besatzung hatte es zu viele Jahre lang kein Fett gegeben, in dem man hätte lesen können, sondern nur Haut und Knochen von Indianerleichen. Gerüchte und Geschichten besagten, daß die verbliebenen Fettdeuter versklavt oder auf Lebenszeit dazu verpflichtet worden seien, im Fett von reichen Nichtstuern zu lesen, die förmlich süchtig waren nach Astrologen, Wunderheilern und Bergindianern, damit sie in den Gruben und Falten der Speckringe ihrer Kunden Glückszahlen »erkennen« konnten.

Mosca hatte in seinem ganzen Leben noch keine Frau gesehen, die annähernd so fett und so majestätisch gewesen wäre. Sein Herz hatte sofort begonnen, schneller zu schlagen, und er spürte, daß die Fettdeuterin dabei war, sein Leben zu verändern. Sie hatte zuerst seine Hände untersucht und dann Wangen, Stirn und Kinn berührt. »Du bist den größten Teil deines Lebens dünn gewesen – bis jetzt«, hatte sie wie zu sich selbst gesagt. »Zieh deine Hose aus«, forderte sie ihn auf, und Mosca spürte, wie er rot wurde. Als er zögerte, hatte die Fettdeuterin gelacht. Fettdeuter, erklärte sie, sehen sich lieber Bauch, Hintern oder Schenkel an, und das sowohl bei Männern als auch bei Frauen. Bauchspeck bei einem Mann habe eine bestimmte Bedeutung; Bauchspeck bei einer Frau dagegen bedeute etwas ganz anderes. Fett, das ein Mensch schon immer mit sich herumgetragen hat, erzählt eine ganz andere Geschichte als Fett, das plötzlich auftaucht. Fett, das einen Menschen sein ganzes Leben lang begleitet hat, besagte etwas über die Vergangenheit. Fett, das plötzlich auftaucht, ist mit zukünftigen Ereignissen verbunden.

Die besten Fettdeuter konnten einem Kunden wesentlich mehr mitteilen als ein paar Gewinnzahlen für die Lotterie. Fettdeuter waren in der Lage, die sexuelle Erlebnisfähigkeit zu verlängern und zu verstärken, indem sie »zu dem Fett sprachen« und Botschaften in den Körper einmassierten. Bauchspeck vergrößerte die Dauer und Intensität des Orgasmus zu pulsierenden Schauern der Ekstase, die in jeder Zelle des Körpers vibrierten. Körperfett war der große Generator der Sinneslust. Fett hatte seinen eigenen Zeitbegriff: ursprüngliche, unaufhörliche, verzehrende Lust.

Die Fettdeuterin hatte zum Fernsehgerät in der Ecke des Untersuchungszimmers geblickt, das ohne Ton auf den Telemundokanal eingestellt war. Sie wundere sich immer noch über die heutigen Menschen und ihre Angst vor Körperfett, sagte sie. Der menschliche Körper wurde so dick, wie es für sein Überleben notwendig war. Mosca war entzückt darüber, daß sie die Fernsehnachrichten ebenso gedeutet hatte wie die Werbespots. Der Hunger der anderen hatte die Killer veranlaßt, wie besessen zu fasten, weil sie fürchteten, entdeckt zu werden. Sie befürchteten, die Hungernden könnten erkennen, wie fett die Reichen durch ihr Leiden geworden waren. Deshalb fasteten die Reichen verzweifelt, damit sie nicht eines Tages von den hungernden Menschen wegen ihres Fettes umgebracht wurden.

Die Fettdeuterin hatte mit geschlossenen Augen in Moscas kleine Haut- und Speckfalten gekniffen und gepikst. Von Zeit zu Zeit gab sie einen tiefen Seufzer von sich, als wäre sie traurig oder müde. »Du kannst in die eine Richtung gehen oder in die andere«, sagte sie. »Du neigst dazu, dünn zu sein, und deshalb bist du in Gefahr.« Dünne waren dem Leben häufig nicht gut angepaßt. Ohne Genußfähigkeit zu besitzen, zogen sie oftmals das Gefühl von Entsagung und Schmerz vor. Eine Verletzung oder Krankheit konnte eine dünne Frau oder einen dünnen Mann leicht dahinraffen. Dürre Menschen verbrannten in Feuern und wurden von starken Winden weggeweht. »Eines noch«, hatte die Fettdeuterin hinzugefügt, als Mosca im Begriff war zu gehen. »Die Stimme in deiner Schulter sagt: Werde dick! Ein großer Sturm braut sich im Süden zusammen. In der großen Flut, die kommen wird, werden nur die Fetten schwimmen.«

Mosca hatte niemandem von seinem Besuch bei der Fettdeuterin erzählt. Liria und selbst Calabazas hätten sich darüber ebenso lustig gemacht wie über seine Vorstellungen vom Tod, von denen er ihnen erzählt hatte. Früher hatten die Alten verlangt, daß man ihre Überreste in den Bergen den Aasfressern überließ. Auf diese Weise begannen sie nach wenigen Stunden wieder zu »leben«, indem sie durch das Blut einer großen Kojotin rauschten, die durch die Wüste rannte, um ihre Jungen zu säugen. Calabazas hatte ein paar schlaue Sprüche über die Verwandlung in Kojotenscheiße fallenlassen, und Mosca hatte nur genickt. Es störte ihn nicht, zu Kojotenscheiße zu werden, weil der Regen die Scheiße zu den Wurzeln und Samen der Wüste und allen Formen von Leben hinuntertransportierte. Der Erde zurückgegeben, davon war Mosca überzeugt, würde er in den Beinen des Maultierhirsches rennen und springen und in den Flügeln des Habichts rauschen.

Was Mosca deprimiert hatte, war die Schnelligkeit, mit der Calabazas, Root und Liria ihn ausgelacht und verspottet hatten, sobald er versuchte, über die Ideen und Theorien zu sprechen, die seinen Kopf mit jedem Tag mehr ausfüllten, so als seien sie Geschenke Gottes. Mosca konnte sich nicht erklären, was mit Calabazas und Root los war. Sie hätten es beide besser wissen müssen – Calabazas, weil er noch von Menschen alten Schlages großgezogen worden war, und Root, weil er bei dem Motorradcrash fast ums Leben gekommen war. Von Liria erwartete Mosca überhaupt nichts, denn sie wollte wie ein weiße Frau sein.

Liria stand auf. Unterhaltungen darüber, daß man sich nach seinem Tod in Scheiße verwandelte, interessierten sie nicht. Ihre überhebliche Art hatte Mosca wütend gemacht.

»Glaubst du, die Leichenhalle wäre besser?« schrie er. »Die Leichenbestatter ficken dich ein letztesmal durch, während die Maschine dein Blut gegen Einbalsamierungsflüssigkeit austauscht!« Bei diesen Worten lachte Liria bereits und schüttelte den Kopf, als wäre es ihr völlig egal, was Mosca sagte.

»Die Einbalsamierungsflüssigkeit verwandelt deine Knochen in Gelee«, sagte Mosca, doch Liria hatte mit einem wilden Lachen die Tür hinter sich zugeworfen. Dann hatte sie die Tür noch einmal einen Spaltbreit geöffnet, um Mosca zu hänseln. »Und was hattest *du* vor mit den Knochen, hm, Mosca?« hatte sie ihn höhnisch gefragt.

»Ich würde dich durchbumsen!« antwortete Mosca, überrascht von seiner eigenen Antwort. Liria hatte die Tür zugezogen und war lachend den Gang hinuntergegangen. Moscas Gesicht war heiß, aus den Augenwinkeln warf er einen hastigen Blick auf Calabazas, um zu sehen, ob er wütend war. Doch der alte Mann hatte nur gelacht und Root ebenfalls. Für sie, das wußte Mosca, war er ein Witz. Lange Zeit hatte ihn ihr Lachen nicht gestört, aber in letzter Zeit empfand er das anders.

TUCSON, STADT DER DIEBE

Mosca selbst zog es vor, Tucson »die Stadt der Diebe« zu nennen, weil die Diebe dort bereits in der vierten und fünften Generation lebten. Tucson war ein Ort, an dem Verrat sich im Rhythmus des Sekundenzeigers abspielte, meist waren es kleine Stiche in den Rücken, und einmal am Tag ein Mord oder zwei. Mosca hatte Mitleid mit den Alten, Schwachen und Kranken, die in einer Stadt wie Tucson leben mußten, in der die Polizei ebenso raublustig war wie der Mob und die Gangs. Es gab keinen Anstand unter den Diebesgenerationen von Tucson. Mosca selbst hatte noch nie das geringste Anzeichen von Loyalität verspürt. Er wußte, daß Treue für einige Menschen durchaus ein Begriff war, und erkannte sie daher als Variable an, obwohl seine Erfahrung ihm sagte, daß man Loyalität noch leichter kaufen und verkaufen konnte als andere Annehmlichkeiten.

Der Mord an dem Dichter aus Santa Fe bereitete Mosca kein Kopfzerbrechen. Er war Calabazas oder den anderen nicht untreu geworden. Die Polizei tötete ständig unschuldige Zuschauer durch verirrte Kugeln. In Phoenix hatten FBI-Agenten aus Versehen ihre eigene Kollegin erschossen. Mosca fragte sich, wie die Wahrheit in diesem Fall wohl ausgesehen hatte. Er behauptete nicht, mehr zu sein, als das, was er war, und Jungs in seinem Geschäft schossen nun einmal häufig in der Nähe unschuldiger Menschen herum. Mosca hatte nie geschworen oder versprochen, jemandem zu dienen oder etwas in Ehren halten zu wollen. Wenn er sich je einer Sache hätte verschreiben wollen, dann wäre diese Sache Land und Gerechtigkeit für die Indianer gewesen. Der Dichter aus Santa Fe war ein Eindringling gewesen. Es war sicher unschön, wenn ein Verrückter wie Mosca einen Menschen erschoß; viel schlimmer aber war es, wenn die *locos* Polizisten mit 45er Automatikwaffen waren.

Mosca glaubte, die Krankheit seiner Mutter in seiner Kindheit sei der Grund für sein Mißtrauen gegenüber Personen, die ihm nahestanden. Er glaubte, die Milch seiner Mutter, angereichert mit den seltsamen Stoffen, die ihr armes schizophrenes Hirn produzierte, habe ihn beeinträchtigt. Er hatte eine Radiosendung gehört, in der Experten über Muttermilch diskutiert hatten. Durch die schlechte Muttermilch war er kleiner geblieben, als er eigentlich sein sollte. Mosca war seiner Mutter nicht dankbar. Niemand hatte ihn gefragt, ob er so klein, dünn, dunkel und bitterarm in Südarizona geboren werden wollte. Seine Mutter hatte ihn betrogen, als sie ihn in den wirbelnden Regenbogen ihres verwirrten Geistes empfangen hatte.

Es hatte Mosca immer Spaß gemacht, sich Handlungen und Phantasiegeschichten auszudenken, in denen er ein Verräter war. Er liebte es, sich den Ausdruck auf ihren Gesichtern vorzustellen – Calabazas, Root und die beiden Miststücke Sarita und Liria –, wenn sie davon erfuhren, daß Mosca sie verraten hatte. Mosca schwelgte in dem Schmerz, den sie empfinden würden, wenn sich ihnen sein Verrat offenbarte. Der Verrat an Jesus war seine Lieblingsgeschichte in der Bibel. Mosca und die anderen Straßenkinder waren am Palmsonntag zur Messe gegangen, um den reichen Katholiken vor der Kathedrale von Tucson Palmwedel aus der Hand zu reißen. Mosca hatte wild aufgelacht, wenn er die Palmzweige ergriff, die der Priester für die alten, reichen Frauen gesegnet hatte, weil die Reichen dadurch auch ein wenig litten, litten, damit sie sich an die Leiden Jesu erinnerten. Der Verrat an Jesus hatte nicht mit seiner Kreuzigung geendet. Paulus und Petrus hatten auch Jesu Glauben an Vergebung und brüderliche Liebe in den Schmutz gezogen. Mosca hatte das viele Gold und Silber, den Samt und die Seide auf den Altären der katholischen Kirchen gesehen. Er hatte die großen Cadillacs gesehen, die in der Auffahrt zur Residenz des Monsignore parkten – jedes Jahr ein nagelneues Exemplar.

Mosca erwartete von Frauen nicht, daß sie treu waren, weil sie und ihre Babys von Männern bedroht und gegen Wände gestoßen wurden. Er machte ihnen keinen Vorwurf, nahm sich in ihrer Nähe jedoch in acht. Treulosigkeit durchzog die gesamte Menschheitsgeschichte. Der Prophet Mohammed hatte wie Jesus Toleranz und Liebe gepredigt; und doch hatten die Moslems, genau wie die Christen, die Lehren ihres Gottes vergessen, als Mohammed in den Himmel gefahren war.

Christen und Mohammedaner hatten durch die Morde an ihren eigenen Brüdern in sogenannten Heiligen Kriegen den Kontakt zu ihren Gottheiten verloren. Nur Gott hatte das Recht, alles zu töten, denn er hatte alles erschaffen. Unfälle, Epidemien und Hungersnöte rafften die Ungläubigen dahin. Es war nicht notwendig, Krieg zu führen und Gottes Willen in die eigenen erbärmlichen Hände zu nehmen.

Mosca glaubte, daß die Moslems vielleicht eines Tages die Herrschaft über die Welt erringen würden. Dann ließen sie sich möglicherweise einfach in Westeuropa nieder, denn die europäischen Christen waren gefährliche und aufsässige Gefangene, die die volle Aufmerksamkeit der Mohammedaner beanspruchten. Oder die Moslems würden einfach ein paar hundert Jahre warten, bis die Fruchtbarkeit und die Geburtenrate der moslemischen Immigranten in Westeuropa langsam die Oberhand gewannen und die Christen übermannten. Wie würden moslemische Deutsche oder deutsche Moslems wohl aussehen? Mosca stellte sich die blökenden Schafsklänge deutscher Opern und das nasale Gejaule arabischer Musik nebeneinander vor. Würde es wohl ein Moslemisches Reich geben? Die Europäer hätten ihre Heimat erst gar nicht verlassen sollen.

DAS KILO KOKAIN

Seese nahm ein Taxi zu einem billigen Hotel an der Miracle Mile, und während der Fahrer draußen auf sie wartete, versteckte sie das Kilo am Fußende des Bettes. Sie sagte sich immer wieder, daß Root sie nicht zurückgewiesen, sondern es lediglich abgelehnt hatte, das Kokain zu kaufen. Die Großhandelspreise waren niedrig im Moment, das glaubte sie ihm. Falls mit Lecha oder ihrem Job bei Lecha etwas schiefging, würde Seese Bargeld brauchen. Wenn sie es über sich brachte, die alte Routine zu ertragen, würde sie den Stoff leicht an die Zuhälter auf der Miracle Mile verkaufen können, daß wußte sie. Das einfachste war, das Kilo an Tiny zu verkaufen, egal was sie dafür bekam, weil Tiny sich mit den Undercover Cops arrangiert hatte – Tiny hatte immer irgendwelche Arrangements mit den Behörden.

An Wochentagen ging es ruhig zu in der Stage Coach Bar.

Die verheirateten Männer schauten nach der Arbeit auf dem Weg nach Hause kurz vorbei; doch nach sieben Uhr abends befanden sich dort nur noch billardspielende Biker und ein paar Unverwüstliche, die den Tänzerinnen im Schwarzlicht zusahen. Seese kannte das Mädchen auf der Bühne nicht – es war eine dünne, knabenhafte Blondine in schwarzem Höschen und BH. Drei Biker nuckelten an ihren Bierflaschen und sahen der barbusigen Tänzerin schweigend zu. In der Ecke sah Seese die gleiche Jukebox stehen, zu der sie in früheren Tagen, als sie noch für Tiny gearbeitet hatte, getanzt hatte. An der Vorderseite des Geräts war ein Schild mit der Aufschrift »Defekt« befestigt. Es hatte sich nichts verändert. Tiny war immer noch so knauserig wie damals, als Seese hier getanzt hatte. Die Jukebox war manchmal wochenlang kaputt gewesen, und es hatte Tage gegeben, an denen Tiny die Tänzerinnen angewiesen hatte, das Radio anzumachen, weil sich außer den Mädchen ohnehin niemand um die Musik scherte. Das Nachmittagspublikum interessierte sich nur für Titten, Ärsche und Mösen.

Seese konnte den Barkeeper nirgends sehen, sah jedoch, daß die Tür zum Lagerraum offen stand. Sie klopfte an die Tür von Tinys Büro. Tiny hatte immer eine 38er auf dem Schreibtisch neben dem Telefon. Seese hatte die Pistole oft gesehen, als sie für Tiny gearbeitet hatte. Wenn jemand an die Tür klopfte, hatte Tiny seine Hand immer auf die 38er gelegt. Es war ihm egal, wessen Stimme er vor der Tür hörte. Seese wußte, daß er seine Hand nicht von der Waffe nahm, bevor er nicht den Besucher in der Tür stehen sah. Tiny war fett, aber Seese hatte festgestellt, daß er schneller war, als er aussah. Sie, Cherie und ein paar der anderen Tänzerinnen hatten früher gern Witze darüber gemacht, daß Tiny noch einer von ihnen in die Titten schießen würde, wenn sie einmal vergaßen, bei ihm anzuklopfen. Tiny schloß seine Tür nicht ab, aber Seese wußte, daß er gern seine Ruhe hatte, um am Schreibtisch Koks zu schniefen und den ganzen Abend Whiskey zu trinken.

Sie mußte ihren Namen dreimal wiederholen, ehe Tiny »Herein!« sagte. Er schien überrascht, sie zu sehen. Er saß an seinem Schreibtisch, um ihn herum türmten sich Kassenbücher und Computerausdrucke. Cherie wußte, daß Tiny an der East

Side noch eine andere Bar besaß; keine Absteige wie die Stage Coach, sondern eine Cocktail Lounge, in der die *Playboy*-Playmates des Jahres auftraten. Dort trafen sich nach Dienstschluß Tucsons Polizisten und Hilfssheriffs, um zu trinken. Tiny war bei der Marine gewesen, ebenso wie die meisten der Hilfssheriffs und Cops. Cherie meinte, Tiny habe eine eiserne Regel. Er spreche nie über die andere Bar, und er wolle keine der Tänzerinnen aus der Stage Coach jemals in der Nähe der East Side Bar sehen.

Tiny war inzwischen sogar noch fetter geworden, trug jedoch immer noch den Haarschnitt der Marines. Seese fühlte sich an die bunten Zeichnungen von Humpty-Dumpty in ihren Kinderbüchern erinnert. Sie hatte sich in Tinys Gegenwart immer unbehaglich gefühlt, und das lag nicht nur daran, daß er einmal in sie verliebt gewesen war. Es war noch etwas anderes – im Grunde nur ein Gefühl. Seese vermutete, daß es etwas mit Tinys Verbindung zum Militär und ihrem Vater zu tun hatte. Sie blickte nach unten; die 38er lag auf dem Tisch neben dem Telefon. Tiny erhob sich von seinem Bürostuhl und ergriff ihre Hände. Plötzlich schien er sehr glücklich zu sein, sie zu sehen. Er beauftragte den Barkeeper, ihnen eine Flasche Whiskey zu bringen, und holte aus einer Schublade ein braunes Röhrchen und einen kleinen Löffel hervor. Seese schüttelte den Kopf und stellte ihre eigene Phiole mit Kokain an den Rand des Schreibtisches.

»Sieh's dir an und sag mir, was du davon hältst«, sagte sie. Tiny blickte ihr aufmerksam ins Gesicht. Seese wußte, daß er herauszufinden versuchte, wie sie es fertiggebracht hatte, das Glück in Tucson auf ihre Seite zu ziehen. Tiny konnte das Glitzern der reinen, noch nicht »verschnittenen« Kristalle erkennen. Er hielt die Phiole in der Hand und stellte sie dann ungeöffnet zurück auf den Schreibtisch. Eine Stimme und ein Klopfen an der Tür waren zu hören. Seese beobachtete, wie sich Tinys Hand auf die 38er mit dem kurzen Lauf legte. Plötzlich wünschte sie, sie hätte ein Taxi zurück zur Ranch genommen. Der Barkeeper brachte den Whiskey und zwei Gläser. Seese brauchte den Whiskey. Sonst würde sie zur Phiole mit dem Kokain greifen müssen. Sie hatte die unangenehme Anspannung vergessen, die in der Luft lag, wenn Tiny wußte, daß er etwas nur anschauen, aber nicht anfassen durfte. Sie hätte den Koffer nach Hause zurückbringen und wieder in den Schrank schieben sollen, bis ihr außer Tiny und Root noch jemand einfiel, der das Kilo vielleicht kaufte.

Tiny hatte kein Interesse daran, das Kokain zu kaufen, er hatte Interesse an ihr. Nach so langer Zeit war dieses fette Schwein noch immer hinter ihr her. Kein Geld – nichts – war es wert, diesen feuchtkalten, hervorstehenden Bauch oder das dicke schwarze Haar zu ertragen, das zwischen seinen Arschbacken hervorquoll. Seese griff nach der Handtasche auf dem Boden neben ihren Füßen. Zur Stage Coach Bar zurückzukommen war immer ein Fehler. Sie fragte sich, wann sie das je begreifen würde. Sie kannte Cherie kaum noch; und es gab nicht viel, worüber sie sich vor Cheries Freunden oder Ehemännern in Ruhe unterhalten konnten. Die wenigen Jahre hatten vieles verändert. Cheries Älteste ging in die sechste Klasse. Tucson war noch schäbiger geworden, noch weiter heruntergekommen. Die Bürgersteige an den großen Straßen wie Oracle und Broadway waren aufgerissen und hatten große Löcher. Geschäfte und Restaurants, die Seese früher zusammen mit Cherie besucht hatte, waren verschwunden. Sogar die Einkaufszentren standen teilweise leer. Überall standen Maklerschilder mit der Aufschrift »zu verkaufen«. »Das Geld ist knapp geworden in Arizona, seit die Zentralbank sämtliche Banken übernommen hat«, sagte Tiny, als habe er ihre Gedanken gelesen. Der entschuldigende Tonfall war unüberhörbar. »Ich werde sehen, was ich tun kann«, sagte er und ließ sie nicht aus den Augen. »Was willst du dafür haben?« Seese nahm einen großen Schluck und leerte ihr Whiskeyglas. »Zwanzigtausend das Kilo«, antwortete sie. »Es ist noch nie verschnitten worden.« Seese wußte, daß sie bei dreißig hätte anfangen sollen, weil Tiny den Preis sofort um fünftausend reduzieren würde. Doch die Bluffs und der ganze Bullshit bei Drogendeals langweilten Seese. »Zehn maximal«, sagte Tiny. Seese erhob sich, um zu gehen. Ihre Hand lag auf dem Türknauf. »Okay, zwölf. Aber nicht heute abend.« Seese nickte und ging durch die Tür, bevor Tiny hinter seinem Schreibtisch hervorkommen konnte. Er folgte ihr an der Theke vorbei zum Münztelefon.

»Benutz das Telefon in meinem Büro«, sagte er.

»Oh, danke. Ich rufe mir nur ein Taxi. Außerdem muß ich auf die Toilette.«

Seese wußte, wenn sie in sein Büro zurückging, würde Tiny versuchen, sie zu küssen und zu betatschen. Und Tiny wußte, daß er seine Gelegenheit verpaßt hatte, und machte ein enttäuschtes Gesicht. Seese lächelte und winkte ihm zu, während sie zur Damentoilette ging. Heute abend hatte sie ihn ausmanövriert, aber das nächste Mal mußte sie vorsichtig sein. Als sie von der Toilette zurückkam, war Tiny verschwunden, und draußen hupte das Taxi. Seese holte im Hotel den Koffer mit dem Kilo und ließ sich dann vom Taxi zur Ranch zurückbringen. Kein Wunder, daß Beaufrey ihr gegenüber so großzügig gewesen war. Wahrscheinlich waren die Preise für Kokain schon damals am Kippen gewesen. Ein Kilo war billiger, als einen Killer anzuheuern, und Erklärungen waren nicht nötig, weil Seese abhängig war. Beaufrey hatte wirklich damit gerechnet, daß sie eine Überdosis nehmen würde.

Seese gab dem Taxifahrer ein dickes Trinkgeld, weil er sie über die Piste bis zum Ranchhaus gefahren hatte. Einige Fahrer hatten Angst, innerhalb der Umzäunung weiterzufahren, wegen der knurrenden Wachhunde hinter den Maschendrahtzäunen auf beiden Seiten der Auffahrt. Seese schob den Koffer in den Wandschrank zurück und legte sich aufs Bett, um einen Joint zu rauchen. Sie bereute, daß sie Root gebeten hatte, ihr beim Verkauf des Kokains zu helfen. Er glaubte vermutlich, sie hätte nur mit ihm geschlafen, weil sie ihn um einen Gefallen hatte bitten wollen. Ein Mann mit einem lahmen Bein und einem Sprachfehler hatte vermutlich nicht viele Freundinnen und wenig Aussicht auf Sex, es sei denn, er ging zu Huren. Seese dachte, daß sie gern einen weiteren Abend mit ihm verbringen würde. Er schien anders zu sein als andere Männer, sanfter. Aber jetzt würde Root ihr nicht mehr vertrauen. Mit dem Kokain hatte sie ihre Chancen bei ihm vertan. Auch zu Tiny in die Bar zu gehen, war ein Fehler gewesen. Sie kannte ihn nicht mehr. Sie kannte nicht einmal mehr Cherie.

Die ganze Nacht über wurde sie von Alpträumen verfolgt, in denen sie den Koffer verlor oder das Kilo auf dem Boden von Tinys Büro verstreute, aber dann hatte das Kokain die Konsistenz von weißem Ausfluß oder Sperma angenommen. Lecha würde ihr vielleicht helfen, das Kokain loszuwerden, doch Seese wollte sie nicht darum bitten. Lecha hatte jeden Abend bis nach Mitternacht gearbeitet und über den alten Notizbüchern gebrütet. Sie erzählte, daß sie auf einem demnächst stattfindenden Kongreß alte Bekannte wiedertreffen würde, die zu Yoemes Büchern vielleicht Fragen hatten.

Seese rief gleich am nächsten Tag in Tinys Büro an. Ihre Hände begannen zu schwitzen, während sie darauf wartete, daß Tiny abnahm. Sie wollte das Kilo so bald wie möglich loswerden; der Preis fiel mit jeder Woche. Die ganze amerikanische Wirtschaft hatte nachgegeben. Und sie besaß sonst nichts, was sie verkaufen konnte, hatte keine andere Möglichkeit, einen Detektiv zu bezahlen, der Monte finden würde.

DER BARFÜSSIGE HOPI

Root war immer noch trauriger Stimmung, als Mosca am nächsten Tag in einem Hagel von Steinen bei ihm vorfuhr. Er konnte sehen, daß Mosca auf Hochtouren lief. Mosca erzählte ihm, daß er seit zwei Nächten nicht geschlafen habe, weil der Barfüßige Hopi in die Stadt gekommen sei. Sie hätten Peyote gekaut und sich mehr als achtundvierzig Stunden lang unterhalten. »Ich hab's nicht ausgehalten, Mann«, erzählt Mosca. »Ich war so aufgeregt, daß ich es irgend jemandem erzählen mußte. Also bin ich bei Calabazas vorbeigefahren, aber dort ist keiner zu Hause. Und deshalb bin ich hierhergekommen!« Mosca hatte den großen Blazer mit laufendem Motor in der Auffahrt stehen lassen, weil er wollte, daß Root sofort mit ihm kam.

Root war noch im Bademantel. Mosca hatte sich in letzter Zeit darüber beklagt, wie langweilig seine Arbeit sei. Schmuggeln sei auch nur ein blöder Job wie jeder andere. Er hatte seinen Wagen abbezahlt, und nun jammerte er darüber, daß er alles hatte, was er sich wünschte. Er wußte nicht, was er sich noch kaufen sollte, außer weiteren Halbautomatikgewehren. Calabazas hatte ihn damit aufgezogen, daß er so viele Waffen kaufte. Calabazas und die anderen indianischen Schmuggler waren früher überhaupt nicht bewaffnet gewesen; aber all das hatte sich in letzter

Zeit geändert. Die traditionellen Schmuggler, die entlegene Pfade benutzten, gingen noch immer unbewaffnet, doch nun waren plötzlich weitere Spieler im Spiel, völlig fremde. Die neuen Spieler waren Salvadorianer und Guatemalteken.

Root zog sich ein schmutziges T-Shirt und ein paar Jeans an, die er auf dem Fußboden fand. Während Root sich die Schuhe zuband, hatte Mosca begonnen, ihm seine Geschichte zu erzählen, aber er weigerte sich, mit der Hauptsache herauszurücken, bevor sie nicht sicher in seinem Truck saßen. Root schüttelte den Kopf. Mosca glaubte, daß die Behörden Roots Trailer angezapft haben könnten, doch als Root sich nach »Wanzen« in seinem Truck erkundigte, hatte Mosca mit Empörung reagiert. Root verließ den Trailer oft für viele Stunden, während Mosca seinen Wagen selten aus den Augen ließ. Nachts stellte er ihn vor seinem Schlafzimmerfenster ab. Niemand in der Nachbarschaft wagte es, sich seiner Adobehütte zu nähern, weil sie Angst vor ihm hatten. Root hatte gelernt, sich anzuschnallen und den Mund zu halten. Niemand konnte einen Streit mit Mosca gewinnen, vor allen Dingen keinen Streit über Moscas Kräfte oder seine Unschlagbarkeit. Root beobachtete, wie die Autos und Fußgänger vor ihnen aus dem Weg flitzten, während Mosca völlig unbeeindruckt an Kreuzungen rote Ampeln überfuhr. Für ihn war es das. Die Nachricht war eingetroffen. Und der Barfüßige Hopi war der Bote.

Der Hopi hatte keinen festen Wohnsitz, er zog herum – eine Woche in Ontario, die nächste in Guatemala, und dann nach New Mexico, um eine Demonstration gegen die Brutalität der Polizei in Albuquerque anzuführen. Die vielen Reisen des Hopis hatte noch andere Gerüchte aufkommen lassen, Gerüchte darüber, daß er ein Spion oder Sonderagent sei. Der Hopi reiste durch die Welt, um politische und finanzielle Unterstützung für die Rückgabe des Landes an die amerikanischen Ureinwohner zu erwirken. Nach fünfhundert Jahren Kolonialismus und dem schrecklichen Blutvergießen in Südafrika hatten die Schwarzafrikaner Afrika zurückgewonnen. Und nun hatte der Hopi von den afrikanischen Nationen, die mit seinem Anliegen sympathisierten, nicht nur Zuspruch, sondern auch finanzielle Hilfe erhalten.

Mosca fuhr zu dem großen Arroyo, in dem die Obdachlosen

unter Mesquitebäumen ihre kleinen Camps und Hütten errichtet hatten. Zu Beginn waren es meist obdachlose weiße Männer gewesen, die in Tucson überwinterten und dann vor der Hitze flohen. Doch nun beherbergte der große Arroyo ganze Familien, und die Frauen und Kinder zogen nicht fort, wenn die Hitze einsetzte. Zwei Männer mit grünen Baretten beobachteten Root und Mosca vom Veteranencamp aus, das sich stark erweitert hatte, seit sie es das letztemal gesehen hatten.

Mosca wirkte leicht verlegen angesichts der Unterbringung des Hopis. Er wollte Root klarmachen, daß der Barfüßige Hopi aus Furcht vor Polizei und FBI auf diese Art reiste. »Er reist *absichtlich* so«, meinte Mosca in vertraulichem Ton. »Die Regierung hat ihn beobachten lassen, seit er aus dem Gefängnis raus ist. Sie wissen nicht, was er vorhat, aber er macht ihnen Angst. Der Hopi redet nämlich mit den Mexikanern und Afrikanern, verstehst du. Er redet sogar mit den Weißen. Die Leute hören ihm zu. Sogar die Rocker und der Ku-Klux-Klan, weil er ihnen von dem Tag erzählt, an dem alle Mauern einstürzen werden. Und wenn du ihn fragst, ob er Erdbeben oder Aufstände meint, dann lächelt er und sagt: ›Beides.‹«

Aber der Hopi war nicht unter dem Mesquitebaum. Ein sauberer Kreis aus Flußsteinen enthielt einen noch warmen Haufen Asche. Ein paar grüne Duschsandalen und ein kleiner Leinenpacken lagen in einer Astgabel des Baumes. Die Sandalen gehörten dem Hopi, meinte Mosca, also müsse er zu einem Spaziergang am Fluß aufgebrochen sein, um mit seinen nackten Füßen Botschaften der Erde entgegenzunehmen. Den Hopi würde es nicht stören, also würden sie warten. Die ganze Philosophie des Hopi beruhte auf Warten; auf einen Tag, wie man ihn in fünftausend Jahren nicht erlebt hatte. An diesem Tag würde es zur Vereinigung kommen. Überall zugleich und ganz spontan würden sich die Gefangenen, die Sklaven und die Besitzlosen erheben. Der Drang, sich zu erheben, würde durch ihre Träume über sie kommen. Urplötzlich würden auf der ganzen Welt Polizei und Soldaten in der Minderheit sein.

Der Barfüßige Hopi war nicht viel größer als ein Meter fünfundsechzig, aber er mußte fast dreihundert Pfund wiegen. Root fand nicht, daß er fett aussah, er war eher wie ein brauner

Felsblock gebaut. Das Vollmondgesicht des Hopi war stets von einem breiten Grinsen überzogen, und seine Zähne waren groß und vollkommen. Root fand nicht, daß er alt genug wirkte, um zehn Jahre in einem Bundesgefängnis verbracht zu haben und weitere fünf Jahre draußen. Der Hopi schüttelte ihm herzlich die Hand und lächelte. »So, da kennen wir also beide diesen *loco coyote*«, sagte er und blickte auf Mosca. Root nickte. »Ich habe ihm gesagt, daß du in Ordnung bist«, meinte Mosca und berührte Roots Arm. »Ich habe ihm gesagt, daß du mein Bruder bist.«

Im Gefängnis war der Hopi eine Berühmtheit gewesen. Die Medien hatten sein Verbrechen genau verfolgt. Die Kameras liebten seine bloßen Füße und die traditionellen Hopimokassins aus Büffelleder, die er in seiner baumwollenen Schultertasche trug. Sie liebten seinen Mund mit den perfekten, wie Perlen glänzenden Zähnen und sein wunderbares Lachen. Der Barfüßige Hopi war überhaupt nicht traurig oder wütend darüber gewesen, daß er ins Gefängnis mußte. Er hatte Mosca und einigen anderen anvertraut, daß er kein Bedauern darüber empfand, den Hubschrauber abgeschossen zu haben. Reiche Touristen aus Beverly Hills hatten den Hubschrauber gemietet, um über dem Schlangentanz im alten Oraibi herumzufliegen.

Nichts hatte die Heiterkeit und Freude übertreffen können, die die Menschen beim Schlangentanz an jenem Tag empfunden hatten, an dem der Hopi den Hubschrauber vom Himmel geholt hatte. Er hatte dazu den Karabiner benutzt, den er auf seinem Rücktransport von Vietnam »befreit« hatte. Der Barfüßige Hopi bedauerte die Verletzungen des Piloten und der Passagiere, aber nicht die Zeit im Gefängnis. Dort hatte er die Aufgabe gefunden, die er für den Rest seines Lebens zu erfüllen hatte. Er würde unermüdlich kämpfen, bis alle Gefangenen befreit waren und alle Mauern einstürzten. Er wußte, daß er eventuell den ganzen Rest seines Lebens damit verbringen würde, die Vorbereitungen zu treffen, ohne jemals den Tag zu erleben, an dem sämtliche Gefängnisse der Vereinigten Staaten gleichzeitig von Aufständen und Streiks heimgesucht wurden. Aber das entmutigte den Hopi nicht. Ein Menschenleben währte nicht lange; es war in einem Augenblick vorbei. Zusammenschlüsse und Vereinigungen von globalem Ausmaß konnten sechs- oder siebenhundert Jahre benötigen.

Sie saßen im Schatten unter dem Mesquitebaum. Der Barfüßige Hopi nahm eine Plastikflasche aus einer Astgabel und bot Root Wasser an. Mosca zog eine dicke Marihuana-Zigarette aus seiner Brusttasche, und der Hopi zündete ein Streichholz an. Lange Zeit saßen sie im Schatten und teilten sich schweigend die Zigarette. Die Zikaden in den Mesquitebäumen zirpten bereits. Trockenheit und Hitze waren Themen der internationalen Nachrichten im Fernsehen, aber in Tucson und der die Stadt umgebenden Wüste Sonoras war der Niederschlag normal gewesen. Die Zikaden übertönten fast den Lärm der großen Trucks auf der Interstate 10, die quer durch den großen Arroyo verlief.

»Geht ihr zu dem Kongreß, der nächste Woche hier stattfindet?« fragte sie der Hopi. Er hatte sich auf dem Boden ausgestreckt, mit einem Ast als Kopfstütze, und hatte die Augen geschlossen. »Ich bin zu alt, um zwei Nächte lang aufzubleiben und mit dem alten Mann Peyote um die Wette zu laufen.«

»Welcher Kongreß?« wollte Mosca wissen. Er setzte sich auf, nahm seine dunkle Sonnenbrille ab und schaute zu Root hinüber, um zu sehen, wie der Hopi ihm bis jetzt gefiel. Root nickte. »Eingeborene Heiler. Indianische Heiler aus der ganzen Welt«, antwortete der Hopi. Er saß jetzt aufrecht und massierte sich mit beiden Händen die Füße. Er legte die Handflächen flach vor sich auf den Sand und schloß die Augen. »Erdbeben«, sagte er. Die Indianer hatten versucht, die Europäer vor dem Zorn der Erde zu warnen, falls die Menschen damit fortfuhren, ihre Mutter aufzureißen. Doch jetzt kamen alle Warnungen zu spät. Der Hopi fühlte, wie die Erde von Alaska bis zum Südpol grollte und knirschte. In Kalifornien stand sie manchmal tagelang nicht still. Dutzende von Vulkanen waren entlang der Aleuten ausgebrochen, dem Land der zehntausend Rauchwolken. Unterirdische Nukleartests in Nevada hatten gefährdete Stellen des Grabenbruchs entlang der kalifornischen Küste destabilisiert. Ein riesiges Erdbeben mitten in einer stark bevölkerten amerikanischen Stadt wäre vielleicht genau der richtige Anlaß für ihren landesweiten Gefängnisaufstand.

Der Hopi erklärte, er und seine Anhänger warteten nur auf den richtigen Zeitpunkt; sie mußten den Rest der Welt auf Zeichen beobachten und standen in engem Kontakt mit ihren

Brüdern und Schwestern auf der Straße und in den Bergen der Reservationen. Sie warteten auf den richtigen Moment – auf die Vereinigung der Geistermächte von Wind, Feuer, Wasser und Bergen mit den Geistermächten der lebenden und der toten Menschen. Ohne sie würden die Gefangenen und die Menschen auf den Straßen und in den Bergen mit Sicherheit zermalmt werden. Die US-Regierung würde nicht zögern, die Gefängnisse und Strafanstalten oder Hunderte von Straßenblöcken zu bombardieren. Wenn irgend jemand dafür Beweise verlangte, brauchte der Hopi nur auf den Gefängnisaufstand von Attica vor einigen Jahren zu verweisen oder auf die Straßen mit Reihenhäusern, die die Polizei von Philadelphia bombardiert hatte.

Der Augenblick kam näher. Vielleicht würde der richtige Moment kommen, sobald Mexiko vollends in Unruhen und Gewalt versank. Man würde US-Truppen nach Mexiko schicken, um die Fabriken zu schützen, die im Besitz von US-amerikanischen Unternehmen waren. Zur gleichen Zeit würden Flüchtlingswellen aus dem Süden über die Grenze strömen. Die US-Regierung mochte genug Feuerkraft haben, um die organisierten Gefängnisrevolten niederzuschlagen, sie mochte auch genug Feuerkraft besitzen, um den Menschen auf den Straßen und in den Bergen Einhalt zu gebieten. Aber der Barfüßige Hopi bezweifelte, daß die Regierung stark genug sein würde, zu Hause die eigenen Leute zu bekämpfen, während gleichzeitig Millionen von Flüchtlingen über die Grenze stürmten. Der Hopi hatte eine Pause eingelegt, um aus der Plastikflasche einen Schluck Wasser zu nehmen. »Yeah«, sagte er, »und während all das passiert, geht in Kalifornien, Nevada, Utah und Colorado – in allen Staaten des Südwestens das Trinkwasser aus.«

In diesem Moment näherten sich ihnen aus der Richtung des Camps der »Vietnam-Veteranen« ein schwarzer und ein weißer Mann, beide mit grünen Baretten. Der Barfüßige Hopi rollte sich in Anbetracht seiner Statur sehr graziös auf die Füße. Er entschuldigte sich und ging, um den Schwarzen zu begrüßen. Der Schwarze stellte seinen Begleiter vor, und der Barfüßige Hopi grinste und gab ihm die Hand. Root hörte, wie er dem Schwarzen versprach, sich später mit ihm zu treffen.

Root beobachtete, wie der Hopi seine Zehen in den Sand

bohrte, und fragte sich, welche Zeichen und Botschaften er erhalten mochte. Mosca und Root standen auf und schüttelten dem Hopi die Hand. »Ihr solltet zu diesem Heilerkongreß kommen«, sagte der Hopi, »ich werde dort einen Vortrag halten, der euch interessieren könnte.« Mosca versprach ihm hoch und heilig, zu kommen, und auch Root nickte, obwohl er den Hopi für verrückt hielt. Niemand brachte Gefängnisinsassen dazu, zusammenzuarbeiten. Wenn sie sich gegenseitig geholfen und zusammengearbeitet hätten, wären sie gar nicht erst ins Gefängnis gekommen, das war Roots Ansicht.

Auf der Fahrt zu Calabazas' Haus redete Mosca ohne Unterlaß. Der Hopi hatte im Gefängnis begonnen, Briefe zu schreiben, und hatte damit weitergemacht, nachdem er entlassen wurde. Er hatte Tausende von Briefen an Gefangene in den Vereinigten Staaten, Guam und Puerto Rico geschickt. Er hatte Zigaretten und Freßpakete an Hunderte von Männer gesandt, sonst wäre er inzwischen ein reicher Mann, denn er hatte eine Tiefkühltruhe voller Hundert-Dollar-Scheine gefunden, die in der Wüste vergraben war. Eine riesige Schlange hatte ihm im Traum gezeigt, wo er graben mußte. Zumindest war das die Geschichte, die der Hopi erzählte. Es hatte auch Gerüchte darüber gegeben, daß er sich mit einem Räuber oder einem Investment Banker angefreundet habe, der im Gefängniskrankenhaus an Aids gestorben war. Am Sterbebett sei ihm die Existenz des verborgenen Geldes enthüllt worden.

Mosca hatte nie einen Brief des Hopi gesehen, aber er wußte, daß er den Gefangenen von ihren Träumen schrieb. Er arbeitete nur im Bereich der Träume. Streiks oder Unruhen tauchten in seinen Briefen nicht auf; statt dessen enthielten sie seine Geschichten von der Maismutter, der alten Spinnenfrau und der Großen Schlange. Selbst knallharte Biker waren verrückt nach seinen Geschichten, doch das lag daran, daß der Hopi mit Hilfe der Geisterwelt bereits in ihre Träume eingedrungen war.

KNAPPE ENTSCHEIDUNG

Root war aufgefallen, daß Mosca ständig in den Rückspiegel blickte; deshalb sah er über die Schulter nach hinten und bemerkte den Wagen einer Grenzstreife, der ihnen folgte. Mosca tat, als ignoriere er den Wagen der Grenzpolizei, und redete weiter, doch Root spürte seine Anspannung. Er beobachtete Moscas Hand an der 357er Magnum auf dem Sitz zwischen ihnen. Root hatte nicht gebetet, sondern seine ganze geistige Energie mit einer Nachricht auf Moscas Gehirn gerichtet. Faß die Waffe nicht an, sie werden verschwinden; oder sie überprüfen die Namen und lassen uns dann gehen; bitte, Mosca, bitte, hatte Root gedacht. Dreh nicht durch, Mosca, blas ihnen nicht die Köpfe weg, während ich dabei bin. Als die Grenzpolizei Mosca das letztemal anhielt, hatte er sich geschworen, niemals wieder einem dieser Grenzerschweine seinen Ausweis zu zeigen oder irgendwelche Fragen zu beantworten, außer mit seiner 357er. Doch durch irgendein Wunder bog die Grenzstreife ab, ohne sie anzuhalten. Root wischte sich den Schweiß von der Stirn.

Mosca blickte in den Rückspiegel, während er sprach. Seine dunklen Augen glänzten vor Erregung. »Ja, du hast recht. Jetzt hätte ich fast ein paar Bullen umgelegt.« Er forschte in Roots Gesicht nach einer Reaktion. »Nur eins hat mich davon abgehalten –«

»Du wolltest nicht, daß ich mit dir in die Gaskammer wandere«, witzelte Root.

Mosca schüttelte den Kopf. »Nein, weil Bullen auf meiner Liste ganz unten stehen.« Dann schlug er mit der Faust auf das gepolsterte Armaturenbrett, daß Root meinte, das Krachen von Knochen zu hören. Mosca gab Gas. Der große Allradwagen machte einen Satz vorwärts, und Root dankte dem Gott oder Geist, der vor Mosca leere Straßen auftat. Wenn Mosca wütend war, wurde er zu einer tödlichen Waffe. Große Tränen rollten über seine Wangen. »Ich wollte diesem Scheißbullen die Visage wegblasen! Ich hätte ihm so gern das Gebiß in den Hals gestopft! Verdammte *Gringobullen*! Wo meine Green Card ist? Ich bin ein amerikanischer Staatsbürger, verdammt noch mal! Ich brauche überhaupt keine verdammte Karte! Meine Leute haben hier schon in Palästen gelebt, als die Engländer noch in Höhlen hausten!«

Root war erleichtert, als er endlich die Nebenstraße auftauchen sah, die zu Calabazas' Haus führte. Mosca bog mit solcher Geschwindigkeit von der Oracle Road ab, daß er über den Bordstein fuhr und die Reifen quietschten. Root spürte, wie sein Sicherheitsgurt einrastete; es wäre nicht das erste Fahrzeug gewesen, das Mosca auf den Kopf legte. Root konnte Mosca seinen Zorn nicht verdenken. Überall in Tucson gab es Agenten der Grenzpolizei, die jeden anhielten, der dunkelhäutig oder »ausländisch« aussah. Root selbst war am Pima College kontrolliert worden, wo die Agenten vor den Seminarräumen warteten, in denen die Studenten Englisch als Fremdsprache lernten.

»Ja, es ist wirklich Scheiße«, sagte Root, »und alle Weißen in Tucson finden es wundervoll, weil sie sich dadurch sicherer fühlen.« Root hatte jahrelang anhören müssen, was seine eigene Familie sagte. Es stimmte zwar, daß sie durch Roots Großvater mexikanische Verwandte hatten, doch seine Mutter und die anderen hatten immer Wert darauf gelegt, mit den mexikanischen Vettern und der übrigen Verwandtschaft keinen Verkehr zu pflegen. Roots Vater hatte Witze darüber gemacht, daß die Iren nicht wählerisch seien. Doch das war gelogen. Auch sein Vater hatte keinen Sohn gewollt, der hinkte oder sich beim Sprechen anhörte, als wäre er geistig zurückgeblieben. Mit achtzehn hatte Root viel über seine Familie und über die Weißen gelernt. Sie fürchteten sich, wenn sie ihn ansahen, weil sie nicht daran erinnert werden wollten, was ihm zugestoßen war. Sie hätten sich besser gefühlt, wenn sie ihn beerdigt hätten. Alles, was weiß war, hatte perfekt zu sein, und Roots Schädel und Gehirn waren nicht mehr perfekt. Seine Mutter war nicht einmal überrascht gewesen. Root hatte gehört, wie sie zu ihren Freunden, die ihn im Krankenhaus besuchen kamen, gesagt hatte, daß einer ihrer fünf ja ein »Wilder« werden mußte. Sie sagte niemals »ein verrückter Mexikaner«, aber alle wußten, was sie damit meinte.

»Aber das ist okay«, sagte Mosca mit zusammengebissenen Zähnen, während er in Calabazas' kiesbedeckte Einfahrt einbog. »Wir werden uns schon um die Schweine kümmern, wenn der große Tag kommt!« Mosca ließ den Wagen langsamer werden und schaute Root eindringlich an. Root schüttelte den Kopf. Der Hopi mußte verrückt sein. Weiße Sträflinge haßten schwarze und hispanische Sträflinge und umgekehrt. Überall gab es Verräter. Selbst wenn die Aufstände begannen, welchen Zweck sollte das haben? Mosca, der die Einfahrt entlanggefahren war, bremste scharf. »Der Zweck? Was der Zweck ist?« Mosca lachte, dann trat er das Gaspedal so tief durch, daß das Heck des großen Allradwagens herumschleuderte und den Kies bis in die großen Baumwollpappeln im Garten fliegen ließ. »Kräftig Ärger zu machen, das ist der Zweck«, sagte er. »Diese verfluchten Schweine werden nicht mehr wissen, wo sie hinrennen sollen!«

EINE REIHE VON PÄPSTEN WAREN TEUFEL

Neben Calabazas' Pickup sah Root eine Reihe von Autos stehen, die er nicht kannte. Mosca zuckte mit den Achseln. »Kirchenleute«, sagte er. Ihm war es egal, doch Root machten die fremden Autos nervös. Liria und Sarita waren schlau genug, keine Flüchtlinge bei sich zu verstecken, aber manchmal hielten sie im Haus Versammlungen ab.

Calabazas saß draußen unter einer Baumwollpappel in den Überresten eines alten Fernsehsessels und trank ein Bier. Neben dem Sessel stand eine ziemlich heruntergekommene Kühlbox aus Styropor. Die Sonne war bereits hinter den Bäumen am Fluß verschwunden. Calabazas grinste sie an. Sein Haar war an den Schläfen grau geworden, und sein Schnurrbart glänzte silbern. Während sie sich Gartenstühle zum Baum zogen, öffnete Calabazas zwei weitere Bierdosen. Er sah ein wenig betrunken aus.

»Versuchst du immer noch, den Sinn des Lebens zu ergründen, alter Mann?« fragte Mosca.

»Ganz genau«, antwortete Calabazas, »ich dachte mir, ich fange besser damit an, solange ich noch am Leben bin.« Vom Fluß kam ein kühler Wind auf und fuhr durch die Blätter der Pappeln. Die drei Männer tranken schweigend und sahen zu, wie der Sonnenuntergang den Himmel orangerot erglühen ließ. Eigentlich hatte Calabazas über die Zeit nachgedacht.

Mosca konnte in der Dunkelheit Gestalten ausmachen, aber die Stimmen kaum hören. Autos wurden gestartet und fuhren die Einfahrt hinunter. Das Treffen war vorbei. Mosca war bereits betrunken. Er traue *nichts* und *niemandem* im Zusammenhang mit der katholischen Kirche, sagte er. Mosca war jederzeit bereit, sich mit Liria oder Sarita über die Kirche zu streiten. Seit Wochen wurde er von Unruhe getrieben. Er wollte, daß etwas geschah, und war unzufrieden mit den Dingen, die er sich gekauft hatte. Die neue Kleidung, der neue Wagen und die besseren Nutten waren aufregend gewesen, solange er davon geträumt hatte, doch als er sie endlich besaß, war ihm klargeworden, wie wertlos sie waren. Die neue Kleidung und der Wagen hatten nichts verändert. Die Nutten hatten sich abgemüht wie Staubsauger und ihn ausgesaugt, und Mosca verstand, warum Männer ihr Geld in aufblasbare Plastikpuppen oder batteriebetriebene Vaginas investierten.

Was wollte die Kirche? Gab es einen Unterschied zu dem, was die Generäle oder die Reichen von den Armen und den Indianern wollten? Die Kirche hatte noch nie etwas anderes getan, als im Namen Jesu Christi den Hungrigen das Essen vom Mund wegzustehlen. Die Nonnen und Priester, die sich selbst als Befreiungskirche bezeichneten, waren nichts anderes als Marionetten, von der Mutterkirche dazu benutzt, den Armen weiszumachen, sie stünde auf ihrer Seite. Wenn sie nur wollte, konnte die Mutterkirche ihren Klerus jederzeit davon abhalten, politische Flüchtlinge aus dem Süden herauszuschmuggeln. Doch die Kirche hatte im Laufe der Jahrhunderte gelernt, potentielle Unruhestifter, Priester, Nonnen und »Büßerinnen« wie Sarita und Liria, sinnvoll beschäftigt zu halten.

Die Kirche verlangte, daß die Indianer nur zu Jesus beteten. Die Kirche wollte nicht, daß die Menschen den Geistern ihrer Vorfahren oder den Tieren und Steinen zuhörten. Die Kirche wollte, daß die Indianer fühlten und dachten wie die Weißen. Mosca ließ sich nicht täuschen; es war die gleiche Masche, die die Bullen anwendeten: gute Polizisten, schlechte Polizisten. Die Kirche spielte den guten Polizisten. Ein paar politische Flüchtlinge herauszuschmuggeln, brachte ihr gute Publicity.

Mosca hatte sich in Fahrt geredet. Von der katholischen Kirche hatte er einen Sprung zu den Italienern und der Mafia gemacht, und der Papst war Teil der Mafia. Mosca kannte sich aus mit dem Katechismus. Die Nonnen hatten ihn mit einer Fliegenklatsche geschlagen, wenn er seine Katechismuslektionen nicht gelernt hatte. Der Papst konnte jedem aus beliebigen Gründen die heiligen Sakramente vorenthalten; und doch hatte er sie den Offizieren, die Yaquifrauen und -kinder gejagt und niedergeschossen hatten, nicht verweigert. Die Kirche hatte zwei Gesichter in Mexiko; beide waren Masken. Die Wahrheit war, daß irgendwann nach dem Tod des heiligen Petrus der Teufel die katholische Kirche übernommen hatte. Nach der Übernahme hatte der Teufel sich selbst zum Papst erklärt. Daraufhin waren eine ganze Reihe von Teufeln Papst geworden, die oft zahlreiche Frauen und uneheliche Kinder gehabt hatten. Diese Päpste waren Giftmischer und sexuell Perverse, denn der Teufel lebte in ihnen und ihren Priestern und Nonnen, die Martin Luther schließlich bei ihren Teufelsmessen und lüsternen Festen erwischt hatte. In Moscas Augen bildeten der Teufel, die Kirche und die Mafia eine weltweite Verschwörung.

Root war zwar katholisch, hatte sich jedoch geweigert, im Krankenhaus einen Priester zu empfangen. Er hatte seinen Glauben bereits ein oder zwei Jahre vor dem Unfall aufgegeben. Es war ihm egal, was Mosca über die Mafia oder die Kirche erzählte, doch es überraschte ihn, als Mosca von Max und Sonny Blue zu reden begann. Er hatte ihn schon lange nicht mehr von den Italienern sprechen hören. Die Tucsoner Familien hatten den Kuchen lange vor der Ankunft der Italiener untereinander aufgeteilt. Die Mafia war von den anderen Weißen gewarnt worden, die Grenze besser den Indianern zu überlassen, es sei denn, sie besäßen Flügel. Die Indianer waren die Verbündeten der Wüste, alle anderen starben darin. Die Neffen und Schwiegersöhne der Mafia erwarben »legale« kleine Geschäfte – Imbißläden in Einkaufszentren, Konzessionen für Spiel- und Verkaufsautomaten oder ein privates Müllabfuhrunternehmen. Und Max Blues Frau kaufte ständig Grundstücke auf.

Mosca hatte es immer Spaß gemacht, sich in seiner Phantasie Geschichten auszudenken, in denen er alle überraschte und hereinlegte. Er genoß es, sich Calabazas' Gesicht vorzustellen, wenn er erfuhr, daß seine Frau einen katholischen Monsignore zu Tode gefickt hatte. Und obwohl der alte Monsignore tot war, hatte Calabazas seine Frau an die Kirche verloren. Die andere Schwester zu besitzen, war kein Trost, soweit Mosca erkennen konnte: Beide Frauen standen unter der Kontrolle von Priestern. Sarita hatte die Flüchtlingsarbeit nur begonnen, weil die Priester ihr mit ewigem Höllenfeuer gedroht hatten, dafür, daß sie den alten Monsignore mit Sex umgebracht hatte. Die Kirchen hatten das Geld und die Arbeitskraft ihrer Sünder schon immer clever zu nutzen gewußt. Reuige Sünder taten alles, was die Kirche ihnen zu tun befahl.

DER HOPI HAT AUF ALLES EINE ANTWORT

Root wollte Mosca vom Thema Kirche abbringen, um mehr über den Barfüßigen Hopi zu erfahren. Er fragte Calabazas, ob er dem Hopi schon jemals begegnet sei. Mosca hatte natürlich geantwortet, ehe Calabazas auch nur den Mund aufmachen konnte. Nein, nur er kannte den Hopi, aber bald würden die Menschen auf der ganzen Welt von ihm hören. Der Hopi war der Organisator. Er hatte sein ganzes Leben dem großen Tag gewidmet, an dem alle eingekerkerten Menschen in Nordamerika und Mexiko zusammenstehen würden. Mosca war high und betrunken. Nach seiner Entlassung hatte der Barfüßige Hopi in den gesamten Vereinigten Staaten Gefängnisse besucht und bei den Bundesgerichten beantragt, ihn mit einer Sondererlaubnis auszustatten, damit er als Kirchenmann religiöse Zeremonien für inhaftierte Indianer durchführen konnte.

Im Gefängnis hatten sie alle gelernt, den Hopi zu respektieren, weil er auch weiterhin seinen religiösen Glauben praktizierte. Er behauptete, seine Religion sei allumfassend; jeder werde als Eigentum der Erde geboren. Einige Hopi und andere Indianer hatten den Barfüßigen Hopi einen Hexer genannt, weil er von den Toten sprach, als trieben sich ihre Seelen noch immer unter den Lebenden herum. Diejenigen, die es ablehnten, von den Geistern der Toten zu sprechen, waren entweder Christen oder stark traditionalistische Navajos oder Apachen, denen das Thema tote Seelen unangenehm war.

Mosca hatte alle Sonntagsgottesdienste des Hopi besucht, während er im Gefängnis war, und beobachtet, wie seine Strategie funktionierte. Zuerst waren nur Indianer und Mexikaner dagewesen; in der Woche hatte der Barfüßige Hopi über Entweihung gesprochen. Die Erde war ihre Mutter, aber ihr Land und ihr Wasser konnten niemals entweiht werden. Der Mensch konnte sie aufreißen und verunreinigen, aber niemals entweihen. Er entweihte nur sich selbst mit solchen Taten, denn armselige Menschen konnten die Integrität der Erde nicht beeinträchtigen. Die Erde war und würde immer heilig sein. Mutter Erde mochte von den Zerstörern verwüstet werden, sie würde die Menschen dennoch lieben. Mosca hatte zugehört, wie der Hopi über eine Stunde lang gesprochen hatte.

Im Laufe der Monate waren mehr Männer aufgetaucht, und sie erhielten die Erlaubnis für zweistündige Treffen. Dann waren ein paar Schwarze erschienen, Schwarze, die glaubten, daß sie indianische Vorfahren hatten. Nach den schwarzen Indianern kamen andere Schwarze; stille Kerle, die nie ein Wort verloren; und zum Schluß erschienen die weißen Männer – einige, die Mischlinge *waren*, und andere, die sich in ihren Herzen wie Indianer fühlten –, was immer das bedeuten mochte. Die Religion des Hopi machte keinen Unterschied. Ein paar waren nur aufgetaucht, weil sie wilde Gerüchte gehört hatten. Der Hopi war sich immer bewußt, daß einige von ihnen Spione sein konnten.

Mosca nahm einen tiefen Zug an dem Joint und reichte ihn an Calabazas weiter. Er blies seine Wangen auf, dehnte den Brustkorb und hielt die Luft an, bis er zu husten begann. »Ihr müßtet den Hopi erzählen hören«, sagte er. »Er ist wegen irgendeines Heilerkongresses in der Stadt. Da solltet ihr hingehen.« Calabazas und Root hatte beide genickt, und die drei saßen da und lauschten den Sirenen und etwas, das sich anhörte wie weit entfernte Pistolenschüsse. Ein Polizeihubschrauber überflog das Wohngebiet und ließ Suchscheinwerfer über Hausdächer und Gärten gleiten. Moscas Aufmerksamkeit wandte sich kurz dem

Polizeihubschrauber zu. »Der Hopi hat auf alles eine Antwort«, sagte er träumerisch. »Wie seine Antwort auf Hubschrauber aussieht, wissen wir. Bumm!« Mosca zielte mit seinem Finger in den Himmel.

»Dich würden sie dafür in die Gaskammer stecken«, sagte Calabazas. »Der Hopi hatte eine Entschuldigung; er hat seine Religion beschützt.«

»Sie werden mich vielleicht erschießen, aber nicht in die Gaskammer stecken«, erwiderte Mosca. »Außerdem wird es dann sowieso keine Gefängnisse oder Gaskammern mehr geben.«

Calabazas und Root hatten gelernt, sich nicht mit Mosca zu streiten. Root konnte sehen, daß Calabazas irgendwelchen Plänen über die Organisation landesweiter Gefängnisrevolten und -ausbrüche in den Vereinigten Staaten ebenso skeptisch gegenüberstand wie er selbst. Es war nicht sehr wahrscheinlich, daß alle Strafanstalten und Gefängnisse dabei mitmachen würden, und der gesamte Plan des Hopi hing vom gleichzeitigen Beginn der Aufstände ab, damit die Polizei und die anderen Sicherheitskräfte davon überrollt wurden. Calabazas erkundigte sich, was der Barfüßige Hopi wegen der Nationalgarde und der Armee zu tun gedachte. Selbst wenn die Polizei und die Sicherheitskräfte der Einzelstaaten überwältigt wurden, gab es immer noch das Militär und natürlich die freiwilligen Bürgerwehren. Die Air Force würde Bomben über den Gefängnissen und Strafanstalten abwerfen, um die Aufstände zu beenden. Root hatte einen Wutanfall von Mosca erwartet, als Calabazas sich nach der Air Force erkundigte; aber statt dessen war Mosca ruhig geblieben.

»Nun, ihr denkt eben genau wie die Weißen, nicht wahr?« sagte Mosca. »Ihr müßt dem Hopi zuhören. Armee, Air Force oder Marine – darüber macht sich der Hopi keine Gedanken. Wenn die Zeit reif ist, werden auch sie genug zu tun haben. Außerdem sind Bomben und Gewehre sowieso die unwichtigsten Waffen. Die Macht liegt in der Gegenwart der Geister und ihrem Einfluß auf die Moral unserer Feinde.« Der Barfüßige Hopi war nicht der einzige, der mit den Geistern in Kontakt stand. Mosca erinnerte Calabazas und Root an die Geisterstimme in seiner eigenen rechten Schulter. Bis jetzt hatte die Stimme noch nicht viel gesagt. Ein Geist benötigte eigentlich keine

Stimme, um zu kommunizieren; er setzte einem einfach einen Gedanken in den Kopf. Wenn der Geist alle Menschen so erfüllt hatte, dann würden alle zur gleichen Zeit wissen, was sie zu tun hatten. Und damit meinte der Hopi bestimmt keinen christlichen Heiligen Geist.

Der Hopi weigerte sich, überhaupt zu erörtern, ob es sich um einen Geist mit vielen Dimensionen oder um viele Geister mit einer Dimension handelte. Das war weißes Gerede. Statt dessen hatte der Hopi vom Büffel-Mann gesprochen, der in den alten Geschichten Gelbe Frau verführt hatte. Büffel-Manns Geist war mühelos von einem menschlichen Körper in den Körper eines Büffelbullen hinübergeglitten.

Zweites Buch
DIE KRIEGER

CALABAZAS WIRD ALT

Es war lange her, daß Calabazas sich das letztemal allein so betrunken hatte; Mosca und Root waren schon vor Stunden gegangen. Calabazas genoß die Harmonie zwischen dem Geräusch der Grillen und seinem eigenen Atem. Die ganze Welt war verrückt geworden, nachdem Truman die Atombomben abgeworfen hatte. Ein paar Menschen vom alten Schlag, die damals noch am Leben gewesen waren, hatten gesagt, die Erde werde niemals wieder die gleiche sein. Die Menschen könnten sich darauf gefaßt machen, daß die Regenwolken sie verlassen und alle Tiere und Pflanzen verschwinden würden. Auf der ganzen Welt hatten die Europäer die indigenen Menschen dafür verlacht, daß sie die Regenwolken, die Berge und die Bäume verehrten. Aber nun hatte Calabazas lange genug gelebt, um zu sehen, daß den weißen Leuten das Lachen verging, während alle Bäume gefällt, die Tiere getötet und alle Wasserreserven verschmutzt oder aufgebraucht wurden. Die Weißen hatten Angst, weil sie nicht wußten, wohin sie noch gehen, was sie noch aufbrauchen oder als nächstes verschmutzen konnten.

Es war nach drei Uhr, aber weder Liria noch Sarita waren nach Hause gekommen. Die US-Regierung wollte die Menschen nicht, die Liria, Sarita und ihre Kirchenfreunde über die Grenze schmuggelten. Zeta und Lecha würden sagen, genau das sei der beste Grund, es zu tun – weil die USA nicht noch mehr dunkelhäutige Indianer oder spanischsprechende Weiße auf den Straßen von Los Angeles oder El Paso haben wollten. Dennoch war

Calabazas geneigt, Mosca darin zuzustimmen, daß die Motive der Kirche vermutlich nicht so einfach und rein waren, wie die begeisterten Nonnen und Priester sich das vorstellten.

Calabazas übernahm die volle Verantwortung für den Verlauf, den die Dinge für Sarita und Liria genommen hatten. Es hatte eine Zeit gegeben, in der Calabazas viel Zeit damit verbracht hatte, an Zeta zu denken. Die beiden schönen Schwestern hatten ihm offenbar nicht genug Ärger bereitet; Calabazas hatte Zeta einfach nicht widerstehen können, die sich selbst als Feindin der US-Regierung bezeichnete. Zeta schwor, daß jede Lieferung mit Schmuggelware einen Sieg über die US-Regierung bedeutete.

Calabazas sah gern dem Sonnenaufgang zu, wie es die alten Leute in seiner Kindheit getan hatten. Er dachte darüber nach, wie komisch es doch war, daß der menschliche Geist sich immer und immer wieder nur kopierte und sich doch alles radikal veränderte. Er betrachtete den Himmel, aber er sah nicht, was sie gesehen hatten. Vielleicht drehte sich die Erde schneller als früher. Gerüchte darüber hatte es unter den Indianern seit dem Ersten Weltkrieg gegeben. Calabazas hatte die Streitereien mitangehört, die die Anhänger des traditionellen Glaubens untereinander geführt hatten – jeder warf dem anderen vor, das Mormonentum, der Methodismus oder die katholische Kirche habe auf sie abgefärbt. Aber er hatte sie auch über die Beschleunigung der Erdbewegung diskutieren hören. Andere hatten widersprochen und versichert, es handle sich um das Universum, das von einem hohen Gipfel aus bergab renne, und die höhere Geschwindigkeit würde nur so lange andauern, bis das Universum die Ebene erreichte, wo es allmählich langsamer werden und ein gewisses Maß an Stabilität erlangen konnte.

Calabazas selbst hatte keinerlei Gewißheit über die Zeit oder die Geschwindigkeit der Erde. Er glaubte nicht, daß die Zeit etwas Absolutes oder Universelles war. Vielmehr hielt er jeden Ort und jeden Fleck für einen lebenden Organismus, in dem die Zeit wie Blut zirkulierte; Zeit, die nur an diesem Ort existierte.

Calabazas erkannte sich kaum noch in den Geschichten wieder, die Mosca oder die anderen über seine dreißig Jahre zurückliegenden Abenteuer erzählten. Der Mann in den Geschichten kam ihm bekannt vor, und er erinnerte sich an das, was geschehen war, aber den Mann, der er einmal gewesen war, gab es nicht mehr. Liria und Sarita hatten ihm kürzlich vorgeworfen, innerlich weich wie Weißbrotteig zu werden; vielleicht hatten sie recht damit. Die meiste Zeit seines Lebens war Calabazas mit einem klapprigen alten Lieferwagen oder einer Herde Packesel, die er auf seinem kleinen gefleckten Maultier anführte, über die Grenze hin und her gewandert. Er war mit Geld nicht sehr vorsichtig umgegangen. Hätte er allein gearbeitet oder nur für sich selbst, dann wäre er jetzt vielleicht reich, doch wer konnte das schon wissen? Calabazas hatte mit den Leuten zusammengearbeitet, die ihn als Kind geliebt und sich um ihn gekümmert hatten; er hatte mit seinen Verwandten und Clansleuten in den Bergdörfern von Sonora zusammengearbeitet. Ständig hatte er Vorschüsse und zinsfreie Darlehen vergeben. Die Gewinne hatte er mit den Farmern geteilt, sämtliche Ausgaben jedoch allein bestritten, als Zeichen seiner tiefen Sympathie für sie. Er war kein guter Geschäftsmann gewesen. Er hatte kein Land und keine neuen Häuser erworben, weder Gold noch Gewehre gekauft, wie Zeta es getan hatte. Er hatte Sarita und Liria immer soviel Geld gegeben, wie sie haben wollten.

Calabazas fühlte in sich auch das Vergehen seiner eigenen Zeit, die mit jedem Herzschlag ausströmte. Fleisch und Knochen schleppten die Seele fünfzig, sechzig Jahre lang herum, dann ließen sie sie los. Er hatte im Laufe seines Lebens in den Vereinigten Staaten und in Mexiko viele Veränderungen miterlebt, und alle waren unheilvoll gewesen. Calabazas hatte die Ältesten gefragt, aber die Indianer, die in der Gegend von Tucson lebten, konnten sich nicht daran erinnern, jemals so viele weiße Menschen – so viele Frauen und Kinder – gesehen zu haben, die in Autos und in Lagern unter Bäumen kampierten.

Und jetzt schmiedeten sogar Spinner wie Moscas Kumpel, der Hopi, ihre Pläne. Den ganzen letzten Sommer hatte Calabazas die Unruhen und Plünderungen in gut einem Dutzend amerikanischer Städte beobachtet. Dabei war ihm eine entscheidende Veränderung aufgefallen: Diesmal gab es von Seiten der Randalierer keine Plünderungen und Brandstiftungen in schwarzen Wohngegenden. Statt dessen hatten sie Hollywood angezündet, und Hunderte von schwarzen und weißen Jugendlichen hatten sich mit der Feuerwehr und der Polizei auf dem Sunset Boulevard Straßenschlachten geliefert. Die Aufrührer hatten gesungen: »Burn, Hollywood, burn!«

Calabazas erinnerte sich lebhaft an die Aufstände und Plünderungen in den Sechzigern. Der amerikanische Präsident und der Kongreß hatten für die Armen keinen Finger krumm gemacht, bis diese mit ihrem Zorn auf die Straße gegangen waren. Die Menschen hatte große Hoffnungen in diesen Krieg gegen die Armut gesetzt, aber US-Strategen hatten bald bessere Möglichkeiten gesehen, die Aufstände in den amerikanischen Städten zu beenden. Wenn diese schwarzen und braunen Krawallmacher unbedingt kämpfen wollten, dann hatten die Vereinigten Staaten *genau den richtigen Platz* für sie – in Südostasien. Diejenigen, die es geschafft hatten, Vietnam zu überleben, hatte die Regierung als Süchtige und Krüppel nach Hause gebracht, um ganz sicher zu gehen, daß sie nicht mehr auf die Straße gehen und kämpfen würden.

Calabazas hatte die Politik aufgegeben. Politik sorgte dafür, daß man in kürzester Zeit unter der Erde landete. Calabazas traute keiner Regierung, auch der katholischen Kirche traute er nicht. Moscas Frage war ganz richtig: Welche Veranlassung hatte die Kirche, politische Dissidenten und Aktivisten fortzuschaffen? Wie sollten sich die Menschen in diesen Regionen ohne ihre eigenen Anführer jemals erheben? Die Kirche schaffte Dissidenten über Tausende von Meilen in die Vereinigten Staaten, um sie davon abzuhalten, daß sie zu Hause noch mehr Ärger machten.

Vielleicht war etwas mit ihm nicht in Ordnung, vielleicht hatte die Zeit in seinem Inneren wirklich etwas erschöpft, wie Liria ihm vorgeworfen hatte, und die Flamme war niedergebrannt. Er war kein Ignorant. Er hatte gehört, wie die Alten sich verbittert die Geschichten vom großen Kampf um das Land erzählten; die Leute waren nicht müde geworden, die Geschichte von Yoemes knapper Flucht vor dem Henker während der Grippe-Epidemie zu wiederholen. Yoeme war schon vor der Revolution eine große Unruhestifterin unter den Yaqui gewesen. Die mexikanische Regierung hatte ein Kopfgeld auf ihren Skalp ausgesetzt. Nur Zapata hätte ihr den erbitterten Kampf gegen die Regierung vielleicht vergeben, und ihn hatten die Weißen umgebracht.

Calabazas hatte Glück gehabt mit seinem Leben. Er war in der Ruhepause des großen Krieges geboren worden und hatte sich ein sicheres Plätzchen erkauft. Aber nun breitete sich der Krieg aus, und in wenigen Jahren würde es für niemanden mehr ein sicheres Plätzchen geben. Yoemes großer Kampf um das Land wurde immer noch geführt; nur daß es jetzt nicht mehr nur die Yaqui oder womöglich die Thohano O'Dom waren, die kämpften. Sie führten immer noch den gleichen Krieg; die Menschen kämpften immer noch um ihr Land. Und der Kampf würde weitergehen, bis sich die Menschen das Land zurückgeholt hatten.

Calabazas griff in die Kühlbox, um ein weiteres Bier herauszunehmen, fand jedoch nur schmelzendes Eis und Wasser. Er ging ins Haus, holte einen neuen Sechserpack aus dem Kühlschrank und rollte sich einen dicken Joint, den er draußen rauchen wollte. Er war seit Jahren nicht mehr über Nacht aufgeblieben, nicht, seit er jenseits der Grenze gearbeitet hatte. Aber heute nacht war er hellwach. Er konnte nicht aufhören, über Mexiko nachzudenken. Von den Dorfkurieren und den Flüchtlingen aus El Salvador und Guatemala hörte man Gerüchte und widersprüchliche Berichte. Es herrschte Chaos in Mexiko. Die Wirtschaft war zusammengebrochen, und die flüchtenden Regierungsvertreter hatten die Staatskassen geleert und damit ihre Reisekassen gefüllt. Die Angehörigen von Armee und Polizei waren seit Wochen nicht mehr bezahlt worden. Zwischen Bundes- und Landespolizei waren Kämpfe ausgebrochen, und die Bürger kämpften sowohl gegen die Armee als auch gegen die Bundespolizei. Die Kämpfe zwischen der Bürgerarmee und der mexikanischen Armee hatten den Bundesdistrikt von der Güter- und Nahrungsmittelversorgung abgeschnitten. Stromleitungen und die Hauptwasserleitungen zur Innenstadt waren in die Luft gesprengt worden. Tausende hungerten jeden Tag in Mexico City, doch der Präsident weigerte sich, sie mit Notrationen zu versorgen. Die mexikanische Luftwaffe hatte das Feuer auf Tausende von Squattern eröffnet, als sie am Eingang der größten Mülldeponie der Stadt um Nahrung randalierten. Hunderte von Squattern, darunter Frauen und Kinder, waren ums Leben gekommen, als die Armee mit Bulldozern Meile für Meile ihre Hütten niedergewalzt und die Zelte abgebrannt hatte. Wenige

Stunden nach dem großen Feuer an der Mülldeponie waren Heerscharen von Ratten durch Mexico City geschwärmt, wo sie von hungernden Menschen in den Straßen gefangen und gebraten wurden. Es gab Gerüchte über Beulenpest und Cholera.

Armee und Polizei hatten Nahrungsmittel und Vieh beschlagnahmt, so daß die Yaqui und andere wieder einmal in die hohen Berge flüchteten, wo sie schon während der letzten Revolution Zuflucht gesucht hatten. In ihren Bergfesten saßen die Menschen auf Wachtposten; sie beteten darum, daß die Weißen sich gegenseitig restlos ausrotten würden. Alles, was sie tun mußten, war, Geduld zu haben und abzuwarten. Fünfhundert Jahre oder fünf Lebensspannen waren bedeutungslos für sie, deren Volk schon seit zwanzig- oder dreißigtausend Jahren in Amerika lebte. Die Prophezeiungen besagten, daß die Spuren der Europäer langsam aus Amerika verschwinden und die Menschen sich das Land zurückholen würden.

Die Alten hatten davor gewarnt, daß Mutter Erde diejenigen, die sie beschmutzten und ausplünderten, strafen würde. Heftige, heiße Winde würden die Regenwolken davontreiben und Bewässerungsbrunnen austrocknen, und alle Tiere und Pflanzen würden verschwinden. Nur wenige Menschen würden überleben. Calabazas kannte die Geschichte auswendig, aber er war sich nicht sicher, ob er sie immer noch glaubte.

EIN TOTER ENGLISCHER DICHTER BEIM OSTERTANZ DER YAQUI

Die Geisterstimme in Moscas rechter Schulter stöhnte und ächzte merkwürdige Botschaften. Mosca war nicht mehr derselbe, seit er die Stimme in seiner Schulter entdeckt hatte. Root machte sich jedoch keineswegs lustig über ihn, denn er hatte gehört, wie Moscas Schulter quietschende und knallende Geräusche von sich gab, selbst als Mosca völlig regungslos verharrte. Root glaubte nicht, daß die Geisterstimme noch verrückter sein könnte als Mosca selbst; vielleicht bedeutete sie sogar eine Verbesserung. Sie hatte Mosca befohlen, sich Sonny Blue, dessen

Bruder und ihren Vetter vorzunehmen. Deshalb hatte Mosca den ganzen Tag auf dem Rennplatz verbracht, wo er im Schatten der Haupttribüne seine bezahlten Informanten konsultierte.

Sonny Blue und Bingo hatten zwei Stripperinnen aus der Stage Coach Bar mitgebracht, um Angelos Stute beim Rennen zuzusehen. Mit einem roten Testarossa, gefolgt von einem Lincoln, hatten sie einen ziemlichen Auftritt hingelegt. Moscas Spione hatten alles registriert. Sonny Blue und Bingo hatten gelacht und vor den Stripperinnen damit angegeben, daß sie an der Landebahn in der Nähe von Yuma »erwartet würden«. Sonny und Bingos Hintermänner waren so hohe Tiere, daß über Funk ein besonderer Code an die Grenzpatrouillen und die State Police durchgegeben worden war, der diesen nahelegte, keine weiteren Fragen zu stellen und sie passieren zu lassen. Die Beamten hatten nicht einmal den Kofferraum von Greenlees Wagen geöffnet oder auch nur einen einzigen Koffer angefaßt. »Die bilden sich ein, daß die Stadt ihnen gehört«, sagte Mosca mit einem breiten Grinsen zu Root. »Diese Itaker sind wirklich verrückt.« Moscas Spione hatten eine Menge Informationen erhalten, und er hatte bereits einen Plan. Root brauche sich keine Sorgen zu machen; um diese Sache wolle Mosca sich allein kümmern.

Mosca weigerte sich, zuzugeben, daß er etwas falsch gemacht hatte. Das Gewirr aus Touristengruppen, Yaquimännern und alten Yaquifrauen auf Gartenstühlen war genau das, was er sich für seine Aktion erhofft hatte. Ein guter Taktiker machte sich das Unerwartete zunutze. Moscas Spione wußten, daß man Sonny Blues Großkunden aus New York davor gewarnt hatte, in Tucson Geschäfte zu machen. Die New Yorker hatten einen großen Ort mit vielen Menschen für das Treffen gefordert. Und merkwürdigerweise hatten sie sich den Ostertanz der Yaqui als Treffpunkt ausgesucht, weil sie echte Indianer sehen wollten.

Der englische Dichter war viel größer gewesen als die anderen Zuschauer beim Ostertanz. Moscas Kugeln waren sehr hoch geflogen und hatten alle anderen verfehlt. Sie hatten die Kinder verfehlt und alle, die saßen oder knieten. Der weiße Mann sei selbst schuld daran, daß die Kugel ihn genau zwischen den Augen erwischt hatte, sagte Mosca. Der Dichter sei eben viel zu groß gewesen, und es war unhöflich von ihm, sich vor alle anderen Zuschauer zu stellen, wo er doch eigentlich viel weiter nach hinten gehört hätte. Dort hätte ihn die Kugel nicht gefunden.

Was für ein Anblick! Der englische Dichter lag tot im Dreck unter der großen Ramada aus frischgeschnittenen Pappelästen, und seine drei häßlichen Freundinnen weinten hysterisch. Die Bullen hielten ihre Pistolen auf die schluchzenden Frauen gerichtet, als hätten sie den Dichter erschossen und nicht der Schütze, der, wie Zeugen berichteten, klein und dünn gewesen war und eine Heuchlermaske der Yaqui, ein Cowboyhemd, Jeans und abgelaufene Cowboystiefel getragen hatte. Die Dummheit der Tucsoner Polizei war beeindruckend. Sie hatten augenblicklich das Opfer – den toten Touristen – verdächtigt, weil er einen britischen Paß bei sich trug und unter einer Adresse in Santa Fe lebte. Die Tucsoner Polizei ging für gewöhnlich immer davon aus, daß die Opfer ihr Schicksal irgendwie verdient hatten. Die Aufgabe der Polizei bestand darin, den genauen Grund dafür herauszufinden, warum der Dichter eine Kugel zwischen die Augen verdient hatte. Die einfachste und sicherste Annahme war, daß das Quartett aus Santa Fe Kokain für die reichen Künstler geschmuggelt hatte.

Der tote Dichter war sofort vergessen, denn nun hielt die Polizei sich an die drei schluchzenden Frauen. Die Nachricht über einen kleinen, dunkelhäutigen Indianer, der dabei beobachtet worden war, wie er mit einer Waffe in der Hand den Ort verlassen hatte, interessierte die Polizisten nicht, solange sie drei attraktive Frauen hatten, die sie verhören konnten. Als die Begleiterinnen des Toten endlich von jedem Verdacht reingewaschen waren, war die Spur des Schützen bereits kalt. Moscas Ausrede für seinen schlechten Schuß war die Maske; die Kugel war direkt über den Kopf des kleinen Spaghettifressers hinweggeflogen und hatte den Dichter getroffen, der ein paar Schritte hinter ihm stand. Sonny Blue hatte sofort gewußt, daß die Kugel ihm gegolten hatte. Panik hatte ihn erfaßt, Bingo und er hatten ihre Pistolen gezogen. Bingo drängte und stolperte bereits durch die Menge. Die New Yorker hatten versucht, ihnen zu folgen.

Die Menge, die dem Tanz des Wildes zugesehen hatte, der die ganze Nacht andauerte, war durch die Schüsse zunächst nicht beunruhigt, weil einige Yaqui-Kinder schon den ganzen Abend über Feuerwerkskörper angezündet hatten. Hätten Bingo und Sonny nicht durchgedreht, wären sie und ihre New Yorker Freunde ruhig geblieben, dann wären sie der Tucsoner Polizei in der Menge vielleicht niemals aufgefallen. Moscas jahrelange Erfahrung mit der Polizei hatte ihn gelehrt, daß Bullen wie Haie oder andere dumme Fische nur auf plötzliche Bewegungen reagierten.

Nachdem er den Schuß abgefeuert hatte, hatte Mosca die 9 mm unauffällig in seine Hose unter dem T-Shirt gesteckt und sich dann ganz cool durch die Menge auf den Aktenkoffer zubewegt, den Sonny Blue fallengelassen hatte. Mosca hob den Koffer auf und schlenderte davon, bis er in der Dunkelheit des Parkplatzes bei der Kirche anlangte, wo er die Maske abnahm und sie auf den Rücksitz des Pickups warf, den er dort abgestellt hatte. Er hatte die Maske und den Geist des Wildes nicht beleidigen wollen, aber es herrschte Krieg. Die 9 mm hatte eine Verabredung mit dem alten Santa Cruz River, doch Mosca blieb noch ein wenig auf dem Parkplatz, um mit anzusehen, wie sich die Polizei mit Sonny Blue und Bingo einen Spaß machte.

Die New Yorker hatten das Glück gehabt, umgeben von Hunderten von Zeugen in der Ramada verhaftet zu werden, wo der Tanz des Wildes stattfand. Sonny Blue und Bingo dagegen waren auf dem dunklen Parkplatz gefaßt worden. Mosca hatte gesehen, wie die Undercover-Cops sich dabei abwechselten, Sonny und Bingo zwischen die Beine, in den Bauch und ins Gesicht zu treten. Mosca hörte das Krachen und die dumpfen Schläge, Bingos Stöhnen und Sonnys gedämpfte Flüche.

Mosca fand es komisch. Die Cops hatten sich revanchiert. Max Blue hatte den Polizeichef verladen, und im Gegenzug hatte die Polizei Sonny die Eier poliert und Bingo zwei Schneidezähne ausgeschlagen. Mosca hatte den Aktenkoffer mit beiden Händen über dem Kopf geschwenkt. »Was man findet, darf man behalten!« sagte er triumphierend. Der Aktenkoffer waren voller New Yorker Geld.

Calabazas hatte Mosca schon öfter gesagt, daß er nicht damit gerechnet hatte, ihn auch nur sechs Wochen, geschweige denn sechs Jahre im Schmuggelgeschäft überleben zu sehen. Mosca lachte jedesmal und schüttelte in vollem Einverständnis den Kopf. Auch er war ehrlich. Er mochte sich vielleicht weigern, einen Fehler zuzugeben, aber im Grunde überraschte es ihn ebenso wie Calabazas, daß er noch immer am Leben war. Soweit Root ihn verstanden hatte, hielt Mosca sein Überleben für den endgültigen Beweis. Und er hat wieder recht, dachte Root. Alles ist schiefgelaufen, die Ereignisse haben den denkbar schlechtesten Verlauf genommen – und doch kommt Mosca mit allem davon: dem Geld und sogar der Schießerei. Weil Sonny Blue genau in die Falle gelaufen und nach den Schüssen durchgedreht ist.

Obwohl die Dinge besser hätten laufen können, war Mosca dennoch verletzt, als Calabazas ihn »loco« nannte, obwohl doch fast alles wie geplant ausgegangen war. Und nun würde Mosca Phase zwei einleiten, die darin bestand, Geld in den Schlitz zu stecken, die Polizei anzurufen und die Namen von Bingo und Sonny Blue fallen zu lassen. Wenn Calabazas erst einmal die Ergebnisse sah, würde er schon verstehen, daß die Schüsse beim Osterfest der Yaqui für Max, Sonny und Bingo den Anfang vom Ende bedeuteten! *Blow away your Blues!* Mosca verließ sich darauf, daß es zwischen der Tucsoner Polizei und dem alten Blue und seinen arschgesichtigen Söhnen jede Menge Ärger und Mißverständnisse geben würde. Wie immer die »Arrangements« zwischen Max Blue und der Tucsoner Polizei aussehen mochten, Touristen aus Santa Fe zu erschießen, gehörte nicht dazu.

Mosca war so entzückt gewesen, daß er sogar einen kleinen Siegestanz vollführt hatte, ehe er in seinen Wagen gestiegen war. Nichts davon hätte geklappt, wäre Sonny Blue vor Angst nicht völlig durchgedreht. Alle hatte die »italienischen Hengste« mit gezogenen Pistolen dastehen sehen, nachdem der große Tourist tot umgefallen war. Calabazas wurde langsam alt und weich; sein Verstand ließ nach, fast wie bei einem Weißen. Mit der Zeit würde er die Genialität von Moscas Plan schon erkennen.

POLIZEIGEWALT IN TUCSON

Sonny spürte, wie sich ihm die Brust zusammenschnürte und sein Herz zu pochen begann, sobald er sich daran erinnerte, wie sie über ihn hergefallen waren und ihm mit 45er Automatikwaffen gegen die Ohren und auf den Kopf geschlagen hatten. Sie hatten gelächelt, während sie ihm in die Eier und dann in den Rücken getreten hatten und dann wieder in den Bauch und in die Eier. Sonny hatte kotzend auf dem Boden gelegen, als ein Bullenschwein herankam und ihm seitlich gegen den Kopf trat. Die Bullen sprachen über die Aktentaschen und darüber, wer was genommen hatte; ein Verdächtiger war gesehen worden, wie er mit einer Aktentasche geflüchtet war.

Sonny hatte seinen Zorn von den Wellen der Übelkeit und den hämmernden Schmerzen im Ohr und im Kopf tiefer und fester in sich hineinschwemmen lassen. Er würde nicht einfach nur wütend werden, er würde es ihnen heimzahlen. Und wenn er den Rest seines Lebens damit verbrachte, würde er seinen eigenen kleinen Krieg mit diesen Schweinen ausfechten, und sein Vater würde nichts davon erfahren müssen. Scheiß auf die Millionen Dollar Bestechungsgelder an die Tucsoner Bullen. Scheiß auf alles Geld! Welchen Unterschied machte Geld, wenn die Bullen jedesmal über einen herfielen, sobald man aus der Tür trat? Welchen Zweck hatte irgend etwas, wenn die Schweine einen zusammenschlagen konnten, sobald ihnen danach war?

Sonny hatte die schlimmsten Prügel eingesteckt, weil sich bereits zu viele Neugierige versammelt hatten, bevor die Undercover-Cops dazu übergehen konnten, auch Bingo zusammenzuschlagen. Die umstehenden Leute hatten geholfen, die Männer von Bingo wegzuziehen, aber es war niemand dagewesen, um sie von Sonny abzuhalten. Er hatte auf der anderen Seite des Autos in der Dunkelheit in der Falle gesessen.

Max hatte versprochen, daß die Undercover-Beamten und die uniformierten Polizisten, die Sonny getreten hatten, ihre gerechte Strafe erhalten würden. Er hatte Sonny gebeten, ihm zu vertrauen und ihm die Sache zu überlassen. Angelo und Bingo hatten versucht, Sonny zu beruhigen und ihm klarzumachen, daß alles okay war. Niemand war verhaftet worden, außer den New

Yorkern, die man mit dem Kokain erwischt hatte. Doch Angelo sah, daß diese Beteuerungen Sonny nur noch wütender machten, und deshalb hielten er und Bingo den Mund. Sie würden ihn eine Weile in Ruhe lassen und die Lieferungen für Mr. B. wie geplant entgegennehmen. Sie hatten sogar mit Max Blue ein Gespräch unter vier Augen geführt, um ihn zu fragen, ob er Sonny nicht für eine Weile auf Urlaub in die Karibik schicken konnte. Sonny habe von nichts anderem sprechen wollen als von idealen Waffen für einen Hinterhalt und von Plänen, wie sie die Undercover-Cops und die uniformierten Schweine erwischen könnten. Er habe sich aus dem Computer im Büro des Distriktstaatsanwaltes detaillierte Informationen sowie die Namen und Adressen von verdeckt arbeitenden Polizisten erkauft. Angelo bemerkte, wie Max blaß wurde, als er erfuhr, daß Sonny bereits die Dienstpläne der Cops besaß. Die drei schwiegen einen Moment lang, dann entschuldigte Max sich. Sonny Blue lehnte das Angebot für einen Karibikurlaub ab.

Angelo war aufgefallen, daß Bingo sich verändert hatte, seit die Cops über sie hergefallen waren. Bingo schien glücklicher und selbstsicherer zu sein. Er erzählte Angelo, daß er sich schon immer vor Schmerzen gefürchtet habe – vor Schlägen und Tritten. Doch jetzt, wo er von den Cops geschlagen und getreten worden war, hatte er keine Angst mehr davor. Er hatte sich die Schmerzen und die Erniedrigung viel schlimmer vorgestellt, als sie tatsächlich gewesen waren. Natürlich hatten die dicken Yaqui-Indianerinnen die Undercoverleute von ihm weggezogen; die Cops waren von diesen Dreihundert-Pfund-Weibern ordentlich blamiert worden.

Max Blue war wegen des vermißten Aktenkoffers mit Geld wütend auf die Tucsoner Polizei, nicht, weil sie Sonny Blue grün und blau geschlagen hatten. Sonny hatte die Schläge verdient und Bingo ebenfalls. Es hatte Max überrascht, wie zornig Sonny war; er wollte nicht, daß er etwas Dummes anstellte. Die Tage der Tucsoner Polizei waren ohnehin gezählt. Wenn an der US-Grenze erst einmal der Ausnahmezustand verhängt wurde, würden Tucson und das gesamte Grenzgebiet zu Mexiko der Befehlsgewalt der Militärpolizei oder der US-Marshals unterstellt werden. Große Geldsummen ließen die Cops vor Angst in die Hosen scheißen. In Miami und Baton Rouge waren Flugzeuge entführt und Lieferungen im Dienste der »nationalen Sicherheit« von der örtlichen Polizei gestohlen worden. Das war der Grund, warum Mr. B. Max Blue angeheuert und seine Operationen nach Tucson verlegt hatte.

Wenn der Senator und Max Blue zusammen Golf spielten, erhielt Max einen genauen »Lagebericht« vom Stand der nationalen Sicherheit. Der Senator gehörte dem Sonderausschuß für nationale Sicherheit an. Er hatte unbezahlbare Quellen mit Zugang zu undichten Stellen auf höchster Ebene. Zehn Morgen mit erstklassigen Geschäftsgrundstücken in der zukünftigen Innenstadt von Venice, Arizona, waren dem Senator bereits überschrieben worden.

Der Senator behauptete, die CIA habe vor fünfzig Jahren Mitglieder des mexikanischen Adels gekauft, und es sei nur noch eine Frage der Zeit, bis der mexikanische Präsident und sein Kabinett die USA um militärische Unterstützung und Intervention bitten würden, um zu verhindern, daß regierungsfeindliche Kräfte Mexico City in ihre Gewalt bekamen. Wie konnte sich der Senator über die zukünftigen Ereignisse in Mexiko so sicher sein? Ihr gemeinsamer Freund, Mr. B., arbeitete seit mehr als zehn Jahren gegen die Kommunisten in Mexiko und Guatemala.

EHRGEIZIGE PLÄNE

Max spielte allein auf der hinteren Anlage, nachdem der Richter und der Polizeichef gegangen waren. Mit jedem Schlag vertrieb er ihren Gestank. Er liebte es, die Flugbahn des Balles zu verfolgen und die Art, wie die Luftströmungen ihn in perfekter Stellung in der Luft schweben ließen, als hätte die Zeit aufgehört zu existieren. Er genoß das Zusammentreffen von Fairways und Grüns mit den Steinen der Wüste, den Kakteen und Sträuchern. Das Wasser des Golfplatzes ließ die Paloverde- und Mesquitebäume der Wüste am Rand des Fairways kräftig wachsen. Manche Spieler fühlten sich durch die Wüstenlandschaft irritiert und erkundigten sich bei Max nach Klapperschlangen und Kojoten, bevor sie das Klubhaus verließen. Max hatte den Fairway noch nie in Richtung Wüste verlassen. Die Wüste bedeutete Gefahr und Tod, aber es störte ihn nicht, sich in ihrer Nähe aufzuhalten. Die ganze Spannung des Spiels bestand darin, dem kleinen Ball auf seiner gefährlichen Reise von einem Loch zum nächsten sicher zu folgen. Max fürchtete sich vor nichts, solange er einen offenen Himmel über sich hatte, der sich hoch über ihm erstreckte und nicht von niedrigen, grauen Wolken bedeckt wurde wie von einem Sargdeckel.

Max hatte nur gelacht über das, was die Leute in Tucson »Platzregen« nannten. Verglichen mit dem erstickenden, grau bewölkten Himmel von New Jersey und dem endlosen tagelangen Regen waren sogar Tucsons mächtige Sommergewitter nur Kleinigkeiten. Die Sonne schien fast immer oder war zumindest in einigen Abschnitten des Tals zu sehen, auch wenn an anderen Stellen gerade sintflutartige Regenfälle niedergingen. Selbst Wolkenbrüche hielten nicht lange an. Eingehüllt in seinen Regenumhang wartete Max meist nur fünf Minuten, dann konnte er weiterspielen. Er hörte auch bei heftigen Windstößen, oder wenn Regen und Sand ihm ins Gesicht peitschten, nicht auf zu spielen. Er hielt den Kopf gesenkt und holte mit seinem gesamten Gewicht aus, wenn er den Golfschläger schwang. Stürme belebten ihn. Wenn die Gewitterwarnsirene ertönte, hasteten die anderen Golfspieler in den Schutz des Klubhauses. Max aber liebte die Wüstenstürme. Nichts ließ sich mit dem Geruch der ersten Regentropfen in der trockenen Wüstenluft vergleichen.

Max hatte Sonny, Bingo und Angelo instruiert. Ihre Aufgabe war lediglich, die Koffer zu zählen, die aus dem Flugzeug geladen wurden. Sie durften nichts vermasseln. Solchen Ärger hatte Mr. B. in der Vergangenheit schon mit anderen erlebt, mit denen er zusammengearbeitet hatte – zwielichtige Typen, Soldaten und ehemalige Rekruten von Florida bis Louisiana. Max erzählt seinen Jungs nicht, daß Tucson für einen Deal wie den von Mr. B. nur einen zweitklassigen Boxenstop darstellte. Er ließ es Sonny, Bingo und Angelo schlucken, als Mr. B. ihnen sagte: »Arizona ist eine willkommene Abwechslung.« B. war ein Lügner. Er hatte während des gesamten Vietnamkriegs das Flugfeld westlich von Tucson besessen. Max war ihm vom Senator vorgestellt worden.

Später hatte die Regierung kalte Füße bekommen, aber Max hatte dennoch eine enorme Summe erhalten. Die Vereinbarung hatte darin bestanden, professionelle Attentäter für bestimmte »Ziele« in einem halben Dutzend amerikanischer Städte auszurüsten.

Max wußte, was Sonny und Bingo vom Automatengeschäft hielten – von ranzigen Sandwiches und Videospielen, die mit Falschgeld vollgestopft waren. Diese Art von Arbeit war eine gute Übung für die beiden gewesen, nachdem sie die Schule beendet hatten, doch nun war vor allem Sonny begierig darauf, Geld zu machen. Wenn alles glatt ging, hatte Max vor, die Jungen den Auftrag ausführen zu lassen. Max betrachtete Sonny und Bingo und fühlte sich unbehaglich. Dieser Nachwuchs hatte weder mit ihm noch mit Leah Ähnlichkeit. Nicht daß er glaubt, Leah habe ihn betrogen. Sonny und Bingo sind seine Söhne, aber ihre Familiencharakteristiken lassen ihn erkennen, daß sie der schwächeren Seite nachschlagen. Sein älterer Bruder Bill fällt ihm ein. Angelo ist ihm durch und durch ähnlich. Max hat nie gewußt, was er von dieser Familie halten soll – der Familie und dem Geschäft. Er hat keinerlei Empfindungen mehr für eine »Familie« – nicht einmal mehr für seine Söhne. Früher pflegte sich Leah mit ihm darüber zu streiten, daß seine Gefühle für die Menschen zurückkehren würden und sie von den Ärzten schon darauf vorbereitet worden sei, daß Max vorübergehend Persönlichkeitsveränderungen wie Zorn, Depressionen oder auch Gedächtnisverlust durchmachen könnte. Wenn Max sie ansieht, versucht er, die Gefühle in sich wachzurufen, die mit den Erinnerungen an Leah verbunden sind, doch alles bleibt still.

Max fühlte sich verpflichtet, Angelo etwas Besseres anzubieten als die Kontrolle von schlitzohrigen Rennbahnmanagern. Auf die Familie war Verlaß. Wenn Sonny nicht mit seinem Vetter Angelo zusammenarbeiten wollte, dann wollte Max das sofort wissen und nicht später. Er wollte, daß Sonny Bingo und Angelo ein paarmal mitnahm, damit sie sahen, wie die Dinge funktionierten. Mr. B. hatte Max versichert, alle Vorkehrungen seien getroffen. Alles, was Sonny und die Jungen zu tun hatten, war, rechtzeitig am Flugzeug zu sein und zu überwachen, wie die Lieferung vom Flugzeug in den Lieferwagen umgeladen und das

Flugzeug wieder mit Mr. B.s Fracht beladen wurde, die am nächsten Tag zurück in den Süden geflogen werden sollte.

Sonny war aufgeregt. Diese Auftragsarbeit für Mr. B. würde ein Kinderspiel sein. Mr. B.s für den Süden bestimmte Fracht befand sich sicher in Leah Blues Lagerhäusern. Es gab keine Geldtransaktionen, und die Piloten arbeiteten für Mr. B. Sonny hatte sich extra für einen Tag einen neuen Ferrari gemietet. Die dämliche Tucsoner Polizei würde nie auf die Idee kommen, daß irgend jemand wagen könnte, in einem leuchtend roten Testarossa zu einer millionenschweren Kokainübergabe zu fahren. Für Bingo hatte er eine große Lincoln-Limousine gemietet. Von jetzt an würden sie sich mit »An- und Verkauf von Gewerbegrundstücken« ausweisen. Die Landebahn befand sich achtzig Meilen außerhalb von Tucson in der Wüste westlich von Casa Grande. Die Ankunftszeit war für fünf Uhr nachmittags vorgesehen, wenn die Grenzpatrouillen und das Radarkontrollpersonal Schichtwechsel hatten. Sonny hatte darauf bestanden, daß Angelo bei Bingo im Lincoln mitfuhr, und ihnen dann eine halbe Stunde Vorsprung gegeben.

Bingo hatte seit dem Mittagessen Gin Tonics geschlürft und für die Fahrt noch einen doppelten im Plastikglas mitgenommen, mit einer Scheibe Limone, aber ohne Eis. Er behauptete, das Kokain vertreibe den Gin aus seinem Kopf, aber Angelo entschloß sich dennoch, lieber selbst zu fahren. Die Uhr des Lincoln hatte eine Digitalanzeige für die absolvierte Reisezeit. Bingo wirkte niedergeschlagen, deshalb hatte Angelo mit ihm gewettet, wieviel Zeit vergehen würde, bis der Ferrari als roter Leuchtstreifen an ihnen vorbeischießen würde. Angelo und Bingo hatten sich noch nie viel zu erzählen gehabt, weil Sonny das Reden meist für sie miterledigte. Angelo blickte in den Rückspiegel und hielt Ausschau nach dem Ferrari – einem roten Punkt am Horizont. Im Vergleich zu Angelos Porsche fuhr sich der Lincoln wie ein großes, motorisiertes Sofa. Hätte er seinen Porsche gefahren, hätte er vielleicht sogar gewonnen, aber Sonny mußte sich immer einen Vorteil verschaffen.

Bingo starrte geradeaus auf den Highway, den Gin Tonic zwischen den Beinen. Angelo erinnerte sich daran, wie leicht es gewesen war, einfach angenehm betrunken zu bleiben, weit weg vom Lärm und Durcheinander und befreit vom Schmerz über den Verlust. Wen oder was hatte Bingo verloren? »Haste ihn schon gesehen?« – »Nein. Er kann ja nicht loslegen, bevor er aus dem Verkehr raus ist.« Angelo blickte in den Rückspiegel. Auf einem Hügel in der Ferne glaubte er einen roten Fleck zu erkennen. Bingo, dessen Gesicht vom Alkohol gerötet war, drehte sich schwerfällig nach hinten, um den Ferrari herankommen zu sehen. Sonny näherte sich ihnen auf der linken Fahrbahn. Einen Moment lang schien der rote Streifen direkt aus der Erde emporzusteigen, um sich dann in den Kühlergrill eines Ferraris zu verwandeln, mit dem grinsenden Gesicht eines Irren hinter der Windschutzscheibe. »Bastard!« murmelte Bingo, als der Ferrari an ihnen vorbeischoß und wieder am Horizont verschwand. »Manchmal hasse ich diesen Ficker wirklich«, sagte er und preßte einen Spritzer Limonensaft in seinen Gin Tonic. »Aber ich kann mich nicht beschweren. Sonnyboy kümmert sich um alles. Er trifft alle Entscheidungen und schreibt mir sogar vor, welche Frauen ich ficken darf.«

Angelo stellte den Temporegler auf fünfundsiebzig Meilen. Er wollte nicht über Sonny reden, und er war sich nicht sicher, ob er Bingo vertrauen konnte. Zu viele Besoffene wiederholten für ein paar kostenlose Drinks, oder weil sie sich nach Aufmerksamkeit sehnten, jedes Wort, das sie gehört hatten. Angelo konnte nicht aufhören, an Marilyn und Tim zu denken. Tim mußte in Schwierigkeiten stecken, wenn ein Typ wie Mr. B. ihn suchte. Mr. B. hatte gelogen. Tim war nie Pilot gewesen. Er wollte ihn vermutlich aufspüren, aber Angelo würde darauf wetten, daß er nicht vorhatte, ihn wieder einzustellen. Tim war vielleicht schon ein toter Mann, und möglicherweise kam Marilyn dann zu ihm zurück.

KOFFER FÜR MR. B.

Bingo leerte den Gin Tonic und warf den durchsichtigen Plastikbecher auf die Fußmatte. Er grinste betrunken zu Angelo hinüber und zuckte dann mit den Achseln, um deutlich zu machen, daß ihm der Becher und überhaupt alles völlig egal war. Er redete weiter davon, wie es gewesen war, als sie noch Kinder in New Jersey waren. Angelo wünschte, Bingo würde aufhören zu reden und durchschlafen, bis sie bei der Landebahn ankamen. Unter einem weiten, blauen Himmel über leere Highways zu fahren, erinnerte ihn immer an Marilyn und New Mexico. Bingo schlug sich mit der Faust in die Handfläche. »Sonny ist zu mir gekommen, in mein eigenes Haus, und hat ihre Sachen in Mülltüten gestopft. Sie hat geweint und mich angefleht, ihr zu helfen.« Bingo hustete und ließ die Fensterscheibe heruntergleiten. Er lehnte sich so weit aus dem Fenster, um zu kotzen, daß Angelo fürchtete, er könnte hinausfallen.

Schließlich war Bingo eingeschlafen, und Angelo konnte in Ruhe über Marilyn nachdenken. Marilyn liebte weite, offene Landschaften; das sei sowieso alles, was New Mexico zu bieten habe, hatte sie immer gesagt. Sie hatte Angelo gezeigt, wie man im Südwesten Auto fuhr. Sie liebte es, auf geraden, leeren Highwayabschnitten einen kleinen Freudenschrei auszustoßen und zu rufen: »Gib Gas, das macht Spaß!« während der Porsche davonsauste. Im Westen seien die Leute eben wild, hatte sie gesagt. Angelo erinnerte sich meist an die guten Zeiten. Es hatte eigentlich gar keine richtig schlechten Zeiten gegeben, bis sie gegangen war. Marilyn hatte ihm einmal ein Gedicht vorgelesen. Sie hatte an der Universität von Albuquerque Seminare besucht und das Gedicht in einem Seminar durchgenommen. Das einzige, was Angelo davon in Erinnerung geblieben war, lautete: »Du wirst nie wissen, wann wir uns das letztemal lieben.« Vielleicht hatte sie versucht, ihm ihre Gefühle klarzumachen, aber statt zu reden, hatte Angelo mit ihr schlafen wollen.

Angelo hatte versucht, in sie einzudringen, aber sie war zu eng, sie war ihm verschlossen. Er konnte ihr nicht ins Gesicht sehen, weil er wußte, daß er weinen würde, obwohl er den Grund nicht verstand. Hinter geschlossenen Augen hatte Angelo dicke, schwarze Formen gesehen, die sich kontinuierlich drehten, veränderten und verwandelten. Schweiß war ihm aus den Achselhöhlen über die Seiten gelaufen. Marilyn war schweißgebadet, und ihre Körper verursachten schmatzende, saugende Geräusche, wenn sie aufeinandertrafen. Er wollte ihr nicht wehtun. Er war von ihr heruntergerollt und mit dem Gesicht nach unten auf das feuchte Laken gefallen. Marilyn hatte Angelo noch nie weinen sehen. Ihre Augen füllten sich mit Tränen. Sie sagte ihm, wie wunderschön sein Körper sei, die Schenkel so muskulös und voll vom Reiten und sein Schwanz so prall und dunkel, lang genug, um von hinten in sie einzudringen. Keine Frau hatte ihn jemals so geliebt wie Marilyn. Sie spielte mit der Locke in seinem Nacken und ringelte sie leicht um ihren Finger.

Sonny Blue hatte die Befehle Schritt für Schritt ausgeführt, und jeden Punkt abgehakt, während er die Liste abarbeitete. Aber Mr. Bigs Leute hatte die Sache mächtig versaut. Der Pilot war zwar den richtigen Nord-Süd-Korridor entlanggeflogen, aber das Personal der Radarüberwachung an der Grenze war offensichtlich nicht informiert worden. Angelo, Bingo und Sonny hatten an der provisorischen Landebahn gestanden und zugesehen, wie Mr. B.s Pilot und Copilot die Koffer vom Flugzeug zu einem Lieferwagen hinüberbrachten, als am Himmel ein Abfangjäger der Grenzpolizei auftauchte. Mr. B. hatte garantiert, daß es keine Probleme geben würde, selbst wenn das Schlimmste eintreten sollte und eine überscharfe Grenzpatrouille sie bei einer Lieferung abfing. Hatten sie erst einmal einen Abfangjäger ausgeschickt, um ein verdächtiges Flugzeug zu verfolgen, dann konnte es nicht zurückbeordert werden, ohne Verdacht zu erregen. Für den Fall, daß ein solches Abfangmanöver eintrat, würden bestimmte Maßnahmen ergriffen werden. Ein Telefonanruf genügte, und die Beamten erhielten die Anweisung, die Namen der Verdächtigen für »weitere Nachforschungen« festzuhalten, aber niemanden zu verhaften. Mr. B. hatte zugegeben, daß dies ein lahmes Vertuschungsmanöver war, doch in Südarizona, wo die Leute zwar mißtrauisch, aber blöd waren, hatte es immer wieder funktioniert.

Der Pilot und sein Copilot hoben im gleichen Moment vom Boden ab, in dem der Abfangjäger gelandet war. Bingo und

Angelo hatten begonnen, zum Wagen zu rennen, aber Sonny Blue signalisierte ihnen, stehenzubleiben. Der Fahrer des Lieferwagens ignorierte das Verfolgungsflugzeug und fuhr fort, die großen blauen Koffer in den Lieferwagen zu laden. Zwei Männer mit Sonnenbrillen und dunkelblauen Overalls saßen mit Gewehren auf den Knien im Inneren des Wagens.

Bingo war blaß und schwitzte, als müsse er sich gleich übergeben. Sonny stieß ihn aufmunternd an und flüsterte ihm zu, sie hätten nichts zu befürchten. Nach dem ersten Telefonanruf würden weitere Anrufe erfolgen. Sonny fühlte kalten Schweiß auf seinen Händen und im Nacken. Die siebenhundert Pfund Kokain in den Koffern waren im Moment das Allerwichtigste. Mr. B. hatte in der Vergangenheit Ärger damit gehabt, daß Koffer verschwunden oder verlorengegangen waren. Sollten Schwierigkeiten eintreten, so lauteten die Anweisungen, die Koffer im Lieferwagen einzuschließen oder im Lincoln, falls der Lieferwagen verlorengegangen sein sollte. Sonny hatte man eingeschärft, die örtliche Polizei gut im Auge zu behalten. Jedes Jahr verschwanden viele hundert Kilo Kokain, noch bevor sie in den Polizeipräsidien ankamen.

Das Flugzeug der Grenzpatrouille rollte an ihnen vorbei, und Sonny konnte den Copiloten erkennen, der über Funk weitere Bodeneinheiten anforderte, während sie durchstarteten, um die Verfolgung des Flugzeugs wieder aufzunehmen. Vom Ferrari aus erledigte Sonny den Anruf unter der Nummer, die Max ihm für Notfälle gegeben hatte. Beim Ertönen des Pfeiftons hatte er die Nachricht durchgegeben: *»Ruft die Hunde zurück.«*

Greenlees geschäftlicher Start hatte darin bestanden, daß er draußen auf der East 22. Street alte Möbel und Hausrat verkaufte. Er hatte Regierungsauktionen besucht, auf denen Armeebestände und ehemaliges Militärgelände versteigert wurden, und auf alles geboten, was spottbillig war. Dann hatte Greenlee Glück gehabt. Für zweitausend Dollar hatte er einen Schrottplatz mit Alteisen erstanden, auf dem sich auch Flugzeugersatzteile befanden. Sechzehn Monate später waren US-Truppen nach Südostasien verschickt worden, und die Air Force hatte Greenlee fünfhunderttausend Dollar für die dringend benötigten Ersatzteile gezahlt.

Greenlee schritt energisch die Landebahn hinunter und blickte zum Highway auf der Suche nach Anzeichen von Scheinwerferlichtern der Grenzpolizei. Er erkundigte sich, ob Sonny die Notfallnummer gewählt hatte. Sonny konnte Greenlees Stimmung nicht genau einordnen, er merkte nur, daß Greenlee nicht sonderlich besorgt wirkte, nicht einmal, als ein Dutzend Scheinwerfer auftauchten, die hüpfend und holpernd und mit hoher Geschwindigkeit die Piste herab auf die Landebahn zugefahren kamen.

DER DONNERSTAGSKLUB

Richter Arne war verärgert darüber, daß sein Referendar für Freitagmorgen Anwaltstermine vereinbart hatte. Nach den donnerstäglichen Gelagen im Klub kam er am nächsten Tag nur ungern vor dem Mittag ins Büro. Vor allen Dingen wollte er dem Strafverteidiger aus dem Stab des Distriktstaatsanwaltes nicht begegnen, der Stammgast des Klubs war und sich in der vergangenen Nacht – von allen Dingen – ausgerechnet mit einem Besenstiel zur Schau gestellt hatte. Als Klubmitglied auf Lebenszeit konnte Richter Arne ihren wöchentlichen Treffen in diesem Jahr schwer fernbleiben, denn sie begingen ihr hundertjähriges Jubiläum; einhundert Jahre Gemeinschaft und gegenseitige Unterstützung zwischen der Justiz und den Vollstreckungsbehörden Südarizonas. Richter Arne war eines der wenigen verbliebenen Mitglieder, die die Klubgeschichte noch aus ihren Anfängen kannten.

Die US-amerikanische oder »Gringoübernahme« von mexikanischem Territorium, später auch Arizona oder New Mexico genannt, durch das Abkommen von Guadalupe Hidalgo, hatte unter den Menschen im gesamten Südwesten großen Groll ausgelöst. Deshalb waren die Richter und Staatsanwälte aus El Paso, die die verschiedenen Gerichte des Staates bereisten, gezwungen, Zimmer in den Häusern der örtlichen Gerichtsbeamten zu nehmen, die wie sie weiß und nicht katholisch waren. Ein oder zwei Jahre später hatten die Junggesellen unter den Deputy Marshals, die die Richter begleiteten, zusammen ein großes Haus an der Main Street gemietet. Wenn die reisenden Richter und andere prominente Junggesellen nach Tucson kamen, wurde die Unterbringung und Mitgliedschaft im Donnerstagsklub zu einem begehrten gesellschaftlichen Privileg. Der unverheiratete Sohn einer angesehenen Tucsoner Familie war zum Polizeichef ernannt worden, und seit dieser Zeit hatten sich die Beziehungen zwischen der Polizei und den ortsansässigen Bars ungewöhnlich herzlich entwickelt; mehr als einmal hatte Tucson als Beispiel für Harmonie und Verständnis zwischen der Polizei und den ortsansässigen Geschäftsleuten die Aufmerksamkeit der Nation auf sich gezogen. Das Verbot von Frauen auf dem Anwesen des Donnerstagsklubs hatte viel Wirbel verursacht, denn die Main Street war für ihre Bordelle berühmt-berüchtigt.

»Brüderliche *Kameradschaft* und gesellschaftliches Miteinander von Polizeibeamten, Richtern und Anwälten, ein östlich des Mississippi völlig unbekanntes Phänomen, ist im exklusiven Donnerstagsklub ein allwöchentliches Ritual«, hatte eine Ausgabe des *Tucson Territorial* berichtet. Blutjunge Deputy Marshals mit blonden Schnurrbärten, die so spärlich waren wie ihre Berufserfahrung, saßen abends auf der langen Veranda des Herrenhauses und rauchten zusammen mit stellvertretenden US-Staatsanwälten und Bundesrichtern kubanische Zigarren. In diesen ersten Jahren waren sie in Tucson in der Minderzahl. Die Gringos mußten zusammenhalten, sonst wurden sie über den Haufen gerannt.

Innerhalb weniger Jahre konnte sich der Donnerstagsklub einer Mitgliederkartei rühmen, in der jede gesellschaftlich bedeutende Familie von Tucson repräsentiert war. Auf der Straße erzählte man sich, der Donnerstagsklub heuere hübsche mexikanische Jünglinge an, die den ganzen Winter über mit nacktem Oberkörper Holz hackten, während die Klubmitglieder ihnen vom Sonnenzimmer aus zusahen, wo sie in Liegestühlen lagen, Cocktails schlürften oder an kleinen Orangen lutschten. Das Klubhaus war stolz darauf, das erste Verdunstungskühlsystem Tucsons zu besitzen. Den ganzen Sommer über schleppten junge dunkelhäutige Knaben Wassereimer auf das Dach, um die in Holzrahmen eingefügten Wattepolster zu durchtränken. Eifersüchteleien über das Kaltluftsystem in den oberen Räumen des

Klubhauses mündeten in Gerüchte über die Ursache der Hitze im obersten Stock. Die Gerüchte enthielten Anspielungen auf die mexikanischen Jünglinge, die sich mit gewissen Klubmitgliedern vergnügten, und dafür gesorgt hatten, daß sich die Atmosphäre im obersten Stock derart auflud.

Die Klubmitglieder ignorierten den Klatsch oder taten ihn ab, indem sie sich auf die Kameradschaft unter Männern als das wertvollste Gut an dieser gefährlichen Front beriefen. Sie hatten sich im letzten Winkel der Vereinigten Staaten zusammengefunden, dem trostlosen, unruhigen Territorium des Südwestens. Es gab nur eine Richtung, die man von Tucson aus noch einschlagen konnte; *runter* nach Mexiko, und bevor das geschah, würden sie allesamt lieber sterben. »Zusammenhalten oder Sterben« war das Motto der Gringos.

Nach dem Ersten Weltkrieg war die Mitgliedschaft des Klubs sehr exklusiv und geheim geworden. Der Donnerstagsklub wurde in »Owls Club« umbenannt, angeblich aus Sicherheitsgründen, doch es war offensichtlich, daß die Klubmitglieder die Gerüchte zum Schweigen zu bringen wünschten – die Geschichten, die seit Jahren in den Bars und Bordellen kursierten, Geschichten über die »Schrankschwuchteln«, die »Alte-Schwulen-Schlaf-Gesellschaft« und »Blas-und-Fick«. Die alte Garde des Klubs war in Sachen Diskretion und absoluter Zurückhaltung unerbittlich gewesen. Der plötzliche Verkauf des Klubgebäudes während des Booms auf dem Immobilienmarkt in den Achtzigern war sehr vorsichtig kalkuliert worden. Mit dem Verkauf erzielten sie immense Profite, während sie gleichzeitig den sogenannten »Ort des Verbrechens« hinter sich ließen – die Räume auf dem Dachboden der Villa, wo, wie erzählt wurde, Tucsoner Polizisten nackt für den Pinup-Kalender namens Cop-Cakes Modell gestanden hatten.

Mit dem Klub war es schon vor dem Skandal um den Cop-Cakes-Pinup-Kalender bergab gegangen. Die Mitgliederzahlen waren durch die zunehmende Exklusivität des Klubs im Laufe der Jahre zurückgegangen. Die jungen Deputies und die Gerichtsbeamten, die in den vergangenen Jahren soviel Vergnügen und Genuß bereitet hatten, waren nicht länger zugangsberechtigt, was Richter Arne für den Klub als fatal empfand. Aber

Tucsons sogenannte gesellschaftliche Elite war außerordentlich bedacht auf eine »gute Herkunft«. Für Tucsons »Oberschicht« gab es auf ihren Partys selten einen anderen Gesprächsstoff. Der Richter (selbst Abkömmling einer Holzdynastie vom Mississippi) mußte oft seine ganze »gute Kinderstube« zusammennehmen, um die lächerliche Dünkelhaftigkeit des Tucsoner »Adels« zu ertragen, der sich aus den Whiskeyschwarzhändlern und Hurenhaltern zusammensetzte. Die hohen Herrschaften hatten sich an den fünftausend US-Soldaten eine goldene Nase verdient, die zehn Jahre lang auf Geronimo und fünfzig Apachen Jagd gemacht hatten. Oh, Tucsons High-Society! Lächerlich kleine Vermögen, gewonnen aus Lieferverträgen mit der Regierung über Armeevorräte, die aus nichts anderem bestanden hatten als mit Getreidekäfern verseuchtem Maismehl und Wagenladungen voller verrottetem Fleisch.

DER JUNGE POLIZEICHEF

Richter Arne zog die Gesellschaft anständiger Arbeiter der Dünkelhaftigkeit von Tucsons gesellschaftlicher Elite vor. Er hielt sich nicht für homosexuell; vielmehr war er ein Epikureer, der die Vorzüge beider Geschlechter zu schätzen wußte. Im Zeitalter der Klassik hatte man über sexuelle Kontakte unter Männern kein Wort verlieren müssen. Kontakt hieß soviel wie Aktivität, und Aktivität soviel wie Benehmen. Benehmen war allerdings nicht gleichzusetzen mit Identität. Zur passenden Zeit und am passenden Ort standen einem Gentleman eine Unzahl von Möglichkeiten zur Auswahl. Der Richter war sich seiner sexuellen Identität immer bewußt gewesen: Er war ein Mann mit einer Schwanzspitze, so dick wie eine Faust, und Eiern, die herabhingen wie bei einem Stier. Sein Geschmack war lediglich der eines potenten Mannes für seltsame Früchte.

Der Richter hatte sorgsam darauf geachtet, sich mit dem jungen Polizeichef anzufreunden. Zu »dunklen irischen Typen«, wie der Polizeichef sich selbst klassifizierte, fühlte er sich schon immer stark hingezogen. Die tiefblauen Augen, das schwarze, lockige Haar und ein leichter Ansatz von Bartstoppeln machten diese irischen Polizisten fast unwiderstehlich. Der junge Polizeichef war in Phoenix aufgewachsen und riß noch immer Witze über das Leben in Tucson. Er hatte den Donnerstagsklub nie besucht, war verheiratet und hatte drei Kinder. Doch Richter Arne hatte in den langen Jahren im Klub gelernt, daß es gerade die Polizisten waren, die einen immer wieder überraschten, weil ihre Persönlichkeiten viel mehr Ticks und Knicks aufwiesen als die von Anwälten, deren Phantasie über die Vorstellung einer Strumpfhose mit einem am Hintern hineingeschnittenen Loch nicht hinausging. Der Richter hatte gelernt, daß Polizisten Uniformfreaks waren, und daß sie, wenn sie sich im Donnerstagsklub betranken, am liebsten Krankenschwestern-Trachten trugen. Ihr Geschmack tendierte in Richtung Schwanzringe und Farbaufnahmen von Tierkastrationen.

In der Gesellschaft des Polizeichefs fühlte sich Richter Arne stets sehr heterosexuell, warum, wußte er nicht genau. Er fand es aufregend, in seinem Streifenwagen durch die Innenstadt zu fahren, und wollte sehen, wie sich die Dinge mit dem Polizeichef entwickelten. Der Richter hatte es stets vorgezogen, Zuschauer zu bleiben, statt selbst zu berühren oder mit anderen aktiv zu werden. Unter bestimmten Umständen fand er weibliche Genitalien sehr erregend. Auf dem College hatte er die menschliche Embryologie durchgenommen. Die männliche Prostata war fast ein Uterus, während die Klitoris lediglich ein durch Östrogene zusammengeschrumpfter Penis war. In einem der Bücher waren anomale weibliche Geschlechtsorgane abgebildet gewesen. Sie waren erigiert und ebenso groß wie der Penis eines jungen Knaben; aus weiblichen Geschlechtsorganen von dieser Größe tropfte perlender Saft, wenn sie zum Orgasmus kamen. An manchen Orten der Welt wurde dieser Saft für Hunderte von Dollar verkauft, so wie die Nashorn-Hörner, die man zu Puder zermahlte, um alten Männern zu einer Erektion zu verhelfen.

Dann hatten der Richter und der Polizeichef während einer Tagung der Grenzpolizei in El Paso zusammen ein Taxi genommen. Sie hatten Margaritas getrunken, und der Polizeichef bat den Taxifahrer, sie zu einem Bordell jenseits der Grenze zu bringen. Der Richter hatte sich großartig gefühlt, während der

Fahrer sie durch die staubigen Straßen und engen Gassen fuhr. Es war, als hätte der Polizeichef seine Gedanken gelesen. Nichts schweißte Männer enger zusammen, als Seite an Seite zu kämpfen, und später gab es nichts Schöneres, als zusammen Frauen zu vögeln.

Das heruntergekommene Haus lag nur einen Häuserblock von einem Nebengebäude der Polizei von Juarez entfernt; was nicht verwunderlich war, denn viele der regelmäßigen Kunden waren Polizisten. Die Chefin des Hauses war mexikanisch-amerikanischer Abstammung, Ende vierzig, und fuhr jeden Abend über die Grenze zurück in ihr Landhaus nordwestlich von El Paso. Während sie die beiden die Treppe hinaufführte, jammerte sie über das Geschäft. Ihr heißer Atem stank nach Brandy und Zigaretten. Sie hatte erraten, daß sie von der Polizeitagung in El Paso kamen. Es überraschte sie nicht, Amerikaner zu sehen, denn nur wenige Mexikaner konnten sich ihre Mädchen leisten. Selbst ein Blinder könne sehen, daß Mexiko auf eine große Krise zusteuere, wenn man für tausend Pesos nicht einmal mehr zehn Tortillas kaufen konnte. Die mexikanischen Polizeiinspektoren und Detectives seien durch den Drogenhandel zwar zu Geld gekommen, trotzdem wolle sie nicht, daß ihre Mädchen Männer bedienten, die Polizeiverhöre durchgeführt hatten, weil diese dabei oftmals eine Neigung zu »sadistischen Perversionen« entwickelt hätten. Bei diesen Worten hatte sie sowohl den Richter als auch den Polizeichef scharf angesehen. »Ich möchte nicht, daß man meinen Angestellten wehtut.«

Die Mädchen im oberen Stockwerk seien für besondere Kunden reserviert, erklärte Madame und öffnete die Tür. Eine der Regeln des Richters besagte, niemals in das Gesicht einer Frau zu sehen. Frauengesichter erregten ihn nicht. Er stellte sich vor, wie der Polizeichef ihn wie ein Hund von hinten hineinrammte, während die Nutte sich mit beiden Händen am stählernen Bettgestell abstützte. Er spürte, wie sich sein Schwanz bewegte und die Eier gegen die Innenseite der Schenkel drückten, als er an den Schwanz des Polizeichefs dachte: hochaufgerichtet, steif und blutrot, mit Sperma, das aus der Spitze quoll. Das machte den Richter heiß. Als er seinen Schwanz in sie hineinstieß, schnappte die Nutte nach Luft, preßte die Hände auf den Bauch und stöhnte, er sei zu tief und zu groß für sie. Sie versuchte sich unter ihm wegzubewegen, aber er faßte sie an den Brustwarzen und zog sie wieder unter sich, um dann noch fester und schneller zu stoßen als zuvor. Mit einer Hand glitt er hinunter zu ihrer prall geschwollenen Fotze. Der Druck hatte ihren kleinen rosafarbenen Jalapeño hervortreten lassen, der feucht und erigiert war, als er ihn ergriff. Seine Finger waren fest zusammengepreßt, so daß sie ihre kleine Paprika nicht schützen konnte, und er zog und preßte, bis er sie trocken gemolken hatte, bis ihr kleiner Jalapeño winzig und weiß war mit eine Spur von getrocknetem Blut auf der Spitze. Der Richter konnte sich nicht daran erinnern, einen Besuch im Bordell je so genossen zu haben; natürlich hatte das daran gelegen, daß der Polizeichef ihn begleitet hatte.

Richter Arne hatte den Polizeichef seit der Polizeitagung in El Paso nicht wiedergesehen. Die Cocktail- und Dinnerpartys in Tucson interessierten ihn nicht, er zog es vor, mit seinen Hunden zu arbeiten oder ein wenig Golf zu spielen. Donnerstagnachmittags spielten der Richter und der Senator mit Max Blue Golf, weil der Richter um diese Zeit frei hatte und der Senator in der Stadt war. Diese Woche aber würde auch der Polizeichef dabei sein. Es hatte Ärger gegeben wegen einer Schießerei zwischen der Tucsoner Polizei und Sonny Blue. Wenige Tage später hatte der Richter vom Büro des Senators einen Anruf erhalten, der sich um Sonny Blue und gewisse Verwicklungen mit den Zollbehörden und der Drug Enforcement Agency wegen einer der »besonderen Flugzeugladungen« gedreht hatte. Sonny Blue machte derzeit keine Punkte.

Nachdem das US-amerikanische Militär beschuldigt worden war, in Militärflugzeugen Drogen aus Südostasien und Zentralamerika einzuschmuggeln, hatten sich Mr. B. und andere dem Privatmarkt zugewandt und sich unabhängige Vertragspartner wie Max Blue und seine Frau Leah gesucht. Die Vereinbarungen besagten, daß der Zoll und die DEA einfach wegsehen würden. »Autorisierte« Flugzeuge hatten die Erlaubnis, die Radaranlagen an der Grenze zu überfliegen, ohne sich und ihren Bestimmungsort identifizieren zu müssen. Der Richter hatte vor einigen Jahren von den Plänen zur Wahrung der nationalen Sicherheit erfahren. Ein paar Finanzsonderbeauftragte waren an ihn herangetreten und hatten sich für einen angeklagten Kokainschmuggler eingesetzt, den der Richter zu dreißig Jahren Gefängnis verurteilen wollte.

Der Richter hatte die Sonderbeauftragten mit seiner Kooperationsbereitschaft überrascht. Sie erklärten ihm, daß viele Bundesrichter zögerten, mit ihnen zu kooperieren, selbst wenn man ihnen die Frage der nationalen Sicherheit erläuterte.

Der Richter aalte sich im Lob der Sonderagenten. Sie seien froh, es mit einem Mann von seiner Intelligenz und Weltoffenheit zu tun zu haben. Sie vertrauten ihm an, daß andere Bundesrichter zahlreiche heikle Telefonate mit Senatoren oder sogar noch höheren Stellen verlangten, bevor sie sich bereit erklärten zu kooperieren. Bei einigen Richtern mußten die Sonderagenten ihre Anliegen gelegentlich sogar zurückziehen, weil diese sich weigerten, die Dringlichkeit der geheimen Strategie und der Agenda zur Wahrung der nationalen Sicherheit anzuerkennen.

Der Richter war welterfahren genug, um die Strategie zur Wahrung der nationalen Sicherheit zu erkennen: Der Kokainschmuggel war ein kleineres Übel als der Kommunismus. Er wurde durch einen höheren Zweck gerechtfertigt, und das war die Zerstörung des Kommunismus in Zentral- und Südamerika. Doch der Kampf gegen den Kommunismus war teuer. Eine Flugzeugladung Kokain finanzierte eine Flugzeugladung Dynamit, Munition und Waffen für die antikommunistischen Kämpfer und Todesschwadrone in den Dschungeln und Städten von El Salvador, Guatemala und Nicaragua. Der Kommunismus stellte für die Vereinigten Staaten eine viel größere Bedrohung dar als die Drogenabhängigkeit. Schließlich stachelten Süchtige keine Menschen auf und begannen keine Aufstände, wie die Kommunisten es taten. Süchtige lebten nicht lange, und die Zeit, die ihnen blieb, verbrachten sie damit, sich Rauschgift zu beschaffen oder Geld zu stehlen, mit dem sie sich die Drogen kaufen konnten.

In den letzten Jahren hatte der Richter mehr und mehr Anfragen von unterschiedlichen Stellen erhalten, die sich mit Fragen der nationalen Sicherheit beschäftigten. Wie alle engagierten Konservativen verstand auch der Richter, daß einer Nation die größten Gefahren aus dem Inneren drohten, aus ihrem eigenen degenerierten Volk heraus, das seine christliche Nation verraten hatte. Der Richter hatte sich von den Kommunisten nicht täuschen lassen. Er wußte, daß sich an ihrer geheimen Absicht, die Weltherrschaft zu erlangen, nichts geändert hatte. Alle zivilisierten Nationen besaßen geheime Agenten, von denen nur ein auserwählter Personenkreis innerhalb der Regierung Kenntnis hatte. Reichtümer und das Schicksal von Nationen konnte man nicht in den Händen der unwissenden Massen lassen. Der Richter war stolz darauf, seinen Beitrag zur Verhinderung des Kommunismus in Amerika zu leisten.

Max Blue verlangte ein sofortiges Golftreffen, denn die Tucsoner Polizei hatte Sonny Blue und Bingo in dieser Nacht ziemlich schlimm zugerichtet, und es war eine beträchtliche Menge Geld »verschwunden«. Der Richter hatte in Tucson schon früher erlebt, daß die Polizei außer Kontrolle geraten war. Einer der Gründe des Stadtrats für die Einstellung des neuen Polizeichefs war die Tatsache, daß er in Phoenix aufgewachsen war und keine Verwandten in Tucson hatte. Der letzte Polizeiskandal der Stadt hatte sich um Police Officers gedreht, deren Freunde und Familien in Diebstähle von Autoradios verwickelt waren. Die Polizisten hatten gestohlene Waren an Hehler weiterverkauft.

Die Polizei war nützlich für die geheime Agenda, aber nur so lange, wie sie unter Kontrolle gehalten wurde. Ordnung und Kontrolle waren das Wichtigste, dem hatten sogar der Senator und Max Blue zugestimmt. Und das war auch der Grund, warum sie jeden Donnerstag zusammen Golf spielten; um alle Kommunikationskanäle offenzuhalten und Unfälle oder Fehler, wie Sonny Blue sie in der vergangenen Woche begangen hatte, möglichst zu vermeiden. Fehler führten zu Unordnung und Unfälle zum Verlust von Kontrolle. Der Richter hatte vor, dem Polizeichef bald einmal ein gemeinsames Mittagessen vorzuschlagen, um dem Chief ein paar »väterliche« Ratschläge zu erteilen. Er würde ihn besonders auf die zunehmende moralische Verkommenheit innerhalb der Polizeibehörden von Pima County aufmerksam machen müssen. Von zwei oder drei Cops, die sich mit dem Diebstahl von Autostereoanlagen zu einem kleinen Nebenverdienst verhelfen wollten, war der Hehlerring immer mehr angewachsen, bis die Polizei schließlich mit dem größten Gebrauchtradiohändler des Staates zusammengearbeitet hatte. Der Richter erinnerte sich, daß diese Diebesbande womöglich niemals aufgeflogen wäre, wenn die Polizisten nicht immer mehr Zeit mit Diebstählen und Hehlereien verbracht hätten und immer weniger Zeit mit Streifenfahrten und Schreibarbeiten. Schließlich hatten die anderen Beamten die Extrabelastung satt gehabt, und irgend jemand hatte etwas an die örtliche Presse durchsickern lassen. Was hier gefehlt hatte, war Kontrolle. Der ehemalige Polizeichef war ein fauler Hund gewesen, der sich nur dafür interessiert hatte, sein Stück vom Kuchen abzubekommen.

Max Blue hatte den Richter gebeten, auch den Senator hinzuzuziehen, doch der Richter hatte ihn überredet, sich ein wenig zu beruhigen. Er sei sehr aufgebracht und versuche, aus einem kleinen Mißverständnis, aus einer unglücklichen Verwicklung eine Staatsaffäre zu machen. Es bestehe keine Notwendigkeit, den Senator einzuladen, wenn er und der Polizeichef kamen. Es handelte sich um eine einfache Angelegenheit. Schließlich hatte es, außer einem Touristen, keine Verletzten gegeben, und Sonny Blue hatte den fatalen Schuß nicht abgefeuert.

Irgendwo hatte der Richter von einem südamerikanischen Land gelesen, vielleicht war es Brasilien oder Argentinien, in dem die Polizeikräfte damit begonnen hatten, bei den Verhören von politischen Gefangenen Foltermethoden anzuwenden, aber bald so süchtig nach den Folterungen geworden waren, daß sie nach Dienstschluß nicht mehr nach Hause gehen wollten. Statt dessen machten sie ein kurzes Nickerchen, aßen etwas und kamen dann zurück, um weitere Folterungen vorzunehmen. Der Richter führte das auf mangelhafte Dienstaufsicht zurück. Am Beispiel Argentiniens konnte man sehen, wie wichtig es war, die Polizei unter Kontrolle zu halten.

DAS GOLFSPIEL

Als der Richter seinen Wagen auf den Parkplatz des Klubhauses lenkte, hielt er am Horizont prüfend Ausschau nach Gewitterwolken. Den ganzen Sommer über kam es spätnachmittags häufig zu plötzlichen und heftigen Gewitterstürmen, die die Golfspiele ruinierten. Angeblich ignorierte Max Blue alle Vorsichtsmaßnahmen, selbst wenn es dicht neben ihm einschlug. Die offiziellen Vorschriften für sämtliche städtischen und privaten Golfplätze verlangten die sofortige Schließung beim Auftauchen der ersten Gewitterwolken, Max allerdings war von diesen Vorschriften ausgenommen. Die hinteren achtzehn Löcher waren sein Privatplatz.

Der alte Mann hatte Blitz und Donner dazu genutzt, Arne in Angst und Schrecken zu versetzen, als er noch ein Kind war. Er hatte Arne erzählt, daß Kugelblitze durch den Schornstein und dann die Treppe hinauf in Arnes Bett hüpfen würden. Blitze ließen Reißverschlüsse schmelzen, die einem den Schwanz und die Eier verbrannten. Der alte Mann hatte ihn jedesmal erbarmungslos geneckt, wenn Arne ihn in seinem lausigen Haus besucht hatte. Vor dem Zweiten Weltkrieg war die Stromversorgung in Tucson eine unzuverlässige Sache gewesen. Das Licht in den Häusern ging an und aus, und die Sicherungen brannten permanent durch. Der alte Mann hatte daher Kerzen bevorzugt und überall Streichholzschachteln verteilt. »Kleine Jungen, die mit Streichhölzern spielen, pinkeln auch ins Bett! Kleine Jungen, die nachts auf dem Tisch tanzen, sind schuld daran, daß die Lichter ausgehen!« Der Richter hörte Stimme des alten Mannes noch immer. Er gab ihm die Schuld daran, daß ihn Blitzschlag bis heute nervös machte.

Der Himmel im Westen war dunstig blau, was bedeuten konnte, daß ungewöhnlich hohe Luftverschmutzung von Phoenix über die Interstate 10 herüberzog, oder es konnten die ersten Anzeichen von Regenwolken sein, die vom kalifornischen Golf aufzogen. Doch diese Wolken bereiteten dem Richter kein Kopfzerbrechen. Er machte sich Sorgen, wenn er große, violette Wolken sah, die sich in über tausend Metern Höhe gewaltig zusammenballten. Der Richter hatte alles über Blitzschläge aus heiterem Himmel gelesen; sie waren tatsächliche Erscheinungen und keine Altweibergeschichten.

Der Polizeichef war noch nicht eingetroffen, aber der Richter wußte, daß Max bereits draußen auf dem Platz sein würde. Während er wartete, übte er ein paar Abschläge und ging dann zum Putten über. Die Übungsgrüns waren festgetrampelt und steinhart. Der Richter machte sich nicht viel aus Golf. Billard war ein kultivierter Sport, angefangen bei der Vollkommenheit des grünen Filztuches anstelle von Unkraut und Rasen, bis hin zur fehlenden Bedrohung durch Blitz- oder Hitzschlag. In Tucson hatte Billard noch einen weiteren Vorteil gegenüber Golf: Der grüne Filz benötigte nicht alljährlich Millionen Gallonen Wasser. Bevor der Streit um die Wasserrechte an sein Gericht gekommen war, hatte der Richter weder gewußt noch sich je dafür interessiert, wieviel Wasser ein Golfplatz im Jahr verbrauchte. Wasser für Golfplätze genoß in Arizona höchste Priorität, weil der Tourismus den einzigen dem Staat noch verbliebenen Industriezweig darstellte. Nachdem die US-Wirtschaft ins Stocken geraten war, hatte sich Tucsons Einwohnerzahl ständig verringert, und alle Banken in Arizona waren eingegangen. Den namhaften Firmen wie IBM oder Motorola hatten die politische Entwicklung und die Umwälzungen in Mexiko immer mehr Kopfzerbrechen bereitet, bis sie schließlich ihre Niederlassungen nach Denver verlegt hatten.

Richter Arne war der letzte seiner Art, und er war froh darüber. Sollte Tucson ruhig wieder seinen angestammten Platz in der Geschichte einnehmen, als ein staubiges Nest voller Schmeißfliegen, Schwarzhändler, Huren und Soldaten. Mexikaner und Indianer zählte der Richter nicht mit, weil sie schon viel länger in Tucson lebten und sich ohnehin stark von den Weißen unterschieden. Mexikaner und Indianer wuchsen mit dem Ort, an dem sie lebten, zusammen; sie würden Tucson niemals verlassen, selbst wenn das gesamte Grundwasser Arizonas vergiftet oder leergepumpt war. Er hatte die Beweise gesehen, die Darstellungen der Hydrologen im Rechtsstreit um die Wasserrechte. Arne kümmerte es nicht. Er würde vermutlich nicht mehr erleben, wie Hunderttausende Tucson und Phoenix verließen, wenn alles Grundwasser aufgebraucht war.

Der Richter übte auf dem Drivingrange gerade mit seinem Holzschläger, als sich der Polizeichef zu ihm gesellte, um sich ebenfalls mit ein paar Übungsschlägen warmzuspielen. Er trug babyblaue Shorts und ein babyblaues Polohemd und bewies sogar soviel schlechten Geschmack, daß er seinen Aufzug mit einer marineblauen Baseballkappe, die in weißen Buchstaben die Aufschrift SWAT trug, abrundete. Der Richter kicherte, als er dem Chief die Hand schüttelte. Der Bulle konnte seine SWAT-Kappe einfach nicht zu Hause lassen. Den Polizeichef machte das bevorstehende Treffen nervöser, als er zugeben wollte.

Der Richter hatte Max Blue noch nie zuvor Gefühle zeigen sehen, nicht einmal, wenn andere Spieler beim Golf idiotische Schläge ausführten oder ununterbrochen Blödsinn redeten. Er konnte es Max Blue nicht verdenken, daß er wütend war. Es war die Aufgabe der Tucsoner Polizei, Sonny Blue zu beschützen, nicht, ihn zusammenzuschlagen.

Während der Richter sich mit Max Blue unterhielt, hatte der Polizeichef zu den Rincon Mountains in die Ferne geblinzelt. Max war zu wütend, um Golf zu spielen. Statt dessen bestiegen sie zwei Golfcarts. Unter einem großen Mesquitebaum auf dem Rough hinter dem zwölften Loch hielten sie an. Max war verstimmt darüber, daß der Richter nicht auch den Senator eingeladen hatte. Der Vorfall auf dem Landeplatz bei Yuma fiel in seinen Verantwortungsbereich. Irgend jemand hatte es versäumt, das Radarkontrollpersonal der Grenzpolizei anzuweisen, ihre Flugzeuge und Piloten passieren zu lassen.

Der Richter hatte Max sanft darauf hingewiesen, daß das ganze Durcheinander auf dem Landeplatz mit nur zwei Telefonaten wieder in Ordnung gebracht worden sei. Niemand wußte besser als der Senator, wie wichtig sichere Landungen waren. Der Spendenfonds für die Wiederwahl des Senators war auf die Lieferungen angewiesen, auch andere Parteikandidaten waren mit den aus den Lieferungen erzielten Gewinnen finanziert worden. Max hatte den Senator in der Hand, das wußte der Richter. Er hatte ihm mit einer Stange Dynamit unter dem Autositz eines gewissen Sensationsreporters aus Los Angeles, der von der Beteiligung des Senators an einem Grundstücksschwindel in San Diego Wind bekommen hatte, den Arsch gerettet.

Der Richter beobachtete den Polizeichef: Je wütender Max Blue wurde, desto nervöser wurde der Cop. Er begann mit einer Entschuldigung, doch Max schnitt ihm das Wort ab. Max hielt einen siebener Schläger in der Hand und vollführte so wilde Gesten, daß der Richter sich Sorgen machte. Welchen Sinn hatte es, eine Million Dollar in die Polizei von Tucson zu investieren, wenn sie nichts anderes tat, als den eigenen Söhnen in die Eier zu treten und ihnen ihr Geld abzunehmen?

Der Polizeichef versuchte ihm zu erklären, daß die Undercover-Officers nach ihren eigenen Regeln vorgingen und es ein unglücklicher Zufall gewesen sei, daß Sonny Blue und Bingo das Yaqui-Dorf für die Übergabe ausgewählt hatten. Der Richter lauschte ihren Stimmen – Max Blues Stimme zitterte vor Wut, während die Stimme des Polizeichefs ruhig und versöhnlich klang. Arne langweilte ihr Gezänk. Er hoffte, daß Max das Thema Polizei abbrechen und auf die Wasserrechtsklage gegen Leah Blues Venice-Vorhaben zu sprechen kommen würde. Arne hatte gute Neuigkeiten. Sein Referendar hatte eine Reihe möglicher Rechtstheorien und Strategien ausfindig gemacht, die es ihm ermöglichten, die Wasserrechtsklage vom Bundesgericht an das Oberste Gericht von Arizona zurückzuverweisen, vor dem Leah Blue gegen die Indianerstämme und Umweltschützer bereits erfolgreich gewesen war.

Max Blue hatte dem Richter ein Haus neben dem Golfplatz versprochen, den Leah für ihre Venice-Traumstadt plante. Die Spieler würden den hinteren Platz mit malerischen Gondeln oder in Golfcarts erreichen können.

Arne würde natürlich nicht im Traum daran denken, sein Zuhause zu verlassen. Mutter hatte für alles gesorgt. Sie hatte sogar die alten Tennisplätze entfernen lassen, um für die Hundezwinger und den Auslauf Platz zu machen. Sie hatte sofort erkannt, daß Arne für harte Freiluftsportarten kein Interesse hegte; die Zucht von Bassets dagegen war das ideale Hobby. Die Warnungen der Kindermädchen und später auch der Lehrer, ihr Sohn zeige eine »unnatürliche« Neugierde für das Sexualleben von Hunden, schien sie nicht zur Kenntnis genommen zu haben. In der Highschool hatte Arne seinen entsetzten Klassenkameraden offen verkündet, daß er lieber Hunden beim Rammeln zusehe, als sich einen Chaplin-Film anzugucken. Arne hatte den stummen kleinen Tramp immer gehaßt und fand Chaplin weder komisch noch geistreich.

Schließlich tat es Arne doch leid, daß sie nicht Golf spielten. Die Übungsschläge hatten in ihm das Bedürfnis geweckt, die kleinen Bälle ins Nichts zu schmettern. Zwischen Max Blue und der Polizei den Vermittler zu spielen, war nur eine der Pflichten, die Richter Arne wahrnahm. Darüber hinaus gab es noch ganz andere Arten von Grenzüberschreitungen und Transaktionen mit bestimmten Geschäftsleuten der Stadt, die heimlich für die US-Regierung arbeiteten.

Max hatte sich geweigert, vom Thema der prügelnden Polizei abzulassen, nachdem er einmal angefangen hatte, sich über die Undercover-Cops auszulassen. An dieser Stelle wurde Arnes Vermittlerrolle anstrengend. Der Polizeichef meinte, die Bezahlung erkaufe keinen Schutz für Transaktionen, die im »Niemandsland« stattfanden – ein Ausdruck der Tucsoner Polizei für diejenigen Stadtteile, die sie selbst schwerbewaffnet nur ungern betrat. Das Yaqui-Dorf paßte gut auf die Beschreibung des Chiefs von einem Niemandsland, zumindest von einem Niemand-*der-weiß-ist*-Land; nur Undercoveragenten wagten es, dieses Niemandsland zu betreten. »Wenn das so ist, dann möchte ich wissen, was ihre Männer da zu suchen hatten?« hatte Max Blue gefragt. Der Polizeichef schien in seinem babyblauen Golfhemd und seinen Shorts zu schrumpfen. Dem Richter fiel auf, wie dünn seine Schenkel waren. Und wie enttäuschend die Ausbuchtung am Hosenlatz! Der Cop hatte ein kleines, schlappes Ding! Der Richter genoß es, andere Männer dabei zu beobachten, wie sie sich stritten und bekämpften, als hinge die Welt davon ab, während er die ganze Zeit über bereits wußte, wer gewinnen und wer verlieren würde.

Die Undercover-Cops konnten das Kokain behalten, aber Max verlangte die Rückgabe des Geldes. Der Polizeichef schüttelte den Kopf. Die Geldtasche war im Durcheinander der Schießerei verlorengegangen. Sonny hatte einen Fehler gemacht, als er sich für sein Rendezvous mit den New Yorker Käufern ein Yaqui-Dorf aussuchte.

Nun saßen Max und der Polizeichef über einen Notizblock gebeugt in Max' Golfcart und verglichen Berechnungen und

Zahlen. Der Richter sah, daß sich Max' Gesichtsausdruck entspannt hatte, und er wußte, der kleine Sturm war vorbei. Aber weiter im Südosten und im Südwesten konnte er große weiße Wolken erkennen, die die Kuppen der hohen blauen Berge berührten. Es gab noch keine Anzeichen für Blitzschlag, noch waren die Wolken silberweiß. Als Junge hatte er gelernt, die Wolken im Auge zu behalten, wenn er auf der Ranch des alten Mannes zu Besuch gewesen war und allein mit seinem Pferd Ausritte unternommen hatte. Innerhalb der nächsten Stunden würden die Wolken langsam aufquellen und eine dunkle blauviolette Farbe annehmen, bis schließlich heftiger Blitz und Donner die Erde erzittern ließ. Der alte Mann hatte Arne beigebracht, daß Sonnenschein und blauer Himmel keinen Schutz bedeuteten. Wenn im Nachbartal ein Gewitter tobte, war die Entfernung noch lange keine Garantie, pflegte der alte Mann zu gackern. Blitze konnten zwanzig oder fünfundzwanzig Meilen weit diagonal verlaufen, bevor sie in den Boden einschlugen.

Der Richter ging bei Blitzschlag kein Risiko ein. Er würde die Wolkenbank über den Berggipfeln im Auge behalten. Er hatte einige Verhaltensmaßregeln in bezug auf Blitzschlag, die er befolgte, seit er als kleiner Junge auf seinem Pferd herumgeritten war. Beim ersten Zusammenballen der großen violetten Wolkenbänke hatte Arne sein Pferd nach Hause getrieben. Es war dem Richter egal, ob Max und der junge Polizeichef über die Frachten für die »nationale Sicherheit« sprachen, er würde sich beim ersten Donnergrollen entschuldigen und im Klubhaus Schutz suchen.

Nachdem Max Blue und der Chief ihr Geschäft abgeschlossen hatten, sprach Max in sein Walkie-talkie, und ein Golfcart kam langsam auf sie zugefahren. Arne sah, daß ein Kellner mit einem Picknickkorb und einer Kühlbox vom Klubhaus heruntergekommen war. Sie aßen in den Golfcarts, die sie in dem Mesquitehain nahe der rückwärtigen Umzäunung des Golfplatzes abgestellt hatten. Arne hatte Gerüchte darüber gehört, daß Max Blue bewaffnete Männer beschäftigte, die das Wüstengelände außerhalb der Umzäunung absicherten; und wenn von Zeit zu Zeit kleine Flugzeuge am Himmel kreisten, so sei das ein Teil der Sicherheitsmaßnahmen gegen Attentatsversuche aus der Luft. Max hatte keine Angst vor Vergeltungsmaßnahmen der Familien seiner Opfer, er fürchtete sich vor seinen ehemaligen Auftraggebern und Mitarbeitern. Max hatte mit seinen »Arrangements« die »Probleme« einer ganzen Reihe von Interessengruppen gelöst, darunter die »Familie«, ausländische Regierungen und sogar die CIA. Max hatte alle in der Hand, und das war gefährlich.

Der Richter aß sein Clubsandwich und den Tomatensalat. Max Blue servierte ihnen immer das gleiche Essen. Wenn er ein Geschäft abschließen wollte, wurde reichlich Champagner und Bier serviert; wenn Max jedoch jemandem die Leviten las, wie jetzt dem Polizeichef, dann gab es nur Eiswasser oder Eistee. Sie aßen ohne Small talk. In den Bäumen zirpten die Zikaden, man hörte Kaugeräusche und das Rascheln von Kartoffelchips. Einen Moment lang waren weder der Lärm der Stadt noch Jets oder Autos, bellende Hunde oder Stimmen zu hören. Der Richter beobachtete, wie sich die Wolken über den Bergen verdunkelten, und lauschte auf das erste Grollen von Donner. Max Blue hatte den Donner ebenfalls gehört und grinste Arne an. Max und der Richter pflegten sich über Arnes Abneigung gegen Blitz und Donner zu amüsieren.

Der Richter begann zu sprechen, doch Max fiel ihm ins Wort: »Ich weiß, ich weiß – Ihr Großvater hat Ihnen tote Schafhirten gezeigt, die der Blitz in zwei Stücke gehackt hat!«

»Und über einen Meter dicke Steinwände, die ein einziger Blitzschlag in Kieselsteine verwandelt hat«, fuhr Arne selbst fort.

»Es geht so schnell, daß man gar nicht merkt, was mit einem passiert«, fügte der Polizeichef hinzu. »Das ist noch besser als die Gaskammer.«

»Und woher wollen Sie das wissen?« fragte Max Blue und sah den Polizeichef scharf an. Max vergaß immer wieder, wie dämlich Polizisten waren, bis er wieder einmal ein paar Stunden mit einem Cop verbrachte.

GELIEBTE BASSETS

Mittlerweile konnte Arne das Gewittergrollen über dem Rincongebirge ziemlich deutlich hören. Er war es leid, in dieser Hitze in einem Golfcart zu sitzen. Das Mißverständnis war geklärt, und Arne hatte Max die gute Neuigkeit überbracht: Leah Blue konnte jederzeit damit beginnen, Wasser aus ihren Brunnen im Erschließungsgebiet von Venice, Arizona, zu pumpen. Der Richter wollte nach Hause. Sie verabschiedeten sich von Max, der dabei war, am vierzehnten Loch abzuschlagen. Der Polizeichef fuhr den Golfcart, so schnell es ging.

Arne fühlte sich in der Gesellschaft seiner Bassets wesentlich wohler als in der von Menschen. Seinem Großvater war es ebenso ergangen. Mehr als einmal hatte der alte Mann erklärt, der Mund seines Hundes sei wesentlich sauberer als der eines Menschen. Arne wollte nur noch nach Hause und sich von Hitze und Sonne erholen. Doch der junge Polizeichef wollte über die Frachten für die »nationale Sicherheit« reden. Andere in der Abteilung hätten sich darüber beschwert, an den Frachten für die »nationale Sicherheit« nicht beteiligt zu werden. Und plötzlich konnte sich der Richter nicht länger beherrschen. Etwas an der Kleine-Jungen-Naivität im Gesicht des Polizeichefs machte ihn wütend; Dummheit, die als Unschuld durchging. »Gier ist etwas so Häßliches an der Polizei«, sagte der Richter, »und es ist wirklich völlig zwecklos, von Recht und Ordnung zu sprechen, solange Sie nicht einmal gierige Bullen unter Kontrolle halten können.« Arne war entzückt über den schockierten Ausdruck im Gesicht des Polizeichefs, weil er in ihrem Gespräch das Wort *Bullen* verwendet hatte. Er fuhr fort: »Die Franzosen nennen Polizisten *vaches* – ›Kühe‹. Alles woran ich dabei denken kann, sind die Milchkühe auf der Ranch meines alten Herrn, die sich den ganzen Arsch mit leuchtend grüner Scheiße vollgeschmiert hatten.« Der Richter wollte dem jungen Polizisten eines klarmachen: Sie hatten ihn aus Phoenix angeheuert, damit er für sie arbeitete.

Arne wartete auf eine Reaktion, doch der Polizeichef war zu überrascht von diesem Angriff. »Sie werden sehen, was Sie davon haben, wenn Sie zu raffgierig werden«, sagte der Richter. »Ich arbeite seit fünfundzwanzig Jahren beim Bundesgericht. Wir können nun mal nicht mehr Kuchen verteilen, als wir haben. Wenn Sie zu oft aus der Reihe tanzen, zieht das FBI vor ein geheimes Geschworenengericht und spült Sie im Klo runter, genauso wie sie es mit ihrem Vorgänger gemacht haben.« Der junge Polizeichef nickte ernüchtert. Der Richter legte eine Hand auf seinen Arm. »Nehmen Sie's mir nicht übel, Sean«, sagte er. »Ich erzähle Ihnen das nur zu Ihrem eigenen Besten. Räumen Sie bei sich auf, sobald Sie können.« Der junge Polizeichef nickte ernst. Der Richter bemerkte große Schweißflecken unter den Achseln des Cops. »Die Männer nennen das, was sie annehmen, ›Kampfsold‹ oder ›Nebeneinnahmen‹«, sagte der Polizeichef hoffnungsvoll, aber der Richter hatte sich abrupt abgewandt und den Polizisten mitten im Satz stehengelassen. Er war nicht in der Stimmung, über Polizeigehälter oder Arizonas hirntote Wirtschaft zu debattieren. Der Bundesstaat war seit Jahren auf den Ruin zugeschlittert. Eine Katastrophe folgte der anderen. Die Steuereinnahmen waren in den Keller gesunken. Hughes, Motorola, IBM – die Liste nahm kein Ende. Wie Ratten, die das sinkende Schiff verließen, waren sie alle nach Denver oder Las Vegas verlegt worden.

Der Richter machte sich nicht die Mühe, zurückzuschauen oder dem Polizeichef zum Abschied zuzuwinken. Der Senator hatte kürzlich im Donnerstagsklub die Katze aus dem Sack gelassen. Er war zu betrunken gewesen, um noch aufrecht stehen oder gerade aus den Augen sehen zu können, aber er hatte eine seiner spontanen Predigten gehalten, diesmal vor dem großen Urinalbecken in der Toilette im Untergeschoß. »Es geht bergauf! Es geht bergauf!« hatte der Senator gerufen, während er die ganze Zeit über seinen schlappen Schwanz in der Hand hielt und sich auf die eigenen Schuhe pinkelte. Der Richter war ständig in seiner Nähe geblieben, um sicher zu gehen, daß er nicht zu viele Katzen aus dem Sack ließ. Der Senator kam geradewegs von Besprechungen über streng geheime US-amerikanische Grenzstrategien. Ja, mit Arizonas Wirtschaft würde es sicherlich bergauf gehen, wenn Tucson plötzlich über Nacht zum Hauptquartier sämtlicher amerikanischen Militärstreitkräfte wurde, die man an der Grenze zu Mexiko stationieren würde.

Richter Arne lenkte den Mercedes auf den Feldweg, der zu seinem Heim führte. Er dachte an Max Blues Frau Leah, die Maklermagnatin. Sie hatte Millionen dafür ausgegeben, die tiefsten Brunnen in Nordamerika zu graben. Das Wasser aus ihren Brunnen war salzig, aber das war um so besser für ihre »venezianischen Wasserstraßen«. Leah Blue war eine Spielerin. Selbst die teuersten Kuranstalten und Luxusherbergen in Tucson hatten Einbußen erlitten, doch das hatte Leah im Hinblick auf ihre Traumstadt in der Wüste überhaupt nicht entmutigt. Leah Blue hatte Glück. Dank des vom Richter verhängten Urteils hatte sie so viel Wasser, wie sie nur wollte, ohne weitere Störungen durch Umweltschützer oder Indianerstämme befürchten zu müssen. Sollten die Vereinigten Staaten auf Bitte des mexikanischen Präsidenten Truppen nach Mexiko schicken, um die dortige Ordnung wiederherzustellen, dann würden Tucson und alle Grenzstaaten wieder aufblühen, und Leah Blue würde unermeßlich reich werden. Neben ihr würde Max Blue, trotz seiner Konzession für Attentate, wie ein Zweitligaspieler aussehen.

Es war immer eine Erleichterung, nach einem Tag im Gerichtssaal zu den Bassets nach Hause zu kommen. Der Richter ließ das Hausmädchen und die Köchin jeden Abend gegen sechs Uhr gehen, weil er völlig ungestört sein wollte. Er liebte die Wildheit der Dachsjäger mit ihren mächtigen Bassetköpfen und den großen Grabpfoten. Und dennoch waren Bassets bei der Paarung ohne menschlichen Beistand fast völlig hilflos. Bassets und die Bassetzucht waren nicht jedermanns Sache. Wer wollte schon einen feuchten, roten Bassetpenis von der Größe einer Banane in eine heiße Hündin einführen? Dem Richter machte dies gewiß nichts aus, aber er wußte auch, daß er nicht so war wie andere. Die Bassetzucht hatte jahrhundertelang die größte Hingabe erfordert, europäische Adlige hatten die Hunde für die Dachsjagd sorgfältig gezüchtet.

Der Richter goß sich aus dem gekühlten Shaker einen Martini ein, den die Köchin jeden Abend vorbereitete und in den Kühlschrank stellte, bevor sie nach Hause ging. Er ging hinaus, um sich auf die Terrasse zu setzen, von der er den Auslauf der Zwinger und seine Bassets sehen konnte, die ihn bellend begrüßten. Er schloß die Augen, nahm einen Schluck und lehnte sich im

Liegestuhl zurück. Der Martini wärmte sein Blut, und er begann sich zu entspannen. Es hatte keinen Zweck, mit den Hunden zu arbeiten, wenn er angespannt war oder einen schwierigen Tag hinter sich hatte. Er genoß es mehr und mehr, allein zu sein und nur die Hunde um sich zu haben. Während seiner sexuell aktiven Jahre hatte er sich am liebsten Prostituierte beiderlei Geschlechts genommen. Er fand nicht, daß das Geschlecht eine Rolle spielte, schließlich war Sex nur eine Körperfunktion, eine Art Überleitung der Sexualflüssigkeiten in das eine oder andere Gefäß. Im Donnerstagsklub stellte Arne fest, daß es ihn viel mehr erregte, den Spielchen der anderen Klubmitglieder zuzusehen oder sich auf dem Großbildfernseher des Klubs Sexvideos anzuschauen. Selbst die zwei oder drei Worte, die man mit Nutten wechseln mußte, waren bei diesen Kreaturen die reinste Verschwendung. Sex war immer schon schmutzig und tödlich gewesen, auch vor dem Ausbruch von Aids.

Wieviel besser waren doch die Methoden des alten Mannes gewesen – wie lässig hatte er sich die Hose aufgeknöpft und seinen harten Schwanz in die Jungkuh hineingeschoben, die in der Scheune fest angebunden war. Arne hatte seinem Großvater sprachlos zugesehen. Der Jungkuh schien es nichts auszumachen. Der Schwanz des alten Mannes war ohnehin so lang und dünn wie ein Ochsenfiesel. Danach hatte ihm der alte Mann von den Griechen und ihren Göttern erzählt und vom Nachwuchs der Götter, der halb Mensch, halb Pferd oder halb Mensch und halb Stier gewesen war. Selbst als kleiner Junge hatte Arne das nicht durcheinanderbringen können. Er wußte, daß es so etwas wie den Minotaurus oder den Zentaur nicht geben konnte. Aber selbst dann hatte er den alten Mann verstanden, der sich einbilden wollte, nicht länger ein Mann, sondern ein Stier zu sein.

Die Bassets waren edel und rein. Einer nach dem anderen warteten sie, bis sie an die Reihe kamen. Es war ihr Ritual, und ihr aufgeregtes Gebell war voller Erwartung. Dann, nach den Martinis, hatte er Sex mit seinen vier Hündinnen. Sein Rüde war ein feiner Kerl. Für ihn waren die Hündinnen nur zweimal im Jahr aufnahmebereit, aber sie waren darauf trainiert, sich von ihrem Herrn jederzeit von hinten nehmen zu lassen. Der Rüde witterte, was in dem an die Terrasse angrenzenden Schlafzimmer vor sich ging. Wenn es soweit war und die Reihe an ihn kam, benahm er sich ganz wunderbar auf Arne, der mit dem Gesicht nach unten auf Mutters geschnitztem Mahagonibett lag. Nichts war von solch überwältigender Ekstase, wie die Orgasmen, die Arne überkamen, wenn er mit seinen Bassethunden fickte.

TUCSONS SEX-EINKAUFSZENTRUM

Leah Blue hatte sich für ihr Treffen mit Trigg bereits verspätet, dennoch hielt sie ihren Mercedes an, um einen Blick auf den zukünftigen Standort ihrer Traumstadt zu werfen. Im Moment gab es dort nicht mehr als graues Geröll und gelbliche Kreosotsträucher, doch seit Richter Arne die letzten Anträge auf eine einstweilige Verfügung abgelehnt hatte, konnte die Blue Water Development Corporation mit dem Bau der unzähligen Kanalmeilen beginnen, die das gesamte Erschließungsgebiet kreuz und quer durchziehen würden. Sie stellte sich vor, wie überrascht und auch stolz ihr Vater und ihre Brüder sein würden, wenn sie die vielen Karten und Pläne sahen. Und das Wasser war nicht nur Dekoration; der Anblick von Springbrunnen und Wasserstraßen überall wirkte beruhigend auf Neuankömmlinge in der Wüste. Untersuchungen zeigten, daß sowohl private als auch kommerzielle Käufer auf Grundstücke mit fließendem Wasser am stärksten reagierten. In Ermangelung glucksender Bäche, erhöhten Springbrunnen und Kanäle die Chancen für schnelle Grundstücksverkäufe immens. Leah schloß die Augen und sah alles vor sich – Kanäle mit saphirblauem Wasser schlängelten sich zwischen den leuchtend weißen Mauern der Palazzos und Villen hindurch, deren Rasen in Fairways und Grüns übergingen. Ordinäre Drahtzäune oder Asphaltparkplätze gab es in Venice, Arizona, nicht.

Leah hatte befürchtet, daß Trigg ärgerlich auf sie sein könnte, weil sie sich verspätet hatte. Als sie jedoch auf den Parkplatz des Arizona Inn einbog, sah sie, daß er sich ebenfalls verspätet hatte. Er war gerade im Begriff, mit dem Rollstuhl den Bürgersteig entlangzufahren. Leah rief und winkte ihm zu, auf sie zu warten. Trigg schien erstaunt über ihre Verspätung. Als sie sich hinunterbeugte, um ihn zu küssen, kniff er ihr in beide Brüste. »Mal sehen, ob dich *das* erregt«, sagte er. Als sie sich das letztemal im Hotel getroffen hatten, um miteinander zu schlafen, hatte Trigg ständig von ihr wissen wollen, was sie erregte. Er hatte behauptet, herausfinden zu wollen, was Frauen sich beim Sex wirklich wünschten, aber Trigg war ein Lügner. Es machte ihn einfach an, wenn sie ihm sagte, was sie erregte, und das war alles, was er wollte.

Leah saß im Bett, hatte sich die Decke umgeschlagen und sah zu, wie Trigg sich aus dem Stuhl auf die Toilette hievte. Er war sehr stolz auf seine Blase und seinen Darm, die er durch Massage des Unterleibs entleeren konnte. Diese Restfunktionen waren für ihn der Beweis dafür, das *nicht* alles durchtrennt worden war. Trigg redete ständig von seiner Hoffnung, seinem Glauben daran, daß es eines Tages Transplantationen und damit eine Heilungsmöglichkeit für Rückenmarksverletzungen geben würde. Während sie auf ihm saß, redete Trigg die ganze Zeit, sein Schwanz in ihr war so hart und leblos wie ein Dildo. Sie ignorierte ihn, wie jedesmal, wenn sie miteinander schliefen, und stellte sich statt dessen einen brutalen französischen Zwerg in einem mittelalterlichen Schloß vor, der sie zwang, auf seiner riesigen behaarten Rute zu reiten. Trigg behauptete, ihre Erregung erst sehen zu müssen, bevor er kommen konnte; doch in letzter Zeit hatte sich Leah häufiger gefragt, ob ihm Sex wirklich so viel gab, oder ob seine »geistigen« Orgasmen nicht einfach nur erfunden waren, um sich darüber hinwegzutäuschen, daß die Lähmung ihn zu einem Eunuchen gemacht hatte.

In letzter Zeit war Leah aufgefallen, daß ihre Sexnachmittage im Arizona Inn von stundenlangem Lutschen und Vögeln, Cocktails und einem leichten Essen danach auf eine Viertelstunde zusammengeschrumpft waren, in der Leah auf ihm herumhopste, während Trigg seine Zunge nur noch dazu benutzte, über den Ausgang »ihres« Gebots auf das bankrott gegangene Tucsoner Einkaufszentrum und ein halb fertiggestelltes Ferienhotel zu sprechen. Schließlich sagte sie Trigg, er solle den Mund halten, sonst würde sie nie kommen. Wenn sie erst anfing, sich verschwitzt und schmutzig zu fühlen und sich an ihm wundrieb, weil sein Geplapper sie ablenkte und sie nicht kommen konnte, dann würde das mit Sicherheit das letztemal sein, daß sie sich mit ihm abgab.

Sie blickte hinab in sein Gesicht, während sie sprach, und suchte nach einer Reaktion. Seine Augen wurden weit, und für einen Moment überkam sie der Drang, über seine Brust nach oben zu rutschen, seinen Nacken zwischen ihre Schenkel zu nehmen und ihn zu ersticken oder ihm das Genick zu brechen.

Statt dessen glitt sie an ihm hoch, warf sich auf seinen Mund und preßte sich gegen seine Zunge – sein lebhaftestes Körperteil. Sie flüsterte ihm zu: »Gebrauche deine Zunge zu etwas Besserem als Reden.« Sie konnten später über Geld sprechen. Trigg wollte Leah überreden, mehr Geld in sein geplantes Sex-Einkaufszentrum zu stecken. Seine Banker in Phoenix waren für die Vergabe von Freundschaftskrediten samt und sonders ins Gefängnis gewandert. Und Trigg hatte auf seine Bankerfreunde in Phoenix zurückgreifen müssen für die »Finanzpakete«, mit denen er die Häuserblocks in der Tucsoner Innenstadt gekauft oder die Blutspendezentren finanziert hatte.

Trigg begann Leah zu langweilen, obwohl seine Hilflosigkeit ihr zumindest in sexueller Hinsicht noch immer einen Kick verschaffte; seine finanzielle Hilflosigkeit dagegen war langweilig. Trigg sprach von der Vergangenheit – davon, wie er nach Phoenix geflogen war, um einen ungesicherten Kredit über eine Million Dollar zu erwirken, und seine Bankerfreunde ihn noch am gleichen Nachmittag eingerichtet hatten. Schließlich hatte Leah die Geduld verloren. Sie sagte ihm, was vorbei sei, sei vorbei. Zum Teufel mit den Krediten von früher. Jetzt redeten sie von heute. Trigg hatte versucht, Leah davon abzubringen, ihre Traumstadt aus weißen Marmorpalazzos und Kanälen in der Wüste zu bauen – nicht nur, weil er wollte, daß sie in seine Projekte investierte, sondern auch, weil amerikanische und ausländische Fabrikanten und Geschäftsleute den letzten lähmenden Wassernotstand in Arizona noch nicht vergessen hatten. Aber Wasser war das erste gewesen, woran Leah gedacht hatte, als sie begann, sich über ihr Venice-Vorhaben Gedanken zu machen.

Arizonas schlimmstes Wasserproblem war zufällig gelöst worden, nachdem die Kupferminen geschlossen worden waren, jede Menge Jobs verlorengingen und die Einwohnerzahlen von Tucson und Phoenix gesunken waren. Leah hatte die Untersuchungsergebnisse und Statistiken vorliegen. Arizonas letzte Wasserknappheit war von der internationalen Nachrichtenpresse ungeheuer hochgespielt worden. Das Drama der weißen Mittelklassebürger in Arizona, die morgens aufgewacht waren, um festzustellen, daß sich in ihren Wasserhähnen kein Wasser mehr befand, hatte die Fakten völlig vernebelt. Arizona wäre in diesem schicksalhaften Sommer das Wasser gar nicht ausgegangen, wenn die zuständigen Beamten der Bundeswasserbehörden nicht zugelassen hätten, daß zuviel Wasser des Colorado River nach Mexiko weiterfloß.

Der Einfall kam Leah Blue, als sie von den bankrotten Ölfeldern und den Zwangsversteigerungen in Oklahoma und Texas las. Fasziniert hatte sie von den tiefen Grundwasserbrunnen und den gigantischen Bohrausrüstungen gelesen, die dafür benötigt wurden; Ausrüstungen, die Millionen von Dollar kosteten. Sie erinnerte sich daran, wie Trigg und die anderen sich über sie lustig gemacht hatten, als sie nach Houston geflogen war, um eine Tiefbohrausrüstung zu ersteigern; sie hatte sie für glatte fünfhunderttausend Dollar bekommen – eine Ersparnis von einer knappen Million. Sogar Max hatte über den Senator Wind von Leahs Kauf bekommen, und dieser hatte es von Richter Arne erfahren. Max hatte das Gerede nur flüchtig erwähnt; er mischte sie nie in Leahs Angelegenheiten oder in die Dinge ein, für sie ihr Geld ausgab. Trigg hatte gewettet, daß Leahs Bohranlagen bei zweitausend Fuß auf Salzwasser treffen würden; sie könne bis China oder direkt in die Hölle bohren, aber sie würde nichts anderes finden als Salzwasser. Leah war unbesorgt. Wenn die Wasserstraßen und Seen von Venice, Arizona, mit Salzwasser gespeist wurden, so verlieh ihnen das nur mehr Authentizität. Auch für die Toilettenspülungen konnte Salzwasser verwendet werden. Als Trinkwasser würde sie in Flaschen abgefülltes Gletscherwasser aus den Rocky Mountains in Colorado liefern. Trigg hatte vorausgesehen, daß die Umweltschützer und die Indianer Arizonas bis vor das Bundesgericht gehen würden, um die Inbetriebnahme der Pumpen von Leahs Grundwasserbrunnen zu verhindern. Ihre Gegner behaupteten, das Salzwasser drohe auch noch das letzte Trinkwasser in Arizona ungenießbar zu machen. Was Trigg nicht vorausgesehen hatte, war Richter Arnes schnelle Ablehnung der Anträge auf einstweilige Verfügung gegen Leahs Brunnen. Ihre Anwälte hatten argumentiert, die Grundwasserbrunnen seien Arizonas letzte Hoffnung auf das wertvolle Wasser. Leah Blue sei eine Visionärin, meinten ihre Anwälte, weil ihre Grundwasserbrunnen auch in den Dürrejahren Wasser heraufpumpen würden, in denen der Colorado River ausgetrocknet war. Ein bißchen Salz im Wasser sei immer noch besser als gar kein Wasser.

Trigg saß in einem weißen Frotteebademantel da, aß Toastbrot und brachte, den Mund voller Speck, seine Einwände vor. Das von den Grundwasserbrunnen gelieferte Wasser mochte im Moment zwar ausreichen, aber Leah habe keine Garantie dafür, daß dies in zehn oder auch in fünf Jahren noch der Fall sein würde. Trigg versuchte immer noch, ihr mehr Anteile an seinem Sex-Einkaufszentrum zu »verkaufen«. Arizonas finanzieller Kollaps jagte kleinen Fischen wie Trigg allmählich Angst ein, während sie mit ansahen, wie ihre Bankerfreunde abstürzten. Wenn Pfennigfuchser Angst bekamen, begannen sie engstirnig zu denken. Leah hatte immer in großen Dimensionen gedacht, Trigg dagegen sah keine Notwendigkeit für ein Venice, wenn es in Tucson Tausende von vornehmen Besitztümern gab, die immer noch leerstanden, unvermietet, unverkauft oder von Squattern besetzt. Leah schüttelte den Kopf. Trigg hatte keine Ahnung vom Immobiliengeschäft. Wohnungseigentum im Wert von über einer Million war immer noch ein solides Geschäft. Ihre Häuser in Venice würden erst bei zwei Millionen anfangen. Sie erwähnte nicht, daß Mr. B. sich bereits nach vierzig Wohneinheiten für sich und seine Geschäftspartner erkundigt hatte.

Trigg war nicht daran interessiert, etwas über die Sicherheitsvorkehrungen in den Kanälen und Seen zu erfahren. Er wollte wissen, wer diese Leute waren und warum sie sich die Mühe machen würden, ausgerechnet hierher zu kommen und in einem Staat wie Arizona auch noch Eigentum zu erwerben, dem ersten Staat, der von seinen Gläubigern gezwungen worden war, sich der Konkursverwaltung durch die Regierung zu unterstellen. Wenn sich die US-amerikanische Wirtschaftslage und der Bürgerkrieg in Mexiko weiter verschärften, würden auch Arizonas

Bevölkerungszahlen weiter sinken. Warum sollte man eine völlig neue Stadt bauen, wenn man das bereits vorhandene Tucson für zehn Prozent seines eigentlichen Wertes kaufen konnte? »Mehr will ich gar nicht wissen«, sagte Trigg, während er seine Beine nacheinander in die Hosenbeine steckte, bevor er sich auf dem Bett zurücklegte, um die Hose über das tote Gewicht seiner Schenkel und der Hüfte zu ziehen. Trigg wollte, daß Leah in die Stadt investierte, die bereits existierte. Sie mußten Tucson wieder auf die Füße bekommen, mußten den häßlichen Gerüchten etwas entgegensetzen. Hatte sich Leah in letzter Zeit einmal die Gesichter auf den Straßen der Innenstadt angesehen? Alles Mexikaner und Indianer; die einzigen Weißen in der Innenstadt waren Polizisten, Anwälte und die Angestellten und Arbeiter der städtischen Gerichte und des Distriktgerichts.

Leah habe den Wagen vor das Pferd gespannt, meinte Trigg. Rings um sie herum war Tucson, wo Geschäfts- und Büroflächen zu 85 Prozent leerstanden, während sich das Wohnungseigentum bei 47 Prozent bewegte. Durch die Zahlungsunfähigkeit der Stadt gingen alle leerstehenden Liegenschaften in den Besitz der Regierung über. Und hier bot sich eine phantastische Möglichkeit. Tucson war in einer verzweifelten Lage. Die Anwälte der Stadt hatten vergeblich versucht, per Gerichtsbeschluß einen Fernsehbeitrag zu stoppen, der die Stadt als »Geisterstadt« bezeichnete. Die Leute wollten keine leeren Schaufensterauslagen oder Häuser sehen. Leerstehende Gebäude vertrieben die Menschen. Selbst die Reichen aus Hollywood besuchten Tucsons Abspeckfarmen seltener, weil die Autofahrten vom Flughafen zu den Kurstätten durch viele Morgen offenen Wüstengeländes führten, das mit den Zelten und Unterkünften der Obdachlosen bedeckt war.

Leah sah auf ihre Entwürfe von Venice und dann zu Trigg. Selbst wenn es gelogen war, daß er im Kopf Orgasmen empfand, bewunderte sie die Energie dieses Mannes. Trigg gab niemals auf, aber er war auch nicht besonders intelligent. Beim Entwurf ihrer Traumstadt waren der finanzielle Kollaps Arizonas und der mexikanische Bürgerkrieg einkalkuliert worden. Venice, Arizona, würde sich aus dem grauen Staub der Wüste erheben in leuchtender Reinheit aus weißem Marmor zwischen azurblauen Wasserstraßen und türkisfarbenen Seen. Irgendwo mußten »die anderen« schließlich leben; warum nicht in Tucson? Leah war es völlig egal, wie billig die Grundstücke waren. Alles was sie in Tucson sah, waren schmuddelige, vernachlässigte Ladenfronten und stillgelegte Einkaufszentren. Die Stadt war schon viel zu lange heruntergewirtschaftet. Tucson mußte man vergessen und von vorne beginnen.

Leah zog ihre Strumpfhose an und kämmte sich die Haare. Im Spiegel beobachtete sie Trigg dabei, wie er sich in den Rollstuhl zog. Sie machte sich nicht die Mühe, ihm zu widersprechen, denn sie hatte sein System schon lange erkannt. Trigg war jederzeit bereit, alles zu stehlen, was sich ihm anbot, und es so schnell wie möglich zu Geld zu machen. Vielleicht war das eine Auswirkung des Unfalls, Leah war sich nicht sicher, aber sie wußte, daß es ihm wichtig war, mit ihrer Affäre zu protzen und mit der angeblichen Gefahr, die Max darstellte. Max war berichtet worden, daß Trigg gerne herumerzählte, er sitze zwar im Rollstuhl, habe aber immer noch mehr Kraft in den Eiern als alle anderen, weil er Max Blues Frau bumse. Trigg wußte nicht, daß Max Spione hatte. Und er wußte nicht, daß Leah Max alles erzählte. Sex spielte für Max keine Rolle – etwas, das Trigg niemals verstehen würde, weil er von dem Gedanken an Erektion besessen war; mehr als alles andere wünschte er sich, aufrecht zu stehen.

»Warum streiten wir uns eigentlich?« hatte Trigg gesagt und Leah plötzlich mit größer werdenden Augen angesehen. Er deutete auf eine große, leere Fläche auf der Karte: »Venice, Arizona, die Stadt der Zukunft«, sagte er, um Leah zu zeigen, daß sie ihn überzeugt hatte, ihre Pläne zu akzeptieren. Und jetzt wollte er, daß Leah das unterstützte, was er seinen »Gesamtplan« nannte. Triggs Plan nahm Arizonas Wirtschaft kritisch unter die Lupe. Sie war selbst in den besten Jahren nicht gerade berühmt gewesen. In Arizona gab es einige Kupferminen und eine Baumwollproduktion, aber in erster Linie war Arizona der Ort gewesen, an den sich die Amerikaner begeben hatten, wenn sie Ferien machen wollten oder krank waren. Die politische Lage jenseits der Grenze war so explosiv geworden, daß es schwierig werden konnte, die Urlauber und die reichen Fitneßanhänger nach Tucson zurückzulocken. Schwerkranke Patienten dagegen würden bereit sein, das Risiko auf sich zu nehmen, daß Mexiko während ihres

Aufenthaltes in Tucson in die Luft fliegen könnte. Und die Sterbepatienten würden sicher nicht bemerken, daß Tucsons Parks und Arroyos voller obdachloser Menschen waren. Tucson war bereits jetzt eine Metropole für Herz-Lungen-Transplantationen. Triggs Gesamtplan würde die Stadt zu einem internationalen Zentrum der menschlichen Organverpflanzung und -forschung machen.

Das Schöne an seinem Plan war, daß er sich bereits existierende Einrichtungen und ortsansässiges Personal zunutze machte. Auf diese Weise würde Trigg die Entwicklungskosten niedrig halten. Er wollte Leah Blue davon überzeugen, daß es zu teuer war, ganz von vorne anzufangen. Alles, was er tun mußte, war, die stillgelegten Tucsoner Ferienhotels umzufunktionieren, die er bei Zwangsverkäufen erworben hatte, und voilà! Schon verfügten sie über Luxuskrankenhäuser, um damit Millionäre anzulocken, an denen Organtransplantationen und andere heikle Operationen vorgenommen werden sollten. Sie würden erstklassige ambulante Behandlungszentren anbieten, in denen sich frischoperierte Patienten dauerhaft in einer Luxuswohnung niederlassen konnten, die nur wenige Minuten von der Notaufnahme des Transplantationszentrums entfernt lag.

Trigg war davon überzeugt, daß sein Plan in jeder Beziehung durchdacht war. Da der internationale Markt für Organtransplantationen zunächst unberechenbar sein konnte, war er vorsichtig genug, nicht auf seine treuen Stützpfeiler, die Blutspendezentren und die privaten Krankenhäuser für Medikamentenabhängige und behinderte Kinder und Teenager, zu verzichten. Trigg träumte davon, Tucson und das südliche Arizona zu einer Gesundheits- und Schönheitsmetropole zu machen. Die Wasserknappheit in Arizona vor einigen Jahren und die jüngsten gewalttätigen Ausschreitungen an der Grenze hatten die Gäste verjagt. Trigg würde sie mit seinem großartigen Ferienhotel im Vorgebirge zurücklocken, wo ihnen außerdem ein Luxuskrankenhaus und Unterkunftsmöglichkeiten für ambulante Patienten, die sich kosmetischen Operationen unterzogen, geboten werden würden. Das Schöne an diesem Geschäft war, daß, selbst wenn das Fett heruntergeschält oder abgesaugt war, noch viele Zentimeter überschüssiger Hautlappen und faltiger Haut zurückblieben, die weggeschnitten oder eingearbeitet werden mußten.

Triggs Vorschlag zog sogar die Möglichkeit eines Krieges in Mexiko in Betracht. Selbst wenn die dortigen Probleme die reichen Transplantations- und Bauchspeckpatienten fernhielten, machte sich Trigg keine Sorgen. Wenn Mexiko in die Luft flog, würden die Betten seiner Krankenhäuser mit verwundeten US-Soldaten belegt werden, und Uncle Sam bezahlte die Sache. Und natürlich gäbe es im Falle eines mexikanischen Bürgerkriegs in Tucson keinen Mangel an Spenderorganen. Trigg wollte die Anwärter auf Organtransplantationen aus der ganzen Welt hierher locken. Das Geheimnis bestand darin, den enormen Nachschub an notwendigen »Bio-Materialien« und Organen zu regeln, und der Bürgerkrieg in Mexiko war bereits dabei, dieses Problem zu lösen. Selbst wenn es keinen Krieg gab, hatte Trigg bereits eine wunderbare Lösung gefunden. Er saß auf einer Goldmine. Landstreicher und illegale mexikanische Einwanderer konnten in den Blutspendezentren »abgeerntet« werden, wo die Kandidaten zuvor von einem Arzt auf ihren Gesundheitszustand untersucht wurden. Viele der Menschen auf der Straße waren verwurmt und krank, ohne daß man es ihnen ansah.

Leah Blue fühlte, wie sich ihr die Haare im Nacken sträubten. Sie rollte langsam die Entwürfe zusammen, während sie sich sorgfältig die Worte zurechtlegte, die sie sagen würde. Der Kerngedanke von Triggs Plan war ein Forschungszentrum für Transplantationen von Nervengewebe bei Rückenmarksverletzungen.

Tucson war kaum in der Lage gewesen, das Herz-Lungen-Transplantationszentrum zu halten, nachdem die Universitätsklinik bankrott gegangen war; noch viel weniger würde es in der Lage sein, ein wesentlich experimentelleres Transplantationsforschungsprogramm zu unterstützen. Triggs Fähigkeit, sich selbst zu belügen, kannte keine Grenzen. »All deine millionenschweren Chirurgen und ihre Ehefrauen werden in Venice leben müssen«, sagte Leah. »Ich kann mir nicht vorstellen, daß sie akzeptieren würden, in Tucson zu leben.« Trigg machte ein erstauntes Gesicht. Er verstand sie nicht. »Ich meine, die ganzen Chirurgen und ihre Familien werden sich weigern, in Tucson zu leben, wenn du erst einmal das ›Sex-Einkaufszentrum‹ in Betrieb nimmst«, sagte Leah.

Trigg erinnerte Leah daran, daß er und seine Geschäftspartner den Begriff »Vergnügungszentrum« vorzogen. Trigg war empfindlich, was die richtige Wortwahl anging. Das stillgelegte Einkaufszentrum von Tucson war ihm ein Dorn im Auge. Banden von Obdachlosen hatten Einbrüche verübt, und in den Kaufhäusern Penney und Sears hausten Squatter. Das Einkaufszentrum würde komplett renoviert werden – Top-Qualität von A bis Z. Nichts würde billig oder schmuddelig sein an diesem Vergnügungszentrum, argumentierte Trigg. Das beste Essen, die besten Getränke gehörten ebenso dazu wie die Luxusséparées mit Whirlpool und Wasserbecken zum Nacktschwimmen. Alle Geschäfte würden geschmackvoll oder zumindest von erzieherischem Wert sein. Sie würden das erste Einkaufszentrum dieser Art auf der Welt besitzen. Läden für Damenwäsche unmittelbar neben Videotheken und Buchhandlungen für Erwachsene. Das Vergnügungszentrum würde über eine Galerie der erotischen Kunst verfügen. In Geschäften für Sex-Utensilien würden Live-Demonstrationen zur Verbreitung von Safer Sex angeboten werden. Und sollte all das noch nicht erzieherisch genug sein, so hatte Trigg bereits mit einem Vertreiber in London darüber verhandelt, eine seltene Sammlung von Gläsern und Vitrinen anzumieten, die Hoden und Penisse aller Art enthielten, einschließlich einiger menschlicher Exemplare. Trigg hoffte außerdem, ein Wachsmuseum aus dem neunzehnten Jahrhundert mieten zu können, das unnatürlichen Sexualpositionen und -partnern gewidmet war. Und dies sei nur der Anfang, sagte er. Das Beste komme erst noch. Nicht einmal die Japaner hatten dem Sex ein ganzes Einkaufszentrum gewidmet.

Leah blickte auf ihre Armbanduhr. Sie lächelte und schüttelte den Kopf. Trigg konnte sagen, was er wollte, aber niemand, der es sich leisten konnte, würde in einer Stadt leben, die ein Sex-Einkaufszentrum besaß. Die Häßlichkeit von Tucson würde die weißen Marmorpalazzos und die kobaltblauen Wasserstraßen nur noch unwiderstehlicher machen. Leah hatte Trigg und seine Obsession mit seiner Lähmung langsam satt. Sie log, behauptete, sich für eine Verabredung verspätet zu haben, und verließ ihn mitsamt seinen auf dem Bett ausgebreiteten Entwürfen des Vergnügungszentrums. Triggs Traum von Nerventransplantationen für Rückenmarkspatienten war nur noch mitleiderregend.

Drittes Buch
DER KAMPF

DIE LUXUSREISE

Der einfache Teil hatte darin bestanden, die Safes zu leeren, den Wagen zu beladen und zum Flughafen von Oaxaca zu fahren. Sobald Menardo tot war, hatten die anderen sie augenblicklich gemieden. Sogar die Hausmädchen und die Köchin waren gegangen, nachdem Tacho verschwunden war. Sie waren in ihre Barrios oder Dörfer zurückgekehrt, bis die offiziellen Untersuchungen abgeschlossen oder aufgegeben wurden. Niemand hatte damit gerechnet, daß die junge Witwe so plötzlich und noch vor der Beerdigung das Weite suchen würde, nicht einmal der Polizeichef und der General, die Alegría von Anfang an mißtraut hatten. Alegría hatte gehandelt, solange alle Aufmerksamkeit auf den toten Menardo gerichtet war.

Alegría fühlte, wie sich das Klopfen ihres Herzens beruhigte, während der Jet die Startbahn herunterrollte. Sie hatte alles aus den Safes geräumt: Menardos »Ersparnisse« in Form von ungeschliffenen Smaragden, Perlen und Goldnuggets aus Peru. Das Wichtigste jedoch waren das halbe Dutzend Bankschließfachschlüssel und das abgewetzte Notizbuch mit den Adressen der Banken in San Diego und Tucson. Innerhalb weniger Stunden nach Menardos Tod hatte Alegría alle notwendigen Vorbereitungen getroffen. Der Mann im Reisebüro in Culiacán war der Schwager der Arztgattin, die Alegría von den Canastarunden im Country Club kannte. Das Reisebüro war auf Gruppenreisen in die Vereinigten Staaten »spezialisiert«.

Alegría hatte von der Frau des Doktors den Rat erhalten, die

»Erste-Klasse-Luxusreise« zu verlangen. Die Arztgattin stammte aus San Salvador, und einige ihrer Vettern und deren Freunde hatten die Erste-Klasse-Luxusreise in die Vereinigten Staaten unternommen. Natürlich war es eine teure Angelegenheit – zweitausend US-Dollar – aber dafür reiste man von Anfang bis Ende in vollkommenem Luxus und völliger Sicherheit. Man konnte soviel Gepäck mitnehmen, wie man wollte, da mit den Behörden besondere Abmachungen getroffen worden waren. Es gab keine Aufenthalte für Gepäckkontrollen. An der Grenze selbst würde es einen kurzen Fußweg geben – nicht mehr als ein oder zwei Meilen –, und dann warteten auf der US-amerikanischen Seite gut ausgestattete Wohnmobile mit Klimaanlagen und eisgekühltem Bier. Ein großer Laster fuhr hinterher, der weiteres Gepäck und Kisten mit Kunstgegenständen oder Antiquitäten beförderte. Nach erfrischenden Duschen und Garderobenwechsel in den Wohnmobilen hatten die Teilnehmer der Tour Gelegenheit, ihre Koffer und Kisten auf dem Laster zu inspizieren, damit sie sich davon überzeugen konnten, daß ihre wertvolle Habe heil über die Grenze gekommen war. Auf der Fahrt zum Bahnhof von Yuma würde ein Champagnerbrunch serviert werden. Die Arztgattin hatte gekichert; gewisse Kunst- und Antiquitätenhändler unternahmen diese »Tour« aus »geschäftlichen« Gründen regelmäßig. Andere fuhren mit, weil sie vom »Liebesbus« gehört hatten und den wilden Partys, die die ganze Nacht über stattfanden, während der Reisebus nach Norden fuhr.

Die Luxus-Busreisen wurden von einem Reisebüro in einem heruntergekommenen Herrenhaus im alten Villenbezirk von Culiacán organisiert. Die großen Türen des Speisezimmers und des Ballsaals der alten Villa waren geöffnet worden, um die Teilnehmer der Bustour und ihr Gepäck aufzunehmen. Alegrías Mitreisende stellten sich als eine Ansammlung von Mexikanern und Mittelamerikanern heraus – alle waren hellhäutig und gut gekleidet –, die ihre Hände nie von den Aktentaschen und den anderen Gepäckstücken nahmen, die sie bei sich hatten. Die reichen Salvadorianer waren allesamt frisch verheiratete Ehepaare. Die Frauen waren ähnlich gekleidet wie Alegría, in Leinenkostümen und Pumps aus Echsenleder; die Männer trugen geschmackvolle Golfhemden oder Leinenhosen und Jacketts.

Der Reisebegleiter stellte sich als Mario vor. »Willkommen zu unserer Luxus-Busreise.« Sie würden in wenigen Stunden aufbrechen. Kisten, Truhen und Koffer wurden auf dem Parkettboden in der Mitte des Ballsaals zu einem großen Berg aufgetürmt. Alegría beobachtete, wie Marios Augen immer wieder zwischen den Reiseteilnehmern und ihren Gepäckstücken hin und her glitten, als taxiere er jeden einzelnen von ihnen mitsamt dem dazugehörigen Gepäck. Anschließend hatte Mario jeden Reiseteilnehmer zu einem Gespräch unter vier Augen in der Bibliothek des Hauses empfangen. Als Alegría das Büro betrat, bat er sie um die Bezahlung und zählte dann das Geld zweimal nach, bevor er es in einer Aktentasche zu seinen Füßen verstaute. Alegría war erleichtert darüber, daß Marios Aufmerksamkeit sich auf das Geld konzentrierte und nicht auf das Gewicht oder den Inhalt ihres Gepäcks. Das war es, was man für zweitausend US-Dollar erwarb: keine Fragen und keine Notwendigkeit von Ausweisen oder Visa, weil die Busse bei Nacht »spezielle« Routen durch die Berge nahmen, um die Grenze zu erreichen.

Mario hatte einige Listen vor sich dem Tisch, als er sich bei Alegría erkundigte, ob sie noch Fragen habe. Sie spürte sofort, daß er keine Fragen erwartete oder vielleicht auch keine Fragen wünschte. Doch Alegría war neugierig. Welche Art von Schuhen sollte sie tragen? Man hatte ihr gesagt, sie müßten einen kurzen Fußweg absolvieren. »Der Fußweg? Ein kurzer Fußweg!« hatte Mario geantwortet und heftig genickt, während seine Augen auf ihre Füße und dann zu der Aktentasche neben seinen eigenen Füßen huschten. »Sie gehen von einem Bus zum nächsten«, sagte Mario, als er sie zur Tür begleitete. »Entspannen Sie sich! Genießen Sie die Fahrt! Es gibt nichts, worüber Sie sich Sorgen machen müßten.« Er nickte einem jungen Paar aus Costa Rica zu, in sein Büro zu kommen.

Es gab keine Musik, doch einige Hausmädchen brachten Gläser mit Champagner und kleine Cracker, die mit Anchovis, grünen Oliven, Paprikaschoten und Käse belegt waren. Einige der Frauen aus El Salvador, die sich offenbar schon lange kannten, waren mit ihren Koffern in die Ankleidezimmer hinaufgegangen, wo sie sich Partykleider anzogen und glücklich über die Inneneinrichtung ihrer neuen Häuser in den Vereinigten Staaten plapperten. Dort würden sie ihre Babys zur Welt bringen. Diese Busreise machte alles so einfach und bequem. Sie konnten Juwelen, Antiquitäten und Kunstgegenstände mitnehmen, ohne sie zu versteuern. Alegría war im Internat mit jungen Frauen zusammen gewesen, die die gleichen Privilegien genossen hatten, Reichtum und weiße Haut. Alegría war wie sie; sie alle befanden sich auf der Flucht und versuchten, auf ihrem Weg nach Norden in die Vereinigten Staaten soviel vom Familienbesitz mitzunehmen wie nur möglich. Alles, was sie wollten, war, ohne Angst vor Blutvergießen Babys in Satin-Taufkleidchen auf dem Arm zu halten und den Reichtum zu genießen, der ihnen rechtmäßig zustand. Alegría konnte nur einen Unterschied zwischen sich und den anderen erkennen: Die anderen glaubten, ein Recht auf ihren Reichtum zu haben, und sie wußte, daß sie keinerlei Anspruch auf Reichtum hatte – niemand hatte das –, trotzdem hatte sie sich soviel genommen, wie sie nur konnte. Alegría hatte gelernt, immer nur zu nehmen, denn die, die es nicht taten, gingen zugrunde.

Es wurde noch mehr Champagner serviert, während Mario eine kleine Verspätung ihres Luxus-Reisebusses ankündigte. Zwei Stunden später, als der Bus endlich eintraf, waren alle Reiseteilnehmer, Alegría eingeschlossen, vom billigen Champagner betrunken. Mario war im oberen Stockwerk verschwunden, und bald begann Discomusik aus den Lautsprechern des Ballsaals zu dröhnen. Die jungen salvadorianischen Pärchen waren in Partystimmung und die jungen Ehemänner inzwischen betrunken genug, um sich für die Busreise in Smokings zu kleiden. Warum sollten sie nicht feiern? Sie hatten die Vereinigten Staaten fast erreicht, sie standen kurz vor dem Beginn eines aufregenden neuen Lebens. Sie waren zufrieden, nicht so zu sein, wie die anderen. Sie mußten nicht rennen oder kriechen oder ankommen wie Tagelöhner, deren Hemden durchnäßt waren von Schweiß oder Flußwasser. Die jungen Salvadorianer waren stolz auf ihren Reichtum und die Privilegien, die ihnen dieser Reichtum erkauft hatte.

Der Luxusreisebus war doppelstöckig, und das Sightseeing-Deck verfügte über eine Cocktailbar und eine Anlage mit Discomusik, die der Barmixer mit einem Finger bedienen konnte. Der

Innenraum des Busses war mit einem orangefarbenen Teppich neu verkleidet, die Sitze waren mit orangefarbenem Samt bezogen worden. Die Herren- und Damentoiletten waren nicht größer als ein Wandschrank, verfügten jedoch über ein kleines Waschbecken mit beleuchteten Spiegeln, neue gelbe Vinyltapeten und farblich passenden Vinylfußboden. Zwei »Bushostessen« in Hausmädchenuniformen hatten zusammen mit dem Barmixer schon einiges getrunken. Der Bus schwankte und schlingerte, und die Hostessen stolperten kichernd durch die Gänge, während sie Decken und Kissen verteilten und neue Bestellungen für Cocktails mit Crackern und Käse oder Bier mit Popcorn und Erdnüssen entgegennahmen.

Alegría spürte, daß der Champagner ihr Kopfschmerzen verursachte. Sie saß mit ausgeschaltetem Leselicht da und hatte ihren Sitz ganz nach hinten geklappt. Das Dröhnen der Discomusik über ihr konkurrierte mit dem Röhren des großen Dieselmotors, während der Bus durch die Dunkelheit donnerte. Alegría schloß die Augen und lauschte den Stimmen um sie herum. Wenn reiche Mexikaner betrunken wurden, mußten sie unbedingt damit angeben, wieviel Geld sie in US-Banken gehortet hatten. Sie fuhren immer weiter und weiter und rasten durch die Nacht in Richtung Norden. Der Fahrer kam bei wenig Verkehr und hellem Mondlicht rasch voran. Geld war das einzige, worüber die Paare im Country Club von Tuxtla gesprochen hatten, und Menardo hatte sich darin nicht von ihnen unterschieden. Sie hatten sich von den guten Jahren erzählt, in denen das Geld der ausländischen Banker nur so hereingeflossen war: überall Geld, Geld, Geld; Millionen und Abermillionen US-Dollar! Genug, um überall leben zu können. Von den Milliarden und Abermilliarden, die das Land den ausländischen Bankern schuldete, bekamen die Menschen in Mexiko jedoch nie etwas zu sehen.

Bartolomeo hatte Alegría mit diesen Fakten konfrontiert. War es nicht so? Hatten Menardo und der Gouverneur nicht Millionen gestohlen aus einem Projekt für ein Wasserkraftwerk, das nie fertiggestellt wurde? Alegría hatte gelacht und genickt. Natürlich stimmte diese Anschuldigung. Natürlich hatten sie das Geld gestohlen, aber die einfachen Leute hatten auch nie damit gerechnet, daß sie selbst einen Nutzen daraus würden ziehen können. Alegría hatte sich vor Streitgesprächen mit den Marxisten nie gefürchtet, weil sie fest daran glaubte, daß jeder Mensch für ein bestimmtes Schicksal geboren wurde. Die Armen wurden geboren, um zu leiden; Leiden war ihr Schicksal. Auch Alegría konnte ihr Schicksal nicht ändern, das darin bestand, Reichtum und Luxus zu genießen, ohne sich dafür anstrengen zu müssen. Sie hatten an zwei verschiedenen Universitäten Philosophie studiert und es dennoch nicht weiter gebracht, als die Sache »Schicksal« zu nennen. Bartolomeo hatte es »Zufall« genannt.

Die feiernden Salvadorianer waren schließlich umgekippt oder in ihren Partykleidern eingeschlafen, die frisch verheirateten Pärchen hatten die Arme umeinandergeschlungen. Einige Frauen hatten Reisetaschen bei sich, doch das übrige Gepäck wurde separat auf dem Laster transportiert, so daß sie ihre Kleidung nicht wechseln konnten. Alegría betrachtete das silberne Mondlicht, das von dem kargen Küstengebirge in der Ferne reflektiert wurde. Die Salvadorianer waren die einzigen, die sich gern unterhielten; die Mexikaner reisten wie sie selbst allein und blieben für sich. Sie alle hatten Geheimnisse, die sie in ihren Koffern transportierten; vielleicht wurden sie auch von Geheimnissen verfolgt – das war für Alegría schwer zu erraten. Sie hatte gehört, wie die Frauen im Country Club über Cousinen und Schwestern geflüstert hatten, die in Honduras und Costa Rica verheiratet waren und nun verzweifelt von dort flüchten wollten, um den sich ausbreitenden Bürgerkriegen zu entkommen. Der Papierkrieg dauerte Monate; selbst die Prioritäten- und Privilegiertenlisten waren acht bis zehn Wochen im Verzug. Hunderte von Reisebüros boten US-Touren von der gleichen Art an wie diese. Wie die Frau des Doktors im Country Club gesagt hatte: Es handelte sich nicht um eine Kostenfrage, sondern darum, daß die Qualität stimmte und es garantiert keine peinlichen Zwischenfälle geben würde; kein Gerenne und Gekrieche, kein Schwimmen durch Flüsse, keine nassen Hemden.

Zu Hause in Tuxtla würden die Behörden beginnen, nach Alegría zu fahnden, nachdem sie auf Menardos Beerdigung nicht in der Kirche erschienen war. Der Polizeichef und der General würden Aushänge veröffentlichen, um sie für »Befragungen« ausfindig zu machen, und die Bundespolizei würde den Mercedes auf dem Parkplatz des Flughafens von Oaxaca finden. Sie würden ihre Spur in Culiacán verlieren, und weder der Polizeichef noch der General würden sich weitere Mühe machen, außer sämtliche Zollbeamten, die für die Kontrolle der Flüge ins Ausland verantwortlich waren, zu benachrichtigen. Sie waren froh, sie los zu sein. Was für merkwürdige Geschäfte auch immer zwischen Menardo und den Amerikanern oder Menardos Frau und den Kommunisten getätigt worden sein mochten, der Polizeichef und der General wollten die Sache lieber vertraulich behandeln. Die zunehmenden Unruhen in den Ländern im Süden machten die Aufgabe, in Tuxtla für Ruhe und Ordnung zu sorgen, nur noch schwieriger. Der General wollte in einer Zeit, in der die »Universal-Versicherung und Sicherheitsdienste« dabei war, ihn noch reicher zu machen als zuvor, keinen Skandal.

Irgendwann in der Nacht hatte Alegría bemerkt, wie der Bus von der asphaltierten Straße auf einen Schotterweg abgebogen war. Im Morgengrauen hielt der Bus an, und Alegría erblickte vier Männer neben einem Pickupwagen. Einer von ihnen war Mario, der offenbar wütend war und die anderen anzuschreien schien. Alegría wusch sich in der wandschrankgroßen Damentoilette und stellte sich beim Haarekämmen vor, wie gut sich eine Dusche anfühlen würde. Sie hörte, wie sich in der anderen Toilette jemand übergab, und beschloß, daß etwas frische Luft und ein kleiner Spaziergang ihr guttun würden.

Mario, der Reiseleiter, war ein einziges strahlendes Lächeln, als Alegría die Stufen des Busses herunterkam. Er schnipste mit den Fingern in die Richtung einer der Männer in der Nähe des Pickups, und sofort hatte Alegría einen Pappbecher mit heißem Kaffee in der Hand. Sie fühlte einen kalten Wind wehen, während die Sonne langsam am Horizont hochstieg. Alegrìa fröstelte. Sie war die trockene Luft und die Kühle der Wüstennächte nicht gewöhnt. Im Dschungel war es entweder feucht oder noch feuchter, warm oder noch wärmer. Der Dschungel war üppig, seine Vegetation schien völligen Schutz und Überfluß zu verheißen; die Wüste dagegen bestand nur aus Weite, ungeschützter Preisgabe und Leere – trockene, graue Hügel stiegen zu flachen, blauen Bergketten an, die in zerklüfteten Gipfeln endeten.

Marios Erste-Klasse-Luxus-Reisen. Mario verteilte Pappbecher, die aus Literdosen mit Orangen- und Ananassaft aufgefüllt wurden. Die Bushostessen servierten Kaffee, der über dem Lagerfeuer neben dem Pickup gekocht wurde. Die Salvadorianer waren verkatert und baten um Medikamente. Mario hatte eine große Schachtel Aspirin hervorgeholt, entschuldigte sich jedoch für seine Assistenten, die an alles gedacht hätten, Becher, Zucker, Orangensaft, Kaffee und Ananassaft – alles, außer dem Frühstücksgebäck. Doch das war nicht schlimm, denn es gab reichlich Kaffee und Saft für alle.

EIN KURZER FUSSWEG

Alegría sah sich nach Hinweisen auf die internationale Grenze um. Die Hügel des Vorgebirges waren übersät mit dunklem, faustgroßem Vulkangestein, der Untergrund dagegen war merkwürdig hart und weiß – Vulkanasche, starr wie Beton. Die salvadorianischen Frauen taten, als hätten sie Angst, mit ihren Stöckelschuhen und Partykleidern aus dem Bus zu steigen und die harte, graue Wüste zu betreten, dabei hatten sie bereits gesehen, wie leichtfüßig Alegría mit ihren hohen Absätzen herumgelaufen war.

Mario wies alle an, ihre Taschen und andere mitgebrachten Gegenstände aus dem Reisebus zu entfernen, der in die Stadt zurückkehren mußte. Während seine Assistenten Saft und Kaffee nachschenkten, erklärte der Reiseleiter, daß die luxuriösen neuen Wohnmobile, die speziell für diese Tour gekauft worden seien, gewisse Schwierigkeiten gehabt hatten, weiter unten auf der Straße einen steilen Hohlweg herunterzukommen. Zum Glück sei dies überhaupt kein Problem, sie würden einfach nur ein kurzes Stück zu Fuß laufen müssen bis zu den Fahrern und Wohnmobilen, die auf der US-amerikanischen Seite der Grenze auf sie warteten. Dort würde die Gruppe auch ihr Gepäck und die anderen Habseligkeiten vorfinden, und die Wohnmobile würden sodann abfahren, allerdings in fünf verschiedene Richtungen, eines nach San Diego, ein anderes nach Los Angeles und die weiteren nach Phoenix, Tucson und El Paso.

Nachdem der Reisebus verschwunden war, hörte man als einzige Geräusche die Stimmen der Männer, die sich hinter dem Pickup stritten. Mario deutete mit einem Lächeln und einem Handzeichen in ihre Richtung; indianische Führer – niemand kannte die Wüste besser als sie. Heutzutage wollten sie nicht mehr arbeiten, sie wollten nur noch Geld. Der Reiseleiter blickte zur Sonne, die im Osten noch immer tief am Himmel stand, aber bereits die trockene Luft aufzuheizen begann. Es war Zeit, sich auf den Weg zu machen, sonst würden sie die Fahrer in den Wohnmobilen bei laufenden Motoren und Klimaanlagen unnötig warten lassen. Er nickte den Führern zu, glitt dann hinter das Steuerrad des Pickups und ließ den Motor an, um nach Culiacán zurückzufahren.

Adieu, Mexiko! Alegría tat es nicht leid, über diese unsichtbare Grenzlinie gehen zu müssen, denn, Gott segne sie, aber die arme Mutter Mexiko war wirklich von der ganzen Welt aufs Kreuz gelegt worden. Alegría wußte, daß sie für den Luxus und die schönen Seiten des Lebens bestimmt war; sie bedauerte keineswegs, das Leid und das Chaos hinter sich zu lassen. In Mexiko würde es nur noch mehr Gewalt geben. Alegría trauerte um das Land, aber sie hatte mit angesehen, wie sehr sich Bartolomeo und die Marxisten bemüht hatten, die Menschen aufzuklären, und es war hoffnungslos. Es gab nichts, was man tun konnte. Überall waren die Massen von Natur aus faul, und sie litten oft Hunger, das war der Lauf der Natur. Ihr eigenes Schicksal hatte immer anders ausgesehen, aber sie hatte es herausgefordert, als sie sich mit den Radikalen an der Universität angefreundet hatte. Bartolomeo war Alegrías große Schwäche gewesen, doch selbst er hatte sie nicht aufhalten können. Sie war über die Schwelle geschritten und hatte ihr neues Leben in den Vereinigten Staaten betreten. Sie konnte nicht länger über Mexiko nachdenken. Jetzt war sie fast in Reichweite von Sonny Blue. Der Gedanke an Sonny war die einzige Träumerei, die sie sich während der Fahrt gestattet hatte. Sie hatte alle zerstörerischen Gedanken oder Ängste beiseite geschoben. Der Polizeichef und die anderen hatten größere Fische in Reichweite, wenn sie unbedingt jemanden über dem Feuer rösten wollten.

Zwischen den Hügeln des Vorgebirges wanden sich breite, sandige Auswaschungen, und graue Basaltfelsblöcke, groß wie

Wohnmobile, lagen verstreut. Hinter jeder Biegung und jeder Erhebung vermutete Alegría fünf blitzende neue Wohnmobile, die dort auf sie warteten. Wenn nicht hinter dem ersten oder zweiten Hügel, dann doch bestimmt hinter diesen Felsblöcken ein wenig weiter vorn. Jeden Moment rechnete Alegría damit, daß sich die Strahlen der Sonne in den Windschutzscheiben der Wohnmobile spiegeln und als blendende Lichtreflexe zurückgeworfen werden würden. Das Laufen gefiel ihr. Sie malte sich aus, wie sie die Gärten des neuen Hauses anlegen würde, das sie in Tucson bauen wollte.

Die Vulkanasche unter den Absätzen ihrer Schuhe war fest zusammengepreßt. Beton oder Asphalt waren gar nicht immer notwendig; ihrem Steingarten wollte sie das Aussehen einer natürlichen Wüstenlandschaft geben. Vielleicht hatte sie auch für Landschaftsgestaltung ein gewisses Talent. Alegría blieb stehen, um sich umzusehen. Die Sonne stieg immer noch weiter nach oben, und die trockene Wüstenluft war angenehm warm. Die Reisegesellschaft hatte sich in vier Gruppen aufgeteilt: Die indianischen Führer gingen in einiger Entfernung voraus, dann folgten die Männer, Alegría und die anderen Frauen kamen ihnen nach, und am Schluß gingen die fünf salvadorianischen Paare, die sich lauthals beklagten und den Führern zuriefen, stehenzubleiben. Die Stimmung war gereizt. Wo waren die Wohnmobile? Wie weit hatten sie noch zu laufen? Die salvadorianischen Ehemänner pöbelten und begannen, mit Steinen nach den Führern zu werfen. Die Führer ignorierten sie jedoch und gingen weiter.

Alegría hatte den hinterlistigen Chauffeur Tacho lange genug beobachtet, um zu wissen, wann Indianer im Begriff waren, Ärger zu machen, und ihr Herz schlug schneller, als sie sah, wie die drei Führer über einer Hügelkuppe verschwanden. Hinter dem Hügel mußten die Wohnmobile und die Fahrer sein. Als sie sich der Kuppe des Hügels näherte, hatte ein plötzlicher Windstoß den Schweiß auf ihrer Kopfhaut und im Nacken abgekühlt und sie frösteln lassen. Einen Augenblick später, auf der Spitze des Hügels, wurde ihr klar, was passiert war. Es gab keine Wohnmobile und keine Fahrer, die auf sie warteten. Es hatte sie nie gegeben. Die indianischen Führer waren angewiesen worden, sie auszusetzen.

Die Führer hatten das ganze Trinkwasser in ihren großen Rucksäcken davongetragen. Die vier Mexikaner hielten noch immer ihre Aktenkoffer umklammert, doch ihr Vorsprung war nicht mehr sehr groß. Alegría fragte sich, warum sie bei dieser Hitze nicht ihre Sportmäntel auszogen und daraus Kopfbedeckungen gegen die Sonne machten. Alegría blieb stehen, um sich nach den anderen umzusehen. Sie alle hatten in der vergangenen Nacht zuviel von Marios kostenlosem Alkohol getrunken. Die Salvadorianer schienen die schlimmsten Nachwirkungen zu verspüren; die jungen Ehemänner in ihren Smokings lagen weit zurück, fast so weit wie ihre Frauen, die noch immer die Partykleider und Stöckelschuhe der letzten Nacht trugen. Alegría wünschte, sie hätte eine Kamera für einen Schnappschuß; sonst würde ihr niemand glauben, daß dies wirklich passiert war.

Nach dem zweiten Hügel hatte Alegría die Absätze ihrer Schuhe abgebrochen. Sie hatten sich über die Sonne im Norden getäuscht. Wenn man den Dummköpfen entlang des Äquators zuhörte, könnte man meinen, keine Sonne brenne heißer als die ihre. Aber sie hatten noch nie einen von der Sonne ausgebrannten Himmel über staubtrockener Erde gesehen. Diese nördliche Sonne glühte viele Stunden lang erbarmungslos an einem roten Horizont, bevor sie für nur kurze Zeit verschwand.

Alegría kämpfte mit einem Gefühl der Angst. Hinter dem nächsten Hügel würden sie die Wohnmobile und die Fahrer finden, die mit den Führern im Schatten auf sie warteten. Die Angst war verständlich in Anbetracht der Belastung, unter der sie gestanden hatte, seit Menardo ums Leben gekommen war. Dieses Reiseunternehmen war ihr sehr empfohlen worden. Die Sicherheit der Reisenden war eines von Marios wichtigsten Verkaufsargumenten. Alegría rückte den pinkfarbenen Nylonslip zurecht, den sie zum Schutz vor einem Hitzschlag auf dem Kopf trug. Die salvadorianischen Ehemänner trugen ihre Frauen jetzt huckepack. Die Männer hatten ihre Köpfe mit Jacken bedeckt, die Frauen waren Alegrías Beispiel gefolgt und trugen Unterröcke auf den Köpfen. Nur noch über den nächsten Hügel und sie waren in Sicherheit; eiskaltes Bier und eiskaltes Wasser warteten auf sie. Sie würden kalte Duschen nehmen und sich in den klimatisierten Wohnmobilen ausruhen.

Alegría überholte die vier Mexikaner bald. Sie hatten sich die Gesichter verbrannt, ehe sie die Jacken ausgezogen hatten, um sich damit die Köpfe zu bedecken. Sie standen auf dem großen grauen Hügel, den Alegría Elefantenarsch getauft hatte. Sie benutzte lustige, alberne Worte, um sich von der Hitze abzulenken und in Bewegung zu bleiben. Elefantenarsch war wirklich ein guter Name, denn genau das war es, wo sie sich gerade befanden: Ein Ort, an dem nur Scheiße vom Himmel regnen konnte. Von der gräulich-lehmigen Hügelspitze blickten sie auf eine weite, kahle Ebene, die wie eine Fata Morgana in der aufsteigenden Hitze vibrierte. Den Arsch des Elefanten hinauf und hinein in den Hochofen. Es gab keine Hügel mehr, hinter denen sich die klimatisierten Wohnmobile und ihre Fahrer oder die drei indianischen Führer versteckt haben konnten. Es gab nur Meilen und Meilen fahler, unfruchtbarer Flächen, durchbrochen von merkwürdigen schwarzen Vulkanformationen und verstreut umherliegendem Vulkangestein.

Alegría blickte in die Gesichter der vier Mexikaner. Sie hatten langsam begriffen, daß sie ausgesetzt worden waren. Einer der vier murmelte ununterbrochen: »Das ist noch nie passiert«; er war einer von Marios zufriedenen Kunden. Er hatte die Reise bereits zweimal unternommen, und nichts dergleichen war je passiert. »Hier ist etwas *nicht* in Ordnung!« sagte der Mexikaner mit Nachdruck; sogar die Route, die sie diesmal genommen hatten, war ihm unbekannt. »Warum Erfolg aufs Spiel setzen!« hatte der Mexikaner so lange wiederholt, bis einer der anderen ihm befahl, die Klappe zu halten. Die anderen drei machten grimmige Gesichter. Alegría erkannte, daß sie annahmen, Mario habe sie bewußt ausgesetzt. Die ganze Zeit über hatte er sie für diesen großen Schlag präpariert. Um ihr Vertrauen zu gewinnen, hatte Mario sie und ihre »Güter« einige Male sicher über die internationale Grenze gebracht. Aber damit würde er nicht durchkommen. »Es wissen zu viele aus unseren Familien davon«, sagte der Mann und wischte sich sein Gesicht an seinem weißen Hemdsärmel ab. »Damit wird er nicht durchkommen!«

Alegría mußte lachen über die vier Mexikaner und ihre Drohungen. Sie würden allesamt sterben, wenn sie nicht aus der Sonne kämen, sagte sie ihnen. Sie mußten Schatten finden und sich ausruhen, bis die Sonne unterging. Dann mußten sie nach Wasser suchen. Sie wußte, daß der Highway parallel zu ihnen und in Richtung Westen verlaufen mußte. Nach Anbruch der Dunkelheit würden sie in der Auswaschung weiterlaufen, weil die Nachluft dort kühler war und das Gehen leichter fiel. Die vier Männer starrten Alegría benommen an, sie waren keine mexikanischen Frauen gewöhnt, die ohne Männer Entscheidungen trafen. Sie nickten und bewegten sich langsam den Hügel hinab in die trockene Wash, um dort Schatten zu finden. Alegría sah sich nach den anderen um. Die Salvadorianer bewegten sich wieder, allerdings nur im Zeitlupentempo. Die Ehemänner trugen ihre Frauen nicht mehr. Sie hatten ihnen die Absätze zu spät abgebrochen, und die Füße der Frauen hatten inzwischen zu viele Blasen und waren zu geschwollen, um noch in die Schuhe zu passen. Alegría sah sechs von ihnen zusammengekauert unter einem Sonnendach, das sie sich aus Sportmänteln und Petticoats gebaut und in die Zweige einer großen Yuccapflanze gehängt hatten. Wenn sie im selbstgebauten Schatten der Yuccapflanze blieben, konnten sie vielleicht überleben. Die aussichtsreichste Möglichkeit jedoch war die trockene Wash, in der die Temperaturen ein paar Grade niedriger waren und die steilen Lehmufer des Arroyos guten Schatten boten. Unter sich sah Alegría zwei Salvadorianer, die im Begriff standen, die anderen, die im Schatten neben der Yuccapflanze kauerten, zu überholen. Für einen Moment erwog sie, zurückzukehren und den Salvadorianern und den anderen von der trockenen Wash auf der anderen Seite des Hügels zu erzählen. Aber die Stimme der Angst flüsterte ihr zu, ihre eigenen Kräfte aufzusparen, damit sie nicht auch in der Wüste sterben mußte wie die anderen. Es waren ohnehin dumme, lächerliche Leute, diese bourgeoisen Salvadorianer und Mexikaner; und auf eine Frau würden sie sowieso nicht hören.

Alegría sank in den kühlen Schatten vom steilen Nordufer des Arroyos. Sie versuchte, nicht an Wasser zu denken. Die Kühle des Schattens war fast so erfrischend wie ein Schluck kaltes Wasser. Der Schatten und die Kühle mußten die vier Mexikaner belebt haben, denn als Alegría später erwachte, waren die Männer verschwunden, und Alegría fand vier Paar frische Fußabdrücke, die dem Arroyo in westlicher Richtung folgten. Männer mußten immer die ersten sein; sollten sie ruhig gehen. Bevor einer der anderen sich in den Arroyo verirrte, hatte sich Alegría versichert, daß sie von niemandem gesehen werden konnte, und sich dann in die Bluse und unter den Rock gefaßt, um zu überprüfen, daß ihr Geldgürtel noch sicher saß. Mario und seine Spießgesellen mochten ihre Truhen und Koffer voller »Kunst« ruhig behalten, die Menardos erste Frau gesammelt hatte, aber die Smaragde und Schließfachschlüssel waren eine andere Sache. Jeder, der ihren Gürtel haben wollte, würde Alegría zuvor umbringen müssen.

Schluchzen und Flüche weckten Alegría. Die salvadorianischen Paare hatten es geschafft, den Arroyo zu erreichen, während sie gedöst hatte. Die Sonne stand tief und bewegungslos am Himmel und erinnerte Alegría an eine Lötlampe, die sie einmal auf einer Baustelle gesehen hatte. Die Lötlampe hatte sich auf der anderen Seite eines Stahlträgers befunden und ein Loch hindurchgebrannt. Sie war damals Architekturstudentin im ersten Studienjahr gewesen, und die Professoren und die anderen Studenten hatten obszöne Kommentare abgegeben, während sie zusahen, wie der Lötkolben den Stahl zerschnitt. Sie hatten vergessen, daß eine Frau anwesend war. Alegría hatte sich an der Universität an Vulgaritäten gewöhnt. Sie blieb still und regungslos und beobachtete die salvadorianischen Ehemänner, die ihre Frauen auf Rücken und Schultern halb trugen und halb zerrten.

Die vier Mexikaner waren in besserer Verfassung. Sie blieben nicht stehen. Sie gingen im Schatten vom Nordufer des Arroyos. Alegría konnte sie nicht sehen, hörte jedoch in der Ferne ihre Stimmen. Die Männer klangen merkwürdig heiter. Der Schatten im Arroyo würde ausreichen; warum noch länger warten? Die Männer würden jetzt losmarschieren und Highway und Wasser ein ganzes Stück näherkommen. Alegría beobachtete, wie das letzte salvadorianische Pärchen hinter einer Biegung des Arroyos verschwand. Sie schätzte, daß die Temperatur noch immer weit über vierzig Grad liegen mußte, aber auch die Luftfeuchtigkeit lag noch immer unter acht Prozent. Die wirkliche Gefahr war der Wasserverlust, nicht die Hitze.

Nach Sonnenuntergang erwachte Alegría erneut. Sie hatte traumlos geschlafen, in der vollkommenen, dunklen Leere des

Nichts. Sie hatte sich vor qualvollen Träumen über Trinkwasser oder Eiswürfel in Eistee und kaltem Bier in eisgefüllten Kühlboxen gefürchtet. Sie begann zu laufen. Sie fühlte, wie der Durst Gewalt über die Stimme in ihrem Kopf gewann. Durst, Durst, Durst hallte es immer und immer wieder in ihrem Kopf. Alegría steckte sich einen Kieselstein in den Mund, weil sie in einem Roman einmal gelesen hatte, daß dies helfen könne. Aber der Roman hatte nicht beschrieben, was nach einiger Zeit passierte. Autoren bedienten sich der dichterischen Freiheit, die Architekten nie zur Verfügung stand. Nach einer Weile war der Kieselstein in ihrem Mund völlig wirkungslos geworden, weil der gesamte Speichel, den der Stein stimuliert hatte, aufgebraucht war. Alegría hatte in Bartolomeos häßlichem kleinen Anleitungsheft für Konterrevolutionen, das er von der amerikanischen CIA erbeutet hatte, vom Tod durch Verdursten gelesen. Er hatte sie gebeten, alles zu lesen, weil er sie liebe und wolle, daß sie die Risiken kannte. Durst wurde von der CIA nur selten als Foltermethode angewandt, hatte in dem Heft gestanden, weil die Zunge bei zunehmendem Durst immer stärker anschwoll und aus dem Mund quoll, so daß das »Subjekt« selbst dann nichts mehr sagen konnte, wenn er oder sie dazu bereit war.

Nachdem sie die salvadorianischen Frauen gesehen hatte, wußte Alegría, daß ihr nur noch wenige Stunden Zeit blieben, um Wasser oder Hilfe auf dem Highway zu finden. Die beiden waren Arm in Arm gestorben und saßen in aufrechter Haltung gegen die Uferböschung des Arroyos gelehnt. Der Inhalt ihrer Handtaschen war in den Sand ausgeleert worden. Zuerst hatte Alegría vermutet, daß ihre Männer oder vielleicht sogar Marios hinterlistige Führer zurückgekommen waren, um ihnen die Taschen zu leeren, doch dann erkannte sie, daß die beiden vor Durst wahnsinnig geworden waren und die Handtaschen auf ihrer verzweifelten Suche nach etwas Trinkbarem ausgeleert hatten. Eine der Frauen hatte ihr französisches Parfüm getrunken, das leere Fläschchen lag noch in ihrem Schoß. Ihre teuren Partykleider hatten die Strapazen sehr gut überstanden, die Fuchsienrüschen und die pinkfarbenen Plisseefalten aus Crêpe de Chine waren irgendwie sauber und heil geblieben und kaum zerknittert. Alegría dachte darüber nach, wie seltsam der Tod doch war, der

Partykleider unversehrt und ohne einen Fleck zurückließ. Sie sah ihnen nicht ins Gesicht. Nicht, weil sie fürchtete, vielleicht schwarze, geschwollene Zungen oder von Bussarden ausgefressene Augenhöhlen zu sehen, sondern weil ihr die Gesichter der Frauen nicht aufgefallen waren, als sie noch am Leben gewesen waren, und sie sich jetzt, wo sie tot waren, erst recht nicht mehr mit diesen salvadorianischen Kühen belasten wollte.

Der weiße Sand des Arroyos reflektierte das Licht des Mondes, der sich im letzten Viertel befand, so daß Alegría gut hundert Meter weit sehen konnte. Sie hockte sich in den Sand und fing mit der hohlen Hand ihren Urin auf. Sie trank ihn ganz. Sie sah nicht ein, welchen Unterschied es machen sollte, schließlich war es ihr eigener. Männer verlangten von ihren Geliebten oder Frauen regelmäßig, daß sie ihr Sperma schluckten. Der Urin brachte ihren Speichel zurück, und Alegría machte sich kaum die Mühe, festzustellen, wer die Leichen waren, an denen sie vorbeikam. Sie war weder neugierig, noch interessierte sie sich dafür, wer gestorben war. Sie hatten ihr nichts bedeutet, als sie noch lebten, und nun bedeuteten sie ihr noch weniger. Sie allein würde weiterleben; sie würde überleben. Jedesmal wenn sie an einem weiteren Leichnam vorüberkam, empfand Alegría ein Gefühl der Euphorie. Guatemalteken und Honduraner schienen zu zweit oder zu dritt zu sterben, und die Mexikaner waren wie die Fliegen einer nach dem anderen umgefallen. Sie hatte den Überblick verloren, aber sie kannte das »geheime System«: Jeder Leichnam, an dem sie vorbeikam, brachte Alegría der Rettung ein wenig näher. Je mehr andere starben, desto wahrscheinlicher war es, daß Alegría gerettet werden würde; das war ein einfaches Rechenexempel.

Alegría war die ganze Nacht über durchgelaufen. Nach Sonnenaufgang kam sie an der Leiche einer der vier Mexikaner vorbei. Sein Aktenkoffer war verschwunden, und bevor er gestorben war, hatte er sich alle Kleider vom Leib gerissen. Alegría blieb nicht stehen, bis sie den Aasgestank hinter sich hatte. Bevor die Sonne hoch am Himmel stand, suchte sie sich einen schattigen Platz, an dem sie bis zur Dunkelheit schlafen konnte. Der Arroyo war nun viel breiter, und an beiden Ufern wuchsen Wüstenbäume. Im Schatten der Bäume setzte sich Alegría nieder und lehnte den Rücken an einen Baumstamm. Bei ihren Füßen, halb vergraben im Sand, lagen leere Dosen und zerknickte, aufgeplatzte Plastikflaschen, die einmal Wasser enthalten hatten. Alegría hielt eine der Plastikflaschen mit beiden Händen in die Luft. Als sie die Flasche halb vergraben im Sand entdeckte, hatte sie im ersten Moment geglaubt, sie könne vielleicht noch etwas Wasser enthalten. Aber dann hatte sie das klaffende Loch in der unteren Hälfte der Flasche entdeckt, in der sich etwas feiner, weißer Sand befand. Sie versuchte zu schlafen, aber sie war zu durstig. Sie weinte, hatte aber plötzlich keine Tränen mehr. Ihre Augen fühlten sich verbrannt und geschwollen an. Wenn sie jetzt urinierte, hatte sie Schwierigkeiten, mehr als ein paar Tropfen auszuscheiden, die auf ihrer Zunge und den aufgesprungenen Lippen brannten.

Alegría weigerte sich zu sterben. Es war ihr egal, wie schwach und elend sie war, sie würde hier unter diesem Baum sitzen bleiben und *nicht* sterben. Sie konnte den Geldgürtel mit der Tasche voller Smaragde an ihren Rippen fühlen. Menardo hatte Stunden damit verbracht, die Steine zu betrachten und zu bewundern, wenn er sie aus dem Safe geholt hatte. Mit dieser Farbintensität, der Makellosigkeit und dem fast übernatürlichen Licht, das die Smaragde ausstrahlten, mußten die Steine Millionen wert sein. Nur die Japaner hatten schönere Smaragde, hatte Menardo gesagt. Und jetzt hatte sie die Steine. Solange sie die Smaragde besaß, weigerte sich Alegría zu sterben. Sie war zu durstig, um zu schlafen, aber sie konnte an die Smaragde denken. Sie gehörten jetzt ihr, und sie würden sie am Leben erhalten. In der endlosen Tiefe ihrer grünen Farbe sah Alegría Lagunen und Teiche mit klarem Wasser, umgeben vom Blätterdickicht des Dschungels. Das blaugrüne Licht war ein tropischer Sprühregen, der den Himmel überzog. Sie hatte den festen Willen, nicht zu sterben. Sonny Blue war in Tucson und ebenso Hunderttausende in Gold und in Scheinen, sogar ein Stadthaus. Und all das gehörte nun ihr. Sie würde überleben, um dies zu genießen, ganz egal, wie dick und trocken ihre Zunge wurde.

Alegría hatte nicht wirklich geschlafen, aber sie hatte geträumt und halluziniert. Von ihrem Schattenplatz unter dem Baum hatte sie zugesehen, wie die großen Basaltfelsblöcke sich langsam die Wash heruntergewegt hatten, als wären es riesige Tiere, die auf dem Sand grasten. Als nächstes hatte sie das Geräusch eines Automotors gehört, den Motor des Mercedes, und bevor sie sich rühren konnte, sah sie Menardos Wagen mit Tacho am Steuer, der sich langsam durch die Arroyos bewegte, als folge Tacho ihren Spuren. Alegría sah sein Gesicht genau, doch er sah sie nicht. Er schien aus dem Wagenfenster auf den sandigen Boden zu starren, wo Alegría rundliche Steine ausmachen konnte, die sich in menschliche Schädel verwandelten, je weiter das Auto die Wash heraufkam. Dann verschwand der Wagen, und Alegría roch die Feuchtigkeit von Regen in der Luft, obwohl die Sonne am leeren blauen Himmel brannte. Alegría konnte gebratenen Truthahn riechen und sah, daß dort, wo die Steine eben noch menschliche Schädel gewesen waren, nun gebratene Truthähne auf Silbertabletts saßen, auf denen sich das Sonnenlicht spiegelte. Alegría hörte Stimmen aus der Richtung, die der Geistermercedes eingeschlagen hatte. Sie fühlte, wie sich das Blut in ihren Adern verdickte, um langsam auszutrocknen. Sie konnte die Augen nicht mehr öffnen, weil ihre Lider angeschwollen und dann fest zusammengeschrumpft waren.

Alegría hatte immer gewußt, daß das Leben keine Bedeutung hatte, deshalb war auch das Sterben bedeutungslos. Sie verlangte nicht nach ihren Eltern. Zwischen ihnen gab es keine Liebe. Ihr Vater würde aus der Geschichte ihres Todes ein Tischgespräch machen, und ihre Mutter würde gar nichts sagen, so als wäre Alegría nie geboren worden. Alegría legte sich die Hände auf den Bauch, um die Ausbuchtung der Tasche mit den Smaragden in ihrem Geldgürtel zu fühlen. Wenn ihre Augen für immer vertrockneten, würde sie sie durch zwei große Smaragde ersetzen. Eine echte Blondine wie sie würde mit grünen Augen sogar noch faszinierender aussehen.

Alegría erwachte, als ihr Wasser über den Kopf, über das Gesicht und auf die Brust lief. Sie rieb sich die Augen und hörte, wie eine Frauenstimme auf Spanisch rief: »Diese hier lebt noch.« Jemand kniete mit einer Feldflasche neben ihr und half ihr, Mund und Zunge mit Wasser zu spülen und ihre Kehle anzufeuchten, damit sie nicht erstickte, wenn sie trank. Alegría versuchte, etwas zu sehen, aber ihre Augen konnte nichts klar erkennen. Sie hörte englische und spanische Männer- und Frauenstimmen. Sie versammelten sich um sie herum. Alegría erkannte ihre Schuhe und Beine. Irgend etwas kam ihr sehr vertraut vor an den schwarzen Schuhen, die die Frauen trugen. Sie nahm an, daß es sich um eine weitere Halluzination handeln mußte, denn sie war umgeben von einem halben Dutzend katholischer Nonnen und zwei Priestern. Die Nonnen trugen moderne, kurze Schleier, weiße Blusen und dunkle Röcke. Sie waren offensichtlich *gringas*, die sich aufgeregt auf Englisch unterhielten. Die dunkelhäutige Frau, die Spanisch sprach, kehrte mit einer anderen Frau zurück, die ihre Schwester zu sein schien. Beide hatten Alegría angesehen und dann die Köpfe geschüttelt. Sie war keine von ihren Leuten. Sie hatten niemanden mit dieser Beschreibung erwartet: blondes Haar. Anscheinend war es soweit, daß die *coyotes*, jetzt, wo die Bürgerkriege im Süden schlimmer wurden, auch Menschen aus höheren Schichten herüberschmuggelten.

Auf dem Rücksitz des Wagens hatte es Alegría geschafft, einer von ihnen auf Spanisch zuzuflüstern: »Bitte keine Polizei und kein Krankenhaus.« Liria und Sarita hatten beide gleichzeitig genickt. Kein Grund zur Sorge, sagten sie ihr in beruhigendem Tonfall. Sie sollte ganz ruhig sein und schlafen. Alles werde wieder gut. Alegría zog ihre Knie an den Leib und spürte, wie die Tasche des Geldgürtels gegen ihre Rippen drückte. Sie schloß die Augen und flüsterte ihren Smaragden zu: »Oh, meine kleinen Schätzchen! Ich liebe euch, ich liebe euch. Ich verdanke euch mein Leben.«

FEINDLICHE BLITZE

Zeta hatte seit Tagen nichts von Awa Gee gehört. Ihre Nachrichten auf seinem Anrufbeantworter hatte er nicht beantwortet. Alle seine anderen Telefonleitungen waren besetzt, einschließlich der Privatleitung, die Zeta selbst bezahlt hatte, eine Leitung, die angeblich immer für sie frei war. Awa Gee war besessen von Telefonleitungen, und in einem Schrank hatte er Zeta stolz seine »Original«-Wartungsdienstuniformen gezeigt, die sogar ein Schild mit einem erfunden asiatischen Namen auf der Brusttasche hatten. Neue Identitäten waren eine von Awa Gees vielen Spezialitäten. Zeta fragte ihn nicht danach, aber sie nahm an, daß Awa Gee für bestimmte Jobs die Telefonleitungen anderer Leute anzapfte.

Zeta ging los, um Awa Gee zu suchen. Er hatte kürzlich sein, wie er es nannte, »Traumhaus« gefunden, in einem Häuserblock aus schäbigen, zerfallenden Bungalows an der Glenn Street, die von der Stone Avenue abzweigte. Zwei große Arroyos führten durch das Wohngebiet, in dem die Wüstenpflanzen leerstehende Plätze und Höfe zurückerobert hatten; Kreosotsträucher und Paloverde, die auf den Geröllablagerungen der Wüsten-Washes schon immer gut gediehen. Bevor Awa Gee das Traumhaus ausfindig gemacht hatte, war er dauernd umgezogen. Er war ständig auf der Hut vor der Telefongesellschaft, und schien unaufhörlich auf fremde Geräusche zu lauschen. Tag und Nacht rechnete er damit, daß das FBI an seine Tür klopfte. Aber noch mehr als das FBI fürchtete und haßte Awa Gee Blitze. Auf seinem alten Vesparoller war er durch ganz Tucson gefahren und hatte einen »sichelen Platz, sichelen Platz« gesucht. Awa Gees Feinde waren Blitze, Stromausfälle und alles und jedes, das zu Störungen in seinen Telefonleitungen führen konnte. Die Wohngegend, die Awa Gee sich ausgesucht hatte, bestand aus flachem Gelände und wies nur wenige lebende Bäume auf, die höher waren als ein Briefkasten – alles wunderbare Voraussetzungen dafür, Blitzschlägen aus dem Weg zu gehen. Awa Gee pflegte die Augen zu schließen und so zu tun, als zittere er bei der bloßen Erwähnung von Blitzschlag. Ein kugelförmiger Wohnwagen stand neben dem kleinen Haus, das er gemietet hatte. Er hatte den Trailer gekauft, um darin die vielen kleinen Computer unterzubringen, die er für das hundertstellige Zahlen-Projekt zusammengeschlossen hatte.

Immer wenn Awa Gee von der Gefahr sprach, die Blitze für seine geliebten Computer und Programme darstellten, konnte Zeta eine Bitterkeit in ihm erkennen, die er hinter seinem breiten Grinsen und der scheinbaren Heiterkeit zu verbergen suchte. Sie standen im Halbdunkel, das Awa Gee für die Arbeit an den Terminals bevorzugte. Das US-Militär und die ausländischen Regierungen hätten erst viel zu spät Schritte zur Absicherung ihrer

Computerzentren unternommen. Nur krasse Amateure und Stümper seien jemals als Hacker erwischt oder enttarnt worden. Die größten Raubzüge, die schönsten Netzwerkeinbrüche würden noch jahrelang unentdeckt bleiben; Millionen und Abermillionen Dollar die Stunde seien aus elektronischen Systemen verschwunden. Die internationalen Bank- und Finanzgeschäfte seien alle Teil eines großen, dahinströmenden Flusses, aus dem immense Mengen verschwinden konnten, ehe der »Wasserspiegel« um ein wahrnehmbares Maß absank, meinte Awa Gee. Theoretisch gesehen würden sich die Zahlen eines Tages, an irgendeiner Stelle selbst überführen, und irgend jemand würde dabei den kürzeren ziehen; aber praktisch war es so, daß, wenn nicht wirklich alle Lichter ausgingen, der elektronische Fluß niemals aufhören würde zu fließen, und der aus zwei Nanosekunden bestehende Vorsprung der Einzahlungen würde sie für alle Zeiten knapp vor den Schulden im Rennen halten.

Awa Gee hatte eine Menge Geld auf ausländischen Bankkonten. Wenn er wollte, mußte er nie wieder einen Finger krumm machen. Awa Gee sammelte »Zahlen«. Seine zukünftigen Kunden wurden aufgefordert, die Zugangscodes zu liefern. Neunundneunzig Prozent seiner Kunden waren frühere Angestellte, die von Rache getrieben wurden. Seine Zahlensammlung ersparte Awa Gee unzählige Stunden an Computerarbeit, die für das willkürliche »Safeknacken«, wie er es nannte, nötig waren. Natürlich hatte er über jeden seiner unerlaubten Computereinbrüche oder Einbruchsversuche immer peinlichst genau Buch geführt, um sicherzugehen, daß er bei seiner Suche nach neuen interessanten Netzwerken keine Zahlenkombinationen duplizierte. Seine potentiellen Kunden prüfte Awa Gee unter dem Gesichtspunkt, ob das jeweilige Netzwerk, in das er einbrechen sollte, für ihn von Interesse war. Natürlich hätte er Spitzenhonorare für seine Expertise verlangen können, doch er hatte darauf geachtet, nicht zu geldgierig zu werden. Die weltweiten Netzwerke nannte er eine »Kuh mit fettem Euter«, die er immer und immer wieder melken werde. Bisher hatte er immer frühzeitig aufgehört – bis jetzt. Doch nun sah Awa Gee den Tag herannahen, an dem er »die Kuh« völlig leermelken und dann austrocknen lassen mußte. An diesem Tag würde er Heerscharen von Computerviren und mit ihnen verbundene Zeitbomben loslassen, die sich zusammenschließen und miteinander kombinieren würden, um die Bilanzen und Daten von Computersystemen auf der ganzen Welt zu verändern.

Zeta hatte niemals Fragen gestellt, aber manchmal redete der merkwürdige kleine gelbe Mann ununterbrochen, wenn sie zu ihm kam, um sich über den Stand der Arbeit, die er für sie ausführte, zu erkundigen. Awa Gee hatte Zeta empfohlen, alle Bezahlungen in Gold zu verlangen. Gold, immer nur Gold, denn alles andere war nur Papier oder ein paar leicht manipulierbare elektronische Impulse in den Computersystemen der Banken.

Awa Gee hatte alle Fenster des kleinen Hauses sorgfältig mit Verdunklungsstoff zugeklebt. Das einzige Licht spendeten ein großes Aquarium und ein Farbfernsehgerät mit abgestelltem Ton in der Mitte des Zimmers, dicht neben dem Sofa aus Zebrafell. Awa Gee hatte alle Kissen und Decken vom Sofa auf den Fußboden geworfen, um für Zeta einen Sitzplatz zu schaffen. Er selbst »thronte« auf seinem Arbeitsstuhl, und seine durch die Brillengläser seltsam vergrößerten Augen glitten von ihren Augen zu den Bildschirmen und den blinkenden roten, gelben und grünen Lichtern hinüber, die den Raum vom Boden bis zur Decke ausfüllten. Awa Gee zeigte Zeta nicht, was sich in dem Wohnwagen befand, aber sie waren über zwei schwere Kabelstränge gestiegen, die das kleine Haus anscheinend mit dem Wohnwagen verbanden. Die Kabelstränge waren sorgfältig in zwei Mülltüten eingewickelt und verklebt worden.

Awa Gee hatte wochenlang Tag und Nacht an einem internationalen Projekt gearbeitet. »Alles aus gutem Willen – ohne Bezahlung! Und nur auf besondere Einladung!« erzählte er Zeta stolz. Allen anderen Teilnehmern hatten milliardenschwere Forschungseinrichtungen zur Verfügung gestanden. Er war der einzige »kleine Fisch« gewesen, der die letzte Stufe zur Teilnahme an diesem Projekt erklommen hatte. Atomspaltung? Das habe sich mit bloßer Gewalt leicht erreichen lassen, aber eine hundertstellige Zahl in zwei Primzahlen aufzuspalten, das sei bis zur vergangenen Woche noch nie gelungen, sagte Awa Gee und lächelte.

Awa Gee hatte sich benommen, als habe er wochenlang kein menschliches Wesen mehr gesehen. Der kleine Mann konnte nicht aufhören zu reden. Zeta meinte, er müsse nun sehr stolz auf sich sein, aber der kleine Asiate schüttelte nur den Kopf, und die Bitterkeit war zurückgekehrt. Nein, er könne nicht zufrieden sein, nicht, solange es die Ungerechtigkeit gab. Diese Ungerechtigkeit erlaubte es anderen von unterlegener Geisteskraft, intellektuellen Idioten, all die Millionen an Forschungsgeldern einzustecken, während er, Awa Gee, sich mit dem zufriedengeben mußte, was er aus dem Abfall zusammenbastelte, den er im Müllcontainer hinter dem Trakt für Computerwissenschaften fand.

Awa Gees letzter Ausbruch schien ihn ermüdet zu haben, er setzte sich hin und murmelte auf koreanisch. Zeta lehnte sich auf dem Zebrafellsofa zurück, um die große Zebrabarbe zu betrachten. Awa Gee griff in eine Styroporkühlbox, die neben seinen Füßen auf dem Boden stand, um eine kalte Bierdose herauszuholen. Er bot sie zuerst Zeta an, die den Kopf schüttelte.

Sie saßen in dem gedämpften Licht, und Awa Gee trank das Bier, während sie der Zebrabarbe zusahen, die um Futter bettelte. Nach dem Bier schien Awa Gee sich zu erholen und zu weiteren Gesprächen bereit zu sein. Während des Primzahlen-Projekts hatte er nicht einmal die Zeit gehabt, dem Getränkeladen neue Bestellungen durchzugeben. Er hatte Taxifahrer dafür bezahlt, daß sie ihm Bierkisten anlieferten, weil seine ständige Aufmerksamkeit bei diesem Projekt unverzichtbar gewesen war. Er hatte tagelang nicht geschlafen. Ein nachdenklicher Ausdruck trat in sein Gesicht. »Die anderen, die hatten alles, was sie brauchten – Awa Gee nicht!« Awa Gee war gezwungen gewesen, eine merkwürdige Sammlung alter Computer zusammenzubauen, die andere bereits weggeworfen hatten. Computerverbindungen waren natürlich Awa Gees besonderes Geheimnis, und seine »Verbindungen« konnten es mit den besten Universitäten aufnehmen, nur nicht mit der Regierung. Natürlich besaßen die Wissenschaftler der Regierung keinen Verstand, und ohne menschliche Intelligenz waren selbst die leistungsfähigsten Computer nutzlos. Awa Gees Miene wurde hart, wenn er von der »Regierung« sprach. Der Vorteil der Regierung und der Universitäten bestand darin, daß *kein Blitzschlag* ihnen gefährlich werden konnte. Sie konnten sich die neuesten Sicherheitsvorkehrungen leisten, um ihre wertvolle Ausrüstung zu schützen. Nicht aber Awa Gee. Ein einziger Blitzschlag, ein großer Stromschlag, und die Genialität seiner monatelangen Arbeit an Schaltkreisvernetzungen wäre dahin. Zeta nahm ein Buch in die Hand, auf dessen Schutzumschlag große, leuchtende Blitze prangten.

»Blitze«, sagte Awa Gee. »Ich lerne soviel ich kann über meinen – meinen schlimmsten Feind!« Zeta blätterte durch die Seiten mit den Fotoaufnahmen von Blitzen; Blitze, die aus explodierenden Vulkanen herausschossen, Blitze, die sich in den Trichtern von Tornados zusammenrollten und im Zickzack über den Atompilz einer nuklearen Explosion fuhren.

Awa Gee bedauerte, daß das Sonderprojekt ihn von seinen besten Kunden abgelenkt hatte, aber das Primzahlen-Projekt war ungeheuer wichtig gewesen. Die Regierungen vieler Nationen hatten dafür plädiert, das Primzahlen-Projekt einzustellen, weil seine Ergebnisse die nationale Sicherheit gefährden könnten, indem sie Hacker unterstützten, die ausgeklügelte geheime Zugangscodes knackten. Was die nationale Sicherheit betraf, so hatte die US-Regierung in Kundenkreisen Awa Gees sämtliche Projektunterlagen beschlagnahmt und die weitere Verwendung seiner Codes verboten. »Aber sie werden mich nie finden«, hatte er Zeta stolz erzählt, »weil meine Verbindungen über Zwischenschaltungen in Seattle und San Francisco laufen. Für sie bin ich ein gewisser Professor Kew von der Universität in Stanford, der sich zur Zeit in Forschungsurlaub befindet.«

Eine von Awa Gees Spezialitäten war die Schaffung neuer Identitäten, komplett mit Ausweisen, Führerscheinen, Sozialversicherungsnummern – einfach allem, was man durch Computerdaten erhalten konnte. Als er noch an der Westküste gelebt hatte, wo es viele asiatische Geburten und Todesfälle gab, hatte Awa Gee für sich selbst eine Menge Identitäten geschaffen. »Die Toten sind meine Freunde«, hatte er Zeta anvertraut. »Ich gehe los, um mir auf Grabsteinen oder in der Zeitung Geburtsdaten zu suchen, und dann schreibe ich an die Hauptstadt und bitte um eine neue Geburtsurkunde.« Awa Gee hatte für Zeta schon drei neue Identitäten geschaffen, samt US-amerikanischen Ausweisen. Für kanadische oder mexikanische Identitäten verlangte er einen Aufschlag, weil sie Reisen erforderten.

DIE SOLARE KRIEGSMASCHINE

Awa Gee trank sein Bier aus und holte mit einem breiten Lächeln eine neue Dose hervor. Zeta konnte sehen, daß er gerade erst in Schwung kam. Sie dachte daran, sich mit irgendeiner Ausrede davonzumachen, doch Awa Gee war schnell beleidigt. Der Alkohol ließ kreisrunde, rote Flecken auf seine Wangen treten. Er ging zu der Ecke, in der zwei Lautsprecher auf dem Boden standen. »Hören Sie zu«, sagte er. Vom Tonbandgerät kam das rhythmische und endlose Rauschen heranrollender Meereswellen. Zeta sah, daß sich die Kiemen der Zebrabarbe im Rhythmus mit dem Rauschen des Meeres bewegten.

Awa Gee saß vor einem Keyboard und bediente mit der linken Hand ein Terminal, während er mit der rechten Telefonnummern wählte. Seine Finger glitten mit erstaunlicher Geschwindigkeit über die Tasten. Awa Gee brauchte die Gesellschaft anderer Menschen nicht. Am entspanntesten, am meisten »zu Hause«, fühlte er sich, wenn er seinen eigenen Gedanken und Zahlen nachhing. Für Awa Gee waren Zahlen lebendig; einige von ihnen »sangen«, während andere komplexe Muster aus schillernden Farben bildeten, wie exotische Blüten oder Urwaldvögel. Zahlen waren seine Gefährten, seine Zimmergenossen und Verbündeten. Eines Morgens würden die »großen Fische« aufwachen, um festzustellen, daß für sie bei der Addition sämtlicher Zahlen plötzlich nur noch Null herauskam. Die Macht der Zahlen würde auf der Seite der Armen und der Besitzlosen sein.

Awa Gee war immer deutlicher bewußt geworden, daß sich die Menschen gegen die Riesen erhoben hatten. Doch diese betrieben ihr skrupelloses Werk schon viel zu lange; sie täuschten sich über die Stärke ihrer Macht. Die Riesen waren ungeheuer verletzbar geworden, angefangen bei den Kontrollsystemen für den Luftverkehr bis hin zu den Überland-Stromversorgungsleitungen. Man mußte nur das Licht ausschalten und zusehen, was passierte. Man mußte nur einmal bei einer ihrer Exekutionen das Licht ausschalten. Awa Gee war bereits in einige Notschaltprogramme eingedrungen. Es würde keine Hilfseinspeisungen aus Nachbarstaaten mehr geben. Und selbst wenn viele Meilen mit Hochspannungsleitungen verschwunden waren, würden sie nicht einmal registrieren, daß es einen Notfall gegeben hatte. Sie würden ihn nie zu fassen kriegen und es den Ökofreaks in die Schuhe schieben.

Awa Gee hatte kein Verlangen nach persönlicher Macht. Er gab sich nicht der Wahnvorstellung hin, Reiche gründen zu können. Awa Gee hatte nicht vor, überhaupt etwas zu erschaffen oder zu gründen. Ihn interessierte die Reinheit der Zerstörung. Ihn interessierte die Perfektion völliger Unordnung und Auflösung. Zunächst hatte Awa Gee mit Unordnung experimentiert, indem er Seilrollen abwickelte und sie sich zu Haufen aus dicken Knoten verheddern und verschlingen ließ. Dann hatte er die Muster der Knäuel und Knoten untersucht, indem er versuchte, sie wieder zu entwirren. Die Erbauer von Reichen waren Mörder, denn um zu bauen, benötigten sie Material. Awa Gee wollte gar nichts bauen; er wollte, daß überhaupt nichts passierte, außer daß die Lichter ausgingen, denn dann würde er sie alle mit seiner »Kette« aus Wundermaschinen übertrumpfen, die so effizient waren, daß sie ohne Batterien und Sonnenlicht funktionierten. Nackte, bloße Erde, Erde, die man gewaltsam eingenommen und aufgerissen hatte, würde heilen und sich ausruhen können in der Dunkelheit nach dem Verlöschen des Lichts. Die Riesen dieser Welt würden natürlich kämpfen, aber ihre Vergeltungsmaßnahmen würde Awa Gee zu nutzen wissen. Je größer ihre Vergeltung, desto größer die Zerstörung.

Die Universität von Arizona war eine Riese, der bald sterben mußte. Die Universität hatte Awa Gee gefeuert, hatte ihn zur Hölle geschickt und in einem Fotolabor enden lassen. Er hatte für die Universität Computerprogramme zum Schleifen der riesigen Spiegel und Linsen geschrieben, die dort für das geheime Space-Laser-Projekt der Regierung entwickelt wurden. Er hatte vorgehabt, noch einige Jahre an der Universität zu bleiben, um seine solare Kriegsmaschine fertigzustellen. Aber einer der alten weißen Professoren hatte Awa Gee dabei erwischt, wie er nach Feierabend im Optiklabor der Universität das Sonderzubehör der Kriegsmaschine polierte. Das bedeutete das Ende von Awa Gees Eignung für den höchsten Sicherheitsbereich; und doch war das Ende für ihn gleichzeitig auch der Anfang gewesen.

Obwohl die Solarzelle seiner Kriegsmaschine mindestens

vierzig Pfund wog, hatte Awa Gee die Maschine auf den Gepäckträger seines Fahrrads montiert, um zu beweisen, daß sie wirklich eine Waffe für die Armen war, die kaum über Transportmöglichkeiten verfügten. Die Einfachheit der Solarzelle war ebenfalls ein wichtiger Faktor. Mehr als eine eintägige Demonstration und Einführung würde nicht nötig sein. Von einem Prototyp konnte nicht erwartet werden, daß er perfekt war. Die solare Kriegsmaschine mußte ausgepackt und auf ein Stativ montiert werden können, das auf einem Fahrrad Platz hatte. Awa Gee hatte noch viele Veränderungen vorzunehmen. Trotzdem war der wichtigste Bestandteil die gläserne Solarzelle gewesen, die er im Optikfachbereich der Universität sichergestellt hatte.

Awa Gee sah zu, wie Zeta sich mit geschlossenen Augen entspannte. Er beobachtete die rhythmischen Bewegungen der Kiemen der Zebrabarbe und bedauerte, daß er Zeta nichts vom Erfolg des ersten Tests seiner Maschine erzählen konnte. Aber Awa Gee hatte für sich selbst ein paar einfache Regeln aufgestellt und hatte vor, nach ihnen zu leben. Absolute Verschwiegenheit war die oberste dieser Regeln. Awa Gee hatte die Maschine und seine Videokamera auf das Fahrrad gepackt und war die Stone Avenue hinunter zur Ecke Speedway gefahren. Er hatte sich über das Testziel einige Zeit Gedanken gemacht und sich darauf vorbereitet: das Café eines Motels, in dem die Cops der städtischen Polizei Kaffee tranken und zu Mittag aßen. Gewöhnlich standen zwei oder drei Tucsoner Polizeiwagen vor dem Eingang.

Awa Gee hatte alle Testdurchläufe seiner Waffe aufgezeichnet, um mit ihrer Hilfe Verbesserungen vorzunehmen.

Zuerst hatte er die Videokamera auf das Stativ montiert. Sie lenkte die Aufmerksamkeit ab von der Kriegsmaschine auf ihrem kleinen, robusten Stativ. Die Videokamera war ein älteres Modell, und ihre klobige Form war genau das, was Awa Gee brauchte, falls heftige Windböen einsetzen sollten. Er stellte die Kamera auf Automatik und nahm zuerst ein Polizeimotorrad und dann einen Einsatzwagen ins Visier.

Awa Gee hatte langsam und tief durchgeatmet, wie die Zebrabarbe, wenn sie in ihrem Aquarium schlief. Ganz gemächlich hatte er zum Himmel aufgesehen: keine Wolke auf hundert Meilen. Das perfekte Wetter für die solare Kriegsmaschine. Awa Gee blinzelte zur Sonne hinauf und begann, die Beine des Stativs der Kriegsmaschine auszurichten. Die gläserne Oberfläche der Solarzelle blieb in schwarzen Samt gehüllt. Awa Gee hatte die Abdeckung selbst genäht. Die Zelle war ein Prototyp – ein einmaliges Exemplar –, und Awa Gee wollte nicht, daß die Oberfläche der starken Solarzelle durch Kratzer oder Staubkörner beschädigt wurde.

Es hatte Awa Gee nicht beunruhigt, in Tucson an Motorradfahrern oder Passanten auf den Bürgersteigen vorüberzufahren. In Arizona waren die Menschen im allgemeinen so borniert, daß sie annahmen, alle Asiaten mit Videokameras seien reiche Touristen. Awa Gee wußte, daß er praktisch für jeden, der an ihm vorbeifuhr oder in einem Café saß, unsichtbar war. Er entfernte die Samtabdeckung der Kriegsmaschine und richtete die Solarzelle so lange aus, bis ein winziger Punkt aus blendend weißem Licht auf die Windschutzscheibe des Polizeiautos gerichtet war. Dann hatte er durch das Teleobjektiv der Videokamera geblickt und die Sekunden gezählt. Plötzlich war der Punkt aus blendend weißem Licht von einer roten Stichflamme umgeben, und das Innere des Wagens ging in Flammen auf. Awa Gee war langsam zur Kriegsmaschine zurückgeschlendert und hatte die Solarzelle aus der Sonne gedreht. Er ließ die Videokamera weiter aufzeichnen, während er die Maschine vorsichtig wieder auf dem Fahrrad verstaute. Die Polizisten, die im Café zu Mittag aßen, tauchten erst auf, als ein Feuerwehrwagen an das brennende Polizeiauto heranfuhr. Awa Gee beobachtete, wie die motorisierten Polizisten sich abstrampelten, um ihre Motorräder in Sicherheit zu bringen, und wünschte, er hätte auch ihre Benzintanks noch anvisieren können, wo er gerade dabei gewesen war. Aber das hätte Verdacht erregen können, und Awa Gee war kein Narr.

Worte, die er einmal gelernt und behalten hatte, um eine entzückende Lehrerin zu beeindrucken, kamen ihm plötzlich in den Sinn: *Euphorie. Euphorisch.* Awa Gee hatte noch nie etwas so Mächtiges verspürt, das sein ganzes Wesen durchströmte. Das Feuer hatte brüllende und knallende Geräusche verursacht, die laut genug waren, um den Krach der Sirenen und die Rufe der Feuerwehrmänner, die den Wagen der Cops mit Wasser bespritzten, zu übertönen. Awa Gee war bei den dicken dunkelhäutigen

Huren gewesen, die an der Sixth Avenue standen, aber er verwechselte niemals triviales Amüsement mit tiefem inneren Vergnügen. Er war der große Autor der Komödie, die sich auf dem Parkplatz vor dem Café des Motels abgespielt hatte. Er war der alleinige Autor der Exposition des Stückes: einer Reihe kleiner Knallgeräusche und Explosionen. Das Beste jedoch war, daß die Polizisten und Feuerwehrleute keine Ahnung hatten, was passiert war. Awa Gee hatte mit der Kamera die Gesichter der Cops genau in dem Moment herangeholt, als der Tank des Wagens explodierte. Die dunkelhäutigen Huren waren wunderbar, und trotzdem hatte ein Besuch bei ihnen keine anhaltende Wirkung auf Awa Gee. Die Sensation des brennenden Polizeiwagens dagegen verlor nichts von ihrer Wirkung.

LICHT AUS!

Awa Gee hatte sich ein bißchen in Zeta verliebt. Zeta hatte ihn nie darüber im unklaren gelassen, daß sie an einer körperlichen Beziehung keinerlei Interesse hatte. Und Awa Gee fand, daß sie damit beide ziemlich gut fahren würden. Er würde seine Liebe durch die Arbeit an den Computerzugangscodes ausleben, die er für sie knackte, und für den Sex gab es immer noch die Damen an der South Sixth Avenue. Er liebte Zeta, weil sie verstand, was er mit Computern und Zahlen zu leisten vermochte, und weil sie ihm genug vertraute, um alle Experimente zu bezahlen, die er wünschte.

Awa Gee hatte in seiner Freizeit an der solaren Kriegsmaschine herumgebastelt. Kriegsgerätschaften waren sein Hobby. Am meisten interessierte er sich für die Maschinen, die keinen Strom und keine aufwendige Technologie benötigten. Nach der stundenlangen Computerarbeit jeden Tag war die Betrachtung der Windmaschinen und Katapulte eine Erfrischung für seinen Verstand. Der Riese hatte viele Schwachstellen, die größte jedoch war seine enorme Abhängigkeit von elektrischem Strom. Was die Stromversorgung in den USA anbelangte, hatte der Riese einen großen taktischen Fehler begangen, denn alle Hochspannungsleitungen befanden sich an völlig unbewachten und entlegenen Orten. Daher mußten die ersten Angriffe gegen die Stromquellen gerichtet werden.

Awa Gee weiß, daß er nicht der einzige ist, der den Riesen haßt. Er weiß, daß es überall in Nordamerika Menschen gibt wie ihn; kleine Gruppen mit ungewöhnlichen Mitgliedern, die die Riesen zu Fall bringen würden. Es ist nicht nötig, mehr zu wissen als das, sagt er sich. Es gibt noch mehr von uns, und wir werden wissen, wann die Zeit reif ist. Führer oder Kommandoabläufe würden nicht notwendig sein. Kriegsmaschinen und andere Waffen würden spontan auf den Straßen auftauchen.

Zeta staunte jedesmal über Awa Gees Stegreif-Diskurse. Seine schwarzen, schrägstehenden Augen zwinkerten. Er liebte es, stundenlang von Computern zu erzählen, die er »geknackt und geentert« hatte. »Aparnet, Internet, Milnet«, intonierte er. »Sagen Ihnen die Namen etwas?« Zeta schüttelte den Kopf. »Nun, machen Sie sich nichts daraus, meine liebe Freundin«, sagte er zu ihr, »diese Namen sind nur Beispiele für die Verbindungen, die ich habe!« Awa Gee war betrunken. Sein Gesicht war vom Alkohol gerötet. Er brüstete sich mit seinen früheren Jobs: Die Liste las sich wie ein Alptraum – beginnend mit den besten Universitäten für Computerwissenschaften und einem schnellen Abstieg nach dem Job in Stanford. Seine letzte Stelle hatte er in einem Fotolabor innegehabt, wo er inmitten tödlich giftiger Chemikaliendämpfe die Kunst des Knöpfedrückens ausüben durfte.

Awa Gee liebte es, zu prahlen. Zeta konnte nur lächeln und den Kopf schütteln, als er sich immer weiter über den geheimen deutschen Hackerklub ausließ, der sich selbst »Chaos« nannte. Awa Gee hatte mit den Klubmitgliedern in regelmäßigem Kontakt gestanden, bis er in ihr Datenspeicherungssystem eingedrungen war. Awa Gee nannte das »durchstöbern«; Zeta könne er das gestehen, weil sie seine Freundin sei. Dem Verlangen, herumzuschnüffeln und zu spionieren, hatte er noch nie widerstehen können – natürlich würde er so etwas bei Zeta niemals tun! Zeta hatte nur genickt; sie wollte darauf lieber nicht wetten. Awa Gees erste Aufgabe war es gewesen, Telefonanrufe zurückzuverfolgen, die im Haus von Max Blue und an dem öffentlichen

Telefonapparat im Umkleideraum des Golfklubs eingingen. Awa Gees System hatte alle Anrufe automatisch durch ein spezielles Modem geleitet, das die Telefonnummern der Anrufer und alle Gespräche zur späteren Abhörung aufzeichnete.

Wie Zeta vermutet hatte, ergaben die eigentlichen Anrufe gar nichts. Sie waren von Sekretärinnen erledigt worden, denen lediglich das Datum und die Uhrzeit für eine Golfpartie auf dem Wüstengolfplatz im Nordwesten von Tucson durchgegeben wurden. Die Informationen, die Awa Gee für Zeta gesammelt hatte, hatten ihr größtenteils einfach bestätigt, was sie bereits vermutet hatte – daß alle, der Bundesrichter, der Senator und der Polizeichef Anrufe von Max Blue erhielten. Irgend etwas hatte sich verändert. Ferro hatte Nachrichten von ihren Leuten in Mexiko erhalten.

Awa Gee hatte monatelang an Gleichungen gearbeitet, bei denen er der gesamten Berechnung durchgängig einen leicht veränderten Parameter zugrundegelegt hatte. Nach einiger Zeit würde sich dieser Fehler von selbst vervielfältigen und der Feind weitab vom Kurs sein, ehe er bemerkte, das etwas nicht stimmte. Und nun arbeitete Awa Gee daran, kleine »Lecks« in ihr Liefersystem zu schlagen. Zeta würde sich der »Lecks und Löcher« dann nach Belieben bedienen können. Awa Gees kleine, tiefliegende Augen glänzten. Er benötigte nur noch ein paar zusätzliche Zahlen, einen Hinweis aus dem Papierkorb – alte Ausdrucke oder eine Diskette –, dann würde Zeta das Ergebnis sehen! Zeta rief sich Greenlees Schreibtisch und den Computer im Kellergewölbe ins Gedächtnis. Sie wußte, wie sie von Greenlee eine Diskette bekommen konnte.

Wenn Zeta die elektronischen Netzwerke ihrer Geschäftskollegen, Mitbewerber oder Feinde über den Haufen werfen wollte, dann, so schwor ihr Awa Gee, würde er dafür sorgen, daß dies passierte! Zeta stand auf, um zu gehen. Sie konnte sich nicht darüber klar werden, wieviel von seinem Enthusiasmus auf das Bier und wieviel auf seine Begierde zurückzuführen war. Je länger er geredet hatte, desto näher war Awa Gee auf dem Zebrastreifensofa an sie herangerückt. »Sie sind eine wunderschöne Frau«, sagte er noch immer ruhig dasitzend, doch seine Augen starrten hoch zu ihren Brüsten. »Geschäft und Vergnügen sollte man niemals durcheinanderbringen, Mr. Gee«, antwortete Zeta. »Das Geschäft *ist* mein Vergnügen«, sagte Awa Gee und sprang auf, um sie zur Tür zu begleiten. Sie hatten noch nicht über seine Pläne gesprochen, die elektronischen Geldtransaktionen untereinander aufzuteilen, bevor sie die gegnerischen Systeme mit dem Virus infizierten. Aber dieses Gespräch würde sich Awa Gee für ein andermal aufheben. Zeta würde bald Resultate sehen. Welchen Händlerring sie auch immer sabotieren wollte, Awa Gee war zuversichtlich, daß er ihn mit seiner Software zu Fall bringen würde.

Awa Gees Traum war es, das Äquivalent einer Wasserstoffbombe zu bauen, ein Computerprogramm, das alle existierenden Computernetzwerke zerstörte. Er träumte von einer geheimen Serie von »Überfällen« auf Netzwerke in der ganzen Welt, bei denen er Computer dazu benutzen würde, andere Computer zu zerstören. Er war sich bewußt, daß Computerzeitbomben allein nicht ausreichten. Deshalb mußte Awa Gee die Augen offenhalten, arbeiten und abwarten, bis auch die anderen Umstände optimal waren. Ein Mensch allein konnte wenig erreichen, doch Awa Gee wußte, wenn das Timing genau stimmte, würden ein paar Krieger wie er selbst ausreichen, um die Konturen der Erde für immer zu verändern. Wenn die Zeit kam, würden die Menschen es fühlen. Sie würden es in ihrem Blut spüren, ohne zu wissen, was sie zu tun im Begriff waren. Sie würden nach allem greifen, was sich gerade in ihrer Nähe befand, und sie würden die Riesen stürzen.

Awa Gee mußte die Arroganz der US-Regierung bewundern. Sie waren nicht in der Lage, sich vorzustellen, daß Notfallreserven oder alternative Energiesysteme eines Tages vielleicht benötigt werden würden. Immer gingen sie von der Annahme aus, daß schon alles »laufen« würde. Ganz egal was passierte, Amerikaner glaubten immer, daß alles innerhalb kürzester Zeit wiederaufgebaut werden konnte. Aber Awa Gee hatte den Nachrichtenverkehr einzelner Personen abgehört, die mit Karten und Diagrammen von Überland-Hochspannungsleitungen handelten. Die Karten und Diagramme waren nicht codiert gewesen, die Begleitbotschaften dagegen schon, und das hatte Awa Gee fasziniert. Den Code hatte er mit Leichtigkeit entschlüsselt.

Zuerst hatte er geglaubt, daß es sich bei den Nachrichten um einen der üblichen Köder der Regierung handelte. Doch auch nach einigen Wochen Überwachung hatte er keine Fallen feststellen können. Die Karten markierten den Verlauf der Hochspannungsleitungen, und die Diagramme stellten die Stahl- und Betontürme dar, welche die mächtigen Starkstromkabel trugen. Die codierten Botschaften, die die Karten und Diagramme begleiteten, enthielten Anweisungen zur Plazierung von Sprengstoff, um die Hochspannungstürme zu sprengen. Awa Gee war begeistert! Er hüpfte vor Freude. Er hatte sich zu der Zebrabarbe im Aquarium umgedreht und gerufen: »Aiiii!« Er hatte die ganze Zeit über recht gehabt. Draußen in der Welt gab es tatsächlich andere, andere wie er selbst, die Vorbereitungen trafen und im Geheimen arbeiteten, bis plötzlich auch all die übrigen erkannten, daß die Zeit gekommen war. An bestimmten Zeichen würden sie erkennen, daß es soweit war. Es würde in der Luft liegen – und sie würden es fühlen! Dazu waren keine Organisationen, keine Anführer und keine Gesetze notwendig. Und das war der Grund, warum ihnen der Erfolg sicher sein würde.

Awa Gee war es zufrieden, das Dynamit und das Sprengen von Stahltürmen der mysteriösen Gruppe zu überlassen, die Codenamen wie Erdrächer und Öko-Kojoten benutzte. Er überwachte ihre Kommunikation täglich. Sie waren seine Favoriten geworden. Jemand mit dem Namen Öko-Grizzly hatte endlos lange codierte Haßtiraden verschickt, und Awa Gee hatte über den »Memos« gebrütet, als seien es große Puzzlespiele. Öko-Grizzly und die anderen praktizierten etwas, was sie »Radikal-Ökologie« nannten, und soweit Awa Gee sehen konnte, war »Zurück in die Steinzeit« ihr Motto. Öko-Grizzly und die anderen wollten allen Ernstes zum Höhlenleben mit den Bären zurückkehren, so wie einst ihre europäischen Vorväter gelebt hatten. Für Awa Gee war ein solches Verlangen nach der weit zurückliegenden Vergangenheit ein Symptom dafür, was aus den Europäern geworden war, die ihren eigenen Kontinent verlassen hatten, um sich in fremden Ländern niederzulassen. Er schätzte, daß es zwei- oder dreitausend Jahre dauerte, bis migrierte Menschen sich auf einem anderen Kontinent heimisch fühlten. Aber Öko-Grizzly und die anderen waren wirklich Aliens, denn Awa

Gee konnte schließlich jederzeit nach Korea zurückgehen, sie dagegen hatten keine Möglichkeit in die Steinzeit zurückzukehren. Nicht, wenn nicht eine erdgeschichtliche Katastrophe eintrat, und selbst wenn es zu einer solchen Katastrophe kommen sollte, würden sie dennoch nicht den ursprünglichen Planeten vorfinden, auf dem sich ihre steinzeitlichen Vorfahren getummelt hatten.

Awa Gee hatte Tag und Nacht damit verbracht, Tausende von Übertragungen zu scannen. Er hatte in seinem Leben selten mehr als zwei Stunden Schlaf gebraucht, und das hatte es ihm ermöglicht, mit seinen Untersuchungen und Experimenten im Bereich der Computergeheimschriften große Kenntnisse zu erlangen. Niemand scannte so schnell wie Awa Gee. Er konnte dies jedoch nur ein paar Stunden lang durchhalten, ehe er eine Pause benötigte, um seinen Augen Ruhe zu gönnen. Dann holte er sein Fahrrad, oder wenn er zu müde war, seinen kleinen Motorroller, und unternahm um Mitternacht oder um zwei Uhr morgens eine Spritztour, um etwas frische Luft zu schnappen und seine Beine zu bewegen. Auf seinen Fahrten durch Tucson wunderte sich Awa Gee jedesmal über die Verschwendungssucht. Überall auf der nordwestlichen Seite der Stadt erblickte er Morgen voller neuer Gebäude in sogenannten Industrieparks. Doch die Büros und Warenlager standen seit ihrer Fertigstellung leer. Es war höchste Zeit, daß jemand dieser Verschwendung ein Ende setzte! Darin hatten die Öko-Terroristen recht. Awa Gee war nicht allein. Es gab andere, die von den gleichen Dingen träumten wie er.

Die Veränderung nahte! Awa Gee konnte es fühlen! Schauer rannen ihm über Arme und Rücken. Dann lachte er laut auf. Er war der einzige Mensch auf der Straße. Er war der einzige, der von all den anderen wußte. Während er weiterradelte, eilten seine Gedanken davon. Überall auf dem Planeten gab es kleine, geheime Gruppen. Woran sie glaubten oder was sie anprangerten, spielte keine Rolle. Alles, was zählte, war, daß in diesen Menschen die blaue Flamme der Bitterkeit und des Zorns brannte. Sie würden nicht mehr lange warten müssen. Awa Gee hatte ein langes Memorandum vom Öko-Kamikaze abgefangen. In einem Abschiedsmemorandum, wie es schien, hatte Öko-Kamikaze angekündigt, daß er nun »die Lunte ans Pulverfaß legen würde«:

Erschießt schwangere Mütter von fünf Kindern in ihren Kombis. Baut eine Mauer an der Grenze zum Süden, um die vielen »kleinen, braunen Menschen« draußen zu halten. Und dann war Öko-Kamikaze zum eigentlichen Anliegen seines Memorandums gekommen: Leute, siecht nicht dahin mit einem teuren und schmerzhaften postindustriellen Karzinom im Gehirn oder in der Leber, und laßt es nicht dabei bewenden, einfach die Handvoll Tabletten zu schlucken oder den Schlauch in den Auspuff zu stekken; »nehmt zuerst mit uns Kontakt auf!«

Jetzt geht es dir an die Eier, USA! dachte Awa Gee schadenfroh. Die Öko-Terroristen rekrutierten die Todkranken und Sterbenden, die Selbstmordkandidaten und die Öko-Fanatiker, die die Nase voll hatten, das Ende der Natur herannahen sahen und auf ihrem Weg nach draußen noch etwas Gutes tun wollten. Die Öko-Terroristen machten abschließende Pläne: Kamikaze-Drachenflieger und -Ballonfahrer zum Bombardieren des Weißen Hauses, dressierte Hunde mit TNT-Sprengladungen unter dem Bauch, Öko-Kamikazes in Rollstühlen, die vor dem Gebäude des Obersten Gerichtshofes mit Westen voller Plastiksprengstoff herumfuhren. Awa Gee konnte kaum glauben, was er da las. Politische Attentate interessierten ihn nicht besonders, obwohl er fand, daß der Oberste Gerichtshof ein guter Anfang war. Überall in den Vereinigten Staaten waren menschliche Bomben unterwegs zu Elektrizitätswerken und den Staudämmen von Wasserkraftwerken. Die menschlichen Bomben würden sich an den strategisch günstigsten Punkten der Staudämme in die Tiefe stürzen. Und es war vorgesehen, alle Überland-Hochspannungsleitungen gleichzeitig zu fällen, sobald die Dämme zerstört waren.

Zeta hatte Awa Gee über ein Computerterminal gebeugt und in Selbstgespräche vertieft zurückgelassen. Sie stimmte ihm zu. Sie mußten heimlich versuchen, Öko-Grizzly und die anderen bei ihren Bemühungen zu unterstützen, die Überlandstromleitungen, Dämme und Elektrizitätswerke mit einem Schlag zu treffen. Awa Gee hatte ein Virus entwickelt, das die für Notfälle vorgesehenen computergesteuerten Umleitungssysteme der regionalen Elektrizitätswerke lahmlegen sollte, damit der amerikanische Blackout komplett wurde. Doch bevor er sich weiter mit den »Kokain für Waffen«-Transaktionen beschäftigen konnte, benötigte er noch weiteres Zahlenmaterial. Awa Gee versuchte nicht, mehr Geld aus Zeta herauszuholen, er wollte lediglich mehr Zahlen. Nun würde sich Zeta entscheiden müssen, was zu tun war, bevor sie Greenlee besuchte. Sie hatte daran gedacht, bei Calabazas vorbeizufahren, um mit ihm zu sprechen; doch statt dessen fuhr sie zur Ranch zurück. Bei Calabazas gingen zu viele Leute ein und aus. Außerdem konnte diese Entscheidung ohnehin nur von ihr allein getroffen werden.

FERRO IST VERLIEBT

Seit Lechas Rückkehr hatte sich Ferro nach Möglichkeit von der Ranch ferngehalten. Diese Hure schien zu glauben, sie könnte eines Tages einfach so in einem Taxi auftauchen und dort weitermachen, wo sie aufgehört hatte. Ferro hatte nie das Gefühl gehabt, eine Mutter zu haben. Zeta hatte ihm immer deutlich gemacht, daß sie nur Lechas Stellvertreterin war. Ferro war sich bei keiner der beiden sicher, was er für sie empfand. Nach Lechas Rückkehr hatte er in der Stadt ein Haus in der Ina Road gemietet. Paulie blieb zurück auf der Ranch und schlief weiter in Ferros Zimmer, während Ferro jeden Morgen auf die Ranch zurückkam. Es war ihm unmöglich, mit Lecha unter einem Dach zu schlafen. Ihr plötzliches Verschwinden und Wiederauftauchen hatte bei ihm als Kind Alpträume und Bettnässen ausgelöst.

Ferro hatte Paulie nichts davon gesagt, daß Jamey zu ihm in das Stadthaus gezogen war, aber Paulie hatte den Rivalen sofort gespürt. Ferro haßte die geschwollenen, blutunterlaufenen Augen, die ihn vorwurfsvoll anstarrten.

Ferro hatte geglaubt, Jamey sei viel zu schön, um ihn überhaupt in Betracht zu ziehen. Ferro hatte Speck an den Hüften und im Gesicht, während Jamey schlank, blond und perfekt gebaut war.

Jamey sagte selbst von sich, er sei kein Einstein. Die Universität war lediglich ein Ort, von dem er und seine Freunde gehört hatten, er sei gut für Partys. Aber selbst wenn Jamey nicht zu seinen Kursen ging, konnte Ferro die schreckliche Befürchtung nicht überwinden, er könnte auf dem Campus einen neuen Liebhaber finden, jemanden, der ebenso schlank, blond und blauäugig war wie Jamey selbst. Ferro konnte nicht aufhören, zwischen Jamey und einem lächerlichen Zwerg wie Paulie Vergleiche zu ziehen. Paulie war ein harter Typ, ein Arschkriecher. Egal, welches weiße Puder oder Zeug man ihm vor die Nase hielt, Paulie leckte es auf. Er hatte ein schmutziges Gesicht und die engstehenden Augen eines Nagetiers. Er war bei ihnen aufgetaucht wie ein streunender Hund, der gefüttert worden und dageblieben war. Ferro hatte ihn nie gewollt. Paulie war nur dazu da, um für die alte Frau, Zeta, zu arbeiten.

Später erinnerte sich Ferro an Gespräche mit Jamey; und er haßte sich dafür, sein Geheimnis nicht damals schon erraten zu haben. Ferro führte sein Versäumnis auf Ablenkungen zurück: Lechas unerwartete Rückkehr, die Unruhen und die US-Truppen an der Grenze, und auch Jamey selbst war eine Ablenkung gewesen. Der bloße Klang seines Namens hatte Ferros Herz schneller schlagen lassen und ihm wohlige Schauer über den Rücken gejagt. Ferro war noch nie so verliebt gewesen. Solange Jamey in seiner Nähe war, badete er sich in Wohlbefinden. Wenn er jedoch einmal nicht da war, machte Ferros Wohlbefinden plötzlich den schrecklichsten Gefühlen von Angst und Zweifeln Platz.

Ferro kostete jeden Augenblick und jedes Gefühl der Wonne aus, das er mit Jamey erlebte. Jamey und Ferro. Ferro und Jamey. Ferro wollte, daß Jameys Nächte in der Stadt ohne ihn ein Ende hatten. Er hatte ihm angeboten, alles zu bezahlen, was Jamey von »Perry« für die Lieferungen und Abholungen erhielt, aber Jamey hatte das Angebot leichtherzig abgelehnt. Ferro reagiere unter Streß und Druck, sagte Jamey. Es gab wichtige Einzelheiten, die Ferro nicht durchdenken konnte, weil sein Verstand pausenlos »Jamey, Jamey« flüsterte. Es war merkwürdig, wie Jamey alles andere ausgeschaltet hatte – Lechas Rückkehr, den Ärger mit Max Blue, selbst die Gerüchte über Krieg in Mexiko. Ferro war erleichtert, daß er sich bald aus dem Geschäft zurückziehen würde. Er wollte nicht das Risiko eingehen, Jamey zu verlieren. Die vielen Nächte, die Ferro mit Paulie verbringen mußte, um die Lieferungen zu transportieren, konnten ihrer Liebe gefährlich werden. Das Wiederauftauchen der nichtswürdigen Lecha war ein weiteres Anzeichen dafür, daß es Zeit für ihn war, sich mit Jamey zurückzuziehen und das Leben weitab von den staubigen Landebahnen und Wüstenpfaden zu genießen. Ferro wollte dem Weibergestank auf der Ranch entfliehen. Zeta hatte immer gesagt, die Hälfte gehöre ihm. Die Hälfte des Goldes und der Waffen, die Zeta in verlassenen Minenschächten auf dem Gelände der Ranch verborgen hielt. Er würde Jameys Kalender finanzieren, und später würden sie vielleicht erweitern und ein Männermagazin herausgeben. Als Verleger würden sie zusammen durch die Welt reisen. Ferro war froh, seinen Anteil zu erhalten, bevor Zeta alles den aufständischen mexikanischen Indianern gab oder noch schlimmer, dem neuen religiösen Kult dieser Zwillingsbrüder, die ihre Befehle von zwei blauen Papageien erhielten.

VERDECKTER SONDERAUFTRAG

Jamey liebte das Lila, Pink und Violett des Himmels über den Catalina Mountains nach Sonnenuntergang. Er liebte den warmen Wüstenwind im Gesicht, wenn er die Corvette mit heruntergelassenem Verdeck fuhr. Er wußte, daß windgepeitschtes Haar gespaltene Spitzen bekam, die langes Haar ungepflegt wirken ließen. Und das Aussehen machte neun Zehntel der Undercoverarbeit aus oder jeder anderen Polizeiarbeit, wenn man es genau nahm. Der Undercoverauftrag war für ihn eine Enttäuschung gewesen, denn Jamey liebte es, sich in Polizeiuniform zu sehen. Doch der neue Polizeichef hatte ihn noch auf der Polizeiakademie dafür ausgewählt, die Arbeit an einem verdeckten Sonderauftrag zu beginnen und damit Teil seiner internen Sicherheitseinheit zu werden. Die anderen in der verdeckt arbeitenden Rauschgifteinheit hatten keine Ahnung, daß Jamey die Aufgabe hatte, sie sowohl zu beobachten als auch mit ihnen zusammenzuarbeiten.

Jamey liebte den Duft von falschem Jasmin in der Luft, und er liebte seine Rolle als »Gigolo«, die er bei einer Razzia in der Stage Coach Bar später an diesem Abend übernehmen würde. Jamey sang gern zur Musik im Radio und führte Selbstgespräche.

Die Undercoverarbeit, die er seit zwei Jahren leistete, hatte seine Einstellung gegenüber Uniformen und dem Polizistendasein verändert. Alles, wovon uniformierte Cops sprachen, waren ihre Schwänze und wie sehr sie Schwule haßten. Jamey war so einsam gewesen, daß er das Department hatte verlassen wollen, doch dann war Ferro in sein Leben getreten.

Jamey hatte noch nie zuvor so stark auf einen Mann reagiert, und Ferro hatte die ganze Nacht vögeln wollen. Noch nie war Jamey in eine teure Feriensuite mitgenommen worden, er war an hastige und brutale Stöße im Dunkeln und die abrupten Umarmungen von ehemaligen Verbindungsbrüdern mit schütterem Haar gewöhnt. Die Beziehung mit Ferro war für beide von Anfang an etwas ganz anderes gewesen. Jamey hatte sich seit Jahren nicht so verzaubert gefühlt, Ferros brennende dunkle Augen ließen ihn schwach werden vor Verlangen.

Die Polizeiakademie war nicht wirklich Jameys Idee gewesen. Er hatte es zweien seiner Verbindungsbrüder gleichgetan, die nach dem Collegeabschluß auf die Polizeiakademie gegangen waren. Seine beiden Freunde waren nach der ersten Woche ausgestiegen, Jamey aber war geblieben, weil es einfacher schien, dazubleiben. Er war gern mit den anderen Jungs zusammen, und es störte ihn nicht, daß jemand anderes die Entscheidungen traf. Das war es, was Jamey an Ferro am meisten gefallen hatte: Ferro übernahm das Kommando und sagte ihm, was sie tun würden. Jamey bekam jedesmal eine Gänsehaut, wenn Ferro ihm Anweisungen erteilte. Jamey hatte auch eine Gänsehaut bekommen, als der Polizeichef ihn allein in sein Büro beordert hatte, um sich über den Stand des Sonderauftrags informieren zu lassen. Nach dem Examen hatte Jamey die Akademie geradewegs mit einem Sonderauftrag des Drogen- und Sittendezernats verlassen. Der Polizeichef meinte, ihnen gefalle sein »angenehmes blondes und blauäugiges Erscheinungsbild«, das für die Undercoverarbeit auf den Partys der Studentenverbindungen so wichtig war.

Jamey war stolz auf seine Vielseitigkeit. Er konnte adrett und gestylt aussehen oder sein Haar, wie jetzt, lang wachsen lassen und auf »*walk on the wild side*« machen. Jamey genoß es, sein eigenes Spiegelbild in den Glasfassaden zu bewundern, während er die Corvette die Oracle hinauflenkte. Er trug heute abend

enge schwarze Lederhosen und ein schwarzes Lederhemd mit
Silberknöpfen, das bis zum Nabel offenstand. Sein blondes Haar
war so lang geworden, daß es ihm bis auf die Schultern reichte.
Er sah perfekt aus. Er liebte sein Undercoverleben, liebte es,
sich zu verkleiden und vorzutäuschen, jemand zu sein, der er
nicht war.

Jamey hatte Ferro von seiner Leidenschaft für Uniformen
erzählt, und er hatte ihm von seinen Verbindungsbrüdern berichtet, die gerne Cops werden wollten. Jamey erinnerte sich lebhaft
daran, wie Ferro bei der bloßen Erwähnung des Wortes Cop
ausgespuckt hatte. In diesem Augenblick hatte Jamey gewußt,
daß es besser war, den Mund zu halten, das war schon immer
besser gewesen als Ärger. Jamey hatte beabsichtigt, Ferro zu erklären, daß Polizeiarbeit auch nur ein Job sei, aber Ferro hatte
nicht reden wollen, und so hatte Jamey das Thema fallengelassen.

Jamey hatte schon als Anfänger gelernt, nicht überrascht zu
sein, wenn er sah, daß Undercover-Polizisten und uniformierte
Cops sich die Taschen mit dem Geld und den Drogen füllten, die
sie gerade als Beweismaterial konfisziert hatten. Jamey hatte die
Spielregeln gelernt. Er ließ die anderen wissen, daß die Sache für
ihn okay war. Wenn sie ihm einen Anteil anboten, nahm er ihn.
Er hatte einfach den dummen Verbindungsjungen gespielt, der
alles tat, was die anderen ihm sagten.

Der Chief hatte Jamey gebeten, auf jedes verdächtige Verhalten zu achten, das ihm bei anderen Undercover-Officern auffiel. Nachdem er das gesagt hatte, hatte der Chief Jamey einen
unangenehmen Moment lang direkt in die Augen gesehen. Es
war verrückt, aber wenn Jamey, wie in diesem Moment, unter
sehr starkem Druck stand, stellte er sich manchmal vor, daß
heterosexuelle Männer ihn anmachen wollten. Zuerst war es ihm
so vorgekommen, als habe der Polizeichef ihm einen Gefallen
getan, indem er ihn direkt von der Akademie bei der verdeckten
Rauschgiftarbeit einsetzte. Andere verbrachten Jahre damit,
Streife zu gehen oder Strafzettel zu schreiben. Verdeckte Rauschgiftarbeit war die Sahne auf dem Kuchen. Aber Jamey hatte im
Department sehr schnell eifersüchtige Untertöne und gegen ihn
gerichtetes Mißtrauen ausgemacht. Er wußte nicht, warum der
Polizeichef ihn unter den übrigen Rekruten ausgewählt hatte,

aber andere im Department glaubten es zu wissen. Jamey war einer der Lieblinge des neuen Chiefs und ein Spion, der losgeschickt wurde, um über die anderen Mitglieder der Rauschgifteinheit Bericht zu erstatten. Jamey fand sein Bild aus dem Cop-Cakes-Kalender an die Tür seines Spinds im Department geheftet. Er spürte, wie sich alle Augen auf ihn richteten, aber er war cool geblieben und hatte die Sache mit einem Lachen abgetan. Er wußte, daß die Sergeanten und die anderen an den Schreibtischen die besten Jobs von allen hatten. Sie kassierten Tausende in bar nur für die Weitergabe von geheimen Polizei-Informationen, für dienstfertig »gesäuberte« Akten oder für Beweismaterial, das auf mysteriöse Weise aus dem Tresorraum des Departments verschwand.

Jamey fuhr an der Stage Coach Bar vorbei, um sich die Wagen auf dem Parkplatz anzusehen und festzustellen, ob die anderen bereits dort waren. Er fuhr unter der Schnellstraßenüberführung durch bis zur Brücke über den Santa Cruz River. Das Flußwasser kam aus der städtischen Kläranlage; trotzdem sahen die Rohrkolben und die anderen Pflanzen am Ufer sehr üppig aus. Jamey stellte die Corvette ab und ging am Flußufer entlang. Er war immer etwas nervös vor einer Razzia, und die in der Stage Coach war sehr wichtig. Laut Perry war ihnen dieser Tiny, der die Stage Coach leitete, etwas schuldig, weil seine Tänzerinnen ihre Muschis nicht bedeckt hielten. Egal, Perry hatte gesagt, daß sie nichts anderes zu tun hatten als abzuwarten, bis sie die Blonde in Tinys Büro gehen sahen. Tiny hatte sie angerufen und über die Blonde mit dem Kilo »Topware« informiert. Tiny ließ die Blonde hochgehen, damit sie ein Kilo Stoff bekamen, das das Fünffache von dem wert war, was er ihnen schuldete.

Jamey hatte die Aufgabe, seine 38er zu ziehen, um die Razzia echter aussehen zu lassen. Die Details überließ er den anderen; er war damit zufrieden, Befehle auszuführen. Trotzdem spürte er, wie sich sein Magen zusammenzog und es in seinen Gedärmen heiß wurde, als er die Corvette auf dem Parkplatz der Bar neben einer Reihe Harleys abstellte. Es schien sehr einfach zu sein. Sie würden warten, bis die Verstärkung den Parkplatz umstellt hatte. Außerdem wollten sie Tiny und der Blonden genug Zeit geben, ein paar Linien zum Probieren zu schneiden, bevor sie durch die

Tür des Büros stürmten. Wenn Perry das Signal gab, würden die uniformierten Beamten, kurz bevor Jamey durch die Vordertür kam, die Hintertür zum Büro eintreten.

SCHIESSEREI
IN DER STAGE COACH BAR

Seese erinnerte sich an einen Horrorfilm, den sie einmal gesehen hatte, in dem Wellen von Blut aus einem Fahrstuhl geströmt waren und die Eingangshalle eines Hotels überflutet hatten. Die Polizisten hatten Seese gezwungen, mit den Füßen in der Lache von Tinys Blut auf dem Stuhl sitzen zu bleiben. Das Blut hatte die Sohlen ihrer Schuhe und ihre Nylonstrümpfe durchtränkt, trotzdem erlaubten ihr die Polizisten nicht, den Platz zu wechseln. Bis sechs Uhr früh am nächsten Morgen saß sie in Handschellen auf dem Stuhl, während die Untersuchungsbeamten des FBI ein und aus gingen. Seese hatte die Augen geschlossen, doch sie mußte ständig an den Film mit dem Blut denken, das durch die Fahrstuhltüren quoll, ein Meer von Blut. Tiny war ein dicker Mann gewesen, über dreihundert Pfund schwer. Wieviel Liter Blut mochte er im Körper haben? Seese konnte das Gedankenkarussell in ihrem Kopf nicht anhalten, ihr Gehirn war eine Spielautomat, der Worte und Bilder, die von überall herkamen, abspielte. Das Blut ihres Vaters im südchinesischen Meer. Der Undercover-Cop hatte verdient, was er bekommen hatte. Vielleicht hatte auch Tiny es verdient. Oder vielleicht hatte die Polizei ihn einfach satt gehabt. Jetzt waren sie ihn los und hatten seine Bar und einen fetten Happen dazu. Seese konnte nicht aufhören nachzudenken. Sie hatte mit Cherie einige Wodka-Tonics getrunken, bevor sie mit dem Reiseköfferchen in Tinys Büro gegangen war.

Seese hatte die Polizisten die ganze Nacht über beobachtet. In regelmäßigen Abständen hatten verschiedene Untersuchungsbeamte ihr immer wieder die gleichen Fragen gestellt. Ob sie sich daran erinnern könne, *wer* zuerst durch *welche* Tür gekommen war? Wer war zuerst erschossen worden? Wer hatte den

Undercover-Polizisten erschossen? Wer hatte Tiny erschossen? Keine Fragen über das Kilo Kokain im Reisekoffer. Der Koffer war vom ersten Mann der Undercovereinheit, die den Raum nach dem Ende der Schießerei betreten hatte, entfernt worden. Seese hatte sich auf den Boden geworfen, als sie Tiny nach seinem Revolver greifen sah. Das Blut des Undercover-Cops war auf sie gespritzt, als Tiny abdrückte und den durch die Tür kommenden Cop auf der Stelle niederschoß. Als die uniformierten Cops das Feuer auf Tiny eröffneten, hatte sie mit dem Gesicht nach unten auf dem Boden gelegen, so daß sie nur hörte, wie er zu Boden stürzte.

Fast augenblicklich hatte Seese den Blutgeruch wahrgenommen. Die Polizisten hatten die Klimaanlage des Büros abgestellt, und die große Pfütze aus Tinys Blut begann zu gerinnen. Den toten Undercover-Cop hatten sie fast augenblicklich entfernt, Tiny jedoch hatten sie in der Nähe von Seeses Füßen auf dem Rücken liegenlassen. Aus irgendeinem Grund hatte die Polizei angenommen, daß Tiny ihr Geliebter war, und der Anblick seines Körpers sollte sie zum Reden bringen. Woher stammte das Kilo? Sie waren von Anfang an davon ausgegangen, daß ihr das Kokain nicht selbst gehörte, denn Weiber mochten vielleicht Koks für ihre Männer transportieren, aber es gehörte ihnen nicht.

Seese fiel kein Grund ein, warum sie noch am Leben war. Warum hatte die Polizei nicht auch sie erschossen? Dem fetten Tiny hatten sie große Löcher in den Wanst geschossen. Die Durchschlagskraft der Kugeln hatte sein Fett wie Kissenfüllung in der Gegend verstreut. Menschliches Fett war strahlend weiß. Sie hatte sich auf den Boden geworfen, um ihr Leben zu retten; aber wofür? Ihre ganze Hoffnung und alle Chancen, die sie vielleicht gehabt hatte, Monte wiederzufinden, waren nun dahin.

Obwohl sie wach war, fiel Seese immer wieder in traumartige Zustände; sie sah Davids Gesicht auf Tinys Körper, das von der Hitze aufzuquellen schien. Es war typisch für die Bullen, ihre Trophäe so zur Schau zu stellen; und es mußte ein Mordsspaß für sie sein. Der Polizeichef persönlich und der Sheriff standen weitab vom Blut im hinteren Teil des Büros und hörten zu, während ihre Männer Seese über den Verlauf der Ereignisse befragten.

Vielleicht waren David und Monte tot. Vielleicht würde auch

sie bald tot sein. Die Handschellen und ihre nach hinten gebogenen Arme hatten ihren Oberkörper taub werden lassen. Die Polizisten ließen sie nicht auf die Toilette gehen. Seese glitt in einen tranceähnlichen Ruhezustand, als habe sie gerade einen halben Liter Whiskey und ein halbes Gramm Koks weggeputzt. Eine merkwürdige Form der Erschöpfung hatte ihre Gedanken aufgewühlt, während ihr Körper langsam taub wurde. *Ja* oder *nein, naß* oder *trocken*. Seese hatte nicht mehr über die genaue Bedeutung von Worten nachgedacht, seit sie die Schule verlassen hatte. Sie urinierte in ihre Strumpfhose und lächelte, als sie sah, welche Aufregung dies unter den Polizisten verursachte. Sie hatten sie mit Handschellen an den Stuhl gefesselt dasitzen lassen, weil sie es so gewollt hatten. Seese hatte sie erst gegen drei oder vier Uhr morgens darüber diskutieren hören, ob man sie losbinden sollte oder nicht.

Schließlich war sie vor Erschöpfung ohnmächtig geworden. Sie erwachte, als ein Hilfssheriff beschloß, ihr die Handschellen abzunehmen, weil ihre Hände und Arme angeschwollen waren. Die Polizisten rollten Tinys altmodischen Kastensafe zur Tür hinaus; hinter ihnen standen Sanitäter mit Leichensäcken bereit. Da sah Seese, daß man den toten Drogenspitzel nur vor die Tür getragen und mit dem Gesicht nach unten auf dem Boden neben einem Billardtisch liegengelassen hatte. Sein langes, blondes Haar war blutdurchtränkt, aber niemand hatte sich die Mühe gemacht, auch nur ein Barhandtuch über ihn zu werfen. Als sie den toten Cop aus dem Büro trugen, hatte sie angenommen, er werde weggebracht, um die gebührenden Ehren zu empfangen, um in einem örtlichen Beerdigungsinstitut mit großem Zeremoniell aufgebahrt zu werden, dann die Ehrengarde der Polizei und ein Salut von einundzwanzig Schüssen auf dem Friedhof.

Seese suchte nach einer Erklärung. Sie war unsicher, ob sie sich auf ihren Instinkt verlassen konnte, aber etwas war merkwürdig an der Geschichte. Das Verhalten der anderen entsprach nicht dem, was sie erwartet hatte. Hilfssheriffs und Polizisten flüsterten miteinander und gingen an dem Leichnam vorbei, ohne hinzusehen oder stehenzubleiben. Als der Polizeichef und der Sheriff auf der Bildfläche erschienen waren, hatten sie sich die Detailaufnahmen angesehen, die der Polizeifotograf einige

Stunden zuvor gemacht hatte, noch bevor die Leiche des Cops aus dem Büro entfernt worden war. Da wußte Seese Bescheid. Der tote Bulle war von seinen eigenen Leuten in die Falle gelockt worden. Cops nahmen sich ihrer Leute an, wenn sie aus der Reihe tanzten. Immer wieder hatten sie Seese gefragt, ob sie sicher sei, daß der Undercovermann zuerst durch die Tür gekommen war, denn das Department schreibe genaue Richtlinien und Vorgehensweisen vor, die verhindern sollten, daß es bei polizeilichen Durchsuchungsaktionen zu Durcheinander kam. Zuerst mußten uniformierte Beamte durch die Türen hereinstürmen, dann erst folgten die Undercoverleute. Andernfalls konnte es passieren, daß die Verdächtigen zur Waffen griffen, so wie Tiny es getan hatte.

War sie *sicher*, daß der Undercover-Cop zuerst durch die Tür des Büros gekommen war? Ja, sie war sich *sicher*. Hatte er »Polizei« gerufen? Nein, er hatte nicht »Polizei« gerufen. Irrte sie sich vielleicht? Hatte sie nicht am vergangenen Abend mit dem Verstorbenen Kokain geschnupft, und war sie nicht auch betrunken gewesen? War es möglich, daß sie vielleicht nicht gehört hatte, wie die Polizisten zuerst durch die Hintertür gekommen waren? Vielleicht hatte sie sich nur eingebildet, daß der Undercover-Cop zuerst hereingekommen war? Da wußte Seese Bescheid. Sie hatte verstanden.

Seese sagte kein Wort mehr. Sie ließ sie immer wieder die gleichen Fragen stellen. Irrte sie sich vielleicht? Schließlich gebe es alte Akten über sie, über Verhaftungen in Tucson wegen Prostitution in minder schweren Fällen. Hatten nicht doch die uniformierten Beamten »Polizei!« gerufen, als sie durch die Hintertür hereingestürmt waren? Und hatte nicht auch der Undercovermann »Polizei!« gerufen, als er durch die Vordertür gekommen war? Seese verstand, woran sie sich erinnern sollte. Wenn sich ihr Erinnerungsvermögen verbessern sollte, dann würden sie glücklich sein, sie die Stadt verlassen zu sehen, ja selbst den Bundesstaat, und niemand würde von ihr verlangen, zurückzukommen und auszusagen. Im Gegenteil, sie würden Seese sogar empfehlen, Arizona zu verlassen und niemals wieder zurückzukehren, wenn sie wußte, was gut für sie war. Wie Seese die Sache sah, hatte die Polizei ihren eigenen Mann erschossen.

Tiny hatte nur einmal gefeuert und vielleicht danebengeschossen. Die Polizisten hatten Tinys Büro mit Kugeln durchsiebt. Verirrte Kugeln hatten aus dem Telefonbuch auf Tinys Schreibtisch große Stücke herausgerissen und das unechte Ahornfurnier durchschlagen wie Plastik oder Fiberglas, aus dem es in Wirklichkeit bestand. Auch die billigen Gipskartonplatten an den Wänden des Büros waren von Polizeikugeln durchlöchert worden. Ja, ihr Erinnerungsvermögen hatte sich gebessert. Jetzt war ihr klar, daß die uniformierten Cops zuerst durch die Tür gekommen waren. Dann waren Seese Cherie und die anderen Tänzerinnen und die Kunden eingefallen, die sich in der Stage Coach aufgehalten hatten, als die Schießerei begann. Sie hatte nicht gehört, ob es noch weitere Verletzte gegeben hatte.

Der Polizeichef selbst hatte im Fond seines nicht gekennzeichneten Wagens unter vier Augen mit ihr gesprochen. Seese hatte zweiundsiebzig Stunden Zeit, um ihre Sachen zu packen und die Stadt zu verlassen. Wenn sie nach Ablauf von zweiundsiebzig Stunden in Tucson gefaßt wurde, gab es eine Liste von Anklagepunkten, mit der sie sie drankriegen würden. Für den Anfang wäre da beispielsweise Beteiligung an einem Mord. Seese wußte nicht, warum sie in Momenten wie diesen immer ein Gefühl der Schwerelosigkeit überkam. Ihr war zum Lachen zumute, denn der Polizeichef versuchte, ihr nicht zu nahe zu kommen, weil sie nach ihrem eigenen Urin und Tinys Blut stank. Sie hatte gesehen, wie seine Augen ihre Brüste und Schenkel begutachteten, und sie hätte gern laut losgelacht. Zum Glück war sie in einem schrecklichen Zustand, denn der Polizeichef sah aus, als würde er sie gerne vögeln.

Seese wollte nicht, daß die Polizei ihr folgte, deshalb rief sie sich kein Taxi. Statt dessen verließ sie die Bar zu Fuß und eilte die Straße entlang. Für die Polizei war sie eigentlich von keinerlei Bedeutung, sie war nicht einmal ein Problem. Wahrscheinlich flogen der Polizeichef und der Sheriff bereits mit dem Hubschrauber in die Stadt zurück, um die Presseerklärungen vorzubereiten. Sie wurde bereits ausgelöscht. Entgegen früherer Berichte hatte sich keine Frau bei Tiny im Büro befunden. Seese vermutete, daß sie bis zur nächsten Woche, bis zur Beerdigung vergessen haben würden, was der wahre Grund dafür war, daß man den Drogenspitzel ins Jenseits befördert hatte. Bis das große Staatsbegräbnis für den Narc anrollte, würden sie sich nur noch daran erinnern, daß der Tote ein Cop und einer von ihnen gewesen war, egal, was er sonst noch gewesen sein mochte. Alles, woran sie sich erinnern würden, war, daß das fette Schwein in der Tittenbar einen guten Mann umgebracht hatte.

Seese wartete im dichten Gestrüpp der Greasewoodsträucher auf dem mit altem Flußkies bedeckten Gelände, das die Stadt für eine Parkanlage erworben hatte, die niemals gebaut worden war. Aus Fahrzeugen, die über die Brücke rasten, drangen die Geräusche von lautem Polizeifunk zu ihr, und sie fragte sich, ob die Polizisten versuchten, ihr zu folgen. Sie fühlte sich merkwürdig ruhig und entspannt und hatte das Gefühl, so zusammengekauert im Sand und vom Greasewood verdeckt, völlig geborgen zu sein, als wäre sie ein Tier der Wüste. Die Polizei würde annehmen, sie beim Trampen an der Interstate 10 zu finden. Seese zitterte und konnte nicht aufhören. Sie fühlte weder Kälte noch Angst: Es war, als habe das Zittern ihrer Muskeln nichts mit ihr, mit ihrem wahren Selbst, zu tun. Sie streckte sich auf der Erde unter dem Greasewood aus. Ihr war übel vor Erschöpfung, doch ihre Augen wollten sich noch immer nicht schließen. Sie standen weit offen, und sie wußte, daß sie es nicht fertigbringen würde, sie mit den Händen zu bedecken. Sie sah den sandigen Boden um sich herum mit den verstreut umherliegenden, winzigen gelben Greasewoodblättern. Sie sah, nur wenige Zentimeter von ihren Augen entfernt, den knorrigen, verdrehten Stamm des Greasewoodstrauches.

Als Seese und Cherie bei Tiny gearbeitet hatten, hatte die Polizei mitunter tote Nutten im Greasewoodgehölz bei der Brücke gefunden. Nuttenmörder machten sich natürlich nicht die Mühe, die Leichen sehr weit weg zu schleppen. Seese hielt sich tief im Dickicht verborgen, das nur schwer einzusehen war. Sie lag auf der Seite und starrte auf den Flußkies. Der Boden glich einer Landkarte mit Dörfern und Städten, die durch verschieden große Kiesel markiert wurden, so wie man es vielleicht erwarten würde, wenn man statt über die Erde über eine Landkarte fliegen könnte.

Wie kühl es sich anfühlte, im Schatten der Greasewood-

Sträucher auf dem Boden zu liegen. In wenigen Stunden würde die Sonne hoch genug am Himmel stehen, um den schwachen Schatten zu durchdringen. Seese wußte, daß sie dann verschwinden mußte, aber bis dahin würden die Polizisten weg sein. In diesem Moment wünschte sie sich, Montes Bild bei sich zu haben, denn etwas war geschehen. Vermutlich war es die Erschöpfung, sie hatte Schwierigkeiten, sich an Montes Gesicht zu erinnern. Ihre Erinnerung an sein Gesicht als Neugeborenes hatte sich mit der vom Tag seines Verschwindens vermischt. Und selbst der merkwürdige Traum, in dem Seese von Monte als einem viel älteren Kind geträumt hatte, war Teil ihrer Erinnerung geworden, und sie weinte, weil sie nicht mehr wußte, wie er aussah.

Seese holte tief Atem, um sich besser entspannen und erinnern zu können. Sie rollte sich auf den Rücken und sah den leuchtend blauen Himmel durch die dünnen Äste und Zweige. Eine Mutter erinnerte sich immer; eine Mutter vergaß nie. Ihre Augen füllten sich mit Tränen. Sie mußte sich erinnern. Sie mußte sich erinnern, weil sie Monte finden mußte. Nichts sonst war wichtig. In der Ferne hörte sie Polizeifunkgeräte und Türenschlagen. Sie wußte, daß sie auf Fußtritte lauschen sollte, aber es war, als fließe Morphium durch ihre Adern, und sie fühlte sich unfähig, sich zu bewegen. So war es, zu sterben, genauso einfach und natürlich wie ein- und auszuatmen. Wenn die Polizei sie fand, würde sie es gar nicht merken; eine Kugel in den Hinterkopf, und sie würde einfach nicht mehr aufwachen. Das war ihr recht; sie wollte nicht länger wach bleiben. In ihren Träumen konnte sie wieder mit Monte und Eric vereint sein. In ihren Träumen konnte sie vergessen, daß sie alles verloren hatte. Sie wollte für immer schlafen.

Als Seese erwachte, waren ihr Gesicht und ihr Körper schweißbedeckt, und winzige schwarze Ameisen krabbelten über ihre Hände und Füße. Sie sprang auf und wischte sich die Ameisen ab. Durch die zerrissene Nylonstrumpfhose rieb sie sich Beine und Füße. Das getrocknete Blut war von ihren Schuhen abgefallen und hatte nur dunkle Flecken hinterlassen. Seese stellte sich Tinys Leichnam als einen Schweinekadaver mit einem Männerkopf vor. Sie fühlte einen unsichtbaren Film aus ranzigem Öl auf ihren Knöcheln und Füßen, überall dort, wo Tinys fettiges Blut mit ihrer Haut in Kontakt gekommen war. Sie konnte den Stoßverkehr auf der Interstate 10 und auf der Silverbell Road hören. Die Cops, die nach ihr gesucht hatten, würden ihre Schicht nun beendet haben. Es war fast neun Uhr morgens. Seese versuchte, sich im Fluß ein wenig zu waschen, damit sie den Münzfernsprecher am Truck Stop an der I-10 benutzen konnte, ohne Aufsehen zu erregen. Das Wasser hatte sich so kühl angefühlt, daß Seese versucht war, davon zu trinken. Sie hatte erwartet, daß es nach Scheiße stinken würde, ebenso wie die Luft in der Umgebung der Abwasserkläranlage. Aber alles, was sie hatte riechen können, als sie versuchte, ihre Schuhe und Füße im flachen Wasser zu reinigen, war der schreckliche Geruch von Tinys Blut.

ZERSTREUT IN ALLE WINDE

Sterling würde nie den Morgen vergessen, an dem Seese nicht aus der Stadt zurückgekehrt war und Ferro erfahren hatte, daß sein Freund tot war. Lecha war mit ihrem Rollstuhl allein in die Küche gerollt, um ihre Medikamente einzunehmen. Sie hatte sich bei Sterling erkundigt, ob er wisse, wo Seese hingegangen sein könnte, und war dann in ihr Zimmer zurückgekehrt. Sterling war in der Küche damit beschäftigt gewesen, den Müll zusammenzupacken, während Zeta mit Ferro und Paulie am Tisch saß und sich die Morgennachrichten im Fernsehen ansah. Ferro trank gerade einen Schluck aus seiner Kaffeetasse, als er sie urplötzlich fallen ließ. Kaffee spritzte an die Wand, und die Scherben der Tasse verteilten sich auf den Kacheln des Fußbodens. Zeta und Paulie hatten Ferro angestarrt, doch Sterling sah, daß Ferros Augen unverwandt auf den Fernseher starrten, auf die Fotografie eines gutaussehenden jungen Mannes mit blauen Augen und blondem Haar. Der nachfolgende Bericht zeigte das Innere einer schäbigen Bar und zwei Körper in Leichensäcken, die nacheinander aus der Bar getragen wurden. Ferro hatte aufgeschrien wie ein verwundetes Tier – »Nein! Nein!« Sterling hörte, wie Lechas Telefon klingelte, dann hatte Lecha seinen Namen gerufen. »Sterling! Sterling! Schnell!«

Sterling hatte Lecha über die Ereignisse in der Küche informieren wollen, daß jemand, den Ferro kannte, getötet worden war, doch Lecha hatte es sehr eilig gehabt. Sie gab Sterling die Schlüssel für den alten Lincoln und zog eine Pistole unter ihrem Kopfkissen hervor, um sie in ihre Handtasche zu stecken. Dann erhob sie sich in ihrer roten Seidenrobe aus dem Bett und ging zum Rollstuhl. Sie wirkte gesund genug, um laufen zu können, und sie war nicht gehbehindert. Sie fuhr in ihrem Rollstuhl herum wegen des Mitleids und um die Cops an der Nase herumzuführen, wie sie sagte.

In der Küche kroch Paulie auf Händen und Knien umher, um den verschütteten Kaffee aufzuwischen. Sterling sah, daß das Papiertuch dort, wo Paulie sich an den Scherben der zerbrochenen Tasse geschnitten hatte, Blutflecken aufwies. Zeta hatte ihre Arme um Ferro geschlungen, der aufrecht dastand und sich gegen ihre Tröstung sträubte, er zitterte, als würde er gleich explodieren. Sterling sah feuchte Rinnsale auf seinen bleichen, fetten Wangen. Lecha hatte Ferro und Zeta und auch Paulie angesehen, sie sah, daß Ferro außer sich war, doch Sterling wußte, daß sie in Gedanken mit dem Telefonanruf beschäftigt war und daß sie sich beeilen mußten. Lecha hatte ihm zwar nichts gesagt, doch Sterling glaubte es zu wissen: Es war Seese gewesen, die gerade angerufen hatte. Lecha wollte vor Zeta verbergen, daß Seese in Schwierigkeiten war. Zeta hatte Ferro ihre ganze Aufmerksamkeit gewidmet bei dem Versuch, ihn zu trösten, sie hob nicht einmal den Kopf, als Lecha und Sterling hereinkamen. Paulie hielt den Kopf gesenkt, doch Sterling sah, daß ihm Tränen in den Augen standen.

Zeta konnte die davonstürmenden Pferde nicht aufhalten, die sich in alle Winde zerstreut hatten – das war ihr Alptraum gewesen nach der Schießerei der Polizei. Nun war Ferro mit Paulie losgefahren. Paulie plante, ein mit Dynamit beladenes, schrottreifes Auto vor der Polizeistation an der Prince Road abzustellen. Zeta hatte den Ausdruck in Paulies Augen gesehen: Mehr als alles andere wollte er Ferro seine Liebe beweisen, jetzt, wo der Rivale tot war. Aber Paulies Ergebenheit hatte Ferros Leid nur noch verschlimmert, und Zeta befürchtete, daß er seinem Freund ins Grab nachfolgen wollte. Zeta war selbst überrascht von ihrem Kummer, sie empfand einen schrecklichen Schmerz in der Brust, als presse ihr das Leid das Herz gegen die Rippen.

Sie und Calabazas waren Narren gewesen. Ihr Leben war fast vorüber, und was hatten sie erreicht? Was hatte ihr Gerede vom Krieg gegen die US-Regierung gebracht? Was hatten alle ihre Verstöße gegen das Gesetz gebracht? Die Regierung der Vereinigten Staaten hatte die Absicht, das ganze gestohlene Land zu behalten. Was war mit der Erde geschehen? Die Zerstörer vernichteten sie. Und was war mit ihren Söhnen geschehen? Sie liebte Ferro; sie wollte nicht, daß er starb.

Die Zeit war schneller gekommen, als sie es sich jemals erträumt hatten, und doch begannen alle Kräfte zusammenzuströmen. Lecha hatte von dem Gärtner Sterling eine seltsame Geschichte gehört.

Eine große steinerne Schlange war über Nacht in der Nähe einer vielbefahrenen Straße in New Mexico erschienen. Nach Angaben des Gärtners hatten religiöse Menschen von überall her der Großen Schlange Opfer dargebracht, doch niemand hatte die Bedeutung der Rückkehr der Schlange verstanden. Niemand hatte die Botschaft verstanden. Als Lecha jedoch Zeta die Geschichte erzählt hatte, waren beiden die Tränen in die Augen gestiegen, denn die alte Yoeme hatte sie vor den grausamen Jahren gewarnt, die bevorstanden, sobald die Große Schlange zurückgekehrt war.

Zeta war dankbar für die Jahre, die ihr geblieben waren, um sich ein wenig vorzubereiten. Nun mußte sie die wichtige Arbeit beginnen.

Eine großartige Waffe einzustecken, brachte ein seltenes Leuchten in Zetas Augen. Sie war die schäbige Straße neben den Eisenbahngleisen entlanggelaufen und hatte sich sehr leicht und beschwingt gefühlt mit der 44er Magnum in ihrer Tasche. Greenlee hatte angerufen, um ihr mitzuteilen, daß er für weitere Geschäfte bereit war. Zeta teilte ihm mit, daß sie ihm die 44er Blackhawk verkaufen würde, die er haben wollte. Sie habe keine so ruhige Hand mehr wie früher und wolle sich eine weniger anspruchsvolle Waffe zulegen.

Greenlee hatte nie begriffen, wie sehr Zeta ihn haßte. Je stärker die Anspannung und der versteinerte Ausdruck in ihrem Gesicht, desto lebhafter und freundlicher war Greenlee geworden. Zeta hatte geduldet, daß sich dieses Mißverständnis über Jahre hinaus fortsetzte, weil Greenlee ihr, ohne Fragen zu stellen, Waffen verkauft hatte. Aber nun ließen Nachrichten aus dem Süden darauf schließen, daß Greenlee eine Schlüsselfigur war.

Greenlee hatte die sechs Sicherheitsleute mit den angelegten Uzis zurückgewinkt, als er sah, daß es sich nur um Zeta handelte, die die 44er Blackhawk im Halfter hatte. Sie sei eine der »besten Kunden«, hatte Greenlee ausgerufen und so getan, als weise er seine Wachmänner dafür zurecht, sie nicht erkannt zu haben. Zeta hatte Greenlee immer in dem Glauben gelassen, sie schlukke seine gelogenen Schmeicheleien. Heute lächelte sie und zwinkerte ihm zu. Sie wollte mit ihm in dem riesigen Kellergewölbe allein gelassen werden; sie wollte viel Zeit und keine Eile. Sie ließ sich von Greenlee spezielle Laserteleskope zeigen, die auf Handfeuerwaffen montiert werden konnten, und sah sich ein Automatikgewehr an, das er von einer Halterung an der Wand genommen hatte.

Er habe auch einen wahnsinnig komischen neuen Indianerwitz für sie, sagte Greenlee zu ihr, als er das rote Telefon neben dem Computerterminal abnahm. Zeta konnte Greenlees Witze nur schwer ertragen. Sie wußte, daß die Witze seine Art waren, sein kleiner Test im Umgang mit Mexikanern, Indianern und Schwarzen. Seine Theorie ging davon aus, daß jeder, der sich darüber ärgerte oder aufregte, wenn er seine Nigger- oder Bohnenfresserwitze erzählte, letztendlich auch versuchen würde, ihm die Kehle durchzuschneiden. »Betrüger gewinnen und Gewinner betrügen«, pflegte er gern zu sagen. Deshalb sorgte er dafür, daß er sie sich zuerst schnappte. Greenlee hielt seine Witze und »Tests« für unfehlbar.

Heute schien er ungeheuer zufrieden mit sich zu sein. Zeta wußte, daß die Geschäfte gut liefen; Awa Gee hatte gerade elektronisches Datenmaterial eingesehen, das große Transaktionen zwischen Greenlee und Mr. B. enthüllte. Greenlees kleine blaßblaue Augen waren blutunterlaufen. Immer, wenn er ihr seine Witze erzählte, hatte er Zetas Augen beobachtet, und sie hatte nie auch nur geblinzelt. Diesen hier finde er wirklich gut, sagte er, »weil er von dieser Fernsehnutte handelt – Sie wissen schon, wie heißt sie nochmal? Bah-bah Wah-wah! Also, die Schlampe ist am Reden – interviewt diesen Indianerhäuptling.«

Zeta lächelte. Sie staunte immer noch über den Haß, den weiße Männer auf alle Frauen empfanden, selbst auf ihre eigenen.

»Ach, übrigens«, fügte Greenlee hinzu, »der Witz heißt ›Traue nie einem Indianer.‹«

Zeta mußte laut auflachen.

»Ich wußte, daß Ihnen das gefallen würde!« sagte Greenlee.

Zeta kicherte immer noch und nickte mit dem Kopf. Das hier würde sie wirklich genießen.

»Also, Bah-bah Wah-wah fragt den Häuptling, warum er so viele Federn hat, und er sagt zu ihr: ›Ich sie alle ficke – große, kleine, dünne, dicke – ich sie alle ficke!‹« Greenlee versuchte, einen schrillen Aufschrei zu imitieren. »›Oh, man sollte Sie hängen lassen!‹« lispelte Greenlee, dann brüllte er: »›Du verdammt recht, ich hängen lasse! Dick wie Büffel, lang wie Schlange!‹«

Zeta hatte laut aufgelacht, weil alles, was dem weißen Mann auf dieser Welt wichtig war, in einem schmutzigen Witz Platz hatte. Sie lachte noch einmal, weil Freud den *Frauen* Penisneid nachgesagt hatte.

Greenlee hatte ihr Lachen für ein Kompliment gehalten und strich sich eitel über die Nackenhaare am Ansatz seines Hemdkragens. »Also ruft Barbara Walters: ›Sie brauchen doch nicht gleich so fuchsteufelswild zu werden.‹ Und der Häuptling sagt: ›Wie Fuchs, wie Hund, wie Pferd, wie egal, ich sie alle ficke!‹« An dieser Stelle verdoppelte Greenlee sein Gelächter, bis seine blassen Augen zu tränen begannen.

Zeta lächelte und nickte, um Greenlee zu ermuntern, noch heftiger zu lachen.

»Also ruft sie aus: ›Oje!‹ Und der Häuptling sagt: ›Nicht Reh – ich nicht ficke Reh. Arschloch zu eng. Ficker laufen zu schnell! Ich nicht ficke Reh!‹« Greenlee hatte noch nie so sehr gelacht. Zeta fühlte einen Schauder am Ansatz ihres Rückens. Greenlee war fast hysterisch, und Zeta konnte es sich nicht verkneifen, über die leuchtende rosa Farbe in seinem Gesicht zu lachen. Wie perfekt sein Gesicht war für diesen einen Moment!

Ah, und dieses Lachen! Wie sein Echo durch die klimatisierten Gänge des Kellergewölbes schallte. »Nicht ficke Reh!« Greenlee wiederholte die Pointe immer und immer wieder.

»Bombensicher, kugelsicher, feuersicher, aber nicht narrensicher!« hatte Greenlee gern über sein Büro im Kellergewölbe geprahlt. Denn nur ein Narr würde es wagen, diese Tresorräume anzugreifen. Zeta hatte den Revolver bequem in ihrem Schoß ruhen lassen, nachdem sie ihn aus dem Halfter gezogen hatte. Sie hatte beide Hände benutzt, den Lauf in einem perfekten fünfundvierzig Grad Winkel aufgerichtet und den Kolben auf ihrem Bauch abgestützt. »Nein, nicht narrensicher«, sagte Zeta, als Greenlees Grinsen beim Anblick der auf ihn gerichteten Pistole erstarb. »Dafür aber schalldicht«, sagte Zeta, als sie den Abzug betätigte. Schalldicht, aber nicht narrensicher, denn nur ein Narr feuerte eine 44er Magnum ohne Wattepfropfen in den Ohren ab. Zeta nahm sich Zeit. Greenlees Sicherheitsmannschaft würde erst in einigen Stunden zurückkommen, es sei denn, sie wurden vorher von ihm gerufen. Das Gewölbe war *off limits*. Mit dröhnenden Ohren und stocktaub sammelte Zeta die Disketten und Ausdrucke ein, die Awa Gee benötigte, um seine Arbeit zu vollenden.

SECHSTER TEIL

EINE WELT, VIELE STÄMME

PROPHEZEIUNG

DER INTERNATIONALE KONGRESS
DER HOLISTISCHEN HEILER

Angelita sah sich im Ballsaal des Tucsoner Hotels vorsichtig um. Sie war auf der Hut vor bekannten Gesichtern aus der Schule der Freiheit in Mexico City. Wenn die Israelis oder die Chinesen Spione zum Internationalen Holistischen Heilerkongreß geschickt hatten, dann bedeutete dies, daß auch sie von der Sache Wind bekommen hatten. Sie sah keines der bekannten Gesichter, aber das bedeutete nicht, daß keine Spione da waren. Wacah und El Feo hatte sie bei den Leuten in den Bergen zurückgelassen. Jeden Tag kamen Hunderte von Menschen, um Wacah von den alten Prophezeiungen sprechen zu hören und sich von ihm die Zukunft erklären zu lassen. Deutsche und holländische Touristen hatten Wacahs Versammlungen miterlebt, und bald darauf war ein deutsches Kamerateam mit seiner Ausrüstung die schlammigen Pfade heraufgekommen, um diese merkwürdige neue mystische Bewegung unter den Indianern in Mexiko zu filmen, die sich die Haare wachsen ließen und ihre Gesichter anmalten, um es den beiden Zwillingsbrüdern gleichzutun, die den Macawgeistern dienten und den Menschen versprachen, daß sich die alten Prophezeiungen bald erfüllen würden.

Die Kameras hatten einen langsamen, aber ständigen Zustrom von Menschen aufgezeichnet, vor allem Indianerinnen mit ihren Kindern, die über schlammige, steile Pfade und verfallene, matschige Straßen herbeizogen. Die Menschen kamen aus allen Richtungen, und viele behaupteten, im Traum gerufen worden zu sein. Wacah hatte verkündet, alle Menschen seien aufgerufen, in Harmonie miteinander zu leben. Menschen der Stämme weiter unten im Süden, landlose Bauern, *mestizos*, die Obdachlosen aus den Städten und selbst eine Busladung Europäer waren gekommen, um die Geistermacaws durch Wacah sprechen zu hören. Die treuen Anhänger warteten ruhig bei ihren Schlafstätten und Habseligkeiten. Nach dem deutschen Fernsehbericht begannen die Gelder von »Indianerfreunden« aus Belgien und Deutschland hereinzufließen. Von einem Schweizer Sammler präkolumbianischer Tongefäße aus Basel hatten sie eine große Geldsumme erhalten. Eine Volksarmee ihrer Stärke würde keine Waffen brauchen. Ihre Zahl allein war Waffe genug. Eine Volksarmee brauchte Essen. Wacah sagte den Menschen, solange sie bei ihm blieben, würden sie auch zu essen haben. Alles, was sie tun mußten, war, mit ihm nach Norden zu ziehen.

Nach der Ausstrahlung des Berichts des Nachrichtensenders hatte es Ärger gegeben. Den Behörden waren Gerüchte zu Ohren gekommen, daß diese indianische Religion und die Prophezeiungen nur ein Vorwand seien; das eigentliche Anliegen Wacahs und seines Bruders bestehe darin, die Indianer aufzuwiegeln, die ohnehin ständig über gestohlenes Land murrten. Die mexikanische Bundespolizei hatte Lastwagen voller bewaffneter Agenten losgeschickt, um in den Bergen nach versteckten Höhlen zu suchen, in denen geheime Lager mit Waffen vermutet wurden, die die Indianer vermeintlich von den Kubanern erhalten hatten. Aber selbst die allradgetriebenen Wagen der Polizei konnten die Aufwerfungen der Erdrutsche nicht passieren, die in den vorangegangenen Wochen von den Bergen heruntergekommen waren. Als sie zu Fuß in die Dörfer gezottelt kamen, hatte die Polizei nichts mehr vorgefunden; alle waren den Zwillingen gefolgt, soweit sie körperlich dazu in der Lage waren. Diejenigen, die zu krank oder zu schwach waren, um mitzuziehen, erklärten, die Berggeister schüttelten die Erde und würden nicht eher aufhören, bis die Städte der Weißen zerstört waren.

Das Kamerateam des Kabelnachrichtensenders befand sich noch in Wacahs Lager, als die Bundespolizei eintraf. Die Ruhe der Menschen und das hektische Treiben der Polizei war in die ganze Welt übertragen worden. Die Polizei hatte sehr bald erkannt, daß sie weit unterlegen war, und sich zurückgezogen. Die Einladung an Wacah, auf dem Weltkongreß der holistischen Heiler zu sprechen, war wenige Tage nach dem Überfall der Polizei eingetroffen. Doch die Geistermacaws erlaubten nicht, daß Wacah oder El Feo weggingen. Sie mußten zusammen mit den Menschen weitermarschieren. Wacah und El Feo durften keine Automobile oder Hubschrauber benutzen, die Geister verlangten, daß die Menschen zu Fuß gingen. Daraufhin hatten Wacah und El Feo Angelita zum Kongreß der Heiler geschickt, um sie zu entschuldigen und alle Anwesenden einzuladen, sich ihnen anzuschließen. Alle waren willkommen. Sie mußten nur mit den Menschen mitmarschieren und der Gier und der Selbstsucht in ihren Herzen entsagen. Man mußte zwar in der Lage sein, auf viele Annehmlichkeiten und alles Europäische zu verzichten, doch die Belohnung würden Friede und Harmonie im Zusammenleben mit allen Lebewesen sein. Sie brauchten nur zur Mutter Erde zurückzukehren. Schluß mit dem Sprengen, Graben und Niederbrennen.

Wacahs Botschaft an die Versammlung der holistischen Heiler lautete, sich auf die Veränderungen vorzubereiten, die Ankunft der Menschen zu begrüßen und soviel Geld zu schicken, wie sie konnten. Alles Geld werde für Essen ausgegeben; beschützt wurden die Menschen von den Geistern, sie brauchten keine Waffen. Die Veränderungen würden vielleicht noch weitere hundert Jahre brauchen, bis die Europäer endgültig in der Minderheit waren und die Menschen sich ihr Land friedlich zurückholen konnten. Das mochte für Wacah und El Feo in Ordnung sein, Angelita dagegen hatte ihre eigenen Pläne. Und was Wacah und El Feo nicht wußten, würde sie auch nicht belasten. Angelita trug die Verantwortung für die »Vorausplanung«. Von Dorfbewohnern in Sonora hatte sie von gewissen Leuten und Familien in Tucson gehört, die ihnen vielleicht helfen würden.

Wacah, El Feo und die Menschen, die sie begleiteten, glaubten den Geisterstimmen. Wenn die Menschen einfach weitermarschierten und keine Waffen bei sich trugen, dann würden die alten Prophezeiungen in Erfüllung gehen, und alle Besitz- und Obdachlosen würden Land erhalten. Die Stämme Amerikas würden den Doppelkontinent von Pol zu Pol wieder in Besitz nehmen. Sie hatten keine Angst vor den US-Soldaten oder ihren Kugeln, wenn sie an die Grenze zum Norden kamen, weil sie nicht glaubten, daß die amerikanische Regierung, nur um unbewaffnete religiöse Pilger aufzuhalten, ihre eigene Grenze bombardieren würde. Angelita war sich dessen nicht so sicher. Die Staatskasse der Vereinigten Staaten mochte so gut wie leer sein und das Land von Unruhen und Streiks geschüttelt werden – trotzdem würden die Weißen ihren letzten Cent dafür hergeben, die Menschen aus dem Süden aufzuhalten. Die US-Regierung hatte vielleicht kein Geld für die Hungernden, aber für Waffen und Tod war immer genug Regierungsgeld vorhanden. Die mexikanische Staatskasse war seit Monaten bankrott, dennoch wurde die Bundespolizei weiter bezahlt. Die Vereinigten Staaten waren da nicht anders. Die Menschen selbst mochten von Kriegen die Nase voll haben, nicht aber ihre Generäle und Geschäftsmagnaten.

El Feo und Wacah mußten den Geistermacaws gehorchen. Ihre eigene Meinung spielte keine Rolle. Wacah glaubte daran, daß die Geister sie beschützen würden, aber El Feo stimmte insgeheim mit Angelita La Escapía, seiner Waffenschwester, überein: Die US-Regierung würde vielleicht gar nicht erst abwarten, bis die Zwillingsbrüder mit ihrem Gefolge die Grenze erreichten. Die unbewaffneten Menschen würden höchstwahrscheinlich niedergeschossen werden, noch bevor sie an die Grenze kamen. Trotzdem mußten sie weiter daran glauben, daß selbst die Bundespolizei und die Soldaten von den Geistern erfaßt und zu Tausenden niedergefegt werden würden. Wie lange konnten die Soldaten und die Polizei auf sie schießen? Sie mochten zu Hunderten fallen, die Menschen würden dennoch weitermarschieren; nicht rennend, schreiend oder kämpfend, sondern stetig marschierend. Ihr Glaube ruhte in den Geistern der Erde und der Berge, die mit Leichtigkeit ganze Städte zerstören konnten. Ihr Glaube ruhte in den Geistern und deren Zorn auf die Europäer, die die heiligen Macaws und Papageien von Tenochtitlán bei lebendigem Leibe verbrannt hatten. Für diese Verbrechen und all das Morden und Zerstören würden die Europäer nun in ihren brennenden Städten ohne Regen und Wasser ersticken.

El Feo teilte Angelita mit, sie müsse tun, was sie für richtig halte. Das Kommende war nicht aufzuhalten. Die Menschen mochten sich ihnen anschließen oder nicht, die tribalen Menschen Nordamerikas mochten den Zwillingen und ihren Anhängern zu Hilfe kommen oder sich dagegen entscheiden. Es machte keinen Unterschied, denn das Kommende war unaufhaltsam und unvermeidlich. Es mochte fünf oder zehn Jahre lang Gewalt und Konflikte erfordern. Es mochte noch weitere hundert Jahre der Geisterstimmen und des schlichten Bevölkerungszuwachses erfordern, das Ergebnis würde trotzdem das gleiche sein: Die tribalen Menschen würden Amerika zurückgewinnen; sie würden auf der ganzen Welt das Land ihrer Vorfahren zurückgewinnen. Das war es, was die Geister der Erde wollten: ihre indigenen Kinder, die sie liebten und die ihr kein Leid zufügten.

Die Anhänger der Geistermacaws glaubten, kein Blut vergießen zu dürfen, weil die Zerstörung sie sonst weiter begleiten würde. Aber Wacah erzählte auch, daß die Pilger von freigesetzten Naturgewalten beschützt würden, von Kräften, die die Geister erweckt hatten. Unter diesen Kräften würden auch Menschen sein, Krieger und Kriegerinnen, die die gläubigen Wanderer beschützten. Diese Krieger warteten bereits weit im Norden. Wacah glaubte, daß alle Menschen eines Nachts den gleichen Traum träumen würden, einen Traum, den die Geister des Kontinents ihnen schickten. Sie konnten ihnen den Traum erst schicken, wenn die Menschen bereit waren, mit neuen Herzen aufzuwachen.

Angelita konnte sich nicht vorstellen, wie es über Nacht zu einer geistigen Veränderung kommen sollte, vor allen Dingen nicht in den Vereinigten Staaten, wo die Menschen, unabhängig von ihrer Hautfarbe, angesichts des wirtschaftlichen Zusammenbruchs allmählich verzweifelten. Angelita sah keinen Sinn darin, die Menschen oder die Zwillingsbrüder schutzlos weiterziehen zu lassen, auch wenn die Geistermacaws verkündet hatten, das Ende der Europäer in Amerika sei unausweichlich.

Angelita kümmerte sich nicht um El Feos Spötteleien oder um die Tatsache, daß er sie die ganze Zeit mit ihrem Kriegernamen, La Escapía, ansprach. Sie ging kein Risiko ein. Sie war zum Heilerkongreß nach Tucson gekommen, um mit gewissen Leuten Kontakt aufzunehmen, mit Leuten, die die Waffen besaßen, die sie benötigte, um die Anhänger der Geistermacaws vor Luftangriffen zu schützen. Diese erstaunlichen tragbaren Missiles funktionierten ebenso einfach wie Feuerwerksraketen. Angelita hatte selbst eine von ihnen abgefeuert, und es hatte sich nicht sehr davon unterschieden, eine Leuchtkugel in den Händen zu halten. Natürlich waren die Missiles eine reine Verteidigungsmaßnahme gegen die Hubschrauber der Regierung, und Wacah und El Feo mußten nichts davon erfahren. Auch Angelita hörte Geisterstimmen – nur waren ihre Geister zornig und befahlen ihr, die Menschen vor Angriffen zu schützen.

WILSON WEASEL TAIL, DER DICHTENDE JURIST

Kein Ärger mit der Polizei, keine Schießereien, rein gar nichts würde Lecha in dieser Woche vom Besuch des Internationalen Kongresses der holistischen Heiler abhalten können. Zeitungsannoncen, die den Kongreß ankündigten, hatten eingeborene Heilkundige aller Kontinente angekündigt, einschließlich einiger Medizinmänner aus Sibirien und Afrika und einer Eskimofrau, möglicherweise ihre alte Bekannte Rose. Außerdem wollte sich Lecha nicht das Spektakel von Wilson Weasel Tail entgehen lassen, der ebenfalls auf dem Tagungsprogramm stand.

Lecha hatte Wilson Weasel Tail vor Jahren bei einer Talkshow im Kabelfernsehen in Atlanta kennengelernt. Weasel Tail war während der Show völlig außer Kontrolle geraten. Aus den Taschen seines taubenblauen Polyesteranzugs hatte er eine Handvoll Karteikarten gezogen, die mit dem unleserlichen Gekritzel seiner in Gedichtform verfaßten Erklärung bedeckt waren. Die Studiotechniker hinter den Glastüren und Kameras hatten fieberhaft gewinkt und gestikuliert, während blaue, gelbe und rote Lichter aufblinkten: Einer der Indianer unter den Showgästen hatte das Mikrofon ergriffen! Die Talkshow-Moderatorin hatte ihren pinkfarbenen Mund wie ein gestrandeter Fisch auf- und zugeklappt, ohne einen Ton hervorzubringen. Nichts und niemand konnte Weasel Tail aufhalten. Seine Mission hatte er kraft seines Geburtsortes erhalten. Weasel Tail war ein Lakota, der auf einer kleinen, armseligen Ranch, vierzig Meilen vom Schauplatz des Massakers am Wounded Knee entfernt, aufgewachsen war. Weasel Tail hatte nach drei Jahren die juristische Fakultät der Universität von Kalifornien in Los Angeles verlassen, um sich ganz der Poesie zu widmen. Die Menschen brauchten nicht noch mehr Juristen, Juristen waren die eigentliche Krankheit und nicht das Heilmittel. Die Gesetze dienten nur den Reichen. Was die Menschen brauchten, war Poesie; Poesie würde sie befreien; Poesie würde zu den Träumen und Geistern sprechen, und die Menschen würden verstehen, was sie tun mußten.

Lecha hatte den Erfolg von Weasel Tails Wüten im Kabelfernsehen an diesem Nachmittag nie vergessen. Sobald die Produzenten kapierten, daß es sich wieder einmal um einen harmlosen Irren handelte, der schmuddelige Karteikarten vorlas, hatten sie den Sicherheitsbeamten Zeichen gegeben, sich bereitzuhalten. Die Talkshow-Moderatorin und das Publikum im Studio erhielten über die Monitore und Teleprompter beruhigende Hinweise. Wahrscheinlich hatten sich die Produktionsassistenten insgeheim zu ihrer gelungenen Auswahl dieses militanten Sioux-Indianers und dichtenden Juristen für die Gästeliste der Sendung beglückwünscht. Ein verrückter Indianer, der die ganze Talkshow an sich riß, war genau die Art von »*real-life*«-Drama, auf das die Zuschauer zu Hause so begierig waren.

Weasel Tail hatte seine Poesie mit der Erklärung eingeführt, er habe das Jurastudium aufgegeben, weil in den Gesetzen der Weißen die Karten gezinkt und die Würfel präpariert seien. Das Gesetz zerquetsche und betrüge die Armen, egal welcher Hautfarbe. »Alles, was uns geblieben ist, ist die Kraft der Poesie«, hatte Weasel Tail angestimmt und sich nervös geräuspert.

>   Nur eine verkommene Regierung
>   Besetzt gestohlenes Land!
>
>   He, ihr barbarischen Eindringlinge!
>   Wie lange noch?
>   Glaubt ihr, der Kolonialismus währt ewig?
>   *Res ipsa loquitur!*

> Schatten über dem Recht
> Unverkäufliches Recht
> Zweifelhaftes Recht
> Unzulängliches Recht
> Unstetes Recht
> Ungeklärtes Recht
> Widriges Recht
> Widriger Besitz
> Unrechtmäßiger Besitz
> Widerrechtlicher Besitz!

Das Kabelfernsehen ist eine riesige Bestie, die vierundzwanzig Stunden am Tag nur konsumiert; aber selbst Live-Shows bedürfen einer gewissen Choreographie. Ein Produktionsassistent leitete zwei große blonde Frauen in Uniform durch das Gewirr der Kabel in Richtung Weasel Tail. Weasel Tail erkannte, daß es sich um zwei Polizistinnen mit gezogenen Revolvern handelte, deshalb konnte er nicht widerstehen, herauszuplatzen: »Es wird kein Streben nach Glück geben, keinen Frieden und keine Gerechtigkeit, bevor ihr nicht eure Schulden begleicht; das Geld, das ihr für das gestohlene Land schuldig seid und für all die gestohlenen Menschenleben, auf denen das US-Imperium basiert!« Ein ganzer Sturmtrupp Polizisten hatte das Fernsehstudio gestürmt, doch das Studiopublikum weigerte sich, von seinen 50-Dollar-Sitzen zu weichen und das Drama oder eventuelle Gewalttätigkeiten zu verpassen. Trotzdem wußte Weasel Tail, daß er sich beeilen mußte, wenn er den ganzen Text seiner Anklage gegen die Vereinigten Staaten von Amerika und alle anderen Kolonialisten noch vortragen wollte.

> Wir sagen, »Adiós, weißer Mann«, zu
> Fünfhundert Jahren der
> Verbrechen und Heucheleien, der
> Unrechtmäßigen und widerrechtlichen Regierungen,
> *Res accedent lumina rebus,*
> Ein Ding zündet dem andren das Licht an.

Worchester gegen Georgia!

Ex parte Crow Dog!
Winters ./. Vereinigte Staaten!
Willams ./. Lee!
Lonewolf ./. Hitchcock!
Der Stamm der Pyramid Lake Paiute ./. Morton!
Das Dorf Kake, Alaska ./. Egan!
Der Stamm der Gila River Apachen ./. den Staat Arizona!

Landfriedensbruch
Bruch mit dem Gewissen
Vertragsbruch
Bruch der Abmachungen
Bruch mit Anstand und Sitte
Vernachlässigung der Pflichten
Vertrauensbruch
Vernachlässigung treuhändischer Verantwortung
Bruch von Versprechen
Friedensbruch
Vertrauensbruch in arglistiger Absicht!

Bruch des Vertrags der Sacred Black Hills!
Bruch des Vertrags vom Sacred Blue Lake!
Bruch des Vertrags von Guadalupe Hidalgo!

Res judicata!
Wir sind im Krieg.

»Ihr Verfechter der *turpis causa*! Unrechtmäßige, nicht gewählte Regime! Wir, die indigenen Menschen dieser Welt, verlangen Gerechtigkeit!« Gerade, als Wilson Weasel Tail das Wort »Gerechtigkeit« aussprach, hatten ihn vier Polizisten, jeweils zwei Mann auf jeder Seite, hochgehoben und aus dem Studio getragen. Nach seiner Verhaftung im Kabelfernsehen war Wilson Weasel Tail verschwunden, und nun, Jahre später, war er in Tucson wiederaufgetaucht, allerdings nicht als dichtender Jurist. Diesmal hatte sich Wilson Weasel Tail als »Heiler und Visionär der Lakota« angekündigt. Lecha wollte hören, was Weasel Tail diesmal zu sagen hatte, soviel sie wußte, besaß er keinerlei heilkundliche Ausbildung, weder von den Lakotas noch sonstwoher. Weasel Tail hatte geschworen, gestohlenes Stammesland zurückzuholen; er war ein Politikbesessener, aber kein Heiler. Lecha fragte sich, welchen neuen Plan, welche neue List Weasel Tail wohl diesmal ausgeheckt hatte. Sie fragte sich, was jemand aus den nördlichen Plains so nahe an der mexikanischen Grenze verloren hatte.

Lecha durchschritt ein Labyrinth aus schäbigen, teppichverkleideten Hotelkorridoren, die von langen Verkaufstischen gesäumt wurden, an denen Hunderte von Bekehrten des »New-Age-Spiritualismus« ihre Dienste und Waren feilboten. Lecha hatte sich in der Vergangenheit stets bemüht, den »Spiritualisten« aus dem Weg zu gehen. Die alte Yoeme hatte sie gelehrt, daß fünfundneunzig Prozent der praktizierenden Spiritualisten Schwindler waren. Lecha war auf der Suche nach Zeta oder dem kleinen Asiaten, der für sie arbeitete. Zeta behauptete, Awa Gee habe codierte Faxmitteilungen radikaler Öko-Terroristen abgefangen, die planten, auf dem Kongreß zu erscheinen. Lecha hatte nicht näher nachgefragt, warum sich Zeta oder Awa Gee für die Öko-Terroristen interessierten oder welches Interesse die Öko-Terroristen daran haben könnten, auf einem Weltkongreß von Naturheilern zu sprechen.

ARZNEIKUNDIGE – HEILMITTEL ALLER ART

Lecha konnte nur verwundert den Kopf schütteln. Sie hatte vorher noch nie deutsche Wurzeldoktoren oder keltische Blutegelhändler gesehen. Der größte Teil der New-Age-Spiritualisten waren jedoch Weiße aus den Vereinigten Staaten, von denen viele behaupteten, von 110 Jahre alten Huichol-Indianern ausgebildet worden zu sein. Lecha suchte im Veranstaltungskalender des Kongresses nach vertrauten Namen. Im Hauptballsaal waren an diesem Morgen folgende Vorträge angesetzt:

Tilly Shay, Therapeutin für Dickdarmspülungen und Redakteurin des *Clean Colon Newsletter*, spricht über den Zusammenhang zwischen chronischer Verstopfung beim angelsächsischen Mann und seiner Neigung zu Gewalttätigkeiten.

Die kosmische Einheit Rotes Geweih und Weiße Taube (adoptierte Angehörige des Abanaki Stammes): »Spüre das Nichts des Seins durch das verströmende Licht des heiligen Kristalls«.

George Armstrong – Orte der Kraft für intuitive Übungen und Meditation

Jill Purcee – Tibetanische Gesänge

Frank Calfer – Universeller empirischer Shamanismus

Lee Locke – Weibliche Spiritualität

Glocken des Himalaya – Ein seltenes Konzert um 14 Uhr am Swimmingpool, Spenden erwünscht

Soundscape, Rainbow Moods, New Age und die kosmische Verbindung: Wohin als nächstes, auf der Suche nach Heilung? 20 Uhr, an den Tennisplätzen

Wilson Weasel Tails Eintrag im Veranstaltungskalender war kaum zu übersehen, denn er nahm eine halbe Seite ein. Lecha mußte lachen. Weasel Tail wußte wirklich, wie man die Aufmerksamkeit der Leute auf sich zog:

Halte die Zeit an!

Fürchte dich nicht vor dem Älterwerden, vor Krankheit oder Tod!

Geheimnisse uralter indianischer Heilkunst der Hopi, Lakota, Yaqui und anderer

Das Töten oder Verkrüppeln von Feinden, ohne entdeckt zu werden

Und das Versammeln von Armeen aus Kriegergeistern!

Lecha sah auf die Uhr: Sie hatte noch eine halbe Stunde Zeit, bis Weasel Tail beginnen würde. Sie hatte gespürt, wie ihr Herz schneller schlug, als sie die Zeile über das Versammeln von Geisterarmeen in Weasel Tails Programmteil gelesen hatte. Wer besaß die geistige Macht über Amerika? Nicht die Christen. Lecha erinnerte sich, wie ihre Mutter der alten Yoeme verboten hatte, sich in ihrer Gegenwart abfällig über das Christentum zu äußern. Doch das hatte Yoeme natürlich nicht davon abgehalten, Lecha und Zeta, wenn ihre Mutter nicht in der Nähe war, alles zu erzählen, wonach ihr der Sinn stand. Nach Yoemes Worten war die katholische Kirche schon am Ende, ein toter Glaube, noch bevor die spanischen Schiffe Amerika erreicht hatten. Yoeme hatte sich daran geweidet, ihnen die Folterungen und Exekutionen zu beschreiben, die während der Inquisition im Namen Jesu durchgeführt worden waren. In einer brutalen Katechismusausgabe hatte sie ihnen sogar Bilder gezeigt, Holzschnitte mit Kirchenmännern, die »Ketzer« verbrannten und Juden räderten. Damals sei die Maske heruntergerutscht, erzählte Yoeme, und in ganz Europa hätten die einfachen Leute in ihren Herzen erkannt, daß die »Mutter Kirche« in Wirklichkeit ein menschenfressendes Ungeheuer war. Da die Europäer keine anderen Gottheiten oder Religionen besaßen, hatten sie mit den kirchlichen Ritualen und Gottesdiensten fortfahren müssen, obwohl sie die Wahrheit wußten.

Yoeme sagte, jeder Idiot begreife, daß eine folternde und mordende Kirche keine heilende Kirche mehr sein könne; demzufolge seien die Europäer in einer äußerst bedenklichen geistigen Verfassung gewesen, als sie die Neue Welt erreichten. Das Christentum mochte auf anderen Kontinenten und bei anderen Menschen funktionieren; Yoeme wollte diese Möglichkeit nicht bestreiten. In Amerika jedoch hatten die Fremden von Anfang an geahnt, daß ihr Christentum angesichts der ungeheuer machtvollen und prächtigen Geisterwesen, die die unermeßlichen Weiten Amerikas bevölkerten, fehl am Platze war. Die Europäer waren nicht in der Lage gewesen, auf dem amerikanischen Doppelkontinent ruhig und fest zu schlafen, nicht einmal unter vollem militärischen Schutz. Sie hatten unter Alpträumen gelitten und häufig behauptet, Teufel und Gespenster zu sehen. Cortéz' Männer hatten befürchtet, die aus Europa mitgebrachten Heilmittel und Behandlungsmethoden könnten auf dem Boden der Neuen Welt keine Wirkung zeigen. Daher hatten die verwundeten Europäer fast unmittelbar damit begonnen, ihre Wunden mit dem Fett getöteter Indianer zu behandeln.

Lecha war mit Yoemes Analyse des Christentums nicht

einverstanden gewesen, bis sie eine Weile als Medium gearbeitet hatte. Sie hatte Menschen erlebt, die von sich behaupteten, aufrichtige Gläubige zu sein, die Rosenkränze in den Händen hielten und doch erfüllt waren von Angst. Wohlhabende und gebildete Weiße, aufrechte Kirchenmitglieder, hatten sie heimlich aufgesucht. Und alle waren mit einem tiefen Gefühl des Verlusts zu ihr gekommen. Jeder von ihnen hatte dem Verlust einen anderen Namen gegeben: Börsenkrach, verlorengegangene Lottoscheine, wertlose Pfandbriefe oder der Verlust von geliebten Menschen – aber Lecha wußte, daß das, was sie eigentlich verloren hatten, ihre Verbindung zur Erde war. Sie alle fürchteten sich vor Krankheit und physischer Veränderung. Da das Leben zum Tode führte, fürchteten sie das Wissen darum, und hatten versucht, die Herrschaft über den Tod zu erringen, indem sie selbst zu Killern wurden.

Nachdem die Erde aufgerissen und unbarmherzig ausgebeutet worden war, schien es nur folgerichtig, daß ihre Nachkommen, alle Wesen, die sie bewohnten, ebenfalls zerstört werden würden. Der internationale Kongreß war von den Naturheilern und indigenen Heilkundigen einberufen worden, um über die Krise der Erde zu sprechen. Wie die Prophezeiungen besagt hatten, war das Weltklima völlig durcheinandergeraten: Die Regenwolken waren verschwunden, während schreckliche Stürme und Kälteeinbrüche auf brennend heiße und trockene Sommer folgten. Die alte Yoeme hatte immer gesagt, die Erde würde weiterleben, sie würde alles überstehen, was der Mensch ihr antat, selbst die Atombombe. Yoeme hatte über die Zahlen nur gelacht, die Tausende von Jahren, die es bedurfte, ehe die Erde wieder strahlungsfrei sein würde. Irgendwann würde auch die atomare Strahlung eines Atomkriegs vergehen. Die Erde würde ihre Höhen und Tiefen erleben; die Menschen aber hatten ihre eigenen Nestlinge in einem solchen Ausmaß vergewaltigt und getötet, daß Yoeme meinte, sie würden nicht überleben. Es wäre kein großer Verlust für die Erde. Die Energie oder »Elektrizität« des Geistes wurde mit dem Tod eines Lebewesens nicht ausgelöscht; sie befreite sich vom Fleisch. Staub zu Staub oder als Mahlzeit für die Packratten – die geistige Energie ging nie verloren. Aus dem Staub wuchsen Pflanzen, die Pflanzen wurden gefressen und zu Knochen und Muskeln. Und die ganze Zeit über hatte die Energie lediglich ihre Gestalt verändert, nichts war verlorengegangen oder ausgelöscht worden.

Lecha lachte in sich hinein. Die Erde mußte sich wirklich in einer Krise befinden, wenn beide, Zeta und Calabazas, an diesem Kongreß teilnahmen. Calabazas schien langsam alt zu werden, denn er hatte sowohl seinem verrückten Lieutenant Mosca zugehört und seinen wilden Geschichten über einen barfüßigen Hopi mit radikalen Plänen, als auch den neuesten Berichten über die Geistermacaws, die von den Zwillingsbrüdern, begleitet von Tausenden ihrer Anhänger, auf einer heiligen Reise nach Norden getragen wurden.

Die Konferenzsäle und Gänge des Hotels waren belagert von Menschen aller Altersgruppen und unterschiedlichster Herkunft. Lecha konnte ihre Not und Verzweiflung fühlen, während sie sich um die Portiers drängten, die am Eingang des Ballsaals, in dem Wilson Weasel Tail sprechen sollte, zehn Dollar Eintritt kassierten. Lecha sah einen Tagungsraum voller Frauen, die immer und immer wieder »Ich bin eine Göttin, ich bin eine Göttin« sangen. Im angrenzenden Raum hatten weiße Männer in langen Roben frischgeschnittene Tannen liebevoll in einem Kreis arrangiert; es schien, als sollte die Baumanbetung in Nordeuropa ein Comeback erleben. In den Korridoren hielten sich weißhaarige alte Hippies auf, die billige Kristalle und kleine Plastiktüten mit selbstgezogener Kamille verkauften. Es gab weiße Männer aus Kalifornien in teuren neuen Buckskins, Perlen und Federn, die sich selbst »Donnergrollen« und »Büffelhorn« nannten. Zwei Meter große afrikanische Medizinmänner standen neben winzigen Inka und Maya, die getrocknete und mit Lumpenstreifen zusammengebundene Kräuter verkauften. Lecha sah sich das Treiben eine Weile an; sie beobachtete die Hände. Die Hände hatten fieberhaft nach Geld gegriffen, während sie darauf warteten, an die Reihe zu kommen. Die alte Yoeme hatte immer damit geprahlt, sie könne den Weißen in ihrer Verzweiflung alles weismachen und sie dazu bringen, alles zu tun, was sie ihnen sagte. Geld wechselte in Windeseile die Besitzer. Fünfziger, Hunderter schienen mühelos von den weißen in die braunen und schwarzen Hände überzuwechseln. Einige kauften nur die

Kräuter und Tees, andere hatten für Privatkonsultationen bezahlt, die Hunderte von Dollar kosteten.

Lecha war nicht nahe genug an die Inka und Maya herangekommen, um verstehen zu können, was sie sagten. Zwei Dolmetscher versuchten offenbar, für die Menge zu übersetzen, befanden sich jedoch augenblicklich im Streit über die Übersetzung eines Wortes. Lecha konnte nicht anders, als eine kleine, breit gebaute Mayafrau anzustarren, die die Menge zu betrachten schien. Plötzlich hatte sich diese Frau umgedreht und Lecha genau in die Augen gesehen. Yoeme hatte sie immer vor reisenden Medizinleuten gewarnt; denn Hexen und Zauberer hielten es häufig für notwendig, in weit entfernte Städte zu reisen, wo sie keiner kannte. Lecha drehte sich um und sah eine von faszinierten Zuhörern umgebene Frau mit einem Walroßzahn in der Hand. Ihr Herz schlug schneller, und sie fühlte, wie ein breites Lächeln ihr Gesicht überzog. Sie hätte diese Eskimofrau überall wiedererkannt.

Rose hatte sich mit Lecha unterhalten, als existiere die Zuschauermenge gar nicht. Je mehr sie die Menschen zu ignorieren schien, desto stiller und konzentrierter wurde die Schar der Zuhörer bei dem Versuch, jedes Wort mitanzuhören, das zwischen den beiden kleinen, dunkelhäutigen Frauen gewechselt wurde. Rose erzählte Lecha von den Jahren, die seit ihrem Entschluß, den Hundeschlittenführer für eine wärmere Gegend und schnellere Männer zu verlassen, vergangen waren.

Rose hatte gelernt, zu ihren geliebten kleinen Geschwistern zu sprechen, die als in blaue Flammen gehüllte Geister den Fluß entlangliefen. Natürlich sprach Rose mit ihnen nicht so, wie sie sich jetzt mit Lecha unterhielt. Die blauen Flammen loderten in der Lautstärke eines Düsentriebwerkes, das es ihnen unmöglich gemacht hätte, sich zu verständigen, selbst wenn ihre Lieben hätten reden können. Aber aus ihren Kehlen drang kein Laut. Wenn sie ihre Münder öffneten, sah Rose die Worte in Flammen geschrieben – es waren nicht einmal vollständige Worte, doch Rose konnte alles verstehen, was sie zu sagen hatten.

Lecha spürte, wie die Menge sich dichter um sie drängte, doch in diesem Moment hatte Rose sich erhoben und die Zuschauer gezwungen, schnell und respektvoll vor ihr zurückzuweichen.

Rose deutete auf einen großen Koffer neben Lechas Füßen. Sie öffnete den Deckel. Innen sah Lecha nichts anderes als weiße Flußkiesel und kleine graue Flußsteine. Rose nickte und blickte zuerst auf die Steine und dann auf die gutgekleideten jungen Weißen, die sich gehorsam anstellten, um zu kaufen, was immer diese Medizinfrau der Yupik-Eskimos ihnen anzubieten hatte. »Einige von uns treffen sich später auf meinem Zimmer«, sagte Rose, »wenn Weasel Tail und der Hopi gesprochen haben. Zimmer zwölfzwölf.«

DIE RÜCKKEHR DER BÜFFEL

Wilson Weasel Tail schritt zum Podium und zückte zwei Seiten Papier. Er hatte seine Polyester-Freizeitanzüge gegen militärische Tarnanzüge eingetauscht und trug die Haare in langen Zöpfen, um die er sorgfältig einige rote Bänder gewickelt hatte. Weasel Tails Stimme dröhnte durch den großen Ballsaal. Heute wolle er seinen Vortrag mit dem Verlesen zweier Fragmente aus berühmten indianischen Schriftstücken beginnen. »Zuerst werde ich Ihnen aus Pontiacs Schrift vorlesen: ›Du klagst, der weiße Mann habe alles gestohlen und alle deine Tiere und deine Nahrung vernichtet. Wo aber warst du, als die Menschen sich zum erstenmal über die Europäer berieten? Sag die Wahrheit. Du hast alles vergessen, was man dir je beigebracht hat. Du hast die Geschichten mit den Warnungen vergessen. Du hast genommen, was du leicht hinunterschlucken konntest und nicht erst kauen mußtest. Und plötzlich warst du wie ein hilfloser Säugling in den Händen des weißen Mannes, der deine Gier so lange befriedigt, bis sie deinen Bauch und deine Brust aufbläht und dir zu Kopf steigt. Du bestiehlst deine Nachbarn. Man kann dir nicht vertrauen!‹«

Weasel Tail machte eine bedeutungsvolle Pause und sah ins Publikum, bevor er fortfuhr:

»›Der Verrat hat sich gegen sich selbst gewandt, der Bruder den Bruder betrogen. Laßt ab von Neid, Hexerei und Gift. Fordert die Kontinente zurück, die uns gehören.‹«

Weasel Tail machte eine Pause, holte tief Atem und verlas den Brief des Paiute-Propheten Wovoka an Präsident Grant:

»Ihr werdet gehaßt
Ihr seid hier unerwünscht
Geht weg,
Geht dorthin zurück, wo Ihr hergekommen seid.
Ihr weißen Menschen seid verflucht!«

Die Zuhörer im Ballsaal waren totenstill geworden, als stünden sie unter dem Schock von Weasel Tails Darbietung. Doch Weasel Tail schien nichts davon zu bemerken und war sofort zu seinem Vortrag übergegangen: »Heute möchte ich mich mit der Frage beschäftigen, ob die Geister der Vorfahren unser Volk vielleicht im Stich gelassen haben, als es von den Propheten zum Geistertanz gerufen wurde«, begann er.

»Moody und andere Anthropologen haben behauptet, daß der Geistertanz verschwunden ist, weil die Menschen die Hoffnung verloren, als sie sahen, daß die Geisterhemden keine Kugeln aufhalten konnten und die Europäer nicht über Nacht verschwanden. Aber es waren die Europäer und nicht die Indianer, die über Nacht Resultate erwartet hatten. Die Anthropologen, die fieberhaft nach magischen Gegenständen suchten, um ihren eigenen Tod hinauszuzögern, haben die Macht der Geisterhemden mißverstanden. Kugeln aus Blei gehören in die Alltagswelt; Geisterhemden dagegen in das Reich der Geister und Träume. Die Geisterhemden boten den Tänzern geistigen Schutz; während die weißen Männer von Kleidern träumten, die Kugeln abhielten, weil sie sich vor dem Tod fürchteten.«

Moody und die anderen hatten nie verstanden, daß der Geistertanz der Vereinigung der Lebenden mit den Geistern der geliebten Ahnen diente, die sie im fünfhundertjährigen Krieg verloren hatten. Je länger Weasel Tail sprach, desto lebhafter und schwungvoller wurde er. Lecha sah schon kommen, daß er gleich ein Gedicht beginnen würde:

»Wir tanzen, um uns zu erinnern,
wir tanzen, um uns an all unsere Lieben zu erinnern,

um uns zu erinnern, wie jeder von ihnen
in die Geisterwelt einging.
Wir tanzen, weil die Toten uns lieben,
sie sprechen weiter zu uns,
sagen unseren Herzen, was zu tun ist, damit wir überleben.
Wir tanzen und erinnern uns an all die, die vor uns waren,
die kleinen Kinder und die alten Frauen, die kämpften und starben,
weil sie den Eindringlingen und Zerstörern der Mutter Erde widerstanden!
Geister! Ahnen!
Wir haben die Tage gezählt, die Zeichen beobachtet.
Ihr seid immer bei uns,
ihr flüstert uns in unseren Träumen zu,
ihr flüstert uns im Wachen zu.
Ihr seid stärker noch als die Erinnerung!«

Weasel Tail machte eine Pause, um einen Schluck Wasser zu trinken. Lecha war beeindruckt von der Stille, die er im Raum geschaffen hatte. »Naturopathen«, holistische Heiler, Kräuterkundige und die Typen mit den Orgonboxen und Pyramiden – sie alle hatten ihre Kassen abgeschlossen und die Stände dichtgemacht, um Weasel Tail sprechen zu hören. »Die Geister sind außer sich! Sie verlangen Gerechtigkeit! Die Geister sind zornig! Zu all den Menschen, die zu schwach oder zu faul sind, um für den Schutz der Mutter Erde zu kämpfen, sagen sie: ›Zu schade, daß ihr nicht im Kampf gegen die Zerstörer der Erde gestorben seid, denn nun werden *wir* euch dafür töten, daß ihr so schwach wart und die Hände gerungen und gejammert habt, während die Eindringlinge sich an den Wäldern und Bergen vergingen.‹ Die Geister werden euch so lange Vorwürfe machen und verspotten, bis ihr gezwungen seid, ihre Stimmen mit Whiskey zum Schweigen zu bringen. Die Geister gewähren euch keine Ruhe. Sie sagen, entweder sterbt ihr im Kampf gegen die Eindringlinge oder im Suff.«

Die aufgebrachten Geister spukten in den Träumen der Gesellschaftsdamen aus den Vorstädten Houstons und Chicagos herum. Sie brachten Mütter aus wohlhabenden Country-Club-

Gegenden dazu, die Kinder ins Auto zu packen und sich, ohne dem Ehemann eine Nachricht zu hinterlassen, über hundert Fuß hohe Klippen in reißende Flüsse hinabzustürzen. Eine Nachricht an den Psychiater besagt lediglich: »Es hat keinen Zweck mehr.« Sie sahen für sich und ihre Kinder keinen Grund mehr, weiterzuleben. Die Geister spukten in den Köpfen der Einsamen herum, der durchgedrehten jungen weißen Männer mit den Automatikgewehren, die in Einkaufszentren und auf Schulhöfen mit der gleichen Leichtigkeit Menschen niedermähten, mit der Jäger auf Büffel schießen. Den ganzen Tag über schuftete der Minenarbeiter in Tunneln unter der Erde und schlug mit einem scharfen Stahlpickel Erze aus dem Gestein, und jeden Abend kehrte er zu seiner Frau und seinen Kindern zurück. Dann plötzlich erschlug der Minenarbeiter Frau und Kinder. Die Behörden nannten es »geistige Überlastung«, weil er seinen Bergarbeiterpickel dazu benutzt hatte, tief in die »Erzader« einzudringen, um ihre Herzen und Gehirne zu erreichen.

Weasel Tail räusperte sich und fuhr dann fort: »Von wie vielen toten Seelen reden wir? Computerhochrechnungen schätzen die Bevölkerungszahlen in Amerika beim Eintreffen der Europäer auf über siebzig Millionen. Hundert Jahre später waren nur noch zehn Millionen Menschen am Leben. Die Seelen von sechzig Millionen Toten schreien in Amerika nach Gerechtigkeit! Sie schreien, daß wir uns das Land zurückholen sollen, so wie die Afrikaner sich ihr Land zurückgeholt haben!

Ihr glaubt, daß es für die indigenen Stämme hier keine Hoffnung gibt, sich gegen die Gewalt und die Gier der Zerstörer zu behaupten? Aber ihr vergeßt die unermeßliche Macht der Erde und der Kräfte des Universums. Ihr vergeßt die kollidierenden Meteoren. Ihr vergeßt den Zorn der Erde und das Beben, das kein Ende nehmen wird. Über Nacht wird sich die Erde die Reichtümer ganzer Nationen zurückholen. Das Beben hört nicht auf, und die Regenwolken ziehen sich nicht mehr zusammen. Die Sonne verbrennt die Erde so lange, bis die Tiere und Pflanzen verschwinden und sterben.

Die Wahrheit ist, daß der Geistertanz mit dem Tod von Big Foot und einhundertvierundvierzig Gläubigen am Wounded Knee nicht zu Ende gegangen ist. Der Geistertanz ist nie zu

Ende gegangen, er wurde fortgeführt, und die Menschen haben nie aufgehört zu tanzen. Sie mögen ihm andere Namen geben, doch wenn sie tanzen, vereinigen sich ihre Herzen mit den Geistern der verehrten Ahnen und der Lieben, die sie erst vor kurzem im Kampf verloren haben. In ganz Amerika, von Chile bis Kanada, haben die Menschen nie aufgehört zu tanzen. Wenn die Lebenden tanzen, vereinen sie sich wieder mit all den Ahnen vor ihnen, die aufschreien, Gerechtigkeit verlangen und die Menschen auffordern, Amerika wieder in ihren Besitz zu nehmen!«

Weasel Tail drückte die Schultern nach hinten und warf sich in die Brust; er wollte einige Gedichte vortragen:

»Die Geisterarmee rückt heran,
Die Geisterarmee rückt heran,
Die ganze Welt bewegt sich vorwärts,
Die ganze Welt bewegt sich vorwärts.
Sieh nur! Alle stehen da und sehen zu.
Sieh nur! Alle stehen da und sehen zu.

Die ganze Welt ist im Kommen,
Eine Nation ist im Kommen, eine Nation ist im Kommen,
Der Adler hat dem Stamm die Nachricht überbracht.
So sagt es der Vater, so sagt es der Vater.

Sie kommen über die ganze Welt.
Die Büffel kommen, die Büffel kommen,
Die Krähe hat dem Stamm die Nachricht überbracht.
So sagt es der Vater, so sagt es der Vater.

I'yehe'! ana'nisa'na' – Uhi'yeye'heye'!
I'yehe'! ana'nisa'na' – Uhi'yeye'heye'!
I'yehe'! ha'dawu'hana' – Eye'ae'yuhe'yu!
I'yehe'! ha'dawu'hana' – Eye'ae'yuhe'yu!
Ni'athu' – a – u'a'haka'nith'ii – Ahe'yuhe'yu!«

[Übersetzung]
I'yehe'! Meine Kinder – Uhi'yeye'heye'!
I'yehe'! Meine Kinder – Uhi'yeye'heye'!

I'yehe'! Wir haben sie in Verzweiflung
gestürzt – Eye'ae'yuhe'yu!
I'yehe'! Wir haben sie in Verzweiflung
gestürzt – Eye'ae'yuhe'yu!
Die Weißen sind verrückt – Ahe'yuhe'yu!

Wieder war es mucksmäuschenstill im Ballsaal, als Weasel Tail geendet hatte; dann brachte ihm das Publikum stehende Ovationen dar.

»Haben uns die Geister im Stich gelassen? Hört auf die Prophezeiungen! Neben dreißigtausend Jahren wirken fünfhundert Jahre wie gar nichts. Die Büffel kehren zurück. Sie ziehen über Regierungsland in Montana und Wyoming. Keine Zäune halten sie auf. Das Wasser für die Bewässerungsanlagen der großen Prärien und Plains verschwindet, und mit ihm die Farmer und ihre Pflüge. Farmerkinder ziehen in die Stadt, und mit jedem Jahr wird das Gebiet der Büffel um ein oder zwei Meilen größer.«

Weasel Tail hatte sie soweit, daß sie ihm aus der Hand fraßen. Mit großer Dramatik senkte er seine Stimme zu einem Bühnenflüstern, das durch das Lautsprechersystem des Saales hallte. Die Zuhörer sprangen beifallklatschend auf. Lecha mußte es Wilson Weasel Tail lassen: Er hatte wirklich einiges dazugelernt. Dennoch war Weasel Tail in seinem tiefsten Inneren ein Jurist. Lecha fiel auf, daß er den Invasoren ein unwiderstehliches Angebot gemacht hatte. Weasel Tail hatte der US-Regierung gesagt: »Gebt zurück, was ihr gestohlen habt, oder ihr werdet euch als Volk weiter selbst zerstören.«

GRÜNE RACHE –
DIE ÖKOKRIEGER

Es gab eine dreiviertelstündige Unterbrechung, bevor der Barfüßige Hopi die programmatische Rede halten würde. Lecha hatte so lange gesucht, bis sie Zeta gefunden hatte, die neben ihrem Computerexperten, Awa Gee, saß. Awa Gee hatte eine verschlüsselte Faxnachricht abgefangen, die besagte, daß die

Ökokrieger auf dem Heilerkongreß einen Überraschungsauftritt planten. Zeta sah erschöpft und nervös aus. Keiner von ihnen hatte viel geschlafen seit der Schießerei. Ferro hatte nicht gewußt, daß sein Geliebter ein Undercover-Cop war. Und auch Lecha hatte keine Ahnung gehabt, daß Seese in ihrem Wandschrank ein Kilo Kokain aufbewahrt hatte. Geheimnisse und Zufälle im Zusammenhang mit Kokain überraschten Lecha nicht mehr; wie merkwürdig, daß Zeta so betroffen war. Lecha flüsterte ihr ins Ohr: »Was ist los?« Zeta sah sich um, dann neigte sie sich zu Lecha und flüsterte: »Ich habe gestern Greenlee umgebracht.« Lecha nickte. Also war die Zeit gekommen.

Ferro war jetzt das Problem. Er hatte ein schrottreifes Auto mit sechshundert Pfund Dynamit beladen, um es vor dem kleinen Polizeirevier in der Prince Road abzustellen. Zeta hatte versucht, ihn zu überreden, daß er mit seiner Rache zumindest so lange wartete, bis die Vorbereitungen, die sie und Awa Gee mit Hilfe der Computernetzwerke getroffen hatten, abgeschlossen waren. Sie benötigten nur noch etwas Zeit, damit Awa Gee Greenlees Zugangscodes durchlaufen lassen konnte, aber Ferro hatte sich geweigert, auch nur zuzuhören. Dennoch, eine Bombe von dieser Größe konnte Ferro nicht über Nacht bauen. Awa Gee hatte geschätzt, daß ein geschickter Bombenbauer etwa eine Woche benötigen würde, um die Ladung ordentlich im Auto zu verstauen und sie einwandfrei an den Auslösemechanismus anzuschließen.

Gerade als Zeta anfing, den holistischen Heilkongreß für einen riesigen Reinfall zu halten, war in der Nähe des Treppenabsatzes zur Rednerbühne und an dem hinteren Ende des Podiums ein Tumult ausgebrochen. Zeta und Lecha hatten sich beide erhoben, doch sie waren zu klein. Awa Gee sprang auf seinen Stuhl, von dem aus er über alle Köpfe hinweg sehen konnte. »Da!« sagte er. Er klopfte Zeta aufgeregt auf die Schulter. »Ich habe Ihnen gesagt, daß sie kommen würden!«

Die beiden Ökokrieger trugen Skimasken und identische Overalls in Tarnfarben. Sie schienen nicht bewaffnet zu sein, und Zeta sah keine Leibwächter in der Nähe des Podiums. Die Ökokrieger hatten den Zuhörern Zeichen gegeben, ihre Plätze einzunehmen, und oben auf der Bühne bei den Ökokriegern sah Zeta den Barfüßigen Hopi in einem tadellosen Dreiteiler mit

Schlips und Hopimokassins statt Schuhen oder Stiefeln. Der Hopi stand dicht bei den Ökokriegern, die ihm aufmerksam zuhörten. Die Gerüchte über eine angebliche Verbindung zwischen der Organisation des Hopis und der Gruppe »Grüne Rache« entsprachen offensichtlich der Wahrheit. Zeta sagte diese Taktik zu. Die Ökokrieger der Grünen Rache würden zumindest am Anfang sehr nützliche Verbündete sein. Es stand eine Menge Geld hinter den Ökokrieger-Kampagnen der Grünen Rache.

Einer der Organisatoren hatte verkündet, daß der Hopi einen besonderen und außerplanmäßigen Auftritt der Grünen Rächer ankündigen würde, die mit einer dringenden Botschaft gekommen waren. Der Lärm im Ballsaal und in den Korridoren davor legte sich, als der Hopi zum Mikrofon schritt. Ein Raunen ging durch die Menge, als er einen Knopf betätigte und eine riesige Leinwand sich in die Mitte der Bühne herabsenkte.

»Meine Freunde, Sie alle haben gehört, daß die Behörden dieses Staates und der Regierung ›Konstruktionsfehler‹ für den Bruch des Glen-Canyon-Damms verantwortlich gemacht haben. Sie werden nun Videoaufnahmen des Geschehens sehen, die unsere Verbündeten im Kampf um die Verteidigung der Erde, die Ökokrieger der Grünen Rache, der Öffentlichkeit noch nie zuvor zugänglich gemacht haben!«

Die Deckenlichter des Baalsaals wurden schwächer, und eine verwackelte Szenenfolge, die aus einem fahrenden Fahrzeug heraus gedreht worden war, füllte die riesige Leinwand aus. Der Ton und sämtliche Stimmen auf dem Videoband waren absichtlich gelöscht worden. Die Leuchtkraft der flammenden Rot- und Orangetöne der Sandsteinformationen und das dunkle Grün der Wacholdersträucher, an denen die Kamera vorüberhuschte, schienen auf Utah oder das nördliche Arizona hinzudeuten. Die nächsten Aufnahmen zeigten das Innere von Motelzimmern und Gestalten mit Skimasken und Tarnkleidung neben Motelbetten, auf denen sich Sturmgewehre und Munitionsgürtel stapelten. Die Kamera hatte die maskierten Gesichter übergangen und statt dessen Hände gefilmt, die mit großer Sorgfalt schwarze Kästchen in Schaumgummi einbetteten. Die Schaumgummibündel wurden wiederum vorsichtig in Nylonrucksäcke verpackt. Die Nahaufnahme eines der schwarzen Kästchen, dessen Deckel noch offen stand, zeigte eine Neunzig-Volt-Batterie und Drähte. Auf der verschlissenen goldenen Bettdecke banden die Hände die sechs Rucksäcke mit leuchtend blauem Draht zusammen. Awa Gee lehnte sich hinüber und flüsterte Zeta ins Ohr: »Ich kann's kaum erwarten, das zu sehen!«

Als nächstes erschienen Highwayschilder und Hinweistafeln der US-Parkbehörden auf der Leinwand. Im Hintergrund befand sich die riesige Betonwand, die den Colorado River abgesperrt und für die Entstehung des Lake Powell gesorgt hatte.

GLEN CANYON DAM; das Schild füllte die gesamte Leinwand aus. Dann rückte das aus Beton gegossene Bollwerk des Damms ins Bild. Winzige Gestalten baumelten an Seilen auf einer Seite des Damms herab. Zuerst schienen weder die Parkangestellten noch die Umstehenden oder die Touristen etwas zu bemerken. Dann hatte die Kamera jeden der sechs Ökokrieger in Nahaufnahme herangeholt, jeder von ihnen trug einen der Rucksäcke, die im Motelzimmer mit Sprengstoff bepackt worden waren. Zeta hatte gerade gedacht, daß die sechs aussahen wie Spinnen auf einer riesigen Betonwand, als die riesige Videoleinwand selbst im Zeitlupentempo zu zersplittern und zu zerbrechen schien und die sechs spinnenartigen Gestalten in einer weißen Wolke aus Rauch und Staub verschwanden. Die gesamte obere Hälfte des Staudamms war eingeknickt und versank hinter einer gigantischen rötlichen Wasserwand. Zeta hörte, wie das Publikum nach Luft schnappte.

»Ein gravierender Konstruktionsfehler aufgrund fehlerhafter Berechnungen und Erdvibrationen«, ertönte die spöttische Stimme des Ökokriegers zwischen den aufgeregten Stimmen und Beifallsrufen. Zeta blickte sich um; das Publikum war auf den Füßen. »Eure Regierung lügt euch an, weil sie Angst vor euch hat. Sie wollen euch verheimlichen, daß sechs Ökokrieger ihr Leben ließen, um den mächtigen Colorado zu befreien!« Die Zuhörer jubelten. Der Ökokrieger reichte das Mikrofon an seinen Partner weiter. Zeta blickte zu Awa Gee, der bewegungslos und wie gebannt von dem, was er sah und hörte, dasaß.

Der Ökokrieger, der als nächstes sprach, war eine Frau. Ruhig und gelassen sprach sie über die Freiheit des Menschen, zu bestimmen, wann und wie er sterben wollte. Ruhig fuhr sie damit fort, von den Bewußtseinsstadien zu berichten, die sie durchlaufen habe. Eine Zeitlang, sagte sie, habe sie auf Maßnahmen wie die Zerstörung fremden Eigentums und den Verlust von Menschenleben nicht zurückgreifen wollen, doch nachdem ihr geliebter Anführer von FBI-Agenten ermordet worden war, seien ihr die Augen aufgegangen. Dies war Krieg. Die neuen Feinde, sagte sie, seien die Weltraumstationen und die Biosphärenbonzen, die sich mit großer Eile seltener Pflanzen-, Vogel- und anderer Tierarten bemächtigten, damit die Reichen der Erde dem Schmutz und den Revolutionen entfliehen und sich auf paradiesische Inseln aus Glas und Stahl im Orbit zurückziehen konnten. Die wenigen verbliebenen seltenen Spezies, das letzte reine Trinkwasser und die letzte unverseuchte Luft auf der Erde würden für diese Weltraumkolonien verwendet werden. Während sie faul in den Glas- und Stahlkokons dieser hochentwickelten »Biosphären« durch den Orbit trieben, brauchten die Reichen beim Genuß ihrer mit Frischwasserteichen und Dschungeln mit seltenen Papageien- und Orchideenarten ausgestatteten »Naturlandschaften« den Pöbel nicht mehr zu fürchten. Die künstlichen Biosphären waren nichts anderes als Weltraumpenthäuser für die Reichen. 3800 Arten aus Flora und Fauna waren nötig, um in einer künstlichen Biosphäre einen sich selbst erhaltenden natürlichen Kreislauf zu schaffen. Die Ökokrieger hatten das künstliche Biosphärenprojekt auf jeder Entwicklungsstufe infiltriert; es existierten bereits Pläne für das endgültige Verlassen der Erde. Ganz zum Schluß würden das letzte reine Wasser, das letzte unverseuchte Erdreich und die letzten gesunden Tiere und Pflanzen von der Erde entfernt und in die Biosphären im Orbit gebracht werden, um sie vor der auf der Erde herrschenden Verschmutzung zu »schützen«.

Die Ökokriegerin machte eine Pause, um sich zu räuspern. Im Publikum hoben Menschen aufgeregt die Hände, um Fragen zu stellen, die sie jedoch ignorierte. »Alle in der Erdumlaufbahn befindlichen Teleskope und Weltraumstationen werden weiterhin auf die Erde ausgerichtet sein, um die Menschenmassen zu überwachen, solange sie am Leben sind. Die Biosphären im Orbit werden von Zeit zu Zeit neue Frischluft- und Frischwasservorräte benötigen. Dafür werden riesige bewegliche Saugschläuche aus der Luft auf die Erde hinuntergelassen werden, um Wasser und Luft aufzunehmen. Wenn die Menschen auf der Erde versuchen sollten, die riesigen Versorgungsschläuche zu zerstören, werden die Rebellen und Aufrührer von Satelliten und Weltraumstationen aus mit Laserstrahlen getötet werden.« Die Ökokriegerin hielt inne und rief dann: »Dies ist Krieg! Wir haben keine Angst zu sterben, um die Erde zu retten!«

»Keine leichte Aufgabe«, hatte Lecha Zeta zugeflüstert, als die Ökokrieger die Bühne verließen.

Zeta hatte die Botschaften gelesen, die Awa Gee von den Ökokriegern abgefangen hatte. Sie hatten ihren geliebten Anführer durch eine Autobombe verloren und waren fest entschlossen, ihm Ruhm und Ehre zu verschaffen. Sie waren fest entschlossen, den Vereinigten Staaten eines Nachts das Licht auszublasen, und sie waren fest entschlossen, alle großen Überlandstromleitungen, Elektrizitäts- und Wasserkraftwerke in den Vereinigten Staaten auf einen Schlag zu zerstören. Jetzt, wo Zeta das Videoband gesehen hatte, wirkte ihr Plan nicht mehr ganz so unwahrscheinlich. Die sechs Kamikaze-Krieger, die in der einstürzenden Wand des Glen-Canyon-Damms verschwunden waren, waren ein unglaublicher Anblick, stimmte Zeta zu. Kein Wunder, daß die US-Regierung und die staatlichen Behörden Arizonas »Konstruktionsfehler« für die Zerstörung des Damms verantwortlich gemacht hatten. Die Behörden hatten natürlich befürchtet, daß Nachahmungstäter weitere Staudämme sprengen könnten.

Aus den abgehörten Botschaften wußte Awa Gee, daß die Regierung damit begonnen hatte, umfassende Verhaftungsaktionen unter sämtlichen Personen durchzuführen, die mit Umweltschutzgruppen in Verbindung standen. Selbst Mitglieder der Audubon Society und Angestellte der amerikanischen Forstbehörden wurden beschuldigt, »heimliche Ökokrieger« zu sein. Awa Gee mußte jedesmal an Südkorea denken, wenn er von Massenverhaftungen durch die Polizei hörte. Damals, als er aus Seoul über Sonora hierhergekommen war, war alles anders gewesen in den Vereinigten Staaten. Er erinnerte sich, daß die Weltwirtschaft damals noch auf der großen Welle des Fortschritts geritten war; und für die Amerikaner hatte Awa Gee ausgesehen wie ein Japaner. Die Amerikaner hatten zu dieser Zeit von nichts anderem gesprochen als von japanischen Autos hier und japanischen Autos dort. Eine Haßliebe bestand zwischen Japan und den Vereinigten Staaten, zwei Ländern, die Awa Gee für ihren Rassismus und Imperialismus verachtete. Zeta hatte geglaubt, Awa Gee könne von den Ökokriegern nicht viel Hilfe erhoffen, jetzt, wo die Regierung begonnen hatte, sie alle in »Vorbeugehaft« zu nehmen. Doch Awa Gee war anderer Ansicht. Die Polizei hatte nur die gesetzestreuen Ökokrieger gefaßt, diejenigen, die Familien und Jobs hatten. Und Menschen mit Jobs und Familien taugten als Subversive ohnehin nicht viel, fand er.

Awa Gee setzte große Hoffnungen auf die Ökokrieger der Grünen Rache. Die Grüne Rache gehörte zum harten Kern. Einer der Ökokrieger, die bei der Sprengung des Glen-Canyon-Damms ums Leben gekommen waren, war ein an Aids erkrankter Aktivist der Schwulenbewegung gewesen. Kein Wunder, daß die Regierungsbehörden alle Berichte über Sabotage oder den Verlust von Menschenleben beim Bruch des Glen-Canyon-Damms abgestritten hatten. Awa Gee hatte die letzte Botschaft des schwulen Ökokriegers an seine Familie, Kollegen und Freunde abgehört. Er hatte den Computerausdruck dieser Nachricht behalten, obwohl er wußte, daß es gefährlich war, solche Indizien aufzubewahren.

> Geliebte Freunde, Brüder, Mütter und Schwestern!
> Geht ruhmvoll dahin!
> Geht mit Anstand dahin!
> Geht hin, während ihr euch noch gut fühlt
>   und ihr noch gut *ausseht*!
> Rächt den Genozid der US-Regierung an Schwulen!
> Sterbt, um die Erde zu retten.
> Fertigt euch lange Unterwäsche aus Plastiksprengstoff, und spaziert am Obersten Gerichtshof vorbei, wenn die Richter in einer Anhörung sitzen. Stürmt durch den Notausgang hinein und drückt auf den Knopf! Blast dem Obersten Gericht des Polizeistaates das Licht aus!

Awa Gee glaubte, daß diese letzten verbliebenen Ökokrieger ihren Plan, die Lichter ausgehen zu lassen, sehr bald in die Tat umsetzen würden. Aus abgehörten Nachrichten hatte er geschlossen, daß ein großer Teil der Ökokrieger in den Untergrund gegangen war, als man ihren Anführer umbrachte. Awa Gee beschloß, den Ökokriegern dabei zu helfen, das Licht auszumachen, selbst wenn sie von seinem Beitrag vielleicht niemals erfahren würden.

Die regionalen Elektrizitätswerke besaßen Notstromanlagen und bedienten sich hochentwickelter Computersysteme, um bei Stromverminderungen, Stürmen oder anderen Stromausfällen automatische Reserveeinspeisungen in die Ausfallgebiete vornehmen und Notstromaggregate aktivieren zu können. Awa Gee hatte bereits einen Protovirus entwickelt, der alle Notschaltprogramme in den Computern der regionalen Relaisstationen zerstören sollte. Awa Gees Virus wurde nur bei extremen Spannungsfluktuationen aktiviert, wie sie nach einer koordinierten Sabotageaktion gegen die wichtigsten Staudämme der Wasserkraftwerke und die großen Überlandstromleitungen in den Vereinigten Staaten auftreten konnten. Auch den letzten Stromgenerator und die letzte Starkstromleitung zu zerstören, würde bedeuten, den Menschen einen Gefallen zu erweisen, denn Wechselstrom verursachte Gehirntumore und genetische Mutationen. Die Zukunft gehörte den Solarbatterien. Der Plan war eine riskante Angelegenheit. Awa Gee verließ sich darauf, daß die »Kostendämpfungsmaßnahmen« in den großen Elektrizitätswerken die Ausgaben für weitere Ersatzanlagen kürzen oder streichen würden. Sollte der Plan jedoch funktionieren, sollte wirklich überall gleichzeitig das Licht ausgehen, dann würden die Vereinigten Staaten nie mehr das sein, was sie einmal waren.

DER SCHICKSALHAFTE WEG

Mosca hatte darauf beharrt, es sei für ihn völlig ungefährlich, Calabazas und Root zum Kongreß der holistischen Heiler zu fahren, damit sie den Barfüßigen Hopi sprechen hörten. Er werde sich nicht verstecken oder die Stadt verlassen, hatte er erklärt. Er habe noch ganz andere Tricks auf Lager und fange gerade erst damit an. Die Tucsoner Polizei nahm an, daß Mosca nach Mexiko geflohen war. Die Tucsoner Polizei hatte einige Federn lassen müssen, und niemand hatte Lust, sich über den kleinen mexikanischen Indianer Gedanken zu machen. Mosca genoß die Dummheit der Polizei. Für sie war er ein Nichts, ein Zufall, ein kleiner Gelegenheitsdieb, der zur richtigen Zeit am richtigen Ort gewesen war, um sich eine Aktentasche zu schnappen.

Mosca konnte spüren, wie sein Leben und sein Schicksal eine andere Wendung nahmen. Die Stimme in seiner Schulter gab ihm taktische Ratschläge. Mosca machte sich nicht die geringsten Sorgen. Irgend etwas ging vor sich, und die Erde würde nie wieder die gleiche sein. Bis jetzt hatte er es dank seines Genies geschafft, daß sich die Weißen in Tucson gegenseitig bekämpften – alles Teil der Strategie des Hopis, alles Teil ihrer aufeinander abgestimmten Bemühungen. Mosca konnte sich nicht mehr bremsen. Auf der Fahrt zum Kongreß hatte er vor Calabazas und Root angeben müssen: Der Barfüßige Hopi habe ihm einen Vorgeschmack auf seine programmatische Rede gegeben. Eine Strategie, die der Hopi besonders hervorgehoben habe, sei »das koordinierte internationale Vorgehen«. Der Hopi war nach Afrika und Asien gereist, er war um die ganze Welt gezogen, um mit indigenen Menschen zusammenzutreffen. Seine Strategie zielte darauf ab, sicherzustellen, daß die Vereinigten Staaten keine Hilfe von ausländischen Verbündeten erhalten würden, um die Aufstände im Land niederzuschlagen, wenn es soweit war. Der Hopi war der Ansicht, daß die Europäer viel zu sehr mit ihren eigenen Unruhen und den Migrationswellen aus Afrika in die Länder des Nordens beschäftigt sein würden, um sich darum zu kümmern, was innerhalb der USA vor sich ging.

In seinen Vorträgen hatte der Barfüßige Hopi die Ähnlichkeiten zwischen den tribalen Menschen Afrikas und Amerikas unterstrichen. Viele seiner Zuhörer hatte es schockiert, daß er, wenn auch nur indirekt, wagte, auf den Holocaust in Südafrika anzuspielen, in dem Tausende von Weißen und Afrikanern ums Leben gekommen waren, als das weiße Südafrika die Rückgabe des Landes verweigert hatte. Der Hopi berichtete, die schwarzen Afrikaner hätten von dem Blutpreis gesprochen, den sie für die Rückgewinnung des Landes bezahlen mußten. Die Geister waren zornig und hatten als Wiedergutmachung für die von den

Menschen geduldeten Sakrilege gegen sie einen Blutzoll verlangt. Mit europäischem und afrikanischem Blut war das Land wieder Ogoun und Damballah geweiht worden. Der Hopi hatte von einem Dutzend afrikanischer Nationen das Versprechen erhalten, daß sie nicht neutral bleiben würden, sollten sich die Ureinwohner Amerikas erheben. Der Plan des Hopi hing auch von der Hilfe »ausländischer Verbündeter« aus der Region am persischen Golf ab.

Als sie auf den Hotelparkplatz einbogen, hatte Mosca angekündigt, er werde Calabazas verlassen, um mit dem Hopi zusammenzuarbeiten. Calabazas hatte erleichtert gewirkt. Root wußte, daß er es haßte, jemanden entlassen zu müssen. Er hatte Mosca vor allem deshalb eingestellt, weil niemand sonst in Tucson das Risiko eingehen wollte. Root fand, daß Calabazas müde und alt aussah, seit Mosca den britischen Dichter erschossen hatte. Außerdem war da noch die Sache mit Sarita und Liria und ihren geheimen Zusammenkünften, den mysteriösen Zweitagesausflügen in die Wüste und den von Nonnen und Priestern gefahrenen Lastwagen mit über die Grenze geschmuggelten Flüchtlingen aus Guatemala. All diese Sorgen konnten selbst einen jungen Mann vorzeitig altern lassen, und Calabazas war kein junger Dachs mehr.

Während sie vom Hotelparkplatz gingen, hatte Mosca Root vorgeschlagen, sich ihm und dem Hopi anzuschließen. »Um was zu tun?« fragte Root, der nicht an diesen ›spirituellen Mist‹ glaubte. Mosca wirkte ein wenig verletzt durch Roots schnippische Erwiderung. »Sieh mal, Mann, wir haben behinderte Leute in unserer Armee. Du bist gut genug für uns – sind wir dann nicht auch gut genug für dich?« Mosca wandte sich an Calabazas und ignorierte Root. »Ich habe mit dem Hopi geredet. Genau wie wir das Dope herübergeholt haben – so bringen wir den Leuten jetzt Ausrüstung über die Grenze hinüber.« Calabazas lachte und schüttelte den Kopf. »Dein Barfüßiger Hopi ist verrückt. Die Regierung wird ihn schon stoppen.« Mosca nickte aufgeregt. »Aber verstehst du denn nicht? Sie können den Hopi nicht aufhalten, *weil* er verrückt ist. Gerade ein Verrückter kann die Dinge in Bewegung bringen. Besonders ein Verrückter wie der Hopi.«

Calabazas hatte so etwas wie den Naturheilerkongreß noch

nie gesehen. Hunderte von Menschen hatten den Ballsaal bevölkert, und alle, oder fast alle von ihnen, waren junge Weiße. Calabazas war erstaunt über die Summen, die diese sogenannten indianischen Heiler von den Weißen, die eigentlich zu intelligent wirkten, um an solchen Unsinn zu glauben, verlangten und auch erhielten. Aber was konnte man schon von Leuten erwarten, die glaubten, sie könnten sich Heilung in Form einer Tablette erkaufen? Calabazas sah sich die Stände in seiner Nähe an; er sah, wie bedächtige braune Hände Geld aus aufgeregten weißen Händen entgegennahmen. »Wißt ihr, wir waren die ganze Zeit über im falschen Geschäft«, hatte er schließlich gesagt und mit dem Kopf auf eine Auslage von Steinkristallen und Windspielen zum Preis von einhundert Dollar gedeutet. Root nickte. Er begann zu verstehen, was der Hopi vorhatte. Ganzheitsmedizin war ein weltweites Phänomen, das Milliarden von Dollar abwarf. Der Hopi wollte Tausende von weißen »Bekehrten« dazu bringen, den Zwillingsbrüdern und ihren Anhängern zu helfen und sie zu schützen.

Angelita hatte so etwas noch nie gesehen, nicht einmal auf den Maikundgebungen, die sie in der Schule der Freiheit in Mexico City abgehalten hatten. Sie war erleichtert, nicht weiter vor dem Kongreß sprechen, sondern lediglich ein paar Worte sagen und die Grüße der Zwillingsbrüder und ihrer Anhänger überbringen zu müssen, die auf ihrem schicksalhaften Weg entschlossen nach Norden zogen. Angelita spürte die unterschwellige Erregung im Publikum. Hatten die Zwillinge recht? War die Zeit reif? Aber dann kam der Barfüßige Hopi.

Das Publikum ließ sich auf den Stühlen nieder, während der Barfüßige Hopi zum Podium ging. Er sah sich die Zuhörer genau an, aber der Ausdruck auf seinem Gesicht war heiter. »Die tapferen Befreier des Colorado River haben eine Abschiedsbotschaft hinterlassen«, sagte er. »Folgendes haben sie geschrieben: ›Freut euch, ihr Berge und Täler! Der mächtige Strom ist wieder frei! Freut euch! Denn wir sind nun nicht länger einsame Wesen, allein und isoliert. Wir sind nun eins mit der Erde, unserer Mutter, eins mit dem Strom. Wir sind zu unserem Ursprung zurückgekehrt, der Energie des Universums. Freut euch!‹«

Als der Hopi geendet hatte, herrschte Stille im Saal. Der Hopi fuhr fort: »Wir wissen, daß auf alle Lebewesen der Tod wartet, als Teil eines einzigen fortlaufenden Prozesses. Die tapferen Ökokrieger haben die gesamte Kraft ihres Wesens darauf konzentriert, den Fluß zu befreien, und so sind sie augenblicklich in der Explosion aus Wasser, Beton und Sandstein verschmolzen. Sie sind nun nicht länger einsame menschliche Seelen, sondern Teil einer einzigen Ansammlung von Energie. Ihr Geist ist bei uns in diesem Moment, in dem wir alle uns hier versammelt haben. Sie lieben und beschützen uns zusammen mit unseren geliebten Ahnen.«

Lecha sah sich im Publikum um. Der Auftritt des Hopi war perfekt. Mosca hatte recht. Der Hopi schien genau zu wissen, was das Publikum hören wollte. Lecha war fasziniert von diesem Mann. Er war ebenso groß, wie er breit war, und wog mit Sicherheit mehr als dreihundert Pfund, aber sein Körper war fest, und er bewegte sich mit der Energie und der schwerfälligen Grazie eines Bären. Lecha schätzte sein Alter auf etwa vierzig Jahre. Sie hatte ihre Informationen von Calabazas, der sie wiederum von Mosca erfahren hatte. Der Hopi hatte über ein Jahr bei verschiedenen Stammesgruppierungen in ganz Afrika verbracht. Mosca behauptete, er habe sich mit afrikanischen Oberhäuptern getroffen, um sie zu überreden, ihnen Geld zu schicken, wenn die Menschen in Amerika in den letzten Kampf zur Rückgewinnung ihres angestammten Landes zogen.

Der Hopi hatte eine Pause gemacht, um den Zuhörern in die Augen zu sehen, Reihe für Reihe. Er räusperte sich und begann: »Den Ökokriegern hat man wegen ihres Einsatzes zur Rettung von Mutter Erde Terrorismus vorgeworfen. Deshalb möchte ich zuerst ein wenig über Terrorismus sprechen. Unser Wasser mit radioaktiven Abfällen zu verpesten, unsere Luft mit militärischen Waffen zu verpesten – *das* ist Terrorismus! Das sind Terrorakte, die Regierungen auf der ganzen Welt an ihren Bürgern begehen. Die Todesstrafe ist von der Regierung an ihren Bürgern praktizierter Terrorismus. Was ist geschehen, ihr Vereinigten Staaten von Amerika? Was habt ihr mit der Bill of Rights gemacht? Die ganze Zeit über haben wir Indianer versucht, euch andere zu warnen. Wenn die US-Regierung uns tötet und beraubt, wie könnt ihr dann annehmen, sie würde das gleiche nicht auch mit euch tun? Seht euch doch um: Straßensperren der Polizei.

Hausdurchsuchungen ohne Durchsuchungsbefehl. Politiker und ihre Bankerfreunde leeren die Staatskassen, während die Polizei die Obdachlosen und die Armen einsperrt, die um Nahrung betteln. Die US-Regierung wagt es, die Religion der Native American Church zu verbieten. Laßt die Finger von unserer Religion!« dröhnte die Stimme des Hopi. »Ihr geistigen Bankrotteure! Ihr Erzeuger von Kinderschändern, Vergewaltigern und Massenmördern! Unsere Zahl wächst in aller Stille, trotz eurer Kugeln und biologischen Kriegführung. Ihr Zerstörer könnt es euch nicht erklären, warum ihr uns in fünfhundert Jahren der Vernichtung, des Mordbrennens und des Gemetzels nicht ausgerottet habt. Ihr könnt euch nicht erklären, was bei euch schiefläuft. Ihr wißt gar nicht, wie sehr die Geister dieses Doppelkontinents euch verachten, wie sehr die Erde euch haßt; und jetzt verbrennt die Sonne eure Städte, und Millionen verlassen die Städte im Südwesten, weil das Wasser ausgeht. Das ist noch gar nichts! Das ist nur der Anfang!«

Die Menschen im Publikum sprangen gleichzeitig auf. Lecha fühlte, wie sich ihr die Nackenhaare sträubten. Die Leute waren von der Stimme des Hopi wie hypnotisiert. Wohlhabende junge Weiße, Männer wie Frauen, die sich vor einem vergifteten Planeten fürchteten, waren dieser starken, volltönenden Stimme verfallen, die ihnen versprach, daß alle Menschen für alle Zeiten der Erde gehörten. Er versprach ihnen, daß sich eine Kraft zusammenballte, die der Zerstörung der Erde entgegenwirken würde. Lecha konnte deutlich sehen, daß der Hopi wußte, wann er gewonnen hatte. Sie vermutete, daß es ihm gelungen war, in Europa und Asien eine Menge Geld aufzutreiben, denn selbst in einem Drecksloch wie Tucson, mit seinem Haß auf dunkelhäutige Menschen, hatte er bereits erreicht, daß die Leute zu ihren Scheckbüchern griffen. Und dabei kam er gerade erst in Schwung.

»All die Reichtümer, die die Menschen der Erde aus dem Herzen gerissen haben, werden von den Meeren und Bergen zurückgefordert werden. Erdbeben und Vulkanausbrüche von enormer Stärke werden die am pazifischen Gürtel aufgehäuften Reichtümer vernichten. Ganze Halbinseln an der Küste werden im Meer versinken, und Hunderttausende werden sterben. Flutwellen und Erdrutsche werden die Westküste Amerikas von

Alaska bis hinunter nach Chile sauberfegen. Trockenheit und Waldbrände werden über Europa bis nach Asien dringen. Nur Afrika wird davon verschont werden, weil der Zorn der Geister durch die Ströme von Blut im großen Krieg um die Befreiung Südafrikas bereits besänftigt wurde.«

Zeta hatte sich zu Lecha umgedreht, um durch Kopfnicken ihr Einverständnis mit dem Hopi zu bekunden. Dann hatte Awa Gee Zeta auf die Schulter geklopft und begonnen, ihr aufgeregt ins Ohr zu flüstern. Lecha sah, daß Mosca vor Aufregung von seinem Stuhl aufgesprungen war. Selbst Calabazas hatte sich kerzengerade aufgerichtet und war hellwach. Lecha sah, daß der Hopi sich für sein Finale sammelte. Er spreizte die kurzen Beine und umfaßte das Rednerpult mit beiden Händen.

»Und jetzt, am Vorabend des endgültigen Untergangs der Menschheit, jetzt, wo alles hoffnungslos und die Gier der Zerstörer nicht mehr aufzuhalten scheint, jetzt, in der Zeit der größten Gefahr, haben sich die Zwillingsbrüder, die unseren Leuten zu allen Zeiten geholfen haben, auf den Weg gemacht!«

Lecha hörte, wie alle um sie herum die Luft anhielten. Im Raum begann es vor Aufregung zu summen. Der Hopi fuhr mit gleichmäßiger Stimme fort: »In Afrika und auch in Amerika sind die Großen Schlangen, Damballah und Quetzalcoatl, zu den Menschen zurückgekehrt. Ich habe die Schlangen mit eigenen Augen gesehen. Sie sprechen zu den Menschen Afrikas, und sie sprechen zu den Menschen Amerikas; sie sprechen durch Träume. Die Schlangen sagen: Aus dem Süden kommen die Menschen wie ein großer rastloser Fluß, der die Geister der Toten mit sich trägt, die überall in Afrika und Amerika immer und immer wieder auferstanden sind, jede Generation stärker und zorniger als die vorhergehende. Millionen werden sich instinktiv in Bewegung setzen. Unbewaffnet und ungeschützt beginnen sie, beständig nach Norden zu ziehen und den Zwillingsbrüdern zu folgen.«

Der Hopi machte eine Atempause und nickte der großen Mayafrau zu, die Lecha zuvor schon bemerkt hatte. »Wir haben die Ehre, heute Angelita La Escapía unter uns zu haben, mit einer Botschaft von den Zwillingsbrüdern.«

Sobald die große Maya das Podium erreicht und ins Publikum geschaut hatte, wußte Lecha, daß sie keine gewöhnliche

Abgesandte war. Im Gegenteil, Lecha sah, daß diese Frau mindestens ebenso mächtig war wie die Zwillingsbrüder, denen zu dienen sie behauptete. Die Maya sprach ruhig und deutlich auf Spanisch, doch die Konferenzleitung hatte keinen Dolmetscher zur Verfügung gestellt. Lecha fragte sich, wie viele im Publikum sie wohl verstanden. Die Nachricht war recht einfach. Es gab nichts, worüber sie sich ängstigen oder Gedanken machen mußten. Die Menschen sollten weiter ihren Alltagsbeschäftigungen nachgehen, denn die großen Bevölkerungsverschiebungen auf den Kontinenten waren bereits im Gange, und es gab nichts, was die Menschen tun konnten, um sie aufzuhalten. Konflikte und Zusammenstöße waren unvermeidlich, und es war ohnehin das Beste, ganz von vorn anzufangen. Bis auf das Werk der Zerstörung hatte nichts Europäisches besonders gut funktioniert in Amerika. Alles, woran die Leute denken sollten, war, daß die Zwillingsbrüder und ihr Gefolge aus dem Süden unterwegs waren, um den Zerstörern Einhalt zu gebieten. Bekehrte waren jederzeit willkommen. Mutter Erde nahm die Seelen all derer auf, die sie liebten. Keine Zäune oder Mauern würden sie aufhalten. Sie fürchteten sich nicht vor dem Tod; sie fühlten sich wohl in der Gesellschaft der Geister ihrer Ahnen. Sie würden zu Millionen kommen.

TREFFEN AUF ZIMMER 1212

Lecha war es gleichgültig, ob sie als letzte in Zimmer 1212 eintreffen würde, sie mußte telefonieren, um herauszufinden, wie die Dinge auf der Ranch standen. Nach der Rede des Hopi hatte Zeta ihr von Greenlee und seinem letzten Witz erzählt. Lecha hatte am ganzen Körper ein Kribbeln verspürt; selbst ihre Kopfhaut hatte geprickelt. Alle waren verrückt geworden: Mosca beim Ostertanz der Yaqui, Seese in der Stage Coach Bar und jetzt Zeta, die den Waffenhändler umgebracht hatte. Lecha sprach mit Sterling und sagte ihm, er solle Seese Anweisung geben, zu packen. Der Verrückteste von allen war Ferro seit dem Tod seines Freundes. Ferro gab der Polizei die Schuld, hatte aber auch

Lecha Vorwürfe gemacht, weil sie Seese mitgebracht hatte. Er weigerte sich, die Wahrheit zu hören: Jameys Tage waren gezählt gewesen, genau wie bei jedem anderen lausigen Undercover-Cop. Ganz egal wie oft Lecha oder Zeta versucht hatten, mit ihm zu reden und ihn zur Vernunft zu bringen, jedesmal hatte er zu toben begonnen und dabei geschrien wie ein wildes Tier, nicht wie ein Mensch. Ferro hatte der Tucsoner Polizei den Krieg erklärt, und keiner würde ihn aufhalten, es sei denn, sie brächten ihn um, meinte Zeta. Schlimmer noch, sie hatte Ferro nicht davon abhalten können, Awa Gee zu engagieren. Und Awa Gee hatte sich geweigert, auf sie zu hören, nachdem er erfahren hatte, daß Ferro ihn mit dem Bau von Autobomben beauftragen wollte. Awa Gee sei noch verrückter als Ferro, meinte Zeta. Awa Gee hatte gemurmelt, daß die Tucsoner Polizei nur das Aufwärmprogramm sei, nur der Anfang.

Jahr für Jahr hatte Zeta mit angesehen, wie sich Tucson veränderte. Die Jahre, in denen in den Rocky Mountains von Colorado der Schnee ausgeblieben war, hatten den Südwesten ohne Wasser zurückgelassen. Hunderte schicker Häuser im Vorgebirge von Tucson standen leer. Ganze Straßenzüge mit kleinen Geschäften hatten nacheinander dichtgemacht oder waren bankrott gegangen. Wohlhabende junge Angestellte waren aus Arizona versetzt oder in die Sicherheit von Phoenix zurückgerufen worden, hundert Meilen weiter entfernt von der mexikanischen Grenze.

Der Luftwaffenstützpunkt Tucson war wieder in Betrieb genommen worden, und das Militärpersonal strömte in die Stadt, allerdings ohne Familien. Es war klar, was das Oberkommando über die Sicherheit der US-Grenze dachte. Zeta erinnerte sich an den Vietnamkrieg und an die Namen der vietnamesischen Städte, die eine nach der anderen gefallen waren; die von den USA unterstützten Streitkräfte waren immer weiter zum Rückzug gezwungen worden, bis sie schließlich auch aus Saigon vertrieben wurden.

Schon jetzt patrouillierten in Tucson und im südlichen Arizona Militär- und Regierungsfahrzeuge auf den Straßen, angeblich, um illegale Immigranten aufzugreifen. Doch inzwischen hielten sie jeden an, der eine braune Hautfarbe hatte, und verlangten seinen Ausweis. Sämtliche Weiße in Tucson, die nicht mit Leibwächtern in den Limousinen der Heilbäder herumfuhren, wurden ebenfalls regelmäßig angehalten und von der Polizei verhört, die den Obdachlosen »riet«, die Stadt zu verlassen.

Es gab Gerüchte, die besagten, daß die Vereinigten Staaten sich gar keine Sorgen über den Bürgerkrieg in Mexiko machten, weil sie dort auf allen Ebenen CIA-Leute hatten. Es hieß, der Gouverneur von Arizona habe die militärische Unterstützung nicht wegen der Mexikaner angefordert, sondern wegen der Tausenden von obdachlosen und völlig verarmten Amerikaner, die vor den nördlichen Wintern flohen. Es tat Zetas Herz wohl, die Weißen so nervös zu sehen. Sie mußte lachen, als Mosca ihr von den Sturmtrupps der obdachlosen Veteranen und den obdachlosen Familien erzählte, die die leerstehenden Häuser in den Vorbergen besetzt hatten.

Als Lecha an der Tür von Zimmer 1212 klopfte, hörte sie eine Stimme, die Englisch mit britischem Akzent sprach. Als Rose die Tür öffnete, erblickte Lecha einen pechschwarzen Afrikaner in leuchtend gelben und roten Gewändern, der zu den anderen sprach, die im Zimmer Platz genommen hatten. Mosca saß neben einem Schwarzen in Militäruniform, mit einem grünen Barett auf dem Kopf. An seinem irren Grinsen erkannte Lecha, daß der Afrikaner und der Schwarze vermutlich Moscas Gäste waren. Zeta und Calabazas saßen mit der Maya in ihrer Mitte auf dem Sofa. Wilson Weasel Tail und der Hopi hockten auf dem Boden, mit dem Rücken gegen das Bett gelehnt. Weasel Tail flocht Knoten in den zotteligen Teppich, der Hopi dagegen machte sich Notizen, während der Afrikaner sprach. Rosa hatte Lecha Zeichen gegeben, sich aufs Bett zu setzen.

Die ganze Nacht hindurch hatten sie auf Zimmer 1212 über ein Netzwerk aus Stammesbündnissen diskutiert, mit dessen Hilfe die indigenen Menschen das Land ihrer Vorfahren zurückgewinnen wollten. Die Europäer mochten sich ihnen anschließen oder in das Land ihrer Vorfahren zurückkehren, um Europas alten Geistern nahe zu sein. Die Sonne ging gerade hinter den Bergen auf, als das Treffen auf Zimmer 1212 endete. Nur Calabazas sah müde aus, und das lag daran, daß er skeptisch war. Als der Hopi von einer nationalen oder sogar internationalen

Gefangenenrevolte gesprochen hatte, koordiniert mit den Aktivitäten der Ökokrieger beispielsweise, die die Elektrizitätswerke und Hochspannungsleitungen in die Luft jagten, hatte Calabazas den Kopf geschüttelt. Er befürchtete, daß aufkommende Gefängnisrevolten Gefahr liefen, in Rassenunruhen auszuarten, in denen die Weißen, die Hispanier und andere sich gegen die Schwarzen wenden würden. Der Hopi hatte Calabazas' Zweifeln respektvoll zugehört; er lächelte und zuckte mit den Achseln. Natürlich würde es keine leichte Aufgabe sein, denn die Gefängnisse waren so angelegt, daß sich die Insassen gegenseitig bekämpfen sollten. Der Hopi wußte, daß ein Berg von Arbeit vor ihm lag, aber er wußte auch, daß er innerhalb und außerhalb der Gefängnisse der Vereinigten Staaten eine wachsende Zahl von Anhängern hatte. An dieser Stelle ergriff Clinton das Wort. Er sei ebenfalls skeptisch, sagte er, aber er habe gesehen, wie obdachlose weiße und schwarze Männer für eine gemeinsame Sache zusammenarbeiteten – für das Überleben –, ebenso wie schwarze und weiße Männer Seite an Seite in Vietnam gekämpft hatten.

Calabazas war hartnäckig geblieben. Sie seien verrückt, sagte er, sie hätten zu viele Hollywoodfilme gesehen. In dem Moment, in dem in den Städten Gefängnisrevolten und Unruhen ausbrachen, würden die Fronten sofort zwischen den Hautfarben verlaufen. Nein, hatte der Hopi geduldig erklärt, wenn irgend etwas passierte, würde es eher so sein, daß die Besitzenden, egal welcher Hautfarbe, die Besitzlosen töteten. Es würden ohnehin nicht die Schwarzamerikaner sein, die im Mittelpunkt der Aufmerksamkeit standen; die Hunderttausende von Indianern, die sich mit den Zwillingsbrüdern ihren Weg nach Norden bahnten, würden es sein. Calabazas war auch gegenüber der mexikanischen Indianerin skeptisch gewesen und ihrem Bericht über die Geisterbotschaften, welche die Zwillinge von den großen, blauen Macaws zu erhalten behaupteten. Der Hopi erwiderte, er halte es für notwendig, daß die Hunderttausende von Indianern aus dem Süden hier erschienen, um zu verhindern, daß die Weißen in den USA sich gegen die Schwarzen wandten. Die Weißen würden sofort auf die schwarze oder hispanische Bevölkerung blicken, als eine Art Puffer oder Schutzschild und als Vermittler zwischen sich und der großen Anzahl indianischer Einwanderer. Calabazas

war sehr skeptisch, daß Millionen US-Bürger, die sich selbst
Christen nannten, eine indianische Glaubensbewegung auch nur
tolerieren, geschweige denn unterstützen würden, die von den
Zerstörern ganz Amerika zurückforderte. Und dennoch hatten
die Hitzewellen und Trockenperioden bereits Tausende nach
Norden in kühlere Regionen vertrieben. Alle großen und schattenspendenden Bäume in Tucson waren eingegangen, als der
Wasserspiegel jäh absank.

Bis die Zwillingsbrüder und ihre Schar die Grenze erreichten, schlug der Hopi vor, sollten sie alle Vorbereitungen treffen
und dann einfach abwarten. Wie Weasel Tails Lied vom Geistertanz besagt hatte, schienen die Weißen in Rekordzahlen unter
Nervenzusammenbrüchen und Psychosen zu leiden. Vielleicht
spürten sie die Veränderungen, die herannahten, vermutete der
Hopi. Was sie anderen zugefügt hatten, wandte sich nun gegen
sie. Das Blatt hatte sich gewendet, und nun wurden die Kolonialisten kolonisiert.

Er glaube nicht an wundersame Bekehrungen von Christen,
Juden oder Moslems zu indianischen Religionen, meinte Calabazas, und der Hopi zwinkerte und sagte: »Aber Sie glauben an
Massenhysterie? An das kollektive Bedürfnis, während der Fastenzeit echte Blutstropfen auf Kirchenstatuen erscheinen zu sehen?
Sie kennen sich doch ein wenig aus mit Massenhypnose und
unterbewußten Botschaften.« Der Hopi lächelte. »Egal. Niemand
behauptet, daß es gleich morgen passieren wird. So etwas behauptet wirklich keiner. Die amerikanischen Ureinwohner leben
seit dreißigtausend Jahren auf diesem Doppelkontinent, und die
Europäer sind seit fünfhundert hier.«

Der Hopi hatte von friedlichen und allmählichen Veränderungen gesprochen, als glaube er, daß Wahlen die Lösung sein
könnten, sobald noch einige weitere Millionen Indianer zu US-
Bürgern wurden. Lecha beobachtete den Ausdruck auf Angelitas
Gesicht, als der Hopi die Möglichkeiten für friedliche Veränderungen beschrieb. Jedesmal, wenn er »gewaltlose und freie Wahlen« sagte, hatte Angelita eine Grimasse gezogen. Lecha konnte
sehen, daß Angelita die Wahrheit ahnte: Es würde keine Wahlen
geben. Statt dessen würden in ganz Amerika bald schwere Kämpfe wüten, bis hoch nach Alaska und Kanada. Angelita La Escapía

war eine zähe Hündin. Das konnte Lecha an der kräftigen Figur und den stählernen, dunklen Augen der Maya erkennen. Angelita tat nur so, als teile sie die Ansichten der Zwillingsbrüder und ihrer Anhänger, die unbewaffnet und demütig nach Norden marschierten, um eine alte Prophezeiung zu erfüllen. Lecha hatte die Zwillinge im Satellitenfernsehen gesehen. Sie sahen aus, als wären sie kaum älter als ein- oder zweiundzwanzig Jahre und von Menschen wie Angelita leicht zu manipulieren. Lecha ließ sich nicht täuschen. Diese große Maya war es, die hinter den Zwillingsbrüdern stand. Lecha hatte beobachtet, wie Angelita mit Zeta geflüstert und Zeta ihr ausführlich geantwortet hatte. Als Lecha sie später fragte, gab Zeta zu, daß Angelita sich erkundigt hatte, ob sie ein paar von der Armee ausgemusterte Stinger-Missiles kaufen könne. Lecha fand, daß Angelita recht hatte. Der Hopi und die Zwillinge mochten aufrichtig glauben, daß die Rückgewinnung Amerikas ohne Blutvergießen vonstatten gehen konnte, aber Lecha hatte ihre Zweifel, besonders seit dem schrecklichen Blutvergießen in Südafrika. Nord- und Südamerika waren bereits getränkt von indianischem und afrikanischem Blut. Gewalt gebar nur neue Gewalt, doch wenn die Zerstörer nicht aufgehalten wurden, war die Menschheit verloren.

Calabazas nahm sich die Worte des Hopi zu Herzen. Er glaubte daran, daß die Veränderungen bereits in vollem Gange und ein nie endender Prozeß waren; alles würde seinen Lauf nehmen, ob mit oder ohne ihn. Calabazas konnte sich zurücklehnen und gar nichts tun, wenn er wollte, trotzdem waren die Veränderungen unvermeidlich. Dennoch fühlte er sich unbehaglich. Er hatte zwar den auf Zimmer 1212 versammelten Männern vertraut, doch bei den Frauen war er sich nicht so sicher, vor allem nicht bei der Eskimofrau und der Maya-Indianerin. Diese beiden sahen aus wie Unruhestifterinnen. Sie sahen aus wie *Killer*, wenn ein Mann nicht mit ihnen kooperierte. Die Eskimofrau sagte, »lieber Qualität als Quantität«, und sie meinte damit die indigene Volksarmee des Nordens. Sie mochten zahlenmäßig wenige sein, aber dafür waren sie wild entschlossen und gut bewaffnet. Die Armee des Nordens würde hinter den US-Truppen die mexikanische Grenze entlangfegen. Und bevor Weasel Tail wußte, wie ihm geschah, waren seine Lakotatruppen von der

Armee des Nordens geschluckt worden. Weasel Tail war ein kluger Mann, denn er widersprach nicht. Keine Einwände oder Widerstände würden diese Maya oder die andere, die Eskimofrau, aufhalten. Feuer, die Eskimofrau hatte von nichts anderem gesprochen als Feuer. Brennende Wälder und Tundren. Die brennende Erde. La Escapía – allein schon der Name! – war nicht besser. Sie hatte von dem Zerstörung bringenden Feuer-Macaw gesprochen.

Wilson Weasel Tail und der Hopi konnten über friedliche Revolutionen reden soviel sie wollten, aber Calabazas hatte die Maya La Escapía mit Zeta sprechen sehen, und er wußte, was das zu bedeuten hatte. Zeta hatte jahrelang Waffen aufgekauft und in den alten Minenschächten gelagert. Calabazas war es zufrieden, sich aus dem Schmuggelgeschäft und der Politik – aus allem – zurückzuziehen. Er hatte seine Zeit absolviert und etwas Ruhe im Schatten verdient, zusammen mit seinen Maultieren und Eseln. Er würde sich zurücklehnen und die anderen die Entscheidungen treffen und die Befehle erteilen lassen, so wie er es seit seiner Kindheit bei den alten Weisen in den Bergverstecken der Yaqui gewohnt war. Sie hatten ihm gesagt, was getan werden mußte, und er hatte es getan. Jetzt, wo er ein alter Mann war, würden ihm die Frauen vielleicht eine einfache Aufgabe geben, etwas, das nicht zu anstrengend oder zu gefährlich war – wie Telefongespräche entgegennehmen oder Briefe verschicken.

ERHEBT EUCH!

Die Tucsoner Polizei hatte SWAT-Teams eingesetzt, um über die Obdachlosenlager herzufallen. Gepanzerte Fahrzeuge wurden benutzt, um die unter den Mesquitebäumen errichteten Zelte und die Hütten aus Pappe und Wellblech niederzureißen. Auch in das Lager der Frauen und Kinder war ein SWAT-Team eingedrungen, und die schreienden Kinder waren den Müttern abgenommen und der »schützenden Obhut« von Pflegeheimen übergegeben worden. Im Camp der Kriegsveteranen jedoch war das SWAT-Team wie durch Hypnose zum Stillstand gekommen.

Die Männer schienen wie gelähmt vom Anblick der obdachlosen Kriegsveteranen, die unbewaffnet und in zerlumpten Secondhand-Uniformen militärische Haltung angenommen hatten. Clinton würde diesen Augenblick nie vergessen. Rambo-Roy hatte sich an die Männer gewandt: »Ihr habt nicht für die Vereinigten Staaten gekämpft und euer Leben riskiert, um so zu enden. Ihr seid nicht in fremden Ländern zwischen Kugeln, Blut und Giftschlangen auf dem Bauch herumgekrochen, damit ihr zu Hause hungern und in Straßengräben schlafen müßt!«

Andere Obdachlose hatten die Machtprobe zwischen dem SWAT-Team und den Veteranen beobachtet. In ihren Gesichtern glaubte Clinton einen Schimmer der Anerkennung zu entdecken. Er hatte den Barfüßigen Hopi gehört, und er hatte sich endlos lange mit dem Afrikaner unterhalten. Beide hatten Geduld gepredigt, die Geduld der alten Stammesvölker, die demütig genug gewesen waren, nicht zu erwarten, daß die Veränderungen innerhalb einer oder auch von fünf Generationen eintreten würden. Vielleicht nicht morgen oder nächste Woche, aber irgendwann, das wußte Clinton, würden die anderen Obdachlosen sich an den Widerstand der obdachlosen Vets erinnern. Die molligen, blassen Frauen und ihre dünnen, blassen Männer würden sich an die Welle des Stolzes und der Kraft erinnern, die ihnen der Widerstand der Veteranen gegeben hatte. Wie kleine Samenkörner würden diese Gefühle aufgehen, und die Gewalt der Polizei, die auf die Menschen niedergegangen war, würde der wachsenden Verbitterung nur weiteren Nährstoff bieten.

Clinton hatte sich schon davongemacht, als die Polizei eintraf, um nach ihm und Rambo-Roy zu suchen. Natürlich hatte die Tucsoner Polizei wieder alles durcheinandergebracht und den ersten Weißen und den ersten Schwarzen, die ihnen in Tarnanzügen über den Weg gelaufen waren, festgenommen. Clinton hatte große Zweifel gehabt, ob er und Rambo-Roy das Recht hatten, die beiden »Brüder« den Mord an Trigg ausbaden zu lassen. Die Polizei hatte behauptet, über genetisches Beweismaterial zu verfügen, das am Tatort gefunden worden sei und die beiden in Untersuchungshaft sitzenden Männer mit dem Mord in Verbindung brächte. Clinton und Rambo-Roy wußten beide, daß jegliches genetisches Beweismaterial, das am Tatort gefunden wurde, von ihnen stammen mußte und nicht von den beiden Männern in Untersuchungshaft. Also hatte die Tucsoner Polizei überhaupt keine Beweise gefunden, doch die Police Detectives hatten den Männern nach der Verhaftung Haare und Hautproben abgenommen, um sie in die Taschen mit dem Beweismaterial und anderen, am Tatort gefundenen Gegenständen zu stecken. Rambo meinte, wenn die Polizei erst einmal Haare oder Hautschuppen am Tatort plaziert hatte, dann war man erledigt. Man konnte nichts mehr tun. Und selbst wenn Clinton sich gestellt hätte, wären es dennoch nicht *seine* Haare oder *seine* Hautschuppen, die sich in der Tasche mit dem Beweismaterial befanden. Rambo-Roy meinte, die Brüder würden ihren Beitrag dadurch leisten, daß sie die Sache an ihrer Stelle ausbadeten. Clinton mußte in die großen Städte zurückkehren. Er mußte versuchen, an die schwarzen Kriegsveteranen heranzukommen, bevor sie von Fanatikern und Extremisten irregeleitet wurden, die »Nieder mit allem. Es leben die Schwarzen, es lebe Afrika!« schrien. Denn Clinton hatte die Wahrheit bereits erkannt: Über ganz Amerika verstreut lebten Millionen schwarzer Indianer. Die Afrikaner waren in Amerika immer »zu Hause« gewesen, weil »zu Hause« dort ist, wo die Geister der Ahnen sind. Angefangen bei den sanften Riesen, Damballah und Quetzalcoatl, bis zur Maismutter, den Zwillingsbrüdern und der Alten Spinnenfrau waren beide, Afrika und Amerika, von den gleichen Geisterwesen besessen.

Clinton war auf dem Weg nach Haiti, nachdem er in New York City einige seiner schwarzindianischen Vettern besucht hatte. Schwarze Indianer in Manhattan unterstützten schon seit langer Zeit mit Geld und Waffen die Mohawk-Nation, die sich mit Kanada und den Vereinigten Staaten im Krieg befand. Der Afrikaner hatte sich sehr diskret über die bescheidene finanzielle Hilfe geäußert, die gewisse afrikanische Nationen den Mohawks zukommen ließen. Er hatte diese Unterstützung eine »symbolische Geste« der Solidarität zwischen den afrikanischen Stämmen und den Indianerstämmen Amerikas genannt. Jetzt, wo die Schwarzafrikaner endlich ihr angestammtes Land zurückgewonnen hatten, würden die Geister nicht zulassen, daß sie den Stämmen Amerikas den Rücken zukehrten, während diese dafür kämpften, ihr Land wieder in Besitz zu nehmen.

Clinton würde seine Zeit nicht mit den Jammerlappen und Meckerfritzen vergeuden, die Wein oder Drogen zu ihrer Religion gemacht hatten, oder den Jesusjunkies, die Religion zu ihrer Droge gemacht hatten. Die Gespräche mit Weasel Tail und dem Barfüßigen Hopi hatten Clinton auf wesentlich mehr Einfälle gebracht, als er und Rambo-Roy allein entwickelt hatten. Rambo-Roy und er hatten recht gehabt in bezug auf die Obdachlosen und ihren Plan, die obdachlosen Armen im Umfeld der Veteranenarmee zu organisieren. Die überlebenden Kriegsveteranen in den Indianerreservationen trafen die Hauptvorbereitungen. Wie Weasel Tail und der Hopi gesagt hatten, mochten sie Tausende, ja selbst Millionen von ihnen töten und verkrüppeln, doch die, die überlebten, würden wahrlich eine Macht werden, mit der man zu rechnen hatte. Rund um sie herum, ihr ganzes Leben lang, waren sie Zeugen des Leids und des Genozids an ihren Leuten gewesen. Es bedurfte nur weniger, nur einer knappen Handvoll solcher Leute, um das Fundament für die Veränderungen zu legen.

Die Verleugnung ihrer Geschichte war die Hauptwaffe des weißen Mannes gewesen. Clinton hatte weiter daran gearbeitet, sein Notizbuch mit Fragmenten der Geschichte zu füllen, die den Menschen so lange vorenthalten worden war. Der Hopi hatte ihm ein Buch gegeben, das, wie er sagte, vielleicht etwas Licht auf die Geschichte der schwarzen Indianer werfen könnte. Oben auf die Seite des Buches hatte Clinton in fetten Buchstaben geschrieben: *Vielen Dank, Herbert Aptheker!*

1526 Pee Dee River, South Carolina: Negersklaven erheben sich und fliehen, um bei den Indianern zu leben.
1663 Gloucester County, Virginia: Indianer helfen schwarzen und weißen Sklaven.
1687 Westmoreland County, Virginia: Rebellion von Negersklaven.
1688 Maryland: »Sam«, ein Sklave von R. Metcalfe, führt einen Aufstand an.
1690 Newbury, Massachusetts: Ein mysteriöser Weißer aus New Jersey führt indianische und schwarze Sklaven nach Französisch-Kanada.
1691 Middlesex County, Virginia: »Mingo« ist der Anführer weiterer schwarzer Sklaven bei einem Überfall.

1702 New York, South Carolina: Leichte Unruhen unter den Sklaven.
1708 Newton, Long Island: Indianische und schwarze Sklaven rebellieren und töten sieben Weiße.
1709 Die Counties von Surry, James City und der Isle of Wight in Virginia leiden unter Rebellionen der indianischen und schwarzen Sklaven.
1711 South Carolina: Unter den Weißen herrscht große Angst, als »Sebastian« andere schwarze Sklaven zum Aufstand führt.
1712 New York City: Neun weiße Männer werden während eines Aufstandes von Indianer- und Negersklaven getötet.
1713 South Carolina: Einem vor kurzem aus Martinique angekommenen Sklavenprediger wird die Vorbereitung einer Sklavenrebellion vorgeworfen.
1720 South Carolina: Sklavenaufstand überschneidet sich mit Dürre, wirtschaftlicher Depression und Schwierigkeiten mit Indianern.
1722 Rappahannock River, Virginia: Sklavenunruhen und -verschwörungen.
1723 Gloucester und Middlesex, Virginia: Sklaven planen die Flucht nach Florida in die von den spanischen Behörden versprochene Freiheit.
Boston, Massachusetts, und New Haven, Connecticut: Sklaven stecken zahlreiche Gebäude in Brand.
1727 Louisiana: Ein gefangengenommener Indianersklave verrät die Existenz des geheimen Outlaw-Dorfes »Natanapalle«, in dem entlaufene schwarze und indianische Sklaven leben.
1729 Virginia: Schwarze Sklaven fliehen mit Gewehren und landwirtschaftlichem Arbeitsgerät in die Blue Ridge Mountains.
1730 Louisiana: Franzosen bewaffnen erwachsene schwarze Sklaven, um gegen die Chonachee-Indianer zu kämpfen. Doch die Schwarzen konspirieren mit den Indianern gegen die Weißen.
Virginia, South Carolina, Louisiana: Unruhen und Rebellionen werden dem Gerücht zugeschrieben, der König habe alle getauften Sklaven freigelassen.
1733 Die Unruhen unter den schwarzen Sklaven breiten sich

weiter aus, nachdem die spanische Regierung verkündet, sie werde alle Sklaven der Briten, die Florida erreichen, freilassen.

1738 Charles Town, Virginia: Die Situation nimmt guerillakriegsähnliche Formen an, als schwarze Sklaven versuchen, nach Florida zu fliehen, das sie »das gelobte Land« nennen.

1739 Stono, South Carolina: Der Aufstand von schwarzen Sklaven wird dem Krieg zwischen Spanien und England zugeschrieben.

1740 New York City: Sklaven vergiften das Trinkwasser ihrer Herren.

1741 New Jersey: Schwarzen Sklaven werden Brandstiftungen vorgeworfen.

1747 New York City: Aufstand unter schwarzen Sklaven.

1751 South Carolina: Erlaß eines Gesetzes gegen Sklaven, die ihre Herren vergiften.

1755 Virginia, Maryland: Der Krieg zwischen Franzosen und Indianern löst Unruhen unter den Sklaven aus.

1765 South Carolina: In den Bergen verborgene »Maroons« werden immer angriffslustiger.

1767 Alexandria, Virginia: Rebellische schwarze Sklaven.

1771 Georgia: Einem englischen Agenten wird vorgeworfen, schwarze Sklaven aufgehetzt zu haben.

1772 Perth Amboy, New Jersey: Im Zentrum des Sklavenhandels wird eine Verschwörung aufgedeckt.

1774 Boston: Schwarze Sklaven erheben sich und bitten Engländer und Iren um Hilfe.
Kirchspiel St. Andrews, Georgia: Sklaven erheben sich.

1775 North Carolina: Schwarze Sklaven planen eine Erhebung und wollen die Engländer unterstützen.

1776 Bucks County, Pennsylvania: Schwarze Sklaven erheben sich, um die Engländer zu unterstützen.

1778 Albany, New York: »Tom« wird erneut wegen Aufhetzung der Negersklaven verhaftet.

1782 Spanisch-Louisiana: Rebellierende »Maroons« und Neger, angeführt von einem »St. Malo«, bereiten den Weißen Probleme.

1786 Savannah River, Georgia: Negersklaven, die sich selbst
»Soldaten des englischen Königs« nennen, führen von
einem Palisadendorf im Sumpf von Bell Isle aus einen
Guerillakrieg.
1791 Santo Domingo (Haiti): Erfolgreicher Negersklavenaufstand. Die Neuigkeit erreicht die US-amerikanischen Sklaven erst ein oder zwei Jahre später.
1791 West Virginia: Die Indianer schlagen General St. Clair.
Während das Militär gegen die Indianer kämpft, kommt
es unter den schwarzen Sklaven zu Unruhen.
1793 North Carolina: Cherokee-Indianer kämpfen gegen die
Weißen, und schwarze Sklaven drohen sich zu erheben.
1793 Richmond, Virginia: Schwarze Sklaven diskutieren über
die erfolgreiche Rebellion von Santo Domingo.
Charleston, South Carolina: Geheimnisvolle Brände fegen
durch die Stadt; die Unruhen unter den Sklaven werden
der Revolte von Santo Domingo zugeschrieben.
1796 Weiße Herren wie Thomas Jefferson und George Washington verkaufen aufgrund der schwierigen Wirtschaftslage massenhaft schwarze Sklaven.
1797 Charleston, South Carolina: Drei schwarze Sklaven werden wegen »Komplotten« und Brandstiftung hingerichtet.
1800 Denmark Vesey erkauft sich die Freiheit.
Geburt von Nat Turner und John Brown.
1800 Henrico County, Virginia: »Gabriel«, Sklave von T. Prosser,
ist Kopf einer Verschwörung.
1804 New Orleans: Während des französisch-spanischen Krieges kommt es zu Unruhen unter den Sklaven, die unnachgiebig bestraft werden.
1804 Philadelphia: Weiße attackieren Schwarze, die sich zusammenschließen und rufen: »Zeigt ihnen Santo Domingo!«
1810 Virginia: Sklaven rebellieren und töten vier Weiße.
1811 Kirchenspiele von St. John und St. Charles, Louisiana:
Charles Deslondes, ein freier Mulatte aus Santo Domingo,
führt eine Rebellion schwarzer Sklaven an.
1812 Der Krieg gegen England löst Sklavenunruhen aus.
1813 Washington, D. C.: Als die Engländer herankommen,
beginnen die schwarzen Sklaven zu rebellieren.

1815 Maryland, Virginia, South Carolina, Louisiana: Weitverbreitete Unruhen unter schwarzen Sklaven.
1819 Die Vereinigten Staaten »annektieren« das spanische Territorium Florida, um dort die Unterschlupfe militanter Indianer und entlaufener Sklaven auszuheben, die Florida als Ausgangslager für Guerillaüberfälle auf Plantagen jenseits der Grenze nutzen.
1819 Große Trockenheit und Hungersnot in Virginia und South Carolina führen zu zahlreichen Sklavenrevolten.
1822 Charleston, South Carolina: Denmark Veseys Plan für eine große Revolte wird verraten. Vesey hatte damit gerechnet, daß Schwarze in Haiti und Afrika ihn unterstützen würden. Von 131 verhafteten Negersklaven werden 38 erhängt.
1826 Louisville: 77 Sklaven, die von fünf weißen Männern transportiert werden, erheben sich, töten die Sklavenhändler und entkommen.
1828 Richmond, Virginia: Nat Turner vernimmt die Stimme Gottes, die ihm befiehlt, sein Volk in den Aufstand zu führen, sobald er ihm Zeichen dazu gibt.
1829 Virginia: Der frei geborene Neger Christian Tompkins verfaßt ein Pamphlet, in dem er die Ankunft eines mulattischen Retters vorhersagt, der groß, bärtig und unbesiegbar ist und aus Grenada kommen wird, um in den Vereinigten Staaten die Sklaverei zu beenden.
1829 Zum Verkauf in New Orleans bestimmte Sklaven aus Norfolk rebellieren und können nur mit größter Mühe unter Kontrolle gebracht werden.
1829 Starke Regenfälle in Louisiana zerstören Teile der Getreideernte und führen zu Hungersnöten und Sklavenaufständen.
1830 David Walker, ein freier Mann, veröffentlicht seinen »Aufruf«, den Nat Turner vielleicht gelesen hat.
1831 Das Gotteszeichen trifft ein, und Nat Turner führt in Southampton County eine Rebellion an, bei der 57 Weiße getötet werden. Als unter den Weißen Panik und Hysterie um sich greifen, werden überall in den Vereinigten Staaten Hunderte schwarzer Sklaven ohne Gerichtsverhandlung umgebracht.

1835 Texas: Schwarze Sklaven entlaufen und schließen sich den mexikanischen Streitkräften im Kampf gegen Texas an.
1846 Pensacola, Florida: Nach der Aufdeckung einer geplanten Rebellion wird das Kriegsrecht verhängt.
1861 Arkansas: Sklaven erheben sich und töten am 4. Juli ihre Peiniger.
1862 Richmond, Virginia: Ein Sklave namens Bob Richardson wird wegen Planung eines Aufstandes hingerichtet.
1862 Yazoo City, Mississippi: Sklaven erheben sich und verbrennen das Gerichtsgebäude und die Häuser von 14 Weißen.

Clinton wußte, daß der Rassismus vielen Leuten Angst davor eingejagt hatte, über ihre indianischen Vorfahren zu sprechen. Doch die schwarzen Indianer würden in ihren Herzen wissen, wer sie waren, wenn sie Clinton von den Geistern erzählen hörten. Die Menschen mußten daran erinnert werden, daß die Geister überall waren und daß sie die Menschen, die Mutter Afrika entrissen worden waren, nicht verlassen hatten. Viel eher war es so, daß die Menschen die Geister verlassen hatten. Übermannt von ihrem Verlust, hatten die Menschen ihre Gebete und ihren Glauben nicht beibehalten, weil sie den Geistern die Schuld gaben für ihr Sklavendasein auf fremdem Boden.

Clinton war auf dem Weg in die entlegenen Berge Haitis. Es war ihm egal, ob alle tot und sämtliche Spuren verschwunden waren. Es würde ihn nicht überraschen. Der weiße Mann und seine Nachahmer hatten versucht, alle Spuren der mächtigen geistigen Kräfte auszulöschen, die sich vor fünfhundert Jahren in den Bergen Haitis vereint hatten. Clinton wollte nur einmal den Ort betreten, an dem sich die Geister dreier Kontinente offenbart hatten, die ersten schwarzen Indianer geboren worden waren und ihre Nachkommen über die französische Flotte triumphiert hatten.

Clinton vermutete, daß sich viele Afroamerikaner nach den Geistern sehnten, die sie schon vor Jahrhunderten in Afrika verloren oder zurückgelassen zu haben glaubten. Es würde seine Hauptaufgabe werden, den Menschen zu erklären, daß viele der afrikanischen Geister auch Amerika bevölkerten. Nach dem Abflug vom Internationalen Flughafen von Tucson ließ Clinton

seine Rückenlehne nach hinten gleiten. Er machte sich nicht die
Mühe, hinunterzusehen oder adiós zu sagen, weil er wußte, daß
er zurückkommen würde. Nichts konnte mehr ausschließlich
schwarz oder braun oder weiß sein. Die alten Prophezeiungen
hatten eine Zeit vorhergesagt, in der die Zerstörungskraft des
Menschen die Erde verwüstet haben würde und die Menschheit
selbst in Gefahr war. Dies war die letzte Chance, die die Menschen gegen die Zerstörer hatten, und sie würden niemals siegen,
wenn sie nicht als vereinte Kraft zusammenarbeiteten.

Clinton hatte dem Barfüßigen Hopi versprochen, die Botschaft unter den Brüdern und Schwestern in den Städten zu verbreiten. Er würde sie auffordern, sich bereitzumachen. Es kam
der Tag, an dem alle Menschen, Männer, Frauen und Kinder, etwas tun konnten, und jeder Beitrag, ganz gleich wie bescheiden
er auch sein mochte, würde eine große Wirkung erzielen, weil sie
gemeinsam handelten. Der Plan des Barfüßigen Hopi rief zu landesweiten Gefängnisrevolten auf, die durch die Exekution eines
Gefangenen oder den Ausbruch von Unruhen in den Städten
ausgelöst werden sollten. Die Menschen mußten handeln, während die Polizei und das Militär mit der Niederwerfung der
Gefängnisrevolten beschäftigt waren. Waren die Menschen erst
einmal auf den Straßen, würden die Behörden das Militär und die
Polizei zurück in die Städte beordern, um die Regierung vor den
Bürgern zu schützen. Das Geheimnis der Leute bestand darin,
sich mitten im Garten des reichen Mannes niederzulassen, so daß
alle Brandbomben der Polizei zur Abwechslung einmal die Reichen ausbrennen würden. An diesem Punkt würde es zahlreiche
Verletzte unter den Menschen geben. Die Regierung würde die
Massen der aufgebrachten Bürger auf ihrem Weg von den Ghettos zur Madison Avenue, der State Street und dem Sunset Boulevard bombardieren.

Clinton hatte mit den dunkelhäutigen Menschen gesprochen, vor allem mit Frauen, denn viele der Männer waren krank
oder tot. Wenn man von Verletzten sprach, erntete man nichts
weiter als Gelächter, Witze und noch mehr Gelächter. Zwei-
oder dreihundert Tote durch den Kugelhagel der Polizei
oder Brandbomben? Das war wirklich komisch! Viele Hundert
mehr starben jedes Jahr an Hunger und seinen langsamen und

schmerzhaften Folgeerscheinungen. Sie hatten keine Angst zu sterben. Clinton hatte diese Worte immer und immer wieder gehört, vor allem von Frauen. Schwarze Frauen, hispanische Frauen, weiße Frauen, obdachlos und mit hungernden Kindern. Sie wollten lieber kämpfen, sagten sie. Lieber würden sie die Stadt niederbrennen, sich eine Polizeikugel einfangen und schnell sterben, weil sie auf diese Weise wenigstens kämpfend und als Kriegerinnen starben, nicht als Sklavinnen.

Roy würde sich ruhig verhalten, bis sich der Sturm etwas gelegt hatte, und vielleicht mit einigen Lagern der Ökokrieger in den Bergen von Montana Kontakt aufnehmen oder die Camps der obdachlosen Veteranen besuchen, bei denen Clinton im Winter gewesen war. Roy hatte einen Plan für eine große Veteranentagsfeier im November. Im ganzen Land hoffte er obdachlose Veteranen überreden zu können, bei ihren örtlichen Behörden die Erlaubnis zur Errichtung echter Firebase Camps einzuholen, um sie der Öffentlichkeit vorzuführen. Sein Plan sah vor, die nachgebildeten Firebase Camps direkt neben militärischen Stützpunkten zu errichten, in denen anläßlich des Veteranentags Veranstaltungen stattfanden.

Alles würde genauso sein wie in Vietnam. Sie würden Mörser und Raketenabschußvorrichtungen in den Boden eingraben oder unter Sandsäcken verstecken und unterirdische Bunker zum Schutz vor Gegenangriffen anlegen. Der Haken an der Sache war, daß nach dem Ende der Festlichkeiten zum Veteranentag ein paar der obdachlosen Vets die nachgebildeten Camps weiter bewohnen würden. Roy war realistisch. Nicht alle amerikanischen Städte hatten sentimentale Gefühle oder Gewissensbisse gegenüber obdachlosen Kriegsveteranen, aber er schätzte, daß man sich in den meisten Orten nicht die Mühe machen würde, die Veteranen nach dem Veteranentag gewaltsam aus ihren Firebase-Nachbauten zu vertreiben. Der Plan war eine unsichere Sache. Sie besaßen weder Granaten noch kleine Raketen, und es gab keine Garantie dafür, daß sie welche erhalten würden, doch der Hopi hatte einige vielversprechende Kontakte. Immerhin konnten Firebase Camps, die mit einigen Veteranen und jungen Möchtegernen bemannt waren, allerhand Aufmerksamkeit von Polizei und Armee auf sich lenken und den Gefängnisrevolten und Unruhen in den Städten mehr Zeit verschaffen. Der Plan des Barfüßigen Hopi hing von Koordination und Timing ab. Im Idealfall würden in dem Moment, in dem in Florida der elektrische Stuhl benutzt werden sollte, die Öko-Terroristen ihren »Simultanschlag« gegen die wichtigen Überlandstromleitungen und Stromkraftwerke ausführen. Der Hopi hatte davon geträumt, daß im gleichen Moment, in dem der Aufseher den Schalter umlegte, die Lichter ausgehen würden und dem Verurteilten kein Leid geschah. Anschließend würden die Gefängnisinsassen die Revolten beginnen. Notstromaggregate hatten höchstens für zweiundsiebzig Stunden Treibstoff.

In der Nacht, in der die Lichter endgültig ausgehen würden, würde sich der Spieß umdrehen. Die Ärmsten, diejenigen, die auf der Straße oder in den Arroyos lebten, würden die anderen auslachen, denn die Armen und Obdachlosen kamen jeden Tag ohne Strom und fließendes Wasser aus. Man mußte nur das Licht ausmachen, und die Polizei hatte keine Computer, keine Akten, keine Namen, keine Überwachungskameras mehr, und der gesamte Funkbetrieb wurde außer Kraft gesetzt. Wie Wilson Weasel Tail gesagt hatte – die Lakota, Cheyenne, Crow, Hidatsa ebenso wie die Navajo und Apachen – keiner ihrer Stämme war besonders abhängig von elektrischem Strom. Das gleiche galt für die Eskimos. Aber sie alle besaßen Waffen und waren bereit zu kämpfen. Denn wenn sie es nicht taten, würden sie vernichtet werden und Mutter Erde mit ihnen.

Armer Marx, armer Engels! Angelita La Escapía mußte über die beiden alten weißen Männer lächeln, die Jahr für Jahr auf die erfolgreiche Revolution gewartet hatten, bis ihre Zeit schließlich abgelaufen war. Sie waren nahe dran gewesen, hatten es aber dennoch nicht ganz geschafft. Mit ihrer Lektüre über indianische Kollektivwirtschaften und Kulturen hatten sie sich auf dem richtigen Weg befunden. Für Europäer waren sie ihrer Zeit weit voraus gewesen, nahe dran, und hatten es doch nicht ganz begriffen. Sie hatten nicht verstanden, daß die Erde die Mutter aller Dinge war, und was die Geister anging, hatten sie überhaupt nichts verstanden. Aber zumindest hatten Marx und Engels begriffen, daß die Erde niemandem gehört. Kein Mensch, weder Individuum noch Unternehmen, kein Zusammenschluß von Nationen konnte die Erde wirklich »besitzen«. Es war die Erde, die die Menschen besaß, und es war die Erde, die sich ihrer entledigte.

Nun lag es an den Ärmsten der indigenen Menschen und den Überlebenden des europäischen Genozids, der übrigen Menschheit zu zeigen, wie man untereinander teilen und auf der Erde zusammenleben konnte, so geschändet sie auch sein mochte. Angelita La Escapía war zuversichtlich. Bald würde die Hölle los sein, und das Beste stand immer noch aus.

FREIE BAHN

Leah Blue war völlig überzeugt, freie Bahn zu haben, nachdem Richter Arne die letzte einstweilige Verfügung und die letzten Klagen gegen die Inbetriebnahme ihrer Grundwasserbrunnen abgelehnt hatte. Leahs Anwälte hatten argumentiert, daß Arizona seit dem US-Banken-Crash und dem Einbruch der Grundstückspreise rückläufige Einwohnerzahlen verzeichne. Natürlich hatten auch das politische Durcheinander in Mexiko und die Tausende von Flüchtlingen, die sich an der Grenze drängten, die Lage nicht gerade verbessert. Die Anwälte behaupteten, der Bevölkerungsrückgang und die Stillegung der Kupferindustrie hätten die gesamten Zukunftsaussichten hinsichtlich der Wasserreserven mit einem Schlag verändert. Wasser sei reichlich vorhanden, hatten Experten Leah Blue bestätigt. Natürlich hatten die Umweltschützer und die Indianer ihre eigenen Experten herangezogen, die erklärten, daß Leahs Brunnen im ganzen Tal weniger tiefe Wasserstellen zum Versiegen bringen würden. Leah hatte sich daran geweidet, mitanzusehen, wie Richter Arne vorgab, beide Seiten abzuwägen.

Was den Ärger zwischen Tucsons Polizei und Sonny und Bingo betraf, so war Leah zuversichtlich, daß der Senator sämtliche Mißverständnisse beseitigen würde. Alles entwickelte sich rosig. Erste Kalkulationen hatten ergeben, daß die Baukosten aufgrund der hohen Arbeitslosigkeit unter den Facharbeitern gesunken waren. Leah hatte so gut wie nichts für das Land bezahlt, weil es ohne Wasser wertlos war. Jeden Morgen fuhr sie zu den Brunneneinfassungen. Sie stellte erfreut fest, daß das private Sicherheitsunternehmen Tag und Nacht vier bewaffnete Wächter bereitstellte. Öko-Terroristen hatten gedroht, die Grundwasserbrunnen in die Luft zu sprengen und sie mit Zement zu verschließen.

Leah hatte eine freundliche, aber distanzierte Umgehensweise mit den Polieren und Bauarbeitertrupps, und dabei wollte sie es auch belassen. Sie stellte sich gern auf den Betonsockel der Brunneneinfassung, um über die bräunlichen Wüstensträucher und das graue Gestein in die Ferne zu blicken und sich die schlanken, niedrigen Villen aus blassem Marmor vorzustellen, mit roten Bougainvilleas und sogar Seerosen in den schwimmenden Gärten der Kanäle. Sie verstand nicht, warum die Indianer und Umweltschützer sich überhaupt die Mühe gemacht hatten, gegen sie zu klagen, selbst *wenn* ihre Grundwasserbrunnen andere Wasserquellen oder natürliche Brunnen beeinträchtigen würden, was jedoch *nicht* der Fall war. Welchen Nutzen hatte diese Wüste schon? So voller Giftschlangen, scharfer Steine und Kakteen, wie sie war! Leah wußte, daß sie mit ihrer Abneigung nicht allein stand. Die meisten Menschen, die die Kakteen und steinigen Hügel zum erstenmal sahen, fanden die Wüste häßlich. In ihrer Traumstadt würden Seerosen und Rohrkolben, riesige Zypressen und Palmen dem Auge schmeicheln und die Menschen vergessen lassen, daß sie sich in der Wüste befanden.

Leah befand sich auf dem Rückweg von den Grundwasserbrunnen, als der Anruf über ihr Autotelefon kam. Es war Max, und im gleichen Moment wußte sie, daß jemand tot war. Nur nicht Sonny! Er hatte davon gesprochen, mit den Cops abrechnen zu wollen. Leah machte sich Sorgen um die Jungen. Max hatte nie mehr als fünf Minuten mit ihnen verbracht, nicht einmal, als sie noch Babys waren.

Nein, mit Sonny, Bingo und Angelo war alles in Ordnung, soweit Max wußte. Es war Trigg. Man hatte ihn mit zertrümmertem Schädel hübsch arrangiert in einer Gefrierkammer im Keller des Hauptsitzes von Bio-Materials aufgefunden. Leah hatte widersprochen; erst gestern am späten Nachmittag habe sie ihn noch gesehen, aber Max schnitt ihr das Wort ab. Das war gestern gewesen. Heute war Trigg tot. Der Polizeichef hatte wegen der Sache mit Sonny und Bingo noch immer einen dicken Hals, und nun hatte die Polizei einen weiteren Grund, bei ihnen herumzuschnüffeln. Sie müßten sämtlichen Spuren nachgehen, behauptete die Polizei, einschließlich der These vom eifersüchtigen Ehemann. Max hatte bereits seine Anwälte mobilisiert.

»Ich dachte, der Senator hätte das alles bereits geklärt«, sagte Leah. »Hatte er der Polizei nicht Bescheid sagen sollen?« Leah sprach mit Max, gleichzeitig jedoch arbeitete ein anderer Teil ihres Gehirn mit rasender Geschwindigkeit. Trigg war ihr Liebhaber gewesen, doch Leah empfand gar nichts – sie war nicht einmal überrascht, daß er tot war. Trigg hatte immer mit irgend jemandem prozessiert oder im Streit gelegen. Leah fragte sich, ob etwas mit ihr nicht stimmte, weil sie nicht traurig war oder weinte, selbst als Max aufgelegt hatte. Sie fuhr zum Büro, um wie üblich ihren Geschäften nachzugehen. Wenn die Polizei mit ihr reden wollte, würde sie gern kooperieren, denn der junge Polizeichef war wirklich ziemlich sexy. Vielleicht hatten ihn die Ärzte des Transplantationszentrums erwischt. Trigg hatte immer behauptet, nicht einmal die kaputtesten Fixer auf der Straße seien so gierig wie Chirurgen. Seine »stillen Teilhaber« an der medizinischen Fakultät hatten mit ihrem Herz-Lungen-Transplantationsgeschäft Millionen verdient, aber Trigg regelmäßig vorgeworfen, die Profite einzustreichen. Aus irgendeinem Grund trieb der Gedanke an Triggs leeren Rollstuhl Leah die Tränen in die Augen. Armer, dummer Trigg. Er hatte immer daran geglaubt, daß er wieder gehen können würde, bevor er starb.

Trigg hatte Leah erzählt, der Ärger habe damit angefangen, daß das Operationsteam einem Patienten eine falsche Lunge und ein falsches Herz implantiert hatte und dieser später gestorben war. Zuerst seien sie flehend und bettelnd zu ihm gekommen, erzählte Trigg, doch dann waren sie unangenehm geworden. Sie hatten Bio-Materials die Verantwortung für den Fehler zuschieben wollen. Nach dem Gerichtsurteil sollte die Firma für bankrott erklärt und ein neues Unternehmen gegründet werden. Trigg hatte sich geweigert. Die Polizei suchte nach Motiven; nun, hier waren welche. Wenn Trigg erst aus dem Weg geräumt war, konnten die Chirurgen die Verantwortung aufbürden, wem sie wollten. Sie konnten bezeugen, daß Bio-Materials Lunge und

Herz falsch deklariert geliefert hatte. Natürlich hatte Leah später vollstes Verständnis, als sie erfuhr, daß die Polizei die »stillen Teilhaber« nicht verhört hatte. Schließlich waren die Organtransplantationen neben den Abspeckfarmen und Tennisanlagen Tucsons einziger blühender Wirtschaftszweig. Die Polizei war zu dem Schluß gekommen, daß Trigg von zwei obdachlosen Männern umgebracht worden war, einem Schwarzen und einem Weißen, die beide als Wachmänner für ihn gearbeitet hatten.

Leah hatte geglaubt, sie werde vielleicht später um Eddie Trigg weinen, der Verlust werde sie in ein oder zwei Wochen plötzlich übermannen, aber dem war nicht so. Sie weinte nicht um Eddie, und sie weinte auch nicht um Max. Wie seltsam das gewesen war. Plötzlich waren beide fort, einer gleich nach dem anderen. Zum Glück war Max auf dem Golfplatz vom Blitz erschlagen worden, sonst hätte Tucsons beschränkte Polizei sie wahrscheinlich in beiden Fällen zur Hauptverdächtigen gemacht. Sie hatte ein Lachen unterdrücken müssen. Am sechzehnten Loch hatte der Blitz den Putter in Max' Hand schmelzen lassen. Sein Leibwächter hatte geweint, als er Leah berichtete, wie Max sich geweigert hatte, den Platz zu verlassen und sich unterzustellen, weil er mit dem Spiel fast fertig war. Leah hatte so getan, als betupfe sie ihre Augenwinkel, während sie zuhörte, doch sie empfand Erleichterung, keinen Verlust.

Leah bat die Jungen und Angelo, sie einige Zeit allein zu lassen. Angelo bat sie, die Vorkehrungen für die Beerdigung zu treffen und die Familie zu verständigen. Im Inneren des Hauses fühlte sie sich rastlos. Sie saß draußen am Pool und sah zu, wie die Sonne hinter den Bergen verschwand. Die gewaltigen Gewitterwolken und Blitze waren verschwunden und hatten Wirbel und langgezogene Fetzen aus flauschigen Wolken zurückgelassen, damit sie in den Farben des Sonnenuntergangs erstrahlten – Silber und Gold wurden zu Chromgelb, feurigem Orange, Feuerrot und brennendem Lila. In einer Beziehung hatte Max vollkommen recht gehabt: Der Himmel von Arizona war einzigartig. Der Himmel von Arizona würde sie zur Millionärin machen.

ADIÓS, TUCSON!

Sterling war nie wieder der alte gewesen nach der Zeit, die er in Tucson verlebt hatte. Laute Geräusche wie explodierende Feuerwerkskörper oder Gewehrschüsse ließen ihn erschreckt auffahren, jederzeit bereit, erneut loszurennen, so wie an jenem Nachmittag, an dem die bewaffneten Männer auf die Ranch gekommen waren. Nach den Schüssen war Lechas alter, weißer Lincoln schlitternd den Hügel heruntergekommen. Seese hatte eine Wagentür aufgestoßen, damit Sterling seine Einkaufstüten und Koffer hineinwerfen konnte, und der Wagen hatte selbst dann nicht angehalten, als Sterling auf den Rücksitz gesprungen war. Lecha hatte den großen Motor kräftig aufheulen lassen, sie hatten eine dicke Staubwolke hinter sich hergezogen, als der Lincoln die Auffahrt hinunterdonnerte. Sterling glaubte fest, daß sie das Sicherheitstor durchbrechen würden, doch dann sah er, daß das Tor bereits offenstand und weiter vorn etwas Dunkles mitten in der langen Auffahrt lag.

Lecha zögerte nicht einen Moment, und der große Lincoln fegte über den toten Hund hinweg. Sterling hatte nach Luft geschnappt und versucht, durch die Heckscheibe des Wagens zu erkennen, welchen Hund sie überfahren hatten. Dann hatte Lecha auf die anderen Hunde gedeutet. Sie lagen verstreut in der Nähe des äußeren Sicherheitstores. Die geschwollenen Zungen hingen ihnen aus den Mäulern. Lecha hatte das Tempo gedrosselt, um die toten Hunde zu betrachten. Sie waren mit kleinen Silberpfeilen erschossen worden. Es hatte Sterling beeindruckt, daß Lecha, mit Gewehrfeuer im Rücken und den toten Wachhunden vor ihr, so ruhig bleiben konnte. Seese hatte sich zusammengerollt auf dem Vordersitz verborgen, Sterling konnte sie weinen hören. Lecha hatte nicht zurückgeblickt. Mit achtzig Meilen in der Stunde fuhr sie den ganzen Weg bis zur Grenze nach New Mexico.

Sterling hatte so viele Fragen. Wie waren die Revolverschützen an den Alarmanlagen und Videokameras vorbeigekommen? Vielleicht hatte Paulie vergessen, die Anlage zu aktivieren, als er in die Stadt gefahren war? Paulie war immer vergrämter geworden. In der vergangenen Woche, nachdem Ferros Freund ermordet worden war, hatte er, bis auf einen, alle Welpen der roten Dobermannhündin ersäuft.

Lecha redete, während sie fuhr, und schien sich nicht darum zu kümmern, ob ihr jemand zuhörte. Seese war auf dem Beifahrersitz zusammengesackt und eingeschlafen. Sterling war zu diesem Zeitpunkt zu erschöpft gewesen, um allem folgen zu können, was Lecha während der Fahrt erzählt hatte, doch später war ihm vieles wieder eingefallen. Lecha hatte gesagt, daß es aus vielerlei Gründen ein guter Zeitpunkt sei, um aus Tucson zu verschwinden. Sie hatte vom Krieg geträumt. Sie hatte geträumt, daß Hunderte großer grüner Helikopter, US-Kampfhubschrauber, in niedriger Höhe von Süden über den Wald aus Saguaro-Kakteen außerhalb von Tucson geflogen waren. Die Ladetüren der Kampfhubschrauber hatten weit offengestanden; und in ihrem Inneren hatte Lecha Dutzende verwundeter Soldaten in Uniformen der US-Armee erblickt. Sie habe gewußt, daß die Helikopter verwundete amerikanische Soldaten aus Mexiko evakuierten, erzählte sie. Schon bald würden die Vereinigten Staaten Soldaten und Panzer über die Grenze schicken, um den weißen Männern in der mexikanischen Regierung dabei zu helfen, die vielen Indianer unter Kontrolle zu halten. Die Vereinigten Staaten hatten immer befürchtet, Mexiko könne seine Indianer nicht unter Kontrolle halten. Sterling wußte nicht, was er von einem solchen Traum halten sollte. Er fand, daß es sich mehr wie ein Alptraum anhörte. Wenn das Schießen begann, würden die Frauen und Kinder, die Alten und die Kranken zuerst sterben. Trotz all der Probleme, die Sterling mit dem Stammesrat gehabt hatte, respektierte er den Rat und die Menschen noch immer. Denn schließlich hatten sie sich alle versammelt, um über seine Vergehen zu sprechen, und sie hatten ihn zumindest zu Wort kommen lassen, bevor sie dafür stimmten, ihn zu verbannen.

In Willcox hatte Lecha angehalten, um zu tanken. Sterling war froh, auf die Toilette zu kommen. Seine Blase wurde langsam alt, und er hatte vorsichtshalber nichts von dem Kaffee getrunken, den Lecha in einer Thermoskanne mitgenommen hatte. Seese schien völlig erschöpft zu sein; sie hatte sich kaum gerührt, nicht einmal, als die Wagentür zuschlug. Als sie Willcox verlassen hatten und auf die Staatsgrenze von New Mexico zufuhren, hatte Lecha über die Revolverschützen gesprochen. Zwei der Männer hatte Ferro sofort erledigt. Und Zeta hatte den dritten mit einem Schuß in den Hinterkopf getroffen, als er versuchte, über die Veranda zu flüchten. Die Revolverschützen waren jetzt Futter für die Kojoten. Lecha wollte Seese mitnehmen und Arizona vorsichtshalber für eine Weile verlassen. Sie würden zurückkehren, wenn sich der Wind ein wenig gelegt hatte – Lecha lachte über ihren Witz. Würde das bei Sterling und seinen Leuten auch der Fall sein? Lecha hatte ihn eingeladen, mitzukommen. Sie und Seese waren auf dem Weg nach South Dakota, zu dem geheimen Hauptquartier, in dem Wilson Weasel Tail und die anderen ihre Vorbereitungen trafen. Lecha wollte, daß Sterling sich ihnen anschloß, weil sie ihn brauchen konnten. Weasel Tail plante, seine Plains-Armeen mit den Kräften der Mohawk zu vereinen.

Sterling bedankte sich bei Lecha für ihr freundliches Angebot. Er glaube, seine Großneffen würden ihn vielleicht in der Steinhütte beim Schafslager der Familie leben lassen, teilte er ihr mit. Wenn der Navajoschafhirte das nächste Mal wegging, um zur Navajo Tribal Fair zu gehen, hoffte Sterling, den Job vielleicht bekommen zu können. Er mußte nicht in das Haus von Tante Marie in Laguna zurückkehren. Doch es war nicht der Bann des Stammesrates, der ihn davon abhielt. Sterling wußte, wenn sich jemand ein oder zwei Jahre ferngehalten hatte, so wie er, würde normalerweise niemand mehr die Verbannung erwähnen, ausgenommen natürlich, es gab erneuten Ärger. Es hätte ihn einfach zu traurig gemacht, zurückzukehren und Tante Maries leeren Lehnstuhl am Fenster stehen zu sehen, und Sterling war sich nicht sicher, ob er noch mehr Traurigkeit ertragen konnte.

Er wußte, daß er nie mehr so würde leben können wie früher. Tante Marie und die anderen alten Leute hatten Sterling, wenn er aus der Indianerschule zu Besuch nach Hause kam, immer dafür gescholten, daß er sich nicht dafür interessierte, was sie zu sagen hatten und was in den Kivas vor sich ging. Sterling hatte sich nur für seine Zeitschriften interessiert und Radio gehört, so wie er es auch in der Indianerschule tat. Sterling war gegenüber den Anschauungen der alten Leute nie respektlos gewesen, er hatte sich einfach nichts aus Religion gemacht. Während der

Verhandlungen des Stammesrates war ihm diese Gleichgültigkeit zum Verhängnis geworden. Früher, so schien es, hatte Sterling nicht genug gewußt und nicht schnell genug kapiert, und das hatte ihm beim Stammesrat großen Ärger wegen des Filmteams eingebracht. Aber jetzt, nach der Zeit in Tucson, der Gewalt und den vielen Toten und nach allem, was Lecha ihnen enthüllt hatte, beschlich Sterling das Gefühl, zu viel zu wissen, und sein Leben nie mehr genießen zu können.

Während der langen Fahrt war Sterling aufgewacht und hatte für einen Moment vergessen, wer er war und was sich ereignet hatte. Doch sobald er Seese zusammengekauert auf dem Beifahrersitz erblickte, hatte er sich wieder erinnert. Was auch immer in jener Nacht geschehen war, in der die Schießerei in der Bar stattgefunden hatte, es hatte Seese zerbrochen. Sterling wußte nur, daß zwei weitere Personen, die sich mit Seese im Raum befunden hatten, von der Polizei erschossen worden waren. Seit diesem Morgen hatte Sterling zu ihr nichts anderes gesagt als: »Kann ich Ihnen irgend etwas bringen?« oder »Ich hoffe, es geht Ihnen besser«, weil selbst die einfachsten Worte sie zu zerschmettern schienen und ihr die Tränen in die Augen stiegen, sobald sie zu sprechen versuchte.

Lecha hatte in Albuquerque angehalten, um zu tanken, bevor sie weiter nach Westen fuhren. Albuquerque sah noch immer so normal aus, als ob nichts im Gange wäre, denn es lag fünf Autostunden von der Grenze entfernt – eine Entfernung, die so sicher war, daß die Flüchtlinge aus Tucson und El Paso sich dort niedergelassen hatten. Albuquerque schien im Aufschwung zu sein. Sterling blickte durch das Wagenfenster auf die Menschen, die von den Einkaufszentren und K Marts zu ihren Wagen gingen. Die Gesichter, in die er sah, waren friedlich. Die Einkäufer schienen keine Ahnung von dem zu haben, was vor sich ging. Vielleicht waren ihnen auf der Straße ein paar Regierungsfahrzeuge mehr aufgefallen oder häufigere Überflüge von Armeehubschraubern, doch das war alles. Auf der West Side konnte Sterling feststellen, daß die Menschen dort ebenfalls ahnungslos waren, denn ihre Gesichter waren erregt, glücklich und sogar schelmisch. Sie hatten keine Ahnung, und Sterling wußte, daß selbst, wenn man es ihnen erzählte, sie es nicht glauben würden. Sterling hatte die alte Prophezeiung auch nicht geglaubt; aber er hatte mit eigenen Augen gesehen, was in Tucson vor sich ging.

Lecha hatte behauptet, daß manche Menschen Gefahren erahnten und handelten, ohne zu wissen, worauf sie sich vorbereiteten. Sie wußten nicht, daß es noch mehr von ihnen gab, während sie ganz allein an ihren überspannten Plänen und verrückten Entwürfen arbeiteten. Aber was zählte, war nur, daß sie Vorbereitungen trafen. Wenn die Zeit kam, würden all diese verstreuten Verrückten und ihre Pläne sich ergänzen und sich in dem kommenden Chaos gegenseitig unterstützen. Diesmal würden die Menschen schlauer sein. Sie hatten aus den Ereignissen von Watts und den Polizeibomben in Philadelphia gelernt. Sie würden in die schicken und teuren Wohngebiete ziehen, damit, wenn die Polizei die Protestmarschierer bombardierte, auch die Ferraris und Pelzmäntel in Flammen aufgingen.

Was würden diese Menschen in Albuquerque tun, wenn sie von den Zwillingsbrüdern und ihren Anhängern erfuhren? Wie würden die Menschen indianischer und mexikanischer Abstammung in New Mexico reagieren, wenn die US-Armee auf die Zwillingsbrüder und Tausende ihrer Anhänger, hauptsächlich Frauen und Kinder, das Feuer eröffnete? Wie viele dieser Chicanos und Indianer hatten jemals die alten Geschichten gehört? Kannten sie die uralten Prophezeiungen? Das alles schien ganz unmöglich zu sein, und doch mußte man sich nur Afrika anschauen, um zu sehen, daß die Afrikaner, nach mehr als fünfhundert Jahren der Sklaverei und des Blutvergießens, den europäischen Eindringlingen den Kontinent wieder abgenommen hatten.

Sterling schauderte, wenn er an den furchtbaren Preis dachte, den die tribalen Menschen in Südafrika hatten zahlen müssen, während die Nationen der Welt abseits gestanden und zugesehen hatten.

Lecha warnte davor, daß die Unruhen unter den Menschen durch Naturkatastrophen noch verstärkt werden würden. Erdbeben und Flutwellen würden ganze Städte auslöschen und mit ihnen große Teile des US-amerikanischen Reichtums. Die Japaner waren kurz davor, von wütenden Erdgeistern zermalmt zu werden, und die Welt würde entsetzt zusehen, wie Millionen von

Dollar und Tausende von Menschenleben plötzlich davongespült wurden. Dennoch würde es keinen Regen geben, hohe Temperaturen würden weitere Hungersnöte auslösen und die Flüchtlinge schneller und schneller nach Norden treiben. Der alte Almanach sprach von »zivilen Unruhen, Krisen und Bürgerkrieg«. Verbündete der Vereinigten Staaten würden es ablehnen, einzuschreiten oder militärische Hilfe zu gewähren. England und Frankreich würden auf die Entfernungen, die Kosten und den Umstand verweisen, daß keine »bewaffnete Macht« die amerikanischen Grenzen gefährde, sondern lediglich Tausende wehrloser und hungriger Flüchtlinge aus dem von Kriegen geschüttelten Süden. Nach Lechas Deutung des alten Buches erklärte sich nur Kanada zum Verbündeten der Vereinigten Staaten in diesem letzten großen Krieg gegen die Indianer. Die Deutschen würden dem Beispiel der Japaner folgen, die zusehen und abwarten wollten, bis sich der Rauch verzogen hatte. Und natürlich würden sich alle nordeuropäischen Länder durch den massenhaften Ansturm von Flüchtlingen aus dem Süden in der gleichen mißlichen Lage befinden. Lecha hatte sogar davon geträumt, daß die Straßen der Innenstadt von Amsterdam von Indianern sämtlicher amerikanischer Stämme bevölkert waren. Sie hatte nur Indianer gesehen, die die Straßen von Amsterdam belebten, keine Niederländer. Viele der Indianer hatten blaß ausgesehen, als seien sie dort geboren.

Als Sterling für einen kurzen Augenblick die fernen blauen Gipfel von Mount Taylor erblickte, schnürte es ihm die Kehle zu, und Tränen liefen ihm über das Gesicht. »Von Regenwolken verschleierte Frau« hatten die Alten die Berge genannt. Sterling war daheim. Er bat Lecha, ihn in der Nähe von Mesita Village abzusetzen, dort, wo die Interstate 40 eine Schneise durch den roten Sandstein schlug. Seese hatte zu heftig geweint, um sich zu verabschieden, und klammerte sich fest an ihn. »Es ist schon in Ordnung«, hörte er sich immer wieder sagen, »Sie müssen sich keine Sorgen machen«, doch der Lärm der vorbeibrausenden Fahrzeuge hatte seine Worte verschluckt. Der Standstreifen der Interstate 40 war kein Ort für lange Abschiede. Lecha hatte einen Umschlag aus ihrer Tasche gezogen. »Vielleicht brauchen Sie ein bißchen Geld«, sagte sie und gab ihm die Hand. Seese hatte

Sterling ein letztes Mal umarmt, während ihr die Tränen über das Gesicht liefen, dann hatte Sterling die Wagentür zugeschlagen, und der alte weiße Lincoln war davongebraust.

DAHEIM

Sterling wanderte über die flachen Sandhügel durch das kleine Tal bis zu den Sandsteinklippen, bei denen seine Familie das Lager für die Schafe errichtet hatte. Die Windmühle drehte sich behäbig im nachmittäglichen Wind; Sterling wusch sich Gesicht und Hände und trank einen Schluck Wasser. Der Geschmack des Wassers sagte ihm, daß er daheim war. »Daheim.« Der bloße Gedanke an dieses Wort trieb ihm die Tränen in die Augen. Was war »daheim?« Die kleine Steinhütte schien verlassen, obwohl er eine leere Würstchendose auf dem Herd entdeckt hatte. Auf dem Regal standen zwei Kaffeedosen, in denen er trockene Pinto-Bohnen und etwas Zucker fand.

Sterling kam nicht auf den Gedanken, daß das, was er erlebte, eine Depression sein könnte; es fühlte sich eher wie ein Schock an. Drei Tage lang lag er regungslos da und vermochte kaum, etwas Wasser zu schlucken. Am vierten Tag erwachte er und fühlte sich nicht mehr erschöpft, dennoch kam er sich verändert vor. Er brachte es nicht mehr über sich, seine Zeitschriften anzusehen. Er sah nicht einmal mehr in die Richtung seiner Einkaufstüten. Die Zeitschriften bezogen sich auf eine Welt, die Sterling für immer verlassen hatte, eine Welt, die vergangen war, jene sichere alte Welt, die niemals wirklich existiert hatte, außer auf den Seiten von *Reader's Digest*, in Artikeln über die Reduzierung des Cholesterinspiegels, abgedroschenen Witzen und patriotischen Anekdoten.

Sterling kochte die Bohnen in einer der Kaffeedosen und ging im Sonnenblumenfeld unterhalb der Windmühle spazieren. Er hatte noch nie zuvor soviel Zeit allein mit der Erde verbracht. Er saß unterhalb der roten Sandsteinklippen und beobachtete die hohen, dünnen Wolken. Weit weg in der Ferne konnte er Flugzeuge, die Interstate und Züge hören. Aber Sterling fand, daß es recht einfach war, diese Welt in der Ferne zu vergessen, sie war nicht länger wirklich. Er konzentrierte seine Gedanken bewußt auf die Dinge, die er sehen oder berühren konnte, und vermied es, an den vergangenen Tag oder auch nur an die letzte Stunde zu denken. Er dachte nicht an morgen. Er beobachtete die winzigen schwarzen Ameisen, die geschäftig Futter für den Ameisenhaufen zusammentrugen. Tante Marie und die Alten hatten geglaubt, daß Ameisen den Geistern Botschaften überbrachten, genauso wie die Schlangen. Die Alten pflegten den Ameisen Futter, Pollen und kleine Samen als Geschenke zu überlassen. Auf diese Weise trugen die Ameisen die menschlichen Gebete direkt unter die Erde. Sterling hatte ein paar gekochte Bohnen auf den Ameisenhügel gelegt, aber ihm fiel kein Gebet ein, das er hätte sprechen können, auch keine Botschaft an die Geister der Erde. Doch die Ameisen kümmerten sich nicht um Gebete oder Botschaften; sie krabbelten aufgeregt über die Bohnen. Sterling sah ihnen lange bei ihrer Arbeit zu. Manchmal wurden die Arbeiterinnen von den Bohnen, die sie schleppten, fast zerquetscht. Die Ameisen arbeiteten ununterbrochen weiter; bei Sonnenuntergang hatten sie alle Bohnen hinuntergeschafft. Sterling wußte nicht warum, aber ihr Erfolg hatte seine Stimmung gebessert. Er wünschte, er hätte Tante Marie und ihren Schwestern aufmerksamer zugehört, dann hätte er die Verbindung zwischen Menschen und Ameisen vielleicht besser verstanden.

Am nächsten Tag stand Sterling noch vor Sonnenaufgang auf und badete in dem kleinen Bach, den die Leute aus Laguna »den Fluß« nannten. Als der kalte Lehm des Flußbettes zwischen seine Zehen drang und das eisige Wasser seine Knöchel umspülte, verschlug es ihm den Atem. Er wusch sich die Haare mit Seifenkraut, das ein Schafhirte zurückgelassen hatte, der zu arm oder zu geizig gewesen war, um sich Shampoo zu kaufen. Am Tag darauf war Sterling einige Stunden am Fluß entlangspaziert und hatte den Duft der Weiden genossen. Als er stehenblieb, um sich auszuruhen, sah er, daß er die ganze Zeit nach Norden gelaufen war und fast die Straße zur Mine erreicht hatte. Die Uranmine war schon seit Jahren geschlossen. Sterling lief neben dem Seitenstreifen im Unkraut, obwohl es meilenweit keine Anzeichen von Straßenverkehr oder anderen menschlichen Wesen gab.

Sterling wußte, was sich bei der Mine befand, aber er hatte keine Angst. Ohne zu wissen, was er tat, war er genau auf die Straße zur Mine zugelaufen, dorthin, wo sich der Schrein der Großen Schlange befand. Er wußte, daß der Besuch bei der Großen Schlange das war, was er sich zuallererst vornehmen mußte, noch bevor er losging, um Lebensmittel zu kaufen.

Sterling fühlte sich gestärkt, während er voranschritt. Die wilden violetten Astern blühten, und er roch Indian Tea und duftende Blumen; in der Ferne hörte er den Ruf der Lerchen. Solange Sterling nicht zur Mine sah, konnte er über das grasbewachsene Tal auf die Sandstein-Mesas blicken und sich vorstellen, wie das Land vor tausend Jahren ausgesehen hatte, als die Regenwolken noch zahlreich gewesen waren und das Gras und die Blumen den Büffeln, die gelegentlich von den südlichen Plains heruntergewandert waren, bis zum Bauch gereicht hatten. Auf ihrer Fahrt von Tucson hatte Lecha von der Lakota-Prophezeiung erzählt. Die Büffel kehrten tatsächlich in die Great Plains zurück, genau wie die Medizinleute der Lakota und anderer Plainsstämme es vorausgesagt hatten, meinte sie. Die Büffelherden waren mit der Zeit immer mehr angewachsen und hatten ihren Lebensraum über die Nationalparks und Wildreservate hinaus erweitert. Während der wirtschaftliche Niedergang der Great Plains die Farmer und Rancher ruinierte und mit ihnen die kleinen Städte, die sie einst versorgten, hatten die Büffel Stück für Stück begonnen, weiter in die Ebenen hinauszuziehen. Sterling mußte lächeln bei dem Gedanken an die Büffelherden, die am Fuße der Mesas zwischen wilden Astern und Sonnenblumenfeldern grasten. Es war ihm egal, ob er die Rückkehr der Bisons noch erleben würde oder nicht. Vermutlich würden die Herden noch weitere fünfhundert Jahre brauchen, um ihr Comeback zu vollenden. Wichtig war nur eines: War erst einmal sämtliches Grundwasser aus dem Ogalala Aquifer herausgeholt, würden die Weißen und ihre Städte wie Tulsa, Denver, Wichita und Des Moines langsam verschwinden und die Great Plains wieder von den großen Bisonherden und den Menschen bevölkert werden, die wußten, wie man mit der jährlichen Regenmenge überlebte.

Sterling hatte noch zwei Meilen zu gehen, dennoch waren die Berge aus gräulich-weißen Abraumhalden bereits zu sehen.

Bis zu diesem Zeitpunkt hatte er nicht verstanden, warum die alten Leute geweint hatten, als die US-Regierung die Mine in Betrieb nahm. Der Anblick des zertrümmerten und entstellten Sandsteins, der hier verblieben war, erinnerte ihn an den Stumpf einer Amputation. Die Mine hatte ganze Mesas vernichtet. »Laßt unsere Mutter Erde in Frieden«, hatten die Alten zu warnen versucht, »sonst werden wir alle schreckliche Dinge erleben.« Vor dem Ende des Krieges hatten die Alten die erste Atombombenexplosion gesehen – einen Blitz, der heller leuchtete als die Sonne –, wenige Wochen später folgte die Bombe, die eine halbe Million Japaner verbrannte. »Wie man in den Wald hineinruft, so schallt es heraus.« Und nun näherte er sich dem Schrein der Großen Schlange.

Sterling versuchte, sich an weitere Geschichten zu erinnern, welche die alten Leute früher erzählt hatten. Er wünschte, er hätte ihnen besser zugehört, weil er sich schwach daran erinnern konnte, daß zwischen der Großen Schlange und Mexiko ein Zusammenhang bestand. Tucson lag zu dicht an Mexiko. Tucson *war* Mexiko, nur daß dies bis jetzt noch keiner in den Vereinigten Staaten gemerkt hatte. Ferro hatte die Explosion der Autobombe vor dem Tucsoner Polizeipräsidium seine »Verkündigung« genannt, daß Tucson von nun an kein US-amerikanisches Territorium mehr sei. Ferro hatte Sterling von Anfang an Angst und Schrecken eingejagt, denn Tante Marie und die alten Leute hatten immer davon gesprochen, wie grimmig die mexikanischen Stämme seien – wie leicht und schnell sie töteten.

Vor langer Zeit, lange vor den Europäern, lebten die Vorfahren weit unten im Süden, in einem Land, in dem mehr Regen fiel und das Getreide leicht heranwuchs. Doch dann war etwas Schreckliches geschehen, und die Menschen hatten Überfluß und Fülle hinter sich lassen und weit nach Norden in ödes Wüstengebiet fliehen müssen. Jahrhunderte vor dem Auftauchen der Europäer hatten Hexer, die Gunadeeyah oder Zerstörer genannt wurden, im Süden die Macht ergriffen. Die Menschen, die sich weigerten, sich den Gunadeeyah anzuschließen, waren geflohen. Kernpunkt des Streites war das Verlangen der Hexer nach Blut gewesen und die sexuelle Erregung, die ihnen das Töten verschaffte. Tante Marie und die anderen hatten sich gescheut, in

Gegenwart kleiner Kinder über Hexerei zu sprechen, und Sterling hatte auf das, was seine Spielkameraden ihm über die Gunadeeyah erzählt hatten, nicht sonderlich geachtet. Dennoch wußte er, daß die Zerstörer aus Gräbern Menschenfleisch und Knochen raubten, um daraus ihre fatalen »Pulver« zu mischen. Tante Marie hatte Sterling und den anderen Kindern eingeschärft, in Gegenwart von Mexikanern und mexikanischen Indianern stets auf der Hut zu sein, denn als die ersten Europäer nach Mexico City gekommen waren, hatten sie dort Hexer an der Macht vorgefunden. Montezuma war der größte Hexer von allen gewesen, und alle seine Ratgeber waren ebenfalls Hexer, die Nachkommen jener Hexer, welche die Vorfahren vor Tausenden von Jahren dazu gezwungen hatten, in das Puebloland nach Arizona und New Mexico zu fliegen. Auf irgendeine Weise waren die Gaben und das Essen für die Geister blutig geworden, und doch hatten viele Menschen mit den Opfern fortfahren wollen. Das vergebliche Sträuben des Opfers hatte sie erregt; und sie hatten die ersten dicken Strahlen des heißen Blutes aufgeleckt. So wurde der Gunadeeyah-Clan geboren.

Sterling sehnte sich nach einem Schluck Wasser. Kein Wunder, daß die Blutopfer und das Blutvergießen aufgehört hatten, als die Menschen dieses hohe Wüstenplateau erreichten. Jeder Tropfen Flüssigkeit, jeder Blutstropfen und jede Träne wurde in diesem ausgetrockneten Land zur Kostbarkeit. Als die Menschen, die nach Norden geflohen waren, um dem Blutvergießen zu entkommen, sich hier niedergelassen hatten, stellten sie Regeln für sich auf. Bei den seltenen Anlässen, an denen die heiligen Boten in die Geisterwelt entsandt werden mußten, wurden die Adler und Macaws ganz sanft von den Priestern erstickt; nicht ein Tropfen Blut wurde dabei vergossen. Beutetiere wurden um Erlaubnis gebeten und mit Gebeten bedacht, bevor die Jäger sie nach Hause brachten. Die Menschen wurden davor gewarnt, die Gebeine der Toten zu stören. Diejenigen, die die Toten berührten, konnten leicht von den Gunadeeyah verführt werden, die nach immer mehr Tod und Toten verlangten, die sie öffnen und verspeisen konnten.

Jetzt fiel Sterling beim Gehen die alte Geschichte wieder ein. Das Auftauchen der Europäer war kein Zufall gewesen. Die

Gunadeeyah hatten nach ihren weißen Brüdern gerufen, damit sie sich ihnen anschlossen. Und tatsächlich waren die Spanier, frisch von der Inquisition kommend, mit einem herzhaften Appetit auf Blut und menschliche Eingeweide in Mexiko eingetroffen. Kein Wunder, daß Cortéz und Montezuma sich so gut verstanden, als sie aufeinandertrafen. Beide hatten dem gleichen Geheimclan angehört.

Sterling arbeitete sich einen sandigen Hügel hinauf und rutschte dann das nachgiebige Lehmufer eines kleinen Arroyos hinunter. Als er sich durch den Stacheldrahtzaun zwängte, der das Minengebiet umgab, zerriß er sich den Aufschlag seines Hosenbeins. Vor sich konnte er nichts anderes erkennen als dreißig Fuß hohe Halden, Abfälle des Uranabbaus, die der Wind davontrug und der Regen in Quellen und Flüsse spülte. Hier befand sich das neue Werk der Zerstörer; hier waren Gift und Vernichtung. Hier war es, wo das Leben endete. Das Bemerkenswerteste an der Rückkehr der Großen Schlange war die Tatsache, daß sie sich ganz in der Nähe der Abfallhalden befand. Zwei Minenarbeiter aus Laguna hatten sie bei einer Routineüberprüfung entdeckt, als sie die Halden auf Erosionsschäden untersuchten. Sterling hatte Tante Marie und die anderen aufgeregt von einer Großen Steinernen Schlange erzählen hören. Zuerst hatte er geglaubt, man habe eine fossile Schlange gefunden, aber dann war ihm klar geworden, daß die Steinerne Schlange nur eine merkwürdige Ausformung aus Sandstein war. Sterling erinnerte sich an seine Skepsis gegenüber der Großen Schlange. Er hatte den Minenarbeitern nicht geglaubt, die schworen, daß sich am Fuß der Halden noch nie etwas befunden hatte – nichts außer Sand und ein bißchen Unkraut. Sterling hatte vermutet, daß sich die merkwürdige Sandsteinformation wahrscheinlich schon jahrhundertelang dort befunden hatte, ohne daß sie von jemandem bemerkt worden war; oder wenn sie bemerkt worden war, dann hatten die Menschen sie vielleicht vergessen, nachdem die Mine in Betrieb genommen wurde. Aber Tante Marie und die anderen hatten auf die ganz in der Nähe gelegenen Schafslager und die Straße verwiesen, die etwa hundert Meter neben der Großen Steinernen Schlange vorbeiführte. Kaninchenjäger, die sich in der Gegend auskannten, waren herbeigekommen und hatten den

Minenarbeitern, Schafhirten und den anderen recht gegeben. Nie im Leben hatten sie eine dreißig Fuß lange Sandsteinschlange übersehen! Die Große Schlange war über Nacht an dieser Stelle erschienen. Die alten Leute sagten, Maahastryu sei zurückgekehrt. Danach hatte Sterling die Steinerne Schlange völlig vergessen. Er hatte gehört, wie Tante Marie von Zeit zu Zeit mit ihren Nichten über sie gesprochen hatte; aber damals hatten Gespräche über Religion und Geister Sterling nichts bedeutet, er trank lieber Bier mit seinen Freunden von der Eisenbahn. Damals pflegte er zu sagen, er glaube nur an Bier und dicke Frauen auf Wasserbetten. Für Sterling war die Schlange aus Stein eine Art Witz gewesen, und er hatte sie völlig vergessen, bis das Filmteam aus Hollywood versucht hatte, sie zu filmen, und mit einem Mal die Hölle los gewesen war.

Sterling war sich nicht sicher, wie weit er noch zu laufen hatte. Er war nur wenige Male am Schlangenschrein gewesen, und das letztemal hatte er auf dem Rücksitz eines Polizeiautos der Stammespolizei gesessen, während sie in einem Höllentempo versucht hatten, die Filmcrew davon abzuhalten, die Steinerne Schlange zu filmen. Plötzlich sah er sie. Der Kopf der Steinschlange war in einer dramatischen Geste erhoben, ihr Maul weit geöffnet. Sterling fühlte, wie sein Herz zu pochen begann und seine Handflächen feucht wurden. Der Boden in der Nähe des Kopfes war mit Türkisstückchen, Korallen und Perlmutt bedeckt. Auf Stirn und Nase der Schlange lagen Streifen aus Maismehl und Pollen, mit denen diejenigen, die gekommen waren, um zu beten, die Geisterwesen gefüttert hatten.

Sterling hatte keine Ahnung, was er tun sollte. Er hatte keine Ahnung, warum er den ganzen Weg bis zur Steinernen Schlange hergelaufen war. Er setzte sich in der Nähe der Schlange nieder, um sich auszuruhen. Er mußte nachdenken. Was war mit ihm geschehen? Was war mit seinem Leben geschehen? Bildung, Sprache, ein Job bei der Eisenbahn und eine Pension, Sterling hatte sich immer große Mühe gegeben, voranzukommen. Er hatte den alten Traditionen nie viel Beachtung geschenkt, weil er immer angenommen hatte, daß die alten Anschauungen aussterben. Aber Tucson hatte ihn verändern. In Afrika sprachen die Großen Schlangen wieder zu den Menschen, und die Büffel zogen wieder frei durch die Prärie. Sterling fühlte sich verfolgt – nie würde er das Kind vergessen, das Seese verloren hatte. Lechas »Armeen« der Lakota und Mohawk marschierten Tag und Nacht durch seinen Kopf. Immer wieder sah er sie in seinen Träumen: Geisterarmeen aus Lakotakriegern, Geisterarmeen beider amerikanischer Kontinente, gefolgt von Armeen lebender Krieger. Armeen der indigenen Menschen, die gekommen waren, sich das Land zurückzuholen. Sterling versuchte, das Blut und die Schüsse zu vergessen. Er versuchte, alles zu vergessen, was Lecha ihm gesagt hatte, denn sie und die anderen auf der Versammlung in Tucson waren verrückt. »Der Rambo der Obdachlosen«, »die Armenarmee«, der Barfüßige Hopi und Wilson Weasel Tail – so war die Welt nicht. Tucson war nur ein schlechter Traum gewesen.

Gleich nach dem Wiedererscheinen der Großen Steinernen Schlange hatten Tante Marie und die alten Leute sich über die Bedeutung ihrer Rückkehr gestritten. Gläubige Menschen aus sämtlichen Pueblos und selbst die weit entfernt lebenden Stämme waren herbeigekommen, um die Große Steinerne Schlange zu sehen. Die Schlange befand sich so dicht an den Abraumhalden, daß es schien, als fliehe sie vor den Abfallbergen. Dies hatte zu dem Gerücht geführt, die Botschaft der Schlange besage, daß die Mine und alle, die sie erbaut hatten, gewonnen hätten. Die Gerüchte behaupteten, der Kopf der Schlange zeige auf die nächste Mesa, die die Mine zerstören würde, und auch Sterling hatte geglaubt, daß die Mine gewonnen hatte. Doch im folgenden Jahr waren die Uranpreise gefallen und die Mine war geschlossen worden, bevor sie die Basalt-Mesa zerstören konnten, auf die die Schlange gedeutet hatte.

Sterling saß lange in der Nähe der Steinschlange. Der Windhauch, der durch die Wacholderbäume fuhr, kühlte ihm Gesicht und Nacken. Er schloß die Augen. Die Schlange kümmerte es nicht, ob die Menschen gläubig waren oder nicht. Das Werk der Geister und der Prophezeiungen ging dennoch voran. Geisterwesen konnten überall auftauchen, selbst in der Nähe eines Übertagebergwerks. Die Schlange kümmerten die Uranhalden nicht; die Menschen hatten mit der Mine nur sich selbst entweiht, nicht die Erde. Auch verbrannt und radioaktiv verseucht und ohne ein einziges überlebendes menschliches Wesen würde die Erde noch heilig sein. Der Mensch war viel zu nichtig, um sie entweihen zu können.

Sterling ließ sich lange nicht in Laguna blicken, und kam auch später nur, um Lebensmittel zu kaufen. Er hatte den Atem angehalten, aber der Stammesrat hatte ihn ignoriert. Seine Großneffen und -nichten ließen ihn im Lager der Schafe wohnen, doch sie vertrauten ihm die Schafe nicht gleich an. Es gab Klatsch und Spekulationen darüber, was Sterling in Tucson zugestoßen war. Er sah sich selbst nicht mehr ähnlich. Er hatte abgenommen und mit dem Trinken aufgehört, und der Postmeister berichtete, daß er alle seine Zeitschriftenabonnements aufgegeben hatte. Sterling kümmerte sich nicht um die Gerüchte und den Klatsch, weil er wußte, warum die Große Schlange jetzt zurückgekommen war. Er wußte, was ihre Botschaft war. Die Schlange blickte nach Süden, in die Richtung, aus der die Zwillingsbrüder und die Menschen kommen würden.

GLOSSAR

Adobe Trockenlehmziegel, die im Südwesten der USA und im nördlichen Mexiko häufig zum Bau von Häusern verwendet werden.

Alvarado, Pedro de spanischer Konquistador, der 1511 an der Eroberung Kubas und 1519–21 unter Cortéz an der Eroberung Mexikos teilnahm.

Arroyos ausgetrocknete Bachläufe, die die Plateauflächen (Mesas) des amerikanischen Südwestens durchziehen.

Aruak-Indianer auch Arawak-Indianer; ein fast vollständig ausgerottetes Indianervolk der Karibik und der Anrainerländer der Karibischen See. Auf Haiti sind die Aruak heute völlig ausgestorben.

Athapasken als Sprachgruppe zusammengefaßte Indianerstämme der nordamerikanischen Subarktis, die heute von Alaska (Nord-Athapasken) bis in die Plains und Prärien (Süd-Athapasken) verbreitet sind.

Audubon Society amerikanische Naturschutzgesellschaft, benannt nach dem Vogelzeichner John James Audubon.

Bahana Ausdruck der Hopi für »Weißer«.

Billy The Kid (1859–1881) Legendärer Gesetzloser des amerikanischen Südwestens, geboren als William H. Bonney in New York. Ihm wird nachgesagt, schon als 12jähriger seinen ersten Mord begangen zu haben. Insgesamt werden ihm ca. 21 Morde und unzählige Viehdiebstähle angelastet, die er zusammen mit seiner Bande begangen haben soll. Billy The Kid ist der beliebteste Gesetzlose des »Wilden Westens«.

Bolotie »Krawatte« aus Lederriemen, die mit Silberspangen, Schmucksteinen o.ä. zusammengehalten werden.

Buckskins eigentlich »Wildleder«; in Amerika Ausdruck für die (ursprünglich von Indianern gefertigten) Wildlederhosen.

Burro span.: Esel.

Compadres span.: Freunde, Genossen.

Coronado, Francisco Vasquez spanischer Konquistador, unter dessen Führung 1540 die ersten spanischen Soldaten in Begleitung von Missionaren in den amerikanischen Südwesten eindrangen.

Opfer dieser Begegnung waren die im Rio-Grande-Tal lebenden Pueblo-Indianer.

Cortez (Cortés), Hernán spanischer Konquistador. Eroberte 1519-21 Mexiko und tötete den Aztekenherrscher Moctezuma II.

Dillinger, John (1903-1934) Berühmter amerikanischer Gangster, der im Kontrast zu den Bandenverbrechen eines Al Capone den Typus des Einzelgängers repräsentierte. Er überfiel im Mittelwesten Banken und rettete sich mit seinem Automobil über die nächste Staatsgrenze. Bei der verarmten Landbevölkerung genoß Dillinger große Sympathien. Er starb 1934 vor einem Kino in Chicago, wo ihm das FBI auflauerte. Die Vermieterin seiner Freundin, *The Woman in Red*, hatte ihn verraten.

Droit du seigneur Recht der früheren Lehns- oder Grundherren über Personen oder Dinge, insbesondere das Recht, sexuell über Leibeigene zu verfügen.

El Feo Um die Zwillingsbrüder El Feo und Tacho vor bösen Hexen und Zauberern zu schützen, wurden sie nach ihrer Geburt getrennt. El Feo, der ein besonders schönes Kind war, erhielt als zusätzlichen Schutz den Namen El Feo – »Der Häßliche«.

ex parte lat.: teilweise.

Geronimo letzter Häuptling der Apachen. Geronimo war Angehöriger der Chiricahua-Apachen und entzog sich der Zwangsumsiedlung seines Volkes in die White-Mountain-Reservation durch Flucht nach Mexiko. Provokationen der US-Armee führten in den achtziger Jahren des letzten Jahrhunderts zum Krieg zwischen den auf der Flucht befindlichen Apachen und der US-Armee; es kam wiederholt zu Massakern an wehrlosen Apachenfrauen und -kindern. Tausende von US-Kavalleristen (unterstützt von mexikanischen Regierungssoldaten) verfolgten Geronimo und seine Krieger im Grenzgebiet zwischen den USA und Mexiko. Nachdem Geronimo sich endgültig ergeben hatte, wurden er und seine Krieger nach Fort Marion in Florida gebracht, während die Kinder nach Pennsylvania verschleppt wurden, wo viele von ihnen starben. Die Chiricahua-Indianer waren damit zum Aussterben verdammt. Geronimo starb 1909 als Gefangener in Fort Sill.

Die im Roman geschilderten Ereignisse entsprechen damit weitgehend den bekannten historischen Fakten.

Greasewood verschiedene Arten dicht wachsender, dorniger Sträucher und Büsche, die vor allem auf dem alkalihaltigen Boden des amerikanischen Südwestens gedeihen.
Green Card Arbeitserlaubnis in den USA.
Guadalupe Hidalgo der dort geschlossene Frieden beendete am 2. Februar 1848 den Krieg der USA gegen Mexiko, der 1846 begonnen hatte.
Guzmán, Gonzalo Nuño de spanischer Konquistador und Kolonialverwalter in Mexiko, der als »Erfinder« der grausamen Pfählungspraktiken an Indianern gilt. Wegen seiner Korruptheit und Grausamkeit wurde er 1518 exkommuniziert.
de Guzmáns Stachel Anspielung auf die Gewohnheit der spanischen Eroberer, indianische Gefangene zu pfählen, indem man sie auf spitze Pfähle setzte und ihnen schwere Gegenstände in den Schoß legte, bis ihnen die Spitze in die Eingeweide drang.
indigen eingeboren, einheimisch. Die Autorin verwendet den Begriff »indigen«, weil er alle Ureinwohner der Erde einbezieht, nicht nur die Indianer Amerikas.
Isla de Hispaniola (Haiti). Antillen-Insel zwischen Kuba und Puerto Rico, die 1492 von Kolumbus entdeckt wurde. Heute ist die Insel politisch geteilt in die Dominikanische Republik und Haiti.
Kachinas regenbringende Ahnengeister der Pueblo-Indianer.
Katun Zeiteinheit der Maya, die einem Zeitraum von zwanzig Jahren entspricht.
Kazike bei den Pueblo-Indianern der oberste Kult-Priester, der sakrale Oberhäuptling eines Dorfes.
Kiva z. T. unterirdisch gelegene religiöse Versammlungsstätte der Pueblos, zu der Fremde keinen Zutritt haben.
Korral span.: *corral*, Hof oder auch Pferch für Tiere.
La Escapía span.: Fleischerhaken; Spitzname Angelitas, deren Hauptaufgabe darin besteht, Menschen für die Sache der Indianer zu gewinnen.
loco span.: Irrer, Wahnsinniger, Narr.
Macaw bedeutet im ornithologischen Sinne Ara, steht hier jedoch auch für die spirituelle Bedeutung der beiden (Geister-)Vögel.
Maronneger (Maroons), Bezeichnung für die vor allem ins Hinterland von Frz.-Guayana und Surinam geflohenen schwarzen

Sklaven, die sich mit den dort lebenden Indianern verbündeten. Die Vermischung von Indianer und Schwarzen führte zur Herausbildung der sogenannten Schwarzen Kariben (im Buch: Schwarze Indianer).

Mayflower Name des Segelschiffes, mit dem die aus England aufgebrochenen Pilgerväter 1620 die Küste Nordamerikas erreichten.

Mesa Bezeichnung für die Tafelberge im amerikanischen Südwesten.

Mestizen Mischlinge zwischen Indianern und Weißen.

Mix, Tom (1880–1940) berühmter amerikanischer Westernheld. Er begann seine Laufbahn als Kunstreiter in Wild-West-Shows und wurde zusammen mit seinem Pferd Tony in den 20er Jahren zu einem berühmten Stummfilm-Westerndarsteller. Er spielte in über 100 Filmen mit und starb am 12. Oktober 1940 bei einem Autounfall in Arizona.

Mixteken Indianerstamm in den zentralmexikanischen Staaten Oaxaca und Puebla. Als Kunsthandwerker hatten die Mixteken großen Anteil an der Entstehung des Mixteca-Puebla-Stils (1350–1520). Sie leben noch heute im Nordwesten Oaxacas, der Mixteca Alta und der Mixteca Baja.

Montezuma (Moctezuma) aztekischer Herrschername.
Moctezuma I. starb 1469 in der Aztekenhauptstadt Tenochtitlán. Er sicherte das Hochland von Mexiko und drang bis an die Golfküste von Veracruz vor.
Moctezuma II. versuchte vergeblich, den Vormarsch der spanischen Eroberer aufzuhalten. Er wurde 1519 von Hernán Cortez gefangengenommen und starb in Gefangenschaft.

Mota im amerikanischen Südwesten ein umgangssprachlicher Ausdruck für Marihuana.

Mumu weites, wallendes Kleid.

olmekische Mumie Dieser Ausdruck bezieht sich auf eine frühe indianische Kultur an der südlichen Golfküste Mexikos (olmekische Kultur, ca. 1200–1400 v. Chr.), die für ihre monumentalen Menschenköpfe, Tempelpyramiden und die Entwicklung von Kalender und Schrift berühmt ist.

Orgonboxen Erfindung aus den 50er Jahren. Der kalifornische Konstrukteur behauptete, im Inneren der Kiste würde man von Krankheiten, Streß und Anspannung geheilt.

Papago Wie die Pueblo-Indianer sind auch die Papago Bodenbauer des amerikanischen Südwestens. Sie sind über Zentral- und Südzentralarizona bis nach Sonora in Mexiko verbreitet.

Peon span.: *peón*, Ausdruck für südamerikanische eingeborene Tagelöhner.

Peyote auch Peyotl; getrocknete und in Scheiben geschnittene mexikanische Kakteenart, die u.a. Meskalin enthält und Trancezustände hervorruft. Der Genuß ist seit Ende des letzten Jahrhunderts unter den Indianern Nordamerikas weit verbreitet (Peyotekult).

Pizarro, Francisco spanischer Eroberer von Peru, der 1533 die Inkahauptstadt Cuzco einnahm.

Pontiac Häuptling der Ottawa-Indianer und einer der Hauptinitiatoren des Indianerkrieges (1763–66) gegen die Landnahme durch die Weißen im Westen Nordamerikas.

Pueblo-Indianer kurz: Pueblos. Hochentwickelte indianische Kultur im amerikanischen Südwesten, v.a. im nordwestlichen Teil des heutigen New Mexico. Zu den Pueblos zählen u.a. die Hopi, Zuni und Rio-Grande-Pueblos (insgesamt etwa 32 000 Menschen).

Pues! Qué guapo! span.: »Na, wie schön!«

Quetzalcoatl die Große Gefiederte Schlange; eine der schillerndsten und vielschichtigsten Gestalten unter den aztekischen Göttern.

Ramada schattenspendende Laubhütte.

Res ipsa loquitur lat.: »Die Sache spricht für sich selbst.«

Res judicata lat.: »Es ist beschlossene Sache.«

Sala span.: Saal, Raum, Zimmer.

Sangre limpia, sangre pura span.: reines Blut, reinblütig.

Sendero Luminoso spanischer Name der prokommunistischen peruanischen Guerillabewegung »Leuchtender Pfad«.

sin semilla span. für »ohne Samen«. Gemeint ist eine bestimmte Art von Marihuana, das ausschließlich aus den gehackten und getrockneten Blättern und Stengeln der männlichen Hanfpflanze zubereitet wird und keine Blüten und Samen der weiblichen Pflanzen enthält.

Snuff movies in den 60er Jahren v.a. in Kalifornien entstandene Pornofilme, die mit dem tatsächlichen Tod eines Darstellers enden.

Squatter Bezeichnung für Menschen, die sich ohne Rechtsanspruch auf unbebautem Land oder in leerstehenden Häusern ansiedeln.
SWAT engl. Abkürzung für »Special Weapons and Tactics«; Spezialeinheiten von Polizei und Armee.
Tamales mexikanisches Gericht. Aus Maismehl bereitete Teigtaschen werden mit Chili und Fleisch oder grünem Mais gefüllt und anschließend in die Blätter von Maiskolben gewickelt und gebacken.
Teleprompter Textanzeigetafel bei Film- und Fernsehaufnahmen.
Tengo los dientes! span.: »Ich habe Zähne!«
To-stones altes Zahlungsmittel.
Tribalismus Stammesdenken, von engl. »tribe« = Stamm. Vom marxistischen Standpunkt aus gilt »Tribalismus« als falsches Bewußtsein, da er Ausbeutung und übergeordnete Klasseninteressen überdeckt.
Turpis causa lat.: »die schändliche Sache«.
Wash geol.: Auswaschung durch (Wasser-)Erosion.
Winfrey, Oprah populäre US-amerikanische Fernsehmoderatorin.
Yaqui-Indianer Indianer des amerikanischen Südwestens, die früher in großer Zahl am Rio Yaqui in Sonora, Mexiko, lebten. Zu Beginn des 20. Jahrhunderts ordnete der mexikanische Präsident Díaz ihre Zwangsdeportation an, was zu einer Massenflucht nach Arizona führte.
Ymox Datumsbezeichnung aus dem Kalendersystem der Maya.
Yupik eine der beiden Sprachfamilien der Eskimos. Die Yupik-Eskimos leben in Alaska südlich der Stadt Nome und im östlichen Sibirien.

Anmerkung:
Im Glossar nicht berücksichtigt wurden die Namen von bekannteren Indianerstämmen wie Navajo, Hopi, Zuni sowie solchen, die lediglich in Aufzählungen auftauchen (beispielsweise bei der Mardi-Gras-Parade). Ebenfalls nicht berücksichtigt wurden Namen und Bezeichnungen aus dem Kapitel *Aus dem alten Almanach*, da dieses Passagen enthält, die von der Autorin direkt aus überlieferten Almanach-Schriften übernommen wurden.

VERZEICHNIS
DER WICHTIGSTEN PERSONEN

Alegría Martinez-Soto die schöne venezolanische Architektin ist die zweite Frau Menardos und Geliebte des Kubaners Bartolomeo.

Angelita La Escapía der »Fleischerhaken«. Kriegerin, die die Hilfe der Kubaner geschickt für die Interessen der Indianer einzusetzen weiß.

Awa Gee koreanischer Computerspezialist, der auf seine Weise Krieg gegen die Vereinigten Staaten führt.

Bartolomeo kubanischer Funktionär mit einem verhängnisvollen Hang zu blindem Dogmatismus.

Beaufrey skrupelloser, selbstsüchtiger Sproß einer argentinischen Oberschichtfamilie, der Drogen, Gewalt und Grausamkeit zu seinem Lebensinhalt gemacht hat.

Calabazas entfernter Vetter von Lecha und Zeta. Er ist das Oberhaupt eines großen Schmugglerclans und Abkömmling der alten Yaqui-Indianer.

Clinton direkter Abkömmling der ersten Schwarzen Indianer Amerikas und die rechte Hand von Rambo-Roy.

David Fotokünstler mit einem ausgeprägten Gespür für die eigenen Interessen.

Der Barfüßige Hopi indianischer Visionär, der es versteht, auf der ganzen Welt Sympathien und Geld für den Kampf der Indianer zu erwirken.

El Feo und sein Bruder Tacho sind die mystischen »Heldenzwillinge«, deren Rückkehr nach einer alten indianischen Prophezeiung den letzten Kampf der Indianer um ihr Land einleitet.

Ferro Lechas Sohn, wächst bei seiner Tante Zeta auf und wird ihre rechte Hand im Kokaingeschäft.

General J. mexikanischer Militär und Teilhaber der Universal-Versicherung, zuständig für die »Sicherheit« von Mexikos südlichen Grenzen.

Greenlee skrupelloser weißer Rassist und Sexist, der in großem Stil Waffenhandel betreibt.

Jamey Ferros Geliebter mit der Vorliebe für Kokain und Nacktfotos, verfügt über ungeahnte Verbindungen zur Polizei.

Leah Blue verheiratet mit Max Blue, gründet in Tucson ein sehr erfolgreiches Immobiliengeschäft und entwickelt ehrgeizige Pläne zur Umgestaltung der Wüste.

Lecha Cazador mexikanische Indianerin mit bewegter Vergangenheit und der »Gabe«, Tote aufzuspüren. Sie hat die Aufgabe, die Schriften ihrer Vorfahren zu einem Almanach der Toten zusammenzufassen.

Max Blue ranghohes Mafia-Mitglied im »Ruhestand« mit einer Vorliebe für Golf und Mord.

Menardo reicher Mestize aus Chiapas, der nicht gern über seine indianische Herkunft spricht und ein ungewöhnliches Versicherungsgeschäft betreibt.

Mr. B. CIA-Mann mit direktem Draht zur US-Regierung und der »Mission«, rechtsgerichtete Kräfte in Mittel- und Südamerika mit Waffen zu versorgen und dafür Kokain zu kassieren.

Paulie liebt Ferro und ist ihm bedingungslos ergeben.

Rambo-Roy entwurzelter Vietnamveteran, der plant, Tucsons Obdachlose zu einer Armee der Armen zu versammeln.

Rose Eskimo-Frau, die wie Lecha Verbindung zu den Toten unterhält und ihre Freundin einiges über die Macht der Tundra-Geister lehrt.

Seese ist auf der Suche nach ihrem verschwundenen Baby und setzt alle Hoffnung auf die Hellseherin Lecha, für die sie als Sekretärin und Krankenschwester arbeitet.

Sonny Blue der ehrgeizige und unterforderte Sohn von Leah und Max Blue muß bei seinen illegalen Geschäften allerhand Prügel einstecken.

Sterling Zetas Gärtner, ein alter Pueblo-Indianer, der wegen religiöser Zwistigkeiten aus seinem Dorf verbannt wurde.

Tacho-Wacah Menardos indianischer Chauffeur und Traumdeuter, ist der andere Heldenzwilling und auserwählt, den heiligen Papageienvögeln zu dienen.

Trigg rollstuhlfahrender Grundstücksspekulant, der außerdem kräftig im Organhandelgeschäft mitmischt.

Yoeme Großmutter von Lecha und Zeta. Von der wilden alten Yaqui-Indianerin erhalten die beiden die indianische Schriftensammlung, aus der der Almanach der Toten entsteht.

Zeta Lechas Zwillingsschwester und vielleicht auch eine Hexe. Ihre Geschäfte sind jedoch eher weltlicher Natur: Drogen- und Waffenschmuggel zwischen den USA und Mexiko.